底牌

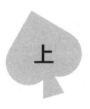
上

李德林 ◎ 著

北京大学出版社
PEKING UNIVERSITY PRESS

图书在版编目(CIP)数据

底牌 / 李德林著. — 北京：北京大学出版社，2019.12
ISBN 978-7-301-30840-0

Ⅰ.①底… Ⅱ.①李… Ⅲ.①长篇小说–中国–当代Ⅳ.①I247.5

中国版本图书馆CIP数据核字(2019)第219278号

书　　　名	底牌（上、下册） DIPAI（SHANG、XIA CE）
著作责任者	李德林　著
责 任 编 辑	张云静
标 准 书 号	ISBN 978-7-301-30840-0
出 版 发 行	北京大学出版社
地　　　址	北京市海淀区成府路205号　100871
网　　　址	http://www.pup.cn　　新浪微博：@北京大学出版社
电 子 信 箱	pup7@pup.cn
电　　　话	邮购部 010-62752015　发行部 010-62750672　编辑部 010-62570390
印 刷 者	北京鑫海金澳胶印有限公司
经 销 者	新华书店
	720毫米×1020毫米　16开本　48.25印张　737千字
	2019年12月第1版　2019年12月第1次印刷
印　　　数	1–10000册
定　　　价	118.00元（上、下册）

未经许可，不得以任何方式复制或抄袭本书之部分或全部内容。
版权所有，侵权必究
举报电话：010-62752024　电子信箱：fd@pup.pku.edu.cn
图书如有印装质量问题，请与出版部联系，电话：010-62756370

故事梗概
Synopsis
♠

  盘古地产董事长乔志远是一位极具传奇色彩的企业家。他历经20余年，将盘古地产从一家区域小公司，打造成了中国最具影响力的房地产公司。

  然而，天有不测风云，远东证券突爆"乌龙指"，股市行情天翻地覆。南海市龙腾集团老板黄天沙趁乱大笔买入盘古地产股票，并三番五次约见乔志远。黄天沙本意求和，却被乔志远无情嘲弄、拒绝，两人不欢而散。黄天沙恼羞成怒，决意拿下盘古控制权。一场你死我活的上市公司控制权争夺战拉开大幕。

  在这场争夺战中，远大集团黄国胜、远东证券方清平、东方集团陶光明及香港巨富郑家炳、鸿基保险马腾等，都为了各自利益，扮演着各种不同的角色。

  外患风云迭起，内忧又纷争不断。乔志远推行轮值CEO制度，意在刺激管理者的竞争意识，不料却引起企业内部的残酷争斗。汪弘毅和肖天这一对乔志远一手培养起来的左膀右臂，不论谁出局都会让乔志远犹如壮士断腕。可是竞争的大幕已经拉开，如历史车轮无法倒退，谁胜谁负，无人可以主宰。

围绕这场接班人之争，肖天一派的王刚、刘世雄，汪弘毅一派的邵南子、杨子欣，纷纷出招，他们背后又隐藏着怎样的阴谋？而汪弘毅和杨子欣这一对地下恋人，他们的爱情能否经受得住考验？

商场如战场，情场又何尝不是？乔志远和张青桐几十年压抑的婚姻让人窒息，乔志远哪怕净身出户也要结束婚姻，可是前妻张青桐的绝望与痛苦、儿子乔瑾瑜的不解与迷茫，都让他处于两难境地。

于无意中邂逅的红颜知己桂玉梅，却成了乔志远拼搏半生最大的抚慰，这是上天赐予的缘分，还是早有预谋的安排？商场之战席卷一切，扑朔迷离之中到底谁是真爱？

接班人兄弟阋墙，野蛮人步步逼宫，大股东恩仇相济，同盟者各怀心思。明争暗斗，重重设局；阴谋阳谋，攻伐有道。谁是幕后主谋，谁又是最后赢家？《底牌》带你走进没有硝烟的资本战场！

目录
Contents

第一章　乌龙指 / 1

第二章　密室会 / 26

第三章　救命夜 / 48

第四章　小顽童 / 78

第五章　两重天 / 104

第六章　野蛮人 / 130

第七章　拒绝令 / 161

第八章　阻击战 / 188

第九章　美人劫 / 217

第十章　白衣骑士 / 244

第十一章　望北楼 / 270

第十二章　局中局 / 295

第十三章　秘密仓 / 320

第十四章　造天眼 / 347

第十五章 见面礼 / 375

第十六章 除异己 / 396

第十七章 大地会 / 422

第十八章 备忘录 / 446

第十九章 调查组 / 471

第二十章 关键票 / 495

第二十一章 同盟军 / 525

第二十二章 对垒战 / 552

第二十三章 潜龙杀 / 581

第二十四章 碟中谍 / 612

第二十五章 幽灵眼 / 641

第二十六章 无间道 / 669

第二十七章 抓内鬼 / 696

第二十八章 大反击 / 726

第一章
乌龙指

清明刚过，气温骤升。今年的春天比往年反常，迟迟没有下雨，南海市在艳阳高照下散发出一股焦煳的味道。乔志远皱着眉头看了看险象环生的棋盘，站起来踱步到窗前。一大早就有一帮民工在给邻居挖池塘，听说邻居从委内瑞拉的奥里诺科河弄回两只鳄鱼，这种濒危鳄鱼只吃拌有维生素的马肉。邻居曾从德国给乔志远带回来一块梅塞尔乌龟化石，乔志远一直把它当成普通化石摆放在书架上，没想到北京的一位古生物学教授来家做客，看到化石后目瞪口呆，乔志远才知道这是一块拥有4700万年历史的远古化石。教授再三叮嘱乔志远要细心收藏。

乔志远对濒危生物、化石兴趣都不大，对围棋却如痴如醉。30多年前，乔志远只身一人来南海市贩卖玉米，一客户是个围棋迷，承诺只要乔志远跟他下五个回合能赢三局，就采购乔志远万元的玉米。当时，中国刚刚改革开放，万元简直就是天文数字的巨款。乔志远对围棋一窍不通，但面对客户的条件，连眉头都没有皱一下就点头答应了。乔志远四处寻师，百日之后再见客户，一番搏杀后终于获胜。客户在送乔志远离开时说了一句话，令他终生铭记："行一棋不足以见智，弹一弦不足以见悲，下棋是一种精神上的磨难。"

30多年来，乔志远从未间断过下围棋。两个月前，谷歌旗下的人工智能程序 AlphaGo 4:1 完胜世界围棋冠军李世石。乔志远不信邪，人脑干不过围棋程序？乔志远把自己关在书房里，一直跟围棋程序进行对抗，已经3天没有出门了。昨天，在跟围棋程序交锋正酣时，乔志远突然接到上海远东证券董事长方清平的电话：南海市龙腾集团董事长黄天沙想在北京跟他谈一谈。

乔志远冷冷地问了一句："不能在南海见吗？"

方清平在电话那端不假思索地说："还是在北京见吧，我都订好了飞北京的机票。"

虽然同在南海市，乔志远的盘古作为中国最大的房地产商，跟业务多元化的龙腾集团素无业务往来，乔志远跟黄天沙更是从未谋面，只是偶尔在新闻中看到有关黄天沙的字面报道，从来没有看到过黄天沙的任何照片。这已经是第三位重要的商业合作伙伴给他打电话，为这位同城大佬邀约在北京见面了。远东证券是中国最大的投行，一直是盘古资本运作的盟友，方清平在资本市场呼风唤雨，乔志远无法拒绝方清平的邀约。

跟围棋程序鏖战一个通宵后，乔志远喝了一杯三觉茶，这是北京一位友人的祖传养生茶，玫瑰、佛手、黄芪三物绝配，可疏肝理气、和胃健脾。一杯喝完，乔志远顿感通体舒畅，精神十足。看了看表，还有10分钟，盘古地产的总裁汪弘毅就要过来送自己去机场了。20多年了，只要汪弘毅在南海，乔志远每次出差，他都会亲自开车接送乔志远。乔志远在盘古内部定下一个规矩，自己跟汪弘毅出行永远不能乘坐同一个航班。盘古内部人一直视汪弘毅为乔志远的接班人，认为乔志远坐飞机的规矩就是要控制他跟接班人同时遭遇意外的概率。

汪弘毅将车开到别墅门口，从车上下来，将西装整理笔挺，站在车门口给乔志远打了个电话。乔志远正在镜子前整理西装。乔志远很少穿西装，每年只有在盘古的股东大会上才穿一次，更多时候都是便装。镜子里，乔志远古铜色的脸上刚刮掉胡须，整个人精神抖擞，快60岁了，却没有老男人常见的大肚皮，西装包裹着挺拔的身躯，骨健筋强。乔志远发现自己多了几根白发，他看了看摆在化石旁边的照片，嘴角露出一丝狡黠的微笑。

第一章

乌龙指

乔志远从大门出来，身材魁梧的汪弘毅正站在车门旁等他。汪弘毅精力特别旺盛，平日里成熟内敛、不苟言笑。乔志远正要说话，汪弘毅已经为乔志远拉开了右后车门，说："乔总，如果没有特别情况，我们45分钟可以抵达机场，北京那边已经订好了专车。"

乔志远到各地出差，从来不允许分公司的人接送自己，都是汪弘毅订好专车，或者自己打车。汪弘毅从后视镜看到乔志远一脸轻松，便咬了咬嘴唇，继续说："昨天下午，去年的财务数据出来了，董事会办公室今天一大早就收到一封电子邮件，需要进行一下内部确认。我已经吩咐董事会办公室，在未经您允许的情况下，不得将邮件传给第三人。"

乔志远眉毛一挑，很警觉地问："电子邮件？什么内容？"

车的后座很宽敞，乔志远问完又眯上眼睛。汪弘毅从后视镜看到乔志远眉宇间的变化，心里咯噔一下，乔志远几次拒绝跟黄天沙见面，这一次突然决定飞北京见黄天沙，听到电子邮件又如此警觉，难道北京之行真的会有令自己担心的问题发生吗？汪弘毅决定缓解一下气氛，说："交易所发的，之前我收到过同样的内容，还需要进一步确认；确认后，我会第一时间给您汇报。对了，黄天沙的详细资料已经整理好，在您座椅前面的袋子里。"

乔志远没有继续追问电子邮件的内容，他太了解汪弘毅了，在跟随自己打天下的20多年里，事情没有处理好之前，汪弘毅绝对不会轻易上报，一大早主动提到电子邮件，事情肯定非同小可，那就等汪弘毅确认后再说。乔志远拿出黄天沙的资料看了看，整个龙腾集团业务庞杂，地产、金融、物流、制造、旅游、航空等多个行业均有涉猎，股权关系更是令人眼花缭乱。乔志远草草地翻了翻，漫不经心地问："听说这个黄天沙是个孝子？"

前方突然变换了红灯，汪弘毅慢慢地踩了刹车，这个时候一个蓬头垢面的老乞丐端着一只破碗走到车窗旁。隔着透明的玻璃，乔志远发现老乞丐嘴角上扬，眼角堆满鱼尾纹，满脸笑容地盯着汪弘毅。汪弘毅降下车窗玻璃，给老乞丐的碗里放了100元，老乞丐摇摇头说："太多了，太多了。"汪弘毅微笑着说："老人家，拿着吧，马上要变灯了，注意安全。"关上车窗，汪弘毅回头看了一眼乔志远，说："听说黄天沙每周五都要陪他母亲吃晚饭。"

变灯后，汪弘毅踩了一下油门，乔志远发现老乞丐站在路边，微笑着目送他们远去，不停地冲着他们挥手致意。乔志远突然很感慨地说："黄天沙的母亲很幸福啊。其实幸福很简单，有亲人陪着一茶一饭，就是幸福。就像刚才乞讨的老人，他一无所有，脸上还总是挂着微笑，微小的收获对他来说就是幸福。现在的人不快乐，是因为有一颗永不满足的野心，遇到麻烦时不能学会微笑，等老了对任何东西都笑不出来。如果人人都能像老乞丐一样，野心终止了，幸福就来了。"

汪弘毅有点担忧，说："孝子如果是个野心家，我们就麻烦了。"

乔志远微闭双眼，不屑地撇着嘴，说："难不成他黄天沙成精了？"

"是个狠角色！"汪弘毅边踩油门提了提速，边说，"5年前，孝子下狠手，老娘都没放过。"

乔志远突然睁开眼睛，难以置信地问："什么意思？对老娘下手？"

汪弘毅不紧不慢地说："5年前，龙腾集团不断买入江南生物股票，黄天沙的母亲无意间听到这个消息，就去东南证券南海营业部开户买入。那里的营业部总经理一看黄天沙的母亲大量买入江南生物，就调集了一亿元跟着做老鼠仓。黄天沙发现营业部要虎口夺食，决定提前出货。"汪弘毅摇了摇头，脑子里出现了当年那可怕的一幕，继续说："黄天沙杀戮心起，老鼠仓一个都没有跑掉。营业部总经理发现黄天沙的母亲没有出货，以为黄天沙只是洗盘打击跟风者，后面肯定还会继续拉升股价，万万没有想到，他为了坑杀老鼠仓，就来了个一字断魂刀，最终连自己的老娘都给封杀在老鼠仓里了！"

乔志远面无表情，再次拿起旁边的资料翻了翻，说："能把脸皮撕下来踩在脚下的人，绝非等闲之辈。"汪弘毅接过话说："我们盘古股票这3个月的股东人数不断减少，龙腾集团吃进了不少的筹码，一旦黄天沙成了门口的野蛮人，盘古就危险了。"乔志远咬了咬后槽牙，说："在公司年度财务报告出来之前，尽快拿出一个分红方案，我会跟方清平谈个一箭双雕的方案，提高我们管理层的持股份额，不会给黄天沙敲门的机会。"

上海外滩，下了一个星期的雨终于停了，整个陆家嘴雾气缭绕。远东证券

第一章

乌龙指

的交易部总监欧阳剑波走到窗前,遥望着滔滔远去的黄浦江水。黄浦江畔流淌着金钱的记忆,不同肤色的商人,操着各种听不懂的语言,在江畔达成了不可胜数的交易。这里曾经是誉满全球的东方巴黎,这里曾经是无数人梦想起飞的圣地。玉树临风的欧阳剑波,脸如雕刻一般,五官分明、轮廓完美。从巴黎学成归来,欧阳剑波就进入中国最大的投资银行远东证券,用了3年时间,欧阳剑波开发的量化交易系统在证券界俾睨群雄,使得交易部成为远东证券最赚钱的部门,没有之一。

今天是个特殊的日子,远东证券自主开发的高频交易系统正式上线。传统证券交易主要靠人海战术,无论是决策还是下单,都要通过复杂的决策委员会进行决策,然后让交易员进行手动下单。欧阳剑波有一个梦想:通过金融工程建立交易模型,再通过IT工程实现超级频率交易,一旦出现突发交易机会,高频交易将瞬间击溃交易员,实现收益或者控制风险。欧阳剑波主导开发的高频交易系统经过两年的反复测试,今天上午9:30正式上线,进行实战交易。

整个交易部都在紧张而愉悦地谈论着新交易系统的便利。欧阳剑波抬起手腕看了看表,11:25,上午的交易还有5分钟就收盘了,再过5分钟,就意味着高频交易系统上线成功。欧阳剑波内心的自豪感冉冉升起,自己将再创中国投行界的一个新纪录。欧阳剑波再次看了看表,回头看了看墙上超大的交易显示屏,忽然脸色大变,立即抓起电话,扯着嗓子,不容置疑地命令操盘手毕飞雪:"马上到我办公室。"放下电话,欧阳剑波的脖子上青筋暴出。

急促的高跟鞋的声音越来越近,穿着职业套裙装的毕飞雪有着精致的五官,艳若桃李、领如蝤蛴,身着白色的衬衫,领下的两颗纽扣敞开,双峰秀美挺拔,及膝的黑色短裙下露出修长的双腿,配上红色高跟鞋,远远望去玲珑婀娜。毕飞雪在远东证券有着"交易一枝花"的美誉,性格开朗,深得同事们喜欢。上海滩金融界的基金经理、交易员们踏破远东证券的门槛,美其名曰市场调研,只为一睹毕飞雪的芳容。毕飞雪刚一进欧阳剑波的办公室,没等她开口,欧阳剑波就劈头盖脸地问:"是不是我们的交易出现了问题?"

5年前,毕飞雪还在普林斯顿大学攻读博士的时候,远东证券欧阳剑波在校招大会上侃侃而谈,描绘了一幅中国投行崛起的美好蓝图,毕飞雪抱着试一试的心态，向远东证券投递了一份简历。一年没有得到回音，直到博士毕业前3个月，毕飞雪接到了欧阳剑波的电话。拿到博士学位证后，毕飞雪直飞上海，进入欧阳剑波的交易部，从操盘手做起。在操盘手的位置上，毕飞雪已经坐了3年板凳。欧阳剑波一直说，磨炼不好心性的人是不配做一个一流的操盘手的，如果你的情绪来了，你能对它呵呵一笑，不去理它，那么你就离成功近了。

3年里，性格直爽的欧阳剑波从未冲毕飞雪大呼小叫过。面对突如其来的咆哮，毕飞雪有点发蒙，今天是远东证券自主开发的高频交易系统正式上线的日子，欧阳剑波今早6点就把交易部的所有同事召集到办公室，一反常态，婆婆妈妈地叮嘱了将近两个小时，搞得大家都紧张兮兮的。可能欧阳剑波神经过度紧张了，毕飞雪心里暗自这样安慰自己。她一脸无辜地说："我是按照您的指示进行下单的，整个操作没有问题。"

欧阳剑波愤怒的血液在体内呼啸，脖子上的青筋再次激动地隆起，平日里清澄秀灵的双眼已经爬满了血丝。欧阳剑波指着墙上的超大显示屏质问毕飞雪："你自己看看，工商银行、盘古这样的超级大盘蓝筹股都在上拉，现在的股市，连扫地的阿姨都觉得我们不是干正经事的人，这么烂的行情，没有什么利好消息怎么突然拉升？"毕飞雪每天都会浏览新闻，今天并没有看到任何重大利好，她低声嘀咕了一句："难道有超级主力进场救市了？"

突然，欧阳剑波办公室的电话响起。

欧阳剑波听毕飞雪嘀咕，不屑地说："哼，这个世上哪有什么救世主？你想啥好事呢？进入股市的人都有一颗充满欲望的心，无论是谁，表面上以救世主的面目示人，实际上行蛊惑乌合之众之事，才能赚钱。"欧阳剑波一边说一边抓起电话。还没有来得及问是谁，电话那头劈头盖脸，跟放炮仗一样地说："我是上海市证监局，你们远东证券今天系统报单680亿元，进入交易所的订单有250多亿元，要买入171只股票，你们想干什么？"

毕飞雪能够很清晰地听到电话里的质问，远东证券哪里能一天之内拿出250多亿元进行交割？毕飞雪脱下高跟鞋，转身冲向远东证券IT部。IT部门已经乱作一团，平日里懒散邋遢的工程师们都满头大汗地盯着电脑，键盘噼里啪啦响个不停。有人边敲键盘边嘀咕："反复测试的程序，怎么突然就出现问题了？"胡子拉碴的邵南子一边忙着撤单，一边嘲讽："程序又不是万能的，跟人一样，都会出问题。"

邵南子在IT部就是一个刺儿头。他从东方大学计算机系毕业后，到麻省理工学院留学，是董事长方清平到美国高校进行校招时招进来的。这家伙除了写代码一流，简直没有一点常青藤名校高才生的样子，整日不修边幅，上班的时候穿着拖鞋、大裤衩；经常躲在厕所里抽烟；说话还特别刻薄，是一个一句话能把人噎死的聊天终结者。没见他谈过恋爱，女孩子们都把他当成怪物，他也极少跟他人来往，是个性格极度孤僻的人。

欧阳剑波冲进IT部时，正听见邵南子阴阳怪气地嘀咕。欧阳剑波早就知道这个邵南子是方清平校招进来的，IT部所有人都拿邵南子没辙，没想到都火烧眉毛了，这小子还一副无所谓的表情，欧阳剑波一肚子火蹿上来："别人的程序出现问题会要命吗？"邵南子噘着嘴，握着鼠标不停地点击撤单。毕飞雪站在旁边心急火燎地来了一句："你这样点撤单，啥时候才能完？不能一键撤单啊？"

邵南子斜着眼看了看毕飞雪，一身干练的职业装包裹着她曲线玲珑的胴体，投行部那一帮道貌岸然的家伙有事没事就往交易部跑，搞得远东证券风控部不得不下令：非业务往来，任何非交易部门人员不得进入交易部。之前，邵南子一看到毕飞雪就想起在东方大学时曾苦苦追求的前女友，没想到毕飞雪说出这样一句令人大跌眼镜的话。邵南子哼了一声，说："你以为这是女人打玻尿酸，一针下去就留在皮肤下了？"

欧阳剑波的额头已经汗如雨下，他抬起手腕看了看表，还有一分钟上午的交易就结束了，如果最后一分钟不能快速撤单，那么，中午各种消息就会满天飞，下午一开盘，恐怕会有铺天盖地的卖单砸过来，远东证券将会有灭顶之灾。欧阳剑波的手机上收到一条信息："远东证券可变现资产不足50亿元，黄埔银行、远东银行拒绝给远东证券拆借资金，总裁办公室已经摔杯子了。"欧阳剑波拍了拍邵南子的肩膀："兄弟，速度。撤掉一亿，公司的资金压力就少一亿。"欧阳剑波看了看表，临走前回头冲着邵南子说："弄不好，我们这一辈子的前程就没了。"

南海市飞往北京的第一趟航班终于降落了。走出舱门,扑面而来的雾霾豪迈奔放,跟南方的婉约含蓄判若两"霾"。黄天沙提着行李箱,跟随着人群走下旋梯。黄天沙有个习惯:无论是国内还是国外,出差总喜欢单枪匹马,从来不让秘书给自己预订机票,更没有人知道他下榻的酒店。每个月的8日是秘书固定给黄天沙整理差旅单报销的日子,如果不是黄天沙主动说起,除秘书外,龙腾集团任何人不得打听黄天沙的行程。

经过20分钟的摆渡车折腾,黄天沙终于走出机场。望着若隐若现的北京城,黄天沙找了一个安静的角落,拨打了老娘的电话。早上离家的时候,老娘在院子里遛弯儿,见黄天沙拖着行李箱,老太太快速走到黄天沙跟前,拉着黄天沙的手一通唠叨。黄天沙听着老娘每次在他出门都要唠叨的话,不断地点头,说:"妈,放心吧。如果您要出去,记得锁好大门。明天晚上5点,我一定回家吃晚饭。"

老太太刚吃完午饭,正在给月季浇水。院子被两棵几百年的银杏树给遮住了,老太太好不容易在墙角种了一点月季。老太太拿起电话,一看是黄天沙的,立即接通问:"儿子,吃饭没?"黄天沙乐了,真是儿行千里母担忧啊,就算自己活到七八十岁,有老娘在,她永远都会关心自己吃饱没有、饿不饿、冷不冷。黄天沙看了看表,说:"妈,我才下飞机,在飞机上吃了。对了,妈,今天的钙片吃了没?别忘了,大片饭前吃,一天只能吃一片;小片要饭后吃,一天吃两片。"

老太太握着电话朝屋里走,看了看桌子上的钙片,有点迟疑地说:"你看我这记性,大片吃了,你不提醒,我这一浇花,差点忘了吃小片。"老太太突然想起一件事,问:"天沙,过两天是你跟月娥结婚30周年纪念日,别忘了。"黄天沙听老娘这么一提醒,一拍自己脑门,真的差点忘了。从大学毕业,黄天沙一贫如洗的时候,林月娥就一直陪着黄天沙风里雨里,如今已经30年了。珍珠是诸神用晨曦中的露水幻化而成的,弥足珍贵;珍珠婚纪念日,黄天沙决定送给林月娥一个意想不到的礼物。

北京的雾霾让整个西山变得模糊。黄天沙拖着行李走向会馆,长着蒜头鼻子的方清平已经站在门口了，他一把握住黄天沙的手，说："兄弟，为了你这事儿，今天我的后院可起火了。"黄天沙望着身高一米八的方清平，身为远东证券的董事长，方清平最大的爱好就是徒步，说徒步可以释放脑内啡，令人振奋愉悦，排出人体自由基，让人延年益寿。看到黄天沙走近时，方清平刚刚挂断远东证券总裁沈浩明的电话，一种不祥的预感在心头萦绕。

在办公室，正准备下楼吃午餐的远东证券董事会秘书梅怡的电话响了，对方是交易所上市公司监管部。对方没有任何客套，上来就问："你们公司考不考虑下午申请紧急停牌？"梅怡从南海到上海后，在远东证券工作了5年，从证券事务代表做到董事会秘书的位置，是远东证券培养的后备力量。她做事细腻谨慎，可仍被交易所突如其来的问话搞得莫名其妙，问："停牌？为什么停牌？"

对方说话的分贝提高了："你们公司搞那么大动静，你不知道？"

董事会办公室是一个开放的办公区，同事们都下楼吃饭去了，就剩下梅怡一个人。听到交易所的电话，梅怡更加发蒙，只能硬着头皮应和着："我马上了解。"梅怡放下电话，看了看表，12:20，立即拨打总裁沈浩明的电话，电话是占线状态，梅怡决定到办公室直接找沈浩明。在等电梯的短短两分钟内，梅怡在手机上浏览了一下新闻：交易部乌龙指成交70多亿元！交易部每天的交易额度只有8000万元，梅怡压根儿就不信，能成交70多亿元？

高挑的梅怡穿着高跟鞋，嗒嗒声在走廊上急促地响起，她气喘吁吁地冲进沈浩明的办公室，见一屋子的人神色紧张，欧阳剑波站在各部门负责人的对面，地板上有碎玻璃碴子，还有茶叶的残渣，梅怡意识到：公司真的出大事儿了，十有八九真是交易部出现了问题。众人目光一下转向闯进来的梅怡。没等沈浩明开口，梅怡很急切地问："沈总，交易所打来电话，问我们下午要不要申请紧急停牌。"

沈浩明一愣，反问："停什么牌？"

在远东证券的高管层，梅怡是出了名的御姐。尽管离婚了，可每天出门前，梅怡都会给自己化一个精致的妆，穿一身设计简约、线条利落的西装，梳一个

blow dry 发型，时尚干练，深得董事长方清平的器重。一屋子的部门负责人都循着沈浩明的反问望着梅怡。梅怡落落大方地回答："对，现在有太多关于乌龙指的说法，影响到了整个市场，这是交易所的意思。"

沈浩明立即给远在北京的董事长方清平打电话："方董，交易所说我们70多亿元的交易引起了市场波动，希望我们下午停牌。"方清平跟黄天沙正在紫宸会门口抽烟，听到沈浩明的汇报心急火燎。在银行拒绝短期拆借的情况下，如果不计成本地套现可交易资产，可能形成巨额亏损，甚至引发市场的再次巨幅波动。一旦交易所在交易过程中强行介入，那么远东证券的交割资金从何处筹集？方清平想了想，说："一旦我们停牌，市场都会觉得我们有问题。你们打算怎么处理套现交易？"

沈浩明的脑子里早就在不断盘算：远东证券必须在明天早上开盘之前筹集到75亿元现金，否则留给远东证券的只有死路一条。沈浩明跟方清平打电话时，梅怡在旁边不断看表，意在暗示沈浩明：一点钟就要午后开盘了，交易所留给远东证券信息披露的时间不多了。方清平的意思很明显：不想停牌。沈浩明背着手在办公室走了两圈，欧阳剑波一看，心里忐忑不安：沈浩明的脚步零乱，没有绝处逢生的主意。

紫宸会坐落在西山的一片丛林之中，乔志远坐着汽车穿过一片苍翠古树，一进会馆大门，风格迥异的九朝十八景立刻映入眼帘。会馆在建筑上注重精雕细琢，内涵古韵而承创，不管一梁一栋、一阁一台，还是一席一垫，处处彰显着新东方主义气质，仿佛进入了艺术的殿堂。设计上运用"门过九重，方能造极"的古人思想将中西文化、艺术进行了当代演绎，名门书画、奇珍异石在此汇集，简直是物华天宝。

在礼仪小姐的指引下，乔志远登上平步青云梯，梯面青云盘旋而上，瀑布从天而降，并有金蟾礼迎，罗汉相随，整个爬梯过程仿佛登仙山一般。上了青云梯，绕过拢翠阁，恍惚重回"红楼"，梦始梦终，人生无常，诸法本空。在拢翠阁可以听到竹林鸟鸣，再漫步进入"镜花缘"，欣赏日式园林的枯山水。在欣赏亭台楼榭、山水风光后，不知不觉就进入大戏楼。仰面而望，大戏楼有三层，两层真实舞台，加一个天顶视窗，可再现慈禧太后七十大寿三重舞台同时表演天官赐福礼的盛况。

乔志远放眼望去，台上一位青衣旦角正在唱殉情苦戏《鸳鸯冢》，只见她束发上罩着水钻头面，穿一件青天白日六瓣蓝雪花大箭袖服，外罩藏青素色褂，蹬着青缎圆口布鞋。一眼望去，皓齿蛾眉，杏面桃腮，靥辅承权，瑰姿艳逸。水袖一舞，丹唇未启，眉梢上已经是万种风情。可一句"为痴情闪得我柔肠百转，因此上终日里病体缠绵"，绵长如缕的缱绻愁思和哀怨，唱尽了独守空房、红颜渐凋的凄苦。礼仪小姐介绍说，登台者是紫宸会的头牌青衣桂玉梅。

台上的女子青衫鼓荡，水袖飘忽，亦真亦幻。唱腔幽咽婉转、起伏跌宕，水袖轻颤、眼神流转，兰花指后的脸庞百媚千娇，演绎出一个腼腆、隽秀、痴情的人间尤物。看到桂玉梅的那一刻，乔志远仿佛看到一位仙子在经历人世间沧海桑田后幻化成心中的精灵。桂玉梅唱尽了世间情爱的悲苦与哀愁，真可谓两袖月色，绝世风雅，乔志远心底微微一颤。

乔志远绕过戏楼，进入九重天。画面中的天庭上接天光，下承花鸟鱼石。乔志远一眼望去，发现九重天的设计深受老子"人法地，地法天，天法道，道法自然"的影响，"弃经典而尚老庄，蔑礼法而崇放达"，追求高古寒寂、天人合一的境界。过了九重门，立即进入另一种境界，给人以无限的纵深感。

黄天沙站在光明顶包间的玻璃窗前，呷了一口极品杭州龙井，望着乔志远从九重门出来，才发现这个房间上接天庭，下观众生，凭栏而望，颇有"进一步人间浮华，退一步隐世桃源"之感。

眼前，方清平如坐针毡。

黄天沙看了看表，已经下午1:05。方清平不停地看手机，偶尔还会到卫生间接听电话。黄天沙放下茶杯，在茶几上拿起一个橘子，说："方总，这紫宸会简直就是一座艺术殿堂、人间仙境、世外桃源。来这里就远离了喧嚣，要放下庶务。"黄天沙一边说，一边将橘子剥了皮递给方清平，说："这橘子是我专门从南海空运过来的，去年冬天采摘后，一直在冰窖里保存着，很新鲜。"

方清平接过橘子，嘴角挤出一丝微笑，说："这东西吃多了可上火啊。"

黄天沙看方清平的脸色就能感觉到他的后院已经失火了。当一个人在问题面前没有一个更好的选择时，内心的焦灼会在人的脸上无意识地呈现，想掩盖都掩盖不住。黄天沙呵呵一乐，说："方总，吃橘子跟我们搞金融一样，选择很重要。《本草纲目》中说，橘皮和中理胃药则留白，下气消痰药则去白。胃寒的人要多吃橘子。瓣上的白丝有去火功能，这可是好东西，吃下去可以败火；如果一个人胸中气滞郁结，要顺气，就不能吃白丝。"

方清平听黄天沙说得头头是道，眼珠子颇为疑惑地朝上翻了一下。两人认识10年，方清平从来没有听说过黄天沙懂中医，没想到一枚小小的橘子，在他嘴里居然蕴含着奥妙无穷的养生道理。方清平接过黄天沙的橘子，一尝，瓣味微酸，别具风味，入口即有生津止渴之效，令人回味无穷。正想着，方清平突然被一瓣橘子给酸到了牙根。也许这就是橘子的魅力，给人感觉很甜蜜，却能让人酸在心里口难开。方清平冷笑一声，说："天沙兄现在研究上《本草纲目》了？"

黄天沙早已将方清平翻眼珠子的细微表情尽收眼底。方清平作为中国最大投行的董事长，恐怕也没有遇到过几百亿元的天量乌龙指。金融企业的高管们人前光鲜，背后风险却时时刻刻犹如一把利剑悬在头上，方清平徒步的习惯更多的是释放工作中的压力。乌龙指的信息已经满天飞，方清平现在最担心乌龙指背后还有自己看不见的黑洞。黄天沙继续剥着橘子，漫不经心地安慰着如坐针毡的方清平，说："方总，研究《本草纲目》算不上，我是羡慕李时珍啊。他真是个聪明人，远离庙堂，赤脚江湖，写就了流芳百世的巨著。"

正在这时，乔志远推门而入。乔志远用余光扫了一眼屋子，除了方清平，那个满脸堆笑、身着笔挺西装的平头男人，应该就是龙腾集团的老板黄天沙了。在乔志远扫过的余光里，黄天沙脸庞宽阔、颧骨挺拔、下巴的大黑痣令人过目难忘。更令阅人无数的乔志远心里咯噔一沉的是黄天沙赤脉穿瞳，微笑都掩饰不了他颤动的瞳仁。乔志远没有直接上前跟方清平、黄天沙握手，只是连连说："抱歉抱歉，北京的交通太堵了。"

方清平站起来，半开玩笑地说："老乔啊，房子造多了，城市就堵了。"

乔志远一下飞机就看到新闻，铺天盖地的乌龙指之说已经将远东证券推到了风口浪尖。现在看到方清平有说有笑，看来远东证券已经有了应急预案。乔

第一章

乌龙指

志远接过方清平的话，嘴角微微一翘，眉梢舒展，说："现在硅谷的大佬们都在忙着搞汽车研究。交通是个大生意，可隔行如隔山啊。让城市生活更美好是我们的目标。"

黄天沙第一次跟乔志远如此近距离接触，只见他眉宇间透着贵气，表情寡淡的脸上不怒而威，笔挺的西装罩在板正的身子上，犹如一副盔甲，立即拉开了跟陌生人的距离。黄天沙早就听说乔志远有傲骨，这种人就算摔倒了，没人扶也要自己站直了，他们会在内心告诉自己，未来的路还很长，背影要美。黄天沙很谦逊地将名片递给乔志远，方清平立即介绍说："老乔，黄总对你们盘古可是仰慕已久啊，他一直跟我说，希望能够跟您一起聊聊。"

乔志远快速地看了一眼黄天沙，这家伙只有一米六几，理着其貌不扬的小平头，身上的藏青色西装也毫无设计感。汪弘毅跟乔志远介绍过，黄天沙是个很精明的人，遇险则退，逢利则上。黄天沙讨好的微笑令乔志远内心很是鄙夷，但微笑也掩饰不了他的颧骨、大黑痣背后的秉性：脑子里总是在拼命考虑怎样实现利益最大化，属于典型的不见兔子不撒鹰的人。这种人就是一分钱也要砸出个声音来，自己跟他有什么好聊的？

黄天沙的名片已经递到自己跟前，乔志远即使不看方清平的面子，出于起码的礼节，也要接过黄天沙的名片。乔志远将已经涌向喉咙的厌恶唾沫生生地咽回肚子里，接过黄天沙的名片，顺手揣进裤兜里。黄天沙的手已经伸到乔志远跟前，要跟他握手。乔志远看着眼前这个人想，三番五次邀约自己见面，肯定不是喝茶那么简单，就算自己给他难堪，他为了达到目的也不会就此罢手。如此一来，如果拒绝了他伸过来的手，倒是显得自己没有涵养。尽管内心拒绝，但乔志远还是握住了黄天沙已经伸过来的肉乎乎的手。

没等方清平介绍，黄天沙就自个儿介绍说："乔总，能跟您面对面地交流是我的荣幸。盘古是中国的标杆企业，无论是公司治理，还是建筑标准化，都是业界的楷模。乔总是商界领袖，房地产界的教父，带着一个高效的团队，让盘古一路突飞猛进。跟盘古相比，我们龙腾集团就是一个替老百姓管管散碎银子的保险公司，我们一直希望能够在实业方面多向乔总和盘古学习，能与乔总进行深层次合作是我们最大的心愿。"

乔志远努力让自己的脸上保持微笑，正要说话，方清平的电话再次响起。在走廊上接完电话后，方清平的心情犹如坠入万丈深渊，在光明顶的走廊上给沈浩明发了一条短信："中证公司以乌龙指要评估风险为由，内部已经决定暂停给远东证券拆借资金。如果明天早上9点之前远东证券无法交割已经成交的70多亿元股票，将因失去资金流动性而倒闭。"方清平内心的不安更加强烈了，他在心里反复地问自己，乌龙指真的只是技术问题吗？

黄天沙坐在乔志远对面，目光透过落地的玻璃窗，穿过大戏台，可以看见紫宸会中最玄秘的万佛镜。戏台上的生旦净末丑、戏台前玲珑剔透的莲花座，皆投影到万佛镜中，真是一花一世界，一叶一观音。乔志远嘴角挤出的那一丝微笑，在方清平离开房间的那一刻已经烟消云散。黄天沙从万佛镜中看到乔志远一个冷冷的背影。

屋子里突然的寂静令双方很尴尬。黄天沙三番五次地约见乔志远，如今这位地产界的教父终于坐到自己的对面了，岂能在尴尬中错过时机？黄天沙端起茶几上的玲珑紫砂壶，一边给乔志远斟茶，一边说："乔总，盘古现在已经成了中国房地产的领军者，是极具投资价值的蓝筹股，我们的保险资金一直在增持盘古的股票。您也知道保险资金是老百姓的血汗钱，我们希望能跟盘古共同成长，分享优质上市公司的发展红利。"

乔志远突然眉毛一挑："你们一直在买我们的股票？"

黄天沙看到乔志远诧异的表情中有一丝的不屑。盘古一直都是证券、基金等机构的宠儿，证券公司、基金公司、保险公司每天都有投资经理、股票分析师到盘古总部造访。在乔志远看来，龙腾集团买入盘古股票，无非又来一个炒股票的，没啥稀奇的。黄天沙脸上一直保持着微笑，说："还没有到5%的举牌线。我们还会继续买入，可能今天就能买到举牌线。我们看好盘古的未来。您是盘古的一面旗帜，我们提前跟您沟通，一方面是让贵公司管理层对新进来的股东有一个了解，另一方面是希望得到管理层的支持。"

乔志远端起茶杯，只是淡淡地从喉咙中冒出一个字："哦。"

黄天沙之前就听人说乔志远是个很冷傲的人，来北京之前，黄天沙已经在心里反复推演过今天的见面场景：可能乔志远一句话都不说，也有可能三句话

第一章

乌龙指

说完就拍屁股走人。黄天沙注意到，乔志远凸起的眉骨和偶尔下垂的眉尾容易让人觉得他很温情，但其实他是个冷血动物。到目前为止，乔志远还没有要走人的意思；就算乔志远立即站起身来离开，黄天沙都准备笑脸相送。黄天沙信奉一条：生意是谈出来的，就算脸皮被踩到脚下，只要能谈，天下就没有做不成的买卖。黄天沙继续说："如果我们龙腾集团举牌盘古，我们依然会像盘古的大股东远大集团那样，不干涉上市公司的运营，尊重管理层决策。"

乔志远在飞往北京的飞机上，就对黄天沙三番五次的邀约进行了分析：龙腾集团的房地产业务在盘古面前不值一提，但其保险业务倒是规模很大。黄天沙买入盘古股票，不是为了地产项目，而应该是为保险资金寻求跟盘古的战略合作。现在听了黄天沙的话，觉得自己真是有点小瞧他了：现在盘古的第一大股东远大集团持股不到15%，黄沙天称他举牌后会效仿远大集团，他这是要当盘古的家。乔志远冷笑一声："你想取代远大集团的大股东位置？"

黄天沙还没有说话，乔志远的手机上突然收到一条短信。乔志远瞟了一眼，抓起茶几上的手机，示意自己要看看信息。信息是盘古上海区域首席执行官肖天发来的："远东证券发生乌龙指，多家银行已经拒绝给远东证券拆借资金。远东证券明天早上9点之前无法筹集到70亿元以上的交割资金，就会失去流动性，有破产的危险。我们正在寻求第三方预案，以防我们跟远东证券合作的管理层持股计划遭到牵连。"

21年前，清华大学毕业的肖天南下，向远大集团投了简历。那时候乔志远正在游说远大集团投资盘古。他在远大集团总裁侯卫民办公室喝茶的时候，看到了桌子上摆着的肖天的简历，毕业学校写着清华大学，再一看肖天在学校的表现，顿生爱才之意。侯卫民将肖天的简历递给乔志远，说："是不是看上这小子了？"乔志远一边看简历一边点头。那时候乔志远也正值年盛，毫不掩饰自己对人才的渴望。侯卫民呵呵一乐："喜欢就拿去吧，我们做了盘古的大股东，也算肥水不流外人田嘛。"

肖天当年接到盘古人事部门电话时一头雾水，自己没有向盘古投递简历啊。人事部门说，是董事长乔志远叮嘱一定要跟他谈谈。肖天出于礼貌到盘古面试，在乔志远对面坐了3分钟，就决定跟着乔志远打天下。21年间，肖天一直是乔志远的得力干将，除管理盘古上海区域业务外，还有两个身份：公司董事会董事、轮值CEO，同时也是乔志远培养的接班人之一。管理层资产管理持股计划是盘古重要的转型改革计划，跟远东证券的合作一直由总裁汪弘毅负责，肖天协助跟踪项目，轮值CEO期间可以随时向乔志远汇报。

盘古第一大股东为远大集团。身为中央企业的远大集团，成立于20世纪30年代，总部设在北京和香港。远大集团的几任董事长都对盘古管理层相当信任，派驻的董事从未对管理层决策投过反对票。乔志远作为盘古的创始人，在公司改制上市之前放弃了持有公司股权的机会，一门心思要打造具有全球竞争力的中国新型房地产公司。在大股东的支持下，乔志远率领团队由当初偏隅南海市的小公司，一步步走向全国。现在盘古的业务触角已经伸向了东南亚、欧美。

随着以帕尔迪、莱纳、霍顿、嘉民、西蒙为首的欧美房地产巨头探索变革和转型，为了凝聚管理层，吸引更多的人才加盟盘古，在以汪弘毅、肖天为首的管理层的推动下，乔志远终于同意推行管理层资产管理持股计划。远大集团对管理层的改革计划投下了赞成票，盘古管理层每年优先享有公司10%的利润。盘古管理层用10%的利润作为专项资金，对远东证券以1:6的比例进行融资，设立一个资产管理计划买入盘古的股票。

盘古的股权结构极为分散，跟盘古管理层关系亲密的远大集团持股比例低于15%，汪弘毅在推行管理层持股计划之前一直提醒乔志远：一旦资金雄厚的财团大笔买入盘古股票，盘古股东、管理层的和谐关系将会被打破。汪弘毅给出的意见是：盘古管理层持股计划要提高到10%以上，管理层和远大集团总持股比例超过25%，才能形成大股东和管理层控制权的护城河，有效阻击试图闯进盘古的野蛮人。

乔志远看到肖天的信息，再看看泰然自若的黄天沙和在门外走廊上来回走动的方清平，心里咯噔了一下，看样子远东证券的乌龙指比想象中的更严重。资金流动性是金融企业的命脉，一旦命脉停跳了，金融企业的生命就走到了尽头。此时又收到汪弘毅的信息，让乔志远更加难以置身事外。汪弘毅很担心远东证券的连锁反应，给乔志远发信息说："远东证券出现资金流动性危机，势必要回笼资金；盘古管理层资产管理持股计划中持有的股票，可能会遭遇远东证券强行平仓套现。那样一来，盘古管理层持股计划将前功尽弃。"

　　远东证券，沈浩明办公室。

　　梅怡不断地看表，催促沈浩明作停牌的决定。资产管理部门、经纪业务部门、风控部门、法务部一大帮负责人七嘴八舌。欧阳剑波额头上挂满了汗珠，见沈浩明坐在大班椅上，右手中指很有节奏地敲击着桌面，心里想坏了，沈浩明每次没有主意的时候都会这样敲击桌面。欧阳剑波看了看满脸焦急的梅怡，冲着沈浩明说："沈总，停牌公告可以发，但要给我们留出时间。"

　　沈浩明凝眉顿了顿，心领神会，吩咐梅怡："停牌公告 13:15 发到交易所去。"

　　欧阳剑波一听就急了："沈总，现在都 13:06 了，不给我们交易部留时间就是自杀啊。"梅怡对欧阳剑波的话毫不理会，快速回到自己办公室。沈浩明用手指着欧阳剑波，说："欧阳，你捅这么大娄子，让我说你什么好？停牌公告传到交易所，从审核到发布至少需要 10 分钟，当务之急就是锁定风险，中间我们有 15 分钟时间进行自救。"财务部总监两手一摊，很无奈地说："我们全年的自营额度只有 147 亿元，别说 15 分钟，就是一下午也很难抛售套现 50% 的仓位，除非我们不计成本地割肉。"

　　众人看着沈浩明，他一拍桌子说："没流动性资金，明天早上就得死。割肉总比等死好！"沈浩明当机立断，指着欧阳剑波说："无论付出多大代价，下午给我套现几十亿出来。"欧阳剑波让毕飞雪全面负责交易，毕飞雪下达交易指令后，担心上午的乌龙指再次出现，就斜眼看了一下邵南子，乌龙指把远东证券推到了死亡边缘，这家伙还是一副若无其事的样子。就在这时，系统突然停止运转，毕飞雪尖叫起来："这是什么鬼系统啊！"邵南子不紧不慢地说："死机了。"

　　交易部立马乱作一团，证监局和交易所的临时调查小组官员推门而入，每个人脸上的表情都很沉重。欧阳剑波办公室的电话响个不停，金融期货交易所监察部第三次打来电话。欧阳剑波提起电话，对方已经不是之前的询问了，而是质问:"你们一直在卖出和卖空,到底想干什么?你们这样大规模地对冲,很容易引起市场动荡!"欧阳剑波心想,时间就是远东证券的生命,哪管你洪水滔天。可是面对监察部的诘问,他只能谨慎地回复说:"我们注意控制节奏。"

交易所的官员进入远东证券交易部后立即用手机拍照,命令远东证券交易部人员全部从座位上站起来,接着调查组的技术人员接管了交易部的电脑。欧阳剑波示意交易部继续电话委托交易。IT工程师们站起来,将交易系统移交给调查组。调查组的技术人员扭头问旁边的邵南子:"你们的下单程序怎么打不开?"邵南子回答说:"死机后我们一直在抢修,还没有抢修好。"调查组技术人员快速调阅其他数据,问:"你们为什么修改数据?"

毕飞雪一愣,数据修改了?欧阳剑波盯着邵南子。邵南子皱着眉头说:"中午为了统计出错数据才修改的。"证监局官员立即命令:"必须把数据还原到事发前的状态,不能做任何修改,等待北京调查组的专项调查。"取证完毕,证监局、交易所的官员离开了远东证券交易部。沈浩明冲着以邵南子为首的IT工程师们呵斥道:"系统反复测试了两年,怎么一上线就搞砸了?到底是系统有问题?还是有人捣鬼?"邵南子撇着嘴翻了翻白眼儿。

黄天沙端起茶壶,给乔志远续上。乔志远颇为歉意地收好手机。乔志远看短信的那一刻不经意地眉头一皱,黄天沙假装没有看见,脸上保持着招牌式的微笑,继续说:"盘古一直是中国经济进程的见证者和贡献者。从《福布斯》当年的'全球200家最佳中小企业'到今天的全球500强,乔总几十年如一日,让盘古从最初的综合性企业到专注房地产的龙头企业。盘古成功抓住了中国房地产发展的脉搏,乔总的远见卓识是盘古走向成功、迈向卓越的根基。龙腾集团希望通过盘古,为国家、为人民做出一份贡献。"

乔志远听到这里,突然一改之前的冷淡,说:"我们欢迎所有为改善城市生活努力的资本。"

方清平此时推开门,见两人聊得火热,之前见乔志远进门时的表情,还担心会冷场,倒是自己多虑了。乔志远是商界出了名的孤傲之人,商业社交圈很少能看到他的身影,他宁愿把自己关在屋子里下棋,也不愿意跟他人多说一句话,他的特立独行令不少人敬而远之。方清平心里想着乌龙指,想着巨额的交割资金没有着落,如坐针毡,见两人聊得不错,说:"两位,抱歉抱歉,我手头有点急事,需要先去处理一下,你们继续聊。不好意思,我先走一步。"

黄天沙一听乔志远的话,再看方清平急匆匆的样子,嘴角一咧。黄天沙还没有来得及说话,乔志远的电话响了,是总裁汪弘毅。乔志远频繁的不同来电令黄天沙意识到,盘古管理层可能存在着不同的派系,如果乔志远拒绝龙腾集团进入,管理层势必还会有其他进入乔志远堡垒的通道。乔志远向黄天沙示意抱歉,到房间外接听汪弘毅的电话。汪弘毅说:"乔总,远东证券可能正在进行大规模的风险对冲。在盘古的股票下挫的过程中,有人在大规模吸筹。"

乔志远听到汪弘毅这么说,心里略有一丝不快。早在盘古创办之初,乔志远就将北京大学经济系毕业的汪弘毅招进公司。在盘古的历次转型、发展过程中,汪弘毅都一马当先,一直是乔志远的左膀右臂。作为公司董事,乔志远一直把汪弘毅当接班人选在培养。汪弘毅沉稳内敛,在他的脸上永远看不到情绪的变化,这跟肖天的火焰一样积极张扬的个性形成了鲜明对比,乔志远时常担心,将盘古交到汪弘毅手上,会不会令盘古失去狼性?

盘古的营收在2008年就突破百亿元大关,那一年,随着改革开放成长起来的第一代企业家大规模地开始交班。在先前的一次商界聚会中,有人问乔志远的交班计划,乔志远想都没想,说:"盘古就是我的命,一天不成为第一,我就不离开。"那个时候,盘古已经进入地产界的前三强,一直跟竞争者赛跑。2008年之后,交班问题一直萦绕在乔志远心中:交给谁?汪弘毅?肖天?还是其他人?在所有的副总裁级别以上的高管中,汪弘毅跟肖天是乔志远的最合适人选。乔志远从哈佛访学回来,决定来一场接班人的公开赛,在盘古推行轮值CEO制度。

乔志远的轮值CEO制度在盘古试运行了3年,由六位副总裁级别以上的高管参与,每个人当值期为4个月。当值期间,轮值CEO是盘古最高的行政首长,主要着眼于盘古的战略、制度建设,将经营决策的权力进一步下放,推动盘古的快速扩张。轮值CEO当值期间,不得不约束自己部门的利益,否则就得不到别人对他决议的拥护。轮值 CEO 会将他管辖的部门放入全局利益考虑，这样公司的成长会更加均衡。

六位参与 CEO 轮值的管理层意识到乔志远在搞赛马制度，所以都使出浑身解数。两年试运行后，乔志远将轮值参与者范围缩小到汪弘毅和肖天两人之间，每个人的轮值时间为 6 个月。其他四位出局的副总裁有一种被当猴耍的感觉，心中甚是愤懑。乔志远修订了两驾马车赛跑的游戏规则：一个人轮值 CEO，另一个人则出任总裁，如果轮值 CEO 在轮值期间出现重大失误，董事长有一票否决权，可从已出局的轮值 CEO 中拔擢替补。如果轮候者在轮候期间出现重大失误，同样面临着出局的危险。

现在，盘古的轮值 CEO 正是性格张扬的肖天，他同时兼任盘古上海区域首席执行官；办公地址主要在上海。从第一轮的副总裁级别轮值 CEO 制度开始，汪弘毅就一直隐忍着心中的不满。自己坐在总裁的位置上将近 10 年，在整个盘古已经是公认的接班人。现在乔志远搞轮值 CEO 制度，就是不信任自己了，一旦自己在轮值过程中出现问题，乔志远可以一票否决自己，多年的努力将付诸东流。

现在盘古的太子竞争已经进入白热化的阶段。远东证券乌龙指爆发后，肖天第一时间准备了第三方预案，内心暗暗地较劲，要在危急时刻一展身手，以获得乔志远的信任。汪弘毅心里很清楚，太子之位已经变成了乔志远的指挥棒，要想成为盘古的接班人，必须抓住每一次机会。可在给乔志远的电话中，汪弘毅关注的第一个问题是盘古股票的下跌。乔志远对汪弘毅的失望不是因为预案的问题，而是因为汪弘毅的前妻正是远东证券的董事会秘书梅怡，但汪弘毅却未能在第一时间掌握远东证券乌龙指的信息。

乔志远在汪弘毅汇报后，冷冷地问了一句："然后呢？"

汪弘毅跟随乔志远多年，乔志远的每一句话背后流露出的意思，汪弘毅都了如指掌。汪弘毅明显感觉到乔志远心中的不快，说："远东证券乌龙指可能是个阴谋。我们盘古账面上有 3000 亿元现金，他们通过在中国最大的投行制造一个乌龙指对冲做空，就可以在低位拿到更多的盘古筹码。我们的管理层持股一直维持在 10% 左右的水准，他们只要 200 亿元，就可以击垮我们的大股东跟管理层持股建立起来的控制权护城河。"

电话里，汪弘毅滔滔不绝，看着盘古心电图一样跳动的股价，汪弘毅心里很不踏实，他必须得刺激一下乔志远的神经。汪弘毅咬咬牙说："乌龙指看上去是要将远东证券逼上绝路，但幕后之人真正的目标是我们。"乔志远很是不屑地问："我们？"汪弘毅非常肯定地说："是的，就算远东证券渡过劫难，如果幕后人在获得筹码后继续打压我们的股价，那管理层的持股计划就容易爆仓，我们管理层就有被清理出局的危险。"

200亿元现金掌控3000亿元账面现金的上市公司，这简直就是包赚不赔的买卖。交班一直是盘古内部的敏感问题，一旦外部财团抢班夺权，那么敏感的内部交班就会引发内忧外患。汪弘毅这么一说，令乔志远心头一紧。汪弘毅听电话里没有回音，接着说："我们应该今晚向远东证券提供暂时性的流动资金支持，以帮助远东证券渡过乌龙指危机，进而确保管理层资产管理计划的安全。同时联合大股东以及其他盟友，确保公司控制权稳定。"

乔志远心中终于踏实了一点，说："你们马上拿出一个方案。"

乔志远再次回到房间。黄天沙给乔志远斟上茶，见乔志远表情凝重，看得出盘古遇到了棘手的问题。黄天沙依然面如春风，说："乔总，现在盘古的轮值CEO制度已成为企业的最高法则，我们进入盘古，相信龙腾集团的保险、基金等业务会助推轮值CEO制度下盘古的业务扩张，我们会维护盘古的轮值制度，相信宽容是制度成功的力量。"黄天沙见乔志远冷冷地看着自己不说话，顿了顿，依然满脸堆笑，说："我们会一如既往地拥护您这一面旗帜，让盘古更优秀。"

南海龙腾大厦18层，山鹰会议室灯火通明，时尚干练的女总裁王曦若专注地盯着墙上LED显示屏上跳动的K线图。坐在电脑前的交易员们静静地等待王曦若的命令。黄天沙在坐上飞往北京的航班之前，跟王曦若进行了电话会议，指示王曦若在他跟乔志远谈判期间，抓住一切交易机会，只要买入5%的股权，就能杀进盘古的前10大股东名单之中。

山鹰会议室在龙腾集团代表着最高机密，是王曦若专用的交易密室，内部代号"山鹰组",任何进入山鹰会议室的人必须经过王曦若批准,只要进入会议室,除王曦若,任何人跟外部的通信都必须被切断;离开山鹰会议室,没有王曦若的保密解除令,不得对外谈起山鹰会议室发生的任何事。龙腾集团在股市上的所有交易都是在山鹰会议室里完成的,为了避免当年黄天沙的老娘通过内幕交易做老鼠仓的事情再次发生,山鹰会议室的规矩连龙腾集团的老板黄天沙都要遵守。

王曦若在龙腾集团就是一个传说。她毕业于剑桥大学精算专业,回国之前就已经是英国皇家精算师。精算师堪称"金领中的金领"。目前,中国国家级精算师不超过50人,被世界保险界认可的精算师不超过10人,王曦若就是其中之一。王曦若大学毕业后,在欧洲一家全球保险集团做到了首席精算师,黄天沙在欧洲的一次会议中听闻王曦若的大名,决定将其招致麾下,3次飞赴伦敦,才将王曦若挖到龙腾集团。

黄天沙在伦敦承诺,若王曦若加盟龙腾集团,一定让王曦若独立掌管一家保险公司。这正是王曦若的梦想。王曦若加盟龙腾集团时,龙腾集团已经成功获得了君安保险的控股权,王曦若以龙腾集团总裁身份出任君安保险CEO。经过王曦若3年的经营,君安保险犹如一只离弦的响箭,穿越在保险的汪洋大海、万里山川,资产快速突破2000亿元,成功迈进保险千亿俱乐部,这个俱乐部只有包括国有保险公司在内的八家成员。

曾经的龙腾集团是黄天沙的一言堂,各业务板块、分公司总经理唯黄天沙马首是瞻,只要黄天沙拍板的决策,没有人能够改变。自王曦若进入龙腾集团,龙腾集团有了民主的气氛,黄天沙对王曦若相当尊敬,只要王曦若提出的反对意见,黄天沙一定会慎重考虑。王曦若是一个典型的女强人,公司内部没人见过王曦若的男朋友或者老公,王曦若也从未跟同事提起过自己的亲人。不仅在龙腾集团,在整个保险界,王曦若都有女王之称。

远东证券乌龙指的消息已经传得沸沸扬扬,君安保险投资部总监刘宏刚看着不断下挫的大盘,提醒王曦若说:"王总,远东证券如果要完成明天的交割,一定要进行大量的对冲套现,现在大盘指数下跌,在没有其他利空刺激的情况下,很可能是他们进行了巨量的对冲交易,这个时候对于我们来说是绝佳的交易机会。"王曦若一直盯着 LED 显示屏，拒绝了刘宏刚的交易建议。她对山鹰组的所有交易员定下一个交易铁律，在没有确定的信息出来之前，不要轻易动手，避免掉入信息黑洞之中。

14:20，远东证券终于紧急停牌。山鹰会议室的 LED 显示屏右上方，东方财经电视台的美女主播雅琪正在播报乌龙指的新闻："突发新闻，远东证券盘中紧急停牌。作为中国最大的投行，远东证券爆发乌龙指事件，交易系统误下单超过 680 亿元，成交超过 70 亿元，远东证券明天如果不能按时交割，将造成中国股市有史以来最大的金融危机。证监局已经紧急成立调查组，对远东证券交易部进行初步取证，证监会的专案调查组已经从北京出发。"

远东证券的停牌公告犹如给市场投下了一枚重磅炸弹，14:30，以工商银行、盘古为首的大盘蓝筹股快速回落。借此机会，王曦若再次告诫山鹰组的同事："乌龙指消息没有公布之前，整个市场各路信息满天飞，各方纷纷猜测蓝筹股拉升是有重大利好即将出台，甚至有人猜测是以社保、养老金为首的国家队资金进场，诸多信息形成了一个信息黑洞。所以，我们要始终坚守自己的铁律，避免误判造成重大损失。"

人们总喜欢幻想，可幻想一直在破灭。幻想总把破灭宽恕，可破灭从不把幻想放过。远东证券乌龙指拉高大盘指数，人们于是幻想出现了利好。当远东证券的公告将幻想戳破，幻想中的利好变成了残酷的利空，金钱对幻想的宽恕就是抽身逃离。毕飞雪在远东证券交易室进行巨量对冲的时候，整个市场已经被充分搅动起来，所有的股票投资者唯一的希望就是不要被远东证券的利空给击中。王曦若一直盯着龙腾集团的目标盘古，股价从上午暴涨 8% 回落到开盘价 10 元附近。

王曦若目光如炬，眼见盘古股价飞流直下，她指着快速回落的盘古股价跟交易员说："再跌去 2% 时，抓住机会快速扫货。"交易员们紧紧地盯着盘面，眼珠子转都不敢转一下。刘宏刚看了看墙上的钟表，说："王总，距离收盘只有 30 分钟了，其他蓝筹股在远东证券的公告出来后加速下跌，可盘古股价已经开始横盘，如果跌不下去，我们就没有机会了。如果跌下去，我们一扫货，股价迅速拉升，我们会失去低价扫货的机会。"

交易员们都在期待王曦若就刘宏刚提出的问题做出决策。王曦若快速地切换着盘面，鹰一样盯着盘面说："弱者错失良机，强者制造时机。现在空方态度坚决，股指期货的空单快速堆积，ETF抛压巨大，成交主要是下午一点开盘后形成的。在远东证券没有停牌，信息处于黑洞时期，除闹出乌龙指的远东证券，没有人敢如此坚决地做空，除非他们掌握着绝对的内幕信息，这是他们为了交割乌龙指的几十亿现金进行的风险对冲。既然这样，那我们就乘风破浪。"

刘宏刚快速在手提电脑上打开盘古的公告，并将投资部对盘古管理层的持股压力测试投影到LED屏的右边，说："王总，这是以乔志远为首的盘古管理层的资产管理计划，从他们公告买入的价格测算，如果股价再跌去10%，也就是跌到9元价位，就是管理层跟远东证券约定的强制平仓警戒线，如果我们廉价扫货，借着远东证券做空套现的机会重挫盘古股价，乔志远他们一定会死守。"

王曦若扭头问："他们怎么守？"

刘宏刚说："乔志远在商界属于领袖级人物，他一个电话，就有一帮人排队帮他拉升股票。"

王曦若冷冷地回了一句："谁帮他？你也说了乔志远是领袖级的人物，当一个企业家由实践家、行动英雄向思想家、精神领袖转型后，他们的思想会超越习以为常的共识，会跟周围的人格格不入，他们会变得越来越孤独。如果乔志远真能一呼百应，盘古的股价就不会从18块跌到现在这个价位。今天，乔志远的合作伙伴远东证券都自身难保了，乌龙指戳破了大盘绝地反击的希望，这个时候谁会站出来跟大势做对？"

山鹰会议室，王曦若盯着横盘的盘古股票，面若冰霜。整个会议室静得能听到彼此的心跳。时间不知不觉间已到了14:35，这是一个敏感时点，如果一只股票在这个时点不跌，意味着主力没有套现的冲动；如果剧烈震荡，就意味着主力可能在出货。留给山鹰组的时间只有25分钟了，刘宏刚见王曦若仍沉默不语，试探着说："利空确认后，远东证券对冲做空动力已经进入快速衰退半径，以工商银行为首的大盘股在急跌之后，已经开始企稳，如果盘古股价不下跌，我们在横盘的价位买进去，成本就要提升2%。"

第一章

乌龙指

王曦若的食指在额头上轻轻地划了一下，只见她印堂饱满光滑，眉宇飒爽有英气。刘宏刚意识到，王曦若要出手了。刘宏刚已经追随王曦若有 3 年时间，王曦若做出这个细微的动作，证明心里已经有了主意。王曦若镇静自若地说："良机不来，我们就亲手创造吧。在卖档上以跌幅 3% 的价格，分账户挂出 500 万股的抛单，以跌幅 2.8% 的价格挂出 300 万股的抛单，每个账户不能超过 2 万股。"

刘宏刚一愣，问："我们不是准备买入吗？这样筹码很容易飞掉。"

王曦若要给黄天沙跟乔志远的秘密会晤争取筹码。她盯着 K 线图，很坚决地说："按照我说的做。"交易员们的手指在键盘上飞舞，已经按照王曦若的指令操作完成。王曦若侧眼瞅了一眼刘宏刚，说："现在股指期货做空动力依然强劲，远东证券要套现几十亿才能完成乌龙指的交割，从盘口的交易量看，他们远没有达到套现目标，只要给盘古形成巨大的抛压，股价自然就会翻绿。"

在山鹰组的巨大抛压之下，盘古的股价应声而落，越来越多的抛单开始涌入，买档上的买单不断地回撤。跌幅不断扩大：0.5%、1%、1.5%、1.8%、2.5%。

盘古股价终于在 14:35 遇到支撑，开始企稳，不少的盘古投资人都准备下楼去喝一杯，庆祝度过有惊无险的一天。山鹰组的一字断魂刀横空出世，令盘古那些坐等下班的投资人瞠目结舌。山鹰组打破了 14:35 的交易潜规则，盘古股价不断下挫，惊恐的盘古投资人在慌乱中跟风砸盘出货，卖档上的抛单不断堆积，这时如果不抢先一步吃进积压的抛单，筹码很容易被他人接走，君安保险之前在盘古的吸筹布局将前功尽弃。说时迟那时快，王曦若果断地下令："9.8 元以下有多少吃多少。"

从来没有人敢在一字断魂刀的杀戮之下，孤注一掷地上演千钧扫六合。那些在惶恐之中跟风挂出抛单的投资人做梦也没有想到，君安保险的 6000 万元买单一出，电光火石之间立马将盘面稳住，盘古股价开始上行。王曦若看到买档上的报价不断爬升，立即下令："撤掉上面 800 万股压单。"精算组汇报："成交了 5000 万股，龙腾集团合计持有盘古 5.01% 的股份。"王曦若盯着 LED 显示屏上远大证券乌龙指的新闻微微一笑。

第二章
密室会

紫宸会光明顶包房里，乔志远一言不发，黄天沙正滔滔不绝地讲自己的创业与梦想。

乔志远同意跟黄天沙见面后，黄天沙一直在心底盘算怎样才能打动冷傲的乔志远。奋斗？盘古就是从无到有、从弱到强、从国内到国际一步步发展起来的，这才有了乔志远今天领袖级的地位，自己的奋斗经历能打动他吗？情感？每个人都有自己的世界。从见面到现在，黄天沙能感觉到乔志远一直用余光审视猜度自己，听闻阅人无数的乔志远会相面，阴阳五行之气化生天地万物，人禀命于天则有表候于体，任何的表情都掩饰不了与生俱来的面相秘密，只要让微笑面对光明，阴影就在自己身后。

黄天沙远望戏台上唱青衣的桂玉梅，真是寂寞嫦娥舒广袖，人间尤物是青衣。黄天沙再将目光投向乔志远，只见乔志远正注视着台上的青衣。黄天沙呷了一口茶，说："如果人生是一场戏，我的戏是从饥饿与贫穷开始的。小时候，家里很穷，家离学校有5公里的路程，父母整日里忙农活，我自己带着弟弟妹妹们上学。有一年冬天，潮汕特别冷，有一天甚至破天荒地下起了雪，那天上

第二章

密室会

学的路上我闻到了炖肉的香味,就带着弟弟妹妹循着香味去了。炖肉的那户人家有一个矮土墙,我先爬上墙,然后把弟弟妹妹拉上去。墙上落满了雪花,我们就站在墙头,脸冻得发青,直到妹妹冻哭了,我们才跳下墙回家。那一次,令我终生难忘,每次闻到肉香,总会想起那个冬天。"

乔志远的父亲曾经是一位援疆干部,乔志远小时候的生活虽然算不上锦衣玉食,至少温饱没有问题。大学毕业后,在父亲的安排下,乔志远到南海拜见一位从未谋面的世伯。乔志远见到这位官场世伯后,才知道父亲与这位世伯有着非同一般的战友情,而且当年父亲已经为自己跟世伯的女儿指腹为婚。乔志远成为地方官员的乘龙快婿,并留下来在南海打拼。从贩卖玉米,到开百货超市,从街头兜售股票融资,到专注房地产开发,盘古经过乔志远30多年的努力,终于成为中国房地产的领军企业。

在到南海机场的路上,汪弘毅跟乔志远讲了讲黄天沙的经历。农业大学毕业后,黄天沙搞了几年无公害蔬菜批发,后来从地方政府那里获得了廉价的地皮,开始经营房地产生意。在拆迁过程中,龙腾集团一直纠纷不断,财务成本高于同行业,地产生意毫无起色。没有建成几个像样的楼盘,黄天沙又向其他产业扩张,最终瞄准了金融。保险牌照放开后,黄天沙第一时间递交了申请,申请没下来,他又跟君安保险的股东们谈判,最终控股了君安保险。对金融一窍不通的黄天沙还专门从英国挖回皇家精算师王曦若掌舵保险业务。

世界上最遥远的不是生离与死别,而是遗忘。黄天沙不断地告诫自己,无论眼前是繁华,还是苍凉,人生不能只写就一阕断句残章,岁月沉淀的不是贫穷的记忆,而是激发自己不断走向远方的力量。乔志远今天第一次听到黄天沙小时候的故事,颇有几分感动,耳边隐隐传来桂玉梅悲伤地唱着《鸳鸯冢》,"盟山誓海防中变,薄命红颜只怨天",便感慨地说:"如果人生没有磨难,本身就是一种灾难。淘汰不了劣者,筛选不出强者,人类就无法进化,苦难如果战胜了我们,那是我们的屈辱,我们战胜了苦难,那就是我们最宝贵的财富。"

黄天沙在紫宸会听过《鸳鸯冢》,同样的一出戏,不同的是青衣。今天台上的青衣唱腔悲伤,唱的是戏,更像是在诉说自己。乔志远的感慨令黄天沙始料未及,两人的骨子里对苦难有着同样的领悟,世间一切的苦难与欢愉,在众生的神龛上留下烙印，短的是生命，长的是磨难。黄天沙微微一笑，抓起闪出短信提醒的手机看了看，说："乔总，今天远东证券的乌龙指公告一出，盘古股价跌幅将近10%，市场不识货，我们的总裁给我信息说，刚才我们的君安保险买入5000多万股。"

乔志远眉毛一颤："哦？"

黄天沙的身子向前倾了倾，说："乔总，盘古是上市公司中的标杆企业，无论是在国内的A股，还是在香港的H股，都是行业的龙头，任何一个理性的投资者都不会错过这样的好公司。"黄天沙看了看表，非常肯定地说："刚刚，我们龙腾集团旗下所有账户买入盘古的股权比例已经超过5%的举牌线，名义上成了盘古的第三大股东，今晚我们将发布公告。能成为你们这样的上市公司的重要股东，是我们龙腾集团的荣幸。"

在机场高速路上，汪弘毅已经提醒过乔志远，黄天沙的龙腾集团已经吃进了部分盘古筹码，当黄天沙说到今天在盘古股价下跌过程中再买入5000多万股的时候，乔志远粗略地测算了一下，相对于盘古的百亿股规模，买入5000万股又如何？当乔志远看到黄天沙身体向前倾的那一刹那，已经意识到这个家伙不是个省油的灯，只是没想到他已经买入了超过5000万股的盘古股票。乔志远不希望眼前这个家伙成为自己的老板，难道远东证券乌龙指真的是个阴谋？黄天沙话音一落，乔志远立即追问："你们还会继续买入？"

黄天沙看乔志远眉毛微微一动，整个脸上依然是一副冷傲的表情。黄天沙在来北京的路上，就一直在心底告诫自己，就算乔志远不给自己一点面子，也绝对不能放弃盘古这样的行业领军企业，黄天沙坚信微笑是一把温柔的利剑，可以清理眼前最棘手的障碍。黄天沙真诚地微笑着，说："乔总，您是盘古的一面旗帜，是有情怀的企业家，我们很看好你们团队，看好盘古的未来，我们希望能跟盘古携手发展。"

乔志远直起身子，理了理西装，说："我们只有一个大股东。"

黄天沙早就听说乔志远不太喜欢穿西装，每年只在盘古开股东大会期间才会穿一次，身上的定制西装令乔志远浑身不自在。就在乔志远整理西装的时候，黄天沙意识到，乔志远不太欢迎自己这个突然闯进来的大股东。黄天沙毫不介意乔志远内心的拒绝，盘古已经超过 15 年没有更换过大股东了，龙腾集团就是一个突然闯进来的陌生人，要给盘古的股东和管理层时间。黄天沙脸上依然保持着微笑，说："远大集团持股盘古的比例不到 15%，我们买入盘古不是来跟远大集团争抢大股东位置的，而且我们可以像远大集团一样尊重你们管理层。"

乔志远冷冷地望着黄天沙，这家伙除了颧骨高挺、赤脉穿瞳，还耳白过面，睛色有黄，真是七尺之躯不如七寸之面。这一次看来真的是遇到了一个难缠的对手，这家伙绝非骄奢淫逸的暴发户，不达目的绝不会善罢甘休。看着黄天沙微笑的脸庞，乔志远的脑子里突然想起了 3 个月前的股东大会。轮值 CEO 肖天意气风发，喊出盘古要向万亿资产规模进军的口号，整个股东大会一片沸腾。可汪弘毅在跟股东们交流的时候，异常冷静地举起了《门口的野蛮人》一书，那本书记录了美国华尔街历史上最惨烈的一场公司控制权争夺战。汪弘毅当时就提醒说："野蛮人只要拎着 200 亿，就能成为盘古的大股东。"

难道眼前的黄天沙会成为盘古门口的野蛮人？三番五次地邀约见面，在见面的同时又大量买入盘古股票，成为持股超过 5% 的重要股东，如果远东证券乌龙指真是一个暗度陈仓的阴谋，这就是黄天沙给盘古管理团队的见面礼，还是逼迫管理团队接受他黄天沙的城下之盟？盘古能够从一个小公司发展成一家全球五百强的企业，离不开大股东远大集团数十年如一日的支持。现在龙腾集团闯进来，盘古多了一个婆婆，就算股东之间能够和睦相处，股东跟管理层之间真的能同心同德？管理层能心无旁骛地潜心公司业务？

乔志远很不友好地看了黄天沙一眼，说："我喜欢跟讲规矩的人共事，你们看好盘古的未来，可你们没有跟远大集团和管理层提前沟通，直接闯入盘古。在我们见面的同时，远东证券爆发了乌龙指，恰恰我们的股票是远东证券要对冲做空套现的标的，你们大笔买入我们的股票，持股超过 5%，已经成为盘古的第三大股东，接下来你们恐怕不只是继续增持以超越我们管理团队的持股比例，而是抢夺远大集团第一大股东的位置，让我怎么相信你们的行为是善意的？"

规矩？黄天沙心里对这两个字很是不屑，人们总是喜欢制定一个规则，然后自己千方百计地去逃避它。盘古是上市公司，任何人都有买卖股票的自由，难道龙腾集团买入盘古股票就坏了乔志远的规矩？黄天沙放下手上的茶杯，说："乔总，之前多次约请您见面，想跟你们沟通，直到今天才有这个荣幸。没想到今天远东证券发生了乌龙指事件，也算是机缘巧合，盘古在远东证券停牌公告发布之后股价下跌，我们的君安保险才买入你们的股票，我们买过举牌线，这是帮助您跟您的团队啊。"

乔志远很不屑地问："帮我？"

黄天沙看得出乔志远对自己的鄙夷，龙腾集团看好的是盘古的未来，和气才能生财，任何意气用事都是对利益的不尊重。黄天沙依然和颜悦色，说："盘古股价在远东证券发布乌龙指公告后大幅下挫，9块是你们管理层的资产管理持股计划的生命线，远东证券在回笼交割资金的情况下进行大量的对冲，一旦盘古股价直奔跌停，远东证券资产部门极有可能按照合同的约定，在股价触及平仓线的时候将你们的资产管理持股计划给强行平仓的，到时候盘古的管理团队怎么安抚？"

乌龙指、股价暴跌、强行平仓……在飞往北京的飞机上，乔志远从未意识到会有如此令人窒息的风暴向盘古席卷而来。在乔志远的世界里，对手只会强健自己的筋骨，磨炼自己的技巧，自己不会注意到的对手，才是最危险的。黄天沙，一个从未在自己的世界里留下一片羽毛的人，在从未预料到的暴风雨到来的时候出现了。乔志远听着黄天沙软刀子一样的话，心里很是不爽，难道这个家伙就是汪弘毅口中的野蛮人？黄天沙话还没说完，汪弘毅打来电话，乔志远一看，15:20，股市已经收市。乔志远示意要到外面接个电话。

汪弘毅一手握着一份厚厚的材料，一手握着电话报告说："乔总，刚才跟远东证券总裁沈浩明通了电话，远东证券下午进行了对冲交易，交割头寸缺口超过15亿元，不出所料，中证公司的贷款被叫停了，银行业拒绝给远东证券拆借资金。乌龙指事件公告后，盘古股价大幅下挫，其间短暂横盘后，股价再下挫2%，整个震荡幅度将近10%。随后，盘古的买档上出现了巨量的买单，将股价拉升到10元以上。抓住偶然机会强势介入，这样的资本绝非善类，我们应该推进我们的计划，警惕有人乘虚而入。"

第二章
密室会

乔志远只淡淡地说了一句"知道了，晚上我会到上海"，就挂断了电话。

乔志远没有告知汪弘毅那个乘虚而入的闯入者就是龙腾集团，他不相信黄天沙的话，他需要通过交易记录掌握更确切的信息。进入包间，乔志远回想着汪弘毅的话，再仔细看了看对面这个男人，他永远在微笑，看上去是那样的和蔼可亲。乔志远真想骂一句王八蛋，你用微笑征服蠢货，为什么要用微笑来面对我？当我也是蠢货吗？乌龙指真是黄天沙举牌盘古的偶然机会？乔志远试探性地问："你们举牌盘古是偶然救我们于危难之中？"

乔志远的问题令黄天沙眉头舒展，这家伙终于主动问及了核心问题。黄天沙一听就知道乔志远的问题里藏着匕首，他肯定已经掌握了下午盘古的交易细节，一旦自己的说辞跟交易细节有出入，将来就会成为乔志远的把柄。黄天沙抓起桌子上的橘子，往嘴里塞了一瓣咀嚼起来。黄天沙利用吃橘子的短暂时间，快速地组织了语言："我们对盘古的买入有一个原则，在你们管理层持股计划10%平仓线附近买入。乔总的管理层在中国企业界是无价的，岂能被平仓线困扰？保护管理层的权益就是保护盘古的未来。"

巧舌如簧，乔志远想到这个词，冷冷地反问："保护我们？保护盘古？"

黄天沙意识到，跟根正苗红的远大集团相比，乔志远骨子里是瞧不起泥水里走出来的龙腾集团的。而且远大集团对盘古的治理简直就是马放南山，只要管理层提出的战略、战术，远大集团就没有投过一张反对票，管理层跟大股东远大集团一直相处和谐。在乔志远的世界里，盘古就是盘古，不需要任何人来保护。黄天沙不会让自己被乔志远的冷傲击垮，反而满脸真诚地说："乔总，您是盘古的旗手，我们成了大股东，绝不允许任何人损害您这面旗帜。"

乔志远看了看黄天沙，很决绝地说："你买盘古股票，我欢迎，想做第一大股东，我不欢迎。"

黄天沙见乔志远如此决绝，反问："你怎么保证远大集团一直做第一大股东？"

乔志远嘴一撇，两手一摊："我没法保证。"

房间中弥漫着尴尬的气氛，黄天沙一直在容忍乔志远的傲慢，不断地在心底琢磨，生意场上都讲究和气生财，乔志远为何像一只刺猬？顶着满身的刺儿到处刺来刺去，很容易刺伤了别人、弄疼了自己。黄天沙一直相信，只要不给自己设限，人生中就没有限制自己发挥的樊篱。难道龙腾集团就真的不能翻越乔志远给盘古筑起的樊篱？黄天沙谦逊地追问："既然这样，你为什么接受远大集团不接受我们？"

乔志远听黄天沙追问，手托着下腮盯着黄天沙的脸：短而疏淡的眉宇之间令人放松警惕的笑容难掩腹剑。在乔志远的眼中黄天沙是一个可怕的陌生人，盘古的未来岂能交给这样的人？乔志远略略挪了一下身子，撇着嘴说："你现在还没到能当盘古第一大股东的程度，你龙腾集团首先要建立起整个的信用体系。盘古也是从很小的公司一步步走到今天的，什么时候你的信用赶上盘古了，什么时候我就欢迎你做大股东。"

信用不够？黄天沙第一次听人当面这么说自己。什么是信用？人生如花，似锦繁华短，凋零枯萎长。信用不需着于笔墨，美丽不需假于粉黛。信用就是一面镜子，生旦净末丑，皆在方寸间。黄天沙意识到，无论是远大集团还是盘古，自己都难以望其项背，信用只是乔志远拒绝自己的挡箭牌。黄天沙微笑着问："你们是不愿意接受我们民营企业作为股东，还是盘古管理层不愿意接受我们民营企业的管理？我们龙腾集团也可以像远大集团那样，充分信任乔总培养的团队，盘古股权上是我们的盘古，管理上还是您乔总的盘古。"

乔志远面无表情，可对面的黄天沙笑容里没有一丝的不悦。乔志远阅人无数，黄天沙为了生意，可以容忍对手的一切冷漠、轻慢。拒绝是消灭隐患最佳的选择，乔志远冷冷地说："你错了，你们对盘古根本不了解，对远大集团更不了解。远大集团是中央企业，对盘古的贡献是不能简单用持股数量来衡量的。再说，你们龙腾集团旗下的龙腾地产去年整个房地产交易额只有几十亿，其中一部分还是关联交易,这种规模的企业管控资产近万亿的盘古,能力是不够的。"

黄天沙听得很认真，可乔志远说着说着突然站起来，黄天沙也跟着站起来。乔志远一边走一边说："对不起，我还有一个会议，先走一步。"黄天沙以为乔志远会跟自己握手道别，可乔志远迅速朝门口走去，留下黄天沙一个人孤零零地站在茶几旁。黄天沙心里颇为不快，但还是将乔志远送到包间门口，望着乔志远穿过戏楼。桂玉梅还在戏台上挥洒着飘逸的水袖，悲怆的唱腔也没有令

第二章

密室会

乔志远驻足。万佛镜中映出乔志远冷傲的身影，黄天沙抬起手腕看了看表，嘴角突然又露出一丝诡异的微笑。

月半弯小区绿树成荫，午后的阳光投射到林荫小道，远处的花丛中蝴蝶翩翩起舞，几个孩子在追逐嬉戏。汪弘毅看了看表，15:40，"梦想·家园"少儿手绘活动还有10分钟就开始了。主导这次活动的战略投资部和设计部三番五次游说汪弘毅给活动站台。月半弯是盘古开发的高品质社区，小区的第一批客户就是盘古的高管。两年前，乔志远搬到卧龙山庄，汪弘毅留在小区。作为盘古总裁跟月半弯小区业主，设计部希望汪弘毅能够在活动上鼓励小孩子们为梦想努力，描绘美好家园。

"梦想·家园"少儿手绘活动除丰富小区业主的业余生活、拉近邻居们的距离之外，更重要的是，这事关汪弘毅正在推进的一项跟盘古和自己未来前程有关的改革行动。盘古已经造了20多年房子，从一个区域开发商发展成为全国第一的房地产上市公司，盘古未来是继续造房子，还是寻求转型？盘古无论在房地产界，还是中国商界，已经非常优秀，乔志远更是成了众星捧月的商界领袖，但现在的盘古算得上一家卓越的企业吗？在盘古身后，北方的麒麟地产、南方的鸿基地产一直紧追不舍，盘古要想一骑绝尘，就必须脱胎换骨。

手绘活动在月半弯社区会所举行，小朋友们在家长的陪同下，已经各就各位。汪弘毅正准备推门进去，突然哧溜一下，一个八九岁，满头大汗的小家伙从汪弘毅的右腿边蹿进会所，汪弘毅觉得很眼熟，刚才还在小区里抓蝴蝶，活动要开始了才进来，真是个调皮的小家伙。秘书递给汪弘毅一份演讲稿，汪弘毅瞅了瞅，还给了秘书，说："我是这个小区的业主，大家都是邻居，跟邻居们聊聊家常，用什么稿子？"

"梦想·家园"手绘活动主持人邀请汪弘毅给大家讲话，汪弘毅登上讲台，看到台下的小朋友准备了各种的颜料、画笔、美术图纸，稚嫩的小脸上写满了幸福，非常专注地望着他。突然，刚才的那个小家伙爬到了宽大的窗台上，一边用手中的画纸呼啦呼啦地扇风，一边咧着小嘴看着汪弘毅。不苟言笑的汪弘毅嘴角露出一丝微笑，说："非常感谢月半弯的邻居们带着孩子，一起参加今天的手绘活动。"汪弘毅的话刚开了个头，窗台上那个小家伙突然冒出一句话："不是胖弯吗？"

台下一片哄堂大笑，小家伙带着一副桀骜不驯的表情望着汪弘毅，脸上似笑非笑。汪弘毅示意小家伙安静，接着说："这位小朋友很幽默嘛，确实我也听到有人将月半弯叫成胖弯，月半在我们南海市是亲朋聚会的意思，当初在开发月半弯时，就是希望邻居们相亲相爱，犹如亲朋聚在一起。"小家伙突然举手，汪弘毅一看又是他，示意他问问题。小家伙大声地说："你说得不对，月半最早是施孤的意思。"

汪弘毅迟疑了一下，这是他第一次听到"施孤"这个词，脑子里快速地琢磨施孤的意思。小朋友们开始骚动，之前正襟危坐的小朋友们都转过身盯着窗台上的小家伙，家长们也很好奇地将目光投向了他。主持人立即出来打圆场，问："小朋友，你知道施孤？"小家伙抹了一下额头上的汗珠，扭着脖子，说："你这算考我吗？"主持人笑着说："算吧。"小家伙嘟着嘴说："你这是欺负小孩儿，不公平，先别考我，我给你出副对联，如果你答上来了，我就回答你的问题。"

家长们开始交头接耳，小朋友们都伸长了脖子，这个小区有名的淘气包，每次看到有大孩子欺负小孩子都要上去跟人理论一番，经常被大孩子揍得鼻青脸肿，从来没见他爸妈出来找人麻烦，没想到这家伙在大人面前一点都不胆怯。主持人点点头说："你说吧。"小家伙像个小大人，说："听好了，上联是'接引四生登九品'，你说下联吧。"所有人都愣住了，汪弘毅走到小朋友跟前，伸手摸了摸小家伙的后脑勺，微微一笑，说："下联是'提携六道出三途'，这是孤王寒林所里的一副对联。"

小家伙斜着脑袋，望着汪弘毅说："不错嘛，都会抢答了。"汪弘毅微笑着说："这副对联是纪念汉朝一位孤军入敌的平藩将军。"小家伙接过话说："你知道这副对联，为啥还要给小区取名月半弯？"汪弘毅被小家伙问住了，很尴尬地反问："怎么就不能叫月半弯呢？"小家伙理直气壮地说："这位将军因为头大得像斗笠，牙长得像象牙，肚子大得像战鼓，特别吓人，死后阎王爷就让他统率孤魂野鬼，南方都叫他孤王。每年七月半中元节这一天，大人都

第二章
密室会

要聚在一起给孤王烧纸钱，让他管好手下的死鬼，不要出来吓唬小孩子。"汪弘毅点点头，小家伙眼珠子一斜，说："取啥名儿不好，给小区取这么个名儿，以后我们小区别叫月半弯了，叫胖弯多可爱啊。"

家长们向这个小家伙投去了赞许的目光。汪弘毅带头一边给小家伙鼓掌，一边走上前台，说："不错的建议哟，这个'梦想·家园'的手绘活动，真是一把打开邻居友谊的钥匙，都说城市让人变得越来越陌生，人们都被水泥钢筋阻隔了友谊，变得越来越孤单。我们总是梦想有一座百花齐放的花园，却从不欣赏就开在我们窗口的小花。事实上，我们小区里卧虎藏龙，窗台上这位小朋友让彼此陌生的我们变成了互动的邻居，拉近了我们的距离，让邻居不再是陌生人。"

汪弘毅顿了顿，目光落在窗台上那个孩子身上，小家伙冲着汪弘毅做了个鬼脸，立即又埋头在画纸上唰唰地画着。汪弘毅接着说："希望每一位月半弯的小朋友，都能做一个有梦想的人，现在你们都还小，无论梦想是清晰还是模糊，只要它潜伏在你们心底，它就会像一汪甘泉，成为滋养你们成长的动力；它就会像泥土里的种子，只要你们用心浇灌，它就一定会破土而出。希望月半弯是小朋友们的梦想家园，是你们梦想开始的地方。"最后汪弘毅说："希望各位小朋友用你们的画笔，画出你们心中的梦想家园，你们笔下的家园将是我们努力的方向。"

汪弘毅话音一落，台下响起了热烈的掌声，主持人宣布手绘活动正式开始。汪弘毅走到那个孩子身边，看到小家伙画出的轮廓，脸色立即阴沉下来。秘书走到汪弘毅跟前，看他脸色铁青，瞟了一眼那个小家伙，小声说："汪总，董事会办公室来电，让您马上回公司。"汪弘毅快步走到会所门口，又回头看了一眼窗台上那个孩子，小家伙一直埋头画自己的画，丝毫没有理会汪弘毅。汪弘毅一边走一边吩咐秘书说："那小家伙的手绘到时候拿给我看看。"

走出西山紫宸会，黄天沙驻足观望雾霾中的森森古树，乔志远脸上的不屑一直在黄天沙的脑海里挥之不去。他在会馆门口点燃一支烟，抽了几口，将烟丢到地上，用脚尖压住烟头，狠狠地碾了一下，叫了一辆出租车，朝机场的方向绝尘而去。出租车在北五环上奔驰，车里响起了歌曲《最浪漫的事》，"我能想到最浪漫的事，就是和你一起慢慢变老"。再过两天，就是黄天沙跟林月娥结婚30周年纪念日，黄天沙皱着眉头，右手按了按太阳穴，想着一定要送一份与众不同的礼物。

每年的结婚纪念日，黄天沙都会给林月娥定制一份礼物。从第一年的一块手表，到后来的钻戒，再到后来的别墅，黄天沙每年都会别出心裁，令林月娥有意外惊喜。不凑巧的是春节后，林月娥的咽炎又犯了，3月份就到布里斯班养病去了。黄天沙为了让林月娥有一个空气清新的养病居所，专门在布里斯班买了别墅。在南回归线上的布里斯班气候宜人，一年到头主要就春夏两季，一件薄外套就能过冬，简直就是人间天堂。黄天沙特意在别墅顶层卧室开了玻璃天窗，躺在床上仰望星空，仿佛时间都已静止。

黄天沙看了看表，现在布里斯班已经下午5点了，林月娥这个时候应该正在院子种花晒太阳。黄天沙打了一个电话："皮特，你的那颗马纳尔珍珠我要了。"接电话的是久居香港的英国人，曼陀银行大中华区首席执行官。皮特说："黄总，这颗珍珠我花160万英镑才拍到手，我们是老朋友了，200万英镑是我的朋友价了。"黄天沙顿了一下，说："皮特，便宜一点。"皮特有点没听懂，问："便宜多少？"

皮特手上的马纳尔珍珠重约84.25克拉，1810年拿破仑迎娶玛丽·路易斯王后时，花4000万法郎购得这颗绝世珍珠，将其镶嵌在皇冠上，作为礼物送给王后。1814年，拿破仑远征俄国，玛丽·路易斯王后被任命为摄政王，因此，这颗珍珠以"摄政王珠"而名声大噪。拿破仑三世时，皇后欧仁妮是一位时尚达人，她将摄政王珠改造成可组装的珍珠胸花。到了19世纪中叶，一位中东酋长得到了摄政王珠，用了2500克拉珍珠、上千克拉钻石和蓝宝石点缀这颗绝世珍珠。2005年，皮特在日内瓦克里斯汀拍卖行花160万英镑天价将其买走。

黄天沙说："便宜400元人民币吧。"

听到这个数字时皮特都怀疑自己听错了，龙腾集团老板黄天沙，为了一颗200万英镑的摄政王珠，居然讨价还价，要求便宜400元！皮特不解地问："What？"黄天沙毫不隐瞒，说："这颗珠子我想买给我老婆作为结婚纪念日的礼物。"皮特更觉得难以理解，问："既然是结婚纪念日，190多万英镑都没问题，为什么非要便宜400元钱？难道是这颗摄政王珠就贵了那么400元？"黄天沙呵呵一笑，说："你说对了，如果你便宜400元，我们马上就成交。"

黄天沙的态度令皮特有些不快，说："我得考虑考虑。"黄天沙开始苦口婆心地给皮特做思想工作："皮特，这颗珠子你160万英镑拍到手，一转手就可以赚将近40万英镑，难道你会因为400元钱而失去赚40万英镑的机会？"皮特听黄天沙这么一说，真乐了，说："黄总，你说得很对，如果你没有砍价400元，我就可以赚40万英镑，可你砍价400元后，我就只能赚将近40万英镑了，你送给夫人的结婚纪念日礼物，难道就真的多了400元吗？"

皮特把"将近"两个字说得特别刺耳，令黄天沙很不爽。皮特哪里知道，黄天沙跟林月娥结婚前找到一位大师测八字，大师一测，眼前一亮，说："你们八字般配，林月娥八字中官杀星在月令上，有旺夫运。"黄天沙欣喜若狂，可大师又摇了摇头，掐了掐手指，说："要保住林月娥的旺夫运，你不仅要忠于婚姻，对林月娥疼惜爱护，还需要在每年的结婚纪念日给林月娥送一份纪念品来回馈林月娥对你的襄助。"黄天沙一拍胸脯，说："这个没问题。"大师告诫黄天沙说："每年的纪念品价格必须递增15%，不能多五毛，也不能少一块。否则将家道中落，人财两空。"

黄天沙谨记大师的告诫，在前29个结婚纪念日，一直按相应的价格给林月娥购买礼物，在决定购买皮特的摄政王珠后，黄天沙已经查看了英镑兑换人民币的价格，按照每年价格递增15%的规律，200万英镑需减400元。摄政王珠作为拿破仑送给王后的礼物，没有什么能比摄政王珠更适合作为他送给林月娥结婚30周年的纪念品了，可现在皮特不肯便宜400元。皮特难以理解黄天沙莫名其妙的抠门，黄天沙越是要便宜400元，他越是想弄个明白。最终黄天沙只好对皮特说："这颗珠子你一定要给我留着，两天后我去香港找你。"

挂断皮特的电话，黄天沙拨通了林月娥的电话。林月娥正在院子里给鱼投食，看到黄天沙的电话，立即笑成了一朵花，从一大早她就将手机攥在手上，一直在等黄天沙的电话。没等黄天沙开口，林月娥就关切地问："天沙，你跟妈都好吧？"黄天沙说："老妈挺好的，昨天还去花市买了两盆兰花。我到北京出差，正在机场高速上。对了，过两天就是我们结婚30周年纪念日。"林月娥很感慨地说："是啊，30年了，我们都老了，你看你还整天到处跑。"

黄天沙咯咯一笑："你把嗓子养好了，我的事你就别操心了。对了，之前在瑞士看到的那颗珍珠，被一个英国佬给拍走了，我已经联系上那个英国佬了，喜欢吗？喜欢我们就去买下来。"林月娥一愣，当初自己就是看那摄政王珠璀璨绝伦，在展览的橱窗前多看了几眼，这家伙居然记得，还要买下来，于是说："我都一个老太婆了，戴那么贵的珍珠干啥，那都是高贵的王后们戴的。"黄天沙微笑着说："你就是我的王后。"

林月娥感动得热泪盈眶，突然想起儿子昨天下午给自己的电话，于是说："天沙，有买珍珠的钱，你也给儿子的项目投点钱嘛。"一提起自己的学渣儿子黄世林，黄天沙的气就不打一处来。黄世林高中时候成绩很糟糕，黄天沙总是担心他高考出洋相，父子关系很紧张，没想到那家伙居然被美国的一所大学提前录取了，不知道他搞了什么鬼名堂。大学毕业回国后，那家伙居然去跟一帮人创业搞手机，整天拿着商业计划书见各种投资人，就是不跟自己老爸说一句话。听林月娥这么一说，黄天沙没好气地说："给他钱？一个子儿都不可能。"

"你跟儿子怎么就跟仇人一样呢？他整天在外见投资人，人家一听说他爸爸是黄天沙，都觉得不可能，把他当骗子看，你觉得这样你脸上有光？"林月娥很少跟黄天沙发火，听到黄天沙如此坚决地拒绝给儿子投资，林月娥之前的感动瞬间化为乌有。黄天沙一听林月娥真的生气了，立即安慰她："世林已经长大了，孩子总不能永远在我们的世界里过日子，要给他自由，让他自己去闯。他现在吃的那点苦算什么？所有的困苦都是老天爷的馈赠，闯过了难关才有资格谈面子问题。"

林月娥从来不过问黄天沙的事，只是有人给自己打电话，说儿子黄世林屡屡遭投资人拒绝，已经成了投资圈的一个笑话。倒不是黄世林的项目不好，而是大家觉得黄天沙的龙腾集团有千亿规模，怎么可能让自己的儿子在外面找几千万的资金，认为他肯定是个打着黄天沙旗号的骗子。林月娥听了黄天沙的话，说:"你想看到你儿子在外面头破血流?你的未来不是你的公司,是我们的儿子。"黄天沙内心一颤,正要说话,出租司机一脚刹车,扭头对正在打电话的黄天沙说:"三号航站楼到了。"黄天沙冷冷地回了一句:"男人,头破血流怕什么!"

汪弘毅驾着汽车快速驶入盘古办公区,在草地边停下来,走下汽车看了看表,直奔办公大楼,董事会秘书王欣已经在大厅等候。汪弘毅一边走一边看王欣递过来的文件。汪弘毅看到新进入的股东名字"君安保险",脑子里快速地测算了一下龙腾集团的持股数。进入电梯,汪弘毅盯着密密麻麻的股东名单,一脸严肃地问王欣:"龙腾集团的公告材料送过来了吗?"

汪弘毅是个不苟言笑、心思缜密的人。改革开放之初,汪弘毅考进北大,经历了北大改革思潮的洗礼,从此不迷信权威,只相信市场。进入盘古第二年的一天,他敲开乔志远办公室的门,让乔志远提拔自己。乔志远从未遇到在企业里主动跑官的人,让汪弘毅说出个子寅卯丑来,汪弘毅一番详细分析和果敢建议让乔志远大为欣赏。从此乔志远每次遇到重要决策,都会征询汪弘毅的意见。20年间,汪弘毅从证券事务代表,一路晋升为董事会秘书、副总裁、总裁、轮值CEO,成为盘古接班候选人。

乔志远行事天马行空、主意多变,繁复的公司事务令其甚是厌烦,于是决定从内部选拔一名总裁负责具体事务,而他只负责盘古的战略决策。跟随乔志远一起打天下的兄弟们都跃跃欲试。乔志远最初的人选并非汪弘毅,而是有"乔志远二世"之称的牧歌,可是不到两年时间,极具个性的牧歌就跟乔志远互生嫌隙,于是乔志远让汪弘毅接替了他的位置。坐上盘古总裁位置的汪弘毅担心自己就是个"见习总裁",随时会被乔志远干掉,每日如履薄冰,收敛了当年敲开乔志远办公室门的锋芒。

汪弘毅有一句口头禅,"董事长的话要过夜",这是提醒管理层的同事们,董事长乔志远做出决策后不要急于执行,说不定乔志远一觉醒来会改变主意,如果立即执行很容易出错,一定要等乔志远冷静下来想清楚了再执行。汪弘毅在总裁的位置坐了8年,乔志远从哈佛访学归来后,突然提出了轮值CEO制度。

盘古内出现了各种流言蜚语：乔志远已经对丧失锋芒的汪弘毅失去了信心？乔志远更欣赏敢冲敢闯的肖天？曾经的潜流变成了激烈的交锋，乔志远会将盘古董事长的位置交给谁？

乔志远设计的轮值CEO制度别出心裁，汪弘毅跟肖天在轮值CEO当值期间，同时分别兼任南方区域总裁和上海区域总裁，轮候者出任盘古总裁，向轮值CEO汇报，重大事件可直接向乔志远汇报。汪弘毅曾经出任盘古董秘，参与了多次资本运作，所以在其轮候期间，跟上市公司信息披露、资本运作相关的事务，各个部门都要向其汇报。现在的盘古管理层权力格局正处在一个非常敏感的时期，龙腾集团向盘古发动进攻，一旦汪弘毅的预言成真，盘古将陷入内外交困的境地。王欣看了看汪弘毅的表情，很谨慎地回答说："还没有。"

汪弘毅翻看着资料，头都没抬，问："14:30后的抛单、买单记录呢？"

电梯停在38楼，汪弘毅第一个走出电梯，王欣快步跟上，说："交易记录已经刻盘，会议室已经准备好了投影仪。"两人快步走进会议室，汪弘毅一眼就瞥见了坐在会议桌旁的资金总监武凌霄。武凌霄是肖天清华大学的师弟，一直在资金部门，他能从经理做到盘古资金总监，跟肖天屡次的提拔有密切关系。身为盘古资金的看门人，汪弘毅总感觉满脸和颜悦色的武凌霄是肖天安插在总部的坐探。

汪弘毅刚一落座，王欣就按下了桌子上的投影仪，开始播放盘古收盘前30分钟的交易录像。整个交易系统的数据犹如瀑布一般倾泻而出，王欣跟同事们已经将大额交易进行了整理，当数据滚动到14:45左右的位置时，汪弘毅突然指着卖档上出现的巨量抛单叫停，指着K线图说："突然在2.8%、3%跌幅的卖档上挂出大额的抛单，这是庄家才喜欢用的一字断魂刀。"汪弘毅右手抚着额头，冷峻地盯着定格的抛单，说："他们在远东证券乌龙指的浑水下操纵我们盘古股价。"

电光火石的交易让汪弘毅想起了乔志远出门时的轻蔑，黄天沙邀约乔志远在北京见面就是一场围猎游戏。汪弘毅在脑海里不断地推演整个过程，黄天沙将乔志远、方清平调离企业总部，在远东证券的核心部门放一把火，搅乱整个市场，黄天沙在南海市总部的操盘手浑水摸鱼，大笔买入盘古股票。难道是

第二章

密室会

黄天沙从伦敦请回的那位聪慧绝伦的总裁王曦若在背后兴风作浪？汪弘毅咬着牙，问对面的武凌霄："从交易盘口，能不能看出操盘者的风格？"

武凌霄清华大学毕业之后去了普林斯顿留学，回国在一家证券公司自营部门工作两年后被肖天挖到盘古。武凌霄在盘古资金部除了调度管理，还有一个重要工作就是账面现金管理，将富余头寸进行固定收益配置，确保盘古成百上千亿资金能够在闲置期保值增值。在汪弘毅进入办公室之前，武凌霄一直在观摩盘古最后 30 分钟异动的录像。武凌霄相当清楚，盘古搞轮值 CEO 制度，现在正是肖天轮值，汪弘毅这是在试探武凌霄的立场。

汪弘毅的问题一出，武凌霄脱口而出，说："鸢飞戾天。"

武凌霄一直很痛苦，自己不想卷入任何公司政治斗争，只想踏踏实实做自己喜欢的事。资金部是盘古的命脉，同事们总是用异样的眼神看自己，总觉得自己是肖天安插在盘古核心的钉子，无论自己怎么和颜悦色，无论自己怎么努力用业绩证明自己的能力，同事们在背地里都认定自己是装大尾巴狼。远东证券乌龙指出现后，肖天从上海给武凌霄打电话，询问盘古的现金流问题，希望武凌霄能够给出一个战略性的建议。

两位接班人询问问题背后，都是为了争夺筹码。肖天给武凌霄打电话时，盘古的卖档上快速堆上了巨量的抛单，武凌霄让同事将盘口异动进行实时录像以保留资料。之前武凌霄已经快速观看了两遍录像，当武凌霄听到战略性建议几个字的时候，立即想到盘古管理层在远东证券的持股计划，武凌霄意识到对方就是一只从空中突然飞来的凶猛大鸟。

汪弘毅在给乔志远打电话时已经有了自己的主意，从乔志远的话语中能感觉到，肖天应该也给了乔志远建议，汪弘毅首先想到的就是武凌霄给肖天出谋划策了。武凌霄非常清楚汪弘毅的目的，看似不经意的一个问题，就是要看看自己到底是站在盘古的公共利益一边，还是站在管理层权力潜流之下。在说出"鸢飞戾天"四个字后，武凌霄见汪弘毅脸上没有任何表情，继续很认真地说："操纵者趁着混乱凶悍出手，他们趁火打劫绝非为了眼前的利益，救人就是救己，我们应该围魏救赵。"

武凌霄的话令汪弘毅的眉头舒展开来。听武凌霄的弦外之音，趁火打劫者是冲着盘古的管理层资产管理持股计划来的。王欣在旁边听得有点云里雾里，突然电话响起，是证券事务代表打来的："王秘书，龙腾集团的公告发过来了。"汪弘毅吩咐："送到会议室。"证券事务代表很快送来了龙腾集团的公告，汪弘毅从头至尾看了一遍，王欣在旁边嘀咕："一个月没有交易，君安保险突然一天买了5000万股，他们想干什么？"

汪弘毅将公告递给王欣，轻描淡写地说："人家盯上我们了。"

王欣认认真真地看了龙腾集团公告的每一个字，公告除清晰地呈现了买入盘古股票的过程，字里行间满是对盘古的赞誉。她看完后递给武凌霄，还是很纳闷地问："国有企业是国家的经济基石，中国经济要持续提高竞争力，就要理直气壮做大国有企业，我们盘古的大股东是国有企业，龙腾集团这是要趁火打劫，跟远大集团抢筹码？"

盘古会议室的座位有特别规定，坐北朝南的位置永远都是留给乔志远的。乔志远在哈佛访学期间，无论是汪弘毅还是肖天，都只能坐在乔志远的空位置两旁。"君子居则贵左"，轮值CEO制度推行之前，作为盘古的"储君"，汪弘毅的位置在乔志远左边，肖天在总部期间坐在乔志远右边。汪弘毅会议室位置上一直放着一本《门口的野蛮人》，王欣这么一问，汪弘毅将书递给王欣，说："你看看这个。"

《门口的野蛮人》这本书在盘古总部已经是人尽皆知，这已经不是一本关于股权之争的书，现在已经成了盘古接班人争夺战的标志。汪弘毅在前一阵子的股东大会上让管理层以及股东们警惕野蛮人，盘古账面上拥有3000亿元现金，看上去富得流油，在汪弘毅看来盘古已经到了难以将现金转化为生产力的天花板时期，一旦野蛮人为这巨额现金而来，必将上演一场血腥的利益瓜分战，盘古曾经的辉煌将一去不复返。肖天对此很是不屑，认为只要快速扩张，消耗掉账面上的大量现金，抢占更大的市场份额，野蛮人只能望门兴叹。

王欣看着汪弘毅毫无表情的脸，问："难道龙腾就是那个野蛮人？"

汪弘毅指着龙腾集团的公告资料，说："你看看，他一年的房地产营收是多少？"王欣看了看，很轻蔑地说："这点规模，都没有我们一个楼盘的量大，还想当我们盘古的家？"汪弘毅指着《门口的野蛮人》一书，说："刚才凌霄

第二章

密室会

说了鸢飞戾天，这个词后面还有一个词，那就是望峰息心，现在盘古的奇雄浩荡已经深深地吸引了龙腾集团这只凶猛大鸟，他现在是盘古的股东，不只是野蛮人那么简单，他是我们未来的敌人。"

武凌霄第一次听到汪弘毅这么称呼自己，突然有种不祥的预感：锋芒毕露的肖天跟重剑无锋的汪弘毅竞争恐怕胜算不多。对手的朋友也是对手已经是古典时代的落后观念了，能够将对手的朋友拉拢为自己的盟友，才能在竞争中孤立对手。武凌霄没想到汪弘毅已经将刚刚持股比例超过5%的龙腾集团视为敌人。武凌霄更没想到的是，君安保险在买入盘古股票期间，乔志远正在北京跟黄天沙见面。王欣在旁边说："我们可以拒绝龙腾集团。"

汪弘毅鼻孔里哼了一声，说："拒绝？越是拒绝，越是有人趁火打劫。"

王欣跟武凌霄都听得云里雾里，难道汪弘毅、乔志远都拒绝过龙腾集团了？作为盘古的董事会秘书，在信息披露和与投资者关系方面，王欣一直是监管部门树立的榜样，难道龙腾集团买入盘古股票背后还有未披露的信息？王欣试探性地问："龙腾集团之前跟管理层接触过吗？"汪弘毅没有直接回答王欣的问题，而是抬起手腕看了看表，这个时候乔志远应该已经到上海了。汪弘毅很坚定地说："接通董事长的电话。"

乔志远从紫宸会出来，直奔机场，一路上脑海中都是黄天沙挥之不去的微笑。盘古的大股东远大集团持股不到15%，管理层只能每年分红后才能买入，一旦黄天沙在盘古大股东跟管理层做出有效防御之前快速吃进筹码，管理层用什么策略才能捍卫对盘古的控制权？汪弘毅在总部给乔志远打电话时，乔志远刚刚从虹桥机场出来，正在肖天的陪同下，赶往远东大酒店。乔志远已经跟方清平约定，晚上在远东大酒店见面。

肖天坐在乔志远的左手边，手上拿着资料，将其中的一份递给乔志远，说："乔总，按照下午远东证券的对冲规模看，他们套现的头寸应该在50亿元左右，意味着他们的缺口差数十亿元，现在留给远东证券的路只有一条，那就是在银行间进行隔夜拆借，从目前我们掌握的信息看，银行已经拒绝拆借资金给远东证券，就算远东拆借到了交割资金，相信他们也会掉入内幕交易的泥潭，一旦被认定为内幕交易，会面临数倍的罚没。"

乔志远侧身看了一眼肖天："你想说什么？"

牧歌曾经因为性格张扬，乔志远最终忍痛割爱。乔志远看了看旁边的肖天，又起了一直藏在心底的念头：如果肖天稍敛锋芒，堪称盘古最完美的接班人选。肖天身上有牧歌的影子，方正的下巴，高挑的眉毛，细长的眼睛，深邃的目光；强悍精干而不拘小节，严苛霸气而不留情面，八面莹澈而锋芒毕露。乔志远一度将汪弘毅内定为接班人，但在哈佛游学期间他意识到，如果一个人对一件事有一刹那的犹豫，也许就真的放走了幸运送给自己的机会。乔志远改变了主意，给肖天一个机会，也许就是给盘古和自己一个不留遗憾的机会。

肖天隐隐听闻乔志远有给人相面的暗习，只是乔志远从不以此技示人，但在选择合作伙伴的过程中，乔志远相当在意自己的眼缘。肖天从来不相信面相跟命数，就算一个人生下来就有好命数，但是经历了岁月的沧桑和时空的变化，任何一个人的面相跟命数都会随之而改变。肖天很了解乔志远，每次他问别人想说什么，就说明他心里已经有主张了。肖天依然毫不掩盖自己的想法，说："同远东证券保持距离，才能保护盘古的未来。"

乔志远没说话，只是一脸严肃地望着车窗外的人来人往。

王欣的电话打进来了，肖天一听就知道是会议室的远程电话会议模式。王欣在乔志远接通电话后说："乔总，龙腾集团今天下午通过君安保险买入我们盘古5000多万股的股票，加上龙腾集团其他账户持有的筹码，现在整个龙腾集团联合持仓量已经超过5%，他们已经将公告内容传给我们了，晚点时间就要对外公告了。"

乔志远淡淡地说："按照规则公告吧。"

听到王欣给他的确切信息，乔志远想起黄天沙下午在紫宸会说买入盘古股票时的表情。微笑有时就是一副毒药，它会杀死对手的自信。阅人无数的乔志远意识到自己低估了黄天沙。乔志远正要挂电话，汪弘毅突然插话说："乔总，黄天沙跟龙腾集团的行为绝非偶然交易，在14:45左右，我们股票突然遭遇巨量的抛单压顶，随后君安保险大笔买入，按照君安保险的成交价，他们一笔就赚取千万，这恐怕只是黄天沙的障眼法，一石二鸟才是真正的陷阱。我们不能坐视远东证券乌龙指的交割头寸缺口不管。"

肖天心里咯噔一下，黄天沙布下了一石二鸟的陷阱？远东证券乌龙指一旦出现交割问题，那么覆巢之下焉有完卵？盘古的管理层资产管理持股计划会因远东证券的麻烦而充满变数。肖天在旁边静静地听着汪弘毅的分析，脑子里不停地盘算着武凌霄下午的话，现在盘古有充裕的现金，听汪弘毅的话音，盘古此时只有救人才能救己。乔志远面无表情地扭头看了看肖天，意识到黄天沙已经向盘古的管理层捅了一刀子，问汪弘毅："有方案吗？"

肖天在一旁没说话，在乔志远问话时，汪弘毅瞅了眼对面的武凌霄，武凌霄仍然保持着脸上惯有的微笑，看不出任何的情绪变化，看样子就算武凌霄给肖天出谋划策了，至少肖天还没有向乔志远提出来。汪弘毅胸有成竹地说："现在通过银行、中证公司给远东证券拆借的路行不通了，我们盘古虽然不能直接给远东证券拆借资金，但是我们在黄埔银行有百亿规模的资金存管业务，我已经跟黄埔银行进行沟通，可以过桥拆借给远东证券，以解燃眉之急。"

挂断电话，乔志远盯着肖天，说："今天，我跟龙腾集团的老板黄天沙在北京见了面，黄天沙的胃口不小，从下午盘古的交易细节看，我们的股票在巨量抛单后被快速巨额买入，黄天沙的团队给我们来了个一字断魂刀，他这样做绝非为了千万的蝇头小利。今天的乌龙指将远东证券逼向悬崖边，我们在远东证券管理层资产管理持股计划中的股票就可能遭遇抛售，这是一个连环陷阱，绝非一个野蛮人能干得出来的。"

盘古正南方10公里之外，龙腾大厦灯火通明。

黄天沙站在最顶层的落地玻璃窗前，望着远处摇曳的灯火。琵琶岛上的夜航灯已经亮了，那里曾经是一个有着500年历史的贸易港口，欧美的商船通过内河进港，海关会对悬挂欧美国旗的商船鸣放礼炮，场面蔚为壮观。进入21世纪后，南海市成为南方金融中心，政府修建了一座从琵琶岛到香港元朗鳌堪石的大桥，将南海市跟香港两个亚洲金融中心连接起来。现在琵琶岛成为通往香港唯一的陆上贸易出口，也是南海沿江高速的咽喉。

龙腾集团的赞助是琵琶岛大桥的资金支柱，从项目动工的那一天起，黄天沙就喜欢站在窗前看海上工地不分昼夜、热火朝天的施工场景。这座大桥最终创下了海上修建的最长大桥的历史纪录，整座大桥只用了180天就全线贯通，现在从南海市到香港只要15分钟。南海市政府准备给黄天沙颁个奖，被黄天沙婉拒了。黄天沙不喜欢聚光灯，整日里抛头露面，各种情怀会搅乱思维，做生意不需要情怀，谈情怀伤钱。

乔志远离开紫宸会后，黄天沙站在窗前听了一段儿桂玉梅的戏。戏台上的生旦净末丑天天都在生活中上演，戏文都是文人骚客的无病呻吟，他们在现实中没有缠绵悱恻的爱情，只能将自己的内心想象写进戏文。黄天沙对桂玉梅的《鸳鸯冢》实在没有什么兴趣，索性离开，直奔机场。回到南海市后，黄天沙的第一件事就是让王曦若准备龙腾集团的资金测算报告。

山鹰会议室灯火通明，山鹰组的同事们早已下班喝咖啡去了，整个会议室只有王曦若一个人，她对君安保险、龙腾投资等多个龙腾系金融链条上的公司资金池进行了测算，又对远东证券的对冲量进行了测算，然后带着材料来到了黄天沙的办公室。黄天沙示意王曦若坐在自己对面。黄天沙的办公室有最先进的可视设备和数据系统，只要按下桌子上的一个红色按钮，办公室的墙壁上就会出现一个巨大的显示屏，将数据导入系统，跟龙腾集团的大数据进行融合，屏幕上就会显示出想要的数据。

王曦若快速地报出一组数据："从下午远东证券的对冲看，他们的期货合约与ETF对冲套现规模应该在50亿元左右，再根据公告的乌龙指交易数据，他们交割的头寸应该是72亿元左右，所以，他们真实的缺口是22亿元左右。"王曦若顿了顿，看黄天沙的表情毫无变化，继续说："从盘口风格可以判断，远东证券内部可以调动的流动性资金很有限，远东集团肯定不希望远东证券的危机蔓延到整个集团，明天早上9点如果不能按时交割，这就是我们的一个机会。"

黄天沙不屑一顾："这是一个小生意。"

王曦若跟黄天沙在伦敦三次喝咖啡的过程中，她发现，黄天沙虽然是农民出身，却有着与众不同的格局和视野。从面无表情到不屑一顾，王曦若知道黄天沙的脑子里肯定有更大的生意。王曦若抿嘴一笑："我就知道您志不在此。

远东证券在乌龙指公告发出来之前就开始进行做空,很显然他们知道乌龙指公告一出,市场上所有猜测中的利好都会破灭,无论是个股还是指数都会下调。他们提前做空的行为属于典型的内幕交易,做空套现盈利5亿元左右,这已经不是简单的个股操纵,而且已经引发市场动荡,证监会一定会杀一儆百,以儆效尤,对他们按照利润五倍进行顶格罚没才能平息众怒。"

黄天沙呵呵一乐,说:"这才有意思。"

在山鹰会议室,王曦若已经对远东证券的资金压力进行了测试,乌龙指事件给龙腾集团一个千载难逢的机会。王曦若接着说:"根据我们掌握的数据,远东证券一年的自营资金总量不超过170亿元,这次罚没总计将达到30亿元以上,也就是6个月的利润没了,加上明天早上的交割资金,远东证券在一定时间内都将面临资金流动性紧张的问题。我们向远东证券伸出援手,除了双方可以结成盟友关系,更重要的是可以将乔志远的命脉掌握在我们手上。"

黄天沙点点头,指着可视数据图上远东证券的LOGO,旋即将手指向了盘古的LOGO,说:"现在方清平正在张罗交割资金,我们真正的目标应该是他们。乔志远应该已经到上海了,他们担心自己的股票被抛售,必定出手救远东证券,管理团队拿不出足以拯救远东证券的资金,一定会打上市公司的主意,黄埔银行是最好的资金暗道。"黄天沙从座位上站起来,走到窗前。突然,黄天沙转身,很坚定地说:"他们的暗道已经是死路一条。"

第三章
救命夜

　　远东证券大厦的灯火逐渐熄灭。梅怡双手揉了揉眉心，望着空荡荡的办公室，有一种身体被掏空的感觉，如果有一张床，自己会立即躺下去。梅怡抓起桌子上的手机看了看，女儿凌薇打了12个电话。梅怡脑子里突然轰的一下，今天是凌薇16岁的生日，自己居然忘到九霄云外了！

　　梅怡正要拨电话，突然汪弘毅的电话打进来。梅怡看着电话迟疑了一下，接，还是不接？她将手机放到办公桌上，端起咖啡杯喝了一口，任由汪弘毅的电话嘀嘀地响个不停。梅怡每天上班的第一件事，就是给自己冲一杯咖啡，不加糖的咖啡散发出一阵阵浓浓的醇香味，入口的时候有一股苦涩的味道，滑入喉咙的那一刻，一丝微甜沁人心脾，当咖啡释放出来的腺苷酸在体内呼啸而过，整个人就会陷入一种奇妙的幻境之中。梅怡喜欢喝咖啡，一杯咖啡能呈映出百味人生。

　　离婚之后，汪弘毅已经两年没有主动给梅怡打过电话了。梅怡双唇重重地抿了一下，接起电话。电话里传来那个熟悉的声音："小怡，下班了吗？"认识梅怡的第一天，汪弘毅就这么称呼她，从恋爱到结婚生子，这个称呼就没有改变过。他们二人的感情一直很好，但汪弘毅的母亲一直盼着抱孙子，自梅怡生下凌薇，汪母就再没给她好脸色，梅怡一气之下回到上海父母身边，进入远东证券，跟汪弘毅开始了漫长的两地分居生活，汪母抱孙子的愿望自然就遥遥无期了。3年前，汪弘毅的母亲躺在病床上，逼着汪弘毅跟梅怡离婚。望着奄奄一息的母亲，汪弘毅含泪写下了离婚协议书。

听到汪弘毅这么叫自己，梅怡有一种恍如隔世之感，曾经爱的光阴已经随着眼泪的滑落，坠入尘土之中，消失在记忆深处。梅怡想了想，说："没，有什么事吗？"梅怡声音透着疲惫、平静和淡漠，通过电波穿越千里，路途中只有沙漠。爱就是一面镜子，一旦碎了，世上再无鬼斧神工之技可以将破镜缝合。汪弘毅心里五味杂陈，说："今天是凌薇16岁的生日，刚才我给她打电话，听声音她刚刚哭过。"

梅怡皱了下眉头，有气无力地说："我今天一忙忘了她的生日，应该是生气了。你打电话给女儿，是有什么事吗？"

汪弘毅的话令梅怡有几分失落，离婚至今加上今天这次汪弘毅一共才打了两次电话，第一次是因为他到上海出差，说想看看凌薇，从电话接起来到挂断，汪弘毅就没有一个字是关于梅怡的。那一次，梅怡拒绝了汪弘毅顺路来看女儿的请求。今天远东证券闹出乌龙指，梅怡一下午忙于应付交易所、监管部门，连喝口水的时间都没有，汪弘毅岂能不知道？一张口说的还是女儿的事，是来责怪自己没有养好女儿吗？汪弘毅听梅怡这么生硬的问话，连忙说："凌薇是我们的女儿，她生日我至少还是要打个电话的。我跟凌薇解释了，今天妈妈非常忙。"

梅怡听了，轻轻咬了一下嘴唇，说："你女儿生日，你打电话是应该的，我也就不谢你了。"

凌薇出生的时候，汪弘毅正好在日本出差，汪弘毅的爸爸妈妈都等在产房外，助产士出来说生了一个千金，汪父在旁边发愣，汪母一句话没说，一把拽过汪父转身走了。助产士当时就傻眼了，她摇了摇头，进产房给梅怡进行后续清理，心想一会两位老人就会回来，没想到护士把梅怡推出产房时，外面人影儿都没有。都说东江人重男轻女，但没想到汪弘毅的父母会如此决绝，梅怡顿时泪如雨下。护士见状，只能将梅怡推到病房。之后汪母拒绝帮助梅怡带女儿，更没有给凌薇买过一件衣裙，甚至没让凌薇吃过一顿饭。

梅怡跟汪弘毅未婚先孕，奉子成婚，汪弘毅订好了结婚酒席，汪母死活不同意，非要等孩子生了再补办。梅怡当时就想打掉肚子里的孩子，汪母坚持要生下来，生下女儿后，婚礼就再也没有下文了。从谈恋爱到离婚，汪母一直不让梅怡喊他们爸爸妈妈，只能喊叔叔阿姨。汪母提出一个条件，梅怡要想改口喊爸爸妈妈，二胎必须生个儿子。梅怡想想第一次自己被推出产房时空荡荡的走廊就后怕，拒绝给汪弘毅生二胎。汪母临终前，逼汪弘毅离婚，令梅怡对汪家彻底失望。

汪母的态度源于她的坎坷经历。汪母8岁的时候就以童养媳的身份进入汪家，16岁就跟汪父圆了房。遇到大饥荒，汪母迟迟怀不上孩子，汪弘毅的奶奶整日数落汪母是个不生蛋的鸡。好不容易怀上了，可第一胎生了个女儿，汪母还没来得及看一眼，孩子就被人抱走了。第二胎还是个女孩儿，因为营养不良没有送出去，只能留着自己养。到了1968年，汪弘毅出生，汪母在汪家的地位才得到改善。可汪弘毅还不到一岁，汪家男女老少就被作为封建余孽押出去四处游街。每一次游街批斗，汪母一定是典型。

令汪弘毅终生难忘的是1973年，那一年汪弘毅已经5岁了。已经被批斗了一上午的汪母再次被押到批斗现场，突然一个女红卫兵冲上来，朝着汪母就是一耳光，又饿又困的汪母顿时两眼直冒金星。女红卫兵怒气冲冲，厉声质问："你为什么反对毛主席？"汪母一头雾水，辩解说自己拥护毛主席，扯着嘶哑的喉咙喊毛主席万岁，可女红卫兵又是一个耳光，说："封建残余就是道貌岸然的伪君子，睁开你的狗眼看看，看看我是谁？"汪母实在不认识，女红卫兵一声冷笑，说："就因为我是个女孩儿，一生下来就被你送人了，你当然认不出来。"那一刻，汪母才知道这个女红卫兵就是被她奶奶送人的大女儿。回到家后，有气无力的汪母咬牙切齿地说："当初就该把她活埋了。"

大姐在"文革"结束后数次登门跟汪母道歉，但汪母拒绝见自己的女儿，汪母放话，只要自己没死，大女儿休想踏进汪家一步。汪弘毅的二姐也被早早地送进工厂做工，赚钱供汪弘毅上大学。汪弘毅一直对二姐心怀愧疚，工作之

第三章

救命夜

后时时接济下岗的二姐。没想到，母亲当年的悲剧，再次在梅怡身上重演。汪弘毅多次规劝母亲，都被汪母拒绝。从梅怡跟汪弘毅谈恋爱，汪母就不喜欢她，觉得梅怡跟大女儿的面相相似，看到梅怡就像看到大女儿，让自己浑身难受。梅怡直到汪母病危都不给汪家生儿子，汪母在临死前坚决要给汪家做最后一次主，将不生儿子的女人赶出了汪家。

汪弘毅能听出梅怡的话外之音，说："小怡，无论我们之间有什么不愉快的过去，凌薇都是我们的女儿。你忙完了就早点回去吧，女儿还在家里等你过生日。"梅怡一听，眯起眼睛，缓缓地说："16年里前15年没见你在女儿生日时打过电话，今天你打这个电话恐怕不是关心女儿生日，而是关心你们的持股计划吧？"汪弘毅非常了解梅怡，这个女人天生敏感，总能从蛛丝马迹中找出端倪，这也是方清平将其放在董事会秘书这个位置上的原因。

汪弘毅呵呵一声笑说："乔总到上海了，今晚我只关心凌薇的生日。"

梅怡实在太累了，再也不想听汪弘毅的任何一句话，啪的一下挂断了电话。看了看表，已经8点了，立即抓起电话给凌薇打过去。

汪弘毅坐在办公桌前，望着空荡荡的会议室，想起了母亲，想起了自己在母亲病床前签下离婚协议的那一刻，想起了梅怡拿到离婚协议时满脸泪水的模样。自己能在商场上纵横，却无法化解婆媳矛盾，这是汪弘毅心中永远的痛。这不仅让他失去了夫妻情分，也失去了一个家庭不可磨灭的亲情。

挂断凌薇的电话，梅怡拖着疲惫的身体来到八楼会议室。

方清平铁青着脸，整个会议室一片肃静。梅怡坐到沈浩明的旁边，掏出笔记本准备会议记录。方清平看了看表，侧身问办公室主任："财务部在搞什么名堂？怎么还没到？"办公室主任说："刚才我打电话问过了，他们正在跟一家机构开电话会议。"方清平怒目圆睁，说："跟这家机构的电话会议不是一直是梅怡他们负责吗？"梅怡一脸茫然，问："什么电话会议？"办公室主任连忙解释，说："是讨论资金拆借问题的会议。"

梅怡长舒一口气，方清平一挥手，说："不等了，老沈，你说说我们现在的资金问题吧。"沈浩明坐在方清平对面，从乌龙指发生到现在不仅没有吃一口饭，水都没来得及喝一口。他清了清嗓子，示意办公室主任将文件接到投影上，一连串的数据跳出来。方清平脸色紧绷，沈浩明用荧光笔指着数据说："交易部通过对冲，套现50亿元，头寸缺口还差20亿元，公司可调动流动资金2亿元，我们已经向集团申请了资金补缺，集团财务部还没有回音。"

方清平站起来，手一压说："别指望集团财务部那帮大爷了，他们现在恐怕早已经哄老婆孩子去了，等他们把钱划过来，远东证券早被人挤兑了。今天大家都看到了，交易所、监管部门都来了，现在已经不是我们远东证券一家公司的问题，更事关整个证券金融以及整个资本市场的稳定。明天早上9点之前，无论想什么办法，一定要确保交割资金到位，否则，远东集团股票在香港H股将进一步暴跌，引发集团金融股连锁反应，整个A股也可能剧烈动荡，到时候我们吃不了兜着走。"

整个会议室开始躁动，银行拒绝给远东证券拆借资金，各大合作机构要拆借上亿的资金必须经过董事会讨论，远东证券根本没有时间等他们走完流程。

方清平看了看表，乔志远已经到酒店了，冲沈浩明说："我们必须分头行动。"说完，方清平随即下楼。乔志远下榻的远东大酒店到远东证券步行也就10多分钟的距离。刚下楼，黄天沙的电话就打进来了，没有任何的寒暄，黄天沙开门见山，问："方总，我怎样才能帮到您？"

黄天沙的话把方清平给惊到了。乌龙指一出，曾经的商业伙伴见到他跟见到鬼一样，第一拨拒绝远东证券的是银行，第二拨是那些被方清平亲手推向资本市场的上市公司。方清平跟黄天沙交往数年，从未有过利益往来，本以为黄天沙打电话只是对北京紫宸会的秘密会晤说点客套话，没想到黄天沙如此爽快。方清平如今已经是火烧眉毛，一听黄天沙都主动发话了，也就顾不得面子问题了，说："天沙兄，今天的事你也知道了，现在啥都不缺，就缺钱。"

黄天沙哈哈一笑，说："只要是钱能解决的问题都不是问题。"

霓虹灯下，方清平一边走一边苦笑着跟黄天沙说："天沙兄，一分钱难倒英雄汉，更何况我现在差的不是一星半点儿啊。"黄天沙马上接过话说："方总，我们做企业的，永远都差钱。我们的工作不就是每天找钱嘛，怕就怕不差钱，不差钱的企业说明没有什么前途了。你们还差多少？我们龙腾集团旗下的公司在明天9点之前给你们划过去。"

第三章

救命夜

黄天沙的干脆让方清平有点感动，从来没有见过如此直截了当要帮助别人的生意人。方清平想了想说："天沙兄，不瞒你说，还差15亿。"方清平没有告诉黄天沙真实的头寸缺口，那是远东证券的核心机密，中证公司都对远东证券避之不及了，黄天沙真能给远东证券提供超过10亿的支持？如果黄天沙只是随口一说，晚上消息泄露出去，更没有机构会给远东证券提供流动性资金支持了，弄不好还会有机构半夜找资管部门来挤兑。

黄天沙一听就明白方清平对自己还是持谨慎态度的，金融就是恶魔和天使的连体儿，当撕下天使面具的那一刻，风险恶魔就犹如病毒一样肆虐，无论你曾经多么成功，也无无论你内心多么强大，恶魔都会吞噬你一切的自信。现在，风险恶魔已经包围了远东证券，谁才能成为方清平真正的救命天使呢？人世间最明亮的火焰往往是由意外火花点燃的，机会一旦错过了，就不会再来。黄天沙很爽快地说："方总，没问题，马上让你们的人跟我们的总裁王曦若对接。"

方清平还是很疑惑，但口上全是感激："天沙兄，危难中见真情，我马上吩咐下去。"

上海滩霓虹闪烁，夜灯似锦，如梦如幻。黄天沙的雪中送炭令方清平很是意外，龙腾集团真的会在几个小时内给远东证券提供超过10亿元的资金？生意场上，寻找机会的时候要像千里眼顺风耳那样眼观六路、耳听八方，机会来了一定要牢牢抓住。挂断黄天沙的电话，方清平立即给沈浩明打电话说："沈总，刚才我跟龙腾集团的董事长黄天沙通了电话，已经谈好拆借资金的问题，马上联系君安保险董事长王曦若，争取15亿元的额度吧。"

沈浩明一听，相当意外，问："他们什么条件？"

方清平很冷静地说："具体的你跟王总谈，第一时间将结果告诉我。"

给梅怡打过电话之后，汪弘毅再次回到会议室，心里总有一种莫名的不安。秘书给汪弘毅冲泡了一杯西湖龙井，这是汪弘毅的最爱，汪弘毅每年会从杭州龙井村定制第一批明前茶。在热水冲泡下，茶香清高持久，香馥若兰，茶汤沿着喉咙下去，齿间流芳，沁人心脾，顿时让人神清气爽，回味无穷。稍作休息，汪弘毅拿起电话打给了黄埔银行的行长朱民。第一次拨打，朱民手机处于无法接听的状态，第二次拨打的是他办公室的电话，朱民第一时间接听了。整个过程几乎都是汪弘毅在说话，朱民一直很淡定。汪弘毅总觉得哪里不对劲，挂断电话后，决定给盘古上海区域总部总裁助理杨子欣打个电话，询问上海区域最近一次跟朱民行长见面的情形。

杨子欣出生于书香门第，父亲是考古学家，母亲曾是公务员，在1992年下海经商。杨子欣没有听父亲的话考历史系，而是填报了东方大学最强的数学系。杨子欣有着一米七五的修长身材，简直就是校园里一道亮丽的风景线，加上美艳绝伦的容颜，使她当之无愧地成为东方大学的校花，成了无数豪门公子、翩翩君子追求的对象。7年前，杨子欣大学毕业，多家金融机构向她伸出橄榄枝，她拒绝了已经到手的十几份offer，而是应聘进入盘古商品房销售部，当了一名令同学们大跌眼镜的售楼小姐。

进入盘古销售部后，杨子欣整日除卖房子还是卖房子，母亲三番五次地劝她到自己家的公司协助管理家族产业，都被杨子欣拒绝了。杨子欣第一年就荣获盘古十佳销售代表，在参加总部表彰大会时，汪弘毅亲自给杨子欣颁奖。就在颁奖的一刹那，汪弘毅发现杨子欣职业微笑的背后掩藏着不可言说的秘密。第二年，汪弘毅将杨子欣调到集团总裁办，给肖天做行政秘书。

4年前，乔志远去哈佛游学期间，肖天出任上海区域首席执行官，在汪弘毅的批示下，人力资源部将杨子欣派到上海出任肖天的助理，协助肖天处理行政事务。杨子欣办事细致缜密，人情练达，很受肖天赏识。接到汪弘毅电话时，杨子欣正望着霓虹闪烁的外滩发呆。霓虹深处，男欢女爱，夜夜笙歌，多少新欢旧爱在这灯红酒绿的世界里上演离合悲欢。杨子欣不喜欢上海，4年里总有"罗衾不耐五更寒，梦里不知身是客"的漂泊之感。没等汪弘毅说话，杨子欣拉长了声调说："哎哟，汪总裁这么晚怎么想起给我打电话？"

汪弘毅一听杨子欣的腔调，很严肃地问："还在办公室？"

杨子欣很慵懒地伸了伸懒腰，握着电话在窗前走来走去，每次在电话里听到汪弘毅如此硬邦邦的问话，杨子欣的心里就像爬满了蛇虫鼠蚁。原以为到了上海就可以忘记过去，可是这个自己并不喜欢的城市犹如一个时光刻录机，总能将自己最想忘记的东西清晰地呈现出来。每次接到汪弘毅的电话，杨子欣都有一种上帝跟自己开了一个玩笑的荒唐感。杨子欣冷冷地问:"你这是关心我,还是关心我的工作?"

汪弘毅眉头一皱,今天难道真是犯了桃花煞?梅怡刚刚没给自己好气,杨子欣又阴阳怪气。咽下一口鲜爽甘醇的茶汤,汪弘毅顿时镇静下来:"我刚跟黄埔银行的朱行长通了电话,总觉得哪里不对劲,今天肖天有没有跟黄埔银行进行沟通?"杨子欣一听更不高兴了,噘着嘴说:"汪总裁,当初我放弃那么多offer进入盘古,不是专门来给你当坐探的,拜你所赐,我进入盘古7年了,还只是个行政秘书。"

很显然杨子欣话里有话,汪弘毅警觉地问:"你想说什么?"

杨子欣甩出一句话:"我只是一个秘书,肖天让我加班,我就只能在办公室等着,别的不知道!"

电话里传来嘟嘟的声音,杨子欣挂断了电话,这在之前从未发生过。杨子欣今天怎么突然火气这么大呢?汪弘毅皱着眉头,靠在椅子上微闭着眼睛,脑子里再次想起朱民电话中一反往常的态度。现在乔志远正准备跟方清平见面,盘古在明天9点之前如果不能出手相助,远东证券恐怕凶多吉少,城门失火必定殃及池鱼。汪弘毅突然想起杨子欣的话,肖天为什么让杨子欣在办公室加班?难道肖天已经跟朱民接触过?

乔志远同肖天已经在远东大酒店1806房间等候方清平。方清平挂断沈浩明的电话,一边走一边琢磨突然发生的乌龙指,反复测试两年的程序怎么一上线就出问题呢?真是技术问题?10分钟的路程足足走了20多分钟。在敲开乔志远房门之前,方清平在大堂一个人静静地站了5分钟。乔志远是一个冷傲的人,他在企业圈总是特立独行,从来不加入任何企业家组织,盘古就像一个独行侠。现在盘古的轮值CEO是肖天,难道肖天说服了乔志远向远东证券施以援手?

方清平推门而入,因为中午在北京已经跟乔志远见过面,所以没有寒暄就切入正题:"乔总,肖总,抱歉没有早来迎候,你们肯定也都知道了,今天远东证券出现乌龙指交易,一大堆的事,尤其是头寸还有一定的缺口,需要在明天早上9点之前解决。"

乔志远没有开口,肖天接过话问:"方总,缺口还有多大?"

方清平简直不敢相信自己的耳朵,难道乔志远跟黄天沙讨论过?问话都是那么干脆利落,难道自己走后,乔志远跟黄天沙在紫宸会聊得非常投机?这个时候方清平已经没有心情去关心他们在紫宸会的会晤细节,在上楼的电梯里,方清平接到沈浩明的电话,远东集团同意从旗下的金融企业调集15亿元资金解决远东证券的资金流动性问题。出现乌龙指到底是因为程序故障,还是有人设置陷阱,在没有弄清楚之前,远东证券救命的绳子不能让黄天沙一个人牵着,要将君安保险的额度降下来。方清平果断地吩咐沈浩明:"20亿元的资金缺口加上证监会的罚没,向君安保险暂借10亿元,远东证券就能渡过难关。"

天下人都知道盘古很有钱,财务报表上趴着3000亿元的现金,在中国上市公司中绝无仅有。方清平在楼下就琢磨一个问题,盘古管理层的资产管理持股计划就是远东证券提供的配额资金,肖天现在是盘古的轮值CEO,跟乔志远在一起,盘古管理层一定已经决定给远东证券拆借资金。方清平稍微犹豫了一下,伸出五根手指头,说:"缺口差不多5亿元。"

方清平进入乔志远房间时,沈浩明正在跟王曦若开视频会议。

王曦若在中国金融圈一直很神秘,没有几个人见过王曦若的真面目。当视频会议系统打开的那一刻,沈浩明的脸上有一丝掩藏不住的惊讶,屏幕上的王曦若脸庞娇美,五官精致,称得上"清水出芙蓉,天然去雕饰",一头齐耳短发更显出精干练达。王曦若礼貌地向沈浩明打招呼,声音洋洋盈耳。沈浩明在客套地招呼后开门见山地问:"王总,君安保险可以拆借多少资金?"

"15亿元左右。"王曦若反问,"远东需要多少?"

沈浩明回答得很直接:"10亿元。你们的条件是?"

在跟沈浩明通话之前,王曦若跟黄天沙已经有了一个完整的暗度陈仓的计划,只是这个计划一定要让入局者能够愉快地接受。王曦若很镇静,干脆地说:"同期的银行存款利率就OK,当然,需要有优质资产进行抵押,比如优质的资管计划等资产包。"

第三章
救命夜

王曦若的话音一落,沈浩明旁边财务部、资管部的负责人立刻喜笑颜开。银行拒绝远东证券,龙腾集团关键时刻调拨10亿元资金驰援,远东证券支付的成本只是同期银行存款利率,用优质的资管计划抵押也是天经地义。沈浩明毫不犹豫地回答说:"可以,我们的资管资产池可以向你们开放,具体的资产包你们可以提,不过你们的资金要在明天早上9点之前到账。"

远东证券的资产管理规模已经超过2000亿元,各种业务类型复杂,但黄天沙的目标非常明确,要的就是盘古在远东证券的管理层资管持股计划。不过,王曦若不想在今天的视频会议上立即提出如此明确的质押方案,于是非常淡定地回道:"没问题,今晚我们先签署一个电子版的协议,具体抵押的资产包让业务部门对接,资金划转我们马上安排相关部门去落实。"

远东大酒店的房间里,在方清平说到5亿元资金缺口时,沈浩明发来了短信汇报:跟龙腾集团总裁王曦若视频会议,双方已经达成资金拆借意向,龙腾集团同意拆借10亿元资金给远东证券。沈浩明还将拆借资金成本以及资产抵押条件进行了汇报。方清平看完短信长舒一口气,如此一来,远东证券短期的资金流动性就得以解决。

听到方清平说出5亿元资金缺口,肖天跟乔志远交换了一下眼神。方清平意识到,在自己进入这个房间之前,乔志远跟盘古的管理层应该已经进行过电话沟通,5亿元应该在盘古管理层可以直接调动的范围。乔志远从方清平看手机短信的表情可以看出,远东证券的绝大部分头寸应该已经筹集到手。乔志远点点头,说:"方总,我们一定竭力解决,让沈总直接跟汪总联系。"

黄天沙、乔志远的爽快令方清平有一种幸福来得太突然的感觉。盘古救援远东证券,是因为它跟远东证券是多年的合作伙伴,而且其管理层的资管持股计划在远东证券,那么黄天沙为什么向远东证券伸出援手呢?只是因为自己将乔志远约到北京同他见了一面吗?不过现在方清平已经没有时间考虑那么多,当务之急就是要钱救命。可盘古是上市公司,能在晚上的时间内拆借到资金吗?方清平问:"直接拆借盘古的资金?"

汪弘毅在给梅怡电话之后,立即跟黄埔银行行长朱民进行了电话沟通。盘古每年都会给银行带来几百亿的流水账,黄埔银行自然不会拒绝盘古的交易安排。肖天立即解释说:"方总,黄埔银行是我们盘古的合作银行,汪总已经跟黄埔银行的朱民行长谈好,可以进行过桥拆借,远东证券可以从银行间直接向黄埔银行拆借5亿元。"

方清平一听,大为感动,紧紧地握住乔志远的手,说:"乔总,肖总,感谢感谢!"

送走方清平,乔志远端起茶几上的水杯喝了一口水,吩咐肖天,说:"拨通弘毅的电话,马上开一个电话会议。"

汪弘毅正坐在会议室,闭目梳理一整天发生的事。夜深人静,会议室的电话响声特别刺耳,汪弘毅按了视频会议模式。视频里乔志远坐在茶几旁,肖天坐在乔志远对面,两人脸上都没有什么表情。作为轮值CEO的肖天第一个说话:"汪总,刚才我跟乔总见了远东证券的方清平董事长,远东证券的头寸缺口为5亿元,没有我们想象的那么大,情况估计也没有想象的那么糟糕。"

乔志远在旁边没说话,双手握着茶杯,面无表情地转动着。汪弘毅接过肖天的话说:"从下午远东证券做空的交易速度看,他们最终的缺口不少于20亿元,下午多家银行拒绝拆借资金给他们,他们在金融领域拆到资金的可能性很小,第一个答应给远东证券拆借的,理论上是他们的大股东远东集团,从目前情形判断,远东集团拆借规模也就在10亿元左右,一定有第三方机构拆借给远东证券10亿元左右的资金。"

谁还会在关键时刻给远东证券拆借10亿元资金?肖天挪了挪屁股,身子坐得更笔直了,难道汪弘毅嗅出什么了?肖天对远东证券的乌龙指持谨慎态度:"既然有第三方愿意给远东证券拆借10亿元资金,那么方清平为啥还要说5亿元缺口?远东证券的乌龙指很是蹊跷,这一次乌龙指一定会让远东证券元气大伤,随着监管调查的深入,远东证券存在的问题对于我们来说充满着不确定性,连他们的大股东远东集团都拒绝拆借全部交割资金,恐怕存在致命问题。"

肖天是要放弃拆借资金给远东证券吗?汪弘毅有一种幻听的错觉,这是肖天给自己布的迷魂阵,还是给方清平的烟幕弹?可为何让杨子欣留在办公室加班?难道?乔志远在旁边一言不发,在乔志远的世界里,执行力不讲如果,只讲结果。无论远东证券生死如何,乔志远的命在盘古。汪弘毅很沉着地说:"乌龙指为啥在远东证券爆发？只有远东证券才能够搅动整个市场，才能让那些水底的势力浑水摸鱼，如果这股势力是黄天沙，那野蛮人就真的上门了。"

乔志远在一旁听着这两位你一言我一语的分析，想起了中午跟黄天沙的见面，突然打断了两人的话，说："远东证券乌龙指爆发之时，方清平正在北京西山，我正在赶往西山见黄天沙的路上，盘古股票下午下跌期间，黄天沙气定神闲，跟我大谈他的理想，我们走出包间时，他的君安保险就成了我们的举牌股东。我们在给远东证券拆借资金的同时，要弄清楚给远东证券拆借资金的是不是黄天沙，如果是，他想干什么？"

凌晨6点，南海龙腾大厦灯火通明。

整整24个小时，王曦若都没有合眼，但精致的脸庞没有一丝疲倦。在进入山鹰会议室前，王曦若在自己的办公室冲了一杯咖啡。王曦若只喝牙买加Amber庄园的咖啡。Amber庄园位于牙买加岛东部，是蓝山山脉1000米山冠上唯一的咖啡庄园，在加勒比海的环绕下，太阳直射在蔚蓝的海面上，整个Amber庄园和山峰上反射出海水璀璨的蓝色光芒，犹如一个童话世界。Amber庄园主Lyn是华人后裔，祖籍潮汕，跟黄天沙家族是世交。Amber庄园只有30公顷，咖啡非常稀少。黄天沙听闻王曦若喜欢Amber庄园的咖啡，向Lyn庄主预定了10年，Lyn庄主每年在第一时间将收获的咖啡豆空运到南海。每当王曦若喝咖啡时，都感到一股蓝山的芬芳扑面而来，夹杂着浓浓的加勒比海味道。

王曦若容光焕发地走进山鹰会议室，山鹰组的成员已经全部到齐，资金部门已经将各种数据整理完毕，资产管理部门跟远东证券的抵押谈判刚刚结束。从各位同事脸上的笑容看得出，一切都在朝着预想的方向顺利地推进。各个部门的负责人开始汇报，王曦若在笔记本上不停地记录着各种数据，资金部门负责人已经按照王曦若的要求，做好了资金调度的所有安排。王曦若突然抬头问资产管理部门："远东证券资产管理部门答应我们的要求了吗？"

资产管理部总监唐雄飞是王曦若到龙腾集团之后，专门从一家华尔街证券公司大中华区挖过来的，他有着华尔街的行事风格，谨小慎微。他看王曦若神情淡然，说："按照既定策略，一开始我们就提出只要蓝筹股为标的的资产包，远东证券资产管理部连夜给我们开列了100多个标的让我们挑选，我们翻遍了所有的资产包，发现清单中并没有包括盘古管理层资产管理持股计划的资产包。"

王曦若一愣，问："难道这个包没有在他们的资产池中？"

唐雄飞从王曦若眉宇间微微的变化，看出一种势在必得的气势，立即回道："在远东证券的资产池中，不过，已经被列入了风险观察池。"

王曦若提高了分贝，问："进了风险观察池？"

整个会议室气氛紧张，同事们从没有见过王曦若如此大嗓门问话。唐雄飞点点头，说："远东证券乌龙指把盘古股价打下去，管理层的持股平仓线警戒线距离现在的股价只有一个跌停板，再加上盘古股价一直窄幅箱体震荡，被远东证券风险监测系统自动给划到风险观察池了，远东证券已经跟汪弘毅他们进行过协商，希望他们准备一笔资金补仓，不然很容易遭遇突发的强行平仓。"

王曦若点了点头，问："我们拿过来没？"

唐雄飞想都没想，说："没有。"

王曦若一拍桌子，质问："我的指令不明确吗？"

唐雄飞解释说："远东证券是按照我们的要求，在清单列出的都是优质的蓝筹股，我们提出盘古这样的蓝筹股一样可以考虑，对方担心潜在的穿仓风险影响我们两家的长期合作。"王曦若追问："他们担心我们把盘古管理层的筹码给处理掉了？"唐雄飞说："从他们的态度看，是这样的，不过，他们说可以用盘古这个资产包做抵押，他们甚至还询问有没有更大合作的可能，比如将部分资产包转售给我们。"

王曦若很严肃地吩咐："马上，拿下盘古资产包。"

山鹰组的同事们很认真地看着王曦若，只要是王曦若做出的决定，在这个会议室的所有人都要执行，哪怕是错误的决定，都要将其变成正确的结果。在组建山鹰组的第一天，王曦若只给大家说了一句话："不需要你看到别人有没有用，要让别人看到你有用。"从总监们的眼神中能看得出他们的疑惑，一旦君安保险接盘了盘古管理层资管持股计划资产包，风险也就转移到君安保险身

第三章

救命夜

上。总监们哪里知道,黄天沙、王曦若是要将乔志远、汪弘毅他们的命脉攥到手上。

唐雄飞在远东证券提到盘古资产包已经划入风险观察池时,心里也在不断地评估,是要一把将其拿过来,还是请示王曦若。在外资投行工作多年的经历,让唐雄飞更在意程序正确。听到王曦若如此果决,唐雄飞问:"远东证券乌龙指事件才开始,监管的调查还没有结果,如果远东证券出现资金流动性风险,我们承接他们的资产包风险就会放大,加上盘古本身股价表现很弱,如果在我们手上穿仓,到时候我们的风控怎么办?"

王曦若看了看表,说:"记住,请示问题不要带着问题请示,要带着方案请示。现在没有那么多时间讨论了。远东证券这件事我们要将眼光放长远一点,作为中国投行的标杆,无论是远东集团,还是监管部门,都不会看着远东证券衰落。盘古作为 A 股的一面旗帜,目前的价值被严重低估,别人恐惧的时候,正是我们逆市买入的最佳时机。至于风险,风险本身并不难控制,如果我们不清楚自己在做什么才是最大的风险。"

盘古大厦同样灯火通明。汪弘毅坐在办公室的靠椅上,一夜没有合眼了,窗外闪烁的霓虹灯渐次熄灭,晨曦中已经有早起的人们来去匆匆。汪弘毅双手搓了搓,在脸上沿着鼻子往上推,又揉揉了太阳穴。每一次熬夜,甚至通宵后,汪弘毅都会自我按摩,这样可以温经通络,行气活血,使面部肌肉放松、毛细血管扩张,有健脑宁神之效。汪弘毅抓起桌子上的手机看了看,已经早上 6 点了,黄埔银行的过桥贷款迟迟没有回音。

在等待黄埔银行消息的一整夜,汪弘毅反复观看了盘古最后 30 分钟的交易记录,先是巨量的抛单,紧接着是闪电一般出现的巨量买单,一看就是经过精心测算的交易老手所为。汪弘毅了解过王曦若的背景,这交易手法很符合王曦若的风格。龙腾集团从当初一个卖菜的小店发展到今天,其金融规模已经让人们忘记他们的房地产业务。王曦若令黄天沙如虎添翼,一夜之间居然想当盘古的大股东,胃口跟野心真不小。

汪弘毅再次想起跟杨子欣通话的那个细节,直觉告诉自己,给远东证券拆借的资金可能会在黄埔银行朱民行长那里出状况。汪弘毅在盘古超过20年了，轮值CEO制度之前，他已经在总裁的位置上坐了将近10年，汪弘毅自信每一次直觉都是自己的智慧与本能一瞬间融合产生的。只是这一次，一切都来得那么突然，如果是黄埔银行有变，自己怎么到现在都没有收到任何信息呢？

"咚咚咚"的敲门声传来，汪弘毅一听就知道是秘书来了。秘书从食堂给汪弘毅买来了早餐，带来了一份财经类报纸。报纸的头条毫无悬念报道的是远东证券的乌龙指，除交代世人关注的交割资金，还提出远东证券当天下午的对冲有内幕交易嫌疑。汪弘毅自言自语："内幕交易？巨额罚款？"汪弘毅坚信自己的判断是对的，一定有第三方机构给远东证券提供了10亿元以上的拆借资金。如果远东证券的对冲行为被监管机构判定内幕交易成立，远东证券将被处置缴纳巨额罚款，那么，盘古管理层资管持股资管计划警报就难以解除。

汪弘毅已经没有心情吃早餐了，他快速地扫了一下报纸上的新闻。除了乌龙指，他一眼就看到了龙腾集团举牌盘古的新闻标题，黄天沙以神秘富豪的形象出现在报纸上。报纸的编辑很有意思，将黄天沙画成一个戴着墨镜的黑色暗影，旁边是汪弘毅在股东大会上举着《门口的野蛮人》一书的照片。他认真地将黄天沙举牌的文章看了一遍，脑子里突然出现了一个更为可怕的假想局面。想到这里，汪弘毅的心跳加快、肾上腺素分泌加速，抓起桌子上的水杯，大口喝了两口。

乔志远为什么突然要推行轮值CEO制度？这个问题一直在汪弘毅的心底挥之不去。乔志远游学哈佛之前，商界领袖级人物杨笑天将北方集团董事长的位置交给了心腹爱将李洪庆，没想到乔志远游学期间，北方集团经营陷入困局。杨笑天跟乔志远在哈佛彻夜长谈，回到北京立即宣布重掌帅印。乔志远回国后，开始推行轮值CEO制度。除了肖天，成都区域首席执行官王刚、杭州区域首席执行官刘世雄，都兼任盘古副总裁，二人都是同乔志远一起打天下将近20年的老臣。经过第一轮的轮值，盘古接班人序列进入了汪弘毅和肖天轮替的时代，黄天沙闯进来，是敌人，还是乔志远接班游戏的演员？是游戏的终结者，还是天赐良机？

汪弘毅办公桌上，摆放着"梦想·家园"手绘活动中那个调皮蛋小家伙的

第三章
救命夜

作品。昨天社区手绘活动讲话后，他特意吩咐秘书要将那小家伙的作品带给自己。秘书将作品递给汪弘毅的那一刻，汪弘毅的脸上立即布满乌云。"杨鸣鹤。"看到这个小家伙的名字，汪弘毅小声地嘀咕了一句："真是个奇葩！"汪弘毅再次抓起杨鸣鹤的手绘作品，看着看着，嘴角出现了一丝微笑。危机是一把"双刃剑"，能刺伤自己，也能成就自己，关键看自己的态度和行动。汪弘毅再次看了看表，顺手将杨鸣鹤的作品放进了办公桌的抽屉里。

"滴滴滴"，汪弘毅的手机上出现一条信息：黄埔银行行长朱民被双规。

汪弘毅眼前突然天旋地转，都早上6点了，自己怎么一点风声都没有掌握？黄埔银行的资金无法划转到远东证券，乔志远、肖天在上海，这个信息他们能第一时间知道，为何没有人给自己信息？想起电话中朱民一反常态的说话语气，以及杨子欣的口吻，在自己给朱民打电话的时候，朱民其实就已经出问题，肖天吩咐杨子欣在办公室加班，他应该更早时间就掌握了朱民出事的信息。

肖天摆了他一道。

汪弘毅咬了咬后槽牙。电话响起来，是乔志远从上海打来的。汪弘毅左手托着下巴，食指抚着鼻子，平复了一下心情，右手接起电话。乔志远没等汪弘毅说话，率先说："弘毅，黄埔银行出事了，行长朱民因为经济问题被双规，黄埔银行的资金进出已经由调查组成立的一个专业小组接管了，我们盘古在黄埔银行的400亿元流动资金的安全没问题吧？"

肖天没有在朱民出事后第一时间向乔志远汇报？不可能！汪弘毅立即在心底否定了自己的这个愚蠢判断。汪弘毅现在要确认一下自己的判断，看肖天是不是给自己玩了一招挟天子以令诸侯的把戏。汪弘毅冷静而又舒缓地说："我们在黄埔银行的资金都是短期的销售回款，而我们在黄埔银行有等量的贷款，我们的资金本身有风险安全垫。倒是远东证券的拆借资金，到现在还没有音讯。"

跟汪弘毅电话会议结束后，乔志远跟肖天聊了一会儿盘古的未来发展问题，肖天就回到盘古上海区域总部。乔志远有一个习惯，睡觉的时候关闭一切通信工具。乔志远一觉醒来，手机上有一条肖天的信息，看到朱民落马几个字时，乔志远很是诧异，朱民家世背景优渥，在商界声名卓著，突然落马令人扼腕。自己因为拆借资金救援远东专程飞抵上海，一旦承诺无法兑现，自己在商界将沦为笑柄。汪弘毅的担心正是自己看到消息时的担心，乔志远说："肖天已经连夜跟盘古的供应商进行了沟通，他们会在8点准时将资金打入远东证券。"

"供应商？"汪弘毅话到嘴边又生生地咽了回去，改口成了两个字："好的。"从当上盘古总裁的那一刻起，汪弘毅就跟下属们反复叮嘱"董事长的话要过夜"，可现在心里还是咯噔了一下。肖天以轮值CEO的名义，在关键时刻能一夜之间从供应商那里调集数亿资金，看来上海区域已经成了肖天的独立王国，难怪在轮值CEO制度之前他多次拒绝轮岗北京。现在整个盘古已经是藩镇林立、诸侯割据，汪弘毅想到了杨鸣鹤的画，如果不冲破眼前的樊篱，就算自己掌舵盘古，到时候自己在各地诸侯面前也只是一个傀儡而已。

乔志远能从汪弘毅简单的两个字中听出一丝失落。现在整个商界都非常清楚盘古两虎争雄的格局，肖天跟汪弘毅谁能最终成为盘古的接班人一直备受瞩目。乔志远提醒汪弘毅说："弘毅，黄天沙和龙腾集团看样子喜欢浑水摸鱼，这一次黄天沙可谓连环出击，恐怕龙腾集团不只是想做一个大股东。"

汪弘毅抓过旁边的笔记本，厚厚的笔记本中夹有一张盘古、远东证券、龙腾集团三方关联草图。汪弘毅在等待黄埔银行电话期间，在草图旁边进行了各种推导。汪弘毅接过乔志远的话说："乌龙指发生期间，证券交易系统服务商旷世科技高管给远东证券写了一份说明函，承认是旷世科技的系统出现了问题。"乔志远皱着眉头，插话问道："闹这么大事，旷世科技主动站出来背锅，他们不想在金融圈儿混了？"

报纸上铺天盖地都在报道乌龙指，可没有任何一家报纸提及旷世科技的说明函，远东证券为什么不公开将包袱甩给旷世科技呢？汪弘毅摇了摇头说："蹊跷就蹊跷在这里，远东证券为了高频交易业务，专门招募了大量的工程师开发金融工程系统，到底是远东证券的金融工程技术出问题？还是旷世科技的交易系统出了问题？证监会的调查组还没有到上海，旷世科技就背锅，乌龙指真的只是乌龙指吗？"

乔志远有点纳闷，反问："金融工程技术？"

"远东证券一直在探索用金融工程技术手段来解决金融交易问题，金融产品的定价、交易策略、风险管理都程序化，专业程度已经达到国际领先水平。"

汪弘毅瞟了一眼旁边的材料，顿了顿，非常肯定地说："远东证券的高频交易资金额度每天只有 8000 万元，旷世科技的交易系统怎么可能生成几百亿的订单，成交超过 70 亿元？听闻远东证券内部开发的高频交易系统内测了两年，怎么一实战就出乌龙指了呢？"

在北京紫宸会跟黄天沙见面期间，乔志远就担心乌龙指背后有怪，现在一听汪弘毅的话就知道他的言外之意。盘古是成分股，正是远东证券乌龙指交易的标的，一旦调查组调查所有标的，那么盘古在君安保险买入期间的剧烈波动数据将难以掩藏。乔志远问汪弘毅："肖总昨天反复提醒我，让我们不要深度介入远东证券，建议寻求第三方接盘我们在远东证券的资产管理持股计划，你怎么看？"

难道肖天掌握了更多的远东证券乌龙指信息？汪弘毅现在心思不在远东证券乌龙指本身，盘古的未来才是自己关心的。汪弘毅听乔志远征求自己的意见，意识到乔志远在救助远东证券上已经有了自己的算盘，说："远东证券的资金链看上去给我们的持股计划会带来潜在风险，但相信监管部门绝不会让远东证券这杆大旗倒下。现在黄天沙闯到家门口，我们找第三方接盘持股计划容易给远东证券造成挤兑风险。救人就是救己，这次事件对我们盘古转型改革来说无疑是个机会。"

乔志远最欣赏汪弘毅处变不惊的性格，总是能看到他人看不到的机会。黄天沙的闯入一直是个阴影笼罩在乔志远心头，但乔志远很是不屑地说："危中有机，野蛮人就算闯进来，也无法阻挡我们将盘古做成百年老店。地产界现在就是一个大染缸，阿猫阿狗随便拿一块地，在上面盖几栋楼就成了地产商。我们盘古要在这个染缸里做得更多，那些投机者就不应该留在房地产界，有他们的存在，老百姓就住不上价格合理的房子，盘古有责任也有义务还行业一片清静，将那些混进来的阿猫阿狗彻底从这个行业里清理出去。"

汪弘毅听着乔志远指点江山，皱着眉头说："染缸已经成了火药桶。"

正在这个时候，肖天敲开了乔志远的房门。听见汪弘毅说的火药桶三个字，乔志远冷峻的脸上已经显示出两人的分歧。乔志远示意肖天坐在茶几对面，汪弘毅接着说："房子现在已经完全变成了金融产品，炒房可以轻松赚钱，大家都涌进来炒房,谁还愿意去苦哈哈地做实业?制造业的空心化会越来越严重。房地产的染缸越大,整个国家的资金成本越高,制造业越萧条,金融风险就越大。我们盘古要改变行业这个染缸首先就要改变我们自己。"

肖天在旁边看到乔志远一副冷冷的表情。盘古的每一步都在乔志远的运筹帷幄之中,管理层权力没有交接之前,乔志远岂容汪弘毅指点江山?乔志远将电话开启了免提模式,示意肖天可以参与讨论。肖天插话说:"房子事关民生问题,现在整个房地产界没有形成寡头局面,第一个竞争梯队里的各家公司,无论是土地储备的战略布局,还是楼盘开发的战术执行,都是不分伯仲的,现在比拼的是速度,速度背后是资源、资金的整合较量,如果我们不专注于解决老百姓的生计问题,我们甚至有被阿猫阿狗吞噬的危险。"

突然听到肖天的声音,汪弘毅心里咯噔一下。乔志远坐在旁边静静地看着肖天激情四溢的脸,整整一个夜晚,肖天都在处理承诺给远东证券的资金问题,现在依然是精神十足。在经过第一轮轮值 CEO 后,乔志远让肖天跟汪弘毅再度轮值 CEO,意在磨炼两个人的性格,希望两个人能够相互融合。经过不断地轮值,乔志远发现一股暗流正在他们俩之间涌动,如果圆规的两条腿都在动,永远都画不出一个圆。现在,肖天跟汪弘毅是在赛跑,乔志远明显感觉到缰绳越来越紧。乔志远问两位:"如果黄天沙闯进来,断了我们管理层的后路,怎么办?"

肖天脱口而出,说:"干掉他!"

汪弘毅略微停顿了一下,说:"我们的路他永远不会懂。"

紫宸会包房里,黄天沙毫不掩饰想要当盘古大股东时那种诡异的笑,在乔志远脑海里久久挥之不去。乔志远打断了两人的话,吩咐说:"远东证券事关我们管理层资管持股计划的安危,黄天沙举牌盘古事关我们管理层的未来。肖天今天继续将远东证券的援助问题落实,保证 9 点之前能够让远东证券完成正常交割。弘毅将龙腾集团的材料准备一下,这两天召开一个管理层会议,讨论公司年度分红问题,野蛮人既然来了,我们就要把它消灭在幻想之中。"

挂断乔志远的电话,窗外的晨光已经穿透玻璃幕墙,桌子上的早餐早已没有了热气儿。汪弘毅转身走进卫生间,用凉水浇了浇脸,望着镜子里冒出来的

第三章

救命夜

胡碴儿，抓起剃须刀，哧哧地剃了个精光。他在镜子前伸开手臂做了几个伸展运动，顿时整个人精神焕发。回到座位上，汪弘毅再次拨打了杨子欣的电话，电话响了一阵子，杨子欣才接起来。没等汪弘毅开口，杨子欣责备地说："你们还让不让人活了？"

汪弘毅立即安慰说："对不起，对不起，吃早餐了没？"

杨子欣揉了揉眼睛，抓起床头的闹钟一看，7:50，很不高兴地说："折腾了一晚上，刚躺下不到半个小时，你说我吃早餐了没？"盘古上海区域总部在公司附近有一栋单身员工公寓，从公司步行10分钟就可以到达。杨子欣穿着拖鞋下床，拉开窗帘，阳光顿时洒满了整个房间。梳妆台上有一只可爱的小猴子正冲着杨子欣微笑，那是汪弘毅专门从德国迈森家族定制的。迈森家族300年前造出欧洲第一件白瓷器皿，曾经是波兰王室的御用瓷器供应商，有"欧洲第一名瓷"美誉，每一件作品都散发着浓浓的皇室气息。

每次看到小猴子笑容可掬的样子，杨子欣的脑子里总会浮现出汪弘毅的面容。可每次见到他，都觉得他是一个无趣的男人，天天板着面孔，脸上永远都挤不出一丝微笑。只有在两人私密见面时，才能看到他那令人荡漾的迷人笑容。汪弘毅很是愧疚地说："事发突然，抱歉。应该很快就结束了。"杨子欣哼了一下，说："这话你说多少次了？这一次也别说这么早，鬼才知道还会有多少事等着呢？"汪弘毅听出杨子欣话里有话，追问："什么意思？"

杨子欣光着脚在房间里走来走去，说："黄埔银行行长昨天晚上10点就被带走了，那个时候我们正在会议室开会，肖天获得准确消息后，立即跟盘古上海区域的供应商开会，从晚上10点半一直开到凌晨4点，这期间任何人不得走出会议室，更不能对外打电话。"汪弘毅一愣，这意味着肖天昨天晚上10点半之前就已经获得了黄埔银行行长朱民被双规的准确消息，可无论是肖天还是乔志远，都对自己屏蔽了这条信息，让自己在南海盘古总部枯坐一个晚上，坐看肖天成功救助盘古管理层的盟友远东证券。

汪弘毅抓起桌子上的水杯喝了一口水，问："供应商都有谁？"杨子欣挠了挠头，很慵懒地说："上个月，给你发的那张照片，还有印象吗？"一个月之前，杨子欣突然给汪弘毅发了一张照片，上面是一位风姿绰约的女人。杨子欣说照片上的女人来公司找过肖天，这个女人从来都没有在会客记录中出现过，到盘古上海区域办公室是也突然造访，没有预约。之后，这个没有留下任何记录的女人再也没有出现在盘古在上海的任何一个办公区或者工地。

"那个女人是盘古上海区域的供应商？"汪弘毅对整个盘古系统供应商的数据烂熟于胸，怎么都想不起来照片上那个女人到底是谁。杨子欣在电话那头噘着嘴说："昨天晚上我一直留在公司值班，肖总让我准备好电话会议系统，黄埔银行大约晚上10点半给肖天打电话，告知肖天他们行长朱民被双规，亿元以上的资金调动都要向专案组汇报，黄埔银行无法保证将5亿元过桥拆借资金打给远东证券。电话之后，肖总开始在会议室通过电话会议系统跟供应商协商，一个月前突然出现的那个女人昨晚再次出现了。"

汪弘毅顿时兴趣盎然，问："你们有备份资料吗？"

杨子欣一直希望离开汪弘毅，可汪弘毅犹如有强大的魔力，总能够在自己不开心的状态下，通过工作迅速地转移自己的情绪焦点，让自己进入他掌控的世界。汪弘毅这么一问，杨子欣脑子里出现一个月前的画面，那个神秘女人来到公司门口，肖天亲自接进办公室，没有进行访客登记。事后安保部门提交了一份监控维修申请，在那个神秘女人进入公司期间，公司的监控设备坏了，意味着公司没有留下她的任何监控记录。杨子欣获得的照片是前台小妹自拍的时候无意间将那个女人拍进了照片之中。

照片上的女人到底是谁？杨子欣一直很想弄清楚，可是整个盘古上海区域没有人知道这个女人的来路。杨子欣很肯定地告诉汪弘毅："我查阅了所有可以查阅的记录，都没有关于她的任何资料，如果上一次不是前台自拍，连一张照片都没有。按照盘古的内部流程，所有的供应商资料都应该归档入库，档案中没有关于她的任何蛛丝马迹，所以她不可能是我们的供应商。很奇怪，她确实是以我们盘古上海区域合作伙伴的身份在跟肖总谈资金拆借的事。"

汪弘毅追问："怎么谈的？"

杨子欣突然提高嗓门，说："你们这些男人怎么都这副德性？一听是美女就来了兴趣。从电话接通到现在，除了问我吃过早饭没，你关心过我哪怕一句话吗？"汪弘毅真的很无语，女人为什么总是无厘头地情绪波动呢？杨子欣跟自己闹情绪的时候，汪弘毅有时会想起梅怡，梅怡从来不会在家之外的地方跟自己闹情绪，可只要在没有熟人的地方杨子欣就经常耍小孩脾气，让汪弘毅很尴尬。

汪弘毅立即脸色一沉，提醒杨子欣说："不要胡闹，我在跟你谈公司正事。"

杨子欣将脚下的拖鞋一甩，光着脚丫子站在窗前，声音明显提高了好几个分贝，说："好，那我也跟你谈谈正事，我现在是肖天的秘书，他是盘古的轮值CEO，无论是从盘古的行政组织构架，还是上海区域总部职能，我的汇报对象都是肖天，你是总裁，你的汇报对象也是肖天，你没有权力向轮值CEO的秘书询问轮值CEO的相关事项。"

杨子欣望着对面公园，看到一位老爷子正推着轮椅上的老太太晒太阳，羡慕中夹杂着娇蛮，赌气说："如果你想要了解工作上的事，你可以打电话向肖天直接询问，也可以进行电子邮件询问，如果是书面材料，我作为行政助理，会第一时间转给肖天。"

杨子欣的突然发作刺痛了汪弘毅，乔志远推行的轮值CEO制度已经将自己架到一个尴尬的位置上。盘古已经不是当年的地方小企业，而是全国地产界的NO.1，业务遍及全球。在盘古，权力是工具，权势是巨鸩，一旦在盘古失去权力这个工具，曾经积累的权势将成为毒药，自己的所有努力也只能付诸东流。汪弘毅压制了内心的怒火，尽管就像杨子欣所嘲笑的，自己现在被限制了权力，可还是可以驾驭一个行政秘书的，不过汪弘毅从来不想凭权力驾驭杨子欣，否则杨子欣会觉得自己内心虚弱。

汪弘毅安慰杨子欣说："如果不开心就休假，想去哪？圣托里尼？西澳？"

无论是圣托里尼还是西澳，都是杨子欣心之所向的度假胜地。蓝色和白色为主色调的圣托里尼被誉为"上帝的调色板"，有女生幻想中的一切浪漫元素：阳光、沙滩、大海、蓝天、白房子，是梦想中的蜜月度假胜地。四海八方的游客可以在岛上吹着爱琴海的海风，欣赏最美日落。西澳大利亚比悉尼淳朴，比墨尔本浪漫，有堪比大堡礁的自然奇观，却美得不喧嚣、不张扬，对它的每一次观赏，都会漾起你心中的涟漪，是释放生活压力的一剂强有力的良药。西澳有比圣托里尼更纯的蓝色，鲨鱼湾能满足你对蓝色的所有幻想。当汪弘毅说出这两个地方时，杨子欣的心一下子就软了，一个位高权重的男人，能记住一个女人最喜欢的两个地方，夫复何求？

杨子欣抿嘴一笑，说："算了，这一次就饶过你，你还有一大堆事要做。对了，昨天晚上肖总在会议室通过可视电话跟供应商开会，大概通过三个电话后，资金已经筹集了3亿元，第四个销售代理商的电话是肖总从自己手机里翻出来的，接通之后出现的就是那个女人，齐耳短发，看上去比原先的照片上干练得多，整个通话过程都是肖总在说，对方只是偶尔点头，或者附和一下，对于援助条件没有提出任何异议。"

汪弘毅追问："销售代理商？"

杨子欣很肯定地回答："是的，肖总叫她周总。"

周总？周总？汪弘毅在脑子里不断搜索盘古的销售代理商数据。汪弘毅在盘古是出了名的记忆超人，有着过目不忘的天赋，在商业谈判的过程中，对手的任何一个细节都犹如刻画在汪弘毅大脑里一样。推行轮值 CEO 制度之前，汪弘毅喜欢调阅各地区域公司的商业数据，只要汪弘毅调阅过的数据，无论何时何地都能脱口而出。盘古上海区域就没有周姓的合作方，更别说销售代理商了。汪弘毅问："会后有更多这个周总的资料吗？"

杨子欣听闻过汪母的传闻，汪弘毅遗传了汪母的执着，只要是汪弘毅认定的事，不达目的誓不罢休，现在肖天突然上位，成了汪弘毅接班最大的竞争者，只要一步不慎，就容易在竞争中失去乔志远的青睐。现在是汪弘毅竞争接班人的关键时期。杨子欣回忆说："我们跟供应商和代理商开完电话会议已经是深夜一点钟了，之后我就陪着远东证券的业务负责人跟盘古的合作商们进行更详细的对接，差不多5点对接完毕，然后肖总又召开了一个内部会议，吩咐最后的对接收尾工作。周总的资料我根本就没有时间去收集。"

汪弘毅右手中指在办公桌上轻轻地敲击着，脑子里试图厘清 24 小时内发生的所有事。肖天临时拉来盘古上海区域的合作商，关键时候得到一个陌生女人出手相助，在很短的时间内筹集出数亿资金，这是肖天在盘古的权势，还是另有布局？黄天沙的闯入，是野心，还是盘古内部人的珠联璧合？汪弘毅吩咐杨子欣说："无论这个女人有多神秘，要尽快查清她的底细。"

第三章

救命夜

龙腾集团南海总部,王曦若走出山鹰会议室,直奔黄天沙的办公室。

从山鹰会议室出来,是一条空中走廊,站在走廊上,可以远眺琵琶岛,碧海澄波,海天相接,远处偶尔有海燕盘旋的身影。放眼望去,辽阔的海景顿时让人豁然开朗。空中走廊与琵琶岛相对应的方向,有一个空中花园式的天井,里面一年四季百花盛开,黄天沙每天早上都会在廊桥之上向水中投食,黑蝶和雪龙成群逐食。黑蝶跟雪龙对水温要求极为严格,黄天沙专门从日本请来工程师对鱼池进行了特殊处理。天井鱼池对龙腾集团家属们开放,家长可以带着孩子预约参观,一到假期这里就成了孩子们游乐的天堂。

空中走廊的尽头就是黄天沙的办公室。王曦若走进办公室,黄天沙示意她坐在自己对面。王曦若已经24小时没有休息,黄天沙站起来走到咖啡机前,亲自给她冲了一杯Amber咖啡。除了王曦若,黄天沙没有给任何人冲过Amber咖啡。王曦若优雅地接过咖啡,放在书桌上,打开笔记本。只要王曦若进入龙腾集团大厦见黄天沙,黄天沙一定会西装革履相迎。黄天沙右手松了松脖子上的红色领带,问:"现在我们还能调动的资金有多少?"

王曦若脱口而出:"短期内80亿元。"

黄天沙站起来,很笃定地说:"那我们继续吃进盘古5%的筹码。"

王曦若在笔记本上快速地记录着黄天沙的话,没有立即附和。黄天沙继续激情四溢地说:"乔志远他们为了让管理层资管持股计划在低位吸收筹码,这几年一直进行业绩压制,导致盘古股价处于历史性的低位。现在我们手上不仅掌握了超过5%的盘古股票,还拿到了乔志远他们的资管计划抵押权,我们只要继续吃进5%的筹码,实际控制的筹码就能一举超越盘古大股东远大集团,成为拥有话语权的盘古大股东。"

黄天沙跟乔志远见面之后,没有跟任何人提起过这次会面,王曦若对乔志远在黄天沙面前的冷傲一无所知。王曦若唯一知道的就是黄天沙有一个疯狂的产业计划,其旗下的金融产业欲借道地产打通居家产业链。听黄天沙说要再吃进5%的筹码去掌控盘古,王曦若想了想,说:"黄总,乔志远他们的资管持股计划抵押权是一个相当弱的权益,如果远东证券乌龙指的调查持续时间很长,那么他们遭遇巨额没收和罚款的压力就没有那么大,盘古管理层资管持股计划的安全边际会提高,我们对抵押权的控制就会被削弱。"

控制权才是乔志远的命脉,王曦若的担忧不无道理,黄天沙点了点头,说:"乔志远他们持股计划的安全边际关键在于远东证券的资金链压力和盘古自身的股价。这一次远东证券乌龙指调查组的负责人是端木良赐,湖南人,骡子脾气,之前没有办理过类似的乌龙指案。这个人有一个怪癖,就是喜欢挑战,喜欢办难度大的案子,这一次岂会轻易放过?乌龙指搞得股指大起大落,调查组一定会在最短的时间内拿出调查结果,给公众一个说法。"

端木良赐已经率领调查组到了上海,远东证券乌龙指后的对冲交易已经被舆论斥为内幕交易,一旦端木良赐认定远东证券的对冲交易属于内幕交易,远东证券的资金链将受到空前的考验。王曦若有了一个更为战略性的想法,说:"龙腾集团整个投资体系很混乱,跟第三方机构的合作关系也很复杂,我们可以借援助远东证券的机会,对集团投资体系进行重新整合,把龙腾集团的资金集中在公司战略项目上。君安保险要进行第三方配置,此次援助远东证券可以让君安保险出面。同时,我们要将控股的岭南玻璃资本工具化,成为我们在资本市场的另外一只手。"王曦若从不带着问题来问问题,而是带着方案来提建议。

岭南玻璃真是一家令黄天沙头疼的上市公司,龙腾集团进入岭南玻璃已经有3年时间了,管理层曾经跟黄天沙谈判,希望资本能够保持中立,给管理层时间和空间。玻璃行业经过几十年的竞争,已经形成了区域和细分行业的寡头格局,可岭南玻璃在竞争中一直难以挤进行业第一集团军行列。黄天沙早就想改变岭南玻璃的现状了,说:"岭南玻璃现在确实只是一个产业公司,资本效率相当低下,本可以成为行业龙头标杆,但是管理层保守固执,没有格局,是需要变一变了。"

王曦若在给黄天沙提建议之前,调阅了岭南玻璃的财务以及董事会、管理层的日志,发现岭南玻璃的管理层请假频繁,商务出差数据跟业务开拓毫不匹配,整个管理系统混乱不堪。黄天沙已经有8个月没有去岭南玻璃了,王曦若没有立即将岭南玻璃的管理混乱汇报给黄天沙,而是颇为忧虑地说:"黄总,岭南玻璃现在有一个不好的苗头，5个月前，有一个分管生产的副总辞职，成立了一个叫珠江玻璃的公司，3个月前，分管销售部的副总也辞职了，同样去了这家珠江玻璃，看样子这个珠江玻璃是要对岭南玻璃进行人才、资源的蚂蚁搬家。"

在跟乔志远见面之前，黄天沙收到了一份关于岭南玻璃的工商资料，以及一封密信。黄天沙本想拿下乔志远后再腾出手来解决岭南玻璃的问题，既然王曦若提到了，那就让王曦若了解一下这背后的残酷现实。提起岭南玻璃，黄天沙心里很不痛快，但在王曦若面前始终保持着微笑，说："管理层创业，甚至成立竞争企业，这些都是看得见的，背后还有看不见的。珠江玻璃的投资人是一家注册在西藏的私募基金会，这家基金会的资金提供者就是岭南玻璃多年的竞争对手南方玻璃。南方玻璃这是在玩狼人杀游戏。珠江玻璃现在挖的全是岭南玻璃的人才和客户。你猜猜，珠江玻璃真正的创始人是谁？"

王曦若没想到岭南玻璃高管异动背后，居然杀机四伏，问："谁？"

在黄天沙的世界里，背叛是因为有足够的筹码让一个人远离自己的灵魂，他从来不相信一个人可以将忠诚刻在灵魂之上。黄天沙哼了一声，很是不屑地说："南方玻璃怎么可能挖两个副总来跟岭南玻璃打仗呢？如果真是那样排兵布阵，我还真不把他们放在眼里。南方玻璃玩狼人杀也要擒贼先擒王，吴岐庸才是珠江玻璃真正的老板。没有眼界格局我可以包容，但是吃里爬外，我绝不宽恕。"

王曦若一听吴岐庸，颇为惊讶，吴岐庸是岭南玻璃的董事长，跟乔志远一样，也是上市公司的创始人。吴岐庸曾经在记者的聚光灯下喊出"岭南玻璃就是我生命的全部"的口号，那个时候南方玻璃正在举牌岭南玻璃，想一举吞并吴岐庸创建的岭南玻璃。言犹在耳，现在吴岐庸却将匕首刺向了岭南玻璃。王曦若深受欧洲绅士文化的熏陶，对吴岐庸背叛自己的誓言很难理解，问："当初岭南玻璃遭遇南方玻璃举牌，吴岐庸邀请龙腾集团做他们管理层的白衣骑士，他们怎么这么快就背信弃义了呢？"

吴岐庸背信弃义在南方玻璃举牌之时就已经显露迹象。黄天沙呵呵一声冷笑，说："以吴岐庸为首的岭南玻璃管理团队一直在筹划MBO，可南方玻璃的举牌打乱了他们的管理层持股计划，龙腾集团作为白衣骑士进去成了岭南玻璃的控股股东，南方玻璃被迫出局后并不甘心，私下跟吴岐庸谈判，双方最后商议的结果就是再造一个岭南玻璃，这是多大的利益。"

王曦若很坚决地说："既然管理层已经溃烂，我们就不能让不道德的人继续挖墙脚。"

堡垒总是从自己内部攻破的。黄天沙在珠江玻璃成立之时就跟吴岐庸通过电话，希望岭南玻璃能够在商业机密、市场开拓等多个方面整肃队伍。当黄天沙拿到那封揭露珠江玻璃内幕的秘密信件时，恨不得操起电话将吴岐庸痛骂一顿，不过，黄天沙要集中精力对付乔志远，只能先压下怒火。王曦若说完，黄天沙点了点头，说："改组岭南玻璃董事会是早晚的事，只是现在还不是时候，现在我们的主要目标是盘古，只要拿下盘古，再加上有龙腾集团的金融助力，我们就能将上下游产业打通，形成一个产融结合的产业托拉斯。"

天马行空的想法一直在黄天沙脑海中滋长，金融与实业相融合是中国无数商业大佬的梦想，曾经有大佬倒在这条充满着光荣与挑战的道路上，后再无人愿意探路。黄天沙是一个敢干他人之不敢干的人。看上去异想天开，其实是一个心思缜密的人。王曦若认同黄天沙的策略，说："现在舆论聚焦远东证券乌龙指对我们是个机会，我测算了一下，如果我们再投入100亿元资金，就可以拿到盘古15%的筹码，超越远大集团成为盘古的第一大股东，只要这张王牌在手，就可顺势改组岭南玻璃，进行全产业链的整合。"

"100亿？干啊！"黄天沙态度坚决，毫不犹豫，盘古的账面上趴着3000亿元的现金，100亿元的成本简直不值一提。黄天沙自信满满，不自觉地从抽屉里摸出了香烟，看了看王曦若，又将烟放回抽屉里。王曦若很讨厌抽烟的男人，在她眼里抽烟的男人自律性都很差，不足以成大事。自王曦若加入龙腾集团，黄天沙曾经一天两包烟的习惯已经改变很多，尤其当着王曦若的面绝对不抽烟。黄天沙的老部下经常暗地里说，一个能为女人戒烟的男人，有什么事干不成呢？

黄天沙一脸歉意，很快回到正题，说："一个国家要发展，人才是第一位，现在的'80后''90后'整天思考的不是科学研究，不是国家未来，而是怎样买到一套房子，满足丈母娘的要求。泯灭了创造力，这是一个时代的悲哀。

第三章

救命夜

我们的产业链整合只是第一步,等我们掌握了全产业链,就能打破房价的坚冰,就能让年轻人做他们应该为这个国家、为这个时代做的事,让老百姓过上美好生活。"

房地产商们不喜欢被当作夜壶,需要提振经济的时候,被拎出来;需要控制房价安抚民众的时候,又被塞到床底下。房地产商们永远只喜欢一个字:涨。黄天沙在房地产界就是个异类,一门心思要将房价打下来,以致同行们嘲笑他说:"你以为卖房子跟你当年卖白菜一个样?"在伦敦,经过几次交流,王曦若发现黄天沙思维跳跃,在一般人看来像是不着边际的胡说八道,没有多少人会有耐心去真正理解黄天沙的想法。

黄天沙很果断地说:"将筹码拿到14%,看看远大集团的动作。"

王曦若微微一笑,说:"我们兵临城下,远大集团上了火炉。"

黄天沙突然哈哈大笑:"没有进取就是堕落,现在盘古已经是企业标杆,但是成就也会成为他们走向卓越的绊脚石,如果他们继续裹足不前,就会被淘汰出优秀企业的行列,甚至会堕落成为二流企业。远大集团在盘古躺着做股东将近20年,他们沉睡的时间太长了,以致放任了盘古的退步,是应该让他们腾腾地方了。"黄天沙在房间里来回踱步,顿了顿,很有信心地说:"如果远大集团增持盘古的股权,他们将面临双线作战,远大集团的董事长黄国胜没有必胜的把握,是不会轻易出手的。"

盘古的控股股东是中央企业远大集团,远大集团诞生于硝烟弥漫的战争年代,一直活跃在国际舞台上,为中国的经济建设立下了汗马功劳。远大集团持有盘古股权比例不到15%,盘古的命脉一直都由以乔志远、汪弘毅为首的管理层掌握。黄国胜出任远大集团董事长后,远大集团跟盘古的关系开始出现微妙的变化,王曦若对常年跟欧美商人打交道的黄国胜太了解了,她提醒黄天沙说:"黄国胜在粤港集团时可是一个狠角色,只要是他想干的事,没有干不成的。"

黄天沙点点头,脸上的微笑瞬间在嘴角处消失了,说:"黄国胜跟我一样,都出身底层,他能从一个归国留学生一步步走到今天的位置,是踩着多少人的脚印过来的。生意讲究的是时与势,黄国胜出任远大集团董事长之前,盘古的资产规模已经接近远大集团，远大集团的董事长王锋跟乔志远平时称兄道弟，王锋被双规之后，黄国胜以救火队长的角色接替王锋的位置。黄国胜到远大集团后，发现整个盘古只知乔志远，不知黄国胜。黄国胜对盘古管理层的态度也就十分冷淡，每次跟乔志远和汪弘毅见面都是一副公事公办的态度，很少称道寒暄。

王曦若按了一下桌子上的可视系统，墙上立即映出一张远大集团的关系图。远大集团主营业务涉及以啤酒、食品为主的大消费，以医药、医疗为主的大健康，电力、地产、燃气、水泥、金融七大战略业务单元，旗下有 20 家一级利润中心，实体企业 2134 家，香港 H 股、A 股、美股上市公司 24 家，香港 H 股有 4 家上市公司纳入恒生指数，A 股有 5 家上市公司纳入沪深 300 指数，一家上市公司纳入道琼斯指数。盘古是远大集团中资产规模最大的上市公司，资本回报率排名第一。

远大集团就是一个托拉斯王国，恐怕没人会想到它初创时在香港只不过是一个地下交通站，每天只有掌柜跟一个小伙计趴在柜台上。现在的掌柜不再是摇着蒲扇整天扒拉算盘珠子的老先生，而是掌管万亿资产的商界领袖级企业家。王曦若指着远大集团版图中央的盘古，颇为忧虑地说："我们的增持直接威胁到远大集团对盘古的控股地位，尽管远大集团只持有盘古股权，可盘古是远大集团上市公司中的龙头，一旦撼动他们的控股权，那就是触及 14% 的远大集团和黄国胜的核心利益，黄国胜也不会没有反应。"

黄天沙十分了解黄国胜的处境，很自信地说："在盘古和中华啤酒之间，黄国胜选择谁？远大集团现在的第一要务就是夺回中华啤酒的控制权，而不是跟我们争夺盘古的控制权。中华啤酒曾经有一个二股东，没想到现在二股东被全球最大的啤酒商美国博威收购了，作为中国最大的啤酒商，黄国胜如果不将控制权夺回来，那可是重大的国资事故，不仅是国有资产流失，更是民族品牌的丧失，黄国胜输不起。"

"黄国胜只能二选一吗？"王曦若用银光笔指着中华啤酒说："我们测算了一下，黄国胜收回中华啤酒绝对控制权的成本为 200 亿元，黄国胜可以调动的资金为 70 亿元，如果远大集团在收购过程中向金融机构放两倍杠杆，资金就不是问题。更重要的是，远大集团要想加强对盘古的控制权，可以不动用一分钱的现金，只要将旗下的远大地产跟盘古进行合并，就能获得30%以上的盘古股权，我们动用200亿元都难以获得控股权。"

黄天沙很有把握地说："乔志远他们已经断绝了黄国胜进行远大地产跟盘古合并的通路。"王曦若一愣，问："什么时候的事？"黄天沙切换了可视系统的按钮，指着墙上呈现出来的一张旧报纸："10年前，远大集团就提出了两家合并的想法，可无论是远大地产，还是盘古，都很排斥合并，乔志远他们搞的管理层资管持股计划，目的是确保管理层对盘古的控制权，就是对两家合并的一个重要防御性措施。现在这道墙随着他们管理层控制力的增强而不断变高变厚。"

"时间会改变一切，10年前管理层相互排斥，10年后在黄国胜的主导下一切皆有可能。"王曦若右手轻轻地在额头摩挲了一下，接着说："针对黄国胜的两家上市公司合并选项，我们可以主动出击，再次将其扼杀在萌芽之中。远大集团要想保住控制权，黄国胜只有一条路，那就是用现金增持盘古股票。王锋被双规的问题还没有完整说法，这个时候黄国胜用远大集团巨额资金增持盘古是很危险的，会陷入给我们龙腾集团抬轿子的舆论危机之中，很容易给竞争者送去弹劾头上乌纱帽的把柄。"

第四章
小顽童

　　杨子欣坐在窗前，漫无目的地翻阅了一会儿手机信息，望着对面的公园发呆。每天早上，都有一对老夫妻推着轮椅散步，开始的时候，老头儿推着老太太，进了公园，换成老太太推着老头儿。杨子欣很好奇，曾经有一次专门到公园等着两位老人，发现老夫妻简直就是一对老顽童，夫妻俩约定一人推500米，为了公平，两人在轮椅上安装了里程记录仪，一到点老头儿就停下来，说："老太婆，起来吧，该你推了。"

　　老太太对杨子欣说："岁月摧残了我们的容颜，却给我们涂抹了永不褪色的爱情保护剂。"

　　老夫妻的一颦一笑时常浮现在杨子欣的眼前，每次看到他们轮换推着对方，就像看到两个顽皮的孩子在玩儿过家家游戏。爱情不是在唇舌之间，而是在生活中的点点滴滴，只有将爱的因子融入血液，才不会被岁月侵蚀。窗前，老夫妻已经成了杨子欣眼中最美的风景，她无数次在脑海中幻想，有一天能跟汪弘毅在公园里漫步，能够坐在汪弘毅推动的轮椅上。老夫妻的恩爱场景总会令杨子欣心中升起一股压抑的落寞感，在现实世界里，汪弘毅只是自己的上司，他们的爱情就是一场地下游击。

　　坐在梳妆台前，杨子欣双手托着下巴，盯着看了一会镜子里的自己，然后打开化妆盒，在鼻尖、额头涂抹 La Prairie 乳霜控油，再扑上粉底，接着在腮颊处进行提亮，用遮瑕膏进行局部点涂，再在眼部、遮瑕和 T 区容易出油的地方上了定妆粉。照了照镜子，杨子欣抓起螺旋刷把眉毛梳理整齐后开始画眉，以酒红色为主的四色眼影是杨子欣最喜欢的，显得高贵、冷傲，内心狂热如火却拒人于千里之外。接着化了一条细细的内眼线，夹好睫毛，再用钢齿眉梳将睫毛梳理整齐，涂上睫毛膏，然后涂抹淡淡的 Laduree 腮红，杨子欣喜欢 Laduree 淡淡的蔷薇之香。最后涂上 Valentino 口红，这是汪弘毅出差为她带回来的，她很喜欢。

　　杨子欣站起来，在镜子前端详了一番，蕾丝衫搭配半身裙，宛若薄纱的丝袜包裹着白皙而修长的大腿。杨子欣转了一圈儿，满意地冲着镜子里的自己微微一笑。杨子欣拧开 DIVA 香水，佛手柚、豆蔻精华混合着鸢尾、龙涎、广藿、麝香的迷香，简直就是时尚浪漫者的尤物。拎起 CHANEL LEBOY 包包，杨子欣迟疑了一下，有点太过张扬，换成一个 LOGO 很小的 LV 坤包。看了看表，还有 30 分钟，乔志远就要到盘古上海区域总部开会，得出门了。

　　肖天早已进入会议室，杨子欣推门而入时，肖天打量了她一眼，又迅速收回了眼神。杨子欣到上海区域总部已经有 4 年了，每天都打扮得时尚性感，一直是各路豪门公子、富商巨贾追求的对象，杨子欣对纷至沓来的追求者毫无兴趣。盘古上海区域总部关于杨子欣是同性恋、性冷淡的各种流言不断，每次杨子欣都冷冷地一笑置之。

　　翻开笔记本，杨子欣冲肖天职业地一笑，说："肖总，15 分钟前给乔总约了专车，从行车地图看，乔总距离公司还有 1.2 公里，有一个红绿灯处出现交通事故导致堵车，乔总估计还要 10 分钟才能抵达公司。"杨子欣顿了顿，继续说："刚才远东证券来电确认，我们的合作商已经将资金划入远东证券。合作商正在跟远东证券的法务部门走补充协议流程。"杨子欣工作中的认真一直令肖天很满意，偶尔甚至会觉得汪弘毅简直就是一个傻帽，竟然将一个集智慧、美貌于一身的人间尤物送到上海。

乔志远进入办公楼，前台秘书走上前准备引领其进入会议室。乔志远挥挥手，示意前台秘书回到工作位置上。盘古上海区域总部地址是乔志远选定的位置，整个装修都是按照南海市总部风格进行的，他自然对整个大楼的布局相当熟悉。

乔志远进入会议室后，杨子欣立即给乔志远泡上一杯徐公牌碧潭飘雪。盘古行政秘书们都知道乔志远唯一喜欢喝的花茶就是四川的徐公牌碧潭飘雪。徐公参加革命期间，曾经跟乔志远的父亲共事3年。新中国成立后，徐公醉心制茶，所制的碧潭飘雪出云雾山，摄天地气，在晴日午后，挑雪白晶莹、含苞待放的花蕾，以手工精心窨制，自在芬芳。冲泡之下，叶似鹊嘴，形如秀柳，汤色澄碧，仿佛幽潭，乳花飘忽，浮悬水中，似碧潭飘雪。乔志远接过茶杯，细品之下齿舌留香。

肖天示意杨子欣打开会议演示系统，LED显示屏上出现了远东证券最新的财务数据。未等乔志远开口，肖天就开始汇报说："现在我们的合作商资金已经打入远东证券，以目前情况来看，远东证券按时交割应该没有问题，可是从远东证券可变现金融资产，以及他们的自营规模看，如果专案组将远东证券乌龙指后的对冲定性为内幕交易，那么巨额的罚没款会让远东证券的资金流动性再次紧张。"肖天很是忧虑，盯着乔志远说："我们是用信用为合作商们提供的担保，如果乌龙指是一个陷阱，那么远东证券资金链将是套牢在我们盘古脖子上的枷锁。"

肖天离开酒店之后，乔志远跟远大集团董事长黄国胜的秘书通了电话，希望两天后能够在远大集团香港总部向黄国胜汇报龙腾集团举牌盘古一事。令乔志远不快的是，黄国胜的秘书居然说时间不能确定。黄国胜接任王锋之前，乔志远从来没有遇到这样的情况，就算王锋另有安排，只要是乔志远去汇报，王锋都会推掉其他事务来见乔志远。现在黄天沙都打到门口了，黄国胜居然没时间接见自己？

远东证券未来是盟友？还是累赘？乔志远心中有数。在拯救远东证券的行动中，肖天的果敢超出了乔志远的预期。当初从哈佛游学归来，乔志远推行轮值CEO制度，有个很大的原因就是乔志远喜欢肖天的闯劲。现在不少员工，

第四章
小顽童

为了彰显自己的才华,唯一的努力就是证明上司是个蠢蛋。乔志远能够运筹帷幄,决胜千里,优秀的人才班子是关键,无论是汪弘毅还是肖天,乔志远做出任何决定,两人总是能够在规定的时间内超出乔志远的预期完成,就算乔志远的决定是错误的,他们都会让乔志远错误的决定变成正确的结果。

曾经,乔志远放弃了让肖天做接班人的念头。与心思缜密、沉稳内敛的汪弘毅相比,张扬的肖天在公司的群众基础弱得多。现在,肖天再次回到跟汪弘毅竞争接班人的轨道,在救助远东证券的过程中,肖天的快速行动令乔志远相当满意,远在南海市的汪弘毅整宿枯坐却令乔志远相当失望。乔志远一直在权衡肖天的话,如果远东证券的对冲真的是内幕交易,那么专案组的调查不会草草收场,资金链问题在一定时间内都将是一个困扰远东证券的问题,盘古管理层资管持股计划的风险也就一直高悬。

乔志远放下茶杯,很淡定地说:"我们将眼光放长远一点。"

肖天跟随乔志远20多年,乔志远凭着准确的战略眼光和敏锐的洞察力,带领盘古从一个区域小公司一步步发展为今天的全球五百强企业。乔志远每次遇到决策问题,绝不让自己陷入细枝末节,企业的发展方向和市场导向永远是乔志远考虑的第一个问题。乔志远瞧不上那些只见树木不见森林的企业家,他们把所有的精力都消耗在了细节上,事必躬亲,把自己搞得像一个巨大的陀螺。当年盘古走向全国,为避免陷入战略决策的细节黑洞,乔志远开始不断下放权力。

肖天清楚乔志远所说的眼光,他说:"远东证券乌龙指一出,他们在没有任何调查的情况下就让旷世科技写说明函,谁想转移视线?他们想掩盖什么?远东集团有金融全业务链,任何一个链条出现问题,都容易引发连锁反应。现在我们盘古的股价徘徊在管理层资管持股计划平仓警戒线10%左右,远东证券存在不确定风险,我们跟远东集团结成同盟,很容易遭遇链式风险,黄天沙如此机巧地在乌龙指下浑水摸鱼,难道只是一个巧合?"

在紫宸会拒绝黄天沙之后,乔志远就在思考防御策略,一旦黄天沙在盘古股价上给自己摆一道,通过手上的筹码连续几天砸出阴跌的态势,就会让盘古管理层的资管持股计划成为温水煮死的青蛙,远东集团就算想跟盘古进行股权合作，远东证券也只有选择强行平仓。乔志远吩咐肖天说："调查乌龙指后面的技术问题，那是远东证券的事，管理层资管持股计划跟远东证券的风险相关联，我们要评估风险，同时调查乌龙指前后，谁在给黄天沙抄底的机会。"

肖天点了点头，现在黄天沙成了悬在盘古管理层头上的一把刀，一旦这把刀落下来，盘古管理层的资管持股计划将被彻底打乱。肖天右手在太阳穴摩挲了一下，说："远东证券的问题我们会实时跟进，如果黄天沙真是野蛮人，我们……"肖天顿了顿，乔志远冷冷地说："我们怎么？"肖天想了想，说："黄天沙闯进来，是觉得盘古有油水，那我们可以用毒丸策略驱逐他，粉碎他的贼心。"乔志远皱着眉头，鼻子里一哼："把油水给分掉？"

会议室氛围很尴尬，杨子欣瞅了瞅乔志远冷冷的表情，在键盘上噼里啪啦地敲字，记录着两人的对话。肖天咬了咬牙，说："盘古是盘古人的盘古，是员工、股东、客户和整个社会成就了盘古，昨天晚上我跟合作伙伴洽谈的过程中，有人希望跟盘古的合作更紧密一点，提出了跟投我们盘古项目的想法。"杨子欣听到肖天提到合作商想跟投盘古项目，立即明白汪弘毅为何整夜里如坐针毡，一旦肖天在轮值 CEO 期间来个内外势力合围，汪弘毅接班就悬了。

跟投是乔志远游学海外之前推行的一个战略，只要是盘古开发的楼盘项目，可以拿出 15% 的份额进行跟投，其中区域管理层及员工享有跟投额度的 60%，总部管理层及员工享有跟投额度的 40%。权力下放，利益先行，只有将区域跟总部的所有员工结成利益共同体，才能重塑盘古团队。合作商在襄助远东证券的当口提出跟投，乔志远立即警觉起来，这只是一个巧合吗？乔志远想了一下，说："我们的区域项目实行跟投之初，有股东向管理层提出过异议，如果再加入第三方的合作商跟投，那将蚕食股东们的利益，真就把盘古的油水给抽干了。"

在乔志远开口之前，杨子欣的心提到了嗓子眼儿，一旦乔志远同意了肖天的提议，那就意味着汪弘毅真的很容易从接班人竞争中出局了。怪不得汪弘毅一直盯着那个神秘女人，她到底是谁？跟肖天什么关系？杨子欣满腹疑惑。肖天听到乔志远以股东利益拒绝了提议，解释说："合作商们的提议相当于房地产众筹，将产业链上的相关利益方都纳入进来，会降低我们产业链的成本，提

第四章

小顽童

高项目的利润率,比如供应商进来,可以降低我们的采购成本,销售代理进来,可以削减我们的销售费用,进行产业链的利益整合最终可实现多赢格局。"

在肖天解释的时候,杨子欣一边记录,一边偶尔瞥下乔志远,发现他脸上毫无表情变化,杨子欣意识到乔志远内心并不认同肖天的提议。乔志远端起茶杯,吹了一下悬浮着的茶花,突然抬起眼皮子盯着肖天,说:"产业链利益整合是个好想法,只是材料采购和销售代理对项目利润的贡献率不一样,项目跟投体现的是股东权益,而他们一旦拥有同权的股权,那么,未来项目推进的过程中就可能出现相互打架的局面,反而会增加公司的时间成本,降低项目的执行效率。"

杨子欣紧紧抿着的嘴唇终于舒展开来,露出职业的莞尔一笑,为汪弘毅提着的心终于放下来。杨子欣的心里还是有一丝的意外,冷傲的乔志远经常不给他人情面,可对肖天和汪弘毅的提议,乔志远从没有当着他人之面一口回绝过。乔志远冷冷地拒绝肖天后并没有结束谈话,而是提醒肖天说:"肖天,你在上海已经有4年了,你也知道我们推行轮值CEO制度的初衷,房地产就是一个小社会,一个大染缸,很容易被各种资源所左右,一旦我们的项目有太多的利益相关方,股东们的利益就会被不断地蚕食。你应该在上海区域内迅速开展管理层轮岗,在一个位置太久就容易尾大不掉,盘古绝对不容许出现诸侯割据。"

乔志远的话犹如一柄"利剑",肖天的脸色一下子变得很尴尬。昨天晚上,肖天跟合作商们进行电话会议时,确实有人提出了项目跟投提议,盘古的项目至今还没有亏钱的案例,跟投就是稳赚不赔的买卖。自杨子欣给肖天当秘书以来,每次乔志远到上海,都要跟肖天促膝相谈,这一次在肖天化解了盘古对远东证券援助承诺危机的情况下,乔志远如此坚决地拒绝了肖天的提议,是担心区域管理层变身诸侯?乔志远的面无表情让杨子欣凭着女人的敏感嗅到了不同寻常的气氛,难道乔志远担心盘古的业务部门跟合作商进行利益交换?

送走乔志远后,肖天一个人坐在会议室里发呆。杨子欣推门进来,看到肖天的脸色很不好,给肖天的杯子里续了水后,漫不经心地说:"肖总,听说北京调查组昨天晚上已经到上海了,远东证券交易部一直灯火通明,这背后会不会有什么事?"

乔志远的话令肖天内心很不安，远东证券乌龙指有吞噬盘古管理层利益的风险，救助远东证券给了肖天一个证明自己高效执行能力的机会，乔志远对此也十分满意，可合作商项目跟投的建议令乔志远态度逆转，竟然把它上升到地方诸侯割据的高度。杨子欣的话令肖天十分警惕：远东证券交易部通宵达旦干什么？肖天吩咐杨子欣说："你马上跟远东证券交易部进行接触，我们一定要拿到核心信息，排除一切可能的风险。"

赶往机场的高速路上，乔志远一言不发地望着窗外。

乔志远这24小时犹如进入了一个魔幻世界，玄妙的紫宸会，衣袂飘飘的青衣，野心勃勃的闯入者，突如其来的乌龙指，试探底线的合作商，各怀鬼胎的接班人，在乔志远的舞台你方唱罢我登场。问题会出现在内部，还是外部？乔志远有种不祥的预感，把这些搞清楚，乔志远还需要时间。

专车里播放着怀旧的音乐，乔志远眯着眼睛，脑子里再次浮现出紫宸会大戏台上那落入凡尘的女子，一颦一笑，青衫鼓荡，水袖飘忽。"嘀嘀嘀"，忽然电话响起。乔志远看了看，刚一接起，汪弘毅就开门见山地汇报说："乔总，昨天收到的数据经过核实，初步可以确认，武汉总裁收受代理商贿赂。"

司机听到乔志远接电话，立即将音乐关掉，车里安静得只有汪弘毅电话里的声音。乔志远的脸色一下子就拉下来了，跟黄天沙见了一面，各种怪事就冒出来了。乔志远的声音提高了几个分贝，问："武汉程春明？他收受贿赂？"

汪弘毅听得出乔志远的诧异，程春明是盘古老将，同汪弘毅一起进入公司，行事彪悍果敢，一度是乔志远喜欢的闯将。程春明曾经竞争战略投资部总经理职务，失利后一气之下要求到地方去开疆拓土，身为湖北人的程春明选择回到自己的家乡武汉。汪弘毅很淡定地告诉乔志远，说："是的，已经不是第一次收到程春明受贿的举报，3个月前就有供应商举报他，同样的招标条件下，资质低的公司反而中标。这一次举报到交易所了。"

"不行贿、不受贿"是乔志远给盘古定下的铁律。乔志远在管理层三令五申，盘古要想拥有百年的生命力，就一定要拒绝一切违背商业道德的潜规则，任何踩红线的行为都是不可饶恕的。乔志远一听已经举报到交易所，一股火蹿上来，问："他到底是怎么受贿的？整个公司三令五申，任何人都不能行贿受贿，身为地方公司总裁，程春明这是挑战公司规章制度，更是挑战律法！"

汪弘毅听得出来，乔志远现在肝火上蹿，盘古最忌讳的就是行贿受贿，乔志远的眼里从来揉不得沙子。汪弘毅很从容地说："给销售代理公司的销售佣金，每个区域总裁都有调节权，区间在0.2%~0.5%。举报信上说，程春明选择的销售代理公司根本就不属于区域内第一梯队，但获得了最高的销售佣金。武汉几个楼盘交易量超过120亿元，顶格调节至少就要多付出6000万元销售佣金。"

乔志远撂下狠话："纵容腐败就是对他人的伤害，马上派人查，该送监狱就送监狱。"

挂断乔志远的电话，汪弘毅拨通了战略投资部刘潇的电话："刘潇，到我办公室来一下。"

耶鲁大学毕业的刘潇，是汪弘毅去耶鲁校招的时候招进公司的，曾经给汪弘毅做过两年的投资助理。刘潇脑子灵活，经常有一些奇思妙想，汪弘毅有意磨砺刘潇，一度将刘潇下放到武汉公司，跟着程春明开拓武汉市场。在开拓武汉市场期间，只要是程春明看上的地块，最终都会成为盘古武汉分公司的项目。刘潇同程春明经常爆发冲突，刘潇相当瞧不起程春明的野路子，经常跟汪弘毅诉苦。程春明经常把"天下是打出来的"当成口号，讥笑刘潇就是一个白面书生。刘潇最终调回总部的战略投资部，成功角逐战略投资部副总经理。

刘潇站在汪弘毅宽大的办公桌前，汪弘毅盯着刘潇看了一会儿，两人都没有说话，相互能听到对方心脏跳动的声音。在肖天轮值CEO期间，刘潇直接向肖天汇报工作，和汪弘毅没有工作交集。为避免拉帮结派的流言，汪弘毅定下规矩，只要肖天轮值CEO，二人就不单独见面。刘潇心里还在嘀咕，汪弘毅怎么打破了自己定下的规矩？汪弘毅突然站起来，走到刘潇身边，问："刘潇，你在武汉公司干了两年，武汉市场我们还有多少可以争夺的空间？"

曾经跟程春明不愉快的合作没有让刘潇对武汉失去兴趣，反而对武汉如数家珍："汪总，武汉九省通衢，历来都是兵家必争之地。无论是内地还是香港地产商，都在武汉攻城略地。中国经过20多年的改革开放，东部崛起，西部开发，以武汉为首的中部是中国经济的腰部力量，强健腰部成为中国经济全面崛起的重要步骤，武汉商业的发展势必会进一步升级。我们盘古无论是实力还是影响力，都应该拿下武汉的绝对市场份额。"

汪弘毅盯着刘潇，问："如果让你去武汉，你有没有信心？"

刘潇一愣，之前从来没有听汪弘毅说过要调任自己的事，今天怎么突然这么问？难道战略投资部要进行改组？现在盘古在武汉市场一直被香港的新世界、新鸿基咬住，甚至时常被当地的房地产企业排挤，供应商、销售商更是坐地起价。汪弘毅难道是要自己再次去跟程春明配合？刘潇半开玩笑地问："程总是盘古老臣，在武汉雷厉风行，难道还让我去协助程总抢市场？"

汪弘毅很坚决地说："不，是接替他。"

刘潇用手摩挲了下额头，自己没听错吧？接替程春明？刘潇觉得不可能，轮值 CEO 制度实施后，区域总裁人事问题均由当值 CEO 定夺，肖天没有给自己打电话，人事部门也没有找自己谈话，更没有调任的审计准备工作。刘潇对盘古的各方势力相当了解，上海、杭州、成都、武汉四地的首席执行官和总裁都是跟乔志远一起打天下的老臣，上海的肖天进入董事会，杭州和成都的首席执行官都兼任集团副总裁，只有武汉的程春明这两年被乔志远疏离了。世事难料，说不定哪一天，程春明跟肖天一样突然再次被重用。自己现在去武汉，难道是程春明要被起用了？

汪弘毅看刘潇一脸的疑惑，一眼就洞穿了刘潇的心思。现在各地的一把手以及总部的部门负责人，都担心乔志远哪一天突然叫停轮值制度，到底是汪弘毅，还是肖天成为接班人？站队就是一场赌博。在轮值 CEO 制度推行之前，汪弘毅数年前就在推行轮岗制度，可是一到地方分公司就推行不下去，各地方负责人在当地的权势都根深蒂固，轮岗制度一直名存实亡。刘潇很谨慎地说："汪总，房地产的政商属性很强，程总是湖北本地人，当地的人脉资源、利益相关资源，是别人不能替代的。"

程春明当年以高考状元的身份进入华中大学经济学系，大学毕业后在湖北一家国企上班，工作了两年，对办公室机械的生活没有一丝兴趣，于是做了一份 200 页的求职白皮书南下闯荡。在人才市场上，不少公司老板一看厚厚的求职书，随手翻了翻就放下问："你就告诉我，你能做啥？"程春明听到这类问话，都懒得搭理。乔志远当时刚好在现场，被厚厚的白皮书吸引，翻了翻，问："做企业应该有什么样的人才观？"程春明瞅了瞅乔志远，说："合适的人请上车，不合适的人请下车。"乔志远觉得有点儿意思，继续问："一家企业成败的关键是什么？"程春明脱口而出，说："永远把人放在第一位。"

当年，乔志远把程春明领回公司的时候，盘古除黄赌毒和军火之外，什么都干。程春明到公司了解了一个星期，给乔志远提交了100页的改革建议报告。当时，乔志远正踌躇满志地准备上马一个啤酒厂，没想到程春明将盘古的多元化批得体无完肤，建议乔志远砍掉除房地产之外的所有业务，理由是房子是老百姓安身立命的根基，随着中国经济的发展，老百姓一定有巨大的购房需求，房地产才是盘古的未来。程春明的建议很快被乔志远采纳，他本人也很快做到战略规划部总经理的位置，一度是乔志远的核心智囊。

程春明在战略规划部总经理的位置上坐了一年，竞争战略投资部总经理失败，就向乔志远提出外出实战。乔志远一开始拒绝了程春明的请求，希望程春明能够留在总部。没想到一个月后，程春明再次提出申请，说不想总是在办公室出谋划策，想到一线施展拳脚。乔志远见程春明主意已定，于是将其派遣到湖北。那个时候，盘古刚进入湖北，程春明犹如蛟龙入海，迅速打开了湖北市场。后来，汪弘毅派出刘潇到湖北配合程春明，没想到程春明毫不领情，私底下抱怨刘潇是监军太监，最终刘潇选择重回总部。

汪弘毅站起来，走到刘潇面前，拍了拍刘潇的肩膀，语重心长地说："有人的地方就有江湖，我们都逃离不了这个江湖。男人不要老想着过往恩怨，向前看才有未来。我们盘古是要做一家基业长青的百年老店，恩怨只是小我，成就不了大事，地方公司不是分封诸侯，我们要靠实力、信誉、执行力去争夺市场。"

刘潇从汪弘毅的话语中明显感觉到，汪弘毅是铁了心要换掉程春明，只是刘潇不知道为什么汪弘毅如此坚决，他跟乔志远以及轮值CEO肖天沟通过吗？现在各个部门的负责人都相当谨慎，稍有不慎都会落下站队的把柄。刘潇试探性地问："汪总，如果公司决定让我去武汉，我一定在武汉继续为公司扩大市场，只是不想做监军太监。"

"什么监军太监？一派胡言！"汪弘毅有几分愠怒，早在第一次派刘潇到武汉，汪弘毅就听闻有人说自己派了一个太监的说辞，嘲笑汪弘毅善用鹰犬。乔志远一直厌恶高管们搞山头，曾经在中层以上的管理层大会上拍着桌子放言，谁搞山头就搞掉谁。乔志远一度还暗示汪弘毅莫搞山头。汪弘毅冷静而又坚决地说："盘古没有诸侯，你去武汉放开手脚干吧。"

黄天沙望着琵琶岛婉若游龙的长桥若有所思。飞龙跃海，百年的梦想终于变成了现实，一桥连通的不只是两地的距离，更是血浓于水的感情。黄天沙抓起手机，拨通了英国佬皮特的电话，那颗摄政王珠是预定给林月娥的结婚纪念礼物，自己一定要亲自去一趟香港，跟英国佬见面谈谈价格，400元人民币必须砍下去。

电话响了很久皮特都没有接听，黄天沙心想：这个英国佬是不是回英国了？南海跟伦敦的时差只有7个小时，现在已经是下午3点了，就算在英国也应该起床了。难道皮特变卦了？还是有人捷足先登了？绝对不行，已经答应给林月娥的纪念礼物，谁都不能横刀夺爱。黄天沙的电话就那么响着，电话自动挂断后，黄天沙一遍又一遍地拨打。皮特终于接起了电话，声音里一副没睡醒的样子，说："Hello，黄老板，抱歉抱歉，我在毛里塔尼亚，这里的太阳刚刚升起，我都快饿死了，酋长夫人的早餐要10点才能上餐桌。"

黄天沙才不关心皮特有没有吃饭，只关心皮特手上那颗摄政王珠。黄天沙直截了当地问："皮特，啥时候回香港？"皮特知道黄天沙关心的是摄政王珠，故意说："明天酋长验完货我就回去。"验货？黄天沙心头一紧，曼陀银行大中华区首席执行官把生意做到非洲去了？难道他要把摄政王珠转手卖给他人？黄天沙很警觉地问："你跟酋长做生意？"

皮特乐呵呵地说："Yes，酋长看上我的摄政王珠了。"

黄天沙听皮特这么说，以为英国佬在开玩笑，说："回到香港，我亲自去取珠子。"

皮特飞抵毛里塔尼亚跟酋长见面，还真是酋长看上了他手上的摄政王珠。皮特告诉黄天沙事情的原委："非常抱歉，黄老板，毛里塔尼亚曾经长时间是法国的殖民地，拿破仑当年将摄政王珠送给王后，轰动了整个毛里塔尼亚，酋长的祖上收藏过这颗摄政王珠，后来家族资金出现问题，珠子出手给中东一个酋长，最近酋长打探到珠子在我手上，说不管多少钱，都要买回去。你知道，我是个生意人，价高者得嘛。"

黄天沙脑子里轰的一下，英国佬要将摄政王珠卖给一个非洲酋长？自己承诺给林月娥的结婚纪念礼物，才过两天就被人横刀夺爱了？黄天沙握着电话，一屁股坐在沙发上。大师曾经告诫自己，对林月娥做出的承诺，无论多困难也一定要兑现，如果食言了会破坏自己的命数，改变自己的人生轨迹。400元人民币让自己鸡飞蛋打，到底是承诺重要，还是心意重要？黄天沙立即说："皮特，无论如何，摄政王珠你要留给我。"

皮特在床上换了个姿势，很不好意思地说："黄老板，很抱歉，酋长真的很有诚意。"

黄天沙一听就急了，说："皮特，你什么意思？我已经诚意预定了。"

听到黄天沙说出诚意两个字，皮特在电话那头撇撇嘴，说："你坚持让我少400元。"

皮特耿耿于怀的是自己要砍价400元人民币，他不会知道这400元人民币对自己意味着什么。黄天沙不想跟皮特讲自己的隐私，讲了英国佬也不信。毛里塔尼亚酋长的家族真的跟摄政王珠有渊源？皮特拍得摄政王珠后一直十分低调，万里之遥的酋长难道有千里眼、顺风耳？黄天沙咬咬后槽牙，果断地说："你在毛里塔尼亚多待几天吧。"

皮特很不解，问："Why？"

在飞抵毛里塔尼亚之前，皮特一直认为这个位于撒哈拉沙漠西部的伊斯兰国度是人间天堂，没想到来到这里才发现，一望无际的空旷土地上，到处是沙子和滚烫的岩石，荒凉、干燥、炽热的沙漠让人绝望。这里的高温让人难以忍受，连空气都是滚烫的，好像里面有火焰熊熊燃烧，简直就是人间地狱。只有游牧民族那神秘而沧桑的历史，才让酷爱古文明的皮特有一丝安慰。皮特一边跟黄天沙通电话，一边走到屋子外，热风拂过，脸上好像被扇了一巴掌，火烧火燎的。皮特咬牙切齿，心想我才不会在这个鬼地方跟你磨牙。

"我要去跟酋长当面谈谈。"黄天沙只是上学的时候在地理书上看到过毛里塔尼亚,他只知道毛里塔尼亚的酋长们在一次又一次的政变中失去了话语权,他们现在哪有恢复祖上荣光的财力?以黄天沙多年的商场经验判断,皮特是想借毛里塔尼亚酋长来跟自己讨价还价。黄天沙想试探一下英国佬,接着说:"毛里塔尼亚内阁正在寻求南海企业家联盟的投资,正好可以考察一下那里的商业机会。"

皮特连连说:"黄老板,你还是别来了,这里简直就是地狱。"

"我不能失信于夫人。"黄天沙很诚恳地说,"你等着我。"

皮特第一次听到中国男人说不能失信于夫人,在这个色欲横流的时代,黄天沙为了对夫人的一个承诺,费尽周折,世间真情难得,皮特只好实话实说了:"黄老板,实不相瞒,除了你跟酋长,北京、上海几个老板不知道怎么得到我有摄政王珠的消息,都想入手,他们的出价都不低,你知道我就是一个生意人,谁出价高就跟谁交易。"

黄天沙脑子里不断地盘算,价格已经报出去了,一分不能加,也一分不能少。这颗远离尘世多年的珍珠,现在突然成了各路势力争抢的对象,毛里塔尼亚的酋长可以说服,可国内是谁盯上了摄政王珠呢?这不是一颗简单的珍珠,摄政王珠见证了"失败"把"失败者"变得更伟大的历史。黄天沙非常坚决地说:"无论谁看上,这颗珠子只能佩戴在我夫人的脖子上。"

挂断皮特的电话,黄天沙躺在沙发上,双手揉了揉太阳穴,脑子里不断地琢磨;是谁在跟自己争夺摄政王珠?黄天沙突然从沙发上站起来,抓起电话打给王曦若。王曦若正在办公室测算君安保险的资金池,并对整个龙腾集团的资金进行压力测试。黄天沙让王曦若到办公室,讨论一个至关重要的问题。王曦若快步走进黄天沙的办公室,还没有坐下,只见黄天沙右手中指敲着办公桌,对她说:"我们这几天不要继续收集筹码。"

操盘的技术问题从来都是王曦若负责,黄天沙只要结果,怎么今天突然建议不要继续收集筹码呢?王曦若快速地在脑子里分析,难道黄天沙跟乔志远在北京的见面出现了问题?按照黄天沙的性格,如果在乔志远那儿碰了钉子,黄天沙一定会加速收集筹码,怎么会突然叫停呢?王曦若很直接地问:"为什么?"

第四章

小顽童

黄天沙很有把握地说："我们的第一目标是收集 15% 的筹码，盘古已经公告我们举牌，短期内会出现大量的跟风资金涌进来，我们不能在涨潮的时候游泳，那样容易喝太多的海水，最终死在退潮的沙滩上，要把握潮起的风向，才能拿到更多便宜的筹码。"

王曦若看着黄天沙胸有成竹的样子，心想龙腾集团一定有拿到便宜筹码的机会，只是筹码便宜了，乔志远他们就危险了，无论是远大集团，还是乔志远的管理团队，他们同样会把握风向。王曦若问："会刮什么风？"

好看的皮囊千篇一律，智慧的头脑万里挑一。黄天沙在伦敦第二次见到王曦若的时候，发现通过一句话、一个眼神，王曦若就能快速领悟对方的意思。黄天沙很肯定地说："堡垒往往都是从内部攻破的，马上就会有盘古的一个利空消息出来，那将是盘古 10 年来最大的丑闻。"黄天沙从椅子上站起来，右手不知不觉中握成拳头状，"那时候，盘古的筹码将更便宜。"

盘古内部丑闻？王曦若相信黄天沙没有十足的把握不会告诉她这样的消息，因为这个信息足以影响王曦若操盘的思路。王曦若对黄天沙的自信颇为担心，说："一旦出现大丑闻，那说明乔志远管理团队内部出现严重问题，盘古股票势必下跌，为了防止在远大证券的持股计划遭遇强行平仓，盘古的管理层甚至是大股东远大集团肯定要出手维护股价。如果他们不自救，股价暴跌，到时候我们的持仓也将会出现浮亏，君安保险拿到的盘古管理层持股计划也将按照保险资金安全规定被动强行平仓,我们会失去大量的筹码,出现多输的局面。"

黄天沙大手一挥，说："筹码总是在赢的人手中，是超越胜负的存在。"黄天沙自信吃进盘古筹码胜券在握,他对盘古未来的股价风向有了十足的把握，说话间，嘴角的笑容已经蔓延到整个脸庞。黄天沙接着说："乔志远最担心的就是盘古内部出现山头，他最大的错误就是搞接班人赛马。这一次盘古的丑闻就是汪弘毅为清洗内部各派势力人为制造出来的，虽然闹到交易所去了，但对整个盘古来说，倒也不会伤筋动骨。"

王曦若很惊讶，追问："人为制造清洗？"

办公室突然沉默了，黄天沙轻轻地摇摇头，说："盘古接班人问题已经暗流涌动，到了乔志远都难以有效控制的局面。现在是肖天轮值 CEO，汪弘毅却没经过肖天就将自己的心腹、战略投资部的刘潇派到武汉接替武汉分公司总裁程春明。现在程春明已经被武汉市反贪局抓起来了。"

王曦若没想到居然司法都介入了，问："贪腐？"

乔志远回到盘古总部的当天下午，刘潇就从南海出发到了武汉。程春明触犯了乔志远的底线，谁都保不了他。刘潇作为程春明曾经的搭档，熟悉湖北市场，成为接替程春明的不二人选，乔志远别无选择，只能同意汪弘毅的推荐。黄天沙摇了摇头，说："刘潇一到武汉，当地司法系统立即介入，程春明将最高比例的销售代理佣金给了一个实力一般的销售代理机构，将近6000万元的利益输送到这家代理公司，程春明无法解释他自己的做法。这种吃里爬外的东西，抓了是清除毒瘤。"

"现在轮值CEO是肖天，汪弘毅派遣自己的心腹到武汉，乔志远的轮值制度岂不成了摆设？"王曦若意识到盘古管理层内部分裂已经公开化了。黄天沙鼻子里哼了一声，说："一个人越是大权在握，越是无法忍受对他权力所做的限制，汪弘毅在盘古总裁位置上坐了10年，都成了老太子了，在太子位置上坐的时间越久越没有安全感。汪弘毅岂能忍受肖天约束已经行使了10年权力的他？派遣刘潇只是汪弘毅削藩夺嫡的第一步。"

王曦若意识到盘古管理层的分裂对龙腾集团是一把"双刃剑"，龙腾集团操控好了可以通吃，一旦失控也可能惹火烧身。王曦若点点头说："现在汪弘毅一石二鸟，在清除腐败的路上安插自己人的同时，给那些观望的部门负责人、各地诸侯提一个醒，轮值CEO制度之下，他汪弘毅依然在盘古拥有说一不二的话语权。我们完全可以根据汪弘毅对管理层洗牌的节奏来吃进筹码，程春明信息公开之时，我们可以打压洗盘，一旦肖天做出反击，我们可以进行二次洗盘，洗掉那些不甘心的浮筹。"

会议室座无虚席，没有一个人说话，肖天坐在汪弘毅对面，乔志远坐在两人中间翻阅着文件，各区域总部的首席执行官依次坐在肖天跟汪弘毅两边。整个屋子只能听到乔志远翻文件的唰唰声。乔志远抬头扫了一圈，发现在座的个个表情凝重，摘掉老花镜，问董事会秘书王欣："我让你请的人，到了吗？"

第四章

小顽童

各区域总部的首席执行官们左右环视,除了武汉分公司总裁程春明被司法逮捕来不了,刚刚履职的刘潇都在会上,乔志远还请了谁?肖天跟汪弘毅也都有点摸不着头脑,乔志远没有宣布会议开始,一直翻资料原来是为了等人。乔志远合上资料,环顾了一下会议室,说:"大家是不是想知道我今天请了谁?不急,一会儿你们就能见到。现在,我想问一个问题,龙腾集团为什么买我们盘古的股票?"

会场上一片寂静,乔志远用余光瞄了一眼,汪弘毅脸上面无表情,他肯定不会第一个说。肖天微笑中带着几分轻蔑说:"黄天沙在地产界摸爬滚打多年毫无建树,以后也很难发展。现在龙腾集团旗下有以保险为首的金融工具,他是想通过金融工具控制盘古,这样就可以一箭数雕:一是将龙腾地产注入盘古,龙腾集团一举成为全球最大的房地产商;二是可以打通跟岭南玻璃的上下游产业链,实现产业融合;三是可以控制上市公司巨额的现金流,在金融与实业之间构建一道旋转门。"

各区域的首席执行官们频频点头,赞同肖天的看法。肖天春风满面,接着说:"现在盘古无论从规模,还是从账面现金看,都是行业第一,管理层、骨干员工通过持股计划,同股东利益保持一致,保证了盘古人才结构的稳定,大大提高了公司盈利水平。盘古是行业的标杆企业,龙腾集团进入盘古,除大量看得见的利益,他们还能站在巨人的肩膀上,让世界看见他们,无论是黄天沙在商界的影响力,还是龙腾集团在市场中的竞争力,都会因为盘古的信用背书而迅速提升。"

乔志远侧身看着讲得头头是道的肖天若有所思,汪弘毅坐在旁边一直沉默,脸上看不出任何变化。乔志远知道,无论在会场还是谈判的时候,除非汪弘毅主动向别人释放肢体语言信息,否则别人难以从汪弘毅的脸上捕捉到有效信息。汪弘毅如果自己不说,很少有人知道他心里到底在想什么。龙腾集团真的是想蚂蚁吞大象吗?汪弘毅已经在心里无数次这样问过自己。待肖天讲完,汪弘毅才接过话说:"黄天沙在商界一直神龙见首不见尾,这一次进入盘古真是为了让世界看到他?"

汪弘毅的问题令刚才频频点头的区域首席执行官们有点尴尬,肖天很是不屑地看着汪弘毅，这家伙整天一张冷冰冰的脸，难道大家都欠他的？刘潇一看现场很尴尬，接过汪弘毅的问题说："黄天沙低调是因为他还没有站在巨人的肩膀上，体会不到聚光灯下的荣耀。"汪弘毅点点头，说："刘总说得很有道理，现在龙腾集团的业务规模超过千亿，他有足够的资本与机会去享受聚光灯下的荣耀，他站在盘古的肩膀上可能不是为了让世界看到他，而是为了让他看见世界。"

"一个人可以让自己卑微到尘埃里，可以让所有人忘记他，可以隐身于滚滚商海中，足见他内心的强大，强大到不需要聚光灯的荣耀，他为了看到一个未曾见过的世界，需要踩在盘古的肩膀上，他的野心岂止是聚光灯下的荣耀？"听上去慷慨激昂，汪弘毅的脸上却看不出丝毫激动之情。他突然话锋一转，提醒说："如果黄天沙只是想踩着盘古的肩膀看世界，盘古面临的危险不只是账面上的现金将成为唐僧肉，更重要的是，盘古将盛极而衰。"

汪弘毅的话令各区域的首席执行官们目瞪口呆，现在是盘古历史上发展最好的时期，无论市场竞争力，还是公司的利润率，均处于行业领先地位。肖天侧身看了看乔志远，说："房地产是地方经济发展和人民生活改善的重要保障，经过几十年的优胜劣汰，未来一定会形成行业寡头局面，盘古不能因为一个黄天沙的闯入而废止我们的既有战略，我们要在全国范围内继续做大做强，更要开拓全球市场，领跑地产界。"

"房地产是一门好生意，盘古能在这门好生意中持续领跑，都是管理层、员工共同努力的结果。但是，有房子并不意味着人们就过上了美好生活，我们盘古在不断发展的过程中，事实上是在20世纪90年代以前形成的老中产和现在的新中产的财富拉锯战中，赚取了大量的超额利润，最终无论是老中产，还是新中产的财富都大量流入房地产业。"汪弘毅按下了可视数据系统，屏幕上立即出现了三根曲线图，第一根是国家货币的增长曲线，第二根是房价的增长曲线，第三根是盘古30年的规模增长曲线。各区域首席执行官看到盘古的曲线遥遥领先，自豪之情溢于言表。

肖天右手托着下巴，扭头看见旁边的乔志远撇着嘴角。肖天的心里有点犯嘀咕，乔志远是在蔑视汪弘毅呢？还是那些满面春风的各区域首席执行官呢？

汪弘毅指着曲线说："从这三条线看是钱在增长，事实上货币跟房价背后反应的是社会对人才创造力的压制，现在的年轻人所有的财富跟奋斗目标都套牢在房子上，他们不敢轻易更换自己的工作，不敢创新，因为他们担心工作变动、创新失败会让他们的房子贷款断供，房子会被银行收走，一家老小会留宿街头。爬升最快的这条线代表我们盘古的规模，在座的诸位想想，我们盘古充当了什么角色，政府会容许这样的局面长期存在下去吗？如果不能，我们就真的会被想看更大世界的黄天沙踩在脚下。"

会议室开始有人交头接耳，各区域首席执行官一开始以为乔志远会宣布程春明的问题，没想到一上来就是黄天沙举牌盘古的事，可肖天跟汪弘毅的想法完全不在一个频道上，双方的分歧已经摆在桌面上。汪弘毅又点了一下眼前的可视系统，说："大家现在看到的这幅画，是在我们举办的'梦想·家园'手绘活动上，一个叫杨鸣鹤的小朋友画的。"整个会议室顿时就炸锅了，杨鸣鹤画的哪里是美好家园，简直就是一幅水泥棺材嘛。肖天一拍桌子，说："这简直是鬼画符，当时是谁在负责这个活动？"

战略投资部和设计部的两位负责人面面相觑，肖天粗黑浓密的眉毛犹如钢叉一样挺拔向上，同事们都知道肖天心直口快，从来不掩饰自己内心的怒火，肖天咄咄逼人地问："你们在社区搞活动，就是为了收集到这样的东西？公司养活你们，不是让你们来证明公司管理层都是傻子的，你们是公司的眼睛，是公司的手，是让你们将公司的决策执行成正确的结果，拿出这种鬼画符的东西是想证明公司的决策是错的吗？"

乔志远一看肖天的倔脾气上来了，肖天是轮值CEO，除了汪弘毅，没有人愿意站出来跟肖天理论，汪弘毅也不会在肖天发怒的时候站出来，如果自己再不出面，场面就会失控。乔志远示意肖天不要再说了，可肖天脖子上青筋暴出，激动难平。无论是建筑设计，还是社区绿化，盘古打造的社区都越来越漂亮，这样的社区在这个杨鸣鹤的笔下居然变成了水泥棺材，肖天有一种被人凌辱的感觉。乔志远吩咐正在记录的王欣："将我邀请的客人请进来吧。"

众人齐刷刷地盯着门口，王欣出去一会儿，领着一个小男孩儿进来，小家伙的鼻子尖儿上还涂抹着巧克力，见着一屋子西装革履的成年人，脸上没有一点胆怯。乔志远已经给小家伙拉了一把椅子，小家伙一点儿都不客气，直接爬到椅子上一屁股坐下，还冲着大家乐呵呵地笑。乔志远对大家介绍说："我向大家介绍一下，这位小朋友就是刚才你们看到的画作的作者杨鸣鹤小朋友，跟汪总住一个小区，孩子是未来，我们的房子到底能不能给社区带来美好的生活，我们应该听听孩子们的心声。"

肖天第一个发问："小朋友，你觉得我们的城市美吗？"

"丑！"杨鸣鹤噘着小嘴，补充了一句说："请叫我杨鸣鹤。"

会议室有人交头接耳，大家都被眼前的小朋友给逗乐了，整个盘古能这样跟肖天说话的不超过两个人。杨鸣鹤的童言无忌没有让肖天气急败坏，反而一下子乐了，他问："杨鸣鹤同学，你为什么觉得我们的城市丑？现在高楼鳞次栉比，社区管家服务到家，小区绿化面积越来越大，还有老百姓健身娱乐的公共场所，你为什么会觉得丑呢？"

杨鸣鹤托着下巴，像个小大人一样听肖天讲话，听得很认真，才不管旁边一群盘古高管对自己的议论。肖天说完，杨鸣鹤突然从椅子上站起来，指着窗外问："你能告诉我你们家邻居的名字吗？他们家有几口人，老人多大年纪，老爷爷都有什么爱好？老奶奶都喜欢摆什么龙门阵？整个小区，你认识多少社区的人，社区的负责人都有几个？他们叫什么名字？"

会议室的各区域首席执行官都相互瞪着眼睛，肖天茫然环视左右，汪弘毅脸上没有表情，可心里暗自惊讶，这小伙到底是谁家的孩子？怎么跟一个小大人似的，前两天在社区的手绘活动现场已经见识了这个小家伙的古灵精怪，这一次看肖天怎么应对小家伙的问题。乔志远双手抱怀，盯着镇静自若的小家伙，就冲着这一连串的问题，他一定会把楼房画成棺材。肖天从嘴角挤出一丝微笑，冲着旁边的杭州区域首席执行官刘世雄问："老刘，你们邻居大爷今年贵庚？"

刘世雄没说话，杨鸣鹤噘着嘴问："你们整天除了造房子，还会什么？"

乔志远心里咯噔一下，从来没有人问过自己这个问题，现在盘古是国内甚至国际上造房子最好的企业，可造房子真的能让盘古成为百年老店吗？汪弘毅见乔志远阴沉着脸，再看看杨鸣鹤若无其事的样子，这小家伙简直就是来砸场子的。乔志远处理完远东证券援助问题回到南海市，汪弘毅将杨鸣鹤的手绘给

第四章

小顽童

乔志远时，乔志远的脸上就阴云密布，没想到他居然将这个小家伙请到盘古的管理层会议上来了。乔志远葫芦里到底卖的是什么药？

成都区域首席执行官王刚是个重庆人，脾气耿直火爆，盘古管理层被一个毛孩子问得一愣一愣的，他实在看不下去，尽量笑眯眯地说："小娃娃，你是觉得我们造的房子不好？没有我们造的房子，大家住窝棚，社区混杂，城市一团糟，没有完整的社区、安保、服务，人们整日里提心吊胆，哪有舒舒服服的生活？等你长大了，你就知道，人一生能干好一件事，是多么不容易。"

"城市变成一个笼子，我们就是笼中的猴子。"杨鸣鹤站起来，一边走一边说，"你们一点都不好玩儿，老土。"

屋子里的人大眼瞪小眼儿，王欣跟着小家伙出了会议室。有秘书将他之前没吃完的蛋糕递给他，小家伙抓起蛋糕，一边吃一边问："阿姨，这帮大人怎么什么都不懂？自己成了猴子，还以为自己在做大事。"秘书一听就乐了，摸着小家伙的头，笑眯眯地说："一帮修房子的，整天跟钢筋水泥打交道，你说他们懂什么？"

乔志远扫了一圈会议室，说："谁能回答一下小朋友的问题？"

各区域首席执行官在地方开疆拓土，自诩人中龙凤，没想到被一个小孩子给问住了。肖天侧眼看了看乔志远身边的汪弘毅，话到嘴边又咽回去了。汪弘毅听得出乔志远没有因为杨鸣鹤的童言无忌而怒火中烧，慢条斯理地说："小朋友的话听上去很幼稚，事实上我们也无法给出一个让自己满意的答案，为什么？因为我们一直追求的是房子的利润，看到的也只有安居两个字，我们忘记了人的其他三大需求，那就是衣食行，更重要的是我们没有让老百姓住得很美好，所以我们连小孩子的问题都难以回答。我们除了造房子，还能干啥？"

会议室鸦雀无声。王刚很不屑地说："乔总，一个毛孩子的话，没必要放在心上。"

乔志远呵呵一声冷笑，说："是啊，一个毛孩子的话我们大可不必放在心上，可是谁能就这个毛孩子的问题给出答案？如果我们将屋子里的家具、设备搬空，我们造的房子不就是钢筋水泥吗？"乔志远按了一下按钮，屏幕上出现了一则新闻。乔志远指着杨鸣鹤的手绘图，再滑动到这则新闻上，说："你们看看，这个小孩子的手绘就是这个城市的写照，现在有人买房子就是为了存放骨灰盒，他们买的房子跟棺材有什么区别？邻居形同陌路，水泥房子就是城里人的全部世界，我们造这样的房子意义何在？"

肖天用左手挠了挠头皮，今天的会议主角到底是黄天沙呢？还是这个毛孩子杨鸣鹤呢？掌管盘古万亿资产的一帮人，居然被一个毛孩子的问题牵着鼻子走，在会议室里跟个小学生一样反思？肖天心直口快地说："一座城就是一个世界，是一个复杂的系统，每一个机构都是这个系统的建设者，盘古的使命就是为一座城解决居住问题，没有稳定的居所，城就不复存在，系统更是镜花水月。"各区域的首席执行官都屏住呼吸，看轮值 CEO 怎么在乔志远面前过毛孩子的关。肖天接着说："造房子没有绝招，盘古能有今天，就是把造房子这件看上去很简单的事做到极致，这是我们领跑行业的绝招，未来，我们应该一如既往，坚持不懈。"

汪弘毅在旁边静静地看着肖天在各区域首席执行官面前慷慨激昂，他在余光里看到乔志远紧锁眉头，看样子肖天的陈词不是乔志远想要的答案。在远东证券援助中败北的汪弘毅决心扳回一局，说："当我第一次看到这个小家伙将我们开发的社区画成棺材的时候，我跟在座的同事一样，也很难理解这个小家伙的想法。今天再次看到他，听了他的问题——这也是困扰我很久的问题——我茅塞顿开，钢筋水泥让城市看上去越来越繁华，可我们只是城市系统的一个环节参与者，盘古未来的天花板看得见了。"

王刚插话问："今天是讨论黄天沙？还是盘古转型？"

肖天听出了汪弘毅的弦外之音，他不想在自己轮值 CEO 期间，让汪弘毅举起改革的大旗。没等汪弘毅回答王刚的问题，肖天接过王刚的话说："现在的房地产界依然一片混乱，阿猫阿狗拿一片地，挖几个坑，就夹着皮包到处说自己是房地产商。无论中国还是全球，只要是人，都要住房子，在这个群魔乱舞的年代，盘古应该继续将造房子这件事做到极致，利用我们在行业的优势，一扫六合，从中国走向全球，将规模从万亿推到数万亿，我相信在乔总的领导下，盘古成为行业寡头指日可待。"

乔志远眉头锁得更紧了，简直就是皱成一团。汪弘毅能感受到乔志远不喜欢肖天那么赤裸裸地溜须拍马。汪弘毅没有正面回答王刚的问题，而是接过肖天的话说："让城市生活变得更加美好，我们就不能是一个只造房子的企业，我们应该成为一个城市的运营商，现在的盘古只有向生态平台级的公司转型，才能基业长青。"汪弘毅扫了一眼沉默的高管们，说："如果我们提前布局转型，就会抓住一个更大的市场机会，盘古将发展成为一个集金融服务、医药健康、零售、消费为一体的平台级生态企业集团。"

会议室里的气氛开始变得怪异起来，各区域首席执行官左右为难，肖天是轮值CEO，汪弘毅是总裁，二人都有可能成为乔志远的接班人，这意味着选择固守江山，还是转型改革，将是一场站队游戏。乔志远咳嗽一声，决定终止两人的争论，说："在座的诸位，盘古的所有员工、合作伙伴、客户们一起成就了盘古的今天，但盘古还没有到达卓越的层面，我们能不能将盘古做成一家卓越的公司？这个难度很大，因为优秀往往是卓越最大的敌人，一家优秀的企业只有超越自己，打破头上的天花板，才能成长为一家基业长青的卓越企业。"乔志远顿了顿，扫了一眼神色各异的高管们，接着说："盘古未来何去何从？如果黄天沙是野蛮人，那他就是一条闯进来的鲶鱼，只有危机才能打破我们头上的天花板。"

乔志远的话仍然令不少高管云里雾里，这跟进入会议室的杨鸣鹤以及黄天沙有什么关系？乔志远从大家的表情中已经明白，解释说："刚才的小男孩儿深深地刺激了我，我第一次看到他的手绘图时，有当头棒喝的感觉，我们造了几十年的房子，从来没有像一个孩子那样质朴地反思我们造房子的初心。一旦我们只顾着赶路，而忘记来时的路，就容易在未来迷失方向，因为眼前的金钱、地位、荣誉会让我们沉浸在所谓优秀的虚幻之中。盘古可能会在很长一段时间内继续领跑，会继续得到所谓的尊崇，那之后呢？"

汪弘毅在内心长舒一口气，乔志远选择了自己的改革方向。乔志远接着说："现在连一个小孩子都知道房地产该改革了，我们还不能理解？那就慢慢理解。可能还有部分同事不明白我们为什么要想方设法援助远东证券，除了维护管理层持股计划的安全，远东集团旗下拥有保险、基金、银行等一应俱全的金融牌照，我们可以通过援助远东证券，参与它的控股母公司远东集团的混合所有制改革,那么我们就能打通金融通道,无论在传统业务扩张上,还是平台级生态改革布局上,都将遥遥领先行业竞争者。但是,如果黄天沙要断我们的路,怎么办?"

会议室一片沉寂,突然有一个人推门而入,狠狠地说:"灭了他!"

琵琶岛点点灯火,通往香港的大桥犹如一条飞龙横卧在江面,微风吹过,波光粼粼的江面犹如一个睡梦中醒来的天使。游船的机动螺旋桨激起的浪花荡漾开去,在江水中挺拔的高楼倒影瞬间幻化成为夺目的点点星光,远处的夜航灯犹如一颗璀璨的夜明珠,指引着归航的夜行人。

肖天双手握着酒杯,望着远方闪烁的霓虹灯若有所思。

游船在江面上缓慢前行,两岸灯火璀璨,明月高悬。肖天示意游船将音乐调低,舒缓的音乐悠扬婉转。旁边的王刚跟刘世雄碰杯之后,将杯中的红酒一饮而尽,很是不屑地问:"这个朱颐民是不是太嚣张了?今天开的不是董事会,是管理层会议,他就这样直接推门而入,他到底是哪一头的?"

刘世雄一头雾水,说:"我也想知道啊。"

肖天瞅着两位,冷笑说:"兄弟们,你们知道盘古是怎么发家的吗?"

两人摇摇头,肖天举起杯子,跟两位碰了碰,说:"如果没有这个朱颐民,可能就没有我们盘古的今天。"王刚跟刘世雄满脸的不屑,王刚插话说:"这有点夸张了吧?"

肖天轻轻地摇了摇头,问:"你们知道乔总现在最痴迷什么?"

两人面面相觑,王刚侧身问刘世雄:"一直不就是围棋吗?"

"你说对了,当年,乔总贩卖玉米,第一大客户就是这个朱颐民,他开出的唯一条件就是下五局围棋,乔总若能胜三局,他就跟乔总签合同。乔总苦练3个月,赢了朱颐民,从此也迷上了围棋。"肖天看两人表情淡然,继续说:"这个朱颐民靠搞猪饲料赚取了人生第一桶金,后来成功运作了两家上市公司,高位套现后,现在当老师去了。朱颐民一直备受乔总的尊崇,听说每次盘古有重要决策之前,乔总都会跟他手谈几局围棋。"

王刚把酒杯往桌子上一顿,说:"怎么感觉这个朱颐民跟汪弘毅走得更近呢？"

刘世雄一拍桌子，说："管他是朱一民还是朱二民，现在轮值 CEO 到了老肖，一朝权在手，就得把那令来行。现在盘古转不转型不重要，从乔志远的口气中判断，他比较排斥黄天沙进入盘古，只要把黄天沙给赶出去，汪弘毅就歇菜了。"

"兄弟，你糊涂啊。"王刚一激动，就喜欢用手指着对方。他腾地一下从椅子上站起来说，"恐怕你还不知道，远东证券乌龙指那天，乔志远正在北京跟黄天沙见面。今天出现的那个毛孩子，说是乔志远请来的，你想想，世上哪有那么多巧合？我看没那么简单。那个毛孩子跟汪弘毅住一个小区，手绘活动是汪弘毅去讲的话，黄天沙跟毛孩子的突然出现，怎么看都像是汪弘毅、乔志远两人故意做的局。"

肖天一愣，反问："做局？"

王刚很激动地说："老肖，你是轮值 CEO，按照游戏规则，刘潇调任武汉区域总裁，是不是应该你提名？汪弘毅越俎代庖，他这是在培植亲信。再看看今天，讨论黄天沙最终变成讨论改革，所谓改革其实就是抢夺未来的话语权，谁能掌握话语权，谁就在未来拥有更多的控制权，毛孩子只是汪弘毅夺权的一枚棋子。"王刚指着肖天说："老肖，你现在已经成了保守派的代表了，什么鬼看世界还是世界看自己，那都是汪弘毅胡扯的，在援助远东证券这件事上，老兄你胜了一局，汪弘毅这是想通过改革来扳回一局。"

刘世雄摇晃着杯子里的红酒，幽幽地冒出一句："汪弘毅可能是隔山打牛。"

肖天、王刚齐刷刷地看着刘世雄。王刚问："谁是那座山？"

刘世雄放下自己的酒杯，又抓过肖天和王刚的酒杯，在桌子上进行沙盘推演，说："现在哪家房地产商造的房子不是钢筋水泥？一个毛孩子说城市是棺材，汪弘毅就立即上纲上线到企业的发展，他是真的关心企业发展吗？我看就是逼大家公开站队。"王刚挪动杯子，摆出了站位模拟图，继续说："如果没有汪弘毅在乔志远面前设局，乔志远会否定自己几十年的努力？极有可能是汪弘毅跟朱颐民嘀咕之后，朱颐民跟乔志远在下围棋的时候转达了汪弘毅的建议，毛孩子只是汪弘毅在会议上逼管理层站队的道具而已，他真正瞄上的是乔志远那座山。"

　　江面上微风拂面,肖天跟王刚、刘世雄举杯之时,乔志远正坐在茶几对面,给汪弘毅斟满茶水,然后捡起一枚棋子,放在汪弘毅的面前,问:"弘毅,你知道我为什么不下象棋,而喜欢围棋吗?"乔志远三局围棋拿下万元订单的故事在盘古早就人尽皆知,汪弘毅跟乔志远学习下围棋时常开玩笑地叫他师父,无论是生活还是工作中,乔志远对汪弘毅亦师亦父。听乔志远突然问这个问题,心思缜密的汪弘毅想了想,说:"象棋有和局,围棋很残酷,商场如战场,没有象棋那样兑子求和,只有围棋那样杀伐决胜。"

　　在乔志远的接班人选中,肖天刚猛有余而智略不足,汪弘毅深沉有谋而心机难测。乔志远抿了一口茶,说:"围棋确实很残酷,输赢往往就在半目之间,考验的不仅仅是棋手的计算能力,更考验棋手的意志力,盘面落后要一步步扳回来,象棋可以通过兑子求和,可在黑白世界,不是你死,就是我活,没有侥幸,更没有求和,所以一着不慎满盘皆输,就算胜券在握,也可能以极微弱的计算失误而憾败,围棋的这种变幻无穷才让人觉得其乐无穷。"乔志远顿了顿,接着说:"在一个企业领军者的世界里,重要的不是残酷的杀伐,而是对大局的运筹帷幄。"

　　汪弘毅曾经喜欢象棋,进入盘古之后,乔志远的围棋经历感染了汪弘毅,狼行千里吃肉,跟乔志远就必须改变自己的喜好,汪弘毅抛弃了象棋,跟着乔志远学习围棋。乔志远在游学哈佛之前,曾经跟汪弘毅下过象棋,在对弈的过程中,乔志远说:"象棋棋盘一开,各就各位,君臣父子,等级森严,责任明确,不得越矩,每一个棋子的行动规则都已经确定了,勇敢的小卒子过河后才有奖励,地位低下的棋通常作为交易的筹码,也就是所谓的丢卒保车,有时马、炮都不能幸免。在整个攻伐过程中,谁付出得多奖励才更多,卒子只有过河到了大本营才能'沉底升后'。"

　　乔志远的一番话令汪弘毅茅塞顿开,人生如棋,一旦被摆在卒子的位置上,就算自己有心过河开疆拓土,也难以保证不会成为那个被丢掉的卒子。要想在商场上征战杀伐,运筹帷幄者如果没有谋略,不能用好手上的棋子,任何一步都会成为竞争者攻击的突破口，落子的那一刻，无数的明枪暗箭已经把自己当成了靶子。只有抛开胜利的诱惑，每一步都如履薄冰，才能成为笑到最后的胜利者。

乔志远继续跟汪弘毅探讨围棋，他语重心长地说："我喜欢围棋，是因为棋盘上的每一个子，在出发前的地位都是平等的，它们的作用在于对弈者把它放在什么位置，位置正确，子力就高，位置不好，子力就低。一人一手，十分公平，最后的胜负，在于你对每一个子力的运用，局部、全局都是如此。"曾经，汪弘毅是最热门的接班人，乔志远很清楚汪弘毅内心深处对轮值CEO制度是抗拒的，他接着说："做企业跟下棋一样，企业家要有象棋的控盘能力，又要有围棋的大格局。"

汪弘毅听出了乔志远的弦外之音，说："商场如棋盘，落子有大小之分，行棋有急缓之道，有该夺之地、该弃之子，需要权衡，现在盘古看上去无尽繁华，事实上已经走到十字路口，内部暗流涌动，外部资本虎视，兼顾全局的基础上行棋的速度、强弱、实空与外势平衡都在一念之间。"乔志远点点头，盘古从成长到壮大，自己何尝不是一直在思考大局、平衡全局。现如今，盘古已经领跑，未来交给谁呢？乔志远意味深长地提醒汪弘毅，说："凡人多少总有一点贪婪之念，平衡不了局面难以在变幻之中登堂入室。"

游船远离了琵琶岛，正驶向逍遥弯。江岸闪烁的霓虹灯渐行渐远，华灯魅影的炫目变幻越来越模糊，唯有粼粼水波拍打着船舷，好像在告诉游客，你正在远离都市的繁华喧嚣。王刚跟肖天碰了碰杯，咬牙切齿地说："汪弘毅4年前就跟他老婆离婚了，你们知道为啥吗？"刘世雄呵呵一声冷笑，说："不是他妈嫌他老婆生不出儿子吗？临终前逼着他们两口子签了离婚协议。"王刚故作神秘地说："今天你们有没有注意，这毛孩子长得很像一个人？"三人端起酒杯一饮而尽，用力将手中的酒杯扔进了滚滚江水之中。

第五章
两重天

杨子欣坐在落地玻璃窗前，望着窗外川流不息的人群，优雅地端起咖啡杯。

咖啡屋里循环播放着东南亚歌曲，杨子欣第一次来这家店的时候就喜欢上了这里。这家名叫百年咖啡的咖啡屋，老板是一个印度建筑师，1872年他家祖上跟随着英国军舰到了上海，开设了这间咖啡屋。历经百年沧桑，咖啡屋的穹顶至今保留着1872年的雕花。杨子欣尤其喜欢二楼那个别有洞天的长廊，那里比一楼安静端庄，午后坐在长廊里，阳光穿透玻璃，洒在身上暖暖的，烘焙师亲自将新出炉的甜点和从苏门答腊庄园定制的咖啡端上来，浓郁的奶油香伴着对咖啡悠长甜蜜的回味，会让人忘却快节奏的都市生活，感受到久违的平静与纯粹。

邵南子气喘吁吁地跑进咖啡屋，远远地就看见长发飘逸的杨子欣。杨子欣正沉浸在对咖啡的甜蜜回味之中，没有注意到邵南子的到来。邵南子看着一身齐膝旗袍的杨子欣，侧开的缝隙里美腿若隐若现，紧致的旗袍包裹着杨子欣婀娜的身姿，精致的侧影犹如雕刻一般。虽然一别经年，邵南子发现杨子欣对他的吸引一如从前。邵南子轻轻来到杨子欣跟前，抬手在她的眼前晃了晃。杨子

第五章

两重天

欣被这突如其来的动静吓了一跳，没好气地瞪了他一眼。

望着眼前的故人，邵南子嘴里不断地说着抱歉，刚一坐下，就笑嘻嘻地问杨子欣："我是应该称呼您杨总呢？还是杨总呢？"

杨子欣撇嘴一笑："都说摩羯座的人跟码农是闷骚男，看样子这都是谣传啊。"

扑鼻而来的是杨子欣最喜欢的梦幻精灵香水的香味，若有若无的香氛融合了清新柔雅与性感迷离，邵南子不由自主地深吸了一下鼻子，随即往后一靠，说："你可拉倒吧，当初在学校的时候你怎么说的，别人的浪漫到我这里就成了风流。"邵南子盯着杨子欣被旗袍勾勒出的丘壑，假装生气地指着杨子欣说："再跟你说一遍，我是闷而不骚，码农嘛，整天跟代码打交道，骚也没用了。"

杨子欣最讨厌邵南子说话的时候用手指人，每次听他说自己闷而不骚，杨子欣都会满脸嫌弃。"你现在还不骚啊？把你那双眼睛拿开，看哪儿呢？"杨子欣端起咖啡杯，盯着胡子拉碴的邵南子，似笑非笑地话锋一转："乌龙指那事儿，A股从开门到现在，你们那可是独一份儿啊，整个市场都围着你们团团转，你们一拉，全涨，你们一出货，全都打喷嚏，你们是谁啊，无数人都为你们折腰，恐怕没有哪一个女人有这么大的魅力。"

邵南子一撇嘴："我们？我们就是孙猴子。"

杨子欣喝了一口咖啡，说："是啊，你们就是大闹天宫的孙猴子。"

咖啡屋只有他们两位客人，出奇地安静，柜台的服务员时不时地冲着俩人微笑，他们好奇的是邵南子嬉皮士遗风的蓬乱长发和浓密的胡子恐怕有几个月没有修理了。邵南子慵懒地靠在沙发上，伸了伸懒腰，打了个哈欠，很是厌倦地说："还大闹天宫呢，你们是不知道现在多麻烦，当天晚上证监会调查组就到了上海，查了两天，又从北京派来了一个专案组，专案组里面除了计算机工程师，还有金融工程师，孙猴子再能，能逃出如来佛祖的手掌心？"

上学期间，学计算机的邵南子不知道是哪根神经搭错了，有一天从图书馆出来，跟同学们说自己以后再也不剪头发了。同宿舍的兄弟们问他为什么，他大谈什么长发代表着自由，剪短发是被管制的象征，甚至是刑徒耻辱之类。舍友说他是神经病，他嘲笑他们是才疏学浅的渣渣，说《三国志》里陈寿之所以贬损诸葛亮不懂"应变将略"，是因为陈寿的爸爸被诸葛亮髡首剃发，简直就是奇耻大辱。邵南子从此不留短发，直到遇到了杨子欣。

东方大学计算机系的学生都是来自全国各地的学霸，男生多女生少，就算有女生，那些闷骚男自然也瞧不上眼。有一天，学校开运动会，邵南子一眼就瞄见了一身运动装的杨子欣，惊为天人。邵南子当即跟同学打赌要追杨子欣，同学们再次震惊了。

同学们一拥而上，将邵南子摁在地上，摸了摸额头，没有发烧。有同学建议，将其送精神病医院。邵南子腾地一下弹起来，跑到体育馆的看台上，大声发誓："如果追不上她，我就从三楼宿舍跳下去。"

当时，杨子欣的男朋友刚刚莫名其妙地消失了，杨子欣正在伤心欲绝的时候，第一眼看到邵南子的长发就厌恶至极，觉得这家伙跟消失的男朋友简直就没法比。得知杨子欣厌恶他的长发，这小子一剪刀下去，自己把长发给剪了。

剪掉长发的邵南子整天就像跟屁虫一样，每天下课后会第一时间冲到数学系，捧着鲜花站在女生宿舍门口，从不间断。邵南子偷拍了杨子欣大量的照片，将888张照片编程为一张杨子欣的人像。有密集恐惧症的杨子欣在看到邵南子的杰作后，第一次没有感到恐惧。后来，杨子欣听闻那个消失很久的男朋友出国了，终于决定放下他。慢慢地，杨子欣高兴的时候，会收下邵南子的鲜花，郁闷的时候，也会让邵南子讲讲笑话。整整一年时间，邵南子见缝插针地献殷勤，杨子欣终于在一次泪流不止地回忆往事时靠在邵南子的肩膀上。

杨子欣成为邵南子的女朋友后，邵南子牵着杨子欣的手在计算机系转悠了一下午，让当时嘲笑他的兄弟们垂涎三尺。邵南子时常跟同学们炫耀，老邵家祖坟上冒了青烟，娶一个校花可以好好改良一下老邵家的基因。邵南子听杨子欣说喜欢狗，梦想着有一只可以每天叫自己起床的狗，为讨女友欢心，邵南子没日没夜地开发一款狗叫闹铃程序，七天七夜没出机房，等杨子欣得到消息时，邵南子已经因劳累虚脱被同学们送到医院。杨子欣站在病床前，看着邵南子苍白的脸上冲自己挤出的一丝微笑，泪如雨下，心里默默地说："傻瓜，其实我是想让你每天叫我起床。"

大四实习期的一天，杨子欣突然约邵南子到百年咖啡屋喝咖啡，那一天，

第五章

两重天

杨子欣一袭白色的吊带长裙,秀发披肩,细腻的颈上戴着蓝宝石吊坠,眉如远山,眼含秋水,若有心事地凝望着远方。邵南子兴冲冲地跑到杨子欣面前,正准备向杨子欣展示自己开发的狗叫闹铃程序,杨子欣突然说:"我们分手吧。"

杨子欣突然从邵南子的世界里消失了,邵南子疯了一样找她,可怎么都找不到。当毕业前夕回到学校再次见到杨子欣的时候,邵南子以为杨子欣已经另寻新欢,两人大吵一架后分手。毕业之后,邵南子到美国麻省理工学院留学,回国后一直在打探杨子欣的消息,没想到乌龙指第二天就接到杨子欣的电话。听到她声音的那一刻,邵南子有一种窒息的感觉。放下电话,邵南子在镜子前端详了自己一番,想去理个发,收拾一下自己,走到门口又折回来,担心收拾利索了,杨子欣反而不认识自己了。

对面的杨子欣没有一点久违重逢的喜悦,邵南子感到阵阵撕裂般痛苦,脸上还要装出欣喜无比的样子。杨子欣从邵南子的眼神中能看出这小子心里有事,他的阴阳怪气都是在掩饰他内心的慌乱,他一定掩藏着不可告人的秘密。卤水点豆腐,一物降一物,杨子欣知道邵南子的七寸,世人都可以嘲笑他的发型,但谁要是轻视他的技术,他就会跟谁一较高下。杨子欣故意激将邵南子,说:"现在投行的技术都很糟糕的,交易中出个程序问题很正常,别说你们远东证券,就是神仙也只有干瞪眼儿。"

邵南子突然凑到杨子欣跟前,杨子欣一挪身子,说:"讨厌,离我远点!"

杨子欣推开了靠近的邵南子,邵南子失落地一甩长发,嘴噘得老长,说:"你想多了吧?我是什么人你还不知道啊?"杨子欣似笑非笑地说:"你?你们老邵家祖坟上几根草我都了解,还用我想多?"杨子欣端起咖啡杯,往后一靠,示意邵南子保持距离。

邵南子热烈的荷尔蒙跟杨子欣冷漠的态度交替刺激着他,让邵南子乾坤颠倒,六神错位。邵南子努力平复着内心的痛楚,故作镇静地说:"别提老邵家祖坟上的那几根草了,都已经随着你的一句分手枯萎了,我现在是个loser,单身狗,怎么敢再对你有非分之想呢?"

看着邵南子留着长发,胡子拉碴的德性,杨子欣憋着没笑出来,说:"得,狗的寿命大概是在10年,如果一个人单身超过10年,是没资格称自己单身狗的，那个年龄狗都挂了。过去的已经结束，幻想只会让人成为回忆的奴隶，何必让自己徒增伤悲？做朋友才有更长的未来。"邵南子又凑了过来，杨子欣呷了一口咖啡，瞪着邵南子说："有事儿说事儿，没事儿别凑那么近，让人误会。"

邵南子忽然低声说："代码是死的，人是活的。"

杨子欣一愣，没听明白，反问："什么意思？"

邵南子瞅了瞅杨子欣玲珑的身材，呵呵一笑，说："人世间最大的乐趣就是一切都充满着变数，而在恰当的时间又是定数，比如我们两人的专业，数学跟计算机技术在之前是两个世界的事物，就像当初的你和我，但随着时代的变化，这两个领域跟我们一样，从陌生到恋爱，不断地进行融合，当技术赋能数学，数学就变成了金融工程；当数学赋能技术，技术就变成了金融科技。你进入盘古，专业全废了。"邵南子突然指着杨子欣，很邪恶地笑着说："对，过去的结束意味着新的开始，我们会赋能，会融合的。"

杨子欣厌恶地瞪了邵南子一眼，说："云山雾罩一堆废话，谁跟你融合了？爱说不说。"杨子欣拎起包站起来准备离开，邵南子上前一把抓住杨子欣的手，说："这就不高兴了？别走啊。"杨子欣吃准了邵南子，自己越是摆出一副无所谓的态度，邵南子心里越是抓心挠肝地想跟自己显摆。邵南子看杨子欣脸上的笑容消失了，赶紧说："旷世科技你听说过吧，全国最大的证券交易系统提供商，连续两次，远东集团旗下的金融机构系统都出问题，你不觉得奇怪？"

杨子欣侧过脸说："有技术，就会有漏洞。"

杨子欣说完这句话，空气像突然凝固了一样，邵南子半天没说出一句话来。金融科技的漏洞，恐怕上帝都说不清楚。他装腔作势地呵呵一笑，说："你没听说过吗？一流人才进华尔街，三流人才进白宫。金融本来就是个借贷关系，很简单的，可经过一帮金融高才生一弄，越搞越复杂。复杂的程序里可能有天使，也可能藏着魔鬼，上帝都控制不了。"

杨子欣被邵南子说得越来越蒙，问："能不能说得直白一点，当年厚脸皮的劲儿呢？"

邵南子听杨子欣哪壶不开提哪壶，苦笑一声，极力掩饰住内心依然对杨子

第五章

两重天

欣的眷恋，小声说："调查组除了查内幕交易，还在查程序。"

杨子欣瞥了他一眼，说："你是不是做了坏事，才这么神秘兮兮的？"

乌龙指发生的当天中午，监管部门就到远东证券交易部下令，恢复一切可以恢复的交易数据，保存最原始的代码数据以供专项调查。从当天中午到第二天早上8点，邵南子跟技术部的同事连水都没顾得喝，一直在按照领导的盼咐恢复交易数据。现在是调查的非常时期，听杨子欣那么一说，邵南子立即驳斥说："我就是一码农，能干啥坏事，一个前所未有的技术问题，最后能演变成内幕交易，那也只能怪领导瞎指挥。"邵南子顿了顿，很鄙夷地说："现在的领导有事秘书干，没事干秘书，都是瞎搞。"

邵南子的话还没说完，杨子欣的脸上就已经显出愠怒了。杨子欣狠狠地瞪了邵南子一眼。杨子欣毕业进入盘古第二年就当上行政秘书，现在更是盘古轮值CEO肖天的秘书，他这么拿秘书开玩笑，让杨子欣很不舒服。邵南子就这个臭德性，闷得让人窒息，一说话就口不择言，成为聊天终结者。杨子欣指着邵南子的鼻子，很生气地说："你那张烂嘴，就吐不出象牙来！"

邵南子说完才意识到自己说错话了，杨子欣现在不就是盘古上海区域首席执行官肖天的秘书吗？对于杨子欣这种女人，越给她解释她越不高兴，邵南子只能自黑："缺乏幽默感，本质上是智商和情商都低的外在表现。"

杨子欣站起来，很不高兴地说："你这种人，活该单身！"

说完，杨子欣拿起包转身走了，头都没回。邵南子一脸失落，苦苦找寻多年的恋人就这样转身离去？邵南子冲出咖啡屋，只看到杨子欣一个远远的背影，那个曾经在现实与梦里让自己如痴如狂的背影，如雾如烟，可望而不可即。看着背影越来越模糊，邵南子站在人流中，心如刀绞。

穿过鳞次栉比的高楼大厦，就能看到造型各异的精美盆景、生机盎然的绿地和百芳争艳的花园，很难让人相信这里就是有着"东方华尔街"之誉的霄云街。霄云街上云集国内外的金融机构，珠江三角洲最大的银行珠江银行总部就坐落在霄云街8号。黄天沙从来都不喜欢停车欣赏霄云街的风景，直接将车开到了珠江银行总部大楼的门口。

珠江银行董事长邱国栋的秘书已经在大堂等候。秘书带着黄天沙坐董事长专用电梯到了18层，同为潮汕人的邱国栋一直在珠三角金融圈耕耘，在潮汕帮拥有三老之誉，备受尊崇。珠江银行作为珠江三角洲最大的商业银行，跟中国银行、建设银行、工商银行、农业银行的竞争异常激烈，珠江银行在以资产管理业务为首的中间业务上占据了绝对市场份额。

龙腾集团举牌盘古已经成为舆论关注的焦点。邱国栋站起来将黄天沙迎进办公室，他的办公室简直就是一个茶室，沉船乌木的茶几上，一把紫砂玲珑茶壶，滚烫的开水从壶顶浇下去，茶壶表面立刻渗出一层细密的水珠儿，在轻音乐的伴奏下，整个屋子里顿时茶香四溢。邱国栋给黄天沙倒上一小杯，极品乌龙茶茶汤澄黄清澈。黄天沙端起茶杯，用鼻子细细地一闻，茶香简直沁人心脾。呷了一口，味醇爽口，香郁回甘。

黄天沙本来对茶道毫无兴趣，对茶艺一窍不通，只是在生意场上应酬多了，才慢慢品出茶味。看邱国栋行云流水的沏茶功夫，精气神三者一统，静默中一气呵成，简直就是一场盛大的仪式，黄天沙也只能是嘴角习惯性地挂着微笑。邱国栋轻轻地吸了吸馥郁花香，品了品，齿颊留香，回甘悠长，说："天沙兄，我今天可专门用潮汕沏泡乌龙之法，凝神三泡，品品，这可是我们潮汕茶艺的精髓，看看兄弟我的手艺如何？"

黄天沙实在没有心思品茶，硬着头皮呷了几口，顺势乐呵呵地点头恭维了几句，开门见山地说："国栋兄，现在盘古市值不到1500亿元，只要200亿元就能拿到控股权，兄弟我现在对盘古是情有独钟。"邱国栋端着茶杯，狡黠地一笑，说："老兄恐怕是醉翁之意不在酒，账上趴着的3000亿元现金，恐怕才是真正让老兄心动的。"黄天沙笑眯眯地说："现在房地产就是印钞机，盘古简直就是印钞机中的战斗机，这么好的上市公司，应该让更多的老百姓享受到优秀公司发展的红利。"

邱国栋放下茶杯，问："老兄想怎么搞？"

黄天沙等的就是邱国栋这句话，他说："国栋兄，现在盘古的第一大股东远大集团正忙着跟美国人纠缠，美国博威要远大集团掏出240亿元人民币的真金白银，才能放弃手中中华啤酒49%的股权。事关民族品牌，远大集团这个

第五章

两重天

时候肯定不可能两线作战增持盘古的股票，这是一个千载难逢的机会，我想跟国栋兄联手，将盘古的控股权收入囊中。"

珠江银行一直想跟盘古合作，将盘古上千亿的商品房销售款拉到珠江银行，可乔志远跟汪弘毅选择了以黄埔银行为首的国有银行，一直令邱国栋耿耿于怀。邱国栋呷了一口茶，皱着眉头说："天沙，生意绝对是个好生意，我们银行最不缺的就是钱，不瞒你说，现在多少企业都是哭着求我们贷款，我们都赚得不好意思了。但是，钱对于银行来说，少了要命，多了同样也容易要命。现在，我们也有难处。"

难处？黄天沙心里咯噔一下，难道邱国栋是要拒绝自己？黄天沙脸上保持着微笑，问："老兄，有什么难处？"

邱国栋叹了一口气，将一份报纸递给黄天沙，说："兄弟，你看看这个，现在满大街都是互联网金融，人人都想赚钱。那些搞 P2P 的，到农村去，一袋洗衣粉就能让老太太们把留着做棺材板儿的钱都掏出来，他们不会拿着老百姓的钱去帮他们理财，而是赚了钱就跑路，那个 P2P，我看就是骗了再骗，他们这么一搞，我们银行也跟着遭殃。"

报纸上的一则新闻令黄天沙瞠目结舌，一家搞互联网金融的公司，骗了 500 多亿元资金，涉及 90 多万人。监管部门的一把手在全国金融整顿会议上拍桌子，扬言要拉网式稽查所有金融机构，银行规模最大的理财业务开始收缩。看着报纸上的新闻，黄天沙从邱国栋的感慨中听出弦外之音，说："是啊，那些没有道德底线的敛财者，他们承诺的是高收益，要的却是老百姓手上的本金。所以，这个时候，你们银行、保险更应该站出来，发挥中流砥柱的作用。"

邱国栋耸耸肩，两手一摊，撇着嘴说："现在银行的钱流向股市的口子收得很紧，监管说都是因为资金脱实向虚闹的，政府要求我们脱虚向实，支持实体经济的发展，你说现在哪有那么多好的实体企业，好资产都被抢光了，它们的盈利能够支撑银行的资金成本，不亏损我们就烧高香了。"邱国栋说着，凑到黄天沙耳朵边，小声说："老兄，你说我们怎么样才能在监管的游戏规则之内，把银行的钱买成盘古的股票？"

黄天沙伸手握住邱国栋的手，说："有国栋兄这句话，后面的事就交给兄弟我了。"

从珠江银行出来，黄天沙立即给王曦若打电话："王总，20分钟后，在会议室开会。"

王曦若正在跟投资部、财务部、风控部开会，互联网金融的混乱局面令监管越来越严，保险是社会经济保障制度重要的组成部分，事关老百姓的生命、财产保障，自然成为监管的重中之重。王曦若对三个部门提出要求："我们要在现在的规则之内，将老百姓的钱进行最大限度的资本化，才能给老百姓谋取最大的利益。"王曦若从来不喜欢在会议上讲没用的废话，会议开了10分钟，山鹰组的同事已经将龙腾集团持有的盘古、岭南玻璃等上市公司股票进行了财务压力测算。

黄天沙走进会议室，听了听各种数据汇报，最终留下王曦若一个人。

黄天沙的脸上永远都是阳光雨露，当初听闻岭南玻璃的董事长吴岐庸暗中挖墙脚，黄天沙的脸上都看不到一丝的愤怒。当黄天沙让其他人都离开时，王曦若知道，黄天沙一定有一个更大的计划要实施了。黄天沙问："王总，我们现在的融资空间还有多大？"王曦若如数家珍地说："现在我们持有的盘古股票市值125亿元，加上岭南玻璃的51亿元市值，按照市场40%的抵押率，可以融资67到70亿，如果抵押率可以提高到50%，可以融到88亿。"

山鹰组每周都会对龙腾集团进行动态资金压力测试，除了测试信用、市场、操作等风险，还包括不同风险之间的相互作用和共同影响。敏感性测试针对的是单个重要风险因素或少数几项关系密切的因素，情景测试针对的是多个风险因素同时发生变化以及极端不利事件发生时对龙腾集团风险暴露和承受风险能力的影响。通过压力测试，可以充分了解潜在风险因素与财务状况之间的关系，把握龙腾集团抵御风险的能力，形成供黄天沙、王曦若决策的依据，可以有效预防极端事件可能对龙腾集团带来的冲击。

黄天沙很自信地说："那就再融70亿元。"

王曦若很冷静地说："那我们需要一家有实力的银行。"

"远东银行有这个实力。"黄天沙轻描淡写的眼神里多了几分狡黠，很有把握地说，"把我们持有的盘古和岭南玻璃的股票抵给他们。我们为远东证券

第五章

两重天

解围后，跟远东集团的全面战略合作协议不能只是签了字的纸，现在是该他们回报救命之恩的时候了。我们要发挥每一纸合同最大的商业价值，否则我们就是对钱不负责任。"

不做亏本买卖是黄天沙的金科玉律，乌龙指当天，黄天沙当机立断主动援助远东证券，一石数鸟，将以乔志远为首的盘古管理层资管持股计划控制在龙腾集团手中，成为远东集团旗下最大的证券投行。龙腾集团对远东证券雪中送炭还令整个远东集团旗下上市公司股价企稳，避免了金融挤兑，远东集团岂会拒绝跟龙腾集团合作？问题是现在国家明文要求金融要脱虚向实。王曦若提醒黄天沙说："抵押融资之后，资金就不能直接购买股票了，我们必须通过第三方操作。"

黄天沙点点头，说："做生意不能跟大势做对，现在国家号召资本脱虚向实，我们绝不能逆势而为，从远东银行抵押融出来的钱不能买股票，就是政策不限制，这点钱也买不了多少股票。"黄天沙咬了一下左侧牙，盯着王曦若的丹凤眼，胸有成竹地说："继续把杠杆放大，我们的资金网不能吊在一棵树上，否则，抗风险能力会很弱，要让钱在银行与银行之间流转起来，只有流动才有更多的资金流出来。下一步的钱从珠江银行解决。"

生意是价值交易，格局决定生意的未来，黄天沙脸上的自信让王曦若看到了澎湃的未来。珠江银行是珠三角最大的商业银行，龙腾集团如果能跟珠江银行联手，拿下盘古简直就如探囊取物。要将黄天沙口中的钱流动起来，变成龙腾集团在资本市场的血液，现在只需破除一个障碍。王曦若问："我们已经有跟珠江银行合作的基础？"

黄天沙右手在桌子上轻轻地敲击，想了想，说："拿一个系统方案出来吧。"

王曦若不断地在笔记本上记录着，忽然黄天沙的电话响起，是儿子黄世林打来的。黄天沙正准备挂掉，想起早上林月娥从布鲁斯班打来电话，说儿子黄世林想见见他。黄天沙真的不想见这家伙，现在手机市场都一片红海了，竞争者恨不得亲自上阵去掐对方的脖子，投资人能看好这样的创业项目才怪。黄天沙走出会议室，接通了黄世林的电话，没给黄世林说话的机会，就说："完蛋了？玩不下去了？玩不下去就去布鲁斯班看看你妈。"

底牌（上）

黄世林西装革履地站在北京国贸大酒店的门口，直想骂人。刚才跟一个投资人在酒店大堂见面，投资人把黄世林上下左右端详了一番，问了一个让黄世林吐血的问题："谈过几次恋爱？"黄世林回答说六次，投资人起身走了，留下黄世林结账。自己的亲爹不关心自己的创业，一上来就问自己完蛋没有，黄世林一直压抑的怒火终于爆发："爸，你一上来就这么说，我是不是应该去做一下亲子鉴定呢？"

黄天沙一听就火了，训斥道："你这个孽障，你说你整天都干了些啥？"

黄世林也意识到自己的话伤害到了黄天沙作为一个男人和一个父亲的自尊，从小到大，自己在父亲眼里不一直都是个混蛋角色吗？现在自己创业进入手机行业，在黄天沙看来简直就是瞎搞。黄世林最近看到报纸上连篇累牍地报道父亲，担心父亲压力太大，本想见见父亲，没想到黄天沙上来就跟仇人一样。黄世林转念一想，可能是父亲真的压力太大，想道歉安慰几句，没想到话一出口竟然是："你们那个时代的人思维都不正常。"

黄天沙第一次听人说自己思维不正常，说："小子，你啥时候才能醒醒？"

"我的梦才刚刚开始，醒了不就真完蛋了吗？"黄世林背着背包，一边走一边招呼出租车。黄世林很不以为然地说："你一直以为我进入手机领域创业是找死，我的梦想就是颠覆苹果、三星的理念，他们早晚会被淘汰。"

黄天沙一听被逗乐了，自己养了个什么东西，这么狂妄，说："你再说两句，乔布斯的棺材盖都盖不住了，你还淘汰苹果，你咋不上天呢？"黄天沙接到林月娥的电话就意识到，这小子在外面混不下去了，肯定是要钱来了，他接着说："你项目创意那么伟大，为啥到现在都没有一个投资人愿意给你一分钱呢？做生意如果不经常反思，是成功不了的，你这个项目就是瞎搞，换个靠谱的项目，你要钱可以直说。"

"爸，你想多了，我不是来向你要钱的，乔布斯的棺材盖掀不起来。"说话间，一辆出租车嘎吱在黄世林面前停下来，黄世林挤进出租车的后座，很认真地说："我现在不是小孩子了，我是高科技创业，不是瞎搞，未来实体手机都会消失，投资人不给我钱，不是我项目的问题，那是他们的损失。"

黄天沙突然发现，黄世林骨子里颇有自己年轻时的一股劲头，绷着的脸终

第五章

两重天

于松了下来，忍不住笑着说："我第一次见到一个创业者把融资失败说得如此清新脱俗。你要记住了，没有一个投资人会对赚钱不感兴趣，别跟他们谈理想扯情怀，他们不想听你颠覆乔布斯的鬼扯，他们最大的理想就是赚钱，融不到资就好好反省一下自己。"

反省？每一次见完投资人，黄世林都会问自己：真的能颠覆苹果、三星吗？每次反省3分钟后，黄世林就回到了自己的项目轨道上。黄天沙的话让黄世林有些闷得慌，反驳道："人没有理想创什么业？没有情怀的人成就不了大业。现在有几个投资人真正懂一个颠覆性项目的未来？"

黄天沙看了看表，问："投资人不懂？"

"上来就问我谈过几次恋爱。"黄世林想起投资人两眼直勾勾盯着自己，一本正经地问一个跟项目毫不相关的问题就愤愤不平，"我说六次，结果那家伙转身就走了，这样的人也配搞投资？又不是来找女婿，这跟我创业有一毛钱的关系吗？"

黄天沙听明白了，这家伙被投资人给晾了，语重心长地说："你呀，说你没脑子你可能还不高兴，啥时候学会倾听，学会用脑子思考问题，投资人就会给你钱了。"黄世林最烦的就是黄天沙一直把自己当个长不大的孩子，很不满地质问："我怎么就没脑子了？"黄天沙一听，黄世林很不服气，对他说："一个整日泡在女人堆里的男人，如果你是一个投资人，你会把钱交给他吗？还六次，我跟你妈都是初恋就结婚，你自己想想吧。"

黄世林心里承认，可他就是受不了父亲说话的语气，没好气地说："回国后就光棍一根了。"

黄天沙心里总算踏实一点，问他："你还住在那个地方？"

黄世林将办公室设在八宝山附近的一座SOHO写字楼里面，写字楼看上去很高大上，可黑心的开发商把写字楼中间设计了一个长长的走廊，七拐八拐地设置成对开的小居室，一开门，整个走廊都是煮饭的气味。有来公司面试的，一闻到煮饭的气味，还以为进入了居民楼的传销窝点，都赶紧跑了。黄世林自己也住在阁楼上。父亲从来不关心自己在北京的生活，这次居然主动问，于是回道："那地方挺好的。"

黄天沙呵呵冷笑道:"你公司现在招了几个人?"

说到招人真是一件令人头大的事,黄世林有些失望地说:"来面试的都没几个。"

黄天沙说:"就你那地方,如果要你去那面试,你会去吗?"

黄世林辩解说:"乔布斯创业的时候还住在车库里呢。"

黄天沙一听就不耐烦了:"你别整天张口闭口都是乔布斯,创业的时候少去听那些成功的鸡汤故事,那会让创业者变得心浮气躁,故事都是人成功之后讲出来的,这个世界上为啥人人都去争冠军?因为只有冠军才会被人铭记,创业是一样的,只有成功者才会成为故事的主角,他们的故事才会不断地被演绎为励志鸡汤。看鸡汤创业都是东施效颦,注定要失败。"

父亲说话是没有给自己面子,可话里也有几分道理,但黄世林仍然嘴硬:"那是他们不懂,这个世上最可怕的不是鬼,而是居心叵测的人心。"黄世林差点忘了正事,试探性地问:"看新闻说你想控股盘古?"

黄天沙在创业之初就定下一条家规,黄氏家族任何人不得进入龙腾集团任何公司上班,任何人不得插手过问公司的经营决策。黄天沙不知道黄世林葫芦里卖的什么药,对他说:"你管好你自己,没事就挂电话,我很忙。"

出租车已经过了八宝山地铁,黄世林给出租车司机指了一下写字楼的地方,很无奈地跟父亲说:"看样子新闻说的都是真的,我只是确认一下,你如果将来跟盘古的乔志远他们闹掰了,也别干涉我的事,到时候别又说我没有跟你打招呼。"

黄世林的话让黄天沙有点莫名其妙,这小子又要搞什么名堂?正想问个清楚,没想到黄世林已经挂断电话。黄天沙一边往会议室走,一边自言自语地说:"到时候别哭着回来给我丢人。"进入会议室,黄天沙见王曦若坐在那已经成竹在胸的样子。

黄天沙问:"王总已经有方案了?"

王曦若信心满满地说:"我们可以来个四两拨千斤。"

黄天沙很是好奇,问:"怎么用四两去拨千斤?"

会议桌上已经准备好了可视化演示系统,王曦若按下演示按钮,黄天沙的面前立即出现了一幅图，王曦若解释说："我们龙腾投资先同珠江银行旗下全资控股的珠银资本合资，成立叫龙珠资本的基金管理公司，龙腾投资成为龙珠资本的绝对控制人。再由龙珠资本发起成立一个可以投资一级和二级混合型的龙珠基金。"黄天沙插话道："私募基金能一二级混合投吗？"王曦若解释说："现在没有明确的监管规定，法无禁止即可为嘛，龙腾投资用盘古、岭南玻璃股票抵押融资中的69.9亿元认购龙珠基金的劣后级份额，珠江银行认购130亿元的优先级份额，龙珠资本作为基金管理合伙人，用抵押融资中的1000万元认购。"

黄天沙看完王曦若的方案，突然站起来，说："银行的钱不能直接投龙珠基金。"

王曦若很谨慎地问："钱的路径不是问题，问题是未来谁掌握盘古的话语权。"

黄天沙皱着眉头，说："当然是我们。"

王曦若淡淡一笑，说："那我们就不用银行的钱。"

黄天沙以为自己听错了，重复了一遍王曦若的话："我们不用银行的钱？"

王曦若很有信心地说："可以用，也可以不用，关键在选择。"

资金是龙腾集团取得盘古控制权的关键。黄天沙一时愣住了，说："我们现在持有的筹码，从远东银行可融资70亿元，就算用这70亿元再次买入盘古的股权，也很难获得控制权。如果我们跟珠江银行合作，根据你刚才的设计方案，一旦银行资金遭遇监管截留，我们的布局岂不功亏一篑？"黄天沙从王曦若淡定的表情可以看出，王曦若有对应方案了，再次问她："我们可以不用银行的钱吗？"

王曦若右手在可视系统前一划，黄天沙的面前立即出现了另外一个沙盘计划演示图。王曦若指着演示图说："我们现在除了龙腾资本的自有资金，还有保险公司的投资连结险。现在国家对保险投资股票、基金有明确的额度规定，不能超过总资产的25%。所以，我们的保险资金要么买入固定收益产品，比如债券，要么大量存放在银行里。我们可以通过银行存款来明修栈道，然后将在账户中睡觉的保险资金暗度陈仓。"

黄天沙追问:"怎么暗度法?"

王曦若一边在演示图上画,一边说:"银行现在出来的钱,都是通过发行理财产品募集来的,如果我们用珠江银行的理财资金,这类资金除了有年限要求,还容易遭到监管,一旦监管要求银行压缩理财资产规模,他们很可能就会抽走我们的资金,所以,我个人建议,由君安保险在珠江银行存一笔130亿元的5年期协议存款,这一笔协议存款通过一个证券公司发行一个定向资产管理计划,证券公司再用这个资产管理计划认购龙珠基金130亿元的优先级份额。"

黄天沙不停地点头,真是一个暗度陈仓的绝妙安排,不需要用银行的资金,只要资金流转一圈,就可以将不能购买股票的保险资金,变成可以在股票市场上杀伐的筹码。黄天沙循着王曦若的思路,有了一个更完整的方案,他接过王曦若的话说:"龙珠基金用100亿元增资龙腾实业,龙腾实业再将其100亿元定向增资君安保险,这样可以提升君安保险的资本充足率,扩大君安保险增持盘古股票的限额。龙珠基金另外100亿元直接用于购买盘古股票。"

王曦若每次看到黄天沙运筹帷幄、指点江山的状态,就想拽一拽他的缰绳,黄天沙会将一个商业模式运用到极致,他拿到盘古的控制权后,还不知道会去买谁。王曦若提醒黄天沙:"黄总,金融就三个词,信用、杠杆和风险,我们一旦用信用去动了保险的杠杆,那就意味着风险正在加剧,如果我们不能保有信誉,那么如果杠杆断裂,资金链的风险将会让我们失去一切。"

远大集团北京总部坐落在长安街东边,是北京的标志性建筑。乔志远坐在会客室,黄国胜的秘书已经来给乔志远斟了三次茶水。眺望窗外,乔志远已经没有心情欣赏窗外难得一见的蓝天白云。黄国胜将见面的地点一改再改,这才定在远大集团的北京总部。乔志远想起了黄国胜的前任王锋,只要乔志远提前打个电话,王锋就会在办公室泡上极品乌龙,等待乔志远的到来。现在乔志远只能迁就黄国胜的行程。

黄国胜已经将以前王锋的秘书全部换掉,给乔志远斟茶的秘书应该是新来的,见到乔志远,除了职业性的微笑,3个小时没有一句多余的话。之前如果王锋实在走不开,秘书会嘘寒问暖,让乔志远没有枯坐久等的感觉。王锋主持

第五章
两重天

远大集团工作期间，乔志远可以直接推门进入他的办公室，现在乔志远没有机会直接进入黄国胜的办公室，只能在会客室等待黄国胜的召见。

3个小时，乔志远从创办盘古开始到现在，从来没有如此长时间等待一个人。乔志远喜欢干脆利索，最痛恨盲肠一样的权势者，明明是举手之劳却久拖不决，这是虚荣心在作祟，享受权力带来的快感。还有权势者明知事不可为却又不置可否，给人以希望，最终又让人失望。恋权者手中的权力其实是一种虚妄，握住的是欲望，毁掉的是未来。

乔志远从不喜欢揣度他人，见面了自然就知道黄国胜葫芦里卖的什么药。

乔志远看了看表，窗外的天色突然暗淡下来。飞机刚一落地，乔志远就收到天气预报说北京会迎来一场雷暴雨。南海市经常出现雷暴雨，乔志远已经见怪不怪，没想到北京的雷暴雨说来就来，几分钟之内，窗外已经黑云压城，狂风大作。刚才大街上还川流不息，现在瞬间就堵成了停车场。乔志远看了一下会客室墙上的钟表，已经下午1:15了。秘书给乔志远端来了一份工作餐，微笑着说："黄董事长的视频会议还没有结束。"

视频会议？乔志远因为茶水喝太多都去两趟厕所了，黄国胜可以3小时不间断地开视频会议？窗外已经是狂风大作、雷雨交加，乔志远的肚子早就抗议了，顾不得那么多，乔志远开始狼吞虎咽，一顿饱餐。乔志远枯坐期间，黄国胜一直在办公室跟博威啤酒管理层召开国际视频会议，一开始确定的是针对交易价格的框架进行谈判，没想到会议一开始，老外就纠缠具体的细节。老外讨论的每一个细节，各种法律、条款无数，每一项条款都要从头到尾地进行交涉。黄国胜数次希望让专业团队进行具体的对接，可老外拒绝了黄国胜的提议。

3个小时，黄国胜一直在容忍老外的无理，只为一个目的：收回中华啤酒的控制权。中华啤酒作为中国最大的啤酒制造商，曾经引入英国米勒集团作为二股东，米勒持有中华啤酒49%的股权。博威啤酒是中华啤酒在中国及亚太市场最大的竞争对手。中华啤酒借助米勒集团在欧洲、中东的渠道，跟博威啤酒争得你死我活。没想到，黄国胜刚一坐上远大集团董事长的位置，博威啤酒这个老对手就给远大集团发来一封函，通告博威啤酒已经全资收购米勒集团，博威啤酒将持有中华啤酒49%的股权。

曾经的对手变成了股东，是跟博威啤酒合作？还是收回49%的股权，继续在全球跟博威啤酒争夺市场？黄国胜跟老外打了几十年交道，深谙他们的套路，他们已经不再用百年前那种战舰开道横冲直撞的打法，如今他们将中国千百年的古老文化活学活用到极致，商场都用上了孙子兵法，通过收购米勒集团暗度陈仓，以战促和，要让黄国胜签订城下之盟。黄国胜跟国资监管部门汇报之后，得到保护民族品牌的指令，于是拒绝了博威啤酒的要求，绝不跟博威啤酒结盟。

当远大集团向美国博威提出要收回49%的中华啤酒股权之后，美国人狮子大张口，开价300亿元人民币。筹资300亿元对于万亿资产规模的远大集团来说确实不是什么难题，可钱不都是掌握在远大集团总部的，资金都在旗下地产、金融、消费等各个产业链，聚合资金意味着影响其他企业的现金流，而且资金离境也需要一个漫长的过程，美国人也可能会变卦，交易成本很高。就算远大集团同金融机构组建一个收购财团，80%以上的资金都从国际金融机构融资，被称为救火队长的黄国胜也不想让老外轻而易举就实现交易，落下个卖国求荣的骂名。

在召开国际视频会议之前，黄国胜已经派出一个强大的谈判团队，将价格谈到240亿元人民币。黄国胜测算了中华啤酒的利润率，如果按照240亿元人民币的价格交易，意味着中华啤酒至少20年时间里只拥有了市场，而没有利润。黄国胜希望继续压低交易价格，可美国人拒绝继续降价，扬言240亿元人民币是他们的底线。黄国胜不信邪，要跟美国人掰手腕。乔志远进入远大集团总部之前，黄国胜跟美国人的远程谈判就开始了，整整4个小时，老外咬住价格不放。

博威啤酒一直稳坐欧美市场头把交椅，收购英国米勒集团，就是要堵住中华啤酒进入欧美市场的通路，再拿中华啤酒作为博威啤酒攻占亚太地区的跳板，迅速拿下亚太地区。收回中华啤酒的绝对控制权，可以捍卫中华啤酒在亚太地区的垄断地位，同时还可以在欧美地区跟博威啤酒放手一搏。

价格与市场，选择谁？摆在黄国胜面前的还有国家的监管。从2015年开始，国家就三令五申控制外汇外流，别说240亿元，就是200万元，都要将交易背景、客户情况向外汇管理局报备。美国人就是吃准了这一点，中国的商务、外

第五章
两重天

汇监管等行政审批流程走下来，远大集团能不能顺利拿到交易批文很难说，博威啤酒至少可以赢得一个夏天的销售黄金期，那样一来博威啤酒就有更多跟远大集团谈判的筹码。

窗外暴雨倾盆，乔志远狼吞虎咽地吃着工作餐，黄国胜的秘书站在旁边看着，心里暗暗发笑，乔志远吃工作餐的样子全然看不出他是掌管万亿资产的老总。秘书给乔志远换了新茶，特地介绍说："乔总，黄董事长听说您喜欢花茶，这是刚到的定制龙珠。"乔志远端起新茶，跟碧潭飘雪的叶似鹊嘴、形如秀柳不同，龙珠外形圆紧，白毫显露，形似珍珠。碧潭飘雪茶汤澄碧，自在芬芳，而龙珠汤色黄绿，香气浓厚，乔志远轻呷一口，芳香之气沁人心脾。

这时，黄国胜按了办公桌上的电铃。

美国人终于结束了视频会议，黄国胜靠在皮椅上，双手揉了揉太阳穴，跟老外打交道不仅考验智慧，更考验体力。黄国胜觉得王锋坐过的椅子晦气，换成了现在这种宽大而简约风格的座椅，除了响应政府厉行节约的号召外，黄国胜喜欢皮椅背部的穴位按摩功能，简约而不简单。黄国胜的对面是一面幕墙，可以将会客室看得一清二楚。这面幕墙是黄国胜来后才改装的，他的前任王锋被查就是因为有人在隔壁会客室动手脚，收集了他的受贿证据。

黄国胜在跟老外讨价还价的过程中，将会客室里的乔志远看得一清二楚。几个小时里，乔志远坐在那里面不改色，只是在雷暴雨到来的时候，朝窗外远眺了一下，其他时间都犹如一尊佛像一动不动。黄国胜暗暗称奇，当一个人克制到别人无法看到自己面部表情的变化时，一定能成就大事，这种人如果是敌人，那也是最危险的。尽管秘书获得授意偶尔跟乔志远说几句话，可整个过程，乔志远都没有正面看秘书一眼。

电铃也是黄国胜到远大集团后新安装的，只有他主动示意，秘书方可领客人与他见面。秘书提醒乔志远，黄国胜跟老外的谈判刚结束，可以到黄国胜的办公室了。秘书将乔志远带到黄国胜的办公室，整个办公室都进行了重新装修，王锋喜欢的盆景消失了，摆在桌子上的是三本书：《管子》《太公六韬》《淮南子》，黄国胜的皮椅后面有两面旗帜，一面是国旗，另一面是党旗，真有旧貌换新颜的意思。乔志远嘴角挤出一丝微笑，黄国胜示意乔志远坐在对面，乔志远刚一落座，黄国胜就说："开始汇报吧。"

一种刺骨的冷漠穿透了乔志远的身体，黄国胜的眼神从未正面跟自己对视。乔志远挺胸而坐，盯着黄国胜，说："黄总，盘古多年来在集团的支持下一直很稳定，可以专心发展业务，现在龙腾集团旗下多家公司不断买入盘古股票，我们得到消息，他们有计划将股票增持到15%，这个比例将超过远大集团的持股比例，我们管理层担心龙腾集团就是野蛮人，到时候会搅乱整个公司的运营，所以希望集团能够增持一部分股份。"

"他们想控制盘古？"黄国胜皱着眉问："之前怎么没有汇报呢？"

黄国胜的语气很是不屑，坐上盘古第一大股东位置已经超过15年，远大集团从未有过失去控制权的危机，更没有资本大鳄敢明目张胆地在远大集团虎口中夺食。乔志远控制着自己苦等将近4个小时的烦躁情绪，说："之前龙腾集团持股比例不到5%，远东证券乌龙指当天，龙腾集团旗下的君安保险一下子就买过了举牌线，就在当天中午，龙腾集团的老板黄天沙在北京约我见面，从他的言谈中听出，他们想当大股东。"

"龙腾集团要当盘古的大股东？黄天沙他反了天了？"黄国胜重重地将茶杯顿在桌子上，茶水飞溅到桌面上，老外在中华啤酒股权收购过程中逼自己签署城下之盟，现在又突然冒出一个龙腾集团要夺走盘古的控制权。盘古可是远大集团控股的上市公司中绩效贡献率最高的公司，岂能随便拱手让人？黄国胜一听就一肚子鬼火往外冒，一脸严肃地问："黄天沙举牌之前，盘古跟黄天沙的龙腾有没有什么交集？他为什么想从远大集团手里争夺盘古控股权？"

乔志远很是轻蔑地说："他一个菜贩子，我们能有什么交集。"

黄国胜以为自己听错了，反问乔志远："那菜贩子怎么突然要当盘古的家？"

乔志远能听出黄国胜话里有话，开门见山地说："他们200亿元就能控股盘古。"

屋子里陷入沉寂，黄国胜右手托腮，停顿了半晌，斜看了一眼乔志远，问道："你想让远大进行增持？"

黄天沙现在的第一目标自然是远大集团，如果能在200亿元人民币以内取

第五章
两重天

远大集团而代之，那么龙腾集团就可以控制万亿规模的盘古，同时有效削弱管理层资管持股计划的防御能力。乔志远回答说："现在盘古的股价还没有拉升上去，我们希望集团能够在低股价区增持，这样可以阻止黄天沙成为盘古的第一大股东，同时控股股东的增持会给市场带来信心，盘古的股价会上升，这样就可通过提高成本阻击黄天沙进入盘古。"

黄国胜脸上露出为难的表情，说："现在我们不能增持。"

枯坐4个小时，等来这个结果？乔志远不甘心，追问："为什么？"

乔志远看上去一脸镇静，但黄国胜从他的言语中明显感觉到他的失落。黄国胜点点头说："盘古是远大集团上市公司中资质最好的，但是现在远大集团正在跟美国博威谈中华啤酒的股权回购问题，中华啤酒是民族品牌，我们必须收回来，可美国人狮子大开口，上来就要300亿元人民币，谈了无数次，才谈到240亿元人民币，加上现在外汇管控很严格，筹集巨额的资金是个十分麻烦的问题。"

远大集团作为历史悠久的实力央企，金融机构都是围着其旗下各个板块的优质资产打转，希望能够与其合作，金融机构岂会拒绝中华啤酒回购49%股权的交易？乔志远觉得黄国胜的拒绝没有道理，说："黄总，收回中华啤酒，保护民族品牌是大义，可远大集团作为盘古大股东已经超过15年时间了，远大集团如果在低价位失去对优质上市公司的控制权，就如同失去中华啤酒这个民族品牌一样遗憾。只要远大站出来增持，给投资者的信心是金钱无法衡量的，黄天沙也不敢公开跟中央企业抢夺控制权吧？"

乔志远的话就像一把软刀子，让黄国胜心里很不舒服。黄国胜板着脸说："乔总啊，你说的我们都能理解，黄天沙想当盘古的家，恐怕不是一天两天了吧？"乔志远脸上没有表情变化，心里却是咯噔一下，回道："他们把举牌公告发给我们，我们才知道他们一直在买我们的股票，交易时间跨度长达6个月。"黄国胜摇了摇头说："你们对黄天沙还是缺乏了解啊，不能小瞧这个卖菜的潮汕人。在买入盘古之前，黄天沙举牌过多少只南海股票，你们有没有研究过？"

汪弘毅整理过一套详细的龙腾集团的资料，乔志远进行过研究，接过黄国胜的话，他说："黄天沙举牌的上市公司在各个行业都是质量相对不错，具有行业竞争优势，且股权都很分散，第一大股东持股比例为10%多一点的企业，跟盘古目前的股权结构极为相似，只是他举牌的上市公司相互之间毫无关联，看起来更像是把上市公司当成他们炒股的一个工具。"

黄国胜左手捏了捏眉心，心里嘀咕，王锋当初真是惯坏了这个家伙，想让远大集团出手相救，又担心遭遇拒绝，软刀子捅进来，又快速地轻描淡写转移话题来缓解对方的心理压力。黄国胜就挑明了说："那些上市公司的第一大股东清一色都是国有企业，如果这些国有企业不举牌，像岭南玻璃，控制权就被黄天沙给收走了，国有企业大股东负责人就会落个导致国有资产流失的罪名。"

乔志远瞥见黄国胜捏眉心的时候，就判断出他的无奈，在野蛮人敲门盘古的关键时刻，乔志远的软刀子捅进去，等的就是黄国胜自己把它拔出来，这样的软刀子才有威力。黄国胜对远大集团失去盘古控制权的后果非常清楚，乔志远能听得出，黄国胜这么说，就是在暗示自己，你这是在威胁我。乔志远马上说："黄总，没有远大多年来的支持，就没有盘古的今天，黄天沙一旦成为控制人，岭南玻璃就是前车之鉴，管理层很多人员都会流失。"

"如果增持，"黄国胜顿了顿，面色凝重地说，"同样会落得一个不轻的罪状。"

一直面色冷静的乔志远愣住了，问："保护国有资产，怎么会变成罪状呢？"

黄国胜指着自己坐的椅子，意味深长地问："这个位置，不陌生吧。"

乔志远太熟悉黄国胜现在坐的这个位置了，王锋曾经在这个位置上坐了10年，乔志远跟王锋配合默契，简直如鱼得水。现在王锋锒铛入狱，黄国胜突然提起王锋曾经坐的位置，乔志远没有接黄国胜的话茬，只是面无表情地望着黄国胜的脸。

"这把椅子，有人坐上成了商界的领袖，有人走上了更高的仕途，也有人成为阶下之囚。"黄国胜从抽屉里拿出一纸通报函，递给乔志远，说："王锋的调查刚刚结束，你看看，第一条就是收受巨额贿赂和巨额财产来源不明，贿赂这事儿能够查清楚，巨额财产来源不明就是糊涂账了。如果在黄天沙的持股比例还没有到15%的时候，远大就增持盘古股票，那么就会有人攻击我为黄天沙炒股票抬轿子，到时候我就是有八张嘴都说不清楚。"

第五章

两重天

乔志远望着眼前这个老板，想起了王锋时代，那个时候的远大集团就是一个甩手掌柜，除了派出三个董事，推荐了独立董事，盘古管理层的决定都无一例外地给予支持，王锋有一句口头禅，"放开手就是解放生产力，就是给远大集团赚钱"。此时，乔志远内心五味杂陈，他希望黄国胜能够像王锋那样一如既往地支持盘古。乔志远苦口婆心地说："黄总，增持盘古是捍卫国有控股权，怎么会是给黄天沙抬轿子呢？"

盘古发布龙腾集团举牌公告的当天晚上，黄国胜就下令战略投资部和法务部跟踪研究黄天沙的投资行为。听乔志远这么说，黄国胜呵呵一声冷笑，说："乔总，黄天沙每次举牌，那些国有大股东为了捍卫第一大股东的位置，只能被动增持，随着大股东的增持，上市公司股价不断升高，黄天沙再借机将筹码倒给举牌的第一大股东，股价也随黄天沙的撤退而下跌。最终，国有大股东在给黄天沙抬完轿子后，还要当一个亏钱的接盘侠。现在远大如果增持盘古，就有人怀疑我拿了黄天沙的好处，才给龙腾集团当接盘侠的。"

这都是什么逻辑？黄国胜这是为了自己头上的乌纱帽拒绝了乔志远，乔志远心里极度愤懑，那些嗜权如命的家伙生死皆为乌纱遮目，却不知"银篦稳簪乌罗帽，花襜宜乘叱拨驹"，乌纱帽曾经只是妓女头上专为招揽嫖客的一具头饰而已。乔志远在心里琢磨，一旦黄天沙取得了盘古的控股权，难道他黄国胜就不担心国有资产流失这个指控吗？乔志远提醒说："如果黄天沙持股比例超过远大集团怎么办？"

房间里再次陷入沉寂，黄国胜没有立即回答乔志远这个问题，而是端起了茶杯。黄国胜在到远大集团上任之前，就对乔志远有相当程度的了解，此人仰仗着自己有一个好的家世，一直心高气傲，真正的朋友很少。黄国胜每次召集旗下公司高管开会，乔志远都是派汪弘毅出席，黄国胜视乔志远的冷傲为狂妄。现在盘古还没有到生死一线的地步，乔志远更多的是担心管理层失去控制权。黄国胜再次捏了捏眉心，说："盘古是远大集团的优质资产，我们不会眼睁睁看着别人拿走公司的控股权，我们会在合适的时候支持盘古。"

黄国胜模棱两可的官话令乔志远相当失落，心高气傲的乔志远在商场上从未对任何人低过头，今天在黄国胜面前就差跪下了，但乔志远表面上依然很镇静。在走出远大集团大楼时，乔志远突然有一种弃儿的凄凉之感。想当年，盘古是自己一手创办起来的，在股份制改造的时候自己想高风亮节，放弃持有盘古的股权，现在自己没有上市公司的控制权，加之自己逐渐退居幕后，将汪弘毅、肖天他们推向前台，黄国胜竟然如此怠慢自己，看来就算企业是自己创办的，只要不在实权位置，别人就不会把自己这个创始人放在眼里。

今人不见古时月，今月曾经照古人。

雷雨早已消停，雨后彩虹将整个北京城装点得五彩斑斓。走在川流不息的大街上，望着熟悉的城市和陌生的人群，乔志远脑子里浮现出蒜头鼻子的王锋，大智若愚、精力充沛、不拘小节，看上去永远都是那样的无忧无虑，与他沟通起来从来都不用掩饰自己的情绪，他没有心机，自己不用担心不经意的细节会得罪他。盘古在王锋的庇佑之下，从一个年营收10多亿元的小公司，发展成为年营收3000亿元的行业龙头。可现在，乔志远再次体会了灵魂漂泊的无助之感，谁才能继续成为盘古真正的港湾呢？

杨子欣一个人漫步在外滩，黄浦江上帆船林立，外滩绿色长廊中的浦江之心在午后的阳光下熠熠生辉，远处的金茂大厦和环球金融中心像两个超级巨人，巍然屹立，傲对碧空。江边倚栏留影的人们，一张张笑脸书写着幸福和眷恋。杨子欣拨通了汪弘毅的电话，说："汪总，持股计划可能被人盯上了。"

湖北司法部门给盘古发来了程春明案通报函，这是汪弘毅一直在等待的撒手锏。看到通报函上的几组数据，汪弘毅咬了咬后槽牙。杨子欣打来电话的时候，汪弘毅正准备召开一个电视电话会议，向盘古分公司一级的管理层通报程春明的受贿案件。杨子欣跟汪弘毅闹了点小别扭，两天没有跟他通电话，他打电话过去就被她挂断，听到杨子欣的电话，汪弘毅心里咯噔一下，问："谁？"

从咖啡屋出来，杨子欣一边欣赏外滩风景，一边琢磨邵南子的话。证监会的调查组派出技术和金融工程师进行调查，而给远东证券写说明函的是拥有外资背景的旷世科技。为什么邵南子说代码是死的，人是活的？杨子欣走了一路，终于琢磨出其中的问题："谁援助远东证券资金最多，应该就是谁盯上了盘古。"

第五章

两重天

远大证券乌龙指出来后，汪弘毅第一时间提出要援助远东证券，防范盘古管理层资管持股计划的平仓风险，没想到黄埔银行行长朱民被抓，肖天抢走了援助远东证券的功劳。汪弘毅一直纳闷，在金融机构拒绝给远东证券拆借资金的关键时刻，谁会在盘古之前援助远东证券？杨子欣的话引起了汪弘毅的警觉。

挂断杨子欣的电话，汪弘毅在办公室推演，如果杨子欣的信息准确，那么黄天沙无疑就是那个盯着管理层资产管理持股计划的人。汪弘毅立即给乔志远打电话汇报，这时乔志远刚从远大集团总部出来，走在雨后彩虹下的长安街上。电话一接通，汪弘毅没有立即汇报杨子欣提供的线索，现在自己需要利用程春明案的司法通报得到乔志远授予的尚方宝剑。汪弘毅说："乔总，武汉司法部门给公司发来了情况通报函，程春明收受贿赂数额巨大，已经进入司法程序。"

正一肚子鬼火没地方发的乔志远提高了嗓门问："他收了多少？"

汪弘毅能听得出乔志远心情不太好，拿起桌子上的通报函，说："6000万元。"

乔志远第一次听说程春明收受贿赂，以为他只是偶尔收点小钱，没想到数额如此巨大。在黄国胜那里憋了一肚子火，听到汪弘毅说出的数字，乔志远一下子发作了，在电话里厉声质问："行贿的企业到底什么来路？"

"董事长是个28岁的女人，司法机关通报说，两人有不正当男女关系。"汪弘毅没有直接说企业的名字，而是将通报函上最刺耳的信息挑出来。乔志远沉默，汪弘毅接着说："6000万分5次实现，转账过程极其复杂，都是通过他小舅子以虚假项目合作的方式进行的。行贿的企业公司成立3年，此前一直销售小楼盘，业绩很差，盘古是他们的第一个大项目。"

汪弘毅的声音还是一如既往的从容。乔志远在黄国胜办公室枯坐3个多小时就不断想起王锋，胸怀抱负的王锋锒铛下狱就是因为倒在了一位女客户的石榴裙下，一听到程春明居然跟客户有不正当男女关系，他咬牙切齿地说："这个狗东西，居然把盘古搞成了他的后宫，这种风气必须消灭，对这种管不住裤裆的人绝不能姑息。千里之堤溃于蚁穴，你马上将程春明的情况在全公司进行通报，对全公司进行整肃。"

乔志远的话给了汪弘毅一个定心丸，有了乔志远的尚方宝剑他就可以杀伐四方了。汪弘毅立即回答说:"我马上就召开分公司负责人级以上的管理层电视电话会议。"汪弘毅顿了顿,想挂断电话,还是决定先告知乔志远:"刚才得到一个信息,远东证券乌龙指当天,有人比我们盘古提供的援助更大,这个援助者可能是醉翁之意不在酒。"

"抢先一步的援助者是谁?"乔志远从黄国胜办公室出来,正准备跟远东集团进行联系,一旦远大集团放弃增持盘古股票,乔志远打算邀请远东集团作为白衣骑士,帮助管理层锁定盘古的控制权。乔志远问:"他们到底想干什么?"汪弘毅不是很肯定地说:"可能是黄天沙,他应该是冲着我们在远东证券的管理层资产管理持股计划来的。"

乌龙指当天晚上,乔志远跟远东证券的董事长方清平在上海见面,经汪弘毅测试,他们的资金缺口超过20亿元,可方清平只要5亿元,当时远东集团内部的拆借资金都没有确定,方清平报出的拆借数就令乔志远心生疑窦。乔志远有点疑惑,问:"乌龙指是个技术问题,听说远东证券交易系统的技术服务商旷世科技都写了说明函,难道黄天沙算准了远东证券会出乌龙指,早就为援助远东证券做了准备?那么他闯进我们盘古就真的有大阴谋。"

远东证券乌龙指设备分为订单生成和订单执行两个系统,生成系统因为是利润之源,主要是远东证券自主开发,订单执行系统不产生利润,所以外包给旷世科技。汪弘毅分析说:"技术问题不具有罪恶性,信息才产生财富。"汪弘毅字斟句酌地说:"旷世科技的控制权在香港资本手中,而乌龙指发生后,旷世科技被第一时间被拉去写说明函,意味着他们是第一个确认乌龙指信息的,如果黄天沙跟旷世科技有关系,那意味着可能我们未来面对的不只是黄天沙。"

乔志远半晌没说话,心里升起一股从未有过的忧虑感,如果黄天沙跟香港势力有关系,那么他援助远东证券就真的是冲着盘古管理层来的。乔志远吩咐汪弘毅说:"我们管理层资产管理持股计划的命脉握在远东证券手中,既然黄天沙费尽心思要控制我们管理层和整个盘古,那我们就找到证据,戳穿他援助远东证券的把戏,跟远东集团结成战略盟友。"乔志远想了想,毫不隐瞒地说:"弘毅,我见了黄国胜,情况不是很乐观。"

汪弘毅跟了乔志远20多年,对乔志远太了解了,无论是行动还是言语,

第五章

两重天

从来就没有见他悲观过,他是喜欢迎难而上的性格,快60岁的人了,整天跟机器进行围棋大战。黄国胜的态度出乎乔志远意料,远大集团董事长的人事变更对盘古来说是个考验。汪弘毅问:"黄总对龙腾集团想控制盘古是什么态度?"

在盘古内外暗流涌动的敏感时刻,乔志远不想在汪弘毅面前抱怨黄国胜的不是,抱怨也从来不是乔志远的风格,而且毕竟现在远大集团还是盘古的第一大股东,乔志远只是淡淡地说:"他有难处,正忙着从美国博威手上收回中华啤酒的股权,交易规模超过240亿元人民币,短期内想让远大集团增持盘古的可能性很小,虽然事关盘古控股权,但他同样要考量中华啤酒这个民族品牌的控制权。看来,我们要考虑找一位白衣骑士了。"

一个从来不求人的千亿级别企业的领袖,现在被一个菜贩子给逼到求人的地步,电话中都能听出乔志远的绝望。汪弘毅安慰乔志远说:"我们盘古是远大集团上市公司中利润率贡献最高的企业,远大集团是盘古的第一大股东,黄国胜那么爱惜头上的乌纱帽,相信他也承受不起中央企业丢失上市公司控股权的重大责任。"汪弘毅顿了顿,很镇静地说:"既然这样,我会连夜拿出一个白衣骑士策略。"

从远大集团办公大楼出来,乔志远一直在琢磨白衣骑士,可谁会成为盘古的白衣骑士呢?一向自信的乔志远很冷静地说:"这个世界上只有两肋插刀的朋友,没有只做好事的公司,白衣骑士都会为自己的利益考量,远大集团是盘古超过15年的控股股东,任何白衣骑士的加入都不会比远大集团增持的结果更好。由于远大集团管理层更替,他们和我们的沟通出现问题,但对于我们来说,在寻求白衣骑士的同时,更要尽最大努力争取黄国胜的支持。"

秘书敲门进来,跟汪弘毅汇报说:"汪总,会议室的电视电话会议系统已经准备就绪,还有5分钟就开始了,除了正在飞机上的轮值CEO肖总,各分公司的负责人都已经在会议系统签到。"汪弘毅示意秘书先去会议室,充满信心地对乔志远说:"我们的计划正在推进之中,我已经跟远东保险的董事长谢晓辉约好了今天晚上见面,开完程春明案的通报会,我就马上飞上海,黄天沙喜欢螳螂捕蝉,那我们就来个黄雀在后。"

第六章
野蛮人

"毕竟男人多薄幸,误人两字是功名;甜言蜜语真好听,谁知都是假恩情。"桂玉梅哀婉的唱腔顿时引起台下一片叹息之声。微步曼舞,青衫鼓荡,水袖飘忽,如梦似幻,朦胧缥缈,流光溢彩。远山薄雾之中,幻影若无,悠远伤情。乔志远远远望去,舞台上桂玉梅就是那《春闺梦》中的痴情张氏,思君卸甲归来,"愿此生长相守怜我怜卿",倏忽间战鼓惊天,乱兵杂沓血肉骷髅,蓦地惊醒才知都是梦境虚幻。

乔志远第一次如此近距离地欣赏桂玉梅,桂玉梅演绎的青衣温良恭顺、嗔笑喜怒、娇羞伤感、爱恋幽怨,不似天上仙女,全是凡尘女子细腻柔婉的缱绻愁思。远看她冷若冰雪,凛然难近,细听却知她妩媚深藏不肯示人,风情犹如三月杨花,漫天飞洒,百媚千娇。水袖轻颤,咏叹红尘的是独守空房的苦;青春流觞,眼神流转的是红颜凋零的伤。乔志远心里暗叹,人间尤物美,最怜是青衣。

乔志远坐在八仙桌前,一杯碧潭飘雪已经茉莉飘香,轻呷一口茶,听青衣吟唱,尘心涤尽,不愿再争世间功与名。乔志远沉浸在青衣的愁苦之中,周围

第六章

野蛮人

却已是掌声雷鸣。乔志远回望四周，青衣折纤腰以微步，呈皓腕于薄纱，倒影在男人的眼眸里全是风月，几人能识青衣恬静妩丽掩藏的伤悲？

桂玉梅泪眼婆娑地唱道："可怜我薄命人只影孤栖。"乔志远搁杯鼓掌，突然，一个身材高挑的女人走到乔志远的桌子边，头上的紫玉簪绾成一个蓬松而低垂的髻，细长的眉毛下杏眼圆睁，琼鼻挺拔，粉面含威，白皙的脖子上挂着一寸见方水滴状满绿翡翠吊坠，一袭黑色过膝 A 字长裙，搭一件驼色真丝暗花披肩，端庄大方中尽显高贵。周围的人都直勾勾地看着这个精致的女人，没想到这个女人突然气势汹汹地将乔志远桌子上的茶杯掀翻在地。

戏台上正在唱《春闺梦》的桂玉梅以及乐师们戛然而止，整个大戏楼的空气瞬间如凝固一般。

"好啊，你日不归家夜不落屋，整天说你工作忙，居然有空跑到这里来听戏！"女人精心修饰过的脸顿时变天，白皙的脖子上青筋暴出，一下暴露了女人难以掩饰的年龄。这个女人正是乔志远的结发之妻张青桐。张青桐的父亲曾经是南方的一位高级官员，一年前，张青桐已经跟乔志远协议离婚。离婚之后，乔志远就搬出了他们住了几十年的珠江花园，但偶尔会回去看望张青桐。最近两个月，张青桐孤苦寂寞，给乔志远打电话，乔志远不是在出差，就是在谈事情。

乔志远站起来，拉着张青桐往外走，张青桐一下子甩开乔志远的手，指着舞台上满脸油彩的桂玉梅，厉声问道："你是不是被这个狐狸精给迷住了？"整个戏楼的看客哗然，乔志远再次去拉张青桐的手，张青桐指着乔志远的鼻子说："姓乔的，当初如果没有我爸，你能有今天？老爷子死了没两年，你就迫不及待要甩开我了？"旁边的一个北京老爷们撇着嘴，呵呵一声冷笑，对旁边的人小声嘀咕，说："得，又一个怨妇。"

张青桐的训斥让乔志远脸上挂不住了，从结婚到离婚这20多年，张青桐掌握着乔志远的所有行踪，无论身处何地，乔志远必须每天早上、中午、晚上给她打一次电话。乔志远一直包容着张青桐，张青桐在公众面前也一直都保持着名门望族的高贵涵养，现在怎么突然变成了一个泼妇？乔志远黑着脸，再次伸出手准备拉走张青桐，张青桐没有理会乔志远，走到大戏台的前面，指着乔志远，声音很大地问："你现在也开始喜欢这种女人了？"人群中开始窃窃私语，乔志远索性一屁股坐在位置上，张青桐咬牙切齿地问："你在外面有多少狐狸精？"

桂玉梅一边往戏台下走，一边摘下头饰，径直走到张青桐面前，指着张青桐的鼻子，冷冷地说："你，把你刚才说的话再说一遍。"台下的看客们围了过来，台下的桂玉梅跟台上的青衣简直判若两人。张青桐没想到桂玉梅会走下戏台，愣了一下，随即一挥手，甩开了桂玉梅指着自己鼻子的手，说："他能看上你这种狐狸精，你以为他是个正人君子？"

乔志远上前准备把两人拉开，桂玉梅再次指着张青桐的鼻子，怒目圆睁，警告她说："你最好把你的臭嘴闭上，再让我听到你说什么狐狸精，小心我撕烂你的嘴！"周围的人开始鼓掌，他们都是冲着桂玉梅的青衣来的。桂玉梅轻蔑地说："不要在这里丢人现眼，你的男人我压根儿就不认识，他是不是正人君子跟我没关系，别人的二手货老娘我不稀罕。"

"不认识？10天时间，两次来你们紫宸会，说不认识，鬼才信！"张青桐被桂玉梅的嘲讽给激怒了，她上前一把抓住乔志远的衣服，把他拉到两人中间，说："今天，你当着她的面说清楚。"乔志远一听，张青桐看来在跟踪自己，黑着脸说："你闹够了没有？"乔志远想拉张青桐走，张青桐一把甩开乔志远，上前一步，紧贴着桂玉梅的脸，说："别以为他现在是大款，告诉你，你真是眼瞎了，他现在的一切都在我手上。"

桂玉梅二话没说，一巴掌就冲张青桐脸上甩过去，张青桐脸上顿时一阵火辣辣的。桂玉梅摊着手掌心，说："你自己回去照照镜子，看看你现在这个样子，真是白瞎了一副好皮囊。管不住你的男人，跑到这里来撒野，我都替你臊得慌！你以为你这样就能让你的男人回心转意，就能得到你男人的爱？你一把年纪了，到现在都没有活明白，你记住啰，泼妇永远都不配拥有爱情！"

恼羞成怒的张青桐突然从包里掏出一把锋利的匕首，众目睽睽之下将匕首横在自己的脖子上，声嘶力竭地冲着乔志远喊道："你不离开这个狐狸精，我就死在你们这对狗男女面前！"说着就要抹脖子。桂玉梅上前狠狠地说："你想死是吗？要死赶紧，别耽误老娘唱戏。"台下围观者哗然，张青桐被桂玉梅给镇住了，愤怒地瞪着乔志远，乔志远从来没有见过张青桐的情绪如此失控，

第六章
野蛮人

整个人都蒙了。

桂玉梅咄咄逼人地说："你这种人我见多了，你杀不杀？不杀我帮你。"说着，桂玉梅就要去抓张青桐握匕首的手，整个戏场的人都惊呆了，以为桂玉梅真要抓着张青桐的匕首一刀刺进去。说时迟，那时快，桂玉梅一把夺下张青桐的匕首，当的一声将匕首扔到地上，转身飘然而去。张青桐呆呆地站在戏台前，乔志远黑着脸，没有再伸出手去拉她。

桂玉梅消失在围观的人群之中。围观的人纷纷摇头，几个老北京指指点点，小声嘀咕，其中一个人问旁边的，说："这孙子谁呀？艳福不浅啊。"乔志远回头瞪了一眼，那个问话的人笑嘻嘻地瞅着乔志远。紫宸会的老板东方亮应声赶到，分开人群，走向乔志远，脸上堆满歉意的笑容，连连对乔志远说："乔总，不知道您大驾光临，对不起对不起，玉梅年轻不懂事，得罪您跟嫂夫人了。"乔志远没说话，起身朝外走。

东方亮一步蹿到乔志远身后，不断地跟乔志远道歉。乔志远突然停下脚步，转身问："您认识我？"东方亮掏出名片递上，说："您是商界领袖，谁不认识？不瞒您说，我炒股票买的第一只就是你们盘古。"乔志远看了看名片，瞅了瞅东方亮，问："你经营这紫宸会，还有时间炒股？"东方亮呵呵一笑，说："买你们盘古股票10年，一直没换过，好股票是时间的朋友。"东方亮突然话锋一转，说："今天玉梅鲁莽，实在抱歉，希望有机会让玉梅跟您当面致歉。"说话间，张青桐追出来，乔志远走到马路边，两人钻进一辆出租车，绝尘而去。

夕阳的余晖投射到写字楼湛蓝的玻璃上，整个霄云街成了蓝色的海洋。黄天沙亲自开车，载着王曦若和龙腾投资总裁朱晓鹤来到霄云街的标志性建筑珠江银行大厦前。

王曦若还是第一次进入珠江银行大厦，空旷的大厅中大理石地面一尘不染，抬头仰望，天花板上雕刻着镂空的花纹，巨大的方形水晶灯矩阵将整个大厅映射得金碧辉煌。王曦若听过珠江银行董事长邱国栋的传奇，曾经珠江银行只有300多亿元的资产规模，却有500多亿元的负债，南海市欲将珠江银行进行破产清算，负责破产清算的邱国栋违抗指令，引入华尔街的飞鹰资本，令珠江银行起死回生，注入华尔街基因的珠江银行借此成为新中国第一家中外合资银行，邱国栋成为珠江银行的绝对领袖。

邱国栋已经在会议室等候，坐在邱国栋两边的是珠江银行资产管理部、风控部、法务部和珠银资本的负责人。黄天沙一行落座之后，参会者相互介绍了一下。邱国栋作为主宾，开门见山地说："目前黄总的龙腾集团正在举牌盘古，现在金融监管再三强调要防范风险，盘古这样的标杆企业是防范风险最好的标的。黄总是南海市潮商的领军人物，我们珠江银行应该跟龙腾集团强强联合，支持优秀企业的并购。"

黄天沙示意王曦若介绍一下合作方案。王曦若已经从包里拿出了掌上投影仪，投影仪将龙珠基金的设计框架完整地呈现在幕墙上，通过一个复杂的运作系统，龙腾集团完美地在银行、保险、私募、上市公司之间建立了一条通路。王曦若将当初演示给黄天沙的方案进行介绍之后，邱国栋频频点头，旁边资产管理部的负责人对珠银资本的负责人小声说："这瞒天过海的妙计简直天衣无缝。"

邱国栋早就听闻黄天沙三顾欧洲挖来一个绝世佳人，没想到眼前的王曦若美貌与智慧集于一身，简直就是中国金融界的一颗明珠。邱国栋看了看自己两边的下属，说："有什么问题，现场就解决了。"珠江银行风控部负责人第一个发问："君安保险的资金以专项理财的方式进入珠江银行，一旦监管部门进行穿透式稽查，强制要求保险回撤资金，很容易引发一系列的资金链问题，怎么规避穿透式监管风险？"

王曦若早就考虑好了这个问题，胸有成竹地说："保险资金按照资产类别配置，配置稳健类的固定收益、理财是监管要求，当然，龙珠基金跟保险资金是不能直接从银行导入的。"王曦若指着投影仪映射的示意图接着说："保险以专户理财进入银行后，银行再以委托外经营的方式将资金过桥到证券公司，证券公司再以资产管理的名义投资到龙珠基金。"

风控负责人继续追问："一旦龙珠基金的交易出现亏损，银行环节出现的亏损谁负责？"

这是一个王曦若都不用推演的问题。问话人的话音一落，王曦若很淡定

第六章
野蛮人

地接过问题回答说："龙珠基金的LP，哦，不是老婆，是有限合伙人Limited Partner。"王曦若的话还没有说完，会议室里就发出了一阵阵笑声，没想到美女还喜欢冷幽默。王曦若微笑着说："当然，LP跟老婆性质差不多，出钱就是出嫁，还得操心生孩子，龙珠基金的LP份额分为两种资产类型，一类是优先级，主要是由银行专户理财资金购买，另一类是劣后级，主要由龙腾投资的资金进行认购，只是劣后级由于承担绝大部分风险，所以享有更高的收益率。"

珠江银行法务部负责人插话问："无论是龙腾资本还是君安保险，事实上所有资金都是龙腾集团的，珠江银行只是过桥的通道，问题是龙腾资本的钱从何而来？如果是股票抵押的话，那么龙腾资本的股票一旦出现问题，就意味着龙珠基金的劣后级资金链断裂，如果龙珠基金用LP的资金购买的股票恰恰又是龙腾资本质押的问题股票，那么优先级LP一样变成劣后级，出现风险后，龙腾集团在理财环节一样可以把风险留在银行。"

王曦若预料到珠江银行的风控部跟法务部负责人会这么问，很从容地说："龙腾资本持有的股票都是业绩非常优良的蓝筹股，质押率为40%，现在A股上证指数3000多点，如果出现风险，意味着市场将暴跌60%，也就是大盘回到1200点上下，无论是市场还是政府，都绝对不允许熊了几年的市场出现这样的股灾。更重要的是，龙珠基金的劣后级资金跟优先级比率是1:2，意味着后续的投资亏损幅度只有达到50%以上，优先级资金才会亏损，我们设置的清盘线是70%，所以优先级资金是做绝对收益的，不可能亏钱。"

邱国栋一直没说话，等的就是王曦若的这句"不可能亏钱"。银行烂账已经够多了，邱国栋绝对不希望因为资金流入股市出现烂账，那样会毁掉自己一世英名。邱国栋接过王曦若的话，说："龙腾集团作为一家综合性产业集团，除了拥有投资、保险外，还有大量的实业类上市公司，跟珠江银行合作，龙珠基金只是一个开始，我们两家将是战略级的全面合作。"

珠江银行和龙腾集团的部门负责人退出会议室，只留下邱国栋和黄天沙。

空旷的会议室里，邱国栋跟黄天沙面对面坐着，邱国栋开门见山地说："天沙兄，你们设计的方案很精妙，保险资金通过银行、投行、私募转一圈，就将不能投资股票的部分保险金给轻松腾挪出来。盘古是A股上市公司标杆，它在 H 股也深受以英国滚石、JP 摩根、高盛、UBS 为首的国际大行的青睐,你们龙腾集团强势举牌,在如今的熊市势必会引起投资者的跟风,相信这一笔买卖没什么风险。"

邱国栋的心思已经写在眉宇之间,他对黄天沙的生意很心动。黄天沙微笑着说:"现在大家看到的盘古只是一个房地产公司,如果只是一个造房子卖房子的上市公司,就算利润率高达 100%,我也不会买。"邱国栋的眼珠子一动不动地盯着黄天沙,问:"那你看中他什么?"黄天沙接过问题,说:"这家公司真正的价值在于它已经资本工具化,目前公司内部正在推行一项改革,资本工具化事关改革的成败。"

盘古推行轮值 CEO 制度,已经在商界传得沸沸扬扬,邱国栋对两个轮值 CEO 均有一定了解,肖天勇猛直爽却趋于保守,汪弘毅深沉内敛反而锐意改革。邱国栋问:"现在的房地产躺着都赚钱,还能怎么改?"黄天沙说:"盘古已经开过管理层会议,乔志远支持汪弘毅的改革,未来的盘古将从单纯造房子向城市运营商转型,上市公司只是一个资本运作的平台,整个运营生态链才是持续提供稳定利润的根基。"

邱国栋哈哈大笑,说:"老兄啊,我们认识这么多年了,你们吃进了盘古那么多筹码,现在又费尽心思搞出个龙珠基金来。一开始我以为你会用我们银行的钱,没想到回去你搞出这个方案,老兄你放着银行的钱不要,却干这种没有把握的事?"邱国栋站起来,走到黄天沙身边,搂着黄天沙的肩膀说:"老兄,乔志远把盘古当成自己的命,黄国胜初来乍到你们就抡上板斧了,你一个人是不是势单力薄了一点儿?"

王曦若建议黄天沙把控制风险的主动权掌握在自己手上,否则,一旦有第三方资金介入,关键时刻很难控制局面。但邱国栋已经主动伸出橄榄枝,黄天沙岂能拒绝?他笑着对邱国栋说:"拿下盘古控制权绝对是个好项目,我们考虑到你们银行资金有各种各样的难处,所以最终选择只动用我们龙腾集团系统内的资金,通过渠道设计把问题解决。当然,如果国栋兄看好,我们欢迎珠海银行加持,比如,我们可以把龙珠基金的结构设计成三级,一级优先级、二级、劣后级。"

第六章

野蛮人

邱国栋在听王曦若解释时，心里已经在盘算，立即问："你们龙腾集团能够让出多少份额？"

黄天沙略略思考一下，伸出三根手指头，说："国栋兄，你也知道，举牌就是一场闪电战，要抓住时机最大限度降低持仓成本。"黄天沙颇为忧虑地继续说："老兄，你们银行的规矩你比我清楚啊，内部有一套非常烦琐的程序，资金额度太大，走流程时间太长，等各种委员会、财务流程走完了，我可能就错过了最佳的举牌机会。如果我开始大规模买入，银行资金迟迟不能到账，那么我们的计划就容易夭折，如果遇到强劲对手，甚至会直接给我打爆仓。"

"老兄，买盘古股票就跟买印钞机一样，30 亿元的份额开玩笑了，再让一点。"邱国栋的右手在黄天沙面前比画了个撇八的手势，说："天沙兄，我们银行也要为客户赚钱才有饭吃，你也知道，现在银行除了放贷款，差不多都是在银行业内进行相互拆借自娱自乐，利润总量看上去很大，实际上单位效率低，赚不到几两银子。啥也不说了，银行出资 80 亿元，肯定会第一时间将资金注入龙珠基金的，我个人出 10 亿元，这个额度兄弟总要留给我吧？"

从珠江银行出来，黄天沙吩咐王曦若，说："马上联系华南证券总裁卢天佑，我们的资金走他们的专项理财通道。"王曦若侧身看着黄天沙，问："我们援助了远东证券，走他们的通道是不是更好？"黄天沙摇了摇头，说："我考虑过远东证券，但是对于远东证券的乌龙指对冲，证监会调查组内部已经将其定性为内幕交易，远东证券面临巨额的罚没，在很长一段时间里，按照行业规则，监管部门会加大对远东证券的各种合规检查。"

王曦若提议说："乔志远他们管理层的资产管理持股计划在远东证券，如果我们有一部分资金分仓到远东证券，可以给人一种盘古管理层进一步增持的错觉。"黄天沙摇摇头说："我们通过援助远东证券控制了乔志远他们管理层的资产管理持股计划，如果我们龙珠基金的资管计划再走远东证券通道，到时候乔志远站出来一澄清，势必会引起关注，浑水摸鱼不成反而容易呛水。"

黄天沙的谨慎令王曦若很是意外，跟黄天沙第一次见面，她就觉得这是一个有气魄、敢想敢干的人，盘古举牌才开始，黄天沙就怂了？王曦若试探性地问："那我们拆借给远东证券的救急资金只是为了拿到乔志远他们的资产包吗？

那个资产包不能进行再次开发利用，意味着我们的援助资金是沉没的，这样的话，资金的运行效率会被削弱。"

"做大事要有舍有得，我们的行动才刚刚开始，三十六计大有地方可以用，但是绝对不能用在远东证券上。"黄天沙给司机发了一条信息，抬起头很肯定地说："援助远东证券这事儿我们一定要把眼光放得更加长远，小生意论事，大生意要论势，我们援助远东证券抓住了乔志远他们的命门，远东保险也暗中买入了不少盘古股票，这将是我们在争夺盘古控制权过程中的重要盟友。"

王曦若很是纳闷，问："远东保险？谢晓辉在盘古会跟我们站在一起？"

"我跟谢晓辉有10年交情，他的身世很简单，背景很复杂，看上去谢晓辉只是远东保险的一个台面人物，事实上他的能量超出我们的想象。"远东保险董事长谢晓辉刚刚发迹之时，黄天沙在一次生意中与他开始了交往，10年之间从未断过往来。黄天沙说："我们援助远东证券，让远东证券的总裁沈浩明躲过了更大的劫难。按照远东集团的人事规矩，沈浩明离开远东证券后，会回到远东集团出任董事长助理，过渡半年后会出任远东保险总裁。"

王曦若一愣，黄天沙这么说一定是有确切的信息，但还是不禁问道："如果远东证券发生乌龙指当天下午的对冲交易被定性为内幕交易，那么沈浩明不会跟交易部的欧阳剑波一起被市场禁入吗？"司机已经将车开到珠江银行楼前，黄天沙想了想，说："禁入也只是涉及证券市场，不影响保险市场，沈浩明是有背景的人，欧阳剑波虽然只是一个小卒子，但他聪明的脑袋也不会就此被乌龙指埋没。只是即将接任沈浩明的竹聿名是个很另类的主儿，我们要谨慎。"

黄天沙的话一出口，王曦若嘴角微微一颤。黄天沙给王曦若拉开车门，王曦若坐进去，黄天沙绕到司机后座坐进去，说："对了，程春明腐败受贿的司法通告函已经发送到盘古，下午汪弘毅已经召开分公司负责人会议，进行了通报，明天一早这个丑闻就会铺天盖地，这是盘古近几年最大的丑闻，股价肯定撑不住，我们要逢低吸纳，除了要摊薄我们的持仓成本，还要敲打敲打乔志远他们，在平仓线附近，不信乔志远会裹挟整个团队的利益来对抗我。"

汪弘毅透过飞机舱窗看到了点点灯光，空姐提醒乘客将座椅靠背调直，飞

第六章

野蛮人

机将在 30 分钟后降落在虹桥机场。汪弘毅闭上眼睛,一把"双刃剑"悬挂在自己面前,明天一大早,盘古内部腐败的新闻报道将会铺天盖地,在肖天轮值 CEO 期间,汪弘毅刺破了盘古的毒瘤,民心将倒向自己。可盘古的股价将遭遇重挫,管理层的资产管理持股计划将拉起强制平仓的警报,倘若黄天沙逢低大规模吸纳盘古股票,远大集团还击的难度更高,黄国胜更有拒绝的理由,白衣骑士岂会进场当陪练?

一想到这些,汪弘毅就感觉太阳穴的血管在怦怦地跳,他强迫自己转移注意力,手无意中碰到了胸前的领带,这是杨子欣在法国沙尔韦为他定制的生日礼物。杨子欣每次出国,都会给他买各种衣服,大到西装外套,小到内衣领带。用她的话说:"既然我不能天天陪在你身边,那就让我买的东西天天穿在你身上,让你时时刻刻想着我。"

想到杨子欣,汪弘毅纷杂的思绪终于平静下来。汪弘毅到现在仍然清晰地记得第一次见到杨子欣的情景。他到售楼处视察,杨子欣进入他的视野,清澈明亮的双眸自信而又无邪地迎视着他,娇嫩可人的小嘴,微笑中带着倔强,白皙无瑕的肌肤在一身黑色职业装的映衬下有如发光。职业套装也掩盖不了她完美的曲线,加上她高挑修长的身材,在人群中简直就是天使一般的存在。汪弘毅调看了杨子欣的资料,觉得她一个名牌大学的毕业生在售楼处卖房子实在屈才,就在合适的时候把她调到了集团做秘书。

4 年前,汪母在床前逼着汪弘毅和梅怡离婚,梅怡揣着离婚协议,带着女儿凌薇回到上海。就在这个时候,乔志远从海外游学归来,开始搞轮值 CEO 制度,已经在总裁位置上坐了多年的汪弘毅,一下子要面对多个接班人竞争者,疲惫而颓废。有一天,汪弘毅收到了杨子欣的一条信息:"没有梦想的人,永远都找不到坚强的理由;心若没有栖息地,灵魂永远都在流浪。"看着杨子欣的信息,汪弘毅备受振奋。他拨通了杨子欣的电话,邀约她一起共进晚餐。

没想到杨子欣拒绝了汪弘毅的邀约,这让汪弘毅倍感挫败。遭遇拒绝之后,汪弘毅再次邀约,坚持了一个月,杨子欣终于坐到了汪弘毅的对面。晚餐期间,两人从上学,聊到工作,聊到生活,相谈甚欢。那天,汪弘毅第一次对杨子欣说起自己从未为外人道的婚姻和工作的压力。杨子欣静静地聆听着,突然抓住汪弘毅的手，盯着汪弘毅的眼睛，从容自若地说："昨天的那一页就不要去翻了，翻落了尘埃会迷了双眼，看不清明天如画的风光。"

杨子欣的纤纤玉手让汪弘毅犹如触电，那一刻，在汪弘毅的世界里激起了千层浪，时间仿佛停止，杨子欣就这样永远地住进了汪弘毅的心里。从那之后，他们开始恋爱，但因为乔志远曾经定下铁律，盘古的管理层不能跟女同事谈恋爱，所以他们的关系一直是对外保密的。

3年前，杨子欣以肖天秘书的身份，随着肖天远赴上海。他们开始了聚少离多的生活，但真正的爱情是时间与空间都割不断的。想到一会儿就要见到杨子欣，汪弘毅的内心充满期待。

杨子欣焦急地望着出口一潮又一潮的旅客，迟迟不见汪弘毅出来。出门之前，杨子欣精心化了妆，细腻的颈上戴着她过生日的时候汪弘毅送给她的心形水晶项链，心形吊坠里面有一只可爱的小猴子。她今天特地穿上汪弘毅为她买的纪梵希无袖小黑裙，一双银色尖头浅口跟鞋衬得两条美腿越发修长；柔顺发丝自然地披落在后背，莹白如玉的裸露肌肤透着蔷薇色的粉嫩，远远望去，美艳绝伦。

飞机终于在虹桥机场降落，汪弘毅从行李架上取下了行李箱，只听见旁边两个人在小声交谈，其中一个人说："我算倒血霉了，买了远东证券的股票，听说他们乌龙指对冲被认定为内幕交易，要罚款几十亿元，今年肯定要亏了。"旁边的人说："你是不是想着抄底？抄到地狱了吧？"对方反唇相讥："你去年就说盘古要涨，现在怎么着？是不是跟中年男人一样有心无力？"旁边的人很不屑地说："你啊，注定就是韭菜命，不读书，不看报，你没看到报道说现在盘占被人举牌吗？"对方笑出声来了，说："你说的是那个菜贩子？"

汪弘毅侧眼瞟了一眼，两人穿着考究，手腕上的表价值不菲，绝非普通的散户。没想到黄天沙菜贩子的名号真是远播四方啊。汪弘毅提着行李往前走，两人还在你一言我一语，说着说着，那个买远东证券的人来了一句："菜贩子想当盘古的家？没戏！"旁边的说："人家有保险公司，有钱。"对方呵呵一笑，说："盘古股价这几年一直不涨，你知道为什么吗？盘古管理层那一伙人把业绩捂了几年，搞得股价一直涨不上去，就是想搞管理层持股，他们还没有

第六章

野蛮人

买够,还能让那个菜贩子进来?"

汪弘毅拖着行李快速地走下了舷梯。看了看手机,发现有两个未接电话,一个是杨子欣的电话,还有一个是女儿凌薇打来的。汪弘毅拨通了凌薇的电话,凌薇听到汪弘毅的声音很开心地说:"爸爸,今年暑假学校有一个美国高校夏令营活动,我想去,可以吗?"离婚3年里,凌薇一直没有跟汪弘毅私下提出过任何条件,汪弘毅毫不犹豫地说:"只要宝贝喜欢,爸爸支持你。"凌薇突然声音变得很小,说:"妈妈担心我一个人去美国不安全,爸爸,您跟妈妈说说呗。"汪弘毅爽快地答应,说:"放心吧,我跟你妈妈说,一定要认真学习,乖乖听话哟。"

杨子欣迟迟不见汪弘毅的身影,正准备再给汪弘毅打电话,远远地见汪弘毅穿着一身笔挺的西装,拖着行李箱走了出来。杨子欣的脸上浮现出浅浅的微笑,西装是杨子欣专门在英国曼彻斯特一个叫朱尔斯的裁缝那里定制的,英国王室、勋爵大臣们是朱尔斯的常客,杨子欣为汪弘毅的这一套西装足足等了一年时间。西装里面的浅蓝色衬衫和斜条纹领带是杨子欣在法国沙尔韦为汪弘毅定制的生日礼物。领带是西装的眼睛,杨子欣教会汪弘毅领带打温莎结,温莎结是英国温莎公爵最喜欢的领结,显得饱满有力,朝气蓬勃。

汪弘毅远远地望着杨子欣,这个宛若误坠红尘的天使,足以让汪弘毅神魂颠倒。汪弘毅越走越近,杨子欣上前站到汪弘毅的面前,一股甜甜的香水味扑鼻而来,浓烈而又温暖,汪弘毅有拥吻杨子欣的冲动,广藿香的低沉瞬间让他克制住了自己。杨子欣坏坏地一笑,出门前她专门喷上了艾菲尔香水,一种从摄魂果、广藿香提取的精华液,让闻到的人疯狂、炙热,很容易激起人无法克制的欲望。

杨子欣接过汪弘毅的行李箱,径直一个人走在前面,高跟鞋滴答滴答有节奏地响着。汪弘毅紧跟着,杨子欣故意不跟他说话。从见面的表情看,杨子欣今晚的心情很好。汪弘毅快步走到杨子欣旁,问:"走那么快干嘛?"杨子欣故意很职业地冲着汪弘毅微微一笑,说:"汪总,酒店已经订好,您跟远东保险董事长谢晓辉见面的地方定在千面酒店的桥本茶社。"

千面酒店是一个日本人开设的五星级酒店,老板桥本一郎家族曾经跟日本皇室通婚，桥本家族一直是名门望族，桥本一郎却厌倦官场，喜欢琴棋书画。桥本一郎在长崎、海参崴、夏威夷、上海开设了四家千面酒店。桥本一郎的太太是日本茶艺大师的女儿，每一家千面酒店的第38层，都固定开设桥本茶社，桥本夫人将桥本茶社打造成私密会所。会所只有会员才能预订，会员费每年100万元，且不包括任何服务费用。

汪弘毅很喜欢在桥本茶社里同朋友们谈生意。汪弘毅跟谢晓辉就是在桥本茶社认识的。桥本夫人经营茶社颇有手段，每年都在茶社举行会员大会，只有会员本人参加，不得带秘书助理，以便会员之间进行私密接触。3年前的桥本会员大会上，一个以汪弘毅为首的，只有八个商业大佬组成的更私密小圈子桥本会成立，当时谢晓辉正好在茶社谈事，两人相见甚欢。那个时候，汪弘毅对谢晓辉不甚了解，未邀请其加入桥本会。

杨子欣每次接汪弘毅都是自己开车。杨子欣坐上驾座，甩了甩头发，车厢里散发着一股淡雅的香水味。杨子欣右手正要启动车子，坐在副驾的汪弘毅突然一把抓住了她的手。杨子欣侧身看着汪弘毅五官端正的面庞，嘴角微微一翘，汪弘毅迷离的眼神里已掩藏不住升腾的欲望，伸手搂住了杨子欣的腰。杨子欣一把推开了他，娇嗔地说："刚才怎么就没胆子？"汪弘毅没说话，在杨子欣的额头上轻轻地吻了上去，杨子欣的右手顺势抓住汪弘毅的肩膀。汪弘毅火热的唇没有停下来的意思，沿着额头吻到了耳垂，一路吻到了杨子欣娇艳欲滴的唇。

已经有3个月没见面了，多少个日日夜夜，杨子欣都在幻想有一天汪弘毅能够突然出现在自己面前，他不再是霸道总裁，只是自己的男朋友，将自己拥入怀，唇舌交融，缠绵悱恻。曾经，汪弘毅有自己的婚姻，杨子欣一直克制着自己的感情，可是汪弘毅离婚后，她还是不能跟汪弘毅谈一场轰轰烈烈的恋爱，因为盘古有规定，不允许管理层跟同事谈恋爱，两人只能展开地下恋情。此刻，汪弘毅的欲火已经包围着她，杨子欣担心一发不可收，一把推开了激情似火的汪弘毅，说："一会儿还要谈正事呢。"

汪弘毅悻悻然坐到副驾上，杨子欣拢了拢被汪弘毅弄乱的头发，快速将车开到机场高速上。车里播放着《漂洋过海来看你》："记忆它总是慢慢地累积，在我心中无法抹去，为了你的承诺，我在最绝望的时候都忍着不哭泣。"杨子欣不想将车里的气氛搞得很伤怀，将音乐关掉，说："远东证券的调查组昨天才离开，交易部总监欧阳剑波已经被停职，这一次监管部门将调查重点放在了下午的对冲交易上，好像要认定他们在公告之前的大幅度做空套利为内幕交易。"

杨子欣给出的信息令汪弘毅相当警觉，脸上却没有任何警觉的表情，只是点点头，说："看来监管是要杀一儆百，通过远东证券乌龙指来警告利用程序进行高频交易的机构。"汪弘毅望了望窗外，远处灯火阑珊，继续说："从欧阳剑波加入远东证券搞程序化的高频交易后，国内各大机构都投入重金研发交易程序，程序交易是交易员下单速度的成百上千倍，这对传统的交易而言简直就是屠杀，很容易瞬间拉升股价，也可能因为他们的高频出货把股价砸得稀里哗啦。"

杨子欣听出汪弘毅的潜台词，说："这一次专案组没有调查异动个股的交易细节。"

汪弘毅曾经希望专案组在调查远东证券乌龙指的过程中，能够将远东证券交易中涉及的股票异动进行大数据追查，那样一来肯定能查出盘古当天下午股价异常波动的细节。汪弘毅颇为遗憾地说："没有调查异动个股的交易细节也在情理之中，调查异动个股的话，需要审查的数据会呈几何级数的增加，不过，魔鬼往往出在细节，看样子那乌龙指技术问题的调查要成葫芦案了。"汪弘毅顿了顿，问："证监会调查组认定远东证券内幕交易的获利金额是多少？"

杨子欣踩了一下油门，说："当天下午盈利8亿元，其中公告之前盈利有5亿元。"

跟之前预测的差别不大，汪弘毅脑子里快速地测算远东证券的资金链，点了点头说："看来这一次远东证券在劫难逃，盈利5亿元没收后，如果顶格5倍罚款，那30亿元就没了，辛辛苦苦一年，全交罚款了。"30亿元的罚没款对远东证券不会伤筋动骨，只要盘古股价不出问题，远东证券不会平仓盘古管理层的资产管理持股计划。汪弘毅听着车里伤感的音乐，若有所思，突然侧身问："那个神秘女人查清楚了吗？"

底牌（上）

杨子欣朝汪弘毅挤了挤眼睛说："哟，这会儿你还有心思关心别的女人？"杨子欣忽然一脚油门下去，车速提到80迈，一辆辆车被飞速地甩到了身后。汪弘毅很严肃地说："你这是飙车啊，不要命了？"杨子欣噘着粉嫩红唇说："谁让你这个时候还惦记着别的女人，哼！"

车速慢慢地降下来了，汪弘毅长舒一口气，说："别闹了，有没有进展？"杨子欣看汪弘毅一本正经的样子，突然笑起来，说："看把你吓的，是不是担心我拉上你一起殉情？真是那样，那就成明天的大新闻了。"汪弘毅一脸严肃，坐在副驾上默不出声。杨子欣右手伸过来抓住汪弘毅的左手，说："生气了？不会吧，肯定有进展啊，没进展才不会逗你呢，那女的叫周晓萌，5个月前，她收购了销售代理公司外滩堂石房地产销售公司。"

汪弘毅一愣，问："堂石房地产？不是我们上海区域最大的销售代理商吗？"

问话间，汪弘毅抓起杨子欣的手，一股暖暖的感觉袭向杨子欣，这是自己曾经无数次幻想的情景，两个人手牵手自驾到天涯海角。杨子欣说："对，就是那个堂石房地产，但是不知道为啥堂石房地产的老板将控股权转让了，而这个周晓萌在获得控股权后找过肖总，就只有那一次突然造访，所以公司到现在对她都一无所知。对了，肖总跟乔总提起，盘古上海区域有合作伙伴希望能够跟投我们的房地产项目，你知道吧？"

汪弘毅沉默不语。

杨子欣将车停到千面酒店的地下停车库，拿起行李陪着汪弘毅去预定好的房间。一进房间，汪弘毅就将杨子欣搂在怀里。杨子欣推开了汪弘毅，说："别闹了，离跟谢总约定的见面时间还有20分钟。"汪弘毅到洗手间用凉水洗了一把脸，一边洗一边问杨子欣："项目跟投的提议是周晓萌提起的？"杨子欣说："当天晚上开会到深夜，我头昏脑涨，真记不得谁提起的。"汪弘毅叮嘱说："堂石房地产的股权变更有没有在事前知会肖天？周晓萌的事关系到我们上海区域未来的销售，一定要尽快弄清楚此人的底细。"

说完，汪弘毅独自去了38层的桥本茶社。远东保险的董事长谢晓辉已经在玉面春包房等候。谢晓辉跟汪弘毅在桥本茶社相识后，虽然多有交往，因为行业的差异，两人从未进行业务合作。这一次见面，是远东集团副董事长、远东证券董事长方清平牵的线。谢晓辉站起来，主动跟汪弘毅握手："好久不见，平时只能在新闻上看到你。"

谢晓辉出生于余杭，大学毕业后进入上海一家汽车集团，深得汽车集团老板的赏识，在商界跟一帮颇具背景的官宦子弟有很深的交情，第一任妻子是长三角一位高级官员的女儿，第二任妻子是在工作中认识，没想到娘家背景更强大。成了贵胄家族的乘龙快婿之后，谢晓辉的人生就开挂了。汽车集团老板联合远东集团成立了远东保险，谢晓辉出任远东保险的董事长。尽管远东保险是国有控股，可谢晓辉拥有绝对的话语权。

闷声发大财是权势商人们奉行的圭臬，内敛的谢晓辉在商界极为低调，从未在公开媒体上露过面。谢晓辉坐上远东保险董事长的位置后，远东保险成了保险界的一匹黑马，短短5年时间直追业内第一集团的中国人寿、平安保险，资产规模超过1.5万亿元。远东保险从2012年开始不断收购优质上市公司的股权，包括商业银行、地产、能源等行业。远东保险还进军美国，收购了美国第五大道的标志性建筑帝国大厦。

在汪弘毅的城市运营商改革计划中，布局金融是一个不可或缺的步骤。汪弘毅一直在跟远东集团谈判，希望盘古能够参与远东集团的混合所有制改革。一旦盘古成为远东集团的股东，将间接持有远东保险的股权。这一次单独约见谢晓辉，是因为汪弘毅在查询龙腾系交易明细的过程中，发现远东保险已经早于龙腾集团买入盘古股票4.5亿股，持股比例将近4.5%，只要再买几千万股就到举牌线了。

汪弘毅有点把不准谢晓辉的脉搏，一旦远东保险加入盘古的股权争夺之中，局面将更加复杂。盘古管理层现在不能四面楚歌，需要团结盟友，阻击黄天沙的龙腾系。在跟汪弘毅交往的过程中，谢晓辉没有豪门贵胄的趾高气扬，更没有新闻中说的那种冷峻，相反给人一种极具魅力的亲和。汪弘毅握着谢晓辉的手，非常谦逊地说："谢总才是真正的隐士高人，金融是实业的血脉，我只是一个造房子的匠人。"

谢晓辉拍着汪弘毅的肩膀，说："汪总太谦虚了，人一辈子不就是四件事，衣食住行嘛，能够把造房子当成一生的事业，把盘古做成全国最大的房地产企业，已经非常非常了不起了。"谢晓辉给汪弘毅斟上茶，说："汪总肯定知道，我们也买了你们不少股票，这样的好股票不买，就是跟钱过不去嘛。"

房间里顿时响起爽朗的笑声。双方一番客套，汪弘毅介绍了盘古的历史和未来的改革计划，以及整个盘古管理层后说："远东保险买入盘古，是我们盘古人的荣幸，盘古在乔总带领下奋斗了几十年才有今天的局面，我们欢迎像远东保险这样有实力、有信用的机构买入我们的股票，成为我们的股东，当然，长期的战略股东是我们最为欢迎的。"

谢晓辉一直保持着微笑，说："你们盘古是中国上市公司的标杆，无论是公司治理，还是业务执行能力，都无可挑剔。我十分认同汪总你刚才介绍的改革计划，未来的城市不应再只是高楼大厦，更应是给人们创造美好生活的商业生态。盘古的核心价值就是整个管理团队的价值，我们远东保险相当看好盘古的改革，更看好你们这样的一个团队经营盘古的未来。"

汪弘毅单刀直入："谢总，你们后面还会继续增持盘古股票吗？"

谢晓辉一听就明白汪弘毅的担心，远东证券发生乌龙指的当天，市场都将目光聚焦到远东证券时，龙腾集团的黄天沙来了一场闪电战，成了盘古的重要股东，令盘古管理层惶恐不安。谢晓辉说："我们远东保险的原则是和气生财，做上市公司的友好伙伴，金融跟实体是一对孪生兄妹，皮之不存毛将焉附，我们金融要为实体企业赋能。如果汪总你们欢迎，我们很愿意跟你们上市公司一起成长。"

汪弘毅等的就是谢晓辉的这一句话，微笑着说："盘古作为上市公司，股权很分散，我们管理层无法选择股东，但是我们管理层欢迎任何友好的机构。"

远东保险买入盘古股票之前，研究部门对A股的所有房地产公司进行了大数据研究，最终向投资决策委员会和谢晓辉推荐了盘古。听汪弘毅这么说，谢晓辉点点头，说："世界上伟大的公司股权都很分散，中国上市公司最大的问题就是大股东一股独大，上市公司成为老板们的提款机，上市公司的未来只能将希望寄托在老板们的道德水平上，这是很危险的。"

汪弘毅端起茶杯，轻轻地呷了一口，此时茶香已经不重要了，他放下茶杯

第六章
野蛮人

说："是啊，我们的小学生守则里要求五讲四美三热爱，而中国古人讲究的是仁义礼智信，为什么信排在最后？因为几千年，我们的仁义礼智都消失了，信用是最后的防线，现在只能靠道德去坚守最后的防线。我们盘古倡导团队创造价值，拒绝跟没有信用或者信用不够的机构合作。"

谢晓辉一听就明白汪弘毅话里话外的意思，一旦盘古发生股权之争，黄天沙通过不断买入股票夺得盘古控制权，汪弘毅是希望远东保险能够站在盘古管理层一边。谢晓辉站起来，伸手握住汪弘毅的手，说："希望远东保险跟盘古能够友好合作，我相信盘古会为我们的投资带来稳健的回报。汪总有需要，随时给我电话，我们一定尽力。"

送走谢晓辉，汪弘毅站在窗前，望着灯火通明的浦东，夜色之中，多少人在纵情欢欲，多少人在无助惆怅。汪弘毅突然想给肖天打个电话，可翻开电话又停下来，脑子里在不断地琢磨，周晓萌到底是什么背景？她凭什么能拿下盘古上海区域最大的销售代理商的控制权？汪弘毅拿起刚才脱下的西装，走向通往客房的电梯。

推开房门，杨子欣穿着粉红色的吊带深V超短睡裙斜靠在床头看电视，三千发丝如瀑布一般自然地披散在肩头，长如蝶翼的睫毛在精致的脸上覆下如画的阴影，美丽的双眸闪闪发光，柔美的红唇令人垂涎欲滴，心形吊坠项链还挂在如雪似玉的脖子上，精美的镂空蕾丝花边包裹着耸立的玉峰，深V处隐约显现着朦胧的诱惑，丝质睡衣紧贴在玲珑的曲线上，修长如玉的双腿优雅地交叠着。丝丝妩媚，摄魂勾魄，一个魅惑的眼神令整个房间的空气都醉了。

汪弘毅走到床边，俯身慢慢地伸出双臂，把杨子欣揽入怀里，她灵动的双眸中微微荡漾的波光恍若闪烁的星辰，鼻尖上飘过甜甜的香气，一向沉稳克制的汪弘毅心脏顿时不可抑制地狂跳起来，呼吸变得灼热，荷尔蒙开始飘荡。汪弘毅再也控制不住自己，狂热地吻上杨子欣粉嫩的红唇，将舌尖滑入杨子欣口中，贪婪地攫取属于她的气息。汪弘毅正陶醉之时，杨子欣突然紧闭魅惑无边的红唇，在汪弘毅的耳边轻声问："什么时候娶我？"

窗外，霓虹闪烁，灯火阑珊。黄浦江上，游轮上欢快的夜曲时远时近，两

底牌（上）

岸的摩天大楼夜光灯绚烂地绽放开来，异彩缤纷。肖天站在12层，遥望五彩斑斓的夜景，高低起伏的楼宇层峦叠嶂。肖天看了看表，已经晚上10点，今天是乔志远跟黄国胜见面的日子，却一直没有乔志远的信息，难道出现了意外？肖天正在犯嘀咕，突然办公室的电话响起。

肖天一看，是盘古成都区域首席执行官王刚和杭州区域首席执行官刘世雄的电话同时打了进来。肖天打开电视电话会议系统。琵琶岛夜游之后，王刚回到了成都，刘世雄回到杭州。汪弘毅下午的通报会令两人很不舒服，两人通过电话后，决定跟轮值CEO肖天打电话聊聊。

3年前，王刚是接班人的热门人选之一，掌管着整个公司的商业住宅业务，盘古的商业住宅业务一度跟商品住宅业务并驾齐驱。董事会改选时，王刚作为提名董事，跟以基金为首的机构负责人一起吃了一顿饭，没想到投票前夕，汪弘毅突然将王刚调离总部，出任成都区域首席执行官，王刚自然落选董事会，从此远离盘古权力中心。尽管乔志远从哈佛回来推行轮值CEO制度，可是区域总经理轮完第一轮就全部各归其位了，彻底断绝了王刚问鼎接班人的梦想。

刘世雄是乔志远在盘古招募的第三号员工，曾经执掌战略投资部，出任过盘古董事，是乔志远预选的接班人之一。汪弘毅出任总裁后，将刘世雄调任分管商品住宅业务。商品住宅业务是盘古第一大业务，王刚一度将刘世雄视为竞争对手，刘世雄也一度庆幸汪弘毅对自己的重用。没想到一年之后，汪弘毅竟将刘世雄调离总部，出任杭州区域首席执行官。刘世雄跟王刚到地方后，两人才恍然大悟，王刚每次跟刘世雄见面都会骂汪弘毅说："龟儿子就是笑里藏刀，把三十六计全用到兄弟们身上了。"

重庆人王刚脾气火爆，没等肖天说话，直接就问："老肖，现在公司到底是总裁说了算，还是你这个轮值CEO说了算？"肖天的表情很是尴尬，无奈地说："程春明这事儿，从一开始我就没有介入，把老程移送司法机关应该是得到乔总的认可的。"王刚身材魁梧，一说起话脸上的肉都横着，说："那都是瞎扯淡，这么大的事，总裁是不是应该跟轮值CEO汇报，他汪弘毅给你汇报了吗？兄弟，你还看不出来？"

肖天皱着眉头，问："看不出来什么？"

第六章

野蛮人

"汪弘毅一直都以太子自居，现在搞轮值CEO制度，他的权力被限制，他要在自己非轮值期间搞出动静，让老兄你在乔志远眼中变得越来越无能，这是典型的公司政治，武汉老程成了他玩政治的牺牲品。"王刚没有顾忌肖天的感受，接着说："自己的兄弟跟客户做生意，就等于行贿？扯淡，这是什么逻辑？公司内部问题，让司法介入，这是典型的借刀杀人，好嘛，现在他是抓着机会搞分封，他战略部的兄弟成了封疆大吏，嫡系诸侯。"

刘世雄还一肚子火呢，苦笑着说："老王，你呀，说话还是注意一点。"王刚一通牢骚没有解恨，继续说："咋啦，他都做了，还不让说？"刘世雄说："乔总推行轮值CEO制度，也是给兄弟们一个机会，就是要废掉汪弘毅他这个老太子，在这场赛马中，老肖跟汪弘毅又站到一条起跑线上，意味着兄弟们的阵营还没有全军覆没。"

"老兄啊，商场上几十年了，你我都是陪练，这点儿你还看不出来啊？"王刚想起当年失去董事席位就来气，轮值CEO刚开始，以为自己还有希望，没想到一轮之后，就剩下肖天跟汪弘毅，这哪里是公平竞争，就是淘汰赛嘛。王刚现在对乔志远已经相当失望，不过在他的世界里，汪弘毅才是真正的敌人。王刚连珠炮似的说："现在老肖轮值，汪弘毅按照游戏规则玩了吗？"

南方大学历史系毕业的刘世雄，拒绝了国家分配的工作，挨个公司投简历。乔志远第一眼看到刘世雄，一点儿都不喜欢他，故意刁难他问了一个让人哭笑不得的问题："秦桧是忠臣还是奸臣？"刘世雄一听，乔志远这是故意刁难自己，想都没想，脱口而出，说："秦桧是宋高宗赵构的忠臣，是汉民族的奸臣。"乔志远站起来拍了拍刘世雄的肩膀，说："明天来上班。"刘世雄听王刚这么牢骚，长叹一口气，说："老王，这么多年，你还是没有搞明白老乔啊。"

王刚愣住了，问："什么意思？"

刘世雄说："盘古能走到今天，老乔要的人是秦桧，而不是岳飞。"

王刚一听到刘世雄谈历史脑子里就嗡嗡响，问："老刘，别神神道道的，什么秦桧？什么岳飞？"

刘世雄解释说："世人都骂秦桧是奸臣，可是在皇帝眼里，他一张嘴可以罢百万兵，不让老百姓遭遇兵燹战火，他考虑的是给皇帝一个安宁的天下。而岳飞呢？不惜一切代价北伐，迎回二圣，先不说皇帝要劳心劳神为你岳飞筹备粮饷，整日里为你在前线提心吊胆，整个国家的命运都绑架到你的战车之上，更为关键的是，你打仗不是为了皇上，你是要把其他两个皇帝弄回来，那让现在的皇帝干吗去？"

一直沉默不语的肖天听两位你一言我一语地对答，刘世雄刚才的话让肖天内心一震，在管理层会议上，乔志远请来了一个把城市画成棺材的小家伙，那是乔志远有心要推动盘古改革，自己很显然已经被定义成为反对盘古改革的保守派。将程春明移送司法机关只是乔志远借汪弘毅之手敲山震虎，没有让自己这个轮值CEO出面，难道乔志远已经将自己划出他的阵营？

王刚撇着嘴，问："抓老程是要弄啥？"

"老王，你呀，现在局势这么明显，你还没有看清楚吗？"刘世雄摇了摇头，手上握着电话，脸上写满了忧虑，缓慢地说："杀鸡儆猴总明白吧，现在谁是猴？"

王刚一扭脖子，问："谁是猴？"

刘世雄左手托着下巴，说："你我呗。"

"我们成猴儿了？"王刚很少惊讶，两手一摊，说，"都远贬地方了，还能咋地？"

刘世雄问："咋地？轮值CEO制度是路人皆知，汪弘毅要想巩固自己的权力，你说他会怎么办？"王刚呵呵一笑，问："老肖，你说那小子会怎么办？"肖天一听就知道这俩家伙起哄架秧子，要把自己完全推到汪弘毅的对面。肖天现在内心相当清楚，盘古未来的接班人离不开整个系统要害部门的支持。肖天很冷静地说："我们已经是狭路相逢了，谁能令地方区域受命于中枢，谁才是盘古真正的主人。"

王刚皱着眉头，在琢磨肖天的话。刘世雄提醒说："老肖说得对，老百姓都知道大唐盛世，可有几个人知道大唐王朝从开国到天下大乱只有137年？剩下的152年里，绝大多数皇帝都是傀儡，就是因为地方藩镇太过强大，皇帝搞不定。汪弘毅要想夺得接班人位子，程春明就是那只被杀的鸡，用来警示没有站到汪弘毅一边的猴子，就是现在你我这样的人。"

第六章

野蛮人

王刚满不在乎，两手一摊，说："他能把我怎么样呢？"

刘世雄摇了摇头，说："三十六计看过吧？他可以来一个假道伐虢啊。"

王刚听刘世雄这么一说，一下子跳起来，说："你们这帮臭知识分子，就是喜欢掉书袋，就直接说他会怎么弄。"刘世雄在视频电话中冲着王刚翻了个白眼儿，说："我听到一个小道消息，汪弘毅正在琢磨搞轮岗制度，理由是国际大型企业集团，都有成熟的轮岗制度，这样才能基业长青，将盘古做成百年老店。"

肖天听到刘世雄的小道消息心头一紧，难道乔志远已经同意了汪弘毅提议的轮岗制度？自己怎么一点都不知道呢？王刚很是不屑地说："百年个屁，轮岗巨头爱立信、摩托罗拉全倒闭了，什么基业长青，都是扯淡，汪弘毅要借轮岗制度排斥异己才是真。两位兄弟，我们好歹也是跟老乔一起打天下的，现在怎么任由这兔崽子一个人折腾？"

刘世雄问："你想干啥？"

王刚瞪着眼，说："抓程春明，刘潇立即补缺，如果下一个轮岗的就是我们，调到哪里去不确定，但有一点是肯定的，如果由汪弘毅来主持轮岗，区域首席执行官到时候肯定是汪家军，信不信？老刘，你说你还是学历史的，我们不能坐以待毙啊，要清君侧啊。"

"咋个清法？"刘世雄也一脸无奈地说，"推行轮值 CEO 制度之前，老乔把整个公司业务都交给汪弘毅，这是再明显不过的权力交接过渡，那其实是对汪弘毅的考验，历史上总摄朝政最终被废掉的太子太多了。老乔从欧美游学回来，就推行了轮值 CEO 制度，让老肖跟汪弘毅进行赛马比赛，看得出老乔对交班不放心啊，别看老乔整天忙着跟机器下围棋，脑子不糊涂。"

王刚一拍大腿，说："你们两个怎么那么糊涂啊，汪弘毅怎么弄老程的？"

肖天没接话茬儿，刘世雄说："行贿受贿犯了老乔的天条。"

王刚追问："老程为谁犯了天条？"

"女人。"刘世雄的两眼立即睁大，说："难道那天那个毛孩子……"

王刚点点头，说："那个毛孩子怎么看都跟汪弘毅有关系，不止邻居那么简单。"

刘世雄恍然大悟，说："汪弘毅他妈就是因为梅怡没有生儿子，临死前都要逼着他把婚离了，还让女儿跟着梅怡走，这太不正常，这个孩子如果是汪弘毅的私生子，那么谁为他生了孩子，跟盘古的利益有没有关系？"

"怎么查？验证DNA？"王刚挠挠头，说，"把他招聘的女的都查一遍，不信查不出问题。"

刘世雄突然想起一个人，问肖天："老肖，你的行政秘书杨子欣是汪弘毅招的吧？"

肖天点点头，说："最初是销售部招的，干了一年销售，汪弘毅将她调到总部做行政秘书，我在总部的时候，杨子欣就专门对接我的业务，我到上海后，自然杨子欣就跟过来了，我感觉他们两人应该没啥瓜葛。"

王刚坏笑着说："老肖，你不会……"

刘世雄打断了王刚的话，说："老王，这玩笑莫乱开，查查那个孩子可能真有戏。"

轮值CEO是肖天绝地反击的唯一机会，远东证券乌龙指后，汪弘毅抓住一个毛孩子提出要改革，乔志远选择了改革。一旦汪弘毅掌握了轮岗的权力，那么极有可能会对自己的盟友下手。肖天担心王刚、刘世雄在汪弘毅没有出手之前鲁莽行事，程春明的悲剧可能会再度上演，他们很容易被汪弘毅抓住把柄给清理出局。

对肖天而言，现在有一个绝佳的机会，那就是菜贩子黄天沙的闯入。肖天做出了暂停的手势，说："两位老兄，我们把最美好的时光都留在了盘古，我们不能意气用事，机会都是公平的，关键看我们自己能不能抓住。"王刚很是纳闷，现在肖天是争夺接班人的主角儿，他反倒很镇静，问："老肖，现在还有什么机会？"

肖天很冷静地说："在总部开会时，乔总问黄天沙闯进来怎么办，大家没忘记吧？"王刚岂能忘记独立董事朱颐民当时推门而入的情形，说："我知道你是想说，现在黄天沙都打上门来了，如果我们赶走野蛮人，那么无论是乔志远，还是盘古的投资者，都会选择站到我们一边。"王刚顿了顿，说："可一个月前的股东大会上，汪弘毅举着《门口的野蛮人》一书发了一通言论，这小

第六章

野蛮人

子肯定已经有应对之策，我们的机会在哪里？"

"老肖，你不说这个黄天沙，我还真把这家伙忘了，"刘世雄插话说，"这家伙对我们盘古真是贼心不死啊。"

王刚被刘世雄这么一说都蒙了，问："什么情况？黄天沙不是最近才闯进来的吗？"

刘世雄一提起这个黄天沙就气不打一处来，说："当年，南海搞大运会，新建了一个海上运动中心，赛后没有运营方，盘古想接手运营，我代表公司参加竞价，刚一举牌，旁边就冒出一个家伙直接喊出3亿元，那可高出了底价10倍，这个价格搞得我都不敢说话了，最后回到公司没法交差。那个家伙就是黄天沙，他就是一个喜欢冒险的天棒，到现在，那个项目还是闲置的。"

"两家还有这渊源？"王刚还是第一次听说，瞪着眼睛说，"黄天沙看上的项目，就算闲着，也不让你搞，是个狠角色啊。"

肖天插话说："黄天沙已经在北京秘密约见过乔总，他的目标是拿到盘古的控制权。"

王刚突然哈哈大笑。刘世雄没反应过来，问："老王，咋啦？"王刚说："我们一晚上说什么来着？汪弘毅不是想当接班人吗？现在黄天沙进来当大股东，就你刚才说的黄天沙那德性，你觉得汪弘毅还有戏吗？"肖天插话说："别说老王了，到时候我们在哪里还不知道呢。"王刚接过话，说："对啊，到时候黄天沙向董事会和管理层派一帮家丁，就算汪弘毅能够留下来，接班也跟他没关系了。"

刘世雄比王刚、肖天他们到盘古都要早，对盘古高管的情况如数家珍，听了王刚的幸灾乐祸，摇了摇头，说："难说，汪弘毅在总裁的位置上怎么说也做了10年，丑媳妇都快熬成婆了，现在乔志远搞轮值CEO制度，在老肖当值的时候汪弘毅就敢这么下狠手，后脑勺也是有反骨的，亦师亦父那都是假象，现在黄天沙进来，说不定那小子咚的一声就跪下投降了，正好利用股权动荡的机会清除异己，你我还是人家屠杀的猴儿。"

肖天听着两位的对话，突然有一种悲凉之感，曾经一起打天下的兄弟，现在到了需要相互算计的地步。肖天骨子里不喜欢这样的公司政治。他打断了两人的话,说:"兄弟们,现在不是看笑话的时候,黄天沙来了,对我们每个人都不是什么好事儿。按照老刘刚才讲的,别说接班人,恐怕到时候各个区域负责人都得变天。黄天沙下面有投资、保险公司,盘古现在唯一的靠山就是大股东远大集团,要想阻击黄天沙,难度很大。"

王刚一拍大腿,说:"老肖,你现在是轮值CEO,让汪弘毅拿个方案出来。"

刘世雄打断了王刚的话,说:"老王,你这就是馊主意,这个时候汪弘毅会给老肖拿个方案出来?恐怕这会儿人家正在跟潜在的合作者谈判呢。"

从南海市回到上海,肖天没有跟汪弘毅通过一个电话,现在自己是轮值CEO,如果跟着王刚他们袖手旁观或者从中作梗,真是辜负了自己的抱负,辜负了乔志远。肖天插话说:"两位老兄,盘古走到今天,是整个盘古团队共同的心血,在接班人问题上是有分歧,那都是兄弟之间的内部分歧,现在是外部人来了,无论内部怎么竞争,都应该放下成见,一致对外。"

王刚听了肖天的话,意外而又惭愧,问肖天:"老乔有没有跟你商议过对策?"

在乔志远游学哈佛期间,王刚的毒舌令其在总部惹了许多非议,汪弘毅在跟乔志远汇报之后,在董事会改选期间将其调离总部。王刚的问题令肖天很尴尬,乔志远确实没有单独跟自己商量过对抗黄天沙的问题。肖天说:"远东证券乌龙指当天,当着乔总的面,我们开了一个三人电话会议,由于担心远东证券在资金链出现危机时会抛售我们的管理层资管持股计划,所以我们决定援助远东证券,当时弘毅对接的黄埔银行行长突然被抓,我当天夜里临时通过我们的合作商拆借资金给远东证券,当时援助还有一个目的,就是希望远东集团能跟我们达成战略联盟,在野蛮人进来后为我们管理层提供支持和帮助。"

在肖天讲到援助远东证券的过程时,王刚终于明白了汪弘毅一系列行动的意图,说:"老肖,援助远东证券你搞定了汪弘毅没有搞定的事,让他在老乔面前丢份儿,他是担心轮值CEO制度将他这个曾经的摄政太子给废掉,所以要通过抓程春明以及所谓的改革在乔志远面前邀功,同时威慑中高管理层,进一步来削弱你轮值CEO的影响力。"

肖天打断了王刚的话,说:"老王,康熙皇帝一世英名,最终酿成了九子夺嫡、兄弟阋墙的悲剧，我们进入盘古，除了养家糊口，更多是一种情怀，我们将整个青春都给了盘古，当年盘古进行股份制改造，老乔一股不要，就是一门心思想通过职业经理人的模式，将盘古打造成客户、产业链上下游各利益相关方、社会都满意的标杆企业。现在，我们绝对不能让野蛮人撕裂盘古，礼崩乐坏。"

刘世雄说："老肖，我们远离总部，没机会啊。"

王刚撇着嘴说："春明这一只鸡刚被手起刀落斩杀，我们在这里想法子对抗黄天沙，说不定汪弘毅正在琢磨杀下一只猴子呢。我们完全可以借着对抗黄天沙，把汪弘毅给弄下课嘛。"

轮值CEO是盘古的操盘手，如果让个人恩怨占据了整个大脑，一定会丢掉盘古人的灵魂。肖天担心王刚一说又义愤填膺，赶忙说："猴子的事都是小事，盘古人是有情怀的，咱们要有基本的大局观，现在盘古面临的问题是没人来帮忙，恐怕连我们的大股东远大集团都对黄天沙无能为力，所以，现在我们只有齐心协力，寻找白衣骑士，才能捍卫盘古的利益。没有盘古，我们就真的只是一只猴子。"

刘世雄一听，很是不解，问："远大集团为什么对黄天沙无能为力？"

黄天沙举牌当天晚上，肖天就不断地推演对抗方案，只是一直没有想到一个一招制敌的妙计。肖天说："现在黄国胜忙着收回中华啤酒的控制权，美国人攥着中华啤酒49%的股权，黄国胜担心丢掉民族品牌啊。现在黄天沙是民营企业，就算远大集团失去了对盘古的控制权，盘古还是内资，肉还是在中国的锅里。黄国胜在攘外前恐怕不会先安内。"

"美国人一开口就是几百亿，看样子老外也学会了三十六计啊，这趁火打劫真是时候。"王刚皱着眉头说，"现在哪个企业能够一下子调出那么多钱，这个时候让远大集团站出来跟黄天沙对抗，那就是双线作战了，恐怕美国人也正是吃准了黄国胜不会这么做。问题是，如果黄天沙不断增持，持股比例超过远大集团，那么我们引入的白衣骑士势必也要超过远大集团，远大集团到时候真的就成了小股东，黄国胜能干吗？"

夜深人静的时候，肖天会把自己关在办公室对阻击战进行不断的推演。王刚的问题肖天已经考虑过，他说："我们管理层持股4.5%，加上远大集团的15%，我们寻求的白衣骑士只要再持5%左右，我们就可以有相对稳固的防线，也不会影响远大集团的第一大股东地位。当然，生意就是交易，白衣骑士也不会是活雷锋，如果是同类房地产企业，结果很可能是前驱狼后入虎，所以，我们尽可能引入银行、保险、基金类的金融机构的资金，他们没有实业兼并的野心，只求财。"

挂断肖天的电话之后，王刚立即再次拨打了刘世雄的电话，开门见山地说："老刘，肖天现在是轮值CEO，他现在要考虑的不只是乔志远的面子问题，还有盘古的整体利益，汪弘毅跟杨子欣和那个毛孩子的关系，肖天不查，我们查。"刘世雄右手摸了摸下巴，很谨慎地问："怎么查？"王刚很有信心地说："那个毛孩子跟汪弘毅住一个社区，那个社区的物业管理是我们盘古负责，从物业下手，一定能查出蛛丝马迹。"

黄天沙下了出租车，走到售报亭买了一份周刊《香江评论》，盘古腐败案成了杂志的封面话题。黄天沙拨通了王曦若的电话，说："王总，今天继续买，就算砸盘，也要买到第二次举牌线。"

王曦若正在山鹰会议室跟同事们制订新的策略，交易员在试盘的时候，发现有一股力量正在伺机而动。王曦若下令不要贸然行动，先试试盘，摸清这个跟风的尾巴到底什么路数。有同事提议来个一字断魂刀，直接将盘古的股价砸到跌停板上，不相信跟风的尾巴会跟到跌停板上去。王曦若摇了摇头，一旦将盘古砸到跌停板上，那么交易席位就会出现在龙虎榜上。龙虎榜可谓一把杀人的剑，一旦上榜，天下人皆知，未来就难以锦衣夜行了。

黄天沙的语气毋庸置疑，一旦黄天沙做出决定，就算是错的，王曦若也要坚定执行，还要将错误的决定执行成正确的结果。王曦若还是有些顾虑，说："昨天，程春明案的利空消息给了我们一个打压吸筹的机会，我们已经吃进了将近3个百分点，今天要想低成本买到举牌线，我们还需要继续砸盘，把那些浮筹给洗出去，这样一来，我担心我们的席位会因为巨额的交易而曝光，之后的操作就跟一个透明人一样，到时会出现更多的跟风浮筹，我们的成本会快速

第六章

野蛮人

抬升。"

"我们想隐身恐怕已经很难了，现在乔志远他们恨不得向全世界嚷嚷我们是野蛮人，我们已经是透明人了，我们必须抓住一切可以抓住的机会。像程春明受贿这样的利空机会，乔志远不会允许有第二个出现，所以我们要利用舆论不断拷问盘古管理问题这段时间，拿到可能拿到的一切筹码。"黄天沙的语气非常坚定，"我们第一步的障碍是远大集团，只有拿到足够多的筹码，才能将远大集团逼到我们的谈判桌前，成为我们的盟友。"

结盟远大集团？王曦若以为自己听错了，黄天沙的天马行空令王曦若有些意外，说："黄总，我们是要从远大集团手上获得盘古控股权的，一旦今天继续买入盘古股权，那意味着下一次举牌就是取代远大集团第一大股东位置的时候，远大还会跟我们成为盟友？"黄天沙很自信地说："一切才刚刚开始，商场中没有永远的敌人，只有永远的利益，生意是价格的交换，只有拥有足够的筹码，才能谈价格，只要我们抓住了机会，一切皆有可能。"

王曦若挂断电话，坐在办公桌前，深深地吸了一口气，空气里已经有了硝烟的气味。旁边的同事们都在盯着盘古的股价走势图。王曦若拍了拍手，示意大家围在一起。王曦若用荧光棒指着巨大的LED显示屏，说："今天我们要策略性地进行吸筹，将盘古股价继续往下砸，给我们低位吸筹砸出一个价格空间来，记住，不能来一字断魂刀，要温水煮青蛙，给跟风的尾巴制造恐惧心理，避免他们在我们收集筹码的时候出来给我们捣乱。"

一个操盘手很忧虑地说："我们砸盘同样会给小散户造成心理恐慌，很容易将他们推向盘古管理层一边，龙腾在举牌的过程中就容易失去盘古的民心。"旁边的一位同事来了一句："散户的贪婪注定了他们没有记忆，他们记不住昨天，只关心眼前，他们永远不会成为左右天平的砝码，相反他们是机构维护所谓正义的筹码。"王曦若打断了他们的话，不容置疑地说："市场没有尊卑贵贱，战争是残酷的，一旦硝烟弥漫开来，误伤不可避免。行动吧！"

山鹰组出手如闪电，将盘古的股价砸出了一个吸筹的黄金坑。黄天沙看着起伏如少女玲珑曲线的盘古K线图，脸上露出微笑。黄天沙快步走进了中环滚石大厦大厅，侍应生立即迎上来问约见了谁，黄天沙报出英国滚石大中华区首席执行官菲利普的名号，侍应生立即接通了菲利普秘书办公室的电话。侍应生挂断电话后，将黄天沙引入电梯。

菲利普爵士祖上的阿盖尔公爵是苏格兰最有权势的坎贝尔部落的首领。菲利普不喜欢坎贝尔家族的生意，剑桥大学一毕业就进入英国老牌的金融机构滚石银行，美国的洛克菲勒家族、罗斯柴尔德家族、摩根家族都是滚石银行的股东。滚石银行长期是英国王室在海外的财务代理人。菲利普从见习生做起，一步步做到大中华区首席执行官的位置。

黄天沙出电梯口时，菲利普爵士已经垂手等候在那里，两人同时伸出了手。8年前，菲利普爵士还是滚石银行中国区董事总经理的时候，黄天沙在一次私人宴会上跟菲利普爵士相谈甚欢，两人经常在香港喝咖啡。菲利普喜欢埃斯美拉达庄园的咖啡，庄园主的祖上曾任美国银行行长，他们从埃塞俄比亚的瑰夏森林将咖啡种引入巴拿马，这种埃塞俄比亚古老原生咖啡有着玉石般的温润质感，因为长在石榴树荫下，产量稀少，极为罕见，口感精致，品质卓越，价格昂贵。黄天沙每年都会给菲利普爵士定一批送到滚石银行香港办公室。

菲利普已经在办公室给黄天沙准备好了咖啡。黄天沙每次到菲利普的办公室总有不一样的心情，之前是纯朋友之间的寒暄，这一次是要跟菲利普谈生意。黄天沙很清楚滚石银行的原则，这家在全球有着一流声誉的老牌欧洲投行，是全球最保密的投行，有着"欧洲最顽固的老头儿"的绰号。盘古在香港H股上市时，滚石银行作为长期持有的基石投资者身份出现，一直没有抛售一股，菲利普每年都会出席盘古的年度股东大会。

黄天沙还没有开口，菲利普已经将一杯咖啡递到他手上，说："黄总，你们还会买入盘古股票？"

黄天沙毫不隐瞒地说："我们想获得控股权。"

"苍天，远大集团是国有企业。"菲利普到嘴边的话又咽回去了，菲利普长期游走于中国政商两届，跟远大集团的前任董事长王锋、现任董事长黄国胜都是老朋友，在黄天沙电话约见之前，菲利普已经看到铺天盖地的新闻，盘古内部腐败导致股价下跌，龙腾集团趁机不断买入盘古股票。菲利普意识到这一次黄天沙来绝不仅仅是喝咖啡那么简单，刚才咽回去的话，菲利普还是很委婉地问出来:"他们会放弃控股权吗?"

黄天沙从菲利普欲言又止的言谈中隐隐觉得,滚石银行持有的盘古H股大有文章。黄天沙想试探一下菲利普的口风,若有所思地说:"我们谋求的是控股权,不是控制权,并没有要将远大集团赶出盘古的意思。"

"一山难容二虎。"菲利普两手一摊,说,"你们会容忍董事会存在一个强大的反对力量?"

黄天沙微微一笑,说:"盘古是一家优秀的企业,有一个卓越的管理团队,我们愿意同更多的人一起共同分享企业的成长红利。"黄天沙一边说,一边看着菲利普礼貌性地点点头,接着说:"远大集团毕竟做盘古大股东很多年了,跟团队的配合已经很默契,我倒是担心他们不愿意我们进入,分享他们已经分享了很多年的红利。"

菲利普双唇紧闭,看得出他没有黄天沙乐观,说:"如果远大集团拒绝你进入呢?"

"今天的远大已经不是昨天的远大,黄国胜可选的牌不多。"黄天沙很有信心夺取远大的盘古控股权,嘴角微微上翘,眼睛里放光,非常自信地说,"现在黄国胜的第一要务是收回中华啤酒的股权,美国人漫天要价已经令黄国胜焦头烂额,他不可能两线作战,更没有拒绝我们的财力跟精力。就算他两线作战,他会落下个给我抬轿子的把柄。别忘了,他是国有企业的一把手,这会影响他未来的前程的。"

英国米勒公司当初购买中华啤酒49%股权交易的中介服务商就是滚石银行,美国博威啤酒并购米勒公司的财务顾问也是滚石银行。现在远大集团要收回美国博威持有的中华啤酒股权,在欧美资本市场早已是人尽皆知。菲利普听了黄天沙的一番话,发现他深谙官场之道,提醒黄天沙说:"远大集团所有的上市公司中,盘古贡献的利润远远大于中华啤酒,远大集团一旦失去对盘古的控制,作为国有企业的领导人,同样难辞其咎啊。"

黄天沙毫不讳言地说:"只要我们不收走远大的筹码,不会影响到盘古对他们的利润贡献。"

"盘古管理层支持你们吗?"菲利普的问题简直就像一把匕首。黄天沙好不容易约见了乔志远，没想到只是黄天沙的热脸贴乔志远的冷屁股。黄天沙看上去很豁达地说："我们通过二级市场买进去，是看好盘古的未来，看好现在的整个团队，现在乔志远是盘古的灵魂，我们还会将乔志远当旗帜。"

菲利普来香港已经 15 年，对中国人的语言和面部表情所传达的丰富含义，那是一清二楚，从黄天沙听上去很包容的话语里可知道，盘古的管理层应该已经委婉，甚至是直接拒绝了黄天沙。菲利普每年都要参加盘古的股东大会，对以乔志远为首的盘古管理层还是有一定的了解的，盘古能够不断成长，离不开管理层与股东的稳定关系，以及第一大股东远大集团义无反顾的支持。菲利普很直接地问："如果盘古的乔志远他们拒绝你们怎么办？"

黄天沙微笑着说："我们代表保险持有人的利益，不会改变现有管理层的结构，他们是盘古最宝贵的资产。当然，我们的进入会让管理层感到不适应，我相信时间是消除分歧的良药。"黄天沙顿了顿，脑子里快速度地转动，说："如果分歧短时间内难以消弭，我希望能得到菲利普爵士的支持，滚石银行作为盘古的 H 股基石投资者，我相信无论是从投资的收益率，还是企业公民的机制进化，你们更喜欢追求效率的民营资本。"

"我们怎么支持？"菲利普是个生意人，在不断问黄天沙问题的同时，已经在判断跟黄天沙合作的利弊。黄天沙微笑着说："现在我们还在跟盘古管理层进行沟通，控股权如果能和平让渡将实现多赢，采取焦土策略对所有利益相关方都没有好处。"说话间，黄天沙将一张早已打印好的信递给菲利普，说："关键时刻，我会再来香港，到时候我们共同打开这封信，它一定不会让你失望。"

第七章
拒绝令

整个会场黑压压地坐满了从全国各地回到南海盘古总部的区域总部、分公司、总部业务部门总监级以上中高层管理者,乔志远坐在主席台上,汪弘毅坐在乔志远的左手边,肖天坐在右手边,王刚、刘世雄分别坐在汪弘毅跟肖天两旁。

盘古除了每年的年会,其间从来没有召集过同样规模的管理层会议。台下的管理层人员不断地交头接耳,在龙腾集团举牌期间突然召集这样的扩大会议,各个岗位的管理者都在猜测,乔志远是下决心要跟黄天沙交锋了。董事会秘书王欣将一份数据表递给乔志远,乔志远戴上老花镜,用签字笔在数据上划了划,跟王欣小声嘀咕了两句,王欣坐到刘世雄旁边。

乔志远调了一下麦克风,扫了扫会场,众人脸上写满了疑惑与期待。乔志远埋头看了看王欣刚才送过来的材料,推了一下滑到鼻子尖上的老花镜,说:"很多同事都很奇怪,为什么非年会时间将大家叫回总部开会,今天有两件事要跟大家交流一下看法。"王刚、刘世雄相互看了看,一脸茫然。乔志远说:"一件事是程春明的受贿问题,相信很多同事已经知道这件事了,昨天开始舆论高度关注。另一件就是我们的大股东正在发生变化,相信大家都想知道我们到底怎么应对突如其来的变化。"

汪弘毅前两天在分公司以及区域负责人层面进行了电视电话会议沟通，没想到一个武汉总裁的问题，一夜之间就被舆论上升到整个盘古管理层层面的问题。问题的焦点是乔志远一直宣扬盘古不行贿受贿，没想到盘古的管理层自己受贿。武汉有楼盘接到客户电话，声讨盘古高层腐败推高了房价，扬言要将盘古告上法庭，报纸连篇累牍地报道武汉购房者的血泪控诉。盘古的言行不一致是对信誉最大的伤害，股票开盘出现大量的抛单，股价恐慌性下挫。

乔志远敲了敲桌子，冷冷地说："现在，程春明受贿事件在舆论上已经变成对我乔志远是个伪君子的指控，舆论错了吗？没错，我乔志远一直公开宣扬盘古不行贿受贿，这是我们盘古的天条，任何人不容许破坏这条规则。我们盘古能有今天，是我们盘古团队，是在座诸位共同付出的结果。我们无论走到哪里，都能挺起腰杆做人，才让我们盘古赢得了尊重。"乔志远说着说着，声音的分贝明显提高了，乔志远痛心疾首地说："程春明受贿早有内部举报，直到举报到交易所我们才开始重视，这对我们盘古的品牌、信誉是个很大的伤害。"

王刚扭头瞅了瞅旁边的肖天，肖天一脸严肃。王刚到嘴边的话又咽回去了。乔志远敲了敲桌子，说："企业想基业长青，要经历各种波折甚至磨难，但信用是一家企业能不能成为百年老店的根本，如果一个执行力很强的团队失去了信用，所有的努力都将付诸东流，企业可能一夜之间崩塌。很多人会说，一个分公司的总裁受贿，就能动摇盘古的根基？中国有一句老话，千里之堤溃于蚁穴，今天武汉出一个程春明，明天还不知道哪个地方再出一个张春明、李春明，盘古要想基业长青，就必须防微杜渐。"

刘世雄算听明白了，程春明只是一只鸡，今天来会场的人才是真正要以儆效尤的猴子。

会场的气氛异常压抑，乔志远推了推下滑的老花镜，说："曾经，盘古进行股份制改造时，我放弃了可以获得股权的机会，就是想在中国进行一项商业实验，让上市公司股东之间、管理层之间、股东与管理层之间，通过透明、民主、信任来构建一个文明的商业生态。随着盘古的不断发展，管理层对盘古创造了巨大价值，股东对管理层也高度信任，股东之间，股东与管理层之间，进行了多年的讨论，试点管理层持股计划，意在将管理层跟股东的利益紧密结合，更大程度地提升管理层的信托责任。程春明是管理层持股计划成员，可依然无法控制自己的欲望，我们岂能容忍对盘古信用、对团队构成任何破坏与威胁的人与事？"

每次乔志远召开管理层扩大会议，总是掌声不断，可今天成了乔志远的独角戏，台下静悄悄的没有一点声音。汪弘毅扭头瞅了瞅，肖天神情严肃，王刚一副若无其事的样子，只有刘世雄镇静自若。乔志远抬起头来，朝着台下掷地有声地说："权力要证实自己的力量，滥用是唯一捷径，滥用权力的人就会迷失于利益之中，最终被权力反噬。"乔志远咬着后槽牙，说："如果我们管理层想着的只是自己的权力，而不是整个盘古的利益，那么他就无法忍受对他权力的限制，程春明不是第一个，也不会是最后一个，盘古有盘古的规则，我们绝不容许将私欲凌驾在盘古规则之上的人逍遥法外。"

乔志远的话令整个会场气氛越发的沉重，盘古20多年来从来没有发生过分公司总裁级别的高管贪腐事件，程春明案令乔志远蒙羞。乔志远举着几份报纸，说："我想在座的都看了报纸上的新闻，很多人说不就是一个分公司总裁受贿嘛，代表不了盘古。程春明受贿对我们的伤害到底有多大？大家看看我们的股票，一开盘就跌了8%，资本对我们用脚投票。如果我们不能自省，不能进行内部整肃，我们就被自己打败了。"

在座人员开始交头接耳，谁会成为下一个被整肃的对象？乔志远会怎么整肃？乔志远说着，举起手中的一份文件，说："我手上文件的内容，我相信在座的诸位都能猜得出来，汪弘毅在3年前就制定出了这份文件，那个时候，我还在海外游学，看完这份文件后，我的第一反应就是，盘古要想成为一家卓越的公司，要想成为中国的标杆企业，要想走向全球，那么，我们就要向世界一流企业学习，就要通过内部轮岗制度来进行科学的管理。"

王刚没忍住，问："轮岗？"

乔志远毫不讳言地说："对，就是轮岗。现在大家恐怕还不清楚我们为什么推行轮值CEO制度，汪弘毅总裁3年前想推动轮岗制度，内部阻力很大，各个部门、各个分公司的负责人对轮岗都持观望态度。既然在各部门中层推不动,那么我们就走管理层路线,从总裁汪弘毅做起。"肖天听了乔志远的话心里咯噔一下,难道轮值CEO制度只是乔志远和汪弘毅为推动轮岗设计好的一场戏,接班只是一个诱饵?汪弘毅看上去面无表情,内心五味杂陈,轮值的诱饵一旦丢了,一切将功亏一篑。

"为什么不能轮岗?程春明之所以走到今天,断送了自己的前程,就是因为管理权力板结固化,导致区域公司负责人寻租意愿滋长,管理层的利益寻租是对公司、股东和同事的伤害,是极度的不公平。"乔志远顿了顿,扫了一眼会场,说:"曾经,有一位新员工问我,年轻人加入盘古,最大的好处是什么?我的回答是,年轻人在盘古,一定会得到公正的评价!如果我们管理层都凌驾于规则之上,如何给年轻人一个公正的评价?"

乔志远抓起桌子上的另一份文件,说:"程春明受贿给盘古敲了一个警钟,公司接下来会对总部、分公司和区域公司分批进行轮岗,有意见可以提意见,但是任何人都必须按照公司部署进行轮岗,拒绝轮岗者,就是拒绝公司的制度,拒绝对公司、股东、客户以及社会公众负责,对不起,盘古不会留下任何不负责任的人。"乔志远手上的文件是会前跟汪弘毅和肖天进行沟通后,在汪弘毅3年前的轮岗手册基础上修订的。

有人示意想要问问题,乔志远挥了挥手,示意不要提问,说:"一会儿,两件事讲完,我们有专门的提问时间,我会跟大家进行充分的交流,但推进轮岗制度没有讨价还价的余地,会后,轮值CEO肖总会公布第一批轮岗的名单。"乔志远将文件递给肖天,说:"今天提出的方案是我跟轮值CEO肖天、总裁汪弘毅共同的想法。现在我们说第二件事,程春明受贿案导致盘古股价下跌,其间有人在不断地买入盘古股票,我们的大股东正在发生变化。"

肖天翻了一下文件,后面附了一份轮岗名单,他看了看王刚和刘世雄,又不动声色地将文件合上。乔志远举起手上的另一份文件,说:"大家恐怕从这两天的股价表现就能猜出,这份文件就是龙腾集团进一步增持的股东结构变化公告。在龙腾集团第一次达到举牌线的当天,在远东证券董事长方清平的介绍下,我在北京跟龙腾集团的老板黄天沙进行过见面交流。黄天沙想当盘古的第一大股东。"

第七章
拒绝令

台下开始骚动，大家只知道龙腾集团已经成了盘古的大股东，第二次举牌意味着龙腾集团已经持有盘古 10% 的股权，没想到黄天沙想当盘古的大老板，当盘古的家。更令盘古中高层意想不到的是，在龙腾集团不断举牌背后，乔志远已经跟黄天沙进行了沟通。从龙腾集团第一次举牌到现在已经过去一个月了，除了汪弘毅，盘古的中高层一直没有听到黄天沙跟盘古管理层沟通的任何信息。有人小声嘀咕，难道乔志远已经跟黄天沙达成交易了？

乔志远接着说："我以前跟黄天沙没见过面，人家真金白银买了那么多股票，作为公司董事长，见面沟通是对股东的尊重，另外我也想见识见识我们这位新进来的大股东的风采。黄天沙的言外之意就是，即使龙腾集团成了盘古的第一大股东，我乔志远还是盘古的旗手。我的态度很明确，现在是熊市，能在这个时候买入盘古，我们很欢迎，但是要想当第一大股东，我们不欢迎。"

同事们被乔志远的这句话惊着了，有人嘀咕："管理层还能挑选股东？"

乔志远冷冷一笑，说："可能很多同事纳闷，盘古是上市公司，任何人都可以买进盘古股票，当盘古的股东，我们无权拒绝，但是谁当第一大股东，我们管理层是可以引导的。我认为黄天沙信用不够，早年海上运动中心项目是世雄经手，黄天沙以高出底价 10 倍的价格购入，现在怎么样呢？好好的项目荒废了。黄天沙是怎么发家的？早年以无公害蔬菜销售赚了点钱，拿到几块地，摇身一变成了房地产商，过后不断抵押资产，资金没有用来造房子，而是买入珠江实业 40% 的控股权，进去后就把公司进行拆分，龙腾实业拿走了最赚钱的业务。现在，我们盘古账目上的流动现金超过 3000 亿元，黄天沙进来故技重演，把盘古强制私有化，也不是不可能。"

珠江实业是一家集物流、物业管理、城市基础建设等业务为一体的综合类上市公司，南海市国资持股 16%。珠江实业的股价一直萎靡不振，龙腾集团通过举牌获得珠江实业控股权后，向上市公司派驻管理层，对公司进行业务重组，将物流业务跟龙腾集团地产相关的物业管理业务进行置换，将珠江实业打造成 A 股第一个物业社区交易平台。龙腾集团将珠江实业剥离出来的物流业务进行重整，市场占有率和利润率大幅度提升。黄天沙谋划未来注入资金到收购的其他上市公司，形成一个循环产业托拉斯。

黄天沙的产业在乔志远眼里不值一提，他说："黄天沙现在是干啥的呢？他的房地产业务折腾了这么多年，也就几十亿的规模，每年的销售总额甚至不到我们一个楼盘的规模，我对他说你现在信用不够，当不了盘古的第一大股东，你们那样的管理系统跟盘古不匹配，也没有能力匹配，如果以后龙腾集团通过发展，能够进行系统提升，那时候我们欢迎。"一提起跟黄天沙在北京见面的场景，乔志远自信的表情中顿时浮出几分轻蔑，继续说："黄天沙说远大集团可以，为啥我就不行？我说你们的信用跟远大集团差了不止一个档次，更重要的是，远大集团除了信用过硬，对盘古从业务协同到管理支持，都有着不可替代的地位。"

肖天第一次听乔志远如此详细地讲述跟黄天沙密会的细节，正是因为乔志远刺激了黄天沙，才导致他不断地增持盘古股票。乔志远继续说："可能很多同事觉得我们盘古是上市公司，钱对我们没有高低贵贱之分。这些年远大集团不仅仅是盘古的第一大股东，更是站在全体股东利益的角度支持公司及管理层，盘古拥有国际大律师、会计师等背景的独立董事，都是远大集团推荐的，这些人都是跟远大集团没有任何利益瓜葛的独立第三方，这些独立董事不仅仅是在监督管理层，更是在公司治理、财务规范等方面发挥了不可替代的作用。远大集团不仅在国际化管理、业务辐射等方面一直是盘古学习的对象，更为盘古国际化、转型提供了强大的动能。"

面对黄天沙的不断增持，整个盘古上上下下更关心的是以乔志远为首的管理层的态度。"黄天沙买入5%以下盘古股权，我对他没有任何意见，一旦超过5%那就是长期投资了，不是想来就来、想走就走的，那么股东的实力、资金来源就需要搞清楚。龙腾集团的资金多数是保险资金，投资类保险都是短期的债务资本，一旦遭遇大规模赎回，资金链就会出现问题，到时候黄天沙会做出什么选择？抛售。"乔志远扫了一眼台下，继续说："黄天沙还有不少资金是从金融机构放杠杆进来的，说得严重一点，就是空手套白狼，一旦他持股超过20%，那就是名副其实的第一大股东，短债长投，资金更容易崩盘。可以预见，只要龙腾集团取代远大集团的第一大股东地位，国际上的大投行、评级机构都会下调我们的信用评级。"

第七章

拒绝令

"信用是什么？信用就是一面镜子，可以照出一切的光怪陆离，镜子一旦出现裂痕，是永远黏合不到一起的，因为光怪陆离已经变成双方心灵中可怕的怪兽，最终会吞噬你的贪欲。"乔志远苦口婆心地说，"我们盘古这么多年，为啥融资成本低？因为我们信用等级高，低成本可以在业务扩张中占得先机，可为股东取得更大回报。若黄天沙进来，合作伙伴要么抬高合作门槛，要么提高交易成本，甚至不再跟盘古合作。盘古的信用靠什么维持？靠我们的团队，靠盘古员工对客户和社会各利益相关者提供的产品与服务。我们提供的不仅是产品和服务，更是一支推动社会的积极健康的力量——荣誉和品牌的力量、诚信的力量。"

台下的中高管开始鼓掌，乔志远一直是盘古的向心力，无论是在汪弘毅、肖天、王刚、刘世雄，还是普通员工心中，乔志远就是盘古的精神图腾。乔志远情绪高昂，说："我们管理层及所有员工，不仅仅要对股东负责，还要对品牌产业链上下游的客户负责，对我们做出的所有承诺负责，我们不仅仅是一个房地产商，未来更是一个向社区商业、养老、教育等新业务拓展的城市运营服务商，为社会、民众提供更多的产品和服务。只要是盘古提供的产品和服务，就一定要有对人的关心和尊重，一定要对社会民众负责，这是我们盘古现在以及未来都要坚守的。"

"现在龙腾集团来了，无论是他的信用还是实力，跟盘古都不般配，他成了第一大股东，我们管理层怎么办？我们拍拍屁股走人，你第一大股东爱怎么玩儿怎么玩儿？这不是我乔志远的性格，那样一来，我们就放弃了我们多年来的坚守，是对盘古的其他股东、对客户、对社会、对我们的承诺的极端不负责任。"乔志远看了看左右的肖天、汪弘毅，说："这一次黄天沙的闯入，对于我们管理层和所有员工都是一个鞭策，我们在公司治理风控的能力方面需要进一步提高，我们要坚守我们的核心价值观，我相信我们能够找到解决问题的办法。大家还有什么问题？"

中高管再次交头接耳，不少人还在本子上勾勒各方局势。法务部门一位总监站起来，接过服务员递过来的话筒问："乔总，现在龙腾集团不断买入盘古股权，股权比例超越远大集团为时不远，既然您在北京已经拒绝了黄天沙当我们盘古的控股股东,那么现在远大集团是什么态度?"

这是一个令乔志远极度尴尬的问题,但是自己必须跟管理层说真话,他说:"我们已经向远大集团董事长黄总进行了汇报,目前远大集团正在跟美国博威洽谈中华啤酒股权回购的问题,牵涉资金巨大,暂时无暇顾及我们,但远大集团不会眼睁睁看着龙腾集团夺走控股权,无论是看在多年的合作关系上,还是为了防止国有资产流失,远大集团都会在合适的时候站出来。"

"现在龙腾集团已经进行第二次举牌,意味着他们持有盘古的股权超过10%,如果远大集团因为避免双线作战继续观望,按照黄天沙现在增持盘古的速度,下一次举牌持股比例就超过15%。"战略投资部的负责人接着乔志远的话问,"现在远大集团的持股比例只有14%多一点,不到15%,我们现在强硬拒绝黄天沙的进入,万一有一天他们的持股比例超越远大集团,到时候提出改组董事会,那么即便我们有自己的情怀和追求,黄天沙拒绝给管理层时间和机会的话,管理层怎么面对黄天沙可能突然进行的大清洗?"

乔志远面无表情,汪弘毅接过这个问题说:"第一,我们不会因为黄天沙的进入而拍屁股走人;第二,我们不喜欢不讲规则的人,我们会在规则之内,保持管理团队的稳定。我们坚信一点,得道者多助,我们不会受资本的胁迫,中小股东就是我们的大股东,资本凶猛,只会让更多的中小股东站到我们这边,我们服务的客户,以及我们服务过的上下游产业链的各利益相关者,要求规范、合法、透明的良善正义力量会站到我们这边,我们有信心,也有方法抵御不讲规矩的人,绝对不会让野蛮人在盘古肆无忌惮。"

黄天沙从抽屉里拿出一个雪茄盒,递给对面的潮汕帮一号人物,南越集团董事长曹九歌,说:"九哥,你是行家,品鉴一下。"曹九歌一看,说:"天沙,有品位啊。"黄天沙呵呵一笑,说:"九哥见笑了,一个英国朋友从古巴给我捎回来的,我给你准备了一点。"

曹九歌在潮汕帮一言九鼎,跟珠江银行的董事长邱国栋一样,为潮汕帮三老之一。南越集团跟李嘉诚家族、洛克菲勒家族、JP摩根家族、高盛等国际巨头都有生意往来。曹九歌有一个爱好就是抽雪茄,他将黄天沙递过来的雪茄在鼻子上嗅了嗅，说："这是纯正的古巴货高巴斯，古巴革命斗士格瓦拉的最爱，哥伦布航海到古巴时，这个品牌的烟草就已经在古巴种植了。"

黄天沙给曹九歌点上，问："口感如何？"

曹九歌抚摸着雪茄，说："你看，整根雪茄烟皮精纯，质感滑手，口感顺畅干净，这是经过222道工序做出来的极致精品。"曹九歌吸了一口，吐出一环接一环颇有层次感的烟雾圈，闻起来有一种香水的味道。曹九歌又吸了一口，脸上现出非常享受的表情，头头是道地说："高巴斯的烟草从种植开始就极为挑剔，堪称极品中的极品。因为中国跟古巴的气候差异，这种雪茄在国内只有插进极品龙井茶中，才能保持它独一无二的贵族气质。"

黄天沙在曹九歌进入龙腾大厦时，已经派人将高巴斯雪茄送到了曹府。曹九歌跟黄天沙在同一个村里长大，曹九歌年长黄天沙10岁，黄天沙每次见面都称呼曹九歌为九哥，黄天沙当年跟邱国栋相识，就是曹九歌介绍的。黄天沙从无公害蔬菜转向房地产业务后，曹九歌开始将黄天沙带进潮汕帮的圈子。黄天沙买入盘古股票已经闹得满城风雨，曹九歌夹着雪茄，拍了拍黄天沙的肩膀，说："天沙，只要你看好的，老哥跟潮汕的兄弟们都支持你。"

黄天沙将一份报纸递给曹九歌，说："九哥，你看看这个乔志远，口口声声说我是一个不讲规矩的人，我跟他在密室里的谈话，乔志远居然在公司内部公布！就算把我贬得一文不值也没有什么，但他盘古就真的高人一等？民营企业做大了就是不讲规矩？法律准则是法无禁止即可为，没有任何一条法律禁止我举牌优质上市公司。我们龙腾好歹也是盘古的大股东了，对股东起码的尊重都没有，他这是对民营资本赤裸裸地歧视。"

曹九歌站起来走到窗前，指着远方的琵琶岛，说："天沙，知道远处那个小岛吗？"

黄天沙说："不是琵琶岛吗？"

曹九歌点点头，又指着脚下，说："民众可以忘记琵琶岛的历史，我们商人不能忘记。别看琵琶岛就是一个小岛，这个岛可是见证了中国的兴衰。我们脚下曾经就是通商全球的贸易港口黄埔港，琵琶岛是国际商船进入港口的最后一道关口，我泱泱中华，可以容纳五千年的文明，却容不下平等、互利的国际商业贸易，视西洋为蛮夷，歧视最终将整个国家推向战火，推向坠落的深渊。"曹九歌吸了一口，吐出烟雾，说："坏人不可怕，他们的坏都写在脸上了，可怕的是聪明人意识不到自己的自以为是。"

"乔志远是一个傲慢的聪明人，我多次约见他，最终在远东证券董事长方清平的邀约下，才在北京相见。"尽管乔志远将两人的密室谈话公之于众，黄天沙对盘古还是情有独钟，"什么是生意？矢力同心，谈得来才能生财，盘古最值钱的不是账面上3000多亿元的流动资金，也不是盘古股票价格在历史低位，如果我们只是盯上这些，最多只能是个买卖。我要的是生意，所以向他承诺，龙腾集团当上第一大股东，也会像远大集团那样一如既往地支持和信任乔志远的团队。乔志远是一面旗帜，我们还是要全面维护的。"

曹九歌抬了抬眉毛，额头上爬满了皱纹，他顿了顿，说："天沙，你说，接下来你想怎么干？"

黄天沙指着远处的琵琶岛，非常笃定地说："不管乔志远他们怎么说，我们就想跟优质的蓝筹上市公司共同成长，现在远大集团分身乏术，是一个难得的机会。"黄天沙按下了可视系统的按钮，屏幕立即出现一个详细的计划。黄天沙接着说："现在我们持有盘古股权还不到15%，我们准备继续增持，超过第一大股东远大集团15%的份额。盘古的股权相当分散，我们争取快速拿到20%，获得在盘古董事会的话语权。"

"远大集团一旦丢掉盘古控股权，黄国胜会不会遭遇国有资产流失的责任追溯？超过远大集团股权之后，是跟远大集团站在一起，还是将黄国胜也逼到死角？"曹九歌轻轻地吸了口雪茄，若有所思地说，"格局决定未来，意气用事只是蠢材最无能的行为。能够将对手变成自己的盟友的人，勇气和智慧足以让他在竞争中所向披靡。"

黄天沙在跟乔志远见面之前，已经反复进行了沙盘推演，远大集团进行中华啤酒股权回收给了龙腾集团机会，但龙腾集团绝不能与远大集团成为势不两立的敌人，如果龙腾集团跟远大集团修好结盟，那么乔志远团队将被两大股东孤立。黄天沙说："我们看好盘古的发展，更愿意维护乔志远这一面旗帜，我们希望跟远大集团做友好相处的股东，共同为盘古的发展提供更多支持，盘古不是我黄天沙的盘古，我们希望未来的盘古是股东、管理层、社会的盘古。"

能够得到李嘉诚、摩根、洛克菲勒家族的认可，曹九歌在潮汕帮一言九鼎的江湖地位绝非浪得虚名。曹九歌指着报纸说："现在乔志远拒绝你们成为第一大股东，这是他管理层的傲慢，做大股东一定要有胸怀，如果连一个优秀的管理团队都不能容忍，那么自然难以跟其他的股东相处。"曹九歌看着黄天沙从一个村里放牛娃一步步发展成为千亿级规模的集团老板，内心希望黄天沙越走越远，格局越来越大。曹九歌语重心长地说："大股东应该是全体股东的大股东，维护的不仅仅是自己的利益，应该是所有股东的利益，一个无私的大股东，才能给客户和社会提供值得信赖的服务。"

黄天沙视曹九歌为大哥，不仅因为他年长几岁，更重要的是曹九歌的胸襟气魄、视野格局。当年历经数次创业失败后，曹九歌反而赢得越来越多人的尊重，现在他的客户不只分布在国内天南地北，在东南亚、欧洲、北美都有大量的客户。曹九歌在潮汕帮中从来都是仗义疏财，只要是走正道，曹九歌都会在关键时刻出手相助。黄天沙微笑着说："九哥说得对，在获得盘古控股权方面，还希望得到九哥的支持。"

曹九歌点了点头，说："我对你们龙腾集团跟盘古也算知根知底，现在你们的交锋已经公开化了，我们潮汕帮就是你的后盾。你现在有什么需求，资金？资源？"

黄天沙抖了抖报纸，说："乔志远已将我拒之门外，跟盘古管理层和远大集团合作共赢是我期待的局面，但就目前的局势看，我们只有按照我们的计划，进一步增持盘古股权，才能跟他们进行更为平等的对话。在随后的增持过程中，盘古的股价肯定会随着我们增持额度的不断提升而拉升，资金我们已经有了途径，当然也需要有预备方案应对可能发生的变数。我是想跟九哥探讨，我们潮汕帮是不是可以成立一个潮汕基金，在潮汕企业进行并购时可以联合起来发力，当然如果潮汕帮兄弟们能够在我们并购盘古的过程中提供支持，天沙自然铭记在心。"

"你这个提议很好，红头船记录的是我们潮汕人的苦难，更体现了我们的一种坚韧文化，我们的祖辈为了生活，结伴出海谋生，现在进入商业文明时代，我们潮汕人确实应该携手共进。"曹九歌当即提出一个计划："由潮汕商会成立一个资产管理公司，根据不同的并购需求，发行多元化的基金，第一期基金如果参与龙腾集团收购盘古股权，可以由几大潮汕家族共同出钱出任LP，相信整个潮汕商团的信用足够征服乔志远。"

黄天沙跟曹九歌抽雪茄时，王曦若正同珠江银行、华南证券的高管们就成立龙珠基金的具体事宜进行对接。130亿元的资产管理计划成为华南证券有史以来单笔额度最大的交易，王曦若跟总裁卢天佑谈判后，卢天佑亲自出马，组建了一个项目小组，三方在珠江银行总部开会讨论细节。珠江银行跟华南证券的法务部都提出，要在多方合同中明确资金的用途，一旦出现挪用，将由龙腾集团承担连带责任。

会议正在进行，珠江银行资产管理部负责人王长勇示意离开一下。王长勇拿着一份报纸，敲开了隔壁董事长邱国栋的办公室，邱国栋刚刚放下一个电话，示意王长勇进来说话。王长勇将当天的一份财经报纸递给邱国栋，说："董事长，乔志远拒绝龙腾集团成为盘古大股东，我们这个时候成立龙珠基金，应该重新考量一下项目的风险。"

邱国栋接过报纸看了看，嘴里憋出一句话："瞎扯，一个公司的管理层居然对股东说三道四，他们有权利选择股东吗？现在那些P2P打着互联网金融的幌子，已经把理财市场搞得一地鸡毛，我们银行拿到客户的理财资金总要给客户赚钱吧，怎么赚钱？业绩好、未来发展潜力巨大的蓝筹上市公司我们都不能买，那我们喝西北风去？"

王长勇毕业于英国伦敦政经学院，对金融领域的穿透式监管很谨慎。中国经济改革30多年，对金融的穿透式监管还是一片空白，无论是当年明目张胆坐庄的证券公司，还是风云一时的德隆系，他们在资本市场中的资金都是穿着层层马甲，一旦资金链断裂，身后就会冒出成千上万控诉的老百姓，这样的金融风潮很容易引发蝴蝶效应，导致中国金融出现致命的危机。

"龙珠基金以机构的名义向龙腾实业增资，这一部分钱再增资君安保险，君安保险再用这部分钱买入盘古股份，就相当于龙腾集团在层层加杠杆，2015年股灾之后市场对杠杆资金畏之如虎。"王长勇不无忧虑地说，"杠杆可以提振经济，但是容易产生泡沫，如果有一天监管规则发生变化，保险公司投资人需要逐级披露股权结构至最终权益持有人，每一级的自然人要披露工作单位、身份证复印件等信息，甚至还要本人签字，那我们的理财资金怎么办？"

邱国栋立即给财富管理部门打电话，说："给我拿一份理财计划的合同。"

一会儿，理财部门送来了理财合同，邱国栋认真阅读了一下合同条款，指着上面的权责利，说："长勇，你们业务部门要精读公司内部各部门的法律文书，你看看，客户授权银行进行各种法律法规之内的投资。现在保险法律法规没有禁止银行理财资金投资保险，意味着我们的理财资金是可以投资保险的。为了规避对保险股东的业绩要求，我们选择增资龙腾实业，就是为了避免与法律法规的冲突。"

王长勇对邱国栋的解释很不以为然，说："董事长，您这样的解释是不充分的。如果保险股东进行穿透式监管，我们的理财用户是无法满足股东的业绩需求的，这意味着龙珠基金增资龙腾实业，再转而增资君安保险是不合法律法规的。"

邱国栋被王长勇这么一说，也愣了一下，问："是不是说只有企业的自有资金才能投资保险公司？如果说要追溯实业公司的股东，层层穿透的话，那么现在的绝大多数保险公司的股东都存在资质问题。"邱国栋大手一挥，说："好啦，在改革的过程之中，法无禁止即可为已经不再是一句口号，这个问题交由法务部处理，他们会保证程序上的合法合规。"

王长勇悻悻地离开了邱国栋的办公室，刚走到门口，邱国栋突然叫住王长勇说："长勇，事关银行客户的利益，我们应该从客户的利益最大化考虑，如果我们不能替客户赚钱，那么我们在跟互联网金融竞争时会一败涂地。现在，我们应该齐心协力，为客户赚钱，为珠江银行的业务寻求新的突破方向，目前龙珠基金的项目要在法务部的配合下加速推进。"

王曦若看到王长勇进门的表情，不禁猜测，难道邱国栋变卦了？突然，黄天沙的电话打了进来，王曦若起身示意要接听一个重要电话。从黄天沙的语气能够听得出他心情不错，没有因为乔志远对他的公开拒绝而生气甚至发怒。黄天沙开门见山地说："王总，我刚跟南越集团曹九歌董事长谈好了，潮汕商会将成立潮汕基金，第一期由潮汕几大家族出资40亿元投资我们的龙珠基金。"

王曦若顿时眉头舒展。

王欣敲开了汪弘毅办公室的门。

汪弘毅的一个电话还没有结束，示意王欣将材料放在桌子上。汪弘毅一边听电话，一边抓过材料扫了一眼，王欣准备离开。汪弘毅挂断电话，问："这份材料里，持有我们盘古股票时间最长的，除了远大集团，还有谁？"王欣摇了摇头，说："从目前的材料只能看到最近3年的股东进出状况，谁持有时间最长，还无法给出一个准确的名单。"

"我们的技术人员都在干嘛？"汪弘毅将材料递给王欣。尽管看上去没有表情变化，王欣听得出来，汪弘毅的语气中有些不快。王欣连忙解释说："这份材料是我们董事会办公室自己做的，没有让技术部处理。"汪弘毅很不耐烦地大手一挥，吩咐说："让技术部把数据处理一下，要从这份名单中找出对盘古忠诚度高的投资者。"王欣正欲离开，汪弘毅以不容置疑的口吻说："半个小时以内，将处理好的数据导入我们的可视化系统。"

王欣一边走，一边给技术部打电话，传达汪弘毅的任务。汪弘毅靠在椅子上，想起刚才凌薇的电话，脑子里不断地琢磨，怎样才能说服梅怡让凌薇暑假去参加美国夏令营呢？这两天，汪弘毅一有时间就拨打梅怡的电话，可是梅怡就是不接听。汪弘毅决定在等待文件的这半个小时再试试。

汪弘毅再次拨打了梅怡的电话，这次终于接通了。"有事吗？"没等汪弘毅说话，梅怡一提起电话就没好气地问。汪弘毅快速想了下措辞，说："凌薇说想去美国参加夏令营，你不同意，让我跟你打电话商量一下。"梅怡问："就为这事儿？"

梅怡的话犹如寒冰，汪弘毅竟然一时语塞，左手摩挲了一下额头，说："我已经答应了凌薇，来跟你商量，我不能失信于女儿。""呵呵！"梅怡突然冷笑了一声，说，"真是太阳从西边出来了，这个时候你才担心失信于女儿，早干吗去了？还有没有别的事，我还忙着呢。"汪弘毅觉得梅怡有点不可理喻，说："梅怡，我们汪家是对不起你，但是凌薇永远都是我们的女儿，你不能将我们之间的恩怨让凌薇来背负吧。"

"你还知道凌薇是你的女儿？当初你妈躺在床上是怎么说的？"梅怡一提起汪家就来气，说，"就因为我不给你们汪家生儿子，你妈逼着你跟我离婚，还让我带走凌薇，说你们汪家不养我的女儿，你们汪家那个时候有没有想过凌薇也是你的女儿？你在离婚协议上签字的时候，有没有想过凌薇的感受？"汪弘毅岔开话题，说："如果你因为担心她的安全不同意凌薇去美国参加夏令营，那我陪她去美国。"

梅怡冷冷地说："不可能，只要我活着，就不会让你带着我的女儿出去。"汪弘毅正要说话，隐约听到梅怡旁边有人说话，好像是催梅怡开会，说竹总已经到了会议室，梅怡挂断了电话。汪弘毅闭着眼睛靠在椅子上，远东证券什么时候有一个姓竹的高管？听得出，姓竹的高管职位比梅怡还要高，难道远东证券的总裁沈浩明被免职了？

汪弘毅决定给沈浩明打个电话。电话响了三声接通了，汪弘毅很客套地问："沈总，最近一切都挺好吧？"沈浩明苦笑一声，说："感谢汪总惦记，这不，证监会将我们的乌龙指对冲交易定性为内幕交易，从我到交易部的欧阳剑波被一撸到底。"汪弘毅听了心里咯噔一下，依旧客套地说："沈总，如果有兴趣，欢迎加盟我们盘古，那将是我们的荣幸。"

沈浩明跟汪弘毅认识3年了。当时，汪弘毅提出盘古想搞管理层资产管理持股计划，沈浩明亲自带队策划了盘古管理层资产管理持股计划，成为中国A股上市公司管理层资产管理持股计划的典范，很多上市公司纷纷效仿。按照沈浩明的设计，盘古管理层通过分红获得原始资金，证券公司根据分红资金配置数倍的资金，联合成立资产管理计划，再买入盘古股票，只要3年时间，管理层的持股比例就可以超过远大集团，成为第一大股东。

汪弘毅的邀请令沈浩明颇为感动，说："谢谢汪总好意，这些年太累了，都没有陪过老婆孩子，我想先休息一阵子，陪陪家人。上天有好生之德，失去的往往会在未来更多地还回来。"突然被撸掉，沈浩明还是颇为失意，作为中国第一大投行的总裁，沈浩明非常清楚汪弘毅的邀请只是客套，说："你们盘古是A股的标杆企业，管理团队已经是国内最职业、最优秀的一个组合，我除了金融,别的啥都不会,我去了做不了什么贡献,还可能搞砸事。"

难道接替沈浩明总裁职位的是姓竹的高管?汪弘毅一边跟沈浩明通电话,一边琢磨姓竹的到底是谁,应付说:"沈总谦虚了,无论走到哪里,我们的合作都不会改变。"沈浩明听出了汪弘毅的弦外之音,说:"如果休息好了再次出山,一定会再次跟汪总合作。"沈浩明顿了顿,说:"对了,汪总,盘古跟远东证券的合作你们放心,远东集团副总裁竹聿名已经接替我出任远东证券总裁,在办理交接的时候我已经特地交代,盘古在乌龙指当晚就对远东证券提供了援助,竹总当即就许诺一定要推动两家进一步深入合作。"

远东证券新任总裁竹聿名在英国剑桥毕业后,进入华尔街的国际投行工作了10年,远东集团专门将其挖回来。竹聿名在远东集团是个异类,他一直瞧不起土财主一样的金融业,只要有个牌照,这帮人什么钱都想赚,整天喊着要冲进华尔街,心比天高,命如纸薄,永远生活在口号跟梦境之中,搞得中国出不了一家国际级金融机构,窝里是一条龙,外面就变成虫。

挂断沈浩明的电话,汪弘毅立即给杨子欣打电话:"子欣,远东集团的副总裁竹聿名接任沈浩明,出任了远东证券总裁,你把竹聿名的资料整理一份给我。"邵南子刚刚打电话说自己辞职了,想邀请杨子欣喝咖啡,放松一下心情。杨子欣拒绝了邵南子的邀请,电话刚一挂断,汪弘毅的电话就来了,没想到他一开口没有一句问候,上来就让自己跑腿儿。杨子欣噘着嘴说:"你是不是觉得我是你的使唤丫鬟?"

汪弘毅一愣,问:"又怎么啦?"

"离开上海后,你说说你打过几个电话,哪一个电话不是工作、工作、工作?"杨子欣很委屈地说,"你说你爱我,你爱我什么?身体?还是像丫鬟一样听你使唤?"汪弘毅咬了咬牙,岔开话题,说:"现在是敏感时期,我需要弄清楚这个竹聿名的路数。"杨子欣突然很平静地问:"汪弘毅,汪总,你告诉我,你现在以什么身份跟我通电话?"每次杨子欣跟自己掰扯这个问题的时候,汪弘毅都头大,说:"咱们可以不在电话里闹吗?"

杨子欣脱口而出,说:"好啊,那就公开我们的关系。"

汪弘毅一赌气,说:"可以,你继续留在肖天身边,我马上就写辞职报告。"

"你辞职？"杨子欣之前从没有听到汪弘毅回答得如此爽快，有点发蒙，问，"你真的愿意放弃你辛辛苦苦打下的江山？"

杨子欣知道，乔志远曾经定下铁律，盘古的管理层不能跟女同事谈恋爱，如果汪弘毅公开跟自己的关系，即使汪弘毅不主动辞职，也只有被公司开除一条路。杨子欣显然不能看着汪弘毅将殚精竭虑打下来的江山拱手相让，可她也忍不下这口气，于是气急败坏地说："你是不是个爷们儿？这都什么年代了，难道你一辈子都要活在乔志远的天条里？"

杨子欣的发作刺痛了汪弘毅内心深处最敏感的那根神经。汪弘毅压住了心底的那一丝怒火，男人在心爱的女人面前发火是最无能的表现。汪弘毅平静地说："规则是用来约束权力的，也是用来成就未来的。如果一个人连规则都难以忍受，是不可能掌握制定规则的权力的。"杨子欣被汪弘毅的话给绕迷糊了，问："我就想问你一句，你什么时候娶我？"

汪弘毅无奈地说："你知道现在多少双眼睛盯着我？甚至有人怀疑，那天乔总请到会议室的那个小孩儿跟我有关系。"杨子欣已经听说杨鸣鹤进入盘古管理层会议室，一番话让管理层的老爷们儿无言以对的事情，很敏感地问："听说月半湾小区有个小孩儿在手绘活动中跟你唱反调，乔志远请的是那个小孩儿？"汪弘毅提起那个小家伙就哭笑不得，说："不是他还有谁？住在我楼下，叫杨鸣鹤。"

"听说你很喜欢他啊。"杨子欣故意刺激汪弘毅，问，"你们到底什么关系？"

汪弘毅家族重男轻女在整个盘古都不是秘密，杨子欣很清楚汪弘毅离婚的原因。汪弘毅听得出杨子欣就是故意想气自己，冷冷地说："我跟那小子没关系，听说那小子没爹，也从来没见过他妈，现在公司有人怀疑那是我的私生子，纯粹是无稽之谈。"杨子欣进一步激将汪弘毅，说："听说那小子在公司把你们都撂在会议室了，人家没爹，你不是喜欢儿子吗，那么聪明的小家伙，你就收养成你儿子，堵住那些传闲话人的嘴。"

"我有毛病啊，替别人养儿子！"听杨子欣这么揶揄自己，汪弘毅脱口而出，母亲和梅怡，一个带着遗憾离开了人世，一个带着恨离开了自己，儿子问题真是一个令汪弘毅锥心痛的问题。杨子欣很少听汪弘毅在自己面前这么说话，看样子真是被刺痛了，想笑，又忍住了，说："你妈不是一直想让你生个儿子吗？生儿子有什么难的，你娶我，我给你生啊。"

汪弘毅不想跟杨子欣没完没了地争论结婚、生儿子的问题，说："对了，堂石房地产的周晓萌最近有什么信息？"

杨子欣心情很不好，每次一问到结婚的事，汪弘毅总是用工作转移话题。杨子欣经常半夜一个人走到窗前，遥望汪弘毅的方向，无数次幻想汪弘毅能够突然出现在自己面前，等来的却只有汪弘毅分派的各种工作。现在汪弘毅跟肖天是接班人竞争对手，任何一方出现差池，都会在这场没有硝烟的竞争中出局。汪弘毅这一次抓住周晓萌不放，难道周晓萌跟肖天有私情？在杨子欣的意识里，汪弘毅每次判断都没有出过差错。

肖天是有妻儿的人，难道真的难过美人关？大学期间，男朋友的不辞而别令杨子欣不再完全信任男人，直到遇到汪弘毅。杨子欣不想在关键时刻给汪弘毅添乱，说："周晓萌这阵子一直没有任何动静。对了，我查询了会议室的可视电话通信记录，就在你来上海的当天晚上，有一场跟成都、杭州两大区域开的会议，时长45分钟，当时除了肖总，没有任何人在场。"

乔志远邀请杨鸣鹤到盘古那一天晚上，就有人给汪弘毅信息，说在琵琶岛的夜间游轮上看到肖天、王刚、刘世雄三人在喝酒。汪弘毅从上海回来后，关于杨鸣鹤是自己私生子的小道消息就开始流传。他们三人说什么已经不重要了，汪弘毅已经将轮岗的大刀片子递给肖天，轮值CEO主持既定的区域、业务部门负责人轮岗天经地义。乔志远已经在大会上下达了死命令，肖天在他的两个盟友兄弟王刚、刘世雄面前已经没有退路了。

汪弘毅没有接杨子欣的话茬儿，倒是从她说的话联想到，各分公司、区域总部犹如一个个独立王国，很容易形成藩镇割据的局面。想起王欣刚才那一堆糟糕的数据，汪弘毅有了一个新的整肃计划，问："子欣，你不是在远东证券有一个IT朋友吗？现在远东证券的高频交易业务暂停了，金融科技工程师变成了网络维修工，实在是埋没人才，现在我们盘古造房子也要互联网技术赋能啊,将能够开发交易系统的 IT 人才挖到我们盘古来。"

刚挂断杨子欣的电话,王欣就敲门进来,汇报说:"汪总,技术部已经将数据进行了整理。"

汪弘毅看了看表,刚好 30 分钟。他示意王欣在自己对面坐下,按下了可视系统,屏幕上立即呈现出机构、个人两张表。汪弘毅在脑子里快速地测算,机构中 80% 是基金,10% 是信托私募,还有 10% 为社会公司,除了远东保险和龙腾集团,其他机构合计持有盘古 20% 以上的筹码。散户持有的筹码占 14%。持股时间最长的是一个叫东方亮的股民,持有盘古股票 224 万股。汪弘毅指着东方亮的名字问:"有这个人更详细的资料吗?"

王欣快速地滑动了一下可视系统的界面,屏幕上立即弹出了东方亮的所有资料。汪弘毅盯着东方亮的资料,说:"他是个开会所的?"王欣点点头说:"紫宸会在北京西山,是达官贵人、富商巨贾们喜欢去的地方。"汪弘毅皱了一下眉头,说:"是个江湖人?"王欣再次滑动了界面,说:"这个东方亮曾经是个孤儿,被北京的一位艺术家收养,自幼受到艺术熏陶,紫宸会装修得很有品位,没有那种江湖俗气。"

汪弘毅看了看紫宸会的图片,问:"这个东方亮持有我们盘古股票十多年了,怎么我对他没有一点印象呢?"王欣调出了东方亮参加历次股东大会的登记资料,说:"他每年都会参加我们的股东大会,我还特意调取了股东大会的影视资料。"王欣指着几张截图,以及新闻报纸的扫描件,说:"这个人十多年来股票账户里只有一只股票,那就是我们盘古,不过从我们的会议纪要看,此人从未在股东大会上提问,也没有跟管理层有过交流,被媒体誉为盘古洞螈。"

"盘古洞螈?"汪弘毅问,"什么意思?"

王欣滑过一个界面,一个龙形的物种盘踞在寒石之上,呈啸吟之状。汪弘毅撇着嘴问:"这个世界上有这种生物?"王欣解释说:"这是一种生活在阿尔卑斯山脉石灰岩溶洞地下水脉中的两栖类动物,终年不见阳光,是世界上唯一的洞穴居住的盲目脊柱类动物,中国昆仑山脉的古洞穴中出现过这种看上去像龙形的物种。"王欣指着报纸说:"记者们将东方亮比喻为洞螈,是因为洞螈可以在洞穴里长达 10 年不吃不喝,东方亮低调持有盘古股票,跟洞螈一样。"

汪弘毅对这个东方亮兴趣倍增，持有盘古股票10年意味着汪弘毅没有当盘古总裁之前，他就已经买入了盘古股票，这十多年一直见证着盘古的发展。汪弘毅的手指在桌子上轻轻地有节奏地敲击起来，王欣看到汪弘毅这个动作，就知道汪弘毅肯定对这个东方亮感兴趣了，试探着问："汪总是不是想见见这个忠诚度极高的投资者？他在盘古的散户中有很高的影响力。"汪弘毅挥了挥手，说："你把他的电话给我，我亲自给他打电话。"

王欣曾经是汪弘毅做董秘时候的助理，一步步从证券事务代表，做到了盘古董事会秘书，对盘古管理层的个性、习惯了如指掌。汪弘毅深沉内敛，彬彬有礼，身材凛凛，如雕刻般的五官极致俊美，是盘古女性心目中的白马王子。乔志远从来不主动跟股东、董事们沟通，甚至电话都极少打，而汪弘毅会在节假日给重要的股东打电话问候，每次董事会前，会跟董事们以电话或者其他方式进行沟通，深得股东、董事们的信任。

汪弘毅拨打了东方亮的电话，但电话被掐断了。坐在对面的王欣有点尴尬，说："会不会是股东会登记的电话变了？"汪弘毅自嘲说："现在骗子电话多，前一阵子警察不是抓了几十人，都是我们南海市的嘛，人家一看我这个电话是南海市的，第一反应肯定是骗子电话。"汪弘毅再次拨打了过去，王欣在一边嘀咕："人家都把你当骗子了，再换个电话吧。"汪弘毅摆了摆手，说："骗子不会在一分钟之内连续拨打两次。"

电话还在"嘟嘟"地响。汪弘毅说："骗子们现在都不是直接用手机拨打电话了，他们有一个网络，大量的电话分散在这个网络里，第二次拨打电话时，网络分配到同一个电话号码的概率非常小，除非第一次被呼叫的人已经上钩了。"汪弘毅嘴角上翘，难得地微微一笑，说："当被呼叫人看到同一个陌生电话呼叫了两次，绝大多数人都不会认为骗子那么傻。"王欣哈哈地笑起来，说："这是个心理漏洞啊，骗子们为啥不反其道而行之呢？"

汪弘毅突然示意王欣别出声，东方亮接电话了，但没出声。汪弘毅用富有磁性的声音主动问候道："是东方先生吗？我是盘古总裁汪弘毅。"东方亮呵呵一声冷笑，说："你咋不说你是玉皇大帝呢？"汪弘毅一听，东方亮显然不相信自己，以为接到诈骗电话了，索性跟东方亮开个小玩笑，说："他没有电话。"

东方亮来了一句:"这年月行骗还要来个冷笑话,你们也真够辛苦的,别扯了,你就说你是我老领导呢?还是老朋友呢?"东方亮显然已经认定汪弘毅的电话就是一个诈骗电话,汪弘毅说:"你确实是我们的老朋友,你在 2002 年 3 月 6 日买入我们盘古 80 万股股票,那天是惊蛰,也是你的生日,通过送股,今天你账户里的股票已经到 224 万股了。"

东方亮一听愣住了,迟疑了几秒,哼了一声:"行骗的也越来越专业了,把我的股票账户都摸得门儿清。来,跟爷说说,你还知道什么?"听着东方亮的一口北京腔,汪弘毅一点都不生气,继续说:"东方先生从 2002 年开始,每年都会到南海市参加股东大会,2003 年 SARS 那么严重,都没有缺席。"王欣在旁边很惊讶,东方亮出言不逊,但汪弘毅的脸上一直保持着微笑。汪弘毅非常肯定地说:"每次东方先生参加股东大会,都会固定坐在第二排第一大股东远东集团代表的身后。"

电话那头不出声了。汪弘毅的话也彻底把王欣镇住了,东方亮参加股东大会座位的细节,王欣在整理数据资料的过程中都没有发现,汪弘毅通过几张图片,居然能够发现如此细微的规律。停了半天东方亮问了一句:"你真是盘古总裁汪弘毅?"汪弘毅解释说:"非常抱歉,现在骗子确实太多,给您打电话是我冒昧了,您持有我们盘古的股票十多年,我们一直没有去拜访,是我们工作失职。"东方亮的声音明显有点激动,说:"你们是我最信任的团队,能跟汪总交流是我的荣幸。"

雨淅淅沥沥地下个不停,出租车停在紫宸会门口,东方亮早已在那等候。

东方亮将汪弘毅引入紫宸会,徽派建筑风格秉承了九重至极的古韵之风,现代工艺重塑考究的盛世古典艺术,紫宸会简直就是一座宴饮笙歌和文化艺术的圣殿。万佛镜、九重天大戏楼、光明顶,一一呈现在汪弘毅的眼前,令他震撼至极。东方亮在旁边介绍,而汪弘毅的脑子里在不断地琢磨,一个文艺范的商人居然能持股超过 10 年,到底是因为艺术的定心?还是盘古的魅力?

汪弘毅随着东方亮进入光明顶包房,无论是东方亮,还是汪弘毅都不知道,一个月前,就是在这个房间,乔志远跟黄天沙进行了一场秘密会晤。东方亮走到窗前介绍说:"这个包间是紫宸会的天子房,大戏台上的生旦净末丑,万佛镜中的万千圣灵,在这里都一览无余。"汪弘毅临窗而望,上接天庭,下观众生,真是天人合一的人间圣境。

东方亮端上两杯青梅酒,说:"汪总品尝品尝,这是我们紫宸会秘制的'梅竹饮'。青梅是紫宸会在东南沿海的一座私家岛屿上种植的,入酒的每一颗青梅必须饱满多肉、重量一样。"东方亮斟上酒,犹如捧着宝玉一般捧着酒器。汪弘毅甚为好奇,青梅酒怎么用一个鸟形的彩色酒器呢?东方亮立即解释说:"我们紫宸会招待贵客才用这鸟形杯,这两只杯子是在明朝初年,女土司商胜援助明朝大将军蓝玉、沐英攻取云南后,朱元璋赏赐给她的一对酒器。"

"'梅竹饮'跟别的青梅酒不一样,别的都是在玻璃容器或者酒坛子里泡制,而紫宸会的青梅酒是在竹筒里泡制,竹筒是专门从大别山北麓鄂豫皖三省交界的原始丛林中,选取竹龄5年以上的竹子制造的,这样泡制出来的'梅竹饮'融合了竹子、梅子的清香。"东方亮举起酒杯,说:"鸟形杯的底部有一个竹管,酒是通过杯子底部注入的,饮用的时候从背部的竹管吸饮。"身为盘古总裁的汪弘毅没想到一杯酒竟有着如此学问,一个酒杯竟如此巧夺天工、匠心独运,品尝一口"梅竹饮",深感其身为人间至品、酒中佳酿。

汪弘毅品了品,放下酒杯,说:"能在北京繁花之都,觅得一处人间至境,让文化穿越千年,用艺术复兴盛世,我们盘古能有如此高雅的投资人,是我们的荣幸。"东方亮从汪弘毅走进紫宸会那一刻,内心一直在澎湃起伏,全国最大的房地产公司总裁,因为224万股的股票亲临紫宸会,和自己把盏言欢,是何等的荣幸?东方亮再次端起酒杯,说:"汪总过誉了,没有你们兢兢业业地做好上市公司,哪有我们偏安一隅的田园牧歌。"

参天丛林,围炉而饮,紫宸会跟士大夫的古韵相得益彰。汪弘毅直言不讳地说:"东方,盘古能有今天,离不开股东们的支持,现在盘古正在推行改革,自然希望得到股东们一如既往的支持。"东方亮端起酒杯,说:"能在此跟汪总共饮是我的荣幸,无论盘古选择怎样的改革路径,我相信只会越来越好,我们岂有不支持的道理。"汪弘毅毫不讳言地说:"现在黄天沙不断买入盘古股权,已有要夺取控制权的趋势,一旦黄天沙操控了董事会,我们管理层的改革

第七章

拒绝令

计划将付诸东流。"

"汪总放心,我们小股东永远都会站在你们一边。"东方亮的语气非常坚定,突然又若有所思地说:"十多天前,乔总一个人到我们紫宸会看戏,看上去他的心情不是太好,是不是黄天沙给闹的?"东方亮的话令汪弘毅很诧异,乔志远十多天前到北京是来见黄国胜,怎么可能一个人到紫宸会来听戏,会不会是东方亮记错了?汪弘毅试探性地问:"你说的乔总是我们董事长乔志远?"

东方亮点点头,说:"是盘古乔志远董事长,那天,乔总坐在台下看桂玉梅唱《春闺梦》,戏刚进入高潮部分,突然嫂夫人就闯进来大闹一场。"汪弘毅平时在陌生人面前表情极少有变化,当听到东方亮说嫂夫人闹戏场,还是愣了一下。尽管汪弘毅那一愣瞬间就消失了,但阅人无数的东方亮还是将汪弘毅的表情变化尽收眼底。汪弘毅盯着东方亮问:"乔总已经离婚两年,怎么会有嫂夫人来闹戏场?"

汪弘毅端起酒杯,轻轻地抿了一口。东方亮回忆说:"那天闹得很大,我们紫宸会开张以来,那是唯一一次因为客人吵架导致青衣提前退场。"汪弘毅皱着眉头问:"为什么吵架?"东方亮说:"当时乔总在下面听戏,嫂夫人上来直接就掀翻了乔总的茶碗,其实乔总跟我们的青衣根本就不认识,后来我送乔总出门,嫂夫人跟着乔总上了同一辆出租车。"汪弘毅一听明白了,应该是张青桐误将紫宸会的青衣当成了乔志远的新欢。

汪弘毅在进入紫宸会,路过大戏台时,看到了青衣桂玉梅的介绍。汪弘毅漫不经心地问:"你们有几个唱青衣的?"东方亮指着楼下正在演唱的桂玉梅介绍说:"只有一位,就是楼下正在唱《鸳鸯冢》的那位。"桂玉梅在戏台上舞步轻慢,水袖飘飘。东方亮脸上有几分无奈,说:"人间尤物是青衣,玉梅最大的愿望就是能够在鸟巢演一出《春闺梦》。"

汪弘毅点点头,说:"那将是一大盛况。"

东方亮两手一摊,说:"紫宸会的股东们拒绝在鸟巢上演《春闺梦》。"

汪弘毅意味深长地说:"只要是喜欢青衣的人,谁会拒绝成全这样的梦想?"

推开窗户，远处朱门绿瓦，古意盎然。黄天沙第一次到香港凤凰山，没想到孤悬海上的大屿山中竟然有群山环抱的平原，峰峦叠嶂，古树参天。皮特的家在凤凰山的半山腰，简直就是人间仙境。皮特递给黄天沙一杯卡布奇诺，指着远处介绍说："这是大屿山最大的平原昂坪，对面的寺庙是香港最大的寺庙宝莲寺。"

香港回归之前，皮特就安居在大屿山，对整个大屿山可谓如数家珍。皮特周末喜欢到对面的宝莲寺散步。宝莲寺在凤凰山和弥勒山之间，左有木鱼峰，右有莲花山，林丛小径处，禅寺正巍峨。皮特指着木鱼峰顶上的佛铜像，说："那是全球最大的释迦牟尼铜像，是由中国航天科技部设计和制作的。"皮特见黄天沙撇着嘴，将信将疑，接着说："不要觉得这是迷信，这佛像在设计和建造上集古老文化和现代艺术为一体，融传统的工艺和尖端科技为一炉。"

皮特的介绍玄而又玄，黄天沙忍不住问："皮特，你们倒腾古玩的是不是都上知天文，下知地理，前知五百年，后知五百载，能把没有的说成有的？"皮特耸耸肩，指着大佛说："你听，是不是有钟声？大佛底座下面有一口大钟，上面雕刻着佛像经文，敲钟的可不是和尚哟。"黄天沙呵呵一笑，问："难不成钟自己敲？"皮特点点头，说："你说对了，大钟由电脑程序控制，每7分钟敲打一次，一天会敲108次，听说可以让人解除108种烦恼。"

冈峦起伏，梵音悠远。黄天沙看了看盘古的K线图，皮特突然很认真地看着黄天沙，说："黄老板，我不是倒腾古董的，我是个Banker，Banker。"皮特把银行家用英语重复说了两次，看黄天沙撇着嘴，接着说："古董只是个人爱好，你们中国有一句话叫随缘，遇到不错的，我顺手做个中间商。"在黄天沙登岛之前，在欧洲工作数年的王曦若就将皮特供职的曼陀银行对他进行了详细介绍，看皮特那么在意他的银行家身份，黄天沙心里踏实多了。

黄天沙开门见山，说："皮特，我今天来就是来敲定摄政王珠的。"

皮特掏出手机，在相册里不停地滑动，一边滑动一边示意给黄天沙看，很得意地说："黄老板，你看，毛里塔尼亚的酋长老婆是从来不见陌生男人的，为了这颗摄政王珠，能让我搂着照相，很有诚意的。"皮特说着，放下手机，端起咖啡，冲着黄天沙做出一个举杯的姿势，说："你知道我是个生意人，从美丽的欧洲来到遥远的东方，抛家舍业的，容易吗？黄老板，做生意要看性价比，你的出价跟酋长相比，没有任何优势啊。"

黄天沙微笑着问："你是想要400元？还是想要400万、4000万，或者4亿？"

皮特愣住了，很是诧异地看着黄天沙。他从黄天沙的眼神中看得出，黄天沙不喜欢自己张口黄老板，闭口黄老板。黄天沙的龙腾集团举牌盘古后，记者们恨不得掘地三尺挖出黄天沙的所有信息，舆论中黄天沙就是一个菜贩子出身的暴发户。老板在四川话里就是路边那种开小馆子的个体户，经常喜欢乱花钱的小暴发户。皮特才不管他是大老板还是小老板，自己叫着舒服就行，不过听黄天沙的口气似有大买卖，立即和颜悦色地说："当然是4亿啦。"

黄天沙脸色一沉，毫无商量余地地说："如果你坚持不少那400元人民币，要把摄政王珠卖给那个毛里塔尼亚酋长，别说4亿，4分的机会都没有了。"皮特咬咬牙，真想啐黄天沙一脸口水。皮特想不明白，一个掏出几十亿举牌中国最大房地产上市公司的大老板，舍得花200万英镑购买摄政王珠，磨磨唧唧两个月，就是不出那400元人民币，黄天沙的脑子是不是坏掉了？

皮特很想知道黄天沙的大生意到底是指什么，问："400元天平的另一端是什么？"

"曼陀银行进入大中华区多长时间了？"黄天沙很轻蔑地问皮特。曼陀银行是欧洲中世纪一位意大利领主创立的世界上最古老的银行。两年前，皮特由曼陀银行中国区董事总经理，晋升为大中华区首席执行官。可是曼陀银行除了在北京和上海设了两个代表处，业务一直遭遇以摩根、高盛、瑞士银行为首的国际大行围猎。皮特非常尴尬地说："30年了。"

黄天沙站起来走到窗前，指着林丛中的宝莲寺，说："刚才我的秘书给了我一份资料，在1906年宝莲寺叫大茅蓬，当年江苏金山寺的三个和尚来扩建，30年后的1935年，宝莲寺就建成了现在的规模，每年正月举行禅七法会，成为香港第一大佛教圣地。"皮特一脸惊讶，短短几分钟之内，黄天沙就对宝林寺了如指掌，看来黄天沙绝非乔志远说的只是一个菜贩子暴发户。黄天沙转过身，面对皮特，说："你们没有执行力的根基。"

皮特在香港金融圈是出了名的傲慢之徒，经常标榜曼陀银行是千年不衰的传奇。黄天沙已经给皮特留面子了，他没有说皮特这个大中华区首席执行官执行力差，而是说曼陀银行没有执行力的根基。皮特伸出右手，做出一个向黄天沙请教的手势，说："此话怎讲？"黄天沙问："现在有多少中国人知道曼陀银行？"

黄天沙的问题令皮特愕然，至少自己坐上大中华区首席执行官以来，还没有人问过这样的问题。皮特一时语塞。黄天沙内心有点鄙夷这个家伙，典型的撒克逊人种，肤色苍白，身材魁梧，遇到答不上来的问题，脖子会因为血涌而爆红。黄天沙在皮特对面的沙发上坐下来，跷起二郎腿，说："亲爱的Banker，你走在大街上进行随机民意调研，对一个企业的品牌，如果了解的人不到20%，对不起，你还需要努力。"

皮特撇着嘴说："这跟摄政王珠要不要便宜400元有什么关系？"

黄天沙将咖啡杯摆在桌子上，给皮特进行沙盘推演，说："你是曼陀银行大中华区首席执行官，如果你能迅速提升曼陀银行品牌在中国的知名度，大街上20%的人都知道你们曼陀银行，那么曼陀银行是不是可以在跟华尔街那一帮人的竞争中脱颖而出？你是不是可以借此由Banker变成Famous Banker，到时候你有做不完的业务，你想想，到时候你的薪酬会提高多少？"

整个屋子里的空气已经被黄天沙点燃，皮特想知道怎样才能让曼陀银行在中国一夜之间红遍大江南北，迫不及待地问："黄老板，怎么才能提升曼陀银行的品牌知名度？"黄天沙趁热打铁，说："我的龙腾集团正在举牌全国最大的房地产上市公司盘古，接下来我有一系列的动作，只要曼陀银行跟着我行动，别说大街上20%的中国老百姓，到时候曼陀银行在中国就是家喻户晓了。"

皮特的眼珠子在眼眶里滴溜溜地转，现在龙腾集团举牌盘古已经成了中国舆论界最关注的一个话题，任何一个跟黄天沙相关的个人和机构，都会被新闻关注。如果曼陀银行在香港H股跟黄天沙建立联盟，那么曼陀银行一夜之间就会在中国家喻户晓。皮特还是很纳闷地问："你的条件就是要摄政王珠在200万英镑的基础上少400元人民币？"黄天沙点了点头，说："是的。"

"真是一个令人热血沸腾的交易。"皮特喝了一口咖啡，突然面露难色地说，"黄老板，我们曼陀银行在欧洲最大的竞争者是滚石银行，而滚石银行持有盘古大量股票。现在舆论都在指责你是闯入盘古的野蛮人，一旦滚石银行站到盘古管理层一边，我们曼陀银行站到龙腾集团一边的话，滚石会在欧洲攻击我们，说我们在中国协助野蛮人，欧洲那些满嘴正义的家伙就会离我们而去，我们的大本营会遭遇重创。不过，你的建议很有吸引力，容我考虑一下。"

第八章
阻击战

汪弘毅将股权变动数据递给乔志远。

会议室的空气犹如凝固一般。汪弘毅盯着乔志远的脸，黯然无语。乔志远看着龙腾集团不断提升的股权比例数据，右手习惯性地在桌子上轻轻地敲了敲，冷冷地挤出一句话，说："看来黄天沙是吃定我们了。"

汪弘毅很有信心地说："目前龙腾集团的股权比例比远大集团低两个百分点，就算远大集团临时难以从中华啤酒的股权回购案中抽身，黄天沙也同样没有机会获得我们的控制权。"汪弘毅指着数据中的远东保险说："我到上海跟远东保险的董事长谢晓辉面谈过，他们持有的股权比例快到5%的举牌线了，他承诺在必要的时候会支持我们管理层。"

乔志远两眼直视着汪弘毅，问："什么叫必要的时候？"

汪弘毅解释说："就是黄天沙一旦以控制权跟我们摊牌，提出改选董事会时。"

乔志远突然从座位上站起来，说："那个时候就太晚了。"

"除了远东保险，我们正在联合一切可能站到我们管理层一边的力量，北

第八章

阻击战

京、上海、香港，都有盘古价值观的认同者。"汪弘毅将一份材料递给乔志远，继续说，"现在黄天沙步步紧逼，后续发展存在很多的变数，我们制订了三个策略进行层层防御。"

乔志远伸手示意汪弘毅："说说。"

汪弘毅按了一下桌子上的可视按钮，墙面上立即出现了防御示意图。"控股权不是一两方的利益争夺，现在已经不能采取所谓的不战而屈人之兵的策略，但也不能血战到底。"汪弘毅用投影笔指着示意图说，"在远大集团不能增持的情况下，我们的上策是寻求白衣骑士，宁给友邦，不予外贼。我们通过向白衣骑士定向增发股份的方式，借助第三方抵御龙腾集团，更重要的是可以稀释龙腾集团的持股比例。"

乔志远一脸淡然，问："中策呢？"

在北京跟黄国胜见面之后，乔志远又见了几位大佬，他们都选择作壁上观。汪弘毅听得出乔志远心里对能否找到白衣骑士没底，说："世界上没有免费的午餐，自然也没有无私奉献的白衣骑士，天下熙熙皆为利来。白衣骑士如果不能与我们同心同德，最后很容易变成引狼入室。所谓中策，同样不能以血流成河为代价。能用钱解决的问题，都不是问题，所以我们中策是实施回购计划，减少龙腾集团在二级市场收集的筹码数量，提升远大集团以及管理层的持股比例。"

乔志远点点头，问："下策呢？"

汪弘毅终于看到乔志远脸上有一丝的变化，说："上兵伐谋，其下攻城。攻城之法往往是不得已的下策。我们的下策是毒丸计划。向持股 12 个月以上的老股东发行低于市价的优先股，同样可以稀释龙腾集团的持股比例。黄天沙不是盯上了我们账面现金吗？我们也可实施焦土计划，收购一桩远大集团曾经出售过的资产，消耗我们账面上的现金，让黄天沙失去对我们的兴趣，也给远大集团敲响警钟。"

乔志远一直默默地倾听，汪弘毅接着说："下策都是伤敌一千自损八百的招数，如果真到了那一步，我们还可以实施降落伞计划和驱鲨计划，降落伞计划主要是提升管理层和员工的离职赔偿金，让黄天沙买得起盘古股权，却高攀不起我们的团队和员工。驱鲨计划重点在防止董事会被清洗，增加黄天沙对盘古控制权的难度，对提名董事设置前置条件。"

乔志远突然插话说："凡是有悖盘古精神的，都不能用，否则，我们跟黄天沙有啥区别？"

一将功成万骨枯，乔志远不喜欢自损八百也要伤敌一千的血腥，商场里凡是你死我活的争斗，最终都会两败俱伤。汪弘毅指着下策，很从容地说："现在远大集团忙于收回中华啤酒股权，拿不出钱来增持我们的股权，那么我们可以选择不需要现金交易的策略驱赶黄天沙。我们实施焦土计划也不是采取自杀式的流血对抗，我们已经有潜在的标的，这个标的虽然是远大集团曾经抛售的，但现在经过两年的运营，已经是一块非常有价值的资产。"

乔志远点了点头，问："如果我们选择上策，怎么保证我们不是引狼入室？"

没有尝到权力的滋味之前，翩翩而来的白衣骑士是人们心中的王子。当白衣骑士拥有了上市公司的控股权，成了公司的主宰，拥有了无上决策的权力，可以操控财务、信息，令股价随着自己的意愿涨跌时，他们可能就不再愿意受邀请他们进来的管理层、股东们的约束，他们想证明控股权的力量，证明的过程就是一个超越现实规则的过程。白衣骑士权力异化的过程，就是上市公司自食引狼入室恶果的开始。

汪弘毅内心深处比乔志远更担心引狼入室，坐了10年的太子之位，现在在轮值CEO制度中提心吊胆，一旦白衣骑士摇身一变成为饿狼，自己就真的鸡飞蛋打。汪弘毅接过乔志远的话，说："现在最好的结果是远大集团能出面，所以我们应该继续跟远大集团探讨增持问题以及更多防御措施。"乔志远撇着嘴，颇为不满意地问："远大除了增持，还有什么防御措施？"汪弘毅滑动了一下界面，说："远大地产跟盘古合并，不需要远大出一分钱，只需换股，就可以提高远大集团持有盘古的股权比例。"

乔志远没说话，汪弘毅接着说："如果远大集团放弃，既不增持，也不合并，我们选择引入白衣骑士的话，可以先在香港H股发行20%的股票，以规模小、可控的轻型白衣骑士来对抗黄天沙。前提是，我们要获得远大集团对我们引入的白衣骑士的认可。"乔志远打断了汪弘毅的话，说："只

第八章

阻击战

要不触及我们盘古的底线，不是引狼入室，所有的策略都可以作为我们的选项。"

关掉了可视系统，汪弘毅将面前的几份财经报纸递给乔志远，说："黄天沙闯进来，我们内部可能有人在给他开门。连续几天，报纸上都在报道我们拒绝黄天沙进入盘古的消息，内部讲话一字不漏地出现在报纸上，我们的管理层在新闻上被写得傲慢无比。"见乔志远一脸不屑，汪弘毅有些担心地说，"我倒是不担心黄天沙被激怒，而是感觉我们公司有内鬼，现在我们跟黄天沙的仗还没有开始打，就有人投降，用我们的信息来抹黑我们的团队。信息是制胜的关键，我们绝不能容忍那些吃里爬外的东西在盘古混下去。"

乔志远咬咬牙说："那就把这个内鬼揪出来。"

"鬼不可怕，可怕的是鬼背后的人，心中有鬼的人，最喜欢的就是让人心不得安宁。"汪弘毅从看到报道的第一天起就怀疑有内鬼，一直在暗中排查，只是现在还没有到把内鬼揪出来的时候，他胸有成竹地说："既然内鬼已经开始行动了，我觉得没必要马上清除他，他想玩，那我们就陪他玩个游戏，清除内鬼背后的人。"

乔志远一直冷峻的脸上突然浮现出笑容，说："现在是多事之秋，揪内鬼一定要注意方法，游戏闹大了很容易影响员工情绪。我们要搞清楚，泄露消息是因为员工对公司不满发泄私愤，还是真的投靠了黄天沙。"乔志远提醒说，"现在是信息时代，战争开始了，我们不知道对手在想什么，只是一味地防御，最终会师老兵疲。现在的商场已经不只是金钱的较量，要系统地进行回击。"

汪弘毅将一份材料递给乔志远，说："这是我们正准备打造的一个反泄密系统，以确保公司内部信息安全。"乔志远翻了翻，问："一旦上了这个系统，整个盘古所有的信息将第一时间汇集到总部，跟肖天沟通了吗？"乔志远的问题令汪弘毅左右为难，可脸上努力保持着镇静从容。汪弘毅模棱两可地说："这个系统的设计方案还在进一步优化。"

乔志远能听出汪弘毅的话外之音，管理层扩大会议结束后，轮值CEO肖天回到上海后，给乔志远打电话汇报轮岗名单的事情，乔志远只给肖天留下一句话："你看着办吧。"在汪弘毅提出防御黄天沙的策略之前，乔志远一直在等肖天的电话，防御黄天沙是头等大事，可乔志远没有等到肖天的计划。现在盘古的信息总在第一时间泄露出去，乔志远没有理由拒绝汪弘毅正在开发的反泄密系统。乔志远意味深长地说了一句："早点抓出内鬼，别让鬼坏了人的心智。"

远大集团北京总部，汪弘毅坐在乔志远对面，透过玻璃窗看着郁郁葱葱的树木。

乔志远坐在沙发上，总觉得有一双眼睛在盯着自己。对面的汪弘毅没有表情地望着远方。

黄国胜的秘书笑盈盈地给两位边倒茶边说："乔总、汪总，黄董事长正在跟外方开会，恐怕还要等等。"乔志远看了看表，汪弘毅想问问黄国胜的秘书，乔志远面无表情地摇摇头，示意汪弘毅不要开口说话。上次跟黄国胜见面之后，乔志远才从侧面打听到，黄国胜砸掉了办公室跟会客室的墙，安装了特殊的幕墙，可以在自己的座位上看清会客室的人，对会客室里的谈话也能听得一清二楚，这会客室跟犯人的审讯室别无二致。

隔壁会议室里，黄国胜神色冷峻，美国博威将之前谈好的240亿元收购价提高到260亿元，美国人态度很坚决，不能再少一分钱。中华啤酒股权的中介投行是美国的JP摩根团队，也是这一次视频电话会议的主持者，见双方谈判陷入僵局，立即站出来调停。JP摩根的代表问："美国博威的提价依据是什么？"美国博威的人很傲慢地说："我们觉得值这个钱。"

黄国胜纵横商海几十年，从来没有人在他面前如此傲慢无礼过，他铁青着脸，一直盯着美国博威CEO表情坚决的脸。JP摩根的代表试图打破谈判的僵局，但美国博威在价格上毫不妥协。黄国胜咬着后槽牙，说："240亿元的交易价格已经谈完，我们需要谈的是交割的细节。"美国博威的CEO说："必须提到260亿元，如果不修订价格，那么我们就没有谈下去的必要了。"

美国博威的CEO突然从座位上站起来，黄国胜意识到老外刚才的话是最后通牒。黄国胜昨天晚上一到北京，就有老领导提醒他，国家对民族品牌很重视，中华啤酒已经有百年历史，品牌不能丢，远大集团失去中华啤酒这个民族品牌，会被问责的。但此时他不想将这个傲慢的家伙挽留在谈判桌上，中华啤酒的决策权仍在远大集团手上，只要品牌没有流失到美国博威手上，自己岂能屈从洋人？黄国胜站起来说："那你就留下来陪太子读书吧。"

大约过了20分钟，秘书进来说："黄董事长的会已经开完了，请二位到隔壁办公室吧。"

乔志远和汪弘毅西装革履，在黄国胜对面落座，黄国胜冷冷地说："开始汇报吧。"

汪弘毅打开文件夹，汇报说："黄总，从远东证券乌龙指到现在，3个月时间不到，黄天沙增持盘古的股权已经达到14%，跟远大集团只差0.8%，根据龙腾集团提交的材料看，他们看好盘古未来的发展，不排除进一步增持股权。根据我们的了解，黄天沙正在进行大规模的融资，他们的目标是取得盘古的控制权。"

黄国胜一听就火了，问："这么大的事，怎么才汇报呢？"

乔志远听黄国胜这么问，肚子里的火也上来了，又强行将火压下去，说："黄总，龙腾集团大幅度增持，没有及时汇报确实是我们的失误。3个月前，我专门到北京跟您汇报过这事儿，当时您正在跟美国博威谈判回收中华啤酒股权的问题，您说一方面集团资源紧张，另一方面增持盘古容易落下给黄天沙抬轿子的口舌。"乔志远有礼有节，一边说一边观察黄国胜的表情变化，很显然黄国胜不想承担失去盘古控制权的责任。乔志远保持克制、谦逊，说："上一次汇报之后，中间没敢继续打扰您，现在黄天沙的增持速度太快，希望远大集团能够抵御黄天沙的野蛮人行为。"

美国博威的强硬令黄国胜如鲠在喉，没想到黄天沙已经杀到自己家门口，距离控制权只有一步之遥，难道一个菜贩子要在堂堂的中央企业口中夺食？黄国胜右手推了推滑到鼻子尖上的眼镜，说："现在远大集团可调动的头寸确实有限，收回中华啤酒控制权不仅仅是一场商业行为，更是捍卫民族品牌的政治任务。这个时候远大集团通过增持股权来抵御龙腾集团的可能性很小，你们除了让远大集团现金增持股权的方案外，就没有别的策略驱赶黄天沙吗？"

汪弘毅接过话头，说："方案是有的，同样需要您的认可。"

黄国胜靠在椅子上的身子往前倾了倾，说："什么方案？"

汪弘毅的方案就在自己的脑子里，他合上笔记本，很自信地说："现在盘古在香港的H股占总股本的比例只有11%，超过50%的筹码都在JP摩根、UBS、高盛这样的国际大行手上，我们可以在H股引入一个国际机构投资者。"汪弘毅发现黄国胜的脸上一副无动于衷的表情，继续说："增发2.6亿股，把H股占的比例提高到20%，总股本就可以稀释两个百分点，这样可以暂时缓解黄天沙争夺第一大股东之势。我们已经谈了几家潜在的国际机构，包括中东皇室基金。"

黄国胜做出一个打住的手势，直接将汪弘毅还没有说完的话给打断了，说："这个方案就不要讨论了，即便你们提交董事会，我们派出的董事也会投反对票。"黄国胜的态度很坚决，整个屋子里的空气如同凝固一般。乔志远咬着牙梆子，汪弘毅冷冷的脸上没有表情，黄国胜继续说："你们在做方案的时候，有没有考虑过老股东的利益？向中东皇室基金增发H股看上去可以第一时间缓解黄天沙的攻势，但是摊薄了我们远大的权益，势必降低盘古对远大的利润贡献度，在国资绩效考核时，我没法交差。"

汪弘毅一听就一肚子火，远大集团既不掏钱，也不同意盘古管理层提出的方案，只惦记自己怎么应对国资绩效考核。他问黄国胜："黄总，现在黄天沙都兵临城下了，远大增持盘古有难度，你说怎么办？"黄国胜看汪弘毅真有点急了，默不出声。汪弘毅颇为不满地说："我们选择在H股的定向增发股票是最快，也是最行之有效的方案，可以稀释股权保住远大第一大股东的位置，同时还因为增发股票的整体份额小不会引狼入室，怎么就不行了呢？"

火药味充满了整个房间，黄国胜从没有遇到过下属公司的管理者如此跟自己说话，可汪弘毅说的句句在理，现在无论是中华啤酒还是盘古，远大集团都不能丢，黄国胜安抚汪弘毅说："汪总，股票是死的，人是活的，你们为什么总是想着稀释黄天沙的股权？你们有没有考虑过一个问题，为啥黄天沙要玩儿命地买入盘古的股票？"黄国胜左手中指在桌面上轻轻地敲击着，很有节奏，看乔志远跟汪弘毅表情没有变化，接着说："从投资角度上说，现在盘古的股票太便宜了，如果股票贵了，他还会动用资金大量买入吗？"

乔志远一听,黄国胜这么说是啥意思?是在责怪盘古管理层对公司市值缺乏行之有效的管理,才令黄天沙得以钻空子?乔志远明白黄国胜的意思,他希望盘古能够回购股票,于是回答说:"现在是熊市,整个房地产行业的股票估值都不是很高,房子是用来住的,不是用来炒的,政府一定会持续调控房地产,谁账面上现金多,谁就能扛过调控的冬天,如果这个时候盘古大规模回购股票,那么我们就真的吃里爬外了。"

黄国胜一愣,问:"为什么?"

汪弘毅接过话头,说:"现在盘古账上是有3000亿元现金,但是不能回购我们的股票。"汪弘毅打开笔记本,在一张空白页上一边画股权结构,一边解释说:"龙腾集团的持股比例已经接近远大集团了,龙腾集团一旦提出改选,很容易闹出个双头董事会,如果我们用100亿元进行回购股票,是可以回购超过6.5%的股权,但如果黄天沙他们不卖,反而继续提高他的持股比例,而我们回购会拉升股价,那么我们不就给黄天沙抬轿子了吗?"

黄国胜皱着眉头问:"还有别的策略吗?"

"策略是有,难度很大。"汪弘毅很专业地说,"盘古跟远大旗下的远大地产进行合并,盘古向远大地产的股东们进行增发换股,合并完成后,远大地产成为盘古旗下的一个子公司,这样一来,远大不用出一分钱,也能大幅度提升持有的盘古股权比例,黄天沙对我们再也构不成任何威胁,龙腾集团只能跟在后面疲于奔命。"

黄国胜听完沉默不语,乔志远猜想黄国胜应该知道过去两家合并的事,现在事关盘古的未来,双方必须将问题摆到台面上。乔志远接过话头说:"王锋董事长在任时已经讨论过两家合并的事,这样一方面可以整合两家在房地产领域的资源,减少集团内在房地产市场的内耗,扩大竞争优势;另一方面通过合并可以提高远大集团对盘古的持股比例,可是合并却一直推不动。"

黄国胜追问:"问题卡在哪里呢?"

乔志远在心里琢磨,前任董事长的事现在说出来,会不会令黄国胜心里不舒服?乔志远把心一横,说:"两家都是同一个集团旗下的上市公司,在A股没有这样的先例,重组审核是一个很漫长的过程。这都不是主要的,主要的是合并意味着两套人马要进行调整。我们盘古当然希望合并，可能是因为两家上市公司管理层的激励方案不一样，远大地产的积极性不高。可行性方案讨论没完没了，合并就一直拖着没有推行下去。"

黄国胜右手晃了晃，说："重组过程漫长对我们来说是好事，现在黄天沙最担心的恐怕就是我们长时间停牌。"乔志远侧身看了看汪弘毅，汪弘毅露出了惊喜的眼神，黄国胜接着说："黄天沙的资金要么是投资类的保险，要么是从别的机构拆借来的，盘古停牌重组期间，他该支付的资金成本一个子儿都少不了。停牌期间，不确定性的恐惧会影响到他跟资金方的信心，停牌时间越久，他越受不了。"

乔志远跟汪弘毅交流了一下眼神，他们一直在探讨怎么跟黄国胜提出两家公司合并的方案，没想到乔志远放出一个审核时间长的钩子，就把黄国胜给拉到战车上来了。黄国胜想了想，说："同一个集团的两家房地产公司确实存在资源重叠浪费，整合成为一家上市公司，可以更快地扩大市场份额。"可说着说着，黄国胜突然意识到一个新的问题，说："现在黄天沙持有的股票份额已经超过14%，如果我们强行合并两家上市公司，那么涉及关联交易，在表决的时候，我们远大集团需要回避，那黄天沙岂不成了股东大会上的主角儿？"

把股东大会上的决策权交给要夺取自己控股权的敌人，黄国胜自然不答应，汪弘毅为排解黄国胜的后顾之忧，说："两家合并会降低龙腾集团的持股比例，削弱黄天沙的话语权。况且，现在黄天沙最担心的就是他的资金链，那我们就把停牌的时间用足，让他每天支出成本，却没有一分钱的收益，时间一长，给他资金的人不信任他，要抽走他的资金，他自然会主动求和。"

黄国胜突然一拍桌子："第一轮宣布重组失败，直接砸断他的资金链不就完了吗？"

"不能那么干。"乔志远立即否决了黄国胜的提议，说，"我们计划两家合并重组，为了砸断黄天沙的资金链，故意宣布第一轮重组失败，那我们就属于人为操纵市场。"汪弘毅在旁边补充说："通过信息操纵股价砸盘未必能把黄天沙给驱赶出去，反而极有可能给黄天沙一个低位收集便宜筹码的机会，这样一来，他的持仓成本就摊薄了，更有筹码跟我们交锋。"

第八章
阻击战

黄国胜点点头，说："按照你们的计划推进，要及时汇报进程。"

汪弘毅愣了一下，看了看旁边的乔志远，乔志远从进入黄国胜的办公室，脸上就一直没有任何表情，听黄国胜这么一说，心里也是咯噔一下，盘古跟远大地产合并，如果黄国胜不发话，盘古怎么跟远大地产谈判？现在是盘古想合并远大地产，远大地产的高管们岂会眼睁睁地看着自己管理的上市公司被盘古吃掉？

乔志远见黄国胜有结束谈话的意思，立即说："黄总，两家合并是远大集团房地产业务的重大战略调整，我们盘古可以跟远大地产进行谈判，但如果没有集团层面的支持，远大地产很容易拒绝我们提出的合并谈判方案。黄总能不能先让远大集团出具一个战略层面的文件，或者召集双方管理层开个联席会议，在远大集团层面商定一下合并计划。"

黄国胜想了想，说："你们这个提议很好，我会跟远大集团的董事长唐国强进行一个前期的沟通，但是具体的执行我们还是要分两步走，第一步是我们集团公司马上向国资委汇报，第二步是你们跟唐国强进行前期接触。就算是包办婚姻，最终也要两情相悦，才能真正让两家的合并产生'1+1＞2'的效果。"

乔志远、汪弘毅听黄国胜这么说，心里颇为感动，关键时刻还是大股东靠得住。从远大集团大厦出来，乔志远跟汪弘毅一路讨论怎么跟远大地产进行初步商洽。聊着聊着，汪弘毅开始悲观起来："乔总，我们提出合并方案，除了提升远大持有的盘古股权，让黄天沙不能获得盘古控制权外，真正的目的是要掐断远大集团跟龙腾集团结盟的可能。黄天沙不断买入我们盘古股票，美国佬不断在中华啤酒交易中提价，如果这是一个陷阱呢？"乔志远冷笑一声说："那我们就让挖陷阱的人自己掉进去。"

桂玉梅坐在梳妆台前，望着镜子里的自己，右手轻轻地甩了甩水袖。

卸下油彩，镜子里慢慢地呈现出一个真实的自己。桂玉梅抚摸着自己的面颊，嘴角上浮现出丝丝微笑。岁月从不败美人，美丽的皮囊不是为了取悦男人，而是取悦自己。

桂玉梅的手机嘀嘀地提示有新的信息，桂玉梅瞟了一眼，没有搭理，坐在镜子前继续欣赏自己。她脑子里突然浮现出张青桐大闹戏场的情景,摇了摇头,一声长叹。真是一个可怜的女人,人老珠黄的结发之妻,被男人抛弃之后,还想用如此疯狂的方式挽回男人的心,早干嘛去了?

"汪汪汪",电话响个不停。东方亮捏着电话在门口敲了敲门:"能进来吗?"已经换好衣服的桂玉梅高声说:"可以。"东方亮径直往里走,看桂玉梅在镜子前发呆,说:"你的狗都叫半天啦,你怎么不接电话啊。"

桂玉梅头都没回,说:"骚扰电话那么多,我接得过来吗?"东方亮把电话抓起来递给桂玉梅,说:"你看看,谁的电话?"

桂玉梅一看,再瞅瞅东方亮,说:"几步路,你非要打电话。"

东方亮很好奇地问:"你一个女孩子,怎么把手机铃声设置成狗叫啊?"

桂玉梅嘴角露出一丝诡异的笑,说:"我喜欢狗啊。"东方亮随口问了一句:"为什么?"桂玉梅呵呵一笑,说:"狗永远都是狗,而人有时不一定是人。"东方亮突然一本正经地说:"跟你说个正事,董事会不同意你在鸟巢举办戏剧晚会。"

东方亮的话还没有说完,桂玉梅腾地站起来,盯着东方亮问:"为什么?怎么样他们才能同意?"

东方亮示意桂玉梅坐下,说:"青衣是你一生的追求,你还有很多时间去实现你的心愿,着什么急呢?"

桂玉梅看着外面的大戏台,冷冷地说:"等到人老珠黄时?"

东方亮微笑着说:"那么没有信心?"

桂玉梅噘着嘴说:"你们不支持没关系,我自己去化缘。"

东方亮看了看表,说:"能走了吗?"

桂玉梅没反应过来,问:"干啥去?"

东方亮笑着说:"陪你化缘去啊。"

桂玉梅拎起包,一句话没说,站起来走了。东方亮一看,叫住问:"你去哪?"

桂玉梅回头盯着东方亮,说:"老板,你去招呼你的客人吧,我下班了,拜拜!"

第八章

阻击战

"你给我站住！"东方亮一本正经地说，"你不想在鸟巢举办戏剧晚会了？"

桂玉梅头都没回，一边走一边说："睡一觉再说吧！"

桂玉梅是紫宸会大戏楼的台柱子，无数的官宦商贾都冲着桂玉梅的青衣而来。紫宸会的董事会拒绝在鸟巢为桂玉梅举办戏剧晚会，东方亮可不希望桂玉梅一气之下离开紫宸会。他几步跑到桂玉梅前面，说："别闹了，跟我走吧。"

东方亮的口气不像是开玩笑，桂玉梅撇着嘴说："陪人喝酒吃饭的事儿，我可不干啊。"

东方亮叹了一口气，说："我东方亮啥时候让你干过那样的事？为了你的追求，你今晚跟我走。"

上了车，桂玉梅还是忍不住说："老板，你还是把话说明白一点，免得到时候我两眼一抹黑。"

东方亮有时真拿桂玉梅没办法，台上台下简直判若两人，台下的她骄横、泼辣，哪有青衣的端庄含蓄、柔媚温婉？东方亮侧身看了桂玉梅两眼，一本正经地说："董事会拒绝了，我们还可以找企业化缘嘛。我联系了几家企业，有一个大老板同意见面谈一谈。"

桂玉梅随口一问："谁呀？"

东方亮望着窗外川流不息的人群，看了看表，说："见了你就知道了。"

车在皇冠假日酒店的门口停了下来，桂玉梅很警惕地看了一眼东方亮。东方亮走在前面，直接按了去三楼的电梯。电梯口，桂玉梅想再问一句，可东方亮一下子蹿进电梯。电梯里有一对看上去正在恋爱的男女，桂玉梅咬着下嘴唇，一直憋着，一出电梯，桂玉梅一把拽住东方亮，很小声地问："到底见什么人？"

东方亮没说话，一直往前走，绕过了桑拿中心，穿过一个U型回廊，门口有一个高挑的服务员笑盈盈地问："先生，有预订吗？"东方亮回头看了看一脸不自在的桂玉梅，说："峨眉。"服务员在前面带路，桂玉梅跟在东方亮身边，一边走一边跟东方亮小声嘀咕："见个人有那么夸张吗？搞得跟特务接头似的，还峨眉，干吗不长江呢？"

服务员小姐回头说："抱歉，长江已经有人了。"

东方亮似笑非笑地说:"小妹妹,你真可爱。"

桂玉梅瞪了东方亮一眼,说:"你们这些臭男人,都一个德性。"

东方亮侧身看了桂玉梅一眼,问:"你都想啥呢?"

桂玉梅凑到东方亮的耳朵上说:"骂人家是傻瓜,嘴上还让人家听着高兴,你是人吗?"

最后四个字声音有点大,服务员小姐回头看了看东方亮和桂玉梅,微微一笑,指着门牌上的峨眉两个字说:"这就是峨眉。"

东方亮推开房门,看到乔志远坐在沙发上。跟在身后的桂玉梅惊讶地看着面前的乔志远。乔志远看着桂玉梅,嘴角挤出一丝微笑。眼前的桂玉梅卸掉戏装,退去油彩,三千发丝披在双肩,肤若凝脂,眉黛如画,长长的睫毛下一双丹凤眼不怒自威,高挺精致的鼻子,娇艳饱满的双唇,简单的米色连衣裙勾勒出玲珑有致的曲线,跟舞台上的青衣判若两人。此番情景,让阅人无数的乔志远心底微微一动。

桂玉梅见是乔志远,惊讶之余转身退出了房间。东方亮掏出准备好的鸟巢戏剧晚会方案,指着桂玉梅正要介绍,没想到桂玉梅已经离开了,顿时非常尴尬。乔志远意识到桂玉梅是担心自己尴尬才退出房间的,失落之余,压根儿就没听到东方亮不断地说抱歉,冲着东方亮说:"这个费用我们掏了。"

东方亮还没有坐下,乔志远看了看表,说:"具体方案你跟汪总对接,我还有一个会快开始了。"

乔志远的爽快出乎东方亮的预料,东方亮客套地说:"感谢乔总的支持,我们一定会努力将鸟巢的晚会办成戏剧界的经典,到时候还希望乔总能来捧场。"东方亮退出房间,桂玉梅在U型回廊等着,看到东方亮满面春风,想必里面的人答应赞助鸟巢戏剧晚会了。

东方亮心情大好,桂玉梅漫不经心地问:"多少钱?"

东方亮将方案材料递给桂玉梅,脸上洋溢着兴奋的表情,说:"你自己看。"

桂玉梅难以置信地说:"1000万?"

东方亮翻着眼睛,得意地说:"怎么样?我说过,董事会不搞,找懂的人一定成。"

第八章

阻击战

桂玉梅随手将材料递给东方亮，撇着嘴说："这个人懂？看着那么土，他知道啥叫青衣？1000万元嘴一张就答应了？这种人要么是脑子坏了，要么就是脑子里憋着坏。"

东方亮突然站在走廊靠墙的一幅画边，很严肃地说："你知道他是谁吗？不懂青衣会专门来看你唱的青衣？你呀，不要总是一副愤世嫉俗的样子，现在的人眼睛里除了物质，还能有什么？能够遇到个懂艺术的，就烧高香吧。"

"真懂艺术还是另有所图，还有待考验呢。"桂玉梅朝东方亮翻了个白眼，拎着包径自走了，留下东方亮孤零零一个人站在走廊里。

晚上8点，结束工作的乔志远换上睡衣，往床上一躺，仿佛卸下了沉重的盔甲。他静静地望着天花板，脑海中突然浮现出今天桂玉梅的样子。他没想到一个在台上唱尽人间男欢女爱、悲欢离合的青衣，洗尽铅华后会是出水芙蓉一般的模样。

乔志远虽然在商场上阅人无数，但对于女人，他实在知之甚少。当年他大学毕业来到南海市，几乎在父母的包办下和张青桐结了婚，结婚后开始打拼事业，张青桐在家做全职太太，相夫教子，两个人一直交流很少。他以为所有的婚姻都如他们一样，少来夫妻老来伴，两人共同度过漫长的岁月，直到孩子大了，两人老了，一直走到生命的尽头。可是他没有想到，随着他事业做得越来越大，张青桐对他的控制变本加厉，每天都像警察一样对他查岗。乔志远为了孩子，为了名声一直忍受着张青桐的无理取闹，可那样的婚姻让他窒息。

乔志远出国游学，也有躲避张青桐的初衷，这次游学让乔志远的思想改变了许多。游学归来，除改变了盘古管理层的游戏规则，乔志远也向张青桐提出了离婚，他不想永远生活在张青桐犹如鹰眼一样的监视之中，他想为自己活一回。当乔志远说出离婚两个字的时候，张青桐抓住乔志远的衣领，歇斯底里地问："为什么？"那一刻，张青桐的容貌就是她灵魂的样子，乔志远只想让张青桐在离婚协议上签字，不想再说一个字。

张青桐几经挽回无果，见乔志远去意已决，提出让乔志远净身出户，她以为这样可以吓住乔志远，却没想到乔志远一口答应。在离婚协议上签完字的那一刻，乔志远感觉到从未有过的轻松和舒畅。

乔志远正要休息，突然听到"叮咚、叮咚"的敲门声。乔志远感到很奇怪，他在北京住的酒店几乎没人知道，这么晚了会是谁呢？他穿上拖鞋去开门，打开门的一刹那，乔志远愣住了。

门口站着的是桂玉梅。她还是下午的那身装扮，墨黑的秀发披在肩上，两颊泛着些许红晕，看得出她喝了点酒，已经微醺。乔志远感觉自己心跳得厉害，但他极力控制着自己的情绪，故作镇定地说："姑娘找我？"

桂玉梅莞尔一笑："是的乔总，冒昧拜访，有些事情想和你谈谈，方便吗？"

乔志远把门打开，侧着身子请桂玉梅进屋："方便，里面请吧。"

桂玉梅进屋，四处扫了一眼，发现乔志远的房间整洁干净，用过的物品整整齐齐放在原处，感觉这个男人真是像传说中的那样刻板严谨。在来之前，桂玉梅特地上网搜了乔志远的资料，网上翔实地记录了乔志远的工作履历，甚至有一些报道把他说得神乎其神，然而桂玉梅搜遍全网，也没有搜到乔志远的感情履历，甚至连一篇花边新闻都没有，这让桂玉梅感觉很奇怪，这个乔志远究竟是真君子还是风月场上的高手？百花丛中过，片叶不沾身？

桂玉梅在沙发上坐下，乔志远给桂玉梅泡了一杯碧潭飘雪，在桂玉梅的对面坐下来，看着桂玉梅，笑吟吟地说："玉梅小姐深夜造访，不知有何指教？"

桂玉梅直截了当："乔总，不要叫我小姐，叫我玉梅就好。"

乔志远只好改口："玉梅，有什么事你说。"

桂玉梅："听说您决定赞助鸟巢戏剧晚会，我是特意来感谢您的。"

乔志远："不用客气，弘扬我国优秀的传统文化，是我们盘古的责任。"

桂玉梅和乔志远之间隔着一个小茶几，桂玉梅忽然起身，坐到乔志远沙发的扶手上，妩媚地笑着："那乔总赞助我的戏剧晚会，就没有一点个人想法？"

桂玉梅说着，胳膊很自然地搭在乔志远的肩膀上，眼神迷离地看着乔志远。

桂玉梅身上薰衣草的芬芳钻进乔志远的鼻孔，乔志远感觉全身的血液一下子涌入大脑，心脏怦怦直跳，房间里的空气似乎变得稀薄。多少年没有这种冲动了，他想把眼前的女人推倒在床上，征服她。

第八章

阻击战

桂玉梅似笑非笑地看着乔志远,似乎洞悉了一切。

乔志远意识到自己的失态,回过神来,身子往旁边移了一下,咳了一声,说:"你想多了,我答应赞助你的戏剧晚会,真的是想把我们盘古的企业文化和中国传统的戏剧文化相衔接,做一次推广,当然,其中也有对你专业造诣的欣赏。"

桂玉梅难以置信地问:"真的?"

乔志远点点头:"当然了。"

桂玉梅站起身:"既然这样,我先谢过乔总了,那咱们晚会上见。"

桂玉梅拎起包,深深地看了乔志远一眼,转身拉开门走了。乔志远立即跟上去,站在门口,看着桂玉梅曼妙的身影消失在长长的走廊尽头,心头竟然有一种从未有过的怅然若失。

龙腾集团总部,整个大楼灯火通明。

黄天沙静静地听着龙腾地产总裁周思敏的汇报:"黄总,汪弘毅正在跟远大地产谈合并事宜,一旦他们合并,我们跟远大地产合作的两个项目将被终止,这两个项目已经投入了 50 亿元,如果远大地产利用合并拖着这两个项目,我们的项目资金周转将出现问题。"

黄天沙以为自己听错了,皱着眉头问:"盘古跟远大地产合并?"

龙腾地产跟远大地产一直有合作,黄国胜给远大地产董事长唐国强打完电话一个小时后,周思敏就得到消息了。周思敏很肯定地回答:"远大地产内部现在都炸开锅了,这次合并跟 5 年前的合并计划不一样,这一次是乔志远跟汪弘毅主动提出来的,是盘古合并远大地产,现在远大地产的管理层对乔志远提出的建议很抗拒。"

"抗拒什么?"黄天沙很不喜欢下属在汇报问题的时候用各种形容词,生意的要害在决策,决策的核心在数据,没有可量化的数据,一切的决策只会由屁股决定,失败一定是大概率事件。周思敏接着说:"我们跟远大地产的管理层进行了交流,他们担心合并后会被新公司的管理层边缘化。他们不信任乔志远的承诺。"周思敏看了看黄天沙的表情,说:"乔志远连跟随自己多年的汪弘毅、肖天都不信任，都要通过轮值CEO制度来考察接班人，现在又要推行轮岗制度，远大地产的管理层担心乔志远卸磨杀驴。"

黄天沙呵呵一笑，说："乔志远现在才想起要跟远大地产合并，晚了！他从推行轮值CEO制度那一刻就错了，已经把跟自己一起打天下的兄弟们推到了对立面，在兄弟们内心深处种下了不信任的种子。他又将程春明送进监狱，在中高管理层推行轮岗制度，让自己站到了所有管理层人员的对立面，他骨子里信任的只有自己。"黄天沙的脑子里浮现出第一次在紫宸会见乔志远时他那一脸不屑与之为伍的高傲表情，撇着嘴说，"合并后远大地产的管理层在盘古能干什么？给他乔志远当小弟？"

周思敏在跟远大地产交往的过程中，经常听到来自远大地产管理层的抱怨。周思敏说："远大集团把香港的大会计师、律师都推给盘古做独立董事，远大地产却从来没享受过这种待遇，远大地产是远大集团绝对控股的上市公司，在集团内部却跟后妈生的一样，合并后就更没地位了。"

黄天沙按了一下桌面上的可视化系统，说："这个乔志远还是把所有人都当傻子了，远大集团不想掏钱增持盘古，乔志远他们就想出合并这个招，无非就是要借远大地产这个筹码来提升远大的持股比例，进而对抗龙腾集团。"黄天沙抓起桌子上的咖啡杯喝了一口，撇着嘴说："远大地产的管理层在合并之后就是炮灰嘛，乔志远对自己的兄弟都不信任，合并后远大地产管理层能有个工作混口饭吃就不错了，弄不好也被送进监狱，还想在盘古要个位子？开玩笑！"

周思敏笑着说："唐国强担心的就是乔志远他们下狠手。"

黄天沙对远大地产相当了解，说："远大地产在南海的项目，一家根本拿不下来，他们一开始找盘古合作，但被汪弘毅拒绝了，不然我们哪有机会跟远大地产合作？王锋担任远大集团董事长时，提出将远大地产跟盘古合并，乔志远根本就瞧不上远大地产，一直拖着，没想到王锋被抓了，现在乔志远主动提出合并，远大地产何尝不知道自己是任人摆布的棋子，是没有好下场的。"黄天沙一拍桌子，说："我们断了乔志远他们的计划。"

周思敏摇了摇头，说："乔志远他们为了阻击我们增持盘古股权，正在不断说服黄国胜出面，以远大集团业务板块战略整合的名义上报给国资监管部门，强行让远大地产跟盘古合并,一旦远大集团向国资监管部门提交了合并申请,远大地产的管理层拒绝也没用了,到时候我们怎么办?"

黄天沙的右手在桌子上轻轻地敲击着,琢磨了一下说:"现在盘古管理层内部也是各怀鬼胎,汪弘毅想夺回太子之位,憋着劲想大招对付我们,以赢得乔志远的信任。肖天得到了竞争太子之位的机会,岂会轻易放弃,他同样想要赢得乔志远的认可,他们应该有多个阻击我们的方案,你觉得他们还有什么选项?"

周思敏经常被黄天沙的跳跃性思维给搞得晕头转向,刚才还在谈对策,一下子又跳到盘古内部对抗龙腾集团的方案设计上。双方已经交锋,任何的应对策略都是商业机密,鬼才知道。周思敏整日里忙着造房子、卖房子,哪有时间琢磨商场上的你死我活,她想了想说:"除了和远大地产合并,远大集团增持盘古股权也有可能,除了这个,还能有啥其他选项?"

黄天沙站起来走到窗前,指着远处的一片高楼,说:"那个方向就是盘古,此刻,我们在想解决对策时,汪弘毅他们肯定在想更多的制衡策略。商场如战场,如果不能知己知彼,机会就会转瞬即逝。远大地产跟盘古合并只是他们的首选方案,引入白衣骑士、毒丸计划,甚至焦土计划,在乔志远他们的排兵布阵中都会有。"

周思敏一愣,在一旁问:"我们难道只能眼睁睁等着?"

黄天沙撇着嘴,满脸不屑地说:"乔志远想关门打狗,那我们就反客为主,让他吞苍蝇。"

周思敏问:"我们怎么做?"

"你马上约唐国强。"黄天沙一边说,一边给王曦若打电话:"马上到我办公室来一下。"

周思敏回到自己办公室,王曦若从山鹰会议室赶到黄天沙的办公室。黄天沙在可视系统中调出了一张股权演示图,说:"乔志远开始出手对付我们了。"王曦若看着演示图问:"他们要干啥?"黄天沙指着图说:"我们现在在盘古的股权比例已经跟远大集团相差无几,远大拿不出钱来增持盘古的股权,乔志远他们就走回之前的老路,谋划跟远大地产合并,现在我们要拿出一个方案,让乔志远他们的策略完全失效。"

王曦若翻开笔记本,说:"我们跟珠江银行合作的龙珠基金已经成立,潮汕基金的资金也已经到位,资金上没有问题,现在我唯一担心的就是乔志远他们突然关门。"黄天沙一愣,问:"什么关门?"王曦若很警惕地说:"盘古跟远大地产合并属于重大资产重组,按照重组的规则,他们需要在敏感时期停牌。就算远大地产跟盘古重组失败,停牌期间我们的资金也只有成本没有收益,重组失败的利空再一出来,出现两三个跌停也是有可能的。"

黄天沙问:"他们最长停牌时间多长?"

王曦若脱口而出,说:"9个月。"

黄天沙眉头紧锁,追问:"怎么那么长时间?"

王曦若再次滑动了可视系统的数据,说:"重大重组,可以停牌3个月,之后至少可以申请两次延期,一次可以延期3个月,这意味着我们的资金在9个月内不创造任何价值,可我们对保险持有人支出的利率等是一分都不能少的。如果汪弘毅他们玩狠一点,9个月复牌后,隔一天可以继续申请停牌,一直把我们的资金关禁闭。"

黄天沙皱着眉头,咬着后槽牙来了一句:"那就让他们的合并计划胎死腹中,没有停牌的机会。"

王曦若调出了一张楼盘项目图,说:"那我们先在远大地产给盘古用上焦土计划。"黄天沙问:"怎么用?"王曦若回答说:"我们之前跟汪弘毅谈判,希望能以100亿元将我们的龙湖花园项目出售给盘古,盘古战略投资部评估了一下,将价格杀到60亿元。远大地产在龙湖花园旁有一个远大花园,远大地产一直想将龙湖花园项目收购,跟远大花园进行联合开发,形成南海唯一的环湖景观房地产项目,我们现在可以按照100亿元价格,把龙湖花园项目以换股方式出售给远大地产。"

黄天沙双手搓了搓,脸上表现出很兴奋的表情,点点头说:"这个方案好,远大地产如果将两个项目连成环湖景观房,那么房子可以提价销售,同时我们以项目重组的方式加入远大地产的股东之中,乔志远他们总不能再说我们是野蛮夺取远大地产股权吧。这样一来,盘古真要跟远大地产合并,到时候我们岂不可以因为远大地产而自动增持盘古股权？"

王曦若调出了一张表格，说："我们进行了测算，如果龙湖花园项目通过增发换股的方式注入远大地产，按照目前远大地产的股价，我们可以获得至少8%以上的远大地产的股权。"王曦若有一个自己的担忧，说："我们可以采取多种谈判策略，将远大地产拉到谈判桌上，问题是远大集团同意这个重组的可能性很小，我们的焦土计划成功率很低。"

黄天沙来了一句："在我的字典里就没有失败一说，龙湖花园项目我压根儿就没奢望能真正让远大地产收购，我就是要让乔志远他们吃苍蝇。"黄天沙说着说着，狡黠地一笑，指着可视系统的数据说："他们玩拖延术，我们以其人之道还治其人之身。我们只要在这个时候跟远大地产签署一纸合约，让远大地产先行停牌，黄国胜就算把合并方案上报到国资委，也是我们的重组计划在前，就算重组失败，按照重组的游戏规则，第一次重组失败后，至少3个月之后才能进行第二次重组，到时候盘古还有什么理由跟远大地产合并呢？"

汪弘毅坐在办公桌前，不断地拨打唐国强的电话，但电话一直处于无法接通状态。

突然，办公室的门被推开了。王刚黑着脸走进来，一屁股坐在汪弘毅的对面。汪弘毅知道来者不善，起身准备给王刚倒水。王刚眼睛里充满血丝，脸上犹如黑云压城，双手撑在汪弘毅办公桌上，瞪着眼睛说："汪总，当年董事会改选，你把我远贬到成都，我刚在成都做出点成绩，也没有对你形成任何威胁，你就让我轮岗，你可真是照顾我，这一次轮岗到兰州，什么意思？"

汪弘毅坐回位置，冷冷地看着怒火中烧的王刚。汪弘毅对王刚太了解了，这家伙仗着自己是盘古的老臣，从来就没有将自己放在眼里，如果不是他脾气火爆，也不会被乔志远排除在接班人的序列之外。汪弘毅很平静地说："王总，具体的轮岗执行工作是轮值CEO肖总在负责，你恐怕找错人了吧？"王刚呵呵冷笑一声，说："汪总，我们在盘古共事20多年了，这事儿这么说有意思吗？肖天是执行轮岗工作，可方案是你拿出来的。"

王刚没有给汪弘毅留任何面子，很显然肖天已经给王刚传达了轮岗的决定。按照王刚的脾气秉性，他一定在第一时间向肖天进行了质问。在轮值CEO的敏感时期，肖天何尝不知道让他主持轮岗执行工作，就是把盘古管理层内部的火药桶引线交到自己手上，如果执行，那就是跟自己的支持者绝交；如果不执行，乔志远那一关难过。汪弘毅没有直接跟王刚辩驳，而是语重心长地说："西北区域辐射西安、兰州、宁夏、乌鲁木齐，是盘古既定的战略开发区，自然考虑将具有开拓能力的人放到战略位置上去。"

想当年，在进入拥有决策权的董事会的关键时刻，王刚被汪弘毅调到地方，轮值CEO第一轮就遭到淘汰，现在又要轮岗到西北，汪弘毅却说得如此冠冕堂皇。王刚一听就火了，脖子上青筋隆起，嘴唇紧紧地抿在一起，一拍桌子说："少跟我扯什么西部战略，接替成都区域首席执行官的是谁？是你在战略投资部的嫡系赵明义，我辛辛苦苦把市场打开，拿下区域第一，你的人就去摘桃子，我反而被发配到更偏远的西北，你们家在西北买房子吗？"

桌子上的水杯被震得水花四溅，汪弘毅脸上没有任何变化，只是鼻子里哼了一下，抓起桌子上的纸巾，一边擦一边冷冷地说："王总，轮岗是公司早就定下来的，乔总在管理层会议上还特别叮嘱，这不是摘桃子抢果实的问题，轮岗是更好地保护大家，不希望公司再出第二个程春明。第一批轮岗的也不是你一个人，总部、分公司、区域公司都有人轮岗。"

王刚眼珠子里已经是赤脉红瞳，撑着办公桌的双手因为用力暴起了青筋，从喉咙深处顺着鼻孔喷出一声鄙夷的哼哼声，咬牙切齿地说："扯淡，别给我说程春明的事，老程是怎么进去的，你心里还不清楚吗？老程的家人跟盘古的供应商做生意就是行贿，这就是你的逻辑？基业长青就得轮岗？爱立信、诺基亚都是轮岗的国际大公司，基业长青了吗？"

在敏感时期，汪弘毅不想跟王刚在面子上闹翻，站起来走到王刚身边，拍了拍王刚的肩膀，说："王总，老程涉嫌行贿是司法机关给出的结论，我们都是20多年的兄弟了，这事儿谁都没有办法，如果早点轮岗，老程会进去吗？"说到程春明受贿案，汪弘毅痛心疾首，很是惋惜地说："权力板结滋生腐败，轮岗是为了盘古的基业长青，更是为了兄弟们的前程。"

听到汪弘毅嘴里说出兄弟两个字，王刚将汪弘毅搭在肩膀上的手给推开，

第八章

阻击战

冷冷地问:"在你的心中还有兄弟?现在恐怕都成了你接班的绊脚石了吧?"

汪弘毅被王刚推开很没面子,回到了自己的位置上。王刚右手在椅子的扶手上敲了敲,又捂住胸口说:"你摸摸自己的良心,为了兄弟的前程就把我扔到大西北去?为什么战略投资部你的一众嫡系没有一个去大西北的?他们从总部轮岗都是轮到经济发达的区域,大西北区域第一任首席执行官屠思古现在在哪里你很清楚吧?"

汪弘毅预料到会有人闹事,从抽屉里拿出一份材料递给王刚,说:"你自己看看。"

王刚毫不客气地接过资料翻了翻,发现是一份增资协议,很是诧异地问:"盘古给屠思古投资了?"

汪弘毅将王刚眼前的资料合上,说:"屠思古从大西北区域首席执行官位置上离职,跟乔总和我进行了深入的交流,他想自己创业,乔总和我都很支持他,他的社区医疗项目跟盘古未来的转型很契合,经过战略投资部多次的调研考察,公司决定给他投资了。"

王刚一听,哈哈大笑,说:"战略投资部?跟公司转型契合?你这么说良心好受吗?屠思古跟你一同进入公司,在副总裁的位置上做了8年,南海家门口一个万户大盘出现质量问题,你几句话激起民愤,不是屠思古出面,你收得了场吗?屠思古威胁到你接班,就被你发配到西北。你给他投资,这是打着战略投资部的旗号假公济私啊。"

毫不留情地当面揭丑,王刚丝毫没给汪弘毅留面子,一股怒火不禁涌上汪弘毅心头,但他还是努力压制到了心底。王刚话音刚落,刘世雄推门而入,见王刚脸红脖子粗,知道这小子肯定是来找汪弘毅算账的。刘世雄什么都没说,走到汪弘毅跟前,将一份辞职报告递给汪弘毅,只是淡淡地说了一句:"你们接着聊。"

刘世雄刚转身,王刚一把拉住刘世雄:"老刘,你这么快就认怂了?"

刘世雄两手一摊:"兄弟,不认怂还能咋地?难道像程春明那样被警察抓起来?"

王刚一拍胸脯,扯着嗓子说:"爷们儿我随便他们查,不怕。今天,我就是要弄清楚，到底是轮岗呢，还是大清洗？我不挡人家接班的道儿，如果是想借着轮岗搞大清洗，此处不留爷自有留爷处，爷们儿只想要一句真话，别跟我玩公司政治那一套。如果玩，爷们儿就陪着玩，最后看谁倒霉！"

刘世雄呵呵一声冷笑："老王，我本来说你我就是猴子，看来我们连猴子都不是，是那只吓唬猴子的鸡。轮岗是公司制度，你不轮岗就是对抗制度。前一阵子我们还想着怎么寻找白衣骑士来对抗黄天沙，现在想想，真可笑。"刘世雄拍了拍王刚的肩膀，说："兄弟，你玩吧。"说着，刘世雄准备走，被王刚一把拽住："真怂了？"

汪弘毅一听，果然像杨子欣说的那样，肖天跟王刚、刘世雄开过电话会议，他们应该讨论过接班人的问题，阻击黄天沙已经成了竞争接班人的重要筹码，肖天自然会跟王刚他们联手，通过寻找白衣骑士来争夺接班人之位。一旦肖天真的在轮值CEO期间寻找到对抗黄天沙的白衣骑士，势必会赢得乔志远的信赖。

王刚正要说话，汪弘毅接过刘世雄的话说："老刘，现在肖总是轮值CEO，辞职报告不应该递给我。再说了，你跟老王都是盘古的股肱之臣，从公司成立到现在，为公司做出了卓越的贡献，现在野蛮人闯入盘古，这个时候我们应该精诚团结，不能给黄天沙以可乘之机。盘古最可贵的是什么？是我们拥有一个高效、有责任心的团队，无论遇到什么事都能共同面对。"

刘世雄尽可能地让自己保持克制，说："辞职报告我会给你们每个人都抄送一份。"刘世雄将放到桌子上的辞职报告拿回来，转身盯着汪弘毅，说，"汪总，这几十年，我们在盘古一起努力，盘古让我们不断成长，但是这一次轮岗让我意识到，盘古已经开始变得让我看不清了。把我从杭州区域调到东三省，东三省几千万人，几百万中青年南下求职，剩下的不是空巢老人就是留守儿童，您告诉我，我在东三省把房子卖给谁？"

汪弘毅自然不能让这两位联手在办公室逼宫，《周易》中说，"刚中而应，行险而顺，以此毒天下，而民从之"。如果不能杀伐决断，整个盘古上万的员工，岂不人人都可以到自己的办公室来拍桌子？汪弘毅没有正面回答刘世雄轮岗的问题，而是模棱两可又具有威慑力地说："市场是打出来的，没有任何一个人坐着就可以得天下。"

第八章

阻击战

王刚腾地一下从椅子上跳起来,指着汪弘毅的鼻子说:"看看,藏不住了吧,老汪,这么多年了,谁不了解谁啊,这才是你的心里话,天下是打出来的,轮岗是因为你把我们当成了你接班的假想敌,趁着野蛮人闯入家里的时候,你把兄弟们全都给发配了,又何必说得那么冠冕堂皇呢?你觉得你的那些嫡系真的能让盘古基业长青吗?"

汪弘毅一直在控制自己的情绪,愤怒是懦夫最无能的表现。看着王刚跟刘世雄,汪弘毅想到了肖天,此刻肖天在哪里?今天的逼宫难道也是他们电话会议约定的一部分?汪弘毅果断地叫停了两人的说话:"轮岗是公司做出的决定,你们有意见可以向轮值 CEO 反馈,如果区域首席执行官都拒绝服从公司制度安排,整个公司岂不乱套了?"

说话间,董秘王欣敲开了汪弘毅的办公室门,王刚跟刘世雄一听,汪弘毅已经铁了心要将两位整成轮岗的标杆,那唯一能改变他决定的就只有乔志远了。两人退出后,王欣汇报说:"汪总,龙腾集团今天通过珠江证券的席位再次买入 0.5% 的股权,持股达到 14.5%,跟远大集团的持股比例只差 0.3%,按照黄天沙现在的增持速度,只要再过一个上午,我们的第一大股东就易主了。"

汪弘毅留下王欣提供的数据,坐在背靠椅上,右手揉了揉太阳穴。汪弘毅想了想,抓起电话打给了杨子欣,电话响了两声就被接了起来。杨子欣刚刚从肖天的办公室出来,手上拿着一份会议纪要,问:"你怎么现在打电话过来?"汪弘毅开门见山地问:"现在肖天在哪里?"杨子欣小声回道:"肖总刚刚跟远东证券的总裁竹聿名开了电话会议,竹聿名提议肖总提前部署白衣骑士计划。"远大地产董事长唐国强的电话一直无人接听,现在又听杨子欣这么说,汪弘毅警觉起来。

汪弘毅给乔志远办公室打电话,说:"乔总,我们需要调整对黄天沙的策略。"

此时,王刚跟刘世雄正在乔志远的办公室,两人同意轮岗,但希望不要去西北跟东北,两个市场都是房地产极不活跃的地区。他们两位都是乔志远的老部下,乔志远一看两人的表情就知道他们两位肯定找汪弘毅碰了一鼻子灰。乔志远摇了摇头,他们两位曾经都是自己考察接班人的人选,但都有明显的性格缺陷，也没有大局意识，更没有格局，做不了盘古的掌舵者。在管理层扩大会议上，乔志远强调轮岗是管理层的一致意见，一旦给眼前这两位开了口子，轮岗制度又会半途而废。

乔志远很坚定地告诉王刚和刘世雄说："轮岗是公司的制度，谁轮岗到哪里去，公司已经决定了，就不要想着更改。如果公司的决定都朝令夕改，那我们还怎么去管理我们的员工？怎么去服务我们的客户？怎么谈得上为合作利益相关方，以及整个社会的民众服务？"乔志远对他们两位的表现颇为失望，很不客气地继续说："现在盘古需要的是凝聚力，盘古的核心价值是人的价值，如果高级管理人员都为仨瓜俩枣打得头破血流，那么我们公司还怎么基业长青？你们是公司的元老，更应该为公司制度的推行做出贡献。"

王刚一听，好家伙，老领导叭叭两句，搞得自己像是小家把式的村妇了。这时，王刚的手机上突然收到一条信息，信息上说："黄天沙再次买入盘古，股权比例比远大只低0.3%，切勿冲动。"王刚看完信息，刘世雄正要辩解，王刚拽了拽刘世雄的衣服，刘世雄把到嘴的话又咽下去了。乔志远摆了摆手说："现在野蛮人都打到家里来了，我们要有眼界，有格局，你们两个回去好好想想，想好了再来找我。"

乔志远的逐客令让刘世雄很失望，王刚给刘世雄使了一个眼神。两人刚离开，汪弘毅就来敲门。

汪弘毅预料到王刚跟刘世雄会找乔志远告状，进办公室就有意回避任何关于轮岗的话题。汪弘毅相信自己推行的是乔志远在中高层会议上定下的轮岗政策，他绝不会因为两位元老的不满而来责怪自己。站在乔志远的对面，汪弘毅立即打开了王欣提供的数据文件，汇报说："龙腾集团的持股比例已经达到14.5%，而唐国强一直联系不上，如果明天我们不能停牌，那么龙腾集团持股比例就会一举超过远大集团，我们现在要马上跟远大集团和远大地产开电话会议。"

乔志远非常冷静地问："如果唐国强直接在电话会议上拒绝我们的提议呢？"

汪弘毅在跟杨子欣通完话之后，拨打唐国强的电话没有打通，立即拨打了

第八章

阻击战

远大地产总裁杨东明的电话,希望能跟远大地产的管理层进行电视电话会议,杨东明在电话中只谈及两家合并可能造成的影响,实质性的推进只字不提。汪弘毅在笔记本上快速画出一个示意图,汪弘毅指着示意图说:"唐国强会不会拒绝不重要,重要的是将三方拉到电视电话会议中来,我们就可以以通过开三方电视电话会议讨论重组为由进行停牌。"汪弘毅顿了顿,看乔志远脸上没有反应,接着说:"我们要明修跟远大地产合并的栈道,暗度引入白衣骑士的陈仓,用时间换取空间。"

穿过翠柳覆蔽的林荫小道,就到了远大花园会所门口,门口一对石狮子张着狰狞的大口,围墙上爬满了藤蔓植被,推门而入,天井中有一个小型的荷塘,里面有青蛙在鸣叫,旁边的老井上架着辘轳,古朴之风扑面而来。院子的角落里,四处散乱地摆放着各种盆栽,看上去杂乱无章,实则错落有致,经过精心摆设。

唐国强坐在茶几旁,长长的案几上摆放着笔墨纸砚,座椅的左手边有一个小围炉,上面是一把日本江户时代的老铁壶。唐国强每次遇到重大决策,都会把自己关在会所的茶室一个人煮茶,老铁壶煮出的水甘甜顺口,用来冲泡普洱茶再合适不过了。这把老铁壶在煮茶的过程中可吸收水中的氯离子,释放出二价铁,煮出来的茶可以补充铁质,预防贫血。茶壶咕嘟咕嘟地冒着水汽,唐国强正在书写蝇头小楷,笔锋坚劲的七紫三羊毛笔出水流畅,令唐国强心无旁骛地笔走龙蛇。

电话响个不停,唐国强索性将电话调成了静音。杨东明接到汪弘毅的电话后,立即到会所找到唐国强。唐国强刚手书完《兰亭序》,听了杨东明的汇报,撇着嘴说:"乔志远、汪弘毅这两个人是不是记性不太好?想用我们当挡箭牌的时候才想起我们来?"唐国强给杨东明斟了一杯茶,正要说话,龙腾地产总裁周思敏的电话打了进来。周思敏跟唐国强、杨东明进行过项目合作,已经是老朋友了,唐国强想了想,接起了电话。

周思敏在电话中开门见山,说:"唐总,不能再犹豫了。"

唐国强相当为难,黄国胜在电话中已经明确态度,让远大地产跟盘古地产进行商洽合并，而无论是唐国强还是杨东明，都对乔志远心存芥蒂，当年王锋主导合并时，乔志远推诿拖延，拒绝让远大地产的高层进入董事会；杨东明几次想跟盘古合作地产项目，也被汪弘毅一口拒绝。而黄国胜在北京同意盘古合并远大地产的第二天，周思敏就跟杨东明进行了会面，明确告知他可以让远大地产摆脱合并的命运。

杨东明给犹豫的唐国强递了一个眼神，唐国强立即会意，现在黄天沙的龙腾集团已经是盘古的敌人，盘古想合并远大地产抵御黄天沙，远大地产不想给乔志远他们当抵御黄天沙的炮灰，就意味着远大地产要得罪乔志远他们，那么敌人的敌人就是朋友。唐国强很爽快地对周思敏说："一个小时后在远大花园会所见。"

挂断唐国强的电话，王曦若、周思敏提着资料，陪着黄天沙直奔远大花园。

在石狮子面前，黄天沙驻足望着古朴气派的院子，嘴角露出一丝微笑。唐国强见黄天沙带着两位美女干将前来，上前握住黄天沙的手说："黄总现在是春风得意啊，你们在二级市场不断买入盘古，已经让乔志远、汪弘毅他们坐卧不安，之前乔志远都不怎么搭理我们，三十年河东三十年河西，现在乔志远、汪弘毅求着黄国胜让我们两家合并。"

黄天沙笑眯眯地问："唐总是想做鸡头还是凤尾？"

唐国强一边给黄天沙他们斟茶，一边说："汪弘毅把十多年一起闯荡的兄弟都送进监狱了，还通过轮岗把对他接班有潜在威胁的高管都给发配到边穷地区去了。"唐国强说着说着，一转脖子——这是他不屑时的习惯性动作，又继续说："现在乔志远提出要合并，秃子头上的虱子——明摆着，远大集团没钱增持股票阻止你们成为大股东，他们担心你们进去会将管理层清洗掉，所以要将远大地产当作他们驱赶你们龙腾集团的棋子。就算远大地产趁着盘古主动伸出橄榄枝的时机，做了盘古的凤尾，等来自你们的威胁一解除，远大地产恐怕连个狗尾巴都做不成吧？"

黄天沙接着问："如果黄国胜向监管部门提交合并申请，那么唐总准备怎么应对？"

唐国强呵呵一笑说："以其人之道还治其人之身，乔志远的拖字诀我正好还给他。"

黄天沙伸出食指摇了摇，说："现在乔志远他们就是想速战速决，第一时间停牌来关我们龙腾集团的禁闭。我们有办法可以让乔志远无话可说。"

唐国强问："具体怎么搞？"

王曦若立即接过唐国强的话说："我们龙腾地产愿意将龙湖花园的项目卖给远大地产。"

龙湖花园项目在龙腾地产简直就是一个传奇，周思敏曾经跟盘古进行过合作洽谈，盘古的人说："我们从不跟其他地产商联合开发项目，要合作那就以60亿元的价格将这个项目出售给盘古。"到远大地产拿下龙湖花园旁边的地块后，整个区域变为了繁杂热闹的生活、商业区。唐国强颇为为难地说："不瞒你们说，我做梦都想收了你们的龙湖花园项目，可现在要想一口吃下你们的龙湖花园项目，流动性资金的消耗会很大，我们现在需要更多的现金，以防范突然到来的房地产冬天。"

王曦若马上说："现金是最珍贵的，除了现金收购，还可以增发换股嘛。"

在跟唐国强见面之前，王曦若已经根据远大地产的财务报表，对远大地产进行了资金压力测试，远大地产要购买龙湖花园项目难以直接拿出巨额现金，而需要向银行、信托进行高比例的融资。唐国强从王曦若的话中听出龙腾地产已经有了股权合作的方案，说："这几天一门心思想着怎么拒绝乔志远他们，都把我给搞糊涂了，换股是个好办法，不过价格要再谈谈。"

黄天沙一看唐国强很上道，一拍大腿，很痛快地说："唐总，我们已经合作过两个项目，金额超过120亿元，我们龙腾集团的信誉你也很清楚，整体测算下来龙湖花园项目现在的市场价格是120亿元，我觉得合作就得有诚意，我们将价格降到100亿元，一旦你收购过去，龙湖这个地方由你独家垄断。"黄天沙咬了咬牙，说："只要远大地产通过定向增发股票收购了这个项目，我们两家结盟就不可能给乔志远他们任何机会。"

唐国强的眼珠子滴溜溜地转，黄天沙说的市场价格符合实际行情，可100亿元的换股重组会让龙腾集团获得过多的远大地产股权。那样一来，远大集团黄国胜就会觉得黄天沙是双线开战，岂会同意重组？唐国强看上去颇为无奈地说:"黄总,现在这个时候搞定向增发难度可想而知,我们是为了抵抗盘古的强行合并,不能合并自然也扫清了你们龙腾集团控股盘古的障碍,这是双赢的交易。"唐国强右手食指在茶几上有节奏地敲了敲,很果决地说:"啥也不说了,价格降到80亿元,今天下午我们就签署意向性协议,晚上向交易所申请停牌。"

讨价还价的同时,屋子里每个人的脑子都在快速地测算,以争取自己的最大利益。精算师出身的王曦若在测算这笔交易损益的同时,也在考量龙腾集团的整体策略。80亿元比报价少了20亿元,但是比盘古的出价高出20亿元,只要远大地产先行停牌,那么盘古合并远大地产的策略就失败了,龙腾集团旗下的企业就可以继续买入盘古的股票,在不断买入的过程中,盘古股价上涨带来的收益岂止20亿元?时间就是金钱。王曦若给了黄天沙一个肯定的眼神。

黄天沙皱着眉头,王曦若的眼神给了黄天沙很大的决心,跟远大地产重组只是一个策略,在远大地产大股东远大集团同意之前,龙腾地产没有实质性的损失,而远大集团赞同重组的可能性几乎为零。更何况只要为龙腾集团买入盘古股票赢得时间,就算龙湖花园售价少20亿元,也完全值得。黄天沙眉头渐渐地舒展,说:"唐总这么爽快,我再斤斤计较就显得小家子气了。"黄天沙一边说,一边指着龙腾地产总裁周思敏说:"周总,马上跟唐总他们的团队进行对接,今天下午两家签署合作框架协议。"

杨东明之前想跟汪弘毅商议合作一个项目,汪弘毅听了介绍就拒绝了,是黄天沙拍板跟远大地产一起拿下那个项目。都说黄天沙是个抠门的人,简直就是瞎说,跟黄天沙合作一直都很爽快。王曦若换股重组的方案一提出来,杨东明当即表示支持。唐国强当着黄天沙、王曦若、周思敏的面,立即跟财务部、法务部、董秘召开电话会议。唐国强给董秘下令说:"立即跟交易所申请停牌,不要给乔志远他们任何机会!"

第九章
美人劫

盘古上海区域总部，肖天的办公室一直紧闭着，杨子欣走到门口，几次想敲门，举起手又放下来。杨子欣抱着文件悻悻地回到自己的座位上，难道是周晓萌来了？杨子欣抓起手机，站起来朝电梯口走去。

整个一楼大厅除了前台小姐，空无一人。杨子欣一边走，一边装着打电话。在大门口转了一圈儿，径直走到前台小姐面前，问："堂石房地产的周总到了吗？"前台小姐翻了翻访客记录，摇了摇头。杨子欣问："一个小时前没有人来找肖总吗？"前台小姐想了想，说："一下午都没有陌生人来。"杨子欣恍然大悟，立即用前台电话拨打了肖天、王刚、刘世雄的电话，三人都处于占线状态，可以肯定三人在进行多方通话。

杨子欣拨通了汪弘毅的电话，没等汪弘毅开口，杨子欣上来就问："轮岗开始后，王刚跟刘世雄找过你吗？"

汪弘毅正在为联系不上唐国强焦头烂额，想都没想说："找过！"

杨子欣追问："因为轮岗的问题？"

汪弘毅很警觉地问："出什么事了？"

杨子欣一边走，一边说："肖天关在屋子里通电话都有一个小时了。"

汪弘毅一听，现在都火烧眉毛了，难道肖天跟周晓萌在电话里谈情说爱？问："谁的电话？"

杨子欣不太确定地说："我给肖天、王刚、刘世雄三人都打了电话，他们的电话同时占线，我猜可能三人在进行电话会议。"管理层扩大会议之后，乔志远将汪弘毅的轮岗方案交给肖天执行，轮岗的第一批区域首席执行官就是肖天的支持者王刚和刘世雄，在肖天出任轮值CEO期间，杨子欣担心三人联手反击汪弘毅，很是忧虑地问："他们到底有没有找你麻烦？"

汪弘毅从杨子欣的问话中能听得出她很焦急，平时嘴上不饶人，关键时刻还是很关心自己，心里一暖，说："王刚跟我拍了桌子，刘世雄要辞职，如果这个时候他们要鼓动肖天跟他们一起逼宫乔志远，他们闹得越厉害，乔志远对他们越失望。"

杨子欣提醒说："如果盘古换了大股东，他们几个换了主人，就麻烦了。"

乔志远给王刚、刘世雄下逐客令后，两人相当失望。走出盘古大厦，王刚恨恨地说："老刘，既然汪弘毅不仁，那我们也没必要再对他义。"刘世雄看王刚咬牙切齿的劲儿，问："都发配到西北了，你还能咋地？"王刚撇着嘴说："打蛇打七寸，如果我们和肖天联手，汪弘毅的好日子就到头了。"

王刚拨通肖天电话之前，肖天心里总有一种心神不宁的感觉，他接到一个总部老部下的电话，得知乔志远、汪弘毅一直无法联系上唐国强，汪弘毅策划的盘古合并远大地产抵御黄天沙的方案难以推进。现在是竞争接班人的关键时刻，如果自己能在这时候让两家上市公司实现合并，将成功击败汪弘毅，就算乔志远难以完全信任自己，盘古的股东们也会把自己抬上接班人的宝座。肖天反复地拨打唐国强的电话，可电话一直无人接听。

正在肖天焦躁之时，王刚跟刘世雄的电话打了进来。

王刚没有客套，上来第一句话就问："老肖，老乔信任你吗？"

刘世雄打断了王刚的话，说："老王，你这么问，你让老肖咋说？"

"老刘，如果老乔真的是通过轮值CEO制度来选接班人，会让汪弘毅制定名单，让老肖来执行吗？"王刚呵呵冷笑说，"老肖，很显然老乔是想通过轮岗来考验你，现在盘古的大股东马上就要变了，这个时候考验你意味着老乔就是不信任你啊。"

肖天一愣，很坚决地说："不可能变的。"

王刚一听，看样子董事会秘书没有将黄天沙增持的实时数据告知身为轮值 CEO 的肖天，说："老兄，你是轮值 CEO，黄天沙的关键信息，你都不知道啊。"刘世雄插话说："老肖，我们刚从汪弘毅办公室出来，王欣进去汇报工作，王刚问了王欣的助理，现在黄天沙持有盘古的股权比例已经达到 14.5%，再买入不到一个百分点，就超过远大集团了。"

肖天脑子里轰的一下，他努力控制着自己的情绪，说："黄天沙当不了家。"

王刚一声叹息，说："老肖，现在一切反击黄天沙的行动都是维护乔志远的尊严而已。"王刚在进入汪弘毅办公室兴师问罪之前，接到一个远大地产管理层的电话，他知道肖天说黄天沙当不了家的意思是盘古能跟远大地产合并。王刚呵呵一笑，说："远大集团拒绝用现金买入盘古，除了因为要收回中华啤酒股权现金紧张外，还因为黄国胜不喜欢乔志远。乔志远现在谁都不相信，他只相信只有手中握有实权，才能在江湖中更有尊严。"

刘世雄插话说："老王，无论是老肖还是汪弘毅，没有乔志远的支持，肯定是难以接班的，除了跟大股东联合。"肖天能够听出刘世雄的话外之音。王刚更直白地说："老肖，一旦远大集团失去了盘古的大股东位置，你要么选择跟黄天沙合作，要么寻找一个可以信赖的白衣骑士，才能在接班人的竞赛中胜出。"王刚顿了顿，说，"无论哪一种选择，你都必须要将汪弘毅清理出接班人竞争序列才有机会选择。"

肖天深知自己的处境，乔志远推行的轮值 CEO 制度，看上去是给自己一个竞争接班人的机会，可汪弘毅身在盘古总部，无论是获取信息，还是跟乔志远沟通，都有自己难以比拟的优势。当乔志远在管理层扩大会议上将汪弘毅制定的轮岗名单交给肖天的那一刻，肖天心里五味杂陈。王刚的话犹如匕首，肖天无奈地问："那怎么弄？"

王刚顿了顿，说："那个叫杨鸣鹤的毛孩子是杨子欣的。"

拨通电话之前，王刚没有将这个信息告诉刘世雄。当王刚说出这句话时，肖天跟刘世雄都很吃惊，杨子欣怎么看都不像有那么大孩子的女人。肖天迅速进入盘古的考勤系统，调出了杨子欣的所有休假记录，没有任何生孩子的可能性。肖天不太信王刚说的话，说："杨子欣大学毕业就进入盘古，从销售做到行政秘书，每年除了规定的假期之外，最长时间的请假记录从来没有超过一个星期。"

王刚哈哈笑出声来，说："老肖，你啊，就是翻烂了盘古内部数据，也查不出来的。"

刘世雄忍不住了，说："老王，你啥时候学会卖关子了，说重点！"

"上一次乔志远将那个毛孩子弄到会议室，我就怀疑是汪弘毅设的局，我专门找人查了那个小家伙，在南海市第二小学上三年级，学校登记的联系人是杨子欣的父亲。"王刚看到杨鸣鹤的资料时也很惊讶，"杨鸣鹤是杨子欣在上大学期间生的，一直跟着杨子欣的父母生活，杨子欣的母亲之前做生意，买了月半湾小区的房子。谁是孩子的父亲不知道。"

肖天震惊了，问："那跟老汪有什么关系？"

王刚一听，说："老肖，你糊涂啊，杨子欣为什么隐瞒大学期间生孩子的信息？东方大学数学系的高才生，一毕业就到盘古来卖房子，你觉得正常吗？汪弘毅跟杨鸣鹤住在一个小区，杨子欣入职盘古第二年就被汪弘毅调到行政部门当秘书，而且一直是给你当秘书，她会不会是汪弘毅安插到你身边的卧底？汪弘毅的母亲在临死前，逼着梅怡跟汪弘毅签了离婚协议，可到现在汪弘毅都没有再跟任何女人来往。汪弘毅想通过推动改革来跟你竞争接班人，这个时候就冒出个毛孩子的手绘，刺激了乔志远，你不觉得太巧合了吗？你不想查一查？"

肖天握着电话，久久默然无语。

杨子欣抱着文件，敲开了肖天办公室的门。眼前的杨子欣一身职业装，脖子下面的白衬衫有两颗纽扣散开，白皙的脖子上挂着心形的小猴子吊坠，胸前沟壑若隐若现，黑色的包臀短裙勾勒出完美的曲线。肖天很难将杨子欣跟那个调皮的杨鸣鹤联系在一起，杨子欣一直都是自己的行政秘书，真的大学时期就

第九章

美人劫

生了孩子？谁的孩子？难道真的是汪弘毅的？

肖天瞟了一眼杨子欣，一次又一次在心里否定王刚的调查。按照杨鸣鹤的年龄，他出生的时候汪弘毅的闺女凌薇才7岁，难道那个时候汪弘毅就跟在东方大学上学的杨子欣有来往？在总部的时候杨子欣就是自己的行政秘书，跟着自己到上海已经4年了，从未有过任何异样，怎么会是汪弘毅为了竞争接班人安插到自己身边的卧底呢？肖天尽量让自己的脸上保持微笑，接过杨子欣的文件翻了翻，问："董事会办公室有文件送过来吗？"

杨子欣指着肖天手上的文件说："他们只发了一份刘总的辞职报告。"

肖天将刘世雄的辞职报告丢在桌子上，一脸不满地说："都什么时候了！"

杨子欣没有接话茬，脸上保持着职业微笑，翻开笔记本说："浦江花园项目经理刚才来电话，汇报说有个别住户投诉房屋质量问题。"肖天咬了咬牙说："他们不给上海分公司总裁汇报，直接汇报到区域总部，还有没有规矩？"杨子欣明显感觉到肖天的情绪不对，自己给肖天做秘书已经8年了，肖天从来不会因为工作中其他人的过错而在自己面前表现出不满或者愤怒，难道自己做错了什么？

肖天见杨子欣站在对面一动不动，问："还有事吗？"

杨子欣提醒他说："浦江花园有住户在物业静坐不走，怎么办？"

肖天眉头紧锁，双唇紧闭，两手揉了揉太阳穴，说："让他们自己处理好！"

电话那头，王刚跟刘世雄还在等待肖天的话，可听到杨子欣跟肖天的对话，两人主动将电话挂断。杨子欣刚合上笔记本，肖天的手机就响了，是远东证券总裁竹聿名打来的。竹聿名没有等肖天说话就开门见山地问："老肖啊，你们搞什么啊？"肖天示意杨子欣坐在对面记录，将电话按下了免提，问："咋啦，竹总？"

竹聿名的语气很急迫，说："你们说要合并远大地产，让我们做中介机构，现在远大地产要停牌重组了，我们咋不知道啊，是不是你们另找了别的投行？"

肖天一头雾水，问："不可能吧？"

竹聿名呵呵一笑，说："老肖，你是轮值CEO，这事儿你还跟我打马虎眼。"

肖天看了看对面的杨子欣，很坚定地说："竹总，不可能，我们管理层都没有开会。"

竹聿名听肖天的语气不像是开玩笑，说："刚才远大地产管理层的朋友打电话问我，之前有业务合作的两家公司进行换股重组算不算关联交易，我和他聊起来才知道，他们远大地产的停牌重组公告已经发给交易所，马上就要出来了。"

挂断竹聿名的电话，肖天小声嘀咕了一句，说："坏了，黄天沙抄了我们的后路。"

杨子欣将肖天跟竹聿名的电话内容迅速整理出一份纪要，递给肖天过目。工整的纪要简洁明了，这一点一直都令肖天相当满意。肖天看完会议纪要，又打量了一番眼前这位冰清玉洁的丽人，怎么都跟管理层会议上那个调皮的杨鸣鹤联系不起来。肖天已经没有时间琢磨王刚刚才说的话，指示杨子欣："马上联系乔总跟汪总，召开电话会议。"

肖天给自己冲泡了一杯咖啡。杨子欣试着拨打了两次总部会议室电话，两次都占线，杨子欣给董事会秘书王欣打过电话后，告诉肖天："乔总他们正在跟远东证券投行部开会，讨论盘古跟远大地产合并的对价问题。"肖天用手指着杨子欣，说："马上接通乔总跟汪总的电话，现在讨论合并还有什么意义？"电话接通后，肖天接过杨子欣手上的电话，没等乔志远问，就急迫地说："乔总，我们被唐国强耍了，远大地产马上就要出停牌重组公告了。"

乔志远以为自己听错了："远大地产停牌重组？"

整个会议室立即陷入死一般的沉寂，远东证券投行部负责人的脸上面部肌肉紧缩，汪弘毅皱起眉头。肖天在电话中很肯定地说："刚才，远东证券总裁竹聿名已经打电话告知。"乔志远追问："已经确认了吗？"肖天非常肯定地说："远大地产已经将停牌公告发给交易所了。"乔志远的右手中指在会议桌上轻轻地敲击着，良久，才说了一句话："已经来不及了。"

挂断肖天的电话，乔志远亲自给黄国胜打电话，可是电话一直占线。汪弘毅拨打的唐国强电话不在服务区。王欣已经将网上的新闻整合出来，通过可视

第九章
美人劫

系统呈现在幕墙上。乔志远指着新闻,有点哭笑不得地说:"我们现在坐在会议室一无所知,记者们已经帮我们排兵布阵了,看看,什么引入白衣骑士、毒丸计划都出来了。"汪弘毅神色凝重地说:"我跟远东地产总裁杨东明谈的时候,他态度就很暧昧,董秘更是阴阳怪气,看样子他们早就有自己的主张了。"

乔志远撇着嘴说:"人家现在满世界发喜帖,我们还不知道谁跟我们抢了新娘。"

远东证券投行部的一位项目负责人嘀咕:"双方的谈判八字还没有一撇,远大地产怎么就突然停牌了呢?"大家开始交头接耳,乔志远默默地走到窗前,如果远大地产不是因为盘古停牌,那么会跟谁重组呢?动作如此迅速,显然是有备而来,除了黄天沙,这个时候还有谁会抄自己的后路?

汪弘毅盯着做各种猜测的同事,忽然想明白了一切,说:"唐国强有一个习惯,遇到棘手问题犹豫不决,会拒绝跟外界联系,我们一直无法联系上他,远大地产就突然要对外宣布停牌重组,这一次极有可能是黄天沙在背后捣鬼。"从黄天沙举牌开始,汪弘毅就全面梳理了龙腾集团跟盘古以及远大集团千丝万缕的联系。汪弘毅分析说:"龙腾地产跟远大地产有过120亿元的项目合作,远大地产之前一直想收购龙湖花园项目,黄天沙如果通过换股收购的话,那么他无疑对我们盘古采取了焦土政策,我们想通过两家合并来提升远大集团持股比例的计划将流产。"

董秘王欣很忧虑地插话说:"如果真是龙腾地产跟远大地产进行重组,我们接下来的任何策略选择都很尴尬。"乔志远一愣,问:"怎么尴尬?"王欣很关心信息披露的风险,说:"如果我们也停牌寻找白衣骑士的话,很容易给远大集团落下话柄,无论是在董事会还是股东大会,都很难过他们那一关。我们停牌后,远大集团就算想增持也没有机会了,一旦我们的白衣骑士计划失败,股价肯定下跌,我们将涉嫌恶意操纵股价,就站到了中小股东的对立面。"

乔志远淡淡地来了一句:"天塌不下来,急什么。"

远东证券投行部的电话挂断之后,乔志远、汪弘毅、肖天立即召开电视电话会议。

在跟乔志远汇报远大地产公布重组的消息后,肖天立即跟远大地产的高层了解详细内情，作为轮值CEO，只有掌握更多的信息，才能第一时间做出更科学的决策，获得乔志远的信任。电话会议一开始，肖天汇报说："乔总，刚才我通过渠道了解到，远大地产停牌是要收购龙腾地产的龙湖花园项目，项目估值80亿元，比当初我们出价高出20亿元，远大地产以向龙腾地产进行定向增发股票的方式，将龙湖花园注入远大地产。"

乔志远狠狠地说："吃里爬外的东西，这是典型的利益输送。"

汪弘毅一听，快速地测算了一下，然后说："如此一来，龙腾地产将持有远大地产8%左右的股权，他们这个重组最快也要6个月完成，这期间远大地产不可能同时跟我们盘古合并重组，黄天沙就可以趁机快速收集筹码，然后联合其他小股东，罢免董事会，那样一来，黄天沙就真的抄了管理层所有的后路。"乔志远在旁边倾听，表情严肃，汪弘毅提议说："我们今天也同时停牌，既然黄天沙下狠手，那我们就把水搅得更浑一些，让他一条鱼都摸不着。"

肖天听出汪弘毅的弦外之音，很冷静地说："弘毅的停牌策略可以瞒天过海，给公众制造一个盘古、远大地产同时停牌合并重组的假象，为我们的还击赢得时间。现在我们有两个选择，一个是努力将远大地产拉回到我们的怀抱，让黄天沙的焦土策略失效；另一个就是寻求一个更有实力的白衣骑士，彻底将黄天沙推到野蛮人的位置上，让他成为中小股东的敌人。"

乔志远点点头，说："说说具体的想法。"

黄天沙曾经派出周思敏跟盘古就龙湖花园项目谈判，汪弘毅只跟周思敏见了一面，直接就将这个60亿元的项目给否决了，当时肖天还在盘古总部。没想到经过几年的发展，龙湖花园所在地已经成了大热的湖泊景观楼盘。"随着龙湖湖泊景观建设的推进，黄天沙一直想趁机出售龙湖花园项目，当初我们杀龙湖花园的价，一个重要原因是那块地在明朝是流放之地，在清朝是行刑之地。新中国成立后很长一段时间，那里都是枪毙罪犯的地方。"肖天冷冷地说，"很多人老百姓认为，在这种地方盖房子住人，轻则败运伤财，重则夺命损丁。"

汪弘毅一听肖天的话，嘴角处露出一丝诡异的微笑，真是小瞧了这个家伙，关键时刻是个狠角色。对面的乔志远一言不发，肖天接着说："凶宅甩卖给上市公司，远大地产的中小股东岂能迎接一个正在闯入的野蛮人？一旦龙腾地产成了远大地产的野蛮人，我们就游说远大地产回心转意。同时，为以防万一，我们需要寻找白衣骑士，我正在接触上海区域的财团。"

乔志远追问："有眉目了吗？"

肖天回答说："一家有上海地方国资背景的集团有初步合作意向，我们正在敲定见面时间。"

乔志远心里一直对白衣骑士相当忌惮，担心前门驱狼，后门进虎。盘古已经是中国房地产行业的领军企业，账面上3000多亿元的现金摆在那里，别说黄天沙，没有人能抗拒如此大的诱惑。现在肖天跟汪弘毅更是铆足劲竞争接班人，乔志远内心深处更担心接班候选者倒戈，那将是盘古的灾难。乔志远眉宇舒展，说："好，上海和北京方面你负责，其他地区弘毅负责，把我们的商业合作伙伴拜访一遍。"

电话会议结束，肖天一个人在会议室静坐，乔志远的区域划分已经打响了接班争夺战的发令枪，谁能成功引入白衣骑士，谁就会是盘古的接班人。正在凝思之际，杨子欣敲开会议室的门，走到肖天身边，递给肖天一份资料，说："肖总，这是龙湖花园那块地的历史资料，包括地方志的草图。另一份名单是经常关注盘古股权之争的财经类媒体和自媒体名单，凡是对盘古友好的媒体，都在这个名单上打钩了。"

肖天接过资料快速地浏览了一番，摇了摇头，令肖天意想不到的是，看上去风景如画的小区，背后却有着几百年的刀光剑影、恩怨情仇。肖天叮嘱杨子欣说："龙湖花园的历史资料不能直接给媒体，要神不知鬼不觉地让这些资料出现在房地产最热的论坛里，像上演悬疑剧一样，用这些资料一步步将话题放大，最终引爆舆论，让更多的媒体主动去挖掘两家交易的细节。"

杨子欣离开后，肖天拨打了远东证券总裁竹聿名的电话。汪弘毅推动盘古跟远大地产合并，聘请的中介机构就是远东证券，汪弘毅专门到上海拜访过这位从未谋面的总裁，对竹聿名的第一印象不太好，觉得他有些桀骜不驯，但是竹聿名很聪明，看问题入木三分。一开始，竹聿名就不看好两家的合并，根据是远大地产有严重的公司政治病。

令汪弘毅意想不到的是，肖天跟竹聿名是发小，两人从小一块儿长大。肖天在黄埔银行行长被双规的当晚，拼命地从供应商、合作伙伴那里为远东证券筹集救危资金，就是因为竹聿名的一通电话。乌龙指事发的当天下午，远东集团董事长就决定要拿下沈浩明，让竹聿名接任远东证券总裁。肖天支援远东证券，除了捍卫盘古在远东证券的利益外，也是为竹聿名顺利坐上远东证券总裁的位置铺路。

肖天跟竹聿名通电话从不客套，上来就说："兄弟，黄天沙跟唐国强联手在搞怪，龙腾集团获得了龙珠基金的巨额资金，听说潮汕帮的潮汕基金给了龙珠基金不少资金，潮汕帮的大佬们扬言随时给黄天沙提供资金支持，他们接下来肯定要不断吃进筹码，很可能会超过远大集团和管理层持股的总额。如果我们将黄天沙驱赶出远大地产，两家合并的可操作性多大？"

竹聿名呵呵一笑说："兄弟，黄天沙进来之前，唐国强求着跟你们合并，你们爱答不理，现在黄天沙进来一搅和，你们主动要跟人家合并，把人家当成对抗黄天沙的棋子。"竹聿名在上海跟汪弘毅见面，听闻两家的过节之后，对合并的前景并不看好，"唐国强这么多年一直都在国有企业，就是个混江湖的老司机，这样的交易怎么搞？再说，在盘古你们都赶不走黄天沙，他跟远大地产合作，醉翁之意不在酒，你们还能棒打鸳鸯？"

肖天没想到在自己轮值 CEO 期间，黄天沙的进击速度如此之快，一旦盘古的董事会在肖天轮值期间遭遇黄天沙的改选，那么自己将彻底失去争夺盘古接班人的机会。现在阻击黄天沙已经成为竞争接班人的重要筹码。黄天沙现在是项庄舞剑，意在盘古控股权，如果明天早上盘古还在交易，那么黄天沙一定会加速买入盘古的股票，现在留给盘古管理层的头等大事就是今晚停牌。

肖天非常无奈地说："老兄，现在黄天沙兵临城下，已经是此一时彼一时了，如果真能棒打鸳鸯，哪里还顾得上颜面？"肖天对拆散远大地产和龙腾地产的重组没有信心，如果不能有效地阻止黄天沙买入盘古筹码，一切的努力都是徒劳。肖天在竹聿名面前毫不避讳地说："除了合并，我们还希望有白衣骑士拯救。"

竹聿名悠悠地来了一句，说："兄弟，我有点替你担心啊。"

肖天很纳闷地问："啥意思？"

第九章

美人劫

竹聿名一针见血地说："你现在是轮值 CEO，盘古的轮岗由你执行，跟远大地产合并却是由汪弘毅主导，你不觉得很奇怪吗？"肖天没说话，竹聿名继续说："兄弟，现在看上去是你跟汪弘毅在竞争接班人，事实上你们都是棋子，乔志远对谁都不信任，你跟汪弘毅竞争得越激烈，他越容易掌控你们。"

肖天的心里咯噔一下，王刚、刘世雄不止一次提醒自己，乔志远搞轮值 CEO 制度是因为对接班人不信任，而黄天沙进入盘古又给了汪弘毅安内攘外、一箭双雕的机会。肖天是个直性子，从来不喜欢猜度他人的心思，竹聿名的几句话令肖天毛骨悚然，但电话里还是很镇静地说："有你这样两肋插刀的兄弟是我的幸运，只要找到可以信赖的白衣骑士，一切都会改变。"

竹聿名很悲观地说："兄弟，这个世界上有两肋插刀的朋友，但是没有两肋插刀的企业，白衣骑士不是天使，弄不好搞成引狼入室。"华尔街归来的竹聿名见过太多引入白衣骑士造成的悲剧，"美国甲骨文收购仁科软件，仁科软件把甲骨文当成野蛮人，引入白衣骑士 IBM，结果，IBM 的进入让仁科软件彻底失去独立性。你们确定要引入白衣骑士？"

肖天很无奈地说："现在远大集团被美国博威缠住，大股东无法抽身，而盘古的底线是不搞血流成河的焦土策略，除了寻找白衣骑士，别无选择。"竹聿名非常警觉地问："你们确定远大集团被缠住仅仅是因为美国博威狮子大开口？"肖天已经琢磨了很久，说："远东证券乌龙指那天，黄天沙举牌我们盘古，而他从一月就开始买入盘古，那个时候，美国佬已经开始就中华啤酒的股权问题跟远大集团谈判了。这看上去是偶然，但双方协同行动也说不定。可是我们目前已经没有时间和机会去弄清楚背后的来龙去脉，现在最关键的就是寻找同盟白衣骑士。"

竹聿名跟肖天从小玩到大，对肖天了如指掌。竹聿名突然哈哈大笑，说："兄弟，你还记得小时候，你在阳台上朝三楼的夜猫子吐口水，最后夜猫子反而求着你的事吗？"肖天想起那事儿自己都乐，说："全院儿就数夜猫子最坏，但他太多的小辫子在我手上，我只要告诉他爸爸，他就得吃一顿皮带。"竹聿名长叹一声，说："夜猫子的小辫子攥在你手上，所以你吐他口水，他还要求你别把事闹大，做企业有时就像小孩子过家家。"

肖天一笑而过，说："白衣骑士有没有潜在的靠谱对象？"

"我之前给你介绍过的东方集团，华东地区最大的粮油供应商，旗下东方地产的业务集中在城市商业和旅游地产领域，他们的粮油供应系统跟盘古城市运营商的转型相契合。"竹聿名已经跟东方集团高层进行过接触，很有信心地说，"东方集团是远东集团金融业务的战略合作伙伴，跟整个远东集团的证券、保险、信托都有深度合作。"

东方集团是上海最大的国有企业，正是肖天心目中的白衣骑士人选。肖天接过话说："我们盘古华东地区的社区供给服务就是东方集团提供的，他们的城市综合体战略跟我们的城市运营商战略高度契合，他们'先天下之忧而忧'的使命和'诚信、专业、创新'的企业精神，跟盘古的精神一致。尽快安排我们两家见面，深入谈谈。"

竹聿名呵呵一笑，说："东方集团跟远大集团的渊源，老兄你可要弄清楚，现在他们的总裁陶光明曾经是远大集团的副总裁，曾经还想出任你们盘古董事。如果双方坐到谈判桌上，中间出现任何问题，哪怕是双方心理上的小波动，都可能影响到整个交易。"竹聿名提醒肖天说："成功了，你老兄可能成为盘古的拯救者；失败了，就有可能给盘古带来灾难，落得个引虎驱狼的下场。对了，梅怡已经从远东证券辞职，现在是东方集团的副总裁、董事会秘书，在行政方面协助陶光明，这场交易，要防止有人在背后搞鬼。"

青云大厦81层顶层唯一的一个月光房是北京城离月亮最近的地方，站在房间玻璃窗前，可以俯瞰整个北京城。桌子上有一支蜡烛和一束玫瑰花，烛火摇曳生姿，花朵美艳动人。月光洒落在蓝色的玻璃幕墙上，伴着优美的背景音乐，每一个角落都散发着浪漫迷人的气息。

乔志远端起酒杯，望着对面的桂玉梅：一袭石榴红色深V露背长裙，纤细的腰身盈盈一握，如瀑的长发盘起，露出白皙而修长的天鹅颈，越发衬托出她不凡的气质。乔志远第一次如此近距离地仔细端详桂玉梅，多巴胺在体内狂奔，到嘴的话突然说不出来。桂玉梅用大胆热烈的眼神看着乔志远，举起酒杯微微一笑，清了清嗓子唱道："可怜废寝忘餐久，尽在胡思乱想中。"

第九章

美人劫

桂玉梅唱完哈哈大笑起来,将杯中红酒一饮而尽。乔志远被桂玉梅捉摸不透的风格弄得不知所措,也只得举起酒杯喝了一口。

桂玉梅站起来,走到玻璃窗前,乔志远也跟着站起来,走到桂玉梅旁边。整个北京城华灯齐放,辉煌灿烂,夜华似锦,美不可言。桂玉梅看着远方的紫禁城,夜空中的北京城,古建筑错落有致,不减昔日皇城威严,霓虹缤纷的不眠之夜,藏不住万种风情。桂玉梅侧身问:"都说男人是水蛭,是杂食动物,我怎么看你像一只刺猬呢?"

乔志远哈哈大笑:"水蛭?那玩意儿动作是敏捷,可嗜吸人畜血液。刺猬可是人类的朋友。"

桂玉梅撇着嘴说:"难道你就是用刺来对待朋友的?"

乔志远微微一笑,说:"商场永远都遵循着丛林法则,见面开口笑,背地生死决。要想在丛林中生存下去,就一定要把自己变成刺猬。"

乔志远看桂玉梅不置可否的表情,继续说:"生意是在丛林中进行的一场马拉松,刺猬在荆棘中奔跑,身上的刺被一根根折断,一觉醒来,皮肉下的新刺又顶着折断的刺生长出来。尽管刺猬全身疼痛,还是要继续在荆棘中奔跑,这就是生意。"

桂玉梅撇着嘴说:"刺猬见着人,永远都滚成一团,用刺对着人,谁会喜欢?"

乔志远仰望着浩瀚的夜空,再侧身看看爽快的桂玉梅。两个小时前,北京鸟巢中心的舞台上,桂玉梅就是一位风度翩翩、气质含蓄,不慎落入凡尘的青衣仙子,令整个鸟巢为之倾倒。一曲《鸳鸯冢》唱尽人间悲欢离合,在记者们的聚光灯下,一身戏服的桂玉梅如冰似雪、幽深静美,跟眼前性感妩媚、犀利洒脱的尤物简直判若两人。乔志远望着远方,克制着自己不去看桂玉梅魅惑的眼神,说:"刺猬没有刺的那一面,只留给喜欢它的人。"

桂玉梅一步站到乔志远跟前,在背景音乐 *Learn You Inside Out* 的渲染中,乔志远忽然心跳加速。瞬间,桂玉梅的身体被束缚进乔志远的怀抱,紧紧贴在一起的身体刺激着乔志远的每一个细胞,血液在他体内呼啸,荷尔蒙已经随着音乐在空中弥漫开来。淡淡的香水味随着灼热的空气,进入乔志远的胸腔,他的呼吸开始变得急促。乔志远俯身吻上了桂玉梅娇艳欲滴的红唇，桂玉梅玲珑有致的身躯微微一颤，乔志远迅速地突破了桂玉梅的唇齿防线。

乔志远的舌尖迅速滑进桂玉梅的口腔，香津刺激着乔志远的味蕾，双舌缠绕之间，乔志远恨不得吸纳进桂玉梅每一个角落的气息。乔志远左手搂着桂玉梅的纤腰，右手沿着莹白如玉的肩膀轻轻地抚摸着桂玉梅的每一寸肌肤，丝滑的长裙中美丽的胴体让乔志远体内热血贲涌。舌尖沿着白皙的脖子下移，犹如飞走的蛟龙在桂玉梅如雪的肌肤上游走。乔志远的舌头贪婪地沉溺于桂玉梅起伏的峰峦之间，右手沿着丹田向神秘的森林挺进，一片沼泽令乔志远欲火焚身。乔志远双手抓着桂玉梅的肩膀，在激越的音乐中，蛟龙终于游过沼泽地，畅游在大江大河之中。

第二天早上，阳光洒满了整个房间，乔志远睁开双眼，桂玉梅在床边双手托着下腮，端详着乔志远的脸庞。想起昨晚的激情，乔志远的内心充满柔情，和桂玉梅在一起，他感觉整个人从身体到灵魂都变得年轻了。乔志远伸手搂住桂玉梅的腰，问："你相信一见钟情吗？"

桂玉梅噘着嘴，很不屑地说："我这个人从来就不相信什么一见钟情。"

乔志远心里咯噔一下，问："那我们算什么？"

桂玉梅哈哈大笑，粉拳轻轻地捶在乔志远的胸膛上，说："笨笨，我第一次见你就已经爱上你了。"

乔志远额头上的褶子都笑散开来，说："我可是一只刺猬，你难道不怕？"

桂玉梅伸手捻住乔志远冒出来的胡碴子，用力一拔，说："那我就把刺儿给你拔光！"

乔志远狡黠地笑着说："我一个被人扫地出门的老家伙，就剩下几根刺儿了。"

桂玉梅推开了乔志远的手，在乔志远的鼻子上轻轻一刮，撇着嘴说："扫地出门好啊，等你折腾不动了，我赚钱养你。"桂玉梅站起来，走到落地玻璃窗前，俯瞰整个北京城，回头看着靠在床头的乔志远，说："不过我有言在先，我可不想我的人生从此没有独立日，而是跟你俗套地去庆祝纪念日。"

"嘀嘀嘀"，乔志远的手机响个不停。乔志远抓过手机，发现电话都快被

第九章
美人劫

汪弘毅、黄国胜打爆了，有123个未接电话，还有几十条没有阅读的信息。乔志远仔细看了看，未接电话全是早上7点之后的，到底发生了什么大事？乔志远接起电话，汪弘毅上来就问："乔总，看今天的新闻了吗？"乔志远心里咯噔一下，难道盘古出大事了？

乔志远看了看窗前婀娜妖媚的桂玉梅，冷冷地问："出什么事了？"

汪弘毅急切地说："现在报纸上、网上铺天盖地都是你跟桂小姐的新闻。"

乔志远眉头一皱，难道记者们趴在门外？乔志远很不屑地问："我们能有什么新闻？"

电话那头汪弘毅在翻报纸，汪弘毅一边翻一边回答说："现在人心不古，世风日下，财经新闻越来越八卦，对您跟桂小姐造谣，这是那些别有用心的人，想通过抹黑您来损毁盘古的名誉。"汪弘毅顿了顿，看乔志远没有回话，接着说："乔总您是我们的旗帜，我们绝不能容忍他们任意抹黑，我马上吩咐法务部门进行澄清，保留追究造谣和传谣者法律责任的权利。"

昨天晚上，桂玉梅如愿在北京鸟巢中心上演了人生的第一场青衣专场，邀请了京城四大门派的传人登台捧场，整个戏剧舞台上，桂玉梅尽情地挥洒着自己的戏剧才华。乔志远坐在第一排的贵宾席上，一直静静地看着舞台上的桂玉梅，青衫鼓荡、水袖飘忽，在人群中左顾右盼，台上站着的仿佛真是那个苦命的女子。每一曲唱罢，乔志远都会不断地鼓掌。下场后，在记者的聚光灯下，桂玉梅激动地泪流满面。

桂玉梅回头看到乔志远皱着眉头，走到床边，抓起自己的手机，一看新闻推送，随手递给了乔志远。乔志远用余光瞟了一下新闻，脸色立即阴沉下来，再看桂玉梅，她依然微笑着。桂玉梅俯身在乔志远耳边说："是不是怕了？"乔志远眯着左眼，右嘴角微微挑起，说："你不说我是刺猬吗？"桂玉梅站起来拎起包，转身走到门口，又回头丢下一句话："我喜欢打碎牙和血吞还能微笑的男人，去处理你的麻烦吧。"

黄天沙窝在沙发上，一字一句地认真读完了新闻。

报纸头版头条，宋体72号字的通栏大标题《乔志远豪洒1000万博艳妇一笑》，下面还有一个副标题《女演员为求上位自杀逼宫》，美艳的桂玉梅演出照旁边是乔志远春风得意的照片。新闻说，桂玉梅在戏场对乔志远的原配夫人大打出手，用匕首抹脖子，想通过自杀来逼宫上位，乔志远为了安抚桂玉梅，让盘古出资千万赞助桂玉梅在鸟巢的戏剧晚会。报纸整个版面上都有一股浓浓的香艳之气。

黄天沙的脸上有一丝诡异的笑容，在看完新闻的那一刻荡漾开来。真是想睡觉就有人给递枕头，黄天沙抓起桌子上的咖啡喝了一大口，忽然电话响个不停，黄天沙抓起电话一看，是曼陀银行大中华区首席执行官皮特。这家伙让黄天沙很不舒服，典型的不见兔子不撒鹰的类型，只有做成让他声名远播的生意，他才同意交割摄政王珠。黄天沙将电话放在桌子上，任电话一直响着。黄天沙再次抓起报纸，看到报纸上桂玉梅演绎的青衣，嘴角再次露出一丝诡异的笑。

皮特的电话依旧响个不停，黄天沙一接起，皮特就说："黄老板，我要跟你说抱歉了。"

黄天沙听皮特这么说，腾地一下从沙发上坐起来，问："你这一次又要把摄政王珠卖给谁？"

"乔志远，你现在的对手。昨天晚上深夜十二点，乔志远从北京给我打来电话，乔老板对摄政王珠势在必得。"皮特很遗憾地告诉黄天沙说，"乔志远不仅开出了更优厚的价格，还开出了一个我无法拒绝的合作条件，他答应我们曼陀银行作为盘古国际业务的战略合作伙伴。黄老板，现在报纸上都在说你们是野蛮人，曼陀银行跟以乔志远为首的管理层合作，那就是站在正义的一方，我们更容易在中国资本市场上成名。"

黄天沙咬牙切齿地咆哮道："难道你不看报纸吗？"

"What？"皮特没有听明白黄天沙的话，"跟摄政王珠有关系吗？"

黄天沙一阵冷笑，说："你忘记了曼陀银行的宗旨？你看看现在乔志远在干什么！"

"竭诚于民，厚德一方"是曼陀银行几百年的宗旨，皮特进入银行的第一件事，就是面对曼陀银行的旗帜，右手按着圣经向上帝宣誓，发誓要将曼陀银行的宗旨传播四方。黄天沙的话令皮特一时语塞。一大早醒来，皮特到宝莲寺沿着围墙在丛林里走了三圈,听着佛祖梵音,嗅着蔷薇的芬芳,一边走一边思忖,无论跟黄天沙还是乔志远交易,都可以让自己成名,但如果自己选择跟野蛮人黄天沙合作,那将违背曼陀银行"厚德一方"的宗旨。

皮特用蹩脚的中文一字一句地说:"不是正在阻止你吗?"

黄天沙笑着说:"我的 Banker 先生,他在阻止我?恐怕是在阻止一个女人自杀吧!"皮特蒙了,很惊讶地问:"你们只是股权方面的商业竞争,怎么还有女人自杀?"黄天沙唰唰地抖动着报纸,提醒皮特说:"你先看看报纸,判断一下乔志远的正义会不会让你在中国资本市场成名,想好了你再决定跟谁交易。"

皮特还没有说话,黄天沙啪的一声将电话挂断了。黄天沙已经跟皮特多次交涉,这个最在乎银行家身份的家伙,简直就是一条水蛭,只要他吸附上你,不仅要吸血,更要命。皮特在香港生活了 20 多年,对中国商场的规则、潜规则了如指掌,对商人们之间的尔虞我诈洞若观火,他最喜欢的就是坐山观虎斗,自己从中渔利。

黄天沙抓起桌子上的电话,打给王曦若说:"我们应该给乔志远加把火。"

盘古停牌之后,整个山鹰组陷入无交易状态,王曦若正在组织山鹰组的同事们进行压力测试。龙珠基金的资金已经大笔买入盘古股票,倘若盘古真的停牌 9 个月,君安保险、珠江银行、潮汕基金三方的资金成本将增加近 10 亿元。王曦若现在最担心的就是乔志远搞持久战,听黄天沙说还想给乔志远加一把火,还没有看乔志远新闻的王曦若很谨慎地说:"现在乔志远他们是多杀策略,我们短期内最好静观其变。"

"多杀策略?"黄天沙一愣,说,"到会议室吧。"

王曦若将资金压力测试数据输入可视化系统,进行了三重加密。黄天沙已经在会议室,王曦若一坐下就打开了可视系统,开门见山地说:"乔志远让盘古跟远大地产同时停牌,就是想把水搅浑,让外界都觉得是他们两家要合并,如果我们站出来说是龙腾集团跟远大地产在进行资产重组,那么盘古停牌就属于虚假信息披露,复牌就是利空。"

黄天沙将报纸递给王曦若,说:"你看看乔志远,他现在还配做盘古的旗帜吗？"

王曦若认真地将新闻从头至尾看了一遍，问："这个新闻是怎么捅出来的？"

黄天沙能听得出王曦若的怀疑，连忙说："我看到这个新闻也很惊讶，桂玉梅昨天晚上在北京鸟巢举办戏剧晚会，今天的新闻应该是鸟巢上演有史以来第一场戏剧，没想到记者们写的却是狗血八卦，如果没有内部人提供消息，记者不可能知道这些。"黄天沙刚看到乔志远的新闻时也很纳闷，他说："我跟乔志远第一次见面的地点就是桂玉梅唱戏的紫宸会，当时乔志远应该是第一次到紫宸会，其间他也只是偶尔看看大戏台，没有发现他们之间有什么不对劲的。"

女人的直觉让王曦若觉得问题没有那么简单，她说："从新闻上给出的时间可以看出，桂玉梅在大戏台当众用自杀来逼迫乔志远离婚，应该发生在你们第一次见面之后，难道他们之前就已经认识？"王曦若摇摇头，还是很疑惑，说："桂玉梅是个演员，如果她在大戏台用自杀来逼乔志远离婚，乔志远怎么会愚蠢到让盘古赞助桂玉梅的鸟巢戏剧晚会？"

黄天沙很是轻蔑地说："谁知道那个女人使了什么妖术。"

王曦若摇摇头，说："我不相信一个俗气的女人能唱出青衣的超凡脱俗。"

黄天沙再次看了看新闻，说："将舞台从紫宸会搬到鸟巢，没有野心岂会有如此壮举？"

王曦若不想让黄天沙抓住桂玉梅跟乔志远的绯闻做文章，不想将一个唱青衣的女人卷入商场你死我活的争斗中，她希望黄天沙能够改变战略，说："我们现在不能借助绯闻发挥。第一，一个有大格局的男人不应该将女人当作商场竞争的筹码；第二，如果我们在道德上打击乔志远，那么盘古的品牌就会受到影响，股价会出现暴跌，这对我们来说是伤敌一千自损八百；第三，如果盘古发布虚假重组信息，再叠加乔志远的丑闻，短期内复牌势必会给我们的资金方带来压力。"王曦若咬了咬下嘴唇，若有所思地说："如果这一切都是一场戏……"

黄天沙沉默不语，脑子里在不断推测乔志远跟汪弘毅的招数，突然问："焦土策略？"

王曦若也只是推测，说："如果桂玉梅的出现真是一场戏，乔志远就是孤家寡人了。"王曦若在可视系统中调出了盘古错综复杂的关系图，说："乔志远是盘古的旗帜，如果为了阻止我们买入盘古股票，乔志远将桂玉梅当作实施焦土策略的一枚棋子，那说明他在关键时刻已经对肖天和汪弘毅两个接班候选人失去信任，这是桂玉梅的悲哀，更是乔志远、盘古的悲哀。如果桂玉梅是有人用来对付乔志远的棋子，那么这个人未来一定是我们的敌人。"

黄天沙点点头，说："那我们就引蛇出洞。"

王曦若一愣，问："怎么引？"

黄天沙在可视系统中调出一份商业计划书，说："刘世雄已经递交辞职报告了。"

王曦若仔细地看了看商业计划书，问："这是刘世雄创业的项目？跟乔志远有关？"

黄天沙点点头，说："汪弘毅推动轮岗，就是想砍掉肖天在盘古的支持者，他通过乔志远的手，将制订好的轮岗名单交给轮值CEO肖天去执行。刘世雄写好辞职报告跟王刚去找乔志远，乔志远反而把刘世雄训斥了一顿。"黄天沙指着商业计划书说："刘世雄搞的共享办公区间的商业模式就是要击穿盘古商业地产的利润护城河。"

王曦若若有所思，问："我们投资刘世雄？让他站出来对抗乔志远？"

黄天沙右手食指左右摆了摆，说："刘世雄跟我谈过投资的问题，我拒绝了，龙腾集团不断举牌盘古，盘古的未来是我们的，我怎么可能给盘古培养一个知根知底的竞争者？"黄天沙在可视系统中滑动出一张小孩子的照片，指着说："刘世雄无意之间提起的一件事，给了我们一个机会。"

王曦若皱起柳叶眉，问："这个小孩子是谁？"

黄天沙摇摇头，露出一副很鄙夷的样子，说："这个孩子是肖天的秘书杨子欣的。"

王曦若难以置信地说："不可能吧，举牌盘古之前，我们通过猎头公司对盘古的所有高管进行了背景调查，专门整理了一份详细的档案资料。"王曦若在系统里快速查找，找到一份最高密级的档案，说："这份档案也整理了管理层秘书的资料，杨子欣从东方大学一毕业就进入盘古，一直是单身，怎么可能有孩子？"

"这个孩子一直跟着杨子欣的父母生活，现在都9岁多了。"黄天沙获得信息后，立即派人再次进行了调查，他很肯定地说，"刘世雄当时无意间说了一下，这个孩子就住在月半弯小区，更加巧合的是跟汪弘毅住同一栋楼。"

王曦若反复看了杨子欣的资料，说："东方大学数学系的高才生，毕了业进入盘古销售部卖房子？一年后进入盘古行政部，一直给肖天做秘书。"当初，王曦若在委托猎头对盘古管理层及秘书进行背景调查的时候，特别强调要细致到男性的婚姻状况、女性的产期。王曦若分析说："杨子欣在盘古工作期间，没有任何生孩子的产假记录，如果孩子真的9岁多，那就是在上大学期间生的孩子。"

黄天沙插话说："王刚怀疑孩子是汪弘毅的。"

"汪弘毅？"王曦若看了乔志远的新闻都觉得难以相信，说，"不可思议。"

黄天沙接着说："汪弘毅他们家重男轻女的思想很严重，汪弘毅的老婆梅怡，也就是远东证券董事会秘书，生孩子时，汪弘毅他妈听医生说是个女孩儿，转身就走了。他妈在临终前还逼着他跟梅怡离婚。"黄天沙跟林月娥结婚后，一直谨遵算命大师的话，从来不敢对其他女人有非分之想，听说杨子欣的孩子是汪弘毅的，也是瞠目结舌，他很疑惑地说，"梅怡后来拒绝给汪弘毅再生孩子，难道那个时候汪弘毅就跟还是学生的杨子欣好上了？"

王曦若脑子里快速地梳理着错综复杂的关系，说："如果杨子欣跟汪弘毅有关系，那么杨子欣就是他安排在肖天身边的卧底。那桂玉梅跟乔志远这一出戏，是不是也跟汪弘毅有关系？"黄天沙走到演示板前，拿起笔画出一份人物关系图，说："听说赞助桂玉梅戏剧晚会的具体事宜是汪弘毅跟紫宸会的老板东方亮商谈的，这个东方亮是盘古的忠诚投资人，而报纸上的桂玉梅自杀逼宫发生在数月前的紫宸会，为啥偏偏是桂玉梅鸟巢戏剧晚会后一块儿爆出来呢？"

看着黄天沙画出的图，王曦若想了想说："轮值CEO制度看上去是甄选接班人，乔志远的赛马游戏事实上已经让汪弘毅和肖天明争暗斗，难道是他们之间出现了问题？"黄天沙脸上一直挂着淡淡的微笑，说："他们明争暗斗就是给我们机会，乔志远用轮值CEO制度给我们撕开了一条口子，谁说只有上市公司能用毒丸计划，资本方一样可以给乔志远他们来一枚毒丸嘛。"

黄国胜右手拽了拽领结，想将领带松一松，没想到越拽越紧。黄国胜一怒之下将报纸扔到地上。秘书从来没有见黄国胜如此暴怒过，站在一旁战战兢兢。黄国胜咬牙切齿地吩咐秘书说："马上给乔志远打电话，今天太阳落山之前如果不赶到我办公室，只要我黄国胜在远大集团一天，他就不能再踏进远大集团大门半步！"

黄国胜在办公室勃然大怒之时，乔志远正在跟肖天通电话。肖天一开口没有提及已经满天飞的绯闻，而是开门见山地说："乔总，交易所已经给我们发来问询函，问询了10个问题，其中最重要的是：停牌的依据是什么？有没有跟潜在的重组对象签署框架性协议？"

乔志远坐在青云大厦81层的玻璃窗前，望着零乱的房间，脑子里全是桂玉梅的音容笑貌。接听着肖天的电话，闻着桂玉梅留下的余香，狗血的八卦丝毫没有影响乔志远对桂玉梅的迷恋。乔志远若无其事地说："远大集团董事长主导的盘古跟远大地产合并属于重大重组，在没有签署框架协议之前就要停牌，一旦泄露了消息，内幕交易的罪名谁都承担不起。"

作为盘古轮值CEO，肖天现在相当尴尬，在收到正式问询函之前，交易所已经打电话与他进行了沟通，他没跟乔志远一样说远大集团主导两家合并重组，只是很模糊地说正在跟潜在的重组对象进行谈判，可是交易所对肖天的回复并不满意，才发出了正式的问询函。肖天很忧虑地说："交易所同样给远大地产发了问询函，远大地产可能今天就要公告跟龙腾地产重组的框架协议，如果我们说在跟远大地产谈重组，我们可能就涉嫌虚假信息披露。"

"虚假信息披露？"乔志远迟疑了一下，问肖天，"有没有什么应对策略？"

肖天在接到交易所电话之后，就担心远大地产会通过公开跟龙腾地产重组的方式对盘古停牌釜底抽薪，当时就想好了一套应对策略。肖天很有信心地说："我们一直没有对外公开跟谁重组，我们可以利用保护内幕信息为由发布一个公告，就说我们的谈判还在进行阶段，还没有取得阶段性结果，重组存在重大的不确定性。"

乔志远问:"拖延术?"

肖天跟随乔志远20多年时间,乔志远最不喜欢的就是拖延,无论是处理盘古内部问题,还是遇到竞争对手,都喜欢以最短的时间搞定。肖天解释说:"我们现在的停牌只是一个策略,可以阻止黄天沙短期内继续买入盘古,同时可以有时间拆除黄天沙注入盘古跟远大地产合并的毒丸,更重要的是可以为寻找白衣骑士赢得时间跟空间。"

黄天沙向盘古跟远大地产合并注入了第一颗毒丸,现在正谋划在乔志远、肖天、汪弘毅三人之间再投放一颗毒丸。乔志远隐隐觉得有一股力量正在对准自己,这股力量不是黄天沙,也不是黄天沙身后的潮汕帮,虽然看不到对方,乔志远却感到了临战的气息。乔志远冷冷地来了一句,说:"跟远大地产的合并没必要再谈下去。"

肖天在给乔志远打电话之前,东方集团的董事长陶光明对拯救盘古表现出了极大的兴趣。肖天听乔志远语气坚决,这给自己引入白衣骑士提供了更大的空间,很坚决地说:"虽然合并的谈判进行不下去,但是黄天沙的毒丸我们得让他自己吞下去。"知道乔志远从来不喜欢不解决问题的下属,肖天接着说:"如果我们让黄天沙陷入远大地产的重组泥潭,那么短期内他在龙腾地产的资金链将会很紧张,我们还可以通过控制与白衣骑士谈判的节奏,双线控制黄天沙的资金链。"

乔志远听出肖天在寻找白衣骑士方面已经有突破,问:"有白衣骑士的人选了?"

肖天脱口而出,说:"东方集团陶光明。"

乔志远没有立即说话,当听到陶光明三个字的时候,乔志远心里就咯噔一下,这个远大集团曾经的副总裁,盘古董事长位置的觊觎者,要以白衣骑士的身份回归盘古,是拯救者,还是野心家?望着已经开始燥热的北京城,此时他想起了汪弘毅。良久,乔志远才说了一句话:"白衣骑士是拯救者,我们不能引狼驱虎。"乔志远顿了顿,又冒出一句令肖天五味杂陈的话:"引入白衣骑士跟娶新娘一样,我们不能让婚姻变成爱情的坟墓。"

挂断电话,乔志远发现黄国胜的秘书已经拨打了8个电话。正准备回过去,

第九章

美人劫

黄国胜秘书的电话已经进来了,乔志远瞅了瞅电话,没有立即接起来。乔志远眯着眼,接还是不接?乔志远心里很是不屑地哼了一下,黄国胜无非要抓住绯闻跟自己发泄一通,为他捍卫大股东地位找回颜面。乔志远犹豫再三,还是接起了电话。

秘书电话中一字不漏地将黄国胜的话复述了一遍,乔志远只"哦"了一声。挂断电话,乔志远站在窗前,俯看着如蝼蚁般的行人,每一个人都在不断前行。屋子里残留着桂玉梅的香味,乔志远转身进入洗漱间,望着镜子里的自己,用剃须刀刮了刮冒出来的胡子碴,摸了摸下巴,春风满面。

一个小时后,乔志远走进远大集团北京总部。跟之前不一样,乔志远刚到大厅,黄国胜的秘书就已经在门口等候,直接将乔志远带到黄国胜的办公室。一进屋,乔志远就发现黄国胜一脸严肃,黄国胜示意乔志远在对面坐下。办公桌上是一份当天的报纸,头条是乔志远跟桂玉梅的八卦绯闻。黄国胜将报纸递给乔志远,冷冷地问:"乔总,盘古的主营业务是什么?"

乔志远一脸淡定,眯着右眼,一副若无其事的样子。乔志远一听黄国胜的问题,就知道他是冲着盘古赞助桂玉梅鸟巢戏剧晚会来的,他看了看黄国胜的表情,淡淡地说:"房地产。"

"房地产跟戏剧是一个产业链?"黄国胜一直在控制自己的情绪,可看着乔志远无所谓的表情,内心深处就冒鬼火,指着电话说,"一大早,这个电话就没有停过,远大集团是央企,到现在为止还是盘古的第一大股东,你告诉我,我该怎么回答?"

乔志远本想将问题顶回去,但无论是已经希望不大的跟远大地产的合并,还是引入白衣骑士,都需要黄国胜的支持。乔志远故作歉意地说:"给黄总添麻烦了,真的很抱歉。盘古赞助鸟巢的戏剧晚会主要是为了公司品牌的推广,地产界至今没有企业将品牌推广跟戏剧结合起来进行过跨界营销。"

黄国胜拎起报纸,鼻子里长长地哼了一声,说:"这就是营销效果?"

乔志远在青云酒店结账时,前台的服务员时不时地抬头盯着乔志远看,一开始乔志远以为住房登记信息有问题,侧身一看,酒店大堂吧台上有一堆可供客人取阅的报纸,报纸的头版头条就是自己跟桂玉梅的新闻。黄国胜晃动着报纸的时候，汪弘毅的电话打了进来，乔志远挂断了，向黄国胜解释说："娱乐赋能可以提升品牌传播的广度。"

"我们是央企，是A股的标杆，为了传播广度，什么都可以不要了？"黄国胜看乔志远气定神闲的样子，内心几度想发作都忍住了，愤怒往往是一个人最无能的体现，自己岂能让一个下属公司的董事长看到自己的失态呢？乔志远没有接话，黄国胜这一句话已经很克制了，没有直接说脸面都不要了。黄国胜右手拽了拽领结，乔志远太了解男人这个动作，王刚一暴躁就会拽领结，此时最好就是不接话茬。黄国胜神色冷峻，抓起茶杯喝了一口，突然又问："董事会审议了鸟巢赞助方案吗？"

乔志远摇了摇头，说："没有。"

黄国胜的眼神中有几分惊诧，说："你这胆子也太大了，谁给的权力？"

乔志远一看黄国胜摆出要兴师问罪的架势，不卑不亢地说："1000万元金额的决定权是董事会赋予管理层的，不需要将具体项目提交董事会审议。"见黄国胜的脸色阴沉得更厉害了，乔志远解释说："鸟巢戏剧晚会的赞助是盘古品牌宣传的一部分，我们会在固定的财务报表周期对每一笔资金的进出进行审计。"

黄国胜指着报纸上的新闻，问："你跟桂玉梅现在是什么关系？"

乔志远很厌恶黄国胜审讯犯人似的口吻，但还是很克制地说："这跟赞助没有直接关系。"

黄国胜在乔志远第一次来谈增持盘古股权后，调阅了乔志远的完整档案，乔志远两年前已经跟张青桐离婚，一切资产都归张青桐所有。新闻上说桂玉梅当着乔志远妻子的面以自杀逼宫，如果他用新闻报道中的关系去问乔志远，一定会被乔志远撅回来。黄国胜追问："你们是男女朋友关系吗？如果是，桂玉梅就是潜在的关联人，赞助就属于关联交易，需要有第三方的交易公允性评估报告。"

潜在关联人？具体的赞助谈判是汪弘毅跟东方亮进行的，自己跟桂玉梅没有参与。乔志远头皮一麻，这是一个被自己严重忽视且汪弘毅跟法务部门、财务部门也从未提起过的问题。承认两人是男女朋友关系，赞助就属于关联交易，

第九章

美人劫

需要交易公允性评估报告；不承认，可两人昨晚已经颠鸾倒凤，那是对桂玉梅情感的亵渎。乔志远想了想，说："赞助交易达成之前，我们没有任何关系。"

一肚子火的黄国胜嘴角突然滑过一丝诡异的笑，乔志远的回答等于已经承认了两人有男女私情。黄国胜不想再追问下去，摆在自己面前的头等大事不是追究男欢女爱的纠葛，现在这个时候，要想保住对盘古的控制权，避免给官场对手落下国资控股权流失的口实，就不能将乔志远逼到自己的对立面。黄国胜突然话锋一转，问："现在怎么推进跟远大地产的合并？"

推进合并？乔志远真想骂娘，远大地产是远大集团绝对控股的上市公司，唐国强没有黄国胜的许可，敢在黄国胜答应同盘古合并之后，突然跟要夺取远大集团对盘古控制权的对手黄天沙联合？乔志远强忍着内心的鄙夷，很委婉地说："我们正在跟唐国强董事长进行联系。"

黄国胜很惊讶地问："正在联系？不是停牌要重组了吗？"

尴尬了！看样子唐国强给黄国胜来了个先斩后奏，到现在还没有跟黄国胜说实话，自己也就没有必要给唐国强面子了，乔志远说："我们一直在给唐总打电话，唐总的电话一直没人接听；我们又跟总裁杨东明进行了商洽，杨总态度暧昧，我们聘请了远东证券做投行服务，唐总的面还没有见着，远大地产已经跟龙腾地产签署了资产重组的框架协议。"乔志远撇着嘴，慢悠悠来了一句："黄天沙挖国企的墙角，居然还有人帮着拆台，我们只能尽人事。"

黄国胜右手中指在办公桌上轻轻地敲击，乔志远话里有话，指唐国强的桑，骂黄国胜没有在黄天沙第一次举牌时增持盘古股票的槐。现在龙腾集团持有盘古股票已经达到14.5%，只要在下一个交易日再买入8000万股，就可以超越远大集团的持股比例。从第一次举牌到现在，盘古的股价涨幅已经超过30%，如果现在远大集团杀回马枪来增持，黄天沙转手将筹码抛给远大集团，那就真的坐实了黄国胜用国有资金给黄天沙抬轿子接盘的把柄。现在美国博威在中华啤酒的交易价格上咬定260亿元不松口，远大集团除了主导远大地产跟盘古合并，进一步提升持有的盘古股权比例外，可选择的策略实在有限。

"这个唐国强胆子太大了！"黄国胜一边说，一边就要拨打唐国强的电话，乔志远在对面冷冷地看着，可唐国强的电话一直处于忙音状态。乔志远为了保全黄国胜的面子，说："黄总，现在都停牌了，我们有更多时间跟空间谈出一个双方满意的方案。"乔志远顿了顿，现在是时候给黄国胜打个引入白衣骑士计划的预防针了，说："我们还有一个策略可以有效地阻止黄天沙。"

黄国胜很警觉地问："什么策略？"

引入白衣骑士是乔志远留给管理团队最后的选择，在乔志远内心深处，跟黄国胜一样不想白衣骑士进入盘古。乔志远担心，白衣骑士面对巨大的利益诱惑，一样会露出黄国胜那样的傲慢。可现在留给乔志远的选项只有两个，一个是盘古跟远大地产合并，另一个就是引入白衣骑士，否则自己就真的会掉进虚假信息披露的泥潭之中，成为黄天沙攻击的漏洞。

肖天谋划给远大地产和龙腾地产重组投入毒丸是靠拖延时间来换取谈判的空间，乔志远现在必须要同时寻找白衣骑士，才能全面阻止黄天沙的野蛮人行动。乔志远想铺陈一下，于是很谨慎地说："按照龙腾集团的买入速度，黄天沙的野心绝不只想做一个大股东那么简单，他进入盘古后对股东结构、管理层的破坏力足以毁掉盘古，如果引入一个持股比例不超过远大集团和管理层的第三方白衣骑士，跟远大集团和管理层结成同盟，就能有效阻止黄天沙，同时远大集团和管理层可以反制白衣骑士，以免引狼驱虎。"

黄国胜没有接乔志远的话，乔志远想让远大集团支持管理层引入白衣骑士的策略，这个白衣骑士持股只是少于远大集团跟管理层联合持股比例，一旦远大集团跟管理层出现分歧，管理层可以联手白衣骑士驱赶远大集团。黄国胜如果立即答应乔志远的白衣骑士策略，短期内是可以阻击黄天沙，可是未来管理层将成为远大集团和白衣骑士都要争取和拉拢的对象，将成为盘古真正的控制人。黄国胜一边折叠报道乔志远绯闻的报纸，一边模棱两可地说："野蛮人也是他妈生的，只要吃五谷杂粮，就一定有弱点，黄天沙已经步步为营地采取攻击行动，你们管理层要尽快拿出一招制敌的方案。"

乔志远走出远大集团大厦，电话嘀嘀嘀响个不停。乔志远一看，是曼陀银行大中华区首席执行官皮特的电话，立即接听起来。没等乔志远开口，皮特就很遗憾地说："乔总，刚才欧洲总部给我打了电话，要重新评估曼陀银行跟盘古的合作。"乔志远想都没想，问："为什么？"

挂断黄天沙的电话后,皮特找来香港当天的报纸,香港报纸娱乐八卦的报道比中国内地报纸更夸张,上面还有风情万种的桂玉梅坐在胡子拉碴的乔志远腿上的照片。尽管是合成照片,依然活色生香。皮特唰唰翻报纸的声音通过电波很清晰地传到乔志远耳朵里,皮特一边翻一边说:"欧洲总部道德审查委员会看到了关于您本人与一位叫桂玉梅的女演员的新闻报道,鉴于您是中国资本市场标杆企业的领军人物,道德审查委员会向业务部门提出了审慎选择的建议。"

"简直瞎扯淡!道德审查委员会是专门审查银行内部职工的,你们欧洲人啥时候变成审查客户了?你们把警察的活儿也干了算了。"乔志远在黄国胜办公室憋了一肚子的火,在皮特面前终于没有忍住,"你们曼陀银行真把自己当成万能的上帝了?要把全球管起来?看样子你们是想派出一个专业的调查组,对我个人和盘古的管理层、财务状况进行全面审计之后,才会跟我们盘古合作?"

皮特很遗憾地说:"道德审查委员会是这么提议的。"

乔志远呵呵一声冷笑,说:"那我们就没什么好谈的了。"

皮特耸了耸肩说:"那非常抱歉,摄政王珠的交易也只能取消了。"

黄天沙跟乔志远竞购摄政王珠都是为了送给心爱的人。乔志远一听皮特要取消摄政王珠交易,咬了咬后槽牙,狠狠地说:"皮特先生,曼陀银行跟盘古是否合作,不是摄政王珠交易的必要条件,我们谈好的价格222万英镑,比黄天沙的出价高出了180多万元人民币,无论是从利益考量,还是从商业诚信出发,你都应该跟我交易摄政王珠。"皮特一直沉默,乔志远咄咄逼人地问:"黄天沙给了你更多的承诺?"

第十章
白衣骑士

阳光洒进玻璃窗，杨子欣慵懒地靠在沙发上，远远地望着对面的公园，那一对老夫妻推着轮椅进了公园。杨子欣看了看墙上的表，8:10，往常这个时候都应该是老头儿推着老太太，可今天怎么老头儿一直坐在轮椅上？杨子欣的嘴角微微一笑，今天应该是老头儿撒娇耍赖，男人撒起娇来，女人都受不了，没想到70多岁的老夫老妻，老头儿为推轮椅跟老太太撒娇。

人世间最令人羡慕的不是风华正茂的情侣，而是老来依偎的老伴。每次看到老夫妻在公园里轮换着推轮椅，杨子欣都羡慕不已。汪弘毅跟梅怡离婚之后，他俩就开始了恋爱，可一直都是地下游击。人生最痛苦的莫过于有心爱的人，却无法轰轰烈烈地爱一场。每次汪弘毅来电话，一开口就是工作，杨子欣的内心就犹如针刺一般。无数个夜晚，杨子欣坐在窗前，望着苍茫夜空，问星星问月亮，自己跟汪弘毅的未来在哪里？何时才有未来？

杨子欣抓起旁边的电话给汪弘毅拨了过去，汪弘毅在办公室刚冲好一杯蓝山咖啡。杨子欣经常随心所欲，只要想起来就随时打电话过来，有时甚至在凌晨两三点打过来。汪弘毅睡觉的时候，手机都要保持畅通状态。汪弘毅右手端着咖啡杯，左手抓起电话，问："吃早餐了吗？"杨子欣咯咯一笑，说："第一次没有张嘴就问工作，有进步。"

汪弘毅放下咖啡杯，从抽屉里拿出一摞文件，嘴角挂着微笑，说："你是谁？一大早惹恼太岁，那可是自讨苦吃。"汪弘毅唰唰翻文件的声音传到杨子欣的耳边，杨子欣噘着嘴说："你个工作狂，不会是一晚上没睡吧？至于吗？"汪弘毅呵呵一笑，说："现在前有豺狼，后有追兵，哪有睡觉的时间！"

"你不要命了？乔志远那把椅子，你以为熬通宵就能坐上去？"杨子欣的训斥令汪弘毅一震，她是为自己的身体担心？还是话中有话呢？汪弘毅眉头紧锁，说："机会来的时候往往就是那么一刹那，如果去抓，还有抓住的可能；如果不去抓，那就永远失去了。"

杨子欣哼了一下，说："机会是啥？机会就是不断的诱惑，一旦踏上了追逐诱惑之路，是回不了头的。"杨子欣看着公园里还在推着轮椅转圈儿的老夫妻俩，满眼都是羡慕，又一眼瞥见旁边的报纸，乔志远跟桂玉梅的八卦新闻映入眼帘。杨子欣不忿地说："你现在没日没夜地工作，你再看看乔志远，整天看看青衣赏赏戏，一出手就是千万，他这哪里是要放权给接班人，我看他就是坐山观虎斗，用接班人这个诱饵把你跟肖天当猴耍，巩固他的权力。"

杨子欣的话犹如飞刀一样，沿着千里电波扎向汪弘毅。汪弘毅的办公桌上同样有一份报纸，照片中桂玉梅笑靥如花，乔志远春风满面。喝了一口咖啡，汪弘毅右手捏成了拳头，嘴角再次挤出微笑，说："如果赛马场上没有另一匹马追赶，这匹马就永远不会疾驰飞奔，无论是乔总、肖天，还是黄天沙，他们都让我体会到竞争的魅力和乐趣，这是一场淘汰懦夫的游戏。"

杨子欣噘着嘴，说："还乐趣？你知道游戏最可怕的是什么？"

汪弘毅总觉得杨子欣话中有话，说："凡是有概率取胜的游戏都没什么可怕的。"

杨子欣想了想，说："如果肖天找到了白衣骑士，你觉得接班人游戏还会继续吗？"

肖天正在跟东方集团接触已经不是秘密，汪弘毅正在接触的粤海集团对盘古也是情有独钟。汪弘毅自信在引入白衣骑士方面拥有优势，盘古在跟股东、独立董事以及更多的商业伙伴合作过程中，数年来都是汪弘毅主导。盘古引入白衣骑士一定要过远大集团那一关，没有黄国胜的首肯，一切都会归零。汪弘毅呵呵一笑，很自信地说："如果是坐山观虎斗，岂能让白衣骑士成为游戏的终结者？"

杨子欣喜欢汪弘毅的自信，很谨慎地问："如果你的对手是梅怡呢？"

汪弘毅没有接杨子欣的话茬儿，而是满怀信心地说："我现在最大的对手是我自己。"

情感是杀死自信的毒药，杨子欣担心汪弘毅在关键时刻无法把握情感，问："你怎么面对梅怡？"

在远东证券爆发乌龙指的关键时刻，梅怡就拒绝向汪弘毅求援，在盘古寻求白衣骑士的过程中，梅怡怎么可能成为自己的对手？汪弘毅无所谓地说："她不可能成为我的对手。"

杨子欣长叹一声，说："信息是竞争的眼睛，关键时刻你竟然蒙眼狂奔。"

汪弘毅一愣，问："什么意思？"

杨子欣说："梅怡已经从远东证券离职，现在是东方集团的董事会秘书、副总裁，协助董事长陶光明工作。"汪弘毅以为自己听错了，问："梅怡协助陶光明工作？"杨子欣说："陶光明在远大集团的事你比我清楚，这一次陶光明就是要衣锦还乡，梅怡对你了如指掌，陶光明挖她到东方集团，就是为了重组盘古。"

陶光明曾经是远大集团的常务副总裁，一直想谋求盘古董事长的位置，乔志远断绝了陶光明的妄念，牢牢地把控着盘古董事长的位置至今。汪弘毅完全能理解陶光明以白衣骑士身份，在盘古轮值CEO的邀请下衣锦还乡的成就感。只是汪弘毅从未想过有一天梅怡会成为自己商场上的对手，难道这是肖天撺掇陶光明设的一个局？汪弘毅问："肖天跟梅怡见过面吗？"

杨子欣若无其事地问："你想见？"

汪弘毅脑子里不断地琢磨，说："她左右不了天平。"

杨子欣内心还是希望汪弘毅跟梅怡见面谈谈，说："关键时刻需要知己知彼。"

第十章

白衣骑士

汪弘毅爱上杨子欣不仅仅因为她的美貌，她在关键时刻总是能够让汪弘毅冷静下来，可能是因为杨子欣是学数学出身的缘故，她不像绝大多数女人那样感性，总能在关键时刻摒弃心中的杂念和偏见，理性地通过逻辑分析抓住核心。梅怡对自己太了解，一旦她真的站到肖天一边，至少在引入白衣骑士的竞争环节会给自己带来不小的麻烦。但在杨子欣面前，自己不能熊，汪弘毅故作自信地说："如果东方集团的董事长不是陶光明，肖天在寻找白衣骑士的竞争中胜算还有五成，现在，他如果坚持要跟东方集团结成同盟，我们之间胜负已分。"

杨子欣右手握着电话，左手翻了翻报纸，说："好吧，有一个不好的消息。"

汪弘毅心里一沉，难道还有比前妻站到竞争对手的阵营还悲剧的坏消息吗？汪弘毅假装若无其事地问："一大早有什么不好的消息？"杨子欣看着报纸上的桂玉梅跟乔志远，很是忧虑地说："有人在调查你跟杨鸣鹤的关系。"汪弘毅很不屑地说："我跟杨鸣鹤能有啥关系？让他们查去。"

杨子欣想了想，很羞涩地说："有人怀疑杨鸣鹤是你跟我的孩子。"

汪弘毅突然冷冷一笑："你逗我吧？"

杨子欣一听就急了，大声说："汪弘毅，你什么意思？这个时候你看我像是跟你开玩笑吗？"杨子欣将手中的报纸唰唰地抖着，说："不行贿、夫妻恩爱，乔志远一直都以商界圣人的形象出现在世人面前，现在一个唱戏的都当着他老婆的面要自杀逼婚，你看看乔志远在报纸上都啥形象？你不担心有人使坏搞你吗？"

汪弘毅撇着嘴说："使坏？给我使坏的人多了，他们算老几？"汪弘毅说完这句话，突然停了下来，电话中静得好像能听到电波的声音，他很快意识到不对劲，问："子欣，你的这些信息都是从哪里来的？在股市中为了阻止野蛮人收购，有一招叫毒丸术，为阻止我接班盘古，现在无论是盘古内部还是外部，都有一堆人想敲山震虎，可能有人想利用杨鸣鹤给我来个毒丸术，也不排除有人想玩钓鱼，把你当成一枚毒丸，故意释放信息给你，让我们自乱阵脚。"

杨子欣想了想，说："我辞职吧。"

汪弘毅一愣，之前两人争吵，杨子欣从未说过要辞职，难道真的是有人在调查两人的关系？汪弘毅笑着说："你辞职我们就能马上结婚？"杨子欣腾地一下站起来，尖声问道："汪弘毅，你什么意思？是不是压根儿就没有想过要跟我结婚？"汪弘毅没想到杨子欣反应这么大，立即解释说："你辞职我们马上结婚，那样不让人抓了我们的把柄吗？"

一阵发作之后，杨子欣迅速平静下来，汪弘毅现在四面皆是敌人，自己岂能在这个时候让他分心劳神呢？可话到嘴边，杨子欣还是一副得理不饶人的样子，哼哼两声，说："你就臭美吧，谁说要跟你结婚了？我辞职你就可以放开手脚去干，只要我在一天，他们就可能把我当成是一颗制约你的毒丸。"杨子欣突然想起一件更重要的事，说："之前你在上海约见远东证券的总裁竹聿名，竹聿名还有一个身份。"

汪弘毅一愣，问："什么身份？"

杨子欣找出一份资料，说："竹聿名跟肖天小时候住一个院，是从小一起长大的发小。"

远东证券跟盘古签有投资银行服务协议，只要是盘古的资本运作项目，远东证券都提供投资银行中介服务。汪弘毅很有信心地说："竹聿名跟肖天是发小，这个特殊的身份简直就是我的护身符啊，远东证券也要给我寻找到的白衣骑士提供服务，一旦我的白衣骑士出现差池，肖天脱得了干系吗？"汪弘毅揉了揉太阳穴，说："对了，上次让你谈的邵南子，你安排一下，让他到南海市找我。"

南海市滨江大道 8 号，粤海集团总部高耸入云，阳光映射在湛蓝的玻璃上，周围的低层建筑犹如置身蓝色的海洋。偶尔低飞的燕子掠过天际线，直上云霄。音乐喷泉周围，孩子们欢快地嬉戏着。喷泉的旁边，有一座李鸿章铜像，铜像已经被孩子们给爬得金光铮亮。铜像座基下曾经是李鸿章总督府旧址，中国第一条铁路就是在李鸿章的主导下修建的。李鸿章铜像成了滨江大道的一大旅游景点，经常有络绎不绝的游客来这里瞻仰李鸿章。

王欣远远地看见了汪弘毅的小邻居，说："汪总，你邻居。"

杨鸣鹤正在往李鸿章铜像上爬，汪弘毅摇摇头说："真是个调皮的家伙。"

第十章

白衣骑士

汪弘毅朝着李鸿章铜像一边走,一边冷笑着说:"有人说这个小家伙是我的娃。"

王欣先是一愣,接着开玩笑似的说:"怎么可能?"

汪弘毅一边朝里走,一边回头看了看远处的杨鸣鹤,说:"我也是这么问的。"

作为盘古的董秘,各路记者总是不厌其烦地追着王欣问乔志远跟桂玉梅的绯闻,令她不胜其烦。最近还有记者问汪弘毅私生子的问题,王欣一开始也是一头雾水,后来也听到内部有同事在私底下嘀咕,没想到汪弘毅看到杨鸣鹤,主动开起了玩笑。王欣没接话,只是默默地跟在汪弘毅的身后。

粤海集团董事长郭沛霖已经在会议室等候汪弘毅的到来。粤海集团是珠三角最大的地铁运营商。王欣第一次进入粤海集团,发现他们的会议室就像一个博物馆,墙上挂满了南海铁路的历史照片,第一张就是李鸿章站在铁路旁与众人的合影。王欣这才明白粤海集团楼下广场上李鸿章雕塑的意义。

资金缺乏的问题一直困扰着郭沛霖。粤海集团看上去家大业大,可是一个项目需要几百亿,建设期要三五年,运营回收周期更长,作为南海市属国有独资企业,一直依靠财政拨款、地方债务平台贷款、发债解决资金流动性问题,可资金链依然紧张,经常让郭沛霖有吃了上顿没下顿的紧迫感。为了帮助粤海集团走向全国、走向国际,南海市政府在几年之前专门注入700亿元地铁地产资源,以向社会发债,以及通过银行贷款等手段满足粤海集团资金需求。汪弘毅跟郭沛霖认识10年之久,双方一直在探讨地铁上盖楼的商业合作机会。

国有企业的金字招牌曾经让郭沛霖在南海市要风得风,要雨得雨,可随着市场经济的发展,越来越多的银行上市,那些曾经给粤海集团大笔贷款的银行越来越谨慎,国有企业的身份不再具有融资优势。每一次发行债券融资,掌管着千亿规模国有企业的掌门人郭沛霖,都要在"80后"面前点头哈腰,不厌其烦地路演,每一场下来都是汗流浃背。郭沛霖一直在寻求粤海集团上市的机会,借助上市公司的资本化平台,粤海集团可加速发展。龙腾集团大规模买入盘古股票时,郭沛霖就跃跃欲试。

盘古作为总部在南海的房地产集团,无论是销售收入,还是利润,在中国房地产界都已遥遥领先，甚至资产总规模已经超过美国的铁狮门，成为全球最大的房地产商。可盘古的第一大股东是国有企业远大集团，南海市政府一直希望盘古能够成为一家本土房地产集团。当汪弘毅向粤海集团伸出橄榄枝，希望粤海集团能够成为管理层的白衣骑士时，郭沛霖立即向南海市政府汇报，市政府连夜召开会议，批准粤海集团参与盘古重组。

郭沛霖将粤海集团的管理层向汪弘毅一行一一介绍。

汪弘毅心里微微一动，之前两人虽然多次见面，可进行重大业务谈判还是头一回。汪弘毅心里很清楚，郭沛霖一直倾慕盘古，眼前的郭沛霖跟黄国胜简直判若云泥，黄国胜总是高高在上，令汪弘毅有压抑之感，而郭沛霖十分亲和，不禁让汪弘毅想起远大集团曾经的董事长王锋，每次向王锋汇报工作都有一种老朋友相见的感觉。引入白衣骑士必须得到黄国胜的首肯，汪弘毅在赶往粤海集团的路上，乔志远正在赶往远大集团北京总部。汪弘毅坐进粤海集团会议室时，心里第一个想到的就是在黄国胜办公室隔壁坐冷板凳的乔志远。

在汪弘毅伸出橄榄枝后，郭沛霖亲自收集了龙腾集团举牌盘古以来所有的重要新闻，远大集团因为还在进行中华啤酒股权回收谈判，陷入两线作战的窘境，黄国胜提出了远大集团旗下的远大地产跟盘古进行股权合并的计划，意在通过两家上市公司合并，掌握更多合并后的盘古股权，不用直接增持就能阻止黄天沙。双方落座，郭沛霖开门见山，问："汪总，现在舆论都吵翻天了，远大地产跟盘古合并到底是怎么回事儿？别到时候把我们当成了陪练。"

远大地产跟盘古双双发布停牌重组公告之后，人们都在猜测他们两家要进行合并。关于这一点，无论是汪弘毅还是肖天，在跟潜在的白衣骑士进行接洽时，都会被对方反复询问。不少公司的老板担心自己只是盘古股权争夺战中的挡箭牌。郭沛霖开门见山地问了，汪弘毅也就没有必要再隐瞒，说："郭总见笑了，现在是远大地产把我们当成陪练了。实不相瞒，远大集团的黄国胜董事长是同意远大地产跟盘古合并的，没想到现在远大地产单飞了。"

"单飞？"郭沛霖觉得不可思议，说，"黄国胜是个很强势的人。"

汪弘毅跟乔志远都见识了黄国胜的强势，说："现在黄总是内忧外患，美国博威在中华啤酒的股权回收中一分钱都不让，远大集团再增持盘古股票是心

第十章

白衣骑士

有余而力不足,这才推出了两家合并的方案。虽然我们同一天停牌,可远大地产收购的资产是龙腾集团的项目,龙腾集团意在搅局两家的合并。"汪弘毅扫了一眼粤海集团的管理层,他们脸上的表情各异。汪弘毅现在需要给郭沛霖和他的团队信心,他很坚定地说:"黄天沙现在步步为营地进逼,我们得维护盘古客户、相关利益方和更多民众的利益。"

微胖的郭沛霖连连点头说:"理解,我们已经向市政府汇报,市政府非常重视我们的重组,我们两家在资源方面具有优势互补性,我们相信未来10年,城镇化将是大趋势,要想容纳新增的上亿新城市移民,不能再形成特大型城市。"郭沛霖一直在国企工作,一讲起话来就滔滔不绝,进入盘古是他的一个梦想。"未来涌进城里的人越来越多,只能向位于发达城市带范围内的卫星城镇疏散,轨道交通是衔接城市经济圈带的重要纽带,除了有效缓解大城市中心区人口压力外,也将促进新城开发,将来城郊甚至周边城镇都是房地产的新机会。"

汪弘毅能听得出郭沛霖在渲染城市轨道交通未来的美好前景,商人只要一张口,汪弘毅就能听出个子丑寅卯来。汪弘毅很自信地说:"盘古从成立到今天,一直坚持以专业能力从市场上获取公平回报。我们能够取得今天的成就,一个很重要的因素就是抓住了中国快速城镇化以及城市白领阶层崛起的历史机遇。"坐在汪弘毅对面的郭沛霖是盘古想引入对抗黄天沙的白衣骑士,更是自己争夺盘古接班人位置的重要筹码,汪弘毅既要在谈判桌上通过展现盘古的优越获得谈判的主导权,又不能因为太过强势而导致白衣骑士与他貌合神离。汪弘毅脸上极真诚地说:"现在,我国整个经济已经进入了温和而稳定增长的时代,盘古同粤海合作将把握住中国城市经济圈的形成所带来的发展机遇,帮助千千万万的新市民实现定居城市的梦想。"

郭沛霖堆满微笑,说:"我们粤海集团的'轨道+物业'模式,与盘古围绕地铁提供城市配套服务的战略高度契合。随着轨道线路的延伸,粤海集团可以在地铁沿线以合理价格向盘古源源不断地输送优质项目资源。"郭沛霖一直不满足只在珠三角耕耘,只是苦于口袋里的钱转不开,有了盘古这样的上市公司平台,自己的梦想就能变成现实。郭沛霖很有信心地说:"我们两家合作,可以迅速将'轨道+物业'模式复制推广到全国,甚至走出国门,让盘古的全体股东、客户以及相关利益方都能分享地铁时代的经济红利。"

杨子欣一大早的电话令汪弘毅有一种前所未有的紧迫感，远东证券总裁竹聿名是肖天的发小，陶光明野心勃勃想重返盘古，梅怡一腔恨意，他们三个人足以成就肖天引白衣骑士进入盘古。一旦肖天抢先，自己就很被动，尽管自己已经在盘古总裁的位置上坐了10年。在盘古股权生死攸关的问题上，谁能拯救盘古，谁将得到整个盘古的股东、客户、员工、合作伙伴，以及更多社会公众的支持。既然郭沛霖如此爽快，汪弘毅立即提议："郭总，我们组建一个重组小组，就具体细节进行磋商。"

在汪弘毅到来之前，粤海集团的管理层已经提前召开了内部会议，对盘古现在的局势进行了全面分析。现在是盘古管理层邀请白衣骑士，郭沛霖就直截了当地说："汪总，现在龙腾集团持股将近15%，远大集团持股15%，你们管理层持股将近5%，如果我们的持股比例不能达到20%，一旦黄天沙继续增持，对我们来说就相当被动。"郭沛霖顿了顿，发现汪弘毅一直没有表情变化，继续说："等我们增持的审批流程走完，黄天沙的持股比例又提高了，我们再进行增持，股价会随着龙腾集团的增持而不断上涨，远大集团都担心给黄天沙抬轿子，我们同样担心。"

汪弘毅听出来郭沛霖是坐地要价，问："你们还有什么条件？"

粤海集团管理层担心白衣骑士就是个摆设，在击退龙腾集团之后，管理层将是粤海集团跟远大集团争夺的最致命的筹码，管理层站到哪一边，哪一边就能掌握盘古的控制权。粤海集团进入盘古不仅不能给他人抬轿子亏钱，还必须保证赚钱。郭沛霖毫不掩饰粤海集团对利益的追求，说："我们用地铁上的土地资产注入盘古，盘古管理层需要保证每年的业绩增加一倍，当然不需要每年都达到一倍，至少3年下来平均每年一倍，同时确保每年保持每一股一元的现金分红。"

郭沛霖的条件令汪弘毅内心略噔一下，白衣骑士真不是雪中送炭，郭沛霖这是给盘古管理层提出了对赌条件，作为上市公司，岂能贸然接受对赌？汪弘毅测算了一下郭沛霖的条件，没有立即答应下来，而是很官方地说："郭总，我会将您提出的条件向董事会汇报，也会跟大股东远大集团进行沟通，希望得到大股东的支持。这一次资产重组只是我们合作的开始，相信未来会在多个层面上进行深度合作。"

东方亮坐在大舞台下，静静地观看桂玉梅在紫宸会的最后一场演出。

青衫飘忽，水袖飞舞，桂玉梅一曲"念家中要不断时通双鲤，可怜我薄命人只影孤栖！"柔婉凄凉，嗓子颇有程派"鬼音"之魅，忽断忽续，几若游丝，令人听之惨然。鸟巢戏剧晚会之后，桂玉梅跟中国商界领袖乔志远的绯闻闹得是满城风雨，紫宸会的大舞台更是一票难求。今天是紫宸会头牌青衣的谢幕演出，台下更是观者云集，桂玉梅唱到动情处，春闺梦里的远征人全是乔志远的身影。

台下的观众中，也有大批的新闻记者，他们不断地拍摄舞台上的桂玉梅。记者们对《春闺梦》中的桂玉梅没有一点兴趣，他们感兴趣的是一个唱青衣的女人跟一个商界领袖的绯闻。"今日等来明日等，那堪消息更沉沉；明知梦境无凭准，无聊还向梦中寻。"桂玉梅唱完最后一曲，幕布徐徐拉上。记者们开始涌向后台，东方亮站起来欲拦住不断向前冲的记者，桂玉梅突然转身，说："让他们问吧。"

《北方周末》的女记者抢先发问："桂小姐，乔志远赞助你的鸟巢戏剧晚会，有潜规则吗？"

桂玉梅微微一笑，很淡然地说："哗众可以取宠，也可能失宠。"

女记者有一种遭遇嘲讽的羞辱感，不甘示弱地问："你得到乔志远的宠爱，是因为你的美貌吗？"

桂玉梅眉毛一挑，脸上的油彩掩饰不了她的高傲，说："无论男人还是女人，脸很重要，如果你长得好看，你的人生就会像开挂了一样。"

旁边《东方财经报》的男记者听不下去了，很不屑地问："就因为乔志远赞助你在鸟巢开了戏剧晚会，你就觉得你的人生开挂了吗？"

桂玉梅瞟了一眼男记者，再看了看旁边满脸不愤的女记者，说："我的人生不需要一个成功的男人来点缀，相反，一个成功的男人会因为我的出现而活回真实的自我。"

记者们被桂玉梅的话给弄得云里雾里,她没有透露一点跟乔志远相关的信息,可每一句都跟乔志远有着密切的联系。一个男记者小声跟旁边的另一个男记者嘀咕:"说得虚头巴脑的,咋写?"旁边的男记者一看就是个老油条,小声教育旁边的记者:"小伙子,这个女人啥都讲了,你听不出来?"

一位娱乐男记者面带善意,很礼貌地问:"桂小姐,今天是你在紫宸会的谢幕演出,你是从此退出戏剧舞台?还是另有规划?"

桂玉梅微笑着伸出兰花指,说:"在回答你的问题之前,先纠正一下你的用语,请不要用小姐两个字称呼我,你们可以叫我玉梅,也可以叫我桂姐。"桂玉梅一边走,一边说:"今天是我在紫宸会最后的演出,但不是我人生的告别演出,相反,今天是我人生新的开始。"

娱乐男记者追问:"你的下一站会是哪里?"

桂玉梅坐在卸妆台前,用卸妆油将脸上的油彩洗去,洗到一半时,一个摄影记者举起了相机,按下了快门,桂玉梅半边脸戏装的模样随着聚光灯闪烁的那一刻定格了。桂玉梅索性转过身子,面对着记者们,说:"想拍照?拍吧,没什么见不得人的。"桂玉梅用吸油纸巾一边擦着剩下的油彩,一边说:"下一站维也纳金色大厅。"

记者们哄堂大笑。娱乐男记者很惊讶地说:"在金色大厅唱青衣?"

桂玉梅很不屑地问:"不可以吗?"

娱乐男记者很尴尬地点点头,说:"也许可以吧。"

桂玉梅说:"我们戏剧舞台上没有替身,没有假唱,台词、走位、身段、情绪、腔调、感染力,每一样都要过关,电视剧演员忘词、卡壳、出戏还可以NG,还有特效渲染,我们在舞台上没有谁可以指望,大幕拉开,没有真功夫就当场丢人现眼,为什么我们不能到金色大厅去演?别说金色大厅,我们的戏剧还应该演到悉尼歌剧院、美国百老汇。"

《北方周末》的女记者插话问道:"也就是说你演戏已经到了张口就来的程度?"

桂玉梅已经卸完了脸上的油彩,抓起旁边的矿泉水喝了一口,《北方周末》女记者的问题明显就是给自己挖坑,面对记者的话筒、聚光灯,桂玉梅想看看

第十章

白衣骑士

记者们到底对自己有多少偏见，翻了一下白眼儿，很冷傲地说："这是一个戏剧演员的基本素养。"

《北方周末》的女记者追问："那你跟乔志远也是在演戏吗？"

记者的问题很不友好，桂玉梅冷眼说："如果我说演戏不是张口就来，你会写桂玉梅不会演戏，甚至会写是因为大老板的捧场才能进入鸟巢开戏剧晚会；如果我说会演，你也会写我张口就能演戏，生活就是一场戏。"

拥挤的后台涌进越来越多的记者，桂玉梅的话一出，记者们脸上露出不屑的表情。东方亮见记者们没完没了地提问，上前阻止说："各位新闻界的朋友，桂玉梅刚演出了一个多小时，你们给她一点休息时间，相信未来你们还有很多机会采访到她。"紫宸会的安保人员开始劝离记者。桂玉梅面带微笑，站起来目送那些不愿意离开的记者。

乔志远坐在远大集团的会客室已经等了两个小时，黄国胜的秘书一次又一次地进来给乔志远的茶杯添水。百无聊赖之时，乔志远手机上突然收到一条推送的新闻——《桂玉梅用脸获宠爱，扬言乔志远只是人生点缀》。文章嘲笑桂玉梅不知道金色大厅是什么场所，从1867年开始就已经是音乐圣地的金色大厅，桂玉梅竟然想去那里唱青衣。文章大篇幅嘲笑乔志远用上市公司资金博取腹中空空的桂玉梅一笑，最终可能会在美人面前失宠。乔志远朝痰盂重重地吐了一口唾沫，自言自语地说："简直是胡说八道。"

乔志远常年订阅的《北方周末》更是推出了长篇雄文《桂玉梅游戏乔志远》，文章开篇就是一张桂玉梅半边涂抹着油彩、半边素颜的大幅照片，照片上桂玉梅的眼神妖冶魅惑，下面是一张乔志远皱着眉头的大幅照片。文章描述说，记者问及乔志远，桂玉梅翻着白眼儿说"生活就是一场戏"，甚至在记者面前毫不掩饰自己，无论是舞台上还是生活中，张口就是戏。文章中的桂玉梅扬言自己的生活不需要一个成功男人点缀。

乔志远的嘴角露出一丝微笑，这就是自己喜欢的那个桂玉梅，真实、洒脱、率性。乔志远关掉新闻，翻出桂玉梅的电话，正准备拨打时突然停下来，这个时候桂玉梅肯定已经看到了新闻，她没有打电话过来，那就是对这些文章不屑一顾，自己也就没必要打电话安慰她。墙上的钟表已经走到下午6点，乔志远从下午3点开始就坐在黄国胜办公室的隔壁。

乔志远将手机放在茶几上，端起茶杯喝了一口。黄国胜的秘书将乔志远领进会客室的时候就说，美国博威正在跟黄国胜召开电视电话会议。乔志远听闻美国博威对黄国胜下了最后通牒，如果在一个星期内不能满足美国博威的要求，美国博威将把所持有的中华啤酒股权质押给华尔街的投行，他们会将价值240亿元的中华啤酒股权包装成金融衍生品。黄国胜相当清楚，华尔街的金融衍生品风险极大，弄不好会有不同肤色的老外到中华啤酒进行讨债。电视电话会议一直处于僵持状态，乔志远只能在隔壁坐冷板凳。

汪弘毅走出粤海集团大楼，见杨鸣鹤还在下面跟一群孩子疯玩儿。几个孩子在相互追逐，满头大汗的杨鸣鹤一下子撞到了汪弘毅。汪弘毅心情不错，嘴角上挂着微笑，盯着这个调皮的小家伙不语。杨鸣鹤咯咯一笑，说："你也来这里玩儿？"汪弘毅冲着杨鸣鹤做了一个鬼脸，说："不可以吗？"

杨鸣鹤撇着嘴，说："幼稚。"

王欣在旁边拉着杨鸣鹤脏兮兮的小手，说："小调皮，还认识我吗？"

杨鸣鹤抬头看了看，笑嘻嘻地说："认识，上次给我蛋糕吃的美女姐姐。"

王欣抚摸了一下杨鸣鹤的头，说："真聪明。"

汪弘毅蹲下身来，摸了摸杨鸣鹤的头，说："你为啥叫鸣鹤？"

乔志远跟桂玉梅的八卦绯闻出来以后，盘古管理层的各种流言蜚语不断。王欣一听汪弘毅的问话，马上就意识到汪弘毅是想从杨鸣鹤嘴里套出他爸爸的信息。杨鸣鹤翻了一下白眼儿，说："没文化，你没听说过'鹤鸣于九皋，声闻于野'吗？"

汪弘毅点点头，说："出自《诗经·小雅》，有内涵，谁给你取的名？"

杨鸣鹤又翻着眼珠子，望着汪弘毅说："造房子还知道《诗经》，有点儿文化。"

汪弘毅也学着杨鸣鹤翻眼珠子，说："造房子怎么啦？长大了你也可能造房子哟。"

杨鸣鹤撇着小嘴,说:"没意思,我才不跟你们人类玩儿呢。"

汪弘毅一愣,瞅了瞅杨鸣鹤,说:"你咋不上天呢?"

杨鸣鹤扭着小脑袋,看着汪弘毅,说:"我就是要上天,上火星,那里空气清新,没有雾霾。"

随行的同事们都哈哈大笑,汪弘毅还想逗逗杨鸣鹤,可小家伙转身一溜烟钻到一群孩子中去了。汪弘毅掏出电话,看了看时间,估摸着乔志远应该已经跟黄国胜见过面了,拨通了乔志远的电话。响了两声,乔志远接通了。汪弘毅汇报说:"粤海集团很乐意以白衣骑士的身份进入我们盘古,但是郭总提出持股比例要在20%以上,粤海集团以地铁土地资产注入的方式进入盘古,盘古要保证每年每股一块钱分红,每3年平均每年资产规模扩大一倍。"

乔志远一边听,一边在脑子里不断测算,呵呵一笑说:"白衣骑士看来真不是天使,我们想让他们雪中送炭,他们想着把炭盆都给端走。"汪弘毅听乔志远这么一说,心里咯噔一下,正要说话,乔志远接着说:"按照粤海集团的条件和当前盘古的股价,粤海需要将450亿元的资产注入盘古,获得20多亿股股票。在资产增长一倍的情况下,粤海一年就能赚将近500亿元,两年就能赚1000亿元。但要想赶跑黄天沙,我们的城下之盟只能继续下去。"

汪弘毅问:"见到黄总了吗?"

乔志远一声冷笑,说:"还没有见着。"

粤海集团的持股比例超过远大集团,意味着远大集团不能再将盘古的财务进行合并报表,只能按照权益计算营收。远大集团无论在名义上,还是实质上都将失去对盘古的控制权。汪弘毅很担心黄国胜不会同意,便试探着问:"乔总,如果黄总持反对意见,我们管理层是继续找唐国强谈合并?还是跟白衣骑士谈进入条件?"

乔志远脱口而出:"跟唐国强还有什么好谈的!"

汪弘毅担心乔志远的倔劲上来,跟黄国胜在面子上过不去,到时候管理层的一切努力都将付诸东流,于是提议说:"唐国强是不厚道,但他可以是我们在黄总面前的一枚棋子。"乔志远一皱眉头,说:"现在整个龙湖区都鸡飞狗跳了,唐国强还有什么价值?"

底牌（上）

乔志远骨子里瞧不起唐国强，汪弘毅担心以他的冷傲，会因为唐国强而将黄国胜推到黄天沙一边。汪弘毅想了想说："黄天沙想用龙湖项目给我们同远大地产的合并塞个毒丸，现在整个项目闹出刑场和风水问题，客户们都要求退房，唐国强不能继续强行重组，黄天沙的毒丸只能自己吃。"汪弘毅顿了顿说："唐国强不是毒丸，只要我们继续选择跟唐国强谈，那他就成了我们塞给黄国胜的毒丸。"

乔志远听得有点云里雾里，问："怎么做？"

汪弘毅很自信地说："按照上市公司停牌重组的游戏规则，远大地产跟龙腾集团重组失败公告一发，远大地产的股价肯定暴跌，黄国胜想通过远大地产换更多的盘古股票计划落空，这个时候我们就掌握了跟唐国强谈判的主动权。"汪弘毅已经谋划了接下来的策略，说："唐国强会跟我们签框架协议，协议一签，我们马上复牌，黄天沙一定会大笔买入盘古股票，从而超过远大集团的持股比例，这个时候我们可以找个理由让唐国强自动退出，黄国胜就是心理再排斥白衣骑士，他也只能坐到引入白衣骑士的谈判桌上。"

凤凰庄园位于上海凤凰山麓，一进山庄，山谷之间亭台楼阁，叠水轻瀑，栩栩如生的新古典风格雕塑，在小桥流水的乡村风光中错落有致地散落，尽纳自然钟灵秀美。东方集团董事长陶光明的办公室就设在凤凰庄园8号。陶光明迷信风水，喜欢气派，凤凰庄园是东方集团旗下物业，陶光明在建设之初就专门请设计师对8号院子进行了特殊设计，整组楼呈品字形，颇有坐北朝南的王者之气，两边的裙楼对主楼呈众星拱月之势。

陶光明曾经在上海的地产活动中跟肖天有过数面之缘，经竹聿名介绍之后，两人约定在凤凰庄园见面。杨子欣给肖天整理了一份陶光明的详细资料，陶光明早年出任过远大集团副总裁，曾试图以董事身份出任盘古董事长，遭遇乔志远的抵制后，一气之下主动要求任东方集团总裁，5年后出任东方集团董事长。陶光明在远大集团跟乔志远有过业务上的交集，不过没有很深的交情，反而因为乔志远抵制他出任董事长而心生怨怼。当陶光明听闻老东家远大集团对盘古见死不救时，承诺出手相助盘古管理层，阻击野蛮人黄天沙，颇有白衣骑士之豪气。

北上东方集团，陶光明将其视为人生新的起点，从出任总裁到担任董事长，陶光明一直忙着东方集团的业务扩张，已经很长一段时间没有关注远大集团和盘古的动向了。肖天跟竹聿名进入凤凰庄园8号后，双方一番客套，陶光明很是诧异地问肖天："黄国胜承诺两家上市公司合并，远大地产怎么就突然变卦了？黄国胜难道不知道盘古在整个远大集团的绩效贡献吗？当年投资不到5亿元，现在的股权怎么也值400多亿元吧？黄国胜在想什么呢？"

肖天很尴尬地一笑："陶总，您也是我们的老领导，您也知道黄国胜当上远大集团董事长后，对盘古管理层一直很冷淡，成败已经不在管理层的控制范围之内了。"陶光明嘴角上翘，偶尔摇摇头，看得出他对黄国胜的行为很难理解，但忽然话锋一转，说，"当然，大股东有大股东的难处，美国博威在中华啤酒股权回收中向远大集团狮子大开口，远大集团短期内确实难以拿出巨额资金增持盘古股权，远大地产跟盘古合并又遭遇黄天沙插足，管理层只能引入白衣骑士，希望跟有信誉、讲规则的企业合作，东方集团的使命和企业精神跟盘古一致，两家合作可以实现双赢。"

竹聿名第一次给陶光明打电话，陶光明就吩咐秘书整理了黄天沙举牌盘古的所有资料，他对重返盘古甚至抱有迫切的愿望，在他心里已经有了一套双赢的重组方案。从肖天的话能够听得出管理层对远大集团的失望，陶光明开诚布公地说："肖总，盘古是目前国内房地产公司的标杆，我们一直希望能够将东方地产注入上市公司，如果盘古能够向东方集团进行定向增发股票，东方集团以商业和旅游地产业务注入进行对价，未来盘古跟东方集团的粮油供应链业务进行整合，盘古将成为一个新型的城市运营商。"

肖天见陶光明如此直爽，也就不拐弯抹角了，问："陶总，你们的条件是什么？"

陶光明在见肖天之前，召集东方集团管理层开了一个内部会议。东方集团管理层一致认为，盘古走到今天，就是因为股权太过分散，以至于没有一家股东可以抵御黄天沙对控股权的争夺。乔志远推行的轮值CEO制度导致管理层内部因为竞争接班人而出现分裂，管理层会在未来改革推进的过程中不断出现分歧，各个部门成熟的业务一旦受到转型的冲击，内部力量就会成为转型的最大障碍，也会给外部的资本以觊觎的机会。

陶光明在内部进行了沙盘推演，认为盘古管理层寻求白衣骑士一定是得到了黄国胜的默许，不然所有的努力都将是竹篮打水一场空。黄国胜绝对不会让白衣骑士的持股比例超过远大集团，持股将近5%的盘古管理层就成了平衡两大股东权力的最重要的力量。如果盘古管理层引入白衣骑士变成引狼驱虎，那么盘古管理层联合远大集团，可以制衡白衣骑士；如果远大集团跟盘古管理层剑拔弩张，那么盘古管理层联合白衣骑士可以制衡远大集团。20%是一个谈判的黄金分界点，远大集团一定会砍掉白衣骑士5%的持股比例来维持股东之间的平衡。

东方集团管理层担心盘古管理层跟远大集团卸磨杀驴，白衣骑士驱逐了野蛮人黄天沙之后，东方集团自然成为盘古管理层跟远大集团最具威胁的对手，股权比例的分配只是谈判艺术，利益的锁定才是关键。陶光明直截了当地说："东方集团持有盘古股权比例至少应该在20%以上，现在盘古的股价随着龙腾集团的不断买入，已经是地产股里面市盈率最高的，希望定增价格能够定在协议签署前20个交易日股票交易均价的80%，盘古每年要按照监管要求进行现金分红，每股不能少于一元钱，每年的业绩增速不能低于50%。"

持股比例在20%以上？增发的定价还要在均价的基础上打八折？分红、业绩增速两条，就是对赌协议嘛。肖天知道白衣骑士不是天使，生意场中只有利益。现在汪弘毅同样在寻找白衣骑士，相信天下乌鸦一般黑，生意就是一门谈判的艺术，陶光明可以开他的价，盘古也可以还他的价。肖天面带微笑说："陶总，股东、客户利益最大化是盘古的责任，分红、业绩增速、增发定价、股权比例，我向总部汇报之后，需要我们双方跟投行联合组建一个工作小组，进行系统商洽。"

陶光明很强势，竹聿名听完替肖天捏了一把汗，一旦盘古答应了陶光明的条件，那就真是签城下之盟。现在八字还没有一撇，一堆条件就摆到桌面上来了，陶光明要的岂止是衣锦还乡，他要的是成为中国最大房地产上市公司的主宰，重圆曾经破碎的梦想。陶光明是何许人，他太了解远大集团了，盘古在野蛮人黄天沙打进来之后,寻找白衣骑士居然寻找到自己头上来了,可见远大集团现在已经无力保护盘古的利益,这个时候如果不杀价,岂不是辜负了盘古送上门的大礼?

曾经混迹华尔街多年的竹聿名,进入远东集团后,对国内商界的各种规则、潜规则了如指掌,尤其是国有企业的老板们,他们拥有企业家的身份,却头顶着乌纱,他们是官员,更是一家企业之主,他们决定着一场生意的成败。竹聿名提议说:"陶总,现在龙腾集团逼宫盘古,盘古希望找到志同道合的资本,支持管理层将盘古的既定战略执行下去,将盘古的精神发扬下去。精神不死,基业长青,东方集团的最终持股比例需要管理层、股东多方商洽,相信两家资源、优势高度契合的企业,能够有一个好的未来。"

三人很客套地站起来握手道别。肖天的车已经等候在楼前。陶光明将肖天、竹聿名一行送到门口。肖天跟竹聿名钻进了同一辆车,肖天摇下车窗,见身躯高大的陶光明冲着自己挥手,肖天同样挥手致意。车驶离凤凰庄园,竹聿名率先打破了车里的沉寂,问:"老肖,陶光明要成为白衣骑士,你面临的难度心里有数吧?至少要过三关啊。"

肖天若有所思地问:"哪三关?"

竹聿名呵呵一声冷笑:"你比我清楚啊,第一关是黄国胜,东方集团的条件会威胁到远大集团的控股权,同样是国有企业,陶光明获得中国第一大房地产企业控制权,黄国胜失去控制权,无论是从政治上,还是名声上考虑,黄国胜都不愿看到这样的结果。第二关是黄天沙,盘古引入白衣骑士需要股东大会审议通过,东方集团进来会摊薄老股东的权益,而黄天沙通过二级市场直接买入,一直在拉升盘古股价,中小散户是支持黄天沙的,黄天沙在股东大会上会团结更多的二级市场力量来投反对票。"竹聿名顿了顿,说:"第三关那就是盘古董事长乔志远。"

当竹聿名说出第三关后,肖天心里咯噔一下。上一次,王刚、刘世雄在电话中怀疑杨子欣是汪弘毅派到自己身边的卧底,肖天心里一直不安,自己身边还有谁会是汪弘毅的眼线?自盘古推行轮值CEO制度以来,自己跟汪弘毅面子上和和气气,可是早已开始暗中较量,汪弘毅将轮岗的烫手山芋扔给自己,第一批轮岗的就是支持自己的王刚、刘世雄，王刚被发配到了西北，刘世雄因被分配去东北辞职不干了，现在留在桌面上竞争的只有自己跟汪弘毅了。信息是竞争的关键，绝不能在有外人时，包括司机在场时讨论业务。

引入白衣骑士是盘古管理层的一场保卫战，更是接班人之间的一场争夺战。谁能在盘古的关键时刻引入白衣骑士，阻止黄天沙的入侵，谁将是盘古的拯救者，在盘古的地位将不亚于开创者乔志远。无论是肖天还是汪弘毅，都对总资产规模万亿的盘古的接班人位置虎视眈眈，因为荣登盘古接班人之位意味着自己将成为中国商界的领军人物。引入白衣骑士看上去是一场公平的竞争游戏，可乔志远掌握着这场游戏的生死砝码。跟陶光明握手告别的那一刹那，肖天感觉头顶飞来一片乌云，肖天也正担心乔志远跟陶光明曾经的嫌隙会毁掉自己的前程。

肖天沉默了一阵子，说："现在是盘古最关键的时刻，乔总欢迎有实力、懂规矩的白衣骑士。"

竹聿名侧身看了看面无表情的肖天，脸上露出了微笑。肖天知道这家伙肯定是在嘲笑自己心口不一，自己因为太过心直口快，以至在盘古的人脉、口碑都逊色于汪弘毅，现在自己是轮值 CEO，有千万双眼睛都在盯着自己。肖天除了要消除陶光明跟黄国胜、乔志远之间的阴影，更要注意的是东方集团的副总裁、陶光明的助理梅怡，她虽然已经跟汪弘毅离婚了，可他们曾经相爱，离婚也是汪弘毅的母亲逼迫所致，一旦两个人在这一次谈判中旧情复燃，那自己就真的要在接班人竞争中出局了。

"黄天沙没有那么难阻止，关键在你们管理层。"竹聿名在临下车的时候，意味深长地说，"中国股市这个大染缸，小散户注定是韭菜命，土豪们有钱，但同样也是韭菜命，黄天沙现在无非就是要玩一场霸王硬上弓的游戏，黄天沙的底气和不断攻击盘古的力量来自哪里？来自银行、潮汕帮的支持。无论是采取毒丸计划还是引入白衣骑士，给黄天沙来一招釜底抽薪，游戏就结束了。盘古现在去股东中的野蛮人易，去心中的野蛮人难。"

黄天沙从抽屉里摸出一支烟。他已经很久没抽烟了，但现在他内心有一种

第十章

白衣骑士

不安的感觉。

窗外暴雨倾盆，只能隐隐看到航灯点点。黄天沙站在窗前，脑子里不断地琢磨，黄国胜真的已经默许乔志远引入白衣骑士？难道黄国胜真的要放弃对盘古的控股权？黄天沙抓起电话又放下，在窗前来来回回走了三圈儿，最后决定去一趟山鹰会议室。

盘古跟远大地产同一天停牌之后，龙腾集团的资金就被乔志远他们给关了禁闭，一旦盘古股票复牌交易，那么龙腾集团只有迅速提高盘古的持股比例，才能坐到远大集团的谈判桌上。山鹰组在王曦若的指导下进行了资金压力测试，甚至重新规划了停牌期间的资金调度。黄天沙敲开会议室的门，刚一落座，就迫不及待地问："王总，我们要把盘古的持股比例提高到20%，还需要多少资金？"

看黄天沙一脸严肃，王曦若脱口而出："80亿元。"

"80亿元？"黄天沙自言自语，眼珠子转了转，问，"我们手上还有多少筹码可以质押？"

王曦若打开可视系统，从容地说："可以质押的筹码有60亿元，刚跟远东证券谈过，远东证券刚刚交完证监会的30亿元罚没款，跟远东证券合作有不确定性风险，现在没有机构愿意跟远东证券做大业务，盘古聘请远东证券投行部做重组服务，无论是跟远大地产合并，还是跟白衣骑士重组，远东证券都要站在盘古一边。"王曦若顿了顿，看黄天沙脸上的表情没有任何变化，接着说："当然，乔志远他们的管理层持股计划还捏在我们手里，相信远东证券的管理层会掂量一下轻重。"

黄天沙右手在额头上摩挲了两下，说："乔志远他们给我们反置了一枚毒丸。"

王曦若一愣，问："远大地产？"

黄天沙将一直攥在手上的报纸递给王曦若，说："你看看这个。"

王曦若看了看黄天沙递过来的《北方周末》，很冷静地说："这是有人给我们捅刀子。"

黄天沙指了指报头，一脸阴沉地说："中国最具公信力的新闻大报，居然把一个楼盘的历史挖掘到了明朝？说那里到新中国成立之前一直都是刑场，记者又不是搞历史研究的，这很显然是有人冲着我们跟远大地产的合作来的。除了报纸，各大房地产论坛都在铺天盖地炒。"黄天沙的眼睛里血红一片，王曦若从未见过黄天沙如此生气。黄天沙咬了咬牙，说："现在是明枪易躲，暗箭难防，乔志远他们是想将龙湖项目变成一颗毒丸塞给我们。"

王曦若说："不是说阴宅都是福地吗？"

黄天沙摇了摇头，说："现在不是阴宅福地的问题，《北方周末》这样的大报上满篇都是'孤阳不长，独阴不生'这类封建迷信的论调，他们的目的已经很明显了，就是要将我们龙湖项目给抹黑成凶宅，整成卖不出去的毒丸。"黄天沙抓起这份他一直订阅的报纸，单手用力将报纸捏成了纸团，牙缝里蹦出一句话："就这么一个楼盘，地方志、历史地图中的相关信息都被挖了出来，说是阎王爷的地盘，煞气太重，老百姓听到这个消息，都不会买房的。"

龙湖项目是黄天沙给盘古和远大地产合并案投下的一颗毒丸，现在被毒丸反噬。买房是人生大事，谁愿意住在一个曾经的刑场上？王曦若问："现在周总那边有什么反馈？"黄天沙撇着嘴说："一大早，一群已经买了房的人，冒着大雨到售楼处，要求退房！"王曦若长舒一口气："地块是政府挂牌招标出售的，我们只是开发商，只要跟客户理性沟通，问题不大，我只是担心乔志远他们要利用远大地产来个围魏救赵。"

黄天沙一愣，问："怎么围魏救赵？"

王曦若在演示板上给黄天沙演示说："我们跟远大地产重组，唐国强让黄国胜在盘古丢了面子不说，还差点失去盘古的控制权，黄国胜肯定已经默许乔志远他们寻找白衣骑士。唐国强现在也不敢继续推进我们跟远大地产的重组，黄国胜势必会重新主导远大地产跟盘古合并，乔志远会将唐国强做成一颗毒丸。"王曦若在旁边画出了龙腾集团、龙珠基金、君安保险、珠江银行和潮汕基金，说："他们极有可能用唐国强这颗毒丸来打压股价，将我们逼到爆仓的绝境。"

"他们要在股价上做文章？"黄天沙脱口而出，皱着眉头说，"黄国胜那一关呢？"

第十章

白衣骑士

王曦若当初同意回国加盟龙腾集团，就是因为黄天沙的绝顶聪明让王曦若刮目相看。王曦若喜欢跟聪明的人一起，过五关斩六将，不喜欢跟夜郎自大、目光短浅的家伙共事，那些人即便有再多的钱，在王曦若眼里都只是土豪而已。"他们可能以跟远大集团合并为由继续停牌一个月，其间会散布利空消息出来，将那些借钱买股票的散户逼到崩溃的边缘，在市场情绪极度焦躁低迷的时候，突然发布一则充满不确定性的重组公告复牌。"王曦若调出山鹰组的资金压力测试数据说，"我们停牌前买入的2亿股票，只要经历三个跌停，跌去35%，就会被打爆仓。"

黄天沙心里咯噔一下，乔志远他们把远大集团当成一只猴子，整个谈判摆明了要向失败的方向走。那样一来，乔志远他们将为自己找到一个冠冕堂皇的理由，将唐国强制作成毒丸，还让黄国胜有苦难言。可一想到龙腾集团有超过30亿元的资金将灰飞烟灭，黄天沙的心里就翻江倒海，那可是潮汕帮、君安保险、珠江银行的钱，如果乔志远他们多玩几把，自己将陷入泥潭。黄天沙捏紧了拳头，看了看王曦若，又张开手掌，做出一副若无其事的样子，说："他们这是操纵股价，给我们挖坑，也是在给自己挖牢狱，玩火自焚。"

王曦若微微一笑说："他们真正的目的是引入白衣骑士。"

黄天沙一拍大腿说："差点忘了正事，现在盘古的重组投行是远东证券，远东证券新的总裁是之前远东集团的副总裁竹聿名。"王曦若眉毛一挑，突然插话问："竹聿名是远东证券总裁？"黄天沙瞅着王曦若，上一次提到竹聿名时，王曦若就神色异常。王曦若见黄天沙愣住了，解释说："竹聿名跟我是剑桥大学精算专业的同学，毕业后我留在欧洲，他去了华尔街。"黄天沙一直盯着王曦若，王曦若在提到竹聿名的时候面颊露出红晕，黄天沙决定试探一下，说："你们一毕业就天各一方，现在商场上遇到成了对手，真是造化弄人。"

王曦若冰雪聪明，黄天沙是在试探自己跟竹聿名的过去。王曦若一抿嘴，很大方地说："我们曾经确实有过一段美好的爱情，那都已经是往事了。"黄天沙皱着眉头，看样子真是造化弄人，王曦若曾经的恋人现在帮着自己的对手四处寻找白衣骑士。王曦若从黄天沙的眼神中洞察到一丝隐忧，微笑着说："黄总放心，我们虽然分手了，但是见面还会是朋友，不用担心竹聿名会因为我而在盘古引入白衣骑士这件事上跟我们针锋相对。"

黄天沙眉宇舒展，微笑着说："王总多虑了，竹聿名还有一个身份不能忽视。"

王曦若瞪大眼睛："还有什么身份？"

黄天沙用牙齿咬了咬舌尖，王曦若很少见黄天沙这样，只有提到他轻蔑的人他才会这样不经意间咬舌尖。黄天沙说："竹聿名跟盘古董事、轮值CEO、上海区域首席执行官肖天是发小。"黄天沙看了看王曦若，若有所思地说："还记得远东证券乌龙指吧，当天晚上我们向远东证券进行了援助，而乔志远因为担心盘古管理层资产管理持股计划遭遇远东证券抛售套现，跟汪弘毅计划用盘古在黄埔银行的售房款进行过桥拆借，没想到当天晚上黄埔银行行长被双规了。竹聿名给肖天打电话，透露自己可能要接替远东证券总裁职务，身为轮值CEO的肖天出面通过经销商拆借给远东证券5亿元资金。那个晚上肖天一箭双雕，一方面在关键时刻办成了汪弘毅想办而没有办成的事，在乔志远面前争了功；另一方面帮助了将接任远东证券总裁的发小。"

王曦若意识到两人真要商场上见了，问："竹聿名正在帮助肖天物色白衣骑士？"

黄天沙微微一笑，点点头，说："在盘古想合并远大地产的时候，远东证券就是盘古的投行服务机构，我们抢先一步跟唐国强签署框架协议后，竹聿名就在全国范围内给肖天介绍白衣骑士，现在他已经在上海为肖天介绍了东方集团。"黄天沙一说出东方集团几个字，王曦若就快速地在系统里进行检索，黄天沙挥了挥手，说："这个东方集团跟远大集团和盘古还有一段渊源。"

王曦若调出了东方集团董事长陶光明的简历，说："陶光明曾经是远大集团的副总裁。"

"陶光明在出任远大集团副总裁期间，同时还是盘古的董事，他曾经想担任盘古的董事长，乔志远怎么可能将董事长的位置拱手相让？陶光明夺位未果，北上东方集团。"黄天沙撇着嘴说，"陶光明是想以白衣骑士身份衣锦还乡，无论黄国胜，还是乔志远，内心深处都不会欢迎他的。肖天作为轮值CEO，选择东方集团，就已经将成败的钥匙交给了他的竞争对手汪弘毅。"

第十章

白衣骑士

王曦若一脸的疑惑，问："肖天会将命运交给汪弘毅？"

黄天沙嘴角露出一丝诡异的微笑，说："肖天不会主动交出，可陶光明重返盘古心切，他从远东证券挖来了董事会秘书梅怡。"王曦若也跟着微笑起来，插话说："真是冤家路窄啊。"黄天沙呵呵一笑，说："梅怡现在是东方集团副总裁，协助陶光明工作，陶光明的意图很明显，就是要找一个对汪弘毅了如指掌，又让他在关键时刻难以重拳出击的人，肖天如果坚持同样的逻辑，那么败给汪弘毅只是时间问题。"

王曦若很敏锐地说："盘古管理层有了两个阵营。"

黄天沙神秘地一笑："一切才刚刚开始。"

女人的直觉让王曦若有几分担忧，说："如果梅怡将汪弘毅的弱点全部告知肖天，陶光明跟老东家远大集团达成某种妥协的话，东方集团将成为盘古的盟友，那么乔志远他们在用完远大地产这一颗毒丸后，会第一时间停牌。如果我们不在其间收集筹码，我们后续的股权比例难以继续提高，因为开盘之时就是他们重组成功之日，到时候我们投入巨资获得的股权，很容易被以资产注入的东方集团超越。"

黄天沙很自信地说："东方集团成不了！"

王曦若问："为什么？"

黄天沙一脸轻蔑地说："黄国胜同意东方集团进入的前提只会是盘古跟远大地产合并失败，东方集团持股比例小于远大集团。关键是，陶光明能接受股权比例少于远大集团吗？如果跟管理层联合不能超过远大集团的持股比例，陶光明是不可能接受的。如果超过远大集团的持股比例，黄国胜同样不会接受。大家都是国有企业的领导人，你拿到盘古，我就失去了盘古，无论是政绩考核，还是面子上，黄国胜都过不去。"黄天沙冷笑一声说："就算过了黄国胜那一关，乔志远会容忍一个曾经想夺位的人进来复辟吗？"

王曦若再次调出盘古的筹码分布示意图，说："现在盘古的筹码集中在远大集团、远东保险、28家公募基金、管理层以及我们手上，整个比例已经达到55%，整个市场可买的流通筹码只有45%左右，现在肖天在寻找白衣骑士，汪弘毅岂会坐以待毙？"王曦若对盘古的机构股东进行了分析，说："他们的持仓时间超过两年，乔志远他们若真把远大地产变成打压盘古股价的毒丸，那么我们在二级市场只能收集一些意志不坚定的浮筹。"王曦若提议说："我们必须将股权比例提高到20%以上，才能构筑一条护城河，提高白衣骑士进入的成本。"

黄天沙点点头，淡淡地说："如果我们跟远大集团成不了同盟，也要让白衣骑士成为远大集团的敌人。"

王曦若很镇静地说："无论是肖天还是汪弘毅，他们确定了白衣骑士就会发布远大地产重组的利空消息。他们为了强制性降低我们的持股比例，会将我们的部分筹码打到爆仓，立即再行停牌，那样我们就很难继续收集盘古的筹码。"王曦若调出了龙腾集团的资金示意图，提议说："他们把远大地产做成毒丸，那么我们就借着他们打压股价的机会进一步收集筹码，现在龙珠基金的账户里还有60亿元，我们再买入50亿元的股票，这样就可以提高白衣骑士进入的成本，而且白衣骑士势必要求持股比例超过远大集团，那么他们就成了远大集团的敌人。"

"现在我们要重视东方集团，但他不是我们真正的对手。南海市地铁才是我担心的，能够直接拿出超过450亿元买入盘古20%股权的财团，只有那么几家，不过他们都是国资背景，未来可能是我们最大的麻烦。"黄天沙一脸严肃地说，"白衣骑士进来直接扫货？市场上一时半会儿哪有那么多筹码可以让他们买，他们肯定会通过向上市公司定向增发股票的方式，将自己的资产注入上市公司，所以我们只要有机会，就要加快扫货速度，不行就买H股。"

王曦若点点头，说："我们第一目标是超过远大集团15%的持股比例。"

黄天沙伸出三根手指，很警觉地说："现在美国博威拖住了远大集团的一条大腿，不过远大集团还是有能力增持3%左右的筹码。"黄天沙想将防御远大集团和白衣骑士的城墙增高，他心里还有更担心的："现在盘古账面有3000多亿元的现金，如果他们引入白衣骑士的计划受挫，不排除乔志远他们玩狠的，用现金回购盘古股权，拉高股价，这样除了能提高我们的增持成本，还能消耗掉公司的现金，把盘古搞成一片焦土。"

王曦若一愣："焦土计划？"

第十章

白衣骑士

"乔志远他们如果搞股份回购，市场上的筹码会更少，股价会随着回购而不断拉升，我们增持的空间及价格都将受到制约。"黄天沙坏坏地一笑，说，"以乔志远为首的管理层筹码都没有拿够，回购这一招他们可能会用，但是会很克制，他们在与白衣骑士谈判的同时，不排除会通过向持股 12 个月以上的老股东配售，或者在香港给一些友善的机构定向增发一批股票，来稀释我们的持股比例。"

王曦若想起了一个月前的一个电话，说："一个月前，中东皇室基金的一个老同学向我打探盘古的情况，难道他们要在 H 股给中东人发股票？"黄天沙撇撇嘴，说："这种事儿乔志远他们干得出来，不过，他们要过黄国胜那一关。这是伤敌一千自损八百的招数，黄国胜岂会眼睁睁看着远大集团在盘古的权益被中东人摊薄？更何况，一旦远大集团的股权被稀释，盘古对远大集团的绩效贡献率就会降下来，黄国胜怎么向国资监管部门交差？"

王曦若插话说："黄国胜应该更愿意采用回购方案。"

黄天沙很有把握地说："现在盘古管理层出现两个阵营，三股势力，乔志远推行轮值 CEO 制度，肖天、汪弘毅为了争夺接班人位置，都希望引入白衣骑士，成为自己跟黄国胜、乔志远讨价还价的筹码。"黄天沙右嘴角微微翘起，右眼眯着，很是不屑地说："我们用保险资金买入盘古股票，说到底也是为老百姓的血汗钱保值增值，可他们眼中看不到老百姓，看到的只是威胁到他们利益的野蛮人。不管乔志远他们想要啥骑士进场，只要没有黄国胜的点头，都是白费力气。既然黄国胜不能成为我们的盟友，那就让他成为乔志远他们的敌人。"

第十一章
望北楼

远大集团北京总部，乔志远静静地坐在冷板凳上，面部看上去毫无表情，心里一直在琢磨，粤海集团跟东方集团都希望自己的持股比例超过远大集团，白衣骑士出场比黄天沙还强势，直接就要将远大集团拉下马，自己怎么面对黄国胜那张冷峻的脸？盘古现在是中国股市上市公司标杆企业，两大集团都要让管理层对赌，这是监管绝不能容忍的。

一个人静静地坐了3个小时，乔志远已经习惯了这种无止境的等待。到底是黄国胜真的在跟美国人进行长途电话会议，还是黄国胜故意让自己等待以证明他的权力？秘书终于通知他可以进入黄国胜的办公室了。一踏进黄国胜办公室，乔志远就能闻到空气中的火药味。乔志远在黄国胜对面坐下，还没有开口，黄国胜就将一沓资料递给乔志远，说："我们是企业家，不是娱乐明星。"

乔志远接过资料，不用想就知道是有关桂玉梅的新闻报道。《北方周末》是每一个企业家案头必不可少的一份报纸，一场紫宸会的谢幕演出，成了全国舆论关注的焦点。乔志远看着新闻中桂玉梅半张没有卸掉油彩的脸会心一笑，在自己的生命中，桂玉梅简直就是上天派给自己的天使，在舞台上如梦如幻，

第十一章
望北楼

在生活中洒脱率真。乔志远看到新闻的第一反应就是黄国胜又要拿娱乐新闻做文章。乔志远瞟了一眼黄国胜递过来的资料,冷冷地说:"记者们需要养家糊口。"

"哼!"黄国胜鼻子里的哼哼声,令整个屋子里的氛围相当尴尬。黄国胜的右手中指在办公桌上敲击着,说:"你是盘古的一面旗帜,股东、员工、客户的眼睛都盯着你,你的一言一行代表着整个盘古的形象。"黄国胜瞟了一眼报纸,语重心长地说:"盘古是远大集团的标杆企业,国有企业的管理层就应该洁身自好。商场就是一个名利场,名利名利,人一旦失去了名节,生意伙伴就会远离。"

乔志远一言不发。

黄国胜突然话锋一转,问:"你们的白衣骑士找好了?"

汪弘毅跟肖天的谈判都是秘密进行的,自己坐进会客室的时候,两人才分别跟潜在的白衣骑士见面,谁第一时间将信息告诉了黄国胜?乔志远心里咯噔一下,当初自己在内部管理层扩大会上的讲话,被人给捅到报纸上;张青桐在紫宸会自杀相逼,闹到报纸上成了桂玉梅自杀逼宫。之前汪弘毅就说过要抓卧底,难道盘古内部真有商业间谍?

看得出,黄国胜对盘古管理团队寻找白衣骑士的计划了如指掌,而且颇有几分不满。乔志远今天见黄国胜就是要将远大地产做成毒丸,岂会落入黄国胜问话的陷阱之中?乔志远挑起上眼皮,理直气壮地说:"远大地产停牌之前,我们没有找白衣骑士,当时弘毅跟远东证券投行团队的人正在做方案,远大地产的停牌公告就出来了。黄总,黄天沙在二级市场上疯狂地买入我们盘古股票,远大地产向龙腾地产增发股票,那我们继续合并远大地产,岂不是真的引狼入室了?"

黄国胜抬起眼皮子看了看乔志远,说:"引狼入室?"

盘古合并远大地产是乔志远、黄国胜双方都认同的交易方案,没想到黄天沙釜底抽薪,抢先一步跟远大地产联盟,把自己做成了一枚阻击两家合并的毒丸。乔志远一直想当着黄国胜的面将远大地产的问题说清楚,可一直约不上黄国胜。乔志远很直接地说:"龙腾地产出售给远大地产的龙湖花园项目,之前开价100亿元，我们只给60亿元，现在远大地产80亿元换股收购，按照这个价格，龙腾地产可以获得远大地产将近10%的股权，如果远大地产再跟盘古合并，那么龙腾地产自然可以通过换股取得盘古的股权。"

黄国胜右眼半眯着问："你们提出的合并方案是什么？"

乔志远一听黄国胜明知故问，说："方案正在做，远大地产就没给我们时间。"

黄国胜继续问："你跟汪弘毅从我办公室离开，到远大地产停牌有多长时间？"

乔志远脱口而出："3天。"

黄国胜咄咄逼人地问："这3天你们都做了什么？"

黄国胜的眼珠子开始有蹿红的血丝，他这是要将盘古跟远大地产合并出现的问题归咎于盘古管理层的低效率，这对盘古高效的管理层来说就是羞辱。乔志远毫不客气地说："我们俩离开您办公室，就开始联系唐总，可是唐总的电话一直处于无人接听状态。弘毅跟远大地产的总裁杨东明进行沟通，杨东明在沟通的过程中含糊其辞，我们还是立即跟远东证券团队就合并设计方案。"

黄国胜从桌子上拿起一份报纸递给乔志远，说："你看看这个，谁搞的？"

乔志远一看，很轻蔑地将报纸递给黄国胜，说："这种下三烂的事儿鬼知道谁搞的，不要低估黄天沙的手段。"黄国胜一愣，说："从明朝到新中国成立后，从地方志到地图的材料都被挖了出来，哪个记者能够刨出那么多东西？难道是黄天沙自己搞自己的项目，让自己的几十亿投资打水漂？这么一搞，远大地产在龙湖边的楼盘卖给谁？那可是砸了120多亿元。"

"伤敌一千自损八百这种苦肉计，他干得出来。"乔志远指着桌子上的报纸，撇着嘴说，"当初我们只出价60亿元，就是因为那个地方几百年来都是刑场，死人无数，煞气太重，老百姓都讲究这个。他为啥三番五次要卖掉这个项目，他很清楚这个项目的问题，盘古要跟远大地产合并，他把自己做成毒丸，拉远大地产下水，远大花园乱坟岗的事被扒出来，这是多大的生意啊。"

黄国胜鼻子一哼，说："一大堆人都在嚷嚷退房，还有什么大生意？"

乔志远在远大集团会客室坐冷板凳时，远大花园已经炸锅了，大批已经购

第十一章

望北楼

房的业主围在售楼处,不少人打着横幅,甚至有人缠上了退房的头巾,买了面包、矿泉水在售楼处静坐,派出所的警察在旁边维持秩序,现场的图片在各大论坛、微信群里流传。远大花园项目部迅速将情况上报,黄国胜很快通过内部系统看到了情况汇报,责令远大地产快速妥善处理。乔志远进入办公室时,远大花园售楼处要求退房的人正越聚越多。

黄国胜的哼哼让乔志远心里很不舒服,看来黄国胜认定龙湖项目背后是盘古在捣鬼。乔志远镇静自若地说:"龙腾地产在龙湖项目上的投资不到30亿元,他跟远大集团以80亿元的价格进行重组只是一个幌子,目的是搅乱盘古跟远大地产的合并。"乔志远顿了顿,继续分析说:"黄天沙很清楚您不会同意远大地产跟龙腾地产的重组,那么他的目的就是用30多亿元的项目,将远大地产120亿元的项目拉下水。"

黄国胜皱着眉头,问:"这就是黄天沙的大生意?"

乔志远摇摇头,说:"黄天沙把龙湖项目做成毒丸,盘古跟远大地产的合并还怎么推进?盘古的其他股东肯定会拒绝跟远大地产的合并,这样一来,我们盘古只能第一时间复牌,这才是黄天沙想要的结果,他们可以趁机快速收集筹码,一旦龙腾集团持有盘古股票超过20%,我们可以反制黄天沙的策略就越来越少。这样黄天沙把远大集团的项目当棋子,用30多亿元的代价,就能夺走远大集团对盘古的控制权,掌控3000多亿元账面现金的盘古。"

黄国胜听着乔志远滔滔不绝的分析,总觉得哪里不对劲,他咬牙切齿地说:"如果黄天沙真将龙湖项目做成毒丸,将远大地产拉下水,难道他不明白一旦盘古跟远大地产的合并失败,盘古股价将暴跌,龙腾集团在盘古停牌前买入的那些股票会爆仓?"黄国胜重重地将茶杯顿在办公桌上,茶水溅到桌面上。黄国胜轻蔑而又疑惑地说:"就算他是一头猪,他也清楚这个连锁反应会将他自己踢出局,他哪里还有机会掌控盘古?"

乔志远两手一摊,说:"从唐总不接听我们的电话开始,就怪事连连。"

黄国胜脸色铁青,现在远大集团内忧外患,远大地产作为远大集团绝对控股的上市公司,曾经是自己捍卫盘古控股权最大的筹码,没想到现在成了他人砧板上的肉。黄国胜痛心疾首地说:"远大花园事件一旦失控,远大地产两年的利润就没了，亏损的上市公司3年之内没有融资资格，一个失去融资能力的上市地产公司，还叫地产商吗？商场上可以使千般手段，总不能伤敌一千自损八百吧？哪有这么愚蠢的，这简直就是端碗砸锅！"

满屋子都是火药味，乔志远看黄国胜黑着脸，心里很是不愤，现在盘古都火烧眉毛了，黄国胜首先考虑的还是远大地产的利益。到底是谁在对龙湖花园项目使坏呢？乔志远脑子里闪过汪弘毅，不应该啊，如果是汪弘毅的安排，他应该向自己汇报啊。乔志远脑子里闪现出张青桐在紫宸会闹自杀的情景，最终舆论却对准了桂玉梅，手法跟龙湖花园项目如出一辙。到底是谁呢？乔志远淡淡地说："世界善恶自有公论，相信唐总一定会处理好的。"

黄国胜将把一份文件推到乔志远跟前："你看看这个。"

乔志远看了看文件，文件上有一张龙腾集团详细的增持明细，盘古停牌之前，龙腾集团两天之内已经收集筹码超过3%，全部筹码已经快到15%了。同期远东保险也在继续增持，持股比例已经达到4.99%，差100股就达到5%的举牌线。乔志远很纳闷，汪弘毅专程到上海跟谢晓辉见面，谢晓辉承诺远东保险会站在盘古管理层一边，可他们不断买入盘古股票到底想干什么？更让乔志远后背发凉的是，黄国胜的明细从何而来？盘古内部到底有多少吃里爬外的内鬼？

黄国胜看乔志远脸上表情毫无变化，心里揣度这家伙是在焦虑，还是在怀疑呢？没等乔志远说话，黄国胜就以一副盛气凌人的口吻说："现在是大数据时代，停牌3天了，你们的数据呢？你们对黄天沙的策略还云里雾里，远东保险跟着黄天沙抢筹码，他们到底是盟军还是敌人？一旦远东保险倒向龙腾集团，现在盘古的股东、董事会格局都将发生翻天覆地的变化，那个时候我这一关已经不重要了，你们要过的是他们那一关，你们如今的一切策略都将变得毫无意义。"

乔志远迅速地整理了一下思路，很自信地说："远东保险不会成为我们的敌人，远东证券乌龙指当天晚上，所有金融机构拒绝给他们拆借资金以应付第二天的交割，我们给他们支援了救急资金，否则远东证券会有破产的危险，整个远东集团旗下上市公司的股份也因为远东证券危情缓解平稳下来。远东证券

第十一章

望北楼

董事长方清平同时兼任远东集团副董事长,相信他不会眼睁睁看着远东集团旗下保险公司跟盘古的敌人站在一个战壕。"乔志远看黄国胜严肃的表情并没有放松,继续说:"除了通过救急远东证券跟远东集团有了战略上的信任关系,黄天沙第一次举牌之后,我们就跟远东保险的谢晓辉谈过,谢晓辉承诺支持盘古管理层。黄天沙增持股票的过程中拉高股价,远东保险顺势增持可以获得超额收益,这应该是他们的交易策略。"

"如果远东保险公开举牌了呢?生意,生意,见利生意,方清平以远东集团副董事长的身份兼远东证券董事长,他的实权不在集团层面,而在远东证券。远东证券跟远东保险只是平级的兄弟关系,没有从属关系,谢晓辉会在巨大的利益面前听从方清平的?"黄国胜有一种被群狼环视的危机感,他最不放心的就是这个谢晓辉,"这个谢晓辉不只是远东保险董事长那么简单,你们看看远东保险的股权结构,谢晓辉的同盟持有的股权超过60%。"

黄国胜讲得刀光剑影,杀气腾腾,乔志远淡然一笑,说:"谢晓辉不会给黄天沙抬轿子。"

黄国胜紧咬的双唇间蹦出几个字:"为什么?"

"黄天沙不断增持的策略很明显,他用不断融来的钱推高股价,再通过高价的股票进行质押融资,不断滚雪球,这是一种典型的黄鼠狼游戏,除了提升自己的持股比例,更重要的是制造股价毒丸。"乔志远下嘴唇包着上嘴唇,噘得老高,很是不屑地问,"谢晓辉除了交易获利外,他会去跟黄天沙抢筹码?到时候黄天沙把筹码砸给他,他不就成了给黄天沙抬轿子的了?"

黄国胜眉头一皱,问:"股价毒丸?"

乔志远很冷静地说:"从龙腾集团买入盘古股票到现在,股价从10块涨到16块,上涨了60%,现在黄天沙拉一个涨停,意味着无论是远大集团增持,还是第三方友好机构增持,成本都会增加10%。如今是熊市,谁愿意冒着成本不断增加的危险进场给黄天沙抬轿子?"乔志远突然停下来,冲着黄国胜狡黠地一笑,接着说,"盘古一旦有利空消息放出来,黄天沙滚大的雪球很容易就化掉了,他不断买入盘古股票,拉高股价,无非想将那些小散户绑到他的利益战车上,那样一来,盘古有利空信息就要照顾散户们的情绪。黄天沙的筹码如果拿到 20% 以上，我们阻挡他的力量就会越来越弱。"

黄国胜点点头，问："你们跟远大地产高管层进行过深入沟通吗？"

乔志远有点无奈，黄国胜思维太跳跃了，说："唐总没给我们沟通的机会。"

黄国胜轻轻地摇了摇头，撇着嘴说："现在的盘古已经成了一个多方势力逐鹿的战场。远大地产跟盘古合并，你们怎么安排远大地产的管理团队？在做鸡头还是凤尾的选择面前，你让唐国强怎么选？"黄国胜瞅了瞅乔志远，继续说："抛开人事问题，盘古有管理层资产管理持股计划，对新的管理团队怎么进行利益分配？在未来的董事会改选中，你们能拒绝持股比例超过 14% 的黄天沙派出代表吗？就算你想照顾唐国强团队的利益，黄天沙的反对票你们能扛得住吗？"

控股权、持股计划、董事会、团队重组，乔志远岂能不知黄国胜之意。乔志远很冷静地说："黄天沙进不了我们的董事会，在董事会改选之前，集团如果叫停远大地产对龙腾地产资产的收购，清除黄天沙这颗毒丸，将其逐出盘古，盘古跟远大地产合并之后，远大集团的持股比例超过 30%，哪里还有黄天沙的机会？"乔志远成竹在胸，轻描淡写地继续说："远大地产的管理层会跟盘古的管理层进行整合，没有鸡头凤尾，只有为客户、上下游链条的利益相关者以及社会服务的盘古团队。"

管理层整合？没有鸡头凤尾？在跟乔志远不断接触的过程中，黄国胜发现他是个控制欲极强的人，他在盘古内部通过轮值 CEO 制度，将汪弘毅、肖天当成两匹赛马，在黄天沙闯进来之时，把接班人位置当成驾驭两匹马的缰绳，唐国强不想成为乔志远座下的一匹马，自然一直躲着。黄国胜心底当然不相信龙湖花园项目风水问题是黄天沙自损八百的阴谋。黄国胜皱着眉头问："除了合并，你们还有什么策略应对黄天沙？"

乔志远上一次跟汪弘毅在北京见了黄国胜之后，远大地产董事长唐国强的回避令盘古管理层不安，盘古岂能坐等黄天沙步步紧逼。乔志远毫不隐瞒地说："盘古是盘古人的盘古，更是 A 股、中国人的盘古，我们没有理由，我们的做人底线也绝不允许我们用伤敌一千自损八百的焦土策略去对抗黄天

第十一章
望北楼

沙。远大地产跟龙腾地产重组的停牌公告发布之后，我们分南北两个区域，肖天负责长江以北区域，弘毅负责长江以南区域，他们二人第一时间拜访了一些潜在的机构，我们希望能够第一时间获得潜在机构的意向支持。"

黄国胜已经听闻乔志远他们的行动，漫不经心地问："现在有有意向性的机构吗？"

难道远大集团不能影响远大地产管理层的决策？他默许管理层寻找白衣骑士，是希望白衣骑士能跟远大集团共同抵御黄天沙，还是想在关键时刻向盘古和白衣骑士的重组计划投下反对票，以验证自己手中那一票的权力大小？乔志远现在没有那么多时间去猜测黄国胜的意图，直截了当地说："有两家国有企业，一家是上海的东方集团，肖天在负责谈判；另一家是南海市的粤海集团，弘毅在负责谈判。"

黄国胜对东方集团和粤海集团都相当了解，这两家都是地方国有企业，跟远大集团不在一个量级。从乔志远眼中的自信可以看出，肖天、汪弘毅和他们的潜在对象都已经谈得相当有把握了，远大地产拒绝合并之后，向其下死手的恐怕另有其人。无论是东方集团还是粤海集团，只要对远大集团的控股地位不构成威胁，能跟盘古管理层结成友好同盟，远大集团都持开放态度。黄国胜淡淡地说了一句："我们欢迎一切为了盘古基业长青的盟友。"

夕阳洒落在办公楼湛蓝的玻璃上，乔志远望着远处的蓝天白云，这在北京真是难得一见的好天气。

乔志远轻快地走在北京的街头，他已经很久没有如此惬意了。身旁人流如织，大家都在为生计奔走。跟张青桐离婚之后，乔志远总有一种莫名的危机感，盘古已经成为中国最大的房地产企业，优秀已经成为乔志远的天花板。乔志远将盘古的经营管理权交给了汪弘毅，希望通过游学来不断提升自己，打破认知的天花板。从哈佛回来，他推行轮值 CEO 制度，希望能激活盘古内部的竞争活力，可汪弘毅跟肖天之间明争暗斗，黄天沙野蛮敲门，黄国胜居高临下，乔志远内心有一种红旗遍天下，谁来守山河的忧虑。

张青桐大闹紫宸会后，乔志远就再也没有回过珠江花园。张青桐一遍又遍地拨打乔志远的电话，乔志远索性将电话设置为静音。乔志远一想起张青桐，眼前就浮现出她在紫宸会跟桂玉梅大打出手的那一幕，见惯了商场上的惺惺作态，乔志远更喜欢桂玉梅的爽快。望着大街上匆匆的行人，整个空气里都弥漫着钱的味道，行走的灵魂却无处安放。乔志远拨通了桂玉梅的电话，电话里很嘈杂，乔志远嘟囔着，像个老男孩儿一样问："在哪里呢？我肚子饿了。"

东方亮正在紫宸会为桂玉梅举行离别宴，大戏楼的鼓乐队、各部门的同事们全挤进神仙厅，吴道子的《八十七神仙卷》挂在正中的墙壁上。东方亮吩咐后厨，将紫宸会的看家美食全部端上15米长的条案。花梨木条案树龄有1700年，是紫宸会的镇店之宝。喧嚣声中，桂玉梅听乔志远说肚子饿，差点将刚喝到口中的酒喷出来，压低声音说："找个地方吃饭去啊，不想在外面吃，那就回家，冰箱里有牛奶、面包。"

桂玉梅说完就挂断了电话，乔志远听着电话"嘟嘟嘟"的声音，发现自己真的进入了一个陌生而又新奇的世界。青云酒店那一夜，时常犹如电影一样浮现在乔志远的脑海里。桂玉梅从来不主动给自己打电话，好像从来没有来过自己的世界一样，但每次回到桂玉梅的家里，茶几上总有一杯乔志远最喜欢的三觉茶。桂玉梅跟乔志远开玩笑："老头儿上年纪了，健脾和胃才能精力充沛。"

乔志远正准备叫出租车，突然电话响起，一看是儿子乔瑾瑜。乔瑾瑜10年前从东方大学计算机系休学，都没有跟乔志远商量，就跑到美国留学去了。乔志远对乔瑾瑜的不辞而别火冒三丈，后来，已经是加州大学伯克利分校研究生的乔瑾瑜给乔志远写了一封信，乔志远一个字都没回。乔瑾瑜一直在加州大学读到博士毕业，毕业后进入硅谷顶级高科技企业，6个月前一个人背着背包回到南海市。乔瑾瑜回来给乔志远打过电话，当时乔志远正在北京跟黄天沙会面，没有接听，这几个月这小子就像人间蒸发一样，一点消息没有。

乔志远接起电话，很严肃地说："你小子回来这么久，一直不打电话，忙啥呢？"

乔瑾瑜一米八三的个子，遗传了母亲张青桐的基因，看上去玉树临风，脸上有一对小酒窝，上学期间就是女生们心目中的白马王子。作为中国第一大房地产上市公司董事长的公子，论坛上有各种关于乔瑾瑜的传说，有女生给乔瑾

第十一章

望北楼

瑜创建了专属网页，留言区清一色称呼他为"老公"。乔瑾瑜从不公开在网上回复那些"后宫团"。听父亲电话里有责怪自己的意思，乔瑾瑜呵呵一笑，说："忙创业，创业狗都是跟时间赛跑，哪有时间打电话。"

乔志远第一次听说儿子在创业，一愣，问："你一个人创业？"

乔瑾瑜脱口而出，说："两个人。"

两个人创业？乔志远听着不太靠谱，问："合伙人是谁？"

乔瑾瑜从小就不喜欢父亲，问问题没完没了，跟审犯人一样。当初在东方大学出走海外，乔瑾瑜就担心父亲不让自己闯荡世界，背着父亲跟母亲办好了一切手续，到了美国才写信给父亲。这些年来，乔瑾瑜从来都不敢直接给父亲打电话，都是通过写信向家人汇报，可是父亲从来不给自己回信。乔瑾瑜正要说出合伙人的名字，可话到嘴边又咽回去了，说："这个你就不要问了。"

乔志远一听就觉得有些古怪，说："是不是创业黄了？合伙人有什么好隐瞒的？"

乔瑾瑜想了想，说："怎么可能黄，伟大前程才刚刚开始。只是说了你恐怕要跳起来。"

"谁？"乔志远第一个想到的人就是黄天沙，问，"你是不是拿了黄天沙的钱？"

乔瑾瑜呵呵一笑，说："你现在好像惊弓之鸟，看样子黄天沙真是你的克星。"

乔志远觉得不对劲，追问："真是黄天沙？"

乔瑾瑜撇着嘴说："不，是他儿子，黄世林。"

乔志远鼻孔里不屑地哼哼了两声，说："你们还是尽早散伙，不合适。"

乔瑾瑜知道自己一说出来，父亲一定会反对，问："为什么？就因为你跟黄天沙的恩怨？"

乔志远很坚决地说："基因是会遗传的，有其父必有其子，要跟懂规矩的人一起做事。"

乔瑾瑜看了看对面的黄世林，他们在海外相识多年，相同的教育背景让他们无话不谈，一直谋划着要做一个颠覆性的产品出来，在美国，两人一有时间就在一起琢磨产品。他们在报纸上看到了盘古控制权争夺的新闻，但父辈们的恩怨没有影响到两人的关系，反而更坚定地要回到中国创业。两人最近疯狂地见投资人，但进展一直不顺利，现在的投资人都急功近利，恨不得今天把钱投进去，明天就能赚一大笔。两人相互鼓励，坚信全息 AI 手机可以彻底颠覆乔布斯的苹果，让现在所有的手机都变成博物馆的展品。

在拨打父亲乔志远的电话之前，乔瑾瑜跟黄世林刚刚见完一波投资人。现在不少投资人一听闻两人的父亲一位是乔志远，一位是黄天沙，都认为他们在开玩笑，拍拍屁股就走人。黄天沙跟乔志远现在已经剑拔弩张，两人的儿子能在一起创业，还四处融资？如果两位的父亲真是乔志远和黄天沙，用得着四处找投资吗？有一位投资人戏谑地嘲笑乔瑾瑜说："乔老板对他的小女友一出手就是千万，你是乔志远的儿子，还用得着跟我见面？"同样，有投资人嘲讽黄世林说："黄老板买股票一投就是几十亿、上百亿，你是他儿子，随便跟着做个老鼠仓都躺着赚钱，还用得着创业？"

乔瑾瑜听父亲这么说，很是不屑地说："你们是你们，我们是我们。"

乔志远很坚决地说："谈恋爱要门当户对，合伙人的品行也要匹配。"

父亲的话让乔瑾瑜很惊讶，乔瑾瑜第一次看到桂玉梅的新闻时很难理解父亲的行为，跟出身名门的母亲离婚，竟然跟一个当着母亲的面要自杀逼宫的演员混在一起。当时乔瑾瑜就想给乔志远打电话，一直忍着，今天刚跟黄世林去见了一个投资人，一出来就看到了桂玉梅的新闻。在给乔志远打电话之前，乔瑾瑜再三看了桂玉梅的报道，猜想父亲肯定因为新闻很烦恼。乔瑾瑜一开始只想问候一下乔志远，没想到乔志远竟然用恋爱应当门当户对的说辞来让自己跟合伙人黄世林散伙，听到父亲这么说，乔瑾瑜鼓足勇气问："爸，什么叫门当户对？你跟桂玉梅那样的女人是门当户对吗？"

乔志远的脸色一下子阴沉下来，夕阳都映射不出他脸上的光彩，问："有问题吗？"

乔瑾瑜一边打电话，一边在电脑上将桂玉梅的报道文章整理成文档，通过电子邮件发到乔志远的邮箱，很是不愤地说："你跟我妈离婚，那是你们两个人的选择，你真想再谈一次恋爱，就找个认真的女人，我尊重你，我选择合伙人你也要尊重我。"乔瑾瑜顿了顿,电话里乔志远的呼吸明显比一开始重,听得出父亲心里很不舒服,乔瑾瑜还是忍不住说:"天下人都知道桂玉梅的野心,你看看新闻,她哪里是跟你谈恋爱,她就是踩着你出名。"

"你怎么说话呢?"乔志远一听乔瑾瑜这样说桂玉梅,火一下子就窜出嗓子眼儿,从来不给自己打电话的乔瑾瑜,这次打电话过来难道就是为了羞辱桂玉梅,羞辱自己?难道是张青桐唆使乔瑾瑜打的这个电话?与张青桐离了婚才摆脱她对自己的控制,难道她还想通过儿子来继续对自己的生活、自己的追求施加影响?乔志远厉声说,"谁让你打的这个电话?"

乔瑾瑜太了解自己的父亲,一辈子跟自己较劲,从来不服输。很小的时候,乔瑾瑜就听母亲给自己讲过父亲苦学两月围棋,拿下万元订单的故事。乔瑾瑜在硅谷期间,一直琢磨通过技术在围棋中打败父亲乔志远。乔志远至今都不知道的是,自己的儿子就是人工智能围棋阿尔法狗开发团队的成员。乔瑾瑜通过大数据追踪到乔志远在网上下围棋的行踪,经常通过技术把乔志远逼到发疯的地步。有一次,乔瑾瑜跟自己的好兄弟黄世林聊起为啥要用技术去挑战父亲,他说:"我只是想告诉他,技术正在颠覆传统。"

乔瑾瑜很不喜欢父亲的家长制作风,反驳说:"我打电话还需要人指使吗?你们的事现在搞得全天下的人都知道了,你自己去网上看看,有一个人祝福你们吗?"乔瑾瑜一边看着桂玉梅自杀逼宫的新闻,一边嘲讽道:"现在谁不说你晚节不保,堂堂的盘古董事长竟然为了一个唱戏的,砸那么多钱在鸟巢开戏剧晚会,难道天下人的眼睛都瞎了?"

乔志远越听这小子越说越不像话,严厉地训斥说:"放肆!你的书都读到哪里去了?"

乔瑾瑜撇着嘴说:"你是长辈,可你除了自己高兴,考虑过谁的感受?"

乔志远的心情已经被乔瑾瑜给破坏完了,咬牙切齿地问:"有没有别的事?没有就挂电话。"

乔瑾瑜看着报道上桂玉梅的样子,心里真的很难受,说:"作为晚辈,我是没有资格干预你的任何选择,你跟我妈已经离婚了,你追求一段新的爱情,我能理解,但是你除了你自己高兴,也考虑一下我妈。我给我妈打电话,听声音她状态很不好，如果你真是个男人，也照顾一下我妈的感受。"说完，乔瑾瑜没有给乔志远任何训斥的机会，直接将电话啪的一声挂断了。

月上树梢，院子里有青蛙在鸣叫。已经很多年没有在北京城听到蛙声了，乔志远走到院子里，坐在树荫下，乔瑾瑜的嘲笑之声不断在耳边回荡，乔志远又站起来，绕着院子的小径漫步。一阵凉风拂面，乔志远的内心慢慢地趋于平静。突然，桂玉梅推开了院子的大门，月光下，宛若仙子下凡。

桂玉梅打开了院子里的灯，走到乔志远对面站定，她身着一袭白色的抹胸长裙，蕾丝镂空的腰线令双腿更显修长，妩媚的笑容中不失典雅，脂粉和唇彩相得益彰，如雪的脖子上挂着粉色的水晶吊坠。晚风中，她的秀发随风飘扬，偶尔缕缕滑过脸庞，披散在香肩之上，风将桂玉梅身上的香水味送到乔志远的鼻孔，沁人心脾。乔志远快步走到桂玉梅的跟前，一把搂住桂玉梅的细腰。热唇正欲吻上桂玉梅的双唇，桂玉梅突然用手轻轻地推开了乔志远，说："我不喜欢带着其他情绪的冲动。"

乔志远一愣，问："什么其他情绪？"

桂玉梅抿嘴一笑，说："你是一只刺猬，刺猬也有受伤的时候。"

乔志远抓住桂玉梅的手，眼前这个女人真是冰雪聪明，但他还是若无其事地说："刺猬永远是将刺对准他人的，受伤的只有敌人，自己怎么会受伤呢？"乔志远右手轻轻地在桂玉梅的鼻子上刮了一下，说："有你在身边足矣，其他人的情绪重要吗？"

桂玉梅撇着嘴说："可能我只是你生命中的一个过客，但是你不会遇到第二个我。"

乔志远嘴角微微一笑，说："我这里没有过客，以后也不需要第二个你。"

桂玉梅和乔志远住到一起后，从未见乔志远一个人在院子里散步，只要有时间，不是做饭就是在书房里下围棋，每一次输棋后总是喃喃自语："我是不是老了，我怎么就下不过电脑呢？"桂玉梅听闻过乔志远棋艺精湛，可跟电脑下就从来没赢过，每次听到乔志远自言自语，桂玉梅都会爽朗大笑："你的脑袋能跟电脑相比？你一分钟思考几步？电脑一分钟可能已经想了几十万步。"

第十一章

望北楼

乔志远在院子里溜达，一定有心事。

紫宸会谢幕演出后，关于桂玉梅的八卦娱乐新闻铺天盖地。桂玉梅相信乔志远已经看到了，这一整天，乔志远要面对家人、商业伙伴、同事的各种判断与言论。桂玉梅在进入院子之前，并不知道乔志远的儿子给他打过电话，更不知道父子俩在电话里激烈争吵过。从乔志远强装欢颜的神情中，她能看得出这个男人内心深处的孤独。桂玉梅微笑着说："世上有两样东西不可直视。"乔志远一皱眉头，问："哪两样？"

桂玉梅莞尔一笑，说："一是太阳，二是人心。没有一个人能读懂另一个人，每一个人都有自己的孤独。"乔志远深情地在桂玉梅的额头上吻了一下，说："有你我就不孤独。"桂玉梅脸上顿时落上红霞，同样用右手在乔志远的鼻子上轻轻一刮，说："现在全天下的人都在议论你和我，你却一个人默默地承受着巨大的舆论压力。"桂玉梅突然长舒一口气，很是感慨地说："戏场只是小天地，天地才是大戏场，天底下谁不是戏子？我们都是在别人的世界里流自己的眼泪，谁认真谁就是蠢货。"

乔志远眉宇紧锁，说："他们懂什么？我自己的选择，哪会听他们说三道四。"乔志远骨子里的那种不屑随着眉宇舒展而流露出来。桂玉梅性感的红唇温柔地吻了一下乔志远的唇，乔志远身子一颤，呼吸变得急促，荷尔蒙开始飘散到院子里的每一个角落。桂玉梅一边用纤纤玉手在乔志远身上轻轻地抚摸，一边用舌尖缠绵着乔志远的耳垂，魅惑地说："把明天留给明天，现在，我要用尽我的风情万种，让你在将来任何不和我在一起的时候，内心都无法安宁。"

在香港中环金融街 8 号高耸入云的四季酒店 38 层，黄天沙推开了预定好的总统套房，丝质的面板墙壁映入眼帘，穿过气派非凡的大理石门厅，房间里古色古香的镂雕家具、富贵金叶和真品水墨画，同高科技的装置有机地融合在一起。侍应生帮黄天沙一行放置好行李退出房间。王曦若给黄天沙冲泡了一杯咖啡，黄天沙站在宽阔的落地玻璃窗前，维多利亚港一览无余，九龙半岛和山顶的动人景致尽收眼底。

黄天沙嘴角微微一笑，问王曦若："这就是传说中的望北楼？"

王曦若在房间里四处打量了一番，说："望北楼的秘密都是从内部泄露出去的。"

黄天沙看了看表，信心满满地说："现在 7:30，还有半个小时，我们先对一下数据。"黄天沙从行李箱中拿出龙腾卫士系统，对准宽大墙壁轻轻一按，墙壁上立即呈现出一个立体的可视化对阵演示图，他笑眯眯地说，"对了，今晚这事儿，一定得让乔志远、汪弘毅他们听个清清楚楚，接下来的事儿没他们帮忙，我们还真是孤军奋战。"

一切安排就绪，王曦若退出房间，进入隔壁房间。

墙上的钟表嘀嗒嘀嗒地走着，黄天沙望着斜阳中的香江，真是半江瑟瑟半江红。黄天沙坐在窗前的沙发上，端起咖啡杯，欣赏着逐渐被夜色笼罩的维多利亚港，港湾里的霓虹灯开始闪烁。突然，门铃响了，黄天沙起身去开门，黄国胜戴着鸭舌帽，跟黄天沙相视一笑，黄天沙将其迎入房间。黄国胜这是第一次见黄天沙，见黄天沙一米七不到的小个子，前额锃亮，一看就是个聪明人。黄天沙上前跟黄国胜握手，黄国胜只是礼貌性地说："黄总好！"

黄天沙立即给黄国胜拧开了一瓶矿泉水。黄国胜取下鸭舌帽，接过矿泉水，环视了一下房间，确定房间没有第三人，才一屁股坐在沙发上。黄天沙脸上一直堆着微笑，黄国胜并不讨厌眼前这个让自己焦头烂额的家伙，倒是对黄天沙的对手乔志远毫无好感，乔志远永远都是一副面无表情的样子，搞得像别人欠了他八辈子高利贷一样。黄天沙打开了龙腾卫视系统，黄国胜条件反射一样从沙发里坐起来，侧身看了看黄天沙摆弄的小玩意儿，再看看墙上出现的多维可视化演示图，神色才放松下来。

黄天沙向黄国胜简要介绍了自己的发家史，以及龙腾集团的现状，非常谦和地说："能够向您当面介绍是我黄天沙的荣幸，我们在增持盘古股权的过程中，确实存在很多的误会。"黄国胜挥了一下手，说："黄总，你说的误会是指你们买的股票比大股东还多，要取远大集团而代之，成为盘古的控股股东？"黄天沙摇摇头，说："我们一开始确实只想做一个财务投资者，在我们举牌增持的过程中，对盘古的了解不断深入，能够跟远大集团一起成为盘古的战略投资者，那也将是我们的荣幸。"

第十一章

望北楼

黄国胜皱着眉头,侧身看了看满面笑容的黄天沙,说:"黄总,你从一开始想成为财务投资者变成现在想成为战略投资者,这无可厚非,可是为啥股权已经接近第一大股东了,你们并没有任何要停下来的意思?"黄国胜撇着嘴,喝了一口矿泉水,继续说:"我是不是可以认为,如果你们继续买入盘古的股票,对盘古的了解更加深入,你们的身份会进一步转变?你们这样的行为,让任何一家上市公司的管理层都心生疑虑,说不定哪天你们一觉醒来,一不高兴就把管理层给一锅端了。你们这样搞得我压力很大啊!"

黄天沙一听,黄国胜话中有话,这是在试探自己还会不会继续买入盘古股票,龙腾集团进入盘古会不会突然提出改组董事会,董事会上的权力事关一家上市公司的命运。黄天沙微笑着说:"黄总见笑了,盘古是A股的标杆企业,我们增持盘古的股权,没有想通过股权侵犯远大集团以及盘古的利益,盘古是股东、客户和社会公众的盘古,所有的利益相关方都希望盘古各方能够和衷共济,只有公司稳健,不断发展,大家才能获益。我跟乔总第一次见面的时候就说,乔总是盘古的一面旗帜。"

说得滴水不漏,听上去面面俱到,可是黄国胜想要的答案,黄天沙一个字都没说,黄国胜还只能硬着头皮点点头。黄天沙的脸上一直都保持着微笑,黄国胜还真把握不好这个家伙心里到底是怎么想的。黄国胜眯着左眼,说:"你们不断买入盘古股票,无论是盘古管理团队,还是整个社会舆论氛围,都被你们搞得剑拔弩张,盘古正谋划跟远大地产合并,结果你们龙腾插进来,这让我很尴尬,两家上市公司在远大集团中贡献度都很高。"

黄天沙呵呵一笑,说:"如果不是汪总,我们不会对盘古如此兴趣浓厚。"

黄国胜一愣,问:"汪弘毅?"

黄天沙点点头,说:"汪总是个有抱负、富有改革精神、具有领袖气质的企业家,在盘古的股东大会上,当所有人都在庆祝盘古已经成为全中国销售额第一、全球资产第一的房地产企业时,只有汪总在担忧盘古分散的股权机构。只有稳定的股权结构和现代化的公司治理,才能让盘古在转型过程中快速奔跑。"黄天沙故意顿了顿,看了看一脸严肃的黄国胜,故作神秘地倾过身子,说:"汪总只有走出乔志远董事长的阴影,才能成为盘古的灵魂。"

黄国胜满腹疑惑,问:"你跟汪弘毅也谈过?"

单刀直入的问题,黄天沙早就在内心进行过推演,黄国胜现在最想知道的就是盘古管理层内部是真的众志成城,还是暗流涌动。黄天沙微笑着,很坚定地说:"黄总,我们龙腾是个守规矩的民营企业,A股就是一个江湖,我们岂能坏了江湖规矩?无论是乔志远,还是汪弘毅,都是现在A股市场最具领袖气质的企业家,未来无论谁继续掌舵盘古,我们都会鼎力支持。"

黄天沙滑得犹如一条泥鳅,让黄国胜听得有点云里雾里。黄国胜不想跟黄天沙绕弯子,很直接地问:"乔志远、汪弘毅他们提出盘古跟远大地产重组的策略,你们就第一时间冒出来,搅乱了远大集团的整体战略部署,这恐怕不是友好的表现,也不是将乔志远跟汪弘毅当旗帜的表现。换作是黄总自己,你能容忍卧榻之侧横刀夺爱,还要看着对方肆无忌惮地秀恩爱吗?"

龙湖项目现在每天都有人嚷嚷着要退房,资金难以盘活,犹如一道绳索勒住了黄天沙的脖子。黄天沙突然脸色大变,说:"黄总,龙湖花园项目跟远大地产接触之前,我们跟盘古谈过,他们开出60亿元的白菜价,真把我当成是卖菜的了。我们跟远大地产已经谈了一阵子,没想到冒出远大地产跟盘古合并。"黄天沙挪了挪沙发里的身子,颇为愤怒地说:"黄总,一个楼盘,竟然将其历史挖到了几百年前的明朝,各种史料、地图几乎一夜之间铺天盖地涌现出来,这正常吗?这种伤敌一千自损八百的龌龊勾当,就是为了毁掉我黄天沙?"

黄天沙突然的愤怒令黄国胜始料未及,之前乔志远说黄天沙就是个笑面虎,见面永远都是一副笑眯眯的样子,在赔笑的时候可能已经放手攻击了。现在龙腾集团在跟远大集团争夺控制权,黄天沙主动邀约自己见面,更应该笑脸相迎,怎么会突然脸色大变呢?黄国胜很是严肃地说:"黄总,这还真跟远大集团与盘古没有关系,新闻爆出来当天我就问了乔志远,乔志远跟我拍胸脯说,肯定不是盘古管理层干的。远大地产在旁边的远大花园投资了120亿元,远大集团更不会干这事了。这种炒作确实别有用心,很愚蠢,相信乔志远也不会那么糊涂。"

屋子里的气氛有点怪异,黄天沙看到黄国胜的表情,立即意识到黄国胜对盘古的管理团队根本不信任,不然他不会直接找乔志远问话。现在无论是龙腾

第十一章

望北楼

集团，还是盘古，都希望将远大地产攥到自己手里，作为争夺盘古股权的筹码。黄天沙皱着眉头，说："散布龙湖项目是凶宅信息的人，想通过焦土策略来个一石三鸟。"

黄国胜右手托着下腮，问："哪三鸟？"

"一个地产公司最重要的是资金流，一旦项目资金链出现问题，可能会引发整个公司的财务危机。散播凶宅信息将项目变成了毒丸，龙腾地产会有50亿元的资金难以流动，远大地产会有120亿元的资金陷入其中。"黄天沙一边说，一边在观察黄国胜的面部表情变化，只见黄国胜一直很严肃，微微冷笑，他继续说："凶宅消息一出，远大地产重组龙腾地产龙湖的项目难以推进，那么是不是远大地产就真的能够回到盘古的谈判桌上？别说远大集团在合并的股东大会上会因关联交易回避不能投票，就算能投票，你们能抗得住其他股东的反对吗？"

黄国胜一愣，黄天沙的说法跟自己的判断一致，冷冷地问："你想说什么？"

黄天沙没有立即接过黄国胜的问题，而是说："唐国强董事长宁做鸡头不做凤尾，为什么？"屋子里一阵沉默，黄国胜依然用右手托着下腮，脸色凝重。黄天沙接着问："现在，盘古管理层联合远大集团，在股东会上对龙腾集团有没有压倒性优势？没有！如果管理层引入白衣骑士，将龙腾集团挤出去，远大集团就能控制盘古了吗？恐怕不能。到时候远大集团和白衣骑士谁跟管理层结成同盟，谁才拥有话语权。"

黄国胜眉头上犹如爬上一只蜘蛛。黄天沙微笑着说："相信不愉快只是昨天，今天晚上拜见黄总，主要是想消除现在舆论上的一些误会。把远大地产做成毒丸，无论对龙腾地产，还是龙腾集团投资盘古，都极其不利。龙腾集团旗下的部分盘古股权来自我们的君安保险，我们保管着万千老百姓的血汗钱，选择盘古这样的优质上市公司，是想让老百姓能够分享优质上市公司的发展红利。"

黄天沙一提到毒丸，黄国胜立即想起跟乔志远见面的场景。现在无论是黄天沙，还是乔志远，口中的毒丸都只有一个，那就是远大地产，他们无论谁胜出或者退出，最终只有远大集团自己吞下他们炮制的毒丸。黄国胜很严肃地问："老百姓的血汗钱？你们现在不只在用老百姓的保险资金投资优质蓝筹股，你们的龙珠基金资金是怎么来的？那都是从银行、券商通过放杠杆的形式获得的，你们这样跟吹气球有什么两样？这样的资金不断地大量买入盘古股票，推高股价，这是什么意思呢？这样的战略投资是想干什么？"

现在舆论上都说黄天沙是一个野蛮人，在以乔志远、汪弘毅、肖天为首的盘古管理层不欢迎他进入的情况下，试图通过二级市场不断买入盘古股票，获得控制权。黄天沙一直在琢磨怎样让黄国胜对龙腾集团的买入持温和态度，连忙解释说："黄总，我们从去年股灾之前的熊市，就一直在买入二级市场的蓝筹股，并且推动了去年上半年牛市的到来。去年股灾之后，国家号召以保险为首的金融机构要起到示范带头作用，我们不断地增持蓝筹股，其中包括盘古的股票，这是在为稳定股市做贡献。"

黄国胜之前只是在乔志远、汪弘毅的汇报中侧面了解到黄天沙是一个杀人不见血的神秘人物，今天算是真正见识到了。黄国胜现在遭遇美国博威在中华啤酒的股权收购中逼宫，自己将会给人留下国资流失的把柄，一旦黄天沙夺走了盘古的控制权，后果将不堪设想。黄国胜撇着嘴说："如果你们的资金链断裂，那影响的就不只是你龙腾集团一家，银行、证券、保险的资金一个都跑不掉，兵败如山倒的时候，潮汕帮也没有人会挺身而出的。盘古的股价也可能因此崩盘，到时候评级机构会下调盘古的信用评级，盘古的客户、上下游利益相关者，以及社会公众的利益都会受到损害。"

王曦若除了操盘交易，还有一个重要工作就是不断进行资金压力测试，黄国胜的担忧，在黄天沙眼里根本不是问题。但黄天沙约见黄国胜就是想将其推到乔志远他们的对立面，不顺着黄国胜的意思，黄国胜岂能不自觉地站到自己的阵营中来？黄天沙嘴角挤出一丝微笑，点点头说："黄总的担心是有道理的，我们的银行、券商、保险资金都是在法律规定范围之内调度的，我们的资金也都按照国家法律法规的规定进行了风险拨备，所以，不存在资金链断裂的问题。"黄天沙一脸轻松地说："盘古股价一直低迷，我们的介入，发掘了盘古的价值，激活了交易，盘古股价提升更有利于盘古形象的提升。"

第十一章

望北楼

"形象提升?"黄国胜没想到黄天沙居然说出这样的话,问,"怎么提升?"

黄天沙很从容地说:"股价是衡量一个上市公司形象最显性的标准,如果一个上市公司业绩很糟糕,股价却在天上飞,那就一定有庄家操纵,当然还有管理层的配合,否则庄家也是巧妇难为无米之炊,他们就是把散户当傻子。"黄天沙一番铺陈之后,话锋一转,说:"盘古业绩很好,股价却一直低迷,散户们对管理层有各种猜测,我们这样的战略投资者从二级市场买入,就是在告诉世人,盘古的股价跟业绩严重不匹配。通过我们的买入,更多人认识到了盘古的价值,管理层的形象彰显,就能有效维护乔志远这面旗帜。"

听上去说得天衣无缝,甚至冠名堂皇,可黄国胜依然撇着嘴,现在摆在自己面前的是黄天沙要夺走远大集团对盘古的控制权,而乔志远他们趁机寻找白衣骑士,虽然打着拯救盘古的旗号,实际上乔志远、汪弘毅、肖天他们是想将手中持有的股票变成左右股东控制权的筹码,将盘古打造成由管理层控制的王国。黄国胜此时也不想得罪黄天沙,他的心里早已有自己的盘算,既然乔志远、黄天沙都喜欢玩毒丸,远大集团也给他们释放一颗毒丸。黄国胜以很官方的口吻说:"机构投资者看好盘古,我们很欢迎,这也是盘古的荣幸。但是,无论什么人损害盘古对远大集团的贡献率,我们都不能容忍,作为央企,我们这些管理人员既是开拓者,更是守门人。我们必须捍卫国有资产的利益。"

黄天沙等的就是黄国胜这一句话,说:"黄总放心,龙腾集团会站在远大集团一边,我们相信只有股东之间和睦、管理层稳定,公司的业务发展才能顺畅。我们一直坚信,资本不仅是金钱,更是一种基因,我们一定会恪守良善、道德,做一个为上市公司赋能的战略投资者。"黄天沙顿了顿,脑子里在权衡,有句话要不要现在说出来,黄天沙一咬牙,说:"我们看好盘古的业绩,更看好盘古的团队,现在盘古人才济济,乔志远董事长这面旗帜会有更多的人扛下去,总裁汪弘毅、轮值CEO肖天,无论他们谁扛旗,只有他们和衷共济,盘古才会走得更远。"

黄国胜能听出黄天沙的弦外之音,黄天沙这是在戳盘古管理层的脊梁骨。黄国胜站起来,说:"我们尊重任何一家资本,黄总有如此胸襟和眼界,我们当然尊重。我们欢迎任何一家友善的资本作为盘古的股东,无论是龙腾集团,还是远东集团，甚至是别的资本财团。在捍卫国企核心利益的时候，我们不希望剑拔弩张，只有和衷共济，大家才能一起分享盘古未来发展的红利。"黄国胜意味深长地看了看黄天沙，接着说："乔志远游学回来推行轮值 CEO 制度，相信乔志远是想为盘古选出一个真正能扛旗的接班人，希望股东们能够给盘古管理层更多的时间和空间。"

黄天沙伸出手，欲跟黄国胜握手，正准备走的黄国胜很尴尬地伸过手。黄天沙将黄国胜送到门口，一边走一边说："我们都不喜欢剑拔弩张，龙腾集团在跟远大地产合作上一定会给黄总一个惊喜。"

送走黄国胜，王曦若进入黄天沙的房间，黄天沙正跷着二郎腿，眺望夜色中的维多利亚港，王曦若微笑着说："黄国胜想将我们当成制衡乔志远他们的毒丸。"黄天沙端起咖啡杯，很抱歉地说："走得急，没给你带 Amber 咖啡。"王曦若莞尔一笑，黄天沙喝了一口咖啡说："敌人的敌人就是朋友，黄国胜现在用上兵法了，那我们就给他来个将计就计。"

上海外滩，百年咖啡屋，邵南子坐在咖啡屋前，不断地看表。

咖啡屋播放的都是东南亚的老情歌，邵南子第一次跟杨子欣在这里喝完咖啡后，回去就上网查了一下，咖啡屋里播放的不少歌曲，在自己还没有出生的时候就已经火遍了东南亚，甚至席卷整个亚洲。背景音乐正播放的是《爱的路上千万里》，可自己跟杨子欣爱的路只有校园里的那几公里，留给自己的不是两人翻山越岭、风雨同舟，而是一个人在无数个夜晚的寂寞相思、没有未来的路。

"该死的音乐。"邵南子在心里诅咒着，柔美的音乐刺痛了邵南子的伤心处。杨子欣拎着包儿，慢悠悠走到了咖啡屋，远远地就看见落地玻璃窗前邵南子百无聊赖地跷着二郎腿，这家伙永远都是一副吊儿郎当的样子，对音乐一窍不通。杨子欣走进去，远远地将包扔到沙发上，坐在邵南子对面，说："我说，你这个人丑就算了，又没情调，哪个女人会喜欢你啊？"

一股迷人的香水味隔着桌子钻进了邵南子的鼻孔，这是邵南子第一次见杨子欣穿职业装，白色的衬衫，胸前两颗纽扣敞开，胸前山峦起伏，包臀的黑色短裙衬托出大腿的白皙修长，化的淡妆更显得她清新脱俗。邵南子已经习惯了

第十一章

望北楼

杨子欣的高高在上，撇着嘴说："你心里还是很喜欢的，只是觉得我丑，跟你不般配。"

杨子欣瞪着赤瞳凤眼，噘着嘴说："跟穷相比，丑简直不值一提，这都是命！"

邵南子自认为才华横溢，曾经以为进入远东证券就可以扬眉吐气，一展才华，然而远东证券乌龙指一键下去害整个公司几十亿没了，负责高频交易技术开发的整个团队从趾高气扬，变成了整个公司最受鄙视的一伙人。邵南子玩世不恭地说："穷和丑真的就是命中注定？笑话！命运是什么？你把它看成女神，你的一生注定活在卑微之中，你把它看成是王八蛋，就能永远踩着它不断前行。"

杨子欣狠狠地瞪了邵南子一眼，脸上爬满了愠怒，说："说谁王八蛋？"

邵南子一挥手，很烦躁地说："别瞎扯了，你让我盯着的事儿，说出来吓你一跳。"

杨子欣立即严肃地问："咋啦？有什么动静了？"

邵南子呵呵一乐，说："岂止是动静？现在你们老板都被人当猴耍了。"

杨子欣上学时就不喜欢邵南子故弄玄虚，说："赶紧说，别卖关子了。"

邵南子两手一摊，靠在沙发上说："你这个女人真有意思，现在是你求着我办事，你不对我温柔一点，还这么凶巴巴的。"说完，邵南子跷着二郎腿靠在沙发上闭目养神起来。杨子欣抓起包直接给邵南子砸过去，瞪着眼睛说："你看你那臭德性，爱说不说。"说着，杨子欣站起来，拎起包准备走。邵南子一把抓住杨子欣的手，说："得，惹不起你，姑奶奶，我说还不行吗？"邵南子想让杨子欣坐在自己身边，杨子欣噘着嘴，推了他一下，又坐回了原位。邵南子脸上堆满笑容，说："昨天晚上黄天沙跟黄国胜在香港中环见面了。"

杨子欣真是有点意外："他俩见面了？"

邵南子眼珠子滴溜溜转了两圈，说："没想到吧，龙湖庄园被媒体曝出是刑场后，黄天沙就给黄国胜打电话约了见面。"

杨子欣点点头，说："现在都知道那地方是刑场，他们见面也掩盖不了事实啊。"

邵南子打断杨子欣的话，说："你能听我说完吗？刑场是历史，改变不了的，可远大花园挨着龙腾地产的龙湖庄园，远大花园是几百年前的乱坟岗，刑场上那些无人认领的死尸都扔到乱坟岗，那里的阴气比刑场更重。现在远大花园每天都有人要求退房呢。"邵南子身子向前倾了倾，小声说："黄天沙说有人把远大地产当成毒丸，要一箭三雕。"

杨子欣很是警觉地问："怎么一箭三雕？"

邵南子伸出左手的三根手指，很得意地说："第一，龙腾地产的房子被人退房，跟远大地产重组不成，龙腾地产资金链发生连锁反应，黄天沙会放慢举牌盘古的速度；第二，远大地产在龙湖的项目同样遭遇退房，盘古跟远大地产的合并只会是一个幌子，盘古会利用拒绝合并远大地产的利空，打压股价，打爆黄天沙的资金链；第三，盘古管理层可以利用远大地产资金链问题，寻求白衣骑士，逼迫黄国胜就范。"

杨子欣撇着嘴说："你们男人真复杂。"

邵南子一翻眼皮子，说："你有没有听说，你们乔老板每次见黄国胜都要等几个小时，每次乔志远过去，黄国胜都在跟美国博威谈判，你不觉得实在太过巧合了吗？这一次他跟黄天沙见面，那可是准时得很，你觉得正常吗？"邵南子说着，从包里摸出一个字条，上面打印着一个云盘的地址跟密码，说："昨天晚上他们聊了什么，你们自己听。"

杨子欣站起来，拍了拍邵南子的肩膀说："真是个人才，来我们公司吧。"

邵南子不屑地说："你们一卖房子的，不去，再说有违码农底线的事我可不干。"

杨子欣拎着包，走到邵南子的跟前，邵南子顿时有一种呼吸急促的感觉，很久没有如此近距离站在杨子欣对面，喉咙里重重地咽下了涌上来的口水。杨子欣迷人地微笑着，说："卖房子不好吗？现在很多人一辈子的梦想就是买一套房子。很多人经常说自己的人生就是一个悲剧，连一套房子都买不起的人，人生不正是一个悲剧吗？"邵南子顿时满脸通红，这个女人真是刀子嘴，说："我的人生还不够悲剧吗？"

在东方大学上学的时候，邵南子在班上最喜欢整蛊，自从遇到杨子欣，他

第十一章

望北楼

脑子里就一件事,那就是要把她追到手。短暂的幸福套牢了邵南子的一生,从此,别的女人在他眼里就只是一副皮囊而已。同学们都结婚生子了,邵南子还在单恋着杨子欣,成了班上最大的笑话。杨子欣指着邵南子的额头,说:"其实悲剧有两种,一种叫悲剧,另一种叫没钱。一个人要想避免悲剧的人生,要么挑战上限,要么挑战下限,除此以外没有其他方法。"杨子欣转身朝门口走去,走到门口的时候回头对邵南子说:"你自己想想,我等你消息。"

杨子欣走出咖啡屋,掏出电话,电话通讯录中第一个是肖天,第二个是汪弘毅,黄天沙跟黄国胜见面的信息是先告诉肖天呢,还是先告诉汪弘毅?一个是轮值CEO,自己的直接上司,一个是自己的秘密恋爱对象。现在他们两人都在为盘古抵御野蛮人而寻找白衣骑士,这不仅是盘古的防御战,更是这两个男人的接班人之战。如果第一时间告诉肖天,以肖天的暴脾气肯定会找黄国胜理论,东方集团这个白衣骑士就过不了黄国胜那一关,这将间接帮助汪弘毅上位。如果先告诉汪弘毅,汪弘毅将因为掌握一手信息而在乔志远那里获得青睐。

手指滑到汪弘毅的名字上,杨子欣突然想起了周晓萌,这个女人怎么突然像人间蒸发一样,几个月没有任何信息,难道她只是堂石房地产的甩手老板?王刚他们暗中调查自己跟汪弘毅的关系,只为搞臭汪弘毅?杨子欣咬了咬嘴唇,也许,这个周晓萌将是汪弘毅竞争接班人的重要筹码。犹豫间,邵南子从咖啡屋出来,跟上杨子欣,从身后拍了杨子欣肩膀一下,杨子欣吓了一跳,一下就发飙了,说:"你神经病啊。"

邵南子瞅着杨子欣咯咯笑:"是不是又在想我,不想离开啊?"

杨子欣白了邵南子一眼,说:"想你个大头鬼。对了,你帮我查个人。"

邵南子不高兴了,说:"你这个女人,用人朝前,不用人朝后,老是查人查人,有完没完?"

杨子欣围着邵南子走了一圈,口里啧啧不停,说:"长脾气了?让你查是瞧得起你,一般的男人我正眼都不瞧的,你就烧高香吧你。"邵南子撇着嘴不说话,杨子欣贴得很近,都能感受到邵南子加速的心跳,说:"你难道这一辈子真不想买房了?你帮我查完这个人,我把你介绍到盘古,反正你们远东证券的高频交易也停了,你总不至于甘心在那里当个电脑维修工吧?那也太屈才了,你的一辈子就真的悲剧了。"

邵南子对眼前这个女人总是没有办法，很是无奈地说："说吧，谁？"

杨子欣小声说："堂石房地产的老板周晓萌，与她相关的所有情况我都要。"

邵南子突然坏坏地一笑，说："为什么要查这个女人？是不是遇到新情敌了？"

杨子欣很妩媚地一笑，说："你猜？"

邵南子很是不屑地说："切，我才懒得猜呢。"

杨子欣拍了拍邵南子的肩膀，说："查到了，放这个云盘吧。"

说完，杨子欣将刚才邵南子递给她的纸条在面前晃了晃，然后拦下一辆出租车走了。

远去的杨子欣长发随风飘扬，简直就是人流中的一道风景线。邵南子站在人流如潮的街头，环顾四周的芸芸众生，嘴角露出一丝诡异的微笑，咬牙切齿地自言自语了一句："什么命运、悲剧，都是瞎扯，我生来一贫如洗，绝不能死的时候还是穷困潦倒。"

第十二章
局中局

深夜10点，南海市滨海机场依然人头攒动，汪弘毅下了摆渡车，穿过一条深深的通道，才到达行李领取处。汪弘毅看了看手机，预约的出租车已经到达约定的接送地。突然，一个小孩子蹿到行李输送带上，人群中传来尖叫声，但没有人上前将小孩子拽下来。一位老爷子追着传输带想抓没抓住。

汪弘毅循声望去，脱口喊出："杨鸣鹤。"

小家伙还没事人一样，在传输带上冲着人群做鬼脸，汪弘毅一把将其抓出来，老爷子气喘吁吁地跑到跟前，扬起巴掌就要招呼下去，汪弘毅拦住老爷子，说："孩子还小，这个年龄段正是淘气的时候，别打了。"

老爷子一把将其拽到自己跟前，一个劲儿地向汪弘毅道谢。就在这个时候，老爷子的电话响了，老人家用的电话上的字很大，老爷子接听的一刹那，电话上的名字让汪弘毅有一种似曾相识的感觉。老爷子耳朵不太好，说话的嗓门很大，说："我们刚刚下飞机，正在等行李。"

汪弘毅双手抱在胸前，能隐隐约约听到对方的声音，汪弘毅感觉特别像杨子欣。电话中的女人问老爷子："爸，鸣鹤又淘气了没？"老爷子鼻子里哼了一声,说:"你觉得他有不淘气的时候吗?刚才跳到行李传输带上去了。"

汪弘毅想起了在上海的时候,杨子欣无意之中跟自己开玩笑,让汪弘毅认杨鸣鹤为干儿子。难道王刚他们调查的都是真的?汪弘毅翻出电话号码,手指停在空中。杨鸣鹤在老爷子的身边转来转去,一刻都没有停,老爷子讲了几句就挂了电话,爷孙两推着行李朝外走,汪弘毅的行李正好也到了,问:"老爷子,我们住一个小区,要不坐我的车回去?"

杨鸣鹤已经爬到行李推车上,噘着嘴说:"你又不回家。"

汪弘毅一愣,问:"我不回家,那我去哪里?"

杨鸣鹤指着汪弘毅的行李箱说:"你的行李箱出卖了你。"

汪弘毅很是好奇,眼前的这个小家伙脑子里都在想什么,问:"我的行李箱出卖了我?"

杨鸣鹤指着汪弘毅的行李箱,说:"上面糊满了贴士,一看就是没有拎回家过。"

汪弘毅一皱眉头,说:"贴士没清理,就是没拎回家过?"

杨鸣鹤噘着嘴,说:"如果你拎回家过,只能说明你老婆是个懒虫、邋遢妇。"

汪弘毅听杨鸣鹤这么说反而哈哈笑了,对老爷子说:"老爷子,你这个孙子长大了是个人才啊。"

老爷子大手一挥,说:"每天少给我惹点事儿就烧高香了。"

杨鸣鹤嬉皮笑脸地看着汪弘毅,汪弘毅微微一笑,对老爷子说:"调皮的孩子都聪明。"杨鸣鹤听到表扬冲着汪弘毅做了个鬼脸,汪弘毅发现自己一点都不讨厌这个调皮的小家伙,伸手摸了摸杨鸣鹤的头,说:"你还真猜对了,我要去公司开一个会,下一次有机会,我亲自开车送你们。"

汪弘毅转身准备走人,杨鸣鹤噘着嘴来了一句:"虚伪。"

老爷子一把捂住杨鸣鹤的嘴,扬起手准备抽他,杨鸣鹤一下子跳下推车准备跑。汪弘毅并没有生气,脸上依然保持着微笑,说:"别闹啦,跟爷爷早点回家吧。"

汪弘毅推着行李,径直朝出租候车区去了。刚坐上车,杨子欣的电话就

第十二章

局中局

打过来了。汪弘毅想问她是否认识杨鸣鹤，话到嘴边又咽回去了。没等汪弘毅开口，杨子欣开门见山地说："昨天晚上，黄天沙在香港四季酒店跟黄国胜见面了。"汪弘毅以为自己听错了，问："他们在香港那个望北楼见面？聊什么啦？"

杨子欣能听出汪弘毅的惊讶，黄天沙要夺取远大集团的控制权，两人居然在这个敏感时刻私会。这个时候如果黄国胜跟黄天沙结成同盟，他们两家联手投下反对票，管理层别说找白衣骑士，就是找上帝都没用。杨子欣最近时常为汪弘毅捏一把汗，现在汪弘毅要跟肖天竞争接班人，还要抵御野蛮人，真是内忧外患。杨子欣没有说录音是邵南子搞到的，只是说："具体聊什么我不知道，你登录一个云盘，他们的聊天录音全部在上面。"

汪弘毅很多时候很庆幸遇到杨子欣，她为自己付出的比一般恋人多得多。会议室有一个会议正在等着召开，汪弘毅第一时间获得了黄天沙跟黄国胜在香港见面的信息，为自己在即将召开的会议上争取到了绝对的主动权。汪弘毅很少在杨子欣面前说谢谢，当杨子欣告诉他这个至关重要的信息时，还是很客气地说："谢谢子欣。"

杨子欣正坐在阳台上看星星，嘟着嘴，说："没啦？"

汪弘毅心里咯噔一下，每次杨子欣这么问，自己应对不好她就要耍小性子了。汪弘毅决定岔开话题，还是把刚才咽回去的话又漫不经心地说了出来："刚才，我在机场又遇到杨鸣鹤那个小家伙了。"杨子欣一愣，难道汪弘毅从杨鸣鹤处问到了自己的情况？杨子欣心头一紧，刚才跟老爷子打电话，汪弘毅在旁边听到了？

杨子欣故作镇静地咯咯一笑，说："不会又想生儿子了吧？"

王刚他们一直在暗中调查杨子欣跟汪弘毅的关系，杨子欣从来没有跟自己提起过有孩子的问题，这个孩子到底是谁的？汪弘毅心里也一直想弄清楚。刚才用漫不经心的一句话旁敲侧击，没想到杨子欣给自己来了个插科打诨。汪弘毅若无其事地说："生个那样的儿子，那就没有好日子啦。"

杨子欣噘着嘴，问："咋啦？"

汪弘毅呵呵一笑，说："他一看我的行李箱，就说我家里有个邋遢妇。"

"啊!"杨子欣一声尖叫,哈哈大笑起来,问:"他为啥这么说?"

汪弘毅没想到杨子欣反应这么大,说:"他说我箱子上糊满了贴士,如果行李箱不是放在办公室,拎回家还这样,那老婆肯定是个邋遢妇。"汪弘毅顿了顿,说:"如果你生个这样的儿子,你受得了?"

杨子欣调侃说:"多聪明啊,我看你挺喜欢这个小家伙的。"杨鸣鹤现在已经成了汪弘毅跟杨子欣之间的一个敏感话题,杨子欣非常清楚汪弘毅的痛点,第一次跟汪弘毅开玩笑认杨鸣鹤为干儿子的时候,汪弘毅就有些生气地说不给别人养儿子。杨子欣不想继续这个话题,故意岔开说,"对了,我已经跟邵南子说了,希望他弄到周晓萌的线索后加盟盘古。"

周晓萌三个字一下将汪弘毅的关注点从家长里短拉到接班人的竞争上。自己要想带领盘古从优秀走向卓越,突破盘古和行业的天花板,必须坐上乔志远今天的位置。汪弘毅非常冷静地说:"今晚将内部遴选白衣骑士,周晓萌是关键人物。"

在开往盘古总部的高速路上,汪弘毅跟杨子欣打电话期间,肖天乘坐的出租车同样奔驰在机场高速上。窗外嗖嗖疾驰而过的汽车,都是奔向港湾的归人。南海这个城市堪称肖天的第二故乡,尽管自己经常回总部开会,自从兼任上海区域首席执行官常驻上海,对这座城市就有了一种熟悉的陌生感。曾经风雨同舟的兄弟,现在为了接班人明争暗斗;曾经敞开心扉的同事,现在成了相互猜忌的陌生人。肖天靠在后座上,右手摆弄着手机。

突然,电话响起,肖天眯着眼睛,从一条细缝中看到号码是王刚的,电话刚接起来,王刚上来就倒了一通苦水,说:"老肖,你在哪里啊?兄弟我今天刚刚到兰州,这鬼地方沙子刮在脸上跟刀子割肉一样,这哪是轮岗,简直就是发配流放啊!"

肖天现在忙着跟陶光明讨价还价,整日里跟竹聿名琢磨,东方集团这个白衣骑士怎样才能顺利通过远大集团董事长黄国胜,以及陶光明曾经的对手乔志远这两人的大关。王刚、刘世雄在被乔志远训斥后,刘世雄跟自己发了一通牢骚,毅然决然地将辞职报告递给了乔志远。作为轮值 CEO,肖天也只能尊重刘世雄的选择,只是走的时候,刘世雄提醒肖天,杨子欣跟汪弘毅可能暗通款

第十二章

局中局

曲。王刚是个倔脾气,他抓住杨鸣鹤的事不放,扬言不扳倒汪弘毅,自己绝不离开盘古。

西北一直是盘古的边缘市场,无论是乔志远,还是汪弘毅,对西北市场都毫无兴趣。听王刚上来就牢骚满腹,肖天也只能好言安慰说:"兄弟,现在是非常时期,想当年我们一无所有,还是把盘古打造成千亿级的企业集团,西北的风算个啥?这几十年的风风雨雨,何尝不是在刀子上过日子呢?现在国家对西部政策倾斜很多,只要抓住机会,没有过不去的火焰山。"

王刚还是满腹怨气:"老肖,你知道是谁接任成都区域首席执行官吗?又是战略投资部的兔崽子,汪弘毅从耶鲁亲自招募的,接替老刘的也是战略投资部的,曾经是汪弘毅在战略投资部的助理,现在整个盘古都变成汪家军了。乔志远说,年轻人到盘古,能得到一个公正的评价,那我们这帮创业的人算什么?谁给个公正待遇?"

现在整个盘古除了董事长乔志远和总裁汪弘毅,没有听说谁不轮岗。成都和杭州新任区域首席执行官的命令就是肖天签署的,肖天何尝不知道汪弘毅在通过轮岗来强诸侯、弱中枢呢?可是按照游戏规则,轮值 CEO 必须站在公司大局上,汪弘毅向自己提交了轮岗名单,自己不签字也得签字,否则很容易落下搞小圈子的把柄。引入白衣骑士驱赶黄天沙是上位的重要筹码,现在肖天必须全力以赴。

乔志远公开说过要给所有进入盘古的同事们一个公正的评价。肖天安慰王刚说:"兄弟,历史哪里有什么公平正义,胜利者的历史就是用一些人的委屈换来的。人一旦有了公平的执念,就会在虚幻和现实中痛苦而不能自拔。"肖天强装欢笑说:"更何况还没有到需要我们牺牲的时候,现在盘古面临的是一个历史性的抉择,这个时候只有团结更多支持我们的力量,做好产品,服务好我们的客户,我们的未来就掌握在自己手上。"

王刚一贯脾气暴躁,听肖天讲胜利者的历史就是用委屈换来的,很是不愤地说:"历史就是个王八蛋,想要吹嘘自己的时候,出来炫耀一番;遇到自己的丑事,就躲到床底下。"王刚正满腔怒火,不吐不快的时候,门外有人敲门,最后啰唆了一句:"兄弟,当年一起干的几个兄弟,现在就你有机会跟汪弘毅争夺头把交椅，江山是打出来的，坐以待毙一定会丢失王冠的，你要小心你身边的女人。"

肖天最近一直很纳闷，杨子欣做自己的秘书多年，怎么会跟汪弘毅暗通款曲呢？在上海赶赴机场之前，肖天在外滩一号公馆跟梅怡进行了长谈。梅怡跟汪弘毅离婚之前，肖天还去汪家吃过梅怡亲手包的饺子，两人算是旧交。梅怡还是一如既往地一身职业装，显得干练成熟，对东方集团进入盘古，梅怡同陶光明一样兴趣浓厚。

梅怡开门见山地说："汪弘毅是东方集团进入盘古的最大障碍。"

在跟肖天见面之前，梅怡就清楚肖天的忧虑。现在汪肖二人都在各出奇招引入白衣骑士，陶光明为了衣锦还乡，专门把自己从远东证券挖到东方集团，他最担心的人是乔志远。当乔志远推行轮值 CEO 制度之后，汪弘毅要想坐稳椅子，一定会不惜一切代价清除异己。无论是黄国胜，还是乔志远，在汪弘毅的眼里已经不是盘古的未来。

曾经有一段美好的爱情，让梅怡对未来充满着无限的向往，当自己从产房被推出来那一刻，空荡荡的走廊让梅怡看到了黑暗。梅怡曾寄希望于汪弘毅能同自己一起努力改善紧张的婆媳关系，可汪弘毅永远站在汪母一边当孝子，两人曾经的爱随着时间已经消磨殆尽。当看到汪弘毅在离婚协议书上唰唰签下自己名字的那一刻，梅怡对汪弘毅彻底死心了。

肖天也单刀直入，问："汪弘毅会怎么设置障碍？"

梅怡冷冷一笑，说："你现在是轮值 CEO，釜底抽薪才会更有杀伤力。"

肖天点点头，知夫莫若妻，梅怡说得有道理，汪弘毅要么抓东方集团的问题，要么抓盘古上海区域的问题。如果汪弘毅抓东方集团的问题，他很容易会落个破坏拯救盘古计划的把柄；攻击盘古上海区域的问题，是汪弘毅最有杀伤力的招式。肖天很想通过梅怡了解汪弘毅的软肋，故意刺激她说："你们没有离婚之前，你知道汪弘毅有一个儿子吗？"

梅怡两眼瞳孔放大，整个脸都僵住了，问："谁的？"

肖天两手一摊，很是失望地说："现在还不能确认，据说跟杨子欣有关。"

梅怡一脸茫然，问："杨子欣是谁？"

第十二章

局中局

肖天掏出了手机里的一张照片，说："我的秘书，数学系高才生，东方大学校花。"梅怡仔细端详了杨子欣的照片，年轻、灵气、性感，男人喜欢的元素杨子欣身上都具备，更何况她还是东方大学数学系的高才生。梅怡很是好奇地问："那个小孩儿几岁？"肖天再次翻出杨鸣鹤的侧面照片，说："9岁多。"

梅怡双手揉了揉太阳穴，这孩子从侧面看确实有几分像汪弘毅，心里五味杂陈。10年前梅怡跟汪弘毅的女儿凌薇才6岁，那段时间汪母已经查出癌症，担心自己时日无多，看不到汪家传宗接代的香火，一直逼着自己给汪家生个儿子，难道那个时候汪弘毅就有了外室？梅怡还是很疑惑地问："现在杨子欣多大年龄？"

肖天脱口而出："31岁。"

梅怡皱着眉头，说："那个时候她应该还是学生啊。"

肖天意味深长地说："在讨论盘古是扩大规模，还是转型改革的时候，这个孩子的一幅手绘画出现在会议上，巧合的是手绘活动是汪弘毅主持的。为了让董事会支持汪弘毅提出的改革方案，这个小家伙还出现在现场，当时所有参会的人都惊呆了，他看上去和汪弘毅很像。"肖天看梅怡的表情变得很尴尬，又为了缓和气氛，说："我也一直想不明白，杨子欣10年前还是学生，进入盘古行政部一直都在给我做秘书，没发现两人有什么异常。"

梅怡沉默了一会儿，心里翻江倒海，侧面看这个孩子跟汪弘毅长得很像，10年前的那个夏天，汪母整日在汪弘毅面前唠叨，要给汪家留个香火，那个时候汪弘毅也确实多次到上海出差。汪母在临终前毅然决然地逼着汪弘毅在离婚协议上签字，难道真是杨子欣这个女人在背后逼宫？梅怡摇了摇头，说："如果他们私底下真有关系，那你要小心你身边的这个女人，在关键时刻，汪弘毅心如铁石。"

王刚的提醒，让肖天想起梅怡的话，难道杨子欣真是汪弘毅养在自己身边的一条蛇？肖天咬了咬牙槽，汪弘毅要给自己来个釜底抽薪，一定会从上海下手。肖天摸出手机，翻出周晓萌的电话，立即又将手机锁屏，现在不能给周晓萌拨打电话，如果杨子欣真是汪弘毅安排在自己身边的卧底，那么自己的一切通信都已经不安全了。肖天看了看表，还有20分钟才到盘古大厦，于是眯着眼睛，琢磨在盘古内部的白衣骑士选秀会上，怎么过乔志远那一关，是先下手为强，还是静观其变？

车到盘古大厦楼下，王欣已经在大厅等候肖天。

肖天拖着行李箱，一边走一边问王欣："乔总去远大集团，有进展吗？"

王欣向上翻了一下眼珠子，深呼一口气说："现在绯闻满天飞，乔总回来一直黑着脸，啥都没说。"

肖天点了点头，乔志远已经在远大集团坐了几次冷板凳，现在与桂玉梅的各种绯闻将乔志远推到了风口浪尖，黄国胜为了捍卫远大集团的控股权，肯定会抓住桂玉梅的绯闻拿捏乔志远。肖天的心里犹如坠下一枚石头，涟漪快速湮灭在下沉的不安之中。

王欣将肖天的行李交给办公室的秘书，和肖天直奔会议室。会议室里，汪弘毅跟乔志远正在交耳讨论。见肖天进来，乔志远站起来，汪弘毅也跟着站起来，脸上挂满微笑。乔志远走到肖天跟前，拍了拍肖天的肩膀，说："兄弟，辛苦你啦。"

乔志远已经很久没有对盘古高层做出如此亲近的动作了，简单的拍肩膀让肖天在机场高速的陌生、孤独感顿时烟消云散，乔志远热情而又有力的手掌让他感到兄弟般的温暖。肖天很是感动地说："现在是盘古的生死关头，我们齐心协力一定能将野蛮人驱赶出去。"

肖天跟乔志远寒暄之际，汪弘毅给肖天冲泡了一杯极品乌龙，说："老肖，先喝口茶。"

茶杯上热气升腾，杯壁上悬挂着细密的小水珠，汤色金黄，浓似琥珀，茶香馥郁。肖天本来对茶毫无研究，因为乔志远喜欢碧潭飘雪，盘古当年一起打天下的兄弟们闲暇之余会在一起讨论茶艺，经过20年的熏陶，肖天的茶道才有了入门的水准，能通过茶汤、茶香辨识茶的品级。汪弘毅给自己斟的应该是福建安溪铁观音，肖天端起茶杯在鼻子前嗅了嗅，轻轻地呷了一小口，说："好茶！谢啦，兄弟！"

乔志远已经很久没有在会议室看到两人如此融洽，脸上浮现出久违的笑

第十二章

局中局

容。乔志远坐回自己的位子，说："今天晚上这个管理层会议，专门把肖天从上海召回总部，就是想就我们这一阶段和接下来的策略，一起讨论一下。"乔志远按下桌面上的可视化系统，屏幕上立即出现了龙腾集团的资金图谱，他说："现在，黄天沙目标明确，就是要夺取第一大股东的位置，从龙腾集团跟华南证券合作成立的龙珠基金看，他现在手上还有大笔的现金可以调动，随时都可以继续增持，所以，我们必须在最短的时间内，断掉黄天沙继续增持的通道。"

汪弘毅跟肖天盯着面前的图谱，王欣从系统中调出了龙腾集团最新的股权变动公告。乔志远接着说："这段时间，我们多次向远大集团黄国胜董事长进行汇报，现实情况是，远大集团正在捍卫中华啤酒民族品牌，筹集增持盘古的资金有很大困难，而且黄总拒绝了我们向中东皇室基金增发 H 股的提议，可跟远大地产的合并因为黄天沙的搅局而被搁置，如今龙湖项目已经臭名远播，楼盘根本就卖不出去，已经成了远大地产的毒丸，盘古不可能为了维护远大集团的控股权地位而冒天下之大不韪，牺牲所有股东利益去跟远大地产合并，那对我们来说无异于饮鸩止渴。"乔志远顿了顿，说："黄国胜董事长默许我们寻找潜在机构。"

坐在乔志远对面的肖天想起了竹聿名的提醒。跟陶光明谈完之后，竹聿名一直提醒肖天，无论第三方是谁，必须过远大集团这一关，如果没有黄国胜点头，白衣骑士就很难进入盘古。竹聿名同时还提醒他，黄国胜只是台面上的障碍，真正的野蛮人在盘古管理层的心中，王刚、梅怡都提醒自己要小心身边的人，小心身边的女人。听完乔志远的介绍，肖天第一个发问："黄总的默许是个什么概念？现在我们要对抗黄天沙，潜在的第三方机构持股比例要高出龙腾集团，那么自然比远大集团持股比例高，远大集团能不能接受？"

黄国胜的模棱两可一直令乔志远很搓火，乔志远有自己的算盘，现在他是想看看为接班人明争暗斗的肖天和汪弘毅，能不能在关键时刻力挽狂澜。乔志远不担心阻止黄天沙的过程中黄国胜会成为障碍，他说："黄总至今没有一个明确的态度，只是说我们可以寻找潜在的第三方。现在，黄天沙步步进逼，我们不能将命运交给远大集团，我是董事长，出了问题我来负责。"乔志远目光坚毅，扫了一眼肖天跟汪弘毅，说："董事会赋予我们权力，是让我们为盘古的股东、客户、职工和社会公众服务,我们管理层就应该看别人看不见的地方,算别人算不清的账,做别人做不了的事。"

汪弘毅曾经担心黄国胜成为白衣骑士入局的障碍,在接到杨子欣的电话之后,现在信心十足,只需要耐住性子就好。汪弘毅很有底气地说:"盘古是个大公司,我们的团队和员工经历了数十年的磨砺,只要我们做出正确的决定,相信能够得到包括黄总在内的绝大多数人的理解和支持。我跟肖天在电话里进行过初步沟通,现在有国资背景的产业集团非常看好盘古的未来。"汪弘毅扫了一眼会场的所有人,突然话锋一转,说:"目前看,粤海集团跟东方集团完全是两个方向,我们现在需要确立,未来10年甚至20年,我们是加速公司转型?还是继续扩张我们的版图?"

改革还是扩张?盘古的员工们都将其视为汪弘毅跟肖天的立场分歧。肖天和他的支持者们在见到杨鸣鹤之前,都希望盘古在如今的高速扩张模式下突飞猛进。汪弘毅不想将整个城市搞成水泥森林,转型城市运营商不仅能为城市中的人们带来美好生活,更能奠定盘古基业长青的基础。肖天一听汪弘毅的话,这是要乔志远马上在东方集团和粤海集团之间做出二选一的决定?他马上接过汪弘毅的话说:"汪总说得对,现在两家公司的地域、文化、未来发展方向都不一样,向城市运营商转型是盘古既定的改革战略,相信未来盘古在扩张版图的过程中会加快转型。"

乔志远面无表情地看着汪弘毅和肖天,两人话里有话,汪弘毅是在逼自己选择,肖天已经改变策略,站到改革的一边,乔志远私底下已经研究过东方集团的业务跟盘古改革的融合度问题。现在黄天沙逼宫,盘古的控制权必须掌握在自己手上,乔志远从来不喜欢别人左右自己,引入白衣骑士只是自己选择接班人的手段,绝对不能成为别人控制盘古管理层的筹码,只要自己在盘古一天,绝不允许任何人在盘古一手遮天。乔志远以毋庸置疑的口吻说:"选择往往决定一个企业的生死,这一次选择谁做白衣骑士,需要有一个全方位的考量。"

汪弘毅、肖天跟着点头,乔志远示意王欣:"把两家公司的实力、背景给大家讲讲。"

王欣在调试设备的时候,肖天摸了摸手机,汪弘毅在电脑上打开了云盘。

第十二章

局中局

当眼前弹出可视化屏幕时,两人才将目光收回到眼前的白衣骑士材料上来。王欣介绍说:"粤海集团是珠三角最大的地铁运营商,南海市重点支持的国有企业,这两年提出'轨道+'战略,意在经营交通系统过程中开发地铁上的物业,说白了,就是在地铁上盖房子。"王欣看了看汪弘毅,面带微笑,很有信心地介绍说:"在未来10年甚至20年内,城镇化还将不断发展,无论是环城市带,还是卫星城镇,随着轨道交通的不断延伸,轨道交通沿线、环城市带以及卫星城镇将是房地产的核心市场,未来新晋中产白领将是我们的潜力客户。"

肖天面无表情,王欣是汪弘毅招进盘古的嫡系,他抓起手机,以加密的方式给王刚发了一张照片。会场上没有人注意肖天这个小动作,乔志远一脸镇静,汪弘毅面带微笑,杭州跟成都、武汉的首席执行官都是汪弘毅的人,他们自然听得全神贯注。王欣介绍说:"粤海集团的资产规模已经超过千亿,地铁上的物业资产以及土地资产超过600亿元。南海市政府为了做大粤海集团,在今年3月,专门通过地方投资平台向公司注入了土地开发资源,600亿元物业地产资产有超过300亿元是新注入的。为了提升粤海集团的地产价值,市政府对粤海集团地铁周边投入超过200亿元以开发基础配套设施。"

粤海集团背后地方政府的力量让肖天有一种如芒在背的感觉,东方集团很显然没有这样的垄断优势。会上大家听得都很认真,王欣切换了PPT,眼前的可视系统弹出了东方集团的资料,肖天立即坐得笔直,很有信心地看着王欣。王欣脸上保持着职业微笑,接着说:"东方集团是上海市国有企业,目前规模也超过千亿,是华东地区最大的粮油供应商,现在整个供应网络已经辐射全国,在东南亚地区的市场份额也在不断提升。东方集团旗下的东方地产集中为城市商业和旅游地产,凡是东方粮油系统辐射的大型城市,都有东方集团的地产业务,他们提出了城市综合体的战略,打造吃住休闲一体的商业生态。"

乔志远眼皮子突然抬起来,陶光明当年想坐上盘古董事长的位置,跟王锋提出了类似的改革战略,没想到这家伙到东方集团去了。得偿所愿,东方集团跟现在盘古的改革方向不谋而合。王欣突然停下来,肖天疑惑地看着王欣,心里有点犯嘀咕,王欣很少在一楼大厅接自己上楼,今天却在一楼大厅等候他,现在介绍两家集团公司时,粤海集团数据、地方政府支持都介绍得非常详细,怎么介绍东方集团全是用形容词概括？乔志远最不喜欢的就是下属讲话一堆形容词。看王欣不说话，难不成要搞怪？肖天忍不住问："东方集团介绍完了？"

王欣微笑着点点头，说："东方集团没上市，而且是上海企业，所以数据相对较少，我们跟粤海集团都在南海市，知根知底。"王欣这话让肖天的心底立即窜上一股火，难道总部已经内定了粤海集团？自己是轮值 CEO，却没有得到任何信息。肖天看着乔志远，想听听乔志远怎么说。乔志远扫了一眼会议室，肖天的不满已经写在脸上了，说："肖天，你再详细介绍一下跟东方集团谈判的情况。"

肖天凝重的双眉稍微舒展。从王欣的迎接，到乔志远的问候，汪弘毅的客套，让他总觉得哪里不对劲，既然乔志远让说，那就当仁不让了。肖天从数据库里调取早已准备好的资料，介绍说："东方集团是由远东证券新任总裁竹聿名介绍的，东方董事长陶光明出任过远大集团副总裁，以及我们盘古的董事，对我们盘古算是知根知底，双方在理念、业务模式，以及未来发展方向上都很契合，东方集团提出要持股 20% 以上，盘古每年每股分红一元以上，定增股价要在停牌前 20 个交易日均价的基础上打九折，每年营收增长 50% 以上。"

乔志远侧身问汪弘毅："粤海集团的条件呢？"

汪弘毅早就研究了陶光明，对东方集团提出的条件一点都不惊讶，陶光明没有提出更高的股权要求，可以判断他对过黄国胜这一关没有十足的把握。汪弘毅有条不紊地说："粤海集团丰富的地产资源，以及未来轨道交通的发展空间，会给盘古在土地资源以及新市场带来别的地产商无法给予的机会。粤海集团的郭沛霖提出，通过 450 亿元资产获得 20 多亿股的对价，3 年内盘古资产规模每年平均增长 1 倍，每年每股分红一元以上。"

肖天的嘴角露出一丝不屑的笑容，正要说话，乔志远突然呵呵一笑说："看来两家都是瞄准了 20% 以上的股权，如果按照这两家的条件，黄天沙目前的持股比例会被稀释到 11% 左右，他要想夺回第一大股东的位置那就难了。"乔志远说着说着，眉头皱成一团，扫了一眼肖天跟汪弘毅，见两人都是一副志在必得的表情，于是提醒说："现在两家也给我们管理层出了一个难题，黄国胜拒绝了我们的香港 H 股增发策略，现在 A 股引入一个更大

第十二章
局中局

的股东，远大集团的持股比例会稀释到11%左右，而且连二股东的位置都没有，黄国胜最不能容忍的是盘古对远大集团的贡献度降低。这个问题，你们怎么看？"

汪弘毅手握黄国胜跟黄天沙见面的筹码，很自信地说："远大集团在黄天沙举牌的过程中不增持，远大地产还跟黄天沙勾结在一起，拒绝跟我们合并，相信这一切都不是偶然，这跟粤海集团的控制人南海市政府形成鲜明对比。我跟郭沛霖见面之前，郭沛霖已经把他同盘古谈判的消息向市政府汇报，南海市政府相当支持。如果有不可调和的冲突，我们可以让南海市政府出面跟远大集团的主管行政部门国资委进行谈判。"

肖天还不知道汪弘毅掌握了黄国胜的录音，听汪弘毅说话的语气，他并不担心黄国胜从中作梗，汪弘毅的底气从何而来？肖天相信陶光明的衣锦还乡的雄心是自己手上的王牌，说："东方集团董事长跟远大集团有渊源，陶光明是远大集团曾经的老人，在处理跟远大集团的关系方面，会更容易得到远大集团的谅解。"肖天在飞往南海之前，跟东方集团的控股股东上海市国资委进行了沟通，肖天信心满满地说："作为上海唯一没有上市的大型国有企业，东方集团的实际控制人期待成为盘古的白衣骑士。"

肖天说话时，乔志远的手机突然收到一条信息，乔志远点开一看，看了看旁边的汪弘毅，又看了看肖天，看样子会议室只是两人竞争接班人的正面战场，两人在地下战场也已经开始互相较量。汪弘毅现在担心的不是竹聿名出手相助肖天，而是自己的前妻梅怡。现在肖天的自信来自陶光明跟远大集团的悠久渊源，自己要避免跟梅怡正面交锋，就要先断掉肖天的王牌陶光明，让黄国胜成为东方集团白衣骑士的噩梦。现在乔志远一言不发，自己得快速获得乔志远的支持，才能在接下来的白衣骑士谈判中获得绝对的优势。

汪弘毅右手捂住嘴巴故意干咳两声，整个会议室顿时安静下来，所有人都齐刷刷地盯着汪弘毅，汪弘毅非常绅士地摸出纸巾，擦了擦自己的手，迅速在自己的电脑里打开了杨子欣交给自己的云盘，投射到屏幕上。整个会议室陷入骚动，大家开始面面相觑，交头接耳，小声说："黄国胜跟黄天沙见面了？"乔志远面色凝重，肖天看上去没有瞠目结舌，可内心已经如沸水翻滚，黄国胜一旦跟黄天沙结盟,那么他岂会让陶光明这位白衣骑士衣锦还乡?

汪弘毅右手中指轻轻地在桌子上敲了敲,脸色陡然严肃起来,说:"这是一个危险的信号。"

华中区域首席执行官刘潇激动地一拍桌子,说:"中华啤酒背后肯定也有问题。"

刘潇从战略投资部调任武汉分公司总裁后,在几个月之内将武汉市场做到了全国第一。刘潇出手凌厉,令同行们闻风丧胆,只要刘潇出现在土地拍卖现场,其他房地产公司的举牌就异常谨慎,拿地成本比程春明时代更低。在盘古统一的建筑规范之下,刘潇还迅速总结出华中模式,把从拿地到销售的周期压缩到8个月。现在刘潇在盘古第三人才梯队中脱颖而出,深受乔志远、汪弘毅器重。

汪弘毅一直怀疑持有中华啤酒49%股权的美国博威也一直在受人指使,问:"什么问题?"

刘潇显然已经经过深思熟虑,说:"中华啤酒的股权回收时间点跟黄天沙买入盘古的时间点高度吻合,当初这部分股权的价格也就30多亿元,现在博威集团却要价260亿元,很显然这就是要将远大集团的资金链死死地拖住,不给黄国胜任何挽救盘古的机会。"刘潇看了看各区域的首席执行官们,有条不紊地继续说:"我们可以假设一下,如果博威背后的资金是跟黄天沙相关联的利益方,那么黄国胜会怎样选择?"

王欣恍然大悟,脱口而出:"棋子。"

乔志远一直沉默,只是偶尔会侧身看看汪弘毅,汪弘毅一脸严肃地看着刘潇。刘潇点点头,说:"黄国胜一旦成为棋子,那么他已经成为黄天沙绳子上的猎物,他陷入中华啤酒的股权回收谈判中,无暇顾及我们盘古。"刘潇用手指着眼前东方集团、粤海集团的可视化资料,话锋一转,说:"管理层的白衣骑士一定要过黄国胜那一关,如果黄天沙再以远大集团和美国博威居间调停人的角色,跟黄国胜谈判结盟条件,黄国胜既能收回中华啤酒控股权,又能结盟黄天沙,保住远大集团对盘古的控制权,黄国胜岂会抵住如此诱惑?"

会议室再次开始交头接耳,管理层对黄国胜秘密会晤黄天沙很失望。

第十二章

局中局

肖天一看，刘潇这是要跟汪弘毅唱双簧，将黄国胜推到盘古敌人的位置上，淡淡地说："这是一份私密录音，两人谈话中黄国胜一直在维护远大集团的利益。"刘潇很不屑地说："一个是盘古的控股股东，一个要获得盘古的控股权，本是水火不容，怎样才能实现他们口中的合作共赢呢？"肖天是轮值CEO，名义上拥有的权力只低于乔志远，刘潇还是有所顾忌地两手一摊，做出一副无奈状，说："远大地产合并的把戏恐怕只是一个开始。第三方白衣骑士进来，他们怎能共赢？"

乔志远一看，这样争论下去天亮都不会有结果，一挥手，示意大家都别说了："两家潜在的第三方都提出了类似对赌的条件，我们盘古是上市公司，无论是分红，还是规模增长，只能按照法律法规来，按照正常的企业运营发展规划来。两家都看好盘古的未来，谁能真正过远大集团那一关？我们把谈判的选择权交给白衣骑士，谁能拿到地方政府的支持函，我们就选择谁。"乔志远心里很清楚，现在大家想看到自己对黄国胜跟黄天沙见面的意见，乔志远只是意味深长地说："天要下雨，娘要嫁人，无论谁是盘古的第一大股东，盘古永远是盘古人的盘古。"

黄天沙很不喜欢远大花园会所门口那对狰狞的石狮子，每一次路过石狮子跟前都很厌恶地想冲着狰狞的狮眼吐口水。黄天沙夹着公文包，阴沉着脸从石狮子跟前快步走过。唐国强的秘书告诉黄天沙，远大地产龙湖项目有购房者排长队要求退房，唐国强刚从项目部脱身往会所走。

一大早出门，都快到门口了，老娘跟在黄天沙后面说，自己一晚上做梦抓鱼，抓了很多很多的大鱼。这两个月，老娘总是做些奇奇怪怪的梦。老娘身体一直很好，可是老人家早在5年前就很固执地要黄天沙在老家给自己买了一块坟地，还在老家置办了一口楠木棺材，每3个月，黄天沙就要陪着老太太回老家去看看棺材。昨天，黄天沙才陪着老娘从老家回到南海市。这一次回老家他总觉得哪里不对劲，老娘还莫名其妙地从殡葬店买了一套纸质寿衣放在棺材里。

从自己记事开始，黄天沙就没有听过老娘跟别人争吵，在村儿里属于人缘极好的老好人。自己创业之后，他多次想将老娘接到城里，但老娘跟老爹念着家里的几亩地,一直不愿意进城。黄天沙心中有一个永远的痛,就是他创业没两年,生意才刚刚起步,老爹就检查出癌症晚期,去世的时候自己正在火车上,未能为父亲送终。黄世林出生后,老娘将老家的田地交给族叔们耕种,到南海市帮忙带孩子,之后就一直跟他们住在一起。

黄天沙在下出租车之前,给林月娥打了个电话,这时候布里斯班还是深夜。接到黄天沙的电话,林月娥很是紧张,连忙问:"天沙,发生什么事了?"黄天沙将老娘的梦和这两个月老娘的反常行为给林月娥讲了一遍。林月娥顾不得刚刚恢复的咽炎,说:"天沙,我的嗓子好多了,我马上定回国的机票,妈需要专人照顾了。"

黄天沙担心林月娥着急,安慰说:"妈身体挺好的,没事。"

林月娥很急切,说:"不趁身体好时尽孝,真出了事的时候就来不及了。"

黄天沙一直很庆幸娶到林月娥,林月娥的贤淑让黄天沙有一个稳定的家庭,不需要为家庭琐事所累,能够全身心投入生意中。从结婚到现在,林月娥将黄天沙的老爹老娘当成自己的亲爸亲妈,黄天沙老爹卧病在床期间,林月娥端汤喂水,担心老爹卧在床上生褥疮,每天都给老爹擦身子。老爹去世丧事也都是林月娥一手操办的,村里的乡亲们对林月娥都交口称赞。黄天沙不想林月娥折腾,说:"别回来了,我会照顾好妈的。"

林月娥望着南海的方向,说:"澳洲的新闻都在报道你的事,我想回去照顾妈,看看你。无论你做什么决定,我相信你都是深思熟虑过的。"林月娥与黄天沙结婚30年,从来不干涉黄天沙生意上的任何决定,这一次,她想了很久,说:"天沙,你的事跟世林聊聊,现在年轻人的脑子活络,可能他的想法能为你打开思考问题的另一面。"

黄天沙呵呵一声冷笑,说:"你那个宝贝儿子,整天脑子里都是些不切实际的想法,天天见着投资人就嚷嚷着要颠覆乔布斯。"

林月娥心里一紧,问:"乔布斯是谁?你可得劝劝世林,创业就创业,可不要乱来。"

黄天沙忍住没有笑出来,说:"你那个宝贝儿子想颠覆的乔布斯是苹果手机的创始人,已经去世了。他想创业做手机,几年前遍地都是做手机的,现在

第十二章

局中局

还有几个活着？他居然还要去搞手机，说什么全息智能手机，以后每个人出门都不用带手机，也不用充电。"黄天沙想起了黄世林的合伙人，真是世界太小，故意问林月娥："你知道他创业合伙人是谁吗？"

林月娥也是第一次听说未来都不用带手机，也不用充电。林月娥担心浪费黄天沙的时间，一直都不好意思问黄天沙的事情，每次黄世林给自己打电话，总是问问好就匆匆挂断。黄天沙问到合伙人，肯定里面有故事。林月娥问："合伙人是谁？"

黄天沙鼻子里哼了一下，说："乔志远的儿子，乔瑾瑜。"

"啊？"林月娥震惊了，黄天沙跟乔志远为盘古股权已经闹得满城风雨，这两个同龄的年轻人居然在一起创业，成了合伙人。林月娥有点好奇地问："乔志远也没有给他儿子的项目投钱吗？"

黄天沙呵呵一笑，说："乔志远会给他们那个项目投钱？"

林月娥想想有道理，感叹道："如果乔志远投了，他们也不会到现在还在四处找钱。"

黄天沙很不屑地说："如果乔志远真投了，要么是我看错他了，要么是他脑子有病。"

林月娥很心疼儿子，对黄天沙说："那你劝劝世林，让他早点改行，务点正业。"

黄天沙现在哪有工夫跟黄世林探讨创业，每次黄世林一说到自己的创业项目，黄天沙就撇着嘴问："是不是要我投资，是就直接说。"一开始黄世林听到这句话，眼珠子都放光，以为老爹会成为自己的天使投资人，可没等黄世林笑出来，黄天沙就会接着来一句："你这个项目是扯淡，我的钱也不是印刷出来的，你自己琢磨琢磨别的路子吧。"

现在黄世林整天跟乔瑾瑜混在一起，见了无数投资人，不少投资人依然将两位当成骗子，他们不相信乔志远跟黄天沙的儿子在一起创业，更不相信两人的父亲在商界风云激荡，会让自己的儿子到处去拉投资。现在已经有人开始怀疑两人留学的经历都是假的。林月娥建议黄天沙听听年轻人的意见，黄天沙拒绝了林月娥的提议，说："他还嫩着呢。你如果真要回来，把机票订好了告诉我，我去机场接你。"

挂断林月娥的电话时，黄天沙的出租车正路过龙湖花园，那里还有很多人在排队退房，龙腾地产总裁周思敏最近一直吃住在公司处理退房问题。黄天沙已经看明白乔志远他们的排兵布阵，龙腾地产跟远大地产项目要尽快有一个了结，才能让乔志远他们的远大地产毒丸计划实施。王曦若在对龙腾集团、君安保险进行资金压力测试后，跟远东证券的质押融资已经办理妥当，现在龙腾集团可支配的现金充裕，乔志远他们释放合并重组远大地产失败的利空，正好给自己快速收集更多廉价筹码制造机会。只是，龙湖花园项目短期内会承受资金链紧张的压力。

黄天沙刚坐下没一会儿，唐国强夹着包推门而入。

唐国强没来得及喘口气，上来就破口大骂："老黄，我们被乔志远那帮孙子搞惨了。"

黄天沙两手一摊，鼻子里哼了一下，说："兄弟相残不都是往死里招呼吗？"

唐国强将一沓资料递给黄天沙："老黄，看看这个。"

黄天沙接过唐国强的资料看了看，一脸严肃地说："老唐，这可是撒手锏啊。"

唐国强咬牙切齿地说："乔志远他们下死手，我也不是病猫。"

黄天沙翻阅资料，唐国强习惯性地抓过茶壶开始烧水，一边接水一边看黄天沙脸上的表情。黄天沙心里暗自高兴，脸上故作镇静，唐国强手上的材料足以断掉乔志远的一只臂膀，这个利空正好给自己收集更多廉价筹码的机会。黄天沙现在要解决的问题就是让盘古早日复牌，他拍了拍唐国强的肩膀，说："老唐，现在我们成了乔志远的敌人，乔志远在黄国胜面前还是拍着胸脯说希望跟你们合并，你怎么想？"

唐国强眼睛鼓如铜铃，很是愤怒地说："胡说八道！他只是想利用我一把。"

黄天沙伸出大拇哥，说："唐总真是洞若观火，他嘴上说要跟你们合并，背地里已经跟东方集团、粤海集团在谈重组的事，他们无非就是想利用远大地产来炮制一个合并重组失败的大利空打击盘古股价,想将我的持仓打爆。"黄天沙一边说话一边在观察唐国强的表情变化,看唐国强脸上气呼呼的,黄天沙说:"他们打爆我在盘古的持仓,就是要斩断我的资金链,龙湖项目是他们最好的突破口,我们是一根藤上俩苦瓜,每天就是睡在龙湖项目部,恐怕都难以避免更大的退房潮了。"

唐国强身子向前倾了倾,问:"黄总有没有应对策略?"

黄天沙想了想,问:"远大集团有给你与盘古合并的会议纪要或者文件吗?"

唐国强立马说:"有会议纪要。"

黄天沙点点头,再次想了想,说:"你们在龙湖的项目,龙腾地产80亿元收了。"

唐国强一愣,瞅了瞅,说:"我120亿元的项目,你80亿收,你这是趁火打劫啊。"

黄天沙笑眯眯地说:"老唐,你的项目只投了60亿元,现在遭遇大面积退房,我出80亿元是救你。"

唐国强想起两天前在黄国胜办公室,黄国胜咬牙切齿地说,龙湖项目被黑极有可能是黄天沙玩的"死间"把戏,自己将阴宅的黑材料放在网上,就是要彻底将远大地产逼到跟龙腾地产结盟一条路上,进而离间远大集团跟盘古管理层,黄天沙把远大地产当成自己争夺盘古控制权的一枚棋子,房子出问题最终还要远大地产自己背锅。

越想心里越发麻,唐国强有一种坠入旋涡的失落感,背着手在茶室里走了两圈。茶壶咕嘟咕嘟作响,不断地往外冒热气。黄天沙看着唐国强凌乱的步伐,猜摸出唐国强一定是受到了他人蛊惑,这个时候即便自己解释,也难以说服对方。黄天沙压根儿就没有真正想要收购远大地产龙湖项目,这个提议只是要让唐国强跳进自己设计的轨道中来。唐国强突然一转身,盯着黄天沙问:"老黄,自残游戏玩得很高明嘛!"

黄天沙站起来,阴沉着脸,转身往外走。

唐国强在身后慢悠悠地说:"你这一走,麻烦跑得了吗?"

黄天沙回头微笑着说:"龙湖项目我就算一分钱收不回来,也死不了。"

就在黄天沙转身的那一刻,唐国强脑子里突然有一种即将失去几十亿的恐惧,一旦远大花园的退房潮持续下去,以银行为首的金融机构就不会在其他项目给远大地产贷款,到时候整个上市公司资金链一断,乔志远就真的会把远大地产重组失败的利空给抛出去,整个远大地产的声誉也就完蛋了。唐国强恍然大悟,黄天沙玩自残游戏会让他跟远大集团的一切合作都归零,更无助于他在盘古的运作。唐国强见黄天沙快走到门口,问:"80亿元,你想怎么收?"

黄天沙再次转身,说:"反过来了,远大地产以项目入股,成为龙腾地产的股东。"

唐国强摇了摇头,说:"不行,两家都是地产公司,同业竞争过不了监管那一关。"

黄天沙眼珠子滴溜溜转了一圈,抬起眼皮子,盯着唐国强,说:"那就现金交易。"黄天沙顿了顿,看唐国强听到现金两个字顿时笑逐颜开的样子,说:"我有一个条件,这个项目要分三期付款,用我们的龙湖项目进行一比一抵押。"

唐国强恨不得马上将龙湖这个烫手山芋给甩出去,很是疑惑地问:"黄总没有别的条件?"

黄天沙在见唐国强之前,龙腾地产的周思敏给黄天沙提交了一份城市规划图,南海市政府计划在南湖地区建岭南小学和珠江中学,这两所学校都是南海市排名第一的学校,龙湖的房子将是重点学区房。黄天沙握着唐国强的手,微笑着说:"乔志远他们把龙湖项目变成毒丸,我就把这颗毒丸吞下,但我相信很多人会后悔的。"

黄国胜接到唐国强的电话,有点不敢相信,反复问:"黄天沙答应将整个项目接盘?"

唐国强的管理层正在跟龙腾地产的管理层进行交易细节的商洽,唐国强很肯定地跟黄国胜说:"黄天沙说他要跟远大集团做朋友、做生意,要把乔志远他们炮制的毒丸给吞下,不给黄总您添任何麻烦。"

黄国胜想起黄天沙在香港四季酒店走的时候的那句话。乔志远一直说黄天沙就是一个势利小人,不守商业规矩,为了阻止盘古合并远大地产,龙湖项目只是黄天沙搅局的毒丸。阴宅消息闹得满城风雨的时候，乔志远说这是黄天沙玩的"死间"把戏，而现在黄天沙接盘了退房风波中的远大花园，这是雪中送炭。黄国胜立即吩咐："马上发布公告，终止跟龙腾地产的股权重组，按照集团的部署，推进跟盘古的合并重组。"

肖天正准备离开乔志远的办公室，电话嘀嘀响个不停。

乔志远盯着肖天，一脸严肃。肖天一看，电话是陶光明打来的，朝着乔志远晃了一下，乔志远示意肖天接电话。肖天正要接起电话，汪弘毅阴着脸走到乔志远办公室的门口，没等乔志远问，直接汇报说："黄天沙将了我们一军。"

肖天接起了陶光明的电话，没等肖天开口，陶光明上来就问："肖总，你们这是闹着玩儿呢？"

电话是免提状态，整个屋子的人都能听到陶光明的语气很不友好。肖天看了看乔志远，乔志远已经能猜出个大概，黄天沙应该在远大地产上面搞出了新花样。乔志远示意肖天接话，肖天若无其事地问："陶总，发生什么事了？"

陶光明一声冷笑，说："远大地产已经发布通告，正在按照远大集团的部署，推进跟盘古的合并重组，你们内部这么一合并，远大集团持有盘古的股权就到 30% 以上了，你说我们白衣骑士进去干啥？陪太子读书？"

汪弘毅进乔志远办公室前，已经看到远大地产的通告，黄国胜、唐国强这是要让盘古管理层骑虎难下。肖天很淡定地说："陶总，我们也是刚刚得到这个消息，会马上跟远大集团进行沟通。"

陶光明的电话刚挂断，郭沛霖又给汪弘毅打来电话。没等乔志远示意，汪弘毅就按下免提接听。郭沛霖在电话中很是尴尬地说："汪总，重组盘古的预案都已经上报南海政府的工作会议讨论了，政府支持我们粤海集团以白衣骑士的身份重组盘古，现在远大集团推进盘古跟远大地产合并，那没我们啥事了。"

汪弘毅安抚道："郭总，我们正在开会，马上跟远大集团沟通。"

汪弘毅的电话挂断之后，乔志远看了看肖天和汪弘毅，没说一句话。肖天作为轮值 CEO 先开口了，说："黄天沙给我们出了个难题，龙湖项目这颗毒丸的功能失效，黄国胜这是逼着我们回到和远大地产合并重组的谈判桌上，这对盘古的股民来说是一个利好。"肖天侧身看了看，汪弘毅面无表情，乔志远抿着嘴。肖天继续说"如果我们拒绝与远大地产合并，会跟之前回复交易所问询的回答相冲突，交易所会认定我们之前存在虚假信息披露的问题，我们也会被股民声讨。"

乔志远冷冷地问："怎么解决？"

肖天想了想，说："我们将计就计，跟唐国强谈判。"

乔志远眉宇一皱，问："谈判让唐国强自动退出？如果是黄国胜主导谈判呢？"

汪弘毅在脑子里不断梳理黄天沙的策略，之前拿到黄国胜的录音，以为可以以此为把柄，逼黄国胜同意白衣骑士进入盘古，现在远大集团将龙湖项目切割，重回跟盘古合并的谈判桌上，盘古管理层也没有任何拒绝的理由。乔志远的问题问到了死穴，如果黄国胜出面谈判，乔志远没有理由拒绝唐国强进入新的董事会，管理层权力势必会重新分配。

肖天一拍桌子，说："这是黄天沙的圈套，他帮助唐国强切割龙湖毒丸，不就是避免盘古合并远大地产的利空放出，以防他后续买入的股票爆仓吗？我们如果将龙湖这颗毒丸扩大化，黄国胜主导谈判也没用，黄天沙的计划将全盘落空。"

汪弘毅被肖天突然来的那一巴掌给整的一愣，如果不是他经常这样心直口快，没准早就是乔志远的接班人了。汪弘毅接过肖天的话说："唐国强80亿元将龙湖项目出售给黄天沙，这是典型的国有资产流失，只要拖住黄天沙帮助唐国强切割龙湖项目的进度，打开盘古的交易窗口，让黄天沙再多买一点我们的筹码，主动权自然就回到我们手上了。"

肖天侧过脸，看了看一脸冷峻的汪弘毅，心里嘀咕，这家伙比我还狠。肖天正要说话，乔志远咬着牙，点了点头说："黄国胜在香港见了黄天沙后，黄天沙就真给黄国胜送了个大礼，既然他们要联手合作，我们也绝不跟野蛮人妥协，要让黄天沙的盘算全部落空。"乔志远右手中指习惯性地在办公桌上敲了敲，吩咐说："引入白衣骑士，关键在投票权，我们在董事会上要拿到足够多的票数。"

汪弘毅递给乔志远一份资料,说:"过董事会那一关,把未来交给所有股东。"

乔志远翻阅着汪弘毅的资料,双唇紧紧地抿在一起,从资料库中调出了资料上的项目,说:"东方广场项目是美国道琼斯资本两年前从远大集团购买的,当时这处物业经营状况很糟糕,一直在亏损线挣扎,远大集团投资部门提出了出售建议,挂牌了半年,最终将17亿元的物业降到9亿元才卖给道琼斯资本。"乔志远盯着汪弘毅,他需要一个肯定的答案,问,"这一块资产能让我们引入白衣骑士的计划在董事会上过关?"

汪弘毅点点头,调出盘古董事会的资料,屏幕上显示出一位长着东方面孔,头发花白,颇具有学者风范的人。汪弘毅解释说:"东方广场看上去跟我们引入白衣骑士毫无关联,但它可能会在一定程度上刺激远大集团的神经,甚至决定我们在董事会的命运。"汪弘毅指着这个头发花白的人说:"皮特刘是我们的独立董事,现在他有一个新的身份:道琼斯资本亚太地区首席执行官。皮特刘的一票对我们至关重要。"

盘古平时的股东、独立董事关系维护,都是汪弘毅在负责,乔志远只有开股东大会的时候才会跟股东、独立董事进行礼节性的会面。乔志远不喜欢场面上的客套,有时间就钻进书房下围棋。皮特刘中文名叫刘一飞,乔志远对刘一飞有一定了解,说:"刘一飞的独立董事资格是远大集团提名的,道琼斯资本跟远大集团有着较多的业务交叉,无论从私人角度,还是从公司利益看,刘一飞也没有理由把票投给盘古管理层。从目前的董事会席位看,我们要过远大集团三票大关都是个很麻烦的问题。"

在跟郭沛霖谈完之后,汪弘毅一直在琢磨如何让董事会投票赞成引入白衣骑士,现在已经胸有成竹,他站到黑板前用笔一边画,一边讲:"现在董事会一共十一票,远大集团派出董事三票,管理层三票,独立董事五票。按照我们盘古的董事会投票规则,三分之二的董事赞成,议案就获得通过。现在我们绕不过远大集团的三票反对票,那我们就在独立董事的五票中做文章。"

乔志远点点头:"如果独立董事中有一人不站在管理层一边,我们的计划就将失败。"

汪弘毅指着道琼斯资本中国区首席执行官刘一飞说:"刘一飞是盘古独立董事,同时跟远大集团保持着生意伙伴关系,一旦黄国胜提前下手,即便争取让刘一飞投下弃权票,管理层引入白衣骑士的计划也将被搁浅。"乔志远、肖天都皱着眉头,汪弘毅很从容地说:"刘一飞的那一票事关生死,我们必须使出撒手锏。"

乔志远明白,汪弘毅已经有了对策,他是想让自己给他一个明确的态度。乔志远右手再次习惯性地敲了敲桌子,说:"现在香港的地产商都在抛售内地的物业,刘一飞现在最想做的就是恐怕套现道琼斯资本曾经买入的远大集团物业。国际资本没有道德,只有利益,那一块资产,我们评估一下,满足他们的心愿。"

汪弘毅继续说:"我已约了刘一飞,投票之前,必须棒打黄国胜和黄天沙这对鸳鸯。"

肖天在一旁快速地测算了下董事会的席位,心头一紧,汪弘毅看上去是在谋划董事会投票策略,实际上是一箭双雕。无论是东方集团,还是粤海集团,都要提交董事会通过,一旦白衣骑士的项目过不了董事会这关,一切努力都是白费,汪弘毅跟现在的董事们过从甚密,只要他从中作梗,自己就会栽在董事会这一关。乔志远看到肖天脸上不经意间露出的忧虑,提醒说:"对董事会我们要未雨绸缪,股东中我们的盟友团队必须扩大。黄天沙都能口口声声把我们当成一面旗帜,远东保险这样的盟友必须真正团结到我们一边。"

汪弘毅翻开文件夹,说:"远东保险的谢晓辉承诺在合适的时候会将公开声明挂在远东保险的官方网站上。远东保险买入那么多优质蓝筹股,相信谢晓辉不会随口承诺,否则的话,远东保险将会沦落为笑柄。"汪弘毅将一份电话通话记录递给乔志远,说:"为了万无一失,香港市场的行动已经开始,英国滚石这两天也会增持港股,我去香港的时候,也会跟滚石亚太区首席执行官菲利普见面。"

盘古在H股上市时,乔志远跟菲利普见过面,此人有典型的老牌贵族气质,谈判时彬彬有礼,但在关键问题上绝不妥协。每年的盘古股东大会,菲利普都会来参加，会上从来不说话，会议一结束就返回香港，跟盘古的管理层极少进行私人层面的互动。乔志远心里咯噔一下，现在谁增持盘古股票都让乔志远心里不踏实，他问："滚石之前持有盘古H股，现在继续增持，是自己持有，还是代为客户持有？"

汪弘毅有自己的算盘，引狼驱虎一定要让主人别无选择，黄天沙既然吞下毒丸，想要通过远大地产来为盘古炮制一个利好，那就给黄天沙来个双管齐下。汪弘毅很自信地说："现在黄天沙想结盟黄国胜，我们除了要通过A股让他们两人反目，H股上更要以假乱真。滚石持有的股权是谁的不重要，重要的是我们可以用滚石作为筹码，给黄国胜和黄天沙来个棒打鸳鸯，让黄天沙哑巴吃黄连。"

肖天插话说："盘古复牌，让黄天沙继续收集筹码，超过远大集团的持股比例。"

乔志远点点头，一拍桌子，很坚定地说："复牌，让贪欲毁灭贪欲。"

汪弘毅提醒说："我们还是要避免黄天沙搅浑水。"

乔志远对黄天沙嗤之以鼻，撇着嘴说："这一次他还能怎么搅浑水？"

第十三章
秘密仓

山鹰会议室灯火通明,王曦若右手托着下巴,一直盯着墙上的数据。

控制盘古股价拉升,是顺势而为,还是加速买入?君安保险资金部负责人邓子明提议:"盘古合并远大地产反反复复,让市场摸不准脉搏,正是我们洗盘摊薄之前持仓成本的好机会。"龙珠基金的负责人范宏志反驳说:"邓总,你们保险资金是第一批进入,现在已经有60%的收益率,我们龙珠是停牌前进去的,我们总不能用家里的余粮去摊薄之前的成本吧,一旦局面失去控制,我们里面可都是保险、银行、潮汕帮的资金,到时候谁能负责?"

山鹰会议室的争论你来我往,王曦若在进入山鹰会议室之前,已经跟黄天沙进行了沟通。黄天沙泰若自然地坐在他那张大沙发上,他已经给龙腾地产的总裁周思敏下令,远大花园项目签署协议后,将会所的那一对石狮子搬走,他要让整个龙湖项目改天换地,变成南海市最具有投资潜力的社区。他咬着牙槽,半天挤出一句话:"我帮黄国胜、唐国强吞下了龙湖这一颗毒丸,他们会介意我再买点盘古股票?"

邓子明扭着脖子说:"现在市场这么糟糕,如果我们在这个价位继续吃进

第十三章

秘密仓

盘古股票，一旦市场出现变化，后果将不堪设想。我们的钱都是老百姓的血汗钱，是一分钱都不能亏损的。"范宏志在一旁没搭话，王曦若很清楚各个分公司都有自己的利益盘算，但都必须服从大局。邓子明冲着范宏志说："范总，现在整个房地产行业的股价都因为盘古的股价带动而不断上涨，龙珠基金最终不会亏钱的。"

王曦若示意他俩别争吵了，下令说："君安保险、龙珠基金进行正常的买入。"

范宏志再次确认："不用在买入之前洗洗盘？"

王曦若点点头，现在龙腾集团已经被推到风口浪尖上，任何有人为操纵痕迹的交易行为，都会给盘古管理层留下反击的机会，如今龙腾集团只能抓住盘古的利空机会买入。"乔志远他们恨不得把盘古的股价打到地板上，直接把我们打爆仓，哪里还用得着我们去打压股价？"王曦若很严肃地看着大家，再次重申说，"交易不得有任何短线动作，一秒的短线就是一生的短视。"

整个山鹰组都屏住呼吸，盯着墙上的超级显示屏。时间一秒一秒地流失，王曦若从未觉得时间如此难熬，盘古从停牌到现在已经有两个月，新闻报纸上各种流言蜚语不断，乔志远的两次绯闻会不会对冲今天跟远大地产合并的利好？旁边的一位男性交易员突然小声嘀咕："现在搞得我们机构都跟散户一样紧张。"

王曦若嘴角露出一丝微笑，现在整个会议室静得能听到彼此的呼吸、心跳，弦绷得太紧容易断，需要调节一下气氛。王曦若凤眼一转，说："散户在A股，就算家里有矿，也能给洗成矿工，机构现在跟散户一个待遇了，都是受教育的对象。"说话间，股市开盘了，王曦若示意交易组不要一开盘就买入，说："先看看气氛。"

时间一分一秒地过去，10点整，LED显示屏上突然弹出一条信息：远大地产甩卖龙湖远大花园项目，涉嫌国有资产流失。王曦若凤眼圆睁，抓起桌子上的电话正要拨打，又立即放下，此时黄天沙应该正在跟远大地产的董事长唐国强进行交割洽谈，舆论上的阴宅、退房的新闻报道，一夜之间又变成了国有资产流失。王曦若快速地进行搜索，发现远大地产国资流失的报道已经铺天盖地，看样子有人要拖住远大地产跟盘古合并重组的尾巴。

王曦若果断下令："按照我们的计划进行买入。"

唐国强坐在远大花园会所的茶室里，看着不断跳动的股价，呷了一口茶，将一份材料递给总裁杨东明，自言自语地说："你看看这个报道，我们当初拿龙湖项目地块的时候，没有听说这里要建学校啊，会不会又是烟幕弹？现在一沾上盘古重组，股价就跟坐火箭一样往上蹿，谁说炒股票不赚钱？"唐国强眯着眼睛，漫不经心地说："对了，东明，我刚才进门的时候，看到有两个民工站在石狮子前嘀咕，他们要干啥？"

杨东明愤愤不平地说："这些人都是瞎扯，典型的杀人诛心，前一阵子我们跟龙腾地产重组，冒出个阴宅的消息来，早上还有人要退房呢，现在刚把项目切割，又冒出个学区规划，这个项目一开始哪有啥学区规划？政府看远大、龙腾把龙湖地块给做起来了，想带动更大的区域发展，才研究学区规划，这又变成我们涉嫌国有资产流失，我怎么感觉都是同一帮人在背后搞事呢？"杨东明把材料丢到桌子上，撇着嘴说："有人说阴宅是黄天沙搞出来的，就是为了低价吃掉我们的项目，协议刚签订，又说远大地产把学区房低价出售，涉嫌国资流失，难道这又是黄天沙要搅黄自己处心积虑搞到手的项目？"

唐国强呵呵一声冷笑，说："有人把我们当成猴了。"

杨东明很是不屑地说："乔志远他们现在是脚踩两只船。"

杨东明进入会所之前，唐国强一直在跟陶光明打电话。唐国强在出任远大地产董事长之前，跟陶光明是远大集团多年的同事。唐国强在跟陶光明通电话的过程中得到一个信息，远东证券为盘古引入白衣骑士提供投行中介服务，而潜在的白衣骑士不止一家。陶光明无意间透露，肖天为了引入东方集团这个白衣骑士，拍着胸脯说盘古管理层正在谋划董事会通过投票绕过远大集团，要将盘古命运的决定权交给盘古所有股东而非远大集团。

唐国强若有所思地说："抓不住心，那就抓住他的人不放。"

杨东明将一份通话记录递给唐国强，说："刚才跟黄天沙通了电话，他希望我们的交易继续推进，为了让交易更公允，他建议聘请第三方的评估机构进场。"杨东明突然想起唐国强之前问的门口石狮子，说："对了，黄天沙说不

第十三章

秘密仓

喜欢石狮子狰狞的面目,项目移交后,他会把门口的两只石狮子弄走。"

门口的石狮子是唐国强亲自挑选的,他喜欢狮子的王者之气,在地产的丛林之中,没有霸气只会变成任人宰割的小白兔。两家已经签署了交易的意向性协议,石狮子最终的命运只能交给黄天沙决定。黄天沙主动提出聘请第三方评估机构,唐国强一点都不奇怪地说:"黄天沙真是个生意人啊,学区规划这种隐形价值咋评估?这样一来堵住天下人之口,可谓一箭双雕。"

黄天沙望着对面宝莲寺的参天古树陷入遐想,在到皮特家之前,自己还真去了一趟宝莲寺,绿荫覆盖着朱门青瓦,穿过一条林荫甬道,来到供奉着三尊金佛的正殿,堂壁置五百罗汉像,进入正殿者有一种前世、今生、未来的三世轮回之感。黄天沙站在正殿之门,对面的木鱼山顶有一尊气势宏伟的青铜"天坛大佛"释迦牟尼像,佛像面示微笑,莲眼低垂,眉如新月,螺发复顶,神韵非凡。黄天沙突然有一种庄严肃穆之感,真是佛陀一笑扫尘埃,登极九重皆如来。

皮特挂断了一个电话,很是无奈地说:"黄老板,你看,毛里塔尼亚的酋长很有诚意。"

黄天沙右手一挥,轻蔑地说:"酋长懂什么摄政王珠。"

皮特瞪着眼珠子说:"人家有钱,摄政王珠是他们祖先的一种文化记忆。"

黄天沙差点喷出了嘴里的咖啡,说:"皮特,你说你的祖先曾经是个贵族,你竟然说毛里塔尼亚酋长有钱,我真有点怀疑你的贵族身份。你在毛里塔尼亚能吃一顿烤全羊就是国宾待遇了,那里的酋长也就相当于村长,他们有啥钱?"皮特憋得满脸通红,黄天沙很是不屑地说:"整个国家一共只有350多万人,150多万人是文盲,他们连自己是哈拉廷人,还是班巴拉人都分不清楚,100以内的加减法还要掰手指头数,有啥文化记忆?"

皮特一脸惊讶地望着黄天沙,问:"你去过毛里塔尼亚?"

黄天沙嘴角微微上翘,说:"中国有一句俗话,秀才不出门,便知天下事。"

远处隐隐传来了钟声,黄天沙看了看表,很不屑地看了皮特一眼。皮特瞅了瞅黄天沙,新闻中的黄天沙就是一个野蛮人,他如今竟然以秀才自诩。皮特很严肃地说:"黄老板,人家是酋长,酋长懂吗?酋长有土地、矿藏、别墅,他们家族在毛里塔尼亚是世袭的封号，摄政王珠在历史上跟他们家族有过交集，这是一种缘分。"

"拉倒吧，毛里塔尼亚的酋长比我们的皇帝完蛋得还早。"黄天沙还没有说完，皮特插话问："你们的皇帝不是1912年就垮台了吗？"黄天沙跷着二郎腿，很轻蔑地说："皮特，你想谈价格就直说，不要跟我扯什么毛里塔尼亚酋长，法国人在1909年就把毛里塔尼亚最后一个酋长国阿特拉给灭了，现在毛里塔尼亚哪还有什么酋长。"

皮特两手一摊，很是无奈地说："你跟乔志远成对手可惜了。"

黄天沙站起来，走到落地玻璃前，突然转身："我们不是对手。"

皮特翻着白眼珠子，说："你死我活还不是对手？"

黄天沙抬起手腕看了看表，很自信地说："我是盘古第一大股东，我是他老板。"

中国上下五千年，尊卑是秩序的核心，伙计再有能耐，都要听东家的，否则，伙计难以立足。皮特很惊讶，今天早上的新闻报道盘古要合并第一大股东远大集团旗下的远大地产，两家合并之后，远大集团将持有30%以上的盘古股权，黄天沙现在怎么就成了盘古的第一大股东呢？皮特摇了摇头，说："黄老板，你很幽默，你才多少股份啊？"

黄天沙最讨厌皮特一口一个黄老板，很不客气地说："如果你在我跟乔志远之间摇摆，我可以明确地告诉你，摄政王珠成不了我们之间谈判的筹码。你已经错过了跟我谈判的最佳时机，此刻，龙腾集团持有盘古的股权已经超过15%。"时钟已近指向上午11:30，黄天沙再看了看表，很肯定地说："你想跟乔志远交易，可你们曼陀银行的道德审查委员会要调查乔志远的道德问题，乔志远会为了这颗摄政王珠而接受你们道德审查委员会的调查吗？"

皮特从黄天沙的表情可以看出，黄天沙的每一个毛孔里都充满着自信跟不屑，他对自己一直称呼他黄老板的那种厌恶已经从骨子里爬到额头上、眉宇间。皮特太了解中国老板骨子里的自卑跟自负，他们喜欢用金钱维护自己的尊严，喜欢用各种头衔包裹自己的虚荣心，只要剥开他们包裹虚荣心的外衣，就能发现他们的致命弱点。皮特从来不称呼黄天沙为黄总，就是想通过黄老板这个听上去像小老板的称谓,来刺激黄天沙的虚荣心。皮特也一副无所谓的样子,说:"那就再说。"

黄天沙一看就知道皮特在玩欲擒故纵的游戏,可林月娥明天就飞抵南海市了,如果皮特还给不了自己一个准信,那就不能兑现对林月娥的承诺,更重要的是会改变自己的命格,所以绝不能让摄政王珠交易因为酋长、乔志远的介入而功亏一篑。黄天沙放下咖啡杯,站起来,夹着包转身朝门口走。走到门口,像不经意间想起了什么,回头说:"香港金融就是一个江湖,没有香港老爷子们的支持,曼陀银行想在香港混得风生水起,难。"

皮特在香港20多年,深知整个香港被几大家族垄断,李嘉诚家族垄断了电力、燃气等民生资源,包玉刚家族垄断了海运,郑家炳家族是地主。无论是摩根家族、罗斯柴尔德家族,还是洛克菲勒家族,只要进入香港地界,都要跟香港的几大家族搞好关系。皮特一直希望与香港的大家族建立战略伙伴关系,可是这几大家族的老爷子们都神龙见首不见尾,自己甚至连他们的门朝东还是朝西都没有摸清楚。听黄天沙这么一说,皮特马上笑眯眯地问:"黄老板有门路?"

黄天沙从皮特迫不及待的眼神中就知道这家伙真的上钩了,说:"也不是什么难事。"

皮特一把拉住黄天沙的手,往沙发上按,说:"黄老板,我们坐下谈。"

黄天沙一屁股坐在沙发上,立即跷起二郎腿,说:"欲速则不达,要有策略。"

皮特看上去急不可耐,问:"什么策略?"

黄天沙没有马上回答,想了想说:"盘古可以让你一箭双雕。"

皮特现在一听到盘古,就会条件反射一样想到站队,皱着眉头说:"黄老板,上一次我跟你说过,如果我站在你这边,英国滚石会在欧洲把我们描绘成为野蛮人的帮凶,总部是不会支持的。"皮特两手一摊,很是无奈地说:"就因为一篇八卦绯闻,我们的道德审查委员会都要审查乔志远,你让我现在介入盘古,我无法在你和乔志远中做出选择。"

黄天沙从沙发里站起来,拍了拍皮特,笑着说:"之前谣传说洋人没有膝盖骨，现在发现你们的脑袋，是真的不会转弯。"

皮特有点发蒙，问："什么意思？"

黄天沙似笑非笑地说："要在规则之内把不可能办的事儿办了，还要名利双收。"

皮特呵呵一笑，说："介入盘古我不选择你，就得选择乔志远，无论哪种选择都可能偷鸡不成蚀把米。"

黄天沙摇摇头，伸出右手食指晃了晃，很肯定地说："你们曼陀银行想做出淤泥而不染的荷花，君子不能强人所难，不需要你选择我们两个，你可以另辟蹊径，既可以在盘古的股权问题上名扬天下，又能走进香港几大家族老爷子们的世界。"黄天沙伸出手，指着远方的天坛大佛，说："摄政王珠，必须如那尊释迦牟尼像那样，是唯一的。我是你唯一选择交易的对象。"

皮特愣在那里，目不转睛地看着黄天沙，问："我需要两全其美。"

黄天沙毫不掩饰自己对盘古控制权的欲望，说："别忘了，盘古是在A股和香港H股两地上市，我的战场除了A股，还有香港。"黄天沙再次瞅了瞅手腕上的表，这是林月娥送给他的结婚纪念日礼物，这块表从戴上黄天沙的手腕后就再也没有离开过他，他将这块表视为自己的吉祥物。黄天沙故作神秘地说："亲爱的Banker，到时候会有人跟你具体接洽，记住了，人往往因为一刹那的犹豫，错失一生的幸运，这是你最后的机会。"

熙熙攘攘的铜锣湾，总有一种摩肩接踵的拥挤感。

汪弘毅站在香港皇悦卓越酒店35层的露天阳台，望着霓虹灯下的红男绿女，心中感慨万千。盘古在香港上市的时候，正遇到2008年的全球股灾，整个市场哀鸿遍野，所有机构都在抛售套现，给盘古做投行顾问的高盛、JP摩根一度希望乔志远能够中断发行，当天晚上就是在这个房间，乔志远召集管理层开会，讨论投行的建议。最终的决定是，投行退缩了，盘古人不能退缩，乔志远跟汪弘毅分别带队进行全球路演。

汪弘毅永远忘不了，自己给新加坡的淡马锡投委会打电话，人家以一票之差否决了做盘古H股基石投资者的决定。自己带队去美国路演，给100多

第十三章
秘密仓

家机构打电话,在希尔顿定了八桌路演午餐,12点过来了三个外国人,这三个人只是投行找来的托儿,乔志远面对三个陌生的外国人,将准备的路演台词慷慨激昂地说完,三个人的心思却全在午餐上,吃完打着饱嗝抹抹嘴走了。最后,英国老牌银行滚石银行的菲利普爵士,将锚定订单变成基石投资,令盘古H股之路起死回生。

盘古的股东大会上经常能看到菲利普的身影,汪弘毅一直很好奇,滚石银行的钱到底是来自自营还是客户资金。作为全球保密性最好的老牌银行,菲利普爵士对客户信息守口如瓶。每次股东大会上,菲利普都沉默不言,从来不发问,也不主动跟管理层交流。汪弘毅约见菲利普期间,滚石银行将持股比例提升到5%以上,他们到底想干什么?每次在关键时刻,滚石银行都会出手,他们背后究竟有什么人?

菲利普准时敲开了汪弘毅的房门。在香港待了15年,菲利普能讲一口流利的广东普通话,每次汪弘毅听菲利普的普通话就跟听山歌一样。菲利普跟客人见面,从来都是西装革履,尽管香港的气温已经高达38度,菲利普还是里面穿着白色衬衫,外面套着笔挺的西装。菲利普进门就伸出双臂,给汪弘毅一个熊抱,非常热情地问:"汪总,近来可好?"

汪弘毅鼓着眼珠子,摇摇头,说:"一群狮子围攻,处境不妙。"

菲利普开玩笑地耸耸肩,说:"你是在说我吗?"

汪弘毅哈哈大笑,说:"菲利普先生一直是我们的好朋友。"

菲利普明显感觉到汪弘毅话里有话,这位乔志远的得意门徒,是盘古最热门的接班人选。汪弘毅意在试探滚石银行将H股的持股比例提升到5%,谁是背后真正的持有人。因为整个H股占总股本的11%,持有5%的H股就意味着持有整个盘古0.55%的股权。菲利普一收脸上的笑容,突然很严肃地说:"汪总,我们滚石银行最近确实买了不少你们的股票,在我看来,你们的股票价值被市场严重低估了,我觉得很便宜。"

汪弘毅点点头,说:"盘古希望得到市场的认可,但不欢迎不懂规矩的野蛮人。"

菲利普很不解地问:"野蛮人闯进来,大股东会袖手旁观吗?"

菲利普对中国的成语信手拈来，汪弘毅对菲利普的中文造诣很佩服，说："菲利普先生用词真是恰如其分，现在龙腾集团已经取代远大集团成为我们的第一大股东。"汪弘毅两手一摊，很是无奈地说："丢掉了第一大股东位置的远大集团至今无所作为，其旗下的房地产公司还试图通过收购的方式向野蛮人输血，令人难以置信。"

菲利普很关切地问："我能做些什么？"

汪弘毅等的就是菲利普的这一句话，很是诚恳地说："滚石银行是盘古的老朋友，总是能在关键时候给我们支持，我们当然希望你们继续支持管理层，支持盘古的转型计划。"汪弘毅对黄天沙的龙腾地产很是不屑地说："一家10年时间只能将房地产业务做成十几亿规模的公司，来当千亿规模公司的家，我们担心野蛮人激进的资本扩张会破坏盘古的未来规划。"

滚石银行是英国王室的海外财务代理人，实力、信用、富有开拓精神的团队是滚石银行走到今天的基石。汪弘毅的话令菲利普感同身受，点点头："我们滚石看好盘古的未来，被低估的价值未来一定会得到市场的认可，我们相信，没有一个稳定、勇于创新、奋进的团队，一家公司就没有未来。"

股东大会上一直沉默的H股投资者的一番话，让汪弘毅悬着的心终于放下来。汪弘毅很真诚地说："菲利普先生说得极有道理，盘古的今天是股东、团队、客户和社会各方共同努力的成果，破坏者只会带给公司毁灭。"英国滚石是盘古H股机构们的风向标，汪弘毅接着说，"我们希望H股机构们的票仓能够成为管理层的坚实后盾，而菲利普先生正是H股的旗帜。"

菲利普眉尾上翘，问："汪，你今天约我见面，恐怕不是为了两句感谢吧？"

汪弘毅端起咖啡杯，非常绅士地喝了一口，盯着菲利普的蓝眼睛，点点头说："菲利普先生真是洞若观火，现在我们跟龙腾集团已经是剑拔弩张，我们复牌之后，龙腾集团迅速买入更多的筹码，已经成为盘古的第一大股东。你知道，商场如战场，既然是打仗，那就更要讲究谋略，在商业文明的规则之内，我们需要正义机构的支持。"

菲利普耸耸肩，问："怎么支持？投票站在管理层一边？"

第十三章

秘密仓

汪弘毅连连摇头说:"NO! NO! NO! 现在远大集团的董事长黄国胜最忌讳的就是管理层或者龙腾集团的黄天沙联合国际资本,他曾说,无论谁争夺盘古控股权,都应该是中国人内部的事,绝不容许外国人插手。"汪弘毅深知中华啤酒股权回收令黄国胜胸中块垒难除,对国际资本十分抗拒。汪弘毅顿了顿,接着说:"黄天沙现在试图联合黄国胜,想在关键时刻,比如引入白衣骑士期间,给管理层投反对票,所以,如果可以,我们希望菲利普先生跟我们演一场戏。"

菲利普听得云里雾里,问:"怎么演?"

在到香港见菲利普之前,汪弘毅已经跟乔志远详细提交了滚石银行的计划,无论滚石的仓位里是谁的资金,只要让菲利普保持沉默,舆论就会猜测这是黄天沙围点打援的把戏。从菲利普的面部表情看,这位英国贵族很乐意跟盘古管理层合作,毕竟多年来,菲利普见证了盘古的成长。汪弘毅微微一笑,说:"如果有记者问你,滚石增持盘古到底用的是自己的资金,还是第三方的资金,你只需要说无可奉告就行。"

菲利普诡异地一笑:"如果问是不是龙腾集团的资金呢?"

汪弘毅一挤眼睛,说:"还是无可奉告四个字就可以啦。"

菲利普一本正经地说:"汪总,你让我这么做,到底演的哪一出呢?"

汪弘毅微笑着说:"演戏就是一个人性撕裂的过程,悲剧就是把人生有价值的东西毁灭给人看。"汪弘毅看菲利普一脸茫然,冲着菲利普诡异地一笑,接着说:"喜剧就是把没有价值的撕碎给人看。我们要将这一出戏演得比喜剧更接近悲剧。"

菲利普一直自信自己是个中国通,没想到汪弘毅的几句话就把自己搞的摸不着头脑。菲利普从汪弘毅的话里听出了一个核心意思:盘古管理层跟黄天沙真正的较量才开始,现在双方各出奇招,就是为了抓住盘古的控制权。走的时候,菲利普再次拥抱了汪弘毅,很是不解地说:"你们中国的戏真是让人搞不懂。"

送走菲利普,刘一飞来到汪弘毅的房间。

刘一飞早年毕业于耶鲁大学,一直在华尔街工作,进入道琼斯资本已经

10年，一路摸爬滚打，从部门经理、部门的董事总经理，一直做到了大中华区首席执行官，成为道琼斯资本唯一的亚裔合伙人。刘一飞跟汪弘毅已经是6年的老朋友了，自担任盘古独立董事以来，乔志远除了开董事会时礼节性地与他打个照面，很少与他交流，都是汪弘毅一直在与他沟通。

刘一飞祖籍山西，在一次喝酒聊天时，汪弘毅提起自己虽然出生在安徽，可自己的祖上在清朝初期居住在朔平府，汪氏家族曾经是朔平府的富商巨贾。双方聊起祖上的经历，发现双方的祖辈都数次参与战争的后勤补给工作。老乡关系让两人在盘古董事会中走得很近，两人经常称兄道弟。

一进门，刘一飞就闻到一股浓浓的香水味，是欧洲男人最喜欢的用于遮体味的一种香水味。刘一飞耸了耸肩，上前握住汪弘毅的手，跟菲利普的贵族绅士范儿相比，刘一飞简直就是美国回来的西部牛仔。刘一飞握着汪弘毅的手，左右端详了一番，说："汪总，现在黄天沙攻势很猛，还受得了吧？"

汪弘毅哈哈一笑说："一飞兄有所不知，黄天沙君安保险的前身你知道是谁吗？"

刘一飞对黄天沙的团队已有所耳闻，问："难道是君安投资？"

君安投资的创始人是投资教父张国清，股东背景神秘而强势。他早年是中国南方最强的投资大鳄，5年间将100多家公司推到A股，张国清只要挥一挥手，整个股市就会掀起一阵波澜。君安投资曾经在中国证券市场兴风作浪，不少上市公司都惧他三分。在乔志远创办的盘古快速发展的时候，君安投资欲联合多家小股东夺取盘古的控制权，乔志远引入远大集团作为白衣骑士，成功击溃了来势汹汹的君安投资，张国清从此隐退江湖。

张国清隐退后，君安系的幽灵仍在资本市场飘荡。"君安保险就是君安投资当年的几个人创办的，那几位相当谨慎，规模一直做不起来，黄天沙瞄上了君安保险，收购了他们60%的股权，还专门从欧洲挖回王曦若来掌管。"汪弘毅将一份材料递给刘一飞，说："这不，黄天沙让龙腾投资对君安保险进行增资扩股，整个龙腾系的持股比例已经超过75%，君安那帮人曾经翻云覆雨，现在在黄天沙和王曦若面前都说不上话。"

刘一飞摇了摇头，说："真是冤家路窄，你想让我怎么相助？"

第十三章

秘密仓

刘一飞的爽快令汪弘毅感动,汪弘毅也就开门见山地说:"远大集团回收中华啤酒股权,无力增持盘古股权,我们在筹划以换股收购的方式,引入一家具有国企背景的白衣骑士。我们盘古的改革战略你也知道,成为城市运营商自然离不开商业网络的布局,我们想利用驱赶野蛮人进行重组的机会,将你们持有的一处物业一起收购了,不知道一飞兄意下如何?"

面对突如其来的交易,刘一飞很敏感地问:"哪一处?"

汪弘毅脱口而出,说:"南海东方广场。"

刘一飞很惊讶,说:"你知道东方广场最早是谁的吧?"

汪弘毅呵呵一笑,说:"过去是谁的已经不重要了,重要的是,将它收购过来可以完善我们的商业布局。"

这是盘古的商业布局?这简直是送给道琼斯资本赚钱的机会。刘一飞故作镇静地问:"你们出什么价?"汪弘毅伸出两根手指头,说:"20亿元。"看汪弘毅伸出的两根手指头还在晃,刘一飞才确信自己没有听错。刘一飞摇了摇头,说:"汪总,这物业在远大集团手上差点成了烂尾,我们9亿元买过来,投入了将近5亿元才将其盘活,运营了这几年,东方广场已经成了南海市的地标。"刘一飞伸出三根手指头,晃了晃,说,"低于30亿元不能卖。"

盘古管理层已经进行了内部推演,只有收购南海东方广场项目,道琼斯资本才会站到远大集团对立面。听刘一飞报出的价格,汪弘毅心里咯噔一下,看来道琼斯资本内部早已盘算着跟自己做这一笔生意,否则的话,怎么一上来就这么溜地跟自己讨价还价呢?汪弘毅微笑着说:"一飞兄,盘古接过来也是冒着很大风险的。"

刘一飞双手一摊,说:"汪总,东方广场已经是地标了,它的商业价值不能再用之前的交易价格去测算,做生意不能只盯住眼前的仨瓜俩枣,要从长远的发展看,至少在30年内,东方广场都会是南海CBD最赚钱的商业广场,这个价格已经很低了。"刘一飞冲着汪弘毅挑逗性地一笑,说:"老兄提出这笔交易,恐怕你想要的更多。"

汪弘毅再次从包里掏出一份资料递给刘一飞,说:"一飞兄,这是我们战略投资部通过第三方机构调查的数据,东方广场的客流量、交易量按照交易价格，20亿元是相当合理的。而按这个价，南海能够接盘的人不多。"汪弘毅压低声音说："远大集团将17亿元的项目以50%多点的价格卖给你们，我们如果按您开的价接过来，远大集团那边我们怎么说得过去？恐怕我们就真的要激怒远大集团了。"

刘一飞伸出食指晃了晃说："汪总，账不能这么算，现在你跟乔总要算大账，不能这么斤斤计较。黄天沙如果动用400亿元买入盘古股票，别说远大集团，就是再大的白衣骑士，来了都是陪太子读书，而黄天沙看上的是什么？"刘一飞顿了顿，看着汪弘毅毫无表情的脸说："你们董事长乔志远的内部讲话都那么明显了，黄天沙可以得到盘古的股票，得不到盘古的团队，但是他还要买，为什么？"

汪弘毅不假思索地说："他看中了盘古账面上的3000亿元现金。"

"400亿元买下20%的股票，再用盘古账面上的2000亿元进行股票回购，把盘古变成黄天沙的私人公司，然后黄天沙啥都不用干，把账面上剩下的1000亿元现金一分就OK了。"刘一飞伸出两根手指，说："不需要管理层，假设黄天沙持有20%的股权不变，就可以分得200亿元的现金，事实上最后整个公司都是他的，岂止赚200亿元！这是多么划算的一笔买卖。"

汪弘毅摇摇头，说："你这一票代价太高了。"

刘一飞很无奈地说："汪总，你是清楚的，我出任你们盘古独立董事是远大集团推荐的，当初他们为啥提名我？因为他们想让道琼斯资本接盘东方广场，现在一旦我在董事会中把赞成票投给管理层，就意味着我将跟远大集团站到对立面。"刘一飞端起咖啡杯，吹了吹上面的泡沫，说，"远大的主要业务在海外，以后我们道琼斯怎么跟远大继续做生意？"

汪弘毅伸出两根手指头，又比画了五根指头，说："兄弟，这个价，咱们就别相互为难了，在董事会上你也不用给管理层投赞成票，这样你也就不会成为远大集团的敌人，以后你们生意照常做。"

刘一飞一愣，有点没搞懂，问："25亿元？我不给管理层投票？"汪弘毅点点头，什么也没说，只是看着刘一飞笑。

刘一飞还是很纳闷，问："你们图什么？"

第十三章
秘密仓

汪弘毅很轻松地说："25 亿元是交易价格，以及你回避投票的价格。"

刘一飞狡黠地问："就这么简单？"

汪弘毅的食指在刘一飞面前晃了晃，说："整个交易 75 亿元！"

刘一飞以为自己听错了，重复问："什么价？"

汪弘毅重复说："75 亿元。"

刘一飞问："为什么是这个价格？"

汪弘毅泰然自若地说："其中的 50 亿元是 secret 交易。"

刘一飞有点蒙了，问："具体怎么交易？"

汪弘毅的右手在房间的茶几上画出一个路线图，说："道琼斯跟盘古的交易价格是 25 亿元，随后会有第三方机构再跟道琼斯资本签署一份秘密交易协议，金额 50 亿元。"刘一飞插话问："这 50 亿元还是受盘古控制？"汪弘毅点点头，说："你们道琼斯只是代持，其中 45 亿元用于购买盘古 H 股股票，5 亿元是道琼斯资本代为持有的费用。"

刘一飞再次确认，问："只为董事会上的一票？"

汪弘毅非常冷静地说："你这一票在董事会至关重要，45 亿元的股权是股东会上的筹码。"

站在到达厅，望着不断涌出的人群，黄天沙不断地看表。黄天沙已经有 8 个月没有见到林月娥了，她的咽炎很严重，黄天沙在布鲁斯班给林月娥买下别墅，希望能给林月娥一个舒适的休养环境。

远远地，黄天沙终于望见了林月娥的身影。林月娥大波浪的头发蓬松地散落在肩膀上，面容红润，鼻梁挺秀。她上身穿一件白色的棉麻衬衫，下身一件黑色的阔腿裤，看上去精神干练。黄天沙上前接过林月娥的行李箱，林月娥满脸幸福，娇嗔地说："都说了我自己回去。"

黄天沙一手拖着行李箱，一手抓住林月娥的手，脸上堆满了笑容，说："除了我妈，只有你才能享受我专门接送的待遇。"林月娥在上飞机之前接到黄世林的电话，黄世林很兴奋地告诉林月娥，有一个中东的王子对他的创业项目很感兴趣。黄世林听说林月娥要回国，说一定要到机场接老妈回家。

林月娥左右瞅了瞅，没见到黄世林的人影，黄天沙很好奇地问："你瞅啥？"林月娥再瞅了瞅，问："世林说要来接我，没跟你一起来？"

黄天沙呵呵一声冷笑："他说他来接你？"

林月娥最不喜欢的就是黄天沙永远都是一副不信任儿子的样子，说："儿子长大了，你别总是用商场那一套识人理论去看自己的儿子，你要用对待商业合作伙伴的心态去跟儿子交流。"看黄天沙满脸的不屑，她继续劝说："中东的王子都对他感兴趣，说明儿子不像你说的那样没用。"

黄天沙以为自己听错了，问："什么中东王子？"

林月娥瞟了黄天沙一眼，问："世林没跟你说过？中东有一个王子看上了他的创业项目。"

黄天沙撇着嘴，嘲笑说："中东遍地都是王子，他遇到的是中东傻子吧，就他那个异想天开的项目，还有人看上？"

林月娥瞪了黄天沙一眼，说："你总是这样打击世林，你们父子俩的关系怎么搞得好？"

黄天沙见林月娥有点不高兴了，林月娥将黄世林当成心头肉，宠得黄世林从小就调皮捣蛋，顽劣异常，黄天沙有时生气想抽他一顿，林月娥总是护着。黄天沙很是不屑地说："他没跟你说，将来的手机就是没有手机吗？"

林月娥脱口而出："说过啊。"

黄天沙停下脚步，盯着林月娥，问："他是不是告诉你，将来直接在皮肤上就可以拨打电话？"

林月娥听黄世林在电话里说过，她虽然不懂，但是她坚信儿子绝对不是异想天开，他能够找到志同道合的合伙人，甚至现在连中东的王子都对他的项目感兴趣，肯定不像黄天沙说的那样一无是处。林月娥一脸自豪地说："我相信儿子会成功。"

"拉倒吧！"黄天沙拉着行李箱急步向前走，林月娥紧跟在后面，走了几步，黄天沙突然停下脚步，看着林月娥说，"你把那小子都惯坏了，我们黄家都是本分人，做生意从来都是童叟无欺，现在他都开始去骗外国人了。"

"说什么呢？融资怎么就成骗人了？你现在不也在融资吗？"林月娥正想

第十三章
秘密仓

说话,突然黄世林从人流中冒出来,把林月娥跟黄天沙都吓了一跳。黄世林一把搂住林月娥的肩膀,冲着黄天沙狡黠地一笑,说:"老妈一回来,你就诋毁我,人家中东王子看好我的创业项目,怎么就成了我骗人了?"

黄天沙很不屑地向黄世林瞥了一眼,说:"今天你妈回来,不谈你的项目。"

黄世林愤愤不平地说:"人家是坑爹,我们家是坑儿子,哪有老爹说儿子创业是骗子的?"父子俩你一言我一语到了停车场,黄世林将母亲的行李放进后备厢,冲着黄天沙瞪眼说:"你真以为我创业是在闹着玩呢?我们的办公家具都是我从二手市场淘的,为了降低运营成本,我让三轮车师傅送到楼下,我们自己扛上楼的。"

黄天沙随口一问:"三轮车师傅搬上楼多少钱?"

黄世林伸出两根手指头,说:"200元。"

黄天沙得意地笑着说:"这是我的种!"

黄世林很是好奇地问:"爸,你买盘古股票一投就是几十亿,听说你坐三轮都讲价?"

黄天沙看了黄世林一眼,很严肃地说:"生意是生意,买卖是买卖。"

林月娥看父子俩没有争吵,一起讨论问题已经满心欢喜,至于黄天沙云山雾罩的话,自己也就懒得问那么明白。黄世林被黄天沙的话给绕得云里雾里,说:"生意不就是买卖吗?买股票跟坐三轮不都是要给人钱吗?"

黄天沙哈哈一笑,说:"商人如果区分不开生意跟买卖,赚再多的钱都是个糊涂蛋。创业者如果分不开生意跟买卖,成功的概率就很小。"黄天沙顿了顿,指了指安全带,示意黄世林系好安全带,说:"年轻人要养成自律的习惯,你现在创业,自己都不自律,怎么管理好员工?"

黄世林系好安全带,觉得黄天沙说话啰唆,问:"生意跟买卖到底啥区别?"

黄天沙撇着嘴说:"生意看格局,买卖看价格。"

黄世林挂挡,给油,车子一溜烟上了高速,他侧身问坐在旁边的黄天沙:"爸,你的格局就是不计成本,不断买入盘古股票,跟乔志远死磕到底?"

黄天沙瞅了一眼黄世林，转身望着窗外的风景，现在双方都已经是开弓没有回头箭。黄天沙冷冷地来了一句："等你真正成熟了，创业成功了，你就知道做企业的目的不是赚钱，而是担当一种责任，这是金钱无法买到的，可没有金钱怎么担当责任？"黄天沙看黄世林一脸的不屑，问："是不是乔志远也给你们项目投钱了，让你来当说客？"

黄世林哈哈一笑说："看来对手之间都是一样的口气，不然你们也打不起来。乔志远对乔瑾瑜的创业不屑一顾，怎么可能给我们的项目投钱？"黄世林提挡，踩油门，冲着黄天沙坏坏地一笑，说："全天下的人都知道，你们两人当面都谈不拢，我给你们当说客有啥用？"

林月娥坐在后座，看着父子俩你一言我一语，脸上一直保持着微笑。跟黄天沙结婚之后，林月娥就专心相夫教子，所有的心思都花在家庭和黄世林身上，不想让整日里忙碌的黄天沙分心。黄天沙的生意越做越大，父子俩的关系却越来越紧张。乔志远拒绝了黄天沙已经天下皆知，林月娥担心黄世林不经意间的一句话会伤到黄天沙的自尊，到时候父子俩说着说着就又呛上了。林月娥连忙说："世林，你是晚辈，跟你爸说话注意一点。"

黄世林收了一下油门，将车速降下来，黄天沙瞟了他一眼，然后开始闭目养神。黄世林回头冲着林月娥笑了笑，说："妈，你放心吧，我只是为我爸担心，一大把年纪了，现在新闻上说啥的都有，我就是担心他扛不住。"

黄天沙很是轻蔑地说："小子，记住了，在这个世界上，打败自己的永远都是自己，而不是对手。"

林月娥正要说话，黄天沙的电话滴滴响个不停，黄天沙一看是黄国胜的号码，立即接起来。还没等黄天沙说话，黄国胜劈头盖脸就上来质问："这个菲利普是怎么回事儿？"

黄国胜的声音很大，黄世林从来没有听过有人如此狂妄地在父亲面前这样咆哮。一大早，黄天沙就看到报纸上说，英国滚石银行增持盘古H股的比例已经超过5%，当记者问菲利普，增持的股票到底是自营的还是第三方的，菲利普表示无可奉告，记者再次追问是不是代为龙腾集团持有，菲利普还是满脸坏笑地说无可奉告。

第十三章
秘密仓

黄天沙没想到黄国胜反应这么大，很冷静地说："有人在搅浑水。"

黄国胜呵呵一声冷笑："有人拿上亿的钱来搅浑水？乔志远他们？我不信。"

黄天沙对黄国胜这样的态度一点都不感到意外，只是淡淡地问："黄总拒绝过中东基金？"

黄国胜不会忘记，乔志远坐了几个小时冷板凳，跟汪弘毅提出了在香港H股向中东皇室基金增发股票的方案，黄国胜当场就拒绝了乔志远他们的提议。黄国胜直言不讳地说："那个时候H股太便宜，给中东皇室基金增发股票，会削弱盘古对远大集团的净利润贡献率。"

黄天沙很是惋惜地说："菲利普的一句无可奉告可是杀人诛心，很容易让人想到滚石银行是代龙腾集团买入盘古股票的，让远大集团以为我黄天沙勾结洋人在盘古巧取豪夺。他们就是想误导黄总您这样的爱国领导。"黄天沙顿了顿，长叹一口气，说："龙湖项目变成了有毒资产，我们想帮助远大地产切割，有人就在背后放黑枪，一枪不行，跑到香港借助洋人之手再来一枪，这就是想要离间龙腾集团跟远大集团。难道生意就没有合作共赢，只有你死我活？"

黄国胜迟疑了一下追问："龙腾集团在H股有没有买入盘古股权？"

黄天沙毫不隐瞒，脱口而出："有，但没有达到信息披露标准。"

黄国胜非常严肃地问："你们现在在A股持有的盘股股权已经超过15%，超过远大集团的持股比例，同时又在H股买入，怎么看都不只是想做一个战略投资者。"黄国胜的手上有一份汪弘毅刚刚传真过来的盘古股权结构变更公告草案，看到龙腾集团持股比例超过15%，黄国胜的内心已经开始躁动不安，乔志远他们要引入的白衣骑士持股要求肯定要超过龙腾集团5%以上，那样一来，远大集团连二股东的位置都保不住。黄国胜摇了摇头，语气中都能闻出硝烟味，说："你们的不断买入已经很难用善意来形容了。"

黄天沙安慰黄国胜说："黄总，只要您一句话，我们龙腾集团持有的盘古股权您随时都可以收回去，我们永远站在远大集团的一边，有损盘古和远大集团利益的事，违背我们买入盘古股权的初衷。"

远大集团收回龙腾集团的持股？黄国胜心里清楚，黄天沙把盘古的股价从

10 块拉到了 16 块以上，龙腾集团的部分筹码盈利 60% 以上，就算远大集团有钱回收，自己也会沦为一个接盘侠。可远大集团还要面临乔志远他们引入白衣骑士的挑战，盘古留给远大集团的时间也已经不多了。黄国胜相当尴尬地说："中国只有一个盘古，如果因为个人喜好而毁灭，那将是所有人的悲哀。"说完，黄国胜挂断了电话。

山鹰组的同事已经离去，整个会议室依旧灯火通明。

王曦若端起咖啡杯，走到玻璃窗前，望着远处点点夜航灯。突然，有人咚咚地敲会议室的门，王曦若一听敲门的节奏，就知道是黄天沙来了，说："进来吧。"黄天沙进门，将报纸递给王曦若，通栏是滚石银行香港举牌盘古的新闻标题。白天这条新闻已经出现在山鹰会议室的 LED 显示屏上，王曦若首先想到的是，这是黄天沙干的。王曦若问："黄总，真是我们吗？"

黄天沙摇了摇头，说："滚石银行的仓位里，我们的比例不到 1%。"

王曦若放下咖啡杯，很严肃地问："黄总，这样做会不会是火中取栗？"

黄国胜挂掉电话的那一刻，整个车里一片寂静，黄世林、林月娥都静静地盯着黄天沙。现在舆论中的黄天沙已经成了一个挥金如土的野蛮人，为了将盘古控制在自己手上，已经到了神挡杀神、佛挡杀佛的疯狂地步。王曦若的问题在黄天沙的预料之中，黄天沙没有直接回答王曦若的问题，而是微微一笑，问："王总，你是精算的行家，A 股有很多潜规则，上市公司特别喜欢做假账，你知道他们一般怎么做吗？"

风马牛不相及的两个问题，王曦若第一次见黄天沙顾左右而言他，难道黄天沙在背后搞潜规则？王曦若很冷静地说："我没做过假账，但是听说过，用壳公司、关联公司进行交易，把业绩做得虚高，再伪造银行存款、工程合同什么的，业绩想做多少就做多少，尤其是壳公司，大红公章都在老板自己手上，造假就更方便了。"

黄天沙摇摇头说："曾经有很多用壳公司、关联公司做假账的，现在都进监狱了，那种做假账的方法最多只能骗骗股民，监管那一关他们是过不了的。"黄天沙脸上的笑容很怪异，他没有直视王曦若，稍微顿了顿，接着说："做假

第十三章

秘密仓

账最高的手段就是用自己的钱,在公司真实的经销商、供应商那里进行过账循环,所有的账目都是真的,天王老子都查不出来。"

王曦若豁然开朗,微微一笑,说:"你是在滚石的仓位上,继续买入盘古。"

黄天沙没有否认,而是问:"你知道滚石账户里之前的盘古 H 股都是谁的吗?"

王曦若摇摇头。

黄天沙呵呵一笑,问:"现在谁最尴尬?"

王曦若想都没想,说:"黄国胜。"

黄天沙将一份资料递给王曦若,笑着说:"盘古 2008 年在香港发行 H 股,正好遇到全球股灾,那个时候是现金为王,持有股票很容易死,所有机构都在忙着套现,乔志远他们进行全球路演,中介机构都劝他们回家。那个时候远大集团的董事长还是王锋,他为了给乔志远和机构们信心,就通过英国老牌银行滚石下单,买入 4% 的盘古 H 股。"

王曦若当时在欧洲的金融机构,听闻过盘古 H 股发行过程相当惊险,路演期间那些承诺认购的机构,在正式发行的时候纷纷撤单。王曦若若有所思地说:"听说当时滚石由锚定投资者变成基石投资者,给了市场信心,才刺激了其他机构的认购,盘古 H 股才得以成功发行,在当时成了 H 股全球发行的一个标志性事件,从那时起,国际投资者开始看好中国概念股。"

滚石银行的仓位一直是远大集团的秘密仓位,更是黄国胜想在股东大会上才使用的绝杀筹码,没想到滚石银行的仓位突然超过 5% 的举牌线,黄国胜担心远大集团埋在滚石银行的秘密筹码被人刨出来。黄天沙冷冷地说:"黄国胜可能怀疑增持的股票是我的,但是乔志远跟汪弘毅做梦都想不到,滚石银行真正的大仓位是远大集团的,如果乔志远他们知道滚石银行仓位里的股票是用他的面子换来的,自命不凡的几位不知会不会内心崩溃?"

王曦若摇了摇头,说:"真真假假,虚虚实实。"

嘀嘀嘀,黄天沙的电话响个不停,是曼陀银行的皮特打来的。没等黄天沙说话,皮特就心急火燎地问:"黄老板,你不想购买摄政王珠了吗?"黄天沙跟皮特几番交道打下来，对这个狡猾的英国佬已经十分熟悉，他总是玩欲擒故纵的把戏。黄天沙哈哈大笑，说："亲爱的Banker皮特先生，是不是看到你的竞争对手滚石银行在中国一夜之间家喻户晓了，你现在着急了？"

皮特很是失落地问："你确定取消摄政王珠的交易？"黄天沙冷冷地说："皮特，曼陀银行总部那一帮老顽固目光短浅，难道你真想像那帮老家伙那样，只是在香港看着滚石银行春风得意？"皮特听出了黄天沙的潜台词，很是无奈地说："你已经选择了滚石银行。"

黄天沙立即变脸，呵呵一笑说："我是个一诺千金的人。"

王曦若隐隐约约听到一个讲蹩脚中文的老外提到摄政王珠，王曦若在欧洲期间听闻过摄政王珠的传奇故事，黄天沙是要跟这个皮特先生交易摄政王珠？挂断皮特的电话，黄天沙满脸微笑，这一次皮特看着竞争对手风光，是真急了。黄天沙望着王曦若，很坚决地说："只要盘古交易一天，我们就要不断买入，我马上约见沈浩明。"

王曦若很不解地问："听说汪弘毅已经跟谢晓辉见过面了，这个时候我们约见沈浩明，能有效果吗？"现在谢晓辉是远东保险的董事长，沈浩明只是总裁，王曦若有点纳闷，黄天沙不找董事长找总裁，葫芦里卖的什么药？王曦若很是忧虑地说："远东保险也举牌盘古了，如果远东保险背后的资金是乔志远他们的，我们岂不是撞枪口上了？"

黄天沙很自信地说："谢晓辉是个生意人，他不会为了要站到乔志远、汪弘毅他们一边才举牌的，更不会用自己的招牌，给乔志远他们绣龙袍。就算谢晓辉答应站到盘古管理层一边，沈浩明代表远东集团出任远东保险总裁，我们跟沈浩明见面，就是要让乔志远他们晚上睡不着，处于惶恐之中。"黄天沙顿了顿，眼神里充满了忧虑，说："现在肖天跟汪弘毅为了竞争接班人，分别找到东方集团和粤海集团，这两家潜在的白衣骑士才是我们真正的对手。"

王曦若已经对两家白衣骑士进行了全面的分析，说："东方不足虑，粤海是对手。"

黄天沙接盘远大集团的毒丸资产换来盘古股票的复牌，龙腾集团不断买入盘古股票，已经将黄国胜推到了油锅之上，留给黄国胜的只有白衣骑士的否决

第十三章

秘密仓

权。黄天沙现在不想多面作战，只想集中优势兵力打歼灭战。在龙腾集团，王曦若的缜密、执行力一直无可挑剔，黄天沙对王曦若绝对信任。黄天沙问："为什么粤海威胁更大？"

王曦若分析了大量的数据材料后，不看好东方集团，她说："东方集团是肖天在负责，肖天名义上是轮值 CEO，可他远离盘古总部，曾经想取代乔志远的陶光明这一次之所以想当白衣骑士，就是想衣锦还乡，打击乔志远的傲慢。东方集团即使能过黄国胜那一关，也很难通过乔志远跟汪弘毅那一关。汪弘毅甚至可能通过董事会，将东方集团拒之门外。"

黄天沙点点头，说："盘古抓了程春明，发配了王刚，挤走了刘世雄，背后就是肖天跟汪弘毅在争斗。乔志远让肖天跟汪弘毅一南一北寻找白衣骑士，表面上是为了考察接班人，事实上是想坐山观虎斗，稳固自己的权力。"黄天沙沉默了片刻，突然抬头说，"东方集团汪弘毅会替我们解决，粤海集团背后有南海市政府支持，解决起来有一定的难度。如果黄国胜能成为我们的挡箭牌，他还有机会坐稳二股东的位置。"

王曦若很诧异地问："黄国胜？"

黄天沙点点头，说："我们现在必须插入乔志远的后院，让两虎相杀。"

飞机在南海市国际机场降落，走出航站大楼，望着湛蓝的天空，邵南子深深地呼吸了一口空气，仿佛空气里都有杨子欣的气味。这里是杨子欣毕业后的第一站，今天，邵南子终于来到杨子欣生活的地方。飞驰在机场高速路上，邵南子脑子里浮现出一种前所未有的憧憬画卷。

邵南子第一次走进盘古大厦，走过宽敞明亮的大厅，前台小妹笑盈盈地上前问邵南子："先生，您找谁？"温软甜腻的岭南普通话令邵南子浑身一酥，邵南子笑眯眯地冲着前台小妹说："汪弘毅。"

前台小妹拨打了汪弘毅秘书的座机，然后走到邵南子面前，引领他坐上电梯。电梯到了 18 楼，汪弘毅刚开完会，在汪弘毅田姓秘书的带领下，邵南子进了汪弘毅的办公室。汪弘毅从皮椅上站起来，从茶几的果盘里捡起一个库尔勒香梨递给邵南子，说："朋友早上从新疆空运过来的，尝尝。"秘书退出，邵南子刚咬了一口香梨，汪弘毅就开门见山地问："小邵，建立一个安全防卫数据系统，需要多长时间？"

邵南子一愣，杨子欣从未跟自己说到盘古要搞安全防卫数据系统，自己之前一直是开发金融交易系统，它跟安全防卫系统完全是两个领域。邵南子没有立即接汪弘毅的话，他想起杨子欣两次让自己查黄天沙和周晓萌的资料，一下子明白了汪弘毅搞安全防卫数据系统的原因。邵南子缓缓地说："关键看投入，如果资金一次性到位，一个月；如果抠抠搜搜，那就没边儿了。"

汪弘毅一下子坐得很板正，问："预算是多少？"

邵南子想了想，问："只是总部？还是全公司联网？"

汪弘毅毫不犹豫地说："当然是整个集团毫无死角，全部联网。"

邵南子伸出一个巴掌，说："至少这个数。"邵南子看汪弘毅没有反应，接着说："千万。"

汪弘毅点点头，说："经费不用担心，你有没有信心在一个月之内将这个系统搞起来？"

9年前，邵南子想不明白杨子欣为啥要进入盘古，国内顶尖大学的数学专业高才生跑到盘古卖房子。可那个时候他已经跟杨子欣分手了，他的意见在杨子欣那里一毛不值。汪弘毅花5000万元搞安全防卫数据系统眼睛都不眨一下，邵南子有点明白杨子欣的选择了，在巨人的肩膀上，可以放飞自己。邵南子微微一笑，说："给我一个月时间。"

半个小时的交谈之后，汪弘毅拍了拍邵南子的肩膀："小邵，防卫系统的一切事务，记住了，你唯一的负责对象就是我。"田秘书领着邵南子去办理了入职手续。江弘毅给乔志远办公室拨打电话，电话一直占线。乔志远正在接听远大地产董事长唐国强的电话，唐国强在电话里态度依然很暧昧，说："乔总，远大地产在商业地产领域具有很大的优势，跟远大集团的粮油业务结合很紧密，已经形成一个城市运营商的雏形，你们盘古不正在往这个方向转型嘛。"

乔志远听出唐国强话里有话，冷冷地问："唐总希望在管理层获得更多的支配权？"

唐国强故作无所谓地哈哈一笑，说："我们都是远大集团的下属公司，支

第十三章

秘密仓

配权在黄总手上。"

乔志远一皱眉头，心里很是厌恶，唐国强一会儿说远大地产转型比盘古早，一会儿搬出黄国胜，无非就是想在合并过程中跟盘古讨价还价，要到董事会和管理层更多的权力。乔志远嘴上还是给唐国强面子，说："支配权只是管理层服务股东、客户的一个工具，我们欢迎更多的优秀人才加盟，两家企业各有优势，取长补短未来更有前景。"

汪弘毅夹着文件，在去往乔志远办公室的路上给滚石银行大中华区首席执行官菲利普打了一个电话，菲利普听完电话后目瞪口呆。汪弘毅到乔志远办公室时，唐国强还在电话里讨价还价，乔志远按了免提，唐国强提出："现在盘古正在推行轮值 CEO 制度，如果两家合并，我们的总裁杨东明应该成为轮值 CEO 之一。"乔志远看了看汪弘毅，汪弘毅脸上没有任何反应，乔志远淡淡地说："盘古 CEO 轮值已经进入总裁级别，联席总裁是可以参与轮值的。"

乔志远没有直接承诺杨东明能成为合并上市公司的联席总裁，只是用盘古的游戏规则将唐国强搪塞过去。一旁的汪弘毅看上去面无表情，但内心在翻江倒海，一旦唐国强将杨东明推上联席总裁的位置，自己将再添一个竞争对手。乔志远见汪弘毅面不改色，说："唐总，确定董事会、管理层成员是合并方案的重要环节，我们需要尽快拿出一个方案。"

唐国强不知道汪弘毅就在电话旁边，说："乔总是不是担心汪总反对设置联席总裁。"

汪弘毅冷静地插话，说："唐总放心，任何个人的利益在驱逐野蛮人面前，都不值一提。"

气氛立即变得尴尬起来，唐国强在对面打个哈哈，说："汪总有如此胸襟，相信我们两家的合并一定会非常顺利。"

汪弘毅单刀直入地问："龙湖项目现在交割完了吗？"

唐国强听到龙湖项目就一肚子火，说："别提了，不知道哪个王八蛋在背后搞事，一开始说是阴宅，业主排队退房子；跟龙腾地产签约后，又说是学区房，那些退了房的整天在售楼处静坐，要求把房子还给他们，龙腾地产拒绝将房子还给那些退房的人，整个项目陷入僵局。"

汪弘毅看了看对面的乔志远，嘴角露出微笑，说："唐总，龙湖项目交易金额巨大，如果这个问题不能尽快解决，会影响到我们合并的进程，你也看到了，黄天沙天天都在买入我们盘古的股票，如果他买到25%以上，到时候我们两家合并恐怕要看黄天沙的脸色。"

唐国强撇着嘴，心里冷笑，黄天沙买得越多越好，远大地产好歹也是一家上市公司，自己现在可以全面掌控远大地产，跟谁谈生意都是自己说了算，如果跟盘古合并了，还要看乔志远他们一帮人的脸色，谈个项目还要请示汇报。唐国强打马虎眼说："我们会尽快推进龙湖项目的处理。"

乔志远插话问："唐总想怎么处理龙湖资产？"

唐国强早就知道乔志远他们在暗中谈白衣骑士，合并只是想利用远大地产来阻止黄天沙，稳住黄国胜。唐国强很冷静地说："龙湖项目现在闹的鸡犬不宁，我们会再请第三方评估机构进行评估，公允是成交的前提。"

挂断唐国强的电话，汪弘毅下嘴唇抿着上嘴唇，想了想，说："我们得抓紧停牌。"

乔志远一下子睁大了眼睛，问："用得着那么着急吗？"

汪弘毅说："3天之内，黄天沙就买了4亿股，持股比例达到18%了。"

乔志远冷冷地说："慌啥？买得越多，死得越快！"

盘古复牌后，第一天股价一度被打到跌停板上，王曦若的山鹰组横扫跌停板，股价迅速拉起来，随后股价一直上涨，山鹰组不断小额吸筹。汪弘毅心里很不踏实，说："如果黄天沙持股比例到了20%，就算我们向粤海集团发行20%的股票，黄天沙的持股比例最多也就被稀释到16%，粤海集团会跟远大集团一样，担心黄天沙继续买入，白衣骑士会变成陪太子读书的书童。"

唐国强的电话给了乔志远巨大的信心，他现在一点都不担心黄天沙的买入。看着汪弘毅眼神中一闪而过的忧虑，乔志远撇着嘴说："上帝要让人灭亡，一定会先让他疯狂。盘古复牌后，黄天沙一直在买入，股价一直在涨，意味着黄天沙的持股成本一直在提高，一个要找死的人拦都拦不住。"乔志远从抽屉里拿出一份材料，说："你看看，我们是不是该成全他？"

汪弘毅唰唰地翻了翻，说："他这是自己找死。"

第十三章

秘密仓

乔志远靠在椅子上,一副不屑的样子,说:"银行的钱、保险的钱,那都是老百姓的血汗钱,他现在为了控制我们盘古,已经杀红了眼,以为拿到更多的股权就能当盘古的家,真是幼稚!"乔志远指着汪弘毅手上的材料说:"他那个龙珠基金里面还有潮汕帮的钱,他把金钱当上帝,上帝一定会像魔鬼一样折磨他。"

汪弘毅一听就明白乔志远的心思,说:"我们马上停牌。"

东方集团跟粤海集团都提出了20%的持股要求,一旦黄天沙持股比例超过20%,白衣骑士就不会进入盘古。肖天跟汪弘毅都担心乔志远关门打狗的游戏会让白衣骑士裹足不前。乔志远轻轻地摇摇头,语重心长地说:"不急,黄天沙吃进的筹码越多,白衣骑士进来越安全。"乔志远指着电话说,"唐国强喜欢跟黄天沙搞在一起,那就让他成为黄天沙的毒药。"

汪弘毅担心的恰恰是唐国强,说:"如果唐国强兴风作浪,两家合并失败也是个麻烦。"

乔志远哼了一声,说:"唐国强一门心思宁做鸡头不做凤尾,黄国胜失去对盘古的控制权正是唐国强想要的结果,那个时候远大集团在地产方面只能倚重他唐国强,他有啥好兴风作浪的?"乔志远的桌子上摆着一堆报纸,还有一本笔记本,他用笔在笔记本上画了画,说:"龙湖项目先是爆出阴宅的消息,黄天沙接盘后又爆出学区规划的信息,唐国强会相信黄天沙没有设局?"

两人你一言我一语,乔志远气定神闲,看上去稳操胜券。汪弘毅静静地听着,心里担忧的依然是白衣骑士,乔志远喜欢围棋,不到最后一刻,会给棋盘上所有的棋子希望,也会在最后一子落下的时候,打破所有人的幻想。现在所有人都在乔志远的棋局之中,他用接班人的位置让汪弘毅、肖天跟黄天沙对抗,削弱黄国胜对盘古的控制力,一旦黄天沙爆仓,白衣骑士就不再重要,掌控董事会的乔志远才是盘古真正的主人。

汪弘毅暗暗地咬了咬牙,肖天对接班人位置虎视眈眈,乔志远利用两人的竞争巩固着自己的权利。黄天沙如果真的早日出局,怎样让肖天从接班人竞争游戏中出局?重复打击程春明的策略?汪弘毅在内心深处否定了这个方案,只有让乔志远站到自己一边,把命运掌握在自己手上,才能立于不败之地。汪弘毅想了想,说:"我的手机又不见了。"

乔志远一愣,问:"又是在办公室丢的?"

汪弘毅一脸无奈,说:"我调阅了监控,18层的坏了。"

乔志远一拍桌子,脸色铁青,说:"太嚣张了,换系统,抓出内鬼。"

汪弘毅点了点头,说:"只总部换,还是整个公司都换?安全防卫系统的造价可能会很高。"

乔志远大手一挥:"跟万亿资产的安全相比,一切代价都是值得的,整个公司都换,什么人脸识别、大数据,只要能防卫安全的,能装的都给装上。"乔志远若有所思,顿了顿,说:"有人给我们后院安插钉子,那我们在大数据的基础上,再搞一个数据追踪系统,掘地三尺也要把吃里爬外的东西给挖出来。"

第十四章
造天眼

滚石银行大中华区总部会议室，记者们架设起长枪短炮，镜头都对准了主席台。

菲利普在秘书的陪同下走进会议室，脸色铁青。《北方周末》的记者还没有等菲利普坐下，就率先发问："尊敬的菲利普先生，滚石银行举牌盘古H股，跟坎贝尔伯爵在金色大厅求婚遭遇桂玉梅女士拒绝是否有直接关系？"

"那是无耻的谣言！"一直保持着绅士形象的菲利普有些激动。

《北方周末》的记者追问："金色大厅求婚是谣言？还是举牌跟求婚被拒有关系是谣言？"

菲利普脱口而出，说："Both。"

东方财经电视台的记者举起一本娱乐杂志《红粉》，大声说："菲利普先生，不知道你是否看过杂志专栏，这是桂玉梅小姐自己写的，她还没有卸下青衣演出妆，坎贝尔伯爵就在金色大厅双膝下跪求婚。桂玉梅小姐拒绝了伯爵的求婚。"记者将杂志在空中挥了挥，继续说："桂小姐专栏发表的当天，滚石银行就举牌盘古H股，这真是巧合吗？"

底牌（上）

《红粉》杂志总部在上海，是中国发行量最大的娱乐杂志，以时尚优雅、诙谐幽默的风格著称，中国一线的大牌明星都以能在《红粉》杂志上发表文章为荣。《红粉》杂志从未青睐过戏剧演员，桂玉梅跟乔志远绯闻传出来之后，一直不受关注的青衣立即成为娱乐追逐的焦点，桂玉梅成为娱乐界的新宠，《红粉》杂志破例为桂玉梅开设专栏。

盘古股权之争本已成为中国商界最受关注的焦点，欧洲老牌的保守机构滚石银行突然举牌盘古H股，更是一石激起千层浪，背后是龙腾集团的黄天沙，还是另有其人？桂玉梅的专栏文章让滚石银行举牌的真相变得更加扑朔迷离。

桂玉梅一个月之前在维也纳金色大厅上演了自己的青衣专场。《红粉》专栏中，桂玉梅站在巴顿大街，膜拜莫扎特、特斯劳斯、勃拉姆斯、舒伯特一大批艺术巨擘。自己青衫鼓荡之时，金色大厅天花板上的太阳神阿波罗及九位缪斯女神都在为自己鼓掌。当桂玉梅唱完《春闺梦》最后一句"明知梦境无凭准，无聊还向梦中寻"，英国老牌贵族坎贝尔伯爵冲上舞台，不是单膝跪地，而是双膝跪地，向桂玉梅求婚，桂玉梅扶起伯爵，拒绝了伯爵绅士狂热的拥抱。

坎贝尔家族是英国老牌世袭贵族，是英国女王派在苏格兰地区的代表。坎贝尔家族是英国王室的拯救者，家族首领八世阿盖尔公爵于1651年拥护查尔斯·斯图尔特为苏格兰国王，可克伦威尔自封为护国公，发动光荣革命，废掉国王，成立共和国。阿盖尔公爵陪伴国王流浪，终于在1660年重返英国，帮英国王室复辟。荣登英国王位的查尔斯·斯图尔特摇身一变成为查理二世，封阿盖尔公爵为公爵，坎贝尔家族以英国王朝拯救者的身份成为最具权势的世袭贵族。

菲利普从文件夹中拿出一份电报，以及两张照片，将电报举起来，说："首先我要澄清一个概念，坎贝尔家族的爵位一直都是阿盖尔公爵，没有坎贝尔伯爵的说法，这是阿盖尔公爵给我发的澄清电报，6个月以来，他没有离开过苏格兰，更不可能出现在维也纳的金色大厅。"说完，菲利普将两张照片举起来，接着说："我右手的照片是阿盖尔公爵，他一直忙于女王在苏格兰的事务；左手是桂玉梅小姐所说的坎贝尔伯爵，这位年轻英俊的小伙子确实也是坎贝尔家族的成员，但不是伯爵，我们坎贝尔家族在全球有300多万人，这位只是家族

第十四章
造天眼

的一位行为艺术者。"

记者们立即嘘声一片,有人笑出声来。

《北方周末》的记者非常尖锐地问:"菲利普先生,我们都知道滚石银行是坎贝尔家族持股的最大的一家古典银行,一贯以保守著称,从来不给激进的野蛮人提供资金支持,这一次滚石银行在盘古股权之争的关键时刻亲自站出来举牌,是不是因为桂玉梅小姐的文章令阿盖尔老公爵无端蒙羞,坎贝尔家族以此报复乔志远?"

菲利普很绅士地笑笑,说:"杂志出刊跟我们举牌是同一天,你觉得这是报复吗?"

王曦若正盯着 LED 显示屏,突然屏幕上跳出一条信息:滚石银行大中华区首席执行官菲利普怒斥坎贝尔伯爵求婚是谣言,滚石银行举牌盘古跟桂玉梅毫无关系。看到这个新闻,整个山鹰会议室都笑了,王曦若摇了摇头,只是看着新闻微笑。一个操盘手嘀咕:"乔志远怎么会喜欢上一个唱戏的?这哪是交桃花运,这就是自毁形象啊。"旁边的另一个操盘手很担心地问:"王总,乔志远的花边新闻会不会造成利空?"

王曦若很坚定地说:"抓住这个机会做一笔交易。"

山鹰组的同事们马上心领神会,王曦若是要利用菲利普的愤怒来回踩盘古的股价,在更低价位进行买入。山鹰组的交易员在低开 4.8% 挂出了 500 万股的买单,反手一笔 300 万股往 5% 砸下来。盘古的股价急速跌穿 5%,王曦若果断地下令:"往下隔一档挂一档,每档 100 万股,挂出来 1000 万股,每档砸掉一半,把抛压引出来。"两笔大单砸下来,恐慌盘夺命而逃。当股价迅速下跌 7.29% 时,王曦若让所有买单全部撤掉,反手把上面所有的货一扫而光。山鹰组的交易如行云流水,盘古的股价再度开始缓慢爬升。

汪弘毅正在给乔志远汇报安全防卫大数据系统,可视化系统跳出来的新闻令乔志远大为不快,整个办公室充满了尴尬气氛。汪弘毅看着乔志远,想起绅士的菲利普在电话里情绪激动,却努力地控制着情绪,让自己保持绅士风度。乔志远反而一脸轻松,嘴角露出丝丝微笑,自我解嘲地说:"菲利普的表情出卖了他，玉梅拒绝坎贝尔的求婚，看来真是让坎贝尔家族蒙羞了。"

乔志远的豁达令汪弘毅有点意外，跟随乔志远的20多年里，乔志远思维跳跃，可一直都很严肃，在正式场合极少开玩笑。乔志远一直跟盘古的管理层说，我们的祖先教导我们要讲仁义礼智信，现在仁义礼智都丢了，只留下信了。生意是什么？用信用去放杠杆，管理好风险就能赚大钱。做生意跟下围棋一样，落子无悔，如果反复无信，那么杠杆就会断，风险就会吞噬你的所有利润，甚至毁掉你的生意。自从遇到桂玉梅，乔志远的世界开始地覆天翻。

汪弘毅颇为忧虑地问："英国贵族最在乎声誉，坎贝尔求婚被拒会不会激怒菲利普？"

乔志远沉默了一会，说："在围棋世界里，每一枚棋子的地位都是平等的，可一枚棋子何时出场，在什么位置上出现，所起到的作用却有着天壤之别。"乔志远顿了顿，说："围棋取胜的精妙在于取舍，滚石银行在盘古H股发行时是旗帜，现在我们要阻止黄天沙，需要的是棋子。坎贝尔家族几百年长盛不衰，我们要相信老牌贵族的大智慧。"

汪弘毅按了一下桌子上的可视化系统，乔志远面前立即出现一张资金图谱，他说："现在黄天沙已经拿到18.9%的盘古股权，我们测算出他们的成本为280亿元，前面10%的股权成本为120亿元，后面8.9%的成本为160多亿元，其中有将近5%的筹码目前没有盈利。"汪弘毅滑动了一下图谱，屏幕上立即弹出一张持股明细，他说："这一部分，龙珠基金的持股只有1亿股，成本为17亿元，其余的是以君安保险以及龙腾集团的资产抵押金买入的。"

乔志远毫不犹豫地说："马上给唐国强打电话，明天停牌，商洽合并重组方案。"

盘古同远大地产的合并重组方案一直由轮值CEO肖天负责，远东证券总裁竹聿名亲自上阵。昨天的电视电话会议上，汪弘毅听完竹聿名的方案，心里终于踏实了，肖天对引入东方集团这个白衣骑士是志在必得，竹聿名做的合并重组方案就是扎唐国强的心窝子。竹聿名在管理层激励方面，将整个远大地产的高管纳入盘古的激励体系中，看上去是一个皆大欢喜的利益共享方案，可激励是按照盘古既定的考核体系进行，乔志远的意志成了决定远大地产管理层前

第十四章
造天眼

程的上帝之手，唐国强他们岂会俯首称臣？

汪弘毅很谨慎地问："通知远大地产停牌时，要不要将重组方案也同时发给唐总？"

乔志远大手一挥，说："没必要，这个时候一招不慎满盘皆输。现在的关键是让盘古、远大地产同时停牌。"乔志远撇着嘴，很是轻蔑地说："前几天唐国强还在电话里跟我们讨价还价，他想要的比我们想象得要多，别说股权激励，我这一把椅子他都想要。停牌前如果黄天沙给龙湖项目加价1亿元，唐国强就会立即变成我们的敌人。"

上海外滩一号，午后的阳光洒落在亭台楼榭的庄园里，水池里青蛙呱呱地叫个不停，简直就是都市中的世外桃源。黄天沙跟着小姑娘穿过池塘，进入一个牌楼，里面是一个天井小院，有几个小孩子正在用辘轳车打水。过了天井小院，是清澈见底的一个小湖，远东保险总裁沈浩明在湖旁的凉亭里煮茶。黄天沙坐到对面，很是好奇地问："老沈，都说水至清则无鱼，你这个湖里水这么清，里面还有一群群的小鱼，这都是啥品种？"

沈浩明给黄天沙斟了一杯茶，说："水至清则无鱼在这里完全不适用，这个湖里的水可以直接饮用，而湖里的鱼是专门从西南大山深处捕捞来的，对水质清洁度的要求可以说比我们人类还高。"沈浩明指着在水里游来游去的鱼群说："这是鱼中的苦行僧，我们都叫它们苦僧鱼，苦僧鱼只吃落叶，他们没有任何的鱼腥，为了保持水的清洁度，湖里的水跟外面池塘的水都是24小时不停歇地进行净化处理。"

黄天沙摇了摇头："苦僧鱼最终苦了人。"

沈浩明深深地吸了一口茶香，逗乐说："兄弟，你现在已经成为A股公敌了。"

黄天沙哈哈大笑："你太高看我了，能配上公敌这两个字的，只有国家的罪人。"

沈浩明举起茶杯，以茶代酒跟黄天沙碰杯，很是感激地说："公敌也好，野蛮人也罢，可以交给时间来评判。"沈浩明望着湖里游来游去的苦僧鱼，感慨地说，"今天能坐在这里喝茶，全靠兄弟的 10 亿元资金相助，否则远东证券乌龙指不能交割，兄弟我现在恐怕就在监狱了。"

黄天沙拍了拍沈浩明的肩膀："人一旦冷血，就会成为幽灵。"

跟黄天沙见面之前，沈浩明刚跟谢晓辉开完远东保险管理层会议。沈浩明点点头说："老黄，在你来之前，汪弘毅专门到上海拜会了谢晓辉，汪弘毅跟谢晓辉都是桥本会的成员，汪弘毅希望谢晓辉能够站在盘古管理层一边。"黄天沙一直想弄清楚谢晓辉的真实意图，直言不讳地问："兄弟，你们这个时候举牌盘古，用的是你们的资金，还是乔志远他们的？谢晓辉到底想干啥？"

沈浩明右手食指指着黄天沙，哈哈一笑说："乔志远他们曾向黄国胜汇报，远东保险会站在老黄你的对面，我们举牌后，黄国胜训斥乔志远他们是病急乱投医，他们哪里知道谢晓辉葫芦里到底卖的什么药？"沈浩明从旁边的包里摸出一份材料，指着一张股权图说："现在我们持有北方银行 10% 的股权，如果不增持盘古的股权，我们保险资金持有的金融股就超配了。兄弟，这是我们的底牌，举牌盘古是为了拿下北方银行牌照。"

黄天沙心花怒放，鼓着眼睛，故作一副无奈的表情，说："兄弟，你们玩的是瞒天过海的大手笔，乔志远、汪弘毅他们还要对你们感恩戴德。"黄天沙两手一摊，撇着嘴说："我就是替老百姓理财，就是想让老百姓获得稳健的回报，可乔志远他们整天把我当成野蛮人，一会儿要合并重组远大地产，一会儿要找白衣骑士来驱赶我，他们的心都是怎么长的？对老百姓没有一点悲悯之心。"

沈浩明在远东证券当了多年总裁，看过太多上市公司老板的人生起伏，说："那些上市公司的老板苦哈哈地创业为了啥？你以为他们真想造福人类？那都是骗人的鬼话，他们想的是上市。上市了，老百姓只想跟着老板们赚点小钱，可老板们永远只想圈走老百姓口袋里所有的小钱。"沈浩明呷了一口茶，很是鄙夷地说："老板们上市前的隐忍，只是为了掩饰上市后的残忍，哪有什么悲悯之心。"

黄天沙点点头，问："竹聿名这个人怎么样？"

沈浩明想了想说："你是要打拆借给远东证券 10 亿元的算盘？"

黄天沙微微一笑，说："10 亿元是个小数字，用在刀刃上才是撒手锏。"

第十四章
造天眼

沈浩明一愣，很好奇地问："你是想通过竹聿名将 10 亿元变成撒手锏？"

黄天沙抓起一只茶杯，说："同样的一杯茶，放在我手上就是为了解渴，放在你手上，那就是茶艺。乔志远他们的七寸抓在我手上，我最多就是进行抵押，再融一笔钱；竹聿名是留学归来的高才生，如果将乔志远他们的管理层持股计划放在竹聿名手上，那就不只是股票，简直就是魔术，不，是艺术，能够让人眼花缭乱且出其不意。"

竹聿名曾经跟王曦若谈过恋爱，黄天沙深知竹聿名恃才傲物。沈浩明跟黄天沙是多年的老朋友，看黄天沙自信满满，还是提醒他说："我可听说，为了帮助发小肖天争夺盘古接班人之位，在盘古跟远大地产合并的方案中，竹聿名故意戏弄唐国强，这个时候竹聿名会站到你一边，捏住盘古管理层持股计划的七寸大做文章？那样会削弱肖天夺位的胜算。"

黄天沙掌握了远东保险举牌盘古的真实意图后，对应付盘古管理层的白衣骑士计划更有信心。黄天沙很自信地说："现在盘古已经分裂为两个阵营，汪弘毅借着阻止我进入盘古的机会，把支持肖天的高管都给挤走了，引入白衣骑士进入是两个人的终极对决。"黄天沙跟沈浩明以茶代酒，呷了最后一口，站起来，意味深长地说："中立的远东保险就是我们最好的盟友。"

从外滩一号出来，黄天沙没有立即叫出租车，而是在大马路边一边走，一边和王曦若通电话，他吩咐说："王总，将盘古管理层持股计划进行再抵押，抵押的资金买北方银行。"黄天沙没等王曦若回话，立即补充说："把买入的北方银行进行再抵押，资金继续买入盘古股票。"

王曦若跟山鹰组的同事正在借桂玉梅跟坎贝尔家族的绯闻交易盘古股票，被黄天沙突如其来的决定给搞得一头雾水。王曦若问："北方银行现在是远东保险的重仓股，我们这个时候买入北方银行，会不会引起谢晓辉的反感，把他逼到乔志远他们一边？"

黄天沙很严肃地说："我要打破他们的秘密小圈子。"

沈浩明的那句话让黄天沙深受触动，做人，要么忍，要么残忍。商场上永远都不要相信口头承诺，信守承诺只是因为诱惑不够大。王曦若一听黄天沙说要打破小圈子，意识到汪弘毅跟谢晓辉关系非同一般，颇为警觉地问："这个圈子是不是意味着他们已经在一条战线上？"

黄天沙咬了咬牙，说："桥本会，一个高度机密的小圈子，聚会地点在日本人开设的桥本茶社。我们买入北方银行，再用北方银行的股票抵押买入盘古，就是要提醒谢晓辉，如果他站到乔志远、汪弘毅他们一边，到时候盘古股价暴跌，北方银行会遭遇连锁反应，他想控股北方银行的计划就会泡汤。"黄天沙一边打电话，一边招呼出租车，挂电话前，他叮嘱王曦若："用乔志远他们的撒手锏，将汪弘毅的秘密朋友变成他的看客，甚至是敌人。"

浦东假日酒店66层，黄天沙站在玻璃窗前，望着浩浩荡荡的黄浦江。中国商界多少风云人物，都随着滔滔江水成为云烟。黄天沙无数次问自己，投资最优秀的上市公司，自己错了吗？给保险持有人赚钱，错了吗？

一个小时后，黄天沙开门，一个穿碎花连衣短裙的美女扑上来，抱住了黄天沙。

"雪儿！"黄天沙脱口而出，端详了一番，说，"一年不见，我们雪儿越来越漂亮了。"

站在黄天沙面前的正是远东证券交易部的操盘手毕飞雪。飘逸的长发垂在如雪的香肩之上，高腰的裙摆，走起路来裙裾飞扬。远东证券乌龙指之后，毕飞雪调任到资产管理部，深得资产管理部器重，如今已经调任远大证券资产管理部固定收益副总裁。

毕飞雪站在黄天沙的对面，上下左右仔细打量了一番，见黄天沙精气神十足，脸上还是挂着亲和力十足的微笑，毕飞雪打趣地说："干爹现在已经是网红了，报纸上您都是青面獠牙。"说着，毕飞雪用手摸了摸黄天沙的耳朵，又用食指撩了撩黄天沙的嘴角，问："獠牙呢？"

黄天沙跟毕飞雪认识已经快20年了。当年，毕飞雪的父亲遭遇意外车祸，母亲孤身一人带着她南下，一出南海市火车站，行李就被小偷给偷光了。那一年，南海市出奇地冷，毕飞雪的母亲和小飞雪在火车站附近流浪了三天三夜，母女俩冻得瑟瑟发抖。那几年，黄天沙在火车站批发蔬菜，碰到走投无路的母女俩，就将母女俩带回公司，在附近为毕飞雪母女租了房子，给小飞雪找了附近的学校，黄天沙还出了所有学杂费。

黄天沙将毕飞雪母女领回家的那一年，小飞雪已经 11 岁了。黄天沙、林月娥的热情让母女俩重燃生活的信心。黄世林那个时候正在上初中，经常逗小飞雪玩儿，谁欺负小飞雪，黄世林就会帮这个捡回来的妹妹出头，经常被人揍得鼻青脸肿。毕飞雪嘴巴很甜，每次见到黄天沙都叫干爹，叫黄世林哥哥。林月娥经常让毕飞雪母女俩到家里改善伙食，黄天沙夫妇将小飞雪视如己出。

黄天沙突然一脸严肃，说："都这么大人了，还调皮，跟干爹说说，男朋友谈得怎么样了？"

毕飞雪嘟着嘴说："怎么跟我妈似的，天天催，一点都不像野蛮人。"

黄天沙哈哈大笑，用食指刮了一下毕飞雪的鼻子，说："野蛮人什么样子？"

毕飞雪忍不住笑出声来，问："对了，干爹，怎么突然到上海了？"

黄天沙绷着脸说："现在干爹都成公敌了，跑到上海来看看闺女，顺便透透气。"

毕飞雪噘着嘴，转身坐在沙发上，说："我才不信呢，当年留学，您跟干妈一直说去看我，干妈把机票都订好了，结果您跑到北京见客户，让干妈一个人去。"毕飞雪给黄天沙做了一个鬼脸，说："您眼里只有生意，世林哥哥您都没去看过，怎么可能跑到上海来透气。"

黄天沙故意板着脸说："真拿你没办法。对了，最近给你妈打电话没？"

自调任远东证券固定收益部副总裁以来，毕飞雪整日里有忙不完的工作，别说恋爱，连给老妈打电话的时间都很少。毕飞雪无奈地说："最近一直忙，哪有时间打电话。您非要把两个老太太弄到澳洲，人生地不熟的，干妈和我妈又不会外语，想自个儿出去溜达都不行。"

黄天沙呵呵一乐："澳洲的空气好，你干妈咽炎，你妈气管炎，让她们住在南海和上海，这雾霾天她们身体受不了。"黄天沙一边说，一边给毕飞雪剥了一个橙子，指着旁边的一个水果箱说："这是你最喜欢吃的南海冰橙，一会儿你把那一箱搬回去。"

毕飞雪接过橙子，吃了一瓣，满脸的幸福，说："干爹，工作之前，我一直在想,如果我爸还在的话,他对我会有你跟干妈对我这样好吗?"毕飞雪将橙子分出一半,又给黄天沙递回去,说:"干爹,您也吃,别到时候又说姑娘没规矩。您啥事都想得那么周到,为啥把奶奶留在南海市呢?"

黄天沙很欣慰地接过毕飞雪递过来的橙子,说:"雪儿真的长大了,你跟你世林哥哥都长大了,我们老了。"黄天沙长叹一口气,说:"奶奶年纪大了,想让她去澳洲,她总说七十不出门,现在八十多了,更不出门了,我每周五都回家陪你奶奶吃晚饭。现在奶奶的听力不行了,有时间回去看看奶奶吧。"

毕飞雪很是感动,说:"干爹,您真棒,您这么忙,还坚持每周五陪奶奶吃晚饭。"

黄天沙很是感慨,说:"那是我老娘啊,雪儿,记住了,这个世界上,妈妈只有一个,无论你将来生活怎么样,都不能忘记自己的妈妈,无论天涯海角,都要每个星期给你妈打个电话,别让老人家惦记。"

毕飞雪听黄天沙这么一说,眼泪都快出来了,说:"干爹放心吧,这个世上,除了我妈,您跟干妈、奶奶、世林哥哥,都是我的亲人,无论什么时候,我都不会忘记你们,都会孝敬你们的。"毕飞雪担心自己哭出来,马上转移话题说:"干爹,我很久没跟世林哥哥联系了,他现在到底忙啥呢?"

黄天沙撇着嘴,很是不屑地说:"他?自己创业呢,都是瞎搞!"

"世林哥哥创业了?什么项目?"毕飞雪掏出电话,就要给黄世林打过去,一边拨电话,一边问黄天沙:"创业怎么能是瞎搞呢?干爹有投资吗?"

黄天沙摇了摇头,说:"他那个东西不靠谱,不投!"

毕飞雪一愣,替黄世林抱不平,说:"这就是您的不对啦,您举牌盘古一出手就是几十亿上百亿,世林哥哥创业,您竟然一毛不拔,不太好吧?"

黄天沙掏出手机,在毕飞雪跟前晃了晃,说:"他说他要颠覆乔布斯,未来的电话就是没有电话,全息信息会通过人体,比如皮肤进行呈现,只要在皮肤上一按,就可以跟对方通话。"

毕飞雪听得眼珠子都直了,兴奋地说:"世林哥哥这个项目太酷啦。"

黄天沙不屑一顾地问:"哪里酷了?"

毕飞雪咬了咬嘴唇,依然抑制不住对黄世林创业项目的激动,说:"干爹,做生意要看格局对吧？100多年前，电话还是手摇的，现在都是智能手机了。未来说不定就是皮肤手机，芯片能跟人体的皮肤进行结合，跟人的中枢神经进行生物传感。"毕飞雪兴奋地打了一个响指，说："人要有梦想，世林哥哥的梦想将是一个伟大的颠覆。"

黄天沙额头已经皱成一团，犹如一个黑蜘蛛趴在额头上，看着毕飞雪手舞足蹈地像个孩子一样，觉得现在的年轻人想法真是越来越怪异，便摇了摇头说："颠覆？颠覆就是梦想？要把梦想变成现实，第一步就是从梦中醒来，如果只是活在梦里，跟死了没什么区别。"

毕飞雪抿了抿嘴唇，说："干爹说得有道理，梦想总是要面对现实的，所以创业才九死一生嘛，被现实击倒就失败了；把现实踩在脚下，就成功了，我相信世林哥哥会把梦想变成现实。"

黄天沙很欣慰地看着毕飞雪，说："雪儿长大了，有没有回南海的想法？"

毕飞雪马上拒绝说："我可不进您的金融企业。"

黄天沙很意外，呵呵一笑，问："我的金融企业咋啦？"

毕飞雪噘着嘴说："别人还以为因为您是我干爹，我才混成今天这样，我可不想被别人瞧不起。"

黄天沙看上去很随意地问："那鸿基保险怎么样？"

毕飞雪立即像花痴一样："是那个超帅的马老板的保险公司吗？"

黄天沙点点头，说："对，马腾的保险公司，成立得比我们君安保险晚两年，当然规模也小得多。"

毕飞雪很是仰慕地说："马老板不但人帅，做的企业也是以火箭的速度发展，鸿基的规模也有上千亿了。"

黄天沙看毕飞雪一提起马老板就兴奋不已，说："干爹可能会让你失望，我跟马老板不熟。"

毕飞雪立即摆出一副高傲的表情，说："干爹放心吧，我自己能搞定。"

黄天沙微微一笑："我虽然不熟，但是我认识的人，马老板见面都要叫大哥的。"

毕飞雪好奇地问："什么人这么拽？"

黄天沙看看表，说："早点回去休息，真想去鸿基保险，就告诉我。"

毕飞雪还像小女孩儿一样，抱住了黄天沙，说："干爹，谢谢您，一生有做不完的生意，您一定要保重身体，也替我问候奶奶。"黄天沙笑眯眯地说："奶奶最近老是做梦，你干妈回来陪她一段时间，现在你妈一个人在布里斯班，有时间给你妈打个电话。对了，也给你世林哥哥打个电话，告诉他，梦就像龙，现实中见不到的，别让现实给踩在脚下了。"

乔志远跟汪弘毅坐在黄国胜对面。

黄国胜一直铁青着脸，乔志远心里还在纳闷，今天怎么一到就见上了黄国胜，一分钟的冷板凳儿都没坐，秘书直接将两人领到黄国胜的办公室，这很反常。汪弘毅对黄国胜的反常也很好奇，只是黄国胜的脸色让人一看就有要出事的预感。

汪弘毅打开文件夹，汇报说："黄总，我们已经跟远东保险、英国滚石银行等中外机构进行了沟通，龙腾集团的野蛮收购行为，让越来越多的机构站到管理层一边，黄天沙迟早会被市场抛弃。"汪弘毅用笔在文件上画了画，说："今天向您汇报，我们准备明天开始再次停牌，跟远大地产商洽合并细节。"

黄国胜突然伸出手，问："滚石银行已经在 H 股增持超过 5% 的盘古股权，到底是怎么回事？"

滚石银行的增持已经闹得沸沸扬扬，桂玉梅的专栏更让滚石银行的增持扑朔迷离。汪弘毅很从容地说："我专门到香港约见了滚石银行大中华区首席执行官菲利普先生，因为之前管理层跟菲利普先生有着良好的互动，菲利普先生承诺会站在管理层一边，他们增持盘古 H 股是看好我们公司的未来。"

黄国胜追问："为什么报纸上说滚石的票仓是黄天沙的？"

汪弘毅正要解释，黄国胜将一份报纸扔到乔志远的面前，冷冷地说："这个桂玉梅真是个人才，菲利普增持股份到底是帮黄天沙代持，还是坎贝尔家族在实施报复行为？"乔志远皱着眉头没接话茬儿，汪弘毅接过黄国胜的话解释："那是我们跟菲利普先生沟通的一个策略，将黄天沙塑造成为一个合伙国际势力、没有底线的野蛮人角色。"汪弘毅瞥了一眼报纸，说："菲利普先生是英国世袭贵族，八卦不会左右滚石银行的决策。"

黄国胜一拍桌子，厉声说："胡扯！"

乔志远跟汪弘毅一愣，汪弘毅理直气壮地说："黄天沙步步进逼，我们只是正常还击。"

黄国胜从抽屉里拿出一份协议："你们先看看这个再说。"

乔志远看完协议，面无表情的脸上开始乌云翻滚。乔志远将协议递给汪弘毅。汪弘毅看了后脸上浮现出惊讶的神色。黄国胜冷冷地问："难道你们从来就不知道这份协议吗？"乔志远摇摇头说："不知道。"黄国胜皱着眉头，问："你们在希尔顿的午餐会忘记了？"

汪弘毅接过话茬，说："忘不了，那一年美国金融危机引发全球危机，我们邀请了100多家机构，最终来了三个混吃混喝的老外，如果不是滚石银行把锚定订单变成基石投资，盘古的H股发行就会失败。"黄国胜指着协议问："你们知道滚石的基石投资订单是怎么来的吗？"

乔志远跟汪弘毅面面相觑。

黄国胜很怪异地盯着乔志远跟汪弘毅，说："王锋没跟你们说过？当初，国内的监管机构已经通知你们回国，那个时候你们已经分别到欧洲和中东了，一份订单都没有。快到美国之前，你们的老领导王锋向上级领导汇报，作为A股的标杆，一旦盘古H股发行失败，那么将对中国概念股走向海外造成打击，盘古发行失败事小，影响整个中国企业走向海外事大。"黄国胜抓起桌子上的协议，扬了扬说："上级领导拍板，确保盘古H股发行成功。最终决定，由远大集团在香港秘密调集资金，通过老牌金融机构英国滚石银行出面。"

汪弘毅若有所悟，说："滚石银行素以保守著称，滚石下了订单后，华尔街跟东南亚机构的订单纷纷涌来，到封盘时，甚至出现了超额认购。怪不得菲利普先生对股票是谁的一直都闭口不提，参加股东大会也从来不说话。"乔志远内心咯噔一下，远大集团的暗仓不到5%，难道滚石银行的增持也跟远大集团有关？乔志远不太相信，到底谁在暗仓上大做文章？

黄国胜右手指敲了敲桌子，说："你们这么搞，是想搞黄天沙呢，还是想引火烧身？"

乔志远一言不发，汪弘毅一脸无辜，说："我们不知道当年的秘密交易。"

黄国胜的嗓门一下子就提高了，说："远大集团内部只有极少人知道，这不是秘密，是丑闻，黄天沙正等着暴露你们的丑事，现在又冒出个桂玉梅八卦，你们这是要将把柄送上门去。你们那些男女之事是隐私，别忘了我们是国有企业，别把隐私跟企业利益搅和在一起。"黄国胜桌子上就有一份《红粉》杂志，还有一份《北方周末》，他瞥了一眼新闻，提醒乔志远跟汪弘毅，说："一旦几年前的事被揭开，被人扣上发行造假的帽子，盘古多年经营的形象就完了！"

乔志远面无表情地坐着。在盘古海外发行成功之后，几家紧跟着出海的企业都铩羽而归，盘古的H股发行一度是乔志远的骄傲。现在突然冒出个秘密仓交易，简直就是给盘古管理层兜头泼一盆冰水。

黄国胜敲着桌子，问："你们到底想干什么？"

乔志远冷冷地说："驱逐黄天沙。"

黄国胜怒目圆睁："那就要干出伤敌一千自损八百的蠢事？"

乔志远强压住怒火，现在盘古董事会中远大集团还有三票，台面上要给足黄国胜面子，若此时跟远大集团分道扬镳，黄国胜一旦站到黄天沙一边，白衣骑士要想进入盘古比登天还难。乔志远在内心提醒自己要控制情绪，不要让愤怒遮挡了自己的视野。乔志远想了想回应说："我们从未自损八百，在执行策略之前，没有跟您沟通，是我们的失误。"

黄国胜反问："这么大的事不沟通，只是失误？"

汪弘毅接过话解释道："黄总消消气，最近我们公司确实出现一些比较怪异的现象，我们制订的策略还没有执行，就被泄露出去，机密的谈话总是第一时间流出去，我的手机两次在办公室莫名其妙地不见了，所以现在很多策略只能在极小范围内进行讨论执行。"

黄国胜鼻子里哼了一下，疑惑地问："有间谍？"

汪弘毅冷静地说："不好说，反正出现了丢手机这样的怪事。"

黄国胜对汪弘毅丢手机的事丝毫没有兴趣，撇着嘴问："跟远大地产的合并方案拿出来了吗？"

汪弘毅翻出文件夹，里面有一份合并重组概要，方案是竹聿名亲自操刀的。

汪弘毅递给黄国胜，说："远东证券作为投行中介，提出了一个管理层融合方案，把远大地产的高管纳入盘古的管理层持股计划之中。"黄国胜皱着眉头，汪弘毅连忙解释说："盘古之前的持股计划对管理层有一个时间考核，如果这一次调整考核时间，很容易遭遇监管部门质询。"

黄国胜摇了摇头："远东证券这个方案，恐怕唐国强他们难以接受。"

乔志远以不容商量的口吻说："平等和公正是盘古的铁律。"

黄国胜出人意料地问："如果唐国强不同意，你们拿什么驱逐黄天沙？"

乔志远不说话，汪弘毅很冷静地说："远大地产跟龙腾地产谈判期间，我们还和粤海集团与东方集团进行了接触，两家都有参与盘古重组的意愿，两家都是国企背景。"汪弘毅想了想，上次只是提了一下白衣骑士，今天既然都说到这个份儿上了，索性就摊开了直说。汪弘毅很冷静地说，"他们都提出一点，都希望通过资产注入的方式，取得20%以上的股权，同时提出每年保持现金分红。"

黄国胜鼻子里哼出一个难以置信的"嗯"字，问："还有什么条件？"

汪弘毅能听出黄国胜对白衣骑士的条件很意外，继续说："东方集团要求盘古每年的资产规模增速50%以上，粤海集团要求100%以上。他们还希望派驻董事。"

黄国胜脸上突然露出怪异的笑容，问乔志远："远大这些年提出过什么条件？"

乔志远冷冷地说："没条件。"

黄国胜眯着眼睛问："那东方跟粤海的条件，你们怎么看？"

汪弘毅担心乔志远压不住火，接过话头说："这是他们进入的先决条件。"

黄国胜从牙缝里冒出一句话："那你们答应了？"

汪弘毅看黄国胜一副轻蔑的表情，轻描淡写地说："都在谈。"

黄国胜右手食指敲着桌子，问："盘古开赌局了？这白衣骑士跟野蛮人有什么区别？"

汪弘毅坐得板正，对黄国胜敲桌子视而不见，非常从容地说："黄天沙是加杠杆，是将老百姓的小钱聚合起来买入盘古，无论粤海还是东方，都是国有企业，实力雄厚，没有资金链断裂的风险，对盘古没有负面影响。"

黄国胜瞟了一眼旁边不说话的乔志远，从眉宇间看得出黄国胜一直在压抑内心的怒火。已经失去第一大股东的位置，再引入白衣骑士，远大集团连二股东都不是，到时候将彻底失去对盘古的影响力。黄国胜似笑非笑地问："黄天沙用老百姓的血汗钱在买入盘古股票的过程中加杠杆，你们的白衣骑士进来让盘古加杠杆，这点连3岁的毛孩子都看得出来，你乔志远、汪弘毅看不明白？"

乔志远撇着嘴在旁边来了一句："黄天沙那杠杆就是吹气球。"

黄国胜很不客气地问："白衣骑士的钱就是他们的？不是让你们吹气球？"

乔志远立即反驳说："白衣骑士是股东、管理层、客户和社会公众的友好合作者。"

"一进来就稀释了我远大集团的持股比例，我没有感受到白衣骑士的任何友好。"黄国胜看乔志远、汪弘毅冷冷的样子，再联想到合并远大地产的方案，内心已经判断出乔志远他们的计划，他摇了摇头说，"别说一年翻一倍，就说一年增长50%，两年收回投资，还能每年分20多亿元的现金，你告诉我，这样的对赌，是不是在放杠杆？"

乔志远辩解说："这不是对赌，这是激励管理层提高运营效率，给全体股东更多的回报。"

黄国胜追问："龙腾集团现在是第一大股东，他们向你们提出了什么要求？"

乔志远说："没有，希望我继续当旗手，其实就是棋子。"

黄国胜问："没有提条件，就是让你当棋子？什么棋子？"

乔志远没想到黄国胜会这么问，很震惊地说："一旦黄天沙掌控公司，就会掏空上市公司，到时候倒霉的不只是盘古，还有盘古所有的利益相关者，珠江实业就是典型，黄天沙拆分拿走最赚钱的资产，留下一堆垃圾资产。"从黄国胜脸上的表情就能看出他不相信乔志远的这番说辞，他问："白衣骑士现在要求管理层对赌，派驻董事掌握话语权后，你能保证他们不把管理层当棋子，未来不拆分盘古吗？"

汪弘毅能够理解黄国胜现在的心情，远大集团已经失去了对盘古的控股权，如果控股权最终落到地方国有企业手上，身为央企一把手的黄国胜无论是在竞争者，还是同僚面前，都抬不起头来。汪弘毅解释说："国有企业是国民经济的基石，有政府信誉背书，国有企业的管理层是看门人，不会将资产装入个人腰包，否则那就是犯罪，而民营老板将资产私有化是理所当然的事情。"

黄国胜没有接汪弘毅的话，而是揪住白衣骑士的对赌条件，诘问乔志远跟汪弘毅："现在都是上市公司跟重组的资产出售方进行对赌，从来没有见过资产方要求上市公司进行对赌的。"黄国胜扫了一眼乔志远和汪弘毅，呵呵一笑，问，"你们见过资产方要上市公司对赌的吗？"

乔志远能感受到空气中弥漫着压抑的怒火，一旦将黄国胜逼到对立面，他跟黄天沙结成同盟，未来管理层将举步维艰。乔志远内心经过一番权衡，决定先缓解黄国胜心中的焦虑，他说："跟远大地产的合并是我们阻止黄天沙的重要策略，白衣骑士只是预选方案。利益是谈出来的，远大集团如果能在董事会层面上先允许管理层跟潜在的重组方签订框架性合作协议，就可以从战略上瓦解黄天沙控制盘古的信心，后面的具体细节再进行深入谈判，相信最终能找到各方利益的平衡点。"

董事会是黄国胜阻击任何威胁远大集团利益的企业的第一道关隘，黄国胜在董事会至少拥有三票的否决权，况且黄国胜还可以拉拢跟远大集团有利益往来的独立董事。黄国胜突然很坚决地说："盘古跟远大地产的合并是关键，任何有损远大集团核心利益、不符合上市公司管理规定的第三方，我们都不会同意的。新进入的第三方机构，只有符合远大集团利益，我们才会投赞成票。"

唐国强啪的一声将一份资料扔到会议桌上。

远大地产的高管们面面相觑，唐国强觉得整个会议室的空气都是浑浊的，很憋气，抓住领带想松一松，没想到越拽越紧。唐国强生气的时候，圆滚滚的肚子显得更大，好不容易将领带给松了，刚抓起桌子上的茶杯，突然又重重地顿在桌子上，咬牙切齿地说："乔志远欺人太甚，这哪里是合并重组，这就是生吞活剥。"

杨东明在停牌的时候跟汪弘毅进行过电话沟通，汪弘毅在电话里不断说双方要拿出一个共赢的方案，怎么会出现这样一个生吞活剥的方案呢？杨东明抓起方案快速地浏览了一遍，看到高管激励一节，杨东明将眼珠子瞪得犹如桐油灯盏，指着方案，很不客气地说："按照盘古这个方案，恐怕最后在座的诸位都会落得和程春明一样的下场。"

资料在高管们手中传阅了一圈儿，唐国强右手敲着桌子说："这都是什么狗屁方案，高管股权激励方案把我们远大地产的管理层置于盘古现有的管理层考核体系之内，合并之后他们完全有可能以考核的名义，将远大地产的管理层给清理出局。"唐国强扫视了一圈儿，看同事们表情都很严肃，气愤难平，说："乔志远他们这是要将我们当成棋子。"

会议室群情激动，杨东明提醒说："合并重组事关远大地产股东、管理层的核心利益，在座的诸位都是远大地产的高管，现在是一个非常敏感的时期，刚才进入会议室的时候，大家已经签署了保密协议，今天会议室的任何信息不得泄露。"杨东明停了停，说："现在黄天沙不断买入盘古股票，我们的任何蛛丝马迹都容易被他人利用，我们不能成为任何人的棋子。"

董事会秘书很纳闷，问："乔志远他们这么搞就是为了把合并搅黄？"

唐国强大手一挥，说："这个方案不用讨论了，人家已经将我们当成棋子了。"

杨东明一直参与三方交易的谈判，接过话茬儿解释说："乔志远他们根本就不在乎我们远大地产高管的核心利益，他们只是要利用与远大地产的合并来驱逐黄天沙。第一次停牌是阻止黄天沙继续买入，第一次复牌是故意让黄天沙在高位买入。这一次停牌重组的目的就是要让与我们远大地产的合并失败，制造利空消息，打击盘古的股价，打爆黄天沙的高成本仓位。"

唐国强把方案扔到一边，突然问杨东明："龙湖的远大花园项目退房的人少了，那里已经成为学区规划区域，现在这个交易价格得跟黄天沙谈谈，国有资产流失这个帽子实在太大。"董事会秘书在旁边小声问："跟盘古的合并重组怎么处理？"唐国强没好气地说："我们不着急，放一边拖着。东明，人家神仙打架，我们不能无辜遭殃吧，龙湖项目得跟周思敏重新谈谈。"

杨东明很是为难，说："框架协议都签了，再谈会不会失信于人？"

第十四章

造天眼

唐国强呵呵一声冷笑，说："框架协议又不是卖身契，重新谈判又不是撕毁协议，黄天沙跟乔志远争夺盘古股权，把我们远大地产当棋子，我们就抓住乔志远他们要制造利空这个机会，跟黄天沙他们谈，将我们的利益最大化。"唐国强牙槽咬得咯吱响，扫视了一圈高管，意味深长地说："我们应该给乔志远送上一份厚礼。"

黄天沙在上海刚送走毕飞雪，立即接到周思敏的电话："唐国强提出重谈龙湖项目价格。"

"流氓！"黄天沙很厌恶地骂道。他吩咐周思敏说，"5亿元以内都可以谈，款要分期付。"

挂断周思敏的电话，黄天沙意识到他遭遇乔志远他们算计了。黄天沙给珠江银行以董事长邱国栋为首的一帮潮汕帮大佬打了一圈电话，随后拨通了王曦若的电话。王曦若还没有来得及说话，黄天沙上来就问："王总，我们的资金还有多大的承压能力？"

王曦若一听黄天沙的问话感觉不妙，说："盘古三个跌停。"

黄天沙长舒一口气，问："如果要撬开跌停板需要多少资金？"

盘古再次停牌时，王曦若就立即组织山鹰组同事进行了测算，很从容地说："5亿元。"

黄天沙的脑子里不断地琢磨，说："我给你50亿元，撬开盘古跌停板的同时，能不能将北方银行砸到跌停板上？"

王曦若一听不对劲，黄天沙肯定得到什么信息了，问："这是您已经做出的最终决定吗？"王曦若想确定一下这不是黄天沙头脑发热，黄天沙没有立即回答。王曦若意识到可能真的出现大问题了，提醒黄天沙说："黄总，如果我们把北方银行砸跌停后两三天不能止跌，那么我们不仅失去盘古管理层持股计划这个撒手锏，还会将远东保险逼成我们的敌人。"

黄天沙皱着眉头说："乔志远他们给我们设套了。"

"设套？"王曦若跟山鹰组一直在进行各种对抗推演，王曦若脑子里快速梳理举牌后的细节，立即恍然大悟，说："第一次停牌是阻止我们买入盘古股票,第二次停牌是把我们关在高位,将跟远大地产的合并制造成利空毒丸,砸盘古的盘,把我们第一次复盘后的高价筹码直接给打爆仓,他们就是想撕断我们龙腾集团的资金链。"

黄天沙最得意的就是挖到了王曦若,他说:"汪弘毅以为自己跟谢晓辉是桥本会的,就攥住了股东大会上更多的投票筹码,如果谢晓辉知道砸盘的资金是盘古管理层的持股计划放杠杆出来的,谢晓辉还会将票投给乔志远他们吗?"黄天沙咬牙切齿,顿了顿说:"他们把远大地产当棋子,那我们就逼着谢晓辉出来举牌盘古护盘。"

王曦若有些担心,问:"乔志远他们速战速决怎么办?"

黄天沙一开始就考虑了这个问题,唐国强提出龙湖项目重谈价格,他悬着的心就放下来了。他说:"乔志远他们肯定设置了让远大地产高层难以接受的条件,唐国强岂会让乔志远他们的计划快速得逞,他现在重谈龙湖项目的价格就是故意延时间,逼着我进一步跟乔志远他们对抗。"

资金是决胜的关键,王曦若问:"50亿元资金怎么来?"

"唐国强就是想利用乔志远把合并搞成利空这个机会,实现远大花园项目利益的最大化。"黄天沙已经有了资金策略,他从茶几上抓起刚才画的一份草图,说:"满足唐国强他们的利益,条件是分期付款,将远大花园项目质押融资70亿元,20亿元支付远大地产首期,剩余的50亿元归你调度。"

汪弘毅走到16层董事会楼层,立正扫面,但警报一直提示不能进入。

王欣外出办公回来,看到汪弘毅在不断扫脸,开玩笑说:"看吧,高科技也脸盲了。"

汪弘毅打趣道:"可能脸上有褶子了,给技术部小邵打电话,让他给我们放行。"

盘古办公区的人脸识别系统只是邵南子建立的安全防护系统的一部分,根据汪弘毅的部署,邵南子要在盘古内部建立一个"天眼系统",是集大数据防护、人脸识别、反潜伏窃听为一体的庞大系统。整个天眼系统的大框架已经搭建完毕,一旦整个"天眼系统"建成,就是一只苍蝇飞进来都逃不过天眼。

第十四章

造天眼

邵南子带着工程师快速赶到16层,一边调整,一边解释:"汪总,对不起,现在除了一楼大厅有入门的人脸识别,18层到16层的董事会、管理层都进行了分层人脸识别,包括董事长、总裁、副总裁级别的办公室门都设置了,其他人要想进入设置的办公室,需要进行报备,提前设置,否则进不去。"

汪弘毅拍了拍邵南子的肩膀:"很棒。"

王欣很诧异,乔志远、汪弘毅两人从来不会当众夸奖某一个人,邵南子来盘古不到一个月,汪弘毅竟然拍着肩膀夸,此人必有过人之处。邵南子让汪弘毅面部对准识别区,经过扫描后,董事会楼层的门开了。到了乔志远办公室外,邵南子再次给汪弘毅进行设置,门自动打开。乔志远刚刚放下一个电话,示意汪弘毅在对面坐下来。

经过一番折腾,汪弘毅内心对邵南子设计的系统相当满意。在乔志远对面坐下,汪弘毅打开天眼系统的预算表,汇报说:"乔总,总部办公区的人脸识别系统已经安装完毕,这只是天眼系统的一部分,未来从人类视觉空间,到不可感知的电子空间,会形成一个网络,在整个盘古会形成一个立体的安全防卫系统。"

乔志远进办公室也经历了一番折腾,问:"包括各分部、区域公司?"

汪弘毅按下了乔志远办公桌上的可视化系统按钮,墙面上立即呈现出一个天眼系统的框架图。汪弘毅指着框架图介绍说:"天眼系统的中枢控制系统在总部,分部、区域公司的管理层空间区域以及电子空间都会建设天眼系统,加上轮岗制度的全面推开,程春明类似案件就不会再发生。内部反腐跟天眼系统相结合,整个盘古就更透明、廉洁。"

乔志远口里念叨着电子空间,到嘴边的话又咽回去了。乔志远迟疑了一下,只是点点头,说:"刚才肖天给我打电话,东方集团的专项组要来南海市总部,肖天会带队,远东证券作为中介机构参与,你马上安排一下,专项组下午就会到。"乔志远嘴角露出一丝微笑,提醒说:"梅怡也在专项组里。"

汪弘毅尴尬地微微一笑,自从知道梅怡在协助陶光明跟肖天进行谈判,汪弘毅就给自己定下规矩,在挤走东方集团之前,不再跟梅怡有任何联系。听到乔志远特地强调梅怡,汪弘毅马上表态说:"我立即安排好接待东方集团专项组的工作，绝不会因为梅怡而影响工作。"汪弘毅翻开笔记本，很从容地继续说："南海市政府就粤海集团重组盘古召开了常委会，市政府将向北京方面汇报，希望北京监管部门支持粤海集团的重组。"

南海市政府现在心里很没底，远大集团董事长是北京任命的拥有很高行政级别的企业家，比南海市市长还高一个级别，盘古董事长跟南海市市长平级。早些时候，南海市政府游说乔志远兼任南海市政府的企业组织头目，乔志远就没有搭南海市政府的话茬。汪弘毅说完，乔志远淡淡地问："那盘古就成了南海市属国有企业了？"

盘古一直都由管理层控制，大股东远大集团除了投赞成票，从未干涉过盘古内部任何的管理事务。一直掌控着管理层的乔志远岂能心甘情愿被南海市国资管理？汪弘毅岔开话题说："南海市实业、金融企业不少，至今还没有一家全球五百强企业，盘古虽然是全球五百强企业，总部设在南海市，却跟南海市政府没有任何关系，所以，南海市政府希望借助粤海集团的重组，让盘古成为南海市的一张名片、一块招牌。"

"招牌，现在人人都惦记着盘古这块招牌。悬挂的招牌跟神龛上供奉的祖宗一样，没有人真正放在心上的。"乔志远皱着眉头说，"南海市政府的想法已经触及远大集团的核心利益，黄国胜会用一切办法来阻止。"

汪弘毅跟谢晓辉、菲利普见面之后，无论是对董事会还是股东大会的投票，都越来越有信心，他说："得道者多助，黄国胜眼睁睁看着黄天沙夺走了盘古第一大股东位置，如果还在董事会、股东会上兴风作浪，他就是与盘古的股东、员工、客户们为敌，最终失去的就不只是对盘古的控制权，还有最后一点做人的尊严。"

乔志远从抽屉里拿出一份资料，丢到汪弘毅面前，说："看看这个。"

"黄天沙在买北方银行？"汪弘毅看到资料上龙腾集团的持股，心里咯噔一下，立即明白了黄天沙的策略，说："远东保险两次举牌才拿到北方银行第一大股东的位置，如果谢晓辉站到我们一边，黄天沙就砸北方银行的盘，远东保险的资金都是一年期的投资连结险，属于短期理财产品，老百姓的血汗钱亏了那是要出大乱子的，弄不好会让谢晓辉失掉他最想得到的北方银行控制权和牌照，他这是围魏救赵。"

乔志远抿着嘴唇，嘴角上翘，眉毛凝成一团，说："无论我们是得道多助，还是我们有很多盟友，都要把我们的对手想得更强大一点，商场如棋局，不要因眼前的局势模糊了对未来的判断。黄天沙急功近利，注定只是过客，随着过客而来的到底是朋友，还是敌人？过客会令朋友投鼠忌器，在我们抛弃远大地产这枚棋子之前，除了警惕黄天沙的秘密计划，还要敲定真正愿意助推盘古百年基业长青的白衣骑士。"

盘古上海区域总部，杨子欣站在肖天办公室门外，人脸识别系统一直提示无法识别。杨子欣在门口自言自语地抱怨："进门还要扫脸，换个妆就进不了门，这是哪门子高科技？"肖天在房间里听到外面的说话声，主动来开门，笑着说："现在谁进我的门，我说了都不好使，得南海趴着的那只几千万身家的狗答应才行。"

杨子欣一愣，人脸识别系统是汪弘毅主导，邵南子负责搞出来的，现在到一个部门，没有进行报备，或者哪天心情好换个妆，连门都进不了。杨子欣也很烦邵南子搞的这个系统，不过肖天的话明显是指桑骂槐。肖天出生在江浙，可祖籍是湖北，经常有不满肖天粗鲁的同事，私底下给肖天取绰号"九头鹰"。杨子欣微微一笑，说："盯着我们的不是狗，是鹰。不会一直这样盯下去吧？真是烦死了。"

肖天鼻子里哼出一个"嗯"字，他对同事们私下叫自己"九头鹰"早有耳闻，想起王刚之前说的信息，杨子欣跟汪弘毅可能有私情，杨鸣鹤如果真是汪弘毅跟杨子欣的儿子，这一次梅怡到南海市那就有好戏看了。肖天眉宇舒展，打趣说："在大数据时代，我们都是透明人，哪有什么隐私、秘密，这只是一个开始，等整个天眼系统完成，一只苍蝇都飞不进来。"

隐私、秘密？杨子欣心里咯噔一下，之前汪弘毅就提过有人在调查杨鸣鹤跟自己的关系，难道肖天他们真的拿到证据了？这是在暗示自己吗？现在想想邵南子真是一个令人害怕的人，还好当初跟这个家伙分手得早，如果真跟这种人结婚，肯定任何私人空间都没有，在他面前任何人都是透明的，没有秘密。

杨子欣低声嘀咕了一句："跟高科技相比，人心才是更可怕的。"

肖天假装没听见，问："东方专项组都安排好了？"

杨子欣汇报说："陶总希望见完乔总、汪总后，去香港拜见远大集团的黄总。"

肖天一愣："之前没听他说过啊。"

杨子欣说："刚才陶总助理给我打电话，说陶总临时决定的。"

肖天一听，脑子里轰的一声，陶光明助理临时打电话提出的要求？是陶光明的意思？还是梅怡的想法？陶光明突然要见黄国胜，一旦被黄国胜拒绝，东方集团重组盘古就完了。肖天很警觉地问："他们没说为什么吗？"

杨子欣摇摇头，说："没有。"

肖天"嗯"了一声，让杨子欣自己先去忙。肖天拨通了竹聿名的电话："兄弟，陶光明给你打电话了吗？刚才他秘书说，让我们安排他去跟黄国胜见面。现在盘古内部高层的沟通还没有进行，他这么干是啥意思？"

竹聿名正在听投行部的人汇报盘古重组项目，唐国强迟迟不对远东证券提交的合并方案回话。看到肖天的电话，竹聿名走到走廊上，说："不是下午两点的飞机吗？怎么突然又提出了这个条件？才开始谈恋爱，就要见公婆，这个陶光明想干什么？懂不懂规矩？"

肖天意识到要坏事，肖天问了一句："难道背后有人捣鬼？"

竹聿名想了想，说："之前跟你讲过陶光明跟远大集团以及乔志远的恩怨，刚刚丢了盘古第一大股东位置的黄国胜，恐怕难以接受陶光明衣锦还乡。陶光明突然要见黄国胜，难道……"竹聿名到嘴边的话又咽回去了，自己只有一个孤立的信息渠道，现在还不能确定。

肖天一听就急了，说："兄弟，这个时候你就别跟我打哑谜了，谁？"

竹聿名想了想，说："现在除了汪弘毅，还有谁想将东方集团这个白衣骑士驱逐出局？"

肖天想都没有想，说："黄天沙和唐国强。"

竹聿名呵呵一笑："黄天沙现在到处都是敌人，这个时候能离间陶光明的一定是利益。"

第十四章
造天眼

挂断竹聿名的电话，肖天脑子里快速搜索，嘴里喃喃自语，专项组南下只有极少数人知道，上海区域总部只有自己跟杨子欣知道，难道杨子欣真是汪弘毅在上海的坐探，是她在背后捣鬼？汪弘毅的前妻梅怡是专项组里的关键人物，他俩会一起设局？肖天将自己关在办公室，脑子里浮现出各种人物。唐国强，肖天口中不断地念叨着唐国强的名字。

肖天拨通了乔志远的电话，说："乔总，陶光明提出在总部谈完，要去香港拜见黄总。"

乔志远一愣，管理层的策略是，无论是东方集团还是粤海集团，在闯关董事会之前，其管理层人员不跟黄国胜见面，在董事会上闯关之后，白衣骑士能否进入不是远大集团一家股东说了算，到时候跟黄国胜就有更多讨价还价的筹码。如果陶光明现在去远大集团香港总部跟黄国胜谈崩了，远大集团第一时间公开发布拒绝声明，盘古管理层将陷入被动。既然陶光明都提出了要求，乔志远只能答应，说："我马上跟黄总预约。"

肖天坐在电话前守候回电。乔志远操起电话给黄国胜打电话，没想到电话被直接挂断了，乔志远心里犯嘀咕，难道是因为英国滚石银行的问题，黄国胜拒绝再跟管理层沟通？乔志远立即给黄国胜的秘书打电话，秘书说："黄总正在跟美国博威开电话会议，您有什么事可以给黄总留言。"

中华啤酒的股权回收陷入拉锯战，美国博威咬住价格不放，黄国胜想到国际贸易仲裁委员会去进行仲裁，美国博威扬言只要在中国输了官司，他们就会将远大集团告上国际法庭，让远大集团难以在海外立足。黄国胜现在犹如夹心饼干，丢掉了盘古第一大股东的位置，中华啤酒的控股权又迟迟难以收回，没完没了的谈判令整个谈判团队都疲惫不堪。

乔志远打电话的时候，黄国胜正在跟美国博威的总裁讨价还价，博威态度强硬。黄国胜一度怀疑美国博威背后另有势力在操控，目的就是要绷紧远大集团的资金链。肖天给乔志远打电话的时候，陶光明一行已经准备去机场了。乔志远立即给黄国胜发短信说："黄总，东方集团陶总希望这两天能在香港拜访您，不知您是否方便？"

发完短信，乔志远正要给汪弘毅打电话，突然收到黄国胜的短信："可以。"

乔志远给肖天打电话,说:"已经跟黄总联系好了,陶总这两天可以随时约见黄总。"

黄国胜的回信令肖天如释重负,可谁在背后撺掇陶光明在董事会召开之前见黄国胜呢?肖天正在冥思苦想之际,正在敦煌莫高窟的王刚打来电话。

沙漠风大,王刚扯着嗓子说:"兄弟,这里真是沙漠中的艺术圣殿,远离尘世的人间至境。"

肖天绷紧的心被王刚文绉绉的话给逗乐了,说:"你在哪?说人话。"

"兄弟,我在茫茫大漠,敦煌莫高窟,我现在正站在沙丘上琢磨一个问题,就想跟你探讨探讨,古人在交通艰难的情况下,就能在大漠石窟雕刻出美轮美奂的佛像,我们在城市里造房子,算个屁啊。"王刚哈哈大笑,重重地吐了一口唾沫,说,"被发配到这鬼地方,除了佛陀对我笑,还有谁?现在进个门都要扫脸。"

肖天呵呵一笑,说:"全公司不都一样吗?"

望着漫漫黄沙,身后的佛陀依然拈花微笑。王刚愤愤地说:"现在供应商、销售商、地方官员到盘古,简直比登天还难。哪个官员愿意让一个公司进行人脸识别?我刚到兰州的时候,还有地方官员以视察的名义来公司看看,现在连鬼都没有一个来了。"

肖天安慰王刚:"都21世纪了,为了公司防卫安全,肯定得上高科技。"

"防卫安全?哼!"王刚听到这个词立刻飙出脏话:"是哪个混蛋开发的这个鬼系统,啥高科技,高个屁的科技,什么手机不见了,公司出现内鬼了,这完全就是汪弘毅的鬼把戏,名义上是规范管理,事实上他在总部可以通过天眼系统的后台,掌握我们各个分公司、区域公司的情况。见了什么人、发了什么邮件、说了什么话,都在他的掌控之中,这就是一个监视系统,汪弘毅的锦衣卫。兄弟,他简直就没有把你这个轮值CEO放在眼里,整个公司最终就只有他一个人说了算。"

王刚的话粗糙刺耳,犹如一把匕首捅在肖天的心窝子上,最后还撒了一把盐。肖天何尝不知道汪弘毅的用意,可现在是盘古的关键时期,自己正在轮值CEO,跳出来跟汪弘毅唱对台戏,乔志远会认为自己不识大体,不顾大局。肖天右手捏成拳头，咬了咬牙槽，安慰王刚说："兄弟，乔志远喜欢下围棋，围棋的奥秘就是忍耐，没有忍耐就不会有反击的机会，伟大是熬出来的，在特别痛苦的时候坚持住了，才会看到未来。"

肖天看了看腕表，距离去机场还有一个小时，现在没有时间听王刚抱怨。王刚还想抱怨，肖天很直接地说："今天下午东方集团的重组专项小组要到南海市，梅怡作为陶光明的助理会一同前往。我很纳闷，什么人怂恿陶光明在跟管理层谈判没有敲定之前就要跟黄国胜见面。"王刚哈哈大笑，说："你忘了，陶光明是梅怡的远房表哥，你要小心梅怡跟汪弘毅旧情复燃，联合算计你，这个时候应该给汪弘毅和梅怡的重逢送一份见面礼。"

底牌

下

李德林 ◎ 著

北京大学出版社
PEKING UNIVERSITY PRESS

第十五章
见面礼

　　黄天沙跪在地藏菩萨座前，地藏菩萨右手执九环锡杖，左手执玲珑明珠，经案下伏着通灵神兽谛听。皮特站在旁边，看着黄天沙在地藏菩萨座下虔诚地三跪九叩，口中念念有词。皮特很是纳闷地问："黄老板，世人皆对如来观音三跪九叩，你为何对地藏菩萨行如此大礼？"

　　空旷的地藏菩萨殿香烟寥寥，天坛大佛的钟鼓之声不断地穿透朱门绿墙，传到地藏菩萨的圣殿。黄天沙没有搭理旁边的皮特，依然按照礼仪将三跪九叩大礼行完。行完礼，黄天沙站在地藏菩萨座前久久凝望，整个圣殿寂静得可以听到人的呼吸。良久，黄天沙才颇为感慨地说："世间烦事犹如枷锁套在每一个人的脖子上，世间的人，不分三六九等，都来菩萨前三跪九叩，不管真心假意，都希望菩萨佛陀庇佑自己成功。"

　　皮特常年居住在宝莲寺的对面，他喜欢在幽静的佛门圣地散步，却从未跪拜过任何的佛陀菩萨，黄天沙在菩萨前虔诚地跪拜，跟舆论中兴风作浪的野蛮人判若两人。皮特很是好奇地问："佛陀、菩萨前的善男信女磕头、烧香，都希望佛陀、菩萨保佑他们挣脱命运的枷锁，能够事业成功、家庭幸福，但求佛的人太多了,每一个人的愿望都各不相同,佛陀、菩萨们忙得过来吗?"

黄天沙围着地藏菩萨的塑像走了一圈,一边走一边说:"佛不是一尊神像,是人生修行的目标,求佛,佛是不会从供台上走下来帮你的,只有自己改变,才能改变命运,如果人心能顿悟,你我皆可成佛。"黄天沙绕着地藏菩萨走了三圈,走到谛听神兽跟前,问皮特:"看过《西游记》吗?地藏菩萨的这只神兽坐骑谛听的一句话,可是改变了孙悟空的命运。"

皮特读过英文版的《西游记》,香港繁体版的也粗略读过,对眼前这只神兽改变孙悟空的命运却毫无印象,很是好奇地问:"《西游记》中,六耳猕猴变身孙悟空,跟孙悟空打斗,一直闹到幽冥教主地藏菩萨座前,谛听辨识出了六耳猕猴是假孙悟空,但没有听说它的一句话改变了孙悟空的命运啊。"

谛听一直跟随主人地藏菩萨修行,佛主见谛听晓佛理,通人性,避邪恶,将其点化为神犬瑞兽。长着虎头、独角、犬耳、龙身、狮尾、麒麟足的谛听如孔夫子所言,"片言可以折狱"。黄天沙没想到皮特对《西游记》还颇有了解,说:"谛听辨别出真假孙悟空后,地藏菩萨令其擒获六耳猕猴,谛听说六耳猕猴跟孙悟空一样神通,地府难以收服,只有佛法无边。佛祖收服六耳猕猴,孙悟空却一棍子将其打死。当孙悟空打死六耳猕猴时才顿悟谛听的那句佛法无边,从此妄心泯灭,一心向佛,跟唐僧经历九九八十一难,最终修成正果。"

皮特被黄天沙的一席话给镇住了。在对摄政王珠讨价还价的过程中,皮特才知道黄天沙笃信风水秘术,一直谨记大师之言,在决定命运的交易中锱铢必较,可在跟乔志远争夺盘古控制权的过程中,黄天沙又不计一切代价,就这么一个矛盾的人,没想到竟然深晓佛理。皮特总觉得黄天沙拜地藏菩萨怪怪的,他说:"地藏菩萨在修行时发誓,说地狱不空,誓不成佛,众生度尽,方证菩提,他用九环锡杖推开地狱之门,用玲珑明珠照亮黑暗,是为了让受苦的众生脱离苦海,也就是说只有受苦之人才会跪拜幽冥教主,黄老板可是大富之人。"

黄天沙一本正经地说:"Banker先生,受苦的众生何以挣脱枷锁?地藏菩萨的誓言中还有一句话,我不入地狱谁入地狱,你明白什么意思吗?"皮特的话里话外依然把黄天沙当成是抢夺盘古控制权的野蛮人,黄天沙微笑着说:"我拜菩萨,是为了众生,股市一直都是庄家、机构们掠夺散户的地方,老百

第十五章
见面礼

姓想在股市里赚钱，简直就是白日做梦。现在老百姓把钱交给保险公司，我们要让老百姓的血汗钱在股市赚钱，就要面对股市里面各种既得利益者的残忍，这个时候我不入地狱谁入地狱？"

皮特将手机递给黄天沙，说："你是在推开地狱之门？"

"狗屁！"黄天沙瞥了一眼推送的新闻，很不屑地说，"不要在圣殿讨论龌龊事。"

皮特看着手机上推送的新闻，摇了摇头，说："乔志远跟一个唱戏的闹出自杀逼宫，现在汪弘毅又冒出一个私生子，盘古的股东们难道不提请道德审查委员会对管理层进行审查吗？"皮特没有将乔志远拒绝曼陀银行道德审查委员会审查的事告知黄天沙。滚石银行已经卷入盘古的股权之争，黄天沙、乔志远为了他们各自心爱的女人，都瞄上了摄政王珠，现在摄政王珠是皮特将盘古的两位竞争者拽到自己谈判桌上最好的筹码。皮特担心自己一旦判断失误，会让曼陀银行卷入令人眼花缭乱的丑闻之中。

地藏菩萨殿只有黄天沙跟皮特两人，黄天沙没有接皮特的话，而是快步走出大殿，一边走一边琢磨之前远大地产董事长唐国强嘀咕的那句话，要让乔志远断掉一臂，难道汪弘毅的私生子丑闻是唐国强扔出来的毒丸？站在地藏菩萨大殿外的石阶上，看着那些从大殿前匆匆而过直奔释迦牟尼佛像的行人，黄天沙感叹道："我们每一个人都有贪念，所以有着无尽的苦恼，人人都希望得到菩萨佛陀的点化，可自己总是难以战胜欲望，道德审查委员会审查得了品行，岂能斩断欲望的根？"

皮特似懂非懂地点点头，黄天沙掏出手机看了看，又放回包里。

大殿前的古树上，知了叫个不停，皮特正欲说话，黄天沙的手机"滴滴"地响起来。

黄天沙掏出另外一个手机，一看是王曦若的电话。

没等黄天沙开口，王曦若上来就说："黄总，恐怕乔志远他们要复牌了。"

黄天沙一愣，王曦若没有提及汪弘毅私生子的问题，而是预判盘古要复牌，他问："为什么？"

山鹰会议室的LED屏上赫然出现一行大字：《北方周末》最新消息，盘

底牌（下）

古总裁汪弘毅身陷丑闻，机场惊现疑似私生子。黄天沙曾经提过汪弘毅可能有私生子，王曦若手握着电话，看着墙上的新闻说："汪弘毅的私生子丑闻曝出来，舆论肯定会认为是我们跟踪了汪弘毅，汪弘毅一旦报复，会将自己的丑闻变成打压盘古股票的筹码。"

黄天沙很不屑地说："曝出丑闻是因为他们内部狗咬狗。"

王曦若站起来走到会议室外的走廊上，问："为什么？"

黄天沙回望了一眼大门里地藏菩萨经案下的谛听，通灵神兽火眼辨是非，汪弘毅会气急败坏到失去理智？黄天沙缓缓地说："一开始我怀疑是唐国强在捣鬼，后来发现是内讧，肖天跟汪弘毅竞争接班人，他们都不想盘古成功合并远大地产，都想找一个白衣骑士，除了驱逐我们，更重要的是成为他们接班的重要筹码，白衣骑士肯定站在引入者一边。在这个过程中，当初乔志远的绯闻是谁捅出来的？汪弘毅曝出私生子，照片又是谁拍的？现在只有肖天一清二白，汪弘毅这个时候来报复我，那是扛着猪头找错了庙门。"

王曦若相当忧虑，说："现在是肖天跟汪弘毅竞争的关键时期，肖天岂会让汪弘毅抓住把柄？这个时候肖天将祸水引向我们，那可就真把我们抹黑成一个没有底线、无所不用其极的野蛮人了。即使是狗咬狗，我们能扛得住各种谴责，两个跌停肯定是跑不了。"王曦若在跟黄天沙电话的过程中，突然有一个更可怕的猜想，她说："如果这一场私生子丑闻是故意策划出来的，那么散户们会陷入诱空的陷阱之中，他们先利用散户的恐慌砸我们的盘，然后再曝出与远大地产合并失败的利空，散户的焦虑会被推到极点，再出现三个跌停，我们的仓位就扛不住了。"

黄天沙咬咬牙，说："如果他们玩火，我们就将盘古管理层持股计划给砸爆仓。"

王曦若听得出黄天沙的愤怒，很冷静地说："汪弘毅现在要争夺的是接班人的位置，如果是内讧，贸然将问题扩大化，那就是将接班人位置拱手让给肖天。"现在到底是盘古内部还是外部曝出的丑闻，王曦若没有确定的信息，只能从各方利弊来准备各种交易预案。王曦若安慰黄天沙说："我们买入北方银行，相信乔志远他们已经明白我们的意图，他们不会因为一桩丑闻而跟我们鱼

第十五章
见面礼

死网破。"

挂断王曦若的电话，黄天沙冲着正在林荫道上打电话的皮特招手。黄天沙直截了当地说："皮特，最近会有一家香港企业跟你谈用你们曼陀银行的交易席位交易盘古H股，当然，资金拆借问题你们具体谈，相信这笔交易会让你名利双收！"

皮特一直在等黄天沙口中的交易，但依然担心卷入盘古股权之争。皮特毫不客气地问："香港企业是龙腾集团直接或者间接控制的吗？"

黄天沙伸出右手食指在皮特面前晃了晃，说："香港企业跟龙腾集团以及我黄天沙个人没有任何关系，这家企业买入盘古的行为跟龙腾集团也不构成一致行动人关系。"黄天沙突然很神秘地让皮特附耳过来，小声说："还记得当初我跟你说的，要让曼陀银行进入香港的老爷子世界吗？这是一个千载难逢的机会。"

上海飞往南海的飞机已经降落，飞机在跑道上滑行，梅怡打开手机，看到推送的信息目瞪口呆。

梅怡打开新闻，看了看照片，照片上的小孩儿跟汪弘毅很像。梅怡跟汪弘毅谈恋爱期间，汪弘毅给梅怡看过自己小时候的照片，照片上这个小孩儿跟汪弘毅小时候简直就是一个模子里刻出来的。梅怡翻出汪弘毅的电话，刚拨过去又按了挂断键。

陶光明满面春风，将自己打着温莎结的领带整理了一下。陶光明喜欢在商务谈判中将领结打成温莎结，这会让自己显得很有力量。以白衣骑士的身份衣锦还乡，陶光明心情大好，上飞机之前，肖天说黄国胜同意在香港面谈，看来成功概率大增。陶光明侧身看到梅怡的脸色不太好，以为她生病了，很关心地问："梅总，是不是病了？我马上联系医生。"

梅怡的心里堵得慌，她突然觉得自己很失败，可现在只能憋在心里。梅怡冲着陶光明摆摆手，可一会儿怎么面对汪弘毅？梅怡的脑子里不断浮现出汪母去世前逼着他们签离婚协议的场景，汪弘毅抓着汪母的手，一直坐在床边不说话，女儿凌薇跪在床前，求奶奶别逼爸爸妈妈离婚。汪母憋足一口气，在喉咙深处怒吼着，让汪父将凌薇拖出去。汪弘毅在旁边没有劝阻一句，任由凌薇声嘶力竭地哀求。

孩子会是谁的？

梅怡捏着手机，强忍着不再看新闻上的照片。新闻说汪弘毅的私生子已经9岁，9年前汪母一直逼着自己再生一个儿子，想到生凌薇时汪母的冷漠，梅怡就心有余悸。难道在那个时候，汪弘毅就已经跟另外一个女人暗结珠胎？怪不得汪母在临终前如此决绝，为了延续汪家的香火，一点都不顾及梅怡跟汪弘毅多年的情分。梅怡的心在滴血。

同飞机的竹聿名电话响起，一看是个陌生号码，竹聿名以为是推销电话，决定捉弄一下对方，提起电话，对方还没来得及说话，竹聿名就抢先说："我是远东银行稽查部，你的银行卡显示你最近在四川有一笔巨额消费，我们怀疑跟洗钱有关，希望你说明情况。"

电话是王曦若打的，在剑桥上学期间，竹聿名就经常跟同学们搞恶作剧，没想到这么多年还玩这一套小把戏，她立即挂断电话，再次拨打。刚接起来，竹聿名又在电话那头很沉重地说："我们代表金融机构稽查，希望你能配合，如果你拒绝配合，我们会将线索移交至公安机关。"

旁边的肖天听得一脸发蒙，小时候这家伙就是大院里最喜欢捉弄人的孩子，都当上中国最大投行的总裁了，还不改秉性。王曦若抿嘴一笑，堂堂中国第一大投行的总裁，竟然还这么孩子气。王曦若呵呵一笑，说："我在四川买了两只大熊猫。"竹聿名听着声音有点耳熟，还是不能确定是谁，很是严肃地问："大熊猫是保护动物，你买大熊猫做什么？"

王曦若没有忍住，笑出声来，说："玩啊，我还买了只猴子，耍猴儿，很好玩的。"

熟悉的声音，没错，一定是王曦若。竹聿名心里暗暗叫苦，当年自己到华尔街，王曦若留在欧洲，恋人最终只能成为朋友。很多年没有王曦若的消息，她怎么会突然给自己打电话呢？本以为是骚扰电话，想捉弄一番，没想到反被王曦若捉弄了。竹聿名连连道歉，说："阿若，不好意思，不好意思，我不知道是你，我以为是骚扰电话，你还好吗？"

第十五章
见面礼

王曦若似笑非笑，说："现在精神正常了吗？要不要打急救电话？"

竹聿名读书的时候喜欢的就是王曦若的大气。竹聿名经常恶搞，同宿舍的中东女生经常问王曦若，如果有一天竹聿名以恶搞的名义溜之大吉，王曦若怎么处理？王曦若报以微笑，没想到竹聿名最终真的离开自己，到华尔街去了。王曦若在最痛苦的时候，只能默默地告诉自己，善待自己就要少一分执着。现在真是命运作弄，王曦若成了黄天沙的臂膀，竹聿名为盘古引入白衣骑士对抗黄天沙。竹聿名呵呵一乐，说："唯一能让我精神不正常的只有你。"

王曦若现在哪有时间跟竹聿名开玩笑，开门见山地问："看新闻了吗？"

竹聿名一头雾水，说："飞机刚降落，什么新闻？我马上看看，你别挂。"竹聿名快速切换到自己日常关注的新闻页面，头条就是盘古总裁汪弘毅私生子的新闻，附有汪弘毅在机场跟一个小男孩亲昵的照片，看上去两人长得很相似。竹聿名将新闻在肖天眼前晃了一下，小声说："兄弟，今天到你们总部，是不是时机不对啊？"

肖天一脸警觉地问："什么情况？"

竹聿名示意肖天先别说话，问王曦若："是不是你老板干的？"

王曦若爽朗一笑，说："中国第一投行的总裁，竟然也是如此幼稚的思维？如果你持有一只股票，会不会制造个利空，把股价砸下来？"

竹聿名向四周看了看，肖天正从行李架上取行李，陶光明已经拖着行李箱走向舱门，梅怡的脸色看上去不是很好。竹聿名猜测梅怡已经看到了汪弘毅的新闻。面对王曦若突如其来的电话，竹聿名压低声音说："有的利空是策略的需要。"

王曦若很冷静地问："你是想利用引入白衣骑士的机会将发小推向接班人的位置，还是仅仅将其当一个项目做？"

竹聿名意识到问题的严重性，汪弘毅的丑闻将是一把双刃剑，肖天把握好了，将夺得盘古的接班人之位；如果把握不好，将失去乔志远的信任。远远看着陶光明满面春风，竹聿名心里有一种不祥的预感，他没有回答王曦若的问题，而是调侃道："投行开展业务跟谈恋爱一样，把爱情投资在一个人身上，那是冒险，把爱情投资在很多人身上，那又很危险。"

挂断王曦若的电话，竹聿名再次将新闻翻出来递给肖天。

肖天看了看新闻，淡淡地说："无风不起浪！"

"兄弟，浪太大，所有的人都会湿鞋。"肖天的话令竹聿名有一种寒意，如果黄天沙不可能爆出汪弘毅的丑闻，给盘古制造一个打压股价的机会，那么肖天自然会成为最被怀疑的对象。竹聿名指着在前面走的梅怡，再将手机上的新闻在肖天面前一晃，小声在肖天耳边说："这是一把双刃剑。"

盘古总部，汪弘毅坐在办公室处理文件，电话响个不停。

华中区域首席执行官刘潇在电话里很急切地问："汪总，看新闻了吗？"

汪弘毅觉得刘潇有点莫名其妙，很不高兴地说："什么新闻大惊小怪？"

刘潇一听，汪弘毅肯定还没有看到新闻，接着说："有人要搞阴谋诡计。"

正在这个时候，邵南子在办公室外敲门，汪弘毅握着电话，示意邵南子坐在自己对面。邵南子没有坐下，而是站着递给汪弘毅一份材料，第一页"汪弘毅私生子"几个字立即穿透汪弘毅的视网膜，直捅心窝，文字下面还有一张机场自己与杨鸣鹤同框的照片。汪弘毅翻了翻邵南子递过来的材料，第二页显示了信息来源，照片是北京的一个ID发到一个叫狼烟的小论坛上的。

汪弘毅挂断了刘潇的电话，邵南子站在一旁，按了汪弘毅办公桌上的可视化系统，指着一个看上去杂乱无章的网页说："狼烟是一个极其小众的论坛，这个论坛里都是一些行业精英，他们潜伏在各大机构内部，经常穿着马甲爆料大公司的内幕。"

"你查一下龙湖刑场。"汪弘毅立即警觉起来，他想到了杨子欣。

邵南子不停地滑动按钮，屏幕上突然跳出一组地图照片，他说："有龙湖刑场！"

汪弘毅心里咯噔一下，指着私生子的新闻报道说："将龙湖刑场跟今天的新闻关联起来追踪一下。"

邵南子离开办公室，汪弘毅翻出杨子欣的电话，正准备拨打，看了看表，立即又将电话放到桌子上，双手在额头上摩挲着，从抽屉里拿出一份文件，夹在笔记本里。他站起来，决定去找一下乔志远。在乔志远的办公室门口，汪弘

第十五章

见面礼

毅进行人脸识别，门开了，乔志远正在看私生子新闻，嘴角露出一丝难以捉摸的微笑。

乔志远没等汪弘毅开口，就说："谣言犹如一面镜子，它会不断地提醒你。"

汪弘毅将邵南子准备的材料递给乔志远，冷静地说："这是恶毒的算计。"

乔志远右手托着下颌，问："有线索？"

汪弘毅指着材料上的狼烟说："照片是从这个论坛上流出的，龙湖项目的刑场地图也是从这个论坛出来的。"乔志远身子向前倾了倾，之前黄国胜一直怀疑龙湖项目爆出阴宅消息是盘古内部人士干的，现在汪弘毅的照片出现在同一个论坛，这到底是内部人还是外部人干的？是巧合，还是有人故意为之？乔志远皱着眉头，问："一会儿你怎么面对梅怡？"

梅怡正在南海市的机场高速路上，她一直靠在座椅上，望着窗外这个熟悉而又陌生的城市，自从跟汪弘毅离婚之后，她就再也没有回过这个城市。梅怡的心里依然堵得慌，打开窗户，窗外的空气灼热而浓烈，令梅怡有一种窒息的感觉。她不断在心里告诉自己，这一次是来进行商务谈判，不能牵涉个人恩怨，可是她真的难以面对那个曾经让自己付出了全部情感的男人，他一直没有站到自己这边，却跟别的女人有了私生子。

陶光明在旁边浏览手机，突然被弹出来的新闻吓了一跳，侧身看了看脸色发青的梅怡。陶光明听闻过梅怡跟汪弘毅的事，看样子私生子的新闻深深地伤害了梅怡。陶光明有些不安，一旦梅怡因为新闻在会见现场跟汪弘毅掀了桌子，东方集团重组盘古的计划就危险了。陶光明突然眼前一亮，摆出一副很关心的样子问："梅总，要不直接送你去医院？"

肖天坐在商务车的后排，也安慰说："梅总，我马上联系医院。"

梅怡摇了摇头，说："没事，一会儿就好！"

梅怡一直都在回想照片里那个小男孩的样子。想当年，自己可是清华大学的高才生，在一次诗歌会上跟汪弘毅相遇，从此之后，汪弘毅一到星期五放学就骑着自行车到清华大学来找自己，连续3年从未间断，梅怡被汪弘毅的执着所打动。汪弘毅选择南下进入盘古，梅怡辞去父亲为其谋得的政府职位，追随汪弘毅南下。没想到自己最终因为没有为汪家生出儿子而被扫地出门。

汪弘毅指着新闻上的照片说："这纯粹是栽赃陷害。"

乔志远仔细地端详着照片："这不是故意跟踪，应该是凑巧。"

汪弘毅冷冷地说："不是内鬼就是外敌，现在没有什么比驱逐野蛮人更重要。"

乔志远打印了一份材料，递给汪弘毅，说："你看看这个。"汪弘毅颇感惊讶，脱口而出："王刚要辞职？"刘世雄辞职之时，王刚从未透露任何辞职的意思，这个时候突然辞职，让汪弘毅想起杨子欣的话，王刚一直在调查杨鸣鹤跟杨子欣的关系。汪弘毅咬了咬牙，意味深长地说："我的丑闻，他的辞职，真是巧得很。"

坐在莫高窟的佛陀前，王刚给乔志远发送了一份辞职邮件，然后关掉了手机。乔志远淡淡地来了一句："天要下雨，娘要嫁人，由他去吧。"汪弘毅没说话，乔志远端起茶杯喝了一口碧潭飘雪，说："现在公司设置了天眼反潜系统，无论是内鬼还是外敌，只要危及盘古的核心利益，绝不会让他们得逞。商场如棋盘，任何尔虞我诈一定会败给正道人心。"

汪弘毅明显能够感觉到乔志远话里有话，说："技术会改变未来。"

现在整个盘古已经完全被天眼系统覆盖，乔志远对技术保持着敬畏，说："企业的主体是人，管理企业就是管人的艺术，大数据降低了我们的管理成本，缩小了管理半径，降低了管理风险。"乔志远望着桌子上的新闻报纸，冷冷一笑，接着说："技术能管理人的行为，却难以管理人心，而越大的企业，管理者越容易犯的错误是，弄不清该管理自己还是管理别人。他们经常抱怨人难管，殊不知，一个伟大的管理者管理的恰恰是自己而不是别人。"

"管理者首要的就是管理好自己，一个人连自己都管理不好，也就没有资格和能力管理别人。一个管理者，在人之下，以己为人；在人之上，以人为人，企业才能基业长青。"汪弘毅认真听乔志远讲完，才将夹在笔记本里的一张纸递给乔志远，说："刚获得的。"

乔志远看了文件，问："我们的天眼反潜系统获得的？"

汪弘毅看到乔志远眉宇舒展，点点头说："这是一个尝试。"

乔志远端起茶杯，有几分嘲讽地说："黄天沙真是费尽心机。"

第十五章
见面礼

　　看到私生子新闻的那一刹那,汪弘毅热血喷涌,在机场跟杨鸣鹤相遇,一定是有人偶遇他并拍摄了照片,那天晚上谁会在机场遇见他们?汪弘毅快速地冷静下来,从抽屉里找出两天前邵南子追踪的一份文件给了乔志远。乔志远看到桌子上这份文件,看着一脸冷静的汪弘毅,汪弘毅只有围魏救赵,把黄天沙推到风口浪尖,舆论的焦点才会从私生子案转移。

　　汪弘毅指着桌子上那一张纸,说:"在黄国胜办公室,我就很想问远大集团在盘古香港上市之后,有没有给滚石银行提供举牌资金,黄总一直盛气凌人,现在这张纸终于解开我的疑惑,黄天沙这是兵行险招,在远大集团的暗仓上做文章,秘密将资金输送给滚石银行,让滚石银行的持仓比例提升到5%以上,给远大集团和盘古都出了难题。"

　　乔志远眼珠子上翻,嘴角上翘,问:"你也想做文章?"

　　汪弘毅一咧嘴,说:"远大集团不增持,唐国强不愿合并,我们没得选了。"

　　"给黄天沙打一针也好。"乔志远咬着牙,看了看表,说,"35分钟后,肖天他们到。"

　　汪弘毅回到办公室,不断地琢磨狼烟论坛,照片是肖天放出来给梅怡看的?还是杨子欣放出来逼婚的?汪弘毅立即摇了摇头,杨了欣要逼婚早就做了,怎么会等到现在?时间来不及了,汪弘毅立即给杨子欣打电话。杨子欣把肖天他们一行人送到机场就回家了,现在正坐在阳台上慵懒地喝咖啡。在接起汪弘毅电话之前,她刚看完汪弘毅私生子的新闻。接通电话,汪弘毅没等杨子欣说话,就劈头盖脸地说:"资料收到了吗?马上推出去!"

　　杨子欣故意懒懒地说:"怎么这么着急啊?"

　　梅怡30分钟后就会出现在自己面前,汪弘毅必须争分夺秒,说:"时间就是未来。"

　　才子佳人的爱情一直是杨子欣梦寐以求的,可从上大学到现在,上苍就像跟自己开了一个玩笑,白马王子一夜之间消失得无影无踪,自己一气之下跟邵南子谈了一场玩笑似的恋爱。到盘古爱上了汪弘毅,可两人的恋情犹如地下战,听到汪弘毅一提起电话就是命令,杨子欣相当失望,没好气地说:"时间是你的未来,那我们的未来呢?"

汪弘毅脑子轰地一下，还有 30 分钟，梅怡就到了。他抚慰杨子欣道："你就是我的未来。"

杨子欣看看时间，陶光明一行马上就要到盘古总部了，梅怡肯定看到了汪弘毅私生子的新闻，汪弘毅要面对的不仅仅是肖天的接班人竞争，还有跟梅怡的情感恩怨。杨子欣一抿嘴，说："今天就放过你，邵南子的资料已经收到，我会马上处理。"刚准备挂电话，杨子欣再次提醒汪弘毅说："现在是关键时刻，真正的挑战不是那些明枪暗箭，而是你自己。"汪弘毅很自信地说："放心，如果不能战胜自己，哪有资格成大业？"

山鹰会议室的 LED 显示屏上，突然出现一条新闻：野蛮人黄天沙香港暗度陈仓。

山鹰组的同事们都将目光聚焦到新闻上，王曦若快速地点开新闻，新闻报道说，龙腾集团委托英国滚石银行买入 1% 的盘古 H 股。王曦若抓起桌子上的手机，直奔黄天沙的办公室，推开办公室门，见黄天沙正趴在电脑前津津有味地读着关于自己的新闻，一边看一边笑。王曦若在黄天沙对面坐下，很严肃地说："汪弘毅这是下死手，将这么绝密的资料给捅出去。"

黄天沙不屑一顾地说："这就是死手？"

王曦若急了，说："滚石银行增持公告一出，他们就将舆论引向我们，中间冒出个桂小姐拒婚绯闻，才让风波暂时平息。现在汪弘毅的私生子新闻铺天盖地，马上就出了这么个新闻，他这是想将舆论关注焦点转移，以降低对自己私生子新闻的关注度，保护自己的接班竞争者的优势。"王曦若现在担心的是汪弘毅一箭双雕，看黄天沙无所谓的样子，又多了几分忧虑，说："跟英国滚石秘密合作的新闻一出来，就把我们推向信息披露违规的风口浪尖，到时候盘古以龙腾集团违规举牌为由申请行政裁决，我们不但无法继续买入股票，还可能要全部退出。"

看到王曦若脸上的忧虑，黄天沙哈哈一笑："汪弘毅现在恐怕已经是水深火热了，前妻马上就要坐到对面跟他谈判，偏偏这个时候曝出了他私生子的新闻，这搁谁都别扭。他想炮制我们在滚石银行买入盘古违规的新闻来转移舆论关注点，甚至驱逐我们，恐怕没有那么容易。我跟盘古没有进行资产重组，没有哪一条律法能把我从盘古里面踢出来啊。再说了，我没有买入港股，只是在滚石银行的老仓里加了一点点钱，让滚石银行浮出水面。"

王曦若担心黄天沙操之过急："现在到了揭开盘古 H 股上市丑闻的时候了吗？"

窗外突然哗啦哗啦地下起了大暴雨，黄天沙冲着窗外瞥了一眼，说："我们只是想让老百姓分享一点盘古的发展红利，乔志远他们却把我们当成了巧取豪夺的野蛮人，我们错在哪里呢？"黄天沙两手一摊，接着说，"他们傲慢也就算了，还要来算计我，老天爷都看不过去了。乔志远一生酷爱围棋，下围棋的时候看气是寻找活路，一颗小棋子就能搅动乾坤，决定生死，恐怕他自己都不知道，现在汪弘毅来这一招，正在毁掉他所谓的自信。"

王曦若看看表，说："东方集团的专项组应该快到盘古了。"

黄天沙很肯定地说："东方集团一定会败兴而归，我们要抓住机会在香港继续吃进筹码！"

盘古 A 股已停牌，龙腾集团只能在香港买入 H 股。王曦若很谨慎地问："有交易机会？"

黄天沙充满自信地说："机会是汪弘毅给的，乔志远自诩盘古旗手，当年 H 股发行如果没有远大集团暗度陈仓，恐怕他们都要哭着鼻子回家。我不移花接木，那些整天想搞大新闻的记者们哪会玩命地去挖我的猛料？他们不挖猛料，远大跟盘古的丑闻怎能重见天日？如果公众知道盘古上市的真相，乔志远的企业领袖形象将轰然坍塌。"黄天沙撇着嘴，指着显示屏上的新闻说："乔志远的两个接班人已经起内讧了，这几天，会有好戏。"

王曦若正要说话，黄天沙的电话响起来，是盘古董秘王欣。

黄天沙接起了王欣的电话，没有任何寒暄，王欣开门见山地问黄天沙："黄总，我们刚才看到一条新闻，龙腾集团通过英国滚石银行在香港买入盘古 H 股，比例超过 5%，刚才交易所打电话询问，龙腾集团增持股票为什么没有进行信息披露？"

王曦若坐在对面，黄天沙将电话按成免提。黄天沙端起咖啡杯，跷起二郎腿，说："王总啊，滚石银行持有盘古5%的H股，也只占整个盘古股权比例的0.2%，我们现在持有的盘古股权比例只有18%，加上H股，还达不到披露的标准，按照H股的信息披露标准，我们的持有数量也不到披露的时候。"

王欣追问："你们在滚石银行5%的持仓也应该披露。"

黄天沙呵呵一笑："我们的H股仓位只有1%，滚石银行仓位里其他股票是谁的，我们没有披露的义务。"

王欣悻悻地挂断电话，王曦若立即问："我们还继续买入H股吗？"

黄天沙皱着眉头，双手按了按太阳穴，心里突然改变了主意，很理性地说："盘古H股只有总股本的11%多一点，现在40%的筹码都在机构手上，剩下的筹码真要吃，那哪儿够吃啊，只要我们一有动作，H股的股价马上就飞上天，还容易带动A股的股价上扬，不划算。"黄天沙顿了顿，若有所思地再次按了按太阳穴，说："曼陀银行一直想一战成名，就让他们去折腾吧，我们就坐等黄国胜跟乔志远变成仇人好啦。"

陶光明一行刚进入盘古总部一楼大厅，就看到大厅LED实时显示屏上滚动出一条新闻：野蛮人黄天沙香港暗度陈仓。梅怡抬头看了看新闻的时间，是10分钟前，那个时候他们已经下高速，这新闻简直就是掐点为东方集团专项组定制的。梅怡侧身看了看旁边的陶光明，这家伙下飞机时的春风得意没有了，脸色阴沉得很。梅怡再看看右手边的竹聿名，竹聿名抬头看了看新闻，一直皱着眉头。

旁边的肖天一愣，侧脸看了看梅怡，嘴角微微一笑。肖天一眼就看穿了汪弘毅的策略，将黄天沙在香港暗度陈仓的料抛出去，无非是要将舆论的关注点从私生子转移到黄天沙身上。如果舆论顺着黄天沙挖下去，汪弘毅就给乔志远点响了手雷，H股上市操纵足以毁掉乔志远的公众形象。

前台的服务小姐带每一位进入盘古的人进行人脸识别。

汪弘毅走到竹聿名跟前，旁边站着梅怡，汪弘毅礼貌性地朝梅怡点点头。梅怡阴着脸，没有搭理汪弘毅。汪弘毅很尴尬地问竹聿名好。竹聿名指着正在进行人脸识别的陶光明问："汪总，人脸识别对金融企业防范风险很有帮助，

第十五章

见面礼

你们房地产企业为啥搞这个系统？"

汪弘毅附在竹聿名耳朵上小声说："说出来怕老兄笑话，最近手机都丢了好几部。"

他们的交头接耳令周围的人更加好奇，肖天的眉头皱成一团，现在手机这么智能，如果真是要窃听或者窃取信息，偷手机岂不是很愚蠢？竹聿名很惊讶，问："有这样的事？"汪弘毅无奈地摇摇头，说："可不，这几个月是怪事一桩接着一桩。"

陶光明一直无法通过人脸识别，技术人员不断地让陶光明变换姿势。陶光明冲着汪弘毅自我解嘲说："汪总啊，看样子盘古的门很难进啊。"汪弘毅吩咐技术人员抓紧调试，邵南子带着一个技术人员赶到现场，在人群中一眼就瞥见了竹聿名跟梅怡，这两位曾经都是自己在远东证券的老上司，只是两人表情都很怪异。

肖天在旁边打圆场说："好事多磨。"

邵南子调试系统期间，陶光明指着 LED 大屏上的新闻问："龙腾集团跟滚石银行联合，在香港增持盘古 H 股，你们 H 股没有防线？"肖天跟汪弘毅没有立即接过话茬儿，陶光明感叹说："黄天沙不断增持，我们拿 20% 的股权很难有话语权，只能是陪太子读书啊。"

汪弘毅很是无奈地两手一摊，说："我们想构筑 H 股防线，远大不同意。"

竹聿名跟肖天不约而同地看了汪弘毅一眼，陶光明要跟黄国胜见面，一旦陶光明向黄国胜求证汪弘毅的说法，黄国胜岂不是要跳起来？这是要断自己的后路。肖天连忙补充说："现在远大集团要回收中华啤酒股权，黄天沙钻了空子，黄天沙就算买光所有 H 股，也只占到总股本的 11%，白衣骑士持有 20% 的筹码，再加上盘古管理层的持股，足以获得公司的控制权。"

竹聿名小声问汪弘毅："远大集团会同意白衣骑士进入？"

肖天跟竹聿名是发小在盘古高层已经不是秘密，东方集团一旦成为盘古的白衣骑士，汪弘毅引入的粤海集团就失去了机会，汪弘毅在接班人竞争中将失去重要筹码。偏偏这节骨眼儿上冒出个私生子丑闻，现在汪弘毅已经被架到火上，陶光明在南海期间出现任何谈判方面的不愉快，汪弘毅都会被攻击为心胸

底牌（下）

狭隘，竹聿名的问话明显是在借着黄国胜试探汪弘毅。汪弘毅摆出一副诚恳的样子说："远大对白衣骑士的大门敞开着，谈判是关键。"

言谈间，一行人完成人脸识别扫描，众人进入盘古会议室。

乔志远早已站在会议室门口，跟上海来的一行人一一握手。当握住陶光明的手时，乔志远的嘴角微微抽动了一下，陶光明跟乔志远介绍梅怡，说："梅怡是东方集团副总裁，现在主要参与盘古项目，还望乔总多多支持。"乔志远跟汪弘毅两家之前经常聚会，相当熟悉，陶光明就是要提醒乔志远，东方集团是抱着成交的诚意来的。

肖天向东方集团以及中介机构远东证券的高管们正式介绍了盘古，以及盘古目前面临的问题，说："现在，龙腾集团还在香港进行增持，相信各位刚才在大厅已经看到了新闻，不过，我们管理层持股计划超过4%，远东保险持股已经超过5%，如果东方集团能以白衣骑士的身份进入盘古，我们整个同盟持股比例将接近30%，加上远大集团的持股，将超过45%。"

梅怡冷冷地扫了一眼盘古的所有高管，有那么短暂的两秒，目光直视汪弘毅，两束寒光令汪弘毅相当尴尬。梅怡单刀直入地问："现在龙腾集团的持股已经达到了18%，如果盘古向东方集团增发20%的股份，除了盘古管理层，其他企业真的可以和我们一起对抗野蛮人吗？"梅怡从包里掏出一份材料，举起来说："这是北方银行的前100名大股东名单，龙腾集团持股将近5%，这是一个危险的信号。"

陶光明嘴角的笑容很诡异，乔志远、汪弘毅、肖天轮流浏览了股东名单，肖天的脸色很难看，汪弘毅悬着的心终于松了一口气，内心感叹真是一日夫妻百日恩，关键时刻梅怡的心里还是有自己。梅怡的这个问题代表东方集团的担忧，汪弘毅面无表情不说话，乔志远皱着眉头没有接话茬的意思。问题甩给了肖天，肖天微笑着说："黄天沙买入北方银行是想在关键时刻警告远东保险，不要跟管理层结盟，远东保险董事长谢晓辉已经向我们汪弘毅总裁做出了承诺。我相信黄天沙不敢轻易砸盘北方银行，一旦远东保险砸盘盘古，黄天沙只有死路一条。"

梅怡瞟了一眼汪弘毅，追问："什么样的承诺？"

第十五章

见面礼

肖天将汪弘毅推到梅怡的话口上,汪弘毅只能硬着头皮说:"关键时刻站到管理层一边。"

"包括砸盘盘古?"梅怡抓起传回来的股东名单,举起来说,"北方银行股权分散,远东保险连续两次举牌,现在持股10%多一点就成了第一大股东,谢晓辉拿下了北方银行这一块银行牌照,不难看出谢晓辉对整个银行的控制欲很强,如果黄天沙将北方银行中的远东保险持股砸到成本线以下,远东保险反手砸盘盘古,那样远东保险的投资业务亏损将加剧,谢晓辉敢拿着老百姓的血汗钱为盘古管理层冒这样的风险?"

会议室的空气犹如凝固一般,汪弘毅嗅到空气中的一股血腥味。谢晓辉跟自己同在桥本会,可并没有向汪弘毅打包票无论何种情况一定站到盘古管理层一边,双方更没有任何的协议。梅怡已经将匕首刺向汪弘毅,肖天一脸严肃地望着汪弘毅,乔志远想接过话茬,陶光明干咳了两声,说:"现在黄天沙不断收集筹码,我们东方集团以白衣骑士的身份进入盘古,可能会进一步刺激老股东的分化,尤其是远大集团,我们希望盘古管理层能够以协议的方式,跟我们成为一致行动人。"

陶光明抛出的提议令乔志远相当错愕,之前肖天一直没有跟管理层汇报东方集团有这样的要求,看样子梅怡跟陶光明一唱一和,把整个盘古管理层都给绕进去了。汪弘毅现在更担心的是,粤海集团一旦知道东方集团的条件,他们会跟着提出相同的要求。汪弘毅面无表情地盯着肖天,整个会议室再度陷入寂静之中,如果自己不能安抚东方集团的高管层,盘古管理层会将引入东方集团失败的责任归咎到自己头上。汪弘毅咬了咬牙,脸上微笑着,有礼有节地说:"陶总,在捍卫盘古利益的战线上,管理层肯定是跟白衣骑士站在一起的。"

梅怡在笔记本上一边听一边记录,汪弘毅说话的时候她连眼皮子都没有抬,问:"远大集团现在已经不是第一大股东,如果白衣骑士再进入盘古,意味着远大集团连二股东的位置都保不住,如果远大集团不允许东方集团的持股比例超过他们,我们在董事会这一关就难以获得远大集团的赞成票,我们怎么继续推进重组?"

汪弘毅望着梅怡,梅怡依然没有正眼看汪弘毅。陶光明很显然把进入盘古当成了一场战役，先发制人，集中优势兵力攻陷核心。汪弘毅想起跟乔志远下围棋的过往，商场如棋盘，轮岗已经让自己成功圈地，占据有利地形，现在梅怡连珠炮似的发问已经将东方集团的防线暴露出来，真正的较量一定要冷静判断，步步为营，每一个棋子都是决胜的筹码，每一步都是谋取疆域的关键。汪弘毅微笑着说："我们已经跟董事们进行过初步沟通，赞成引入友善的第三方机构的董事，掌握的票数足以让重组方案通过。"

董事会决胜远大集团后，将盘古的命运交给所有股东，这是乔志远跟汪弘毅、肖天一起制订的策略。肖天看汪弘毅成竹在胸，立即接过话茬说："盘古现在是A股最大的房地产上市公司，我们不只要做一家优秀的房地产公司，更要做一家卓越的公司，没有百年竞争力的公司不配卓越二字。东方集团的城市综合体战略跟盘古制定的城市运营商改革定位高度契合，董事们都认为这样的重组有助于盘古未来更长远的发展。"

会议室的气氛缓和了很多，陶光明双手抱在胸前不说话，乔志远一看就知道这家伙不是一个心胸开阔之人。跟汪弘毅的婚姻深深地伤害了梅怡，私生子的新闻更犹如一把尖刀插到了她的心窝，梅怡对汪弘毅的信任度已经降到了冰点，她固执地说："生意的基石是契约精神，我们希望将分红以及公司的发展规划写进双方的合作协议里面。龙腾集团是民营企业，调度资金增持动作很快，在龙腾集团不断吃进盘古流通筹码的情况下，很容易威胁到东方集团的核心利益，这是对我们进入盘古的一种保护。"

乔志远脸色阴沉下来，东方集团是要将对赌条件写进合同，很容易成为黄天沙、黄国胜攻击双方合作的借口，而且也很难通过监管那一关。肖天见状，立即冲着梅怡和陶光明说："梅总放心，陶总曾经是我们的老领导，对盘古是相当了解的，具体的条款问题由专业的中介机构负责。您也很了解我们盘古管理层，我们都将盘古作为自己的终身事业平台，盘古走到今天，凝聚了股东、数万的盘古员工、管理层、客户以及上下游产业链利益相关者的共同心血。"肖天扫了一眼会议室的所有人，动情地说："盘古是我们共同的核心利益。"

陶光明点了点头，跟旁边的梅怡小声嘀咕了一下，说："乔总是地产界的领袖，是盘古的旗帜，盘古的管理团队是A股上市公司中最优秀的团队之一，

第十五章

见面礼

盘古是上市公司中的标杆企业，能够成为盘古的股东是我们的荣幸，我们以白衣骑士的身份进入盘古，会维护乔总这面旗帜，会坚定地支持管理团队的一切正确决策。在未来的董事会以及股东大会中，我们会跟管理层一致行动，捍卫盘古的核心利益。"陶光明冲着对面的乔志远微微一笑，接着说："东方集团进入盘古，我们是客人，拜访黄国胜董事长是应有的礼节，拜访后我们就马上签署合作框架协议，我们两家以后就是一家人了。"

突然，陶光明的秘书将手机递过来。

陶光明刚才还一脸笑容，看到手机上的内容后笑容立马消失了，乔志远看陶光明咬了咬嘴唇，心想一定是遇到了突发问题。陶光明皱着眉头，顺手将手机递给梅怡，冲着乔志远说："乔总，刚才在一楼大厅进行人脸识别期间，滚动显示屏上的新闻说黄天沙举牌滚石银行暗度陈仓，现在网上突然冒出另一份文件，说滚石银行的仓位中有4%的筹码是远大集团的，如果这份文件是真的，那么盘古H股上市就涉嫌造假。"

远大集团在滚石银行的持仓文件暴露了？乔志远早就意识到这一天迟早会来，没想到在这个节骨眼儿上出现。是黄国胜还是黄天沙在捣鬼？乔志远一脸镇静，说："网上文件的真实性我现在无法确认，远大集团作为大股东也从来没有向上市公司提交过这份文件，董事会需要向远大集团征询之后才能确认。盘古在H股上市是在监管部门的监督下，中介机构按照正常程序发行完成的，所以一时的舆论炒作对盘古未来的发展没有任何影响。"

竹聿名追问一句："如果香港监管部门介入调查，重组如何推进下去？"

会议室再次突然寂静。汪弘毅看了梅怡一眼，梅怡的目光聚焦在新闻上，汪弘毅接过竹聿名的话，很从容地说："即便远大集团跟滚石银行真有代持协议，那么也只是股东的个人行为，上市公司董事会、管理层并未跟股东进行合谋，相信不会牵涉到上市公司本身。当然，我们会马上跟股东进行征询，会向社会公众澄清事实，以便加快推进我们两家的重组。"

陶光明一行刚离开盘古大厦，黄国胜的电话就给乔志远打过来了。

黄国胜在电话中咆哮："你们到底搞什么名堂？"

乔志远很冷静地问:"黄总,发生什么事了?"

黄国胜怒问:"网上出现的滚石银行持仓文件是怎么回事?"

肖天、汪弘毅坐在旁边都能听到黄国胜电话里的嚷嚷声。黄国胜一拍桌子,乔志远清晰地听到电话那头茶杯掉到地上碎一地的声音。黄国胜质问乔志远:"滚石银行的问题怎么就越炒越大?之前你跟汪弘毅在我办公室,我就专门告知过你们,一旦这份文件被公开,远大集团极有可能面临监管调查,这是恶毒的焦土计划!"

乔志远看了看肖天,再看看汪弘毅,两人都很平静地看着自己。乔志远心里第一个想到了天眼系统,邵南子能追踪到黄天沙的仓位交易,难道追踪不到远大集团在滚石银行的交易?乔志远很肯定地说:"这是黄天沙在搅浑水,如果他不知道远大集团在滚石银行有秘密仓,就不会在买入H股时故意跟滚石银行合作,很显然他掌握了一手信息,来了一招移花接木,让舆论对准他跟滚石的交易,故意引诱舆论曝光远大集团在滚石的这个秘密。"

黄国胜显然不相信乔志远的分析,质问:"黄天沙疯了?"

乔志远呵呵冷笑,说:"伤敌一千自损八百的事,黄天沙干得出来。"

黄国胜反问:"他这么干有啥好处?"

会议室里,肖天跟汪弘毅都看着一脸淡定的乔志远。乔志远皱着眉,说:"反间计中最毒的一招是死间,黄天沙最想看到的局面就是远大集团跟盘古成为敌人,如果黄总你相信了,那就正中黄天沙的下怀。"

挂断黄国胜的电话,乔志远心里疑虑重重,黄天沙会两次自爆滚石银行仓位?现在盘古A股已经停牌,只有H股还在交易,如果黄天沙实行的真是反间策略,他岂能瞒过精明的黄国胜?汪弘毅望着一脸阴沉的乔志远问:"乔总,滚石银行的仓位,会不会是黄天沙跟黄国胜演的双簧戏?"

乔志远一愣,问:"怎么讲?"

"龙腾集团跟滚石银行的协议是我们的反潜系统获得的,记者怎么这么快就挖出了远大集团跟滚石的协议?在黄天沙举牌的过程中,远大集团开出的回购中华啤酒股权的价格已经具有相当的诱惑力,可一直谈不下来,美国博威背后到底是谁?黄国胜嘴上喊着跟老外死磕到底,事实上给了黄天沙在盘古长驱

第十五章

见面礼

直入的机会。黄国胜提出盘古跟远大地产合并,可黄天沙横插一脚,没有黄国胜的默许,唐国强有天大的胆子也不敢与黄天沙达成协议。"乔志远一直皱着眉头,肖天目不转睛地盯着汪弘毅,汪弘毅顿了顿,继续说:"事出反常必有妖,这一次如果是黄国胜故意向舆论泄露秘密协议,那就是为黄天沙解围。"

乔志远在疑虑内部人的同时,还在猜测推演黄天沙的把戏,他说:"第一波曝出龙腾集团跟滚石银行的交易,是为了引蛇出洞,制造记者们在滚石银行账户上刨根问底的假象。第二次曝出远大集团跟滚石银行的交易,想让舆论聚焦盘古的H股上市内情,从舆论上打击我们管理层多年建立的市场形象。"乔志远双手在太阳穴按摩了一下,猜测说:"如果是黄国胜所为,那就太反常了,背后一定隐藏着内鬼,内鬼要借着黄国胜掩饰跟龙腾的秘密交易。"

天眼系统建成后,汪弘毅已经不担心内鬼,他现在要通过大数据追踪,将盘古的敌人消灭于无形。身为轮值CEO的肖天很是尴尬,还有一个月就要轮到汪弘毅出任CEO,如果一个月之内不能召开董事会,将东方集团引入盘古,手握天眼系统的汪弘毅将从各个层面控制公司,自己将陷入极其被动的竞争局面。

乔志远的电话响个不停,是黄国胜的秘书打来的。会议室的人都屏住呼吸,肖天抬头看了看会议室的钟表,陶光明一行应该已经到达海关了,肖天悬着的心绷得更紧。乔志远接起电话,黄国胜的秘书很抱歉地说:"乔总,非常抱歉,黄总跟陶总的见面临时取消,美国人只给了黄总18个小时,黄总正在赶往香港国际机场,将飞美国跟美国博威进行谈判。"肖天腾地一下站起来咆哮道:"这是一个阴谋!"

第十六章
除异己

梅怡在月半弯小区门口徘徊了一个小时。

院子里绿树成荫,知了在树上叫个不停。曾经,这里有过欢笑,有过泪水,现在却已物是人非。院子里有几个小朋友在嬉笑追逐,梅怡曾经无数次幻想,如果自己有一个儿子,他跟汪弘毅的结局会不会就不一样。儿子是梅怡永远痛彻心扉的梦。

照片上的小男孩儿真是汪弘毅的?在跟汪弘毅面对面谈判的时候,梅怡心里有数次想当面问清楚的冲动,数次到嘴边的话又生生地咽了回去。整个谈判过程中,梅怡明显感觉到汪弘毅的目光,那是多年不用交流就能穿透内心的目光。在汪母逼着签下离婚协议的前一刻,梅怡都还在期待汪弘毅能念及两人的感情而为保全婚姻做一点努力,可汪弘毅的沉默击碎了梅怡对爱情的最后一丝期望。

在海关接到黄国胜秘书的信息时,陶光明拂袖而去,留下梅怡孤零零地站在人群中茫然四顾。在这个熟悉而又陌生的城市,孤独犹如鬼魅一样吞噬着梅怡受伤的灵魂。回上海?还是留在南海一探究竟?梅怡走出海关,打了一辆出租车，在琵琶岛旁的海湾酒店住下，一夜无眠。

　　黎明时分，毫无睡意的梅怡开始洗漱。刚走进洗漱间，心力交瘁外加低血糖的梅怡晕厥在浴缸旁边，过了好久，终于醒过来。梅怡抓住面盆努力地站了起来，对着镜子，发现自己面色蜡黄。梅怡将整个头伸到水龙头下，凉水让梅怡顿时清醒过来。望着镜子里的自己，梅怡的眼角流下了泪水。一定要弄个明白，梅怡不断地在心里告诉自己。在房间里找到几块巧克力，吃完后站在镜子前，梅怡花了整整两个小时给自己化了一个精致的妆。

　　出租车在月半弯小区门口停下，梅怡觉得双腿犹如灌满了铅一样沉。司机提醒梅怡目的地已经到了，连续提醒了三次，梅怡才走出了出租车。太阳已经升起，曾经熟悉的一草一木，都已变得陌生。当往事成风，梅怡在徘徊中却找不到曾经的记忆。一个小时过去了，梅怡始终没有看到汪弘毅的身影，难道他连夜出差了？还是住到了另一个女人的家里？

　　梅怡鼓起勇气，走进小区的大门，走到了那个已经不是自己家的楼下。看了看表，已经9点半了，汪弘毅应该已经走了。梅怡正要离开，突然一个小家伙快速地跑过来，一下子撞到梅怡的怀里。这个小家伙正是杨鸣鹤，看梅怡一个趔趄，杨鸣鹤咯咯一笑，抹了一把额头的汗水，盯着梅怡，小眼珠子滴溜溜地转，说："阿姨，你真漂亮。"杨鸣鹤的一句话，让心情压抑的梅怡一下乐了，在杨鸣鹤的头上摸了摸。突然，梅怡一愣，这小家伙不就是照片上的汪弘毅私生子吗？

　　梅怡俯身摸了摸杨鸣鹤的脸蛋儿，仔细端详了一番，跟自己见过的汪弘毅小时候的照片简直一模一样，谁看了眼前这个小家伙都会认为他是汪弘毅的儿子。梅怡努力让自己微笑，问："乖，真会说话，你叫什么名字？"说着，梅怡从包里摸出一块巧克力递给杨鸣鹤。杨鸣鹤瞅了瞅梅怡，拒绝了梅怡的巧克力，退后一步，说："是不是下一句就该问，小朋友，住几楼，家里都有什么人啊？"

　　梅怡微笑着问："是不是把阿姨当成人贩子了？"

　　杨鸣鹤双手叉在腰间，噘着嘴说："这是你自己说的。"

　　梅怡翻出手机里的新闻，递给杨鸣鹤，问："你好厉害，都上新闻了。"

底牌（下）

杨鸣鹤扭头瞅了瞅，再看了看梅怡，指着汪弘毅的头像说："这个人说假话。"

稚嫩的声音令梅怡心里一震，很是好奇地问："你认识他？"

"认识！"杨鸣鹤又看了看照片，说，"这是我邻居，这个人把城市建成了棺材。"

梅怡很惊讶，两人只是邻居？梅怡追问："你为什么说他说假话呢？"

杨鸣鹤挠挠头，说："有一次我们在机场遇到他，他说回家让我们坐他的车，他都不回家，还让我们坐他的车，那不是说假话骗人吗？"杨鸣鹤一副天不怕地不怕的样子，说："你们大人经常教育小孩儿要诚实，可你们大人经常说谎话骗人。"

难道眼前这个小家伙不是汪弘毅的私生子？梅怡压抑的心情舒缓很多，但还是很好奇眼前这个小家伙的话，问："你们是邻居，他邀请你们坐他的车回家，不是正好顺路吗？怎么是说假话骗人呢？"

杨鸣鹤嘟囔着说："跟你们大人说话真费劲，如果顺路，行李箱肯定放回家，他老婆会帮他清理行李箱，可他那个行李箱上贴满了机场的托运贴士，没有清理过啊，要么就是他老婆懒得要命，不给他清理箱子。"小家伙故意做了一个鬼脸，脸上笑容坏坏地，接着说："要么就是没有老婆，他那行李箱直接放在办公室，你说他会顺路带我们回去吗？"

懒老婆？有小孩子这样说自己妈妈的吗？没老婆？梅怡悬着的心终于放松下来，眼前这个小家伙根本就不是汪弘毅的私生子。梅怡很惊讶，见他聪明伶俐，逻辑清晰，梅怡冲着杨鸣鹤竖起大拇指，说："真聪明，长大后的理想是什么？"

杨鸣鹤想都没想，脱口而出："上天！"

梅怡一听就乐了，问："你爸爸妈妈支持你上天吗？"

"爸爸？我爸爸是谁？"杨鸣鹤咬着右手指，说，"我是小爷们儿，自己的事自己搞定。"

石头刚落地，杨鸣鹤的一句爸爸是谁令梅怡的心再度悬起来，小孩儿怎么会不知道自己爸爸是谁？难道真的是私生子？梅怡故作轻松地摸了摸杨鸣鹤的

第十六章

除异己

头，说："你不喜欢你爸爸？"

杨鸣鹤扭着脸说："跟你们大人说话真费劲，都没爸爸，哪还有喜欢不喜欢的。"

眼前这个小家伙没有爸爸？梅怡不死心，说："也许你爸爸到国外出差去了，在家多听妈妈的话，等你长大了，爸爸就回来了，到时候你要给多年未见的爸爸一个惊喜。"

杨鸣鹤翻了一下白眼儿，说："我又不跟妈妈住，怎么听她的话？"

杨鸣鹤说完，一溜烟儿跑远了。梅怡越听越糊涂，不知道爸爸是谁，妈妈也不在身边，难道跟外公外婆住？小家伙跟汪弘毅是邻居，难道小家伙家的房子是汪弘毅买的？盘古有铁律，管理层不得在公司谈恋爱，难道小家伙的妈妈为了躲避盘古的监管，被汪弘毅调往外省？望着已经跑远的杨鸣鹤，梅怡心里一团乱麻，小孩子的妈妈是谁，爸爸又是谁？是汪弘毅，还是另有其人？

上海离尘庄园，巍峨雄伟的庄园大门口，两棵参天的百年古树，苍翠挺拔。

安保用无线电向里面进行通报，肖天把头伸出窗外，扫视了一圈，庄园安保戒备森严，真是一个商务秘密谈判的理想之地。安保人员示意肖天进去，车必须停靠在大门里面的停车场。肖天将车开进大门，停好车，放眼望去，这里草地起伏，莺飞燕舞，中间有潺潺溪水，简直就是世外桃源。穿越草地，有一栋仿古小楼坐落在草地的另一头。

肖天朝着小楼走去，突然有松鼠蹿到路面上，从肖天的脚下蹿过去。顺着松鼠跑的方向望去，小溪边的草坪上，有几个孩子在用网子捕蜻蜓。肖天快步走到古建筑跟前，大门在倒座房东端第二间的位置，进深反向的尺度明显大于倒座房，大门山墙墀头两侧有两块撇山影壁。门前有一对箱型狮子抱鼓石，大门上方有四个端砚形的门簪。大门的右侧，有一块嵌进墙壁的石板，石板上清晰地记录着庄园原主人的过往。眼前的大宅正是李鸿章出任两江总督期间在上海的别墅。

侍应生已经缓缓打开大门，肖天一步跨进去，远远见到一位身穿麻纱休闲装的少妇站在院子中间，笑盈盈地望着肖天。侍应生好像人间蒸发一般，瞬间消失在两人的目光对视之间。肖天上前张开双臂,将少妇拥入怀里。周晓萌一头妩媚的长卷发披垂在白皙的肩颈之上,精致的脸上略施胭脂,头发上淡淡的香气令肖天精神振奋。肖天拥抱的正是杨子欣一直在追踪的周晓萌。

周晓萌深情地望着憔悴的肖天。

肖天拉着周晓萌的手,在院子的百年古槐树下坐下。桌子上已经沏好了洞庭碧螺春,肖天一看茶罐中的碧螺春条索紧结,白毫隐翠,卷曲如螺,就知道这是碧螺春中的极品雀舌。周晓萌给肖天斟上一杯,茶汤嫩绿清澈,小呷一口,清香袭人。周晓萌指着茶罐里的碧螺春,笑盈盈地介绍说:"这是我老家茶园子采的新茶,茶跟桂树、梅树、玉兰、玫瑰、苍松、翠竹种在一个园子里,他们对茶树蔽覆霜雪,掩映秋阳,又能与之根脉相通,茶吸果香,花窨茶味,茶汤才会如此嫩香清幽,甘醇凉甜。"

整个院子成了周晓萌跟肖天两个人的世界,肖天从来没有如此放松过。面对满身仙气儿的周晓萌,肖天竟然想不出一句夸赞的话来,只能默默地看着她。肖天在大学时就跟周晓萌认识,那个时候,周晓萌是外语系的系花,肖天在一个文学社团活动中跟她相识,可她那时已经名花有主,两人就一直保持着普通朋友关系。

大学毕业后,周晓萌的男朋友去密歇根大学深造,周晓萌独自一人到上海创业。在陌生的城市里,周晓萌选择房地产全案营销作为创业项目。经过8个月的折腾,周晓萌迟迟无法获得客户的信任,亏光了本钱,还被合作伙伴骗走了所有积蓄。周晓萌一咬牙,到堂石房地产打工,一直做到营销总监。3年后,堂石房地产老板准备提升周晓萌为副总裁,没想到周晓萌提交了辞职报告,要去美国留学,追求她大学时的爱情,到了美国才发现她的男朋友已为人父。

周晓萌在美国硕士毕业后,进入了美国著名的房地产金融公司房利美,做金融衍生品业务,主要跟巴克莱银行、苏格兰皇家银行、UBS、德意志银行等欧洲银行合作,很快就做到了区域董事总经理。2008年金融危机来袭之前,周晓萌迟迟无法谈下英国滚石银行、曼陀银行两家老牌银行的合作业务,她感到大事不妙,一夜之间抛光了手上的所有股票。房利美随后将美国拖入金融危机之中,周晓萌回到国内开始做房地产金融业务。

第十六章

除异己

回到国内的周晓萌很快发现,自己在美国人那里学到的东西毫无用武之地,国内的房地产金融业务除了传统的信贷,无非就是信托、债券、REITs等金融产品,毫无创新手法。周晓萌开始把CDS、CDO等欧美的房地产金融产品模式引入国内,她的新业务很快就得到不少房地产企业的认可。周晓萌征战商场时,却无心商场的纷纷扰扰,为此买下了李鸿章在上海时期的别墅,改名离尘庄园,寓意远离浮尘,与世无争。

肖天从盘古总部调任上海区域首席执行官后不久,在一次房地产论坛上跟周晓萌相遇。那天,肖天在台上侃侃而谈,说:"卓越最大的敌人就是优秀,一家优秀的企业只有战胜自己,才能从优秀走到卓越。"肖天在台上畅谈盘古的雄心,要走出中国,走出亚洲,走向全球。肖天自信满满地宣扬未来房地产以人为本的理念让周晓萌很认可。肖天看到了台下像个小女生一样静静聆听自己演讲的周晓萌,四目相对时,两人都有一种从未有过的触电的感觉。

会后,两人相约喝咖啡,肖天才知道周晓萌一直单身。周晓萌听肖天谈起自己的妻子跟女儿时,充满羡慕。在肖天的眼里,周晓萌气质优雅,很有女人味。两人有说不完的话,一杯咖啡竟然喝了两个小时。在肖天的眼神中,周晓萌感到烈火灼心。

在两个小时的闲聊中,周晓萌告诉肖天,从美国回到上海,自己的房地产金融事业发展迅速,正准备切入房地产的销售产业链中,这是周晓萌一直想弥补的遗憾。当时,周晓萌的老东家堂石房地产是盘古在上海区域最大的销售代理合作伙伴,堂石房地产一年的销售额超过200亿。堂石房地产的股东是兄弟俩,周晓萌得到一个信息,兄弟俩起了内讧,想将控股权转让。

第一次跟周晓萌见面,肖天想到自己跟周晓萌是校友关系,她若能够控股盘古的合作伙伴,将来在业务谈判上会更为顺畅,自然支持周晓萌将堂石房地产收购。经历了8个月,周晓萌最终收购了堂石房地产,这8个月期间,周晓萌不断请肖天为自己参谋,两人一来二去,暗生情愫。收购成功后,周晓萌到盘古上海区域总部拜见肖天,肖天亲自到办公区外将其接进自己的办公室。那天晚上两人喝酒庆祝,肖天醉宿周晓萌的别墅里。

那一夜之后,周晓萌总觉得身后有一双眼睛在盯着自己,就再也没有在公开场合跟肖天见过面，只是远东证券乌龙指当天晚上，黄埔银行行长被抓，肖天在上海向供应商、经销商们求助，周晓萌以堂石房地产实际控制人的身份出面给远东证券拆借资金，帮助肖天赢得乔志远的肯定。

引入白衣骑士是肖天争夺接班人路上的又一次挑战，肖天一度充满希望，在跟陶光明南下南海市之前，肖天在周晓萌的别墅里彻夜畅谈他的理想，未来要将盘古和东方集团进行融合，打造成一个童话一样的都市新社区。周晓萌还跟肖天开玩笑，到时候在肖天的社区里摆摊儿卖大米。

尽管眼前的肖天嘴角挤出了微笑，可女人的敏感让周晓萌意识到南下情况不妙。周晓萌端着茶轻轻地呷了一小口，静静地望着肖天。肖天深深地吸了一口气，周晓萌身上淡淡的香味跟碧螺春的茶香混合在空气中，令肖天陶醉其中。肖天长舒一口气，很遗憾地说：“陶光明已经到了海关，却突然接到电话，黄国胜取消见面飞往美国，谁在捣鬼呢？”

周晓萌一直在关注跟肖天有关的新闻，问：“难道是因为滚石银行的暗仓？”

滚石银行暗仓已经闹得满城风雨。"暗仓现在已经变成了盘古和远大集团的丑闻了，记者们都在挖盘古团队的秘密。"肖天呵呵一声冷笑，目不转睛地看着温柔的周晓萌说，"现在舆论赞扬已经落马的王锋在关键时刻对盘古秘密出手相助，谴责黄国胜在盘古遭遇野蛮人时无动于衷，甚至质疑黄国胜背后有鬼，黄国胜现在迁怒于我们，我的白衣骑士没希望了。"

周晓萌跟滚石银行交往颇多，深知滚石银行在欧洲是典型的保守派银行，如果他们当初愉快地跟房利美进行了交易，周晓萌现在恐怕还在华尔街给人打工，为了牛奶和面包没日没夜地加班到天明。听肖天这么一说，她很是不解，说："滚石银行已有几百年历史，他们最在意的就是自己的信誉，他们将保守客户秘密视为最高准则，怎么可能让记者挖到他们的秘密协议呢？盘古H股发行造假这样的秘密，为什么偏偏是你们到南海市期间被曝了出来？"

在飞回上海的飞机上，肖天就一直在琢磨，远大集团的暗仓是谁曝出来的呢？黄天沙如果要曝早就曝了，黄国胜岂会自找麻烦。肖天摇摇头说："这就是一个局，陶光明亲自到盘古总部，足以看出他非常看重这一次重组。我们还

第十六章

除异己

没有到南海市，黄天沙的暗仓交易就被曝光，有人要借着黄天沙的移花接木让记者挖暗仓，顺势挖出远大集团的暗仓秘密。"肖天呷了一口碧螺春，脸上有一丝不快，说："能够掌握滚石银行双方暗仓秘密的，肯定不是黄天沙也不是黄国胜，有人想阻止东方集团成为盘古的白衣骑士。"

周晓萌很不确定地问："难道是你们内部人员干的？"

周晓萌深情地望着肖天，肖天的忧虑已经写在脸上。而远在千里之外的南海市，邵南子坐在电脑前冥思苦想，杨子欣再次提出要追踪周晓萌的信息，邵南子焦头烂额，周晓萌是谁？邵南子将杨子欣提供的周晓萌的信息录入天眼反潜系统，就在周晓萌凝望肖天的那一刻，邵南子的天眼反潜系统已经开始追踪周晓萌的数据，周晓萌跟肖天的谈话非常清晰地从系统中呈现出来。

肖天咬了咬牙，说："搅黄东方集团成为盘古白衣骑士的计划绝非偶然，乔志远游学回来推行的轮值 CEO 制度已经让盘古出现分裂，老乔骨子里是不想放权的。黄天沙的闯入加速了盘古内部的分裂，王刚在辞职之前曾反复告诫我，天眼反潜系统是汪弘毅在盘古的锦衣卫，将所有人纳入自己的掌控之下。"肖天将紧紧捏住的杯子放到茶桌上，嘴角挤出一丝怪异的微笑，狠狠地说："包括乔志远！"

周晓萌抿了抿嘴问："乔志远不想放权，还由着汪弘毅折腾？"

面对黄天沙的出现，乔志远从容自在，他坚信围棋中"以正合其势，以权制其敌"的策略同样能够安内攘外。肖天现在对追随多年的乔志远有点失望，说："老乔搞赛马，除了遴选接班人，更是通过竞争进行权力内部的相互钳制，轮值 CEO 会悬空竞争者的权力，保护老乔他自己的权力。他这几年之所以能从容流连于商学院，就是因为他将董事会的控制权一直抓在自己手上。乔志远乐于看到潜在的接班人之间的你死我活，那样他自己的权力才更加稳固。"

跟肖天重逢之后，周晓萌开始关心盘古的新闻，现在对盘古的事情如数家珍。周晓萌明显感到盘古管理层在黄天沙的进击之下，一直处于防御态势。周晓萌举起茶杯，冲着肖天微微一笑，说："你们理想中的盘古是一个人间天堂，野蛮人终将会被赶走，相信你的才华一定会为盘古的基业长青做出贡献。无论未来怎么样，我相信你都是最优秀的。"

底牌（下）

古槐千秋，佳人有情。肖天抓住周晓萌的左手，深情地望着眼前这个与自己走散了将近20年的女人，岁月没有夺走她的容颜，却成就了她的精彩。肖天动情地说："人一辈子很多东西都会随着时间流走，只有记忆不会。晓萌，在我人生最失意的时候，你是上天送给我最好的礼物。"周晓萌右手轻轻地抚摸着肖天的面颊，像要抚去他脸上的憔悴。

飞鸟落在古槐上，夕阳的余晖打在周晓萌的脸上，温暖在肖天的心里。望着余晖逐渐消散，肖天突然长叹一口气："黄天沙跟黄国胜是不是盟友不知道，但黄国胜跟乔志远已经成了仇人，白衣骑士要过黄国胜这一关，董事会上的较量才刚刚开始。现在东方集团被拦在门外，只要粤海集团一天没有成为盘古的白衣骑士，我就没有理由不寻找志同道合的白衣骑士。"

书房里，乔志远在跟围棋程序鏖战。桂玉梅站在一旁观战，乔志远看上去镇静自若，可围棋程序的黑子明显占上风，吃掉了乔志远的一大片棋子。桂玉梅给乔志远冲泡了一杯碧潭飘雪，乔志远接过茶杯呷了一口，递给桂玉梅，口里自言自语："我现在是不是老了，怎么下不赢电脑程序呢？"桂玉梅以为是自己围观让乔志远压力大，很温柔地说："你下棋，我去翻翻书。"

乔志远看着棋盘，眼皮子都没有抬一下，只是简单地说了一个"哦"字。

书架上摆放着很多社科、历史、哲学类的书籍。桂玉梅发现没有一本房地产、金融类的书籍，很是好奇，想问问乔志远，可乔志远的注意力全在围棋上。桂玉梅被眼前的一块石头吸引，仔细一看是两只乌龟模样的化石，不自主地伸手在乌龟化石身上摸了摸。乌龟化石就那么孤零零地摆在那里，没有任何的文字介绍，桂玉梅仔细一看，两只乌龟一雄一雌正在交配。桂玉梅顿时目瞪口呆，自言自语道："难道他们死前正在贪欢？"

乔志远被桂玉梅的自言自语打乱了思路，围棋程序黑子投下，乔志远的白子只有缴械认输。乔志远站起来，走到桂玉梅身边，轻轻地搂住桂玉梅的腰，贴在耳朵上小声说："绝命的爱是可以永生的。"桂玉梅扭头看着乔志远深情的眼眸，问："绝命的爱？"乔志远微笑着说："4700万年前，梅塞尔火山口湖，有一对雌雄乌龟在表层水中欢快地游泳、相爱，最后交配，交配的时候咽下了

第十六章
除异己

有毒的表层水，两只乌龟拥在一起沉到湖水更深处死亡，突然的火山爆发让他们沉寂在地下深处，历经千万年变成了不朽的化石，永不分离。"

桂玉梅眼角挂着泪珠儿，说："用命去爱，谁忍分离？"

乔志远拥抱桂玉梅的双手用了用力，正欲吻上桂玉梅的唇，突然电话"滴滴"响个不停。桂玉梅拢了拢飘逸的长发，看乔志远没有要接听电话的意思，将食指轻轻地按在乔志远的唇上，像哄孩子一样说："赶紧接电话吧，乖。"乔志远微笑着，深深地嗅了嗅桂玉梅身上的香水味，一脸的陶醉。桂玉梅呵呵一笑："现在全天下的人都说我是你的红颜祸水，你还真要让我变成祸水？"乔志远撇着嘴，很是不屑地说："那些人懂个啥，知心的是红颜知己，贪欲的才是红颜祸水。"桂玉梅娇嗔地说："现在我一出现，天下的人都骂你，你说我是知己呢，还是祸水？"乔志远一翻白眼，说："你不是知己，也不是祸水。"桂玉梅微笑着说："那我是什么？赶紧接电话吧。"

接起汪弘毅的电话，乔志远脸色大变。

挂断电话，乔志远冲桂玉梅说："你是我的一切。"

南海市越来越热，道路两旁的树上知了不停地鸣叫。每一次桂玉梅到南海，乔志远都有一堆事，难以长时间陪伴她。一路上，乔志远不停地看表，赶到公司时，汪弘毅已经在会议室等候。乔志远还没有坐下，就急切地问："确定肖天跟周晓萌有问题？"汪弘毅将资料递给乔志远，乔志远粗略地翻了翻，啪的一下扔到会议桌上，满脸愠怒，说："这个肖天，简直是昏头了！"

汪弘毅很平静地说："两人之前是清华大学的校友，他们在一次校园活动中相识，那个时候周晓萌有男朋友，后来周晓萌追着男朋友出国，发现男朋友已经跟他人结婚，就进入美国最大的房地产金融企业房利美工作。周晓萌回国后开始创业，在一次房地产公开活动中，跟肖天重逢。后来，周晓萌收购了盘古上海区域最大的销售代理商堂石房地产公司，远东证券乌龙指时，周晓萌出面拆借了一笔资金，现在两人的关系很特殊。"

乔志远一拍桌子，说："他老婆对他很好啊，怎么会这样？"

汪弘毅指着资料说："老房子着火都很旺，有客户看见，电话打到总部了。"

乔志远面无表情,冷冷地看着话里有话的汪弘毅,想起了桂玉梅自杀逼宫的新闻。汪弘毅极力克制着自己的尴尬,乔志远很严肃地问:"肖天跟这个周晓萌有没有利益输送?维护盘古核心利益是管理层的使命,任何人都不得越雷池半步。"黄国胜突然拒绝见陶光明,令肖天的白衣骑士计划夭折,乔志远没有给肖天打电话安慰,内心原本一直很歉疚。他接着问:"有没有查实的证据?下一个星期就是你轮值CEO了,你打算怎么办?"

怎么办?汪弘毅深悉乔志远的内心,在轮值CEO制度结束之前,乔志远需要肖天来平衡管理层,进而保护自己对管理层的控制权。汪弘毅很冷静地说:"现在盘古需要的是同舟共济,作为管理层的三名董事之一,肖天对公司能否成功引入白衣骑士至关重要。"

乔志远脱口而出:"是肖天董事会那一票吧?"

董事会的投票是白衣骑士进入盘古的第一步,管理层肖天、乔志远和汪弘毅自己的三票,一票都不能有闪失,否则跟道琼斯资本的交易将得不偿失。东方集团高管遭遇黄国胜爽约之后,汪弘毅有一个新的担忧。汪弘毅盯着乔志远说:"管理层现在一旦出现反对票,那么跟野蛮人的对抗中,盘古管理团队将彻底失败。"

乔志远一拍桌子,满脸的不屑,看着汪弘毅镇静的表情,愤愤地说:"盘古真正的敌人不是黄天沙,是我们自己。商场跟棋局一样,为术为谋、杀伐决断,真正难以逾越的是自己,自己就算是前进一小步,到达的也是人生的新高度。我们几十年一小步一小步地向前走,就是不想今天的盘古重走昨天的路,要打破曾经的生存规则,创造一个理想的、机会均等的、自由的环境。"

在盘古,乔志远是万人敬仰的创始人,从零起步将盘古做成了中国最大的房地产公司。无论在房地产界,还是中国商界,乔志远都是中国企业家的领袖人物,他如同一个牧师,在努力地营造可以给任何一个盘古同事公正待遇的企业生态环境,最终将这种环境向全社会推开,让更多的社会公众能够有尊严地分享商业文明的红利。

引入白衣骑士最大的机会已经落到自己手上,有大格局、大胸怀才能赢得乔志远的认可。汪弘毅点点头,非常自信地说:"保证团队健康,维护所有人均等的机会是我们坚守的底线。我们推行轮岗制度,就是要打破内部的权力板结,消除机会垄断,给所有进入盘古的人以公正的评价。"

王刚的辞职一直令乔志远很搓火,一旦舆论将王刚的辞职同白衣骑士东方集团进驻失败联系起来,势必会影响另一个潜在白衣骑士——粤海集团的信心。汪弘毅马上就要接替肖天出任轮值 CEO,一旦汪弘毅继续以轮岗的名义清除肖天的势力,那么管理层的分裂将人尽皆知。乔志远意味深长地说:"现在是盘古的敏感时期,高管的流动容易让社会公众乱猜测,团队是盘古最大的财富,我们只有捍卫盘古的核心利益,才能赢得更多的支持力量。"

汪弘毅听出了乔志远的弦外之音,乔志远担心自己轮值 CEO 期间清除最大的竞争对手肖天。汪弘毅按了一下会议桌上的按钮,吩咐邵南子将追踪到的资料送到会议室。吩咐完毕,汪弘毅将厚厚的一沓材料递给乔志远,汇报说:"我们的调查团队对东方广场进行调查,发现他们的管理团队效率低下,道琼斯资本接手后,还是沿袭了远大集团时的各项制度,公司派系内耗严重,导致管理成本居高不下,财务看上去规范,可能只是给外资股东看的。"

乔志远一愣,问:"难道他们做假账?"

"不好说。"汪弘毅现在没有确凿的证据,只是猜测,"可能有第二套账本。"

东方广场的交易一旦出现差池,将难以取得道琼斯资本大中华区首席执行官刘一飞在盘古董事会上的那一票。乔志远内心推演了数次,盘古跟远大地产合并真正失败的时候,就给黄天沙喂下一颗毒丸,同时也会把黄国胜推到盘古管理层的对立面。白衣骑士闯关董事会,刘一飞的一票决定生死。乔志远咬着牙说:"无论多烂,就是在交易谈判上磨洋工也要拖到白衣骑士计划董事会投票那一天。"

汪弘毅两手一摊,很是无奈地摇摇头:"战略投资部的同事一直在跟道琼斯资本谈判,希望能够进行二次尽职调查,东方广场的管理层很不乐意。"乔志远右手食指轻轻地敲着桌子,说:"给刘一飞打电话,让他出面协调。"汪弘毅再次摇了摇头,说:"给刘一飞打电话了,他说他相信道琼斯投资集团的企业高管,承诺东方广场没有第二套账本,一旦因此出现隐形债务,道琼斯资本将承担连带责任。"汪弘毅顿了顿,继续说:"刘一飞承诺会在董事会上投关键一票。"

乔志远咬着牙，正要说话，邵南子送来一份资料。

邵南子附在汪弘毅的耳朵边，小声说："上海有情况。"

乔志远见不得咬耳根子，一拍桌子，怒斥邵南子："有什么事不能公开说？"

汪弘毅朝邵南子示意。邵南子上牙咬了一下下嘴唇，说："肖天可能要离职。"

"肖天要辞职？"乔志远很惊讶地问，"你哪来的消息？"

邵南子按了一下会议室的可视化系统，将天眼系统的资料调出来，说："刘世雄给肖天打电话了,希望肖天能够加盟他的创业公司,出任联合创始人、CEO。"邵南子指着LED显示屏上的电话解释说，"现在公司的电话都会自动进入天眼系统，刘世雄在电话中说他已经获得了5亿元的第一笔投资，第二笔投资已经敲定。"

乔志远很诧异地问："谁投的？"

邵南子看着汪弘毅没有立即回答，乔志远又拍了桌子，茶杯里茶水飞溅。乔志远瞪着邵南子问："黄天沙？"邵南子摇了摇头，说："苍梧地产。"汪弘毅一愣，苍梧地产是盘古数年的竞争对手。乔志远沉默了两秒，很不屑地问："肖天答应了？"会议室的空气犹如凝固一般，这是邵南子第一次如此近距离地接触乔志远，乔志远的脸色令邵南子不寒而栗，很紧张地说："电话里没答应，好像正在处理一件比较棘手的事。"

唐国强站在远大花园会所门口，怎么看怎么别扭。

旁边的杨东明看出了唐国强的心思，说："黄天沙真是一个心急的人。"

"哼！"唐国强鼻子里的一声响犹如惊雷。唐国强有一个习惯，在远大地产可谓人尽皆知，每次唐国强鼻孔里出长气，要么是有高层要滚蛋了，要么是有竞争对手要吃苦头了。远大地产跟龙腾地产签署收购龙湖远大花园项目框架协议后，黄天沙第一时间下令将会所门口的石狮子搬走了，安放在龙湖小区门口。唐国强侧身看着杨东明说："还没有正式交割，他就把石狮子拉去小区镇邪？你们跟他们的人谈的时候将价格抬上去了吗？"

第十六章

除异己

杨东明正要给唐国强汇报这个事儿，说："龙腾地产的总裁周思敏二话没说，就答应给整个项目增加5亿，条件是要分期付款。"唐国强皱着眉头，冷冷地问："啥时候还清？"杨东明想都没想，说："一年半。"

唐国强左嘴角一咧，说："黄天沙的算盘真是打得精啊。"

两人进入会所茶室，杨东明拿出跟周思敏团队的谈判记录，递给唐国强，说："我们提出整个项目加价10亿，没想到区政府站出来说，龙湖片区的学区房只是一个规划，没有具体的时间表，在阴宅传闻的阴影中，整个片区的房价不但没涨，二手房甚至有降价出售的，龙腾地产坚持只提价5亿。"谈判笔记下有一份项目资金压力测试，杨东明指着这份资料说："如果我们的资金在8个月内不能回笼，会影响到南海市西方广场项目的推进。"

西方广场位于南海市核心商业区。远大集团早年在修建东方广场期间，半夜工地上出现一具尸体，警察将其工地查封，对整个建筑工地的人进行排查，整个东方广场项目还没有开张，就落下一个阴气重的不好名声，招商一直进展得不顺利，没想到道琼斯投资接盘之后，整个东方广场成了南海市的商业地标。坐看他人起高楼，宴宾客，远大集团再度让远大地产出面，在东方广场对面拿下一块地，修建西方广场。龙湖项目为西方广场提供资金，还差30亿，一旦龙湖资金链出现问题，西方广场弄不好会重蹈东方广场的覆辙。

唐国强咬咬牙，说："西方广场是远大集团的面子，必须全力以赴！"

杨东明点点头，突然想起一件事，说："盘古内部搞了个天眼反潜系统。"

"干什么用的？"唐国强端起茶杯，品了一口。杨东明很神秘地说："听说汪弘毅的手机在办公室丢了三次，怀疑有内鬼，就搞了一套天眼系统，任何人进入盘古必须进行人脸识别，这个系统还能通过大数据追踪危及盘古核心利益的信息。"

唐国强很不屑地说："两家正在谈合并，是不是我们也会被天眼系统追踪？"

"听说汪弘毅挖了一个麻省理工学院毕业的奇才，他开发的天眼系统无孔不入。"杨东明非常肯定地说，"不仅盘古内部员工，凡是跟盘古有合作，或者正在谈的潜在合作伙伴，都会纳入天眼系统。"

唐国强一拍桌子，说："怪不得乔志远他们搞出那么匪夷所思的合并方案，我们在他们的天眼系统中就是透明人，我们的底牌可能他们全都知道。"唐国强鼓着大眼睛，圆圆的脸上乌云密布，很无奈地两手一摊，说："他们压根儿就没想着要跟我们对等地谈合作，只是把我们当成他们跟黄天沙对抗的筹码。就没有见过这么无耻的人，跟人谈恋爱，又不跟人结婚，还要在人家姑娘家里安装个摄像头，掌控姑娘的所有信息。"

杨东明很是不满地说："那我们就先下手为强，不给他们利用我们的机会。"

唐国强从文件包里拿出一张纸，上面密密麻麻地按着手印，杨东明一看没有反应过来。唐国强指着这张纸说："盘古在上海的浦江花园项目曾经是上海的楼王，当初盘古跟我们竞争，你来我往地举牌二三十次，才将项目地块收入囊中。现在这个项目出大问题了，这是小区居民的血书，一旦血书出现在报纸上，盘古就有人要倒霉了。"

上海浦江花园，雨过天晴，走在小区里犹如进了蒸笼，热气滚滚而来。

陆陆续续有业主涌向售后服务部，服务部大厅里沸沸扬扬，售后服务小姐不厌其烦地跟业主解释，承诺一定会给业主们一个交代。大家群情激动，有一个业主上去一把揪住服务部经理的衣领："你们卖房的时候说是科技地产，交房的时候满屋子漏水，墙面都长毛了，这是哪门子科技？如果不给弄好，小心我告你们！"

肖天不断地催促司机开快一点。杨子欣坐在副驾上，现场的电话一直不断，她侧身跟坐在右后座的肖天说："越来越多的业主涌向售后服务部，3名售后服务人员被业主团团围住，其中两人的手机已经被拿走，业主们的谴责谩骂之声不绝于耳。有一个业主情绪很激动，几次揪住售后经理的衣领。"

肖天看了看表，说："让物业抽调10个保安去现场，不够的话从其他项目抽调！"

现场吵吵嚷嚷，售后服务部不断有求援电话打给杨子欣："让肖总快点，人越来越多，他们都很激动，根本就不听我们解释。"杨子欣挂断打电话，刚要给上海分公司打电话，突然一个电话打进来，说了两句就挂断了。杨子欣回

第十六章

除异己

头说:"肖总,刚才的电话是董事会秘书王欣打来的,问浦江花园售后部发生了什么情况。"

肖天一听,反问:"我还没到现场,总部怎么就知道了?"

杨子欣说:"是天眼,有办公系统的地方都逃不过那双眼睛。"

肖天想起王刚的那句话,天眼系统不给任何人留隐私机会,犹如在整个盘古安置了一堵安全防卫墙,一只苍蝇进入盘古都会在天眼系统里留下身影。肖天咬着牙,现在的盘古真的都在汪弘毅一个人的掌控之中,他足不出户,就可以第一时间掌握整个公司的一举一动,哪怕是盘古肌体上的毛细血管,在汪弘毅的眼里都是透明的。

车已经进入浦江花园距售后服务部两百米远的地方,肖天示意司机停下来,远远就看到越聚越多的业主涌向售后服务部,人群已经挤到台阶之下,声讨之声不绝于耳。有人提出退房,旁边一个大嗓门说:"你傻啊,盘古现在巴不得你退房,这个地界儿其他小区的楼盘均价都涨了3000了,哪能退房给他们,得让他们赔。"

另外一名业主也附和着大声说:"野蛮人正在跟盘古他们搞事儿,现在我们不找盘古赔,过一阵子换个老板,都没地方找人了,如果盘古现在的高管不赔,我们就天天来闹,让他们的日子也难过。"

肖天心里暗暗叫苦,自己调任上海区域首席执行官时,浦江花园项目已经全面启动,作为盘古在上海试点的科技地产明星项目,供应商、合作方在自己到上海之前全部都定下来了,现在项目都交房了,才出现质量问题。浦江花园项目团队在两个月前汇报说质量问题正在协商解决,怎么两个月后反而越闹越大?肖天现在心烦意乱,白衣骑士已经没戏了,再冒出个工程质量问题,这岂不是将自己送到汪弘毅的砧板上吗?

突然有眼尖的业主指着肖天的车,扯着嗓子喊:"停在那边的车是盘古高管的,拦住他,别让他跑了。"顿时黑压压一片涌向车前,杨子欣示意司机赶紧倒车,肖天咳嗽了一下,司机没敢动。车子走很快被业主们包围。肖天打开车门一步跨出去,杨子欣在车上还没有来得及下来,就被一个五大三粗的家伙一把从车里揪下去了。

业主们的情绪越来越激动。肖天一直保持镇静,挤出人群,站在台阶上,大声对业主们说:"各位业主,我是盘古轮值CEO、上海区域首席执行官肖天,业主就是我们盘古的上帝,我们的衣食父母。"肖天的话还没说完,就被一个东北口音的业主打断了,质问:"业主是上帝,上帝住的是天堂,你们给上帝的是什么?地板发霉、墙面开裂、屋顶漏水的房子?业主是衣食父母,有你们这样对待爹妈的吗?我们拿钱买破烂?"

围着肖天的人越来越多,肖天被东北口音业主给噎住了,面对业主们挤都挤不出一丝笑容,在盘古的历史上,从未出现过如此糟糕的质量事故。肖天真诚地说:"浦江花园出现地板发霉、墙面装修开裂、屋顶渗水的问题,我们也很痛心,我们的心情跟你们一样难过。我们在调查清楚后,一定会第一时间进行维护,我在这里跟大家承诺,你们买了盘古的房子,大家的权益一定会得到保障,我们一定会负责到底。"

人群中一个大胖子大声问:"你怎么负责?"

有人将一沓打印的资料扔给肖天高声说:"你自己看看。"

肖天弯腰捡起飘飘洒洒掉到地上的资料,彩色打印纸上密密麻麻按着手印,新闻报道下面是业主们的联名控诉信。肖天脑子里轰地一下,项目经理一直汇报说在解决,怎么新闻记者都拿到了业主们集体按手印的控诉信?这背后肯定有人捣鬼。肖天在心底不断告诫自己冷静下来,现在第一要务就是要处理好眼前情绪激动的业主们的诉求。肖天很有诚意地说:"不合格的地板重新更换,开裂的墙面重新装修,我们一定交付给大家一个质量合格的精装修房子,大家给我一点时间,我用个人的信用和我们盘古几十年的品牌向大家保证。"

胖子冲着业主们扫了一眼,又瞪着肖天大声说:"你可拉倒吧,你们那一帮人明天在哪还不知道,你看你们现在整天被野蛮人给弄得毫无还手之力,哪儿还有心思修房子,说不定哪天你们就被野蛮人给踢出去了,你们还拿什么信誉、品牌来保证?"胖子突然冲着肖天一行人大手一挥,说:"我们老百姓不懂你们那些大道理,只知道一手交钱一手交货,既然你们收了钱,总不能给我们烂货吧?"

业主们开始集体附和,高声喊:"不要烂货!"

第十六章

除异己

群情激愤，杨子欣之前从未见过如此局面，听到业主们突然的、整齐划一的抗议，整个人一激灵。肖天双手冲着业主们示意冷静，解释道："现在野蛮人要争夺我们盘古控制权是事实，这也说明他们看好盘古，对于每一个盘古的客户，无论是谁管理盘古，盘古都会负责，客户利益至上的原则是盘古几十年的追求。"

杨子欣将电话递给肖天，肖天一看是汪弘毅的，接起来说："汪总，我正在处理浦江花园的问题，晚点回复你。"

轮值CEO还有一个星期就要交接到汪弘毅手上，按照乔志远定下的规矩，在轮值CEO交接的前一个星期，下一任轮值CEO要提前介入事关公司大局的问题，以便顺利交接。汪弘毅在电话里听到业主们的吼声，很是关切地问："现在场面能不能控制？实在不行就从其他楼盘调动一批安保人员去现场维持秩序，一定要快速安抚业主，千万别酿成事故。"

肖天在抵达浦江花园小区的路上，已经给上海分公司总经理打电话，上海分公司销售部、售后部以及安保部门快速赶往现场，上海分公司总经理已经调集了工程部、质检部，迅速跟第三方供应商等进行联系，并邀请第三方检测机构进场。肖天抵达小区时，第三方检测机构已经派出人员赶赴小区。

很快，盘古上海分公司各个部门人员迅速组成十个应急处理小组，三人一组，进入小区。安抚小组不少人都是从其他项目抽调过来的，他们都是在赶来的路上了解了基本情况。有一个小姑娘是从浦东一个楼盘上临时抽调过来的，对浦江花园的情况一无所知，刚才那个振臂一呼的大胖子逮住小姑娘就是一顿连珠炮地问："你说，啥时候给我们一个结果，这期间我们的损失怎么赔偿？你们检测和重新装修期间，我住哪儿？"

小姑娘被大胖子的连珠炮给吓住了，对大胖子说："我们先登记一下业主信息以及相关问题，再进行有针对性的解答。"大胖子口里骂骂咧咧："盘古这都是什么人，今天来的哪个不是因为你们的房子有问题？还针对性解答？你们卖房子的时候说是高科技地产，现在是不是想修修补补、糊弄糊弄就过去了？大家千万别相信他们的花言巧语，过了今天，还不知道去哪里找他们呢。"

业主们又开始骚动起来，有人质问："你们现在只是登记，但问题啥时候

底牌（下）

解决啊？"

肖天一看，胖子一煽惑，不及时安抚又要乱套，拿着扩音器说："大家放心，我们不会将问题一拖再拖，我们的工程部、质检部以及第三方的检测机构，正在来咱们小区的路上，就算加班加点，熬通宵，我们也会就房子存在的问题给大家一个说法。"

肖天到售后部的一个小办公室，拨通了汪弘毅的电话："汪总，抱歉抱歉，刚才一直在处理浦江花园的问题，现在应急小组安抚住了业主，工程、质检等部门都将陆续进入小区进行检测，项目曾经的第三方检测机构正在赶来的路上，为了客观公正，我们新请的第四方检测机构预计半个小时内到达小区。"

汪弘毅一手翻看着资料，一边问："初步掌握的问题有哪些？"

肖天还没有来得及去现场查看，说："业主集中反映地板、墙面漆发霉，墙面装修有裂痕。"

董事会秘书王欣递过一份资料，汪弘毅看了看，继续对肖天说："浦江花园是个精装修楼盘，装修都是第三方负责，马上通知他们到现场，我们的稽查部门马上对他们当初提供的装修物料清单进行复查，对他们的原料供应商进行追查。一定要追根溯源，看看这个合作的第三方有没有其他楼盘项目，如果有，立即叫停。"

天眼系统已经将浦江花园的所有数据进行可视化处理，还有一个星期才是肖天正式移交轮值CEO的时候，汪弘毅不想立即将天眼系统追查的材料摆出来，否则会让肖天难堪。下车之前，肖天已经查到为盘古装修的第三方装修公司，肖天非常肯定地说："第三方装修公司正在盘古外滩枫舍项目施工，刚才已经让子欣进行电话通知，让他们马上停工，外滩枫舍项目负责人正派工程部封存他们的施工现场和材料。"

乔志远将肖天纳入接班人序列考察，就是看中肖天雷厉风行的执行力。汪弘毅听完肖天的安排，心里暗想，如果肖天不是接班人的竞争者，自己跟肖天搭班子，盘古一定会迈向一个更高的台阶。汪弘毅意味深长地说："肖总，浦江花园项目问题已经处理了两个月，现在问题越闹越大，项目公司的人胆子太大，连你都敢蒙蔽，我们一定要将影响缩小到最小范围，客户是盘古最大的财

第十六章

除异己

富,这个时候不能让黄天沙他们抓住工程质量问题的把柄兴风作浪。"

汪弘毅的一番话,听上去是替肖天谴责项目公司的人胆大妄为,事实上是在提醒肖天,上海区域存在重大问题,甚至容易成为黄天沙对抗盘古管理层的把柄。白衣骑士东方集团折戟之后,肖天在盘古的影响力已经开始下降,交出轮值CEO职位后,肖天的地位将更加尴尬。肖天隐隐感到汪弘毅的愤怒,只是为了顺利交接隐忍着没有发作。肖天勉强应承着说:"我们一定快速处理好问题。"

第四方监测机构进入小区,业主们仍然闹哄哄一片。汪弘毅在电话里都能听到嘈杂之声,很正式地说:"你将上海的事处理一下,回总部开一个会议。"肖天心头一紧,刘世雄刚在电话里邀请自己一起创业,马上就爆发了浦江花园维权案,在轮值CEO交接的敏感期,汪弘毅让自己回南海总部是想干什么?窗外业主情绪激动,肖天很警惕地问:"很紧急吗?"汪弘毅很严肃地说:"事关我们盘古的未来。"

肖天撇着嘴,没有接汪弘毅的话茬儿,在心里嘀咕汪弘毅葫芦里卖的什么药。黄国胜没给东方集团见面的机会,剩下的就只有汪弘毅主导的粤海集团。粤海集团进入盘古的条件比东方集团还要苛刻,难道黄国胜会接受粤海集团的条件?更何况现在盘古跟远大地产的合并还没有最后摊牌,现在让我回总部,难道汪弘毅想在董事会上霸王硬上弓,让我看着他汪弘毅功成名就?肖天试探性地问:"现在跟粤海集团进展如何?"

汪弘毅毫不隐瞒地说:"南海市政府在积极推动粤海集团的重组,粤海集团在业绩对赌方面已经不再坚持写进合作的框架性协议中,只是在股权比例上坚持要达到20%,到时候远大集团将从第一大股东变成第三大股东。"汪弘毅皱了皱眉头,翻看了下手上的资料,再次意味深长地说:"我们的白衣骑士要想过黄国胜那一关很难,难不在黄国胜,最大的难关是我们自己,而现在我们只有一条路。"

龙腾集团总部,黄天沙站在玻璃窗前,望着琵琶岛远去的航船。

良久,黄天沙返回到电脑前,打开的网页是一个论坛专栏,文章写的是一个离奇的鬼故事，鬼每次索命之前，都会提前给索命对象出一道算术题，如果索命对象在规定的时间内答不出来，鬼就会直接索命，死者无一例外都是从高空坠楼，坠楼后尸体跟高楼墙角呈反三角形。

王曦若推门而入，正欲说话，黄天沙招呼王曦若说："王总，你看看这个算术题。"

黄天沙的反常令王曦若很诧异，她走到电脑跟前仔细一看，竟然是一个鬼故事专栏，看黄天沙相当认真的样子，很好奇地问："黄总，您看鬼故事？"黄天沙笑而不语，眼睛盯着鬼故事中的算术题，口中念念有词。王曦若觉得很不可思议，盘古毫无复牌的迹象，龙腾集团的资金躺在盘古股票中睡觉，每天都有几百万上千万的成本要支付，更难以预测的是乔志远他们炮制的利空会造成盘古复牌后的股价出现几个跌停。

王曦若按下了黄天沙桌子上的可视化系统按钮，说："黄总，您先看看这个。"

黄天沙面前立即出现了盘古股权结构图，王曦若指着第一大股东位置的龙腾集团说："黄国胜拒绝跟陶光明见面，盘古管理层跟远大集团已经剑拔弩张，现在盘古潜在的白衣骑士只剩下粤海集团，南海市政府已经三番五次召开内部会议，想把盘古这家世界500强企业由央企控股变成市属国企控股，成为南海市的一面旗帜。"

王曦若见黄天沙心不在焉，眼睛时不时盯着电脑上的鬼故事，忍不住问："黄总，如果我们未来的对手是粤海集团，我们还要继续增持盘古吗？"黄天沙突然眉宇舒展，答非所问地说："有神的地方就有鬼。"王曦若一愣，看黄天沙的面色，不像是发高烧说胡话，盯着黄天沙问："黄总，是不是哪里不舒服？"

黄天沙嘴角露出一丝微笑，说："刚才这个鬼故事让我豁然开朗，粤海集团想将盘古这面旗帜留在南海，没有肖天在董事会上的一票，恐怕也只能白日做梦。肖天现在虽然已经成了落势的凤凰，在接班人的竞争中失去了绝佳的机会，但是，肖天在董事会的一票，能决定汪弘毅的前程。"黄天沙哼哼地冷笑了几声，说："乔志远是盘古的神，盘古有神自然就有鬼，汪弘毅搞的天眼反潜系统将盘古所有的人置于他的监视之下,肖天的麻烦才刚刚开始。"

王曦若盯着黄天沙,问:"麻烦?"

"人在世上走,鬼在心中留。乔志远成就了盘古,现在却在毁灭一个优秀的团队。"黄天沙突然看上去很心痛,站起来走到窗前,说,"乔志远以考察接班人的名义,让汪弘毅、肖天相互钳制,自己稳坐董事长的位置,管理层之间的暗斗已经变成了明争。现在,肖天正被浦江花园的业主围在售后部,看上去只是一起质量事件,可盘古的工程、质检都一向非常专业,事情没有那么简单,这一次肖天在劫难逃。"

王曦若似乎明白了一些,说:"下个星期就是汪弘毅轮值CEO,偏偏这个时候闹出质量问题,浦江花园是盘古在上海区域推出的第一个高科技明星地产项目,浦江花园都能出现大问题,恐怕就真有人在捣鬼。"王曦若想起程春明,摇了摇头说:"如果出现腐败问题,汪弘毅就抓住了肖天的七寸,可逼迫肖天在董事会上投票赞成粤海集团进入盘古。

黄天沙呵呵冷笑,说:"汪弘毅是个狠角色,废掉竞争者,还要让其推自己上位。"

王曦若摇了摇头,盘古简直就是一个战场,各方招数频出。如果不是突然出现的汪弘毅私生子丑闻,黄天沙在滚石银行的仓位不会那么快曝光。就在肖天游说的白衣骑士南下谈判时,远大集团的暗仓曝光,令黄国胜成为众矢之的。现在肖天陷入项目麻烦之中,只能任汪弘毅摆布。王曦若很是感慨地说:"白衣骑士闯关董事会后,肖天就前途未卜了。"

黄天沙咬了咬牙槽,狠狠地说:"闯关?我还没有答应呢。"

王曦若滑动了眼前的可视化系统,说:"听说汪弘毅有一句话,'死亡是可以管理的,死亡是个概率问题,管理好概率就能管理死亡'。在没有进行董事会改选之前,乔志远、汪弘毅他们闯关成功的概率是很大的。"王曦若指着远大集团的三名董事和五名独立董事,继续分析说:"在盘古跟远大地产合并没有正式中断之前,远大集团的三票肯定是反对票,但只要争取到五名独立董事中一位的支持,汪弘毅的计划就能成功。"

黄天沙再次将可视化系统滑动了一下,调出股权结构图,指着龙腾集团的

底牌（下）

LOGO 说："现在我们的持股比例为 18%，如果粤海集团增发比例为 20% 不变，那么我们的股权比例将下降到 14.4%，如果我们将股权比例拉高到 25% 以上，粤海集团就算闯关董事会，他们也不会贸然进入盘古。国有企业审批流程复杂，想进一步增持超越我们，没有想象的那么容易。我们只要进一步增持，粤海集团想将盘古变成南海的旗帜就是白日做梦。"

王曦若脱口而出："如果增持 7%，至少还需要 100 亿现金。"

黄天沙坐回到沙发上，很自信地说："西北基金的 100 亿进展得怎么样？汪弘毅他们盘算复牌，将盘古股价砸到跌停板上，正好我们补仓撬板儿，把我们的筹码直接拉到 25% 以上。在粤海集团这个白衣骑士进入董事会表决之前，先给粤海集团提个醒，告诉他们进来也只能是陪着太子读书，他们要强闯董事会，搞得黄国胜老二的那把椅子都坐不成，那就是铁了心要与远大集团为敌。"

盘古停牌之后，王曦若已经做出了多套应对方案，只等黄天沙最终定夺。王曦若点点头说："君安保险的 15 亿资金已经跟远东证券签署了专项资产管理计划合作协议，我们独立成立了西北基金，西北基金发行一个专项基金，远东证券按照 5 倍杠杆，已经发行了一个 75 亿规模的小资管产品，君安保险通过珠江银行认购其中的 15 亿，潮汕基金认购其中的 50 亿，这部分资金认购西北基金的优先级专项基金份额，君安保险在远东证券的 15 亿专项资管计划认购劣后部分。"

黄天沙皱着眉头，当机立断："君安保险跟远东证券的 15 亿资管计划调一调，将北方银行的股权抵押给远东证券，抵押出 15 亿资金没问题。"王曦若一愣，说："15 亿的资管计划是要认购西北基金专项基金劣后部分的，这部分资金的安全垫很薄，爆仓线只有 15%。"黄天沙呵呵冷笑说："北方银行那部分股权是用盘古管理层资管持股计划抵押买入，我就是要将乔志远他们的命根子推到悬崖边，鱼死之前让乔志远他们的网先破。"

盘古总部，邵南子站在汪弘毅的办公桌前，将一张纸摆在汪弘毅面前。

汪弘毅看了看，皱着眉头问："这是黄天沙发的？这串数字是什么意思？"

邵南子摇了摇头说："这串数字是黄天沙在 30 分钟前发的，是数字密码，我们的天眼系统大数据已经通过摩斯、栅栏、恺撒、ADFGX、维吉尼亚、棋盘密码等破译方式进行破译,但无法破译出数字信息。"

汪弘毅抬起眼皮子,瞅了瞅一脸沉着的邵南子,再看着纸上莫名其妙的数字问:"你会破译 ADFGX 和棋盘密码?"

邵南子心里咯噔一下,汪弘毅的眼神跟话语中露出的不是惊讶,而是猜忌。邵南子很自信地说:"ADFGX 是第一次世界大战快结束的时候,德军上校 Fritz Nebel 发明的,是通过 Polybius 密码和转换密码双重加密;棋盘密码是最古老的密码,是利用波利比奥斯方阵进行加密。无论是 ADFGX,还是棋盘密码,都可以通过大数据进行破译。"邵南子看汪弘毅脸上毫无表情变化,顿了顿,说:"最让人担心的是,黄天沙将几种加密方式混用。"

汪弘毅冷冷地问:"他经常发这样的数字吗?"

邵南子非常肯定地说:"这是系统第一次追踪到。"

房间里突然没有声音,汪弘毅的手压在另一份资料上,两眼盯着邵南子,两人就那么四目相对。谁会是内鬼?汪弘毅的脑子里浮现出肖天的影子,如果真是他跟黄天沙勾结在一起,他在引入粤海集团的董事会表决中投下反对票,黄天沙站在他一边,自己接班盘古就悬了。汪弘毅将纸张拎起来,在邵南子眼前抖了抖,问:"我们不能破译这一串数字,是不是也就无法追查到这些数字是发给谁的?"

对视让邵南子如芒在背,这是他进入盘古以来,第一次跟汪弘毅如此尴尬地汇报工作。邵南子不断揣摩汪弘毅的心理,可对眼前这一串数字的破译实在无从下手,他说:"我们追踪了,目标是一个没有进行实名登记的手机号,应该是临时号,从他们发送信息的方式方法来看,对方应该是黄天沙安插在第三方的一个商业间谍,他们这一串数字到底代表什么意思,需要时间去分析。"

汪弘毅心里在嘀咕,怪不得每次极度机密的信息,黄天沙总能在第一时间获取。汪弘毅内心深处不希望这个人是肖天,他右手握成了拳头状,后槽牙紧紧地咬在一起,浦江花园的血手印就是终结肖天接班人的刀,现在这把刀的主动权掌握在汪弘毅手上,汪弘毅要用这把刀一石二鸟,在董事会上闯关远大集团,引入白衣骑士驱逐黄天沙。汪弘毅一脸严肃地对邵南子说:"黄天沙的信息不得告诉任何人,盯住这个陌生的手机号。"

龙腾集团黄天沙的办公室里,黄天沙咬着牙在沉思。

王曦若提醒说:"如果盘古停牌9个月,我们的资金成本会大幅提升。"

站在玻璃窗前的黄天沙突然转身,脸上冷冷一笑,很是不屑地说:"9个月才几个钱,乔志远他们已经黔驴技穷了。"黄天沙的嘴角微微抽搐了一下,咬着牙,继续说:"乔志远他们现在毫无还手之力,只能利用上市公司停牌重组的游戏规则来拖延时间,无非是打用时间换空间的算盘。东方集团没戏后,他想用更多的时间来寻找白衣骑士,也用更多的时间来提高我的资金成本,让我光着脚板走人,他那都是白日做梦。"

刚才黄天沙鱼死网破的一番话惊到了王曦若,黄天沙是个公鸡,乔志远他们越是针锋相对,黄天沙越有斗志。王曦若滑动了眼前的可视化系统屏幕,非常专业地给黄天沙汇报说:"无论盘古管理层采取什么策略对抗我们,我们还是要注意成本控制,这是我们融资、决策的重要依据。"王曦若指着数据表上的一串数字,不停地翻动,说:"我们采用CAPM模型,通过确定无风险利率、贝塔系数、期望收益率,最终测算出权益资本成本,如果停牌9个月,成本会提升4.5%。按照现在的规模,我们要多付出15亿。"

听完王曦若的这个测算数据,黄天沙的脸上浮现出狡黠的笑容,他说:"听上去是一笔不小的钱,这笔钱乔志远他们正在给我们赚。"王曦若一头雾水,问:"现在他们恨不得我们爆仓出局,怎么会为我们赚钱?"黄天沙微笑着说:"乔志远他们想方设法引入白衣骑士驱逐我们,增发的定价必须是停牌前20个交易日的均价,最多打九折,这个折扣能不能打,难说,若远大集团同意,那就是国有资产流失,那一关难过啊。"

王曦若追问:"如果不增发,而是收购其他股东的权益呢?"

"呵呵!"黄天沙脸上多了几分自信,说,"现在乔志远他们恐怕是想着制造利空消息来打压股价,那我们就通过西北基金继续拉高股价,他们敢冒天下之大不韪打压股价,就会站到人民的对立面,白衣骑士敢收购其他股东持有的筹码,那就让白衣骑士为我们停牌期间的资金成本垫背。"

黄天沙跷着二郎腿,一副胸有成竹的样子,精算师的职业经历让王曦若养

第十六章
除异己

成了快速而又精确测算的习惯，风险永远是精算测算的第一个科目。王曦若想了想，提醒黄天沙："目前测算的只是资金成本，加入整个运营成本，意味着西北基金增持盘古之后，股价涨幅至少需要达到15%以上，否则我们都是亏损。如果白衣骑士进不来，谁来为我们垫背？"

黄天沙撇着嘴说："我做生意从来就没有想过要亏钱，白衣骑士进不来，龙腾集团成为盘古的控股股东，我们有更多的操作空间，15%的股价涨幅将不在话下。"黄天沙滑动可视系统，指着盘古的董事会名单说，"汪弘毅为了接班盘古，一定会绕过远大集团，迎接白衣骑士入场，那么他一定会在董事会投票上做文章。远大集团的三位董事肯定都投反对票，乔志远他们只能争取独立董事全部站到他们一边，否则他们没有胜算。"

董事会上，谁的票能阻止乔志远他们闯关？

山鹰组一直在推演盘古董事会的投票。肖天在失去东方集团这个白衣骑士之后，上海明星项目又出问题，肖天不会在董事会上投反对票。远大集团现在真正的话语权就是董事会的三票，如果白衣骑士闯关成功，远大集团将彻底失去在董事会的话语权，他们会投下三票反对票。独立董事有五票，除了道琼斯资本的刘一飞，其他四人均为学者或者香港机构高管，跟盘古、远大集团毫无业务往来，乔志远他们很容易以盘古的发展来游说他们投赞成票，道琼斯资本跟远大集团有业务往来，刘一飞那一票将是盘古管理层和远大集团争夺的焦点。

王曦若指着刘一飞的名字说："道琼斯资本肯定希望跟远大集团这样的中国大型企业集团有长久的生意往来。"黄天沙摇了摇头，沉默了一下，脸色非常难看地说："刘一飞是个生意人，金钱是能让人去天堂之外任何一个地方的护照，汪弘毅他们会抓住这种把金钱当上帝的人，像恶魔一样去诱惑他。"黄天沙咬着牙，右手握成了拳头，狠狠地说："白衣骑士临危救急只是汪弘毅暗度陈仓，是该我的黑衣骑士出场了。"

第十七章
大地会

远大集团北京总部,玻璃窗外一个闪电将黑压压的乌云炸裂,轰隆隆的雷声接踵而至,大雨倾盆,砸在玻璃上啪啪作响。黄国胜的秘书站在会客室的门口,被窗外的闪电惊雷吓了一个激灵。乔志远坐在凳子上一动不动,汪弘毅看着乔志远一言不发,面无表情。

来远大集团总部之前,乔志远还有一盘围棋没有下完,一路上都在琢磨,围棋程序落下的黑子形成"倒脱靴",跟之前的"金鸡独立""老鼠偷油"环环相扣,乔志远右下边的一大片白子生死未卜,中央白子呈苟延残喘之势。车快到远大集团楼下时,乔志远望着错落有致的长安街,立即想到传说中的玲珑棋局,围棋程序步步为营,令乔志远前无退路,后无回旋余地,谁说人工智能没有灵魂?

坐在汪弘毅对面,任窗外电闪雷鸣,暴雨倾盆,乔志远的脑子里一直在琢磨玲珑棋局的拆解之法。棋盘上的一枚子,人世间的百出戏,对抗的是机器,挑战的是人心。如果一直被围棋程序牵着鼻子走,围在边缘垂死挣扎,就永远没有机会绝地反击,逐鹿中原。玲珑棋局跟现在的盘古如出一辙,黄天沙不断增持，抬高白衣骑士的门槛，黄国胜坐山观虎斗，令管理层深陷围城。舍子？弃势？乔志远反复掂量玲珑棋局，更是掂量盘古的未来。

窗外的电闪雷鸣声和暴雨的哗哗声掩盖了时钟的嘀嗒声，时间已经过去了一个半小时。刚才的秘书走进会客室，说黄国胜的电话已经打完了，请两位到办公室。黄国胜坐在班椅上，脸色看上去很难看，乔志远他们刚一落座，黄国胜就说："开始汇报吧。"

乔志远表情还是没有任何变化，汪弘毅一脸严肃，心里很是不屑，现在远大集团只是名义上的第二大股东，眼前这个黄国胜还将盘古管理层当成自己的下属那样吆五喝六。汪弘毅克制着自己内心的不满，很冷静地说："黄总，盘古跟远大地产合并重组已经停牌3个月，按照上市公司停牌重组规则，我们必须公布重组进展，对股票进行复牌。"

"延期会怎么样？"黄国胜语气中充满不屑，眼皮子都没抬，眼睛盯着手中的文件。

房间的空气中充满着尴尬，汪弘毅耐心地解释说："如果想延期，我们就得公布阶段性的重组进展，如果没有进展，我们不复牌的话，就存在虚假信息披露的风险，那样一来，盘古将会在融资等方面受到很多监管限制。"

融资限制正是黄国胜想要的结果，那样一来，白衣骑士只能远观兴叹。

黄国胜抬起头，盯着汪弘毅冷静的脸，问："合并到哪一步了？"

坐在旁边的乔志远嘴角不经意间露出一丝莫名的微笑，黄国胜斜着眼，盯着乔志远。汪弘毅接过话茬儿说："远东证券做出了一套方案，我们内部进行讨论后，将方案提交给远大地产，唐总他们一直没有回音，我给唐总打电话，也一直处于无人接听状态，董事会秘书及财务总监一直在跟他们的董秘和财务总监对接，没有实质性进展。"

唐国强早已将盘古提交的合并重组方案汇报给黄国胜，黄国胜当时刚从美国回来，时差没有倒好，心烦意乱，看了盘古的方案，当场就怒拍桌子。根据这个方案，乔志远他们将管理层持股计划的决策权更是掌握在自己手上，这是有意将唐国强他们推到合并的对立面。如果远大集团强迫唐国强进行合并，除了可能造成盘古未来管理层内乱，更会令黄国胜投鼠忌器，他无法确定唐国强

底牌（下）

背后的支持者到底是谁。

黄国胜阴沉着脸来了一句："那就修改合并方案！"

办公室陷入沉寂，乔志远坐在那里像一尊雕塑，汪弘毅侧身看了看乔志远，每次乔志远一言不发都代表他心里已经有了决定，今天来找黄国胜，乔志远压根儿就不是来探讨跟远大地产合并的问题。汪弘毅很委婉地说："唐总他们不跟我们正面商洽，黄天沙又在香港买入H股，如果我们再不站出来还击，恐怕黄天沙未来清洗的就不只是我们管理层。"

"嗯？"黄国胜眉宇一震，很不屑地说，"他还清洗谁？"

汪弘毅摊开一直压在手下的文件夹，递给黄国胜，说："他已经将北方银行的股权作了质押，意味着北方银行股价一旦有风吹草动，我们的盟友远东保险就不会贸然地站在我们管理层一边。他已经筹集了100亿资金，至少可以买入盘古7亿股，持股比例将超过25%。"汪弘毅顿了顿，说："如果黄天沙在香港再买入总股本的5%，他就可以对盘古进行要约收购，收尽所有股份进行私有化，到时候我们只能眼睁睁地看着黄天沙为所欲为。"

黄国胜看了看文件，问："你们还有什么策略？"

乔志远等的就是黄国胜的这句话，他抬起眼皮子，说："董事会表决白衣骑士！"

"白衣骑士"几个字一出口，黄国胜的额头就皱成一团，很是不屑地问："谁啊？"乔志远脸上的冷笑令黄国胜很不舒服，汪弘毅很不喜欢明知故问，为了缓和尴尬气氛，接过话茬儿说："现在跟东方集团的谈判已经终止了，潜在的第三方还有粤海集团，南海市政府已经多次召开会议，希望将粤海集团的地铁上盖物业资产注入盘古，如此一来，远大集团跟粤海集团强强联合捍卫盘古的国有控股地位，黄天沙就翻不起什么大浪来了。"

黄国胜追问："他们还是要持股20%？"

20%的持股比例一直是一个敏感问题，粤海集团拒绝股权比例低于龙腾集团，而20%的股权会让远大集团的持股比例进一步降低，如果连个二股东的位置都保不住，到时候远大集团在财务上就再也不能合并盘古的财务报表，只能按照持股权益进行财务处理，那样一来，整个远大集团无论资产规模，还是净利润，都将断崖式地下跌。远大集团董事长的位置有无数人惦记，有无数双眼睛盯着自己，黄国胜心里暗自叫苦。

在白衣骑士进入董事会表决之前，乔志远不想跟黄国胜撕破脸皮。汪弘毅耐心地解释："股东结构发生了变化，但是盘古对远大集团的贡献率不会下降，相反，随着粤海集团的进入，公司新业务拓展更宽广，业绩利润更好，对远大集团长期的贡献率会不断提升。"汪弘毅说话间，见黄国胜脸色铁青，话锋一转，宽慰他说："我们希望通过董事会表决来震慑黄天沙，董事会表决之后，多方可以进一步谈判。"

黄国胜从抽屉里拿出一份材料，啪的一声甩给乔志远，说："你们看看这个。"

乔志远翻了翻，咬了咬牙根，汪弘毅抓过去看着满纸的红手印，再翻了翻手印下面的材料，瞳孔不断放大，自己同样收到了这份材料，只是至今不知道是谁搞的。汪弘毅现在喜忧参半，材料中检举浦江花园存在腐败问题，这份材料足以彻底将肖天挤出接班人行列，只是没想到黄国胜掌握了同样的材料，一旦董事会上黄国胜用这份材料大做文章，肖天的那一票将横生变数。

黄国胜见乔志远坐在旁边一直没有说话，撇着嘴说："前有程春明损公肥私，现在肖天也一屁股问题，你们告诉我，股东的权益怎么保证？合并毫无进展，引入一个持股比例高于远大集团的第三方，你们告诉我远大集团权益不会受影响，等他们一进来，你告诉我财务报表我们怎么处理？是合并报表呢，还是计算权益呢？"黄国胜两手一摊，做出了一副摊牌的样子，说："你们这是引狼驱虎，驱的不是黄天沙，是我们远大集团，我们失去的将不只是财务报表上的数字，还有董事会的投票权，难道你们想让我在董事会上投票引狼吗？"

香港深水湾8号，一辆路虎绕山爬坡，在一座深宅大院前停下来。

车上下来一位中年男子，戴着墨镜，蓝色的衬衫贴着健硕的身板儿，腰间系着爱马仕皮带，很是扎眼。大门打开了，四个全副武装的安保人员站在大门两侧。男子左右扫了一圈儿，围墙上安装着实时监控装置，围墙外是悬崖，大院背后靠山，站在大院极目远眺，能看到深水湾的沙滩，湛蓝的海水将午后的

底牌（下）

阳光映射到半山腰，山坡犹如蓝色妖姬一样妩媚多姿。男子心中不禁暗暗感叹，这简直就是山环水抱、藏风聚气的宝地。

男子的随从被安保人员留在大门外，在安保人员的带领下，男子穿过一个天井小院子，进入大厅，穿过一条吊着宫灯的长廊，转了两个弯儿，在一尊关公像的旁边，安保人员按下了电梯，男子跟着进去，地下居然还有六层，电梯直达最底层。里面灯火通明，一位西装革履的人在电梯口等着男子，伸出手，说："马总，老爷子正在跟一帮朋友玩牌，随我来。"

男子叫马腾，是鸿基保险的实际控制人，曾经当过兵，退伍后在街道办工作过一阵子，后来不想过一杯茶、一张报的日子，便到南海市闯荡。跟随一个房地产老板干了几年后，他开始自己经营房地产。在最困难的时候，马腾的鸿基地产负债率高达200%。马腾想在香港H股上市以解债务压力，可没有机构认购，上市之路暂时搁浅。马腾在香港四处求助，最终在富商杨成清的介绍下，认识了香港九龙集团董事局主席郑嘉炳，人称炳叔。

炳叔年逾八十，在东南亚华人商圈具有一言九鼎的江湖地位，以长隆集团老板李政诚、恒宏集团李佳业为首的一批商业大佬都唯炳叔马首是瞻。炳叔有一个爱好，就是玩锄大地游戏，游戏中有顺、花、葫芦、铁只，跟内地的纸牌游戏"升级"很像。炳叔很少去公司的办公室上班，从来不参加集团的集体活动，九龙集团的中层都很难见炳叔一面。炳叔经常跟一帮富商在自家的大宅密室里玩锄大地游戏，有时甚至一玩就是一通宵。

炳叔的锄大地游戏玩了20年，九龙集团在这20年中规模翻了50倍，其间所有的经营决策都是在牌桌子上跟管理层敲定的，经常是炳叔一张牌甩出去，决定就定了。20年的锄大地游戏，慢慢地演变出一个以炳叔为首的香港商界秘密组织"大地会"。大地会有八位发起人，是香港八大财团的家族创始人。大地会规定，每一个进入大地会的成员需要现有成员全票通过，每个成员都拥有只能使用一次的"玲珑令"，若遇非常难事，只要发出"玲珑令"，八位发起人无论身处何地，均须亲自赶来出手相助。

杨成清把马腾介绍给炳叔时，大地会的成员只有17人。炳叔第一次在院子里见到马腾，只跟马腾说了几句话，就把马腾打发走了。马腾离开炳叔宅院

第十七章
大地会

后，一直在琢磨炳叔的那几句话，心想这老爷子真是一个怪人，怎么见面就问会不会打牌。马腾从东北一路南下，这些年整天都在想怎么赚钱，哪有心思去打牌。马腾私下问杨成清，杨成清才告知他炳叔唯一的爱好就是锄大地。

马腾没想到名震香港的炳叔竟然整天沉迷于锄大地。杨成清拍着马腾的肩膀，用一口浓重的香港普通话说："马总啊，什么是生意？生意就是一场游戏，游戏自然要跟懂游戏规则的人一起玩啦。打牌见人品的啦。"马腾倒是听过这个道理，试探着问："炳叔牌桌子上都有什么规矩？"杨成清看马腾是个聪明人，微微一笑提醒马腾说："马总，炳叔在牌桌上最不喜欢两类人，一类是不和牌就发脾气或随手甩牌的，还有一类就是总埋怨别人出错牌的人。"

马腾回到公司，一个人在办公室挑灯夜战学习锄大地。一边学牌技，一边琢磨杨成清的话，炳叔不喜欢性格急躁、怨天尤人的人，更不喜欢斤斤计较、小题大做，总是把责任推到别人身上的人。当初为了早日学会锄大地，马腾下了班还拉着公司的一帮高管陪着自己练。一个星期后，马腾的锄大地技术已经突飞猛进，再见到炳叔时，炳叔正在跟几个富商热火朝天地锄大地。杨成清正准备跟炳叔再介绍一下马腾，没想到炳叔直接朝马腾招手："小马过来，帮我打两把，我得去一下洗手间。"

在香港，马腾陪着炳叔玩儿了3个月锄大地，在牌桌上从不计较输赢，有时冒着放炮的危险也要出牌。炳叔跟杨成清私底下夸赞马腾有闯劲、敢想敢拼、随性洒脱、重感情、识大体。3个月后，炳叔的九龙集团出资3亿认购鸿基地产股份，跟炳叔一同认购的还有大地会的另外五位大佬。资本市场一看炳叔都出手了，纷纷认购鸿基地产，鸿基地产一时成为大热的股票，最后简直到了一票难求的地步，超额认购率达到3000%。鸿基地产上市敲钟时，炳叔跟大地会的成员悉数到场站台。

鸿基地产在H股上市成功后，大地会全票通过，马腾成为大地会的十八罗汉之一。这一次见炳叔之前，马腾控制的鸿基保险招募了一位投资总监毕飞雪，此人是中国第一猎头公司从远东证券资产管理部副总裁的位置上挖来的。毕飞雪一到鸿基保险就向马腾提议，通过发行一年期中短期万能险，将年化收益率拉高5%到7%，秒杀三年期以上最好收益率3.5%的长期产品以及银行、多金宝等产品。

毕飞雪的方案是快速抢占长期存续保险的市场份额，扩大鸿基保险的市场规模，通过资本市场的高频交易来赚取高额收益。毕飞雪的方案令马腾热血沸腾，自己做梦都想像银行那样日进斗金，保险公司简直就是印钞机，一份一年期的短期保险1000元就能认购，就算是农村的留守村妇都可以买。未来，鸿基保险的短期产品就能跟毛细血管一样，渗透到每一个有生命的地方去。

鸿基保险现在国内保险界、资本圈籍籍无名，马腾约了炳叔锄大地，打算向炳叔求教。进入炳叔最核心的地下六层会所，炳叔立即让马腾上桌。马腾一边打着牌，一边问炳叔："现在国内保险企业都几百家了，鸿基出生得太晚，现在无论是市场份额，还是好的资产，都被大型国企、外资以及早年进入的民营保险给抢占了，鸿基保险怎样才能成为保险界的一面旗帜？"

炳叔手气很好，已经连赢三把，眯着眼睛看着牌，听马腾说起保险，老爷子的九龙集团垄断了香港保险半壁江山，把欧美的老牌保险公司都打得满地找牙。一听打市场，炳叔淡淡地来了一句："小马，他们先进入市场又怎么样？只要市场是开放的，什么时候进入都是对的，市场是打出来的，位置是真刀真枪夺来的。"炳叔半眯着眼睛，看马腾丢下一张牌，一把甩出了手上的牌，说："赢了！小马啊，要想在江湖里混，就一个字，干！"

大地会全票通过马腾之时，炳叔的推荐语是"敢想敢干、率直大义"。炳叔的九龙保险一直想进入内地市场，可内地保险丛林中诸侯争雄，竞争残酷。炳叔隔岸观火，对内地保险业了如指掌，远东保险谢晓辉背景深厚，君安保险的黄天沙所向披靡。马腾若有所思地说："我们鸿基保险如果一步步去打市场，很容易被市场的老手们给直接做掉，鸿基保险要么一鸣惊人，要么平庸前行。"

炳叔很坚定地说："手持玲珑令的人，从来都是一鸣惊人。"

牌桌上依然风轻云淡，炳叔的雪茄是一支接着一支，他的一句话已经令马腾热血沸腾。马腾在炳叔出牌的那一刹那，头脑瞬间清醒，说："炳叔，现在不少在海外上市的公司都在私有化，想回到A股上市，包括国内的地产首富刘二麻子都想回去，鸿基地产回A股也是早晚的事，鸿基保险想一鸣惊人，只能四两拨千斤，但是又不能物伤其类。"

第十七章

大地会

炳叔看着手上的牌，淡淡地说："你买盘古股票不就OK了？"

路虎爬上半山腰时，鸿基保险投资总监毕飞雪给了马腾一份详细的执行方案，毕飞雪的提议跟炳叔一模一样。现在盘古股权之争路人皆知，除了黄天沙，还有远东保险、滚石银行，可谓是群雄逐鹿，鸿基保险只要买入盘古，全天下都会关注鸿基会站在谁的一边。可马腾有顾虑，在炳叔面前毫不隐瞒地说："我们投资总监也极力游说我买入盘古，鸿基保险这个时候直接买入，恐怕有人会说我马腾是趁火打劫。"

炳叔抽了一口雪茄，问："你那个投资总监叫什么？他有什么具体策略？"

坐在炳叔对面的是大地会年龄最大的彤叔，彤叔打牌的时候出牌最慢，别人出牌的时候，他还很容易打瞌睡。炳叔最喜欢马腾，出牌非常迅速，彤叔经常开玩笑说："小马，别那么急，给老年人一个喘息的机会。"马腾一开始以为彤叔只是牌桌上的一句戏言，慢慢地悟出彤叔话中的玄机。在生意场上，时间不等于效率，给人机会就是给自己机会，跟时间做朋友，时间一定会给予你更多的回报。

彤叔今天在牌桌上一句话都没说，炳叔说完，马腾侧身看了看彤叔，彤叔又在打瞌睡。马腾介绍说："鸿基保险的投资总监叫毕飞雪，曾经是远东证券的操盘手。毕飞雪的策略是先通过第三方账户在香港买入，在舆论关注后鸿基保险再慢慢地浮出水面，让市场形成一种印象，鸿基介入了。鸿基不一定能在盘古上赚钱，甚至会亏钱，但是鸿基的魄力会提升品牌价值，再通过交易策略，在其他股票上获利。"

炳叔点点头："你得到了一个难得的人才。"

说着，炳叔操起旁边的电话说："你马上到未厌堂来一趟。"

未厌堂是炳叔给大地会聚会密室取的别号，只有大地会成员以及炳叔最亲信之人才知道未厌堂的名号。锄大地是炳叔百玩不厌的游戏，在大地会成立时就将密室定为未厌堂，大地会的所有决策都在未厌堂敲定。马腾一听炳叔的电话，就知道炳叔要出手了。马腾没有插话，而是继续陪着炳叔锄大地，牌还没有玩两圈，一个年轻帅气的小伙子进来了，马腾定睛看了看，怎么这么面熟？

年轻人一眼就看见了抓着一手牌的马腾，两人目光交错的那一刹那，都有一种莫名的熟悉感。炳叔左手拿着牌，将嘴上叼着的雪茄夹在右手上，给马腾介绍来人："小马，这是玲珑资产的 CEO 欧阳剑波，之前没给你介绍，玲珑资产是我们大地会的家族财富管理公司，玲珑令的持有者都可以将家族财富委托给玲珑资产管理，凡是委托玲珑资产管理家族财富的，在非常时期除了获得大地会发起人的相助，还可以获得玲珑资产的资金救助。"

马腾在跟炳叔交往之前，非常清楚以炳叔为首的诸多香港富豪富可敌国，他们的产业遍及全球，没想到他们还有专人进行家族财富管理。马腾第一次听说大地会背后还有一个玲珑资产，暗暗吃惊。现在看着眼前这位欧阳剑波，马腾总觉得在哪里见过这人。对，远东证券乌龙指的主角儿，马腾终于见到这位将中国股市搅得天翻地覆的操盘者，他就是毕飞雪当时的上司欧阳剑波。马腾伸出手，跟欧阳剑波礼节性地握了握手："欧阳总好，我是鸿基集团马腾，以后还请多多关照。"

鸿基集团在房地产界有"飓风"的雅号，几乎一夜之间就挤进了中国地产前五强，大有追赶盘古之势。欧阳剑波一直听闻马腾的传奇，今天终于得见，两人手握在一起，有一种惺惺相惜之感。炳叔没等欧阳剑波说话，大手一挥："小马，欧阳是晚辈，以后还得你们多多关照他。看你神情，是不是很面熟？哈哈，远东证券乌龙指，还有印象吗？就是他，把中国股市给捅了一个窟窿。在一位老朋友的介绍下，欧阳经过了我们大地会八位发起人的考验，我们八个老家伙决定让欧阳掌管我们的家族财富。"

毕飞雪到鸿基保险的时候，向马腾详细地介绍过自己操盘乌龙指的经历，自然也介绍了她的上司欧阳剑波。乌龙指一案搅得整个股市震动，没想到炳叔能将其招致麾下。马腾脸上一直微笑着，可心里在嘀咕，炳叔的老朋友都在未厌堂见过，最核心的老朋友是大地会的八位发起人，核心圈子是大地会十八金刚，除大地会之外，还有谁配做炳叔的老朋友？玲珑资产都是大地会成员的家族私有财富，炳叔能让这位老朋友推荐的欧阳剑波执掌大地会最核心的玲珑资产，可见炳叔的这位老朋友一定非比寻常。

欧阳剑波此时还不知道毕飞雪现在已经成了马腾的投资总监，是马腾在二级市场投资的左膀右臂。欧阳剑波握着马腾的手，非常谦逊地说："马总的鸿

第十七章

大地会

基地产在国内攻城略地,短短10年间已经成为中国房地产界的翘楚,直追盘古,马总取代乔志远的领军地位指日可待,将来还希望马总多多关照。"

炳叔微笑着,盯着手上的牌,按照常规打法,这一把输定了。炳叔吸了一口雪茄,听欧阳剑波跟马腾相互认可,插话说:"你们俩就别相互客气了,对了,欧阳,找你来是因为马总的保险公司鸿基保险,想在龙腾集团举牌盘古的过程中提升一下自己的品牌影响力。鸿基地产是鸿基保险的控股股东,有什么办法可以让鸿基保险在盘古股权之争中脱颖而出,而又不给人趁火打劫的印象?"

欧阳剑波盯着炳叔手上的牌,说:"炳叔,这一手不能要,让马总出吧。"

炳叔看了看自己的牌,摇了摇头说:"我如果不压住他,他可就一把梭了。"

欧阳剑波扫了一眼桌面上的牌,再瞅了一眼马腾的表情,心中暗暗吃惊,如果炳叔出牌迟疑,任何坐在炳叔下方的人,心里都会犯怵,可马腾面不改色心不跳,未来一定是中国商界的领袖级人物。欧阳剑冷静地说:"上一圈儿马总没有要您的牌,说明他手上的牌还没有一把梭的可能,否则的话他就直接甩2了。这一圈儿,坐山观虎斗。"

炳叔看着自己的牌面点点头,说:"小马,欧阳已经给你出招了,暗度陈仓。"

马腾听明白了欧阳剑波的话外之音,若有所思地说:"现在需找到一个可靠的樊哙。"

欧阳剑波分析说:"当初刘邦要暗度陈仓,找了生死兄弟樊哙去明修栈道。现在我们要找的樊哙不能是市场上已经声名显赫的,一方面,找他们成本比较高;另一方面,名人不常在资本市场活动,一入场很容易惹出是非,闹出更大的乱子。最好找籍籍无名,又可以传播话题的这么一个人。"

炳叔问欧阳剑波:"有没有人选?"

欧阳剑波很有信心地说:"炳叔,您放心,这事儿交给我,一定令人意想不到。"

盘古总部,朱颐民站在大堂入口,识别系统不断提示:"对不起,请重新录入。"

王欣跑到朱颐民跟前:"朱教授,不好意思,最近公司新上线了人脸识别系统。"

朱颐民当年遇到乔志远，要乔志远跟他下五局围棋，能胜三局才给他订单，最终乔志远拿下万元订单，开启了他的商业之路。朱颐民的生意也是扶摇直上，将两家公司运作上市。可被庄家盯上后，朱颐民拒绝配合庄家，最终庄家拉拢公司内部高管，致使两家上市公司股价遭遇血洗，朱颐民失望之极，愤然卖掉上市公司，专门公开揭露操纵资本市场的一切丑恶行径，在资本市场颇具影响力。转型学术的朱颐民被乔志远请进董事会，成为盘古的高参。

邵南子正在给朱颐民进行人脸识别录入，这个时候，香港的两位独立董事，香港会计公会会长林兆雄和香港律师公会会长童国权，以及哈佛大学华裔经济学家王东民来到大堂，因为各位经常一起开董事会，相互之间都很熟悉。一见面，林兆雄就跟朱颐民逗乐："朱教授，早上没化妆吧？一会儿进进出出很麻烦的。"

"请别笑！"朱颐民正在录入的时候，林兆雄的一句话让朱颐民忍俊不禁，识别系统竟然智能地提示朱颐民不要笑。朱颐民笑着说："我这都老皮老脸了，还化什么妆，弘毅他们搞这个系统，对公司的安全防护很好，无论对人身安全，还是商业安全都非常重要。如果再来个语音识别，老林你恐怕就费劲了。"

林兆雄哈哈大笑："天不怕，地不怕，就怕潮汕人说普通话。"

朱颐民听林兆雄说到潮汕人，马上就想到了黄天沙："老林啊，你们潮汕真是出人才啊。"

在盘古股权之争爆发之后，潮汕商会的大佬们给黄天沙源源不断地提供资金支持，不少人将野蛮人跟潮汕人挂钩。林兆雄挥一挥手，说："香港一半富商都是潮汕人啦，没想到黄天沙这个家伙，跟我们潮汕的红头船文化相背离啊，进入上市公司怎么能当野蛮人呢？"

潮汕人抱团在商界是出了名的，他们的乡土观念很强。朱颐民之前听说过清朝红头船商队出海经商的故事，不想原来这背后还有一套文化。朱颐民很好奇地问："你们的红头船文化是啥文化？跟潮汕商人的秉性有什么关联？"

红头船文化背后是一段辛酸血泪写成的南洋历史。林兆雄介绍说："潮汕的红头船商人远航海外，清朝时候跟陌生的泰西人做交易，形成了'同心同德，

第十七章

大地会

努力拼搏，奋勇前进'的红头船精神，所以潮汕商人都很抱团。黄天沙这种搞法，没有潮汕人会帮他的。"

朱颐民立即从手机上翻出一份工商资料，呵呵一笑说："老林，你恐怕还不知道吧，你看看这个。"朱颐民将龙珠基金的工商资料递给林兆雄，说："龙腾集团跟华南证券组建了龙珠基金，华南证券的资金其实就是从珠江银行出来的，珠江银行的董事长邱国栋可是你们潮汕商人中一言九鼎的大佬，西北基金里面也有大量的资金是你们潮汕基金出的，听说前几天几十位潮汕商人到龙腾集团参观访问，放言黄天沙要多少钱就支持多少钱。"

林兆雄很惊讶，问："还有这样的事？"

这个林兆雄是个典型的书呆子，可能是会计出身，经常跟数字打交道的缘故，以至于整个人看上去都有几分刻板。这个时候，邵南子已经将几位独立董事的人脸识别全部录入完毕，只有独立董事刘一飞没有到。见朱颐民没有说话，林兆雄知道朱颐民是给自己面子，免得让自己尴尬，左瞅瞅，右瞅瞅，问："怎么没见皮特刘呢？"

王欣解释说："刘总回美国总部去了，汪总已经跟刘总进行了电话沟通。"

进入10层，独立董事们再度进行了人脸识别扫描，汪弘毅站在门口，跟每一位独立董事握手。乔志远站在汪弘毅的旁边，朱颐民很敏锐地发现，汪弘毅俨然成了盘古的主人，乔志远脸上挤出丝丝笑容，常人难以猜测他心里到底在想什么。林兆雄用他极具特色的香港普通话问："汪总，现在怎么突然上了人脸识别系统？"

汪弘毅一脸苦笑："我们也不想上这个系统，只是最近怪事太多。"

朱颐民一愣，立即来了兴致，问："发生了什么怪事以致于要装人脸识别系统？"

整个会议室的人都齐刷刷地将目光投向汪弘毅。汪弘毅看上去很不好意思地说："说起来都是家丑，手机莫名其妙地就不见了，不止一次。有一次倒是找到了，一检测，被人安装了窃听器。"汪弘毅一提起窃听器就义愤难平，目光扫了一圈，咬了咬牙说："我、乔总的办公室，都在座机、办公桌里发现了窃听器，我们的每一个重大决定，很快就流出去了。"

独立董事们都很诧异，朱颐民更是愤愤地说："都21世纪了，还有人玩儿这一套？"林兆雄说："人为财死、鸟为食亡，利益面前神鬼难测，商业机密是一个企业的生命，建立一个安全防护系统，才是对股东、客户和社会负责，在防护的同时也不能对内鬼怀柔，他们就是公司的蛀虫，吃盘古的饭，砸盘古的锅，这一类人越早清除越好。"

独立董事们的激愤令汪弘毅心花怒放，他们都是远大集团提名的独立董事，只有他们站在管理层一边，管理层才能在董事会上闯过远大集团那一关。现在，窃听器事件让独立董事们深感管理层的不易，从内心已经倾向于支持管理层。汪弘毅抑制住内心的喜悦，说："现在是关键时期，我们一定会安内攘外。今天跟各位独立董事汇报一下这段时间管理层的工作，以及我们应对龙腾集团的措施。"

朱颐民第一个发问："盘古停牌的理由是跟远大地产合并，现在你们的合并重组毫无进展，在电话里汪总曾说要引入白衣骑士粤海集团，你们要怎么处理合并重组和引入白衣骑士的关系？"朱颐民在来盘古之前，做了详细的研究，摊开笔记本，继续追问："通过换股重组引入的白衣骑士，股权比例将超过第一大股东远大集团，这样一来会进一步稀释远大集团的股权，黄国胜董事长是什么意见？一旦远大集团反对，管理层怎么应对？"

汪弘毅很冷静地说："跟远大地产的合并重组我们已经提交了方案，他们的董事长唐国强一直拒绝跟我们面对面沟通，也不就方案提出具体的谈判意见，他们的拖延会给黄天沙在香港买入盘古H股提供机会，这对盘古将造成致命影响，我们已经跟黄国胜董事长反复陈情，我们不能坐等远大地产的配合，我们需要运用多种策略阻止黄天沙可能对盘古的进一步操控。"

独立董事们相互对望着，脸上很是诧异。林兆雄问："黄国胜董事长视而不见？"

董秘王欣按下了桌子上的可视化系统按钮，独立董事们面前立即出现了远大集团的结构示意图。汪弘毅点击示意图上的中华啤酒说："我们跟远大集团进行了五次沟通，可美国博威一直利用中华啤酒的控股权掣肘，导致远大集团无法抽调资金增持盘古。黄总想通过盘古合并远大地产来捍卫远大集团的控股权，唐国强宁做鸡头不做凤尾，黄国胜到远大集团不久，他不知道唐国强的底细，对唐国强投鼠忌器，忌惮唐国强背后的势力。"

林兆雄进一步追问："那黄董事长默许了粤海集团的重组？"

几位独立董事都直直地盯着汪弘毅，几位都是远大集团原董事长王锋推荐进入盘古董事会的，他们对远大集团有着特殊的感情。汪弘毅只能实话实说："管理层一直在跟潜在的第三方机构进行接触，黄总早期是默许的，因为不同意粤海集团增持 20% 的股权，才提出跟远大地产合并。现在南海市政府已经多次召开会议，承诺粤海集团不会干涉管理层，会支持盘古既定的战略转型。今天跟各位汇报，就是希望在董事会表决时，大家能支持管理层的行动。"

童国权作为香港大律师，对程序相当关心，他问："远大集团是央企，每年合并盘古财务报表，粤海集团是市属国企，一旦增发 20% 的股票成为第一大股东，远大集团就只能按照权益类计算收益。盘古与远大地产的合并没有终止就进行白衣骑士重组表决，如果远大集团向国资管理部门控诉程序问题，到时候行政叫停重组，南海市政府的行政力量能否让重组有序推进？"童国权一听就知道汪弘毅想在董事会上闯关，将引入白衣骑士交给所有股东表决，他继续问："如果董事会通过了决议，能否在股东大会上获得足够的投票权保证最后闯关成功？"

一直坐在会议室主宾位的乔志远没有说话，他对童国权很了解，在董事会里他看上去像个反对派，但他的意见为盘古的发展做出了不可磨灭的贡献。乔志远跟远大集团打交道数年，也经常跟各地政府部门谈生意，自然对行政权力很敏感，他接过童国权的话说："黄国胜董事长对重组方案不认可，从多次的交流看，他们更希望在公司层面解决，而南海市政府想将盘古打造成市政府的一张名片，所以他们倒是有动力向北京求援。"

"远大集团现在已经失去了合并盘古财务报表的机会，倒是这个闯进来的黄天沙，你们除了分析判断他的动机，有没有搞清楚他葫芦里到底卖的什么药？"跟庄家有过较量经历的朱颐民更担心黄天沙会有大动作，问乔志远，"龙腾集团除了不断买入盘古股票，还在大量买入远东保险为第一大股东的北方银行，可黄天沙到现在还没有任何行使股东权力的行动。白衣骑士的进入将彻底改变盘古股东结构,也会因为增发重组摊薄老股东的权益,如果股东大会上黄天沙跟黄国胜、谢晓辉联手,管理层有没有应对的策略?"

远东保险一直令乔志远心有疑虑,汪弘毅跟谢晓辉是桥本会的成员,可黄天沙将买入的北方银行股票进行质押,反手再买入盘古,管理层一旦通过重组规则制造利空打压股价,就会引爆黄天沙的连环地雷,到时候谢晓辉就会成为被城门大火殃及的池鱼。谢晓辉在利益面前,岂会轻易站到管理层一边?滚石银行一度是管理层拉拢的国际力量,没想到黄天沙来了一招暗度陈仓,将远大集团的暗仓给曝光了。

汪弘毅很自信地说:"黄天沙移花接木,在滚石银行的远大集团秘密仓位上买入盘古,导致远大集团的秘密仓位暴露,舆论谴责黄国胜袖手旁观导致失去盘古控制权,黄国胜现在对黄天沙恨之入骨。黄天沙用北方银行的筹码要挟谢晓辉不要在盘古站队,谢晓辉平生最痛恨的就是他人要挟,两人联手的可能性很小。"汪弘毅按了自己面前的按钮,屏幕上立即显示出了龙腾集团的示意图,他指着图说:"珠江实业里有南海市国有股份,岭南玻璃等上市公司也都在南海市,只要顺利闯关董事会,黄天沙的龙腾集团就难以在股东大会上跟南海市政府公开对立了。"

独立董事们皱着的眉头舒展开来,乔志远接着说:"得道多助,失道寡助,黄天沙为了控制盘古不惜跟多方为敌,他的资金同样很脆弱,都是通过银行、保险、证券公司进行层层加杠杆得来的,资金成本很高,按照重组期间的停牌规则,我们可以陆续停牌9个月,现在保险资金权益类投资测算成本大约为6%,9个月的停牌意味着龙腾集团的资金成本将增加至少4.5%,他目前已经动用200多亿,那么他的资金成本会增加10亿左右,所以黄天沙跟我们耗不起。"

朱颐民更为好奇地问:"黄天沙之前将近50%的仓位获利将近100%,他怎么就耗不起?"

乔志远滑动了面前的可视化系统,面前弹出龙腾集团持股盘古的示意图:"龙腾集团是通过多个独立账户持有盘古,之前通过龙腾集团、君安保险买入的收益率确实很高,后来通过龙珠基金等买入的盈利不到20%。龙珠基金的劣后份额是龙腾集团用持有的盘古股票抵押融来的,这个成本在6%左右,而

第十七章

大地会

华南证券的优先级资金是珠江银行的理财资金,华南证券的通道费、珠江银行的理财收益率等算下来,成本至少在10%以上。"

独立董事们听出了乔志远的弦外之音,黄天沙的七寸在资金链。汪弘毅毫不掩饰管理层的策略,接过乔志远的话说:"龙腾集团旗下的保险资金、业务员的提成、管理成本等综合成本其实远远超过6%,加上银行、券商的通道费用,成本甚至达到15%。如果第一次重组失败,在利空打击下,在现在的熊市,至少会有三个跌停,就算之前黄天沙的持仓盈利在100%,后续将近50%的筹码盈利也就10%多一点,三个跌停下来,就到了平仓警报线,所以在引入第三方机构的股东大会上,最不敢轻易投下反对票的就是黄天沙,除非他想破产。"

汪弘毅的最后一句话说得掷地有声,童国权放下咖啡杯,说:"停牌前,龙腾集团已经收集了18%的筹码,既然管理层已经有相应的对策,应该在停牌重组的游戏规则之内阻止黄天沙,如果停牌时间过长,其他机构及散户的持仓成本同样会提高,容易将他们推到黄天沙那边。"童国权侧身看着经常跟他联络的汪弘毅,顿了顿说:"H股没有停牌,如果黄天沙不断买入H股,盘古H股的价格拉上去跟A股形成倒挂,管理层宣布合并重组失败后,黄天沙孤注一掷继续买入扛住股价,市场会将利空视为利好,押注管理层引入实力强劲的白衣骑士,股价会更坚挺。一旦黄天沙持股比例超过20%,粤海集团会陪着黄天沙这个太子读书吗?"

天空阴云密布,乌云从东边黑压压地涌向西边,黄天沙站在院子里,望着天空。林月娥打扫着院子里的黄叶。院子里的两颗白果树是黄天沙创业那一年从浙江买来的,其中一棵树龄是300年,另一棵是180年。白果树是树中的长寿之王,生命力极其顽强。树上掉下白果的时候,黄天沙的老娘会一一捡拾起来。老娘一大早觉得腿不舒服,早饭吃完就开始捡拾白果,等捡拾完毕,头顶上已经布满乌云。

黄天沙瞅着林月娥,说:"妈的腿比天气预报还准啊。"

林月娥埋头一边扫落叶,一边说:"你呀,眼里只有生意,知不知道妈老寒腿多少年了?"

底牌（下）

老娘坐在树下分拣白果，脸上堆满了笑容，满脸皱纹犹如绽放的菊花。老娘站起来，走到院子门口，穿过一条林荫小道。黄天沙侧身问："月娥，妈要干啥去？"林月娥丢下扫帚，追着老太太过去。

院子外的林荫小道上落满了厚厚的黄叶，这一条30米的小道两旁栽种着十棵枝繁叶茂的白果树。这些树是龙腾集团十周年那一年，黄天沙从辽宁、浙江、江苏、贵州等省高价购买的，其中有一株是从东南亚买的，为了运送这颗有着5000年历史的长寿白果树，黄天沙专门包了一艘轮船。为了掩人耳目，黄天沙将这颗白果树王跟其他几棵混栽在一起。林月娥发现老娘站在林荫道口，一言不发地望着远方。

"妈，看啥呢？"林月娥望着黑压压的东方，说，"快下雨了，回家吧。"

老娘望着远方喃喃自语："昨天打电话说要回来的，人呢？"

林月娥走到老娘身边，问："妈，谁要来？"

老娘笑眯眯地说："世林啊，昨天下午就给我打电话，说今天要回来。"

老太太每次一提起孙子黄世林，就跟吃了蜜糖一样开心。黄世林在奶奶眼里永远都是个长不大的孩子。林月娥搀扶着老娘，说："妈，他现在创业，时间没个谱，等他忙完了自然就回来了。"老太太正要转身，林月娥远远见到两个人，指着说："妈，他们回来了。"

毕飞雪跑到老太太面前，一下子抱住老太太，撒娇说："奶奶，忘了我了吧？"

老太太脸上笑开了花，捧着毕飞雪的脸，一番端详："我们家雪儿长大啦，真好。"林月娥看着老太太的表情，又看了看旁边拎着礼物的黄世林，想起了中考那一年，毕飞雪的妈妈在饭桌上逗黄世林，问大学毕业了愿不愿意娶毕飞雪。当时老太太左手拉着毕飞雪，右手拉着黄世林，两个孩子满脸通红，老太太将两人的手拉在一起，说："这是天作的姻缘，过几年奶奶给你们带孩子。"当时桌子上哄堂大笑。

一晃十多年过去了，毕飞雪从普林斯顿博士毕业之后，就进入远东证券，现在成了马腾在金融领域的左膀右臂。黄世林从美国回来跟乔志远的儿子乔瑾瑜一直折腾创业，跟毕飞雪没有再见过面。黄天沙在上海跟毕飞雪提起黄世林

第十七章

大地会

创业的事后,毕飞雪给黄世林打电话,两人的联系才频繁起来。昨天,两人相约回家看奶奶。

黄世林一大早就到毕飞雪楼下等着,远远看见穿一身休闲装的毕飞雪,黄世林眼前一亮。10年没见,毕飞雪再也不是那个曾经一起玩闹的小女孩儿,现在的小雪媚眼含羞,丹唇逐笑,五官精致,秀发飘洒,在晨曦的映照下熠熠发光。见着身材健硕、神情俊朗的黄世林,毕飞雪还像小时候一样,上前就抱住黄世林:"世林哥哥,终于再见到你啦。"甜美的声音、热烈的拥抱、醉人的香水,令黄世林心跳加速,血液沸腾。

黄世林、毕飞雪陪着奶奶跨进院门的那一刹那,黄天沙一愣,两人看上去是那样般配。黄天沙内心很是遗憾,如果黄世林能够成熟一点,他一定会游说毕飞雪嫁给儿子。院子里开始落雨点,两位年轻人将奶奶搀扶到屋子里。老屋保持着孩子们上小学时的样子,青砖绿瓦,古色古香。黄天沙一直想翻修,老娘总是说老屋藏风聚气,不要轻易翻修,黄天沙不再勉强,老屋就这样一直维持着原样。毕飞雪一进屋,感觉仿佛回到了小时候。

林月娥将做好的饭菜端到桌子上,两位年轻人跟小时候一样,趴在桌子上,夹起红烧肉,不约而同地放进奶奶碗里,老太太笑眯眯地瞅了瞅黄世林,又望着毕飞雪笑。老太太拉着毕飞雪的手问:"小雪,男朋友怎么没有跟着来?"黄天沙一听差点笑出来,现在老太太都开始玩套路了。毕飞雪咯咯大笑,搂着老太太的肩膀说:"奶奶,小时候您就说我是个假小子,谁会要您孙女啊。"

黄天沙给黄世林倒上酒,然后看着毕飞雪说:"今天难得一家人聚在一起,雪儿喝酒吗?"

林月娥瞪了黄天沙一眼:"你这个人怎么回事啊,哪有让女孩子喝酒的?"

毕飞雪冲着林月娥做了一个鬼脸:"干妈,好久没有回来看奶奶、您跟干爹,这么多年才见到世林哥哥,一家人高兴,喝点没事儿。"说着,毕飞雪将杯子伸到黄天沙跟前,说:"干爹,我陪您喝点儿。"黄世林伸手抓过毕飞雪的杯子说:"雪儿别喝了,我替你喝。"

黄天沙坐在黄世林的右手边,伸出左手拍了拍黄世林的肩膀:"像个爷们儿!"

毕飞雪噘着嘴说:"干爹,世林哥哥一直很爷们儿。"

黄天沙撇着嘴,很是不屑地说:"他?"

"干爹,你不知道,世林哥哥在罗格斯大学,差点就进入牛血社。"毕飞雪很是神秘地说,"那可是个神秘的组织,世林哥哥一进入学校就收到了牛血社的邀请。"

林月娥一听吓坏了,"啪"的一声拍在黄世林的肩膀上,很是气愤地说:"牛血社?是杀牛的组织吗?你怎么不让人省心呢?加入什么组织不好,加入一个杀牛的组织,还搞得那么神秘,你跟这么一个秘密组织来往干啥?怪不得你爸说你没出息。"

毕飞雪咯咯大笑:"干妈,牛血社不是杀牛的,跟骷髅会一样,都是美国的精英组织。"

黄天沙一愣,骷髅会是一个全球精英组织,美国总统、世界级财阀、学术界领袖才有机会加入这个组织。可自己从来没有听说过牛血社。黄天沙侧身盯着黄世林,心里嘀咕,这个牛血社肯定不咋地,他们连这么不靠谱的人都邀请。黄天沙撇着嘴说:"什么人都邀请,能精英到哪里去?"

毕飞雪冲着黄世林挤眼睛:"世林哥哥,你是不是惹干爹不高兴了?"

黄世林嬉皮笑脸地看了看黄天沙,说:"爸,咱不懂就不要乱说。"

林月娥瞪了黄世林一眼:"世林,怎么跟你爸说话呢?"

黄世林很不服气地说:"本来就是嘛,牛血社不是杀牛的,也不是什么黑社会组织,是一个老牌的大学兄弟会,鸦片战争之前就成立了,成员都是各个领域的精英。诺贝尔经济学奖获得者弗里德曼、美国曾经的副总统霍巴特、美国FBI前局长路易斯·弗里都曾是牛血社的成员。"

老太太听半天都没有听明白大伙儿说的是什么,一会儿杀牛,一会儿骷髅的,怪吓人的,插话问:"小雪,你觉得你世林哥哥怎么样?"

老太太这么一问,毕飞雪都不知道怎么接话,只是笑眯眯地说:"奶奶,世林哥哥是世上最好的哥哥。"林月娥在旁边说:"他呀,从美国回来就这么一个人漂着,也不找个女朋友,到处找人融资,各种流言蜚语都传到我耳朵里了,都快成笑话了。"

第十七章
大地会

毕飞雪正要说话,黄天沙的电话嘀嘀地响个不停。黄天沙一看是曼陀银行大中华区首席执行官皮特的,屋外阵雨已经停止,天空挂起雨后的彩虹,黄天沙立即起身到院子里接电话。皮特没等黄天沙说话,上来就说:"黄老板,乔志远为了董事会的一票跟刘一飞做了75亿的生意,有了刘一飞这一票,白衣骑士就要进入盘古了,你很容易被乔志远关门打狗啊。"

黄天沙哈哈大笑:"皮特,你知道乔志远最喜欢什么吗?"

皮特对乔志远痴迷围棋早有耳闻,说:"黄老板,围棋跟生意有关吗?"

黄天沙很不喜欢皮特张口黄老板闭口黄老板,欧洲人总是把中国商人当成暴发户,尤其是以曼陀银行为首的老牌欧洲银行的高管们,他们有着天生的优越感,以银行家自居,跟中国商人谈判总是一副高高在上的样子。黄天沙很不屑地说:"围棋讲究取舍,该取的时候绝不手软,但该舍的时候也绝不优柔寡断,要像诱饵一样抛出去,才能发挥其最后的价值。"

"现在人民币对英镑汇率有变动啊。"皮特略带嘲讽地说,"黄老板的诱饵是什么?"

摄政王珠令黄天沙如鲠在喉,皮特是不见兔子不撒鹰,一定要跟香港大家族建立联系后,才愿意交割摄政王珠。黄天沙冷冷一笑,说:"皮特,你要名利双收,我有我的规则,除了摄政王珠的交易价格,其他的条件我都可以满足你。"电话那头听到皮特呼哧呼哧地出长气,黄天沙在脑子里不断算账,突然话锋一转,说:"按照目前的汇率,你还要给我减88块。"

望着对面的释迦牟尼铜像,皮特噘着嘴半天没有说话。过了一会,皮特很是担心地问:"我得到信息,乔志远他们为了白衣骑士在董事会上闯关成功,要终止跟远大地产的合并谈判,这是一个巨大的利空,我们银行会重新考量香港的交易风险。"

挂断皮特的电话,黄天沙走进屋里,林月娥跟毕飞雪、黄世林有说有笑。黄天沙打趣地问:"有什么好事儿,说出来让我也开心一下。"毕飞雪已经微醺,深情地望着黄世林,说:"干爹,世林哥哥的项目有潜在投资人了。"

黄天沙一愣,瞅着黄世林问:"真有人相信你那玩意儿?"

黄世林举起杯,盯着黄天沙说:"爸,路有千百条,只要相信自己,一定能找到自己的路。"

黄天沙拍了拍黄世林的肩膀，点点头说："这才像我黄天沙的儿子，只要你觉得你选择的路有走下去的希望，你就去闯。"黄天沙又冲着毕飞雪很是感慨地说："雪儿，你跟你世林哥从小一起长大，你们年轻人有你们的世界，无论做什么，都别忘了这个家。"

吃完饭，黄天沙陪着老娘坐在院子里，白果树上偶尔掉下几滴雨珠儿。老娘拉着黄天沙的手，问："儿子，你天天都在外边忙啥啊？"老娘的耳朵有点背，黄天沙附在老娘的耳朵上说："妈，放心吧，你儿子忙着给老百姓赚钱呢。"老娘右手抚摸着黄天沙的头发："你看你，都有白头发了，常回来，妈给你炖汤喝，好好调养一下身子。"

跟老娘聊了一会儿，黄天沙回到屋里，林月娥给毕飞雪煮了醒酒汤，黄世林在笔记本电脑上发邮件。黄天沙抄起衣服，对黄世林说："雪儿喝酒了，就不要送她回公司了，你也很久没有陪奶奶了，今晚你们就在家里住吧，陪奶奶说说话，你们年轻人多聊聊。创业九死一生，没有想象得那么容易，成功的创业就是做一件天塌下来都能够赚钱的事。"

黄天沙赶回山鹰会议室时，王曦若已经准备好了一切资料。黄天沙一落座就告知王曦若："今天下午，乔志远、汪弘毅在盘古总部会见了独立董事们，游说他们在引入白衣骑士的董事会上支持管理层。"黄天沙滑动了可视系统，盘古董事会成员一一呈现在眼前，黄天沙指着刘一飞的头像说："刘一飞没有露面。"

王曦若心里咯噔一下，问："他站到黄国胜那边了？"

"哼"，黄天沙很是不屑，"他不需要游说了，乔志远他们已经给了他一笔75亿的大买卖。这个项目当初卖给道琼斯资本时不到10亿，乔志远他们为了刘一飞那一票，真是花了血本，看样子合并远大地产失败的利空消息要来了。"

王曦若胸有成竹地说："意料之中的利空就是利好，我们的资金已经到位。"

黄天沙沉默了片刻，在办公室来回走动，王曦若在一旁默不作声，每次黄天沙来回走动的时候，他的决策或者策略就可能有变化。黄天沙停下来，想起几天前潮汕商界大佬齐聚龙腾集团，各个拍着胸脯给黄天沙鼓劲，他们对乔志远蔑视潮汕商人的行为义愤填膺,都支持黄天沙跟乔志远干到底。黄天沙的眼前全是潮汕大佬们的面孔,脸上眉开眼笑地说:"乔志远他们想用利空来打爆我们的资金链,那我们就让乔志远他们先高兴两天。"

王曦若稍有疑虑:"太冒险了,如果第三天我们撬不开跌停板,后果将不堪设想。"

会议室里空气犹如凝固一般,黄天沙坐回椅子上,右手中指轻轻地敲着桌子,慢悠悠地说:"现在盘古已经不只是一只股票,已经变成了舞台,谁进场都能一战成名,一大堆人已经跃跃欲试,他们都在等着盘古的股价下来后进场。"王曦若深以为然,点点头,很坚定地说:"我们明天就举牌拉升H股,拉到H股跟A股价格倒挂,A股两个跌停后跟H股相比至少少20%以上的收益率,那些想一战成名的主势必会冲进来,第三天撬跌停板就顺理成章了。"

北京紫宸会光明顶包房内,乔志远坐在靠窗的位置,远远望去,大戏台上正在唱着青衣名剧《鸳鸯冢》,唱腔婉转悠扬,只是主角儿已经不是桂玉梅。第一次坐在同样位置的时候,黄天沙在旁边高谈阔论,不经意的那一瞥,乔志远看到了台上的桂玉梅,惊为天人。乔志远深情地望着桂玉梅,问:"你相信一见钟情吗?"

桂玉梅站在窗前望着万佛镜,心里暗暗称奇,真是莲花剔透,万象重生。跟乔志远相处的时间越久,她越发现乔志远内心的孤寂。桂玉梅侧身看着一脸深情的乔志远说:"之前不信,但自从看到你的那一眼,我相信一见钟情不是见色起意,是上帝恩赐,让我们相遇。"说完,桂玉梅哈哈大笑。

乔志远跟张青桐结婚多年,两人从来都是相敬如宾,从未回归人性真情。乔志远也戏谑地说:"如果你相信爱情是上帝,那么上帝会把你当奴隶一样折磨。"桂玉梅嘟着嘴:"赤诚的灵魂会让你成为爱情的主人,而疲惫的将就才会让你成为爱情的奴隶。"

桂玉梅的一席话令乔志远双眼湿润,乔志远轻轻地将桂玉梅拥入怀中,忘情地亲吻着她妩媚的双唇。一阵激情之后,乔志远在桂玉梅的耳边喃喃自语:"任凭一个男人拥有万里江山,如果留不住一个红颜知己,那样的人生是多么失败。在失败正欲吞噬我的时候，你的出现让我的人生重新充满阳光。"

突然电话嘀嘀地响个不停，乔志远还是痴痴地望着桂玉梅，桂玉梅轻轻地推开了乔志远，说："怎么，这就开始君王从此不早朝了？"乔志远微微一笑："几十年的劳苦，面对如此佳人还不能逍遥片刻？"桂玉梅咯咯一笑："你呀，还是舍不得你的董事长权位，权位跟生命一样，都是一种寄存，无论你曾经的人生多么辉煌，终究是这个星球上的过客，无论你在权位上怎样叱咤风云，最终都会放手，那把椅子上都会坐上另一个屁股。等你交班了，我陪你走遍天涯海角。"

乔志远哈哈大笑，从未有人跟自己这样说话，他用右手轻轻地在桂玉梅的鼻尖上刮了一下，说："交班？哪有那么容易！企业做大了就是一个小社会，竞争就是一场不断面临考验的游戏，没有人能够成为常青树，可谁都想坐头把交椅。守成之人能维持局面，却会让企业失去竞争力；进取之人能开疆拓土，却容易冒进而将企业带入灾难之中。接班考验的不是接班人，而是交班者的智慧和眼光，要在龙争虎斗中找出那个真正能带领企业不断超越自我的人。"

电话一直响个不停，桂玉梅轻轻地在乔志远的额头上亲了一下，很温柔地说："接电话吧。"

电话是汪弘毅打来的，说："刚才董事会秘书办公室收到龙腾集团的举牌公告。"

乔志远以为自己听错了，问："我们一直停牌，他举个啥牌？"

汪弘毅听到乔志远的问话很诧异，永远都让自己保持头脑清晰的乔志远，怎么会有如此荒唐的问话？汪弘毅立即想到桂玉梅，心里冷冷一笑，看来真是红颜魅，英雄冢！汪弘毅解释说："黄天沙在香港大举买入盘古H股，已经超过远大集团在滚石银行的暗仓了。"

乔志远一拍脑门，自己怎么会如此糊涂，A股停牌了，H股按照香港的股市规则，重组期间不停牌，而盘古H股占总股本的比率只有11%，只要买入5000多万股就能达到H股的举牌线。乔志远咬了咬牙，说："黄天沙这是在跟我们玩猫捉老鼠的游戏，他想通过举牌拉升H股，让H股跟A股形成倒挂，为A股的利空构筑护城河，那好，我们明天跟唐国强他们摊牌，终止跟远大地产的合并重组，让他看看他筑造的股价护城河有多深。"

乔志远的语气显得毋庸置疑，利空将会砸向盘古的股价。跟远大地产终止合并谈判的那一刻，盘古管理层将站到远大集团的对立面。黄国胜废掉了肖天的白衣骑士，可在没有彻底废掉肖天接班人竞争者的身份之前，在盘古跟粤海集团的框架合作协议没有签署的情况下，跟远大地产终止合并是冒险的。黄天沙如果跟黄国胜站到一边，汪弘毅的白衣骑士计划将前功尽弃。

汪弘毅很冷静地说："终止跟远大地产合并与粤海集团签署框架协议同步进行更稳健。"

"先终止，将黄天沙的仓位打爆。"乔志远非常坚决，问，"跟粤海集团的框架协议确定了吗？"

汪弘毅心里咯噔一下，说："如果先终止跟远大地产合并，复牌肯定暴跌，远大集团虽然现在已经不是第一大股东，但是作为老股东，有优先提出重组方案的权利，如果黄国胜再提新的方案，那么粤海集团就算在董事会上强行闯关，黄国胜会揪住程序问题，以行政诉讼的方式无限期拖延粤海集团重组的进程。"

乔志远一琢磨，看了看旁边正悠闲喝茶的桂玉梅，说："终止合并跟重组签约同时进行，框架协议签署后先不公告，直接传给远大集团。"汪弘毅先是一愣，就那么短短几秒，立刻领会了乔志远运用的围棋谋略。主动将框架协议呈上极可能遭遇远大集团扼杀，看上去是弃子弃势，事实上除了将信息披露的责任推到远大集团身上，还能对远大集团的阻挠反戈一击。汪弘毅回答说："黄国胜肯定不会同意我们的公告，我们一旦向天下人昭告找到了可以对抗野蛮人的白衣骑士，远大集团再反对就是与天下正义的力量为敌。"

第十八章
备忘录

　　远大花园会所茶室，唐国强将茶杯重重地摔到地上，滚烫的茶水四溅。

　　茶几上放着一份《北方周末》，杨东明盯着躺在跌停板上的股价，表情沮丧。昨天下午3点，盘古董事会秘书向远大地产发送了合并重组终止告知函。唐国强看到告知函，担心复牌股价暴跌，立即跟董事们召开电话会议，提出继续停牌的方案，谋划重组。没想到董事会电话会议还没有结束，盘古的公告已经发出，铺天盖地都是盘古合并远大地产失败的新闻。

　　交易所上市公司监管部给远大地产董事会秘书打电话，询问盘古公告合并终止，为什么远大地产不进行公告？唐国强当时就一拍桌子："慌什么？又不是赶着投胎。我们刚刚收到告知函，我被人耍了，难道就不能琢磨琢磨对策？"会议室的所有同事，以及电话里的董事们听了唐国强的咆哮目瞪口呆。交易所的官员追问："是盘古单方面终止？"

　　唐国强在一旁不说话，杨东明跟交易所解释："双方在控股股东的主导下进行合并，盘古提出了极度不合理的合并条件，双方没有经过任何协商，盘古就直接发送了合并终止告知函，他们这是典型的股价操纵策略。"交易所的官

第十八章

备忘录

员冷冷地说:"商业谈判是你们双方之间的事,交易所只负责信息披露的程序透明,以及信息披露的瑕疵问题。"

董事们在电话中力主先公告,避免信息披露出现程序问题,最终引火烧身,影响远大地产的融资。唐国强无奈之下,同意发布合并失败公告,宣布第二天远大地产复牌。看着躺在跌停板上的股价,唐国强的心里在滴血,盘古推行管理层持股计划的同时,远大集团批准了远大地产的管理层持股计划。年初以唐国强、杨东明为首的十位管理层获得第一批持股计划,持股计划的资金是跟浦东证券合作的。

远大地产管理层的持股计划数量远远低于盘古管理层,以唐国强、杨东明为首的管理层自然希望跟盘古合并重组后,在持股计划方面跟老盘古管理层享受同等待遇,没想到汪弘毅在设定双方合并后的管理层持股计划时,将唐国强他们纳入老盘古管理层的管理之内。唐国强一直拖延,其间跟龙腾地产达成了龙湖远大花园项目交易,龙腾地产已经将10亿首期资金打入远大地产账户。

唐国强盯着杨东明,咬牙切齿地说:"老杨,我们不能坐以待毙!"

杨东明划拉着平板电脑,很为难地说:"我们的薪水没有乔志远他们高,钱全砸进持股计划了,现在股价趴在跌停板上,我们已经没有钱进行增持,也不可能像盘古那样引入白衣骑士,如果我们再不出手,我们在浦东证券的持股计划就有被强制平仓的危险。"杨东明看着唐国强的黑脸,想了想说:"我们只有一个选择。"

两人异口同声:"回购!"

唐国强脸上肌肉紧绷,狠狠地说:"那就再给他们一把火。"

龙腾集团总部鱼池旁,几个小孩子正在戏水。池子里的黑蝶跟雪龙都已经生了小鱼,管理员阿姨正在将小鱼进行母子分离。旁边的一个小家伙很是好奇地盯着黄天沙问:"为什么要让小鱼宝宝跟鱼妈妈分开啊?"黄天沙抚摸着小家伙的脑袋:"如果不将小鱼宝宝跟鱼妈妈分开,鱼妈妈就会吃掉小鱼。有时相守会相杀,分开才有真爱。"

电话嘀嘀响个不停,黄天沙抄起电话,是南越集团董事长曹九歌。黄天沙

底牌（下）

快步走向自己的办公室，边走边接听起电话。没等黄天沙说话，曹九歌就问："天沙，乔志远他们下死手了，盘古股价开盘就趴在跌停板上了，你们有何对策？"黄天沙呵呵一笑："九哥，今天才第一天，不急，乔志远他们的命都攥在我手里，等他们砸个 20% 再说，到时候我们会 A 股和 H 股双管齐下。"

曹九歌在电话里掷地有声："我们永远在你身后。"

黄天沙很感动，看了看王曦若的计划，说："现在黄国胜跟乔志远已经撕破脸皮，乔志远的朋友不多了，盘古股价如果连续 3 天跌停，乔志远就成了盘古股民的敌人，现在留给盘古管理层只有一个选择，那就是引入白衣骑士。"黄天沙合上材料，信心十足地说："无论是远东保险、香港新贵，还是欧洲老牌投行，都会站在我们这一边。"

刚挂断曹九歌的电话，王曦若敲开了黄天沙的办公室。

黄天沙站起来走到茶几旁，准备给王曦若冲一杯咖啡。王曦若见黄天沙镇静从容，嘴角微微一笑，说："现在全天下人都在给我们算账，测算盘古几个跌停就会让我们爆仓。乔志远把黄国胜推到对立面，敌人的敌人就是朋友，我们可以兵不血刃地撬开盘古跌停板。"

办公室散发着蓝山的芬芳，浓浓的加勒比海味道充斥着每一个角落，黄天沙没有说话，静静地为王曦若冲咖啡。黄天沙将咖啡递给王曦若，问："怎么个兵不血刃？"

王曦若胸有成竹地说："我们可以给黄国胜抛一个诱饵。"

诱饵？黄天沙在鱼池旁想到了黄国胜，现在黄国胜最想得到的是盘古的筹码。黄天沙很是迟疑，说："我们将筹码倒手给远大集团，黄国胜会上钩？他现在最担心的是粤海集团进入盘古，到时候粤海集团成了救世主，远大集团连个二股东的位置都捞不着，董事会的话语权还会被粤海集团夺走，他现在要阻止粤海集团闯关董事会。"

王曦若将报纸递给黄天沙，说："乔志远他们把远大地产当成砸盘的毒丸，却将他们合并失败归咎为我们的野蛮插足。在熊市中煎熬的不止散户，没有人能独善其身，如果粤海集团进入盘古失败，到时候那些无处发泄的亏损者会将我们视为破坏标杆企业的洪水猛兽，我们将成为人民的公敌。"王曦若看着黄

第十八章

备忘录

天沙一本正经的表情,胸有成竹地说:"如果我们给黄国胜抛一个诱饵,乔志远、汪弘毅他们就再也没有理由引入白衣骑士。"

黄天沙一听乐了,哈哈大笑,说:"人民公敌?我不够格吧?我这一辈子不做好人,不做恶人,只想做个人,给保险持有人赚钱,让更多的老百姓分享到优秀企业发展的红利。"黄天沙端起咖啡杯,深深地吸了一口咖啡的芬芳,又很兴奋地放下,说:"乔志远一辈子下围棋,只要不落下最后一个子,就算你让他继续扛旗,他都觉得失去了尊严。如果黄国胜咬住我们的诱饵,就能拖住乔志远他们引入粤海集团的进程。"

回到自己的办公室,王曦若代表黄天沙拨通了黄国胜的电话。黄国胜正坐在办公室里看远大地产的汇报材料,一边看,一边等乔志远他们的电话,可一直没有盘古的任何音讯。接起电话,王曦若还没有介绍完,就听到黄国胜鼻子里发出很不屑的哼哼声。黄国胜很是愤懑地质问:"王总,盘古跟远大地产合并,你们一直在里面搅和,现在失败了,股票跌停了,两败俱伤,这就是你们想要的结果?"

火药味穿越千里电波,虽然黄国胜看不到,但王曦若脸上依然保持着微笑,说:"黄总,盘古跟远大地产合并失败是乔志远他们计划好的,我想您心里比我们清楚,盘古管理层不想受任何股东的约束,就算引入粤海集团,也只是他们控制管理层的一个选项,他们才是左右天平的砝码。我们进入盘古是看好盘古的未来,尽管我们现在持股超过你们,但是我们尊重远大集团的大股东地位,尊重乔志远董事长这一面旗帜,也尊重他们的团队。"

王曦若电话打进来之前,黄国胜收到美国博威的一封邮件,美国博威终于同意远大集团提出的中华啤酒股权回购条款。现在黄国胜要捍卫的正是盘古的控股权,既然王曦若主动送上话口,黄国胜直截了当地问:"你们不想当大股东,为啥不断增持?你们增持的越多,盘古向粤海集团定向增发的股票就会越多,这样对我们远大集团的损害就越大,马上就无法合并财务报表了。我们远大集团是要拿回控股权的,你们持股能出售多少?"

王曦若没想到黄国胜如此快速咬饵,说:"如果价格公道,你们可以全部拿走。"

底牌（下）

黄国胜在脑子里快速地测算，龙腾集团持有盘古的筹码已经超过18%，如果全部拿回来，再加上远大集团本就持有的14%股权，到时候将无人能跟远大集团争夺盘古的控制权。龙腾集团持有盘古筹码将近350亿，一个跌停35亿就没了，如果连跌3天，250亿就可能拿下黄天沙手上的筹码。黄国胜一皱眉头，说："现在的价格基础上打六折。"

王曦若一听，脱口而出："黄总，您这是割我们的肉，放保险客户的血啊。"

"王总，话不能这么说，现在盘古股价趴在跌停板上，啥时候能够打开跌停板，天王老子都不知道，现在是熊市，重组失败这样的利空，没有十个八个跌停板，哪里打得开啊，我开价六折也就相当于三个跌停板多一点，那也是很冒险的。"黄国胜突然话锋一转，语重心长地说："你们前期至少有50%的筹码盈利在100%以上，以现在的价格打六折，你们的利润至少还有20%以上。做生意不能赚走最后一个铜板，给市场机会，就是给自己机会。"

千里电波，双方各有盘算，黄天沙是要用诱饵结盟黄国胜，共同对抗盘古管理层跟白衣骑士；黄国胜是要用黄天沙的筹码阻止白衣骑士进入，同时以重组失败来恫吓黄天沙有爆仓的危险。王曦若有礼有节地说："黄总，不能光看着我们前期的盈利，我们后期将近50%的筹码安全垫很薄，尤其是龙珠基金都是券商的专项资金，跟君安保险的持仓看上去是关联一致行动人，但是账必须分开算。打六折，会让龙腾集团的劣后资金颗粒无收。"

两天漫长的等待，黄国胜没有等到乔志远的电话。

盘古发布跟远大地产合并终止告知函后，黄国胜从未如此迫切地想接到乔志远的电话，多年的第一大股东，现在竟然变成了敌人。黄国胜很失望，在挂断王曦若电话的那一刻，黄国胜脑子里甚至出现了跌停板打开后，远大集团从二级市场买入盘古的想法，就是硬买，也要把控股股东的位置买回来。跌停第二天，盘古召开了一个董事会电话会议，介绍了跟远大地产终止合并的情况，以及通报汪弘毅轮值CEO，肖天出任总裁事项。

第三天一大早，黄国胜像往常一样，坐在饭厅一边吃早餐，一边看报纸。刚喝了一口奶，打开报纸看到标题，差点将还没咽下去的牛奶喷到饭桌上。黄

第十八章

备忘录

国胜把早餐推到一边，将报纸折叠起来，让司机以最快的速度将自己送到远大集团北京总部。黄国胜走进会议室，会议室已经坐满了远大集团的高层，整个会议室异常严肃。

黄国胜将报纸啪的一声甩在会议桌上，说："简直是岂有此理！"

远大集团法务部、财务部等多个部门的负责人盯着黄国胜，黄国胜出任远大集团董事长以来，从未公开发怒过。远大集团分管战略投资部和法务部的副总裁杜天刚拿过报纸一看，头条就是一行大字：盘古引入粤海集团，远大集团将被边缘化。新闻中配一张大幅照片，是乔志远、汪弘毅跟粤海集团管理层握手言欢的画面。

整个会议室鸦雀无声，都在等候黄国胜的雷霆之怒。黄国胜压抑着内心的怒火，在座的高管没有一个人是自己带到远大集团的，能够做到远大集团高管层的人，背后都各有势力。黄国胜看了看表，股市已经到了集合竞价时间，坐在旁边的杜天刚心领神会，打开股票K线图，远大地产依然有巨额的抛单，盘古的跌停价买档上堆满了单子。黄国胜瞟了一眼，心里咯噔一下，肯定是黄天沙在跌停板上扫货撬板，六折收购黄天沙的筹码悬了。

精瘦的杜天刚带着金丝眼镜，精明已经长到脸上。杜天刚是远大集团派任的三位盘古董事之一，在黄国胜的授意下，杜天刚给汪弘毅拨打了电话："汪总，昨天上午的董事会电话会议，你们通报的情况事项中，并没有告知要跟粤海集团签署框架性合作协议，今天新闻上说你们已经跟粤海集团签约了，他们是潜在重组对象？"

汪弘毅正在乔志远的办公室，办公桌上同样放着一份财经报纸，一听杜天刚的语气就知道是黄国胜兴师问罪来了。汪弘毅对杜天刚素无好感，总觉得此人野心勃勃，跟现在东方集团的陶光明一样，觊觎盘古的CEO和董事长位置。汪弘毅克制着自己的厌恶，解释说："杜总，是这样的，昨天下午盘古跟粤海集团签署的是战略合作备忘录，不具有任何法律约束性质，所以在董事会上我们就没有提前跟各位董事预告。"

杜天刚追问："你们是否要公告？"

汪弘毅很肯定地说："是的。"

杜天刚说:"远大的意见是不要公告,如果要,不要谈及股权层面的问题。"

汪弘毅一愣,说:"我是否可以直接向黄总汇报?"

会议室的气氛很尴尬。杜天刚心里很不舒服,汪弘毅这是在藐视自己,可整个会议室坐满了远大集团的高管,黄国胜就在旁边,电话一直是免提,整个会议室都听得清清楚楚。杜天刚的脸红一阵白一阵,努力地克制着自己的情绪,说:"黄总就在身边,你说吧。"

电话里,汪弘毅能听出杜天刚心里的不舒服,他并不理会,说:"黄总,我们确实跟粤海集团签署了合作备忘录,现在第三方机构已经进场,合作正在按照规则进行推进。盘古引入粤海集团的战略意义,我跟乔总已经向您汇报过三次,无论对当前阻止野蛮人,还是对盘古未来的发展,盘古跟粤海集团的合作都具有革命性的意义,希望得到远大集团的支持。"

黄国胜皱着眉头问:"你们签署备忘录约定的交易金额是多少?"

金额是个敏感问题,乔志远示意直说,汪弘毅回答说:"400亿到600亿之间。"

黄国胜提高了声音分贝,问:"金额如此巨大的备忘录,不上董事会表决?"

会议室里的高管们都盯着黄国胜不说话,只听电话那端汪弘毅说:"我们签署的只是备忘录,在公司的规章制度赋予管理层的职责权限之内,在没有形成具体方案之前,上报董事会并经董事会审议是不符合公司管理规范的。"

黄国胜一直在克制自己,汪弘毅的话外之音令黄国胜的肾上腺素分泌加速,400多亿的交易框架协议,关系到远大集团在盘古的核心利益,盘古管理层用法律规章将远大集团排除到决策核心之外。黄国胜猛地一拍桌子,汪弘毅在电话里都听到了声响。黄国胜咬牙切齿地问:"难道你们都不关注公司股价吗?你们自己看看,现在盘古股价是多少?"

隔着巨大的办公桌,乔志远都能听到电话那头黄国胜的咆哮声。乔志远摇摇头,脸上已经爬满了轻蔑的表情。汪弘毅撇着嘴不说话。乔志远打开盘古的股票K线图,示意汪弘毅看看。在备忘录新闻刺激之下,盘古股票开盘从跌停板上绝地反弹。乔志远看了看表,只用了半个小时,盘古股票的买档上就堆满了涨停价的买单,现在股价死死地被封在涨停板上。

第十八章

备忘录

汪弘毅看了看K线图，再看了看乔志远。乔志远一脸严肃，汪弘毅拖动着K线，发现早上集合竞价阶段在跌停板上有巨量的买单，意识到盘古内鬼再次出动了。盘古跟粤海集团签署备忘录是在一个小范围内进行的，双方约定第三天下午3点再对外公布。那样一来，盘古因为跟远大地产合并失败，股价至少会有四个跌停，黄天沙后期买入的账户就会爆仓。没想到有人签约当天就提前泄露了信息，还泄露了签约现场的照片。

坚挺的涨停板让汪弘毅的毒丸计划功效大减，而黄天沙在第三个跌停板上抄底的筹码，一天之内盈利20%，合并失败的利空毒丸只让黄天沙整体筹码损失不到10%的利润。汪弘毅眉毛一挑，调整了一下情绪，冷静地说："黄总，非常抱歉，早上一直在跟乔总开会，没来得及看股价，现在市场反应如此激烈，我们如果再不公告，监管就该找上门来了。"

黄国胜不容置疑地说："股权层面的问题不能披露。"

盘古股价从跌停板上绝地反击令散户们热血沸腾，撬开跌停板的黄天沙已经成了散户们的救世主，乔志远、汪弘毅成了散户眼中的恶魔，为了驱逐黄天沙竟然释放利空将盘古砸出三个跌停板。现在，汪弘毅要通过利好赢得声誉，赢得未来在股东大会上的投票权。汪弘毅拒绝了黄国胜，说："对不起，黄总，如果我们不如实披露，遭遇行政处罚后会失去很多驱逐野蛮人的策略选项，包括不能通过增发股票引入白衣骑士，那个时候野蛮人会更加肆无忌惮。"

挂断黄国胜的电话，乔志远双唇紧紧地抿在一起，右手有节奏地轻轻敲击着桌子。汪弘毅的手机上收到邵南子的一条信息，他立即按下桌子上的可视化系统按钮，乔志远的面前出现一条新闻：黄国胜秘洽野蛮人，远大欲重夺盘古控制权。一直靠在班椅上的乔志远腾地一下坐起来，盯着粗大的新闻标题，快速地浏览了新闻细节，一拍桌子："这个黄天沙真是机关算尽，黄国胜难道看不穿他的小把戏？"

茶水在杯子里晃动，有几滴飞溅到桌面上，乔志远脖子上的血管在膨胀，眉宇间有一种被人戏弄的愤怒。黄国胜一直不增持盘古股权，背后跟黄天沙谈判，刚才竟然还在电话里咄咄逼人。汪弘毅内心翻江倒海，自己刚刚坐上轮值CEO的位子，以为肖天丢掉了白衣骑士东方集团，自己就能坐稳接班人位子，可一旦黄国胜买下黄天沙的筹码，汪弘毅同样没有白衣骑士自持，自己将跟肖天重回接班人竞争游戏之中。

汪弘毅从旁边抽纸里抽出两张纸巾，将桌子上的茶水擦拭干净，冷静地说："我们终止跟远大地产的合并重组，吃跌停的不止黄天沙，远大地产的股价现在还躺在跌停板上，唐国强、黄国胜没有任何可选项，只能眼睁睁看着股价跌停，面对股民的愤怒辱骂也只能忍着。盘古将黄天沙逼到爆仓的绝境，白衣骑士消息一出，我们就成了散户心中的救世主，你说黄国胜能不愤怒吗？"汪弘毅滑动着可视系统的数据，淡淡地说："黄天沙不可能将筹码卖给远大集团，黄国胜也不敢接，这是他们联合演的一出戏。"

乔志远撇着嘴没说话，看了看眼前龙腾集团的持仓价格明细。

汪弘毅指着停牌前的一批股票持仓价，很有信心地说："按照现在的股价，黄天沙至少有5亿股不赚钱，他会以这个价卖给黄国胜？龙珠基金里面的钱要么是银行的理财资金，背后极有可能是保险资金，要么是潮汕帮的资金。就算黄天沙敢卖，黄国胜现在这个价也不敢接，接就是为黄天沙接盘。如果黄国胜在远大集团独断专横硬给接盘了，他那个级别的竞争者就会扑上来，他的前程就完了。"

乔志远的鼻孔里一哼："黄国胜要假戏真做。"

办公室顿时陷入安静，只有黄天沙放血大甩卖，黄国胜才能假戏真做。汪弘毅泰然自若地说："听闻中华啤酒的股权问题已经搞定，美国佬一直态度强硬，偏偏这个时候同意了黄国胜的一切条件，价格还降到240亿，这背后肯定有怪，如果博威幕后有人，幕后之人就是要给黄国胜腾出手来。"汪弘毅突然停下来，脑子里闪现一个念头，说："当初买走中华啤酒股权的机构才花了40亿，如果这个幕后人跟黄天沙是利益共同体，黄国胜的假戏才可能成真。"

乔志远端起茶杯喝了一口水，意味深长地说："人啊，总是有一个通病，看别人洞若观火，看自己一叶障目，黄国胜聪明反被聪明误，中华啤酒股权背后可能就是个圈套。"乔志远抓起茶杯，到嘴边又放下，咧嘴一笑，很是轻蔑地说，"黄国胜聪明一世糊涂一时，远大集团在中华啤酒上被人套走一大笔钱，

第十八章
备忘录

搞不好黄天沙买盘古股票的钱，就是用中华啤酒的权益给融来的，用远大的钱夺走远大在盘古的控股权，最终会让他赔了夫人又折兵。"

汪弘毅心里咯噔一下，脸上依然若无其事，说："如果黄国胜联手黄天沙，那远大集团就不再适合做盘古的大股东，如果他跟黄天沙只是演一出戏拖延时间，到时候以老股东的优先重组权阻止粤海集团进入盘古，我们就会很被动。在粤海集团换股重组盘古方案提交董事会之前，郭沛霖需要跟黄国胜见一面，否则远大集团会揪住程序问题不放。"乔志远点点头，汪弘毅当面拨通了粤海集团董事长郭沛霖的电话，郭沛霖正在办公室看新闻，很担心黄国胜会拒绝会面。

远大集团香港总部会议室，杜天刚提议再推远大地产跟盘古合并的重组方案："粤海集团如果真的通过定向增发获得盘古 20% 的股权，那么我们持有盘古的股权会进一步下滑，到时候连个二股东位置都保不住，我们是老股东，有优先重组的权利。"黄国胜一扫刚才的义愤难平，很诡异地笑了笑，说："唐国强宁做鸡头不做凤尾，我们可以开门迎客，来而不往非礼也。"

众人愕然，很是不解地盯着黄国胜。

黄国胜的电话响个不停，一看是王曦若打来的。没等黄国胜开口，王曦若问："黄总，看新闻了吗？"黄国胜听王曦若的语气不对劲，问："什么新闻？"王曦若说："我们洽谈股权转让是极度机密的信息，现在全上报了，信息是怎么泄露出去的？"黄国胜一愣，立即示意杜天刚调出新闻，眼珠子瞪得很大，他隐约觉得不对劲，问："难道有人窃听了？"

王曦若嗯了一声，问："现在谁最不愿我们交易？"

黄国胜扫了一眼一脸茫然的众人，走出会议室，说："汪弘毅。"

王曦若没有立即接话，电波犹如静止一般，过了几秒，她说："如果我们交易成功，汪弘毅的白衣骑士就没有必要了，他跟肖天又会回到竞争接班人的状态。"王曦若将桌子上的一份内部绝密文件拿到面前，顿了顿说："听说汪弘毅挖了一个计算机高手，在盘古内部搞了个天眼反潜系统，可以追踪一切跟盘古有关的信息。"

黄国胜脸色一沉，心里犯嘀咕，盘古的天眼系统是窃听了黄天沙他们的电话，还是窃听了自己的？黄国胜故作镇静地说："处心积虑是因为害怕失去，当一个人用偷窃的方法获取信息，他已经失去了自信和智慧。"黄国胜突然呵呵冷笑，话锋一转说："生意不是纸牌游戏，偷看了他人底牌，未必能够真正赢得竞争，如同下围棋，不落下最后一子，谁都难以预测胜负。"

3个小时后，郭沛霖一行站在远大集团香港办公大楼前面。

郭沛霖第一次来远大集团香港总部，望着高耸入云的大厦，久久无言。

旁边是粤海集团的一众管理层，站在远大集团大厦的广场上，望着南来北往行色匆匆的过客。其中一位戴眼镜的副总啧啧称奇，感叹国际大都市的快节奏，问："郭总，一旦我们重组盘古成功，那我们就是中国最大的房地产企业了，我们粤海集团是不是也应该在香港盖这么一座办公楼，那才有国际范儿。"

郭沛霖呵呵一笑："你们恐怕还不明白黄国胜的意思吧？"

一帮高管盯着郭沛霖，其中一位说："我们现在是英雄救美，驱逐登徒子。"

众人会心一笑，郭沛霖摇了摇头："现在我们是救谁的美？我跟黄国胜虽然没见过面，但是对这个人还是多少了解一些，海归博士，一直在中央级企业里摸爬滚打，对国企生态了如指掌。能够坐上远大集团董事长位置的人，都是出类拔萃的人才，今天的见面，不要那么乐观。"郭沛霖从皮包里掏出一份报纸递给旁边戴眼镜的副总裁，说："你们没看今天的报纸吗？黄国胜现在是脚踩两只船，也在跟黄天沙谈。"

一行人进入远大集团大厅，天花板中央悬挂着水晶宫灯，庄严大气。黄国胜的秘书将一行人带到远大集团36层的大会议室，一开场，隐形的幕墙上开始播放远大集团的形象宣传片，每个人都不用戴上VR眼镜，就能看到虚拟现实的效果，从新中国成立前革命领袖创办之始，播放到现在全球扩张，震撼之感扑面而来。

宣传片播放完毕后，黄国胜欢迎郭沛霖一行来到远大集团做客，同时直截了当地提出："盘古是远大集团核心资产之一，在贡献率考核方面，盘古一直排名前五，不能在我手上把盘古搞丢了。远大集团之前因为带着国家使命回收

第十八章

备忘录

中华啤酒控制权,在盘古的问题上分身乏术,现在我们要重回第一大股东位置,你们退出盘古重组吧。"

众人愕然,郭沛霖率领粤海集团高管来香港是跟黄国胜谈判的,不是来取黄国胜的拒绝令的。郭沛霖没有接黄国胜的话,粤海集团的总裁刘刚很尴尬地说:"非常感谢黄总拨冗会见,我们粤海集团现在地产资产超过500亿,整个集团资产超过5000亿,作为南海市的全资国有企业,南海市政府一直非常重视盘古的重组,希望能够跟远大集团、盘古进行深度合作。"

郭沛霖不卑不亢地补充说:"黄总,盘古在中国无论是公司治理,还是业务发展,都是具有标杆意义的上市公司,龙腾集团的不断举牌也证明了盘古的地位,我们相信远大集团有重新夺回第一大股东位置的实力,但是盘古跟我们签署的战略合作框架备忘录已经公开化了,到现在我们没有收到盘古提请粤海集团退出的提议,我们粤海集团不能单方面宣布退出,只能继续往前走,最终能不能走下去,只能让董事会和股东大会投票来决定。"

远大集团和粤海集团的高管们相互对望,整个会议室的空气中飘着硝烟味。黄国胜很直接地说:"粤海集团定向增发获得20%股份,我们远大的持股比例将下降到12%以下,按照盘古的公司章程,远大只能派出一个董事,从此无法合并盘古财务报表,盘古对远大集团的贡献率将进一步削弱。这一次盘古跟粤海签署的备忘录有严重的程序问题,如果粤海不退出,我们在董事会上只能投反对票。"

林月娥坐在白果树下,看着一直不说话的黄世林。

老太太端着竹筛子,一颗一颗地将白果外面坚硬的外壳给剥掉,抬头看着孙子,脸上堆满了笑容,问:"小七,雪儿哪点儿配不上你?"林月娥气呼呼地站起来,去拿扫帚,黄世林腾地一下就跳起来:"妈,都什么年代了?"林月娥没有用扫帚招呼黄世林,而是走到白果树下,扫飘落下来的黄叶。

黄世林的小名叫小七,当初黄世林生下来七斤重,黄天沙整日里忙着公司里的事,根本没时间想儿子的小名,一听林月娥给自己生了个七斤重的大胖小子,黄天沙大手一挥:"小名不都有了吗?就叫小七。"黄世林上高中后,家里人再也没有喊过他的小名，只有奶奶没有改口。见林月娥一直扫地不说话，老太太语重心长地说："小七，你都不小了，到底想找个啥样的媳妇儿啊？"

林月娥没好气地说："他想找个仙女儿！"

黄世林笑嘻嘻地走到老太太跟前，抓起竹筛子里的白果，一边剥一边说："奶奶，我现在刚刚创业，好不容易找到一个煤老板给投了2000万，现在哪有时间谈情说爱啊。"林月娥停下手中挥动着的扫帚，很是关心地问："你不是要搞颠覆性的技术吗？怎么不找专业的机构投你？煤老板除了挖煤，他们哪懂什么高科技？"

黄天沙从屋子里走出来，盯着黄世林问："煤老板给你投钱了？"

正在这时，毕飞雪打来电话，问："世林哥哥，今晚回家陪奶奶吃饭吗？"

黄世林皱着眉头说："我已经到家了，你下班没？我去接你。"

黄世林想找个机会开溜，黄天沙似笑非笑地跟老太太说："你孙子想跑。"

林月娥听到电话里是毕飞雪的声音，只听毕飞雪很欢快地说："好啊，我等你！"

挂断毕飞雪的电话，黄世林准备往外走，黄天沙叫住他问："你跟乔瑾瑜怎么分工？"

黄世林跟乔瑾瑜创业之初就进行了分工，说："我负责融资和运营，瑾瑜负责技术和产品。"

黄天沙点点头，语重心长地说："合伙人分工，目的是合作，你们现在创业初期，一个人要像一个团队，一个团队要像一个人，这个世上，成功不是一下子就有的，而是从你们决定要做的那一刻起，你们合伙人、整个团队就要不断地努力、积累。"黄天沙看着不断扫落叶的林月娥，脸上颇有几分自得，说："合伙人就像夫妻，貌合神离的婚姻没有幸福，只有一心一意的爱情才会让生活每天都充满阳光。合伙人的胸怀决定公司的未来。"

黄世林突然对父亲有一种陌生感，从小到大父亲都十分严厉，刚才的一席话是自己多年渴望听到的，可父亲从来不说，从来不跟自己谈创业，难道是盘古股票跌停，让父亲有所顿悟？黄世林故作嬉皮笑脸状，问："爸，是不是瑾瑜他爸把盘古股价给砸跌停了，你资金链出现了问题？"

第十八章

备忘录

黄天沙一下子就乐了,说:"两三个跌停都扛不住,配得上人民公敌的名号吗?"

黄世林跟乔瑾瑜在公司从来不讨论父辈们的恩恩怨怨,整日里都忙着技术研发、招募人才、融资,两位年轻的合伙人有一个共同的目标:"让未来充满无限想象。"父亲眼眸中的自信是装不出来的,世人都在唾骂自己的父亲是篡谋创始人基业的野蛮人,可谁知道父亲的真正心思。父亲是一名商人,但绝不是一个利欲熏心,唯利是图的没有抱负的人。

黄天沙的电话忽然响个不停,是王曦若的电话。黄天沙走到白果树下接通电话,围着那棵300年的白果树走来走去。林月娥从来没见过黄天沙如此兴奋,黄世林从父亲接电话的表情看得出,盘古的跌停没有影响父亲的心情。黄天沙对着电话说:"我们跟黄国胜本来就不是朋友,现在他跟乔志远他们却成了真正的敌人。"

王曦若的桌子上摆着一份财经报纸,整版都是盘古跟粤海集团的新闻。王若曦继续在电话里说:"乔志远他们跟粤海集团签订合作备忘录,那就是跟远大集团分道扬镳了,我们只有掌握足够多的筹码,才能在未来的董事会和股东大会中占据一席之地。"王曦若翻开刚刚准备好的资料,看了看说:"我们持股比例已经达到23%,过了举牌线,现在距离收盘还有30分钟,如果继续买入,我们的持股就会超过25%。"

黄天沙非常坚定地说:"继续买入,拉到25%以上。"

王曦若从电话中都能感受到黄天沙的决绝,盘古给粤海集团定向增发20%的股份,只能将龙腾集团的持股比例稀释到20%,远大集团的比例会稀释到12%以下。王曦若从不反驳黄天沙的决定,但是会给黄天沙提供数据,让他更为理性地作出决策。王曦若很冷静地说:"我们从18%多开始快速买入,现在已超过20%的举牌线,如果在不举牌的情况下继续买入,很容易给乔志远他们落下交易违规的把柄。"

白果树的叶子在黄天沙头上飘落,黄天沙一拍脑门:"前两天的跌停把我都给整蒙了,虽然盘古还没有正式公告,两家签约肯定不是空穴来风,一旦乔志远他们公告两家的备忘录,他们又可以重组为由,将盘古停牌,到时候一拖又是几个月，弄不好复牌后再用利空信息来砸盘，到时候我们就真的危险了。"黄天沙皱着眉头，在树底下走了几圈儿，咬了咬牙，指示王曦若："马上将举牌材料发给盘古，一定要在他们再次停牌前，买过 25% 的举牌线。"

王曦若望着山鹰会议室 LED 显示屏上的资金数据，说："好的！"

黄天沙的嘴角挂着微笑，说："现在我们不用担心黄国胜，更不用担心粤海集团。黄国胜开价六折，看来他的底线还没有被乔志远他们击垮，我们现在把股价拉起来，粤海集团将停牌前 20 个交易日的均价作为定向增发股价，就算乔志远他们开价八折，也远远超过黄国胜的出价，这简直就是给我们一道价格护城河啊。"

A 股重组期间，上市公司担心股价被炒高，经常会在具体的重组方案敲定之前，找各种理由停牌。黄天沙的用意很明显，龙腾集团的筹码一定要超过白衣骑士 20% 的底线，只要白衣骑士继续提高持股比例，那么龙腾集团前面就由远大集团跳出去对抗。王曦若说："按照 H 股的停牌规则，重大事项公告之后就必须立即复牌，在 A 股上买不了，那就在 H 股买入，增加我们筹码的同时，加大粤海集团跟远大集团的谈判分歧。"

黄天沙站在白果树下，对着电话频频点头，说："买 H 股的同时，我们要留足资金，以防远大真的跟粤海撕破脸皮，盘古股价跌停，最后一批筹码一旦出现穿仓，我们还有流动资金进行撬板儿、补仓。"王曦若正准备挂电话，黄天沙突然说："黄国胜那边的谈判继续，他现在想利用跟我们的谈判去恫吓粤海，让粤海主动退出，粤海的进入是汪弘毅坐稳接班人的重要筹码，汪弘毅喜欢玩三十六计，那我们就给他做一回棋子。"

南海市政府，市委书记师泌远刚挂断一个电话，郭沛霖就站到了他的办公室门口。

离开北京的时候，母亲拉着师泌远的手说："儿子，你爸走了之后，你就是我们家的山，无数人都想爬到山顶，因为山有脊梁。当官跟爬山一样，你官位高，不是为了俯瞰众生，而是挺起脊梁更多地为老百姓做事。"师泌远坐进南海市市委书记办公室的那一天就定下一条规矩，所有公务员必须开门办公，

第十八章

备忘录

心底无私，老百姓的心才能宽。

郭沛霖将报纸递给师泌远说："师书记，现在远大集团就是骑墙嘛。"

师泌远接过报纸，看了郭沛霖一眼，又认真看完了新闻，说："黄国胜一边让你们退出，一边跟龙腾、盘古进行三方和谈，这么机密的谈判，都捅到报纸上去了，看样子是真有人要把我们给踢出去啊。"师泌远端起茶杯，若有所思地说："黄天沙这个人我很了解，大学毕业后放弃了国家分配的工作指标，跟他弟弟一起创业，龙腾能够一步步发展到今天的规模，实属不易，潮汕人没那么容易屈服的，所谓三方和谈，恐怕只是黄国胜的拖延术。"

黄国胜跟师泌远曾经是高中同学，师泌远考入北京青年政治学院，黄国胜考入清华大学，师泌远大学毕业就留在北京，进入政府部门工作，黄国胜本科毕业留学美国，继续攻读经济学硕士、博士。黄国胜回国后在中国港粤集团工作，从港粤集团董事长调任远大集团董事长进京汇报时，师泌远也正式调入南海当市委书记准备南下，两人才得以在北京见上一面。

几十年未见的上下铺兄弟在北京匆匆一见，师泌远发现，曾经性格开朗的黄国胜，见面后一直喝酒，话语很少，总是板着一副脸。师泌远尽管一直在领导身边工作，但他为人风趣幽默，饭桌子上总是段子不断，见人就笑眯眯。师泌远春风得意走马上任的南海市市委书记一职，正是黄国胜一直梦寐以求的位置。没想到，一纸调令下来，黄国胜救火远大集团，曾经睡在上铺的兄弟师泌远却坐上了南海市市委书记的位置。

师泌远从北京调任南海市后，决心让南海市进行二次改革。

官宦世家出身的师泌远胸怀雄心壮志。南海市作为当年改革开放的试验田，制造业一直是该市的经济支柱，2008年金融危机之后，东南沿海的劳动力成本迅速上升，大量的制造业外迁东南亚。师泌远在北京跟领导拍胸脯，自己一定要将南海市打造成经济转型升级的标杆。师泌远到南海后，对高能耗、高污染、低产出的传统产业进行大调整，该关的关，该迁的迁，发展金融、文化、贸易产业。盘古作为总部在南海市的唯一一家全球五百强企业，其城市运营商的转型符合师泌远改革的大方向，所以他一直想将这家央企控股企业转变为市属国有控股企业。

底牌（下）

汪弘毅找到郭沛霖，希望粤海集团能够参与盘古的重组，跟汪弘毅进行谈判后，郭沛霖立即向南海市政府汇报了盘古的情况和管理层的想法。刚想睡觉，就有人给递枕头，师泌远立即组织相关职能部门开会，全力支持粤海集团重组盘古，这简直是一举两得，粤海集团可以得到一个上市公司平台，市政府可以借机将盘古转变为南海市政府控股企业。郭沛霖从香港回到南海市汇报跟黄国胜见面的情况后，师泌远一捏拳头，跟曾经睡在上铺的兄弟的较量要开始了。

郭沛霖已经听闻师泌远跟黄国胜是老同学，自己再过一年就到了退休时间，如果能够在退休之前将盘古收入囊中，那将是人生最荣光的时刻。郭沛霖看着一脸沉着的师泌远，问："远大集团让几方坐到谈判桌上，黄国胜杀价杀到地板上了，黄天沙就是再傻也不会接受吧？他们这和谈是想暂停重组，还是想联手黄天沙对抗我们？师书记，如果龙腾、远大两家真的联手跟粤海竞争，政府支持谁？"

国有企业、民营企业都是国民经济的重要支柱，郭沛霖给师泌远出的是选择题，无论他选谁，都容易被企业以及他在官场的竞争对手抓住把柄。师泌远一直在领导身边工作，深知抉择可张扬权力，更可检验他人对权力的敬畏，但抉择不慎，权力就会反噬，是一把无情的双刃剑。师泌远相当老练地说："盘古不是远大一家公司的盘古，是国家的盘古。龙腾不只是黄天沙的产业，是南海经济的组成部分，无论是粤海，还是龙腾，无论是国有企业还是民营企业，政府都应该保护优秀的企业，让好的企业发展得更好，为社会提供更好的服务，做更多的贡献。"

汪弘毅坐在办公室看上海浦江花园的处理汇报，邵南子敲开门，将一份资料递给汪弘毅。汪弘毅翻开资料一看，顿时心花怒放，他努力克制住自己兴奋的情绪，看上去很冷静地问："除了你，还有谁接触过这份材料？"邵南子一看汪弘毅眼眸中荡漾开来的光晕，冷冷地说："这是天眼系统S密级追踪材料，送到您办公室前，绝无第二人知晓。"S密级是盘古机密中最高的级别，汪弘毅看了邵南子一眼，埋头继续看文件。

办公室的可视电话响起来，汪弘毅示意邵南子退出。电话是乔志远打来的，

第十八章

备忘录

没等汪弘毅开口,乔志远就问:"弘毅,远大、龙腾的人跟你接触了吗?"邵南子进入办公室之前,汪弘毅已经看到新闻,远大集团、龙腾集团、盘古三方秘密和谈。汪弘毅一笑了之,说:"没有任何接触,现在放出这样的消息,是有人想玩无中生有,离间我们跟粤海集团的谈判。"

乔志远很不屑地问:"黄天沙想翻大浪?"

紫宸会秘密会晤之后,乔志远从内心就没有将黄天沙当成对手,一直视他为疥癣。汪弘毅一直在推演盘古各方的谋划,说:"在跟郭沛霖见面之前,黄国胜跟黄天沙的人谈过收购的可能,远大出价太低,听说想以现在股价的六折收购,被黄天沙拒绝了。郭沛霖在香港拒绝停止重组,还有什么消息比这个消息更让黄天沙兴奋呢?"

听到汪弘毅这么一说,乔志远呵呵一笑,说:"想当年,远大集团出资4亿就当上了盘古大股东,黄天沙闯进来的时候,他让我们坐冷板凳,现在才想起要收购黄天沙手上的筹码,他这是守门人去给野蛮人抬轿子。"

汪弘毅冷静地说:"黄天沙是在死间。"

乔志远握着电话一声冷笑:"一个卖菜的开始玩兵法了?"

滚石银行的暗仓一直令汪弘毅如鲠在喉,曾经想通过暗仓将黄天沙推到违规举牌的位置,没成想遭遇黄天沙算计。汪弘毅条理清晰地说:"他在滚石仓位上移花接木,掀翻了远大暗仓,让我们在黄国胜面前灰头土脸,现在他将虚虚实实的信息释放出去,离间的不再是两方,而是三方,粤海对管理层有了戒备之心,远大跟粤海对抗,粤海想重组盘古只能提高对价,增发价一旦打折,其他股东就会站到远大一边,黄天沙就可以坐收渔翁之利。"

"玩信息不透明的时空差。"乔志远鼻子里很不屑地哼了一下,果断吩咐,"弘毅,你马上跟郭沛霖和南海市市委书记师泌远进行电话沟通,澄清黄天沙的小把戏,再让王欣发布澄清公告。对了,既然黄国胜想利用跟黄天沙的谈判来获得跟粤海集团谈判的更多主动权和更大的谈判空间,以主导盘古引入白衣骑士的进程,那就将盘古跟粤海签署的合作备忘录一并公告了。"

汪弘毅办公室的窗外有一片小树林,朝阳洒向树梢,穿过密密的树叶,星星点点地洒落在林间。汪弘毅看了看表,已经早上8点。在跟郭沛霖谈判的过

底牌（下）

程中，汪弘毅一直想跟师泌远直接谈判，师泌远每次都以会议繁忙为借口婉拒。汪弘毅后来才了解到，师泌远跟黄国胜是老同学，在两家合作没有胜算之前，师泌远出面容易被政敌抓住官员干预商业谈判的小辫子。汪弘毅想了想，将电话打到师泌远办公室。

郭沛霖昨天晚上在电话中告知师泌远，今天早上9点半，远大集团的谈判代表会到南海市政府谈判。郭沛霖一大早就拖着肥胖的身体，早早地守候在师泌远的办公室。师泌远有一个早上6点在市政府大院跑操的习惯，每天早上7点半准时进办公室。汪弘毅电话打进来时，师泌远跟郭沛霖正在办公室等待远大集团的谈判代表。汪弘毅开门见山地说："师书记好，早上的新闻恐怕你们已经看到了，我们盘古没有任何人组织过三方和谈。"

师泌远很客套地问："那远大跟龙腾有过谈判吗？"

汪弘毅能听得出师泌远的客套，很谨慎地说："有所耳闻。"

师泌远问："远大集团让粤海集团退出，你们管理层是什么意见？"

在盘古的20多年里，汪弘毅跟无数官员打过交道，一听官员的话，就明白他们的话外之音，师泌远是希望看到盘古管理层的决心。汪弘毅很干脆地说："盘古是想做成基业长青的百年老店，寻求未来的增长点和向城市运营商转型是我们不变的目标，粤海集团未来的城市交通轨道系统是房地产业务持续增长的基点，两家若能合作盘古将让彼此如虎添翼。"

师泌远追问："如果远大跟龙腾在股东大会上投反对票，管理层怎么应对？"

董事会的关口是远大集团，股东大会的关口，除了远大集团，还有龙腾集团，甚至还有黄天沙那些潜伏在水底的盟友。汪弘毅已经就这个问题进行了反复的沙盘推演，很有信心地说："远大在董事会上投反对票是可能的，在股东大会上投反对票就有跟黄天沙是一致行动人的嫌疑。远大集团是中央级国有企业，国有资产的保值增值是使命，龙腾集团的资金都是放杠杆得来的，远大集团不可能用国家信誉为黄天沙背书。"

"一致行动人？"师泌远反问，"因为他们现在的秘密谈判吗？"

汪弘毅解释说："仅因他们两家股权交易谈判还不能说他们是一致行动人。

第十八章

备忘录

远大地产是远大集团控股的上市公司,在盘古跟远大地产谈判合并期间,龙腾地产收购了远大地产的龙湖花园项目,这个项目目前只支付了首笔交易款,龙腾地产已经将整个项目进行了抵押融资,我们怀疑其中部分资金已经变成黄天沙买入盘古股票的杠杆资金。"

盘古释放跟远大地产合并失败的利空消息后,王曦若抓住盘古股价跌停的机会,迅速将持股比例拉到24%。就算未来退出,黄天沙一定会通过掌握足够的筹码获得一个退出的安全边际保障。师泌远问:"龙腾集团如果没有停下来的意思,就算粤海获得20%的定向增发,同样无法获得第一大股东的位置,按照盘古公司章程规定,龙腾集团可以有三个董事会名额,粤海只能有一个董事会名额,怎么确保国有资产在盘古的保值增值?"

汪弘毅胸有成竹地说:"黄天沙现在的目标就是想在董事会中获得董事会席位和话语权,管理层有4%以上的持股计划,按照公司章程可以获得三个董事席位,在重组和董事会改选期间,我们跟持股超过5%的远东保险、一直持股1%的超级大户四方签署一致行动人协议,就可以逆转乾坤,除了可以推荐五个独立董事席位,还可以获得三个执行董事会席位。"汪弘毅顿了顿,接着说:"黄天沙机关算尽,龙腾集团在董事会最多也只有一个席位。"

师泌远对汪弘毅的整体策略相当满意,他说:"汪总思虑周全,盘古是盘古股东的盘古,更是整个社会的盘古,相信在你们管理层的不断努力下,一定会发展得更快更好。一会儿远大的谈判代表将到市政府跟粤海进行再次谈判,市政府的意见很明确,我们对远大很尊重,都是国有资本,做大做强盘古是国有资本的责任与义务,坐下来谈判才能有一个多方共赢的未来。"

汪弘毅的电话刚挂,秘书就敲门说:"师书记,远大的谈判代表已经到会议室。"

郭沛霖走进会议室,一眼就认出了杜天刚,主动上前跟杜天刚握手:"杜总好。"

金丝眼镜让杜天刚看上去多了几分文雅。杜天刚之前跟郭沛霖有过交往,从前任的王锋到现任的黄国胜,杜天刚一直执掌着远大集团最核心的战略投资和法务两个核心部门,是远大集团扩张的功臣。陶光明北上东方集团之后,杜天刚接替了其在盘古董事会的位置。在董事会改选过程中,远大集团内部曾经有人提议让杜天刚出任盘古董事长,王锋一笑了之。一年之后,王锋被人举报,纪委调查组顺藤摸瓜,王锋锒铛入狱。

郭沛霖听闻过杜天刚的部分传闻,从未将传闻当真。黄国胜坐上远大集团董事长的位置,杜天刚依然深得黄国胜的信任。跟郭沛霖客套性地握手之后,杜天刚上前两步,紧紧地握住师泌远的手,说:"师书记好,黄董事长让我带话问您好,今天专门来拜访南海市政府领导,无论远大还是粤海,都是国有资产,都是一家人,盘古的基业长青是我们共同的目标。"

师泌远跟杜天刚客套一番后,秘书在旁边催促,廉政会议马上就要开始了。杜天刚诡异地一笑,跟师泌远握手道别。南海市国资委主任张天明示意杜天刚坐下说话,开门见山地说:"杜总、郭总都坐下吧,你们在香港已经见过一面,南海市政府对粤海集团参与盘古的重组非常重视。鉴于远大集团对重组的一些意见,市政府特意叮嘱我主持今天的调解会议,盘古是股东的盘古,更是国家的盘古,大家都是为了盘古未来的发展,今天就开诚布公地谈。"

张天明的话令杜天刚暗自欣喜,说:"张主任高瞻远瞩,无论是远大还是粤海,进入盘古都是为了盘古的未来,我们都是国资的看门人,就不用分是央企还是地方。"杜天刚此话一出,郭沛霖面露喜色,没想到杜天刚话锋一转,说:"现在龙腾的持股比例将超过25%,只要粤海增发10%的股权,国资持有的股权连同管理层的持股计划就能超过龙腾,黄天沙就翻不起大浪。"

"10%?"郭沛霖的秘书在旁边小声嘀咕了一下。郭沛霖喜笑颜开的脸上顿时阴云密布,很为难地说:"杜总,如果粤海集团只持有10%的股权,远大集团跟粤海集团两家国有企业岂不成了陪着黄天沙这个太子读书?黄天沙什么都不用做,按照盘古的董事会章程,龙腾集团就可以轻松获得至少三个董事会席位,那我们费半天劲,只是见证黄天沙的风光?"

会议室氛围很尴尬,张天明阴沉着脸,看了看郭沛霖,又看了看杜天刚,心里暗暗唾骂杜天刚是一只老狐狸。杜天刚脸上保持微笑,说:"郭总您的这个担忧我们已经考虑过,我们绝不可能让黄天沙坐收渔翁之利。远大集团支持

第十八章

备忘录

盘古向粤海集团增发 10% 的股权，粤海集团将投票权委托给远大集团，以便远大集团获得 25% 的投票权，回到第一大股东的位置，这样中央和地方国企看门人就可以联手共同打造一个基业长青的盘古。"

郭沛霖的屁股在椅子上挪了挪，杜天刚心里冷冷一笑，在远大集团香港总部遭遇黄国胜拒绝的时候，郭沛霖都没有如此不安。现在远大集团敞开合作的怀抱，郭沛霖一听条件就蒙了，坐在旁边的张天明也听得云里雾里。郭沛霖还是忍不住问："杜总，远大集团的意思是我们粤海集团出钱，你们远大集团掌权？那我们参与盘古重组只是为了看热闹？"

杜天刚很诚恳地说："盘古是 A 股标杆企业，粤海可以分享盘古发展的红利。"

郭沛霖两手一摊，很无奈地说："远大为何不自己增持？或者让盘古定向增发 10%？"

办公室的空气中已经开始出现硝烟味。杜天刚面不改色，温和而又坚定地说："远大集团重组盘古也是我们考虑的一个选项，既然粤海是盘古管理层邀请的重组方，又是国有企业，都是替国家看门，粤海集团的轻轨系统和地铁上盖物业是未来盘古的一个业务增长方向，所以我们远大内部开会的时候尊重盘古管理层的决策。"

郭沛霖追问："远大集团还有别的选项吗？"

杜天刚说："我得到集团管理层的授权是投票权合作。"

郭沛霖耸了耸肩膀，说："如果粤海坚持在香港谈判时的决定呢？"

杜天刚摇了摇头，很是无奈地说："我们只能对重组预案投反对票。"

香港四季酒店套房内，王曦若给黄国胜倒上一杯茶。一股典雅却又不失生动的石榴香氛，伴随冰晶般清新沁凉的柚子清香在屋子里散发开来，混合着茶香钻进黄国胜的心肺之间。

黄国胜接过王曦若递过来的茶杯，目光穿过缭绕的茶雾，王曦若精致的脸庞更加超凡脱俗。黄国胜心里在嘀咕，黄天沙从哪里挖到这么一个尤物，明明可以用脸吃饭，偏偏有着男人都难以匹敌的智慧。很难想象在电话中那个锱铢必较的女人就是眼前这位冰雪丽人。

王曦若落落大方地打开电脑，向黄国胜介绍说："黄总，我们龙腾集团已经成立20多年，我们内部有一套严格的遴选程序，没有持续的利润增长，没有优秀的管理团队，我们龙腾集团绝不投资，我们是看好盘古的团队和未来。上一次黄天沙董事长跟您见面后，叮嘱我们一定要跟远大集团一起成就盘古的未来。"

黄国胜早在上一次就听黄天沙说过这一套大道理，但是王曦若一开口，自己怎么就听着那么顺耳？黄国胜一边听王曦若介绍，一边不断地点头。一口清茶沿着喉咙下滑，顿时升起一股清爽之气，通体舒畅。黄国胜偶尔还插一两句："黄总有王总这样的左膀右臂，龙腾集团在资本市场呼风唤雨就不难理解了。"黄国胜放下茶杯，故意顿了顿，额头上皱纹皱成一团，长叹一口气，说："只是这一次你们把我们远大集团推到火坑里了啊。"

在进入房间之前，黄天沙给王曦若打了一个电话，告知黄国胜的副总裁杜天刚正在跟郭沛霖谈判。王曦若听完黄国胜的长叹，很从容地解释说："黄总，龙腾集团在过举牌线的当天，我们董事长专门在北京约见了乔志远董事长，我们一开始只是作为财务投资者的角色进入，希望能够分享盘古的成长，未来依然会把乔志远董事长当成盘古的一面旗帜，没想到乔志远董事长歧视我们民营企业，我们真没想让一桩共生共荣的合作闹得满城风雨。"

一直很拘谨的黄国胜慢慢地放松开来，板正的脸上浮现出丝丝笑容："老乔这个人就这个脾气，从当年他拎着蛇皮袋子贩卖玉米，到今天盘古成为全国最大的房地产商，盘古对于老乔来说就跟自己的孩子一样，所以他有他的情怀，他想打造出全新的企业生态，他担心你们是野蛮人，进来把盘古私有化，把公司账上的现金给分掉，最后公司一地鸡毛。"

王曦若嘟着嘴，看上去令人顿生怜爱："我们尊重情怀，但世界上任何一家伟大的公司都是从小一步步做大，从不规范一步步规范起来的。曾经，我们董事长到伦敦跟我谈了三次，我更关心的是一个企业无论在商场上用什么样的策略去竞争，前提是一定要遵守游戏规则，龙腾已经不再是当年那个卖菜的地摊公司，已经蜕变成为一家现代化公司。"王曦若端起茶壶，一边给黄国胜续

第十八章

备忘录

茶水，一边说："龙腾有龙腾的梦想，跟乔志远董事长的梦想相比，我们的梦想很小，就是为那些持有几百块几千块保险的老百姓赚钱。"

黄国胜眉毛一挑，问："你们明知远大是盘古十多年的大股东，为什么还不断举牌？"

在龙腾集团的山鹰会议室，黄天沙跟王曦若已经推演过黄国胜可能问出的问题。王曦若坦然自若地说："从乔志远董事长的敌意，以及管理层释放的引入第三方白衣骑士的信息，我们判断盘古管理层已经抛弃了远大集团这个大股东。既然他们已经不在乎盘古国有控股这个事实，那么与其让别的企业来接盘，不如我们直接从财务投资者的身份转变为战略投资者。"

黄国胜很警觉地问："你们战略持股的目的是什么？"

王曦若说："我们依然会把乔志远董事长当成盘古的一面旗帜，我们会跟盘古的所有股东，以及管理层共生共荣。我们尊重盘古所有的股东，他们成就了盘古的管理层，成就了盘古今天行业领袖的地位，没有所有股东和管理层的贡献，就没有盘古的今天。我们管理着老百姓的血汗钱，只是想跟盘古一起成长，让老百姓能够分享盘古发展的红利。"

荷尔蒙在利益的交锋中飘散，渐渐地淡化在金钱的暗影之中。黄国胜开始冷静了，说："我们国有企业更是管理着全国人民的血汗钱，你对你的投资人负责，我更要为国有资产负责。之前，你在电话中让我们以市场价买走你们的筹码，我会落个利益输送的罪名；如果不买，我拿不回盘古第一大股东的位置，那是国有资产流失，罪过也大了。"

王曦若优雅地端起茶杯的时候，南海市的谈判正陷入尴尬局面。现在黄国胜需要一个筹码，才能让远在南海市的杜天刚在谈判桌上占据有利位置。王曦若不失时机地送给黄国胜一根胡萝卜，说："黄总，除了股权交易，我们可以成为一致行动人，远大集团拥有了投票权，一样可以稳坐第一大股东的位置。"

黄国胜一愣，杜天刚在南海市政府得不到的条件，王曦若竟然主动送上，黄天沙这又是要唱哪一出？黄国胜的身子向后靠了靠，很尴尬地笑了笑："王总这么说我不知道是该感谢呢，还是该拒绝？现在舆论铺天盖地骂我丢失控制权，变相地支持野蛮人，如果我们真成了一致行动人，那就坐实了我支持野蛮人的行为。"黄国胜毫不掩饰自己对黄天沙的不信任，说："再说了，一致行动人跟大股东控股是两个概念，只要你们想解除协议，法律的约束力是相当微弱的。如果这只是你们的缓兵之计，反手要行使第一大股东的权力，那样我就真的引狼入室了。"

在踏入房间的那一刻，王曦若就做好了被黄国胜奚落的思想准备。听黄国胜的一番话，王曦若乐了，说："远大集团是数一数二的国有企业，我们龙腾集团能走到今天，如果真是信誉不够，谁会跟我们进行金融交易？金融就三个词，信用、杠杆和风险，只有有信用才能放杠杆，如果控制不好风险，杠杆就将失败，信用也将毁于一旦。黄总您说我们是友，还是敌？"

黄国胜很是疑惑地问："你们的条件？"

王曦若脱口而出："得到股东应有的尊重。"

黄国胜追问："具体怎么讲？"

屋子里再次充满希望。王曦若很从容地说："我们拥有提名董事的权利，投票时可以以一致行动人身份，跟远大集团保持一致。以乔志远为首的团队不能拒绝跟股东见面，更不能歧视民营资本。我们可以继续维持乔志远这一面旗帜，但他跟他的团队不能肆意诋毁龙腾。"

黄国胜想了想，咬了咬牙说："龙腾集团所有筹码都是从二级市场购买，按照证监会的规定，你们6个月之后就能抛售套现，一旦你们全部抛售，而你们的董事还在盘古董事会里，怎么跟我们一致行动？"

王曦若听出了黄国胜的言外之意，试探性地问："远大集团想在协议中约束我们的抛售期限？"黄国胜呷了一口茶，笑而不语。王曦若两手一摊，雪白的双臂伸到黄国胜眼前，很无奈地说："一致行动人保证了远大集团的第一大股东权力，如果还要限定我们的抛售时间，那无形中增加了龙腾集团的持仓成本，一旦盘古爆出负面信息，股价下跌，亏的可是老百姓的血汗钱，我们跟保险投资人没有办法交代，那个时候我们就真成了罪人。"

第十九章
调查组

　　杨子欣路过公园，公园里繁花凋零，落叶缤纷。

　　晨练的老人们在打太极，音乐声起，老人成抱拳礼的双手缓缓放下，迈开左腿，右腿在地上画出一道清逸出尘的弧线，随着音乐柔软而有力地摆动着身子，一招一式阴阳相合，虚实、刚柔、动静融为一体。不远处，一个陌生而又熟悉的身影，令杨子欣的心微微一颤。孤独的背影旁，那张熟悉的轮椅上空空荡荡。杨子欣走到轮椅旁，看到老太太目光呆滞地望着公园里来来往往的人群。老爷子去世了，老太太每天都会推着轮椅到公园，期望有一天在人流中看到老伴的身影。

　　杨子欣蹲下身子，老太太的目光里才慢慢地有了柔和的光感。老太太将手搭在杨子欣的手背上，叹了口气，说："走了，再也回不来了！"

　　抓住老太太满是皱褶的手，杨子欣想安慰老太太，可是话到嘴边，眼睛里已经噙满泪水。老太太低垂的眼睑已经爬满了孤独和忧伤。杨子欣想到了远方的汪弘毅，自己总是一个人在孤独的城市里饱受无尽的思念。每次在阳台上看着推着轮椅的老两口，杨子欣的心都会被孤独吞噬，没有爱人的都市，只是一座繁华的孤城。

一路上，杨子欣的车里都播放着忧伤的音乐，窗外的芸芸众生，为了生活、为了爱，不断地奔波。杨子欣拨通了汪弘毅的电话，还没有说话，已经泣不成声。汪弘毅刚在办公室里开完一个电话会议，听到杨子欣的哭泣，心头一紧，连忙问："子欣，怎么啦？"杨子欣抓起副驾座位上的纸巾擦了擦眼泪，说："如果有一天，我离开了，你会选择忘记？还是回忆？"

杨子欣的哭泣令汪弘毅不安，从两人开始恋爱就一直分离两地，没有春花秋月的浪漫，只有星辰望断的落寂。在无数个夜晚，拖着疲惫的身躯回到闹市的小屋，杨子欣一次又一次地拿起电话，一次又一次地放下。世间最残忍的距离，就是你在千里之外，却在我的内心深处种下爱情的蛊。汪弘毅温柔地说："傻瓜，忘了时间，也忘不了你。"

杨子欣抽泣了一会儿，汪弘毅在电话那一头静静地陪着。杨子欣调整好情绪，说："梅怡去调查过杨鸣鹤。"汪弘毅一愣，问："你怎么知道？"杨子欣脱口而出："他是我儿子。"汪弘毅顿时犹如五雷轰顶，半响没有回过神来，电话里久久地沉默。杨子欣突然后悔了，不该在这个时候告诉汪弘毅实情，他会不会一怒之下真的放弃自己？

汪弘毅抓起办公桌上的杯子，一口下去，咖啡变成了半杯。汪弘毅默默地在心里告诉自己，杨子欣是在跟自己开玩笑，她不止一次拿杨鸣鹤跟自己开玩笑。可杨子欣刚才不断地抽泣，她不是开玩笑，她是认真的。难道杨鸣鹤真是杨子欣的儿子？谁是杨鸣鹤的父亲？缠绵悱恻的璧人跟他人有了儿子？曾经的刻骨铭心难道都是逢场作戏？汪弘毅努力地控制自己的情绪，不断地告诫自己，这只是一个玩笑。

温柔化作压抑的沉默。

杨子欣率先打破沉默："这不是一个玩笑。"

汪弘毅的情绪瞬间到了失控的边缘，眼前不断浮现出两人在一起的画面。儿子是汪弘毅心中挥之不去的痛，曾经因为儿子他失去了家庭，在乔志远欲推行轮值CEO，他的事业也面临考验的时候，是杨子欣让自己振作了起来。自

第十九章
调查组

己有掌舵万亿盘古的雄心，难道不能接受杨子欣有儿子的事实？汪弘毅按了按太阳穴，中枢神经开始舒缓，脸上努力地挤出一丝微笑，说："子欣，上苍让我们相遇，一切都是最好的安排。"

杨子欣从电话里都能感受到千里之外汪弘毅的痛苦，汪弘毅的话只是在安慰自己，天底下有几个男人会丢下尊严去给别人养儿子？杨子欣抹了抹眼角的泪珠儿，说："儿子是我的命根子，可在我们的爱情里又像一把剑，悬在我的头上，我不想一直隐瞒下去，我有遇见你的运气，却没有留住你的勇气，你有你的未来，那个世界不属于我。"

没有人知道杨子欣以东方大学数学系高才生的身份进入盘古销售部的真正目的：乔志远的儿子乔瑾瑜一进校门就追求杨子欣，当杨子欣陷入乔瑾瑜的世界，乔瑾瑜却莫名其妙地消失了，用情至深的杨子欣流干了眼泪，开始了两年痛苦而混乱的大学生活。杨子欣进入盘古，就是想报复乔志远，要让乔志远为乔瑾瑜欠下的情债付出代价。

没想到，汪弘毅出现了。第一次见到汪弘毅，他的脸如雕刻般英俊，眼眸深邃，从容深沉，那一瞬间，杨子欣对乔瑾瑜、乔志远的愤恨释然了，就算时光能够倒流，自己也不想回到过去。杨子欣克制着自己的爱慕之情，她不想搅乱汪弘毅的世界，不想看着汪弘毅的妻子梅怡跟女儿流泪。每一次两人相遇，杨子欣很想多看汪弘毅一眼，但每次只能点头微笑，就匆匆离去。梅怡跟凌薇远走上海之后，汪弘毅的颓废，杨子欣看在眼里，疼在心里，在一个月明星稀的夜晚，她鼓足勇气给汪弘毅发送了一条安慰的信息。

确定恋爱关系后，由于工作的原因，两人相爱却不能忘情地恋爱，令杨子欣痛苦万分。每一个夜晚，杨子欣都会在窗前望着夜空，遥望南海的方向，期待汪弘毅的电话。没想到，黄天沙闯进了盘古，肖天跟汪弘毅的接班人之争中从暗流涌动，变成了箭在弦上，汪弘毅整日里忙得不可开交。每一次电话，每一次难得的缠绵，杨子欣都期待汪弘毅能对自己说："我们结婚吧。" 3年了，杨子欣一直在等待，她不想让别的孩子再嘲笑杨鸣鹤是野孩子，可杨子欣一直没有勇气告诉汪弘毅，那个在盘古管理层会议上令人啼笑皆非的杨鸣鹤就是她的儿子。

底牌（下）

肖天坐在班椅上，双手在额头上轻轻地摩挲着。

桌子上放着一份东方 DNA 鉴定中心的报告，报告上有中国 DNA 鉴定教父熊正刚的签字。这是王刚辞职之前留给肖天的礼物，一直忙着跟汪弘毅交接 CEO 工作，处理浦江花园的质量问题，足足 5 个月过去了，肖天才亲自将报告取回来。看着眼前的报告，肖天表情凝重，从抽屉里取出一张电话卡，拨通了王刚的电话，说："兄弟，孩子是杨子欣的，但跟汪弘毅的父权指数不到 10%。"王刚在电话中哈哈大笑："那就是个野种！"

报告的旁边是一张旧报纸，照片上汪弘毅摸着杨鸣鹤的头。那这个孩子到底是谁的？肖天右嘴角微微上翘，不屑中有几分疑惑："跟汪弘毅没关系，可为啥跟汪弘毅小时候像一个模子里刻出来的呢？"

王刚呵呵冷笑，说："老兄，堂石房地产的老板被盯上了。"

肖天心里咯噔一下，问："为什么？"

王刚提醒说："浦江花园业主写联名信，是有人在背后捣鬼。"

办公室里回荡着王刚爽朗的笑声，肖天脊背有一丝凉飕飕的感觉。挂断电话，肖天靠在座椅上，不断琢磨王刚的提醒。浦江花园业主围攻售后服务部难道真是有人在暗中搞鬼？装修出现的材质质量问题，跟周晓萌有什么关系？周晓萌的堂石房地产公司只是盘古的销售代理商，而堂石房地产没有代理销售浦江花园楼盘，周晓萌怎么就被人盯上了呢？

卸掉手机里的电话卡，将 DNA 报告锁进保险柜，喝了一杯清茶，心绪平静后的肖天召集工程部、质检部以及第三方检测机构开会，全面汇报浦江花园的工程问题。肖天看人员到齐，一脸严肃地问："现在浦江花园业主安抚好了，重新装修也已经快完工了。浦江花园项目是盘古科技地产在上海的重点项目，到底是哪个环节出了问题？"

各部门的负责人默不出声，第三方检测机构汇报说："肖总，浦江花园装修材料是经过公开招标采购的，进货都是按照程序进行的，装修工序也是按照既定的方案进行的，至少在程序上没有问题。交房前经过第三方检测验收，从程序上看也没有任何破绽。"

第十九章
调查组

肖天敲着桌子问工程部："工程部怎么不说话？问题到底出在哪里？"

工程部回复说："浦江花园地处黄浦江畔，几个月前正值梅雨季节，雨一下就是几个星期，连石头都长青苔了，我们新装修的地板和墙面，在自然通风状况下不能在工期内干燥，相反却因为连日阴雨而发霉。"

王刚的提醒言犹在耳。肖天盯着工程部负责人，整整一分钟没有说话，整个会场死一般的沉寂。工程部的回复令肖天非常失望，隐隐有一种不祥的预感。肖天敲着桌子，冲着工程部质问："如果说梅雨是事故的真凶，那么屋顶渗水，也是梅雨造成？我们是科技地产，隔壁的传统楼盘怎么没有发霉、渗水？我们的科技哪儿去了？"

红着眼睛的杨子欣敲开会议室的门，在肖天耳边小声说："总部调查组到了。"

肖天心里咯噔一下，毫不顾忌各部门负责人都在，冲着杨子欣反问："调查什么？"

会议室的各部门负责人开始交头接耳，没有任何人注意到杨子欣的情绪异常。进入会议室，杨子欣嗅到空气中的火药味，本想先让肖天见调查组，没想到肖天这么直接当众就问了，现在她已经全然没有心情照顾肖天的情绪，也只能如实说："蒙毅跟一行人到达大会议室，听说他们专门来调查浦江花园的工程质量问题。"

听到蒙毅两个字，肖天站起来，将会场所有人丢下，自己一个人去见调查组了。蒙毅是盘古稽核部总经理，盘古管理层持股计划的核心成员，是汪弘毅从国内第一大会计事务所长江会计事务所挖过来的会计稽核高手。蒙毅进入盘古之前，在长江会计事务所已经做到高级合伙人。作为高管后备力量引入盘古的蒙毅，最初进入盘古战略投资部，汪弘毅出任总裁之后，蒙毅调任稽核部总经理，在盘古内部素有锦衣卫首领之称。

杨子欣跟在肖天身后，肖天走到电梯口，示意杨子欣说："你去跟工程部、质检部的人说一下，在我没有回来之前，任何人不得离开会议室，等候调查组的询问。"肖天钻进电梯，再次回想起王刚的话，是谁策划的浦江花园业主联名信事件？周晓萌跟浦江花园毫无交集，怎么会卷入浦江花园案中？

蒙毅笑眯眯地伸出手，紧紧地握住肖天的手。

寒暄过后，蒙毅跟肖天分宾主坐下，调查组的同事将一份材料递给肖天。肖天见过这个家伙，他曾经是王刚的秘书，叫萧炎，王刚离职后，调入稽核部。蒙毅看肖天盯着萧炎，脸上堆满了笑容，说："肖总，一开始总部以为浦江花园只是一起简单的质量问题，您面前的这份材料，我们已经初步核实，发现问题比想象的复杂，所以总部觉得有必要派出调查组，把问题搞清楚。"

肖天翻了翻，很不屑地拎起材料："举报信？腐败问题？"

整个会议室的空气如同凝固一般。虽然肖天跟汪弘毅的轮值 CEO 交接工作已经完成，但是现在肖天是盘古总裁兼上海区域首席执行官，仍然是汪弘毅接班盘古的竞争者。程春明就是因为腐败问题被汪弘毅送进监狱的，现在浦江花园一旦查实有举报信中说的腐败问题，肖天将彻底失去竞争接班人的机会。蒙毅依然笑容满面，说："肖总，给所有人一个公正是盘古的文化，我们到上海之前，经过初步调查已经掌握了浦江花园项目的部分问题。"

工程部、采购部的人在小会议室坐立不安，杨子欣传达完肖天的指令后，整个会议室进入天眼系统的监控之中。杨子欣回到办公室，将之前肖天吩咐调取的浦江花园装修工程采购清单做成一个文件夹，送到专案组所在的大会议室。刚一进来，就听到肖天说到举报信，杨子欣将材料递给肖天后准备离开，肖天示意她在旁边坐下。肖天翻了翻清单，上面有财务、法务、稽核各个部门的签字，他两手一摊，不屑地说："这是账册清单，哪里有腐败？"

在回办公室整理材料期间，杨子欣在只和汪弘毅通信的秘密号码上收到了汪弘毅的信息。看完汪弘毅的信息，杨子欣嘴角浮现出甜蜜的微笑，快速补了一个妆，精致的脸上焕发荣光。杨子欣坐在肖天旁沉默不语，只是像往常一样不停地在电脑上记录着每一位的发言。偶尔，杨子欣会侧眼看看肖天的表情变化，她听到各种关于自己的传闻，可肖天对她的态度却一如既往。现在，杨子欣有一种身在曹营心在汉的痛苦，她不想做出伤害肖天的事，可汪弘毅已经占据了她的灵魂。

蒙毅进入盘古已经有 6 年，在稽核部总经理的位置上也已经 4 年了，对盘古管理层的脾气秉性了如指掌，肖天如果有汪弘毅的沉稳隐忍，恐怕乔志远会

第十九章

调查组

将接班人的位置留给肖天。蒙毅毫不在意肖天的不屑，依然笑脸面对，说："肖总，您手上看的这份清单，我们总部已经调取查看过了，整个项目采购都是按照公开招标程序进行的，看上去没有任何问题，但是我们总部在审查当时参与招标的机构，发现只有三家机构参与竞标。"

肖天撇着嘴问："有问题吗？"

杨子欣抬头看了一眼蒙毅，再看看肖天，肖天的不满已经写在脸上，胖嘟嘟的蒙毅一脸的沉稳老练，微笑遮住了他深邃的心机。蒙毅点点头，说："盘古有一套招标规范，从工程部提交的材料看，三家机构都是按照标准选出来的，每家机构看上去都符合条件。"蒙毅顿了顿，肖天严肃的脸看上去放松了一些。蒙毅话锋一转，说："只是三家机构关系复杂，总之一句话，另外两家是陪标机构，目的就是要确保给盘古供货的黄埔装饰材料公司竞标成功。"

肖天盯着蒙毅问："他们串标腐败？"

调查组的同事们对眼前这位刚刚交接轮值CEO之位的总裁敬畏有加，盘古能有今天，肖天功不可没，可同事们总觉得他有一种拒人千里之外的傲气。蒙毅解释说："三家竞标机构都是盘古上海区域的供应商，表面上看他们是相互竞争关系，事实上为了垄断盘古项目，三家机构相互抬轿子围标，导致别的机构难以进入，而这三家公司背后的三级股东相互交叉持股。穿透他们的持股层级，我们发现这三家公司终极股东中有盘古上海区域公司员工的影子。"

调查组将另一份资料递给肖天，肖天翻了翻，从详细的股权示意图和错综复杂的交叉持股关系中层层剥离后，一个肖天熟悉的名字呈现在他眼前。杨子欣发现肖天的脸慢慢地阴沉下来，杨子欣能隐隐听到肖天嘎吱嘎吱咬后槽牙的声音。肖天克制着自己的情绪，没有发作，他还是不愿相信，问："他们是从什么时候开始的？"

蒙毅示意调查组的同事按下会议桌上的可视系统按钮，滑动着三家公司的股权演变图，说："这是一个有组织、有预谋的腐败团伙，他们已经干了至少4年，总部这一次之所以在没有通报的情况下成立调查组，就是觉得情况太出人意料，担心走漏风声。稽核部组建调查组后，通过天眼反潜系统以及我们的调查，掌握了大量证据之后，才来到上海的。"

底牌（下）

有备而来的调查组令肖天内心很不安，盘古内部都知道蒙毅是汪弘毅的嫡系，这一次汪弘毅肯定就是要借蒙毅这把刀，以调查浦江花园项目腐败为由彻底铲除自己。只是肖天没想明白，天眼系统不是一套人脸识别系统吗？怎么还能监测腐败？肖天皱着眉头，盯着坐在对面的蒙毅，问："天眼系统通过人脸识别捕捉到他们交易的证据？"

调查组的同事们很是惊讶地望着肖天，蒙毅也被肖天这一句话给惊到了，身为盘古三名管理层董事之一、公司总裁、上海区域首席执行官，肖天居然认为天眼反潜系统只是一个人脸识别系统，看来真是被乔志远和汪弘毅给边缘化了。蒙毅眼珠子在眼眶里转了两圈，为了照顾肖天的面子，解释说："天眼系统能通过数据追踪到他们交易的证据，还能协助稽核部进行数据穿透，追踪那些隐藏在背后的资料。"

肖天的脊背开始渗出细密的汗珠，一拍桌子说："胆子太大了！"

杯子里的茶水飞溅到桌面上，调查组的年轻同事面面相觑，杨子欣听出了弦外之音，肖天是怒斥腐败者，更是怒斥无所不能的天眼系统。蒙毅毫不介意肖天的指桑骂槐，说："这只是冰山一角，浦江花园的交易额超过8亿，围标只是一个开始，要想让劣质材料通过工程、质检以及第三方检测验收，就算他们行贿1%，行贿金额都是800万。"蒙毅滑动了可视化界面，屏幕呈现出一组数据，看得肖天紧紧地捏住了拳头。蒙毅脸上的神情开始严肃起来，说："三家公司这些年跟上海区域公司的交易超过100亿，至少行贿1亿。"

显示屏上出现交易额100亿的数字时，肖天想起王刚的电话，难道这三家公司真跟周晓萌有关？肖天相当仔细地又看了一遍股权示意图，里面没有任何周晓萌以及堂石房地产的关联信息，可是举报信中提到周晓萌跟肖天关系非同一般。肖天试探着问："三家公司是我们的员工在背后操纵？他们通过围标成为盘古的供应商，然后向各个环节的人行贿？"

调查才刚刚开始，专案组只能有限度地将调查的信息通报给盘古上海总部。蒙毅很有把握地说："员工只是内鬼，现在还不知道外部到底是谁在操纵这三家公司，能够操纵百亿交易，长时间瞒天过海，背景不简单。"蒙毅滑动了一下盘古上海供应商的图谱，上面出现了堂石房地产的名字，他说，"天眼

第十九章
调查组

反潜系统的数据太过庞杂,不少数据还需要稽核部找到证据进行验证。在我们驱赶外来野蛮人的时候,绝不能后院起火。"

汪弘毅早上6点就到了盘古总部,在食堂里简单地吃了早餐,就到办公室处理文件。按照约定,远大集团的谈判代表会到南海市政府,跟南海市国资委以及郭沛霖洽谈粤海集团重组盘古的事宜。昨天晚上,郭沛霖在电话中说,市委书记师泌远亲自给黄国胜打了电话,远大集团已经不再拒绝粤海集团进入盘古。汪弘毅一直在等待郭沛霖的电话,没想到等到的却是杨子欣的。挂断杨子欣的电话,汪弘毅靠在椅子上,沉默无言。

汪弘毅一直在规划跟杨子欣的未来,驱逐了野蛮人,坐稳了接班人,就结束两人的地下恋情,自己继续带领盘古从优秀走向卓越,杨子欣回家生个孩子,相夫教子。汪弘毅听到杨鸣鹤是自己跟杨子欣的儿子的传闻时,一度嗤之以鼻。从认识杨子欣到现在,汪弘毅从未听说杨子欣有过男朋友,更没有任何产假记录,怎么可能有孩子呢?汪弘毅跟杨鸣鹤的照片被登载在报纸上之后,汪弘毅第一反应就是有人在背后捣鬼。跟汪弘毅恋爱期间,杨子欣能感到汪弘毅在内心深处希望跟她有一个自己的儿子。

挂断电话后,杨子欣把车停在路边,一边流泪,一边给汪弘毅写短信。她想告诉汪弘毅,杨鸣鹤在别人的嘲笑中过着心酸的童年,自己只想给儿子一个家,找一个可以撑起一个家的男人,到那时儿子就可以挺起胸膛,告诉那些嘲笑他是野孩子的小伙伴,这是我爸爸。无数次地编辑好信息,又无数次删掉。泪珠模糊了杨子欣的双眼,她仿佛看到汪弘毅渐行渐远的模糊背影。含着泪,杨子欣给汪弘毅写了一条简短的信息:"好想牵着你的手,走到哪里都是天堂。"

看到杨子欣的信息,汪弘毅的眼前浮现出两人第一次约会的场景,杨子欣抓住自己手的那一刻,颤动的不只是他的身体,还有灵魂。挫折磨炼成功者,毁灭失败者,走不出挫折的人注定会失去成功的机会。她是拯救者,一个让自己走出挫折和颓废的拯救者。汪弘毅的脑子里也浮现出那个调皮的杨鸣鹤,在决定盘古改革的关键时刻,小家伙简直就是上苍派来的幸运精灵,他的那幅手绘画,震撼了乔志远,令乔志远站到自己这一边,下定改革盘古的决心。汪弘毅给杨子欣发了一句话:"今生,我只想跟你一起慢慢变老。"

发出短信,汪弘毅端起咖啡杯,还没有喝,便听到有人敲门。

邵南子进来,见汪弘毅眼睛里有血丝,很谨慎地说:"黄国胜在香港见王曦若了。"

汪弘毅腾地一下从沙发上站起来,急切地问:"他们谈什么了?"

邵南子将一份手写纸质材料递给汪弘毅:"他们想成为一致行动人。"

汪弘毅接过材料时,瞬间迟疑了一下,问:"小邵,你有女朋友吗?"

邵南子有点不适应,从上海到南海,汪弘毅跟自己说话都很严肃,从来没有关心过自己的私人问题,今天怎么突然问起这个问题?邵南子很不好意思地说:"曾经谈过一个,跑了!"汪弘毅看邵南子脸都红了,问:"你不会是惹姑娘生气了吧?"邵南子无奈地说:"我当时在敲一行代码,她非要我马上去民政局领结婚证,我说等我敲完这一行就去,结果,等我敲完,人不见了。"

汪弘毅没反应过来,说:"这姑娘脾气很大啊。"

邵南子的脸一下变成苦瓜脸,说:"啥脾气大啊,人家说我绝情。"

汪弘毅没听明白,端起咖啡杯喝了一口,还是忍不住问:"你怎么绝情了?"

邵南子指着桌子上的资料说:"那姑娘说程序员永远都有写不完的代码,觉得我是不想跟她结婚,才以写代码为借口,绝情地跟她提出分手。"汪弘毅忍住没有笑出来,说:"东方大学计算机系跟数学系一样,那可是国内数一数二的专业,你在大学谈过恋爱吗?"

邵南子盯着汪弘毅布满血丝的眼睛,嘴角微微一翘,拐弯儿抹角大半天,这是要切入正题了。汪弘毅盯着邵南子的眼睛,对方一动不动,难以看透这小子心里到底在想什么。邵南子似笑非笑地说:"程序员有一个雅号,叫码农,农民是面朝黄土背朝天,我们码农是面朝键盘背朝天,哪有女孩子愿意跟我们谈恋爱?我们可不像数学系那些宠儿,还没毕业就被大公司签走了,每年到数学系招人的老板,至少也是开奔驰宝马的,前几年甚至都有人开直升机去了。"

邵南子的一番话让汪弘毅犯嘀咕,杨子欣当年为啥没有选择那些开奔驰宝马,甚至开直升机的老板,去大公司发展,而是选择到盘古售楼部卖房子呢?桌子上的电话响个不停,邵南子很识趣地退出办公室,汪弘毅看了看表,9:35,

第十九章
调查组

远大集团的谈判代表跟郭沛霖他们应该谈完了。接起电话，没等汪弘毅开口，郭沛霖就劈头盖脸地问："汪总，远大集团什么意思？"

汪弘毅很关切地问："郭总，怎么啦？"

郭沛霖一声冷笑，说："远大集团真是奇葩啊，黄国胜同意盘古向粤海增发，可是你知道他同意的增发比例吗？恐怕你想都想不出来。"

汪弘毅心里的一块石头终于落地，黄国胜没有坚持拒绝粤海集团进入盘古，增发的口子一开，比例都是可以谈出来的，只是从郭沛霖的话语可以猜到，黄国胜的条件肯定让南海市政府失望了。汪弘毅说："我们给他汇报的时候已经说得很清楚，白衣骑士的持股要求是20%以上，难道他只同意10%不成？除了这个，还有什么离谱的要求？"

郭沛霖叹了一口气，说："黄国胜不是在谈判，而是在愚弄我们的智商。真让你说中了，他们开出的条件就是粤海接受10%的股权，作为我们进入盘古的条件，粤海还必须将投票权委托给远大，说这样国有资本一联手，就可以捍卫远大的控股权，保障盘古未来的发展。"郭沛霖很是不愤地说："他是不是疯了？"

汪弘毅不敢相信，问："远大的谈判代表是这么提的？"郭沛霖在电话那头扭着脖子，气愤难平，说："他们的谈判代表杜天刚口气很硬，毫无商量的余地，简直是欺人太甚，远大想重回第一大股东的位置，口口声声要央企和地方国企共同捍卫国有资本和盘古的核心利益，狗屁！汪总，这样的谈判恐怕难以继续下去。"

挂断郭沛霖的电话后，汪弘毅抓起刚才邵南子给自己的那份手写材料，立即拨通了南海市市委书记师泌远的电话。师泌远刚听完国资委主任张天明的汇报，他听到远大集团的条件后微微一笑，说："这是我那个老同学的性格。"汪弘毅开门见山地说："师书记，我们刚刚得到消息，黄国胜正在香港跟黄天沙的人谈判，以谋求结成一致行动人，我的建议是直接将我们的合作提交董事会。"

"黄天沙开了什么条件？"师泌远的声音很严肃。

汪弘毅攥着邵南子的手写材料，说："龙腾集团答应将持有的盘古投票权委托给远大集团，远大集团要支持龙腾集团改组盘古董事会，龙腾集团有权提

481

名董事进入盘古董事会。"师泌远微微一笑："远大集团支持龙腾集团改组盘古董事会，那岂不是把头伸到别人刀下？在盘古跟粤海签署的备忘录提交董事会之前，我需要跟我的老同学黄国胜谈一谈。"

师泌远坚信自己能将黄国胜拉回谈判桌，挂断汪弘毅的电话后，他亲自给黄国胜打了个电话："老黄，我们已经有些日子没见了，来我办公室，我们俩谈谈盘古吧。"接到师泌远的电话时，杜天刚已经向黄国胜汇报了南海市的谈判，黄国胜意识到10%的增发和投票权的委托会堵死谈判的路子，王曦若的出现给了黄国胜一个新的谈判筹码。

黄国胜很痛快地答应了，说："是很久没见了，哪天我去拜访你。"

师泌远一听黄国胜答应了，说："择日不如撞日，那就明天上午10点吧，我在办公室等你。"

张天明在一旁很诧异，没想到黄国胜答应得如此痛快。师泌远哈哈一笑，说："我那个老同学聪明绝顶，黄天沙跟他谈是想把远大当成对抗粤海的棋子，他将计就计，一边跟黄天沙他们谈，一边跟我们谈，把黄天沙当成跟粤海博弈的筹码。"师泌远指着电话说："黄国胜为啥这么爽快答应跟我见面，不是因为我们是老同学，而是因为作为央企的远大跟龙腾集团结为一致行动人，势必会招惹利益输送等麻烦，跟粤海的讨价还价才是正途。"

黄国胜是个很守时的人，这一次南海之行他可不是去跟老同学聊天，所以一大早，他便带着以杜天刚为首的谈判代表团出发了。黄国胜已经听到风声，汪弘毅正在跟董事们串联，想绕过远大集团，直接将跟粤海集团的战略合作备忘录提交董事会表决。黄国胜给自己定了一个期限，一定要抢在乔志远、汪弘毅强行召开董事会之前跟粤海集团谈好合作框架，否则难以收场。

师泌远也不是一个人见黄国胜，他带着市国资委主任张天明、粤海集团董事长郭沛霖以及商务等多个部门的领导。将盘古留在南海是市政府会议已经决定了的，自己不能在各级部门面前言而无信，这也事关南海市对其他大型企业的招商，一旦盘古这家全球500强企业变成南海市国资控股企业，那将是南海市政府招商的招牌。

南海市政府岗哨森严，师泌远早早就等候在市政府大门口。黄国胜一行抵

第十九章

调查组

达市政府，师泌远大老远就伸出手要跟黄国胜握手。黄国胜隐隐感觉今天的谈判结果不会太好，仪式感太重，虽然两人是老同学，但师泌远是为南海市谋利，而自己捍卫的是央企尊严。师泌远虽然只是南海市市委书记，但他还有一个身份，是省委常委，从北京调往南海市时就是副部级，黄国胜虽然只是远大集团的董事长，但行政级别同样是副部级。

两人肩并肩朝着市政府会议室走。路上，师泌远开门见山地说："老黄，我们是老同学了，市政府就粤海集团重组盘古已经开过会议，我们全力支持两家公司的重组。老兄你也知道，南海市虽然是第一批改革开放窗口区，但是至今没有一家属于南海市的世界五百强企业，我来南海市时间不长，无论是市政府，还是地方经济主体，都希望能够引入一批优秀的企业集团。盘古作为A股的标杆，我们希望将盘古这个标杆落地成为南海市的标杆。"

黄国胜脸上没有一点见到老同学的高兴之情，而是一脸的冷静，听师泌远这么一说，他接过话："泌远，你也知道，远大集团从革命年代到改革开放，一直都是中国对外的窗口企业，在很多领域都是只贡献没利润，盘古一旦成为一家地方国企控股企业，那影响到的就不仅仅是远大集团的利益。"

一行人走进了会议室，分宾主坐下，黄国胜坐在师泌远的对面。黄国胜最后只说了半句话，暗示师泌远如果打盘古主意，后果会很严重。师泌远直接切入正题，说："昨天谈判期间，远大提出了一个投票委托权，我们觉得这个可以进一步谈，如果盘古向粤海定向增发比例提高到20%的话，国有企业对盘古的影响力将进一步提升，如果只是10%，短期内聚合的国资控制力就难以对抗黄天沙的投票权，且长期隐患难以预料。"

黄国胜一看，多年不见的老同学简直就是商人秉性，不做生意真是中国商界的一大损失。既然师泌远问的这么直接，黄国胜便也直截了当地说："粤海可以获得20%的增发股权。"师泌远听到这句话，脸上浮现出笑容。黄国胜接着说："粤海获得股权后，将其中的10%以市场价格转让给远大，转让协议跟盘古的重组协议同时签署生效。"

会议室里所有人面面相觑，黄国胜葫芦里卖的是什么药？

师泌远一听，问："这跟直接向粤海增发10%有什么区别？"

黄国胜解释说："直接增发10%，投票权委托给远大，你们会觉得粤海是陪太子读书。现在你们获得的10%是拥有自主股东权的，而远大以市场价从粤海手中获得的10%股权，按照增发定价规则，盘古会以停牌前20个交易日均价的九折增发，那么粤海转手卖给远大就可以获得10%的收益，这是包赚不赔的买卖啊。"

师泌远很好奇地问："远大为何不直接从二级市场购买，而要绕道粤海？"

满屋子的人都想知道黄国胜的算盘。黄国胜微微一笑，说："从二级市场直接买入，势必会进一步推高盘古股价，远大将落下给黄天沙的龙腾集团抬轿子的把柄，买得越多增持成本越高。粤海确定增发成为盘古的股东，那么盘古股权之争尘埃落定的预期将很明确，炒作之风就会被压制下来，这个时候市价不会像远大直接增持那样进一步提升，我们的成本相对就会降下来。"黄国胜稍微停顿了一下，满不在乎地微笑着说："东方集团对这个方案很感兴趣。"

师泌远一听，东方集团不是已经退出了吗？黄国胜这是拿东方集团来施压，他侧身问张天明："张主任，有可操作性吗？"张天明撇着嘴听完黄国胜的建议，很为难地说："黄总，盘古是上市公司，定向增发需要通过证监会的重组委和发审委进行审核，而股权转让同样涉及重组问题，但这是两个不同性质的重组，在A股还从来没有先例，可行性需要通过法律层面的论证，操作必须合法合规，符合上市公司监管。否则，两败俱伤，盘古就真正让野蛮人当家了。"

黄天沙急匆匆地走进香港四季酒店大堂。

正准备进入电梯的那一刻，他看见转角之处，有一位个子高挑的年轻人冲着自己招手。黄天沙停下来，很迟疑地看了一眼年轻人，确认他是在冲自己招手。难道他认识我？他是谁？满腹疑惑的黄天沙准备进入电梯，年轻人冲着自己微笑点头。黄天沙走到年轻人跟前，面无表情地问："你是谁？"

年轻人微笑着说："我叫陈浩，我们换一个地方。"

大堂里一切正常，黄天沙若无其事地朝大门走去，陈浩跟在身后两米开外。黄天沙走到门外，抬头看了看门口的摄像头，冲着摄像头微微一笑。陈浩已经

第十九章

调查组

走到大门泊车处距离垃圾桶很近的地方,却没有上车的意思。黄天沙远远地把陈浩上上下下打量了一番,随后摸出一支烟点上,走到垃圾桶旁,小声问:"你就是要跟我见面的老枪?"

陈浩神神秘秘地说:"盘古的天眼无孔不入。"

黄天沙将烟头摁在垃圾桶上的水盖里,呵呵一笑:"走吧,你说哪里安全?"

一辆黄色的出租车朝着酒店大门口开过来,陈浩招了招手,两人一前一后钻进车里。陈浩用香港普通话告诉司机,前往麻油地。一路上,两人都沉默不语,车里放着怀旧的东南亚民歌。大约过了40分钟,出租车在麻油地的一个咖啡屋前停下来,陈浩走在前面,带黄天沙进入一个僻静的小包间。

坐在陈浩对面,黄天沙又仔细打量了他一番,小伙子白白净净,身板儿健硕,穿着一身流行的休闲装,看上去玉树临风。服务员走到两人跟前,黄天沙点了一杯蓝山咖啡,陈浩点了一杯干姜水。黄天沙看着眼前这位年轻小伙子,心里还是不踏实,试探问:"上个月26号,杜总的生日宴上好像见过你。"

陈浩一听,黄天沙这是在试探自己,他微微一笑说:"黄总,杜总的生日是下周二。"

黄天沙拍了拍自己的脑门,说:"瞧我这记性,对了,杜总的谈判底线能守住吗?"

陈浩摇了摇头说:"这正是杜总派我来见您的原因,10%的策略一退再退,南海市市委书记师泌远亲自跟黄国胜谈过了,在他们谈判之前,黄国胜没有征求任何人的意见,也没有跟高管说谈判策略,就带着一帮人直接去了。"服务员送来咖啡,陈浩停下来,端起咖啡,待服务员离去后接着说:"黄总,您还不知道他们两人是什么关系吧?"

被陈浩这么一说,黄天沙还真有点吃不准,问:"什么关系?"

"黄国胜跟师泌远曾经是高中同学,他昨天亲自到南海市政府跟师泌远谈判,师泌远让南海市国资委会同商务等政府部门、粤海以及远大,商讨盘古向粤海增发20%的股票。"陈浩还没有说完,黄天沙眉头就皱到一起了,问:"黄国胜不守了?"陈浩微微一笑,说:"黄国胜同意20%增发的条件是粤海在获得盘古股权的当天,以市场价转让10%给远大集团。"

黄天沙撇着嘴:"黄国胜把我当筹码了!"

陈浩笑眯眯地说:"黄总担心什么?他们交易完成后您还是大股东。"

看着陈浩的微笑,黄天沙心里很不踏实,问:"杜天刚为啥不直接跟我见面?"

房间里的气氛一下子变得很尴尬,陈浩正要说话,突然,杜天刚推门而入,他示意陈浩在门外等候,自己伸出手跟黄天沙握手:"黄总,现在是敏感时期,见谅见谅。陈浩不是外人,是我的远房侄儿,现在远东证券南海市证券营业部上班,很可靠的。"黄天沙看着清瘦的杜天刚,说:"杜总,真是难为你了,人都瘦了。"

杜天刚大手一挥:"黄总,你们才是高人。"

"如果没有杜总的相助,哪有我们的今天。"黄天沙端起咖啡杯,跟杜天刚碰了一下,说,"美国佬很鸡贼,看到黄国胜心急火燎,就认定是一只肥羊,到最后我们也控制不住局面。"

杜天刚摇了摇头说:"涉及民族品牌,黄国胜首先想到的是自己的前途,不是替国家省钱。"杜天刚撇着嘴,拍了拍黄天沙的肩膀,说:"世界上没有谁能拒绝诱惑,关键看诱惑有多大。老兄,还是你们有气魄啊,开出了超过180亿的部分五五分账的条件,美国人还不跟狼一样啊。"

黄天沙脸上一直挂着微笑,说:"如果没有老兄你,交易哪会按照我们的节奏走。"

两人相视一笑,杜天刚摇摇头,说:"你们当初通过英国人,花了40多亿就买入中华啤酒49%的股权,再通过美国人的手,把交易价格拉到260亿,当黄国胜听到美国佬要把价格拉到260亿,那段时间彻夜难眠。谈不下来得失去民族品牌,收了又会导致国有资产流失。"杜天刚盯着黄天沙,挑起眉毛,说:"你们将中华啤酒股权一倒手,用远大的钱,夺了远大最赚钱的盘古,黄总,你赚那么多钱,多少辈人才花得完?"

黄天沙右手食指在杜天刚面前晃了晃:"我们只是想为老百姓赚点小钱。"

杜天刚看着黄天沙脸色一沉,沉默了很久说:"黄国胜跟粤海恐怕要谈崩!"

第十九章
调查组

"谈崩？那都是黄国胜的策略！黄国胜不可能让远大从我们手上接走部分筹码，否则他的竞争者们会指控他给野蛮人抬轿子，可他还是不断跟我们谈，为什么？他这是将计就计，把我们当棋子去跟粤海讨价还价。"黄天沙喝了一口咖啡，放下杯子，很轻蔑地说，"别说黄国胜，现在我们的筹码已经超过24%，我再从香港收集一部分筹码，就算乔志远他们给粤海增发20%的股权又能怎么样？"

杜天刚从黄天沙不屑的眼神中看到几分可怕，只要是眼前这个矮个子潮汕人盯上的猎物，如果成不了自己的，他就会毁灭它。杜天刚拍了拍黄天沙的肩膀说："兄弟，死而无悔的人是不能上战场的。商场如战场，转瞬间就是亿万财富，有时商场不是关系到一个人的成败，而是一群人的生死。乔志远、汪弘毅他们现在是要借助粤海的手获得管理层的控制权，你要想阻止粤海进入盘古，不仅要有战略，更要有战术的执行，如此才能稳操胜券。"

"敌人的敌人就是朋友，不是敌人我们就算创造条件也要让他们成为敌人。如果没有滚石银行的移花接木，龙腾岂能暗度陈仓？黄国胜岂会成为乔志远、汪弘毅的敌人？现在他们已经放弃了你们远大在盘古董事会的三票，刘一飞跟肖天的两票才是董事会决议的关键。"黄天沙从包里拿出一份资料，推到杜天刚的面前，很坚决地说，"乔志远不想扛盘古的旗帜，未来的盘古董事长就是老兄你，这是我们的承诺。"

数年间，很多人觊觎盘古董事长那把椅子，可是无人撼动乔志远的地位。第一次跟杜天刚见面之前，黄天沙收集了大量情报，发现他聪明绝顶，能言善辩，因为没有家世背景，在远大集团副总裁的位置上已经干了8年。杜天刚是个工作狂，对女人也毫无兴趣，就惦记盘古董事长的那把椅子，一惦记就是数年。

一个雷雨交加的夜晚，在香港皇悦酒店的包房里，杜天刚第一次见到传说中的矮个子潮汕人黄天沙。黄天沙从未在媒体上露过面，传说中的他就是个青面獠牙的怪物。杜天刚一进屋，黄天沙已经泡好了极品乌龙。黄天沙开门见山，想跟在远大集团工作超过20年的杜天刚合作，只要杜天刚在中华啤酒交易案中控制谈判节奏，未来盘古董事长的位子就是他的。

杜天刚瞟了一眼黄天沙的秘密合同，若无其事地问："道琼斯资本的刘一飞？"

黄天沙很肯定地说："我们第二次举牌之后，乔志远跟汪弘毅两人就认定引入白衣骑士对抗我黄天沙有百利而无一害，要想引入白衣骑士，就要先闯关董事会，刘一飞是远大推荐进入盘古董事会的，远大跟道琼斯资本有着多项业务往来，汪弘毅担心刘一飞投鼠忌器，专门到香港跟刘一飞进行了秘密谈判。"黄天沙指着杜天刚眼前的那份合同说："合同下面还有一份盘古独立董事沟通会参与者名单，没有刘一飞，说是回总部开会了，这不是一个巧合，因为沟通会上讨论了盘古收购道琼斯资本持有的南海市东方广场物业。"

杜天刚一听愣了，插话说："东方广场曾经是远大的物业，烂尾了。"

黄天沙冷笑一声说："刘一飞跟汪弘毅的秘密交易问题就在这里，东方广场曾经是烂尾工程，道琼斯资本接盘后已经脱胎换骨，现在大家的注意力都聚焦在粤海重组盘古上，没有人关注东方广场的交易。"黄天沙从不相信无缘无故的交易，说，"如果黄国胜最终要投下反对票，一直跟远大有交易的刘一飞那一票就至关重要了。汪弘毅很可能用你们远大曾经抛弃的物业跟刘一飞做一个投票权交换。"

杜天刚追问："肖天呢？"

"肖天曾经跟东方集团谈判，陶光明想借着盘古重组衣锦还乡，滚石银行的秘密暗仓文件泄露，黄国胜拒绝跟陶光明见面，这一拒绝无形中将肖天清除出了接班人序列，汪弘毅在盘古大搞轮岗制度，就是要将所有可能竞争接班人的潜在目标都给洗出局，现在之所以还没有动肖天，是因为肖天这一票决定盘古的生与死。"黄天沙咬了咬牙，说；"听说黄国胜现在想重启跟东方集团的谈判，他想用东方集团来给师泌远施压，那我们就先废掉肖天那一票。"

盘古上海区域总部，会议室气氛严肃。

屋子里空气稀薄，腆着肚子的蒙毅拽着领结，松了松。旁边的调查组同事都在端着杯子喝水。蒙毅的眼睛一直盯着沉默的肖天。肖天的脖子上青筋暴出，面颊上的肌肉呈现出块状，脸色铁青。蒙毅喝了一口水，两眼直视着肖天，非常冷静地说："肖总，根据我们的调查，现在可以肯定地说，浦江花园是一个

第十九章
调查组

腐败窝案。"

肖天的额头慢慢地紧缩在一起，表情凝重。总部调查组到上海后，肖天整天忙于应对调查，想单独约见周晓萌，一直都没有机会，蒙毅第一天就说三家围标的供应商背后，实际控制人关系很复杂。肖天有一种不祥的预感，王刚在电话中说周晓萌被人盯上了，难道跟腐败窝案有关？

工程部等多个部门的负责人神情怪异，肖天侧身扫了一眼，心里咯噔一下。蒙毅将一份密密麻麻的股权关系图递给肖天："肖总您看，除了内部员工，这三家供应商跟多家销售代理商关系也很密切，根据我们天眼系统的大数据追踪，这背后是一个庞大的利益链条，所以就算是第三方机构，也很难查出他们的工程程序问题。我们穿透股权的利益链，就能完整地呈现正常程序掩盖下的非正常交易。"

股权关系图密密麻麻，星罗棋布。肖天一眼就看到了堂石房地产，它的控股股东跟三家供应商背后的实际控制人都是通过一家叫外滩信托的机构进行资金往来。可在堂石房地产的股权图谱中，没有发现周晓萌的名字。肖天指着堂石房地产背后的外滩信托问："信托持有人到底是谁？"

蒙毅脱口而出说："远东证券。"

肖天很纳闷，问："远东证券有资管业务，怎么会将钱交给信托公司？"

所有人都将目光投向了蒙毅，现在肖天跟汪弘毅都是潜在的接班人，汪弘毅刚刚轮值CEO就派出亲信蒙毅来上海调查腐败窝案，所有人都知道这是冲着肖天来的。蒙毅非常肯定地说："实际控制人绝顶聪明，信托只是资金的一个藏身通道，而远东证券也只是一个通道，背后的资金跟一个叫周晓萌的女人有关。"

肖天一听很急切地问："证据扎实吗？"

"腐败已经不是一个公司内部的行政管理问题，而是已经触犯了律法的刑事问题，我们已经固定了很多证据。"蒙毅按下了桌子上的可视系统，滑动了刚才的股权图，调出一张资金流动路径图，说，"这个周晓萌一开始只想操控盘古上海区域的供应商，最后发现，如果能将卖房子业务也攥到自己手里，那将形成一个上下游产业链。周晓萌曾经在华尔街的大投行里工作过，为了掩人耳目，她将整个堂石房地产的股权以及资金流设计得异常复杂。"

几天的担忧变成了现实，肖天内心五味杂陈。

蒙毅见肖天不说话，说："周晓萌跟肖总您第一次见面，也是她刻意安排的。"

会议室的同事们开始左顾右盼，杨子欣满脸惊讶，难道蒙毅说的腐败跟肖天有直接关系？杨子欣双手放在键盘上，侧身看了看肖天的脸，心头一紧。整个会议室一片沉寂，杨子欣捂着肚子，起身朝洗手间走去。杨子欣快速地从洗手间回到办公室，关上门，从抽屉里拿出那个只跟汪弘毅通话的手机，电话一通，杨子欣很急切地说："蒙毅可能要坏你的事。"

汪弘毅的桌子上摆着一封匿名举报信，听到杨子欣声音急促，他很严肃地说："浦江花园业主在各大论坛、网络媒体上抗议盘古，我们如果不给业主们一个交代，那毁掉的就不是浦江花园一个项目，而是盘古的品牌。现在关于上海区域腐败的举报信都送到我的桌子上了，这背后的一切都跟人有关，跟腐败有关，如果我们纵容腐败，就是对盘古的毁灭，蒙毅是去调查腐败窝案，清除盘古内部的蛀虫，怎么会坏我的事呢？"

杨子欣压低嗓音问："你现在的对手是谁？"

"黄国胜！"汪弘毅脱口而出，转念一想，说，"当然还有肖天。"

杨子欣冷静地问："黄国胜是首位？还是肖天？"

汪弘毅右手中指在桌子上轻轻有节奏地敲击，想了想说："接班人的对手是肖天，引入白衣骑士的对手是黄国胜，白衣骑士一进入盘古，那么肖天对接班人位置的威胁度就大大降低了，所以现在黄国胜才是最大的对手。"汪弘毅咬了咬牙，说："黄国胜可能重启跟东方集团的谈判，现在绝不允许他这个危险的想法变成现实。"

杨子欣也非常严肃地提醒汪弘毅："白衣骑士进入盘古的第一关就是董事会，如果肖天这个时候卷入腐败窝案，是可以消灭黄国胜结盟肖天的危险想法，可你们的董事会还怎么开？到时候黄天沙借机提出改选董事会，管理层怎么拒绝？无论是黄国胜，还是黄天沙，最不想看到的就是管理层直接让白衣骑士在董事会闯关，蒙毅对肖天下手只会亲者痛、仇者快。"

第十九章
调查组

挂断汪弘毅的电话，杨子欣又快速地回到洗手间冲洗了双手，水都没擦就直接小跑进会议室。肖天在可视化系统上不断地翻来翻去，心情沉重地看着上面复杂的股权关系和迷宫一样的转账链条。汪弘毅挂断电话后，双手在太阳穴揉了揉，抓起桌子上的电话，拨通了蒙毅的电话。会议室很安静，蒙毅的电话铃声是狼狗叫，叫得瘆人，他瞟了一眼是汪弘毅打的。蒙毅向肖天表示歉意，然后走到会议室外，接起了汪弘毅的电话。没等蒙毅说话，汪弘毅只说了一句话："切勿操之过急！"

肖天翻着可视系统，脑子里闪现出跟周晓萌在一起的一幕幕往事。黄国胜拒绝跟陶光明见面，自己失魂落魄地回到上海，夕阳余晖里，离尘庄园的古槐之下，周晓萌那双深情的眼睛、温柔的双唇，吻去了他的落寞与惆怅。一个温柔贤淑的女人，从来没有在自己面前提过任何关于堂石房地产的事，怎么一夜之间变成了操纵盘古上海区域供应商跟销售代理商的女魔头？

挂断汪弘毅的电话，蒙毅脸上浮现出一丝微笑。回到办公室，看到肖天若有所失地看着一张张演示图，蒙毅指着面前犹如蜘蛛网一样的股权图说："工程部的四位员工除了在供应商公司中隐形持有股权，在项目围标成功后，还私下收受供应商贿赂，我们已经向司法机构报案了。至于周晓萌，相信司法机构会给她一个公正的说法。"

这显然是一场有预谋的清除异己行动，肖天的脑子里嗡嗡作响，自己刚跟汪弘毅交接轮值CEO，蒙毅的调查组就到上海了，不少的调查很显然是在移交工作之前就在进行，然后到上海先斩后奏，根本就没有将自己这个盘古总裁放在眼里，他只听汪弘毅的命令。没有任何的通报，蒙毅先行向司法机关报警抓捕嫌疑犯，最后才跟自己说，这到底是汇报呢？还是在公布呢？

会议室的人都满脸惊讶，面面相觑。这个时候，肖天的电话响个不停，一看是东方集团董事长陶光明打来的。肖天抓起电话，向在场的人歉意地点点头，走到会议室外。没等肖天开口，陶光明很关切地问："肖总，听说你们出大事了？"

肖天故作镇静，问："出什么大事了？"

蒙毅刚刚在会议室汇报警方抓了工程部员工的事，身在现场的肖天都是才知道,陶光明难道是顺风耳?肖天很是疑惑,难道盘古上海区域有陶光明的眼线?肖天一拍脑袋,其间只有杨子欣跟蒙毅离开过会议室,蒙毅是稽核部总经理,知道盘古的保密规矩,难道是杨子欣给他通风报信了?陶光明一听肖天的语气,很惊讶地问:"你们的供应商和销售代理商都抓了好几个,你不知道?"

肖天呵呵一笑,说:"正在处理。"

山重水复疑无路,柳暗花明又一村。黄国胜走出南海市政府办公大楼的时候,肖天接到过乔志远的电话,黄国胜有重启跟东方集团谈判的意愿。肖天重燃了接班人竞争的希望,立即同远东证券总裁竹聿名和陶光明召开了电话会议。听闻黄国胜回心转意,陶光明喜出望外。竹聿名在会议上一直沉默,挂电话之前说了一句,只要是肖天的项目,自己一定全力以赴。

当陶光明听到盘古上海区域爆发腐败窝案,第一时间就想到了肖天,一旦肖天卷入其中,东方集团将再无机会重返谈判桌。陶光明说:"肖总,我跟竹总是很好的朋友,我们一直也在努力,希望能够帮助盘古管理层赶走野蛮人,可粤海已经跟盘古签署了框架性协议,虽然没有法律约束力,但是一旦你们上海区域出现问题,恐怕会有人借题发挥,对你老兄不利啊。"

蒙毅的调查组一到上海,肖天就意识到自己的麻烦开始了。黄国胜在南海市政府当着师泌远的面,表达远大集团跟东方集团谈判的可能,无论粤海集团,还是竹聿名,都意识到这可能只是远大集团在跟粤海谈判中的筹码而已。但每一片乌云的背后都有阳光,任何希望都是强者的拐杖,肖天不想放弃任何机会,只是没想到汪弘毅出手这么快,看来他不想给自己任何机会了。

让东方集团回到谈判桌上是肖天重返接班人竞争序列的重要筹码,这个时候绝不能让陶光明打退堂鼓。肖天很镇静地说:"现在是盘古的非常时期,真真假假的信息太多,不少都是对手释放出来的烟幕弹,身正不怕影子斜,黄国胜董事长在南海市政府已经公开说要跟东方集团谈判,东方集团的战略跟盘古的城市运营商转型计划高度契合,相信远大集团也是看中两家追求的一致性,只要多方共同努力,相信资本市场的正义会战胜一切。"

会议室里一直没有人说话,肖天在会议室外说的话里面隐隐能听见。挂断陶光明的电话,肖天返回会议室,一屁股坐在椅子上不说话,他想看看蒙毅还

第十九章
调查组

想干啥。蒙毅很坚定地说:"现在是盘古的非常时期,局部的问题绝对不能影响到整个盘古的发展,只要管理层众志成城,员工们恪尽职守,安内攘外只会让盘古更健康,盘古的今天是团队和员工们共同努力的结果,没有什么势力可以动摇盘古和盘古团队。"

肖天何等聪明,一下子就听出蒙毅话里有话,刚才蒙毅出去接听电话,肯定是汪弘毅有了新的叮嘱,在粤海集团重组没有通过董事会表决之前,汪弘毅大动干戈派出调查组,抓供应商和销售代理商,意在敲打自己,但若把自己逼得太急,一旦自己在董事会上投反对票,那么汪弘毅手上的撒手锏就会砸到自己头上。肖天非常谦卑地说:"蒙总说的是,盘古没有迈不过去的坎儿,安内攘外才能基业长青。"他顿了顿,扫了一眼各部门的负责人,说,"盘古会给每一个盘古人一个公正的评价。"

浦江花园的腐败窝案令陶光明极度不放心,挂断肖天的电话后,他立即给竹聿名打了个电话,竹聿名对盘古上海区域的窝案很是惊讶,黄国胜的一句话复活了肖天对接班人的梦想,汪弘毅岂会错失以腐败窝案的名义打击肖天的机会?现在各方都在相互把对方当棋子,谁是真心?谁又是假意?竹聿名很直接地问:"如果盘古上海区域的供应商跟销售代理商真的出现腐败窝案,东方集团对重组盘古持什么态度?"

陶光明毫不客气地说:"我不想被人当猴子耍两次!"

"现在盘古里面,谁又不是猴子呢?"竹聿名对汪弘毅素无好感,除了因为肖天是自己从小一起长大的兄弟,还因为他发现汪弘毅心机深沉,擅长搞阴谋诡计。竹聿名还是希望东方集团能够站到肖天这边,他说:"汪弘毅跟随乔志远,在总裁的位置上多年,作为乔志远的心腹,乔志远到了退休年龄却不让位给他,还搞了个轮值CEO制度,他一直隐忍,只是为了有一天能够取代乔志远。肖天聪明却不善权谋,是一个生意上的好盟友。"

陶光明哈哈一笑:"既然他们内部这么热闹,那我就陪太子陪到底。"

自从竹聿名帮助肖天引入东方集团后,汪弘毅就将粤海集团增发重组的投行顾问换成远东证券的竞争对手亚太证券。现在既然陶光明要玩陪太子读书的游戏,自己肯定要在关键时刻帮助兄弟肖天一把。之前陶光明太急于衣锦还乡,遭遇算计,而这一次有粤海集团冲在前面,竹聿名叮嘱说:"这一次汪弘毅肯定要抓住时机绕过远大集团那一关,两虎相争,不到关键时刻,我们不能显山露水。如果黄国胜再把我们当棋子,那我们就给他吃苍蝇。"

第二十章
关键票

　　木鱼峰的林荫小路上，深秋的暖阳映射到爬山的行人脸上，金黄色的落叶在徐徐秋风中飘落，将青石板覆盖，踩在上面嘎吱嘎吱作响。游人驻足的观景台上，鸟鸣啾啾，远山如黛。对面宝莲寺周围古木参天，松柏森森，殿宇巍峨，梵音绕梁。

　　曼陀银行大中华区首席执行官皮特看了看旁边的年轻人，一米六几的个子，身形单薄，穿着一双运动鞋，像刚从学校出来的大学生，跟身材魁梧的皮特走在一起，简直像个小朋友。一路上年轻人都沉默寡言，一点都不像一个投资公司的总裁，这个人能让曼陀银行跟香港商界的大佬们做成大生意？皮特皱了皱眉头，问："盘古这只股票，你觉得还有机会吗？"

　　一提起股票，年轻人立即来了精神，驻足盯着皮特说："现在世人都说野蛮人是破坏者，从价值投资的角度来看，盘古股价一直徘徊在低位，恰恰是野蛮人的进入，激活了盘古的股性。"年轻人两手一摊，一副很无奈的样子，说："乔志远的创始人情怀掩盖的是他对上市公司的控制欲，汪弘毅的义愤填膺掩盖的是他控制筹码掌权盘古董事会的野心，管理层的各怀心思导致盘古股价遭遇人为压制,野蛮人冲破了管理层控制的枷锁。"

皮特一直盯着眉飞色舞的年轻人,突然问:"怎么看黄天沙?"

年轻人撇着嘴说:"鲁莽的野蛮人!"

皮特很是诧异,黄天沙真是一个狡猾的商人,眼前这个年轻人至今还不知道,要不是因为那个鲁莽的野蛮人,今天两人不可能在木鱼峰散步。皮特对眼前这个年轻人越发好奇,说:"现在黄天沙夺走了央企的控股权,搞得盘古管理层毫无还手之力,只能找白衣骑士来救难。黄天沙的每一步,都像是精心算计过的。"皮特盯着年轻人,话锋一转,问:"如果你在香港买盘古 H 股,你会选择什么策略?"

一群南下的候鸟黑压压地飞过来,落在古树之上,叽叽喳喳叫个不停。年轻人指着鸟群:"候鸟南飞时总是成群结队,如果每一只鸟都各自行动,千里南下时将凶多吉少。黄天沙已经在 A 股掀起风浪,在 H 股也已经牛刀小试,H 股跟 A 股最大的区别是没有涨跌幅限制,让我买的话,我在第一把就一定要砸出动静,后面才能吸引更多的跟风盘来抬轿子。"

皮特很担心:"动静太大,退出是个问题。"

年轻人很是不屑:"现在乔志远、汪弘毅他们不惜站到黄国胜对立面,都要引入白衣骑士,只要我们一把下去拉升了股价,白衣骑士进来的价位就比我们高得多,还怕什么退出呢?"年轻人顿了顿说:"乔志远看上去是为了驱赶野蛮人,事实上是想实现对盘古的彻底控制。如果你是白衣骑士,你会成为管理层的附庸?"

皮特驻足凝视着眼前这个精瘦的年轻人,只见他说话的时候眉飞色舞、唾沫横飞,激动的时候双手还会在胸前做出各种姿势。曼陀银行一向保守,不允许冒险卷入股权争夺之中,年轻人的判断正是皮特想要的安全边际,20% 增发给白衣骑士,管理层手上的股票就成为左右天平的重要砝码,可以在股东之间左右逢源。皮特很直接地问:"现在盘古里面各种势力犬牙交错,如果买入 H 股,你看中名声,还是利润?"

年轻人呵呵一乐:"在 H 股混,没名声哪有利润?"

落叶从皮特的眼前飘过,曾经的红花绿叶,一眨眼之间便已凋零,极目远

第二十章
关键票

眺，尽显荒芜。山野之间，用心聆听天地间的浮尘，唯有梵音超凡脱俗，可以穿透人的心灵。皮特看着眼前这个渴望成名的年轻人，自己何尝不是一样想通过盘古让曼陀银行在大中华区一战成名？皮特很爽朗地拍了拍年轻人的肩膀："名声如水，能载起轻浮之物，也能倾覆沉重之物。"

年轻人很是骄傲地说："大而不倒，关键看船大不大。"

皮特一听，心里冷笑，现在凡是跟盘古有点关系的人，口气都大得吓人，好像天生有一种优越感。曼陀银行从进入大中华区到现在，确实一直低调内敛，不过，在欧美银行界，曼陀银行却名声在外。皮特很自信地说："我们曼陀银行拥有一千多年的历史，是意大利领主在中世纪创立的，历史比滚石银行还悠久。曼陀银行进入大中华区已经有30年的历史，合作者都是各区域的顶级财团。"

进入香港商界大佬的世界是皮特一直努力的方向。可年轻人撇着嘴说："你们的领主已经是千年的尘土了，人家滚石银行的老板坎贝尔，至今可是英国女王最尊敬的阿盖尔公爵，在盘古股权之争中，滚石银行已经跟远大集团、龙腾集团合作，抢尽风头，在这一场举世瞩目的商战中，没有看到曼陀银行的任何影子，你们的银行已经落伍了。"

皮特最近祷告的时候一直在问上帝，自己是不是真的错了，如果当初曼陀银行道德审查委员会没有执意要审查乔志远，也许曼陀银行已经成了盘古管理层的盟友，在大中华区籍籍无名的曼陀银行就能一举成名。如果自己不跟黄天沙纠结那400元人民币，也许黄天沙的H股仓位就不会选择在滚石银行，报纸上铺天盖地出现的将是曼陀银行。皮特很自信地说："中国有一句俗语，老骥伏枥，志在千里，我们一直看好盘古。"

年轻人轻蔑地问："你看好？还是罗马城堡里的董事们看好？"

皮特的心窝子犹如被人捅了一刀。当年，皮特只身来到香港，想将大中华区的第一家银行开到北京，可罗马城堡里的那一帮老家伙集体反对，自己专门回到罗马去游说，坚定地看好中国的发展，可是那一帮老顽固坚持要曼陀银行扎根在香港。皮特很多时候怀疑，为什么上帝不在自己最需要支持的时候站到自己一边？如果曼陀银行在30年前将大中华区总部开到北京，那么自己现在何至于在这里陪着一个年轻人散步,早就在罗马城堡里运筹帷幄,决胜千里了。

"我跟罗马城堡里的董事会都很看好盘古。"年轻人很显然对老态龙钟的曼陀银行持怀疑态度,他更希望跟能够让他一战成名的银行合作,皮特很有信心地侃侃而谈,旁边偶尔路过的人听到皮特的港式普通话都会冲着他莞尔一笑。皮特侧身看着这个年轻人,说:"现在房地产依然是中国经济的支柱性产业,短期内看不到有任何的产业能够取代房地产的地位,盘古作为中国房地产的领军企业,我们自然会支持那些看好盘古的机构。"

香港H股就是一个江湖,朱雀、北水、紫荆、九龙、玲珑五大派系掌控着万亿财富,皮特对前四大派系略有耳闻,朱雀是台湾留驻香港资金,过江潜龙见首不见尾;北水是广东财团南下资金,猛龙过江一字断魂刀;紫荆是港英遗留资金,地头猛蛇出手如闪电;九龙是香港土著财团资金,壳王屠龙鸡犬不留。玲珑在香港市场呼风唤雨,一直神秘莫测,皮特只听过玲珑之名,却一直不知其背后势力。

黄天沙一直承诺,只要摄政王珠留给自己,一定让曼陀银行进入香港大佬的世界。皮特一直在香港秘密探访,朱雀、北水、紫荆、九龙四大派系没有任何介入盘古的想法,因为他们担心会得罪总部设立在香港的远大集团。难道黄天沙所说的财团大佬是玲珑系背后的势力?皮特看着眼前的年轻人,身形跟言谈完全判若两人,他到底是黄天沙的棋子,还是玲珑系的代表?

北风呼啸,整个北京城银装素裹。

昨天,北京城迎来了今年的第一场雪。黄国胜出门的时候,门前的花园里已经堆满了厚厚的雪,潇湘竹已经被雪压得低垂着身子。夫人走到门口,将一件呢子风衣给黄国胜披上,黄国胜右手搭在夫人的手背上,说:"快进去吧,你的老寒腿别受凉了。"

司机已经将车上的雪清扫干净,黄国胜钻进车里,空调已经开足,令他顿觉暖意融融。黄国胜从皮包里拿出一份交易合同,3年前,远大集团以9亿元的价格将南海市的东方广场出售给道琼斯资本,现在盘古要以75亿的价格收购,短短3年时间道琼斯资本就赚了66亿。

第二十章

关键票

黄国胜皱着眉头，非常仔细地看着合同的每一个条款，随后操起电话就给杜天刚拨打过去："杜总，你把道琼斯资本购买东方广场的合同再研究一下，这个汪弘毅真是舍得拿孩子去套狼，如果他们将粤海集团重组盘古的议案跟购买东方广场的议案同期表决，这个背后的利益输送问题就得好好查一下。"

已经抵达办公室的杜天刚正在翻查刘一飞的资料，说："3年前的东方广场是个烂尾楼工程，现在却成了南海市的地标建筑，我测算了一下，道琼斯资本接手后支付的装修成本在两到三亿之间，这3年的运营维护成本也就两三亿，整体成本不超过15亿，按照正常的商业交易，盘古接盘这个项目应该超不过25亿，如果盘古在这笔交易中真的支付75亿，背后可能就有鬼了。"

黄国胜望着窗外的皑皑白雪，一脸严肃地说："现在乔志远他们对东方广场这笔交易遮遮掩掩，每次都是一句话带过，这个交易跟引入第三方重组看上去没有关系，实际上有着投票权的关联。你马上以董事的身份给双方发出一份问询函。"窗外开始堵车，黄国胜看了看表，问："师泌远吩咐市国资委的人跟你们一起拿出一个方案来，两天过去了，怎么还没有动静？"

司机猛踩刹车，黄国胜往前一晃，手上的电话差点甩出去。黄国胜坐定，司机回头连连道歉。只见前面有人从车里下来，从后备厢拿出路障装置，放到黄国胜的车前。司机伸长脖子看了看，回头说："黄总，前面发生了连环事故，我们要不绕行吧。"黄国胜点点头，司机右拐进一条小路，路上的积雪很厚，车不断左偏右拐。

杜天刚听到电话里两人你一言我一语，意识到黄国胜还在路上堵着，连忙解释说："我跟南海市国资委、粤海集团以及盘古四方进行了电话会议，从法律和信息披露等方面进行了讨论。"堵车已经让黄国胜冒鬼火，听杜天刚啰唆了一大堆，很不耐烦，问："结果是啥？"杜天刚耐着性子说："定向增发和股权转让一起签署协议，没有先例，在法律程序上不合规。"

黄国胜提高了嗓门说："什么叫没有先例？法无禁止即可为。"

杜天刚耐心地解释："话是这么说，两个协议一起签署，操作上很难，如我们从粤海集团手上购买盘古10%的股权，市价怎么定？"

黄国胜很不可思议地说："不是已经说了，按增发股份上市第一天的市场价算吗?"

杜天刚问:"如果第一天涨停,我们买吗?"

黄国胜算了算,皱着眉头说:"定增如果打九折,按第一天44%的涨幅限制,那么我们至少要多出34%的成本。"

杜天刚又问:"如果第一天跌了,我们买吗?"

黄国胜脱口而出:"当然买,我们的成本至少降低10%还要多。"

杜天刚说:"师泌远跟郭沛霖也是这么想的,涨的时候卖,跌的时候持有。"

黄国胜很坚决地说:"没有别的策略了?我们的目标就是拿回控制权。"

杜天刚合上刘一飞的材料,说:"我们可以正式启动跟东方集团的谈判。"

跟南海市政府谈判时,黄国胜就没有想过要再见陶光明。上一次拒绝陶光明后,黄国胜让秘书调取了远大集团内部所有跟陶光明相关的资料,发现此人进入盘古董事会期间,多项内部意见都是以远大集团派驻董事长的身份签署的,司马昭之心路人皆知,如果真让东方集团进入盘古,陶光明岂会成为远大集团的配角儿?黄国胜摇摇头:"盘古已经跟粤海签署了框架备忘录。"

杜天刚一早就将盘古准备公告的文件发送到黄国胜的邮箱,他说:"现在汪弘毅为了接班人的位置,已经准备好了公告文件,留给我们的时间不多了,从法律的角度来看,汪弘毅他们跟粤海集团签署的备忘录没有法律约束力,如果我们启动跟东方集团的谈判,除了通过东方集团来向粤海施压,还可以通过肖天来钳制汪弘毅。"

黄国胜嘴角终于露出了一丝笑容:"汪弘毅想让粤海备忘录闯关董事会,没有肖天那一票,就算他在刘一飞身上花再大价钱,也没有用。我们重启跟东方集团的谈判,意味着肖天重回接班人竞争序列,他也不可能把决定自己前程的那一票投给粤海集团。"黄国胜内心还是很不踏实,顿了顿,说:"我拒绝过陶光明,肖天对粤海集团的那一票也难说。"

杜天刚呵呵一笑,说:"合作是从被人拒绝开始的,陶光明已经不是只分对错的小孩子,他会看到进入盘古的利弊。"黄国胜追问:"有弊他还会进来?"

杜天刚很有把握地说:"重回谈判桌,东方集团就有进入盘古的机会,弊端是如果只能获得10%的股权,那只能是个配角儿,但恰恰配角儿才是陶光明最

第二十章
关键票

重要的筹码。乔志远他们把手上的股权当成左右天平的筹码，东方集团同样可以因为10%的股权成为左右盘古股东决策的筹码。"

望着远大集团北京总部大厅里那一幅《万里江山图》，陶光明百感交集。

远大集团北京总部建好之后，陶光明身为副总裁一直负责大厦的修建。当时，陶光明向时任董事长王锋提交了大厦装修设计效果图，王锋看着设计效果图，大腹便便地在LED显示屏下走了两圈，口中念念有词："我们远大是从革命中走过来的，我总觉得这装修缺少点儿啥。"陶光明灵机一动："让革命的红旗插遍全球。"王锋一拍大腿："对，万里江山皆我中华。"

《万里江山图》落成之后，王锋专门邀请书法大师为其写题跋，整个装裱下来，一幅《万里江山图》花掉了4000万。没想到，装好不到3个月，就有人开始举报王锋，其中4000万一幅字画成为举报的重点。陶光明当时正在谋求盘古董事长的位置，画、字都是王锋邀请大师所作，负责进度的陶光明很是忧虑《万里江山图》真的有问题。王锋很不屑地说："他们懂个啥？大师的画是按照平方尺的价格收钱，字还是友情价，市场价更贵。"

几年后，王锋被抓，陶光明已经是远东集团的总裁，司法机关调查《万里江山图》的落成过程时，才知道4000万的《万里江山图》只是王锋洗钱的工具，画家和书法家拿走了远大集团的4000万润笔费，两人又送了王锋价值3000万的字画。王锋将字画在香港通过拍卖行出手套现，最终用这一笔巨款在美国买下一座别墅。黄国胜进入远大集团后，镶嵌在大厅墙壁上的《万里江山图》成了远大集团高管们反腐教育的教材。

陶光明站在《万里江山图》下面久久凝望，梅怡站在一旁，脸上满是好奇的表情。杜天刚从电梯里出来，专门来迎接陶光明。两人进入电梯后一直寒暄着。到了会议室，黄国胜站起来跟陶光明一行握手，黄国胜见到梅怡的时候，表情一怔，一直听说汪弘毅的母亲将不生儿子的儿媳妇儿赶出了家门，没想到这个儿媳妇竟是一位才貌双全的女强人。

杜天刚主持会议，他开门见山地说："陶总，几个月前，还是春暖花开的时候，黄总因为美国人要签约回购中华啤酒股权，临时飞纽约，双方没来得及见面，没想到中间出现了一些波折。我们远大集团一直对别的企业买入盘古股票持开放态度，只是龙腾集团买入速度太快，这一次邀请陶总你们来北京总部，一方面是欢迎陶总回家来坐坐，另一方面探讨一下两家合作的可能性。"

陶光明坐在那儿一直笑而不语，暗想杜天刚话里有话，真是一只老狐狸。

梅怡接过话茬儿直截了当地问："我们的条件还是要获得盘古20%的股权。"

杜天刚微微一笑说："梅总，上次你们是跟盘古管理层谈，是他们的白衣骑士，现在是跟远大集团谈，便是远大集团的白衣骑士。"黄国胜坐在一旁，眼睛一直盯着陶光明，杜天刚见梅怡一脸疑惑，解释说："可能是我们沟通工作没有做好，我们远大集团有着开放的心态，只要是远大集团在盘古的白衣骑士，我们都欢迎。"

梅怡一脸严肃地问："做远大集团的白衣骑士，你们有什么条件？"

杜天刚举起一份备忘录，说："对正在接触的几家企业，我们有两个一视同仁的条件，第一个方案是直接定向增发获得盘古10%的股权，跟远大集团结成一致行动人，第二个方案是获得盘古20%股权，在签署协议的同时，跟远大集团签署10%股权转让协议，转让价格以定向增发的新股上市的第一个交易日的市场价为准。"

会议室进入短暂的沉默，梅怡在笔记本上快速地测算，抬起头望见杜天刚一副泰然自若的表情，微微噘着嘴，说："杜总恐怕还有条件吧？"黄国胜一愣，杜天刚眼神中的尴尬犹如流星一样转瞬即逝，微笑着说："合并财务报表是远大集团的核心利益，白衣骑士在董事会跟远大集团保持一致行动人关系，避免所托非人。"

陶光明心里暗笑，杜天刚的一个所托非人就是要改组盘古董事会，无论是乔志远，还是汪弘毅、肖天，只要不听黄国胜的，他都可能将其洗出董事会。远大集团突然向白衣骑士张开怀抱，真正的目的就是要将管理层控制在自己手里。梅怡也立即意识到，杜天刚的话里话外全是远大集团要重夺盘古控股权，控制董事会，清理盘古管理层。

梅怡看了看陶光明，说："远大集团是陶总的老东家，对远大集团是知根

第二十章
关键票

知底,我们东方集团能够成为远大集团的白衣骑士,那是我们的荣幸。远大集团提出的两种方案,我们都可以进行深入地探讨,驱逐野蛮人,捍卫国资的利益,捍卫盘古这一面旗帜,是我们国有企业义不容辞的责任。"梅怡的话滴水不漏,陶光明跟黄国胜各怀心思地相视一笑。

粤海集团总部会议室,郭沛霖将报纸递给坐在对面的汪弘毅。

在陶光明飞抵北京的时候,杨子欣在肖天的安排下,以上海区域总部的名义,将东方集团重启跟远大集团谈判的消息通报给轮值CEO汪弘毅。在来粤海集团的路上,汪弘毅看完报纸上的消息,一路无言。看到郭沛霖焦躁的表情,汪弘毅微笑着说:"郭总放心,他们八字还没有一撇,我们已经签署了框架性协议,他们的小把戏翻不了大浪的。"

郭沛霖推了推滑到鼻尖上的眼镜,焦虑已经写在脸上:"黄国胜完全可以说我们的框架协议没有法律约束力,他以十多年大股东的名义寻找白衣骑士,高调地跟陶光明谈。到时候世人都会觉得远大是一个认真负责的股东,你们管理层就算想帮我们,恐怕都很难。"郭沛霖有一句到嘴边的话又咽回去了,合上报纸,盯着汪弘毅。

会议室的LED显示墙上,弹出远大集团重启跟东方集团谈判的新闻。汪弘毅微笑着说:"郭总是担心管理层站到粤海一边,到时候远大会给管理层扣上分裂国资的大帽子。放心吧,这是黄国胜的谈判游戏。"郭沛霖很忧虑地说:"肖天如果站到东方集团一边,董事会上他那一票就让我出局了。"汪弘毅信心满怀,说:"无论他们怎么出招,肖天手上的那一票只能是我们的。"

黄国胜在师泌远面前开出的条件令众人难以接受,可师泌远已经吩咐市国资委主任张天明商洽一个方案出来。郭沛霖当着汪弘毅的面给张天明打电话说:"张主任,我们跟远大都是代表国家替老百姓管理财物,一家人就不要搞得剑拔弩张了,两家团结才能给盘古一个更好的未来。一家央企,一家地方国有企业斗来斗去只会让人笑话,明天我们应该主动约远大继续谈。"

第二天,远大集团的谈判代表杜天刚一行如约飞抵南海市。谈判代表团一进入南海市国资委的会议室,杜天刚就开门见山地说:"郭总,黄国胜董事长跟师泌远书记是同学，我们自然欢迎粤海集团成为远大集团的白衣骑士，两家国有企业联袂捍卫盘古这面旗帜。"郭沛霖以为自己听错了，问："杜总的意思是让粤海成为盘古的白衣骑士？"

杜天刚微笑着说："是粤海集团成为远大集团在盘古的白衣骑士。"

郭沛霖很疑惑地问："方案变了？"

杜天刚点点头说："远大现金参与增发获取10%的股权，粤海资产对价获得10%的增发股权。"

新方案令张天明很是不屑，他撇着嘴，黄国胜的谈判团队就是在跟粤海集团绕圈子。郭沛霖一听，略带讥讽地说："杜总，你们远大集团算盘真是打得精啊，盘古作为A股的标杆企业，定向增发的新股上市冲击44%的首日涨停板还是有信心的吧，你们之前承诺按照上市交易的价格转让，如果增发价按停牌前20个交易日均价的九折算，那样你们的权益至少比我们的成本高54%，现在你们不想抬轿子了？"

会议室一下子陷入了尴尬局面，只有杜天刚笑而不语。

张天明插话解围："这是你们远大的既定方案，还是代表团的临时建议？"

郭沛霖的嘲讽正是黄国胜跟杜天刚修订谈判条件的目的，不过杜天刚不想让郭沛霖看笑话，说："刚才的方案只是口头动议，需要报远大高层决策，并履行内部相关决策程序。"郭沛霖脸上有一丝得意，杜天刚话锋一转，说："当然，我们的大门是敞开的，只要我们一起捍卫国资的核心利益，我相信远大的管理层会将今天这个口头协议变成决策的。"

张天明没忍住，问："杜总，你说的远大集团大门敞开，是不是说明除了粤海集团，你们还在跟多家企业进行谈判？"郭天明将一份报纸递给杜天刚，问："报纸上说黄国胜董事长跟东方集团董事长陶光明在北京见面，那是否意味着之前盘古管理层跟粤海签署的框架性合作协议随时可能作废，那么今天的口头动议就更不具有任何法律约束力了？"

尴尬立即变成了交锋，会议室开始出现火药味。杜天刚依然微笑着说："张主任，之前盘古管理层就一直在跟东方集团进行谈判，黄董事长临时去美国出差，才错过了跟东方集团董事长陶光明的见面，理论上盘古跟东方集团的谈判

第二十章
关键票

没有终止，相信张主任能够理解。"张天明跟郭沛霖都撇着嘴，杜天刚的笑容立即很尴尬，接着说："盘古管理层跟粤海签署了合作备忘录，这是合作的一个基础，我们希望尽快能谈出一个真正的框架性合作协议来。"

杜天刚的两句话令郭沛霖心里咯噔了一下，盘古管理层跟粤海签署的文件只是备忘录？郭沛霖不想让东方集团的回头草干扰了市政府领导的信心，插话说："粤海跟盘古同在南海市，都是知根知底的，还希望远大集团能够支持之前的增发和股权转让方案在董事会和股东大会上通过，同时保持盘古管理团队的稳定，在交易顺利完成后，两家再签署股权转让协议。"

"交易完成后再签署股权转让协议肯定是不行的。"杜天刚当场就否定了郭沛霖的提议，很严肃地说，"现在盘古管理层提出了改革转型的计划，未来沿着地铁进行扩张，就抓住了土地、交通的核心资源，我们理解并支持盘古在粤海的地铁上盖物业的规划，那何不修订方案，让交易变得更为简单顺畅？"

郭沛霖将信将疑地问："怎么修订？"

杜天刚胸有成竹地说："我们今天坐在这里，主要是因为野蛮人入侵，要驱逐龙腾集团，那我们就给野蛮人来个焦土计划。"众人愕然，杜天刚解释说："焦土不一定把公司搞烂，也可以搞得很胖嘛，黄天沙不是冲着盘古账面上千亿现金来的吗？那我们就灭掉他的希望，盘古用现金购买粤海这次纳入重组方案中的土地资产，以消耗大量的上市公司现金。"

郭沛霖两手一摊："资产收走了，我们当看戏的人？"

杜天刚摇了摇头，问："郭总，你们以20%的股权进入盘古，黄天沙就能驱逐出去吗？"

郭沛霖撇着嘴不说话，他心里很清楚，现在黄天沙持股已经接近25%，就算粤海增发获得20%的盘古股权，不仅难以驱逐黄天沙，还容易因为在高位增发为黄天沙抬轿子。杜天刚很有信心地说："资产收购消耗掉大量的现金后，白衣骑士没有马上进入，这是个利空，盘古的股价还能撑得住吗？几个跌停，黄天沙自然就爆仓出局了，那个时候我们两家各自通过现金和资产对价，获得10%的增发股权进入盘古。"杜天刚两手一摊，说："如此一来，既赶走了野蛮人，又低价获得了股权，还捍卫了国资的核心利益，简直就是一箭三雕。"

底牌（下）

北风呼啸，刺骨的西伯利亚寒流刮过黄浦江，离尘庄园门前的两棵古树依然苍翠遒劲。门口的安保人员已经换上了厚厚的棉装，在寒风中挺拔直立。安保人员还没有招手，肖天就从车上下来，站在庄园门口，望着庄园外萧瑟的田园，一想到自己马上就能见到周晓萌，心中涌起阵阵暖流。

肖天的车停在车场，在通向小楼的路上，草地已经泛白，溪水已经覆盖了薄薄的一层冰。小楼背后有一座海拔300多米的小山，山上的柏树郁郁葱葱，偶尔能听到嘟啰嘟啰的叫声。侍应生早已在院子的大门外等候，推开门的那一刹那，肖天整个人僵住了。

古槐之下，桌子上的茶杯上正冒着热气，周晓萌正对着大门，蒙毅端着茶杯坐在一侧。

已经很久没有见到周晓萌了，在来的路上，肖天一直心情激动。蒙毅的调查组从进驻浦江花园项目，扩大到整个上海区域工程部、质检部、供应商、销售商，肖天一直处于一种压抑的状态。跟汪弘毅交接了轮值CEO工作后，蒙毅的调查面积越来越大，牵涉的人越来越多，工程部已经有四名员工被公安机关带走。周晓萌的邀约令肖天一路上都处于亢奋状态。原以为是一个可以互诉衷肠的二人世界，没想到蒙毅已成座上宾。

蒙毅站起来，微笑着邀请肖天入座，说："这里真是个世外桃源，外面寒风凛冽，院门一关，只有冬日暖阳，李鸿章当年装修这个院子看来是独具匠心啊。"肖天只能附和说："两江总督一方诸侯嘛。"蒙毅端起茶杯，跟肖天碰杯，意味深长地说："李鸿章总督两江，遥持朝政，关键时刻没有他的意见，紫禁城里的皇帝、太后都只能一声长叹啊。"

肖天嘴角一咧，挤出一丝微笑，蒙毅这是暗示自己，手上的那一票在关键时刻莫要让总部的管理层为难。肖天轻轻地呷了一口茶，旁边坐着的周晓萌，身上依然有一股迷人的香水味，可今天肖天的血液一点都沸腾不起来，他同样意味深长地说："李鸿章人称裱糊匠，那么多人都要仰仗着他，他纵有孙悟空七十二变，依然逃不过老佛爷的手掌心，逃不过朝廷里那些精于权谋的大臣，最终悲剧地死在枯叶满院的寺庙里。"

第二十章

关键票

瑟瑟冷风中,两个男人你一言我一语,周晓萌在拨通肖天电话的时候,就预料到了这个尴尬的局面,蒙毅在上海的每一步,都是汪弘毅在幕后发踪指使。蒙毅给肖天的杯子里斟上茶,说:"肖总,很多话在办公室谈不太方便,浦江花园暴露出的问题确实不像话,该抓的人肯定是要抓的,不过现在粤海集团、东方集团跟盘古正在快速地推动重组,乔总跟汪总希望调查组能够在关键时刻从大局出发。"

陶光明在北京跟黄国胜见面后,给肖天打了个电话,梅怡的意见是双方要第一时间签署一个战略合作的框架协议,除在盘古股权控制方面,东方集团可以作为白衣骑士跟远大集团结成一致行动人,在城市运营服务方面,东方集团可以跟远大集团、盘古结成产业联盟,签署三方合作的备忘录。肖天长舒一口气,自己跟汪弘毅再次站到了同一条起跑线上。刚才蒙毅话里有话,提醒自己要以管理层的大局为重,无非就是让自己在董事会投票时,跟乔志远、汪弘毅站在一起,否则,该抓的人就要抓。肖天心里嘀咕,谁该抓?

周晓萌一直没说话,看上去面无表情,眼眸深处却有无法说出口的思念。她呷了一小口茶,放下杯子,说:"肖总,远东证券乌龙指的当天晚上,堂石房地产拆借给他们的救急资金,我们需要提前收回。"蒙毅在旁边一愣,远东证券乌龙指的救急资金是眼前这个女人出的?肖天非常感激地说:"时间过得真快,快两年了,你们回收也是可以理解的。"肖天看了看蒙毅,意味深长地跟周晓萌说:"周总,那笔钱明面上是救急远东证券,实际上是对我们盘古的恩情,你救急远大证券是在保护盘古管理层的持股计划。"

斜阳投射在院子里,突然有飞猫滑翔到古槐上。蒙毅一愣,站起来望着槐树上的飞猫问:"耗子能在空中飞?"周晓萌看了看飞猫,说:"蒙总,它确实是耗子的一种,有人把它叫六不像,脸面似狐,双眼如猫,尖嘴类鼠,耳朵像兔,脚爪若鸭,尾同松鼠。我们这里叫它飞猫,小学课本上也把它叫作寒号鸟,本来这种动物应该生活在1200多米海拔的地方,不知道为啥几年前出现在背后的小山上,在山上到处挖洞,竟然占着巢穴不走了。"

肖天、蒙毅双双盯着周晓萌,没想到一个女老板,竟然对寒号鸟如数家珍。肖天抬头看了看日头:"太阳快落山了,正是他们出来觅食的时候。"蒙毅看着两人微微一笑:"听周总这么一说,我想起来了,这畜生跟人不一样,有一个习惯,千里觅食一处屙,不管到哪里找吃的,永远都忘不了它的巢穴,也许这就是人们常说的肥水不流外人田吧。"

蒙毅话里有话,让肖天听上去很不舒服,虽然眼下他们在抓上海区域腐败案,但自己没有卷入其中任何一笔交易,只是他们抓住周晓萌跟自己有私交不放,而自己身为盘古总裁兼上海区域首席执行官,又负有监管失察之责。肖天端起杯子,很大度地跟蒙毅敬茶:"蒙总是我们盘古的看门人,如果不是您及时地介入调查,我还真不知道公司里有多少吃里爬外的东西,连飞猫都知道肥水不流外人田,可是他们吃盘古的饭,砸的却是盘古的锅。"

蒙毅没想到肖天会当着周晓萌的面说出这样的话来,便说:"利益是把'双刃剑',利益共同体形成的时候利益各方就是一个高效率的团队,当利益出现冲突的时候,你死我活的厮杀会让整个局面失控,那个时候没有人会顾全大局。"周晓萌脸上开始浮现出微笑,蒙毅今天找上门来,就是想找出自己跟肖天的蛛丝马迹,听蒙毅这么说,她接过话茬儿,说:"是啊,利益面前有几个人能够真正顾全大局,所谓的顾全大局无非是获利的一方牺牲另一方的遮羞布而已。"

肖天没想到周晓萌会说出这样的话,蒙毅的脸色一下变得铁青。肖天立即打圆场:"寒号鸟都出来觅食了,看来温度是越来越低了,蒙总脸都冻青了。"蒙毅搓了搓面颊,自我解嘲:"人为财死,鸟为食亡,寒号鸟一冷都出来找吃的,何况人呢?"古槐上飞来越来越多的寒号鸟,嘟啰嘟啰地叫个不停,周晓萌看得出黑着脸的两人心里的不悦,再这样下去很容易让大家都难堪。周晓萌连忙张罗说:"院子里越来越冷,我们到屋子里去吧。"

肖天看了看表,很客气地说:"谢谢周总,时间不早了,公司里还有一堆事,有机会改日再喝茶。"蒙毅悻悻地跟周晓萌说:"周总,今天就不叨扰了,记住一开始我们说的,浦江花园牵涉的面很广,希望你们能在这个关键期处理好这几年发生的问题。"肖天转身往外走,听闻蒙毅的话,又转身说:"周总,我回去会跟远东证券竹聿名总裁沟通一下,确认一下盘古管理层在远东证券持股计划的安全边际,你们拆借给他们的资金由你们自己决定是否抽回。"

蒙毅一出离尘庄园就给汪弘毅打电话汇报说:"汪总,今天跟周晓萌见面

第二十章

关键票

了，这个女人绝非等闲之辈，肖天到来之前，在跟她聊天的过程中，我感觉她只是一个前台人物，她的背后应该另有其人。"汪弘毅刚挂断上一个电话，听蒙毅这么一说，问："她背后是谁？"蒙毅皱了皱眉头："一开始我怀疑是肖天，但是我专门把肖天跟周晓萌约在一起，发现这两个人应该只是男女关系，能够系统操纵盘古上海供应商、销售代理商，不是我们内部的人，就是跟我们内部有着密切关系的人。"

乔志远把手中的棋子往棋盘上重重一摔，四处飞溅。

桂玉梅站在乔志远身后，默默地盯着 LED 显示屏。一大早，桂玉梅从北京飞抵南海市，乔志远一直在书房里跟围棋程序下棋，整个棋盘白子偏居东南一隅，已经毫无退路，白棋的棋盘空间已所剩无几，就算乔志远有回天之术，也是巧妇难为无米之炊。乔志远痴迷于棋盘上的厮杀，桂玉梅一开始以为乔志远对自己的爱已疏淡，后来才发现，他每次遇到重大决策，都会把自己关在书房里跟围棋程序厮杀。

乔志远有一个习惯，每次跟围棋程序对弈的时候，都会在一边将棋子摆在真实的棋盘之上。乔志远铁青的脸让桂玉梅有一种莫名的寒意。早上 5 点起床赶飞机，到了院子大门，乔志远手里抓着一把棋子，把自己接进屋子里，都没有往日久别的拥抱，乔志远又钻进书房，跟围棋程序捉对厮杀。桂玉梅在飞机上看到一则新闻，料想乔志远正在为此发愁。桂玉梅在旁边盯着棋局，围棋程序是步步为营，招招杀机，乔志远的棋已经是前无通道，后无退路。桂玉梅嘟囔了一句："这不是玲珑棋局吗？"

乔志远转身，双手搭在桂玉梅的肩膀上，满眼深情地说："你真是我的天使。玲珑者，八面机巧，棋局如商场，人人皆可白手起家，领袖群伦，所有人的起点和游戏规则都是平等的，就看各自的造化。棋盘上的黑白世界，人世间的恩怨情仇，看上去每一步都在棋盘上，可在关键时刻的取舍构成了现实的制衡和诱惑。"乔志远看了看棋盘，桂玉梅递上他最喜欢的三觉茶，整个屋子里茶香四溢。乔志远向棋盘中央投出一枚白子，伤敌一千自损八百的果敢，使围棋程序的大片棋子被乔志远杀出了一条血路。

棋盘上乔志远死里逃生，凤凰涅槃。他看着棋盘豁然开朗，野蛮人闯进盘古，两个接班人竞争者跟自己形成一个品字形的犄角防御阵势，可随着黄天沙的步步为营，在寻求白衣骑士捍卫管理层核心利益的过程中，谁能得到白衣骑士的支持，谁就将坐上董事长的椅子，乔志远的犄角防御阵势内部已经是暗流涌动。望着在一侧静静观战的桂玉梅，乔志远信心十足地说："人生犹如玲珑棋局，真正的选择只有一次，一步勘破生死，一念颠倒乾坤，一旦尾大不掉、负累重重，就算有逐鹿中原的野心，也只能是气数尽矣。关键时刻只有舍子弃势，经历残酷的生死逆转，才能否极泰来。"

桂玉梅将外套递给乔志远："你赶紧去吧。"

乔志远望着桂玉梅问："有你在，你要我去哪里？"

桂玉梅噘着嘴问："你难道没有看报纸上的新闻吗？"

书桌上躺着几份报纸，看样子乔志远还没有动过。在飞往南海市的飞机上，桂玉梅看到一则新闻，东方集团董事长陶光明一行飞抵北京，在远大集团总部跟董事长黄国胜见面，东方集团将跟粤海集团竞争入主盘古的白衣骑士，未来谁成为盘古接班人的悬念再起。桂玉梅将桌子上的报纸摊开，把关于盘古的新闻翻出来递给乔志远。

乔志远翻了翻，很是不屑地将报纸丢到茶几上，说："如果我的信息都是从报纸上看来的，那盘古早就成为他人砧板上的鱼肉了。"得知黄国胜在南海市政府用东方集团施压，乔志远就嗅到了一股不寻常的气味。陶光明一行飞抵北京，乔志远的担心变成现实。乔志远已经把自己关在书房3天了，每天一觉醒来就跟围棋程序对弈，一直惦记着盘古董事长这把椅子的陶光明，一旦入局，将会成为改写盘古天平的砝码。

乔志远操起电话打给汪弘毅，说："马上，召开董事会会议。"

汪弘毅在接起乔志远电话之前，刚刚挂断郭沛霖的电话。郭沛霖在电话里颇有微词，黄国胜在盘古跟粤海集团签署框架合作备忘录后，提出极度不合理的谈判条件，同时跟东方集团进行谈判，不符合商业游戏规则。汪弘毅跟郭沛霖打包票，东方集团的谈判只是黄国胜的施压策略。汪弘毅等的就是乔志远的这句话，不过现在黄国胜将陶光明拉回谈判桌，肖天会将自己的一票投给粤海

第二十章

关键票

集团吗？汪弘毅要确认一下乔志远的决定，问："现在远大集团还在跟东方集团谈判，我们直接将粤海集团的重组提交给董事会讨论，董事会的闯关变数会很大。"

东方集团重回谈判桌，汪弘毅岂能眼睁睁地看着肖天再次成为接班人的竞争者？乔志远对垒围棋程序的3天内，汪弘毅没有跟他有任何联系。一大早，汪弘毅给乔志远写了一封邮件，将蒙毅在上海调查的腐败窝案部分数据发送给乔志远。乔志远扫了几眼汪弘毅的邮件，再次跟围棋程序对战。厮杀的过程中，乔志远五味杂陈，黄国胜第一次拒绝跟陶光明见面，跟当天各种丑闻有着莫大的关系，现在黄国胜主动伸出橄榄枝，肖天岂会让机会再次溜走？自己一直把管理层营造为盘古利益的核心，一旦肖天在粤海集团重组的董事会上投下反对票，那将是盘古管理层的公开撕裂，是对乔志远领袖旗帜的致命一击。

汪弘毅话里有话。黄国胜看准了盘古管理层品字形阵势的致命弱点，在野蛮人闯进盘古之前，肖天跟汪弘毅的竞争只是暗流，随着白衣骑士的进入，这两位接班人的竞争开始白热化。黄国胜现在同时跟粤海集团和东方集团谈判，给了汪弘毅和肖天同等竞争的希望，黄国胜就是要将两人推到台上进行厮杀。桂玉梅的提醒让自己豁然开朗，如果在黄国胜推波助澜的时候自己不舍子弃势，两位接班人竞争者会认为自己贪恋权位，他们会招数百出，寻求能够支持自己的白衣骑士来打破管理层权力的僵局，最终可能会被两虎互伤。

陶光明的回归让乔志远如芒在背。黄国胜一直在渲染，无论是粤海集团还是东方集团，都将是远大集团引入盘古潜在的白衣骑士。盘古管理层寻找白衣骑士，管理层持股计划将成为股东天平上最重要的筹码。黄国胜的策略就是要打破管理层控制，让白衣骑士成为远大集团在盘古的盟友，这样一来，远大集团可以四两拨千斤，加大对盘古的控制权。乔志远很自信地说："你是担心东方集团重回谈判桌，肖天那一票会摇摆，但我相信肖天会看清楚大局。"

汪弘毅攥着蒙毅调查的证据，暂时并不担心肖天的对抗，只是担心时不我待。汪弘毅的办公桌上，躺着一份刚刚送来的龙腾集团举牌公告，黄天沙持有盘古的股权已经超过25%，汪弘毅很是担心，盘古向粤海集团定向增发20%，都是在陪黄天沙读书，南海市政府恐怕难以接受。黄国胜突然积极起来让汪弘毅很不安，他跟粤海集团的谈判一变再变，再将东方集团拉回到谈判桌上，搞得盘古无法停牌，自己却抓住机会不断吃进盘古的筹码。汪弘毅总觉得有人设局，故意拖住他们引入白衣骑士的节奏，为黄天沙收集筹码争取时间。

谁在设局？黄国胜？杜天刚？还是肖天？汪弘毅想让邵南子通过天眼系统追踪，可眼下黄天沙在时间上在跟粤海集团进行赛跑。汪弘毅翻了翻公告，说："董事会是我们捍卫盘古核心利益、驱逐野蛮人的重要关口，可还有3个月它就面临改选。我们如果无法在3个月内引入白衣骑士，黄天沙肯定会抓住机会控制董事会的。"汪弘毅顿了顿，抓起旁边的公司章程，说，"按照董事会改选的规则，新进股东持股满6个月，有权提出董事会改选，黄天沙无论是在持股数量，还是持股时间上都领先了。"

乔志远大手一挥，说："黄天沙当不了盘古的家，他的钱都是借的。"乔志远隐隐觉得黄国胜在玩舍子弃势的游戏，只要夺回对盘古的控制权，合并盘古财务报表，头上的乌纱帽不再被人攻击，黄国胜就很有可能将乔志远的那把椅子送给持股只有10%的陶光明。陶光明是个从来不吃亏的人，除了坐上盘古董事长的位置，将来他还持有10%的筹码，足以成为股东天平上最重的那枚筹码。乔志远很坚决地说："我们必须闯关董事会，掌握控制盘古核心利益的主动权。"

杜天刚坐在办公室，秘书送来了盘古董事会的公告。

"啪"的一声，公告文件被杜天刚甩出去散落一地。秘书一哆嗦，进入远大集团3年，从未见过杜天刚如此大发雷霆，她将公告文件一页页地捡拾起来，再递给杜天刚。杜天刚的办公桌上同时放着两份公告，一份是召开董事会，另一份是龙腾集团第三次举牌盘古的公告。

杜天刚抓起桌子上的电话就给黄国胜打过去："黄总，盘古的公告文稿您看了吧，明明知道我们正在跟南海市政府谈判，他们偏偏要将一个没有达成共识的潜在重组对象公告出去，乔志远他们这是要霸王硬上弓。他们这么公告了，我们的谈判策略将完全被他们打乱。"

黄国胜正在北京总部办公室看文件，听到杜天刚心急火燎，安抚说："现

第二十章

关键票

在汪弘毅担心东方集团一个回马枪把他从接班人位置挑落,乔志远担心我们引进的白衣骑士让他失去管理层控制权,所以他们才会迫不及待地要开董事会。"黄国胜翻了翻桌子上打印出来的两份公告,叮嘱说:"马上草拟一份我们的解决方案,向国资监管部门和各相关方抄送一份。"

挂断电话,黄国胜站起身来,望着长安街的车来车往。北京出现难得一见的蓝天白云,极目远眺,可以看到西山,丛林之中,隐隐能看到山林中的豪宅庭院。黄国胜看了看表,还有 5 分钟,陶光明的团队将再次来远大集团洽谈重组盘古的方案,一旦陶光明看到粤海集团的备忘录公告,谈判将陷入尴尬。

陶光明再次走进远大集团北京总部大厅,梅怡很是纳闷,他为什么每次来都要对着那幅《万里江山图》凝望。见陶光明一副严肃的表情,梅怡侧身问了问旁边远大集团的工作人员,工作人员小声嘀咕道,《万里江山图》是陶光明在远大集团时设计装饰的,没想到这幅图成了前任董事长洗钱的工具,现在是远大集团的反腐教育点了。

梅怡心中暗暗一惊,同事之间办公室政治中的钩心斗角,没想到竟然到了如此穷凶极恶的地步。梅怡侧身看了看旁边的陶光明,发现他脸色很难看。在工作人员的带领下,东方集团一行人进入了会议室。刚一落座,陶光明开门见山地说:"黄总,乔志远他们把粤海集团的公告都草拟好了,就算我现在答应你们开出的条件,也是回天乏术了吧?"

陶光明的单刀直入让远大集团的高管们很错愕,黄国胜微微一笑说:"陶总,粤海集团的重组第一关要过的是董事会,我们远大集团有三票,独立董事不少人都是远大集团推荐的,还有跟我们有业务交集的独立董事,你觉得他们闯关的概率有多大?"梅怡插话问:"黄总说的有业务交集的独立董事是指道琼斯资本的刘一飞吧?"黄国胜点点头,梅怡接着说:"听闻道琼斯资本正在跟盘古洽谈一笔不小的交易,你们能保证刘一飞的票会投给远大集团?"

盘古跟粤海集团签署框架合作备忘录那一天,黄国胜就召集高层开会,分管法务部的杜天刚给出的意见是,只要刘一飞不将票投给乔志远他们,远大集团就能在董事会上阻击反对势力。黄国胜非常自信地说:"刘一飞的票只要不投给任何一方,我们的谈判就恰逢其时。"说话间,黄国胜将远大集团内部的一个方案递给陶光明。

"如果刘一飞将票投给盘古管理层呢？"梅怡看着一脸自信的黄国胜问。旁边的杜天刚眼角下的肌肉有一丝僵硬，接过话说："道琼斯跟远大在欧美有上百亿规模的生意，美国人不会允许刘一飞自作主张。"陶光明翻了翻方案，递给旁边的梅怡，远大集团选择了跟东方集团同时以定向增发获得10%新股进入盘古的策略，条件是东方集团需要在两年之内跟远大集团在董事会、股东大会上结成一致行动人。梅怡盯着黄国胜问："为啥一致行动人的期限是两年？"

远大集团的财务总监突然停下手中记录的笔，说："黄天沙的龙腾集团资金成分复杂，有保险资金、银行理财资金，还有民间财团资金，其中保险资金多是一年前的投资连结保险，银行理财的周期也不超过两年，根据资金周期，黄天沙在盘古的持股时间可以测算出来。"财务总监话锋一转，说，"再过3个月，盘古的董事会任期就到了，为了防止黄天沙控制董事会，我们需要在两年之内将野蛮人驱逐出去。"

梅怡咬了咬嘴唇，盯着黄国胜问："黄总，盘古的董事会改选只是时间问题，无论是按照盘古的公司章程，还是根据持股比例，东方集团如果进入盘古，跟远大集团结成一致行动人，我们只有一个条件。"黄国胜一听，才一个条件，示意梅怡提条件。梅怡看了看旁边的陶光明，说："盘古董事会要给东方集团留一个董事长的席位。"

黄国胜冷冷一笑，说："感谢梅总的开诚布公，我们远大集团管理层内部要开个会，讨论一下今天你们新增加的条件。当然，我们还需要把你们的条件向国资监管部门汇报。"梅怡一听，感觉不对劲，追问："黄总的意思是，远大集团管理层无法决定我们提出的条件，需要国资监管部门定夺？"黄国胜摇摇头，说："汇报是一个程序问题，我们两家都是国资，价值观是一致的，捍卫国资的核心利益是我们的共同目标。"

山鹰会议室灯火通明，王曦若捧着咖啡杯，盯着LED显示屏出神。

黄天沙将厚厚的一沓资料递给王曦若："乔志远他们是要跟我们赛跑。"

第二十章

关键票

资料封面上写着"公司章程"四个大字,王曦若翻开目录,黄天沙已经在董事会一节进行了标注。按照盘古董事会的任职期限,还有3个月就将进行换届,王曦若特地看了看董事会换届的特殊规定,侧身盯着黄天沙:"你是担心乔志远他们赖在董事会不换届?"

"今天一大早,远大集团向盘古的各大股东发了一份传真文件,这份文件针对的是今天晚上盘古要公告的重组方案。"黄天沙指着公司章程资料下面的另一份文件说,"粤海集团跟盘古管理层签署了框架合作备忘录,远大集团的提议看上去也是在把粤海集团引入盘古,可主动权完全不一样。"

王曦若点点头:"乔志远他们引入白衣骑士,管理层将是股东天平上最重要的筹码,他们将对盘古进行内部控制。远大集团引入白衣骑士,管理层将成为股东们的弃儿,黄国胜他们会加强对管理层的控制。"冰雪聪敏的王曦若一眼就看穿了两派势力角逐的真正目的,说,"粤海集团如果进入盘古,那么他们一定承诺了管理层不变,未来3个月,乔志远会拖延董事会的改选,粤海进入盘古就是管理层的救命稻草。"

黄天沙撇着嘴,捡起"公司章程"又翻了翻:"乔志远看起来沉溺于围棋,实际上他对盘古权力的控制全在这一本章程上。找不到符合资格的董事、股东对推荐董事人选内部没有达到平衡、全体董事连任,都可以成为他们不换届的理由。"黄天沙鼻子里哼了一下,很是不屑地说:"汪弘毅着急忙慌地公告跟粤海集团合作的消息,是担心肖天拉来的东方集团跟远大集团搞成一致行动人,到时候他的接班人位置就没了。是时候帮乔志远松松墙角了。"

黄天沙操起电话拨给杜天刚:"杜总啊,听说乔志远他们要在董事会跟你对着干啊。"

杜天刚正在办公室草拟一份第三方重组方案,听黄天沙的语气,很是搓火:"黄总啊,你们龙腾集团不是早就夺走了我们的第一大股东位置嘛,乔志远他们在董事会自然就不把我们当一回事了。"杜天刚冷冷一笑说:"现在大家都把远大集团当成病猫了,恐怕都错误地估计了我们捍卫国有资产核心利益的决心。"

黄天沙跷着二郎腿,放下左手的咖啡杯,说:"现在董事会里面,你们远大集团的三票肯定不会投给乔志远、汪弘毅他们，汪弘毅已经游说过几位中介机构以及学术圈的独立董事，他们很支持管理层，现在盘古正在收购南海市的东方广场，道琼斯资本的刘一飞一旦被乔志远他们争夺过去，他们就可以把你们当病猫了。"电话那端杜天刚喘着粗气，听上去是很愤怒，黄天沙话锋一转，"道琼斯资本毕竟是商人，他的变数很大，你们要想捍卫核心利益，有没有把不确定变成绝对有把握的预案？"

远大集团内部，杜天刚已经反复推演了董事会的投票情况，说："刘一飞的变数决定权在华尔街，如果他给盘古管理层投下赞成票，那么道琼斯资本跟远大集团的生意后路就断了，相信华尔街道琼斯的高层不会那么愚蠢，刘一飞最佳的选择就是投弃权票，两边都不得罪。另外，就算其他四名独立董事全部支持管理层，投下赞成票，连同管理层的三票，赞成票率难以超过66%，粤海集团想霸王硬上弓，只能是一厢情愿。"

黄天沙有点失望，说："你们相信华尔街那帮叼雪茄的家伙？"

远大集团从成立的第一天起就跟国际上的名商巨贾们打交道，无论是伦敦的金融城、纽约的华尔街，还是香港的金融街，只要远大集团的高层出行，各大机构的巨头都会争相邀约，希望能跟远大集团做生意。杜天刚信心十足地说："远大集团的生意网络遍布全球，道琼斯资本不会因为跟盘古的一笔买卖而堵了一个全球交易的通路，华尔街的人都是精于算计的，他们不会因为董事会一张赞成票而失去远大集团这样的客户。"

黄天沙很不屑地说："生意场上，凡是自己不能控制的事，最终都容易出乱子。"

杜天刚的自信在黄天沙眼里就是自以为是，远大集团现在对任何一方都无法实现控制。商场上，不确定性的交易都是不可持续的投机，只有控制权在手，才能真正地把交易变成长久的生意。黄天沙的话刺痛了杜天刚，现在远大集团有黄国胜，自己难以控制跟各方谈判的底牌，更别说其他合作伙伴。杜天刚很谦虚地问："怎样才能将不确定性变成确定性？"

黄天沙哈哈一笑："老杜啊，堡垒往往都是从内部攻破的，你想啊，除了远大集团的三名董事，独立董事们如果都不能确定，远大集团恐怕难以有控制

第二十章

关键票

权。你们想没想过从盘古管理层的三名董事中找到突破口？"

"我们让东方集团重回谈判桌，就是想分化肖天跟汪弘毅，把他们推到接班人竞争的同一条起跑线上。现在汪弘毅担心肖天再次跟他竞争，想在董事会上霸王硬上弓，把他引入白衣骑士粤海集团一事生米煮成熟饭。"黄天沙在电话那头不断地嗯嗯哈哈，杜天刚很是无奈地说，"现在肖天很尴尬，反对或者不投都很为难，别说乔志远不会给他董事长的位置，就算新进来的白衣骑士也不会重用临危变节的人。"

听完杜天刚看上去头头是道的分析，黄天沙皱着眉头，现在都火烧眉毛了，他竟然还如此的优柔寡断，他说："老杜啊，你还是个文人，商人是什么，就是可以商量的人，现在远大集团能跟谁商量？陶光明？郭沛霖？还是乔志远、汪弘毅、肖天？现在来得及商量吗？"黄天沙恨不得敲桌子了，端起咖啡杯喝了一口，接着说，"现在各方进入盘古就是在做一门生意，什么是生意人？就是能生出主意的人，现在远大集团如果不想被乔志远他们霸王硬上弓，唯一的主意就是废掉被你们重新推到接班人竞争台面上的肖天的董事资格。"

杜天刚心里咯噔一下，问："怎么废？"

黄天沙提醒说："汪弘毅的小兄弟蒙毅到上海调查浦江花园腐败窝案，这事儿你知道吧？"

一语惊醒梦中人，杜天刚拍了一下额头，如梦初醒，自己整天忙着跟汪弘毅的白衣骑士粤海集团较劲，整天推演刘一飞的投票决策，却忘了机会就在眼前。挂断黄天沙的电话，杜天刚再次拨通了黄国胜的电话，将盘古上海浦江花园腐败窝案进行了详细汇报。黄国胜在电话里沉默了很久，才说了一句："盘古已经病入膏肓了，包容病毒就是对身体最大的伤害。"

乔志远坐在办公室，肖天坐在对面，两人一直相互看着对方沉默着。肖天咬了咬牙槽，说："乔总，今天下午就要召开董事会了，浦江花园的调查记录捅到媒体上后，我成了主角儿，这算是把刀架在我脖子上吗？是不是太露骨了一点？"乔志远的面前躺着几份报纸，上面都是通栏大标题：盘古接班人竞争者卷入腐败窝案！一大早，乔志远就将整个新闻通读了一遍，还处在内部调查期的案子，怎么就捅到报纸上去了呢？

肖天进入乔志远办公室之前，乔志远第一个想到的是汪弘毅，可汪弘毅第一时间就给乔志远打了电话，对浦江花园腐败窝案调查记录被捅到报纸上表现得很吃惊。汪弘毅给蒙毅打电话，蒙毅也是一头雾水。汪弘毅在电话中振振有词："这是有人故意分裂我们管理层。"乔志远不置可否，挂断汪弘毅的电话后，肖天就推门而入了。面对肖天的义愤难平，乔志远故作镇静地问："今天这个时间点太巧合了，不像是内鬼。"

陶光明第二次在北京跟黄国胜见面后，肖天一扫浦江花园腐败窝案的阴霾，重燃接班人竞争者的希望。陶光明刚一回到上海，盘古就公告要召开董事会，审议粤海集团重组事宜，失落的肖天同时接到南海市总部的电话，要求他在董事会召开前一天赶回总部进行阶段性工作汇报。在管理层会议上，肖天将浦江花园腐败窝案进行了简要汇报，汪弘毅一直面无表情地盯着他，肖天咬着牙承诺跟管理层站在一起，捍卫盘古的核心利益。

"不是内鬼？"肖天很是愤怒，"我都没有知道得那么详细。"

乔志远一下被肖天给问住了，天眼系统建成之后，虽然盘古管理层源源不断地获得了大量的商业信息，但盘古的内鬼一直没有抓出来。乔志远皱着眉头说："天眼系统建成之后，尽管内部泄密信息比例大幅度下降，但是不能排除别有用心之人在窃取我们的内部调查材料。"乔志远顿了顿，只见肖天赤脉穿瞳，内心的怒火都已经写到脸上，安慰他道："这一次蒙毅的调查信息遭遇泄露，但无论是从维护管理层核心利益来看，还是依照谨慎原则，管理层内部都不会有人蠢到自爆的地步。"

肖天站起来，很严肃地说："现在正处在舆论风口，我应该回避下午的董事会。"

"回避？"乔志远"腾"地一下从椅子上坐起来，问，"肖天，你跟我多少年了？"

肖天正准备转身走人，停下来冷冷地说："现在恐怕有人正在谋划把我送进监狱吧。"

乔志远盯着肖天，看肖天会不会走，没想到肖天真的要走。乔志远一拍桌子:"如此小儿科的离间计都看不出来?"肖天听到"啪"的一声,转身见乔志远桌子上的茶杯都震得晃动起来。乔志远冷冷地说:"如果你现在走出这个办公室,就意味着你选择站到盘古管理团队的对立面,在我们内部初步调查没有人泄密的情况下,出现了如此巧合的事件,我们也有理由怀疑这是你跟他人合谋的一出苦肉计!"

房间里,弥漫着火药味,肖天轻蔑地盯着乔志远:"苦肉计?"

乔志远游学回来,跟肖天进行了彻夜长谈,乔志远对肖天一直感到难以割舍。他一手创办了盘古,初期却没有拿盘古一股的股票,数年来只有一个目标,那就是把盘古做成地产行业的标杆,做成员工、股东、客户、社会多方共赢的企业。在商场上以领袖示人的乔志远,在接班人问题上却患得患失,历史上雄主们最大的失败就是交班所托非人,乔志远推行轮值CEO制度,就是想给肖天、汪弘毅一个公平的竞争机会,更是给自己一个不留遗憾的机会。

谁泄露了浦江花园腐败窝案的调查记录?乔志远百思不得其解,下午就要在董事会上审议粤海集团重组案,如果汪弘毅拿不到管理层的全票,一切的筹划都将付诸东流。苦肉计只是乔志远脑子里的一闪之念,他内心深处不愿意相信肖天有大家一起完蛋的邪恶心理。乔志远盯着肖天的眼睛,问:"陶光明两次在北京跟黄国胜谈判,黄天沙的筹码收集得越来越多,你觉得他们是真心要驱逐野蛮人,重组盘古,维护盘古以及管理层的核心利益吗?"

肖天一愣,冷冷地说:"他们谈判的条件跟粤海集团一样。"

乔志远将龙腾集团的举牌公告递给肖天,说:"你看看这个,你跟弘毅打得头破血流,争夺的不就是董事长这把椅子吗?陶光明盯住的也是我这把椅子。黄国胜会把董事长的位置让给陶光明?他说谈判是为远大引入白衣骑士,进入盘古共同捍卫国资利益,其实真正的目的是要掌控整个盘古,管理团队只是他的门面摆设。"乔志远指着肖天手上的公告资料,说,"黄国胜谈判脚踩两只船,给黄天沙留下了快速收集筹码的时间跟空间,这正常吗?"

"为了将我引入的白衣骑士拒之门外,就一定要把我给推进火坑里?"肖天依旧对报纸上铺天盖地的新闻耿耿于怀,把自己跟浦江花园的腐败窝案搅和在一起,他还岂能成为接班人竞争者?就算东方集团有一天峰回路转,也跟自己没有关系了。自己为盘古奉献了20多年，现在卷入腐败窝案之中，不光是在接班人竞争中出局，以后在商场还怎么立足？肖天对乔志远苦肉计的猜测更是激愤难平，说："苦肉计这顶帽子是杀人诛心！"

乔志远阴沉着脸说："盘古会给每个人一个公正的评价，如果你下午的董事会缺席，无论你是无心，还是对腐败窝案调查记录泄密不满，只要跟盘古管理层的分歧出现在董事会的投票上，天下人都会认定你站到了管理层对手的一边。"乔志远走到肖天身边，像兄弟一样拍了拍他的肩膀，说："兄弟，愤怒会迷失自己的眼睛，丢掉我们的格局。什么是格局？格是人格，局是胸怀，委屈会撑大肚量，成就格局，没有胸怀，何以赢得未来？"

下午两点，以杜天刚为首的盘古董事准时到达了会议室。

朱颐民跟林兆雄、童国权两位香港董事有说有笑，以杜天刚为首的远大集团董事会代表坐在对面沉默不语。会议还没有开始，整个会议室已经泾渭分明地分成两个阵营。朱颐民将所有的新闻报道、公告文件进行了深入研究，对黄国胜前后判若两人的态度难以置信。他环顾了一圈儿，低声问董秘王欣："皮特刘怎么没来？"

大家都相互看了看旁边，汪弘毅的右手紧紧地捏了捏钢笔，昨天跟刘一飞沟通的时候，道琼斯华尔街总部的CEO就在旁边，刘一飞只是模棱两可地说会给各方一个公平的答案。听到朱颐民说话，杜天刚的耳朵立即竖起来，想知道刘一飞到底是电话表决，还是无故缺席。王欣低声跟朱颐民解释说："刘总昨天在美国总部，上飞机之前给我们发来短信，说希望能赶上董事会。刚才打去电话，刘总还是关机状态，可能现在还在飞机上。"

杜天刚悬着的心落下来，看了看坐在主席台位置的乔志远，只见汪弘毅坐在他的右边，肖天坐在左边。肖天的脸上毫无血色，坐在那里犹如一尊冷面佛陀，他只想快速地投完票，离开这个不属于自己的秀场。乔志远看了看表，说："既然刘总还在飞机上，那我们的董事会就先开始，到表决的时候再打电话，如果刘总的飞机降落了，那就进行电话表决。"

大家都点点头。乔志远介绍了董事会议题："各位董事，今天我们表决的

第二十章
关键票

事项是定向增发重组案。相信各位董事都已经很清楚了，现在盘古正面临龙腾集团的恶意收购，为了捍卫股东、客户以及社会公众的利益，公司管理层经过长时间的酝酿，提出了多套解决方案。我们放弃了所有对上市公司不利的防御型方案，跟多家机构进行接触后，管理层跟粤海集团签署了框架性合作协议，提出了初步的重组预案，希望能够借此解决盘古股权太过分散，容易被野蛮人恶意收购的潜在危险。"

以朱颐民为首的独立董事点头赞许。远大集团的三位董事相互交流眼色之后，杜天刚插话问："新的股东通过增发进入，势必会摊薄老股东的权益，怎么在引入新股东的同时保护老股东的权益？"杜天刚顿了顿，看了看对面的肖天，盯着乔志远接着问："刚才乔总说跟多家机构进行了接触，放弃了不利于上市公司的防御型方案，其中包括东方集团的方案吗？"

杜天刚的话令肖天心里一颤，乔志远的内心已经拒绝了东方集团，自己也就失去了竞争接班人的机会。杜天刚的问题再来一个火上浇油，立即将肖天、汪弘毅挑拨到对立面。汪弘毅冲着杜天刚微微一笑，接过话回答："现在盘古留存着老股东的权益，我们会在新股东进入之前，来一次分红。至于东方集团，几个月前在南海跟管理层进行了会谈，之后再无任何进展，至今我们无法确定远大集团跟东方集团是否有协议或者备忘录。"

朱颐民皱着眉头问："老股东分红，岂不是给龙腾集团摊薄了持仓成本？"

汪弘毅回答说："只要在权益登记日之前成为盘古的股东，都有权享受分红权益。"

杜天刚翻了翻放在桌子上的材料，乔志远接着汪弘毅的话说："我们尊重每一位看好盘古未来的股东，不欢迎有损盘古核心利益的闯入者。现在黄天沙步步逼近，龙腾集团持有的股权已经超过25%，今天我们董事会审议盘古向粤海集团定向增发20%的股票这一事项，这个决议的方案也只能让新进入的股东跟龙腾集团持平。如果我们无法快速引入白衣骑士，一旦黄天沙继续增持，以我们现在的条件，难以获得任何第三方的支持，我们现在是在跟时间、跟野蛮人赛跑。"

独立董事们点头附和。律师出身的童国权一直在笔记本上作记录，他更关心新进股东跟盘古未来的发展，他问："现在北京、上海多地的地铁都是香港地铁在运营，而一线城市的轻轨体系已经成熟，只有中西部欠发达地区以及东北地区的轻轨体系还不成熟，而这些地区的省会城市以及环城市带的房地产业都不景气，那么盘古还要跟着粤海集团去布局吗？"

乔志远看着这个有着典型香港学者范的花白头发大律师说："粤海集团的轻轨系统是给我们未来市场的选择机会，并不意味着盘古就一定要在沙漠里盖房子。更为重要的是，盘古的战略目标是向城市运营商转型，轻轨网络延伸的地方，就是未来中产白领生活的区域，这个区域将达到至少一亿的居住人群，按照人均一年一万元的社区消费计算，将是万亿的市场规模。"

向城市运营商转型一直是盘古管理层的改革目标，之前董事们只有一个模糊的概念，今天第一次听到乔志远算账，万亿市场规模令董事们意想不到，独立董事们开始交头接耳。一直沉默的独立董事王东民说："管理层跟其他潜在重组方接触的项目我不了解，我倒是亲自去调研过框架协议中涉及的地块，发现两块地处于南海市核心商业区，这次盘古买的不是资产，而是盘古的未来。问题的关键是，盘古怎样系统地进行城市运营，从而挖掘最大的商业价值？"

王东民作为华裔哈佛经济学教授，在华人学术圈里享有盛名，当年王锋去哈佛留学，跟王东民相识，经过3年游说，王东民才同意出任盘古独立董事。听王东民这么一说，杜天刚冲着他微笑着说："地处南海市核心商业区的项目肯定对盘古未来的发展有帮助，盘古账面上有3000多亿的资金，完全可以通过现金购买等方式进行。"

朱颐民发现，一开始远大集团的董事一直笔直地坐在那里一动不动，就算乔志远说出万亿级市场规模以至独立董事都开始激动时，杜天刚他们仍然无动于衷，现在却突然提出不一样的方案，他马上问："盘古已经公告现在的方案，如果不通过，会损害盘古的品牌形象，如果粤海的资产无法注入，那么远大有什么优质资产可以帮助盘古的发展，维护股东们的利益呢？"

汪弘毅接过朱颐民的话说："远大有远大的难处，中华啤酒控制权事关民族品牌，我们曾经试图推动远大地产跟盘古合并，提高远大对盘古的持股比例。第一次，远大地产突然停牌，宣布向龙腾地产定向增发收购龙湖花园项目；第

第二十章
关键票

二次，拒绝盘古提出的合并条件，在这种情况下我们才引入了粤海集团。如果大家没有问题，我们就粤海集团的重组案进行表决。"

乔志远、汪弘毅盯着杜天刚他们，感到十分纳闷，这三位早上就说要在董事会上提交方案，刚才除了杜天刚突然冒出来的一句话，现在怎么都一本正经地坐着一动不动呢？汪弘毅顿了顿，见远大集团的董事不说话，吩咐王欣："给刘一飞董事拨打电话，如果电话通了，那就让他进行电话表决。"

王欣拨通了会议室的电话会议系统，刘一飞接起来，里面各种声音吵吵嚷嚷。王欣扫视了一圈会议室的各位董事，冲着电话非常职业地问："刘总，我是盘古董事会秘书王欣，我们正在盘古总部会议室召开董事会，除了您，其余十位董事全部到场，现在已经进入粤海集团重组盘古的投票表决阶段，您现在在哪里？"

刘一飞扯着嗓子说："不好意思，我正在过海关。"

王欣问："能进行电话投票表决吗？"

电话很是嘈杂，刘一飞说："现在不行。"

朱颐民跟旁边的童国权嘀咕："电话不是通了吗？咋不能表决？"

王欣追问："为什么？"

过海关的人正在排队，刘一飞一只手握着电话，另一只手拖着行李箱，到了海关检查关口，刘一飞从衣服兜里掏出护照、机票，海关人员瞅了瞅刘一飞，在护照上重重地盖了一个海关印。刘一飞快速地拖着行李箱朝外走，边走边解释："不好意思，刚才在过海关，我不能表决是因为现在道琼斯资本正在跟盘古进行一桩潜在的交易，交易金额较大，我已经征求了律师的意见，我跟盘古有利益关联，所以选择弃权。"

听到刘一飞说出"弃权"两个字，汪弘毅的嘴角微微地抽搐了一下。杜天刚捏紧的拳头放松了，一直紧绷的脸也放松了，肖天阴沉的脸上眉宇舒展开来。坐在对面的王欣发现了汪弘毅嘴角微妙的变化。她在盘古做董秘已经10年，连续5年获得最佳董秘称号，跟汪弘毅一直配合默契，一听刘一飞说出弃权两个字，马上追问："刘一飞董事，根据您刚才的解释，您跟盘古有利益关联，属于回避表决，是这样吗？"

刘一飞听王欣说出"回避"两个字，立即接过话，说："没错。"

王欣再次确认："回避表决？对吗？"

嘈杂的电话中，只听刘一飞很肯定地回答："对！"

董事们开始窃窃私语，肖天再次眉头紧锁，阴云密布，只有童国权笑而不语。王欣非常冷静地跟进，说："那我要提醒您的是作为独立董事，如果您做出回避表决的话，必须给我们书面回避理由并签字，然后我们再做出公告。

汪弘毅侧身看了看旁边的乔志远，发现他的脸上看不出一丁点儿的表情变化。只听电话里传来刘一飞的港式普通话："就是我刚才说的理由，因为利益冲突，所以我必须回避表决，你们给我一点时间，我会提供书面意见。"

挂断刘一飞的电话，杜天刚的脸上浮现出一丝笑容，汪弘毅的脸也开始放松，接着他宣布现场董事进行投票。以杜天刚为首的三名远大集团董事毫不犹豫地投下了反对票。乔志远、汪弘毅、肖天三位管理层人员以及朱颐民、林兆雄、童国权、王东民四位独立董事投下了赞成票。

汪弘毅宣布投票结果："经过董事会投票，三票反对，七票同意。"

董事会秘书王欣不停地记录着，一份格式化的董事会公告在汪弘毅宣布投票结果后第一时间草拟了出来。投票结束，离开盘古大厦，杜天刚在楼下拨通了黄国胜的电话，汇报说："黄总，投票已经结束，按照计划，远大集团三位董事全部投下反对票，独立董事刘一飞弃权，粤海重组盘古未通过，刘一飞成为关键一票。"

第二十一章
同盟军

山鹰会议室，黄天沙冷冷地盯着 LED 显示屏。旁边的王曦若深深地吸了一口气，南方的空气已经开始变得冰冷。显示屏上跳出几个大字：盘古董事会通过粤海集团重组案！王曦若不可思议地看着黄天沙，问："皮特刘不是弃权了吗？"

黄天沙盯着 LED 显示屏没说话，脸色很难看。整个会议室安静得掉一枚针都能听见，山鹰组的同事们面面相觑。王曦若在心里测算，粤海集团拿到盘古 20% 的股权，按照规则，没有参与增发的老股东持股比例就会下降 20%，刚刚第三次举牌的龙腾集团将跟粤海集团的持股比例一样。以乔志远为首的管理层跟粤海集团保持一致行动，将牢牢掌控董事会。

嘀嘀！黄天沙的电话响个不停，众人均将目光投向一直沉默不语的他。黄天沙一看是皮特的电话，示意除了王曦若，其余人到隔壁会议室。接起皮特的电话，没等对方说话，黄天沙哈哈大笑起来："皮特啊，是不是看到盘古董事会表决的新闻，又想把摄政王珠卖给乔志远啊？"皮特跟那个陌生的年轻人见面后，对黄天沙口中的香港大佬一直怀疑态度，也跟着打哈哈，说："黄老板啊,白衣骑士进场,现在乔志远是春风得意,刚才他还给我打电话,说愿意再加价10万元,这个价格我很难拒绝的。"

"为了一个唱戏的,乔志远真是舍得出血本。"黄天沙很是不屑地说出这句话的时候,王曦若摇了摇头,莞尔一笑盯着他。黄天沙跷着二郎腿,瞅着LED显示屏上的新闻,很是鄙夷地问:"是不是觉得乔志远已经稳操胜券?你觉得他除了给你加价10万元,还能让你得到什么?你们曼陀银行的领主已是历史的古董啦,陈旧的目光是看不到远处的风景的。"

皮特望着对面的木鱼峰,想起在那座山峰的林荫小道上,那个精瘦的年轻人同样嘲笑过曼陀银行的领主,现在听黄天沙这么一说,可以肯定一点,那个年轻人跟黄天沙有着密切的联系。与乔志远通电话的时候,皮特没有立即答应将摄政王珠卖给他。沉默了片刻,皮特很是尴尬地说:"现在白衣骑士已经进场,乔志远除了跟我交易摄政王珠,没提到曼陀银行什么事儿。"

黄天沙从椅子上站起来,很自信地说:"一切才刚刚开始!"

皮特一下子来了兴趣:"难道你们或者远大集团要站出来反击?"

电话里,皮特的声音很大,王曦若第一次听到黄天沙跟曼陀银行有交易。在欧洲工作期间,王曦若跟曼陀银行打过交道,罗马城堡里的那一帮老顽固董事,永远保持着没落贵族的自尊,一副高高在上的样子,他们会同意大中华区参与到盘古的股权斗争中?黄天沙撇着嘴说:"只有白衣骑士唱独角戏,岂不是辜负了一出好戏?"

挂断皮特的电话,黄天沙坐在椅子上,双手在太阳穴处摩挲了几下,沉默着不说话。王曦若打破沉默说:"这一关是董事会,投票只是一个开始,还有更多策略可以让关键一票成为废票。过了董事会,下一关是股东大会。今天会上的否决票就是匕首,黄国胜跟乔志远真正变成了敌人,敌人的敌人就是朋友,我们可以给黄国胜一个反败为胜的机会。"

"黄国胜?他在远大集团董事长那个位置上,就跟坐上仙人球一样,一屁股的刺,只要稍微一动,那根刺就会令他痛不欲生,他真正能做的事很少。"黄天沙的不屑都写在了脸上,他喝了一口水,说:"一切都按照计划在推进,相信远大集团内部对刘一飞那一票肯定也是反复推敲,现在胜券在握变成败走

第二十一章

同盟军

麦城，仅凭两个数字不同，汪弘毅他们便可借此全操舆论，人心向背就诞生在这两个数之间。"

商业的归商业，王曦若最烦谈商业的时候谈情怀，谈情怀的时候谈利益，商业跟情怀一旦纠缠在一起，就会变成肮脏的交易，情怀只是一块遮羞布罢了。王曦若翻了一下白眼儿，说："用手上的票决定盘古的命运，让规则公平地决定未来，跟人心向背有什么关系？"

黄天沙的嘴角浮出一丝微笑，王曦若坚守的是商业游戏规则，不过在中国商场这个大染缸里，商业规则很多时候只是众人谋利的面具。黄天沙盯着王曦若说："刘一飞这一票，看上去没有站在任何一边，管理层却能胜过背景强大的远大集团，这已经不是实力的象征，舆论会认为这是所谓正义的胜利，管理层是在捍卫盘古的利益，白衣骑士是来拯救盘古的，就算远大集团投下反对票，也改变不了正义。"

王曦若微微一笑，说："那就让正义对冲正义。"

黄天沙一愣："怎么讲？"

"乔志远他们喊着捍卫中小股东利益的口号，那么现在粤海集团增发20%的股权，将摊薄股东们的权益。事关全体股东利益的关键一票掌握在刘一飞手上，盘古之前只说在跟一位潜在机构洽谈交易，明明这个机构是关联董事，为什么盘古不提前公告？"王曦若瞪着眼，两手一摊，看黄天沙面无表情，接着说："这一笔交易到底有什么不可告人的潜规则？盘古管理层为何不推迟对粤海集团增发的表决？我们应该多管齐下，打破乔志远他们的盘算！"

下午6点，黄国胜气急败坏地将茶杯摔到地板上。

远处的维多利亚港已有点点灯火，整个会议室弥漫着愤怒的气息。杜天刚从未见过黄国胜情绪如此失控，那张方形的大脸扭曲在一起，蒜头鼻子充血猩红，看得出他的肾上腺素还在加速分泌。从南海市盘古总部出来，以杜天刚为首的三名董事就直奔远大集团香港总部，没想到一进会议室，就看到黄国胜在摔杯子，杯子碎了一地，茶水在地板上流淌。杜天刚云里雾里，只能跟一帮高管呆呆地站在一旁。

黄国胜质问杜天刚："你看看，怎么回事？"

杜天刚扫了一眼打印件，喃喃自语："汪弘毅他们胡说。"

黄国胜指着打印件，非常严肃地问："刘一飞到底是弃权，还是回避？"

弃权？回避？杜天刚心里暗想，这个问题需要讨论吗？可黄国胜的脸色没有丝毫的变化，脖子上青筋隆起，都能感受到血液在里面呼啸。杜天刚看了看旁边的两位同事，说："刘一飞当时在过海关，说道琼斯资本跟盘古正在进行一桩数额较大的潜在交易，他征求了律师意见，说是存在利益冲突，在粤海集团重组盘古的董事会表决过程中选择了弃权。"

黄国胜鼻子里哼了一下，说："你们看看新闻上怎么说的？"

盘古董事会在会议室投票的时候，楼下已经聚集了几十家媒体的记者，董事们走出大厦，就被记者们团团围住。杜天刚三人挤出记者包围圈，匆匆离去，剩下以朱颐民为首的独立董事在记者包围圈中侃侃而谈。杜天刚没有看新闻，解释说："刘一飞放弃了投票，按照盘古董事会议事规则，董事会总共11票，7票赞成，3票反对，1票弃权，赞成率为63%，没有达到公司章程规定的重大事项必须经董事会三分之二赞成通过的条件。"

黄国胜到远大集团后才发现，整个集团内部关系复杂，前台的秘书背后都有自己意想不到的势力。黄国胜本要继续发火，还是强迫自己忍住了，说："汪弘毅跟记者解释说，刘一飞回避投票，投票的董事只有10名，7票赞成，赞成率便是70%，按照公司章程达到了三分之二的硬性条件。你们就告诉我，弃权跟回避，法律意义上怎么认定投票统计结果？"

杜天刚的脑子里轰的一下，之前黄天沙还特意叮嘱要注意刘一飞的这一票，自己作为远大集团副总裁兼法务部总经理，居然让汪弘毅他们在董事会上设下了这样一个陷阱，还堂而皇之地成功将远大集团拉下陷阱。杜天刚向黄国胜解释说："刘一飞不符合回避投票条件，按照盘古的公司章程，投票有三种，赞成、反对、弃权。回避是法律规定事项，不能自主决定，必须按法律来执行。"

粤海集团闯关董事会成功，黄国胜的脑子里一直浮现出乔志远、汪弘毅两人在北京的那一次汇报，汪弘毅满脸不以为意地丢下一句让董事会表决，大概那个时候，乔志远他们就有了要摆脱远大集团约束的野心。黄国胜心烦意乱，一挥手，说："现在盘古已经对外公布说通过了董事会表决方案，你们马上拿一个法律意见出来，既然乔志远、汪弘毅他们想强行摆脱我们，那么我们就要当好央企看门人的角色，绝不能丢掉第一大股东位置。"

回到自己的办公室，杜天刚挑灯夜战，向北京的法学泰斗们请教，最终整理出一份专业的法律意见书。第二天一早，杜天刚将法律意见书送到黄国胜办公室。黄国胜一边看，一边小声读出来："弃权是意定的，弃权与否取决于当事人的意思自治。而回避并非一种表决意见，而属无表决权之情形。与弃权属意思自治范畴不同，回避是一种法定程序，即申请回避的事由及批准回避的主体均须严格遵守法律及章程的规定，缺少自治空间，不符合法律及章程规定的回避不产生回避的法律效果。"黄国胜读着读着就读不下去了，问，"这都啥意思？"

杜天刚解释说："意定就是自己的意思，你想投什么就投什么。回避那就不是自己的事，不能自己想怎样就怎样，什么情况需要回避、怎么申请回避、是否应该回避都是法律规定事项，要按法律规定的来执行。"杜天刚担心黄国胜还是搞不懂，顿了顿，说，"刘一飞是否回避，应该向董事会披露并由董事会对是否存在关联关系作出决定。"

黄国胜点点头，问："回避没走董事会程序，我们怎么办？"

杜天刚很冷静地说："盘古董事会未在当日进行表决，那么刘一飞的回避请求便属违规，由于刘一飞董事的回避申请不符合法律及盘古公司章程相关规定，董事会会议就不能形成有效决议。而违法回避属于严重的程序性瑕疵，股东可以自决议作出之日起的60天内，请求人民法院撤销相关董事会决议。"

黄国胜看完法律意见书，立即指令远大集团董事会办公室草拟一份通告，抄送给盘古董事会、股东、管理层以及国资委。黄国胜给董事会办公室下令："凡是有记者采访，统一口径，就说重组方案难以对盘古有持续性支持，相反，所有股东的权益将会被过度摊薄，同时也会导致每股盈利下降较大。所以，我们认为重组方案有待商榷。如果盘古不重新审视重组预案中存在的问题，在未来的董事会或股东大会上，远大集团将继续投反对票。"

盘古总部会议室，汪弘毅看了一眼手机上的信息，厌恶地将手机丢在一边。

蒙毅按下办公桌上的可视化系统按钮，打开文件夹，屏幕上呈现出一张复杂的股权结构图："我们经过股权穿透，发现三家经常围标的供应商，跟盘古上海区域第一大销售代理商堂石房地产的实际控制人周晓萌关系密切。三家供应商背后的股东除了上海工程部的员工，控股股东的资金均来自周晓萌控制的金融企业。"

汪弘毅很严肃地问："金融企业背后资金是谁的？"

蒙毅一听就明白了汪弘毅的话外之音，摇摇头说："资金问题除了司法机关可以介入，我们企业内部是难以调查取证的，一旦金融企业是资金池状态，那就更难区分里面的资金是谁的了。"蒙毅滑动了调查卷宗，指着周晓萌跟肖天的关系图，说，"周晓萌在远东证券乌龙指之前，只跟肖天见过一面，为了拆借资金给远东证券，周晓萌才出面从堂石房地产调集了现金，她跟肖天没有直接的利益往来。不过，堂石房地产跟三家供应商公司的往来账很怪异。"

汪弘毅皱着眉头追问："怎么怪异？"

离尘庄园的古槐下，蒙毅想在两人的眉目之间找到蛛丝马迹，可两人都没有露出一点破绽，相反周晓萌还揶揄了蒙毅。蒙毅回到盘古上海区域总部，再次对整个利益链进行了梳理。蒙毅说："只要围标成功的供应商拿下盘古项目，他们都会在3个月之后跟堂石房地产的关联公司发生交易，交易的毛利高于行业平均水平，这绝对有利益输送的嫌疑。"蒙毅一直没想没明白，盯着汪弘毅反问："他们为什么最终都将利益输送给周晓萌呢？"

汪弘毅一拍桌子，很肯定地说："有鬼！"

"谁？"蒙毅脱口而出之后，立即意识到这是一个愚蠢的问题，于是很谨慎地转移话题，问："汪总，现在远大集团不承认董事会的表决，他们搞出一份专业的法律意见，想通过法律诉讼废掉刘一飞的关键票，如果他们真的在60天内向法院提起诉讼，我只是说如果啊，刘一飞的回避表决被法院判决无效的话，那意味着粤海集团重组预案就会重新进行董事会表决，要是我们在法院判决之前，把肖天逼到走投无路，那肖天那一票？"

董事会的投票让盘古管理层跟远大集团彻底站到了对立面，汪弘毅很自信地说:"刘一飞的电话表决没有任何第三方压力,相反他是当着所有董事的面,在电话中自由地作出了决定,相信法院会遵循董事会的善意决定。"汪弘毅顿了顿,很是惋惜地说,"不是我们要将肖天逼到走投无路,是有人想分化管理层,把肖天抛出去了,现在全天下人都知道盘古的总裁肖天卷入了腐败窝案,我们不给出一个公正的真相,无法向天下人交代。"

蒙毅出任盘古稽核部总经理以来,对公司的规章制度、董事会议事规则等进行了深入研究,尤其看了远大集团的公开声明后,很谨慎地说:"《中华人民共和国公司法》规定,上市公司董事与董事会会议决议事项所涉及企业有关联关系的,不得对该项决议行使表决权,也不得代理其他董事行使表决权。道琼斯资本跟盘古交易的东方广场与粤海集团没有关联,一旦远大集团真闹到法庭上,董事会的决议还是有诉讼风险的。"

"诉讼?嗯,诉讼的结果对黄国胜来说不重要,他们想要的是时间,用诉讼的时间耗掉重组的一年有限期。"汪弘毅拍了拍蒙毅的肩膀,说:"老蒙,不错啊,对各项规则熟谙于心。杜天刚作为法律科班生出身,却忘了交易所规则,上市公司董事会审议关联交易事项时,关联董事应当回避表决。怎样才算关联董事?交易所的规则里说得很清楚,证监会、交易所或者上市公司认定的因其他原因使其独立的商业判断可能受到影响的人士。"

蒙毅追问:"如果他们真起诉呢?"

"远大集团已经公开声明,要捍卫董事会程序的公正,维护全体股东的利益,这已经是诉讼前的公开宣战了。"汪弘毅站起来走了两圈,反复琢磨,对远大集团的策略依然很是不屑,撇着嘴说:"当初,我们极力请求远大增持盘古,是黄国胜自己放弃盘古第一大股东的位置的,他们的声明也好,起诉也罢,只是为了挽回颜面而已。何况这里提出异议的不是被回避的董事或者股东,人家刘一飞可是主动要求回避的,由没有被回避表决的董事和股东提出异议,说服力不大。就算法院裁定关联关系不成立,也不能将刘一飞未投的票直接视为弃权吧。"

可视化系统中浦江花园腐败窝案在不停地闪烁,汪弘毅的乐观让直接负责调查的蒙毅很担心,现在管理层除了有粤海集团支持,可谓是形单影只,就连那些小散户都在谴责乔志远驱逐黄天沙是为了几个管理者的私人利益，他们担心黄天沙被驱逐后，盘古股价暴跌。蒙毅跟随汪弘毅多年，毫不掩饰自己的忧虑，说："一旦法院裁定表决无效，远大集团势必会提议重新召开董事会，如果诉讼结束之前，肖天站到管理层对立面，管理层就会失去对董事会决策的驾驭能力。"

望着窗外飞过的一只白鸽，汪弘毅再次抓起手机，看了看刚才杨子欣的信息："肖天一回到上海，就有一个散户找到上海区域总部，嚷嚷着要见他，肖天在会议室接见了那个散户，后者当着众人的面质问肖天，既然卷入腐败窝案为什么不回避投票？"汪弘毅看着蒙毅，呵呵一笑："演戏的上场了，诉讼、腐败，我们必须给出一个公正的交代。"

蒙毅想了想，问："如果黄国胜抓住肖天的问题不放，我们输掉官司的概率很大。"

汪弘毅收到杨子欣信息的时候，眼神中虽然满是不屑，脑子里却一直在琢磨应对之策。他再次拍了拍蒙毅的肩膀，说："不确定性是个概率问题，跟死亡一样。记住了，死亡都是可以管理的，还担心什么不确定性？接下来对付黄国胜的出招，我们兵来将挡，水来土掩，浦江花园的腐败窝案不能因为董事会的表决、远大集团的诉讼而终止调查，我们必须对盘古的员工、股东有一个公正的交代，对腐败和拙劣的纵容，就是对卓越的伤害！"

蒙毅离开后，汪弘毅把自己关在办公室，再次将浦江花园腐败窝案的材料进行了系统梳理。完完整整过了一遍材料后，他看了看杨子欣的信息，决定跟乔志远进行当面汇报。此刻乔志远正在办公室接一个电话，边听电话边哈哈大笑。汪弘毅通过人脸识别，推开乔志远办公室门的时候，看见他跷着二郎腿坐在靠椅上，脸上怪异地笑着。乔志远对着他问："你听到什么风声了吗？"

汪弘毅一愣，问："什么风声？"

"董事会投票后，杜天刚赶回香港向黄国胜汇报，黄国胜当时就摔了杯子，杜天刚连夜向北京的一帮专家请求论证，问刘一飞是不是该回避。你说这一帮专家也够可以的，法官审案也得听原告和被告的吧，这帮人上来就说我们管理层各种违法、违规，真让他们当法官，得搞出多少冤假错案。专家们建议黄

第二十一章
同盟军

国胜打官司。"乔志远再次跷起二郎腿，眯着眼睛，很是轻蔑地说："听说黄国胜正在琢磨要搞掉我们两个。"

汪弘毅不屑地说："改组董事会？"

乔志远鼻子里哼了一声，说："听说黄国胜在高层会议上拍了桌子，扬言要把我们给撤了。"他将一份打印的纸张递给汪弘毅，用手指了指，很轻蔑地说："黄国胜出面跟南海市政府谈判的方案被顶回去后，董事会上杜天刚没有提出新的议案，刘一飞的回避让黄国胜颜面尽失，远大现在想通过司法途径在刘一飞那一票上挽回一点面子，黄国胜在管理层会议上放出改组我们盘古董事会的风声，就是想瓦解粤海集团进入盘古的信心。"

屋子里充满了乔志远的自信，汪弘毅很忧虑地问："如果我们有变数呢？"

乔志远皱着眉，很自信地问："之前是担心肖天的投票，现在还有什么变数？"

汪弘毅按下乔志远桌子上的可视化系统，乔志远看着蛛网一样的股权图，说："这张图之前不是已经调查清楚了吗？跟肖天没关系。"汪弘毅指着示意图，很是严肃地说："围标的供应商跟周晓萌的关联企业存在利益输送的可能，而周晓萌背后的金融出资人在资金池的保护下，很难被追查到。"

乔志远皱着眉问："你怀疑是肖天？"

乔志远第一次看到汪弘毅的情况汇报邮件时，他不相信肖天会因为蝇头小利而愚蠢地跟宵小之徒为伍。窝案现在已经查实，肖天在此之前竟然没有丝毫察觉，乔志远对肖天的管理多少有点失望。汪弘毅听乔志远的语气有偏袒之意，很严肃地说："作为上海区域首席执行官，跟盘古上海最大销售代理商的实际控制人保持情人关系，因此下属部门才会暗通款曲，通过复杂的股权控制，操纵供应商的围标，导致重点工程出现重大质量问题。"

"有证据？"乔志远盯着汪弘毅的眼睛，眼珠子一动不动，决绝而坚毅，心里却暗自为肖天捏一把汗，没想到汪弘毅对接班人的渴望如此迫不及待，而肖天刚刚在董事会上为汪弘毅引入的白衣骑士投下赞成票，断绝了自己重返接班人竞争者序列的后路。乔志远端起茶杯，吹了吹，没喝，又放下杯子，说："做生意就是下棋，有人喜欢下象棋，将帅杀伐；有人喜欢下围棋，撒豆成兵。

一个成功的企业家，手下的人聚是一团火，散是满天星，每一个人都是一粒种子，一份希望，胸怀是团队的未来，气度是企业的镜子。"

汪弘毅面不改色，冷冷地回答道："围标的供应商跟周晓萌关联企业的往来账目都已经非常清楚了，他们犹如病毒，正在侵蚀盘古的根基。"汪弘毅滑动了可视化的图谱，指着周晓萌的简历，说，"周晓萌曾经跟肖天是校友，在房利美金融事业部工作过，主要从事的就是金融衍生品交易，几年前回到上海做房地产金融，逐渐控制了盘古在上海最大的几家供应商和销售代理商。如果周晓萌在盘古的供应商和销售代理商后面进行大规模的衍生品交易，一旦她的资金链出现问题，那么带给盘古的将不只是质量问题，而是金融风险引发的系统风险。"

乔志远淡淡地说："校友关系就简单了嘛，切断周晓萌的交易。"

"不只是校友那么简单！"汪弘毅再次滑动了可视化图谱，指着离尘庄园的实时街景图，说："这是周晓萌在上海郊区的一处庄园，专门用于跟各路势力秘密交往，黄国胜拒绝见陶光明那一次，肖天飞回上海，在离尘庄园跟周晓萌进行了长谈，从街景图上看，他们已经绝非校友那么简单，而是情人关系。"

实时街景图中，离尘庄园的古槐下，肖天拥抱着一个娇美的女子，汪弘毅将街景图放大，清晰地看见了两人的面部表情，肖天面色红润，周晓萌温柔娇媚，两人抱在一起情意绵绵。乔志远的脸上表现出极度的失望，他内心深处不愿意相信肖天在上海能干出权色交易的勾当。乔志远从椅子上站起来，咬了咬牙，说："有问题绝不姑息，没问题也必须调任。"

龙腾集团大厦山鹰会议室，黄天沙眼前一亮，王曦若今天妆容精致，气质高雅。一大早，王曦若出门之前特意化了一下妆。黄天沙站起来，走到王曦若对面，将一个礼盒奉上，说："王总，生日快乐！祝你年年容颜永驻，岁岁幸福平安！"

整个会议室响起了浪漫的生日音乐，王曦若感动地接过礼盒的那一刻，山鹰组的同事们一拥而入，掌声、歌声齐响，平时严肃、紧张的山鹰会议室立即变成了欢乐的海洋。人群慢慢地分成两列，林月娥捧着一大束百合花进来，走到王曦若跟前，将一个长盒子递给他，黄天沙一愣，只见林月娥将盒子打开，众人目瞪口呆。

王曦若接过画卷，紧紧地跟林月娥拥抱在一起："谢谢嫂子！"

黄天沙看着画卷上灵动有趣的王曦若哈哈大笑："月娥，什么时候画的？"

众人皆将目光投向林月娥，公司很多人听闻她喜欢绘画，没想到竟然给王曦若画了一幅肖像漫画。林月娥微笑着说："我哪有这个水平啊，给曦若画肖像，只有崔承恩的笔才配得上啊。"众人凑上前，果然在画的一角看到了崔承恩的落款，还有藏英阁的印。崔承恩堪称活着的漫画大师，东南亚的王族以得到崔承恩的肖像漫画为荣，在国际拍卖市场上，他的画起拍价都是数千万，可谓是千金难求。

蛋糕推上来，王曦若闭上双眼，默默地许愿。林月娥站在旁边，看着这张精致的脸，嘴角一直保持着微笑。她在心里暗自庆幸，黄天沙每天面对如此气质高雅、聪明能干的美人，居然没有心猿意马，看来自己真是嫁对人了。林月娥心里一直敬佩王曦若，孤身一人回到国内，克己复礼，兢兢业业。自从王曦若加盟龙腾集团以来，整个集团的产业高速扩张，如果没有她的辅助，黄天沙在商场哪会那么顺风顺水。

生日庆祝一直持续了3个小时，最后一刻音乐缓缓结束时，王曦若打开了黄天沙的礼盒，眼泪止不住地往下流。一把精绝城堡的钥匙，还有一份价值过亿的合伙人协议。精绝城堡是欧洲中世纪一位罗马领主的古老城堡，华丽繁复、精致典雅，在卢瓦河谷，依山傍湖，宛若一位精致柔情的少女。黄天沙左手拉起林月娥，右手拉起王曦若，动情地说："上苍垂怜我，让我在家庭方面有一位贤良淑德的妻子，在事业方面有一位才貌双全的伙伴，从今天起，王总就是我们龙腾集团的合伙人。"

庆祝的人群纷纷离去，山鹰会议室只留下黄天沙跟王曦若两人。黄天沙将一份材料递给王曦若，说："王总，汪弘毅的手下已经把浦江花园腐败窝案调查得一清二楚，窝案背后的周晓萌跟肖天关系匪浅，现在的肖天在汪弘毅那里只是一个接班的绊脚石。"黄天沙顿了顿，说，"黄国胜已经成了乔志远的敌人，他们两虎相争如果不能快速分出胜负，势必会威胁到我们的资金链，我们必须将肖天变成我们的利器。"

山鹰组经过压力测试，发现按照粤海集团跟盘古的一年期框架合作协议测算，一旦盘古用足重组停牌期，那么龙腾集团在持有盘古25%股权的时间内成本将提升15亿左右。王曦若翻了翻资料，说："我们的资金链中，一年期的保险产品将面临资金被动抽离的局面，如果监管那边再有行动，资金链就会极度紧张。"王曦若话锋一转，说："潮汕基金的支持会缓解部分流动性压力，现在黄国胜最想夺回的是盘古控股权，我们最后一步防御措施就是出售部分股权给远大集团，让白衣骑士变成陪太子读书的摆设。"

黄天沙很自信地说："黑衣骑士出动之前，我们需要小试牛刀。"

王曦若再次翻了翻桌子上的材料，问："让那个大闹盘古上海区域总部的散户出面？"

蒙毅的调查令肖天如芒在背，在董事会上给粤海集团投下赞成票的那一刻，肖天心如刀割，没想到回到盘古上海区域总部，又有散户将自己堵在总部大楼，控诉盘古管理层操纵股价。黄天沙冲着王曦若点点头："现在汪弘毅要清理肖天，如果那个散户出面起诉了董事会，汪弘毅第一个想到的人就是肖天。他一定会将散户的起诉当成是肖天报复的双簧戏。"黄天沙跷起二郎腿，狠狠地说："小卒子过河之日，就是乔志远标榜的团队内部瓦解之时。"

王曦若离开会议室，黄天沙掏出一张新的电话卡，给那位大闹盘古上海区域总部的散户拨打电话。散户叫白毅，是黄天沙创业之初的一号员工，因照顾母亲回到上海，临走之前，黄天沙给了他一笔钱，白毅用这笔钱在上海浦东区买到人生第一套房，现在房子价值千万。没等白毅说话，黄天沙下令："你马上在上海起诉盘古董事会，请求法院判决董事会决议无效。"黄天沙顿了顿，以不容商量的口吻继续下令："不接受盘古提出的任何调解请求。"

白毅的声音很低沉，说："1000股简直就是蚂蚁斗大象。"

黄天沙以毋庸置疑的口吻命令："千里之堤，溃于蚁穴，你就是那只白蚁，咬也要咬住他们。"

同时，王曦若正在办公室给黄国胜打电话。第一次在香港跟黄国胜见面时，王曦若从他的眼神中就能发现，这个高高在上的国企领导人也并非无隙可乘。

第二十一章

同盟军

一番客套问候之后,王曦若单刀直入:"黄总,粤海集团闯关董事会后,下一步就是在股东大会上的角逐,在捍卫盘古老股东权益方面,我们支持远大集团。"

黄国胜很尴尬地冷笑:"王总,你们可把我架到火炉子上了。"

王曦若明知故问:"为什么?"

"你们现在手上那么多筹码,我只能眼睁睁地看着。"盘古董事会投票之前,黄国胜只想跟龙腾集团谈判股权收购来牵制白衣骑士,可黄天沙不断买入,股价已经超过24元。黄国胜一声长叹,说:"王总,当初你们举牌珠江实业,珠江市国资委为了捍卫第一大股东位置,出巨资跟你们竞相举牌,你们最后是高位退出了,可珠江市国资委还套在里面吧?珠江市国资委主任因为涉嫌给你们抬轿子,现在被贬到印刷厂去了。"

王曦若一听乐了,说:"黄总,盘古是一家众人皆知的标杆上市公司,2015年股灾期间,我们龙腾集团可是响应号召,坚决买入蓝筹股的,在我们的股票池里,除了盘古,百分之百都是优质的蓝筹股,现在国家在提倡混合所有制改革,相信盘古有远大集团掌舵,有民营资本加持,一定会更上一个台阶。"王曦若顿了顿,很婉转地问:"黄总就真的甘心粤海集团拿走盘古的控制权?"

"哼,我还不是病猫吧?"黄国胜鼻孔里都充满着不屑,"你们想退出了?"

王曦若戏谑地问:"远大集团不敢接我们龙腾的筹码?"

黄国胜脱口而出,说:"抬轿子是不可能的,如果打折倒是可以谈。"

王曦若一口回绝了,说:"打折是不行的,但是可以两全其美。"

黄国胜一听来了兴致,问:"怎么两全其美?"

"您觉得通过诉讼废掉刘一飞的票难度大,还是废掉肖天的票难度大?"王曦若冷冷地问。黄国胜呵呵一笑,问:"怎么废肖天?"王曦若很从容地说:"汪弘毅向上海派出调查组,在董事会投票当天,调查组数据的报告矛头直指肖天,一个卷入腐败窝案的董事,竟然投下了决定盘古股东核心利益的一票,现在汪弘毅要清除接班人竞争对手,黄总何不借刀杀人,助汪弘毅一臂之力,将肖天清出董事会?"

汪弘毅看着报纸,皱着眉头,口里念念有词:"麻秋风!麻秋风!"

底牌（下）

办公桌上躺着一份诉状，一份财经报纸，报上写道，上海一位叫白毅的散户把盘古董事会告上法庭了，请求法院判决撤销董事会对粤海集团重组案的决议。汪弘毅毫不在意白毅是谁，只是觉得麻秋风是个难缠的家伙，上市公司只要被他盯上，短期之内想要脱身是不可能的。汪弘毅念叨麻秋风时，乔志远正在门外进行人脸识别，系统通过后，乔志远敲门走进来，脸上很是不屑地说："黄国胜的诉讼才来，这会儿又刮起了秋风。他们想干什么？"

汪弘毅拎着报纸说："这个麻秋风是有备而来。"

乔志远手上还有一沓报纸："你看看这些，有人是下了血本啊。"

报纸在办公桌上散乱开来，散户状告盘古董事会，粤海集团重组充满变数的新闻充斥着报纸的版面。汪弘毅撇着嘴说："持有1000股就要状告董事会，我也算开眼界了。如果所有散户都像这位一样，恐怕没有上市公司的管理层敢胡作非为了吧？"汪弘毅抓起其中一张报纸，指着白毅的名字，说："就是这个白毅，上周在上海区域总部大闹会议室。一周多时间就向法院起诉了，怎么看都像是有人策划的一出好戏。"

乔志远一愣："大闹会议室的那个人？背后是黄国胜，还是黄天沙在指使？"看汪弘毅一脸严肃，乔志远若有所悟，汪弘毅是怀疑白毅的背后是肖天，肖天想借白毅的诉讼掀翻董事会的决议，或者耗尽重组期限，还是肖天是要警告汪弘毅，在白毅的诉讼终结之前，如果跟他公开决裂，官司会耗光粤海集团进入盘古的期限？另外，没有他的那一票，汪弘毅的白衣骑士只能是白日做梦。乔志远难以相信这是肖天的苦肉计，把到嘴的话又给生生地咽回去了。

肖天此时正坐在办公室，看着同样的新闻纳闷，那个把自己堵在办公楼下面的白毅，竟然将盘古董事会告上法庭，他想干什么？周晓萌拨通了她另一个手机中唯一的电话，说："肖总，真是天助你啊。"肖天一头雾水："谁助我？"周晓萌咯咯一笑："一个叫白毅的散户起诉了你们董事会，你投票之后，汪弘毅不是想卸磨杀驴吗？白毅的官司一打，还不知道啥时候才结束，粤海集团的重组按照司法程序是没法推进了。"

周晓萌的话音未落，肖天就打断了她："我被人设局了。"

第二十一章

同盟军

"设局？如果官司拖个一年，汪弘毅的白衣骑士只有两个选择，如果放弃重组盘古，那么你重回接班人竞争游戏中；如果想再次重组，他拥有优先原则，汪弘毅在董事会没有你的那一票，怎么闯过远大集团那一关？"周晓萌分析得头头是道，可肖天没有一点儿的欣喜，周晓萌接着说："就算是被人设局离间盘古管理层，那么他们的核心目的就是要削弱管理层在董事会的力量，诉讼当前，汪弘毅只会设法保全董事会。"

肖天一直在静静地倾听，脑子里开始不断地推演，说："现在白毅的起诉在汪弘毅那里就是一把匕首，正中心脏，他岂会坐困围城，汪弘毅一定会认为是我在背后指使白毅，他会第一时间把我清出管理层核心，让白毅的诉讼危机自动解除。"肖天已经将白毅诉讼的离间把戏看得通透，很是失望地说："相信汪弘毅也看透了这个小把戏，但他一定会让这一出离间计假戏真做，清理掉我后，他再去解决掉白毅的诉讼纠缠。"

汪弘毅的办公室陷入短暂的沉寂，汪弘毅很清楚乔志远对肖天的恻隐之心，浦江花园的腐败窝案找不到肖天的直接证据，现在又有人企图通过诉讼董事会破坏白衣骑士重组，这伤害了管理层的核心利益。汪弘毅沉默不语，乔志远很坚决地说："无论诉讼者是有 1000 股，还是上亿股，只要买入我们盘古股票，就是我们的股东，我们管理层就应该对他们一视同仁，尤其是中小股东的利益，我们更应该重视、保护。如果真有人借机搞事，那就兵来将挡，水来土掩。"

汪弘毅等的就是乔志远的这句话，他皱着眉头说："千里之堤，溃于蚁穴，1000 股就是个蚁卒杀策略，搅乱我们的计划是这个蚁卒的第一要务，只是这个麻秋风不是个好惹的主。之前他代理过一个明星离婚案，大明星的妻子出轨经纪人，大家一开始都当成是狗血八卦，这个麻秋风一接手诉讼案，查出经纪人转移明星资产，硬是把离婚案给搞成了刑事案，把经纪人送进监狱了。"汪弘毅顿了顿，说："只怕散户诉讼是假，麻秋风介入此案另有阴谋。"

乔志远撇着嘴说："小鱼还能翻起大浪？"

汪弘毅递给乔志远一份东西，说："乔总，您看看这个。"

乔志远的脸一下子就绿了，问："照片从哪里搞到的？"

经历了无数次的征战杀伐，见过各种惊涛骇浪，汪弘毅从未见乔志远如此紧张过，他的嘴角在轻微地抽搐，握着资料的手在轻微地颤抖，脸色越来越难看。汪弘毅不急不慢地说："这是天眼反潜系统查获的一个叫狼烟的小论坛木马，他们将机密信息植入木马之中，待设定时间一到，机密信息就会变成文本信息，呈现在论坛的留言区。"

乔志远扭了扭脖子，淡淡地说了一句："看来这个邵南子真是个人才。"

照片上，灯光暧昧，桂玉梅跟一个陌生的男人紧紧地拥抱在一起。嘀嘀，乔志远的手机收到一条桂玉梅的信息："我已到南海！"乔志远咬了咬后槽牙，将手机放进裤兜里。汪弘毅没有接过乔志远刚才的话，而是从抽屉里拿出一份报告，说："乔总，蒙毅已经将浦江花园腐败窝案的材料全部移交司法，遵照您的指示，我们计划对肖天进行调岗处理，北京的商业地产业务一直处于竞争的弱势地位，肖天去北京的话也许会有起色。"

乔志远接过汪弘毅的报告，翻了翻，若无其事地问："周晓萌的问题查实了吗？"

汪弘毅心里暗想，周晓萌的问题已经汇报过至少两次，乔志远今天有点明知故问，然而他还是回答道："周晓萌跟围标的三家公司，以及上海区域总部工程部的股权关系都已经很明确了。"乔志远撇着嘴，问："股权关系跟腐败是两个概念，蒙毅他们有没有查清楚，周晓萌是投资人的关系，还是操控者的关系？腐败是她在幕后指使吗？腐败是个刑事司法问题，那是要付出牢狱代价的，指控的时候一定要有确凿的证据，否则我们就陷入诬告的罗生门了。"

办公室的氛围很尴尬，汪弘毅听出了乔志远的弦外之音，如果坐实不了周晓萌操纵者的身份，那么汪弘毅对肖天的处罚就是典型的清除异己了。汪弘毅看着桌子上的照片，这是一张令乔志远颜面扫地的照片，接下来将是铺天盖地的丑闻，乔志远一直塑造的企业家领袖形象将在桂玉梅的石榴裙下坍塌。现在，乔志远惴惴不安，有一种莫名的恐惧袭向他，他不知道是敌人，还是身边人正在毁灭自己。

汪弘毅很冷静地说："司法会给出一个公正的结果。"

第二十一章

同盟军

乔志远抓起桌子上的照片，还有调离肖天的报告，说："白毅状告董事会不是个小事，我们一定要重视维护中小股东的利益，尊重中小股东的任何选择，捍卫他们行使一切股东权利的自由。"乔志远拿着照片走到门口，突然回头说："天眼系统现在功能已经完备，整个盘古都在天眼系统的防卫之下，把那个隐藏的内鬼抓出来。"

办公室的空气中飘荡着乔志远那句阴森森的抓内鬼。汪弘毅双手在太阳穴上按了按，从抽屉里拿出那个只有杨子欣号码的电话："子欣，现在蒙毅的调查组对浦江花园的问题已经调查结束，乔总已经作出指示，绝不姑息，总部的处理结果很快就出来了，你回总部吧。"

无数次接到汪弘毅的电话，杨子欣都想回到总部，回到汪弘毅的身边，哪怕每天只是远远地看着他，都是一种幸福。可无数次的电话中，汪弘毅说的除了工作，还是工作。今天，听到汪弘毅这句话，杨子欣的心里却异常平静。两天前，蒙毅将调查材料移交司法，杨子欣跟着警察第一次见到了周晓萌，一个精致能干的女人，在配合警察询问的过程中，周晓萌自始至终没有提肖天一个字，杨子欣从周晓萌字斟句酌的话语中能感受到她对肖天的爱。

杨子欣彻夜难眠，在盘古接班人的竞争中，如果没有黄天沙的闯入，肖天跟汪弘毅的竞争会你死我活吗？如果没有接班人竞争，肖天跟周晓萌会有情人终成眷属吗？杨子欣一夜都蜷缩在阳台上，望着寒夜中孤寂的星辰，倍感自己就是天边那颗最不起眼的星星，汪弘毅就是那个月亮，在乔志远那颗太阳的照耀之下，汪弘毅有了光耀大地的能量，现在月亮要消灭掉太阳照耀的其他星球，独享星空的光芒，自己这颗小星星只能孤独地遥望，遥望他熠熠生辉。

汪弘毅身边最亮的那颗星星要陨落了，杨子欣知道这一天会到来，只是没想到来得如此之快。在上海的4年里，杨子欣从未见过肖天的夫人，更未听说过他的孩子，除了工作，肖天好像没有任何的娱乐生活。如果不是因为远东证券乌龙指，自己都不会知道他身边有这么一位聪慧痴情的女人。自己一直都是汪弘毅派来潜伏在肖天身边的卧底。汪弘毅是真爱自己吗？杨子欣很警觉地问："肖总不会像程春明那样被处理吧？"

汪弘毅很意外，杨子欣从来不过问管理层的决策，问："你今天怎么啦？"

底牌（下）

"我无数次都想回到总部，昨天看到周晓萌，她让我想到了自己，这大概就是看别人的伤，流自己的泪。"周晓萌的从容雅致不断地浮现在杨子欣的眼前，她的眼泪开始止不住地流。杨子欣想起了那个早晨，自己第一次告诉汪弘毅杨鸣鹤就是自己孩子的时候，汪弘毅在电话里长时间的沉默，她无数次地问自己，汪弘毅真的爱自己吗？杨子欣伤感地问："如果有一天，我们要经历一场生离死别，你会为我流泪吗？"

汪弘毅左手握着电话，右手揉了揉眼窝，说："傻瓜，我的泪只为你流。"

杨子欣永远难以抵御汪弘毅的柔情，这个在商场中杀伐决断的男人，总有让自己的心瞬间融化的甜言蜜语。杨子欣还是很不放心，问："会怎么处理肖总？"难道蒙毅在上海的调查太过张扬，令杨子欣都感到空气中的杀戮之气？汪弘毅淡淡地说："每一个人都会有一个公正的评价。"杨子欣追问："如果有一天，我离开盘古时，会得到怎样的评价？"

汪弘毅深情地说："如果你是一阕离歌，我会唱断长亭。"

电波中弥漫着柔情，杨子欣泪如雨下。汪弘毅听到杨子欣的抽泣，安慰她说："很快就回来了，开心一点，有一张照片，你一定很感兴趣。"杨子欣抓起桌子上的纸巾，擦了擦眼泪，问："什么照片？"汪弘毅嘴角露出一丝微笑："邵南子会发给你。数年来，你一直想得到的，怎么处理，你自己决定。"

远大集团北京总部，办公室的暖气让黄国胜燥得慌。

推开窗户，远远望见西山的积雪，冷风从窗口冲进来，黄国胜顿时觉得通体舒畅。上班的路上，黄国胜从头至尾将白毅起诉盘古董事会的新闻看了一遍，乔志远一直标榜管理层捍卫中小投资者的利益，现在散户跳出来告状，简直是天大的讽刺。

进入办公室，黄国胜心里越想越不对劲，白毅在起诉状中，除了对刘一飞的回避没有按照程序通过董事会审议提出控告外，还将肖天卷入浦江花园腐败窝案一事当成了重要证据，请求法院能够判决涉嫌腐败问题的董事不具备投票资格。杜天刚是法律科班生，怎么没有抓住盘古管理层投票的七寸呢？这时杜天刚敲开了黄国胜的门，推开门那一刹那，一股刺骨的寒风袭来。

第二十一章
同盟军

杜天刚将几份财经报纸递给黄国胜。

黄国胜翻了翻，敲着桌子说："看来我们对盘古还是太仁慈了。"

报纸上除了白毅的诉讼，连篇累牍都是浦江花园的腐败窝案。杜天刚狡黠地笑了笑，说："报纸上说，这一次浦江花园牵扯出来的涉案金额超过100亿，按照潜规则1%的回扣，一个上海区域公司就有上亿的贪腐，那么多区域公司，还不知道有多少钱被这些人装入了自己的腰包。"杜天刚指着腐败窝案旁边的新闻说："盘古成了乔志远他们的春宫了。"

黄国胜从桌子上抓起老花镜，仔细看了看照片，问杜天刚："这是乔志远的女朋友吗？"杜天刚点点头，说："这个乔志远老房子着火，他看上桂玉梅啥呢？"黄国胜很是鄙夷地说："哼，当初盘古1000万赞助桂玉梅在鸟巢搞戏剧晚会，我问他1000万的巨额广告为什么不提交董事会审议，他说这是管理层权限范围之内的事。"黄国胜把报纸摔到桌子上，报纸纷纷散落到地上，"他说是汪弘毅负责的，汪弘毅为了接班人位置，真是煞费苦心啊。"

杜天刚很忧虑地说："现在白毅的诉讼、乔志远的狗血八卦搅和在一起，我们很容易背黑锅。"黄国胜一愣，很不耐烦地问："这种烂事，背什么锅？"杜天刚指着几份报纸说："几天前媒体报道我们要起诉董事会，白毅却先下手了，他只有1000股，谁相信一个持有1000股的散户会跟盘古董事会打官司？白毅刚起诉，腐败窝案、狗血八卦就出来了，有几个人相信这一切跟我们没有关系？"

黄国胜有一种不好的预感，很警觉地问："谁在搞鬼？"

办公室里的冷气让瘦弱的杜天刚打了一个寒战，黄国胜的警觉给杜天刚反击的信心，他说："现在我们对面有两个人，汪弘毅和黄天沙，黄天沙夺走了我们对盘古的控股权，汪弘毅想夺走我们对盘古董事会的控制权。如果诉讼、腐败窝案跟狗血八卦都是黄天沙指使，那么他就是要把我们推到跟盘古管理层对战的最前沿。"杜天刚裹了裹衣服，说，"如果这一切是汪弘毅操纵，他真正的目的就是要嫁祸于我们，把乔志远从董事长的位置上拉下来。"

"啪！"黄国胜的手重重地拍在办公桌上，茶水飞溅，他愤怒地说："黄天沙直接夺走控股权，乔志远他们又绕过远大集团引入第三方，现在他们各怀鬼胎，还想让我们背锅，那好啊，我们就成全他们，腐败、绯闻都是摆着的事实，让公众看看乔志远一直信誓旦旦承诺的标杆企业、百年基业的真面目！"黄国胜指着报纸上的照片，狠狠地说："盘古的管理层顶着官员的乌纱，享受着司局级的待遇，在国有企业里当老板，把国有企业当后花园，那就结束他们的好日子！"

杜天刚试探着问："换掉他们？"

黄国胜拎着报纸抖了抖，说："现在新闻都闹得满城风雨，肖天已经不适合留在董事会了；乔志远跟桂玉梅的那1000万赞助费也得追查。现在远大集团还是名义上的第一大股东，我们不能坐看盘古管理层胡作非为，那样我们这个国企看门人就渎职了，对不起国家，更对不起盘古的投资人、员工，以及所有的合作伙伴。"黄国胜吩咐杜天刚："马上草拟一份问询函，抄送给盘古董事会、国资委，将乔志远、肖天他们做的这些事都整理好附在后面，同时向盘古的重要股东进行电话沟通，提议改组董事会。"

"我们如果提请改组董事会，那就是为黄天沙作嫁衣。"杜天刚试探性地说。他抓起桌子上的便签，在上面快速地画出了盘古的股权示意图，分析道："我们远大集团名义上是第一大股东，但是龙腾集团是旗下关联企业，它才是实际上的第一大股东，所以他们拥有提名至少三名董事的权利。远东保险的持股也超过5%了，以乔志远为首的管理层持股超过4%，都拥有董事的提名权，我们只有联手龙腾集团，而且得使龙腾集团将董事提名权让与远大集团，才能重新掌控董事会。"

黄国胜摇了摇头，说："黄天沙只可利用，不可联盟。"

杜天刚忧虑地说："听说远东保险的谢晓辉跟汪弘毅同在一个私密圈子里，如果盘古管理层，谢晓辉，其他公募、私募机构，还有持股1%的东方亮，他们一旦联手……"杜天刚欲言又止，黄国胜撇着嘴问："他们联手咋啦？"杜天刚皱着眉头说："我们可就是单枪挑群雄，改组董事会之时，就是我们失去董事会控制权之日。"

黄国胜思索片刻，指着东方亮的名字说："我们得小心这个人。"

杜天刚斜视了一眼黄国胜说，"他就一散户，翻不起什么大浪。"

第二十一章
同盟军

黄国胜没有立即接过杜天刚的话，而是抓起桌子上的报纸，翻出乔志远的八卦新闻，递给杜天刚，说："你再看看这个。"杜天刚看了看，呵呵一笑，说："还没有结婚就跟别的男人搂搂抱抱，以后乔志远的日子不好过啊。"黄国胜摇了摇头，说："重点不在这里，盘古赞助桂玉梅鸟巢戏剧晚会时，桂玉梅的老板正是这个东方亮，而1000万的赞助费用是汪弘毅跟东方亮谈的。"

报纸的八卦照片背后，万万没想到竟然还有一个更大的秘密。杜天刚鼻子里哼哼了两声，冷笑挂在嘴角，有一种意外之喜，说："看样子世界上本没有秘密，任何八卦都是狗血剧掩盖下的真相，那我们应该利用第一大股东的名义，向盘古派出专业的审计组，把盘古管理层所做的交易都审一遍，否则对不起国企看门人这个身份。"

书房里，乔志远盯着LED显示屏3个小时，一言不发。

桂玉梅站在身后，两脚发麻，关节酸痛，从进门到现在，乔志远一直黑着脸，一个字都没说。桂玉梅心里一直在犯嘀咕，盘古管理层闯关董事会不是成功了吗？乔志远怎么还黑着脸呢？桂玉梅给乔志远冲泡了杯碧潭飘雪，可他眼皮子都没有抬一下。

房间里安静得可以听到彼此的心跳，突然显示屏里一声狂笑："你输啦！"

"咔嚓"，乔志远将手上的棋子扔到LED显示屏上，棋子四处飞溅。桂玉梅站着不说话，乔志远站起来，从抽屉里拿出一份报纸递给她。桂玉梅打开报纸，散户起诉董事会、远大集团扬言要改组董事会，在连篇累牍的信息旁边，自己的绯闻照令桂玉梅花容失色。

桂玉梅仔细看了看新闻，嘴角莞尔一笑，随即将报纸塞给乔志远，说："如果有人给你上演一出离间计，你很容易就上当了嘛。"乔志远摊着报纸，满脸严肃。桂玉梅转身从行李箱拿出一份合同说："你看看这个。"乔志远撇着嘴，翻了翻合同，扭着脖子问："你要去悉尼歌剧院唱戏？"

"悉尼歌剧院不能唱戏吗？"桂玉梅一脸俏皮地反问，指着照片上的那个男背影说："他就是合同上这个查尔斯，签约后，双方进行礼节性祝贺。看你的脸，都黑得快下雨了。"乔志远悻悻地收起报纸，弯腰捡起地上的棋子。桂玉梅将一封手写信件递给他，乔志远坐下来，打开秀美的英文花体字信件，皱着眉头看完了信，呵呵一笑："王子能看懂青衣？"

桂玉梅翻了个白眼儿说："我已经把他给拒了！"

乔志远抓住桂玉梅的手，深情地说："每个女人都有一个公主梦，希望有一天睁开眼睛，面前站着一个彬彬有礼的王子，驾着马车，带着彩礼来迎接她。现在王子就在你面前，你却选择了我，我何德何能？"桂玉梅能听得出乔志远心里的醋意，微微一笑说："爱情其实就是左右手，左手是过去，右手是未来，上苍让我遇见你，就是给我最好的礼物，我能不合起双手向上苍感恩当下吗？"

屋子里开始弥漫起柔情蜜意，看到乔志远脸上的愁容烟消云散，桂玉梅咬了咬嘴唇，说："赞助鸟巢戏剧晚会的1000万，退回公司吧。"乔志远很是惊愕："为什么？"桂玉梅果决地说："现在不少人恨不得把你的祖坟都给刨出来，我不想让人把我们的感情说成是交易。"乔志远轻蔑地一笑，说："如果真退了，正常的商业行为反倒成了攻击者的把柄。"

桂玉梅深情地望着乔志远，说："我们在世俗面前能放下所有的尊严，是因为放不下彼此。有了你，就算前面是黑暗，我看到的也是光明。可1000万犹如一副沉重的枷锁，把我套在道德的十字架上，它更像一把匕首，随时都能挑断法律的红线。我不想让我们的爱情马拉松在中途就被阻断，我想多年以后，今天的爱成为我们永远的回忆。"

乔志远的心里有一丝莫名的疑惑划过，桂玉梅感觉他有点心不在焉，凝望着乔志远的眼睛。乔志远没说话，松开了桂玉梅的手，操起桌子上的电话给汪弘毅拨打过去，没等对方开口，乔志远就语气强硬地问："怎么搞的？我们的天眼系统追踪到了隐藏照片的木马，照片怎么还是被泄露出去了？"

秘书将当天的报纸送到办公桌上时，汪弘毅已经第一时间看到桂玉梅跟他人搂抱的照片，他能听得出乔志远现在很生气。汪弘毅冷静地解释："照片是在论坛的隐藏木马中发现的，可这个木马我们的天眼系统是无法远程清除的。"乔志远愤愤地说："那就是说我们只能追踪到源头，却不能清除源头？"汪弘毅很肯定地回复："是的。我们唯一能确保的是，照片进入天眼系统后，我们的反潜系统是不会泄密的。"

第二十一章

同盟军

乔志远撇着嘴问:"1000万的鸟巢赞助、浦江花园的腐败窝案、肖天的轮岗、远大集团的董事会改组,无论是内部的、外部的,只要跟盘古相关,就没有秘密可言。现在舆论都满天飞了,我们的天眼系统是干什么用的?"乔志远的话里除了愤怒,还有一种对汪弘毅前所未有的不信任。汪弘毅谨慎地说:"一定是内鬼故意将内部信息泄露出去,让我们对立面的势力抓我们的辫子。"

乔志远咬牙切齿:"内鬼抓不出来吗?"

内鬼到底是谁呢?汪弘毅一直都很纳闷,天眼系统建成之后,泄密明显减少,可董事会投票前后,盘古的内部材料又开始不同程度地流出。乔志远已经几次要汪弘毅把内鬼抓出来,每次提到内鬼两个字,乔志远的脑子里就想起肖天的那句话:"盘古没有鬼,鬼在人心里。"汪弘毅嘀咕:"内鬼背后如果是苦肉计,抓起来更需要时间。"

乔志远一愣,问:"啥意思?"

汪弘毅不再顾及,说:"肖天的调令目前只有我们三人知道。"

电话陷入短暂的沉寂,乔志远很是不解地问:"他要往自己脸上抹黑吗?"

"按照肖天的人品,他是不会干这种事的,但是浦江花园的腐败窝案会影响到很多人的利益,舆论这么一搞,世人都会想,没有总部的人默许甚至支持,上海区域就是有十个胆子也不敢如此肆无忌惮。"乔志远还没有签署肖天的调令,汪弘毅字斟句酌地想好要说的每一句话,继续说道:"一旦肖天调离上海到北京,那么他身边的既得利益者未必不会裹挟肖天,逼他作出一些不理智的决定,他们想抹黑的不是肖天,而是整个盘古。"

乔志远心里总觉得哪里不对劲,浦江花园腐败窝案跟桂玉梅的八卦连环爆出,难道背后真有一只手在操控舆论?清除肖天的真正枪口对准的是自己。谁才是自己真正的敌人?商场上明枪易躲,可谁在放暗箭呢?乔志远很委婉地说:"肖天的调令我明天就签字,黄国胜想利用浦江花园腐败窝案跟我的八卦,游说股东们改组董事会,我们要组织有效的反击,绝对不能让不珍惜盘古的远大和信用不够的龙腾翻盘。"

"已经见过东方亮了,他决定公开举报远大集团和龙腾集团。"汪弘毅还没有说完,乔志远就插话问:"当初盘古赞助鸟巢戏剧晚会,跟东方亮紫宸会来往的一切账目都经得住审计吗？"汪弘毅的嘴角微微一咧，说："东方亮持有盘古股票已经超过10年，赞助鸟巢戏剧晚会经过财务、法务多重把关，完全没问题。"乔志远一咬牙，说："黄国胜想翻盘就要结盟黄天沙，而黄天沙最要命的就是资金链，东方亮的行动要快，让他们无路可走。"

木鱼峰的林荫道上，晨钟梵音隐隐入耳。

黄天沙已经是气喘吁吁，皮特在前面双手叉腰看着他的囧样儿。黄天沙抹了一把额头的汗，从裤兜里摸出手机，翻到计算器，快速地按汇率将摄政王珠的价格进行了精确计算，冲着皮特大声说："我的Banker先生，摄政王珠你再少我183元，我们今天的买卖就完全成交。"

皮特右手食指在空中晃了晃，大声说："黄老板，不行啊！"

林荫道上人来人往，偶尔有人冲着黄天沙和皮特笑笑，高大威猛的皮特长着满脸的络腮胡子，黄天沙身材矮小，大家从他面前走过都会斜看他一眼，穿着皮鞋来爬山，一看就很矫情。黄天沙丢下一句话："不行就算了。"说着，他转身就要下山，走了几步，又转身说，"香港大佬们的生意我就跟他们说算了吧。"

皮特快步冲到黄天沙跟前，很是不解地说："你做的是上百亿的生意，礼物是送给妻子的，从春天谈到冬天，马上又是春天了，之前少了400元，现在你告诉我还要再少183元，这是什么意思？为什么还要让我少183元呢？"皮特两手一摊，撇着嘴说："你说的大佬，就是那个瘦瘦的年轻人？开玩笑吧？"

黄天沙看了看表："此刻，年轻人正在前往香港首富家的路上。"

香港首富就是神龙见首不见尾的商业领袖炳叔，皮特简直不敢相信，那个两个月前跟他在木鱼峰爬山的年轻人竟然可以去炳叔家里？欧洲的富豪们聚会，如果不是极其信任之人，是绝对不会让他到家里谈事的。皮特脸上立即和颜悦色："黄老板，下山我们就签署一个协议，如果曼陀银行做成了炳叔的生意，摄政王珠就按照你提出的价格成交。"

黄天沙极其厌恶皮特一口一个黄老板，然而他还是面带微笑地伸出手，跟皮特握了握："我不想再从你嘴里听到乔志远要加价购买摄政王珠的话，只要

第二十一章
同盟军

是我黄天沙看上的,其他人想都别想。"黄天沙指着远方说,"你朝深水湾的方向看,那里会是你人生的新起点,要对年轻人有信心,这一次,年轻人是你曼陀银行一战成名的登天梯。"

香港深水湾 8 号,欧阳剑波领着一个精瘦的年轻人站在大门口。

安保人员对陌生的精瘦年轻人进行了搜身检查,斯斯文文的年轻人看上去有点紧张,两手一会儿插入裤兜,一会儿握成拳头状。欧阳剑波拍了拍他的肩膀,说:"见着炳叔别紧张,老爷子很随和,问什么答什么。"

大门缓缓打开,年轻人跟在欧阳剑波身后,进入大门是一片草坪,有两个小孩在草坪上嬉戏。过一个流水小桥,再进入一道大门,里面完全是古建筑风格,回廊犹如密道。安保人员一前一后,年轻人越发地紧张,手心已经渗出汗水。在一个拐角的电梯口,有皮肤黝黑的安保人员站在出口,腰间悬挂着一把弯刀,难道这就是传说中的廓尔喀雇佣兵?

欧阳剑波见年轻人直勾勾地盯着安保人员的弯刀,拍了一下肩膀,附在耳边小声说:"别看了,他们就是尼泊尔的弯刀部队,纪律严明、英勇善战,对雇主非常忠诚,弯刀出鞘血溅七步。"安保人员一直非常警惕地看着两人,只听见对讲机里面说了一句 OK,电梯缓缓打开,欧阳剑波跟年轻人下到炳叔的密室未厌堂。

年轻人跟着欧阳剑波走到炳叔的牌桌旁,不敢相信自己的眼睛,报纸上风云一世的炳叔,竟然叼着烟跟一帮大佬在玩牌。炳叔在香港商界是呼风唤雨的大佬,只要他一出手,任何一家公司的发展速度都跟坐上火箭一样,若是被他抛弃了,就再也没有哪路资本会捧那家公司的场,公司最终只有死路一条。炳叔身材微胖,一条腿盘坐在沙发上,看上去兴致很高。他瞅了瞅牌,又瞅了瞅旁边精瘦的小伙子,问欧阳剑波:"他就是程春阳?"

欧阳剑波点点头,介绍说:"是的,他是盘古武汉分公司总经理程春明的弟弟,很小的时候过继给他大伯,名义上两人只是堂兄弟关系。"炳叔瞅了瞅程春阳没说话,欧阳剑波冲着炳叔微微一笑,继续介绍说:"他以前是个财经记者。"

旁边的大佬甩了一张牌，炳叔鼻腔里"嗯"了一声，问："在香港还是内地做？"

程春阳内心澎湃，马上接过话说："内地一家财经报纸。"

炳叔示意对家："别急，我还没出牌，对了，听说你参加过一档电视选秀节目？"

程春阳脸一下子红了，很不好意思地说："不是选秀节目，是征婚节目。"

屋子里的人都停下手上的牌，上下打量着炳叔身边这个瘦弱的年轻人，见他五官清秀，看上去没有见过大世面，虽然他脸上一直保持着微笑，依然掩饰不了内心的紧张。炳叔侧眼看了看程春阳，眯着眼睛，眼前这个年轻人跟叱咤武汉房地产市场的程春明简直判如云泥。欧阳剑波插话解释道："节目叫《万里挑一》，是内地收视率最高的电视征婚节目。"

炳叔是个老顽童，俏皮地问："找到女朋友了吗？"

众人皆笑，程春阳很不好意思地说："没有。"

炳叔开玩笑说："姑娘们不识货啊，你现在做什么？"

程春阳很拘谨地回答道："成立了一个叫逐鹿资本的管理公司，目前还没有什么业务。"

炳叔问："几个股东？"

程春阳说："就我一个人。"

炳叔眯着眼睛看了看手上的牌，甩出一张后，侧身吩咐欧阳剑波说："挺好。这样，欧阳，派陈佳慧出任逐鹿资本董事，再找一家公司，给小程安排一个董事席位。对了，欧阳，你给曼陀银行的皮特打个电话。"炳叔站起来，一手捏着牌，一手拍了拍程春阳的肩膀，语重心长地说，"小程，什么是生意？生意就是一场游戏，大生意就得跟大人物玩大游戏。征婚节目只能给媒体八卦当噱头，生意要出手就得掀起波澜来。"

炳叔说完，把牌扣在桌子上，自己一个人走向洗手间。陈春阳站在原地发愣，欧阳剑波将程春阳拉到另一个屋子，说："春阳，炳叔对你很满意，他安排陈佳慧出任逐鹿资本董事，你以后在香港资本市场就是一号人物了，能跟炳叔一起做生意，你为你哥报仇的机会就来了。盘古H股一把下去，最好能够

第二十一章
同盟军

超越第二大股东 JP 摩根，给乔志远、汪弘毅他们当头一棒。"

程春阳激动又疑惑地问："陈佳慧是那个演员吗？"

欧阳剑波哈哈大笑："你小子都想什么呢？听炳叔安排就是！"

程春阳骨子里的文人倔脾气起来了，很是轻蔑地说："那个女演员炒股票很烂的，在 2008 年金融危机中亏了好几千万，让她出任公司董事，以后还有谁跟我做生意？"欧阳剑波递给程春阳一份材料："这是陈佳慧的资料，你除了知道女演员，就不知道鱼目混珠吗？你拿去，一定要记熟了。"程春阳瞅了瞅资料，悻悻地说："不是一个人啊？她做公司董事，我们不见面吗？"

望着精瘦的程春阳，欧阳剑波很坚决地说："见面不见面不重要，重要的是把炳叔的事办好，陈女士在香港资本市场绝对是一号人物，当年在德勤会计师事务所任职，2008 年金融危机之前加入华尔街梧桐资本，成为梧桐资本的董事总经理，陈女士同时还是香港最大家族珠宝香江国际的董事，慈善堂基金董事，所以她特别忙，董事任职问题我会安排好。"

程春阳想起炳叔刚才吩咐欧阳剑波给曼陀银行的皮特打电话，这个皮特不就是前一段时间跟自己一起在木鱼峰爬山的那位欧洲银行家吗？难道炳叔让皮特提供资金支持？程春阳还是很谨慎地问："那资金呢？"

欧阳剑波说："你去曼陀银行开设证券账户，我们玲珑资本会将资金通过曼陀银行的专户走账给逐鹿资本，曼陀银行也会配置部分资金。"欧阳剑波看着程春阳一脸惊讶的样子，再三叮嘱他："记住了，除了盘古 H 股，只能购买蓝筹、红筹，没有我的指令，逐鹿资本不能私自动用玲珑资本和曼陀银行的钱购买别的股票。"

第二十二章
对垒战

盘古会议室，乔志远闭着眼睛，坐在那儿一动不动。

高管们一头雾水，乔志远突然睁开眼睛问："这个程春阳什么来路？"

汪弘毅一大早看到新闻也是一头雾水，程春阳竟然成了盘古 H 股第一大股东，跟程春明只有一字之差，可从未听说程春明有一个兄弟。邵南子对程春阳进行了全方位搜索，汪弘毅才如释重负，给乔志远介绍说："一个在《万里挑一》上相亲的财经记者，现在长时间待在香港，做记者时喜欢炒股，经常在网上写一些股票评论，他去香港后成立了一家叫逐鹿资本的公司，目前该公司有两位董事，除了程春阳，还有一位叫陈佳慧。"

乔志远一愣，问："陈志伟的女儿？"

众人开始交头接耳，陈志伟是香港著名影星，他的女儿陈佳慧更是娱乐圈的宠儿，怎么会跟籍籍无名的程春阳一起做生意？汪弘毅将一张照片递给乔志远，说："不是的，只是同名，这个陈佳慧是耶鲁大学毕业，在德勤工作两年后，进入华尔街的梧桐资本市场部，一直做到了董事总经理的位置，回到香港后出任多家上市公司的董事。"

第二十二章
对垒战

听完汪弘毅的介绍，陈佳慧这样的华尔街精英都加盟程春阳的公司，看来程春阳绝非一个喜欢炒股的小记者那么简单。乔志远抬起眼皮子问："再查查这个程春阳的背景，看看跟程春明有没有关系，他这个时候买这么多盘古的H股到底想干什么？"乔志远指着汪弘毅说，"让邵南子再查查这个逐鹿资本，看看它的股东都什么背景？"

汪弘毅一边滑动可视系统，一边说："早上已经查了，这个程春阳户籍是广东，而程春明是湖北，他们没有血缘关系。"一张股权示意图在他们说话之时弹出来，汪弘毅指着示意图介绍说，"逐鹿资本成立之初的注册资本为一万港元，股东只有程春阳一人，20天前发生了两次股权变更，第一次变更时，程春阳持有55%，天堂资本持有25%，明势资本持有20%。目前，程春阳持有25%，东亭资本持有75%。天堂、明势、东亭三家公司都注册在维京群岛。"

办公室里有人冷笑，邵南子在电脑上不断地敲击着键盘，他接过汪弘毅的话说："天堂、明势是东亭资本的股东，三家公司都是在成立一周之内就投资了逐鹿资本。他们三家的注册资金是从香港流到维京群岛的。"乔志远很是轻蔑地说："现在阿猫阿狗都来盘古当股东，真是个天大的笑话，一万港元的公司，居然成了盘古H股第一大股东？"

高管们面面相觑，汪弘毅阴沉着脸，扫视了一圈，冷静地说："程春阳的出现是不是黄天沙在背后做局？他故意找一个跟程春明名字相近的傀儡来混淆视听，给人制造出程春明的弟弟要报复盘古管理层的假象。"乔志远摇摇头："当初我就已告诉过他，龙腾集团信用不够，他总不至于愚蠢到再弄一个没有信用的来吧？那岂不是脸上爬臭虫？"

"诡异的是这个小记者，已经是香港上市公司濠江控股的董事。"王欣滑动了可视系统，屏幕上立即呈现出濠江控股的资料。乔志远一激灵，说："一个上电视相亲的记者，现在成了澳门最大珠宝商的董事，还跟澳门赌王三姨太在濠江成了董事会的同事。"乔志远侧身问邵南子，"小邵，程春阳、陈佳慧、赌王三姨太是怎么扯上关系的？背后有没有香港或者澳门的第三方势力？"

邵南子开始在天眼系统上进行追踪，汪弘毅接过乔志远的话说："程春阳跟陈佳慧是逐鹿资本的董事，陈佳慧跟赌王三姨太是香江控股董事，程春阳又跟赌王三姨太是濠江控股董事,这里面有一个关键人物就是陈佳慧。听说这个陈佳慧回到香港主要是给一些财团家族管理资产。"

乔志远侧身盯着满脸汗水的邵南子,说:"查清逐鹿资本的资金来源!"

"逐鹿资本跟维京群岛等离岸地区有频繁的往来,资金都很隐秘,不过我们查到了逐鹿资本目前的持仓,包括濠江证券、丽都国际、港交所、联想等多只股票。"邵南子头都没抬,一边敲击着电脑,一边说,"其中有一种股票倒是给我们留下了线索。"

众人盯着邵南子,乔志远问:"什么股票?"

"鸿云网络。"邵南子滑动了旁边的可视化显示屏,调出了鸿云网络的资料和一张照片,说,"这个公司之前是一个叫马思丽的仙股,程春阳一口气买了55亿股,持股比例超过18%。买入后,程春阳就去了伦敦,在社交媒体上发了一张蓝天白云下的伦敦眼照片。"

乔志远一脸蒙地问:"这算啥线索?"

天眼系统一直是盘古最神秘的一个部门,邵南子第一次在高管们面前公开亮相就让乔志远嗤之以鼻,汪弘毅的心里很不是滋味,他立即站出来打圆场说:"那会儿距离程春阳在《万里挑一》相亲不到一年时间,按照马思丽的股价测算,程春阳买入55亿股至少要3.3亿港元。那么大一笔钱哪里来的?这种老仙股没什么交易机会的,他一口气吃进那么多随时都可能完蛋的仙股筹码,还能心情舒畅地游伦敦眼?他要么有内幕信息,要么就是别人的木偶。"

乔志远侧身看着汪弘毅,问:"为什么?"

"程春阳买入马思丽不到10天,鸿基保险跟云风网络就联手收购马思丽120亿股,成为马思丽的新控股股东,马思丽更名为鸿云网络,股价开始暴涨。"汪弘毅介绍的同时,王欣已经调出鸿云网络的K线图,汪弘毅指着K线图说:"逐鹿资本获利已经超过3倍,而急着上电视征婚的程春阳并没有生活改善的迹象,还是活跃在各大论坛上写股市评论文章。"

乔志远右手食指敲着桌子说:"看来我们现在是前驱狼后入虎。"

王欣指着盘古H股的K线图说:"白毅起诉我们之后,逐鹿资本就开始不断买入我们的股票,两个星期内经过四轮举牌增持,总计持有H股已经超

第二十二章
对垒战

过 11.5%，按照现在逐鹿资本的持股均价 20 港元测算，程春阳耗资超过 30 亿港元。"

乔志远听完说："如今我们是双线作战，除了黄天沙、黄国胜，现在香港又冒出个程春阳，到现在我们还搞不清人家的来路。他背后到底是谁在操纵，要尽快搞清楚，不能等全天下人都知道了，我们还蒙在鼓里。"汪弘毅冲着邵南子说："盯住马腾的鸿基保险和鸿云网络，他们的子公司、孙公司一个都不能放过。"

黄天沙坐在皮特家的阳台上，跷着二郎腿，冬日暖阳洒在他的脸上。

皮特认真地看着每一个字，看完端起咖啡说："黄老板，这个程春阳扫货太快了。"

"他不快速扫货，怎么能成为舆论关注的焦点？"黄天沙磕了磕雪茄，笑眯眯地盯着皮特，"我的摄政王珠，是不是该交货了？"

皮特耸耸肩，两手一摊，说："我至今还没有见到你说的大佬。"

黄天沙指着报纸问："逐鹿资本为啥将仓位放在你们曼陀银行？"

"玲珑资本的总裁欧阳剑波来曼陀银行办公室跟我谈的，还跟我说要给逐鹿资本配 10 亿港元。"皮特说着说着，额头就皱起来，话锋一转，很不可思议地说，"有一件事我至今不敢相信，跟欧阳剑波见面后，我将玲珑资本的材料发送到罗马总部，城堡里的那一帮董事会老家伙，竟然一个工作日就全票通过了玲珑资本的审查。"

黄天沙哈哈笑起来："我的 Banker 先生，你到现在都没有想明白，为啥你在东方开疆拓土，罗马的那一帮老家伙却能在城堡里决胜千里。"皮特很是不解地盯着黄天沙，问："为啥？"黄天沙吸了一口雪茄，慢悠悠地说："中国有句话叫秀才不出门，便知天下事，城堡里那帮老家伙们虽处万里之遥，他们的情报却比你还灵通。"

屋子里一下陷入了尴尬，皮特一脸发蒙，黄天沙从包里拿出协议，说："根据协议，你应该交付摄政王珠了。"皮特撇着嘴说："不，曼陀银行还没有如你承诺的打入香港大佬圈层。"黄天沙指着报纸说："玲珑资本背后是香港商界的神秘组织玲珑会，这个玲珑会的创始人是香港大佬炳叔，玲珑资本联手曼陀银行资金，通过逐鹿资本举牌中国最大的房地产公司，就连罗马城堡里的那帮老家伙都知道全票通过，只有你还云里雾里。"

"我需要确认一下。曼陀银行已经给逐鹿资本提供超过10亿港元，玲珑资本也确实通过我们将资金提供给逐鹿资本了，但欧阳剑波背后到底是不是炳叔，请给我一点时间查证。"皮特还是担心黄天沙在给自己讲故事，两手一摊，很是无奈地说："现在真真假假的太多，如果欧阳剑波背后确实是炳叔，我会给你一个更大的惊喜。"

北风刺骨，杜天刚下车时裹了裹风衣。

进入大厅，一股暖流让杜天刚通体舒畅，他看了看表，跟黄国胜约定的时间还差5分钟。等电梯期间，两个女同事在嘀咕，其中一个戴眼镜的小声说："他长得那么丑，《万里挑一》的女嘉宾全都灭灯了，没想到那么有钱，啥情况？家里是不是有矿？"旁边微胖的女同事撇着嘴说："昨日你爱答不理，今日你高攀不起，《万里挑一》的那些女人都眼瞎啊。"

眼镜女翻了个白眼儿，说："他经常在网上写文章评论股市，哪个有钱人会整天瞎叨叨啊，都是闷声发大财，只有散户才会整天像个怨妇一样，没几个钱还经常被有钱人割韭菜。"微胖女连连点头，说："老百姓没几个钱，怕亏，存一部分在银行，银行转手就把老百姓的钱贷给有钱人，转头看到老百姓还有部分钱在股市里，又到股市里把老百姓的闲钱给收割了。"

"贫穷限制了我们的想象力，有钱人用老百姓的钱割老百姓的韭菜，亏了钱的老百姓取回存款时，还要感谢银行全心全意为人民服务。"眼镜女还是不太相信，说："程春阳要么傍上了富婆，要么给人当了白手套。"微胖女若有所思地说："如果他家没矿，要么是白手套，要么是个阴谋。你还记得盘古武汉公司吗，那个被抓了的总经理叫程春明，会不会有人利用他弟弟来报复盘古？如果是弟弟为哥哥报仇，恐怕盘古又要乱套了。"

杜天刚心里咯噔一下，一大早黄国胜就给自己打来电话，隔着电波都能听出他的焦灼，难道盘古又出问题了？两位女同事你一言我一语，杜天刚听出了

第二十二章
对垒战

个七七八八。出了电梯,杜天刚直奔黄国胜办公室。敲开门,黄国胜正在通电话,示意杜天刚在对面坐下。杜天刚从黄国胜跟对方的谈话中,隐隐感觉他们谈论的跟电梯里两位女同事说的是同一个人。

黄国胜挂断电话,直截了当地问:"股东、董事们对问询函都怎么反馈?"

"远东保险第一时间回复,说他们是基于盘古的价值进行投资的,他们会一如既往地看好上市公司的未来,但是对我们改组董事会没有任何的意思表示,而独立董事们都拒绝就董事会改选发表任何意见。"杜天刚对答如流,突然他顿了顿,看着黄国胜充满失望的双眼,说,"只有龙腾集团赞同我们远大集团对盘古董事会重组的意见。"

黄国胜故作镇静地说:"这都是意料之中的,远东保险的谢晓辉一门心思想控制北方银行,黄天沙一鼓作气拿下北方银行5%的筹码,谢晓辉在盘古股东中偏向龙腾集团之外的任何一方,黄天沙都有可能砸盘北方银行,他哪儿还会盯上盘古董事会?这一次刘一飞连一个字的解释都没有,把道琼斯资本划到负面观察名单。另外,我们要跟黄天沙保持距离。"

董事会改选已经将黄国胜架到火山口了,得不到其他股东的支持,如果再跟黄天沙保持距离,远大在盘古董事会将彻底被边缘化。杜天刚提醒说:"龙腾集团的钱就是不断放杠杆而来的,现在龙腾集团整体盈利已经将近100亿,盘古股价稳住不跌就是黄天沙的底线。如果重组失败,股价暴跌,黄天沙会损失更多,如果粤海重组成功,他就成了远大跟粤海之间的一个致命砝码。"

桌子上躺着一份财经报纸,黄国胜拎起报纸递给杜天刚,说:"你看看这个,黄天沙想重演滚石银行那套移花接木的把戏。"杜天刚仔细看了下文章,想起电梯里两位女同事的话,问:"你确定程春阳背后是黄天沙?这个名字听上去很耳熟。"黄国胜拎起报纸,摇摇头说:"程春明?一个广东一个湖北,不可能是兄弟复仇,现在除了黄天沙,还有谁会趟盘古这浑水?"黄国胜指着报纸,满脸的愤怒:"他夺了我们的控股权,我们要打破他成为砝码的幻想。"

杜天刚心里咯噔一下,问:"怎么打破?"

"内部。"黄国胜微微一笑,"珠江玻璃还记得吗?"

杜天刚一听,很不解地问:"黄天沙控股的不是岭南玻璃吗?"

黄国胜说:"珠江玻璃是岭南玻璃的两个副总裁出去创办的,真正的控制人还没有到。"

"岭南玻璃不是黄天沙的吗?"杜天刚很是纳闷,问:"公司都开起来了,实际控制人在哪?"

黄国胜呵呵一声冷笑,说:"黄天沙喜欢干撬行的生意,岭南玻璃是他通过举牌控制的,岭南玻璃的老对手南方玻璃挖了黄天沙的墙脚,投资了珠江玻璃,而珠江玻璃真正的创始人是现在岭南玻璃的董事长吴岐庸。"黄国胜见杜天刚一脸惊讶,顿了顿,用桌子上的杯子、烟灰缸做示范,说,"现在珠江玻璃正采用蚂蚁搬家的战术,只是还没有将岭南玻璃的客户搬完,所以吴岐庸还在岭南玻璃的董事长位置上坐着。"

杜天刚一听吓呆了,问:"黄天沙为啥不将吴岐庸给驱赶出去?"

黄国胜撇着嘴,说:"黄天沙的野心很大,他控制岭南玻璃后再举牌盘古,就是想做成一个完整的产业链。岭南玻璃的两个副总出走,黄天沙肯定已经知道吴岐庸暗度陈仓的把戏,只是对他投鼠忌器而已,因为一旦黄天沙清理了吴岐庸,乔志远他们一定会大肆渲染黄天沙野蛮人的形象。"黄国胜很坚决地下令:"快速结束集团各部门跟龙腾集团的业务往来,在盘古董事会改组中,黄天沙是该给我们做一做挡箭牌了。"

杜天刚走后,黄国胜翻出了南方玻璃董事长罗明辉的电话,电话只响了两声,罗明辉就接起来了。黄国胜开门见山地说:"明辉,吴岐庸怎么还没有到珠江玻璃?如果作为创始人的吴岐庸不到珠江玻璃,那我们挥戈资本在投资决策会议上的这一关真的很难过。"

南方玻璃在竞争中一直被岭南玻璃压过一头,罗明辉跟吴岐庸是多年的商场对手。黄天沙控股岭南玻璃后,吴岐庸将多年的管理层持股计划提出来,要以净资产溢价20%的价格获得股份,黄天沙一看就给否决了。罗明辉听闻消息,两个多年的竞争对手一拍即合,另起炉灶,南方玻璃负责一期投资,两个岭南玻璃的副总先行筹备,岭南玻璃的资源暗度陈仓给珠江玻璃后,吴岐庸再想法让黄天沙开除自己,最终以落难英雄的面目加盟珠江玻璃。

珠江玻璃的一期建设已经完成,罗明辉跟黄国胜一直在谈判投资珠江玻璃

第二十二章
对垒战

的事,远大集团旗下的挥戈资本已经走完了尽职调查等程序,就差上投资决策会表决。黄国胜电话进来之前,罗明辉刚跟吴岐庸通完电话,他很是为难地说:"黄总,龙腾集团那边已经有所察觉,向岭南玻璃派出了财务人员,吴岐庸短时间内有顾虑,您也知道,我们南方玻璃一直都是岭南玻璃的竞争对手,一旦把黄天沙给整急眼了,不知道他会干出什么事来。"

黄国胜语重心长地说:"罗总啊,挥戈资本将珠江玻璃的项目递给我,我一看只有岭南玻璃的两个副总就给否决了,他们说吴岐庸才是真正的项目创始人,我才同意的。吴岐庸是玻璃行业的领军人物,如果只有两个副总撑门面,珠江玻璃在南方玻璃跟岭南玻璃的夹缝之中,很难脱颖而出。"电话那头,罗明辉不断地说是,黄国胜在临挂电话之前,模棱两可地说:"什么时候吴岐庸就任珠江玻璃董事长,什么时候挥戈资本的资金就到位。"

院子里的白果树已经掉光了叶子,枝丫上一群北方来的候鸟停在那儿叽叽喳喳。黄天沙在躺椅上望着蓝天白云,侧眼看了看旁边竹椅上的黄世林。黄世林一直埋头不停地摆弄着手机,偶尔还传来老外讲英文的语音。黄天沙皱着眉头,望着天空流动的白云。

林月娥走到黄世林身边,很严肃地说:"世林,你们父子俩难得回家一次,你就抱着手机,把你爸晾在一边,不像话!"黄世林晃了晃手机,头都没抬,说:"妈,我是在工作啊,我们正在游说一个生物传感方面的科学家加盟。"

黄天沙扭过脸去问他:"你不是要颠覆乔布斯吗?"

黄世林第一次看到父亲对自己如此关切,微笑着说:"爸,我们要做的手机有一个很重要的技术关口就是生物传感技术,这种技术若运用到手机上,到时候手机就会比人更懂自己,它将不再是一个简单的手机,而是实现人机交互的信息中枢系统。"黄世林冲着黄天沙扮了一个鬼脸,说:"生物传感不是简单的晶体管技术,而是跨学科的交叉产物,融合了生命科学、分析化学、物理学和信息科学等相关技术,到时候你就知道,乔布斯的技术有多么落后。"

看到黄世林眉飞色舞的样子,黄天沙撇着嘴,一句话都没说,躺在竹椅上望着蓝天。林月娥站在旁边问:"天沙,世林是啥意思,他说的话我怎么听不懂呢？"黄天沙鼻子里哼了一下，说："你？我都听不懂呢，现在的年轻人没学爬就已经飞天上去了，整天不务正业，满嘴跑火车，以为整几个大家听不懂的词就拥有了全世界，凡是用陌生的词去描绘未来的，都是骗人的鬼话。"

说话间，王曦若的电话响个不停，黄天沙接起电话，只听见王曦若在电话里很急迫地说："黄总，岭南玻璃的吴岐庸提出辞职。"黄天沙再也坐不住了，从竹椅上站起来，进屋拎起外套就往外走，走到门口又折回来，问："世林，有时间送我一趟吗？"看到黄世林正跟美国人打语音电话，黄天沙便转身走了。出租车上，黄天沙打了一通电话。

25分钟后，黄天沙出现在办公室。王曦若敲开他的办公室，一进屋就发现两个陌生面孔。黄天沙站起来介绍说："王总，这位是珠江玻璃的技术总监展封，曾经担任过岭南玻璃的技术总监，这位是岭南玻璃的长三角销售大区总经理梁宏。他们俩刚到。两位，这就是我们龙腾集团合伙人、总裁王曦若。"

展封、梁宏跟王曦若握手，都被眼前这位美艳干练的女总裁给惊呆了，这就是传说中黄天沙的左膀右臂铁算盘，在中国，如此美貌的精算师，恐怕除了王曦若再无他人。王曦若非常严肃地说："吴岐庸的辞职跟远大集团有关。"黄天沙一愣，问："黄国胜在背后捣鬼？"王曦若点点头，说："远大集团旗下的挥戈资本已经对珠江玻璃完成了尽职调查，条件是吴岐庸必须辞职，亲自担任珠江玻璃的董事长。"

"黄国胜开始学习兵法了，他是要利用吴岐庸把我的野蛮人身份坐实，成为他在盘古董事会改组的挡箭牌。"黄天沙呵呵一笑，看了看展封、梁宏，很是轻蔑地说，"好啊，既然黄国胜要我当恶人，那我就将计就计。吴岐庸作为岭南玻璃董事长，安排两位副总裁出去创办珠江玻璃，跟岭南玻璃争夺市场，还跟展封、梁宏为首的岭南玻璃高管谈判，只要他们把岭南玻璃的技术和市场带到珠江玻璃，就给他们期权。吴岐庸是典型的吃里爬外，这一次我们正好除害。"

举牌盘古之初，黄天沙一直在安抚岭南玻璃的管理层，没想到吴岐庸的蚂蚁搬家策略从未收手，反而变本加厉。王曦若一听，凤眉一挑，说："他们弄

第二十二章

对垒战

走两个副总裁，正面抢市场也就罢了，居然还想内外勾结，盗取核心技术，分化市场份额。现在黄国胜在背后提供资金支持，他这个时候坐实我们野蛮人的身份，简直就是杀人诛心。"王曦若咬了咬嘴唇，盯着黄天沙说，"那吴岐庸的辞职报告不能批准，直接报警，让他跟警察去交代他们的勾当。"

黄天沙点点头说："当初两位副总裁出走，我以为是 MBO 方案问题导致他们不满，后来发现珠江玻璃有南方玻璃投资，吴岐庸正在游说展封、梁宏两人加盟珠江玻璃。我们将计就计，派他们两位进入珠江玻璃，没想到吴岐庸贪婪成性，不只是挖人才那么简单，核心技术、市场他统统都要。"黄天沙的表情看上去很轻松，他喝了一口水，两手一摊，说，"我已经报警了，如果没错的话，现在吴岐庸已经被押上警车了。"

岭南玻璃办公区一如往常。吴岐庸的鼻炎犯了，酒糟鼻更加红肿，他从抽屉里抓出一瓶喷剂，在鼻子里喷了喷，突然听见窗外警笛长鸣。吴岐庸在窗前看了看，很是纳闷，那么多警察来干什么？没有任何部门汇报出问题啊。他回到座位上，开始收拾抽屉里的文件，心想等到黄天沙批准辞职自己就可以办理交接了。

"咚咚咚"，吴岐庸听到有人在敲门，走过去刚拉开个门缝，一群警察就冲进屋子，有人开始翻查文件柜，有一位警察坐到吴岐庸的电脑前，掏出移动硬盘开始拷贝文件。吴岐庸一头雾水，有一个领导模样的警察走到吴岐庸面前，掏出拘留证和搜查证。吴岐庸定睛一看，盗窃罪。他立即抗议："我从未盗窃，你们凭什么抓我？"

警察冷冷地说："你有权保持沉默，没有证据，我们不会抓你。"

警察开始翻箱倒柜地进行证据查封，坐在电脑前的警察站起来，走到领导跟前，附耳小声汇报。吴岐庸脑子"轰"的一下，难道是什么环节出现问题了？有一个警察翻出一个笔记本，走到吴岐庸跟前，微笑着问："你有写日记的习惯？"吴岐庸点点头，警察将笔记本递到他面前，问："这是你写的日记？"吴岐庸继续点头。警察突然很严厉："用代号写日记？"

吴岐庸的身子微微一颤，警察盯着吴岐庸的眼睛，吴岐庸的眼神开始游弋。旁边的警察在不停地进行现场录制，警察摊开笔记本，指着一连串光怪陆离的代码，问："0048，展封，0039，梁宏对吧？0048是关于机密技术的转移，0039是关于市场渠道的迁徙。如果我们没掌握足够多的信息，不会直接来抓你。"警察抬起手腕看了看表，说，"不要抱侥幸心理，这个时候，你的两个同伙，珠江玻璃的两位创始人，应该已经在押往看守所的路上了。"

吴岐庸脸色唰地一下变得煞白。此刻，黄国胜接到罗明辉的电话。罗明辉非常急切地说："黄总，黄天沙提前下狠手，向公安机关报警了，警方以吴岐庸职务侵占、侵犯商业机密、非国家工作人员受贿等多项罪名将其抓捕。你能不能跟黄天沙说一下，只要他放过吴岐庸，南方玻璃可以退出珠江玻璃，将持有的珠江玻璃股权平价转给岭南玻璃。"

罗明辉的电话让黄国胜一惊，他在心里暗暗感叹，这个黄天沙下手够狠的。黄国胜对着电话那头很遗憾地说："罗总，一旦警方介入，恐怕黄天沙说了也不算啊，既然警察已经抓了吴岐庸，黄天沙肯定提交了致命的证据。你也知道，我们现在卷入盘古的股权之争，舆论都在猜测我们跟黄天沙有瓜葛，如果这个时候我给黄天沙打电话，跳进黄河都洗不清啊。"

黄天沙坐在电话前等待信息。电话嘀嘀响个不停，只听见电话里警笛声不断。黄天沙挂断电话，当即给王曦若指令："王总，现在岭南玻璃群龙无首，这是我们相当看好的一个行业，作为龙头企业，我们不能让人戳着脊梁骨说野蛮人搞垮了优秀的上市公司。你暂时出任岭南玻璃董事长，展封出任分管研发、技术的副总裁，梁宏出任分管市场的副总裁。"

王曦若有点担心，说："这个时候接管岭南玻璃，岂不正中黄国胜下怀？"

"你们到位后第一步是安定军心，抢回市场，只要我们一如既往地服务好客户，团结好员工，给股东回报，相信很快会赢得民心。"黄天沙信心满满，当着展封、梁宏的面，继续说："王总，你尽快把管理层持股计划拿出来，岭南玻璃既是股东们的，也是管理层、员工们的，更是社会的，我们要用行动证明给众人看。同时，整理好应对的材料，汪弘毅他们势必会把我们抹黑成野蛮人，不能给他们任何机会。"

天眼中控室，LED显示屏悬挂在墙上，人站在屋子中间，犹如置身于一

第二十二章

对垒战

个高科技的海洋。邵南子正在电脑前紧张地进行数据整理。汪弘毅通过人脸识别进入中控室,这是天眼反潜系统成立以来,汪弘毅第一次进入邵南子主导的这个神秘王国,乔志远都还没有来过。现在,整个天眼反潜系统的工作均由邵南子直接向汪弘毅汇报。

邵南子立即站起来,汪弘毅示意他坐下继续工作。汪弘毅在人脸识别数据LED显示屏上,清晰地看到一楼大厅、董事长办公室、总裁办公室、财务室、稽核部、法务部、战略投资部等多个部门。他很满意,说:"小邵,你给我调出各个区域总部的数据看看。"

邵南子没有直接将显示屏切成各区域总部的画面,而是将总部和区域总部进行同屏显示。肖天已经在北京的办公室,正跟北京商业地产团队开会,他面无表情,各个部门在汇报各种数据信息。邵南子看汪弘毅盯着北京区域,立即将会场视频拉近,使他能够清晰地看到每个人的表情。汪弘毅右手捏了捏下巴,问:"最近北京有什么新的信息?"

邵南子心领神会,调出数据库,各种复杂的数据流简直令人眼花缭乱,邵南子噼里啪啦敲击几下键盘后,最近30天内肖天活动的所有数据便全部清晰地呈现在汪弘毅的面前。汪弘毅皱着眉头,邵南子一看表情就知道他没有看明白,立即解释说:"从肖总轮岗到北京区域后,他每天都准时上下班,除了开会就是文件签字。"

每个浩繁的数据背后,都有一个故事。汪弘毅叮嘱邵南子说:"天眼反潜系统是盘古用于保卫商业信息的安全系统,对任何危害盘古商业利益的内部及外部势力,都不能放过。未经允许,内外部任何部门或者个人,不得以任何理由进入我们的数据库系统。"汪弘毅指着LED显示屏,问:"黄天沙有什么动静?"

邵南子示意汪弘毅伸出右手,在LED显示屏上一挥,上面立即显示出一张警察抓捕的照片,汪弘毅满脸惊讶,看到背景里有"岭南玻璃"几个字,问:"岭南玻璃出什么事了?"邵南子一挥手,解释说:"吴岐庸被抓了,黄天沙今天下午派君安保险总裁王曦若出任岭南玻璃董事长。奇怪的是,远大集团旗下挥戈资本一直在跟珠江玻璃谈判投资的问题,而珠江玻璃的创始人是岭南玻璃的两位前副总裁。"

汪弘毅转身离开天眼中控室,给乔志远打电话说:"吴岐庸被抓了!"

桂玉梅在收拾屋子,用毛巾擦拭着书架上的梅塞尔乌龟化石。正在书房里下围棋的乔志远站起来走到桂玉梅身旁,看着眼睛湿润的她。桂玉梅附在乔志远的耳朵边小声说:"真羡慕它们,生时相欢,死时缠绵。"乔志远左手握着电话,右手将桂玉梅搂进怀里,问电话那头的汪弘毅:"什么时候?"

"今天下午,王曦若出任岭南玻璃董事长,之前听说黄天沙拒绝了以吴岐庸为首的管理层提出的股权激励方案,导致管理层流失。吴岐庸一度也打算离开,黄天沙跟他谈了三次,吴岐庸才决定留下来,今天警察在毫无征兆的情况下将吴岐庸抓走了。"汪弘毅突然话锋一转,说,"黄天沙跟黄国胜可能闹翻了,在抓吴岐庸之前,远大集团下面的挥戈资本准备投资珠江玻璃。"乔志远呵呵一笑:"这是黄国胜的鬼把戏。黄天沙这是在抢野蛮人的帽子,那就成全他!"

黄天沙坐在办公室,跷着二郎腿一份又一份地看报纸。

王曦若敲开办公室门,看见黄天沙面带笑容,一点都没有因报纸上连篇累牍的负面报道而影响心情。黄天沙看到王曦若进来,把报纸丢在桌子上,说:"正如黄国胜所愿,吴岐庸一抓,我们就成了血洗上市公司管理层的野蛮人,此刻最高兴的恐怕是乔志远、汪弘毅他们。"黄天沙指着报纸,撇着嘴说,"汪弘毅他们还扭扭捏捏躲在后面,以盘古内部人士的身份谴责我们的野蛮行径,口口声声称盘古管理层会捍卫上市公司核心利益。"

"别说汪弘毅,一大早我就接到我爸的电话,问我们啥时候当了野蛮人。"王曦若一边开玩笑,一边翻开笔记本,说,"昨天晚上,岭南玻璃连夜召开了中高层会议,目前公司一切运行平稳,各个业务线条都跟客户、合作商进行了沟通工作,客户们对岭南玻璃这个多年的品牌相当认可,管理层以及优秀员工的持股计划犹如定海神针,我们会加快持股计划的推出,让管理层和员工们真正看到资本的力量和前途。"

说话间,黄天沙办公室的电话响个不停,秘书汇报道,两个便衣警察来访。

第二十二章

对垒战

王曦若一愣，黄天沙吩咐将警察带到会议室。黄天沙看出王曦若的不解，微笑着说："我们是岭南玻璃的控股股东，他们是来通报吴岐庸案情的。我们的董事会、管理层换人公告一出，汪弘毅以为抓住了机会，在报纸上谴责野蛮人，我就是想给汪弘毅他们设一个套，没想到他还真就钻了。我这一次要让他在媒体面前丢人。"

黄天沙示意王曦若一起到会议室跟办案的警察见面。两位警察正在小声交流，黄天沙快步上前跟两位握手，一边握手一边介绍："这位是我们龙腾集团总裁，现在兼任岭南玻璃董事长，王总。这是办理吴岐庸专案的王水生警官跟蔡浩警官。两位辛苦了，我们坐下说吧。"

王水生开门见山地说："黄总、王总，吴岐庸案已经初步讯问完毕，他交代了供应商给他行贿的问题，金额为876万，他派展封到珠江玻璃，让岭南玻璃技术部将核心技术对接过去，又让现在岭南玻璃的各区域负责人，将客户对接给梁宏。接下来我们会对展封和梁宏进行调查。"

王曦若一愣，展封、梁宏可是抓捕吴岐庸的功臣。黄天沙插话："王警官，展封和梁宏这两位在去珠江玻璃之前，已经跟我详细汇报过，我们经过商量，将计就计，到珠江玻璃进行反潜伏，就是为了拿到吴岐庸他们盗取岭南玻璃商业机密的罪证。他们去之前，我们有录音以及文字记录备案，我们马上提供给警方，希望不要牵涉到他们两人。"

"黄总放心，既然你们有证据备案，我们自然不会冤枉好人。"王水生将黄天沙反映的情况进行了记录，接着说："至于职务侵占方面，经过我们调查以及吴岐庸自己交代，在出任岭南玻璃董事长期间，他的各种虚假报销费用达到146万，同时他还交代他跟现任证券事务代表有不正当男女关系，以及在新加坡赌博欠债，让经销商代为还债，最终通过回扣方式补贴给经销商等诸多问题。"

黄天沙频频点头说："非常感谢警方打击商业犯罪，如果需要龙腾集团以及岭南玻璃协助，我们一定尽全力配合。现在舆论一直在炒作这个案子，我都成了人见人恨的野蛮人了，我们相信司法一定会给出一个公正的结果。不知道警方接下来有何安排？"

底牌（下）

一直非常严肃的蔡浩接过话说："商业有商业的规则，竞争有竞争的边界，我们警方不能介入任何企业的经营事务，但是我们有维护商业环境、打击商业犯罪的责任与义务。黄总为岭南的经济发展作出了重大贡献，政府领导反复叮嘱，商业案件一定要秉公办理，还企业一个公道。所以，我们会在今天下午召开新闻发布会，对阶段性侦查进行通报。"

邵南子急速走到汪弘毅的办公室门前。

通过人脸识别，邵南子进入汪弘毅的办公室。正在看报纸的汪弘毅满面春风，见邵南子神色慌张，问："什么事这么急？"邵南子将一份资料递给汪弘毅，说："专案组下午会召开新闻发布会，通报吴岐庸案的进展。"邵南子看汪弘毅的脸色在变，想了想说："吴岐庸可能在业务中收受贿赂和回扣，不知道警方会不会具体通报。"

汪弘毅意识到上当了，咬了咬后槽牙，叮嘱说："有消息第一时间汇报给我。"

邵南子离开办公室，汪弘毅立即给稽核部蒙毅打电话，说："立即清查各分公司，凡是跟南方玻璃、珠江玻璃以及岭南玻璃有业务往来的都给我暂停，让每个分公司、区域公司的工程部立即将5年之内同这几家公司有业务往来的账目向总部财务部汇总，你们稽核部马上组成专项组进行内部稽查，一旦发现有任何违法、违规的现象，立即移送司法部门。"

山鹰会议室，黄天沙盯着LED显示屏，龙腾集团高层在交头接耳。

岭南玻璃总部，王曦若带领岭南玻璃中高层，在公司大礼堂跟所有员工一起，收看岭南电视台吴岐庸专案发布会。王曦若看了看表，走上主席台，台下员工们发出啧啧赞叹声，看惯了吴岐庸的蒜头鼻子，王曦若的亮相让他们耳目一新。在岭南玻璃，王曦若只是一个传说，没想到现在成了公司董事长。

台下开始鼓掌。王曦若开始激情澎湃地鼓励员工们要共克时艰，她说："吴岐庸为岭南玻璃作出过卓越的贡献，也为岭南玻璃制造了灾难，他吃着岭南玻璃的饭，却要砸岭南玻璃的锅，跟竞争对手勾结，将技术和市场转移出去。岭

第二十二章

对垒战

南玻璃不是某一个人的，是全体同事们的，吴岐庸牟取个人私利的同时，损害的是在座所有同事的利益，身为岭南玻璃的大股东，我们不能坐视吴岐庸他们损害岭南玻璃的核心利益，我相信在我们的共同努力下，岭南玻璃失去的市场会找回来，甚至进一步扩大，我们的未来会更加美好。"

员工们又是一阵鼓掌，吴岐庸从来都是要求员工们加班加点多干活，从来没有说过如此鼓励人心的话。王曦若在一阵掌声之后，继续说："很多人说龙腾集团管理层是野蛮人，打破了岭南玻璃的常规发展，相信司法会给公众一个真相。资本是什么？资源积累才是根本，有我们大家一起为岭南玻璃的发展努力，才是最根本的根本。我们的员工持股计划正在推进，任何一个为公司作出贡献的人，我保证你的未来会充满阳光雨露。"

王曦若看了看表，还有一分钟就到下午一点。身后的超大 LED 显示屏已经开始出现电视台画面，王曦若转身走下台去。岭南市公安局局长亲自主持发布会，王长生跟蔡浩负责介绍案情。王长生说："吴岐庸案是岭南市近 10 年来最大的商业犯罪案件，吴岐庸涉嫌侵犯商业机密罪、职务侵占罪、非国家工作人员受贿罪，涉案金额超过千万，将岭南市的支柱企业岭南玻璃的商业机密泄露给自己实际控制的公司珠江玻璃。在担任岭南玻璃董事长期间，同证券事务代表长期保持着不正当男女关系。"

岭南玻璃的员工们一片愕然，吴岐庸平时看上去一副正人君子的样子，没想到竟是这样的人，人群中开始窃窃私语。蔡浩对吴岐庸的具体交代进行了简要介绍。随后进入提问环节，南方财经日报的记者第一个提问："吴岐庸一直是玻璃行业的领军人物，在这之前龙腾集团通过不断举牌成为岭南玻璃的控股股东，之前大股东否决了岭南玻璃的高管持股计划，才出现了部分高管出走的现象。在吴岐庸被捕之前，有消息说吴岐庸也准备辞职，吴岐庸被捕会不会是野蛮人龙腾集团在打击报复？"

汪弘毅正在电视机前，听到记者的提问，鼓着掌说："尖锐！"

黄天沙端着咖啡，听到记者的提问，嘴角露出一丝不屑，说："幼稚！"

蔡浩听完记者提问，说："吴岐庸确实是岭南玻璃的控股股东、龙腾集团的老板黄天沙举报的，吴岐庸被捕后，对举报的问题供认不讳，举报中没有涉及的问题如新加坡赌博问题等他也都进行了主动交代，为此，我们进行了全程录像，吴岐庸的讯问程序符合法律规定。"

蔡浩说完，立即在发布会的现场播放吴岐庸的审讯画面，吴岐庸穿着看守所的马甲，对着镜头痛哭流涕，一边哭一边交代，说："黄天沙控股岭南玻璃，打乱了管理层的 MBO 计划，他们都是跟着我超过 10 年的兄弟，可黄天沙否决了 MBO 方案，我们怀恨在心，创办了珠江玻璃，南方玻璃进行了投资，计划将核心技术和市场转移到珠江玻璃……"

记者们一边记录，一边摇头叹息。

汪弘毅看到吴岐庸痛哭流涕的交代画面，面色铁青。乔志远通过人脸识别进入他的办公室，看到画面上的吴岐庸，说："吴岐庸案是一部活教材，做人没有底线就跟同魔鬼做交易一样，一旦迈出第一步，就无法回头，直到魔鬼把你摧毁。"乔志远冷冷的脸上流露出鄙夷的神情，指着电视屏幕说，"你让 IT 部门将吴岐庸悔罪的直播拷贝一份，我们在全公司召开中层以上干部会议，吴岐庸是一个警钟。"

黄天沙看着电视上吴岐庸痛哭流涕的样子，立即连通了岭南玻璃的现场电话。黄天沙在视频中说："岭南玻璃的同事们，吴岐庸不代表岭南玻璃，他走到今天这一步，主要是贪欲在作祟，岭南玻璃的每一个业务线条、产业模块，都是大家共同努力的结果，我们会健全激励措施，不仅仅针对高管，我们要让每一位优秀员工都能够享受到公司发展的红利。"

现场再次响起了掌声，王曦若公开承诺："相信岭南玻璃很快就会走出吴岐庸的阴影，我们会推行新的技术，按照计划有序地夺回我们的市场。我们在持股计划中，除了对管理层，还对各个业务部门，包括生产线的员工，制定了考评标准，就算是一线的普通员工，只要在工作中足够优秀，我们都会把他纳入激励计划之中。你们是公司发展的核心，没有你们的努力我们无法前进，不能跟你们分享发展红利，那我们管理层就真的成了掠夺成性的野蛮人了。"

视频电话结束，黄天沙单独给王曦若打了个电话，说："王总，我们自损八百那就一定要伤敌一千。"王曦若想了想，说："程春明的弟弟程春阳买入盘古 H 股，现在乔志远、汪弘毅他们最担心的就是程春明的反击。他们利用

第二十二章
对垒战

吴岐庸大做文章，我们同样可以用吴岐庸声东击西，将吴岐庸的贪腐之火引向盘古武汉、上海贪腐窝案，将野蛮人扭转为清道夫。"

黄国胜反复观看了吴岐庸的认罪直播后，立即给杜天刚打电话："到我办公室来一趟。"

杜天刚放下电话直奔黄国胜办公室，还没有坐下，黄国胜就指示："马上跟黄天沙联系，商议改组董事会，征询龙腾集团的意见，他们可以推荐董事以及监事。"杜天刚在笔记本上不停地记录着，黄国胜冷着脸，在办公桌前来回走了两圈，接着说："现在报纸上把黄天沙塑造成上市公司的清道夫，我们就抓住这个机会。你告诉黄天沙，我们要先出一个对董事会以及上海腐败窝案的谴责声明。"

盘古北京区域总部，肖天正在泡茶，电话响个不停，一接起，王刚就在电话那头愤愤不平："兄弟，汪弘毅这是要搞死你的节奏啊，你还留在盘古干啥？"肖天一脸发蒙，赶紧抓起桌子上的报纸看了看，"啪"的一下将茶杯摔到地板上，牙缝里挤出一句话："借刀杀人这一招玩得高啊。"王刚火上浇油："现在程春明的弟弟在香港买股票，汪弘毅是担心他报复，要借着吴岐庸把他接班人的不确定性变成确定性。"肖天很是意外，问："程春阳是程春明的弟弟？"

王刚一声长叹，说："兄弟，你呀，程春明的大伯没有子嗣，程春阳生下来几个月后就过继给他远在广东的大伯了，所以查户口查不出来的，程春阳要为哥哥报仇，背后有势力在推波助澜，汪弘毅肯定意识到了。"王刚听到肖天在电话里摔杯子，提醒说："老兄，杨子欣在你身边潜伏了多年，杨鸣鹤就算不是汪弘毅的野种，杨子欣跟汪弘毅也绝对不干净。"王刚的话让肖天想起狼烟论坛上的龙湖项目阴宅、桂玉梅的绯闻照片，他冷冷地说："乔志远也是个可怜虫。"

清道夫？杜天刚看到报道时，在心里冷笑，现在最难受的恐怕是盘古的管理层，他们跟黄国胜一样，想借吴岐庸的刀杀黄天沙，没想到被黄天沙翻盘成了打击腐败的清道夫。黄国胜没有利用成吴岐庸，看来又要出招，如果真的按照黄国胜的指令办，那么黄天沙在吴岐庸案上挽回的声誉将重归于零。杜天刚故意问:"如果黄天沙不建议重新改组董事会呢?"

黄国胜盯着杜天刚,非常肯定地说:"不可能!"

杜天刚很纳闷地说:"黄天沙不是将乔志远当旗帜吗?"

屋子里氛围有点尴尬,黄国胜大手一挥,说:"今非昔比了,黄天沙说将乔志远当旗帜是第一次举牌时,当乔志远公开说黄天沙信用不够之后,黄天沙的持股比例越来越高,他现在想要的不是乔志远这一面旗帜,而是资本家的尊严和话语权。"

"董事会不只是一两个人的问题,而是盘古的核心,吴岐庸的问题现在引火到了盘古武汉、上海的腐败窝案,我们提出改组盘古董事会,换掉乔志远和汪弘毅他们,管理层、员工、客户,以及盘古的中小股民都会惶恐不安。"杜天刚摇了摇头,很忧虑地说,"盘古是A股的标杆企业,乔志远是企业界的领袖级人物,远远超越吴岐庸的江湖地位,如果乔志远、汪弘毅、肖天都被驱逐,我们就真的成了黄天沙的挡箭牌。"

黄国胜站起来,走到杜天刚身边,拍了拍他的肩膀,说:"盘古上海腐败窝案,涉案金额比岭南玻璃高吧?肖天要不要负责?乔志远跟桂玉梅整天绯闻不断,已经严重损害了盘古形象。桂玉梅的鸟巢千万赞助费,汪弘毅未经任何管理层讨论就支付了,典型的为了接班人的位置牺牲盘古的公共利益。"黄国胜非常有信心,右手在空中指指点点,说,"现在黄天沙是以捍卫股东权益的清道夫角色将吴岐庸送进监狱的,如果黄天沙以捍卫盘古股东、客户甚至社会利益的形象走到改组盘古董事会的前台,我们当一回挡箭牌又何妨?"

窗外雾霾弥漫,长安街上的车辆都打着夜行灯,不断有人在按喇叭,此起彼伏的喇叭声震耳欲聋。黄国胜吩咐完,站在窗前,再也看不到远处的西山。杜天刚一言不发地回到自己的办公室,立即给黄天沙打电话:"黄总,远大集团会发布一个反对董事会决议的正式通告,同时谴责盘古上海区域发生的腐败窝案,提议改组董事会,黄国胜的意见是龙腾集团可以推举董事跟监事。"

"黄国胜真是把我当傻瓜啊,用心何其狠毒!为了把我赶出盘古,宁愿当挡箭牌,真是脸都不要了。"黄天沙恨恨地说,"现在盘古第一大股东是我黄天沙,不是他黄国胜。现在改组董事会,粤海重组就会失败,目前这股市没有利空都跌，重组失败这样的超级利空一出来，要是我真把乔志远、汪弘毅他们赶出去了，他们手上的筹码还不玩命地砸盘，我后续吃进的筹码一爆仓，多米诺骨牌一倒，覆巢之下，焉有完卵？"

杜天刚听黄天沙这么说，问："你有什么打算？"

黄天沙一本正经地说："既然黄国胜想玩，兄弟我只能送佛送到西了。"

南海市中级人民法院经济庭。原告和被告席上空空荡荡，审判长站起来宣布正式开庭，席位上只有两位代理律师站起来。审判长很严肃地问："原告代理律师，你代理的原告为什么没有到场？"

原告代理律师麻秋风穿着律师袍，言简意赅地说："回审判长的话，我的委托人在澳洲出差。"

审判长再问："被告代理律师，盘古的法人代表为什么没有到场？"

被告代理律师是汪弘毅专门从香港请来的国际金牌大律师章丘佟。章丘佟一头花白的头发，看上去一副学者风范，完全没有港式口音，而是操着一口标准的普通话。章丘佟镇静自若地说："回审判长的话，盘古法人代表乔志远先生在外地出差，没有及时赶回来，所以委托我代为辩护。在开庭之前，我的委托人让我向法庭提交一份申请。"

审判长说："呈上来。"

审判长神情凝重，一边看一边问被告代理律师："被告代理律师，这么重大的申请为什么不提前向法庭提交？"审判长吩咐书记员："将被告代理律师提交的申请给原告代理律师过目。"

麻秋风一听审判长这么问话，很是好奇，被告方到底提交了什么东西，连审判长都觉得重大？章丘佟将盘古的申请递给书记员，书记员再递给麻秋风。麻秋风皱着眉头，乔志远果然不按常理出牌，在庭前交换证据期间，盘古管理层提交的证据极其有限，麻秋风难以判断章丘佟的辩护思路，猜测他一定会在法庭上剑走偏锋。没想到，一开庭就出招了。

麻秋风看到盘古的申请，眼珠子都快掉出来了。看完他将申请递交给书记员，以备法庭存档。审判长问章丘佟："你们提交申请的依据是什么？"

开庭前一个小时左右,章丘佟跟汪弘毅共进早餐。章丘佟最后一次征询汪弘毅的意见,表示想在关键时刻把申请扔出来,打乱麻秋风的辩护思路,汪弘毅坚持要第一时间抛出,不给麻秋风纠缠的机会。

章丘佟在法庭上一贯是口若悬河,他扫了一眼脸色阴沉的麻秋风,对着审判长回话说:"被告提请法庭支持,申请原告提供12亿元的诉讼担保,因为原告要求撤销粤海集团重组盘古的董事会决议,涉及资产交易总额456亿元人民币,对申请人及广大股东的影响极其重大。现由于被申请人提起的本案诉讼,导致本次交易轻则停滞不前,重则彻底无法实施,将给申请人和广大投资者的利益造成重大损失。"

麻秋风举手示意要发话。审判长示意他发表意见。麻秋风反驳说:"原告白毅只是一个普通的投资者,姑且不论担保金额原告是否有能力提供,作为盘古股东提起法院确认董事会决议无效诉讼期间,并没有同时要求停止执行董事会这个决议。如果原告提出停止执行的请求,被告方才可以要求法院责令原告提供担保。现在,我的当事人并没有要求停止这个决议执行,对公司并不会造成损害,所以就没有提供担保的必要。"

汪弘毅相信章丘佟的缜密逻辑一定能在法庭上战胜麻秋风的犀利。章丘佟冷静地说:"原告所持盘古股份仅有1000股,本次交易失败对其影响微乎其微,原告以极低的持股比例动摇金额极高的交易,被告有理由相信原告有滥用诉权、恶意阻止公司重大经营决策,牟取不当利益的嫌疑,为平衡诉讼给双方造成的严重不对等的成本和风险,维护被告及广大投资者的合法权益,盘古特依据《中华人民共和国公司法》第二十二条第三款,请求法院裁定被申请人提供相应担保。"

法庭没有进入辩护阶段已经是唇枪舌剑。麻秋风从未跟章丘佟在一个法庭上相遇过,对章丘佟的辩护路数一无所知,他继续反驳说:"原告根本不存在滥用诉权的问题。从权利上,原告只是作为权利主体的股东,在行使《中华人民共和国公司法》赋予投资者维护其合法权益与参与公司治理的职责;从事实上,涉案的粤海集团重组盘古方案仅是董事会的表决,最终只有股东大会决议通过后方可实施,目前只是一项或有交易方案而已。"

第二十二章
对垒战

　　章丘佟回击说:"一场恶意诉讼就可能会让预案失败。"

　　汪弘毅就是要将白毅的控告一开庭就被扣上恶意诉讼的帽子。麻秋风洞若观火,说:"关于董事会决议的通过,会上大股东远大集团投否决票于先,质疑表决应计人数、决议通过比例与表决结果的合法性于中,大股东龙腾系企业、广大中小股东与社会舆论问责之声于后,但一直在公司纠纷与交易所监管层面上运行,僵局至今未解,现原告主张依法进行司法审查,这是完全正当之诉讼目的,何谈滥用诉权?何来恶意阻止?"

　　开庭之前,审判长对麻秋风、章丘佟两位律师进行了深入了解,作为内地和香港的金牌律师,两位都有着辉煌的辩护经历。看两位律师唇枪舌剑、你来我往,审判长皱着眉头,开庭刚一开始就火星四溅,如果任由他们纠缠,一上午都很难开完庭。审判长敲了敲法槌,示意两人暂停,问:"被告代理律师,被告提出巨额担保的依据是什么?"

　　白毅起诉后,汪弘毅就组织律师进行了研究,担心一旦陷入麻秋风的法理纠缠之中,诉讼的时间就难以控制,快刀斩乱麻的最好策略就是用担保金直接吓退白毅。章丘佟侃侃而谈:"盘古同粤海集团的交易涉及金额达456亿元,未来预期收益将十分可观,而盘古为达成交易已经支付了相当金额的法律、财务费用。受本案诉讼影响,本次交易已很难正常推进,并可能最终无法顺利实施,届时不仅盘古预期收益落空,为交易支出的成本费用也将彻底损失。"

　　审判长问:"12亿元的担保申请是怎么来的?"

　　章丘佟看着笔记本上的一串数字,回答:"截至目前,盘古因本次诉讼遭受的损失以及相关损失如下:盘古为本次交易支出的财务顾问费、审计费和资产评估费约为3000万元;为本次交易聘请香港和内地律师而支付的律师费约为850万元。同时,盘古在本次交易中的预期收益可分两部分,一部分是后期开发,预期结算收益为314.9亿元。"

　　麻秋风举手示意要发表意见,经过审判长同意后,麻秋风反驳说:"第一,迄今为止,被告盘古没有详细披露交易细节,谈不上预期收益问题。第二,被告虽公布过董事会决议的或有交易方案金额达456亿元,但被告声称,为该项交易支付了财务顾问费、审计费、资产评估费和律师费约3850万元,然而后面这些却从未公布过，此是否为信息披露上的重大遗漏？"

审判长望着章丘佟，麻秋风脸上露出得意的神色。章丘佟回应："财务顾问费、审计费用、资产评估费和律师费都包含在整个交易费用之中，在交易项目没有进入股东大会审议阶段之前，不需要进行分列公告。按照《上市公司信息披露管理办法》，3850万元的费用金额占比不到盘古净资产的1%，不属于重大的披露事项，不需要在非财报公布期进行公告。"

麻秋风轻蔑地问："3850万元的费用就要原告提供12亿元的担保？"

章丘佟早就预料到麻秋风会问这个问题，解释说："除被告已经支付的费用，12亿元担保还包括预期收益的损失。按照上市公司9%的平均收益率核算，该笔交易未来收益核算现值保守估计为280亿元，盘古的损失约为6.09亿元，我们查明，白毅的1000股是两个账户，每个账户500股，两个账户合计担保12亿元。若本次交易因本案诉讼而最终无法实施，盘古的损失则为前述预期收益的现值，即280亿元。"

麻秋风立即反驳说："被告认为本案的诉讼有可能使金额高达465亿元、中介费用3850万元、预期收益现值280亿元的交易轻则停滞不前、重则彻底无法实施，又向法院申请了巨额诉讼担保金，显然，本案已被被告认定为《中华人民共和国证券法》第六十七条第十款规定的应予信息披露的重大事件，但明知重大却一直不予披露，在此，被告是否有重大遗漏之嫌？"

麻秋风是全国闻名的大律师，辩护经常出人意料，现在章丘佟提出了12亿元保证金，麻秋风不就保证金的合理性进行辩护，反而纠缠信息披露，简直就是驴唇不对马嘴。章丘佟听到麻秋风的话，知道他不只是在给自己设陷阱，还给盘古管理层埋了地雷。章丘佟心里咯噔一下，一旦自己当庭承认信息披露的问题，监管部门便会介入，盘古将因为信息披露问题而无法增发新股，那么粤海集团的定向增发方案就难以实现了。

章丘佟反驳说："原告提出撤销董事会决议，被告已经按照信息披露程序进行了披露，诉讼担保申请是今天法庭上现场提出的，之后自然会向公众按照程序进行公告，不存在遗漏信息披露之嫌。"

麻秋风立即追问："诉讼担保制度是为了防止诉权的滥用，同样应当反对

第二十二章
对垒战

借防止滥用诉权为名、设置高门槛抑制股东作为权利主体依法参与公司治理的行为。日本、韩国商法上直接规定,明知无撤销事由而提起诉讼的为恶意诉讼,被告这项交易方案已到不可撤销的状态了吗?现在提出的追加12亿元保证金之请,是否属于滥用诉权?相信法庭会给出一个公正的判决。"

审判长问:"双方就保证金,还有陈述吗?"

麻秋风慷慨激昂地说:"原告一直看好盘古的发展,才买入并持有股票,作为小股东,自然在盘古的重大事项中没有发言权,但是这并不意味着小股东就放弃了自己主张权益的权利。被告的交易方案不能实施,根本不是原告诉讼引起的,而在于被告自身。如果盘古的管理层进一步表示出藐视小股东权益的行为,一旦触犯到信息披露和股东权益维护这样的底线,小股民只有拿起法律来捍卫自己的权益。"

章丘佟不想纠缠信息披露的问题,示意不再发表意见。审判长就12亿元保证金问题说:"作为公司股东,无论大小都应该有监督上市公司经营层的义务,所以中小股东通过诉讼来维护自身权益无可厚非。盘古如果单纯考虑这个方案可能会导致公司巨额损失的话,当初盘古在制订、商谈这个方案的时候或者是制订相关赔偿机制的时候,是不是已经考虑到了这个方案对于所有的股东都是公平、公开而且公正的?"

法庭上,无论是麻秋风还是章丘佟,都在静静地聆听审判长的发言,书记员在噼里啪啦地打字记录。审判长扫了一眼两位律师,继续说:"若以后凡是出现中小股东要求撤销董事会或股东大会决议的诉讼,上市公司均要求中小股东提供巨额担保金,与项目涉及的金额呈正相关。如此一来,中小股东将彻底失去话语权,这不是法律所倡导的公平、公正原则。法庭不予支持被告提出的保证金申请,对申请予以驳回。原告诉讼请求择日开庭再审。"

黄天沙一直守候在电话旁,终于,电话嘀嘀响了起来。

对方声音很低沉,说:"黄总,小卒子已经过河。"

电话里能听到呼呼风吹的声音,黄天沙迫不及待地问:"法庭上什么情况?"

对方汇报说:"汪弘毅他们从香港找了代理律师,制订了一个先发制人的策略，当庭向法庭提出，让白毅提交12亿元的诉讼保证金。"

黄天沙一听就火了："这是赤裸裸的诉讼恐吓啊，最后结果咋样？"

对方汇报说："我们的代理律师麻秋风在法庭上表现非常出色，滔滔雄辩一番，最终审判长驳回了盘古的诉讼保证金申请。"

黄天沙一听，很开心地说："麻秋风不愧是大律师，干得漂亮。"黄天沙一番表扬之后，话锋一转说："不过，我们今天打乱了盘古滥用诉权的策略，在接下来的开庭中他们肯定还有其他招。而黄国胜现在最想干的一件事就是让我出头提出改组盘古董事会，一旦我们出头，那么吴岐庸案就白费了。有没有持有盘古股票的远大集团下属公司员工？"

对方沉默了一下，说："我得找找。"

挂断电话，黄天沙给王曦若电话："王总，到我办公室来一下。"

王曦若最近忙得焦头烂额，除了君安保险和龙腾集团的投资业务，整个岭南玻璃一直动荡不安，所有的市场、客户都要进行重构。接到黄天沙电话之时，王曦若刚在龙腾大厦会议室会见完岭南玻璃珠江三角洲的各个区域经销商。

黄天沙在办公室来回走动，王曦若刚一进办公室，黄天沙就心急火燎地问："君安保险的一年期产品，有多大规模年内到期？"王曦若感觉黄天沙有点心神不宁，从自己加盟到现在，从未见过黄天沙有如此不安的时候，便问："什么意思？"黄天沙很忧虑地说："盘古独立董事朱颐民一直在呼吁对保险、理财资金进行穿透式监管，最近有北京来的人在南海秘密调查我们的资金链，现在需要弄清楚到底谁是监管的前哨，就怕是我们的敌人。"

王曦若明白黄天沙的担心，说："保险、理财产品持有人跟金融机构是委托关系，如果都穿透，金融机构就没法开门了。"黄天沙很急切地问："在保险公司股东资金方面，会不会穿透到保险资金本身？"王曦若想了想，说："君安保险的一年期产品，年内到期的有120亿元，其中有60亿元进入龙珠基金，龙珠基金里面还有银行、私募等资金，钱在一个锅里，怎么穿透？"

LED显示屏上呈现出龙珠基金复杂的流程图，黄天沙看了看图表说："白毅状告盘古董事会的案子今天开庭，汪弘毅他们一上来就抛出个12亿元保证金申请，想用巨额保证金吓退白毅，加快粤海集团的重组，审判长当庭驳回了。

汪弘毅他们肯定会以重组为由长时间停牌，金融机构会根据停牌时间来计提风险，一旦银行和证券公司计提盘古A股风险，那么开盘后很容易暴跌。"

王曦若点点头，说："君安保险的资金池我会进行重新配置，在穿透式监管还没有正式推行之前，争取发行两期新的三年期产品来替换一下资金池的资金。但如果监管部门勒令龙珠基金中的保险资金退出，潮汕基金中的二期基金可以进行充实。如果汪弘毅他们通过释放利空消息，做空股价，一旦出现暴跌，最危险的就是跟西北基金做的配资。"

黄天沙急切地问："有预备方案吗？"

王曦若很自信地说："西北基金的资金有一部分是从远东证券那里抵押融来的，虽然是停牌前买入的，相对最早的筹码，成本会高出很多。我已经安排，将盘古管理层资产管理持股计划资产包置换出来，替换成西北基金在远东证券的融资抵押物，一旦盘古股价暴跌，西北基金的持股爆仓，要平仓也是先砍乔志远和汪弘毅他们的脑袋。"

南海市迎来20年来最冷的一天，气温下降到五度，八级大风席卷着大街小巷。汪弘毅站在窗前，望着街上被吹得东倒西歪的行人，心中无限地感慨，自己第一次到南海时，这里到处都是机器的轰鸣声，推土机是这个城市最常见的风景线。现在的南海市已经成了中国最富庶的城市之一，是改革开放的桥头堡，东方的金融大都市，而唯一不变的就是行色匆匆的人们。

冲泡了一杯蓝山咖啡后，汪弘毅翻阅了当天的报纸，报纸上千篇一律都是在谴责吴岐庸监守自盗，黄天沙俨然成了上市公司利益的捍卫者、清道夫。汪弘毅将报纸丢在一旁，埋头不断地在纸上画着关系图，用笔在南海龙渊地产的股权结构上将龙腾投资和远大地产圈了起来，又在旁边的元凌资本上画了一个圈，然后问站在对面的邵南子："这个元凌资本什么来路？"

龙渊地产是天眼系统追踪到的一个项目，汪弘毅想找到远大集团跟龙腾集团是一致行动人的关键证据。邵南子摇摇头："我查了很久，元凌资本是两个香港人成立的，资金追溯到开曼群岛，线索就断了，我们的天眼反潜系统对国内数据追踪很敏感，但对国外的数据无法追踪。"

汪弘毅用笔在元凌资本上点了点，说："龙渊地产是一个项目公司，远大地产负责拿地，龙腾投资跟这个元凌资本负责出钱，三方合作开发，可在龙渊地产的董事会和监事会中，居然没有元凌资本的人。"汪弘毅不断在这三个公司名字上画圈圈，突然眼前一亮，"这个元凌的元应该是远大的"远"的谐音，那么凌又代表什么呢？"

一直沉闷的房间，随着汪弘毅的眉宇舒展而变得有生气。邵南子琢磨了一下，小心翼翼地说："如果元字是远大的谐音，那么那个凌字会不会跟香港的什么机构相关？"邵南子抓起桌子上的另一支笔，在股权结构上画了三个圈，说，"龙渊地产如果只是一个连接点，而那个凌字背后有一个神秘的香港机构，意味着黄天沙、黄国胜他们早就跟香港机构暗结珠胎。"

汪弘毅合上文件，问："逐鹿资本有没有什么新的进展？"

逐鹿资本的举牌令汪弘毅如芒在背，如果程春阳真是程春明的兄弟，那他勾结香港财团来复仇，会令盘古局势更加错综复杂。邵南子一直在追踪逐鹿资本，汇报说："逐鹿资本的账户开立在曼陀银行，除了有来自维京群岛的资金，同时曼陀银行给了程春阳10亿港元的贷款。"汪弘毅插话问："你说的是欧洲的曼陀银行？"邵南子非常肯定地说："是的，是滚石银行在香港的老对手，他们的大中华区首席执行官叫皮特。"

汪弘毅在笔记本上不停地记录着，示意邵南子继续。邵南子谨慎地介绍："程春阳出任慈善基金董事，这个慈善基金是赌王三姨太发起成立的，程春阳能谋得董事席位，都是陈佳慧一手安排的，而陈佳慧出任董事的多家公司跟香港的炳叔有关系，其中一家珠宝集团炳叔有直接的投资，还派出他的得力助手担任珠宝集团副总裁，分管财务。"

汪弘毅一愣，问："你是说香港九龙集团郑嘉炳？"

邵南子很肯定地说："是的，郑嘉炳有一个爱好。"

爱好是逃避现实的一种手段，任何一个人，只要他的爱好遭到破坏，那些不堪正视的痛苦就会像魔鬼一样侵蚀着他，让他的灵魂无法安宁。有明显爱好的人，现实中再强大，只要从爱好下手，就能让他的光荣与梦想灰飞烟灭。汪弘毅的内心开始激荡，如果盘古的股权之争背后是炳叔在兴风作浪，只要击溃

第二十二章

对垒战

炳叔就能天下太平。汪弘毅问："什么爱好？"

邵南子似笑非笑地说："说出来你可能都不相信，锄大地，有点类似内地的纸牌游戏"升级"。听说炳叔对锄大地游戏乐此不疲，常常是通宵达旦，有时一圈牌打好几个小时。"汪弘毅一言不发盯着邵南子，邵南子只好继续说："跟炳叔玩锄大地游戏的都是香港的名商巨贾，他们有一个私人秘密组织大地会。"

汪弘毅内心一紧，问："大地会是个什么组织？"

邵南子盯着一脸好奇的汪弘毅，绘声绘色地说："大地会在香港是一个相当神秘的组织，在商界比共济会、骷髅会还有名，听说这个组织有八个发起人，非富即贵，到现在整个组织只有十八个成员，要想加入这个组织，必须八个发起人全票通过才可以，只要加入这个组织的成员，都有一枚'玲珑令'，在万分危急的时候可以发出它，八个发起人就会从四面八方赶来相救。"

整个屋子里弥漫着一股神秘的氛围，汪弘毅越听越觉得邪乎，总觉得哪里不对劲，示意邵南子说："你等等，你刚才说加入这个组织的每个人都有一枚什么令来着？"

邵南子说："玲珑令。"

汪弘毅在屋子里走了两圈，恍然大悟，说："元凌资本的钱应该跟这个大地会有关系。"

邵南子茅塞顿开，自言自语道："怪不得在追查程春阳的过程中，不断浮现出跟炳叔有关的信息，可每一次信息总是一到关键点就断了。"邵南子一边滑动可视系统数据，一边推理说："逐鹿资本看来只是一枚棋子，香港财团是想以程春阳复仇的所谓正义的幌子，介入盘古的股权之争。"

汪弘毅点点头，说："棋子也好，幌子也罢，我们岂容他们在盘古胡作非为？你把程春阳跟龙渊地产的材料再系统性地整理一下，尽可能多地将炳叔与内地大佬们的信息进行大数据整理。"汪弘毅松了松脖子上的领带，长舒一口气，叮嘱邵南子说："一定要把数据梳理得逻辑清晰，充分扎实。销售的时候，数据里面有天使，竞争的时候，数据里面就会藏着魔鬼。"

邵南子离开办公室，汪弘毅立即给杨子欣打电话："子欣，来我办公室一趟。"

肖天调任北京后，杨子欣就被汪弘毅调回南海市总部了。经过人脸识别，

底牌（下）

杨子欣敲开了汪弘毅的办公室门。进门的那一刻，杨子欣有一种想冲上去拥抱他的冲动，这是她无数次幻想的场景，可她看到的却是汪弘毅在埋头勾勒着各种关系图，看见自己进来他也只是抬了抬眼皮子，示意她在对面坐下。杨子欣很失望地问："汪总，有什么吩咐？"

汪弘毅听出杨子欣的不高兴，这才意识到怠慢了她，开玩笑说："在杨大小姐面前，哪敢吩咐啊。"杨子欣噘着嘴说："你整天除了工作，除了你的接班人位置，你心里还有谁？"汪弘毅冲着杨子欣扮了一个鬼脸："工作是做出来的，位置是拼出来的，但爱是要放在心里的。"杨子欣莞尔一笑："地产耽误了你当言情小说作家，你叫我来就是为了说甜言蜜语？"

汪弘毅将一沓资料递给杨子欣，说："你推荐的这个邵南子还真是个人才，总能在关键时刻追踪到最重要的证据，你看这个，龙渊地产项目是远大地产和龙腾投资联合开发的项目，这就是远大集团和龙腾集团一致行动人的证据。"杨子欣翻了翻，说："他们2013年就开始谈判合作，2015年年底才正式开始合作，那个时候龙腾集团不是已经开始不断买入我们盘古股票了吗？"

汪弘毅指着文件，说："你再往下看。"

杨子欣瞪大眼睛："龙腾投资20%的股权质押给远大地产？"

汪弘毅脸上的笑容消失了，很严肃地说："问题的关键就在这里。"

资料上除了龙腾投资，元凌资本也引起了杨子欣的注意。天生对数字敏感的杨子欣说："股权质押意味着龙腾投资投进去的钱，又通过质押套现出来，只要资金链没有出现问题，黄天沙就对龙渊地产拥有20%的权益，这简直就是空手套白狼啊，那么质押套现的钱会不会已经买入盘古股权了呢？还有这个元凌资本，背后到底是谁？"

汪弘毅微微一笑，说："黄天沙一边夺取远大集团在盘古的控制权，一边从远大集团旗下的上市公司套取资金。你看看那些项目的照片，大门紧闭，院子里都长草了，很显然龙腾投资的钱已经挪作他用。"杨子欣频频点头，汪弘毅把文件在空中扬了扬，说："黄天沙一个卖菜的，突然用几百亿来举牌盘古？你说的这个元凌资本很古怪，既然它的狐狸尾巴已经露出来了，在抓住狐狸之前，不要打草惊蛇。在1000股的小股东案再次开庭之前，把这个放出去。"

第二十三章
潜龙杀

万山凋敝鹍不鸣，九重寒彻黯无华。长城内外，燕山莽莽，皑皑白雪覆盖着整个北京城，一切的尘埃已被银妆玉砌，这是北京城在这个寒冬的第二场大雪。望着窗外鹅毛般的大雪，黄国胜久久无语。看了看手表，再看了看办公桌上的台历，黄国胜冷冷的脸上浮现出笑容。

杜天刚站在办公桌前，提醒说："黄总，汪弘毅出招了。"

"杜总，今天是二十四节气中的大雪，你看看，真是坐看青竹变琼枝，瑞雪兆丰年，好兆头啊。"黄国胜见杜天刚表情很严肃，呵呵一笑，拎着报纸，说："都是小儿科的把戏，没什么大不了的，之前就预料到他们会拿远大地产做文章，这已经不是第一次了，乔志远跟黄天沙他们都是一丘之貉，把远大地产当作摆弄的棋子，只是委屈了唐国强啊，从头至尾一分钱的好处都没有得到，两帮人想搞事的时候就被拎出来。"

杜天刚很担心，说："汪弘毅抓住龙渊地产不放，担心里面有'尾巴'。"

"'尾巴'？有'尾巴'的话，汪弘毅早就扔出来了！"黄国胜嗤之以鼻，嘲讽说："之前法律专家建议我们通过司法诉讼来取消粤海重组的董事会决议，没想到黄天沙找了个小股东打头阵,省得我们出面。汪弘毅出了一招,要小股东提供12亿的保证金,法院没有支持,现在又抬出龙渊地产项目,就是想证明远大跟黄天沙有关联关系,是一致行动人,幼稚!"

杜天刚很谨慎地提醒说:"龙渊地产有个股东,我们应该去查查。"

黄国胜若无其事地说:"一个项目公司,需要兴师动众地去查啥?"

杜天刚听黄国胜这么一说,试探性地问:"他们步步为营,那我们就改组董事会。"

黄国胜大手一挥,说:"别急,先暂停之前董事会改组的计划,坐山观虎斗,免得遭千夫所指,万人唾骂。再等等小股东的官司,黄天沙都放出了诱饵,我们就不要急着当恶人,他诉讼的真正目的是要通过司法认定刘一飞的独立董事资格有问题。一旦法庭支持了小股东的诉求,那么盘古董事会位置空悬,改组就顺理成章了。"

南海市中级人民法院经济庭,审判长看着依旧空荡荡的原告席和被告席,一脸苦笑。

审判长宣布白毅诉讼盘古董事会决议案第二次开庭。麻秋风率先发言,说:"董事会审议粤海重组方案,独立董事刘一飞以存在关联关系为由,申请回避表决,而盘古在知悉独立董事刘一飞疑似存在关联关系的情况下,既不安排公司董事专项审议其申明,又不及时予以信息披露,也不推迟对预案的表决,而是放任其回避表决,构成了对中小股东合法权益的侵犯。"

章丘佟马上反驳说:"决议项目中,刘一飞不是关联董事。是不是关联董事要证监会、交易所、上市公司认定,因为上市公司没有认定,所以表决的项目与刘一飞不构成关联关系。刘一飞是因为道琼斯资本的项目跟粤海项目在商业上具有一定的相关性,可能会存在一定的商业冲突,进而影响到其独立性,他才在咨询自己的律师后主动提起回避。"

麻秋风听完被告代理律师的反驳,脸上露出笑容,说:"在盘古的董事会电话连线中,刘一飞说道琼斯资本正跟盘古洽谈一笔交易,涉及关联关系,申请回避董事会的表决。当然,回避本身不能由刘一飞自己决定,回避跟弃权最本质的区别是，弃权是自主行为，而回避应该依照章程规定由监管机构或者董事会作出认定。"

章丘佟辩护说："刘一飞先生任职的道琼斯资本正在与盘古洽购项目，盘古拟收购道琼斯资本控制的大型商业地产平台公司，涉案董事会审议的发行股份购买资产主要涉及盘古在未来商业地产领域的转型，两个项目之间存在密切的商业关联。当天的董事会上，刘一飞提出回避时，没有任何董事反对，意味着董事们都默认了他的回避。"

麻秋风非常自信地反对说："事实上，刘一飞任职的道琼斯资本此前已与盘古、远大集团进行过多笔交易，根据《南海证券交易所股票上市规则》的规定，刘一飞在盘古董事会的身份应当定位为关联董事，不再具有独立董事资格，在审议粤海重组案前，刘一飞应该提出的是书面辞职报告，而不是回避申请，由此导致董事会召集程序、表决方式出现严重瑕疵。"

章丘佟毫不示弱，反驳说："刘一飞董事作出回避申请，是基于独立的商业判断，其具有独立董事资格，当日的董事会决议不存在任何程序瑕疵，也不存在《中华人民共和国公司法》规定的撤销董事资格的情形。涉案董事会审议的粤海重组案是否通过，可能影响道琼斯资本商业收购项目的通过，进而对刘一飞的独立商业判断造成影响，因此其符合董事回避的条件。"

审判长听完原告和被告双方代理律师的辩护后，跟合议庭进行了耳语，随后宣布休庭，择日再开庭审理。台下坐着龙腾集团、盘古集团、远大集团、粤海集团的代表以及南海市国资委的官员，大家面面相觑，以为会如同之前的12亿保证金审理一样当天宣判，没想到却休庭了。大家一边走，一边不断地讨论着案件的结局。盘古的稽核部总经理蒙毅走出法院时一脸严肃，给汪弘毅打电话汇报说："小股东的诉讼醉翁之意不在酒，他们真正的目的是要搞掉刘一飞的董事资格。"

黄天沙一直坐在办公室，等待着庭审结果。

终于等到电话打进来，他听到电话那头说："法庭上，按照我们既定的策略，麻秋风重点在刘一飞的独立董事任职资格问题上展开辩护，被告代理人章丘佟是个老狐狸，对道琼斯资本同远大、盘古的多次交易而形成的关联关系采取回避态度。"

黄天沙非常急切地问:"今天开庭记者到场了吧?"

"开庭前,我跟两家财经报纸的主编吃过饭,他们对白毅的诉讼相当感兴趣。"对方在电话里说无法确认两位主编派的是谁,很谨慎地说:"远大、粤海、龙腾、盘古以及南海市国资委都有人在场,坐在我旁边的两个年轻人,一直在悄悄地进行记录,跟其他人不一样,看样子应该是记者。不过现场没有宣判,接下来的舆论风向很重要。"

黄天沙追问:"上一次安排的事,怎么样了?"

对方脱口而出,说:"上次您吩咐的人已经找到了,是远大集团一家三级公司的经理,此人喜欢在网上出风头,手上拿着盘古股票已经两年了,法律专业出身,在公司担任法务经理,负责处理公司的合同以及小型商业纠纷案。他已经准备好了诉讼材料。"

黄天沙翘起了二郎腿,说:"很好。远大集团已经公开说要在接下来的股东大会上,对粤海集团的重组投反对票。今天小股东诉讼开庭还不够,我们还要给盘古的乔志远、汪弘毅他们再烧一把火,制造盘古可能有第二个吴岐庸的新闻。既然有这么个爱出风头的家伙,还是远大集团下属企业的经理,那就让远大集团自己跳出来给我们当挡箭牌。"

玫瑰街作为南海市最古老的一条街,道路非常狭窄,只能小车单行。汪弘毅和蒙毅将车停放在玫瑰街的尽头,要步行穿过800米的单行道,才能到达玫瑰花园。玫瑰花园是盘古在南海市开发的第一个楼盘,是玫瑰街上唯一现代化的商业住宅。

南海市百年一遇的寒冬里,汪弘毅裹着外套,边走边抱怨:"专家说全球气候在变暖,现在中国南方都开始下雪,路面上都结冰了,这哪里是变暖,明明是变冷嘛。"蒙毅嘲笑说:"现在的不少专家,以多年研究成果为理论,以残害大众为乐趣,专门放马后炮,以显示自己高瞻远瞩,'毁'人不倦。"

玫瑰街上行人稀少,这条狭窄的街道因为两旁高楼林立,快速形成一个巨大的风洞,寒风从街头吹进来,刮在脸上犹如利刃飞过。蒙毅只穿了一件西装,

第二十三章

潜龙杀

双手抱着膀子，好奇地问："汪总，周胜聪作为盘古的元老，怎么住在这么老旧的地方？"

汪弘毅一边走一边介绍："周胜聪进入盘古的时间比我还早，当年乔总在南海市创业，周胜聪是会计，两个人提着蛇皮袋去收钱，对方嘲笑说你是会计不知道开个发票来换支票啊。工农兵学员出身的周胜聪，很多会计知识还是改革开放初期在夜校学的。盘古发展很快，乔总就安排周胜聪到工会工作，算是养老吧。玫瑰花园相当于公司给他的福利房。"

蒙毅很担心，问："周胜聪只是个工会主席，让他出面能有效果？"

汪弘毅回头看了看脸被冻得乌青的蒙毅，说："工会主席这个身份就足够了。"

两人进入玫瑰花园，小区里设施陈旧，楼道里黑乎乎一片，到处都是各种小广告，就连门上都贴满了通下水道的电话。两人爬上三楼的时候，汪弘毅看着蒙毅气喘吁吁的样子，说："平时让你走走路爬爬山，你看你这点儿出息，才爬了三层就上气不接下气。这个楼是南海市最早的一批商业住宅，20多年的老房子了，八楼之下是没有电梯的。"

周胜聪跟老伴儿住在六楼，儿女长大之后就搬出去住了，老伴儿身体不好，两年前中过一次风，导致她半身瘫痪。工会没有什么事时，周胜聪都在家照顾老伴儿，楼上楼下地背着她去晒太阳，在整个小区里，周胜聪都是邻居口中的模范丈夫。龙腾集团不断举牌盘古的事，周胜聪倒是听子女周末回来时闲聊过，只是对黄天沙一点都不了解。

汪弘毅敲门，周胜聪的老伴儿费了半天劲，才将轮椅推到门口打开门。周胜聪到街对面打酱油去了，没想到汪弘毅会突然来到家里。房子的朝向不太好，光线很暗，盘古当年把一批朝向不好的房子以超低价格作为福利，卖给了像周胜聪这样的元老级员工。除了周胜聪，第一批低价买福利房的盘古老人都搬离这里了。

周胜聪的老伴儿很热情地招呼汪弘毅和蒙毅坐，自己费劲地推着轮椅想去给他们倒开水，看到老人如此吃力，蒙毅连忙说："阿姨，我们不渴。"老太太很不好意思地说："不好意思，看这家都不像个样子。你们稍坐喝点热水，老周很快就回来。"老太太还是很倔强地推着轮椅,从冰箱里拿出茶叶,往杯子里倒,可茶叶末浮在水面上就是沉不下去。

10分钟不到,周胜聪拎着酱油回来了。进门看到汪弘毅跟蒙毅,立即上前握手:"汪总,不好意思不好意思,这么冷的天儿,让你们跑一趟,有什么事你们打个电话,吩咐一声,我就去公司。"汪弘毅捧着老太太泡的茶,整个人感觉暖和多了,吹了吹浮在上面的茶末,他微微一笑,说:"老周,确实有个事,得当面跟你说。"

周胜聪心头一热,领导这么重视自己?问道:"什么事?"

汪弘毅瞅了瞅周胜聪的家:"老周,你是盘古的老人,没有你们老一辈的打拼,就没有盘古的今天,你看你住这里20多年了,房子朝向不好,交通也不方便,现在盘古别的啥都没有,唯一有的就是房子,你跟我说一声,干嘛要让自己跟老伴儿这么委屈呢?"

领导一席话,化作春风雨。周胜聪浑身顿感阳光雨露,工会一直都是个冷衙门,领导多年都不去看一眼,现在突然如此热情,关心起自己的生活,周胜聪心头莫名地感动,连连说:"感谢领导关心,这房子是我在盘古工作这么多年买的第一套房子,说起来也算是我这一代人的祖产了,习惯了,挺好的。"

汪弘毅拉着周胜聪长满老茧的手说:"老周,趁我还在盘古,想换房子了就跟我说一声。"

周胜聪很惊讶,问:"汪总咋啦?"

汪弘毅长叹一口气说:"现在,有个菜贩子老板黄天沙大量买进我们的股票,还怂恿一个只有1000股的小股东状告董事会,他们说有一个独立董事不独立。这样一来,黄天沙就可以顺理成章地进行董事会改组,将现在的管理层干掉,由他们自己当家做主。"

"啊?菜贩子?"周胜聪满脸惊讶。汪弘毅补充说:"菜贩子现在已经是龙腾集团的老板了。"周胜聪一听就来气了,说:"盘古是盘古人的盘古,是乔总、汪总你们,跟上万盘古人一起奋斗才有了今天,他一个外来的菜贩子怎么说当家做主就当家做主呢?"

蒙毅在旁边插话:"如果是个正正经经的生意人还好,黄天沙拿着老百姓

第二十三章
潜龙杀

的血汗钱放杠杆，也就是说钱不是他的，是老百姓的，他用老百姓的钱再去借更多的钱，天天买股票，拿到股权了，人家要求同股同权，现在已经是第一大股东了，所以人家想进来当家。"

周胜聪一撇嘴，说："那可不行，远大当大股东十多年，不一直是乔总、汪总在管理公司吗？"

汪弘毅没接过话茬儿，只是不停地吹茶杯上漂浮的茶末。蒙毅一翻白眼儿，说："别提远大了，黄天沙举牌过程中，乔总跟汪总三番五次地请求远大支持，远大就是一毛不拔，好不容易跟粤海集团谈好了重组，远大各种刁难，提出的方案令人哭笑不得，上了董事会就投反对票，还跟黄天沙穿一条裤子来搞管理层，这不，黄天沙就找个小股东来状告董事会了。"

周胜聪扭着脖子，说："那我们也告他们啊。"

汪弘毅笑眯眯地说："老周，今天来找你，就是想让你出面告他们。"

风风雨雨几十年，周胜聪脾气虽然很倔，却从来没有跟任何人发生过激烈冲突，更没有进过法院。他从来没想过，也不想自己有一天走进法院。周胜聪一听汪弘毅的话有点蒙，说："汪总，我怎么告他们呢？"

汪弘毅拍拍周胜聪的肩膀，蒙毅在一旁将一沓早已准备好的材料递给他。汪弘毅很恳切地说："现在工会持有盘古6000多万股，持股比例差不多0.6%，比那个只有1000股的小股东更有资格当原告。工会的持股那可是我们盘古职工的利益，黄天沙他们要野蛮当家，我们通过诉讼程序把野蛮人赶出去，才能真正维护我们所有员工的切身利益。"

周胜聪很为难地说："可我对这个一窍不通啊。"

满屋子都是尴尬，汪弘毅早就预料到这样的情况。蒙毅将准备好的诉讼材料、律师委托书拿出来，说："这个你不用担心，公司已经为你准备了诉讼材料，你告他们在5%以后买入的盘古股票无效就行。只要你用工会主席的身份，以工会持股的名义把官司委托给律师，后面的一切律师会帮你搞定的。"

周胜聪很疑惑，问："股票都是他们拿钱买的，为什么无效呢？"

汪弘毅语重心长地纠正道："老周，钱本身没有干净和污秽之分，关键在于运用的意图。只有无止境的贪欲，才能使钱变肮脏，所以这个世界上，没有肮脏的钱，只有肮脏的欲望。黄天沙不惜把老百姓的血汗保险钱拿来争夺盘古的控制权，一旦出现问题，不仅老百姓的血汗钱血本无归，所有持有盘古股票的人都会跟着黄天沙陪葬。"

旁边的老太太听到汪弘毅的话，身子不由地颤抖了一下。蒙毅看着一脸疑惑的周胜聪，很是着急，说："如果黄天沙的资金链断了，那么盘古的股价就会暴跌，工会持有的6000万股，现在看上去价值12亿，可一旦暴跌，几亿转眼之间就没了，那可是我们盘古所有员工的财富。"周胜聪还是没有整明白，问："黄天沙买的股票怎么就无效了呢？"

汪弘毅耐心地解释说："黄天沙为了控制盘古，不断地将手上的股票进行反复质押，他这么干除了想夺走盘古的控制权，更是要拉上大家陪葬，他买入股票的过程就有不少的问题，准确地说是违法的。我们工会要通过司法诉讼，从源头上掐灭野蛮人提案权、提名权和提议召开股东大会的权利，让他们从盘古的股东中滚蛋。"

山鹰会议室里，王曦若指挥着精算师进行压力测试。

黄天沙推门而入，看到黄天沙来者匆匆，王曦若示意大家暂停手上的工作。黄天沙大手一挥，说："你们继续测试，看看我们最后一批进入的筹码压力多大？"王曦若信心满满地说："我们跟西北基金谈判的平仓线为65%，乔志远他们的管理层持股计划盈利丰厚，作为担保物足以覆盖35%的下跌风险。如果继续下跌，龙珠基金持有的筹码还可以进行二次抵押。"

黄天沙将一份起诉状递给王曦若："汪弘毅黔驴技穷了，把工会搬出来了。"王曦若看了看诉状，很是忧虑地说："汪弘毅他们盯上我们的资金链，跟北京来的那个秘密调查者一样，都是冲着我们的保险资金而来。盘古有一万多名职工，法院会考量社会压力。如果他们抓住资金穿透问题不放，到时候监管部门会随着盘古工会的起诉而关注我们的资金穿透问题。"

黄天沙狡黠地一笑，说："人家怕是要一锅端。"

诉讼已经成了双方的防御型策略，王曦若担心汪弘毅他们剑走偏锋，说："天下熙熙皆为利来，名利背后是控制，无论是乔志远贪恋董事长的位置，还是汪弘毅向往董事长的位置，他们都是想将股东们的盘古控制在自己手上，诉讼只是他们贪恋控制权的手段，除了在规则、潜规则范围之内阻止我们，还想通过捅破遮蔽大众视线的隐规则来达到他们的目的。"

黄天沙呵呵一笑，说："乔志远把自己塑造成现代商业文明的圣人，老百姓支持的已经不是乔志远个人，而是乔志远塑造的商业精神，凡是挑战乔志远的人，都是现代商业灵魂的亵渎者。其实，人们心里压根儿就不懂什么商业文明，他们向往的是名利背后的控制权。绝大多数人都被欲望催眠，浑浑噩噩，我掏钱获得控股权，竟然被谴责为野蛮人，无视商业契约的他们只是乌合之众，他们才是真正的商业文明的亵渎者。相信法律会还我们公正。"

南海市中级人民法院经济庭，主审法官翻阅着盘古工会的起诉状，脸上浮现出微笑，对代理律师章丘佟说："你们确定工会要成为诉讼的主体？"章丘佟皱着眉头，想了想说："盘古的工会代表着上万名员工的利益，我们希望通过诉讼将商事争议及时、公正地解决，使当事人权益得到有效保护，促进市场秩序真正的建立，证明我们商业文明的不断进步。"

主审法官面无表情地说："今天是立案前的沟通，你们这个被告主体很多，我们法院必须慎重又慎重，证券案子事关上市公司的未来涨跌，尤其是盘古这样的A股标杆上市公司，我们得对得住上市公司的投资者。"主审法官看着起诉状，总觉得哪里不对劲，说："你们的诉讼请求第四项，跟第三项意思一样啊。"

章丘佟在起草诉状的时候就担心诉状太过复杂，到时候法官容易判成葫芦案，立即解释说："我们的诉讼请求是互为依托的，判令龙腾集团相关联的持股账户在5%举牌后的增持行为为无效民事行为，那么他们就应该在限售期满后抛售，在改正违法行为之前，他们的表决权、提案权、提名权、提议召开股东大会的权利以及其他股东权利才会失效，盘古自然不应该将龙腾集团相关股份计入有效表决权中，他们的提案等权利也将受到约束。"

主审法官反问："你们诉讼请求的依据是什么？"

"盘古工会的诉讼理由主要有三个：龙腾投资、君安保险等涉及未履行向证券监督管理机构书面报告的义务,未严格按照《中华人民共和国证券法》《上市公司收购办法》的要求履行信息披露义务,增持属于无效民事行为。"章丘佟见主审法官还是皱着眉头,口若悬河地继续解释:"龙腾集团的关联公司违反了《中华人民共和国证券法》《上市公司收购办法》,没有在增持盘古股票的三日内向证券监督管理机构进行书面报告,同时违反了报告期内不得再行买卖该上市公司股票的规定,其购买属于无效民事行为。"

山鹰会议室,黄天沙不停地看表,神情严肃地盯着墙上的LED显示屏。上午11:20,显示屏上弹出一条新闻:盘古工会起诉龙腾集团增持行为无效。黄天沙看着新闻冷冷一笑:"简直就是瞎扯淡,现在政府一直强调要尊重产权,什么是产权,我花几百亿买的股权,至少得受到管理层的基本尊重,拥有投票权,才能保护那些保险持有人的权益吧?"

法务部的负责人将盘古工会的起诉状进行了详细分析,把材料递给黄天沙,说:"工会所说的证券监督管理机构其实就是证监会,到目前为止,证监会和交易所从未认定我们龙腾系的信息披露存在违规行为。"黄天沙对比嗤之以鼻:"汪弘毅他们想通过工会的起诉来煽动民意,拖延盘古董事会改组,对了,从法律专业的角度看,他们提起司法诉讼,对我们影响有多大?"

法务部负责人在笔记本上进行了详细推演,说:"对信息披露义务履行行为进行审查是证监会和交易所的职能和权力,法院不具备专业能力和手段,所以一般也不会对此类行政管理层面的事务进行审查。盘古工会所提诉求首先属于行政监管范畴,按照现行规定,程序上应该将行政监管前置,在证监会未作出相应的监管结论之前,法院不会对他们的起诉作出判决的。"

王曦若不停地在笔记本上勾画着,插话道:"小股东白毅的诉讼将刘一飞的表决权限制了,上海区域腐败窝案一直悬而未决,肖天的表决权同样充满瑕疵,盘古董事会已经成为一盘死棋,就算剩余的独立董事都站在乔志远、汪弘毅一边,在董事会的九票中,六票跟远大集团的三票对决,他也过不了三分之二的红线。就算下了30年围棋的乔志远也回天乏术。盘古工会起诉我们就是想阻断我们改组董事会,争取粤海集团早日重组成功。"

第二十三章

潜龙杀

黄天沙脸上浮现出一丝笑容，说："小股东状告董事会，汪弘毅担心他的白衣骑士折戟沉沙，因此就把工会推到前台，他们这么干无非是想赶在粤海集团重组股东大会之前，给我们龙腾集团来个先发制人，将我们的表决权关禁闭。就算我们想改组董事会，提名权也被关禁闭了，这会给粤海集团更多的时间和空间。乔志远、汪弘毅他们将盘古的数万员工推出来做挡箭牌，真是要一将功成万骨枯，这一次我要让他们知道什么是聪明反被聪明误。"

鸿基保险大厦投资部灯火通明。在南海市金融街，鸿基就是一座不夜楼。

毕飞雪做了一份投资策略报告，做完看了看，笑靥如花，策略相当完美。毕飞雪给黄世林拨打了一个电话，刚见完投资人的黄世林心情舒畅，随着美国生物传感顶级专家的加盟，黄世林跟乔瑾瑜的公司收到越来越多 PE 公司的投资意向书，估值已经到了 3 亿美金。毕飞雪很想跟黄世林分享自己的好心情，接通电话，没等黄世林开口，毕飞雪就很俏皮地问："世林哥哥，晚上回去陪奶奶吃饭吗？"

黄世林很遗憾地说："雪儿，不好意思，我在北京出差呢。"

看着摆在办公桌上的礼盒，毕飞雪有点小小的失落，瑞士出差期间，她给黄世林定制了一块全手工的机械手表。无论是黄天沙、林月娥，还是毕飞雪的老妈，都希望黄世林跟毕飞雪结成连理。毕飞雪拒绝了无数的追求者，只希望有一天能够跟青梅竹马的世林哥哥走进婚姻的殿堂。黄世林在爱情方面经验为零，虽然心里对毕飞雪也是爱慕已久，可就是不知道如何开口。

毕飞雪咯咯地笑着说："好吧，那惊喜只能留待你回来给你了。回程机票订了没有？告诉我航班号，我去机场接你。"黄世林看了看表，很抱歉地说："这几天都要忙着见投资人，时间还定不下来，一个小时后我要在国贸的中国大饭店见一个投资人，没时间了，晚点儿给你打过去。"每次听到黄世林这么说，毕飞雪心里都有一丝小失望。

抱着整理好的材料，出门的时候，毕飞雪又掏出小镜子，补了补唇彩，让自己显得更加精神。毕飞雪敲开马腾的办公室，马腾刚放下跟 JP 摩根大中华区首席执行官的电话。鸿基地产在香港的债券即将到期，JP 摩根给出一个新债置换旧债的方案，马腾对于短期债券不感兴趣，希望能够发行十年期，甚至更长期限的永续债，JP摩根建议在香港召开一个专题会进行讨论。

毕飞雪年龄虽然没有黄天沙的总裁王曦若大，但在投资领域的专业能力却令马腾相当满意。这位90后美女操盘手跟自己见过的所有女人都不一样，除了拥有美丽的容貌，脑子简直就是一台超速运算的高能计算机，清晰的思路，缜密的逻辑，她的意见总是与众不同，在关键时刻总是能够出人意料地化解一切问题，使公司获得超额的回报。

一身阿玛尼西服、头发永远都是一丝不乱，嘴角永远都挂着微笑，在鸿基集团，马腾简直就是行走的"荷尔蒙"。马腾示意毕飞雪在茶几对面坐下，说："飞雪，现在盘古已经乱作一团，龙腾集团和盘古将小股东、工会当成提线木偶，双方无非就是为了争夺董事会席位，黄天沙想通过诉讼干掉独立董事刘一飞，等董事会任期一到马上借机提出改组董事会，而汪弘毅不想给黄天沙任何进入董事会的机会。"马腾盯着毕飞雪问："我们的机会在哪里？"

办公室的茶几上，马腾正煮着咖啡，静谧的空间里弥漫着咖啡香醇的气味，窗外冬日的暖阳穿透玻璃窗洒在脸上，令整个屋子里暖意融融。毕飞雪从容地打开笔记本，说："我们一直坐山观虎斗就是等待一个机会，现在机会来了。盘古管理层除了通过诉讼驱赶黄天沙，砸盘才是乔志远、汪弘毅他们对付黄天沙的绝招。"

马腾给毕飞雪倒上咖啡，问："乔志远他们真的会砸盘？"

咖啡的香醇让毕飞雪异常冷静，她冲着马腾微微一笑，说："中小股东利益就是一块抹布，需要的时候，老板们会高喊捍卫中小股东利益，不需要的时候会像抹布一样一扔。龙腾系吃进盘古筹码分为两个阶段，15%之前，他们盈利丰厚，但是为了抢在盘古重组停牌前拿到足够多的筹码，黄天沙可谓不惜成本，只要砸三个跌停，黄天沙的资金链就容易出现连锁反应。"

马腾右手在额头上揉了揉，问："我们抄跌停板？"

进入鸿基保险后，毕飞雪对马腾有了更深入的了解，他果断有魄力，永远都是追求利益最大化，信奉商场上利益才是最好的朋友。毕飞雪听马腾这么说，立即回答："黄天沙为了手上26%的筹码掏出了400多亿，其中不少资金都是从银行、证券公司抵押贷款出来的，一旦盘古股价跌停，金融机构的损失会很大，他们最不想看到黄天沙穿仓。"毕飞雪端起咖啡杯喝了一小口，非常有信心地说："黄天沙的穿仓线就是我们进场的机会。"

毕飞雪将手上的策略报告递给马腾。马腾认真地翻看了毕飞雪的策略，介入时机、买入步骤、执行机构、资金调度，每一步的利弊得失，临时状况解决方案都一应俱全。马腾看着看着，眉头皱成一团，毕飞雪心头一紧，难道马腾变卦不抄底了？只见他放下策略报告，毕飞雪的心开始悬了起来。马腾不解地问："为什么我们不能直接通过鸿基保险去抄底盘古 A 股？"

"鸿基保险跟君安保险相比，成立时间太晚，为了做大规模，采取了最激进的模式，发行一年期短期投资连接型产品，可供我们流转资金的时间只有 11 个月 20 天。"毕飞雪给出的策略是让鸿基集团旗下的鸿基投资冲锋陷阵。她提醒马腾："盘古正在重组，他们一旦用足 9 个月的停牌期，那么我们部分保险资金只能继续发行短期产品进行错配，这不是一个好生意。"

从当年几百万起家到现在整个鸿基集团资产规模超过 8000 亿，还真没有人对自己认定的生意说过不字，毕飞雪竟说自己的生意不是个好生意。现在以君安保险为首的民营保险公司，都是通过不断发行一年期短期产品来抢占市场，通过投资业绩优良的蓝筹股来获得超额收益，怎么鸿基保险这样做就不是好生意了呢？马腾冷冷地问："那怎么做才是好生意？"

毕飞雪站起来，走到马腾办公室的演示板前，用笔画了幅示意图，说："金融风险一直是监管视为命脉的红线，鸿基保险的一年期产品一旦陷入短贷长投的陷阱，那么我们未来就很危险了。我们完全可以让鸿基投资为金融提升品牌影响力，鸿基保险可以在鸿基投资的影响力掩护下，有策略地快速在二级市场进行收割，鸿基保险的持股时长不能超过 3 个月。"

马腾眯着眼睛，很是傲慢地说："要做就一鸣惊人，遇佛杀佛。"

整个屋子里都能感受到马腾的斗志。毕飞雪坚持自己的主张，说："这一次鸿基投资要想一鸣惊人，那就不能冲锋在前，完全可以四两拨千斤，给足我们出场的空间。进入盘古，我们不做过客，要做就一定要做左右天平的砝码。"

底牌（下）

汪弘毅看着巨大的 LED 屏幕上一片绿油油的大盘千股，神情异常冷静。

董秘王欣抱着厚厚的一摞财务报表说："汪总，三季度的财报不太好看。"

汪弘毅翻了翻资产负债表、现金流量表和利润表，皱着眉头问："营收下滑？"

王欣小心翼翼地说："是的。"

汪弘毅若有所思，问："我们股票停牌多长时间了？"

王欣脱口而出："从第一次停牌到现在，78天了，还有12天我们就必须复牌。"

汪弘毅点点头，说："财务报表在复牌前一定要做好，销售收入的确认不要那么激进。"

王欣听汪弘毅这么说，马上会意，说："好的，很多销售收入计入第四季度更合理。"

汪弘毅想了想问："一个星期之内，公布三季报业绩，同时复牌没问题吧？"

王欣回答说："没问题。"

王欣正要离开，突然又折回来，很担忧地问："现在大盘很糟糕，我们这个时候复牌，加上营收下滑，股价要是扛不住怎么办？"

汪弘毅无所谓地反问："你看看，千股下跌，不是很正常吗？"

王欣很委屈地说："股民天天打电话，根本就不听解释，上来就骂。"

汪弘毅冷冷地问："都骂什么了？"

王欣的脸唰地一下就红了，说："他们骂得很难听的，说我们管理层借着重组恶意停牌，他们融资买入我们的股票，停牌成本谁付？还骂我们不尊重投资人，由于内部控制才导致出现了武汉、上海的腐败案，他们还扬言要告我们。"

汪弘毅很不屑地说："别理会那些水军，小儿科的鬼把戏。"

王欣好奇地问："难道是有人故意搞事？"

汪弘毅呵呵冷笑："官司都打到法庭上去了，几个骚扰电话没必要理会。"

王欣离开之后，汪弘毅拨通了乔志远的电话，说："乔总，第三季度的财报出来了，营收下滑，从目前的数据看，恐怕盘古在整个行业的销售数据已经掉到第三了。"

第二十三章

潜龙杀

乔志远在北京刚跟一个朋友见完面，听到盘古掉到行业第三，脸色一下子就拉下来了，说："是周期性问题，还是战略问题？现在无数双眼睛盯着我们，这个时候业绩波动太大，容易给人我们在要挟野蛮人的口实，那样我们跟野蛮人有什么区别？"

电话中能都能感受到乔志远的怒火。汪弘毅心里很是不快，战略？乔志远从来不把战略交到别人手上，他认为那样做就意味着放弃，盘古的效率核心在于强势领袖用超强的意志不断向执行层施压，一边不断地通过组织结构的改善提升效率，一边不断地通过接班人的竞争游戏防止失控。肖天已经被废掉了，自己是接班人，还是执行者？

汪弘毅很谨慎地说："两个因素都有，我们进行了战略调整，改革的阵痛不可避免。而整个地产行业进入了寡头形成期，其中鸿基地产增速最快，听说马腾正在跟以JP摩根为首的财团商谈增资扩股的事，资金进来主要是削减债务，一旦鸿基地产的负债率降下来，那么他的资产扩张能力会进一步提高，有望成为领先的寡头，我们要承担改革与竞争的双重压力。"

乔志远在电话里嗯了一声，说："我们要改革，也要效率。现在上海、兰州、武汉、东北四个区域经过轮岗，队伍还需要进一步磨合，我们的分公司与区域公司的整合和适应能力有待提高，在房地产调控的大环境之下，团队的执行力必须不断提升。我们要驱赶野蛮人，更要通过业绩回报所有的股东、客户和我们的商业合作伙伴，这样才能真正的回馈社会。"

汪弘毅提醒说："我们停牌时间太长，公布财报的同时股票复牌。"

电话那头陷入短暂的沉默，乔志远站在马路边，寒风呼啸，行色匆匆的人们裹着厚厚的冬装来来去去。乔志远的后脊背感到一阵莫名的刺痛，汪弘毅要对黄天沙动手了。他很是担忧地说："业绩下滑，重组看不到结果，这个时候复牌股票势必跌停，黄天沙穿仓指日可待，可问题是大量的中小散户会跟着黄天沙陪葬，有违我们维护中小股东利益的初衷。"

汪弘毅冷冷地说："黄天沙步步为营，已经将我们逼到了死角，他裹挟公众利益攫取盘古的核心利益，我们只有将野蛮人驱赶出去，让公司的股价回归到业绩价值上来，从长远来看才能给投资者带去更多的回报。相信我们的策略是为了拯救更多盲目跟风炒作的不成熟散户。成长的过程是痛苦的，没有付出代价的成长是有缺陷的，没有亏过钱的散户不足以悟人生。"

黄天沙在办公室来回地走动，脸色铁青，咬着后槽牙。

LED显示屏上，盘古股票躺在跌停板上一动不动，几台电视播放的新闻全是盘古的利空跌停。画面上，营业部的散户神色沮丧："黄老板用保险资金买的股票，他亏了大不了跟保险投资者说一声对不起，我们亏了就真的亏了。"他们掰着手指头算黄天沙穿仓的账："黄天沙最多能扛住三个跌停，再跌下去跟我们一样，也完蛋。"

王曦若镇静自若地说："盘古的营收下滑幅度高达30%，鸿基地产的营收是增长30%，一下子60%的差距？这个很不正常，应该是汪弘毅他们的一个策略，通过业绩利空来做空盘古二级市场的股价。只是……"黄天沙见王曦若吞吞吐吐，问："什么？"王曦若摇摇头说："一直听说A股是个江湖，江湖有江湖的规则，可盘古管理层两次砸盘，典型的操控规则。"

"简直是无法无天！"黄天沙在屋子里走来走去，突然转身用手指着K线图，气急败坏地说："我之前一直希望乔志远能够继续成为盘古的一面旗帜，汪弘毅继续执行乔志远的战略，他们可以瞧不起我的钱，但是这么来糟践我的钱，实在太过分了，那可都是保险持有人的血汗钱，我们买入盘古股票，就是希望更多的保险持有人能够分享优质上市公司发展的红利，汪弘毅他们不是对我赶尽杀绝，而是要灭掉老百姓的希望！"

王曦若拿起桌子上的杯子，给黄天沙倒了一杯温水。递给黄天沙杯子的那一刻，她看见这个一贯豁达的潮汕人，脸上乌云密布，怒气难消。王曦若将移动硬盘连接到黄天沙的电脑上，画面立即切到一张复杂的资金链图谱上。王曦若自信满满地说："盘古两次利用上市公司停牌规则制造黑天鹅，策略就是利空、跌停、驱狼，君安保险的持仓获利丰厚，三五个跌停都不用担心，龙珠基金有50%的仓位获利在40%以上，就算西北基金的仓位都能扛得住三个跌停。"

接过王曦若的温水，黄天沙的眼神里流露出一丝感动。王曦若进入龙腾集团以来，每次都是黄天沙主动给王曦若冲咖啡，两人是工作上的搭档，更是知已。黄天沙从不按个人意志给王曦若下指令，王曦若奉行只要是黄天沙的指令，就算是错的，也要执行成为一个正确的结果。黄天沙怒气渐消，开始担心自己的情绪会影响王曦若的决策，阴沉的脸上挤出一丝微笑，安慰王曦若："我是有九条命的猫，就算天塌下来有武大郎顶着。"

王曦若突然笑了，黄天沙有时讲起歪理来，乔志远、汪弘毅他们还真不一定是对手。现在信息发布的主动权掌握在管理层手上，他们自然不会放过股价这个致命的七寸。王曦若问："谁是那个顶天立地的武大郎？我们君安保险跟龙珠资本都可以把股价从跌停板上拉起来，但这样做很危险，很容易被监管层认定为操纵股价，更大一点的帽子就是操纵市场。"

黄天沙撇着嘴："逐鹿资本的持仓成本比我们高。"

王曦若点开资产包，盘古管理层持股计划已经置换成为西北基金的抵押物。王曦若莞尔一笑，说："香港的武大郎太远，而汪弘毅他们就在眼前。恐怕现在汪弘毅还蒙在鼓里，他们每个财务季度都能正常看到持股计划，可命脉已经掌握在我们手里。汪弘毅他们想操控股价驱狼，如果我们真的有穿仓危机，乔志远他们的筹码就会被送上断头台。"

回到自己的办公室，王曦若立即拨通了远东证券总裁竹聿名的电话。曾经的山盟海誓已经被岁月尘封，第一次电话之后，旧日的恋情变成了友情。接起电话，没等竹聿名开口，王曦若率先说："竹总，我是龙腾集团的王曦若。"

听到王曦若的声音，竹聿名有点欣喜，已经很久没有接到她的电话了。竹聿名故作镇静地问："今天你们还好吗？"王曦若呵呵一笑："还好还好，就是汪弘毅这招有点狠。"自从肖天轮岗到北京后，竹聿名对盘古的业务就再也没有亲自过问了，都是分管业务的副总裁在跟进。竹聿名附和说："汪弘毅心狠手辣，杀人诛心！"

王曦若立即接过话："刀子此刻在他们手上。"

"是啊，一大早我们看到盘古的财报也是大吃一惊，短短几个月，营收下滑了30%，已经远远被鸿基地产超越，加之现在粤海集团的重组久拖不决，预期不明朗，不明真相的群众只会将矛头指向你们黄老板。"竹聿名对汪弘毅毫无好感，顿了顿说："汪弘毅他们这一招看上去是示弱，实则是伤敌于无形，对盘古的股价势必形成双杀。"

王曦若一听，竹聿名还是当年的那般世事洞明，说："他们一方面是要将股价砸下去，逼迫我们出局，另一方面可以营造一个说法，那就是龙腾集团的强行进入，打乱了公司的运营秩序，导致整个公司、管理层运行效率变得低下，他们这是杀人诛心，中小投资者很容易因为业绩的下滑而成为管理层穿仓的金色保护伞。他们执意这么做，到最后就不能怪我们了。"

竹聿名一听，看来黄天沙是要跟汪弘毅他们拼个鱼死网破了，乌龙指的当晚他点名要走了盘古管理层持股计划资产包，一个月前开始置换这个持股计划资产包。竹聿名暗生钦佩，从一开始，黄天沙就为自己准备了同归于尽的毒丸。王曦若说得决绝，竹聿名想确认一下，问："难道你们想将乔志远、汪弘毅他们的管理层持股计划资产包推到有平仓危险的资金链上去？"

聪明人之间，心有灵犀。王曦若说："竹总，这正是我要跟你沟通的，一旦盘古股价让我们穿仓，那我们只能把盘古管理层持股计划这个资产包推向前台，希望到时候能够得到你们的支持。"竹聿名太了解王曦若了，只要她认定的，八匹马都拉不回来。竹聿名呵呵一笑说："生意有生意的规矩，只要大家都在规则范围之内做事，就是天经地义的。"

王曦若离开后，黄天沙从抽屉里拿出另外一部新手机，拨打了一个陌生电话，语气毋庸置疑："你马上让你找到的那个经理今天就去法院立案，对了，继续让麻秋风代理这个案子。去法院的同时，把告状这事动静闹得大一点，记住了，他是远大集团分公司的经理，一定要让记者注意这一点，远大集团对盘古业绩下滑极度不满意，改组管理层势在必行。"

对方说："那个经理是学法律出身的，状子他自己已经写好了，都是根据相关法律法规和盘古章程来草拟的。董事会任期不得超过3年，乔志远、汪弘毅他们不按期换届，违反了法律规定，且未能向股东和公众披露不能按期换届的事实和理由，怠于履行法律义务，超越了董事会的职权，属于严重违法行为，应当受到法律的制裁。"

黄天沙一听，直截了当地说："这个状子没有击中要害。不按时换届的上市公司很多，但是每一家都有各自的原因，法律不可能因为一家上市公司董事

第二十三章
潜龙杀

会不按时换届就抓人坐牢。核心问题在于，现任的董事、监事和高管全体成员，他们以不作为的手段拖延董事会换届，想谋求公司的控制权，谋求内部人控制权益，而这会让股东们的核心利益受到侵害。"

对方恍然大悟，说："远大集团一直在舆论上批评盘古内部人控制严重，一旦这个官司到了法庭上，很容易让记者们联想到，这一次诉讼就是远大集团内部的操作。我会按照这个思路，让他马上跟麻秋风律师签订委托代理协议，让麻秋风立即修改诉状，今天下午就去法院递交诉状。唯一担心的就是这次可能还像状告董事会那样，迟迟没有结果。"

黄天沙以不容置疑的口吻说："这桩诉讼时间跟结果都不重要，重要的是诉讼的仪式感，我们要在法律的游戏规则之内，让游戏中的所有人都敬畏这个仪式感。"黄天沙端起水杯，喝了一口温水，语重心长地安慰对方："有时候打官司就跟谈恋爱一样，轰轰烈烈的过程更让人留恋，程序的仪式感会令人在过程中产生对正义的尊崇，过程中才有最美丽的风景。"

鹅毛大雪终于停了。白茫茫的长安街上，车辆都在缓缓地行驶，街对面的公园里，松柏已经银装素裹。有一群孩子在打雪仗，相互追逐嬉戏。

黄国胜站在窗前，想起第一次到北京，看到皑皑白雪激动地手舞足蹈。那个时候，师泌远在部委大院上班，专门请假陪他沿着长安街看雪景，走了两站地，到处都是民众在义务扫雪。师泌远带着他去吃北京小吃，他喝了一口豆汁儿，差点把昨夜的晚饭都吐出来了。现在，师泌远跟自己在盘古相遇了。

杜天刚敲开了黄国胜办公室的门。黄国胜将桌子上的一份报纸递给他，问："杜总，这个小股东说他是远大集团的一个经理，这人是你安排他去告状的吗？"杜天刚疑惑地说："看到这个新闻我也很纳闷，刚才还让秘书查了一下，远大集团总公司没有这个人，二级公司经理级别以上的通过数据库调查也没有，我已经安排人在查这个人到底是哪个公司的。"

黄国胜冷冷的脸上浮现出一丝笑容，说："如果不是你安排的，那就不用查了，这个人肯定是远大集团体系的，说不定就是什么孙公司重孙公司的，现在远大集团三四级公司上百家，哪里查得过来。"黄国胜习惯性地拿起报纸，在空中抖了抖，说："这肯定是黄天沙搞的名堂，他这么一搞，所有人都会认为是我们要改组盘古董事会。"

杜天刚耸耸肩，说："他想鱼目混珠。"

"昨天汪弘毅他们释放了利空的消息，盘古股票复盘跌停，今天继续跌停，现在满世界的人都在给黄天沙算账，如果明天继续跌停的话，黄天沙就有账户要穿仓了。"黄国胜吹了吹茶杯上的水汽，咧了咧嘴，说："汪弘毅他们击中了黄天沙的七寸，股价跌停让黄天沙已经摇摇欲坠，他自救的同时，还要将我们远大架到舆论的火山口。"

杜天刚看了看黄国胜若无其事的表情，问："那个告状的经理，我们要不要制止？"

黄国胜大手一挥，说："不用，盘古跟粤海集团的重组框架协议有时间限制，一旦官司不断，很容易就将重组时间给拖没了。"黄国胜顿了顿，从抽屉里拿出一份文件交给杜天刚，说："你看看这个，中央巡视组正在对央企进行分批巡视，远大集团因为发生过王锋案，加之盘古爆出上海腐败窝案、武汉受贿案，所以我们成为第一批巡视对象。你立即跟远大集团纪检组会商，对集团所有一级、二级公司进行巡查，凡是发现问题的，一律严惩不贷。"

蒙毅站在办公室门前扫脸，语音一直提示重新录入。

攥着文件的蒙毅心急火燎，掏出电话给汪弘毅拨打。汪弘毅从办公室出来，很纳闷地问："你在门口，打什么电话？"蒙毅指着人脸识别系统说："它不认识我，录入了几十遍，就是不开门啊。"说着，蒙毅将一份通知递给汪弘毅，说："远大集团纪检组刚发给我的。"

汪弘毅看了看，问："乔总知道这事儿吗？"

蒙毅一耸肩："我接到通知后马上就过来了，还没来得及向乔总汇报。"

汪弘毅的脸上不经意间划过一丝笑容，蒙毅看到笑容的时候，嘴角咧了咧。汪弘毅很严肃地吩咐："按照远大集团纪检组的指示，马上安排总部、各个区域总部、分公司进行自查，总部组成巡视专项工作组，配合远大集团纪检组的巡视。"

第二十三章

潜龙杀

"我怎么感觉不对劲?"蒙毅有点没想明白,说,"远大又不是我们的控股股东。"

汪弘毅若无其事地说:"有啥不对劲的,远大集团名义上还是第一大股东。"

蒙毅一本正经地说:"昨天,远大集团一个经理向法院状告我们,说董事会违反法律规定,董事不按期换届,试图以不作为手段谋取公司的控制权,涉嫌内部人控制。今天远大集团纪委就说要来巡视,这就是一套组合拳啊。"

汪弘毅很严肃地说:"巡视是为了让盘古更健康,是好事。"

蒙毅有些疑惑,说:"黄天沙进来后,各种八卦满天飞,远大集团的巡视没有那么简单。"蒙毅第一个想到的就是乔志远跟桂玉梅的绯闻,见汪弘毅毫无反应,悻悻地说,"今天已经是第二个跌停了,如果明天再来一个跌停,黄天沙就有账户要穿仓了,这个时候巡视,岂不是给黄天沙解围?难道远大集团下一步还要下场增持,把股价从跌停板上拉起来不成?"

汪弘毅非常从容、淡定地说:"巡视有巡视的规则,无论发现什么问题,我们都要去面对,如果我们没有勇气去面对问题,那么盘古最大的敌人就不是黄天沙,而是我们自己,我们连正视问题的勇气都没有,盘古怎么变得卓越?"汪弘毅指了指跌停板上的股价,说,"你会认为远大集团巡视盘古是利好?看看跌停板上,多少抛单在排队?"

蒙毅摇摇头,说:"只要明天继续跌停,黄天沙的账户一旦穿仓,恐怕三个跌停都打不住。"

汪弘毅将巡视文件放到书桌上,吩咐蒙毅:"盘古不是我们管理层的盘古,是所有投资者、员工、客户的盘古,提出意见的人是爱护盘古的,所以远大集团那个经理的诉讼我们还是要重视。杜天刚都已经公开说盘古有内部人控制问题,如果巡视组抓住这一点,董事会就真的等不到粤海集团进入就不得不进行改组了。"

蒙毅一离开,汪弘毅立即给东方亮拨打电话:"老兄,怎么样?"

紫宸会的光明顶包房,东方亮正在陪一个朋友喝茶。看着盘古死死地封在跌停板上,朋友戏谑东方亮家里有矿,东方亮有苦难言。接到汪弘毅的电话,他愤愤地说:"这个黄天沙真是个害人精啊,这样跌下去,看着都肉疼,不把他驱逐出去，永无宁日。"东方亮抓起桌子上的茶杯，咬牙切齿，接着说，"必须举报他们，举报信我都写好了，五个方面两万多字，我准备下午就给以证监会、中纪委为首的七个部委快递过去。"

汪弘毅想了想，问："重点方向是什么？"

十年如一日地持有盘古股票的东方亮侃侃而谈："远大地产涉嫌通过龙渊地产项目导致国有资产流失，向民企输送利益。年初远大集团增持齐鲁阿胶之前，君安保险提前一个月开始不断买入齐鲁阿胶，有内幕交易一致行动的嫌疑。龙腾不断举牌，盘古管理层请求远大增持，远大一直无动于衷，作为央企，何时决定放弃第一大股东位置？为什么要放弃十多年的第一大股东位置？龙腾系给远大集团高管什么样的承诺或者交易？"

汪弘毅忍不住插话："这个恰逢其时，巡视组正要巡视远大集团。"

听到汪弘毅的肯定，东方亮兴致很高，说："如果他们背后没有交易，当粤海要重组超越龙腾成为第一大股东时，远大为何开始出来不断阻挠同为国有企业的粤海进入？显然是要捍卫龙腾系的第一大股东地位。远大在董事会上投下反对票，中小股东一定会认为管理层在股权保卫战中已经失败，龙腾系可以无阻碍地全面控盘，持股待涨，一大批跟风者冲进去以待龙腾系进一步举牌获利。那些早一步追随龙腾系的内幕知情者必然高位出货，坑杀更多的投资者。"

汪弘毅问："你知道黄天沙最怕的是什么吗？"

东方亮脱口而出："穿仓。"

汪弘毅追问："为什么远大集团一开始支持重组，后来又反对重组？"

东方亮猜测说："他们之间肯定有交易，有很大的利益交换。"

"利益交换是阻止不了穿仓的，粤海集团作为白衣骑士出现，黄天沙没有资金准备，怕穿仓，于是跟远大内部势力勾结，游说黄国胜先支持重组，再停牌几个月，争取筹集资金的时间。"汪弘毅指点东方亮，"你查一下停牌期间黄天沙都干了啥？龙腾系跟珠江银行、西北基金组建了龙珠基金和西部专项基金，为穿仓准备了大量资金，还能在中间复牌期间大举增持。"

东方亮恍然大悟，说："如此说来，黄天沙跟远大的勾结很阴险，前期同意重组，利用重组停牌准备资金；正式投票时反对，让股价跌的更狠一点，可

第二十三章
潜龙杀

以在低位为中间复牌高位增持的筹码摊薄持仓成本，收割那些跟风的散户；建仓成本摊薄后，龙腾系进一步举牌，给市场以龙腾系铁了心要控股盘古的幻象，在跟风资金的推动下，龙腾系除了可以减持套现，还可以在高位以相对低的价格将一部分转让给远大，让远大重回第一大股东位置。"

汪弘毅暗示他说："远大集团在跟粤海集团谈判期间，同时在跟龙腾集团洽谈股权转让，是真转让，还是真幌子？如果是幌子，远大内部人肯定有秘密承诺。"汪弘毅担心东方亮不太明白，迟疑了一下提醒说："他们这样做是利用内幕信息操纵市场，牟取非法巨额暴利。远大集团是一个有着光荣历史的央企，市场信誉和盘古的利益岂能任由内部蛀虫破坏？"

东方亮非常激动，口若悬河地说："我怀疑正是因为有远大集团内部人的支持，龙腾集团才敢层层放杠杆。2015年股灾时，10倍杠杆就将整个市场卷入了灾难之中，龙腾系从银行到证券公司，再到基金公司，每个环节都在放杠杆，这已经不是黑天鹅，是大家都能看到风险的灰犀牛，灰犀牛成为A股标杆上市公司的第一大股东，最终毁掉的不是盘古，而是整个市场对蓝筹股的信心。金融灰犀牛一旦蔓延到银行、保险、券商，将是整个金融领域的灾难。"

汪弘毅一拍桌子，说："条条都是刀口子。"

电话中都能听到汪弘毅拍桌子的声音，东方亮热血沸腾，说："黄天沙拿着老百姓的血汗钱，在二级市场兴风作浪，简直是毒瘤。一年期的短期保险资金很容易形成资金池错配，现在监管部门不只是要厘清穿透之后的投票权问题，更是要看护老百姓的血汗钱、养命钱。"汪弘毅插话说："作为国有资产的看门人，远大集团在第一大股东易主龙腾集团之前毫无作为，一旦龙腾系这只灰犀牛失控，就不是国资流失、内部人腐败那么简单，就会有更多的老百姓遭殃。"

夕阳染红了西山，乔志远站在院子墙角，默默地望着枯藤老树。

桂玉梅从院子里出来，拿着乔志远的手机，问："东方亮跟汪弘毅好像很熟？"

乔志远一愣，接过手机，问："他们很熟吗？"

"你先看看新闻。"桂玉梅转身回到院子里，端出一杯热茶。乔志远看了看新闻，很不以为然地说："东方亮举报黄天沙、远大集团这事儿我知道，弘毅在跟东方亮对接。"桂玉梅指着手机说："你再看看。"乔志远又把新闻看了一遍，说："有什么问题吗？"

桂玉梅瞪了乔志远一眼，说："东方亮举报黄天沙跟远大集团有关联关系，你没看见远大集团在干什么吗？"乔志远一副无所谓的样子，两手一摊说："巡视组巡视央企有啥稀奇的？盘古从前台到我，财务都是经过反复审计的，还怕什么巡视啊？"桂玉梅一跺脚："你把两件事连起来看，再把我们的经历连起来，再琢磨琢磨？"

乔志远盯着桂玉梅，从认识到现在，桂玉梅从来没有如此在意过报纸上的新闻，就算新闻上到处是嘲讽，网络上谩骂如潮水，桂玉梅永远都是满不在乎的样子，一笑而过。乔志远眼珠子滴溜溜转了几圈，咬了咬牙，想朝着空地上啐口水，又生生地咽了下去，摇了摇头："愚蠢，到时候没有伤敌一千，先自损八百。"桂玉梅的火爆脾气上来了，质问乔志远："汪弘毅到底是想驱逐黄天沙，还是想驱逐你？"

"起风了！"乔志远拉着桂玉梅的手，准备进屋。桂玉梅摇了摇头，问："老乔，盘古的营销费用中，汪弘毅的审批额度是多少？"乔志远想了想，说："5000万吧。"桂玉梅很不解，问："为什么东方亮先找你？"乔志远皱着眉头说："可能因为张青桐闹事那一次，东方亮跟我见过。"桂玉梅摇了摇头说："不对，东方亮持有盘古股票超过10年，他跟汪弘毅应该很熟。"

乔志远若有所思，张青桐大闹紫宸会，焦点很快就被记者给移花接木到桂玉梅身上，之后桂玉梅的各种八卦满天飞。到底是黄天沙盯上自己，盘古的内鬼里应外合，还是？乔志远没有再细想下去，半晌才说："外面太冷了，回屋吧。"回到屋子里，乔志远拨通了汪弘毅的电话，开门见山地说："弘毅，东方亮的举报很犀利，我们要驱逐野蛮人，也得加紧把内鬼抓出来。"

南海市的寒流终于结束了，街头又有了穿着短裙的美女，阳光洒在行人的脸上，人们总是那样的行色匆匆。王曦若看了看表，转身抱起桌子上的笔记本，走向龙腾集团的会议室。

第二十三章

潜龙杀

跨进会议室的那一刻，王曦若被眼前的景象惊呆了，高层们围坐在会议桌旁，桌子上、地上散落着各种各样的报纸。王曦若抬头再次看了看墙上的表，距离开会还有5分钟，难道是表有问题？还是自己开会迟到，黄天沙发飙了？不对，王曦若很快就否定了自己的猜测，自己没有迟到，黄天沙也没有理由跟自己大发雷霆。

王曦若刚一坐下，旁边的一位副总裁就跟她使眼色，小声地在她耳边说："刚才，黄总把报纸重重地摔在了会议桌上！"黄天沙抓住领带，本来想松一松，可一把扯住，越勒越紧。黄天沙在龙腾集团定了一个规矩，除技术部门外的所有男同志，上班必须着西装领带。王曦若站起来，走到门口吩咐秘书："给黄总冲一杯蓝山咖啡！"

秘书很快将咖啡端到会议室门口，王曦若接过咖啡，亲自送到黄天沙手上。黄天沙埋头在笔记本上写写画画，王曦若捡起一张报纸看了看，皱着眉头说："这个东方亮满嘴胡说八道。"王曦若从未见过黄天沙如此暴怒，在举牌盘古的过程中，黄天沙一直信心十足，每一步都在自己的掌握之中，没想到东方亮的一封举报信，竟然让黄天沙大发雷霆。

黄天沙一撇嘴，突然冷笑起来，说："乔志远在找死。"

众人盯着黄天沙，一脸惊诧，黄天沙脸上的表情变化比翻书还快。只见他右手在报纸上敲了敲，说："这个东方亮，是紫宸会的老板，桂玉梅之前一直在紫宸会唱堂会，我跟乔志远在紫宸会见面那一次，两人就应该对上眼儿了。"黄天沙端起咖啡喝了一口，长舒一口气，说："现在他跳出来举报我，是当初1000万元赞助桂玉梅鸟巢戏剧晚会的交换条件？乔志远现在跟桂玉梅搞在一起，他就算跳进黄河，跟东方亮的交易恐怕都说不清了吧？"

王曦若啪的一声，打开了播放器，LED显示屏上出现盘古的K线图，她说："黄总，你看看。"从进入会议室后，黄天沙就没有看过一眼盘古的K线图，看着巨额的成交量，黄天沙的脸上露出不可思议的表情："我们的资金进去了？"王曦若摇了摇头，说："汪弘毅他们测算着我们的穿仓线，东方亮在第二个跌停板后举报，就是想把股价死死地摁在第三个跌停板上。"

黄天沙摆了摆手说："翻出成交记录。"

底牌（下）

王曦若快速地翻出成交记录，仔细看了看，说："今天抄底的资金救了我们，也救了乔志远、汪弘毅他们，不然他们多年的辛苦就真的白费了。"王曦若查看着成交明细，不断地摇头，说："今天进场的是有组织有预谋的，从他们下单的规律看，是多个账户在同时买入，而根据资金量显示，应该是专业的财团，可以看出是非常专业的操盘手在操作。"

黄天沙嘴角浮现出一丝笑容，说："武大郎顶着了。"

王曦若突然想到了黄天沙曾经说过的一句话，问："黑衣骑士？"

黄天沙点点头："除了他，没人敢现在抄底。"

王曦若反而担忧起来："黑衣骑士失去控制，他将成为左右天平的筹码。"

黄天沙很自信地冒出一句话："筹码就是筹码，就算上了桌子终究还是棋子。"

王曦若拿出一份计划递给黄天沙，说："现在黄国胜想把我们的野蛮人身份坐实，逼我们冲锋在前对抗乔志远他们，汪弘毅的目标是让我们穿仓，彻底从盘古消失。他们两帮人各怀鬼胎，而跌停板上那些抛单是担心我们的资金链。现在股价打开跌停，不管是白衣骑士还是黑衣骑士救场，我们都需要用行动证明，我们是在为老百姓赚钱。"

法务部的插话问："我们需不需要回击东方亮？"黄天沙埋头看计划，眼皮子都没抬，说："不用搭理他，看他能闹出个啥花样。"看完计划，黄天沙提醒王曦若说："凡是跟远大集团相关的股票都剔除，寻找那些拥有自主产权、团队优秀、营收利润增长稳健的蓝筹。一定要不忘初心，我们的宗旨就是为保险持有者赚取优秀上市公司发展的红利。"

王曦若点点头说："铁娘子的珠江电器是理想标的。"

黄天沙一听就皱起眉头，说："铁娘子朱潇雨对股东太强硬。"王曦若正要说话，黄天沙话锋一转，说："汪弘毅的利空给盘古砸出三个跌停，我们要通过珠江电器告诉世人，我们龙腾集团相信中国经济的发展，对优质的蓝筹股一如既往地看好，只要盘古保持良好的发展态势，我们不会轻易放弃。珠江电器不是试金石，是龙腾给市场的保证书。"

珠江电器是中国家电领域的龙头企业，经过几年的高速增长，公司进入了发展的"瓶颈",朱潇雨想通过并购新能源项目为珠江电器寻求新的增长点,可是股东大会上铁娘子的计划遭遇股东的全面抵制,珠江电器的股价开始一路走低。王曦若指挥山鹰组不断吸纳珠江电器的筹码。龙腾系的大笔买入,立即刺激了珠江电器的激情,当龙腾系买入刚到1%的筹码时,股价就直奔涨停。

珠江电器已经令整个市场沸腾了,那些给铁娘子投下反对票的老股东开始不安,不少人猜测是当初铁娘子想要并购的新能源在组织力量反击,想通过二级市场的热炒卷土重来。他们怀疑这一突如其来的势力是在学习龙腾系,因为珠江电器的股权同盘古一样极其分散,一旦有闯入者掌握足够的筹码,就可以以大股东的身份为所欲为。黄天沙看着网络上的各种言论窃笑。

黄天沙看着珠江电器爬上涨停板,买盘上不断涌入的买单是对开盘买入者的膜拜。各大论坛开始不断地猜测,到底是谁在买入珠江电器。网上开始不断出现谴责乔志远、汪弘毅为首的盘古管理团队的声音,说他们自私自利,因为他们对资本的歧视,才导致盘古股价跌停,遭殃的除了龙腾系,还有小股民。黄天沙跷着二郎腿,端起咖啡杯,拨通了皮特的电话:"亲爱的Banker先生,今天各大报纸都在报道曼陀银行助力神秘势力进入盘古。"

曼陀银行大中华区公共关系部的电话已经被各路记者打得发烫。皮特刚跟罗马城堡里的董事们开完电话会议,那一帮老顽固们这一次异常开化,给皮特100亿的授权,还说只要是九龙集团炳叔的业务,皮特只需要向董事会备案就行。逐鹿资本买入盘古一个星期后,炳叔在他那秘密纸牌屋未厌堂里接见了皮特,承诺会跟曼陀银行建立长期的战略合作关系。皮特看完报纸,满脸笑容,说:"黄总,你确定要摄政王珠吗?"

黄天沙很敏锐地听到皮特对他改了称呼,心里暗笑一声,也并不理会,而是慢悠悠地问:"你反悔了?"

皮特一听黄天沙误会了,解释说:"我知道黄总跟夫人是伉俪情深,礼敬有加,黄总让曼陀银行进入香港顶级商界,我就跟你说实话,作为结婚纪念日礼物,摄政王珠并不太理想,从拿破仑把它送给他的皇后起,这颗珠子就一直颠沛流离,拥有者的爱情并不美满。"皮特放下报纸,听到电话里黄天沙气息很粗,他的不高兴已经通过呼吸在抗议。皮特立即补充说:"还记得上次跟你说的话吗？有一个更佳的礼物，适合当你们的结婚纪念礼物。"

"什么礼物？"黄天沙很不信任地说，"是不是乔志远又加价了？"

皮特呵呵一乐："你只说对了一半，乔志远并没加价，但是那个更适合你们的礼物就在乔志远手上。"黄天沙一听，立刻从座位上弹起来了，脸上写满了迫不及待，问："什么礼物？"皮特说："一块化石！"黄天沙一听就失望了："没意思，化石不值钱！"皮特说："黄总，我说了你可别后悔！"黄天沙撇着嘴，翻着报纸问："故弄玄虚，有啥后悔的。"

皮特在电话那头一本正经地说："乔志远手上的那块化石不是普通的化石，是德国梅塞尔乌龟化石，梅塞尔化石坑一共出土了几十个乌龟化石，但是乔志远手上的是一雄一雌正在交配的乌龟化石，在全球绝无仅有。"黄天沙一听是乌龟，觉得不吉祥，问："多少钱？"皮特心里也没谱，说："价格不重要，重要的是乔志远同意转手才行。"黄天沙被皮特一激将，立即来劲了："摄政王珠我要了，梅塞尔乌龟交配化石你也想法给我搞来。"

听到黄天沙如此豪气，皮特心潮澎湃。这时王曦若敲门，黄天沙匆匆地挂断了皮特的电话。王曦若坐在黄天沙对面，建议说："龙腾系应该改变策略，放慢对珠江电器筹码的吸纳，急功近利很容易招致舆论的关注。盘古是珠江电器的大客户，这很容易让人联想到我们是要将房地产、玻璃、电器打造成一个产业闭环，一旦汪弘毅恐吓铁娘子说我们会像岭南玻璃那样控股珠江电器，清洗管理层，就铁娘子那火暴脾气，还不满世界嚷嚷我们是野蛮人？"

"我们现在的持仓量才1%，珠江电器不去交易所查询交易明细，都不知道我们买了多少，铁娘子能说什么？"黄天沙还要说，王曦若插话说："万一铁娘子去查了交易明细呢？"黄天沙撇着嘴说："现在又不是财报披露的时间，我们没有到举牌线，他们如果披露出来，那是违反信息披露规则的。再说了，珠江电器也是我们龙腾地产的客户，我们看好珠江电器的团队和发展，为老百姓赚点保值增值的钱，总无可厚非吧？"

王曦若有一种不好的预感，说："虽然岭南玻璃的吴岐庸在电视上认罪了，但不少人依然把我们视为野蛮人，甚至有人认为我们是栽赃陷害。如果舆论都指向我们，铁娘子真的去查了，汪弘毅借机煽动铁娘子站到我们对立面，那我

第二十三章
潜龙杀

们就真的很被动了。"黄天沙双手按了按太阳穴，说："那暂缓吸纳珠江电器的筹码。现在汪弘毅恐怕也想看看桂玉梅的笑话吧？"

汪弘毅办公室门紧闭，屋子里只有他跟邵南子两人。

刚将长发剪成小平头的邵南子站在汪弘毅对面，让汪弘毅怎么看都觉得别扭。汪弘毅逗邵南子："小邵，都说失恋的人做的第一件事就是剪发，你是不是被女朋友甩了？大冬天把头发剪那么短。"邵南子笑而不语，按下桌子上的可视化按钮，屏幕上立即呈现出一份图谱，他解释道："打开跌停板的四个账户，两个在南海，两个在广州，四个账户穿透到终极控制人，都是自然人。"

汪弘毅看着复杂的股权图，问："能不能查出谁在控制这些自然人？"

邵南子滑动了一张图，说："当初浦江花园腐败案中，穿透上海区域供应商、销售代理商，自然人股东最终通过资金链穿透到了肖天的情妇周晓萌那，这一次我们试图用同样的方法来进行大数据穿透，随即发现了一个秘密。"

汪弘毅看到一条延伸至香港公司的箭头，问："难道他们的资金是从香港过来的？"

邵南子很肯定地说："这四个公司看上去业务各异，股权也毫无关联，但都是壳公司，他们四家都跟香港有资金往来，控制这四个壳公司的真正中枢在香港。"邵南子突然停了停，神秘地说："香港往来公司注册资金都只有几千港元，其中有一家公司的董事跟赌王的三姨太在另外一家公司担任董事，赌王三姨太串起了逐鹿资本这一条隐秘的暗线。"

汪弘毅一拍桌子，说："看来背后的人是在跟我们玩壁虎过河。"

邵南子没听明白，问："什么意思？"

汪弘毅指着赌王的三姨太说："把逐鹿资本的资料调出来。"

邵南子迅速将逐鹿资本与四家公司进行大数据整合。汪弘毅指着庞杂的关系图谱说："你看看，陈佳慧成为串联程春阳、赌王三姨太的重要一环，现在赌王三姨太再次出现在这四家公司香港合作伙伴的关系图谱之中。其实无论是这四家壳公司，还是逐鹿资本，都只是壁虎尾巴上的一段，断掉任何一段都不会危及壁虎的性命，很显然这不是程春阳的复仇行动，他们只是将程春阳以复仇者的面目推到前台，这一帮人是有预谋的。"

突然，蒙毅在门外进行人脸识别。

汪弘毅立即示意邵南子关掉示意图，先行离开，临了对他说："把抄底的这四家公司摸清楚。"

蒙毅攥着一份报纸走了进来，一进门还没有等汪弘毅问，便说："汪总，看到这个新闻没？"汪弘毅一边看着报纸，一边回答："一大早就跟法务部讨论远大集团那个经理状告董事会换届的案子，刚才邵南子又进来汇报工作，哪有时间看报纸。"看着看着，汪弘毅的眼珠子突然睁大了，问："真的还是假的？"蒙毅满脸惊愕地说："桂玉梅的公司一年营收355亿，纳税为零，这数据实在太吓人，不符合逻辑，假的吧？"

汪弘毅摇摇头说："这是工商系统的文件，只是这个数据太离谱了点。"

蒙毅突然压低声音说："我这几天听到一件事，肖天轮岗到北京，乔总的小夫人到北京区域总部找过肖天，告诉他一个客户看上了盘古在北京东四环的一处商业物业。"蒙毅小心翼翼地看了看汪弘毅冷冷的脸，继续说："听说小夫人到公司后根本就没有理睬前台的姑娘，拎着包直接就闯进肖天的办公室去了，至于怎么跟肖天谈的，就不知道了。"

汪弘毅抓起电话打给邵南子："把肖天轮岗到北京后的数据给我调出来。"

挂断电话后，汪弘毅一言不发地望着蒙毅，整个屋子里异常安静。蒙毅努力挤出一丝微笑，转而又有些担心地说："听说远大集团的巡视组已经组建好了，派到我们盘古的巡视组长是杜天刚。这个时候乔总的小夫人再在后院点把火，到时候我们就真给黄国胜他们留下把柄了。"

汪弘毅突然打断蒙毅的话，说："记住了，不要张口小夫人、闭口小夫人的，乔总跟那个桂玉梅还没有结婚，现在远大、龙腾的人千方百计想在我们身上搞出点事，她一个唱青衣的小演员，哪有那么的大生意？"汪弘毅说着说着，摇了摇头说："这个桂玉梅是个喜欢折腾的人，说不定355亿营收的背后就是她自己脑子发热，想炒作一把才故意写错的。"

说话间，邵南子通过人脸识别走了进来。汪弘毅立即示意邵南子："把肖天的天眼数据演示一下。"邵南子瞅了瞅旁边的蒙毅，汪弘毅说："演示吧，蒙总还要等待数据中的关键信息。"邵南子调出肖天到北京后的数据，大约演示了两分钟，快进的过程中，LED显示屏上突然出现了一个陌生女人。汪弘毅挥手道："停，定格放大。"

随即LED显示屏上出现了桂玉梅的样子。汪弘毅有点纳闷，桂玉梅之前一直在紫宸会唱戏，跟乔志远恋爱后，才出来开了个文化传播公司，专门经营自己的演出，从未听闻过她还懂得房地产业务。汪弘毅斜眼看了看旁边的蒙毅，问道："你确定她也有地产业务？"

邵南子调出了一份公司股权数据，解释道："桂玉梅在紫宸会唱青衣期间，投资过一个房地产经纪公司，只不过那个公司早已注销，倒是现在的文化传媒公司里面有房地产经纪一项，实在令人费解。"汪弘毅指着股权结构问："她干过楼盘销售？持股95%，看样子是个控制欲很强的人。"邵南子摇了摇头，说："那个时候她不卖房子，专门给一些中小型房地产商找地皮和资金。"

在旁边盯着LED显示屏的汪弘毅若有所思。邵南子、蒙毅你一言我一语，汪弘毅不耐烦地打断，下令说："远大集团的巡视组就要下来了，任何人都不得做出损害公司利益的事。蒙毅，稽核部必须行动起来，对公司内部进行一次系统地排查，一旦发现可疑情况，邵南子的天眼系统数据要立即配合，无论是谁，只要查出问题，绝不姑息。"

第二十四章
碟中谍

香港四季酒店包房内，杜天刚把报纸给黄天沙，问道："天沙兄，看到这个新闻没？"

黄天沙故作惊讶地说："什么新闻？"

杜天刚哈哈一笑："你呀，生死交锋，不关心乔志远的女人一年营收几百亿？"

黄天沙满脸不屑："一个唱戏的，哪来那么多钱？都是瞎扯。"

杜天刚摇了摇头，啧啧之声不绝："老黄啊，你整天除了琢磨赚钱，也得搞搞情报啊，商场如战场，不是一个劲儿往里砸银子就够了，那是土老板。乔志远、汪弘毅的软肋在哪里，汪弘毅跟乔志远之间最敏感的是什么，这些都需要弄清楚啊。都21世纪了，信息才是制胜的关键。"杜天刚把报纸再次递给黄天沙，说："你再看看，如果乔志远为了小女友用项目进行利益输送，交易额会不会就很大呢？"

黄天沙翻了翻报纸，说："如果几百亿真是项目输送的话，乔志远还挺爷

第二十四章

碟中谍

们儿的。"

屋子里茶香四溢，杜天刚喜欢浓郁的龙井，在茶杯上嗅了嗅，呷了一口，呵呵一笑："爷们儿个屁，他那有权势的老丈人一去世，他就把当年的糟糠之妻给甩了。"杜天刚突然很小声地在黄天沙的耳朵边说，"桂玉梅就是个演员，几百亿的利益输送肯定是有人为了恶心乔志远捏造的，当时离婚他也是净身出户，股票以及后来的管理层持股计划权益全归他前妻了。"

黄天沙似笑非笑地说："老杜，你不会惦记上人家前妻了吧？"

杜天刚瞪了黄天沙一眼："都啥时候了，你还开玩笑，跟你说正事儿。你想想，盘古管理层的持股计划中，乔志远权益最大，现在名义上是乔志远的，实际上已经归他前妻了，可盘古上市那一年，乔志远持股一万多，一直都在账户里没动，这些年分红送股，现在已经超过百万股了，这里面是不是有文章可以做？"

黄天沙撇着嘴说："股票在人家账户里，怎么做？"

杜天刚伸出食指挥了挥，说："你是玩资本的，你再想想。"

屋子里两人四目相对，杜天刚觉得自己应点到为止，不想直接给黄天沙法子。黄天沙恍然大悟，一拍大腿，说："乔志远净身出户，那么除了管理层持股计划的权益外，乔志远自己账户里的股票就归前妻张青桐管。乔志远口口声声捍卫盘古核心利益，如果张青桐在高位抛售乔志远账户里的股票，这比一个唱戏的更具有杀伤力。"

鸿基保险总部，财务部的人敲开门，马腾正在跟国际投行们开一个远程电话会议。

电话那边里讲着讲着就冒出一句英文，马腾很不喜欢那些假洋鬼子们讲话的方式，那些华尔街公司大中华区的首席执行官以及他手下的董事总经理们，绝大多数都是土生土长的中国人，只是到美国留学工作后，从华尔街派到大中华区，他们在中国的人脉成为开拓大中华区市场的重要资源。马腾正在跟罗斯大中华区首席执行官李峰进行电话会议，讨论鸿基地产回归A股。

马腾早年毕业于东北的一个专科学校，他聪明睿智，极具远略，可就是英文太烂,强化学习都讲不出一句完整的业务概述。毕飞雪到鸿基保险后,马腾索性放弃了学习英语的计划。毕飞雪坐在马腾的对面,跟李峰探讨鸿基地产回归A股的估值问题,马腾在旁边直接插问:"我们如果从H股退市回到A股,估值能不能达到盘古的水平?"财务部负责人正欲退出,马腾示意他坐在对面。

李峰是一位美籍华裔,其岳父是一位高级官员,他从耶鲁大学博士毕业后,一直在华尔街的顶级投行罗斯任职,随着他岳父的官位升迁,李峰被罗斯董事会从华尔街调往大中华区任职,短短3年之内就做到大中华区首席执行官。从鸿基地产H股上市到债券的发行,都是李峰操刀。鸿基地产上市之前资金链一直相当紧张,没有国际投行愿意接手,李峰接下马腾的单子,暗中助力他打入炳叔圈子,最终将鸿基地产推向了港股。

于是,马腾跟李峰便成了莫逆之交。几家在美国纳斯达克、香港主板上市的中国企业退市,回到A股上市后股价一飞冲天。盘古在A股已经超过20元人民币,而鸿基地产在香港H股才4港元,简直就是白菜价。马腾按耐不住,一直在琢磨,如何将鸿基地产从香港的H股市场退市回归A股。在跟李峰讨论回归问题之前,得知比自己晚创业10年的一位科技类上市公司总裁回归A股后,身家坐上了首富位置,马腾更是咬牙切齿,回归A股的心情越来越迫切。

电话会议已经开了两轮,在跟马腾私下讨论时,毕飞雪不建议将鸿基地产直接从香港退市,提议像盘古那样A股H股一起,只是盘古先发A股,后发行H股。H股上市公司回归A股无论是技术上还是制度上都没有任何障碍,但若是横跨两个市场,鸿基地产不仅可以享受A股的红利,还能打开国际窗口。

李峰个性沉稳,思考问题逻辑缜密,他三番五次劝告马腾:"马总,未来中国房地产的格局是谁能够快速兼并,打破传统房地产经营思路,谁就能成为相对垄断的寡头,如果将H股私有化了,鸿基地产的资产负债表扩张就会受到很多限制,比如A股的融资时间长,成本高,而港股的资金成本,以炳叔他们为例,不到4%。"视频中,李峰很无奈地两手一摊,毫不掩饰地给马腾泼了一盆凉水,"内地哪一家机构会这么便宜给你?"

马腾担心的就是资产负债表,这就跟人的钱包一样,借别人的钱越多,看上去钱包鼓鼓的像个大老板,可把账一还,兜里就没钱了,说到底还是个空心

第二十四章
碟中谍

大佬。更要命的是，借钱越多，跟你合作的人会越少，因为人家都担心你还不了钱啊。然而马腾依然很自信地说："未来的市场就是大鱼吃小鱼，根本就没有虾米的活路，我们这两年快速扩张，已经冲到了前三名，只要融一笔钱，就可以削减债务，回到 A 股再融一笔钱，两年内干到市场第一，到时谁不愿意把钱给老大呢？"

视频另一端，李峰跟他的一帮董事总经理们脸上都浮现出一种不信服的笑容。李峰只是附和说："引入新的战略投资者，把负债率降下来，收益提上去，继续扩张的空间就出来了。"马腾的脑子里有一个大胆的想法，只要有千亿元现金进来，鸿基地产还担心资产负债表很难看吗？挂断电话，马腾敲着会议桌，毕飞雪跟财务部的人都看着他，默不出声。马腾想了想，问毕飞雪："如果我们继续吃进盘古股票，超过龙腾集团成为大股东，有没有可能？"

毕飞雪快速地测算了一下，说："至少要 600 亿元。"

财务部一听眉头就紧缩成一团，插话道："公司账上的现金都是各个地产项目资金，保险公司的资金投资二级市场股票都是有限额的，整个集团一时半会儿抽不出 600 亿元。"马腾眉头都没有皱一下，一拍桌子，毅然决然地说："干！"

会议室立即热血沸腾，只要马腾说干的事，无论对错，执行团队都必须要把它变成正确的现实。毕飞雪点点头，说："粤海因为远大集团的反对票，没完没了地打官司，重组一直难以推进，龙腾集团跟盘古针锋相对，难以进一步吸纳筹码，盘古的股价一直在 20 元左右震荡。现在是个好机会，只要资金充裕，一鼓作气可以实现控股。"

马腾的眼睛炯炯有神，他坚毅而自信地说："资金问题不用担心，600 亿元跟盘古账面的 3000 多亿元现金，还有盘古的控股权相比，简直就是一本万利。"他冲着毕飞雪下令："我准备 100 亿元，再放个 5 倍杠杠到 600 亿元，你把盘古 30% 的筹码给我买到手。"

财务总监在一旁耷拉着脸。马腾一看气氛不对，忙问道："搞到 100 亿元有难度吗？"事实上财务总监进来就是因为一大早马腾吩咐要进行资金压力测试，他把文件递给马腾，汇报道："鸿基地产这个月底的还本付息总额是 137

亿元,下一个月是45亿元,到年底清偿中短期债券总共480亿元,如果加上银行、信托的利息,年内应偿还债务超过560亿元。"

马腾没有打开文件夹,只是一个劲儿地问:"你就告诉我,一个月内能不能调集100亿元。"

财务总监一听就惊呆了,说:"真没钱,50亿元都要东挪西凑。"

马腾一听就怒了,呵斥道:"滚,别跟我说没钱,没钱找钱去。"

财务总监默默退出会议室,马腾在里面咬牙切齿地说:"整天就是没钱没钱,有钱我还养着他们一帮人干吗?"毕飞雪一看,马腾是真怒了,立即安慰他说:"A股就是最大的银行,我们为啥要去求别人呢?"马腾眼睛一下子就亮了,赶紧问道:"怎么弄到钱?"

毕飞雪微微一笑,马腾一看毕飞雪的神情就知道她有招了。毕飞雪非常从容地说:"现在汪弘毅他们跟那些新闻记者恨不得掘地三尺,都想知道那四家在第三天盘古跌停板上抄底的机构背后到底是谁,这个时候我们可以通过第三方放放风,让舆论聚焦到鸿基集团,这样一来,鸿基集团在资本市场就成了一面旗帜。"毕飞雪见马腾不断点头,冲着马腾妩媚而又自信地说,"赚钱的事接下来就交给我了。"

南海市珠江花园的小区里郁郁葱葱,苍翠遒劲的松柏在冬日的暖阳下洋溢着旺盛的生命力。珠江花园是盘古在南海市开发的第一个欧式风格的洋房小区,乔志远不喜欢秋天黄叶飘飘洒洒凋零的景象,在小区规划期间就下令,小区的绿植一定是四季苍翠的松柏,这样只要一推开窗,就能感受到生命的活力。乔志远自掏腰包买下小区紧靠中心花园的一套房子,跟张青桐在这里一住就是20多年,直到跟张青桐离婚,才搬离这个一草一木都充满亲昵气息的小区。

肖天站在门口咚咚地敲门。

足足等了3分钟,门才缓缓打开,穿着家居服的张青桐出现在门后面,满脸憔悴,明显苍老了许多,开门的一刹那,肖天差点以为自己敲错了门。紫宸会上跟乔志远大吵一架之后,张青桐便回到了南海市,经常把自己一个人关在屋子里,好几天不出门。在报纸上看到乔志远跟桂玉梅真的在一起后,张青桐经常发疯似的把头往墙上撞。曾经的风姿绰约，如今早已消逝。张青桐率先开口："肖天，你怎么来了？"

肖天顿时泪花闪烁，哽咽道："嫂子，一年不见，您？"

张青桐将肖天让进屋里，里面冷冷清清。乔志远跟张青桐离婚之前，盘古的管理层经常到乔志远家，张青桐会给大家伙儿做一顿家常菜，这时乔志远总是很自豪地夸耀张青桐贤良淑德。乔志远跟张青桐离婚后，搬到盘古给他安排的别墅区，再也没有回过珠江花园，留下张青桐独守他们相濡以沫20多年的旧宅，任其一人孤苦伶仃。

张青桐到厨房找出暖水瓶，发现里面的开水已经完全冰凉，便立即插上电磁炉烧水。肖天一个人坐在客厅，四处扫视了一圈，发现有的地方都已经落上薄薄的尘埃。过一会儿，张青桐给肖天倒了一杯热开水。肖天接过水杯，望着冷冷清清的客厅，心里很不是滋味。张青桐勉强微笑着说："让你见笑了。"肖天久久无语，张青桐指着餐桌，自顾自地说起来："那桌子，除了曾经是我们一家人的记忆外，更是你们一帮兄弟多年情义的见证。"

肖天一个劲儿地点头，想当年，自己跟汪弘毅、王刚、刘世雄一帮兄弟，经常在这张桌子上下棋、斗地主、包饺子。现在，乔志远离婚了，兄弟们散了，过去成了回忆。张青桐走到窗前，望着茂密的松柏，长叹一口气，说："他每一次出差，很久都看不到他的影子，我只能站在窗前，望着他出差的方向。他一下飞机，总是第一时间给我打电话，他总是告诉我，婚姻就是人生旅途，平静而执着地相守相爱才能让幸福更长久，我们却走到了婚姻的尽头。"

肖天站起来，将一杯水端到张青桐跟前，安慰道："嫂子，别难过了，过去的就让它过去吧。"

张青桐一脸苦笑，说："你不知道，他第一次做生意亏了100多万元，躺在屋里几天不出门，我跟他说，做生意就是有赔有赚，挣不到钱大不了回到从前的日子，有啥好难过的。那个时候，我们一点儿都不怕回到从前。"张青桐突然情绪激动，用颤抖的声音说："现在，是想回都回不去了，只是没想到，他竟然跟一个唱戏的搞在一起。"

桂玉梅现在已经成了张青桐永远不能宽恕的插足者，张青桐认定是唱青衣的桂玉梅夺走了她的幸福。肖天安慰她说:"嫂子,婚姻是两个人的修行,如果一个人离开了,另一个人就要做回自我,否则便会陷入无尽的痛苦之中。少点回忆,努力向前看。我这次回总部是来办理辞职的,想着很久没见你了,来看看你,不知道以后多久才能再来看望。"

张青桐用手拢了拢披散着的头发,一脸愧疚地说:"我现在就跟祥林嫂似的。"她顿了顿,吃惊地问道:"你说你辞职了?你们这么多年情同兄弟,只是因为有野蛮人进了公司,你就要走吗?"肖天苦笑着说:"天下没有不散的宴席。"张青桐很是诧异:"这个时候,志远更需要你们这一帮兄弟帮忙,你辞职了,谁能帮他?这个老东西,一把年纪了,经不住那个狐狸精勾引还说得通,跟他一起打拼的兄弟们,怎么一个个都被逼离开了?他到底是咋想的?"

望着张青桐游离的眼神,肖天很是感慨:曾经几十年的夫妻就这么散了,乔志远不畏天下悠悠众口跟桂玉梅在一起,可张青桐现在依然处处为乔志远着想,举手投足之间,仍是豪门小姐的气度风范。肖天宽慰张青桐说:"嫂子,一个企业最大的敌人就是那些曾经创造辉煌的人,我们把路让给那些能让企业变得更卓越的人,不会辜负曾经的理想。"

张青桐喃喃自语:"无论过去,还是未来,希望你们都是朋友。"肖天点点头,安慰张青桐说:"嫂子,放心吧,你永远都是我的嫂子。"肖天跟张青桐告别时,又劝慰张青桐说:"嫂子,照顾好自己,未来的路还很长,该吃吃,该喝喝,多出去走走,不要活在他人的阴影中辜负了自己,在别人的世界里跑龙套,不如在自己的生活中演主角,过自己想要的生活,生活才会更精彩。"

"离婚的时候,除了房子,那个老东西就只给我留下一堆看不见摸不着的股票,他是把账户、密码都给我了,可我一窍不通,哪儿有钱出去走走。"张青桐把肖天送到楼道口,一边走一边抱怨。肖天一愣,说:"嫂子,股票那事儿,你就交给专业的人去打理,让他们帮你赚钱,你就可以云游四海了。"肖天沿着院子往外走,张青桐望着远去的背影,脑子里浮现出乔志远的身影,自言自语:"我的生活?在哪里?"

汪弘毅看着新闻,紧紧地咬住后槽牙。

第二十四章
碟中谍

邵南子在一旁说:"张青桐抛售股票之前,肖总去看望过她。"汪弘毅将报纸丢在办公桌上,以为自己听错了,向前倾了倾,问:"你说谁?"邵南子重复说:"肖总肖天,去珠江花园看望过张青桐。"

汪弘毅很警觉,问:"乔总也在吗?"

邵南子非常肯定地说:"没有,肖总递交辞职报告后,一个人去的。"

汪弘毅示意邵南子将材料放下先出去,自己翻了翻最新的股东交易名单,看到乔志远的账户里确实有卖出股票的记录。他给乔志远的座机打了过去,发现他不在办公室,再拨打乔志远的手机,发现手机一直处于无人接听的状态。汪弘毅皱着眉头,心里一直琢磨,乔志远的账户在这个时候抛售股票,这不是在管理层内部捅了一刀吗?

乔志远望着窗外邻居家的院子,看两个民工正在拆除水池温棚。突如其来的寒潮令池子里的奥里诺科鳄鱼极不适应,邻居专门给鳄鱼搭建了温棚。天气一转暖,棚子必须拆除。听说邻居是个超级投资人,在全球拥有超过50个估值百亿美元以上的高科技项目。桂玉梅翻了个白眼儿,很是好奇邻居到底是个什么人,竟然喜欢饲养奥里诺科鳄鱼这种顶级掠食者。

早上8点,桂玉梅睁开眼睛,看着乔志远还在酣睡,往他身上盖了床薄毛毯,起身进行一番洗漱后,进入厨房给乔志远做早餐。乔志远的厨房就是个摆设,桂玉梅第一次进厨房就吓了一跳,没有一点烟火味,灶台上都覆盖着一尘薄薄的尘埃。桂玉梅花了两个小时,才把厨房里里外外给清理干净。每次到南海,桂玉梅都会给乔志远做爱心早餐。乔志远会在晚上做一道自诩的拿手好菜——红烧肉,然而每次端上桌的红烧肉都是黑糊糊的。

乔志远看到桂玉梅吃红烧肉的样子,每次都很不好意思地问:"是不是老抽放得多了一点?"桂玉梅总是微微一笑:"你已经使出了绝招,在我这就是人间美味。"说完,夹起一块便津津有味地吃了起来。乔志远看着桂玉梅大快朵颐,感叹这就是那个台上风情无双,台下凡尘烟火的青衣尤物。为了做好红烧肉,乔志远专门到书店买了一堆美食图书,到家除了下围棋,便是钻进厨房研习菜谱,一顿饭下来,整个厨房都会被乔志远搞得一塌糊涂,桂玉梅得收拾一两个小时。

底牌（下）

手机在书房里响个不停，桂玉梅进入卧室，发现乔志远在梦中神色紧张。桂玉梅走到床边，将被他掀在一边的毛毯重新给他盖上。乔志远被惊醒了，揉了揉眼睛，看着桂玉梅坐在床边笑容满面，一把紧紧地抓住桂玉梅的左手。桂玉梅用右手轻轻地抚摸着乔志远的额头，上面已经冒了一层细汗，她温柔地问："是不是做噩梦了？"

乔志远点点头，脸上还有丝丝惶恐。从第一次遇见乔志远，桂玉梅就没有见乔志远有过任何的慌乱神色，无论遇到多大的风浪，他总是坦然面对，从容有度。乔志远心有余悸地看着桂玉梅，缓缓地说："真是奇怪，我自己很少开车，刚才竟然梦见自己在夜间开车，开着开着，便进入一条陌生的马路，马路上没有路灯，行人却川流不息，突然车灯全坏了，眼前漆黑一片，我使劲踩刹车，刹车也失灵了，隐约听到马路边有人在吵架，车跟疯了一样乱蹿。"

桂玉梅业余时间研究星座和周易。听完乔志远的梦，她想了想，说："梦见自己开车代表你是掌控者，刹不住车暗示你正在做的事情将会出现障碍，甚至有些事不在你掌控之中。需要注意自己的用人，可能会因为用人不当，导致自己出现重大损失。"乔志远斜靠在床头，看着桂玉梅讲得头头是道，一脸的严肃，轻轻地将桂玉梅揽到胸膛上，抚摸着桂玉梅的长发，自言自语道："有什么事不在我的掌控之中呢？"

手机在书房响个不停，卧室隐隐能听到。桂玉梅站起来，快速进入书房，将手机拿来递给乔志远。乔志远刚要接听，电话停了，一看是汪弘毅，已经拨打了五次。乔志远拿着手机到饭厅，看到桌子上已经摆上了三明治、牛奶，梦里的紧张一扫而光。正要去洗漱，汪弘毅的电话又进来了。乔志远才接起电话，汪弘毅就问："乔总，今天的新闻看了吗？"

乔志远脱口而出："什么新闻，这么心急火燎的。"

汪弘毅拎着报纸说："您账户里昨天卖出5万股盘古的股票。"

乔志远一听，冷笑了一声，说："瞎说，这20多年我一股都没卖过，卖什么股票？"

汪弘毅非常肯定地说："新闻报道上说，您在抛售盘古股票，我不信，调出昨天盘古的交易记录，发现您的账户里确实有卖出股票的记录。"乔志远一

第二十四章

碟中谍

愣，看了看坐在餐桌旁的桂玉梅，心想：难道真的发生了自己不能掌控的事？乔志远还是不太相信，说："怎么可能，我的账户在张青桐手上，怎么卖？"汪弘毅试探性地问："会不会是嫂子卖的？"

乔志远立即否认，说："不可能，她连账户怎么进去都搞不懂，怎么卖？"汪弘毅很委婉地说："肖天提交辞职报告那一天，有人在珠江花园看到他了，好像是专门去看望嫂子。"乔志远收到肖天辞职报告的时候，在办公室来回走了一个小时。肖天在接班人竞争中失了势，现在汪弘毅又怀疑肖天怂恿张青桐抛售盘古股票。经过长时间的沉默，乔志远若无其事地说："离职了，去看看老嫂子也正常。"

汪弘毅谨慎地说："最近一连串的事都太过巧合。"

电话里死一般的沉寂。桂玉梅走到乔志远跟前，抱住他，脸贴在他的胸膛上。乔志远一只手握着电话，一只手轻轻地抚摸着桂玉梅的长发，对着电话那头问道："还有什么事？"汪弘毅想了想，说："桂小姐的公司一年营收335亿元，有人怀疑桂小姐跟盘古内部人勾结倒卖地皮。"乔志远脱口而出："瞎扯，几百亿营收？那么大交易，勾结哪个内部人？"

肖天的辞职报告一直压在乔志远的办公桌上，只要乔志远一天不批准，身兼总裁、董事的肖天就有机会卷土重来，跟汪弘毅竞争接班人。汪弘毅咬了咬牙，说："我们觉得这个数据有问题，可是调阅了天眼系统的大数据，桂小姐确实去北京总部找过肖天。难道？"

乔志远盯着桂玉梅，问汪弘毅："难道什么？"

桂玉梅能够隐隐听到汪弘毅提到自己，乔志远看自己的眼神也少了几分柔情。汪弘毅想了想，继续说："远大集团经理状告董事会，要求改选，肖天突然辞职了，不完整的董事会席位就应该改组了。肖天提交辞职报告之前跟桂小姐在北京区域总部见过面，之后桂小姐的公司就出现几百亿元的营收数据。肖天去见嫂子，从不炒股的嫂子就抛售了您的股票，这一切实在是太过蹊跷。"

所有的问题都指向肖天。乔志远听出了汪弘毅的弦外之音，说："难道是肖天撺掇张青桐抛售盘古股票？他提交了辞职报告，完全可以卖自己的股票，可他一股没卖啊。他这样大费周章，想要干什么？"乔志远想到桂玉梅解的噩

底牌（下）

梦，迟疑了一下，呵呵一声冷笑，说："有人处心积虑就是想搞我！为了维护盘古的核心利益，短期之内不能批准肖天的辞职。"

乔志远拒绝批准肖天的辞职报告，接班人的威胁就依然存在，这一点汪弘毅再清楚不过，但他仍若无其事地说："肖天可能不想干什么，不过一旦被人利用，那就会损害盘古的核心利益。"汪弘毅接着提出自己的看法："挖桂小姐公司的数据，无非就是要抹黑您的公众形象，嫂子突然莫名其妙卖掉您账户里的股票，加上肖天的辞职，就是想渲染盘古管理层分崩离析的局面，制造您要离开的假象，然后向世人昭示远大集团、龙腾系他们是这一场股权之争的胜利者。"

"好一个连环计，接下来就该是远大集团的巡视组来照方抓药了。"乔志远握着电话，从厨房走到了书房，以不容置疑的口吻说："桂玉梅的营收，以及跟肖天见面的问题，我们内部要进行调查，一旦发现桂玉梅真的跟盘古高管勾结，倒卖公司项目，一定严惩不贷。张青桐抛售我账户股票的事情，让天眼反潜系统介入进来，稽核部全面调查，一定要给盘古的股东、员工以及公众一个公正的结果。"

挂断乔志远的电话，邵南子敲开了汪弘毅办公室的门。

邵南子脸上很兴奋，刚一进门就说："四个抄底的公司有眉目了。"

汪弘毅嘴角浮现出一丝笑容，迫不及待地问："背后是谁在控制？"

邵南子按了下桌子上的可视化系统，汪弘毅的眼前便出现了一道虚拟显示屏，接着一张复杂的关系图弹出。邵南子说："逐鹿资本、赌王三姨太，甚至报纸上提到的欧洲古老的曼陀银行，他们都只是障眼法。"邵南子快速切换了画面，屏幕中出现了炳叔的照片，他向汪弘毅解释说："逐鹿资本中有一条暗线，那就是炳叔跟赌王三姨太有关联，而炳叔在鸿基地产 H 股 IPO 发行困难时，曾带着一帮香港大佬给马腾站台认购，最近马腾再次频繁出入香港深水湾 8 号。"

汪弘毅问："那是什么地方？"

一张卫星图随着邵南子的滑动呈现在眼前，接着被不断地拉近，可以清楚

第二十四章
碟中谍

地看到一座大门紧闭的宅院。大门处立着两个戴墨镜的保镖，玄铁大门两侧的围墙上架设着监视摄像头。整个宅院坐北朝南，背靠蜿蜒青山，宅院两侧不远处有向前延伸的山川余脉，左边的山峰比右边的高，均成阴阳鱼的形状。大宅前方是一片内海，远望有香港大屿山，典型的左青龙右白虎，前朱雀后玄武的四位拱卫风水宝地。

邵南子指着大宅说："这就是炳叔家，除了地上的仿古宅院，大宅下面还有地下六层，每一层都有森严的防卫，全是清一色的尼泊尔弯刀护卫。最底层有防爆应急避险装置，可供数十人在里面维持至少一星期的生存。炳叔的密室未厌堂就设在这一层，马腾曾经有几个月都在这密室里陪着炳叔玩锄大地，大地会的秘密会议也在这里召开。"

汪弘毅盯着口若悬河的邵南子，之前他的汇报总是干瘪乏味，没想到讲起故事来倒是绘声绘色。邵南子在讲炳叔大宅之时，汪弘毅在脑子里不断地梳理错综复杂的关系，没过一会儿他就茅塞顿开："程春阳的复仇看来只是一个幌子，炳叔的人操盘了逐鹿资本跟抄底四公司，难怪逐鹿资本一出手就坐上盘古H股第一大股东的位置，甚至敢在盘古A股跌停板上大量吸筹，看来这一切都是马腾在搞鬼，炳叔的运作只是为马腾的出场铺路。"

一切都开始明朗起来，汪弘毅在心底长舒一口气。邵南子摸了摸胡子拉碴的下巴，说："程春阳、陈佳慧、赌王三姨太都只是前台的卒子，如果没有炳叔出面，保守的曼陀银行绝不可能给程春阳这样的人提供资金支持。不管背后真正的控制者是谁，我们可以扔出已经掌握的资料，炸一炸。"邵南子将一份资料递给汪弘毅，提醒说："还记得中华啤酒吗？如果炳叔跟马腾背后有国际势力，也许黄天沙都只是一枚棋子。"

汪弘毅翻了翻资料，点了点头："美国博威跟贤叔有关系？"汪弘毅之前就怀疑过中华啤酒的交易，邵南子现在还不能确定贤叔是否同样是大地会成员，于是便很谨慎地回答道："我们再追踪一下。"汪弘毅一边翻资料，一边说："除了查香港人，北京前一阵子有人出售了一个15亿的项目，你也马上查一下，桂玉梅有没有介入这个项目，另外对于张青桐持有的乔总股票账户，弄清楚背后是谁在操纵。"邵南子听完正要离开，汪弘毅又严肃地下令："盯住鸿基，

底牌（下）

盯住马腾！"

远大集团北京总部，杜天刚的办公室人来人往。一摞摞卷宗被搬了进来，办公室的同事在不断整理。杜天刚已经翻阅了一上午，他扭了扭酸疼的脖子，把手上的一本卷宗扔到桌子上，问道："乔志远这几年都干什么了？"

旁边的一位同事打开了LED显示屏，说："我们将乔志远最近10年的活动做了一个统计。"杜天刚推了推鼻梁上快要滑下来的眼镜，看着时间轴上乔志远的行踪，很是诧异："下个围棋需要到塞班岛去闭关3个月吗？"杜天刚从位置上站起来，走到堆满卷宗的桌子旁翻了翻，吩咐旁边的同事："把他闭关期间盘古董事会的重大决策调出来。"

同事调出董事会的历史数据，介绍说："乔志远闭关期间，汪弘毅主导了340亿元的土地竞标，召开了两次董事会，一次是肖天调任上海区域，出任上海区域首席执行官，一次是旗下投资公司决定出资8亿元，以有限合伙人身份参与一个文创基金。"同事将盘古的两次董事会决议也调了出来，发现两次董事会上，乔志远都是电话表决。

屋子里响起杜天刚的皮鞋声，杜天刚双手背在背后，来回地围着卷宗走动，边走边自言自语："汪弘毅真是好手段啊，知道肖天是接班人选、盘古董事，便在乔志远闭关期间将其调任上海区域，远离权力中心，乔志远远在塞班岛，公司管理出现混乱也是鞭长莫及，只能在董事会上同意汪弘毅的主张，自己处心积虑设置的接班人赛马游戏，一开始就被汪弘毅给废了，乔志远哑巴吃黄连，肖天到上海任职更是一肚子窝囊气。"

同事指着显示屏说："围棋闭关只是一部分，乔志远10年间有两年半时间在哈佛，两年时间在剑桥游学。"杜天刚两只眼睛犹如桐油灯盏，指着一堆数据说："把湖北程春明和上海浦江花园腐败窝案的数据调出来，再跟乔志远闭关、游学的数据进行整合。"

同事在电脑上啪啪一阵数据处理，介绍说："武汉的腐败案在乔志远哈佛游学期间就开始了，上海的腐败窝案最早从剑桥游学期间就开始了，到后来肖天进入上海区域市场，周晓萌回国，腐败窝案进一步发展，这期间，乔志远到欧美参加各种企业界的围棋比赛，期间还战胜过华尔街顶级投行贝尔的CEO路易斯。"

"鸟巢戏剧晚会的赞助问题呢？"杜天刚听着听着，总觉得少了点事，忽然一拍脑袋说，"这事差点给忘了，乔志远这哪里是一掷千金，简直是千万金。"杜天刚当着秘书们的面，立即拨通黄国胜的电话："黄总，在巡视盘古期间，除了鸟巢晚会赞助，还发现了乔志远其他一些问题，是否需要对他本人开展进一步的问话？"

黄国胜在远大集团香港总部，粤海集团增发重组的董事会预案通过后，乔志远、汪弘毅就再也没有向远大集团汇报过任何工作。黄国胜听闻有海外资金正在收集盘古筹码，远大集团现在还是名义上的第一大股东，如果海外资金也要夺第一大股东，到时候远大集团连个二股东位置都保不住。黄国胜正搓火，很坚决地说："巡视是为了国家利益，自然不能马虎，必须按照正常的程序进行，发现问题，该问话就要问话，该处理就要处理，姑息只能养奸。"

第二天上午10点，乔志远坐在了远大集团北京总部会议室，坐在对面的杜天刚身边多了六个陌生的面孔。杜天刚介绍，身边的六人都是此次远大集团内部巡视组的组长。杜天刚领衔，六大巡视组组长出席，这么大阵势，难道杜天刚已经挖到重要证据？乔志远心里明白，上级单位通知召开紧急会议，不少人仕途就到终点站了。

杜天刚率先介绍："乔总，远大集团在几个月前组建了巡视组，主要对集团旗下一二级分公司、子公司进行巡视，作为国有资产的看门人，每个公司的一把手都是重点的巡视对象。派到盘古的巡视组发现了一些问题，我们按照巡视惯例，要向一把手通报，并就存在的问题进行面对面的问询，今天我们是代表远大集团内部巡视组向你了解一些情况。"

乔志远一听，冷着脸，看来杜天刚已经准备好了一堆问题，于是淡淡地说："好。"

盘古巡视组的一位同事打开了可视系统，LED显示屏立即出现了一张示意图。杜天直截了当地说："乔总，巡视组问话就不绕圈了，这张图是盘古高管薪酬的一部分，主要是集中在你个人，从2011年到2014年，你在盘古领取

底牌（下）

了多少报酬？"

乔志远撇着嘴，两手一摊："盘古是上市公司，财报都是公开披露的。"

六位巡视组长盯着一脸满不在乎的乔志远。其中一位看上去60多岁，满头白发，提醒乔志远说："这是巡视组问话，你需要按照问话进行回答，你听清楚了，杜总问的是薪酬，薪是薪，酬是酬，除了工资、奖金、保险、提成、实物福利等外，还有你现在住的别墅、工作餐补贴等，确切的数据都要汇报，我们不仅要去复查财务报表，还会稽查每一项的原始数据。"

问询才刚刚开始，会议室就一下子有了剑拔弩张的火药味。乔志远没搭话，杜天刚是盘古董事，太了解乔志远打太极的策略。杜天刚不再纠结态度问题，接着问："从2011年到2014年，你前往哈佛、剑桥游学，在塞班岛闭关，又到欧美进行围棋比赛，在这种长期脱离工作岗位的情况下，你却未经股东大会事前批准，从盘古获得现金报酬共计5000多万元。"

"我是拿薪酬的董事长，负责公司的战略，在海外游学时也参与海外具体项目的谈判。"乔志远心里很清楚，这个问题一旦被他们抓住把柄，很容易掉进侵占公司财物的陷阱之中。乔志远再次重申，"作为专职董事长，我主要是做策略上的把握，考量决策是否有偏差，是否需要修正和调整。"

杜天刚手一挥，LED显示屏上立即出现一张详细的时间表，他不依不饶地说："你在哈佛的日程表，上午8:40—11:00，哈佛听主课；下午1:00—2:30，英语选修课；2:45—6:00英语语法课。每周两次晚7:30—9:00口语课；每晚看资料做笔记至凌晨一点。从你的时间安排上看，好像你并没有时间进行盘古的战略思考，更别提制定战略，可是这一年你却领取了1054万元的薪酬。"

作息时间表让乔志远陷入被动。杜天刚调出这张表后，乔志远就在心里不断地组织应答思路，杜天刚话音一落，乔志远就辩解说："我是盘古的董事长，对于盘古的城市运营商转型，我需要的不仅仅是短期的管理思考，还须有长期的战略性思考。在哈佛期间，我选修了城市规划与投资管理，以及新能源经济政策，这一切都是在为盘古转型而学习。"

巡视组长们纷纷摇头，对乔志远的辩解表示不认可。杜天刚步步为营，再

第二十四章
碟中谍

调出一份报纸的影印件，说："乔总，你刚才说哈佛的学习是为了盘古的战略转型，可你接受记者采访时说过，你到哈佛学习，就是圆你个人的一个梦想，游学梦。"杜天刚撇着嘴，两手一摊说："用公家的钱，去圆你的人生梦想，跟你刚才讲的为盘古转型而学明显背离。"

乔志远一本正经地回答："梦想与公司战略转型学习不冲突。"

杜天刚不想跟乔志远继续纠结学习的问题，立即转移话题问："乔总，你是盘古董事长，是远大集团干部的榜样，我们需要保护你，可你跟桂玉梅认识之后，她去海外搞演出，你数次去现场捧场，这期间你的薪水涨到1500万元，这难道也是为了盘古的管理和转型？"杜天刚一脸严肃，抓起杯子喝了一口水，很是忧虑地继续说："桂玉梅的各种负面新闻，不仅仅影响了你个人的声誉，更影响了整个盘古上市公司的信誉。"

桂玉梅只要一露面就会成为舆论关注的焦点，舆论中的桂玉梅就是一个贪图乔志远钱财的虚伪女人，一边跟乔志远谈恋爱，一边还跟各种各样的人约会、搂抱，行为极不检点。乔志远对舆论的嘲讽嗤之以鼻："你可以说我对盘古疏于管理，可现实是盘古成长得很好，增长得很快，一年比一年强，我用这点精力就能搞定一切，这就是水平。有的人呕心沥血，折腾到心脏病发作，做好几个搭桥支架，企业做得还不是那样，到底谁本事大？"

巡视组长们眼珠子都快掉出来了，乔志远话里显然是在影射黄国胜。黄国胜到远大集团之后，已经两次倒在会议室，心脏做了三个搭桥支架。可远大集团几年来营收增长缓慢，在回收中华啤酒股权过程中还被美国人敲竹杠，并丢掉了盘古的实际控制权。杜天刚心底的火苗在升腾，他努力克制住自己的情绪，问："按照乔总你的说法，董事长常年不在，企业反而发展得更好，这么说董事长是个可有可无的人吗？"

空气中的火药味越来越浓，乔志远听出杜天刚是在设陷阱，目的无非是要把自己引到改组董事会上来，跟远大集团那个状告盘古董事会的经理一个路数，于是他立即回击说："一个合格的董事长，懂得定战略，搭班子，带队伍。尽管哈佛、剑桥的课程很满，但美国、英国的项目都是我亲自谈的，这为公司拓宽了国际化业务。"乔志远靠在座椅上，很不屑地说，"我的薪酬是公司薪酬委员会批准的，在我管理盘古期间，营收增长116倍，我的薪酬仅占公司利润的0.05%。"

杜天刚旁边坐着远大集团稽核部的负责人，也是盘古巡视组成员，他插话问："请问乔总，在您游学期间发生了武汉、上海腐败案，怎么解释？"

乔志远想起昨天做的那个噩梦，难道杜天刚就是那个给自己阻碍的人？他是想把分公司贪腐案的领导责任算到自己头上，这样一来他们改组董事会就易如反掌了。乔志远回应说："盘古一直倡导不行贿、不违法，规则好定，人心难测，对于腐败涉案人，我们已经第一时间移送司法，相信司法会给当事人、公司、股东以及社会公众一个公正的结果。"

杜天刚调出鸟巢戏剧晚会的合同以及桂玉梅的照片，看到照片，乔志远心里咯噔一下，杜天刚真要抓住鸟巢赞助的问题那自己就倒塌了。乔志远在内心告诫自己要冷静，再冷静。杜天刚发问："1000万元的赞助，是汪弘毅跟紫宸会的东方亮谈的，此项赞助费跟你和桂玉梅的关系转化，有没有联系？为什么不将赞助费提交管理层和董事会决策？"

巡视组长们坐在对面不苟言笑，乔志远咬了咬牙，并不跟他们交会目光，只盯着杜天刚说："鸟巢赞助谈判时，紫宸会老板带着桂玉梅见了我一面，那个时候我们连朋友都不是，因东方亮是盘古的投资者，我就安排汪弘毅跟东方亮具体商谈，赞助费与我跟桂玉梅的恋爱没有联系。至于赞助决策，按照公司章程，1000万元在董事会授权汪弘毅的审批权限之内。"

"乔总，无论赞助是公司行为，还是私人行为，现在你跟桂玉梅成了男女朋友关系，赞助问题便需要提交集团党委会进行讨论。"杜天刚一边说，一边合上笔记本，其他人也站起来准备离开。杜天刚走到乔志远身边，握着乔志远的手说，"乔总，国企是老百姓的财产，在核心利益的问题上，国家态度是明确的，今天只是巡视的一段程序性谈话，你是盘古的一面旗帜，出于对您个人的保护，我们巡视的原则是绝不放过任何一个有风险的问题。"

马腾坐在办公室宽大的真皮靠椅上，跷着二郎腿，嘴角挂着一丝狡黠的笑。天花板上的镂空雕饰是马腾专门从北京请的专业工匠手工雕刻的，靠椅墙面上的雄鹰是非洲一个酋长家的祖传图腾，马腾当初眼睛都没有眨一下，以3000万元人民币买下了它。每次进门一看到那只目光传神、振翅欲飞的雄鹰，马腾浑身就充满力量，犹如酋长祖先之灵附体，总能在关键时刻逢凶化吉，遇难成祥。

马腾望着天花板，突然腾地一下从靠椅上坐起来，抓起电话打给欧阳剑波："欧阳兄，最近逐鹿资本突然没有动静了，是不是程春阳那小子不听话？"马腾跟连珠炮一样，没等欧阳剑波回答，又哈哈一笑说，"报纸上都在猜测背后是我在控制程春阳的筹码，你那边是不是再搞出点动静，压制一下盘古H股的情绪。"

炳叔将玲珑资本的决策权交给了欧阳剑波，又把程春阳推向了前台，这到底是为黄天沙壮声势？还是为马腾争夺盘古控制权铺路？欧阳剑波从来没有见过黄天沙跟炳叔有任何瓜葛，倒是马腾已经是持有玲珑令的人了。可是炳叔从来没有明示要玲珑资本协助马腾争夺盘古的控制权。欧阳剑波听上去漫不经心地说："现在盘古已经头破血流了，马总勇气可嘉啊。"

电话里又是一串哈哈的笑声，马腾毫不掩饰自己对盘古控制权的渴望，说："欧阳兄，外面只看到我整日里对酒当歌，可现在我每天早上醒来，就算不醒来，支付给银行、信托的利息就上亿，如果算上那些无还款期限的永续债，我的负债率就高达230%了。再看看盘古，人家那是真有钱，账面上趴着3000多亿元的现金，真是让我眼馋啊。"

欧阳剑波有几分担忧地说："现在逐鹿资本已经拿到H股10%以上股份，欧美投行持有量超过50%，现在盘古H股的筹码已经不多了，大家都盯着。要想让逐鹿资本搞点动静，倒是有个机会，前几日远大集团的巡视组找乔志远谈话了，我们可以借机将手上的筹码砸出去，营造一个国际资本不看好盘古的假象，不过股票一旦放出去，收回来就是个问题了。"

马腾很坚定地说："A股才是主战场。"

第二天，香港东亚日报爆出猛料：盘古董事长乔志远被巡视组约谈。

盘古总部电梯口，正在进行人脸识别的同事们窃窃私语，杨子欣神采奕奕地走到识别区，机器人一直提示无法识别。有一个男同事开玩笑："子欣，没去韩国吧？"杨子欣冲着男同事翻了个白眼儿，正要嘲笑他一番，只听见旁边的一个女同事小声说："野蛮人一来，啥麻烦都来了，今天香港有报纸报道，巡视组找乔总谈话了。"

杨子欣没有继续进行人脸识别，而是拎着包走到办公大楼外面的花园里，拨通了汪弘毅的电话："今天的新闻你知道吗？"汪弘毅正在办公室处理上海区域的人事调整问题，一头雾水，问："什么新闻？"杨子欣非常小心地问："乔总是不是去了远大集团？"汪弘毅想都没想，说："前两天去北京总部了。"杨子欣很是诧异："你不知道他去北京是因为巡视组约谈吗？"

汪弘毅丢下右手握着的笔，走到窗前，望着窗外花园里的杨子欣，问："你听谁说的？"杨子欣吐了吐舌头："公司里的小姑娘都知道了，就你还蒙在鼓里，你的天眼系统不灵光啊。"说话间，邵南子通过人脸识别，来到门外等候。汪弘毅挂断电话示意他进来，邵南子走进办公室，将香港东亚日报的电子版打印稿递给汪弘毅。汪弘毅快速浏览了新闻，良久无言。

邵南子怯生生地说："我发现一件很不可思议的事。"

汪弘毅盯着邵南子的眼睛，一眨不眨地问："什么事？"

邵南子到嘴边的话又咽了回去，汪弘毅坐到自己的位置上，说："一个男人，扭扭捏捏，有啥没法说的？"邵南子鼓起勇气说："乔总账户里的股票卖出后，按照您的吩咐，我们追踪到了远东证券南海市营业部。"汪弘毅腾地一下站了起来："难道是远东证券内部有人潜入乔总的账户？"邵南子舔了舔嘴唇，说："确实有一个客户经理专门对接张青桐，最近他们交往很频繁，在抛售股票两天后，客户经理还邀请张青桐喝茶了。"

汪弘毅指示邵南子："盯住远大证券南海营业部。"邵南子离开后，汪弘毅将桌子上的材料整理了一下，径直走向乔志远的办公室。乔志远呆坐在靠椅上，面前的桌子上摆着几份报纸。汪弘毅想汇报工作，看乔志远铁青着脸，只好一直站在旁边，陪着怒气冲冲的乔志远沉默。过了一会儿，乔志远突然一拍桌子，咬牙切齿地说："我上当了。"

汪弘毅很气愤地附和道："他们这是明目张胆地做局操纵股价。"

乔志远两手一摊，很无奈地说："这就是人家的高明之处，我们就算想

第二十四章
碟中谍

辩解，怎么说？能说杜天刚他们就是程序化问询，说武汉、上海的腐败窝案没有？"乔志远把电脑转向汪弘毅，指着飞流直下的K线图，说："H股一开盘就跌了20%，A股下跌了5%，你看成交量在不断放大，看来是有人想通过香港释放利空砸盘，在A股扫货。"

看着不断放大的成交量，汪弘毅心里咯噔一下，慢腾腾地说："如果是黄天沙继续吃进筹码，那么粤海集团进来都只能是二股东，南海市政府肯定不会同意粤海集团进来的，进来就是给黄天沙抬轿子。"乔志远无奈地苦笑说："如果是杜天刚在跟黄天沙勾结，我们还不能说有人故意操纵盘古股价，只能哑巴吃黄连。"

汪弘毅将盘古上海区域的人事调整文件递给乔志远，说："嫂子的股票是在远东证券南海营业部抛售的，现在营业部有一个经理专门联络嫂子。"乔志远听出汪弘毅话有所指，自己一天不批准肖天辞职，汪弘毅对接班人一事就没有百分之百的安全感。乔志远撇着嘴问："你认为跟肖天有关？"汪弘毅冷冷地说："远东证券总裁竹聿名是肖天发小，肖天去看望嫂子后，股票就在远东证券南海营业部抛掉了，我们需要给股东以及公众一个真相。"

鸿基大厦董事长办公室里，马腾跷着二郎腿靠在椅背上，目光盯着东亚日报的大黑标题，标题下方乔志远一脸憔悴的样子，嘴角犹如一朵绽放的苦菊。马腾抓起电话拨给欧阳剑波，对他说："兄弟，砸出去的筹码今天下午得想法收回来，H股是我们与A股博弈的重要筹码。没有H股的砸盘，A股的筹码弄不到手。"

挂断欧阳剑波的电话，马腾让毕飞雪马上到办公室。

鸿基保险的交易室里，操盘手们在键盘上快速地敲击着代码、股票额度，电光火石之间，一笔笔的交易已经完成。毕飞雪叮嘱操盘手们按照既定的交易策略进行筹码收集。吩咐完，毕飞雪抱着笔记本走进马腾的办公室，坐到他的对面汇报道："香港的新闻一出，盘古A股出现大量的抛盘，股价下探到7%的时候，鸿基投资开始抄底，到现在鸿基投资已经吃进了2.4%的筹码，鸿基保险持有1.8%。"

马腾点点头，很坚决地说："继续加仓。"

毕飞雪摇了摇头，说："巡视组刚约谈完乔志远，我们突然快速加仓，太扎眼了。"

马腾很诧异地盯着毕飞雪，在鸿基集团从来没有人否决过自己的指令。马腾笑着拿食指晃了晃，说："不用担心，乔志远的前妻抛售股票，现在二级市场上那些拥护乔志远的人情绪很低落，他们都认为乔志远在跟黄天沙争夺股权的过程中已经失败了，否则不会出售股权。加上今天的约谈新闻，会让更多的人坚信，乔志远的时代快要终结了。"

毕飞雪打开笔记本说："按照操盘计划，今天晚上我们就可以出举牌公告。到时候恐怕紧张的就不只是乔志远、汪弘毅他们了。"

"速度可以让我们的计划变成现实，游戏一旦开始了，唯一的选择就是继续向前！"马腾非常自信地说，"乔志远、汪弘毅他们最大的敌人不是黄天沙，而是他们自己，他们缔造的企业如今已失去对资本的驾驭能力。现在不紧张的恐怕只有远东保险，他打破北方银行股东之间持股不超过10%的潜规则，拿下北方银行10%的筹码，黄天沙为了防御谢晓辉在盘古吃进更多筹码，以及站到乔志远、汪弘毅一边，吃进北方银行5%，谢晓辉不会跟黄天沙在盘古争抢。"

毕飞雪试探着问："不担心黄天沙？"

马腾从抽屉里拿出一沓材料，说："你看看，汪弘毅才是个狠角色，自己不出面，找个小股东出来举报黄天沙，现在证监会、交易所能不盯上黄天沙？现在乔志远都被约谈了，黄天沙敢冒天下之大不韪继续兴风作浪？"马腾脸上突然露出一丝坏笑，小声说："这个小股东曾是桂玉梅的老板东方亮，鸟巢戏剧晚会的1000万元赞助是汪弘毅跟东方亮谈的。黄天沙哪有那么多桂玉梅的八卦，谁捅出去的？一定是最想取代乔志远的人。现在，机会就留给我们了。"

接班人？马腾没有挑明的话，让毕飞雪倒吸一口凉气。看马腾自信的眼神，看样子乔志远的盘古已经是内忧外患。毕飞雪翻了翻马腾桌子上的台历，递给马腾，汇报说："一批标的股票已经选出来，今晚我们把举牌公告材料传给盘古，经过第一轮发酵，我们再进行第二次举牌，然后就按照计划买入这些标的股票。"马腾看了看，赞许地点点头："这些票股权分散，股性活跃，流动性很好，进退自如，一切皆在掌控之中。"

第二十四章

碟中谍

晚上8点的盘古总部依然灯火通明。董事会秘书王欣把鸿基集团的举牌公告送到汪弘毅办公室。汪弘毅正在问邵南子："那个理财经理什么背景？"王欣看了看表，实在忍不住，走到汪弘毅的对面，将报告递给汪弘毅，说："刚刚收到鸿基集团的材料，他们举牌了。"

"马腾的鸿基？他想干什么？趁火打劫，还是黄天沙的帮手？"汪弘毅看了看举牌公告，冲着邵南子说："小邵啊，看来我们的天眼系统需要升级了，你早早地就查到了鸿基的蛛丝马迹，如果我们能够抢先一步证实我们的猜测，就算马腾胆子再大，恐怕鸿基集团也不敢现在冒出来举牌。"

邵南子插话说："四家抄底公司的资金链实在是太隐秘太复杂了。"

王欣担心地说："鸿基举牌的消息一旦披露，黄天沙就真的安全了。"

"马上查查，查查马腾在香港跟黄天沙有什么秘密交易没有？"汪弘毅指着邵南子，语气很坚决，"马腾的公司现在负债那么高，哪有钱来举牌？从关联账户看，鸿基集团最大的仓位在鸿基保险，他敢冒险用老百姓的血汗钱给黄天沙抬轿子？亏了保险投资人的钱，鸿基保险将信誉全无，马腾才不会做这种赔本的买卖，黄天沙一定会私下给马腾进行补仓。"

王欣很谨慎地问："如果马腾是第二个黄天沙呢？"

屋子里的空气凝固了，汪弘毅口中反复念叨马腾、黄天沙两个人的名字。在屋子里转悠了两圈后，汪弘毅如梦初醒："鸿基地产在筹划A股上市，他那么高的负债，而盘古账面有3000亿元的现金，一旦获得盘古控制权，马腾就一箭双雕，债务化解，回归合并，中国再无房地产商能跟他竞争。"汪弘毅想了想又摇了摇头，"鸿基保险规模很小，能够用于股票投资的也就100亿元的规模，他哪来四五百亿元的资金来举牌我们？"

王欣提醒说："如果他用买到手的股票进行抵押融资，再买入我们盘古，买得越多，跟风的散户越多，股价便拉得越高，这样一来，因为官司无法推进重组的粤海集团进来的希望就越来越渺茫。"汪弘毅如芒在背，问："你看他们的举牌公告有没有瑕疵？"王欣看了看，说："都是制式化的模板，没什么问题。"汪弘毅非常严肃地说："就找不出问题吗？"

邵南子站在一旁，看到汪弘毅已经很不高兴。王欣怯怯地说："我再找找。"王欣一遍又一遍地看公告。汪弘毅在旁边指着公告文本说："制式化的模板没问题，那就看看备注文件，他们提供的是不是齐全？备注文件规范不规范？"王欣仔细看了看备注文件，突然意识到了问题："按照规定，投资公司需要向上市公司备注举牌资金实际受益人的授权书，鸿基投资背后的实际受益人授权书模糊了名字，如果授权人有犯罪记录，岂不是有洗钱的嫌疑？"

汪弘毅一拍桌子，说："把举牌公告以及备注文件全部给鸿基集团打回去。"王欣正要离开，汪弘毅提醒说："你得在电子邮件中明确告知马腾他们，公告文件存在瑕疵，需要鸿基集团补充材料，今晚不能公告，还要提醒他们，在公告没有规范之前，达到举牌线的投资者，不能继续买入上市公司股票。"

王欣一离开，汪弘毅整个人就靠在椅子上开始揉太阳穴，脑子里一直在琢磨，马腾再次买入之前，一定要找个理由进行停牌，鸿基集团的资金链紧张，他是在用时间换金钱，只要跟马腾打时间消耗战，就能将马腾给击退。见汪弘毅一直不说话，邵南子小声说："张青桐恋爱了。"

照片上，张青桐的大波浪头发披垂在白皙的脖子上，胸前挂着玉坠项链，穿一件及膝的乳白色风衣，修长的小腿露在外面，恰到好处的妆容使她看上去容光焕发，加上她保持得很好的身材，远远望去一派豪门贵妇的气质。紫宸会之后，听闻张青桐一直把自己关在家里，精神抑郁，身形憔悴，怎么一夜之间像换了一个人？汪弘毅"啊"了一声，连声说："不可能，不可能。"

邵南子按下办公桌上的可视化按钮，指着照片说："就是这个人。"

照片上的年轻人看上去只有二三十岁，高大威猛、英俊帅气。汪弘毅摇摇头，问："两张照片就能说明他们在谈恋爱？"邵南子滑动了一下按钮，呈现出另一张照片，汪弘毅整个脸都僵住了。照片上年轻人搂着张青桐的腰，张青桐脸上堆满了甜蜜的微笑，两人俨然一对热恋中的情侣。汪弘毅指着年轻人问："他是谁？"

邵南子点开另一张照片回答道："陈浩，他和杜天刚是同一个镇子的。"

汪弘毅一拍桌子，大声说："哪有那么巧的事，这是个圈套！"

邵南子从来没见汪弘毅如此暴躁失态过，连忙问："什么圈套？"

第二十四章

碟中谍

汪弘毅指着张青桐跟陈浩的合影照，说："这就是杜天刚搞的美男计，陈浩那么年轻，怎么可能跟张青桐恋爱？"汪弘毅瞅了瞅邵南子，疑惑地问："这是天眼系统追踪的照片？"

邵南子再次调出一张照片，说："现在不都流行姐弟恋嘛，照片是天眼系统追踪出来的，这张照片的木马植入狼烟论坛的一篇文章中，文章将事件的经过进行了简单描述。"邵南子突然想起一件事，说："差点忘了，肖天在见张青桐之前，先跟杜天刚见了一面。"

"上一次那个网站？"汪弘毅总觉得哪里不对劲，问，"他们在什么地方见的面？"

"在明悦酒店。"邵南子一副不可思议的表情说，"我也很纳闷，为什么照片都从同一个论坛流出，手法也是惊人的一致，都是通过定时木马的方式，只要超过设定时间，木马就会将照片公开。如果不是内部人，怎么会获得各种照片？是不是盘古有内鬼？"

汪弘毅盯着邵南子的双眼下令："抓出内鬼。"

邵南子离开后，汪弘毅一个人在办公室打开了陈浩的个人资料。26 岁，南方大学投资学专业毕业，远东证券南海营业部经纪人，籍贯跟杜天刚同一个镇子，进入远东证券 3 个月，认识张青桐之前，有一个做销售的女朋友。陈浩认识张青桐后，作为对接的经纪人，每天早上固定时间给张青桐发送问候、新闻资讯，每天晚上会说晚安。一个星期后，两人开始共进晚餐。

汪弘毅带着邵南子提供的资料，通过人脸识别后，敲开了乔志远的办公室。

乔志远看着张青桐跟陈浩的亲密照，牙齿咬地咯嘣咯嘣响，自己跟 32 岁的桂玉梅恋爱，张青桐居然找一个只有 26 岁的男朋友，相差 30 岁，比儿子乔瑾瑜还小 3 岁。乔志远强压住内心的怒火，冷冷地问："他们已经到什么程度了？"

汪弘毅很隐晦地说："现在嫂子的账户已经交给陈浩在打理。"

乔志远的心在滴血，脑子里闪现出各种可能，突然飙出一句脏话："混蛋，老子辛辛苦苦赚来的股票，几十年一股都没有抛，现在被这个兔崽子敲一下键盘就给卖了，还把老子给黑了一把。你们知不知道这小子为啥要卖我的股票？"

汪弘毅将一张照片递给乔志远，说："肖天提交辞职报告后，在明悦酒店跟杜天刚见了一面，之后去珠江花园看望嫂子，一个多星期后，从来不知道怎么操作股票的嫂子就抛售了您的股票，还谈恋爱了。那个陈浩跟杜天刚是一个镇子上的老乡。"汪弘毅看了看乔志远乌云密布的脸，很是忧虑地说："嫂子跟陈浩的恋爱，恐怕是杜天刚跟肖天的鬼把戏。"

乔志远怒火中烧，狠狠地将茶杯摔到地板上，骂道："狗东西！"

茶杯碎了一地，汪弘毅站在旁边沉默不语，乔志远指着桌子上的材料大骂："简直是禽兽不如，有种冲我来，对女人下阴招是个什么东西？"乔志远气呼呼地问，"这些照片都是谁拍的？竟然对任何人的行踪都了如指掌，是黄天沙的人，还是我们公司的内鬼？若是内鬼，怎么一直就抓不出来？这次就是挖地三尺，也要把他抓出来，我倒想看看，这个吃里爬外的东西长什么样。"

汪弘毅解释说："最近天眼系统一直在忙着追踪抄底的四家公司。"

乔志远很不耐烦地问："查到什么眉目了吗？"汪弘毅点点头说："之前追查到四家公司跟炳叔和马腾有关，资金路线一直非常复杂，没想到马腾自己跳出来了，他们刚刚给公司传来了举牌公告。"

乔志远一愣，问："又是第二个黄天沙？"汪弘毅冷静地说："马腾跟香港炳叔过从甚密，他的鸿基地产一直想从H股回到A股，不过负债率太高，只有降到60%以下，回A股才有戏。我们现在就是担心狼没有驱走，又来了虎。马腾浑身上下都充满着草莽气息，他的信仰就是赚钱，如果马腾获得了盘古控制权，我们账上的3000亿元将成为他的囊中之物。"

"驱狼入虎，我们有没有对策？"乔志远现在恨不得将所有来犯者统统驱逐出去，盘古已经进入群雄混战的局面，管理层清换迫在眉睫。乔志远继续分析道："黄天沙持股已经达到26%了，如果马腾是黄天沙的白衣骑士，那么他们联合驱赶的将是我们的白衣骑士。还有举牌过盘古的远东保险最近一直没有动静，对付这些半路杀出的程咬金，我们得有防御策略。"

汪弘毅信心满满地说："我已跟远东保险的谢晓辉通了电话，黄天沙买入北方银行5%的筹码，若到时候黄天沙砸盘北方银行，远东保险的银行牌照就前功尽弃了，他不会因为盘古激怒黄天沙。您接受巡视组问话的消息在香港爆出来后，H股暴跌带动了A股大跌，黄天沙担心穿仓，这个时候不会去冒险，倒是马腾趁机大举买入，很像他的作风。不过，鸿基集团资金链紧张，我们已经找出他们举牌公告中的瑕疵，这两天我们进行策略性停牌，马腾的资金链肯定受不了。"

马腾创业之前是南海市一家地产商的副总裁，曾经在市场中跟盘古有过正面竞争，乔志远从来瞧不起这个东北来的农民："这个马腾成精了？居然来打我盘古的主意？"汪弘毅微笑着说："生意是一场马拉松，玩命往前冲的，往往都死得快。马腾想在肩膀上玩闪电战，他四家壳公司的资金真正来源于香港，这是他给自己留的后路，无论他是黄天沙的盟友，还是另有自己的野心，只要他敢在盘古A股兴风作浪，那就是在走绝路。"

南海市中级人民法院，立案庭的法官将材料递给麻秋风，说："这个官司我们不能立案。"

麻秋风问："为什么？"

法官推了推眼镜，盯着麻秋风说："董事会改选这事儿，听上去是可以通过打官司来实现，不过你是律师肯定清楚民商事法律是私法，私法有个共同的基本原则，那就是意思自治。公司的董事会是按股东们的意思创设，董事会的废立和重组，都是股东们自行约定，国家不做过多干预。"

麻秋风两手一摊，无奈地说："盘古股权分散，已经形成内部人控制的局面，让我们小股民找谁去商议？"

法官同样非常无奈地说："刚才我已经解释了，私法主张自治原则，如果任何股东不满公司内部事务，不管三七二十一都到法院来告状，你想想，每天有上万家新公司注册，遇到问题就涌入法院，法官恐怕累死都审不完。更重要的是，民事商业活动事关各主体利益，如果国家部门进行司法干预，那将破坏商业自治的法治原则。"

麻秋风追问："盘古董事任期届满后，公司不召开股东大会选举董事，这是限制股东行使表决权吧？"

两人你来我往，法官找了一本《中华人民共和国公司法》，心平气和地解释:"董事换届是董事提名及选举的问题,《中华人民共和国公司法》规定,单独或者合计持有公司百分之三以上股份的股东,可以在股东大会召开十日前提出临时提案,这个临时提案是可以包括董事提名的。盘古的公司章程上有明确的议事规则,非独立董事候选人名单由上届董事会或连续180交易日单独或合计持有公司发行在外有表决权股份总数百分之三以上的股东提出。"

麻秋风一听,提醒法官说:"法律讲究动机,董事会到期不换届,形成内部人控制,谁知道他们到底想干什么?在股东们不能行使权利的情况下,怎么保护自己的权益?"

法官并不赞同代理律师的意见,说:"董事任期届满未及时改选,或者董事在任期内辞职导致董事会成员低于法定人数的,在改选出的董事就任前,原董事仍应当依照法律、行政法规和公司章程的规定,履行董事职务。从法律层面上讲,目前的法律未对董事会换届作出强制性规定,反而认可了董事会延期换届时原董事会继续履职的合法性。"

麻秋风反驳说:"现在盘古的独立董事刘一飞陷入诉讼之中,董事肖天已经提出辞职,整个盘古董事会已经陷入了工作停摆的状态。"法官安慰他说:"一定要相信股东之间的自治能力,事关所有股东利益,相信他们会通过协商取一个最大公约数,让事情得到圆满解决。"

麻秋风盯着眼前这位年轻的法官,摇摇头说:"现在远大集团已经退居二股东位置,按照盘古董事会议事规则,第一大股东才有资格提名三名董事,二股东远大集团只能提供一名董事。远大董事已经违背了公司议事规则,而现在盘古工会又将第一大股东告上法庭,请求限制提名权,盘古董事会还怎么改组?董事会岂不任意延期?"

法官微微一笑说:"司法机构会尊重股东自治权,你们也要相信股东们的智慧。"

一番唇枪舌剑下来,远大集团下属经理状告董事会改选的诉讼依旧无法立案。麻秋风质问:"盘古在内部人控制的情况下,出现了湖北、上海区域公司案值上百亿的腐败窝案,董事们可以为了一个唱戏的筹千万资金赞助晚会,这些不仅仅是对盘古品牌、信誉的损害,更是对股东利益的侵蚀,一切都是由于内部人控制造成的，不能改组董事会，难道还让他们继续伤害下去？

法官很谨慎地说："抱歉，腐败案是刑事案，跟董事会改选是两个案子。"

麻秋风走出法院。黄天沙接到了一个陌生电话，说："法院拒绝立案。"

黄天沙急迫地问："什么理由？"

陌生电话里说："董事会改选是公司自治问题，司法不能干预。"

黄天沙一听就火了："简直是胡扯，就算刘一飞的董事会表决陷入诉讼、肖天辞职，他们的董事权利依然可以延续，工会能告我公开买入的股票无效，不能提名董事会人选，不能提请召开董事会，小股东为什么就不能状告董事会拖延改组？腐败问题谁负责？"

一直在旁边静静坐等黄天沙的王曦若，看黄天沙怒气难平，知道小股东状告董事会改选的事情可能出现了问题，便问："这一次诉讼的目的是什么？"黄天沙毫不隐晦地说："改组盘古董事会。"王曦若进一步追问："假设法庭同意立案，赢得法庭支持的概率多高？"黄天沙想了想，说："这类诉讼之前没有先例。"

王曦若非常冷静地说："进行一场没有先例的诉讼，真正的目的不在于诉讼的结果，而是诉讼的过程，即便法庭立案，开庭审理后也支持诉讼请求，董事会一样改组不了，因为盘古工会正在起诉我们，两个诉讼只会相互钳制。所以，这一场诉讼的真正意义在于将粤海集团的重组拖到协议期满，让重组自动失效。"

黄天沙点点头，操起电话给刚才的陌生电话拨过去，吩咐道："继续去高级人民法院立案，董事会没有改选之前，诉讼不能停。"挂电话之前，黄天沙反复叮嘱："立案过程的动静要搞得大一点。"挂掉电话，黄天沙冷静下来，说："现在盘古工会起诉我们龙腾集团及关联公司，为啥我们不能反诉工会呢？"

王曦若点点头，说："工会属于限定目的主体，证监会跟中华工商总会在2002年就下过文，认为工会若是作为上市公司的股东，其身份与它的设立宗旨不一致，可能会对其正常活动产生不利影响，因此要求上市公司清退职工持股会及工会。"王曦若建议黄天沙两条腿走路，说："我们反诉盘古工会，同时向证监会举报，通过司法和行政干预清退盘古工会的股东资格。"

"这是一把利剑。如果盘古不清退工会持股,那么证监会发审委面对如此严重违规的问题,是不可能放行盘古定向给粤海集团增发的。"黄天沙显得很兴奋,有一种豁然开朗的感觉,他继续说,"没有肖天的盘古,汪弘毅就是铁板上钉钉的接班人,在粤海集团真正进入之前,汪弘毅不会让到期的董事会进行改选,他一定会让乔志远成为其接班的护身符,只是这一次汪弘毅聪明反被聪明误,工会这一把刀本想捅我,没想到捅向了白衣骑士粤海集团。"

王曦若将一份材料递给黄天沙,颇为担心地说:"马腾在我们最危险的时候撬开了跌停板,成为拯救我们的黑衣骑士,可是现在鸿基集团旗下的鸿基投资、鸿基保险不断买入,通过在香港散布乔志远被巡视组问话的消息,一天就能举牌,恐怕他不是我们的盟友,马腾有更大的野心。"黄天沙很有把握地说:"马腾哪是什么黑衣骑士,他的资金链注定他在盘古只是个过客。放心,我们的撒手锏还没有出动,拿下盘古的最后胜利者只有龙腾。"

第二十五章
幽灵眼

汪弘毅冷冷地说:"现在是法治社会。"

茶几上热气升腾,汪弘毅煮着普洱茶,茶香飘满整个办公室。汪弘毅看上去面无表情,煮茶工序却有条不紊,应该是心情很不错。蒙毅端起刚刚斟上的茶,提醒汪弘毅:"远大集团那个经理没死心,又向高级人民法院提起了诉讼,我总觉得他们醉翁之意不在酒。"

汪弘毅将茶汤倒进一个小的茶漏里,橙色的茶汤馥郁醇和,浸渗齿龈,甘露生津,满口芬芳。汪弘毅点点头:"代理律师都是麻秋风,状告董事会决议跟这个状告要改组董事会的经理,背后都是一拨人,他们的目的是改组董事会,拖垮粤海集团的重组。"

蒙毅递给汪弘毅一份报纸,说:"怎么会这样?"

汪弘毅一边看报纸,一边问:"什么新闻,看你这表情。"

张青桐与陈浩的大幅照片映入眼帘,醉醺醺的二人搀扶在一起,周围有不少人在围观拍照。

汪弘毅把报纸扔到一边，摇摇头说："记者应该是铁肩担道义，妙手著文章。现在有一些记者，不关注百姓疾苦、家国情怀，却整天盯着名人的八卦，为博眼球不择手段。"汪弘毅仔细看了看内容，问："报纸给乔总送过去了吗？"

"这种报纸还是不要给乔总送去了，他看到了还不气急败坏？"蒙毅看汪弘毅表情沉重，很是谨慎地说，"前一阵子是个唱戏的，现在又冒出个小鲜肉，这不光是两口子的感情问题，乔总是盘古的一面旗帜，代表的是公司的形象，却整天登上八卦娱乐的头条，客户、合作伙伴现在都在议论。"汪弘毅盯着蒙毅满是焦虑的双眼，深沉地说："我们得维护乔总这一面旗帜，但不能蒙蔽了乔总的眼睛，捂住了他的耳朵。记住了，乔总永远是盘古的图腾。"

"图腾？"蒙毅皱着眉头问，"如果图腾上趴着苍蝇怎么办？"

汪弘毅看了看蒙毅，说："图腾是一个族群的灵魂寄托，是一个团队的精神支柱。一旦图腾消失了，意味着族群的精神就消失了，一个团队的灵魂便没有了。"汪弘毅捏着茶杯，冷冷地说："挂在圣殿上的图腾绝不容许任何人玷污，如果有苍蝇，那就把苍蝇给灭了。"

圣殿上的图腾？在上海调查浦江花园案期间，蒙毅就听到各种传闻，说汪弘毅觊觎乔志远的董事长位置很久了，查腐败只是借机清除异己，迟早会逼宫乔志远。想到这蒙毅支支吾吾地说："现在苍蝇也只是在眼前嗡嗡，他们的话都当不得真，只要盘古管理层内部团结一心，没有人能够危及盘古的核心利益。"

汪弘毅听着话里有话，正色道："智者不为流言所惑，世人只知盘古是全球五百强，不知没有乔总就没有盘古的今天，也没有我汪弘毅的今天。"肖天递交辞职报告之后，汪弘毅担心乔志远再拔擢一个竞争对手，当务之急不是上位，而是扛着乔志远这面旗帜，推动粤海集团早日重组成功，汪弘毅告诫蒙毅说："无论外面怎么说，我们都要认真做事，才能对得起股东、员工、客户与合作者的信任，信誉是当下，更是未来盘古的安身立命之本。"

接班人的竞争已经让盘古管理层今非昔比，蒙毅追随汪弘毅多年，知道汪弘毅是个有理想、有抱负的人，梦想超越乔志远把盘古做成一家百年老店。他谨慎地说："杜天刚上次约谈乔总之后，我们的合作伙伴确实在私下打探，都在问巡视结果什么时候出来。我从远大集团内部了解到，有人还想让中央巡视组的人到盘古来，可是黄国胜不太同意。"

"杜天刚一门心思想坐上盘古董事长的位置，什么招狠他就上什么招，黄国胜能成为远大集团董事长，岂是杜天刚之辈能望其项背的？"汪弘毅从来就瞧不起杜天刚，撇着嘴说，"北京调黄国胜到远大集团是来救火的。盘古是远大集团最具贡献率的标杆企业，现在标杆企业被人抢走了控股位置，如果再把企业捅出个篓子，那他这个救火队长，可就惹火上身了。"

蒙毅很担心地说："现在又来个马腾，只怕更麻烦。"

汪弘毅抓起电话，打给邵南子说："来办公室一趟。"

邵南子一阵小跑来到汪弘毅办公室，看见蒙毅正跟汪弘毅谈事，便准备在门外等。汪弘毅招手示意他进来，说："现在我们的天眼反潜系统效率低下，鸿基集团不断地买入我们盘古A股，他们的操盘手是谁？资金怎么调度？这些你都要最快时间摸清楚。"邵南子听完正要离开，汪弘毅叫住他说："对了，继续盯着那个陈浩，如果他最近跟杜天刚有接触，第一时间向我汇报。对于任何有损盘古形象和品牌的人或行为，绝不姑息。"

邵南子离开后，汪弘毅感慨地说："盘古走到今天，出现了黄天沙、谢晓辉，现在又冒出个马腾，每一家金融机构一进来就要举牌，像程春阳那种女朋友都找不到的小苍蝇甚至都能成为盘古H股的第一大股东。我们是商业之战的王，却成了资本之战的寇，曾经的大股东现在变成了盘古在野的最大反对者，这一次暴露了我们资本运作驾驭能力的缺失。"

"他们那是贪婪，看中了盘古账面上3000多亿的现金。"蒙毅插话说。汪弘毅摇了摇头，说："充裕的现金，优良的资产，都不是资本家们真正看中的。房子是用来住的，不是用来炒的，房地产作为国家经济支柱已经脱离了发展规律，背离了国家发展的战略，相信政府在房地产调控方面是不会放松的，纯粹的房地产公司一定会衰落，盘古只有向城市运营商转型才能成就百年基业，而黄天沙他们除了看中盘古的现金，资本运作的价值才是其眼中最大的肥肉。"

蒙毅看着一脸慷慨的汪弘毅，坚信未来的盘古在汪弘毅的带领下，一定能从优秀走向卓越。蒙毅无限感慨地说："现在很多成大事者都可以把脸皮撕下来踩在脚下，佛挡杀佛，无论是黄天沙，还是马腾，盘古绝对不能变成野蛮人的盘古。他们找几个小股民提起恶意诉讼,篡夺不了董事会的控制权,未来无论谁成为盘古的大股东,团队才是盘古真正的价值和灵魂。"

茶壶上依然冒着热气,汪弘毅给蒙毅的杯子里斟上茶,拍了拍他的肩膀,附在他的耳朵边说:"兄弟,现在盘古是内忧外患,你说得很对,团队才是盘古的灵魂。下周二是我的生日,你帮我张罗一下,把分公司、区域公司的管理层以及总部各部门管理者,都邀请过来,生日会就在总部的大会议室搞。记住了,我跟乔总永远都是风雨同舟。"

咚咚咚!王曦若站在门口敲黄天沙办公室的门。

黄天沙挂断电话,亲自起来去开门。王曦若看到他的桌子上乱七八糟地堆满了报纸,其中一份上面,乔志远跟汪弘毅一起切蛋糕的照片映入眼帘。黄天沙转身给王曦若冲咖啡,看上去心情不错。他把咖啡递给王曦若,问:"王总,看到今天的照片了吗?"

王曦若接过咖啡,不以为然地说:"那都是逢场作秀,汪弘毅借着浦江花园腐败窝案,把最后一个接班人——竞争者肖天干掉了,如果他不在乔志远的旗帜下快速推进重组,等到白衣骑士粤海集团之外的人当家做主,谁坐在董事长那个位置还很难说。"王曦若优雅地放下咖啡杯,指着报纸上的举牌公告问:"资金关系如此复杂,马腾到底想干啥?"

黄天沙呵呵一乐,说:"他喜欢赚快钱。"

王曦若将一份证券报指给黄天沙看,说:"这是最新的财报,上周四披露的,有两家是已经披露年报的上市公司,鸿基保险进入了前十大股东,如果说我们的君安保险只买蓝筹是价值投资,那马腾买的都是什么股票啊,典型的妖股。"王曦若指着广东一只股票,很是轻蔑地说,"马腾是把股市当提款机,把散户当傻子?"

黄天沙示意王曦若在对面坐下,很淡定地说:"王总啊,感情用事是投资的致命伤,散户对亏钱的记忆是短暂的,他们看到的永远是赚钱的希望,所以他们永远都会被机构收割。就说马腾,只要他是正大光明地从二级市场买入的,就受法律保护。白马股也好,妖股也罢,只要能为保险持有人赚钱便可,我相

第二十五章

幽灵眼

信马腾自有买入的道理。"黄天沙跷着二郎腿，看了看报纸，说："马腾进入保险行业的时间短，他想赶上我们，只有通过投资赚钱，才能吸引更多的投资者。"

王曦若歪着头想了一会，问："你不觉得这里面有问题？"黄天沙被王曦若这么一问，心里还真咯噔了一下，反问道："马腾他们买卖几只股票不是很正常吗？他难道还能搞出花儿来？"王曦若指着报纸上的内容说："马腾的操盘手绝对是个高手，鸿基保险、鸿基投资持有上市公司的股权比例差不多在 4.99%，别看只差 0.01%，这里面可有大文章了。"

黄天沙一愣，问道："他们操纵股价？"

"他们是在给保险行业下毒。"王曦若很是忧虑，指着报纸说，"差 100 股，只要没有到 5% 这条红线，就不用公开举牌，在财报披露之前，没人知道鸿基已经买入。而他们选择的股票要么极度分散，要么一股独大，持股 5% 以下很容易进入前十大流通股东的名单，财报一公布，整个股市都知道是鸿基保险重仓的股票，不少人会跟风买入，这样鸿基保险就可以躺着赚钱。"

黄天沙抓起报纸看了看，问："新的操作思路？"

王曦若点点头说："机构都是闷声发大财，马腾反其道而行，他的操盘手是进行过精心算计的，他们买入的时间是 12 月 29 日或 30 日，也就是财报统计的最后一两个交易日，这样可以降低持仓的时间成本，这种小票股性活跃，他们抵着举牌线买入，到财报公布的时候，被动浮出水面，这种神秘感更容易吸引跟风盘。"

黄天沙呵呵冷笑，说："他这是公开让散户抬轿子。"

"马腾应该是个喜欢剑走偏锋的冒险者。"王曦若在见黄天沙之前，对马腾进行了粗略的研究。她接着说："鸿基保险之前在资本市场没有亮过相，从他们抄底盘古，到潜伏多只中小盘股票的过程上看，他们是要快速树立在二级市场的形象，为保险持有人赚钱，以扩大规模。这两只股票周四晚上公布，周五涨停，今天一开盘就下跌，十有八九鸿基的资金已经抛光了。"

黄天沙突然腾地一下站了起来，愤愤地说："人怎么能那么坏呢？他们这是在割韭菜！现在的散户亏得一塌糊涂，他们还忍心朝散户下手，这哪里是机构投资者的风范，简直就是市场真正的野蛮人！他们的良心难道不会痛吗？"王曦若此刻更担心马腾的出现会祸及龙腾集团，她提醒说："如果马腾一边举牌盘古，一边坑杀散户，那他真的是一个非常危险的家伙。"

"马腾利用监管漏洞，使信息披露制度成了他们赚钱的帮凶，简直就是在挑战监管底线。"黄天沙在办公室来回地走了两圈，突然停下来，咬牙切齿地说，"马腾这样搞，很容易招致监管部门对整个行业的大清理。"王曦若点点头，说："远东保险的谢晓辉，两年之内销售保险过万亿，然后拿着保险资金四处撒网买股票，还大规模地到海外去收购，这是典型的资金外流，恐怕他们这么一搞，监管部门会限制短期保险产品的发行规模和投资渠道。"

谈话之余，法务部负责人送来一份报告，说："交易所发了九个问题。"

从 2015 年开始，中国股市发生了翻天覆地的变化，大量的股票玩家跟上市公司勾结，庄家在低位价格大量买入股票，上市公司再以资产注入等方式炮制重组概念，给上市公司描绘一个美好的未来，美其名曰市值管理。庄家借助重组利好不断拉升股价，吸引更多投资进场买入股票。等股票拉升到庄家赚钱的心理价位，上市公司继续炮制利好消息，庄家将股票抛售给那些新进入的散户。上市公司重组一旦失败，股价暴跌，散户便被套牢其中。证监会为了打击重组坐庄，授权交易所在交易过程中随时追问发现的问题，并向市场公开，以提示风险。

黄天沙站起来接过报告，问："都问什么问题了？"

法务部负责人汇报说："交易所的核心问题是我们的钱是从哪里来的。"

"扯淡！每一次举牌不都公告了吗？"黄天沙认真地看了看，交给王曦若："东方亮向七个部委公开举报我们，核心问题也是两个方面，一是跟远大集团的关系问题，一是资金来源问题。远大的问题，黄国胜已经公开说过了，东方亮纯属捏造。至于资金问题，合作金融机构都是按照证监会的合规监管来运作的，并按信息披露规则向上市公司盘古提供了备份资料，交易所怎么还在问呢？王总，这几个问题，你们拿出一个详细的说明，向他们再解释一遍吧。"

法务部负责人接着说："盘古工会的诉讼立案了。汪弘毅他们就是想利用南海市政府推动粤海集团重组这个契机，而官司在南海市中级人民法院打对盘古可能会更有利,他们这么做无非是在为董事会的改组及重组争取时间,那么我们也可以以其人之道还治其人之身。"

黄天沙问:"怎么个治法?"

法务部负责人提出建议:"我们龙腾资本的注册地在岭南市,那我们先跟他们争一下诉讼管辖权,如果案子能移到岭南市打的话,作为岭南市的重点企业,审理结果可能会偏向我们。当然,南海市这边不一定会放,但我们的真正目的不在于此,而是通过管辖权异议来赢得时间,这种官司一来一去,至少可以争取三到六个月的时间。"

"这是个好策略。乔志远、汪弘毅他们口口声声要捍卫中小股东的利益,难道大股东的利益就可以无视?"黄天沙咬了咬后槽牙,很坚决地说,"这一场官司我们就陪着他们打,他选择在南海市诉讼,那我们就通过司法途径把诉讼地挪到岭南市;他们想通过诉讼来限制我们的权利,拖延董事会改选的时间,提高我们资金的时间成本,那我们就通过诉讼来拖黄粤海集团的重组,将工会驱逐出盘古的股东行列。"

法务部负责人离开后,黄天沙靠在茶几旁的沙发上,眉头紧锁,手上不停地翻着交易所的问询函,他抓起电话想拨打,又将它放在茶几上,转而叮嘱王曦若:"王总,现在散户已经可怜到一边吃泡面一边流泪的地步,马腾他们还四处割散户的韭菜,这势必会引起散户们的愤怒,此时我们要控制蓝筹股的仓位,尤其是珠江电器,如果我们进入他们的前十大流通股东名单,一旦汪弘毅煽风点火,以铁娘子的暴脾气,到时候局面会很难控制。"

珠江花园的大门口,迎春花已经摆了上来,整个小区有了一丝节日的气息。

乔志远站在门口四处张望,街对面的小巷子里,那个摆书摊的年轻人还是一如往常地坐在摊位上,埋头捧着一本厚厚的书。年轻人喜欢搜罗老版本的旧书,乔志远以前经常去书摊淘书,年轻人从不跟在顾客身边介绍,乔志远很是好奇,问他为啥经常坐在那儿看书?年轻人冷冷地说:"卖书不只是一门生意,更是文化的传承,老板自己都不读书,顾客又怎么会买你的书?"

小区里的林荫道上,物业已经在开始布置春节的装饰灯。乔志远一路走,

底牌（下）

一路看院子里的一草一木，一切都没有变，唯有柏树更加苍翠挺拔。乔志远走到门口，整理了一下衣服，很久没见张青桐了，心中竟有些许忐忑。昨天乔瑾瑜跟他在电话里说妈妈准备卖掉珠江花园的房子，乔瑾瑜不同意，说珠江花园的房子见证了自己的成长，是一家人的根基，希望他去劝劝妈妈。乔志远按了下门铃，不一会儿，陈浩光着膀子开了门，见是乔志远，一下子愣在那里。

虽然在各大媒体和新闻报道中经常见到乔志远，但如此近距离地见到真人，对陈浩来说还是第一回。眼前的乔志远比照片上还要严肃，冷峻的神情让人不寒而栗，还没说话已经让陈浩的心里直打寒战，两道目光像两炬火焰一样直射向他，吓得他不敢抬头。乔志远理都没理他，径直走向客厅，陈浩拿起挂在玄关柜上的衣服，一溜烟跑了。

乔志远坐在沙发上，脸色铁青。张青桐从卧室出来，见是乔志远，吃了一惊，回头看了一下，陈浩早已不知去向。眼前的张青桐容光焕发，穿一件吊带真丝睡裙，透过镂空的蕾丝能清晰地看到她莹白的胸脯，轻薄的睡裙勾勒出圆润的臀部，白皙的双腿在黑色睡裙的映衬下显得格外修长。乔志远看着她，满眼的诧异，两人结婚几十年，从未见张青桐穿得如此性感过，乔志远说不清心里是什么滋味。

乔志远指着门口，愤怒地问张青桐："刚才那个人是谁？你跟他是什么关系？你找男朋友我无权干涉，你想寻找新的感情我祝福你，可你找的这是什么人？比你儿子还小，你觉得合适吗？"

张青桐从抽屉里找出一堆桂玉梅的资料，啪地一下扔到乔志远面前，说："还问我找的是什么人，你也不先照照镜子看看你自己。你看看这些是什么？"

乔志远拿过资料，一张一张地开始翻，翻着翻着，脸都黑了，问："你哪来的这些东西？"张青桐冷笑着说："哪来的？难道你不知道？"乔志远眼珠子一瞪，说："我知道还用问你？这些乱七八糟的东西，肯定是有人恶搞的。"张青桐翻出几张照片，指着说："你看看，这会是恶搞的？这个导演你认识吧，都坐到导演腿上去了。还有这张，你看看，是不是你们盘古的人？"

乔志远仔细瞅了瞅，怎么那么眼熟？可自己怎么也想不起来。乔志远把资料推到一边，说："现在图片 PS 一下什么搞不出来？不说这个了，我今天来，

第二十五章

幽灵眼

就想问你一句话,你为啥要在这个时候抛售盘古股票?"张青桐一边整理资料,一边说:"股票是我的,想卖就卖,难道还要向你请示?"乔志远冷冷地说:"卖的不是时候。"

张青桐鼻子里哼了一下,说:"不是时候?难不成卖前还要请个算命的看看日子?"

乔志远黑着脸问:"你就告诉我,谁帮你卖的?"

紫宸会上遭遇桂玉梅的羞辱之后,张青桐对乔志远已经失望至极。现在一听这话,她心中更清楚了,乔志远压根儿就不是来看望自己的,而是来兴师问罪的,于是淡淡地说:"现在账户的权益人是我,这个是法律上认定的。"说着,张青桐将一份法院的离婚判决书从抽屉里翻了出来,满是不屑地说:"你自己看看。"

乔志远并没正眼看,而是继续追问问:"你连股票账户都搞不清楚,谁帮你卖的股票?"

张青桐没好气地说:"我自己。"

乔志远看得出张青桐在说谎,问:"是不是刚才那个兔崽子?"

张青桐盯着乔志远变形的脸,反讥道:"你是商业领袖,还在乎那点股票?"

乔志远真是气不打一处来,大声质问:"你就告诉我,是不是刚才那家伙指使你卖的?"

"不是,是我自己卖的。"张青桐很不耐烦地说。

此刻张青桐冷漠的眼神中,除了恨,还充斥着报复的快感。乔志远惊愕地看着张青桐,感觉她与从前真是判若两人,这还是曾经那个与自己生活了几十年的张青桐吗?离婚了,她跟谁谈恋爱自己干涉不了,可眼前她找的是个什么东西?乔志远实在想不明白,是什么让张青桐在短短几个月内变得如此令人难以捉摸?

乔志远站起来,在屋子里转了转,发现房间布置得很温馨,客厅摆上了花瓶,花瓶中有一束鲜艳的玫瑰。他还在卧室的冰箱上,发现了卡通贴,上面既有早安问候,也有手写的小贴士。卧室里,化妆台上放着乔志远之前从未见过的化妆盒,精致而高雅,这是自己在这个房间住了20多年都没有过的情景。

回到客厅，乔志远整个人异常冷静，他对张青桐说："这几年，你从没有动过股票账户，被你抛售的股票是我从盘古上市一直拿到现在的，一股都没有卖过。自从肖天看望你之后，你就认识了一个股票经纪人男朋友，然后就把股票卖掉了，你知不知道，自己被人当枪使了？"

张青桐一直看着乔志远在屋子里转悠，心里也是五味杂陈，两人一起生活了20多年，现在却劳燕分飞。想到这，张青桐愤恨地说："20多年里，你不是四处参加围棋比赛，就是去游学，或者是出差，一年之中，你有几天在家？就算我天天盼着你回来，回来后过的还是活死人的生活。现在你找到你喜欢的人了，我怎么就成了被人当枪使的了？"

20多年的婚姻中到底谁对谁错，乔志远现在无心去思索，他这次来就想搞明白一个问题，是谁在背后给自己下黑手。他缓缓地开口说："过什么样的生活，那是你的自由，但是这一次，有太多的巧合，现在不是你一个人的问题，这很有可能是一场阴谋，有人在利用你来算计我，牵涉到盘古，还有盘古上万的员工、客户、合作伙伴。现在不是意气用事的时候，你只要告诉我，是谁怂恿你抛售盘古股票就行。"

乔志远的咄咄逼人令张青桐很是反感，她指着乔志远的鼻子说："我一个人，曾经每天对着空气说话，之前为了你的面子、你的事业，我含着泪独守空房。离了之后，我以为你会回心转意，依然为你独守空房，可你呢？我去证券营业部，陈浩作为客户经理，他只是正常地教我怎么买卖。我的账户里只有盘古一只股票，他没有怂恿我买，更没有怂恿我卖，相反，他的真诚、细心、体贴，令我感动，让我感受到了一个不一样的世界。"

乔志远什么都没有说，拿起桌子上张青桐给的资料便准备离开，走到门口才想起儿子的电话，又扭过头对张青桐说："对了，听说你要卖掉这房子？瑾瑜说这房子有他成长的记忆，不同意卖。"说完，乔志远甩门而去。从珠江花园出来，他立即给汪弘毅打了电话，说："弘毅，我手上有些资料，你们拿去查一查，对了，顺便再查一查陈浩，股票抛售的背后肯定是有人捣鬼。"

听出乔志远在生气，汪弘毅小心翼翼地问："如果牵涉到嫂子怎么办？"

走在小区里，嗅着柏树青枝散发出的阵阵清香，乔志远快速地冷静了下来，对着电话那头说:"她被人利用了,利用她的人玩得高,记住,感情线永远查不清问题,如果他们真是要将我踢出盘古,从股权上说他们已经是大股东了,这次敌人没有正面出招,而是处心积虑绕这么大弯子,一会儿是桂玉梅一会儿又是张青桐,背后一定还有更大的算计。"

盘古总部天眼中控室,整个房间热气腾腾。邵南子穿着单衣坐在电脑前噼里啪啦地敲击着键盘,一组组数据便迅速生成各种图表,呈现在墙上悬挂的 LED 显示屏上,房间里顿时变成了数据世界。

汪弘毅站在邵南子身边,静静地看着快速变化的数据。邵南子加速了数据流,整个系统不停地切换着各种图表。突然,一组数据令汪弘毅眼前一亮,他叫道:"停,给我回放一下刚才的数据,对,就是鸿基保险的。"

从机构的持股变化曲线上看,鸿基保险可谓是异军突起。邵南子调出鸿基保险的持股变化数据,说:"历史规律是熊市期间,机构们都喜欢在年前抛售套现,就连那些上市公司的老板都借口说要在春节期间改善生活,伺机卖出一些股票。之前在 A 股没有任何动静的鸿基保险,最近一个月却突然出现在多家上市公司的前十大流通股东名单中。"邵南子调出了多只股票的 K 线图,继续介绍说:"鸿基保险持有的这些上市公司,在消息公布后的 3 个交易日内,波动幅度很大。"

汪弘毅右手捏着下巴,眼睛盯着波动的 K 线图,发出指令:"把所有跟鸿基保险相关的上市公司 K 线图都调出来。"LED 显示屏上,鸿基保险进过前十大流通股东的上市公司,在消息公布后的 3 天内,股价出现剧烈波动,随后走势疲软。汪弘毅一边看,一边琢磨,小声嘀咕道:"鸿基保险在不断举牌盘古 A 股的同时,频繁买入股性活跃的小盘股,这到底是个什么路数?"

邵南子见汪弘毅自言自语,表情凝重,便很谨慎地对他说:"鸿基保险买入的股票有一个特征,那就是里面都有国家队。"经邵南子这么一提醒,汪弘毅茅塞顿开:"熊市期间,国家队为了平衡股市,会买入一些股权分散的小盘股活跃市场,马腾这是借花献佛,利用国家队的概念,在财报截止之前潜伏进去,财报公布后,当大家都发现鸿基保险在里面,就一定会冲着马腾的影响力冲进去，除了小散户，他顺便把国家队的韭菜也一起割掉，看来马腾的资金链很紧张。"

"公司跟人的钱袋子一样，割韭菜这事儿，调出那几只股票的资金流看看就知道了。"汪弘毅盯着LED显示屏，吩咐邵南子调出被鸿基保险割韭菜的几只股票每天的资金流数据。键盘的声音一阵噼里啪啦，邵南子迅速让几只股票的资金流变成了可视化的图表，然后向汪弘毅解释说："年报出来后的第一个交易日，小额资金流入占到整个资金流入的60%，这说明散户跟风严重。第二个交易日起，机构资金的流出占比高达80%，意味着前期潜伏的资金在出逃。"

看散户的资金像洪流一样流入马腾挖的陷阱之中，汪弘毅一拍邵南子的椅子："太狠了，黄天沙从银行、保险、券商股那里放杠杆贷款买盘古，已经算狠了，这个马腾却不仅从保险弄钱，还直接在二级市场上把散户当成韭菜给割了，他这是通过割韭菜来举牌，这样的人对金钱的饥渴已经到了丧心病狂的地步，他若是进入盘古，那简直就是灾难。"汪弘毅摇了摇头，想起了乔志远的吩咐，连忙说："对了，桂玉梅跟陈浩有没有进展？"

张青桐给的照片令汪弘毅瞠目结舌，乔志远要求在第一时间查出真相。邵南子调出一堆照片，第一张就是乔志远从张青桐手上拿到的，上面显示桂玉梅在饭局上，坐在一个导演的腿上跟他喝交杯酒。邵南子将照片信息通过天眼系统录入到数据库，短短几分钟之内，饭局上所有人的资料就都呈现到了LED显示屏上，邵南子介绍说："当天是一部电视剧的前期聚会，饭局上有12个人，包括投资方、制片人、演员、导演，桂玉梅之前在这位导演的戏中跑过龙套。"

汪弘毅指着一堆人问："这部戏的投资方是谁？"

坐在桂玉梅对面的一个大脑袋、短脖子的眼镜男被邵南子给圈了出来，接着他对汪弘毅说："就是这个人，他叫李炯，是珠江索具的老板，行事张扬，经常混迹于娱乐圈，高兴了就串串戏，之前还自掏腰包拍了一部自己主演的戏，爱好就是开着加长林肯带着女明星兜风，珠江索具客户遍布全国，珠三角的房地产商差不多都是他的客户。"

汪弘毅警觉起来，追问："盘古和龙腾都是他的客户？"

房间里再次响起敲击键盘的声音，邵南子从容地调出了数份采购清单："他

第二十五章

幽灵眼

是盘古的 S 级合伙客户。"汪弘毅摇了摇头，说："没想到这个家伙竟然是盘古元老级的客户。"邵南子没有停下手中的键盘，又调出另一张照片，指着黄天沙说："他们俩关系不一般。"

汪弘毅指着照片上模糊的背景问："这是一家酒店吗？"

邵南子一阵键盘敲击之后，LED 上出现了一个戴着面具的幽灵。

汪弘毅在旁边很疑惑地问："你这是什么东西？怎么爬到地图上去了。"

"这是我们天眼系统的幽灵眼，在对进入图片进行追踪辨识时，幽灵眼就是天眼系统的千里眼，可以通过照片上的元素，找出酒店位置、拍摄时间，看照片是否被人处理过，以此确保信息的真实性。只要显示屏上出现幽灵眼微笑的眼神，就意味着数据处理成功。"邵南子指着照片侃侃而谈，颇为得意地说，"大数据时代，数据里有魔鬼，也有精灵，我们的幽灵眼可以识别出任何动过手脚的数据，让数据背后的人无处遁迹。"

汪弘毅在旁边屏住呼吸。天眼系统的幽灵眼在 LED 显示屏上像变魔术一般，一根红线先指向 6 月的日历表，显示下午 3 点到 4 点的那条直线跟影子的方向无法重合，红线再调到 7 月，结果发现四点的那条直线跟照片中影子的方向完全吻合。看着显示屏上幽灵眼呈现出一张微笑的脸，汪弘毅不断地点头，冲着邵南子说："这应该是南海大酒店，你调出南海大酒店的街景图看看。"

照片上的景致跟南海大酒店的侧面一模一样，汪弘毅第一次见证邵南子神奇的数据挖掘过程，看着眼前这个忙碌的年轻人，他很是欣慰，催着问："能从这个照片上找出更多的信息吗？"邵南子敲击了几下键盘，幽灵眼在照片上拉出两条线，形成一个 30 度的夹角。汪弘毅突然插话说："把照片进一步放大，能不能把车牌号拉得更近？"幽灵眼对车牌进行了聚焦，汪弘毅指着车牌说，"这是我们公司的，调出肖天 7 月回总部的记录。"

邵南子轻松地在盘古的差旅系统调出了肖天的记录，说："肖总回总部，住的就是南海大酒店。"汪弘毅拍了拍邵南子的肩膀，问："小邵，天眼系统的这个幽灵眼，能不能运用到我们整个公司的运营之中，尤其是工程招标、质量监测、财务管理、风险控制等领域？"邵南子很自信地点点头："只要有数据的地方，都是可以的。"

底牌（下）

汪弘毅立即拨通了乔志远的电话："乔总，在办公室吗？"

乔志远刚回到办公室，汪弘毅带着邵南子，通过人脸识别，敲开了乔志远的办公室。乔志远看着两人同时过来，意识到肯定是天眼系统发现了重大信息。还没让汪弘毅坐下，乔志远就马上问："调查出来了？"汪弘毅示意邵南子打开可视化系统，直接连通天眼系统进行照片查询。邵南子一边查，汪弘毅一边解释说："照片就是有人设局。"

乔志远没说话，看着邵南子噼里啪啦地忙活，神情很镇静。邵南子指着显示屏上的照片以及各种信息，解释说："照片是7月20日左右在北京拍的，饭局是珠江索具的老板李炯组局的。李炯组局之前，7月15日左右在南海大酒店跟黄天沙见过面，同一天，肖总从北京回到南海市，也是住在同一家酒店。"邵南子调出幽灵眼，进一步解释道："照片中查到的信息显示，应该是下午4点，盘古接送肖总的车停在饭店，正好跟车队的出车记录相吻合。"

幽灵眼的微笑让乔志远一愣，汪弘毅解释说："幽灵眼是天眼系统中重要的数据追踪程序，每次追踪成功就会露出笑脸。"乔志远默不出声，汪弘毅指着屏幕上的照片，继续说："从天眼系统追踪到的数据看，肖天卷入其中，黄天沙应该是幕后的指使者，珠江索具的李炯只是一个组局者。他和肖天看望嫂子后出现的抛售股票等一连串怪事联系起来看的话，饭局照片很显然是被人精心设计的双杀局。"

乔志远看着屏幕上的数据，黑着脸听汪弘毅的分析。突然，他一拍桌子，震得茶杯摇晃，茶水飞溅。乔志远咬牙切齿地说："这帮人张口戏子，闭口小演员，其实自个儿连婊子都不如，他们设局给桂玉梅制造丑闻，无非就是想抹黑我，说我整天不务正业，盘古要完蛋了，为搞垮我进行舆论造势。紫宸会那一次闹事搞得张青桐仇视桂玉梅路人皆知，他们把照片给张青桐，就是想拿我跟桂玉梅的事情去刺激张青桐，令张青桐崩溃，做出抛售股票的不理智决定。"

汪弘毅滑动了LED显示屏，说："陈浩是他们设的局中重要的一环，他看上去只是跟杜天刚同一个镇子出来的，实际上他们是远房亲戚，如果说黄天沙完成了前面部分桂小姐的布局，那么陈浩的出现，很难说杜天刚没有参与后面的设局。"汪弘毅看了看沉默的乔志远，继续说："从黄天沙举牌后远大集

第二十五章
幽灵眼

团连续的反常举动来看,应该是杜天刚一直影响着黄国胜的决策,他跟黄天沙之间如果有秘密交易的话,那么巡视组约谈的曝光,极有可能是杜天刚假公济私设局。"

乔志远冷冷地说:"既然暗箭难防,那就揪出那一支暗箭。"

汪弘毅当即吩咐邵南子:"沿着已经掌握的证据和线索,追查下去,把陈浩盯死了,杜天刚他们就不可能继续利用嫂子搞鬼。对了,把马腾的数据整理一份,要让他知道散户不可欺。"

琵琶岛岸边,海风拂面,午后的暖阳洒在脸上,临江咖啡馆播放着情歌《笑脸》。杨子欣慵懒地靠在沙发上,望着岛上的灯塔。桌子上躺着一本《乌合之众》,杨子欣被书中的一句话给刺激到了,内心久久不能平静。放下咖啡杯,杨子欣抓起电话给汪弘毅拨了过去。

此刻汪弘毅正在办公室琢磨邵南子提供的材料,他接起电话,只听见里面正播放着音乐:常常地想,现在的你,就在我身边露出笑脸,可是可是我,却搞不清,你离我是近还是远。汪弘毅皱着眉头问:"子欣,怎么啦?"杨子欣靠在沙发上,伸了伸懒腰,漫不经心地问道:"是不是跟我们现在很像?就在身边,却不知道是近还是远。"

"你我前生一定有缘。"汪弘毅一边揉着太阳穴,一边轻声地哼唱起来。杨子欣回到南海后,调任董事会办公室,负责协调乔志远跟各业务部门的联系,因此跟汪弘毅的接触很少,两人只能偶尔见面点头微笑,而不能像其他情侣那样自由地牵手外出。杨子欣很感慨地说:"《乌合之众》说得有道理,我们始终有一种错觉,以为我们的感情源于我们自己的内心。"

汪弘毅很是无辜地瞪着眼珠子,望着藏着各种秘密的资料,说:"爱情是一道选择题,若选择在唇齿之间,则犹如咀嚼口香糖,爱会随着时间而乏味,甚至因苦涩而心生厌恶,想吐掉。如果选择在心里,那么血液就会成为爱的养分,爱会不断得到滋养,最终浸润每一个毛细血管,以至于爱成为生命的一部分,无法分清到底是在内心,还是在血液里。"汪弘毅站起来,走到玻璃窗前,望着楼下草坪上的情侣,动情地说:"你的错觉是因为我们的爱已经融入血液里了。"

看着海边浪漫的情侣，杨子欣又开始幻想能跟汪弘毅一起牵手漫步，这个在她内心深处想象过千百次的画面，最终只能以黯然神伤收场。汪弘毅就是一个具有超凡魅力的王，他高高在上，又柔肠百转，杨子欣一直渴望爱的阳光，可现实总是很残酷，自己的头上永远都是没有日月的黑暗，希望明明近在咫尺，却始终难以实现。杨子欣很是委屈地说："有一天，希望沙滩上能够留下我们两人的脚印。"远远地，杨子欣看到了邵南子的身影。

邵南子走过来，一屁股坐在杨子欣对面，看着一脸忧郁的杨子欣，邵南子似笑非笑地说："跟男朋友吵架了？"杨子欣瞪了邵南子一眼，还是不说话。邵南子最受不了杨子欣的沉默，当年在东方大学谈恋爱期间，只要杨子欣一生气不说话，邵南子通宵都别想睡觉，直到把杨子欣哄笑了才敢回宿舍。见杨子欣脸冲着琵琶岛，邵南子忍不住问："回到总部后你见到我就跟见到瘟神一样，咱们现在是同事，又不是男女朋友，我得罪你啦？"

海浪拍打着岸边，礁石上浪花飞溅。远处沙滩上的情侣拉着手，光着脚丫一路狂奔，不顾被海水溅湿的衣裳。杨子欣羡慕地凝望着那一对情侣，邵南子撇着嘴说："不会是失恋了吧？"杨子欣没好气地呵斥："滚！"邵南子很是尴尬地说："你眼角都有泪花，看来是真被人给抛弃了，才想起约我喝咖啡，爱情不相信眼泪，你一流泪就输了。"

杨子欣瞅了瞅邵南子尴尬的表情，说："没有爱情的人，对爱情高谈阔论，你不觉得很可笑吗？"邵南子撇着嘴，很是不屑地说："爱情跟讨论爱情是两回事，爱情是行动表达，讨论爱情是思想表达。"邵南子抓起桌子上的《乌合之众》，在杨子欣面前扬了扬，说："从你眼里的泪花，看得出你很在意现在的爱情，套用《乌合之众》里的一句话，如果你将爱情视为一种信仰，它能让你变得完全受自己的幻想奴役，你现在已经成了爱的奴隶。"

杨子欣很是诧异地看着邵南子说："你怕被爱情奴役，你妈知道吗？"说完她端起咖啡杯，优雅地喝了一小口，站起来走到吧台前，回头问邵南子："拿铁还是卡布奇诺？"邵南子脸上浮现出一丝笑容："卡布奇诺。"杨子欣端着咖啡走过来，递给邵南子，说："整天神神道道的，看样子被汪弘毅折磨得不

第二十五章
幽灵眼

轻，我拉你来盘古，总不能看着你一步步变成废人，到时候一个人孤独终老，对不起你爸妈。"

"我变成废人，你就是罪人，如果不是你，我会来盘古？"邵南子端起咖啡喝了一口，看着杨子欣修长的身材，白皙的大腿，很是关切地说，"南海的冬天虽然不是很冷，但还是容易寒邪入侵，老了会落下老寒腿的毛病。"杨子欣口里啧啧："还是挺会怜香惜玉的嘛。我回到总部这么久，也没见你邀请过我喝咖啡啊。"杨子欣盯着邵南子，若有所思地问，"在上海的时候，听说你在汪总的指令下搞了一个天眼系统，跟锦衣卫似的整天神神秘秘，搞得人心惶惶，盘古有那么多商业秘密需要一个专门的系统来防卫吗？"

邵南子跷着二郎腿，很是得意地说："不要以为天眼只监视各种财务数据，只要跟利益相关的，都在天眼的监视之下。"邵南子突然附到杨子欣的耳边，杨子欣吓了一跳，一把推开他，瞪了邵南子一眼，很是警惕地问："干吗？"邵南子悻悻地说："紧张什么，本来想告诉你个八卦，算了。"看邵南子一脸的尴尬，杨子欣立马换上笑脸，说："八卦我喜欢，什么八卦？"邵南子见到杨子欣的微笑就无可救药地陷了进去，他小声说："乔总的老婆都在天眼监视之下。"

杨子欣压低声音问："桂玉梅？"

邵南子摇了摇头，杨子欣很是好奇，问："还有谁？"邵南子继续小声说："张青桐。"杨子欣撇着嘴说："他们不是都离婚了吗？有啥好防卫的。"邵南子呵呵冷笑一声："子欣，东方大学数学系高才生，跑到盘古卖房子，难道没有人问你为什么吗？"杨子欣一愣，很警惕地问："你什么意思？"邵南子从包里掏出一份已经皱皱巴巴的报纸，丢给杨子欣，说："狗血吧？"

杨子欣一看，报纸上是张青桐跟一个年轻人搂抱的照片，丢在一边，冷冷地说："跟我有啥关系？"邵南子拎起报纸，在杨子欣面前晃了晃："看到这个新闻，难道你不觉得大快人心吗？"杨子欣微笑着说："这种新闻有什么好高兴的？"邵南子突然表情轻蔑，说："我再告诉你一个秘密，乔瑾瑜回到南海市了，正在跟黄天沙的儿子黄世林一起创业，他们刚刚又融了3000万A轮，好像要搞一个手机项目。"

底牌（下）

邵南子的话还没有说完，杨子欣已经花容失色，难以置信的神情布满脸上的每一寸肌肤，他冲着对面的这个男人说："你告诉我，你说的都是开玩笑的。"邵南子晃动着二郎腿说："你看我像是开玩笑吗？是不是觉得乔瑾瑜跟黄世林合伙创业很不可思议？"杨子欣不断地摇头："这不是真的，乔志远跟黄天沙为了争盘古斗得你死我活，他们的儿子怎么可能在一起创业，你这简直就是胡说八道。"

杨子欣开始打开手机，拼命搜索乔瑾瑜的信息，却什么有用的信息都没找到，她把手机搜索框冲着邵南子说："现在是大众创业的时代，只要项目有融资，那些创业者恨不得全天下人都知道，为下一轮融资造势，你说他们的项目融资有好几千万，为啥一个字的报道都没有？"杨子欣端起咖啡，轻轻地啜了一小口，看着邵南子一副自得的样子，一下子把咖啡杯重重地顿在桌子上，很生气地问："你为什么要编故事气我？"

邵南子两手一摊："你的机会来了。"

"什么机会？"杨子欣很是警惕地问："你刚才说的张青桐是什么意思？"

邵南子再次靠近杨子欣，小声说："你进入盘古，不就是要找乔家报仇吗？现在乔瑾瑜回来了，乔志远、张青桐一大堆丑闻，张青桐的小男朋友比乔瑾瑜的年纪还小。"邵南子端起咖啡杯，又开始晃动二郎腿。杨子欣冷冷地说："我只想上班过自己的小日子，你那些八卦我没兴趣。"邵南子呵呵一声冷笑："如果不是乔瑾瑜当年不辞而别，你会答应做我的女朋友？你会到盘古当售楼小姐？"

杨子欣抽了一张纸巾，擦了擦手，很不屑地说："男人几十年的感情都抵不住3分钟的激情，更何况那些过去的感情呢？时间早就尘封了记忆。"邵南子很诡异地笑了笑："时间是记忆的一把刀，伤的越深，才更刻骨铭心，我知道你最想报复的是乔家，乔志远的各路丑闻都出来了，可他依然掌控着盘古董事会的权力，为什么？"

邵南子的话令杨子欣暗吃一惊，嘴角却露出一丝微笑："看样子天眼系统让你对盘古的权力格局有了一个与众不同的认识。乔总为啥不愿意交班？"邵南子的二郎腿不停地晃动，侃侃而谈："乔志远骨子里对接班人扛盘古旗帜是

第二十五章
幽灵眼

不信任的，所以才让两个接班人竞争者轮值CEO，也只有两个人竞争，他才可以在董事长位置上稳坐钓鱼台，继续寻求理想的接班人。可蒙毅到上海查案后，肖天失去了接班人资格，如果你是乔志远，你会怎么办？"

杨子欣若有所思地想了想："再物色一个轮值CEO？"

邵南子扳起手指头数着说："副总裁级别轮值后，程春明被抓起来了，王刚、刘世雄辞职了，轮值CEO换班之后，肖天辞职了，现在还有谁能够跟汪总一起轮值CEO？"杨子欣摇了摇头说："没有，难道要空降？"邵南子撇着嘴说："现在盘古就是地产界的王，还能从哪儿空降？公司内部就算是矬子里拔将军，也是可以的。"杨子欣难以置信地问："内部？"邵南子点点头："如果乔志远选择的人是蒙毅，谁最危险？"

杨子欣不可思议地问："蒙毅是汪总招进来的，怎么会跟汪总竞争接班人呢？"邵南子提醒说："蒙毅一直在调查肖天，自然是为了清除汪总接班人竞争者，可为什么在粤海集团闯关董事会前夕，浦江花园腐败窝案的详细调查数据会出现在报纸上？上海的窝案丑闻就是给盘古的对手们递刀，相信汪总绝不想在那个时候走漏任何风声，废掉肖天那一票，粤海集团就无法闯关，这相当于间接废掉了汪弘毅的白衣骑士，黄天沙便可以在盘古长驱直入了。"

"这跟乔志远有什么关系？"杨子欣噘着嘴唇，盯着邵南子说，"就算是蒙毅泄露的信息，野蛮人进来，对乔志远有啥好处？"邵南子看着撇嘴的杨子欣，小声在杨子欣耳边说："黄天沙可从没说过要更换乔志远，他从见乔志远第一面起就打算要维护乔志远，乔瑾瑜能跟黄世林一起创业，背后会不会是乔志远跟黄天沙两人在唱双簧呢？如果白衣骑士进来，汪弘毅便是大功臣，在白衣骑士的襄助下坐上董事长的宝座只是时间问题，那么乔志远会怎么办？"

杨子欣端起咖啡，疑惑地问："乔志远想阻止白衣骑士？"邵南子耸了耸肩，说："汪弘毅派蒙毅调查浦江花园腐败窝案，乔志远想保肖天都保不住，乔志远设计的权力构架被彻底打破，汪弘毅的白衣骑士足以让乔志远失去对盘古的控制权。如果乔志远承诺给蒙毅接班人竞争者的机会，蒙毅就能在盘古获得一人之下、万人之上的决策权，他怎会拒绝乔志远的诱惑？"邵南子突然话锋一转，很地小声说，"盘古的信息为啥总是泄露？如果蒙毅是双面内鬼呢？"

底牌（下）

办公桌上的日历显示已经是腊月二十七，黄天沙用笔在日历上点了点，自言自语道："平治道涂，余事勿取。"黄天沙撕掉了当天的日历页，反复看了看法务部草拟的通告，然后在法人代表签字处签下自己的名字，准备一会儿就递给法务总监。

王曦若将端着的咖啡杯放到桌面上，很严肃地说："黄总，您刚才撕掉的日历页已经提醒了我们，余事勿取。我虽然不相信占卜算卦，但现在对我们来说，日历页上的提醒恰逢其时，这个通告我们暂时不能发，目前应该保持克制，观察鸿基集团的动静。"

黄天沙抓起撕下的日历页，又仔细地看了看，说："鸿基能左右天平？今年没有腊月三十，明天是最后一个交易日，接下来就是春节长假，属于舆论的空窗期，等到春节后正式上班，差不多就该召开正式的董事会改组会议了，那个时候就算乔志远、汪弘毅他们想绝地反击，也没有时间了。"黄天沙两手一摊，很是忧虑地说："如果我们错过了明天，再提出改组董事会的话，将会陷入舆论的汪洋大海。"

"突然袭击，让乔志远他们陷入回天乏术的绝境这是个战术问题，现在对于我们龙腾集团来说，控股盘古是我们整合产业链的重大战略，那么我们就要从战略上跟乔志远、汪弘毅他们进行攻伐。"王曦若指着LED显示屏上的数据，很谨慎地说，"鸿基集团短期内连续举牌导致持股比例已经超过20%，一跃成为盘古的第二大股东，如果我们不跟黄国胜和马腾提前进行沟通，要是持股15%的远大跟持股20%的鸿基联手，恐怕就没我们什么事了。"

会议桌上摆了一沓财经报纸，随手打开一份都是马腾的新闻。黄天沙不以为然地说："鸿基保险把散户当韭菜给割掉，已经引起舆情沸腾，他在二级市场已然失去民心了，相信监管部门早就盯上了他。而远大集团正在接受巡视，这个时候黄国胜为了明哲保身，可能会站出来发表反对意见，但是他不敢跟马腾这种踩在国家队肩膀上割散户韭菜的资本家联合。"

王曦若很理性地说："马腾的操盘手激进而凶狠，如果他是为了盘古账面上的3000亿，那么他们就不会去割别的股票，所以很显然他们是要明修栈道，

第二十五章
幽灵眼

暗度陈仓。"鸿基保险不断举牌的过程中，山鹰组一直在进行沙盘推演，马腾的风头完全盖过黄天沙，王曦若更担心马腾正在给黄天沙挖一个陷阱，便提醒他说："马腾想让鸿基地产从H股回归到A股，如果他跟黄国胜做一笔交易，利用盘古的股权置换远大集团持有的远大地产壳呢？"

"偷天换日？"黄天沙右手中指在桌子上轻轻地敲击，面色凝重。

王曦若点点头，逻辑缜密地推演说："远大集团是国有资产的看门人，马腾第一步若是将盘古的投票权委托给远大集团，会立即得到监管部门的嘉许，舆论也会风向大变。"黄天沙满脸的不以为然，王曦若望着对面的黄天沙，顿了顿，问："鸿基总部在南海市，他会选择其他省份的壳，还是找一个更知根知底的南海市的壳？远大地产是一个不错的选择，马腾向黄国胜提出换股交易，黄国胜便能够夺回盘古控制权，他会拒绝吗？当然，如果马腾想在南海市找个壳，以后再将盘古的投票权委托给粤海集团，那也不是没有可能。"

黄天沙的笔记本上压着一份法院判决书，上面写明南海市中级人民法院驳回了龙腾集团就盘古工会的诉讼管辖权异议。收到判决书时，报纸上已经是连篇累牍地报道说工会状告龙腾集团胜诉了，黄天沙憋着一口气，愤愤然地说："现在乔志远丑闻缠身，盘古分公司区域腐败案不断，肖天辞职离开，股东们行使自己的股东权益，改组盘古董事会是天经地义的事。明明只是管辖权异议被驳回，他们非要操控舆论颠倒是非。不管马腾有啥目的，我们现在需要通过提议改组董事会以正视听。"

"粤海集团的框架性协议期限为一年，我们可以继续通过诉讼来消耗它的时间，中级人民法院不行，我们可以向高级人民法院上诉。等协议过期，乔志远他们就再也没有理由继续霸占着董事会的位置。"王曦若见黄天沙面无表情，话锋一转，说："如果您坚持要推动盘古董事会重组，除了必须注意董事会换届时间的问题，责令董事会下野的理由也一定要得到广大中小投资者的认可，这样才能避免乔志远、汪弘毅他们给我们强行贴上野蛮人的标签。"

黄天沙将通告文件的副本递给王曦若，脸上依然义愤难平，他说："乔志远除了跟桂玉梅的1000万赞助涉嫌利益输送，他整天游山玩水的同时还在公司拿走超过5000多万的薪水。现在各种丑闻频出，他的前妻张青桐也爆出被小情人抛售盘古股票，乔志远已经不能代表盘古管理层，他甚至会影响上市公司的商誉。管理层无法把控风险，能力低下，监事会却无动于衷，盘古是行业领军企业，岂能由尸位素餐之辈忝居高位？"

法务部总监在一旁插话道："此时如果我们一锅端，会令整个盘古管理层同仇敌忾。"王曦若赞许地点点头，说："乔志远真正的敌人不是远大集团，也不是我们，而是他培养了几十年的汪弘毅，盘古接班目前就跟古代皇位继承一样，老皇帝不肯放权，老太子便成为皇位的最大觊觎者，现在汪弘毅想接班，我们就不要急于在春节前挑起战火，我们要对盘古内部进行分化瓦解，各个击破，送汪弘毅一程，让他在中小股民以及公众中，成为我们的朋友，乔志远的敌人。"

窗外爆竹声声，桂玉梅站在窗前望着天空的烟花。乔志远端着茶杯，正在电脑上跟围棋程序激战。邻居家的鳄鱼池旁，几个小孩子点燃了冲天爆竹，噼里啪啦震天响。桂玉梅回头看了看冥思苦想的乔志远，很是羡慕地说："我们也出去放烟花吧？"

乔志远头都没回："嗯，你去吧，刚才隔壁邻居邀请我们一起守岁，一会儿就到12点了，你收拾一下，到他们鳄鱼池边的凉亭里，一起吃夜宵。"桂玉梅满脸不高兴，走到乔志远身边说："要去你去吧，我睡觉了。"说完，便朝着卧室走去。乔志远一愣，看着棋盘上的对手步步紧逼，还是决定把棋子放下，去追桂玉梅。

刚走到卧室门口，桂玉梅嘭的一声就将卧室门给关上了，乔志远站在门口，像个小学生一样哀求道："阿妹，是我不好，大过年的，别生气了。"桂玉梅站在卧室的窗前，望着院子里放烟花的孩子们，眼泪扑簌扑簌地往下掉，很是委屈地说："你也知道今天在过年，从早上到现在，你说你的年夜饭在哪里吃的？整天跟围棋在一起，你把我当什么人啦？"

北京演艺圈饭局的事令乔志远一直如鲠在喉，可是每次看到桂玉梅，他到嘴边的话又都咽了下去。乔志远叮嘱邵南子弄清真相，可是迟迟没有动静。他调取了北京区域的视频数据，发现桂玉梅到过肖天的办公室，可桂玉梅从来没

第二十五章

幽灵眼

有跟乔志远提起过。无论是北京演艺圈的饭局，还是跟肖天的见面，乔志远一直在等桂玉梅的解释，可桂玉梅却若无其事。

乔志远站在门口，听到桂玉梅在抽泣，这是两人认识以来他第一次听到她哭。乔志远想起见张青桐的情景，爱的别离，让男人骨子里的尊严遭遇践踏，乔志远这辈子不想再遇到第二次。乔志远敲了敲门，说："阿妹，开门，我们一起去放烟花吧。"桂玉梅带着哭腔说："我知道你自从上一次见到工商资料里几百亿的营收数据后就对我忽冷忽热，对北京饭局和我在北京见肖天的事更是耿耿于怀，可你从来也不问我。"

窗外爆竹震天响，乔志远隐隐地听到了一个大概，既然桂玉梅都这么说了，乔志远只好硬着头皮说："流言止于智者，活在别人的口舌里，受累的永远是自己。"桂玉梅一把拉开门，见乔志远像个犯错的小学生一样站在门口，说："报纸上天天造谣生事，有几个人的心能不累？工商资料里的营收数据是会计填错了单位，那一次饭局我被人设计了，十一个人灌我一个人，如果不是助理解围，还不知道会被他们怎么构陷。"

肖天的离职一直令乔志远难以置信，桂玉梅欲言又止，乔志远想问又忍住了。桂玉梅盯着乔志远的眼睛，问："你是想要一世平淡的爱情，还是想要像窗外的烟花那样璀璨却转瞬即逝的爱情？"乔志远双手搂着桂玉梅的腰，深情地说："万千风景中有无数张面孔，唯有你的容颜让我忘却凡尘的浮华，无论外面是风雨飘摇，还是烟花烂漫，我宁愿错过一世繁华，也要与你共度春秋。"

桂玉梅拉着乔志远站到窗前，望着夜空中斑斓的烟花，一声长叹说："其实，我们每一个人都如同烟花，谁能守得住眼前的繁华？几十年转瞬即逝，最终都将化作尘土。"桂玉梅侧身看着乔志远的脸，很深情地说，"世人都说我的出现破坏了你跟张青桐举案齐眉、相敬如宾的爱情，毁掉了你企业领袖的形象。不少人将我视为娼妇，诅咒我下地狱，我不怕下地狱，我怕的是地狱里没有你。"

泪水沿着桂玉梅的脸庞不停地滑落，乔志远用手擦拭了她脸上的泪珠儿，轻声说："傻瓜，有你，地狱也是天堂。"桂玉梅的委屈全写在脸上，乔志远自见张青桐之后，就很少在脸上露出笑容。桂玉梅拉着乔志远的手说："东方亮在公开举报黄天沙之前，跟肖天约谈说要合作一个项目，希望我能从中斡旋，正好肖天约我了解东方亮这个人，见到肖天后，我才知道我上当了。"

乔志远很是诧异，问："什么情况？"

桂玉梅咬了咬嘴唇，脸上很是为难，乔志远将桂玉梅搂在怀里，嘴唇亲吻着她的耳垂。桂玉梅轻轻地推开了乔志远，长叹一口气，说："功名利禄真是一个俗物，但没有几个人能够真正远离它。见到肖天后我才知道，东方亮跟肖天完全就是陌生人，是汪弘毅把东方亮介绍到肖天那里的，我很诧异，从未搞过房地产项目的东方亮怎么突然搞地产了呢？离开盘古北京区域总部，我才听说你们盘古内部有一个天眼系统，由汪弘毅坐镇南海，全国的风吹草动尽在他的掌控之中。"

"上当是怎么回事？"乔志远的心一沉，一种不好的预感涌上心头，但他还是想听听桂玉梅怎么说。桂玉梅嘟着嘴说："你说呢？东方亮哪里是要跟肖天谈生意？说让我从中帮他斡旋，那都是幌子，就是要制造一个我跟肖天见面谈事的场景。"乔志远咬了咬牙，望着窗外漫天的烟花。桂玉梅又是一声长叹，说："你坐在董事长的位置上太久了，红旗遍神州，江山靠谁守，接班人都有超越你的雄心，你忘了江山代有人才出？戏台上老皇帝最大的悲剧就是最终死在了自己立的太子手上。"

乔志远的内心五味杂陈，程春明被抓了，刘世雄、王刚走了，肖天提交辞职报告后，自己迟迟没批。桂玉梅卷入北京项目的交易时，乔志远一度以为是肖天恨自己，想将桂玉梅拉下水，让自己难堪，没想到竟然是东方亮跟汪弘毅设的局。望着桂玉梅的双眼，乔志远再次想起了紫宸会那一次张青桐的自杀闹剧，她怎么能那么准地掌握自己的行程？之后是谁在移花接木炮制铺天盖地的丑闻？一次又一次的照片泄露，又是谁在跟踪拍摄？难道内鬼是……乔志远摇了摇头，紧紧地咬住后槽牙。

邻居家的凉亭里已经灯火通明，卧室里的电话响个不停，夜宵已经上桌了，邻居催乔志远两人早点过去。乔志远望着桂玉梅，勉强地笑了一下。桂玉梅刮了一下乔志远的鼻子："整天下围棋，依然无法在方寸之间取舍。你说要走你的路，让别人无路可走，你忘了，路没有尽头，我们每一个人都只是路上的过客，你放得下也好，放不下也好，最终都会放下，你是想肉体疲惫到跟不上灵魂的时候放下，还是灵魂孤独到只有自己影子相伴的时候才放下？"

正月初七一大早，桂玉梅早早地给乔志远做好了早餐。新年上班的第一天，南海市有一个习俗，公司的董事长和总裁会第一时间到办公楼下，在进入道门的入口，站着给每一位来上班的同事发开门红包，寓意开门红。

乔志远吃过早餐就匆匆赶往盘古总部大楼，汪弘毅已经站在大门口，旁边的秘书在长长的桌子上堆着红包。按照盘古的老规矩，董事长乔志远站在大门的左边，汪弘毅站在大门的右边，员工分两排，依次从董事长和总裁手上拿过红包后，跟两位互道一声祝福，然后才进入大楼上班。乔志远一直面带微笑，当邵南子走到跟前时，乔志远的脸色却冷冷的，递给他红包后，乔志远努力挤出一丝微笑，说："一会儿到我办公室。"

红包足足发了两个小时，发完红包，汪弘毅就赶往粤海集团。昨天晚上，粤海集团的郭沛霖就给汪弘毅来过电话，表示希望初七上班时能够见面商量一下重组对策。乔志远回到办公室，邵南子已经在门口站着等他了。乔志远让他在办公桌对面坐下，邵南子很腼腆地站着不肯坐。乔志远冷冷地问："南海大酒店照片一事还有什么信息？"

邵南子很是纳闷，一个春节都过去了，乔志远怎么一上班就问两个月前的事？邵南子努力揣测乔志远的弦外之音，难道杨子欣游走在乔志远与汪弘毅之间？在临江咖啡馆跟杨子欣见面时，她言语之间似乎对汪弘毅颇有微词，难道杨子欣把跟自己聊天的信息转告给乔志远了？不可能，杨子欣进入盘古就是为了报复乔家，怎么会给乔志远信息呢？看着乔志远冷冷的脸色，邵南子恍然大悟，难道杨子欣是要离间乔志远和汪弘毅？

乔志远的目光透着寒意，邵南子心里有点忐忑，说："照片是被人以木马的形式，从海外植入国内的一个叫狼烟的小论坛上，对方设定了时间限制，只要时间一到，照片就会自动呈现在论坛里。南海大酒店的照片根据幽灵眼的技术分析，是从对面楼顶进行俯拍的。"乔志远皱着眉说："又是狼烟论坛？"邵南子点点头，乔志远盯着邵南子说："7月，下午4点室外高温超过40度，怎会有人提前在对面楼顶上埋伏着？那不成烤肉了？拍照人不可能长时间趴在那里，应该是掌握了更准确的时间。能查出是谁在植入木马吗？"

邵南子一咬牙，答道："目前还在查，有三种可能，一种可能就是龙腾集团里面有我们的内线，是专门去拍黄天沙的，另外一种可能就是黄天沙在我们中间安插了内鬼，专门拍肖天跟黄天沙在一起的照片，用于离间盘古管理层。"邵南子突然停下来，乔志远问道："还有呢？"邵南子很谨慎地说："还有第三种可能，就是我们内部有人专门去拍了肖天。"

"内鬼？你搞的天眼系统怎么一到抓内鬼的时候就瞎了呢？"乔志远鼻子里冷冷地哼了哼，说："给黄天沙后院插钉子这种下三烂的事，不是我的风格，我们不可能搞什么潜伏间谍。7月正是总部派人调查我们的时候，难道是调查组在跟踪肖天取证？"

邵南子正要说话，汪弘毅通过人脸识别敲开了乔志远的办公室。他一看邵南子在房间，没有跟他说话，而是直接将交易所的问询函递给乔志远，说："我从粤海集团回来，就收到交易所的问询函，里面总共七个问题，跟最近股东之间的分歧和频繁的诉讼有关，主要围绕的是独立董事刘一飞和粤海集团资产重组的问题。"

屋子里很尴尬，邵南子有点手足无措。乔志远接过来扫了一眼，说："刘一飞回避的具体原因，这个当初刘一飞不是出具了说明吗，他任职的道琼斯资本与盘古正在洽谈合作，可能会影响到他的独立性，回避问题在电话里提出的时候，所有董事都在场，没有任何人提出异议，合法性还需要解释吗？"

汪弘毅点点头说："刘一飞的问题之前已经出具了专业的律师意见，不过关于H股粤海集团重组的问题的确比较尖锐。向粤海集团定向增发势必会将H股的公众持股量稀释到10%以下，交易所需要我们提交满足香港联交所监管要求的具体计划以及风险评估。而粤海集团在我们谈判之前就进行过增资，当时南海市政府是以土地作为对价的，那一次跟我们的交易价格差异有点大。"

乔志远抬起眉角，很从容地说："公司之前一直筹划在H股上进行定向增发，引入更具实力的国际基石投资者，为盘古的国际化铺路，这个可以公告。关于粤海集团的资产作价问题，因为进行增资后，无论是标的资产的工程进度，还是其开发价值本身,在资本的催化之下,都已经大幅度提升,作为国有企业的土地,性质以及税费都没问题。"

交易所的问询函犹如一把刀,一旦交易所认定回复合理,交易就会非常顺利,若是交易所再次发问,交易就会很麻烦。乔志远说完,从笔记本里拿出两张薄薄的公告递给汪弘毅:"这是龙腾集团刚刚送过来的改组董事会的公告,看样子他们是掌握了交易所的询问函,掐着时间点来的,龙腾的人态度很强硬,让我们今天晚上必须发布,怎么办?"

汪弘毅咬着牙,冷冷地说:"这是黄天沙的离间计。"

乔志远冷笑一声说:"黄天沙要驱赶的是我,怎么会是离间计?"

"黄天沙承诺维护您这一面旗帜,现在又要驱赶,出尔反尔不可信,他是别有用心。"汪弘毅愤愤然,乔志远在一旁冷静地听着。汪弘毅略显激动地说:"黄天沙让您退出董事会,对我却没有任何提及,这样就会给股东、客户以及公众制造一个我已经跟他合作的假象。如果之前他们挖空心思鼓动嫂子抛售股票,又抛出桂小姐的各种负面新闻,是为了离间您跟中小股民的话,那么这一次他们是想离间您和我,让人以为管理层出现了分裂。"

乔志远再次拿过龙腾集团的通告稿,说:"你看看,人家不是将远大集团派出的两名董事、独立董事刘一飞以及监事会也一锅端了嘛,怎么是冲着我一个人来的呢?从游学到赞助桂玉梅1000万,巡视约谈前后我的丑闻更是一大堆,这些已经对盘古的品牌和商誉带来了不小的伤害。至少现在,黄天沙还保留了管理层的建制,能让盘古的管理团队继续传承我们的追求和精神。"乔志远对着旁边的邵南子说,"你去追查一下谁发的南海大酒店的照片。"

一直站在旁边的邵南子终于有了一种解脱的感觉,转身欲走,乔志远又非常严肃地说:"除了查照片,把内鬼也给我抓出来,如果抓不出来,天眼系统你也别搞了。"邵南子离开后,乔志远的脸上还是阴云密布,指着龙腾集团的公告吩咐说:"黄天沙跳出来,黄国胜就不敢跟他站在一起了,现在最危险的角色可能被我们忽视了。"

汪弘毅点点头:"马腾举牌的速度超过黄天沙,如果他是冲着盘古的现金,那么他注定不是黄天沙的盟友,如果他只是把盘古当成他的筹码,那我们就变成了木偶。"乔志远右手轻轻地敲了敲桌子，很是不屑地说："马腾不足为虑，他在A股看上去像是秋风扫落叶，但谁有钱会那么招摇？显然他没钱，现在一堆人坐等做空鸿基地产，那我们就给他来个釜底抽薪。"

第二十六章
无间道

乔瑾瑜一枚棋子下去，犹如横扫千军，吃掉了乔志远的一大片白子。乔志远盯着棋盘，眉宇皱了皱，正要下子，又收回手，右手捻着棋子，久久未落。乔瑾瑜之前跟乔志远下棋，从未发现父亲优柔寡断过，今天父亲看上去有点心神不宁。

院子里爆竹声声，南海市有一个老传统，正月十五吃元宵的时间取决于姓氏。南海市姓王的，早晨5点多钟就开始吃元宵；姓高的，中午12点开吃；姓杨的，吃元宵的时间在天快黑的6点钟；姓于的，只能等到晚上12点才能吃。乔志远家族吃元宵的时间在下午4点，乔瑾瑜看了看表，吃完元宵到现在已经过了4个小时，乔志远坐在围棋前就没有动过，神色也一直十分凝重。

正月十四，从不主动给乔瑾瑜打电话的乔志远，却主动打电话邀请儿子一起过元宵节。乔瑾瑜很诧异，父亲在电话里也没有多说什么，自己本来要跟公司同事们一起赏花灯，但黄世林听说乔瑾瑜已经有将近10年没跟父亲过元宵节了，当即就让他放下手上的活回家。乔瑾瑜当天晚上没有回乔志远的别墅，而是回到珠江花园，母亲张青桐正准备元旦后出国旅游。

底牌（下）

乔瑾瑜躺在那张睡了十多年的床上，难以入眠。曾经温暖的家，现在支离破碎，家人也成了狗仔队跟踪的对象。乔瑾瑜都不忍看父亲跟母亲的新闻，整日埋头工作成了他逃避现实的唯一选择。躺在床上，望着天花板，小时候的一幕幕犹如电影一样一遍又一遍地在他脑子里闪现，父亲永远是严肃的，母亲永远是慈祥的。现在，物是人非，屋子里除了久久无人居住的霉味，就只剩下孤寂的寒意。

一大早，张青桐就拎着行李出门了，乔瑾瑜站在门口，看到母亲化了精致的妆，打扮时尚，雍容贵气。望着母亲远去的背影，乔瑾瑜有一种失落的伤感，一声再见后，母亲便拖着行李急忙离开了，没有回一次头，好像身后就是一个跟自己无关的陌生世界。她这是要去跟她的恋人开始美妙的旅程，更是要跟自己的过去告别。乔瑾瑜匆匆洗漱之后，逃离了这个他成长的地方，他不想在熟悉的地方让自己的记忆变得陌生起来。

乔志远开门的时候看了看表，刚好是早上 8:30。这是乔瑾瑜第一次到乔志远的别墅，房间装修简约大气，浓浓的文化气息扑面而来。乔志远早上 6 点就起床了，在院子里走了几圈，然后回到屋子里简单吃了点面包牛奶后，就到书房下围棋，给乔瑾瑜开门的时候，乔志远的局势已经岌岌可危。乔瑾瑜进来后二话没说，站在 LED 显示屏前就开始下棋，五子下去，乔志远的棋局立即转危为安，赢得一口喘息机会。

最终父子俩开始对弈，二人杀得难分难解。乔志远厨艺很差，桂玉梅正月初七回北京时，给乔志远买了一冰箱的饺子、汤圆、方便面。父子俩中午吃饺子，到下午 4 点吃了点元宵，又接着下围棋。之前，父子俩见面，乔志远会问儿子的学习、创业，这一次回来只字不提工作和生活，一直只盯着棋盘。乔瑾瑜几次开口想问，又把嘴边的话咽了回去。

乔志远突然抬头望着乔瑾瑜，问："你在东方大学是不是追过一个女孩？"

乔瑾瑜看了他爸一眼，呵呵一笑："如果那个时候追了，我现在还能是单身狗？"

"别笑，我是在很郑重地问你。"乔志远把手上的棋子丢进盒子里，脸上十分严肃。乔瑾瑜一看，父亲不像是开玩笑的，在自己的印象中，父亲也的确

第二十六章

无间道

很少跟自己开玩笑，跟母亲张青桐也一直都是相敬如宾，他们为何会走到离婚这一步，乔瑾瑜很一直纳闷，他没有回答父亲的问题，而是说："在回答您的问题之前，我想先问您一个问题。"

乔志远点点头。乔瑾瑜颇为不快地问："你为啥跟我妈离婚？"乔志远脱口而出："没有情感，婚姻自然就到了尽头。"乔瑾瑜依然纳闷地问："从我记事开始，印象中都是你们举案齐眉、相敬如宾的画面，怎么会没有情感呢？"乔志远摇了摇头："举案齐眉是夫妻间最长的距离，相敬如宾是夫妻间最亲近的生分，我们的生活永远都是紧握拳头让对方去猜，相敬如宾之下有一条难以逾越的沟壑。"

乔瑾瑜满脸惊诧，问："难道你们的客气是因为有了隔阂，恭敬是因为有所保留？"乔志远长叹一口气，说："等你成家了就知道，夫妻之间没有风平浪静，如果有，要么两个人都是装的，装到没有悲喜和自我；要么两个人就是同床异梦，婚姻只是他们实现各自目标的途径。"乔瑾瑜很是惊讶，看着一脸沉着的乔志远问："鸡飞狗跳的家庭，难道不累吗？"

乔志远咧了咧嘴，说："再累也想永远在一起，那才是真正的爱情。"

窗外的爆竹声越来越密集，夜空中升腾起盏盏孔明灯。乔瑾瑜若有所思地说："相敬如宾是因为没有爱情，所以才会心如止水？"乔志远打断了乔瑾瑜的话，问："当初你在东方大学是不是辜负了一个女生？"乔瑾瑜很是不解，反问了一句："爸，你让我回来陪你过元宵节，是不是就想知道我以前有没有谈过女朋友？"

乔志远大手一挥："你谈过几个女朋友我不关心，我就想弄清楚，你在东方大学上学期间，是不是跟一个女孩子谈恋爱了？"乔瑾瑜见父亲非常严肃，皱着眉头想了想，说："是有一个，我留学之后就断了联系。"乔志远丢给乔瑾瑜一张照片，指着上面的人问："你好好回忆一下，当初你甩的是不是照片上这个人？"

乔瑾瑜一看父亲都直接抛出照片了，只能硬着头皮点点头："不能说是我甩了人家，我是要出国深造。"乔志远冷冷地说："你真是我的好儿子，甩了人家姑娘，还把理由说的那么冠冕堂皇，你也是个人才。男人，做事要敢作敢当。就因为你当年的孽债，导致现在乔家跟着遭殃。"乔瑾瑜"啊"了一声，问："那都是陈芝麻烂谷子的事了，咋就让乔家跟着遭殃了呢？"

乔志远从手机里又翻出一张照片："她你没忘记吧？"

照片上是杨子欣，乔瑾瑜瞪大了眼睛，问："爸，你怎么有她的照片？"

乔志远没说话，在书架上翻出一份报纸，说："你看看这个。"报纸上是有关汪弘毅跟杨子欣私生子的报道。乔瑾瑜很是诧异，问："爸，你是说杨子欣进入了盘古？"乔志远点点头，问："你们当年是不是谈过恋爱？中间发生了什么事？"乔瑾瑜挠了挠头说："就是正常的男女恋爱，没有什么特别的。"乔志远一拍桌子说："到现在你还瞒着我？"

乔瑾瑜没想到父亲会如此大发雷霆，棋盘上的棋子都弹起来了，他很是茫然："恋爱能有什么事儿？"乔志远拎起报纸，在乔瑾瑜面前晃了晃："听说杨子欣曾经是东方大学的校花，你难道一点儿都不知道？东方大学数学系的高才生，毕业后进入盘古销售部卖房子，你不觉得很蹊跷吗？她调入行政部门给肖天做秘书后，作为接班人竞争者的肖天就一直状况不断，直到不得不主动辞职，然后她却调回总部了，这一切正常吗？"

屋子里充斥着乔志远的怀疑、愤怒，乔瑾瑜一噘嘴说："现在每天辞职的董事长都一大把，一个轮值 CEO 不干了有什么大惊小怪的？再说了，我跟杨子欣多年没有联系，她到底在干什么、想什么，我哪里知道？就算肖天的离职跟她有关，那跟你，跟我们乔家有什么关系？"乔志远很严肃地说："杨子欣进入盘古就是来报复我的，她在盘古玩离间计，故意制造混乱，我甚至怀疑我的那些所谓丑闻，都跟这个女人有关。"

乔瑾瑜翻了翻白眼儿："如果一个女人就搞乱了盘古，只能说盘古没前途！"

"别废话，当年你到底做了什么？"乔志远两眼直视乔瑾瑜，眼珠子里犹如有两道烈火直喷过来。乔瑾瑜从未见过父亲如此愤怒，小心翼翼地说："当时两个女孩子同时怀孕了，我也不知道她们是同父异母的姐妹。"乔志远心里咯噔一下，难道那个进入会议室的杨鸣鹤是乔瑾瑜的孩子？他怒不可遏地喊道："你还是我乔志远的儿子吗？同时让两个女孩子怀孕，就不负责任地丢下她们

第二十六章
无间道

跑到国外去了？"

乔瑾瑜埋着头不说话，乔志远站起来，在书房里走来走去，口里愤愤地念叨："孽障，真是造孽！"乔瑾瑜抓起报纸，仔细看了看，撇着嘴不说话。乔志远一把抓过报纸，扔到乔瑾瑜的脸上："看看你都干了什么！你自己造的孽，现在却让乔家和盘古来替你还！"乔瑾瑜很不服气："那又不是我的种，怎么就造孽了？"

乔志远瞪大眼睛，看着乔瑾瑜："你自己造的孽，还想抵赖？"乔瑾瑜把报纸递给乔志远："你看看，哪一点长得像我？"乔志远看了看报纸上的杨鸣鹤，又看了看乔瑾瑜，阅人无数的他迟疑了，杨鸣鹤五官的任何一个部分，都找不出跟乔瑾瑜相似的地方。乔志远坐下来，端起桌子上的茶喝了一口，努力平复自己的情绪，他望着乔瑾瑜，自言自语地说："这个孩子到底是谁的？她进入盘古到底想干什么？"

远大集团北京总部会议室，黄国胜面带讥笑，问："黄天沙疯了吗？"

杜天刚坐在黄国胜对面，每次黄国胜变得严肃或者愤怒时，他都不会插话，而是等对方发泄完之后再见机行事。杜天刚看着报纸上的大黑标题：野蛮人黄天沙提议罢免盘古乔志远。舆论现在成了沸腾的油锅，罢免乔志远的提议一出，野蛮人的帽子已经满天飞了。

黄国胜皱着眉头问杜天刚："龙腾集团进行提议之前，有没有跟我们沟通过？年前巡视组约谈乔志远的事已经闹得满城风雨，现在他这么搞，把我们的两名董事给踢出局，是想干什么？世人都知道我们在董事会上投的反对票，独立董事刘一飞的那一票分裂了远大跟盘古，现在黄天沙要把乔志远给罢免了，这不是拉我们垫背吗？"

同事们面面相觑，盘古和龙腾一直是杜天刚负责联络。只见杜天刚摇了摇头，说："东方亮向多个部委举报我们远大跟黄天沙有关联，恨不得抓住我们一致行动的把柄，谁还敢私下跟黄天沙他们接触？倒是听盘古内部人说，黄天沙正月初七将提议呈送到了交易所，交易所让龙腾集团补充一下内部决议，打算拖到正月十五再公告，想通过节日对冲一下舆论，没想到最后还是闹得路人皆知。"

黄国胜指令办公室负责人："立即草拟一份公告，声明不赞同龙腾集团的董事会改选方案。"

杜天刚补充说："公告上除了要写明我们跟龙腾集团划清界限，还要表明我们是国有资产的看门人，将密切关注盘古内部人控制的问题，盘古管理层应该给予股东应有的尊重，在合适的时候，远大集团会行使股东的权利，在法律法规允许的范围内，提出更为合理的董事会改组方案。"

黄国胜的秘书突然敲门进来，说："黄总，汪弘毅汪总发来一份沟通函。"

黄国胜接过沟通函，快速扫了一眼，递给杜天刚，说："粤海集团的框架性协议很快就要到期了，现在股东之间久拖不决，汪弘毅他们修订了交易资产估值及交易价格，这充分说明他们在监管介入之前给过白衣骑士高估值，为引入粤海集团不惜牺牲老股东的利益。现在他们对交易标的风险进行修订，看上去是在示好远大集团，实际上是汪弘毅在坚持引入粤海集团的决心。"

报纸上整版都是盘古的新闻，除了罢免董事会、交易所询问，还有最新的销售业绩预告。杜天刚冷冷地来了一句："汪弘毅哪里是沟通，简直就是警示。"黄国胜若有所思，只是从鼻孔里哼了一声。杜天刚说："500亿的销售额是用来向盘古的股东们警示的，在股权动荡、管理层可能被清洗和肢解的境地，他们依然交出了行业第一的业绩，以此证明管理层的能力不容置疑。"

黄国胜放下水杯，吩咐办公室负责人："就按杜总的意思，草拟一份通告。既然汪弘毅他们修改粤海集团重组条款向我们示好，就证明重组的事情还有的谈，我们不能被黄天沙当枪使，夺回第一大股东的位置才是关键。可以预见，乔志远他们肯定不会坐以待毙，而是会反击，董事会审议龙腾提案时，我们远大的董事必须全票反对龙腾的提案。"

天眼系统中控室，邵南子噼里啪啦地敲击着键盘，LED显示屏上不断闪现出一组组令人眼花缭乱的数据。汪弘毅站在邵南子身后，清晰地看见邵南子的后脑勺发际线外有一层细密的汗珠。汪弘毅盯着LED屏幕上呈现的数据，脸色越来越难看。

第二十六章

无间道

邵南子回头看了看汪弘毅，继续埋头敲击键盘，随后屏幕上出现了一串 IP 数字。汪弘毅突然问："IP 地址在盘古公司里？"邵南子头都没回，继续搜索，汪弘毅进香港皇家卓越酒店的一张照片弹了出来，汪弘毅指着照片说："停，让幽灵眼查查这张照片上的所有信息，包括发出这张照片的网络 IP，如果是虚拟 IP，一定要穿透到真实 IP。"

黄天沙与李炯在南海大酒店的照片追踪令汪弘毅对天眼反潜系统的幽灵眼刮目相看。他对南海大酒店的照片十分纳闷，自己从来没有派人跟踪过黄天沙，也没有在骄阳似火的七月派人去偷拍，那么到底是谁拍的？这张照片又是跟桂玉梅的饭局照前后脚流出来的，看上去是为了将祸水引向黄天沙，可事实却是刺激了乔志远，让乔志远怀疑是他在背后搞事。

当汪弘毅看到自己在香港皇家卓越酒店的照片时，背后有一种毛骨悚然的感觉。邵南子调出幽灵眼，在照片上不停地游弋。他回头解释说："皇家卓越酒店照片的 IP 跟南海大酒店的 IP 不同，其手法更为复杂，通过海外虚拟 IP 以木马的形式，潜入狼烟论坛，一个星期后照片便自动呈现在评论区。"汪弘毅仔细看了下时间，跟自己在香港见刘一飞、菲利普正好相差一个星期。汪弘毅问："那是两拨人干的？"

邵南子咬着嘴皮，想了想说："可能是两拨人干的，也不能排除两拨人背后有一个主谋，狼烟是一个极其小众的论坛，两张照片都是以木马的方式潜伏一周后发在了评论区，而且是贴在两个不相干的话题中，怎么看都是故意设局。对方可能知道我们的天眼反潜系统能追踪到，所以故意将照片埋在很隐秘的地方，想牵着我们的鼻子走。"

汪弘毅看了看表，拍了拍邵南子的肩膀叮嘱道："查到 IP 后，只准向我汇报。"说完，汪弘毅离开了天眼反潜系统的机房。乔志远正月初七就决定要召开董事会，将自己的去留交给董事会决定。汪弘毅一直没有琢磨明白他的用意。

汪弘毅通过人脸识别，敲开了乔志远的办公室。乔志远刚挂完电话，对他说："穆迪中国区首席执行官打电话说，如果龙腾集团的提案在董事会上通过，穆迪就会马上下调盘古的信用评级。你跟独立董事们沟通的结果怎么样了？专业律师有没有对刘一飞这一次的投票权出具书面意见？"

汪弘毅信心十足地回答道："我已经跟独立董事们进行了电话沟通，他们都对黄天沙的提案嗤之以鼻，表示会一如既往地支持管理层，刘一飞的投票权没有问题，只是肖天的电话一直联系不上，恐怕只能做缺席投票处理。跟南海师泌远书记也进行了沟通，市政府对即将到期的粤海集团重组框架协议很关心，他们希望继续谈判，市政府会协助我们同国资部门沟通。"

乔志远看到汪弘毅胸有成竹，内心五味杂陈，他可以确定的是，杨鸣鹤一点都不像汪弘毅。乔志远频频点头，说："如果有一天，当人们提起盘古，讨论的人不再是我乔志远时，那才是我真正的成功。盘古的核心在于30多年来营建的优秀企业文化和良好的公司治理结构，而促成这一切的，则是盘古完整的团队，这是比任何票数都更重要的、无可替代的筹码。"

两人凝视着对方，看到乔志远的眼神中流淌着期许，汪弘毅多了几分彷徨。他让自己的内心快速地沉静下来，从容而恳切地说："您是盘古的旗帜，是盘古的灵魂，黄国胜都跟龙腾集团撇清了关系，黄天沙这次是螳臂当车。"乔志远一直冷着脸，汪弘毅顿了顿，又说，"照片的问题，还真是内鬼捣乱。"

乔志远很惊讶，问："内鬼有线索了？"

"查到了发照片的IP地址，正是从盘古内部发出去的。"汪弘毅很有把握地说，"从北京演艺圈饭局到嫂子的照片出现在同一小论坛，这是有人利用我们天眼的反潜数据系统，故意释放出来，就是为了要抹黑您，在管理层制造恐慌。"黄天沙的董事罢免提案出来，乔志远内心深处总有一个结，从紫宸会张青桐逼宫，到桂玉梅晚会赞助，从桂玉梅饭局，到张青桐恋爱，敌人的目标只有一个，就是抹黑自己，难道是汪弘毅为了接班人的位置在搞鬼把戏？

乔志远撇着嘴，问："根据地址就能判断是内鬼？"

很显然乔志远不信，汪弘毅的脸色有点尴尬，皱着眉头说："如果是黄天沙派来的人，他为什么会将南海大饭店的照片发出去呢？他完全没必要暴露出他跟李炯的关系，让饭局照片成为无头悬案。而我在香港跟刘一飞见面的照片，如果是黄天沙的卧底偷拍的，在他们状告刘一飞回避问题的时候，这张照片就应该被曝出来，为何还要处心积虑地在小论坛上植入木马呢？"

第二十六章

无间道

乔志远冷冷地问:"杨子欣给肖天做秘书有多长时间?"

汪弘毅一怔,乔志远看上去眼皮都没抬,可是余光已经露出寒意。汪弘毅皱了一下眉头,说:"应该4年了。""为啥她的档案里没有杨鸣鹤的记录?"乔志远从抽屉里拿出一份杨子欣的档案复印件,说,"杨子欣从东方大学一毕业就进入盘古,数学系的高才生当售楼小姐,是我们盘古太有吸引力,还是杨子欣另有所图?"

跟杨子欣恋爱之初,汪弘毅调阅过一次她的档案,那个时候他压根儿就不知道杨鸣鹤的存在,从档案上看,杨子欣清白无虞。新闻爆出杨鸣鹤是汪弘毅跟杨子欣私生子的时候,汪弘毅都惊呆了。杨鸣鹤到底是谁的孩子,汪弘毅也一直想知道答案。他很谨慎地说:"当初是肖天分管销售,杨子欣那一批也是他统一招聘的。"

乔志远翻了翻杨子欣的档案问:"为啥肖天调往北京,杨子欣就回到总部了?"

汪弘毅很从容地回答:"轮岗制度推行后,副总裁以上级别的岗位进行调动,不允许携带秘书到新的岗位,杨子欣一直是肖天的行政秘书,自然不能跟着去北京,杨子欣父母都在南海市,她便向总裁办打报告希望回南海,因为杨子欣是肖天的秘书,总裁办将申请报到我这里,我就签字同意了。"乔志远一直紧锁眉头,汪弘毅试探性地问,"难道杨子欣是内鬼?"

乔志远淡淡地回了一句:"人的面具长到肉里,鬼都以为是同类,更何况现在人的心都戴上了面具呢。你跟东方亮就桂玉梅的鸟巢戏剧晚会赞助一事谈判的细节,提交一份备忘录给董事会。"乔志远话锋转到东方亮,汪弘毅正在琢磨他话外的意思,乔志远看了看表,站起来开始清理桌子上的资料,突然又抬起眼皮说:"杨子欣的问题,下午投票后再说吧。"

当天下午3点,杜天刚带着远大集团的另外两名董事到场,独立董事朱颐民、林兆雄、刘一飞、童国权、王东民也出席。董事会会议开始,乔志远作为表决事项的利益相关方,被要求回避,肖天因无法联系上,董事会作缺席处理,大会由汪弘毅主持。

汪弘毅介绍完龙腾集团的提案,朱颐民第一个发言:"现在盘古变成了唐僧肉,有钱人都想来分一杯羹,表面上看重的是对公司的控股权,恐怕真正的目的在于公司账面上的现金。"旁边的王东民插话进来:"现在资本对管理层已经造成了破坏,评级机构就像一把刀,只要我们今天赞同了龙腾系的提案,等走出这间会议室,盘古的好日子就结束了。"

林兆雄、刘一飞已经听闻国际大型评级机构相当关注盘古的董事会改组问题,听了王东民的话后,都纷纷点头。没有点头的童国权突然问汪弘毅:"盘古董事会的任期已经到了,我们在座的都是超期服役,现在有小股东对此事提出控告,汪总你们对董事会的改组有什么计划?"

童国权是香港律师公会的会长,拥有英国女王伊丽莎白二世授予的"皇家律师"称号,当年经远大集团董事长王锋反复游说,童国权才同意担任盘古独立董事。汪弘毅每次遇到棘手的法律问题,都会向童国权进行咨询,因此他堪称盘古管理层的智囊。

尖锐的问题令董事们错愕,这也是盘古董事会需要向公众讲清楚的一个关键之处。汪弘毅非常镇静从容地说:"董事会改选将在股东稳定后进行,动荡期改组董事会容易被别有用心的人操纵,恐怕会给盘古带来致命的危机,盘古的重组还在推进,我们希望能够先尽快解决现在面临的股权问题。"

冷面的童国权追问:"粤海集团的重组框架协议很快就要到期了,到时如果不能通过股东大会,意味着要么重组失败,要么继续谈判。现在鸿基集团的持股比例越来越高,已经超过20%。在这种情况下,粤海集团的重组将会面临更多的博弈方,只要鸿基集团的马腾倒向黄国胜或者黄天沙任何一方,粤海集团的重组就都会失败,管理层将如何应对?"

童国权的问题愈发尖锐,汪弘毅依然面不改色,解释说:"管理层已经同南海市政府、市国资委以及粤海集团进行了沟通,正在修订框架协议中的部分条款。南海市政府对盘古的重组充满信心,如果框架协议拖到失效,管理层会继续跟粤海集团进行谈判,寻求各方都能接受的重组方案。"独立董事们频频点头,汪弘毅突然话锋一转,说:"国家正在致力于金融风险的控制,相信那些通过放杠杆融资买入盘古的资本,做不了盘古的主。"

远大集团的三名董事一直坐着没有发言,汪弘毅解释完,提议董事、独立董事们对刘一飞的投票权问题进行讨论。身为资深大律师的童国权说:"道琼斯资本到目前为止,跟龙腾集团没有任何的业务往来,刘一飞董事跟龙腾集团也没有交易,道琼斯资本跟盘古的潜在交易与本次表决不存在利益冲突,刘一飞无须回避。"

童国权在法律方面一言九鼎,没有任何一位董事提出异议。汪弘毅主持对龙腾集团罢免董事长乔志远的议案进行投票,除去回避的乔志远,远大集团的三名董事全部投了反对票,最终全票反对。远大集团两名董事的罢免案,同监事会集体罢免案一样,都是全票反对,龙腾集团的提案不予通过。

投票结束后,朱颐民向汪弘毅建议:"上一次董事会后,不断有小股东告状,显然是有人在背后指使,加上各种花边八卦,已经让乔志远董事长以及盘古的信誉和品牌遭遇损失。既然我们尊重资本家的选择,资本家也应该尊重盘古的核心利益。如果资本家不尊重盘古,那么跟野蛮人没有区别,管理层应该站出来公开对野蛮做法进行回击。"

临海庄园,海浪拍打着礁石,偶尔飞溅到护栏之上。杨子欣精心化了妆,长发飘逸在如玉如脂的肩颈上,艳红的波西米亚吊带长裙随风翻舞,在蓝天碧海的映衬下光亮耀眼,摄人心魄。汪弘毅站在院子里的草地小径上,看着杨子欣飘然而至,顿时心潮澎湃。

远远地,一股玫瑰和梅花混合的香气扑面而来,这是杨子欣最喜欢的阿古斯雪魅香水,以玫瑰、大马士革梅以及茉莉花中提取的香料,经过108道工艺之后,加入雪域麝香、印度老山檀香萃取精华,最后再经过88道工艺提炼而成。被阿古斯香水喷洒后的女人如朝露般纯洁,嗅到香水的男人将变得狂野奔放。

汪弘毅站起来,看着杨子欣一步步走近,香水味沁人心脾。他伸出手,杨子欣很羞涩地将手伸过来,两人紧紧地拥抱在一起。这是杨子欣回到南海后第一次与他单独相处。为了这一次的相处,汪弘毅买下了临海庄园。偌大的院子依山傍水,临海而建。汪弘毅牵着杨子欣的手,走在草地中央的小径上,脚旁有几只马达加斯加象龟在懒洋洋地晒太阳。

过了草地,有一汪涓涓细泉。在临海的建筑中,这是唯一的清泉。泉水中锦鲤在欢快地游来游去，几只橘色斑块的牟氏龟趴在池中的石头上，望着欢快嬉戏的锦鲤。绕过清泉池，进入一个高大的门楣，里面是一个小天井，四周摆满了兰花。穿过天井进入内院，院子里有两棵东西对称的古树，上面枝繁叶茂。古树下有一圆形石桌，桌下面是石鼓形凳子。

午后的暖阳照射到院子里，点点阳光穿透茂密的枝叶，洒落到石桌上。石桌上已经摆上了茶器，汪弘毅提起茶壶，对着它一番水漫金山后，又来了一番蜻蜓点水。顿时，紫砂壶外开始渗出晶莹剔透的雾珠儿。汪弘毅揭开茶壶盖，微笑着说："这是专门在闽南摩天崖定制的，那里群山环抱、峰峦绵延，崖上云雾缭绕，常年气温在16度左右，湿度在80%以上，崖上的乌龙茶树几百年间吸尽天地之灵气、日月之精华。"

汪弘毅给杨子欣斟上一杯，杯子里茶汤澄明清亮，黄中有绿，香气醇厚悠远。汪弘毅端起茶杯跟杨子欣轻轻一碰："我知道你胃不好，专门叮嘱烘焙师在传统正味制法的基础上，再进行10个小时120度高温的烘焙，大大提升了茶味醇度，保护了茶的维生素C和E，暖胃养生。"杨子欣看了看茶汤，轻轻地呷了一口，茶香顿时溢满唇齿之间。杨子欣眉宇之间洋溢着幸福，温柔地说："我不求一世繁华，只想与你隐逸于此清雅地老去。"

林荫间洒落下来的暖阳照在杨子欣的脸上，汪弘毅伸手轻轻地揽过她的纤纤细腰，心跳开始变得剧烈，呼吸也变得急促，热血几乎要向外喷涌。杨子欣深情地望着眼神迷离的汪弘毅，荷尔蒙在院子里纷飞，连百年连理古树都激动地沙沙耳语。汪弘毅在杨子欣的耳边细语："有一天，我们会坐在院子的门槛上，观潮涨潮落，花开花谢，那时便只是我们的世界。"

杨子欣轻轻地咬了一下汪弘毅的耳垂柔声说："我不想要山盟海誓，也不想要海枯石烂，我要的很简单，无论世界怎么变，你都是我的世界，时光在，你就在。"汪弘毅温润炙热的唇吻上杨子欣的红唇，杨子欣搂着他的双手犹如触电一般，紧紧地抓住了汪弘毅的肩膀。交错之间，汪弘毅在杨子欣的唇齿之间开始了极具占有欲地允吸啃噬。那一刻，杨子欣的睫毛在春风中颤抖，整个身子也跟着颤抖。

荷尔蒙已经弥漫到整个院落，覆盖了乌龙茶香。杨子欣突然一把推开汪弘毅说："如果，乔志远再提拔一个接班人竞争者，你还会跟我煮茶观海吗？"激情满怀的汪弘毅一愣，看着杨子欣一脸严肃的样子，跟刚才的面若桃花简直判若两人，他自豪地说："肖天之后，整个盘古再无人能跟我争夺接班人的位置。"杨子欣的手指在汪弘毅的脸上轻轻地抚摸着，她附到汪弘毅的耳边轻声问："如果是你最信任的人呢？"

汪弘毅扶着杨子欣的肩膀，很警觉地问："谁？"

杨子欣莞尔一笑："你不是说肖天之后，没人能跟你争了吗？"

汪弘毅翻了个白眼儿，撇着嘴："我就想看看，谁能跟我竞争。"

杨子欣依然保持着微笑："企业不是部落，标杆不是图腾，故步自封的部落会走向消亡，不思进取的企业会江河日下，如果盘古不能突破乔志远的天花板，就算你坐上董事长的位置，也只是墨守成规，难以让盘古从优秀走向卓越。"杨子欣轻轻地在汪弘毅的嘴唇上吻了一下，"你是我的世界，但是你要走出自己的世界，才会卓越而伟大。"

汪弘毅呆呆地望着杨子欣，无论是乔志远，还是自己见过的其他领袖级企业家，他们永远高瞻远瞩，永远兼济天下，可从他们口中自己从未听到过如此朴素的商业箴言。汪弘毅搂着杨子欣的肩膀语重心长地说："商场如战场，要想在企业竞争中持续保持优势，并由优秀走向卓越，除了要有超越竞争对手的能力外，还要有突破自己天花板的能力，如果不能战胜自己这个最大的敌人，时间就是导致平庸的毒药。"

偎依在汪弘毅的胸膛上，杨子欣轻声问："蒙毅提升为副总裁，是你的主张还是乔志远的提议？"汪弘毅一愣，盯着杨子欣，满脸严肃地说："王刚、刘世雄、肖天辞职后，从各大区域和内部总共提拔了三位副总裁，名单是由我草拟、董事会审议通过的。"汪弘毅低头看着杨子欣的眼睛，问，"你说的接班人竞争者是蒙毅？"

杨子欣点点头："难道你的天眼系统没有发现什么猫腻？"

"天眼系统发现蒙毅的猫腻？"汪弘毅脑子里立即想起了南海大酒店、皇悦大酒店的两张秘密照片，说，"如果说在南海大酒店的照片是蒙毅为了调查浦江花园腐败窝案进行的跟踪拍摄，那么我去香港皇悦大酒店除了我自己，没有人知道我的行踪，只有后来财务报销时才对外有所透露，而那个时候天眼系统还没有组建，蒙毅也不可能知道我的行踪啊。"

杨子欣提醒汪弘毅："乔志远有没有单独给邵南子什么任务？"汪弘毅坐到凳子上，端起还冒着热气的茶壶，斟满了茶水，皱着眉头说："正月初七上班第一天，乔志远将邵南子单独叫到他办公室，我进去的时候，两人正在讨论抓内鬼。"杨子欣追问："春节之前，有没有听到黄天沙要重组董事会的消息？"汪弘毅迟疑了一下说："听说过，王曦若劝诫黄天沙等交易所的问询函出来之后再行动。"

汪弘毅看着杨子欣精致的脸庞，简直就是鬼斧神工，人间极品。杨子欣嘟着嘴，说："你听说之后没有跟乔志远汇报？"汪弘毅摇摇头，杨子欣嗔怪汪弘毅："你都听到黄天沙的消息了，乔志远能不知道吗？你明明知道黄天沙要玩离间计，却没有给乔志远汇报，你让乔志远怎么想？一上班就要抓内鬼，乔志远在春节期间肯定是得到了更多的信息，导致一贯自信的他有一种挫败感，甚至是不安感。"

汪弘毅内心相当纠结，要不要将乔志远的决定告知杨子欣？汪弘毅呷了一口茶，皱着眉头说："肖天辞职之后，乔志远没有宣布轮值CEO制度结束，更没有明确地说等下一届董事会改组的时候交班。黄天沙改组董事会的小把戏无疑是火上浇油，他的离间计就是冲着对权力敏感的乔志远来的。"汪弘毅望着杨子欣灵动的眼神，说："我们都要谨慎，现在乔志远看谁都像内鬼。"

杨子欣非常忧虑地问："如果蒙毅是个双面内鬼呢？"

"不可能！"汪弘毅想都没想，说，"如果乔志远要提拔他为接班人竞争者，那么他给黄天沙做内鬼的事一旦查出来，岂不是鸡飞蛋打？再说了，他要真是黄天沙的内鬼，会幼稚到相信黄天沙控制董事会后，让他坐上董事长的位置？岭南玻璃的吴岐庸被搞下去后，董事长可不是从企业内部提拔的，而是黄天沙派出他的亲信王曦若兼任，我相信蒙毅没那么蠢。现在我们的敌人是黄天沙，既然他想离间我们，那就让他尝尝其利断金的厉害！"

黄天沙在办公室跷着二郎腿看盘古的举报信。

王曦若跟法务部的负责人推门进来。黄天沙赶紧招呼二人坐下，说："你

第二十六章
无间道

们看看，看样子我们改组董事会的药量下得不够猛，乔志远对汪弘毅的信任还没有摧毁，两人现在居然联手来举报我，他们这一次差不多把银行、保险、证券、基金各个业务线都给卷进去了，说我们没有披露资金实际控制人的授权，储户和保险持有人要单独给我们的投资行为授权吗？不是法无禁止即可为吗？现在新闻都在关心我们的资金问题，刚才我接到电话，北京的银行、保险、证券多个部门的联合调查组将到南海进行专项调查，在此之前我们要先进行内部调查。"

"联合调查组专门来调查我们龙腾集团的资金链问题？"法务部负责人很是惊讶地问。他摇了摇头，又很自信地说："乔志远、汪弘毅他们这是在人为地制造恐慌，这简直就是个笑话，保险资产穿透后会具体到每一个保险持有人，无论是银行还是保险，储户、保险持有人在存款或购买保险的那一刻，已经将经营的决策权委托给金融机构了，金融机构不需要在后续的业务中取得每一位储户或者保险持有人的授权，否则的话，银行的每一笔贷款、保险公司的每一笔投资都要取得授权，何来金融的信托责任和效率？"

黄天沙非常严肃地说："舆论已经对准了我们，联合调查组既然成立了就一定会来查，并且还要查出个结果，绝对不会只是走过场，否则监管威信何在？乔志远他们把我们当成金融业的洪水猛兽，扬言我们的资金链很容易造成金融风险，如此一来，监管部门就不会不重视。我们举牌的是上市公司，我们要从内部先弄清楚，在信息披露方面有没有瑕疵。"

法务部负责人非常肯定地说："没有问题，信息披露每次都是通过盘古传给交易所进行程序合规性审查后，又在它的持续督导下进行的。之前交易所关心的资管计划投票权问题，我们已经解释过是龙腾投资在实际支配。对于资管合同的具体披露程度，监管规则没有明确要求，我们已经通过财务顾问核查后进行了披露，可以满足市场知情权的要求。"

黄天沙反复翻看举报信，追问："盘古在举报信中主要针对我们的私募基金，比如龙珠基金，说我们搞违规通道业务，利用他人账户非法进行股票融资，说我们买入盘古股票的资金杠杆倍数高。当初在设计产品的时候，珠江银行、华南证券、君安保险的业务都向监管部门进行了备案，专业的法律机构也出具意见说没有问题，那么我们资金链上的杠杆倍数具体是多少？风险有多大？在没在我们的承受范围之内？"

自北京记者南下调查龙腾集团资金链问题开始，黄天沙心里就一直不踏实。2015年中国股市简直是红尘颠倒，春节一过，整个市场气贯长虹，各路资金疯狂地冲进场内。到了6月，市场已经到了癫狂状态，没想到后来遭遇断崖式暴跌。监管部门开始大规模清理场内兴风作浪的资金，发现有庄家竟然玩空手套白狼的游戏，手握1000万，向金融机构拆借1亿进场，10倍的杠杆都是小儿科，有人甚至1000万可以拆借5亿，杠杆资金便成了过街老鼠。

法务部负责人打趣地说："我们杠杆倍数不到3倍，比房贷还低。"

在一旁一直没有吭声的王曦若插话说："我们一直在进行内部压力测试，我们的杠杆倍数比普通老百姓买房买车的倍数还低，不存在风险。乔志远女朋友的前老板东方亮举报，盘古工会举报，现在乔志远、汪弘毅他们还亲自下场举报，他们一个劲儿地举报我们各种违法，警告我们的账户有穿仓的风险，显然是对盘古的未来走势没有信心，我们可以反过来举报盘古管理层，他们要么隐藏了利空信息没有披露，要么就是通过恶意举报来扰乱市场，为了实现管理层控制，不惜牺牲广大股东利益，跟他们捍卫中小股东利益的口号相违背。"

黄天沙摇了摇头，说："现在银行、券商、基金、保险等金融机构都卷入其中，牵涉多个监管部门。表决权是一个法律层面的问题，而杠杆是一个监管政策层面的问题，现在乔志远、汪弘毅他们一个劲儿地举报，是要逼迫监管部门对金融与产业资本之间的关系进行价值判断和政策选择。我们现在不能急于出招。"黄天沙突然呵呵一笑，将举报信丢在一边，说："现在马腾冲进来，恐怕乔志远他们还一头雾水。盘古不是新提拔了几个副总裁吗？那拖黄汪弘毅的白衣骑士就有新棋子了。"

江湾6号，门楣上悬挂着两个大红灯笼。一个穿着马褂、戴着小毡帽的门房将蒙毅让进大门。穿过一条走廊，院子两边悬挂着数盏小宫灯，橘红的灯光下，过道两边的潺潺流水中隐约可见几尾金鱼游来游去，水沟旁摆放着一字排开的兰花，正是花朵盛开的时候，兰花的香气扑鼻而来。

第二十六章

无间道

蒙毅一下班就匆匆赶往江湾6号,这个地方跟盘古正好一个城东,一个城西。院子里面都是小包间,装修考究,古朴素雅,是商务密谈的好地方。蒙毅跟江湾6号的老板有10年的交情,老板见他来了,立即迎上去,简单寒暄几句后,一位漂亮的服务员带着蒙毅进入了预定的"玄黄"包间。一进门,蒙毅就见到邵南子正在沙发上喝茶,圆圆的脸上立即堆满微笑,一边脱西装,一边不断地说:"抱歉抱歉。"

邵南子跟蒙毅没有单独见过面,蒙毅微胖的身子挤满了整个太师椅,他堆着微笑说:"有点胖,最近正在减肥。"提升为盘古副总裁以来,蒙毅再也没有担任稽核部总经理时的严肃,逢人都是满面微笑。邵南子恭维说:"我们老家有句话,天庭饱满吃官饭,地阁方圆掌大权,蒙总额眉隆起,天仓挺拔,鼻孔圆满,眼神柔和,一看就是名利富贵、财丰利达的命。"蒙毅一愣,盯着一脸平和的邵南子:"高科技人才也会麻衣相术?"

蒙毅眉宇之间的一张一弛,邵南子尽收眼底。蒙毅一边说话,一边瞟菜单,非常熟练地报出几个菜名,示意服务员准备上菜。邵南子只是端起茶杯轻轻地呷了一口,然后在一旁看着他老练而沉稳的模样。蒙毅搓了搓手,说:"小邵啊,你是东方大学的高才生,怎么想着到一个地产公司来搞技术?"邵南子很羞愧地说:"蒙总见笑了,我的室友们在互联网巨头里面都混到了总监级,我还碌碌无为,承蒙汪总收留,才有一个混饭吃的差事。"

蒙毅的右手在面前摆了摆:"小邵是个谦虚的人啊,你那可不是混饭吃的差事,而是事关盘古万亿资产安全的中枢,是你那些室友们想都不敢想的,总监在大公司那都只是一块砖,哪里需要就往哪里搬,你在盘古可是无人能够替代的。"蒙毅停下来,端起茶杯,正要喝,又放下,盯着邵南子说,"听说天眼系统的幽灵眼无所不能,只要幽灵眼附体,照片上看得见、看不见的信息都能查出来,那可真是保卫盘古安全的护身符。"

邵南子被蒙毅一夸,脸上有几分不好意思,说:"蒙总过奖了,规模万亿的企业,安全防卫肯定是第一位,天眼系统只是辅助,真正的安全不在技术,而在人心,如果有人冲着盘古的资产而来,就算幽灵眼有通天的本领,也难以保卫盘古真正的安全。"蒙毅插话问:"美国FBI有人心识别术,那么能不能通过技术，将这种人心识别互联网化？"邵南子脱口而出："不能，现在的人心识别术只能从习惯这种浅表层切入，技术难以识破阴谋诡计。"

蒙毅微微一笑："有道理，如果技术都能通灵了，那么这个世界也就乱套了。"服务员敲了敲门，端进来一道菜，一人一小碗儿。邵南子看着眼前碗里的东西发愣，蒙毅介绍说："这是河豚，江湾6号的开胃菜，古人说不吃河豚，焉知鱼味，河豚是美味到极致，危险到极致。"邵南子看着鲜白的河豚没有动筷子，蒙毅已经开始大快朵颐起来，面部肌肉的一松一弛足以证明河豚的鲜美。邵南子怯生生地说："听说日本人吃这玩意儿已经死了好几千人。"

蒙毅爽朗地笑起来："今晚可不是鸿门宴，小邵啊，我是有事想找你帮忙。"

邵南子抓起筷子，大胆地夹起一片河豚送进口里，在舌尖上一溜，河豚便滑到了喉咙，真可谓人间美味。听蒙毅这么谦虚，邵南子放下筷子，谨慎地说："蒙总您是领导，有事尽管吩咐一声，只要是我分内之事，只当义无反顾。"蒙毅一听，邵南子这是在跟自己打官腔，便笑眯眯地说："工作之外就不能请你帮忙？"邵南子一听，蒙毅看上去是开玩笑，实际上可能真有事，连忙说："不会的不会的，蒙总的事肯定办好！"

河豚还冒着热气，蒙毅握着筷子示意邵南子："河豚要趁热吃，这玩意儿也真是奇怪，鲜美却致命。"说着他突然话锋一转，看上去像开玩笑一样问，"对了，小邵，听说杨子欣当年是东方大学的校花，你好像还追求过他，是不是因为她你才来到盘古的？"邵南子腼腆地一笑，故意放出话头说："如果不是她失恋了，哪里会正眼看我啊，来盘古的确是子欣介绍的，说是盘古有内鬼，光天化日之下偷汪总的手机，还在办公室安装窃听器。"

蒙毅点点头，咬牙切齿地说："野蛮人闯入盘古以来，很是猖獗，如果没有杨子欣为我们招揽到你这样的技术人才，哪有今天的天眼系统？"蒙毅夹了一块河豚鱼片，非常享受地吞咽下去，再次问邵南子："小邵，杨子欣是东方大学数学系的高才生，几年前那可是大热的专业，她怎么跑到盘古来当售楼小姐呢？"邵南子一听，难道杨子欣已经在内部放风说蒙毅是双面内鬼了？他在内心暗笑，故意吞吞吐吐地说："好像听说她有一个孩子，找工作没那么容易啊。"

第二十六章

无间道

"你说什么？"蒙毅以为自己听错了，到喉咙的河豚差点都给惊出来了，"你说杨子欣的孩子杨鸣鹤是她上大学期间生的？谁的？"邵南子一撇嘴，说："这个就真不知道了。"蒙毅摇了摇头，说："她为什么要隐瞒这个事实？邵南子微笑着说："女人心海底针，谁知道呢？"

蒙毅将菜盘推到邵南子面前："小邵，尝尝这个，这道可是江湾6号的镇店菜见手青。"邵南子仔细瞅了瞅，不就是牛肝菌么？还镇店菜，心里很是不屑。邵南子正要伸筷子，蒙毅笑眯眯地说："这种菌只要用手一捏就发青，实际上是菌种毒素在快速地聚合。见手青比河豚还危险三分，每天夜半子时，山露湿润大约一个小时后，云南的山民就会进山采摘，到3点装完箱运送至机场，中午12点会送到店里。所以要想吃到这道菜，必须每天中午12点之后来。"

邵南子的手在桌子底下捏成了拳头状，心里开始骂娘，一道菜比一道菜要命，想要弄死老子不成？看样子如果不答应蒙毅的事，小命都要丢在南海市。邵南子咧了咧嘴，挤出一丝笑容说："人间美味之所以美味，就是因为它毒药般的致命诱惑，人们无从抗拒。"蒙毅夹起一片咀嚼起来，点点头，说："美味容易诱惑我们的味蕾，美貌也往往容易迷惑我们的双眼，小邵，想请你帮个小忙。"邵南子爽快地说："蒙总吩咐就是。"

蒙毅突然一脸严肃："粤海集团重组盘古董事会的投票前夕，我们稽核部正在调查的浦江花园腐败窝案数据泄露，看上去是冲着肖天肖总的，事实上是冲着整个盘古管理层，你能不能通过天眼系统的幽灵眼找到点蛛丝马迹？"邵南子咬了咬牙，问："有没有线索？"蒙毅毫不避讳地说："听说杨子欣之前跟乔总的公子乔瑾瑜谈过恋爱，她从总部一直跟着肖总到上海，肖总到北京，她却又回到总部，这事有蹊跷。盘古要给予每一个员工公正的评价，不能有糊涂账。"

邵南子很是为难地说："蒙总，杨子欣回总部好像是汪总批准的，我如果通过幽灵眼查杨子欣，会不会……"蒙毅嚼着见手青，见邵南子吞吞吐吐，大手一挥："乔总是盘古的灵魂，现在杨子欣负责乔总的一些工作，我们必须将隐患排除。"邵南子迟疑了一会儿，问："正因为杨子欣负责乔总的一些工作，所以才比较麻烦，幽灵眼会追踪跟与她相关的一切信息，那天眼系统追踪到乔总的相关信息怎么办？向谁汇报？"

蒙毅非常肯定地说："小邵，我们都是为了盘古的安全，杨子欣的问题相信公司一定会给她以及同事们一个公正的结果。在排除隐患的过程中可能会牵涉到很多人，具体的我会去协调，你放手去查就是。"蒙毅抓起旁边的牙签儿，剔了剔牙，又端起茶杯喝了一口，非常严肃地说，"今晚的事，只有你知我知，杨子欣的调查结果，只能向我一个人汇报。"蒙毅站起来，抓起外套，走到门口，突然回头笑眯眯地冲着邵南子说："杨鸣鹤跟乔瑾瑜一点都不像。"

临江咖啡馆播放着东南亚老情歌，杨子欣每次听到都会泪眼婆娑。邵南子坐在对面，看着杨子欣一直盯着手机不说话，偶尔端起咖啡杯抿一口，这样的状态已经持续快一个小时了。邵南子试探着问："今天咋啦？不会是跟男朋友吵架了吧？"

杨子欣眼皮子都没抬，就跟没听见对方的话一样，继续在那里看手机，邵南子便有点不高兴了，说："你坐在我的对面，却对我爱搭不理，心里还想着别的男人，你是不是还把我当备胎？"

杨子欣一愣，问："我把你当备胎？"

邵南子反问："如果当初不是乔瑾瑜突然失踪，你会理睬我？"

杨子欣瞪了邵南子一眼："你会不会聊天？哪壶不开提哪壶。"

邵南子身子向前倾了倾，很小声地说："杨鸣鹤长得一点都不像乔瑾瑜。"杨子欣腾地站起来，一下子爆发了，大声呵斥："你给我滚！"邵南子坐着不动，端起咖啡喝了一口，示意杨子欣坐下："消消气，我今天不是来跟你贫嘴的，你被人盯上了，对方正在背地里调查你。"

杨子欣警觉地问："谁？"邵南子没有立即回答，而是露出一副很为难的样子："你知道，我说有人在调查你都已经违规了，保守秘密是我这个工作的前提。"杨子欣很不高兴，说："既然你不信任我，当初为啥把桂玉梅的照片发给我？如果我把那事儿汇报给乔志远，你猜乔志远会怎么样？"邵南子冷冷一笑："我只听命于我的上司，如果乔志远把我给查了，你也就把汪总拉下马了。"邵南子端起咖啡，盯着一脸不屑的杨子欣，很轻蔑地问，"难道你是？"

第二十六章

无间道

杨子欣突然笑了，说："你认为我是黄天沙的卧底？"

"你有没有接触过浦江花园腐败窝案的数据？"邵南子一脸严肃地问。

杨子欣回头望着滔滔碧海，邵南子急了："你回答我。"杨子欣的秀发在微风中舞动，她斜靠在沙发上，重重地说："没有！"邵南子默默地望着杨子欣，从包里摸出两张照片，递给她："你自己对比看看，乔瑾瑜小时候跟杨鸣鹤现在像不像？蒙毅说的没错，杨鸣鹤跟乔瑾瑜可能真没有关系。"

照片上乔志远抱着乔瑾瑜，张青桐站在旁边幸福地微笑。这可是杨子欣一直梦寐以求的一家三口的幸福生活。邵南子见杨子欣面无表情，说："东方大学校花、数学系高才生，毕业到盘古当售楼小姐，整个盘古已经不止蒙毅一个人怀疑你，当初的王刚、刘世雄、肖天都怀疑过你，汪弘毅在机场摸杨鸣鹤头的那张照片，通过天眼系统的幽灵眼追踪，发现是肖天当天晚上下飞机后，无意之间看到，随手拍的，汪总为了让肖总在董事会上投下赞成票，所以才忍下了，没有跟肖天计较。我也很好奇，蒙毅为啥突然调查你？"

看着眼前这个苦苦追求自己的可怜男人，她咬了咬嘴唇，很不忍地说："你的天眼系统现在已经是保卫盘古安全的一把利剑，而你则是汪弘毅身后的影子武士。汪弘毅能够走到今天，成为乔志远唯一可以选择的接班人，绝对不简单。影子跟主人一定要保持距离，他才能对你不离不弃，一旦影子靠得太近以至于成为他前进道路上的障碍，那么它很快就会消失。"

盘古总部天眼系统中控室，汪弘毅望着 LED 显示屏上不断跳动的字节，看了看表。

邵南子噼里啪啦在键盘上一阵敲击后，弹出一张网状图，他对着汪弘毅说："黄天沙的龙腾集团目前持股的企业有盘古、齐鲁阿胶、岭南玻璃、君安保险、龙珠基金，而他自己出任副会长的潮汕商会，旗下潮汕基金规模超过 300 亿。而鸿基集团持有盘古、珠江水电的股票以及一堆小盘股，鸿基地产正在谋划借壳回归 A 股。马腾是香港大地会成员，跟炳叔、彤叔诸多香港大佬关系密切。"

汪弘毅盯着网状图没说话，邵南子还在继续追查。汪弘毅指着电脑说："用幽灵眼追查一下珠江电器的股东变化情况。"邵南子调出珠江电器的资金图，说：

底牌（下）

"最近3个月机构的流出量是流入量的两倍。有两个基金专户和一个银行理财专户从股东名单中消失，另外，有一个信托计划和一个A股通专户在不断买入，持股比例已经超过1%。"汪弘毅指着两个账户，很严肃地说："查一查这两个账户。"

邵南子扭头问汪弘毅："这两个账户有问题？"

汪弘毅一言不发，转身离开了天眼系统中控室，回到自己的办公室后，他立即拨通了铁娘子朱潇雨的电话，两人是多年的老朋友，盘古也一直是珠江电器最大的采购商。汪弘毅开门见山："朱总，才看到新闻，您个人投资了新能源项目，该项目跟我们盘古转型城市运营商高度契合，如果把你们的新能源体系引入我们的项目之中，将形成一种多赢局面。"

珠江电器在中国已经是当之无愧的家电龙头，朱潇雨看到了电器的天花板，想引入新能源项目为珠江电器开拓新的盈利项目，可是股东们觉得新能源估值太高，在股东大会上投下反对票，导致新能源项目的资金链开始紧张，有一个大型房地产商同意出资5亿，但是钱迟迟不到账。汪弘毅的电话令朱潇雨大为感动，说："汪总，在盘古的关键时刻，我们的项目还能得到您的关心，真是患难见真情啊！"

汪弘毅爽朗地笑着说："朱总客气啦，我们都是我以我身为生民之人，一生只求做好一件事，那就是管理好自己的公司，让股东、客户、合作伙伴、社会公众都能分享商业的红利。企业家与股民最大的区别就是眼界跟格局，股民看中的是眼前，企业家看到的是未来。新能源是未来国家环境整治的基石，没有系统化的新能源体系，哪来的绿水青山？"

珠江电器的股东大会上，朱潇雨永远都是主角儿，可向珠江电器注入新能源项目一事，股东们却无视朱潇雨的激情，横眉冷对，用脚投票。股东大会之后，朱潇雨时常彻夜难眠，珠江电器到底是沿着原来的路走下去，还是要开创新天地？她对着电话那头颇为忧虑地说："现在我每天晚上都睡不好，担心有一天公司的发展跟不上时代的变化，令公司盛极而衰，股东们盯住的只是眼前的利润与分红，未来对于他们来说太远了，短期的回报率才是他们最看重的。"

中国商界，男有乔志远，女有朱潇雨，都是其他企业家难以望其项背的领

第二十六章
无间道

袖，没想到朱潇雨也会如此地焦虑。汪弘毅宽慰说："朱总，上市公司就如同一辆公共汽车，股东们可以随时上下车，司机却要陪同上车的所有乘客走完全程。只能同甘不能共苦的股东不要也罢，相信总有大格局、大智慧的股东在您最困难的时候雪中送炭。"

朱潇雨呵呵一阵冷笑："雪中送炭？现在的资本家都如狼似虎，他们不趁火打劫就不错了。前一阵子珠江电器股票突然涨停，交易所询问是不是公司又要重启新能源项目收购，我一查新进股东，你猜是谁？"

汪弘毅脱口而出："现在鸿基四处扫货。"

朱潇雨说："不，是你们的对头，黄天沙。"

在进入天眼系统中控室之前，汪弘毅得到消息，黄天沙买入了珠江电器，难道两个持有1%的账户就是黄天沙的？汪弘毅很无奈地说："黄天沙的路数是快速收集足够的筹码，改选董事会，完全控制上市公司。珠江实业、岭南玻璃都成了刀下鱼肉，对盘古他也想霸王硬上弓，我们誓死不从，现在又冒出一拨又一拨的小股东来状告上市公司，目的就是要让我们现有的管理层停摆。不听他们的话，出路只有一个，那就是像岭南玻璃的吴岐庸那样被抓起来。"

朱潇雨是有名的倔脾气，听汪弘毅这么说，很是不忿，说："珠江电器是一家制造企业，我不担心他们的手段，如果最后破坏了中国的制造业，他们便是罪人。"汪弘毅一声长叹："唉，资本家就是猎人，他们用子弹换取猎物，我们做实业的就是牧人，用汗水养肥水草牛羊，猎人便用赌性收获我们牧人的耐性。"朱潇雨狠狠地说，"我不会给黄天沙机会的，我要让他的诱惑变诱饵，让他咬住的不是美味佳肴，而是鱼钩。遇到我，算他倒霉了。"

北京的一场企业家论坛上，朱潇雨坐在乔志远的对面，台下除了来自全国各地的企业家，还有到处架设着的摄像机。主持人问朱潇雨："朱总，新能源项目在股东大会上遭遇反对票后，反倒有大量的资金流入珠江电器，你认为进来的企业是看好珠江电器的未来，还是低位抄底另有目的？"

朱潇雨登台之前特意化了个妆，显得自己更有精神，她接过主持人的问题，说："资本家看好珠江电器是我们管理层的荣幸，我们欢迎看好珠江电器未来的善意资本家,如果只是进来抄底另有目的的资本家,我们是不欢迎的。"主持人追问:"怎么判断资本家的善意跟恶意?"朱潇雨冲着乔志远笑了笑,说:"恶意资家就是那些把上市公司当成肥羊,进来就想薅一把,甚至掏空上市公司资金、资产就走,搅乱管理秩序的野蛮人。"

乔志远会心地一笑,汪弘毅之前汇报说,珠江电器的股东大会否决新能源项目后,黄天沙大量买入珠江电器股票,没想到现在朱潇雨公开炮轰野蛮人。朱潇雨在台上继续慷慨激昂地说:"我知道,大家现在关心是谁进入了我们珠江电器,2016年的财报很快就出来了,也许你们能在前十大流通股东名单中看到。珠江电器不是唐僧肉,我们是实体企业,是中国制造业的领军企业,任何破坏中国制造的资本家都是国家的罪人,历史的罪人。"

山鹰会议室,操盘手们望着LED显示屏上的新闻惊呆了。有人窃窃私语:"这个朱潇雨想干什么?"黄天沙嘴角很不自然地咧了咧,王曦若捕获到他的细微表情,假装若无其事地盯着LED显示屏,说:"黄总,朱潇雨虽然没有点我们的名,但经她这么一说,舆论都将矛头指向了我们,现在是敏感时期,我们应该选择放弃珠江电器!"

"放弃?现在放弃来不及了,珠江电器的财报中肯定会披露,一旦他们披露,而我们现在又抛售了,那么散户会认为我黄天沙跟马腾是一丘之貉。我们龙腾集团永远站着赚钱,永远为保险持有人以及散户创造赚钱的机会。"黄天沙站起来,盯着山鹰组的操盘手们,非常坚定地说,"我们买入珠江电器有一阵子了,铁娘子这个时候站出来,不排除是汪弘毅要借刀杀人。谁说资本家不是在成就一番事业?那都是诛心之论,我们要不畏浮云遮望眼。"

山鹰会议室顿时响起掌声。王曦若接着说:"眼见粤海集团的重组框架协议就要自动结束了,乔志远一系列的丑闻又给盘古的商誉带来了损失,这个时候汪弘毅需要寻找同盟站出来,抢占舆论与道德的制高点,最终将我们拖入道德的酱缸里。"王曦若还是颇为担心,提醒黄天沙说:"朱潇雨在商界影响力巨大,经常是监管部门的座上宾,她现在的言论可能会影响即将来南海市的监管联合调查组的判断。"

第二十六章
无间道

黄天沙点点头，说："兼任珠江集团董事长的朱潇雨因为新能源项目问题，已经被免去职位，她现在恐怕担心有一天连珠江电器董事长的位置都失去，这个时候汪弘毅如果趁机进行蛊惑，朱潇雨自然会站出来，一方面可以站在道德的制高点上谴责资本家，一方面又能向珠江集团施压，一旦集团敢把自己赶下珠江电器董事长位置，珠江集团董事长的乌纱下便会有与野蛮人同流合污的嫌疑。"说完黄天沙若有所思地问："岭南玻璃总裁人选定了吗？"

王曦若从容地汇报说："总裁人选有两个，一个是德国汤姆集团亚太区的首席执行官，一个是竞争对手南华玻璃的现任总裁。后者对整个行业更为熟知，我跟他聊过，他有信心让岭南玻璃重现辉煌，问题是南华玻璃那边可能麻烦不断，而汤姆集团的人选有助于岭南玻璃的国际化，尤其是美国推行减税政策后，在美国建厂有助于我们扩张国际市场。"

黄天沙摆了摆手，说："南华玻璃的就不要谈了，禁业问题以及职业操守问题会没完没了。岭南玻璃是我们在实体企业中很重要的战略投资，我们不能做地主老财，为了家门口的一亩三分地跟人打得头破血流，资本是流动的血液，对钱的嗅觉超越我们人类，我们一定要跟着钱的嗅觉走，不仅要深耕国内，更要放眼全球。"黄天沙现在更关心的是北京的调查组，她叮嘱王曦若说："君安保险管理的都是老百姓的血汗钱，风险拨备一定要提高到行业领先水平。"

王曦若很自信地说："潮汕基金已经将君安保险在龙珠基金里的资金进行了置换，就算监管将一年期的投资型保险品种暂停，君安保险在风险拨备和及时兑付上都没有问题。"黄天沙吩咐说："在调查组到达南海之前，我们要抓紧从资金调度、风险控制等各个层面进行内查。"他咬了咬牙，接着说："我们只是想为购买保险的老百姓分享优质上市公司的发展红利，既然汪弘毅蛊惑朱潇雨来对付我们，我们就应该帮乔志远清君侧！"

盘古总部，汪弘毅坐在邵南子对面，一脸铁青。蒙毅坐在邵南子旁边，能清晰地看到汪弘毅每一根胡子茬都在喷射怒火。乔志远推开了会议室的门，见几个人都沉默不语，过去坐下，看了看汪弘毅，又问对面的蒙毅："浦江花园腐败窝案是你在负责调查，肖天跟周晓萌在离尘庄园的录音是谁泄露出去的？"

今天到会议室后，蒙毅才知道肖天向乔志远提出了抗议，指责盘古内部向员工装置窃听系统。肖天从盘古辞职之后，有记者堵住他采访，肖天都一直站在管理层一边，维护盘古的利益。乔志远的话一出，蒙毅很无辜地看了看汪弘毅，对方却面无表情。邵南子嘴角流露出一丝窃喜。没等蒙毅说话，乔志远的手开始在桌子上敲地梆梆响："这不是一段录音，这是一颗炸弹。"

"有内鬼！"蒙毅脱口而出，"这段录音一直躺在档案室，没有几个人知道。"

乔志远怒火中烧，继续敲着桌子："天眼系统、幽灵眼，一直在说抓内鬼，可内鬼怎么越来越嚣张了？这段录音看上去是在曝光肖天的丑闻，实际上是别有用心的挑拨离间。"乔志远指着蒙毅说："你们的调查组曾将这段录音给肖天和周晓萌听过，现在肖天已经离开了，录音却再次出现在网络上，导致肖天认为是盘古对他赶尽杀绝。更重要的是，一旦别有用心的人攻击盘古内部向员工装置窃听系统，你们告诉我，到时候该怎么收场？我们怎么给员工一个公正的交代？"

屋子里火药味十足，汪弘毅坐在对面一言不发，邵南子像没事人一样看看乔志远，又看看蒙毅那胖乎乎的脸，发现他额头上已经冒出汗珠儿。蒙毅拿右手在额头上抹了一把，解释说："当时调查组只有我跟另外两个人听过录音，都是在跟肖天、周晓萌谈话期间播放给他们听的，调查组这两位同事也根本没有音频的电子版。我敢拍胸脯，这一段录音除了我，在浦江花园腐败窝案的调查中，没有人可以泄露出去。"蒙毅很无辜地话锋一转，"会不会有人打了档案室的主意。"

乔志远鼻子里哼了一下，肖天辞职之后，汪弘毅提拔蒙毅出任副总裁，乔志远跟蒙毅谈了两次，发现他骨子里是有野心的人。蒙毅出生寒微，他跟资金部门总经理武凌霄同时进入盘古，武凌霄有肖天撑腰，而他自己选择了汪弘毅的庇护。武凌霄在肖天辞职后，跳槽到马腾的鸿基地产，在同一个年龄段，蒙毅再无竞争对手。乔志远没有叫停轮值CEO制度，是有意将蒙毅纳入轮值序列。在决定让他加入轮值之前，乔志远将调查杨子欣的任务交给了蒙毅，却没想到在狼烟论坛上冒出有关肖天的录音，而那个论坛正是桂玉梅、张青桐照片泄露

第二十六章

无间道

的地方。

一直沉默的汪弘毅插话了，说："档案室肯定要查，在查之前，你听一下网上的版本跟你手上的原始版本，看看两个版本是不是一样。"邵南子一听，遵照汪弘毅的指令，将两个版本进行播放。乔志远一直撇着嘴，皱着眉头不说话。听了一段之后，汪弘毅问蒙毅："你听出区别了吗？"蒙毅非常肯定地说："这不是原始版本，网上的版本应该是翻录的。"

汪弘毅把一份股票交易记录递给乔志远，乔志远翻了翻，再看了看旁边的交易图谱。他脸上阴云密布，将材料递给蒙毅："这是怎么回事？"蒙毅眼珠子都快掉出来了，双手在微微颤抖，口中念念有词："不可能，紫薇是朱总的秘书，她不可能跟黄天沙勾结在一起，这肯定是有人捣鬼。"汪弘毅示意蒙毅不要激动："蒙总，天眼系统只是今天上午才追踪到这个信息，对了，你老丈人有没有做大手术？需要80万的手术费？"

"我老丈人？"蒙毅以为自己听错了，说，"我老丈人早死了。"

汪弘毅盯着蒙毅的眼睛，说："珠江电器股东大会否决新能源项目后，你老婆冯紫薇向珠江电器董事长朱潇雨借钱，说你老丈人做手术，急需用钱，朱潇雨当天就给她账号里转款80万，之后，你账户里的100万转入冯紫薇账户，龙腾集团买入珠江电器的当天上午，冯紫薇将自己账号里的资金，连同朱总借给她的80万，总共200万全部买入珠江电器。"汪弘毅顿了顿，说："期间，我们盘古股票跌停，你老婆还在第三个跌停板上抄底，你知道那天还有谁在抄底吗？"

蒙毅盯着邵南子，邵南子感觉到空气中有火焰喷射过来。乔志远敲了敲桌子，盯着蒙毅问："蒙总，你老婆怎么就那么灵通，知道黄天沙哪一天要买入珠江电器？知道马腾哪一天要抄底盘古？没有黄天沙准确的内幕信息，你老婆会如此有计划地大笔买入？现在调查肖天的录音出现在网上，对方这是要将管理层变成员工的敌人，彻底摧毁盘古团队的声誉。"蒙毅非常尴尬地说："容我马上回家问个清楚，我一定会给公司一个交代。"

第二十七章
抓内鬼

蒙毅松了松脖子上的领带，问坐在对面的冯紫薇："你是不是买珠江电器的股票了？"

"买啦，咋啦？"冯紫薇一副满不在乎的样子，"我就是一个秘书，不是公司高管，没有法律说我不能买股票！"蒙毅啪的一下将茶杯摔到地上，说："法律？你还好意思说法律？你为啥要买珠江电器和盘古？"蒙毅在家一直都是宠着冯紫薇的，从来没有对她发过脾气，这次看她像没事儿人一样，气就不打一处来，气呼呼地说："你知道你买的股票，让我现在我跳进黄河都洗不清吗！"

冯紫薇一头雾水，腾地一下从沙发上站起来，指着蒙毅的鼻子："你今天吃错药了？谁给你的胆子，敢这么跟我说话？"蒙毅摸了一把额头上的汗珠，瞪大眼珠子："你知道吗，你买入的那一天，正好是龙腾集团买入珠江电器的日子，你在第三个跌停板上买入盘古，也正好是马腾抄底盘古的时候，现在有人怀疑我是黄天沙安插在盘古的内鬼，不然你怎么可能每一次都如此精准地买入，你让我怎么解释？"

第二十七章

抓内鬼

蒙毅的话让冯紫薇越听越糊涂，她不解地问："我买股票跟你有啥关系？"蒙毅咬牙切齿道："因为你是我老婆，你把我账户里的资金转到你的账户上，还从你们朱总那里借了一笔，现在盘古内部怀疑我从黄天沙那里获得了龙腾集团买入珠江电器的准确时间，又从马腾那里得到了抄底盘古的信息，然后让你在当天全部买入。"蒙毅两手一摊，很是无奈，"你为啥非在那一天买入？这让我百口莫辩。"

冯紫薇看蒙毅急赤白脸的样子，看来不是在没事找抽，她坐下来冷静地想了想："我是朱潇雨的秘书，她的电子邮件、文件基本都是由我先进行整理，然后她再根据我整理的重点进行处理，新能源项目被股东大会否决后，我们的资金链非常紧张，各地都在催款，朱总在那个新能源项目中是重要股东，不能不管，她一直在找资金，却一直没有敲定。"冯紫薇满不在乎地说，"你们盘古，三个跌停的时候，大家都在给马腾算账，谁不知道他要是第三天不撬开跌停板就得死？人家那么大的老板，咋可能就看着自己死掉？"

蒙毅忍不住插话说："先不说盘古，当时龙腾集团买入珠江电器还没有敲定，你为什么还买？"

"你知道什么呀？股东会后没多久，我给朱总整理文件的时候，看到北京一个大佬准备给我们投资，条件是要把新能源项目注入上市公司之中。"冯紫薇仔细想了想，说："就在那个时候我才开了股票账户，之前都没有。"蒙毅摇了摇头，说："一笔在谈的投资，你就那么有把握那个大佬最终真要投？"冯紫薇点点头，说："那个大佬有头有脸，不仅做房地产，还做各种文旅等项目，规模比你们盘古大多了，他都跟朱潇雨亲自谈了，为了面子，也不会不投。"

蒙毅撇着嘴说："成大事的人从来都不要面子，他们甚至可以把脸皮撕下来踩到脚下，你以为大佬跟你们老板谈了，就是要投资了？大佬们的排场那都是虚的，真要到出钱的时候，他们心里算的是回报，若是远期回报就更会再掂量掂量，谁会为了面子而砸真金白银？幼稚！"蒙毅很不信任地追问："是不是有黄天沙的人找到你，怂恿你买珠江电器？"

东北出生的冯紫薇是个暴脾气，她警告蒙毅："跟你说了黄天沙什么的我压根儿就不认识，土包子的面子只是讲排场臭显摆，真正的大佬面子可是生死攸关的事，能压住豺狼虎豹，否则阿猫阿狗都敢找他麻烦，那真到有事的时候，对手一定会置他于死地。跟朱总谈判的大佬，那是经过大风大浪的，我相信为了面子他肯定会投。"

"那你为啥偏偏是在黄天沙买的那一天买入，而不是知道大佬要投资的那天？"蒙毅根据多年的稽查经验判断，妻子的说法漏洞百出。冯紫薇想了想回答："他们还在谈，我得准备钱啊。"蒙毅摇了摇头，说："然后你就跟朱潇雨说你爸病重，需要一大笔钱手术？明明你爸都去世好多年了。"冯紫薇很不好意思地说："当时只想借到钱，也没有想那么多，可钱借到了，那边却迟迟没有动静，我除了整天在网上关注公司的动向，就是在朱总打电话的时候悄悄偷听。"

蒙毅很着急，说："我就想知道，你为啥是那一天买入的。"

冯紫薇拼命回忆自己炒股的细节："第一次买了几万股，大佬的投资还是没有动静，我就把股票卖了。当时证券公司的客户经理找我聊天，问我珠江电器那么好，卖掉干啥？然后他又说卖掉也没啥，反正新能源项目暂时没戏了，珠江电器的股价肯定会回调，说等珠江电器有利好消息时再买入也来得及。中间他给我推荐了几只别的股票，赚了几万块。"

蒙毅一个激灵，问："哪个证券公司的客户经理？"

冯紫薇看蒙毅满脸紧张，笑着说："一个证券营业部的客户经理，只是正常的业务咨询，你紧张啥？是远东证券，中国最大的证券公司，还怕啥？他们南海证券营业部的客户经理陈浩选股票还真有一套，他说要涨的，买进去真就涨了。"蒙毅一听就急了，吼道："你整天除了上班，难道不读书不看报吗？你说的那个陈浩，打着跟乔志远前妻张青桐谈恋爱的名义，怂恿张青桐把乔志远账户里的盘古股票全卖了，现在报纸上都在嘲笑乔志远捍卫盘古核心利益的口号都是谎言。"

冯紫薇不屑地回答道："你呀，前几天还说乔志远有意将你提拔为接班人竞争者，竟然还信那些乱七八糟的八卦？那个陈经理看上去挺年轻，专业方面还很强。在买入其他股票期间，我发现朱总频繁到北京出差，猜想她肯定是跟那个大佬谈判去了。有一天，我又听到朱总在打电话，好像是一家更大的产业投资机构想投我们,我感觉新能源项目马上就要有重大利好了。"蒙毅忍不住问:"陈浩又给你建议没?"冯紫薇想了想,说:"他只是说珠江电器已经很便宜了,有机会就买点。"

蒙毅急切地追问:"然后你就买了?"冯紫薇点点头:"那天上午我看珠江电器的成交量突然增大,猜想新能源项目可能已经敲定了,这也许正是买入的机会,就买入了。"蒙毅一拍桌子,叫道:"你掉进别人的圈套里了啊,朱潇雨的新能源项目里有一大堆的产业基金,国内哪里还有什么产业基金有实力在高位进去?她去北京谈投资可能是真,但给朱潇雨电话说要投资的产业机构肯定是陈浩他们玩的把戏,他们知道你想买珠江电器,就故意给朱潇雨打电话,让你听见。"

回到盘古总部,蒙毅发现乔志远、汪弘毅、邵南子都在会议室开会,里面的可视化系统正呈现出一组照片。他向乔志远跟汪弘毅请示,希望能单独汇报妻子冯紫薇买入珠江电器股票一事。汪弘毅坐着没说话,乔志远大手一挥,说:"就在这里说,有啥好遮遮掩掩的。"蒙毅将冯紫薇买股票的过程进行了详细汇报,乔志远一拍桌子说:"黄天沙真是九命妖猫,一枚棋子就把我们都给推到火坑里了,搞得大家哑巴吃黄连,有苦说不出。"

一直没说话的汪弘毅突然问:"2016年7月15日你在哪里?"

蒙毅一下子被汪弘毅问蒙了,乔志远、邵南子都齐刷刷地看着汪弘毅。汪弘毅面无表情地给邵南子下令:"调出那一天肖天的行程。"邵南子滑动了一下面前的显示屏,汪弘毅指着 LED 显示屏问:"那一天,肖天回到南海后住进了南海大酒店,是你去拍的照,还是你手下的人?"

"什么照片?"蒙毅一脸茫然。邵南子立即调出那一张黄天沙跟李炯共进南海大酒店的照片,汪弘毅指着照片说:"这张。"蒙毅仔细看了看照片,还是没有看出任何端倪,说:"我没有派人去拍这一张照片。"汪弘毅对邵南子说:"你把桂玉梅小姐北京演艺圈饭局照也调出来,再将李炯的数据调出来。"

桂玉梅演艺圈饭局照已经上报了,是蒙毅将其收录到稽查部档案之中的。他迅速让自己镇静下来,质问:"这是八卦新闻上的照片,跟南海大酒店的照片有什么关系？"汪弘毅示意邵南子解释。邵南子说："桂小姐的饭局主角儿是黄天沙的朋友李炯，照片如果是黄天沙设局拍的，为什么会在同一个小论坛发出他跟李炯进南海大酒店的照片呢？而汪总去香港被人跟踪拍照，也是发在同一个论坛上。三张照片都是用盘古内部 IP 通过植入木马定时发布的。"

蒙毅越听越不对劲，可旁边的乔志远一言不发。汪弘毅接着说："照片如果是黄天沙的人拍的，我去香港跟刘一飞谈东方广场收购的事，在粤海集团定向增发预案提交董事会表决之前，就会在舆论上吵得纷纷扬扬，根本就等不到董事会投票。现在才放到网上，意欲何为？天眼系统的幽灵眼追踪到发出 IP 是在盘古内部，如此一来，危害比黄天沙的鸣鼓攻击更大。"

蒙毅苦笑着问："你们怀疑我是那个内鬼？"

邵南子看着一脸无辜的蒙毅，想起江湾 6 号的晚餐，小声在汪弘毅的耳朵边嘀咕了几句。汪弘毅盯着蒙毅的眼睛，问："你们去上海调查浦江花园窝案，整个案子的调查数据由小组成员汇总到你那里之后，他们还有机会看到吗？"蒙毅皱着眉头，摇了摇头："我也很纳闷，终极数据在正式向总部提交之前，除了我任何人都难以知道，怎么就捅到报纸上了呢？"

汪弘毅两手一摊，严肃地问："你确定除了你，没有任何第三方能够获得数据？"蒙毅非常肯定地点了点头："除非有人攻击了我的电脑，给我的电脑种了木马。"汪弘毅极度不信任地问："就算有人给你的电脑种植了木马，可肖天的录音没有电子版，有木马也没用，但录音还是流出去了，而且还是跟照片一样，出现在同一个小论坛上。"

蒙毅正要解释，乔志远的电话响起来，一看是远大集团黄国胜打来的，众人皆不说话。黄国胜从来不主动给乔志远电话，粤海集团重组预案提交董事会投票之后，远大集团跟盘古的关系已经冰冷到极点。黄国胜没等乔志远客套问候，上来就是一句："肖天的辞职，也是情妇问题吗？"

情妇两个字经他口里说出来特别刺耳，听黄国胜的意思，搞得好像盘古高层人人都在找情妇似的。黄国胜突然主动打电话，上来便一副盛气凌人的口气，简直就是来兴师问罪的，乔志远很是厌恶，想都没想，坚决地说："肖天辞职是因为想自己创业。"

第二十七章
抓内鬼

黄国胜追问道："网上流出的音频里有肖天跟一个女人的对话，是什么情况？"

乔志远知道瞒不住，解释说："录音问题我们正在调查，一定会及时跟股东们汇报调查进展。"

黄国胜一听，冷冷地给乔志远敲警钟，说："黄天沙虽然总体持股超过远大集团，但名义上远大集团还是排在盘古股东名单的第一位，作为国有企业的盘古，你们的管理层就是国有资本的一张脸，如果整天都出现在八卦新闻之中，那就是在践踏国有企业的颜面。"

黄国胜的话很刺耳，显然是话中有话。挂断他的电话，乔志远看着眼前的三人，满脸忧虑地说："好事不出门，坏事传千里，我们还没弄明白，录音的事就已经传到黄国胜的耳朵里，看来这一次是有人故意要搞事，对方不仅仅想要搞臭盘古管理层，更想通过这一段录音在员工中制造恐慌。内鬼一日不除，管理层就难得一日安宁，不管这个内鬼是谁，一经查实，一律清除出盘古。"

香港深水湾8号，炳叔捋了捋手上的牌，问："小马，怎么没动静了？"

对面的两位大佬拿着牌，都盯着马腾。马腾摇摇头，很无奈地说："黄国胜想继续做盘古的第一大股东，师泌远一门心思要将盘古留在南海，汪弘毅他们一帮人不断策划举报，最近又撺掇珠江电器的朱潇雨到处鼓动监管调查保险公司的资金链，目的就是要驱逐黄天沙，给白衣骑士粤海集团争取合同期内的最后机会。黄天沙如果被驱逐，我们收集的筹码又刚到20%，到时不能继续吃进不说，还有可能吐出去。"

炳叔挪了挪肥胖的身子，瞅了瞅牌，重新进行了排列组合，突然啪的一声，甩出一把飞机，正好大过坐在对面的彤叔，他得意地再次抓起雪茄。彤叔跟炳叔年纪相仿，也是香港商界的大佬，大地会的发起人，两人锄大地的游戏玩了几十年了。彤叔一把抓住炳叔说："阿炳啊，大白天的没喝酒啊，你瞎出什么？上一把你不是不要吗？这一把你不能压我。"

马腾在一边看着老哥儿俩，微微一笑，心想真是两个老顽童。这两位打牌到深夜时就乱出牌，相互盯着，生怕对手趁着大家脑子不清晰浑水摸鱼。二人牌瘾特别大，经常打通宵，在等对方出牌时，都眯着打瞌睡，就是不下牌桌。炳叔数了数牌，侧身问马腾："我上一把没出牌？"马腾点点头。炳叔一边将扔出去的牌收回来，一边问马腾："那鸿基地产如果重新物色一个壳呢？"

马腾思路缜密地说："我们做了两手准备，一方面物色了一个成本低的壳，是南海市的珠江地产，珠江国资控股的一个小型房地产上市公司；一方面想通过二级市场收集盘古筹码，到30%我们就能成为控股股东，然后再将恒大地产跟盘古进行合并。"马腾顿了顿，扫视了一圈大地会的各位大佬，说："粤海集团盯上盘古不放，如果我们继续增持盘古股票，管理层会把我们跟黄天沙视为同路人，南海市国资更不会放手珠江地产。"

炳叔吸了一口雪茄，说："做生意，要亲近政府，远离政治。"

马腾对炳叔尊重，不只是因为老爷子在鸿基地产临危之时出手相救，更是因为他在牌桌上往往几句话就能让人茅塞顿开。马腾点点头，说："远大集团迟迟没有公布对盘古巡视的结果，而小股东的官司又拖着粤海集团的重组，现在两方都在暗中较劲，我们已经暂停在盘古中收集筹码，打算对龙腾集团同盘古管理层你来我往的角逐静观其变。"

炳叔看彤叔出了一个顺子，便甩了一个炸弹出去："嘿嘿，这一次可以出了吧。"炳叔笑起来，脸上的肉褶子宛若一朵盛开的瓷玫瑰，无邪的笑容使他像个牙牙学语的孩子。他再次冲着彤叔笑了笑，又抓起雪茄吸了一口，对马腾说："现在你成了盘古股东天平上最重要的砝码，无论是粤海集团还是龙腾集团，我们跟任何一方联手，都足以终结他们的竞争。"

牌桌上波诡云谲，炳叔的手上只有两张牌，彤叔和马腾分别有三张，贤叔还有五张。炳叔瞅了瞅桌子上的牌，问贤叔："老家伙，不会还有个炸弹吧？"贤叔是香港春风集团的创始人，饮品销往全球，华尔街大佬买入春风集团股票20年不卖，最后坐享百倍收益的事成为经典。贤叔在香港商界为人低调，除了跟炳叔、彤叔锄大地，平时都在家含饴弄孙，被香港报纸誉为"隐世大亨"。众人盯着贤叔，只见他笑眯眯地甩出一个更大的炸弹："对不住啦。"

贤叔牌一出手，炳叔侧身跟马腾说："闪电总是击中最高处的物体，手握利器未必能成为最后赢家，做人要低调如水，做事要巍然如山。"马腾陪着炳

第二十七章

抓内鬼

叔锄了3个月的大地，比自己学几十年更有收获，现在鸿基集团已经卷入盘古股权之争中，马腾颇为忧虑地说："粤海集团志在必得，远大集团寸步不让，我们成为央企跟地方国资较量天平上的筹码，将会是一场大冒险。"

炳叔对旁边的侍应生吩咐道："给欧阳打电话，让他过来。"

侍应生听完便去打电话，炳叔气定神闲地说："在非垄断领域，中央不会与地方争利。"

马腾试探着问："粤海集团会最终胜出？"炳叔点点头，说："南海市政府志在必得，一旦粤海集团增发重组失败，接下来极有可能会跟远大集团谈判转让股权，无论是中央还是地方，国资都是国家的，中央岂会跟地方在同一个领域竞争？如果鸿基集团无法取得盘古控制权，而又手握大量流通筹码，会给粤海集团有卧榻之侧的压力，他们辛辛苦苦才做好上市公司，难免担心你们套现走人，做重大决策时，又担心你们坐地起价。"

站在旁边的欧阳剑波看着炳叔手上的牌不说话，炳叔扭头问他："欧阳，你说呢？"欧阳剑波在炳叔打牌的时候，炳叔不问，自己从不插话，汇报完事就走人。欧阳剑波见炳叔问自己而没有问马腾，想必他已经有安排，于是便说："现在粤海集团最想要的是什么？自然是盘古的控制权，就算远大集团将股权转让给粤海集团，粤海集团仍然需要更多的筹码，鸿基集团应该把所有控制的筹码都倒给粤海集团。"

马腾有些无奈地说："粤海集团是地方国资控股，他们会杀价。"

欧阳剑波盯着炳叔手上的牌，听完马腾提到的现实问题，说："生意就是买卖双方的价值主张，既然粤海集团可能在收购中压价，那我们就先把股价拉起来。逐鹿资本现在手上只有11%的盘古H股筹码，已经不多了，我们需要再吸收一部分筹码，先把港股的价格拉起来。"炳叔满意地点点头，欧阳剑波看了看马腾，很自信地说："港股一涨，盘古A股的小股民们一定会热血沸腾，一旦他们冲进场，粤海集团要想进入盘古，就得当接盘侠。"

盘古总部会议室里，汪弘毅看着盘古H股涨势如虹，喃喃自语："谁又在兴风作浪？"

底牌（下）

乔志远盯着K线图，看到汪弘毅的面部没有一丁点儿变化，他心中感慨万分，跟10年前担任总裁时的青涩相比，现在的汪弘毅真的很难让人捕捉到他内心的变化。乔志远曾经将汪弘毅、肖天、刘世雄等人进行对比，肖天跟刘世雄还是当年的兄弟，一点儿未变，而汪弘毅已经成了一个职业的企业家。从桂玉梅紫宸会逼宫丑闻出来后，乔志远看着汪弘毅近在咫尺，却感到他越来越陌生，令人难以琢磨。

见乔志远没说话，汪弘毅递给他一份文件。乔志远看了看，皱着眉头问："你真认为蒙毅有问题？"汪弘毅想了想，说："前几天我问他，除了他老婆买珠江电器，他自己还有没有买入别的股票，他很坚定地说没有。事实上，蒙毅用他小舅子的账户，买入了大量盘古股票，如果他老婆买珠江电器是个巧合，那他小舅子买盘古就泄露了一个秘密，马腾是给黄天沙救火的。"

乔志远右手在额头上摸了摸，说："马腾跟黄天沙是一伙儿的？"

汪弘毅点开数据图谱："之前我们一直在查逐鹿资本、鸿基集团的资金链，发现它们都跟香港的炳叔有着直接的关系。鸿基集团站出来承认跌停抄底的四家机构是其关联公司，根据我们最新获得的一个信息，远东证券的交易部总监欧阳剑波，目前在炳叔手下管理大地会的家族财富机构玲珑资本，而那四家抄底公司跟玲珑资本有资金往来关系。"

乔志远右手摸着下巴，听汪弘毅口若悬河，眉头越皱越紧，问："马腾是大地会成员，玲珑资本跟他有资金往来可以说得通，但为何说马腾是给黄天沙救火的？救火是打开跌停板，可是跌停板撬开之后，马腾没有任何收手的迹象，相反他不断吃进盘古筹码，哪里是什么黑衣骑士？"乔志远掂着汪弘毅的文件，"他们两人搞在一起，跟蒙毅有什么关系？"

言谈之间，乔志远的语气透露出不信任。汪弘毅很坚定地说："蒙毅的老婆能够在黄天沙买入的同一天准确地买入珠江电器，不是意外，一定是内幕交易，这意味着信息来源于龙腾集团极其核心之人。抄底盘古这样的决定，如果是从马腾的鸿基集团获得的，那就意味着蒙毅跟两家公司的核心人物都有联系，但这种可能性很小。还有一种可能是鸿基就是黄天沙请来的黑衣骑士，专门对抗我们邀请来的白衣骑士，这样龙腾集团才能掌握马腾抄底的绝密信息。"

第二十七章

抓内鬼

乔志远很是疑惑："马腾为啥要帮助黄天沙？"

"如果，黄天沙背后另有其人，我们之前的一切出击都只是跟前台木偶对抗的话，那么谁才是真正的主谋？"汪弘毅一边说，一边调阅出一张复杂的人物关系图，"欧阳剑波是远东证券乌龙指的主角儿，出事后他远走香港，成为玲珑资本的首席执行官，马腾是经炳叔推荐成为大地会成员的，那么是谁将欧阳剑波推荐给炳叔的？大地会创始成员贤叔是做饮品生意的，黄国胜没有在关键时刻增持盘古跟贤叔有没有关系？"

乔志远皱着眉头："贤叔？春风集团创始人马启贤？"汪弘毅点点头。乔志远走到LED显示屏前，脑子里开始不断地推演，问："你觉得美国博威只是一个马甲？贤叔才是中华啤酒49%股权的真正持有人？"汪弘毅指着大地会，说："应该说贤叔是主导人，大地会可能才是真正的持有人。"乔志远摇摇头，说："如果当初中华啤酒股权案背后是贤叔在操纵，他干吗要通过英国米勒公司再绕道美国博威，运作成本岂不倍增？"

汪弘毅调出了一段会议纪要，说："远大集团跟美国博威谈判期间我们内部有过质疑，那个时候我们还没有天眼系统，无法追踪更多的信息。米勒公司买下中华啤酒49%的股权花了总共近40亿，后来美国博威收购米勒，这部分代持的资产自然就转移到美国博威名下。美国博威挂着中华啤酒股东的名，按照当初米勒公司签署的竞争排他协议，是无法进入大中华区市场的，自然要将其代持的股权进行处理。"汪弘毅指着大地会的一堆人，咬了咬嘴唇，说："贤叔他们利用美国博威跟远大集团抬高股权价格，就算代持费用高一点，那也是一箭双雕。"

乔志远一拍桌子："200亿的成交价，扣掉40亿的原始价，再给美国人10亿的代持费用，他们这一伙人还可以净赚150亿，这笔钱放三倍杠杆，那就可以融到450亿，加上君安保险、鸿基保险的钱，正好是黄天沙跟马腾收集盘古筹码的钱。"乔志远咬牙切齿，手已经握成了拳头状，"如果这是真的，这帮人简直是其心可诛，他们用交易拖住黄国胜，让远大集团资金链紧张，还用远大集团的钱夺走盘古的控制权。"

乔志远想起了跟黄天沙的第一次见面，若有所思地说："大地会的马腾动

底牌（下）

用旗下保险公司来抄底，又有玲珑资本的影子，这个欧阳剑波在大地会是个关键角色，他跟黄天沙到底有什么关系呢？黄天沙在北京跟我见面，当天就发生了乌龙指，难道乌龙指也是一个局？"

汪弘毅抓起电话，打给邵南子："马上到会议室。"

天眼系统中控室，邵南子正坐着发呆，旁边新来的技术副总监青鸣正在追踪盘古 H 股的动向。邵南子瞅了瞅青鸣，大约一米七五的个子，留一个小平头，看上去非常精神，履历表上显示他是麻省理工学院计算机专业毕业的，在微软的人工智能研究院工作了 3 年，因为老家是南海，有朋友便向汪弘毅推荐了青鸣，而青鸣也被盘古的天眼系统所吸引。青鸣进入天眼系统中控室让邵南子浑身不自在，汪弘毅是觉察到什么了吗？邵南子这几天一直心神不宁。

去会议室的路上，邵南子的脑子里再次想到江湾 6 号那个晚上，蒙毅那天可是意气风发，没想到乔志远的棋子刚刚启动，他转眼之间便陷入珠江电器股票交易案中，可蒙毅为啥不将杨子欣抛出来自救呢？杨子欣一直没有任何动静，她的儿子杨鸣鹤到底是谁的？难道真如报纸上说的是汪弘毅的？邵南子进入会议室时，乔志远跟汪弘毅两人都沉默不语，气氛很不对劲。汪弘毅率先开口，问："小邵，远东证券乌龙指当天，旷世科技为啥当场就写下情况说明？"

邵南子没想到汪弘毅突然问起这个，杨子欣在上海的时候就问过这个问题，远东证券乌龙指最终被当作内幕交易接受行政处罚而告终，为啥汪弘毅再次提起其中的技术问题呢？邵南子没有立即回答，而是咬着嘴唇想了想，说："旷世科技的情况说明听说是在会议室写的，当时我们在技术部修复交易数据，他们怎么谈的，我还真不知道。"

乔志远听上去漫不经心地问："你们修改过交易数据？"

邵南子浑身有一种火烧火燎的感觉，乔志远、汪弘毅的眼珠子都对准了自己。邵南子假装从容地点头回答："乌龙指发生后，技术部一直在查找原因，所以很多数据就乱了，交易所跟监管部门发现后，就让我们将数据恢复到乌龙指爆发之前的真实状态。后来，下班之后，交易部总监欧阳剑波便将技术部的人员留下来恢复数据。"

第二十七章

抓内鬼

邵南子的话才说到一半，乔志远的脸色已经很失落。汪弘毅冷冷地说："你去查查，远东证券乌龙指案后，各要害部门的人比如当时的交易部总监、操盘手都去了哪里，现在具体做什么。"邵南子正要离开，汪弘毅又叫住他，说："听说旷世科技当时的首席技术官是个美籍华人，你查一下他的背景，无论是内地财团，还是香港巨贾，我们一个都不能放过。"

桂玉梅望着院子里的鲜花，回头问乔志远："那个道士在院子外转悠3天了，到底想干啥？"

跟围棋程序的这一局棋让乔志远狼狈不堪，它上来就在天元上落下一子，乔志远谨慎地在右上角布下一子，没想到围棋程序跟着乔志远的思路，抢占左下角，就这样一路跟随他布局四角与周边。乔志远口中念念有词："金角银边草肚皮，这傻子把第一子落在天元草肚皮上，现在每一步都在模仿我，怎么才能摆脱呢？"

桂玉梅走到乔志远背后，发现围棋程序步步跟随，乔志远难以脱身。围棋程序一子下去，他的棋就被提掉一大片，只能无奈地摇摇头。桂玉梅拽了拽乔志远的衣服："你去看看，那个道士都在那转悠3天了，怎么感觉是冲着我们来的，肯定有事儿。"

乔志远拍拍手站了起来，瞅了瞅桂玉梅的神情，走到窗前，看见一个道士在院子外走来走去。道士身持逍遥鹅毛扇，身穿天仙洞衣，对襟长及小腿，上有金丝银线绣的日月星辰，下有龙凤麒麟，道袍直领潇散，华冠莲花丛生，颇有包藏乾坤、隔断凡尘的气度。乔志远端详一番，总觉得哪里不对劲，问旁边的桂玉梅："附近有人去世吗？"

桂玉梅摇了摇头，问："他在做法？"乔志远撇着嘴说："他不做法，穿着法衣干啥？能穿这一身道袍的，可不是一般的小道士。"桂玉梅挽着乔志远的手，说："他第一天来的时候穿的是一件黄色的戒衣，头戴逍遥巾，第二天穿得是无袖班衣，道袍上绣着八卦图，头戴紫阳巾，不知道为啥今天竟然穿得这么隆重。"

道士见乔志远两人在玻璃窗里盯着他，面无表情地走上前，抱着双手冲乔志远施礼。桂玉梅很是好奇，拉着乔志远，走到道士跟前，冲着他微微一笑。桂玉梅率先开口说："道长，在哪座山修行？"道士看了看桂玉梅，摇了摇头："这位女施主正在跟这位先生恋爱，只可惜……"道士欲言又止，桂玉梅一听就急了，问："可惜什么？"

乔志远一直盯着道士的眼睛，对方却只是不断地摇头，再无言语。桂玉梅瞅了瞅乔志远，又瞅了瞅道士。道士轻轻地摇动着鹅毛扇，看了看乔志远："施主家中艮坤宫位中摆放着极阴之物，周易万物类象，艮卦类象坟墓，坤卦类象死门，极阴之物摆在坟墓、死门，会增加家宅阴气。"桂玉梅没有听明白，问："啥阴气？"乔志远冷冷地说："就是人们说的鬼宅。"

道士围着乔志远转了一圈儿，摇了摇头："如果贫道没有猜错，施主七杀命格，而官杀混杂，没有真正行走官场，在商场能叱咤风云，驾驭权力，能不畏艰难，勇往直前。只是……"桂玉梅一跺脚："你这个道士怎么回事儿，说话吞吞吐吐。"道士盯着桂玉梅说："施主宅邸阴气太重，命犯桃花，身强杀弱，诸事不顺。"

乔志远怒斥道："胡说八道！"

桂玉梅拽了拽乔志远，道士依然面带微笑，说："施主两耳蒙尘、额头灰暗，事业受阻、地位动摇。"乔志远拂袖转身离去，桂玉梅小声问："道长有何破解之法？"道士捋了捋胡须："将宅中数万年的极阴之物搬离，官杀混杂为浊，去一留一方清。"

道士非常谦和地向桂玉梅施礼。桂玉梅双手合十还礼说："道长稍等。"说罢，她转身进屋，只见乔志远在书房里将双手背在身后，来回踱步。桂玉梅站在梅塞尔乌龟化石旁边，毫不客气地说："道士说得分毫不差，现在你的确是内忧外患，接班人竞争者明争暗斗，野蛮人步步逼宫，他们都想要你手中的权力，都想取得盘古控制权。"

乔志远不屑一顾地说："一个游方道士的满口胡话，岂能当真？"

桂玉梅抚摸着乌龟化石，自言自语道："这一对乌龟的绝命爱情历经千万年的沧海桑田，人间只能在内心深处祈求时间过得慢一点，再慢一点，世间没有轮回，时光更不能倒流，记忆最终都会随着皮囊的消失而灰飞烟灭。"乔志

第二十七章
抓内鬼

远看着无限感慨的桂玉梅，走过来双手搂着她的腰，在她额头上轻轻地吻了一下，说："那就让这化石见证我们的爱情。"

道士摇着鹅毛扇，在外面来回踱步。桂玉梅摇了摇头："人一辈子，真正的幸福在于放下，放下尊严，放下名利，放下权势，放下它们曾经给我们的虚妄的满足。你放不下的东西太多，哪还有空间留给我？"桂玉梅咬着嘴唇，望着两鬓已经发白的乔志远，说："你把自己最宝贵的才华和最旺盛的精力献给了你的商业帝国，已经没有遗憾了。一家优秀企业最大的敌人就是自己，是那个舍不得放下权力的老板。"

屋子里突然安静下来，乔志远看着眼前这个让自己爱得刻骨铭心的女人，自己背负着天下人的骂名跟她在一起，有几个人能懂他们惺惺相惜、相知相许的爱情？乔志远搂着桂玉梅的手不自觉地紧了紧，两人的身子贴在一起，感受彼此的心跳和呼吸。桂玉梅在乔志远脸上亲吻了一下，说："让道士看看家里的风水吧。"乔志远总觉得院子里的道士有种说不出的诡异，但还是无奈地说："你决定！"

桂玉梅到外面，跟道士嘀咕了几句，然后带他进了门。乔志远坐在LED显示屏前，假装若无其事地下着围棋。道士在屋子里转悠了一圈儿，走到书房，眼前顿时一亮，径直朝乌龟化石走去，站在化石跟前不断地摇头："极阴之物！极阴之物！"桂玉梅看道士神情严肃，问："道长，是不是化石放的位置就是您说的艮坤宫位？"道士摇着鹅毛扇，轻轻地摇头说："两只乌龟在承欢之时殒命，本就是不祥，经历千万年的风霜雨露后，更是至阴之极。"

乔志远感觉喉咙里有异物夹杂其间，十分不适，嗯嗯地咳嗽了两声。道士的嘴角微微地抽动了一下，又轻轻地摇了两下鹅毛扇。桂玉梅很急切地问："大师，难道您在这里走动3天，就是因为感到我们家有至阴极寒之物？"道士正要说话，乔志远的手机嘀嘀地响个不停。他接起电话，一听是曼陀银行大中华区首席执行官皮特，很不客气地说："皮特先生，你反悔了摄政王珠一事，又给逐鹿资本提供资金炒作我们H股，难道你还要找我喝咖啡？"

"不！不！不！乔董事长，今天我给你打电话，是想跟你谈一笔交易。"皮特毫不掩饰自己的来意。面无表情的乔志远差点笑出声来，问："皮特先生，

底牌（下）

摄政王珠你卖给了黄天沙，贷款给了逐鹿资本，我们还能做什么交易？"皮特毫不介意乔志远的不友好，说："乔董事长，摄政王珠的拥有者从没有真正拥有过爱情，难道你真的想将这样的珍珠送给你爱的人吗？"

乔志远看着身边的桂玉梅，回答道："说说交易。"

皮特坐在阳台上，跷着二郎腿，望着对面的木鱼峰说："你们盘古管理层的白衣骑士很快就要过重组大限了，如果，我让你们获得决定性的筹码，让你们在整个交易中绝地反击，你会拒绝这样的生意？"乔志远为之一振，问："具体怎么讲？"对方听得出乔志远语气中的迫切，慢悠悠地说："现在盘古有两股势力，一个是黄天沙，一个是马腾，如果其中一股势力倒戈于你，你权衡一下，未来的盘古是谁的？"

"你能让一股势力倒戈？他们凭什么听你的？"乔志远眉宇舒展，又问："那你能得到什么好处？"皮特相当得意地说："诚信让曼陀银行屹立千年。"说完话锋一转："听说乔董事长家里有一块四千多万年的乌龟化石，我有一个客户想在结婚纪念日的时候把它作为礼物送给他妻子，我想替他买下来。"乔志远给桂玉梅使了一个眼色，又冲着乌龟化石看了看，说："皮特先生真是消息灵通，我家的一块儿石头你都掌握的一清二楚，看样子真没对我少下功夫啊。这是一块寓意深刻的石头，我需要考虑一下。"

挂断皮特的电话，乔志远将乌龟化石从书架上取下来，反复地观察，没发现化石有任何的异样，他自言自语道："这个洋鬼子怎么知道我家有这块石头的呢？"桂玉梅在电话里隐隐约约听到对方提到黄天沙跟马腾，她看了看石头，又在整个书房里仔仔细细看了一遍，甚至把桌子底下都进行了仔细搜索，没有发现任何的窃听装置，便回过头对乔志远说："你不是让北京一个专家看过这块化石吗？皮特喜欢倒腾古玩玉器，各方面的信息肯定都会收集。"乔志远总觉得哪里不对劲，说："到底是谁看上了这块化石呢？"

桂玉梅朝外看了看，道士身板儿笔直地坐在客厅里，旁边的茶杯上有一缕热气缥缈漫延。桂玉梅小声地对乔志远说："道士都说了，这化石是极阴之物，你想想看，从这块儿化石放置在书房以来，你遇到了多少事？既然有人想买，那正好出手啊。"乔志远摇了摇头说："不，这里面有点不对劲。"桂玉梅嘟着嘴，有点不高兴了，说："你可以不相信道士，但是不能不相信现实，难道你忘了之前的玲珑棋局，舍子弃势才能勘破生死。"

乔志远轻轻地刮了一下桂玉梅的鼻子："流芳百世的红颜是祸水，红尘做伴的才是知己。"桂玉梅看了看化石，脑子里突然冒出一个人，说："买家会不会是黄天沙？"乔志远呵呵一笑："他？你别看他闯进盘古的时候步步为营，在跟皮特交易摄政王珠时，200万英镑的价格，竟然让皮特给他便宜400块人民币，后来又让便宜183块，就这么一个主儿，你觉得他会掏一笔钱给他老婆买一块儿石头？"桂玉梅诡异地一笑："只要曼陀银行能够影响关键势力倒戈，不管皮特的客户是不是黄天沙，我们都要卖，给他来个一箭双雕。"

龙腾集团大厦，操盘手们都已经下班，整个会议室仍灯火通明。黄天沙坐在王曦若的对面，手里攥着一份当天的报纸，咬牙切齿道："真是无耻，明明法院只是拒绝我们提出的管辖权异议，他们怎么就能大肆鼓吹是盘古工会赢了状告我们举牌无效的官司呢？"

法务部负责人在旁边盯着黄天沙说："他们搅浑水显然是醉翁之意不在酒。"

王曦若点点头说："北京的联合调查组已经抵达南海市了，今天他们分成三路，进入珠江银行、潮汕基金以及我们的君安保险进行调查，带队的组长是银行系统的一位老领导，多个商业大佬都曾栽在他手上。"王曦若一边翻笔记本，一边说，"盘古炒作我们举牌官司败诉，就是想影响调查组的判断，让调查组第一反应就是我们龙腾集团的资金会不会因为败诉而出现危机，一旦调查人员有了倾向性，调查结果就会很糟糕。不过我们已经准备好了。"

"汪弘毅他们真是煞费苦心，现在防范金融风险问题已经提升为国家战略，他就是想借调查组之手把我们往死里搞。"黄天沙看了看报纸，再看了看股价，撇着嘴说："汪弘毅一直想做空盘古股价，只要股价下跌，他们再控制一下业绩，就能将所有的责任推到龙腾头上。现在工会这个官司，3岁大的娃娃都知道是怎么回事，他们却借机混淆，说都是龙腾的违法闹得整个盘古业绩下滑，让我们成了中小散户的敌人。"

法务部负责人信心满满地说:"管辖权诉讼是我们的一种策略,现在距离粤海集团的重组框架性备忘录大限不到一个月了,我们可以以工会不具备独立法人资格为由进行反诉。"王曦若提醒法务部:"之前麻秋风去法院为远大集团旗下的一个经理立案,被南海市中级人民法院拒绝,其实案子可以拉到那个经理的常住地中级人民法院继续,只要拖住最后一个月,汪弘毅的白衣骑士就终结了。"王曦若给黄天沙报出一串数字,从容地说:"我们已经按照计划从珠江电器撤离,资金回到君安保险,将一批即将到期的保险提前结算了。"

黄天沙满意地点点头,说:"既然汪弘毅给我们一把火,我们就得给他送一份礼,作为回敬!"王曦若一愣,说:"怎么回敬?"黄天沙右手摇了摇说:"蒙毅的妻子在我们买入珠江电器的当天,也买了进去。"法务部负责人插话说:"蒙毅的妻子能成为大礼?"黄天沙用桌子上的茶杯进行示范演示:"乔志远之前采取接班人轮值 CEO 制度,汪弘毅派蒙毅调查浦江花园腐败窝案,最终断绝了肖天竞争接班人的机会。乔志远不想放权,暗中向蒙毅承诺提拔其为接班人竞争者,面对突然到来的机会,蒙毅选择站到乔志远一边,刚刚调查杨子欣,就出问题了。"

"什么问题?"王曦若若有所思地说:"难道杨子欣真跟汪弘毅有关系?"

黄天沙很肯定地说:"杨子欣是东方大学数学系的高才生,毕业后到盘古当售楼小姐。她向公司隐瞒了有孩子的事实。肖天辞职后,杨子欣调回总部为乔志远服务。汪弘毅跟杨子欣之前就闹过私生子问题,他俩没有关系鬼才相信。"黄天沙从笔记本下抽出一张报纸,说:"桂玉梅紫宸会自杀逼宫乔志远这个新闻,真相是张青桐闹自杀,桂玉梅帮乔志远解围。紫宸会的老板东方亮跟汪弘毅是老关系了,乔志远的内心能平静?在乔志远的安排下,蒙毅刚要查杨子欣的问题,他妻子买珠江电器的事就被汪弘毅利用,认定他就是内鬼。"

法务部负责人还是没有整明白,问:"谁的内鬼?"

黄天沙呵呵一笑:"盘古内部搞了个天眼安全防卫系统,就是因为怀疑我向他们里面派了商业间谍,现在他们认定蒙毅是我们的人,怀疑他妻子跟我们同一天买入珠江电器是因为得到了我们要买入的绝密消息。今天上午,蒙毅以盘古副总裁身份,调往沈阳兼任东北区域首席执行官,相当于调离了盘古的权力中心,乔志远的轮值CEO游戏又只剩下汪弘毅一个人了。"黄天沙心里暗自高兴,当初提议改组董事会独留汪弘毅,清君侧又清掉了蒙毅,乔志远内心恐怕已经是翻江倒海。黄天沙云淡风轻地说:"汪弘毅他们借着工会诉讼搅浑水,送礼这事就得赶在第一时间。"

盘古总部,汪弘毅坐在办公室看报纸上的新闻,一会儿,他抓起桌子上的电话,拨给了蒙毅。电话一接通,蒙毅不说话,汪弘毅安慰说:"兄弟,这真不能怪我。"

蒙毅好几秒没说话。到辽宁后,他鼾睡了三天三夜,一早看到新闻,在小区里连续跑步5公里,肥胖的身子汗如雨下,倒在小区花园的长椅上,足足30分钟才缓过劲儿来。他到办公室后接到汪弘毅的电话,没想到对方一上来就是这么一句话。见蒙毅不说话,汪弘毅很尴尬地说:"蒙总,现在盘古处于非常时期,任何有违盘古核心利益的行为,都是不允许的。我如果对过失纵容,就是对盘古的背叛,就是对我们的客户、股东、合作伙伴以及社会公众的伤害。"

蒙毅冷冷地问了一句:"我老婆买珠江电器的细节,怎么现在全天下的人都知道了?"

报纸上铺天盖地都是蒙毅被发配东北的新闻,冯紫薇与龙腾集团同步买入珠江电器的细节也全部出现在报纸上。汪弘毅明显感觉背后有人在操控舆论,记者将程春明、肖天、乔志远的绯闻串在一起,嘲笑盘古变成后宫后又成了老鼠窝。汪弘毅不紧不慢地说:"看到新闻我也很诧异,我已经安排邵南子在调查,一定会还你一个公正。"蒙毅阴着脸说:"公正?内幕交易是要坐牢的,这是有人想将我跟我老婆送进监狱。"

刚挂断蒙毅电话,杜天刚的电话就打进来了。他一上来就盛气凌人地说:"汪总,黄国胜董事长早上看到盘古辽宁总经理蒙毅的新闻,很生气啊,你们盘古最近是怎么回事?乔志远董事长的女朋友搞出一堆乱七八糟的八卦,前妻更不像话,之前肖天、程春明也都找情人养小三儿,蒙毅刚刚提为副总裁,妻子就闹出内幕交易,这样的管理层怎么对得起盘古的员工、股东和客户?我会建议远大集团纪检组再次巡视盘古。现在盘古对蒙毅有什么处理意见?"

汪弘毅早就预料到远大集团会抓住机会做文章，汇报说："我跟蒙毅进行了电话沟通，他已经主动向公司提交了辞职报告，对于公司中高层，我们内部会不断地净化环境。现在不仅是盘古的非常时期，更是盘古的转型关键期，我们欢迎股东和社会的监督。"听完，杜天刚没有再坚持要派出巡视组到盘古，他挂电话的时候提醒道："我们远大集团目前还是名义上的第一大股东，国有企业要业绩，更要注意颜面。我们代表的是国家、人民的共同利益，国有企业不是后宫别院，更不是老鼠窝。"

汪弘毅曾经让邵南子对整个盘古的电话进行了技术设置，只要外部打进来的电话一律自动录音。打完电话后他带着蒙毅的辞职报告和杜天刚的录音，敲开了乔志远的办公室门。汪弘毅将报告递给乔志远，说："蒙毅的问题现在闹得满城风雨，远大集团刚才还打来电话，扬言要再度派人巡视我们。"

乔志远很鄙夷地问："他们想干什么？"

汪弘毅将杜天刚的录音播放给乔志远听，说："再过20几天，粤海集团的重组框架协议就到期了，他们担心我们会继续跟粤海集团签署延期协议，无非就是想抓住蒙毅的问题做文章。看到新闻，我就预料到他们会搞事，一大早就跟蒙毅沟通了，让他主动提交辞职报告。"乔志远将蒙毅的辞职报告压在文件下，冷冷地问："北京的调查组已经到南海了，你有何打算？"汪弘毅很自信地说："抓出内鬼！"

南海市国资委大楼，马腾走进张天明的办公室，郭沛霖已经坐在张天明的对面。

马腾之前跟粤海集团有过交往，郭沛霖是汪弘毅引入白衣骑士前夕才调入粤海集团的，之前一直在南海市政府商务局，调过来是为了推动整个集团的资本化。郭沛霖没有见过马腾，一直都是在报纸上看到他的身影。马腾在郭沛霖的印象中是个有胆识、极具冒险精神的人。马腾伸出手跟郭沛霖握手，郭沛霖明显感觉到对方的手软绵丰厚，松开时发现他手掌有痣，心中暗想此人绝顶聪明，命中注定会富甲一方。

双方握手之后，张天明开门见山，说："10天之后，粤海集团重组盘古的框架性协议有效期就到了,南海市政府将盘古留在南海市的决心没有变,我们会继续跟盘古管理层以及股东们进行谈判,只要获得控制权,什么条件都可以敞开谈。"郭沛霖介绍了粤海集团的商业发展及未来设想,说:"粤海集团作为珠江三角洲最大的地铁运营商,希望随着它地铁业务的不断扩展,推动盘古向城市运营商转型。"

张天明见马腾一直坐着倾听不说话,插话道:"马总,鸿基集团也是南海市产融一体化的优秀企业,鸿基地产在香港上市,正在筹划回归A股,现在鸿基集团持有盘古权已经达到20%,如果鸿基地产要通过盘古的壳回归A股,从二级市场至少还要买入10%的股权,按照现在盘古的股价测算,你们的成本至少在700亿以上。"见马腾一边听一边记,张天明毫不讳言南海市政府的合纵连横策略,说:"如果南海市政府转让一个壳给鸿基地产,成本只要几十亿,马总会继续跟南海市政府竞争,还是双方合作相互成人之美?"

马腾也很直接地问:"张主任,你们想怎么合作?"

张天明见马腾很爽快,也直言不讳地说:"市政府的目标是盘古的控股权,增发方案正在继续修订,希望你们在股东大会上投下赞成票,在粤海集团进入盘古之后,能够跟粤海集团保持一致行动。如果定向增发重组方案不能推进,我们当然希望通过一个合理公允的价格,获得现有股东的股份,若是能从鸿基集团直接获得,南海市国资控制的上市公司壳,鸿基集团可以优先选择。"

马腾想了想说:"什么是公允的价格?南海市的上市公司壳能不能签署排他性协议?"

办公室的空气瞬间凝固,张天明约见马腾只是抱着一个假设,价格、排他性协议,身为市国资委主任的张天明是回答不了的。三双眼睛相互盯着,马腾的眼神中有几分失望,张天明是在试探自己的诚意和底线。郭沛霖马上接过马腾的问题说:"马总,关于价格跟借壳,我们可以成立一个项目组,同步谈判,分两步走。"

马腾正要回应郭沛霖的话,突然接到毕飞雪的信息:"鸿基地产遭遇不明势力做空,股价下挫14%。"马腾心里咯噔一下,鸿基地产负债率一直居高不下,回归A股势必会遭遇监管阻力,马腾正在谋划在股价高位时通过融资削减债务,降低负债率，这个时候遭遇做空，简直就是当头一棒。马腾一边站起来一边冲着张天明、郭沛霖说："抱歉抱歉！今天的谈判先到这吧，我们择日继续，我现在需要处理一件很紧急的事。"

回到鸿基集团，毕飞雪已经在会议室等候马腾。马腾见面就问："谁在做空我们？"毕飞雪将文件夹递给他，说："CEB欧洲信贷在大面积做空。"马腾一拍桌子说："这帮王八蛋，一直唱衰我们，之前竟然还说鸿基地产负债率到300%了，这帮人是不是脑子有问题，永续债是可以长期不还的，交点利息有什么问题，比国内贷款便宜多了。"看着文件，马腾话锋一转："不对呀，他们一直唱空，可从来没做空过，今天怎么突然就做空了呢？"

毕飞雪非常肯定地说："这是一场有预谋的做空。"马腾一愣，问："你有证据？"毕飞雪冷静地说："您今天去南海市国资委，CEB就做空我们，而它的第二大股东正是道琼斯资本，CEB正在跟盘古谈一笔几十亿的大生意。现在做空鸿基地产会令我们的债权合作方提升利率，大大增加我们的融资成本，同时那些愿意给我们融资的国内金融机构会压低我们的估值。他们这是想把我们逼到崩溃的边缘，成为他们砧板上的肉，任人宰割。既然他们玩两面派，我们要想继续推进跟南海的合作，就必须进行反击。"

"给我来双管齐下，想逼我就范。"马腾一拍桌子，非常急切地问毕飞雪："有什么好的反击策略？"毕飞雪让鸿基保险在资本市场一战成名，规模在短短一年时间内已经冲到保险界的前十名。她现在晋升为鸿基保险分管投资的副总裁，已经是马腾资本运作的左膀右臂，应对策略在马腾回来的路上就已经做出来了，她说："现在粤海集团想要我们持有的盘古股权，如果不击溃鸿基地产的做空者，我们的资金链很容易成为他们讨价还价的软肋，我们可以跟龙腾系的黄天沙联合，让A股、H股来唱一出双簧戏。"

香港铜锣湾皇悦酒店。黄天沙看着马腾的黑眼圈，笑而不语。

马腾之前跟黄天沙同在地产圈，却没有业务上的交集。在遇到炳叔之前，马腾一直很羡慕黄天沙身后有一个强大的潮汕帮，在银行、保险、信托、证券、基金各个金融领域，只要黄天沙说想进行业务合作，这些金融领域的潮汕帮企

第二十七章

抓内鬼

业都会响应。盘古股权收购过程中,黄天沙用尽了融资模式,令乔志远他们的还击毫无杀伤力。

黄天沙跷着二郎腿,双手端起茶杯,开门见山:"马总,我以茶代酒,敬你一杯,没有你的出手,我今天恐怕就坐不到这里了。现在,有人在香港做空鸿基地产的股票,我岂能袖手旁观,只要你一句话,我黄天沙一定会两肋插刀。"黄天沙说话的时候,一脸的真诚,眼神一直盯着马腾,马腾眼角肌肉轻微的抽动了一下。

马腾端起茶杯,跟黄天沙碰了一下,说:"黄总,不瞒你说,盘古是一家人见人爱的上市公司,不仅房地产业务做到全国第一,公司治理更是全国一流,你们大手笔买入,是真正看到了盘古的价值,我们鸿基保险也要为保险持有人赚钱嘛,所以也就跟着进入盘古,希望能跟着你们喝汤,让我们的保险持有人能够分享中国优质上市公司发展的红利。"马腾放下杯子,两手一摊,很是无奈,"只是没想到有人从我身后捅刀子,在香港做空我的鸿基地产。"

"捅刀子?"黄天沙故作关切地问:"谁?"

马腾很是纳闷,说:"我们坐到一起,我也就不瞒你,鸿基地产被人做空时,我正在南海市国资委主任张天明的办公室,当时粤海集团董事长郭沛霖也在。粤海集团跟盘古的重组框架协议马上就要到期失效了,但南海市政府决定要将盘古留在南海市,所以他们希望在接下来的盘古重组中,鸿基集团能够站在粤海集团一边。"

黄天沙哈哈大笑,说:"你才发现汪弘毅是个狠角色?"马腾之前听闻汪弘毅说过死亡都是可以管理的,是一个典型的狠角色,在盘古接班人夺嫡之战中,曾经跟随乔志远一起打天下的兄弟们,一个个都被汪弘毅给干掉了。但马腾还是有些纳闷,问:"难道在我坐上谈判桌的同时,他们就开始联合力量做空鸿基地产?"黄天沙双手一摊,说:"粤海集团要让你交出筹码,刘一飞想把东方广场卖给盘古,他们通过CEB做空鸿基地产逼你就范,一箭三雕啊。"

马腾扭着脖子说:"我的裤子不想让他们就这样扒掉!"

黄天沙摸了摸下巴,他的下巴从来不长胡子,但每次要出招之前,他都会无意识地摸它。马腾扭着脖子的时候,黄天沙发现他的面部肌肉在不断地收缩,看样子南海市政府是铁了心要取得盘古的控制权。既然拖垮了定向增发重组方案，接下来留给南海市政府的选择还有直接的股权交易。黄天沙很从容地问："马总怎么决定？"

在拨打黄天沙的电话之前，马腾已经跟毕飞雪进行了反复论证。他很真诚地回答："在买入盘古的过程中，我曾经想过让鸿基地产回归A股，同盘古进行合并，现在远大跟粤海两个国有企业，一个中央，一个地方，哪一个都得罪不起，唯一的选择就是退出。我不可能拱手将筹码交给粤海集团，南海方面需要让出一个上市公司的壳。"马腾看黄天沙面无表情，立即话锋一转，说："在跟他们做交易之前，我想跟老兄你联手做一笔买卖，保证你只赚不赔。"

黄天沙呵呵一笑："怎么只赚不赔？"

马腾毫不掩饰自己在地产领域的野心："鸿基地产的目标是超越盘古，然而我们一直是背着高负债奔跑，要想回到A股市场，就要削减负债率，向国内金融机构进行股权融资。负债率下来之后，我会继续扩张资产负债表，加快房地产的周转率，快速抢占市场。"马腾滔滔不绝地描绘着他的宏伟蓝图，信心十足地说："现在鸿基地产的股价是被低估的，我的融资完成后，上行的空间更大，现在我需要有人能在香港守护鸿基地产的股价。"

"你希望我在香港给你护盘？"黄天沙看着一脸自信的马腾，问，"如果马总将盘古的筹码倒给粤海集团，他们是国有资本，不可能按照现价进行交易，如果折价，盘古的股价肯定会砸下来，我在盘古的资金就危险了，一旦穿仓，我将一夜之间成为保险持有人的罪人。"马腾微笑着说："现在我的交易对手是粤海集团，黄总你的竞争对手也是它，我们有一个共同的对手，如果黄总能够在香港帮我抵御做空势力，甚至提振鸿基地产的股价，不仅是在帮我，你自己也可以赚上一大笔。当然，我在盘古一定会给黄总送上安全垫。"

黄天沙兴趣盎然，问："怎么做好安全垫？"

马腾两手一摊说："汪弘毅他们一直在查逐鹿资本背后到底是谁，没错，程春阳只是一个前台木偶，真正的资金来自炳叔他们的玲珑资本。"黄天沙在旁边暗笑，马腾口若悬河："盘古的H股份额很少，很容易拉起来，现在盘古的A股跟H股已经很接近，那么我们可以在H股上进行拉升，A股的行情肯定也会被迅速带动起来，鸿基集团再以高于老兄你的成本价位，把盘古A股筹码抛给粤海集团，这样粤海集团的成本就是你们龙腾系持股的安全垫。"

逐鹿资本一直令乔志远和汪弘毅夜不能寐，他们迫切地想知道逐鹿资本背后势力的真实意图。黄天沙建议："既然粤海集团铁了心要收，那就吊住他们的胃口。"马腾坏笑着问："怎么吊？"黄天沙呷了一口茶，慢条斯理地说："粤海集团拿到你们鸿基持有的股权只是第一步，他们要想超过我龙腾集团的持股，就得去收远大集团。黄国胜可不是那么轻易就会出让的，你们持有的筹码就是他们去谈判的最大筹码，既然这样，那就先将投票权委托给粤海集团，同时约定跟远大集团签署协议时，必须以履行鸿基集团的协议为前提。"

马腾望着一脸云淡风轻的黄天沙，怪不得乔志远难以驱逐黄天沙，这家伙简直就是九尾狐狸。马腾一拍大腿，说："投票权让粤海集团有了跟远大的谈判筹码，做空鸿基地产的CEB就会收敛，同时我们可以将命运掌握在自己手中，在借壳的过程中占据主动权。只要粤海集团不能满足我的条件，我随时可以收回投票权，那个时候最担心的人恐怕是粤海集团跟汪弘毅。"

乔志远将茶杯狠狠地甩到地上："卑鄙无耻！"

刚通过人脸识别进入办公室的汪弘毅看到茶杯碎了一地，洒在地上的茶水还冒着热气。乔志远将一沓照片递给汪弘毅。他不停地翻看着照片，照片上陈浩脸部肌肉扭曲，穿着睡裙的张青桐衣衫不整，眼睛跟熊猫一样黑乎乎的，坐在床沿上摸着脸，痛苦不堪，看样子陈浩打了张青桐。汪弘毅愤愤不平，问："嫂子的眼睛是这小王八蛋打的？"

乔志远很少当着汪弘毅的面如此激动，这次看到照片后实在是怒不可遏，说："上次回去，正好撞见那个小王八蛋，我一看就知道他不是个好东西，中间我派人在家里装了隐秘的监控，这正是监控拍下来的画面，刚才我给张青桐打电话，她除了哭，什么都不说。"

汪弘毅立即掏出电话，说："马上报警。"

乔志远一把摁住，说："别报警了，直接用他钓出内鬼。"汪弘毅摇摇头，说："不行，这样做是对嫂子的二次伤害。"乔志远拍了拍汪弘毅的肩膀，说：

"钓出内鬼，当初抛我账户股票的骗局就能揭开。"汪弘毅看乔志远态度坚决，拿着照片点点头，说："一旦内鬼将照片抛出去，我们就可以站出来公开反击，照片上的陈浩有胁迫嫂子抛售股票的嫌疑，而远东证券总裁竹聿名跟黄天沙的合伙人王曦若曾经有恋爱关系，只要司法介入，我就不相信陈浩的嘴是铁齿钢牙。"

汪弘毅回到办公室，给青鸣打了电话。青鸣马上进来，将一份材料递给汪弘毅，他翻了翻，冷冷地问："整个天眼系统都是一个大木马？"青鸣点点头，指着文件的第三页，说："幽灵眼是木马核心中的核心，邵南子通过木马可以让幽灵眼进入他想进入的所有地方，包括盘古内部每一个人的手机、邮箱、监控系统。"

办公室陷入死一般的沉寂，汪弘毅五内俱焚，他咬了咬牙，再从头至尾仔仔细细地翻看了资料。青鸣站在对面一言不发，默默地看着他铁青的脸。汪弘毅眼皮子都没抬，盯着资料上的各种关系图，问："邵南子每次向小论坛发照片，都是用的虚拟 IP 地址，这是不是意味着我们无法查找到准确的 IP 地址？"青鸣摇了摇头，说："以其人之道还治其人之身，幽灵眼可以反查虚拟 IP。邵南子用得最多的是三个人的 IP 地址。"

"都有谁？"汪弘毅很敏感。青鸣想了想，说："我资料上列出的三个 IP 地址，一个是乔总的，一个是你的，一个是杨子欣的。"汪弘毅皱着眉头问："用我跟乔总的可以理解，为啥还用杨子欣的？"青鸣怪异地笑了笑，说："他们曾经是恋人关系。"汪弘毅腾地一下从座位上站起来："你说什么？杨子欣跟邵南子曾是恋人关系？"青鸣点点头，说："杨子欣和乔瑾瑜曾经是恋人关系，乔瑾瑜从东方大学不辞而别后，邵南子追到了杨子欣，但他们相处的时间不长。"

汪弘毅双手按在办公桌上，身子向前倾，心中怒火熊熊。一个好几年都没有解开的谜团终于真相大白，难怪杨子欣对乔志远的信息格外地关心，堂堂的东方大学校花、数学系高才生到盘古当售楼小姐，一切都是冲着乔瑾瑜和乔志远父子两来的。汪弘毅还是不敢相信，板着脸问："你怎么确定杨子欣跟乔瑾瑜、邵南子谈过恋爱？"

第二十七章

抓内鬼

青鸣想了想，欲言又止。汪弘毅盯着他的眼睛问："你在顾虑什么？"青鸣咬了咬嘴唇，说："蒙总在出任东北区域首席执行官之前，让邵南子通过天眼系统整理了一份杨子欣的材料。"汪弘毅伸出手，问："材料呢？"青鸣摇摇头："材料其实很简单，就是杨子欣的一个履历，看上去天衣无缝，可在大三上学期，杨子欣请假3个月，作为大三学生，这很不正常。"

汪弘毅脑子里第一个想到了杨鸣鹤，问："你沿着杨子欣的请假记录进行了追查？"青鸣点点头："我刚到盘古，估摸着邵南子调查的人肯定是公司为了安全防卫重点关注的对象，就沿着他调查的材料进行了追踪。"汪弘毅追问："杨子欣请假3个月做什么去了？"青鸣迟疑了一下，见汪弘毅神色严肃，说："我查了一下杨鸣鹤的出生日期，正好是杨子欣请假的时间。"

杨鸣鹤是谁的孩子？乔瑾瑜？邵南子？汪弘毅在心底不断地推测，如果是邵南子的，杨子欣为什么要到盘古来当售楼小姐呢？难道孩子是乔瑾瑜的？汪弘毅将张青桐的照片递给青鸣，说："这张照片能不能进入天眼系统？"青鸣看了看照片上的人，一愣，说："我在系统里看到过这两个人的合影，这不是乔总的前妻跟他男朋友吗？"

汪弘毅淡淡地说："你只要放入系统就可以。没有我跟乔总的指令，不得私自将照片泄露出去。"青鸣会意地点点头，离开了办公室。汪弘毅靠在椅子上，望着天花板，脑子里不断浮现出杨子欣的模样，她是为了让自己帮着报复乔志远，还是真的爱上了自己？汪弘毅突然有一种失落感，死亡可以管理，爱情却如飘萍。

天眼系统中控室，邵南子盯着张青桐跟陈浩的照片，心里一阵狂喜，张青桐瘀青的双眼，陈浩扭曲的脸，极具冲击力的照片足以令乔志远内心崩溃，颜面尽失。邵南子将在旁边噼里啪啦敲击代码的青鸣叫过来，问："你在哪里截获的这张照片？"青鸣笑嘻嘻地说："头儿，你是不是恋爱了，都说恋爱中的男女记忆力不好。"

邵南子盯着嬉皮笑脸的青鸣问："我截获的？"

青鸣借用邵南子的键盘，噼里啪啦一阵敲击，立即出现了一个摄像头标志。青鸣指着摄像头说："你忘了？上次乔总从玫瑰花园回到办公室，就让你将张青桐的家纳入天眼系统进行防卫,当时还安装了隐秘摄像头。"邵南子一拍脑袋,说:"看我这记性,咋给忘了呢?"青鸣小声问:"这张照片是汇报给乔总呢,还是汪总呢?"邵南子想了想,说:"天眼系统的工作一直都是向汪总汇报。"青鸣回到自己的座位上,邵南子走过来,拍了拍他的肩膀:"我们这个工作,要求一定要管住自己的嘴,除了直接汇报给领导,不得向任何人说出这里的一个字。"

南海芒萧山灌木丛生,草长莺飞。邵南子驱车沿着盘山公路行驶了一个小时,终于到了一座古典建筑前。朱漆大门上方悬挂着红绸宫灯,邵南子敲了敲门上的铁环,一个红衣女子缓缓打开了大门,谨慎地问:"您是?"邵南子看了看周围,除了青松翠柏,就是群山环抱,同样谨慎地说:"找黄总。"

红衣女子领着邵南子穿过庭院,邵南子没有心情欣赏院落中的亭台楼阁,跟着红衣女子直接进了茶室。黄天沙正在茶几旁烧水,示意邵南子在对面坐下。邵南子正要说话,黄天沙端起茶壶,在茶漏上对茶杯进行了冲洗,然后给邵南子倒上一杯热茶。明前碧螺春的清香扑鼻而来,黄天沙微笑着说:"一路颠簸,先喝口茶。"旁边的红衣女子缓缓退出茶室。

邵南子放下茶杯,火急火燎地从包里拿出一张照片,说:"我可能被人钓鱼了。"

黄天沙接过照片看了看,哈哈一笑,说:"乔志远的后宫戏真是高潮不断啊。"黄天沙撇着嘴,仔细看了看照片上两人的表情,说,"这照片好像是截图,不是拍照。难道是有人故意让你截留到这张照片?如果照片流出去,你就会被认定是他们一直想找的人?"

邵南子看上去心神不宁,说:"天眼系统一直都是我在负责,前一阵子一个麻省理工学院的毕业生加入,一进来就是副总监,给我的岗位设置成了AB角,汪弘毅的这套玩法跟乔志远的接班人竞争游戏如出一辙,说明他对我的信任是保守的。"邵南子顿了顿,抓起茶杯一口喝光,看着黄天沙笑眯眯的脸,说:"之前蒙毅让我调查杨子欣,我发现新来的那个人动了我的程序,他重点追踪了杨子欣和杨鸣鹤的档案。"

第二十七章

抓内鬼

炉子里炭火通明，热水壶咕噜咕噜响着。黄天沙皱着的眉头舒展开来，冷冷一笑："他们这是想一箭双雕。"邵南子很紧张地问："什么意思？"黄天沙撇着嘴说："这张照片曝光了无非就是嘲讽乔志远的前妻，实际上对乔志远没有任何杀伤力，相反，汪弘毅很快就能锁定照片的提供者，同时他们会以这张照片混淆是非，咬定陈浩逼迫张青桐抛售账户里的盘古股票，他们甚至会向警方报案，追查陈浩背后的主谋。"

邵南子如释重负，问："那我们无视这一张钓鱼照？"黄天沙摆了摆右手，说："汪弘毅专门钓鱼，如果你没动静，他会更加坚定你就是内鬼，我们得制造点动静，转移一下他的注意力。"邵南子很疑惑地问："还是用这张照片？"黄天沙点点头："对，就用这张照片，这照片是乔志远给张青桐装了秘密摄像头截取下来的，杨子欣不是一直想报复乔志远他们家嘛，汪弘毅现在急着坐上乔志远的位置，那就用杨子欣的邮箱发给各大报社，让乔志远自食其果。"

汪弘毅看着报纸，眉宇越锁越紧，抓起报纸朝天眼系统中控室快步走去。

走向电梯的路上，汪弘毅掏出电话向南海市公安局局长王天佑报了警。到了电梯门口，发现乔志远正准备出来，汪弘毅一步跨进去，很急迫地说："我们被鹰啄了眼睛。"乔志远的手上也同样捏着报纸："没想到果然是这个小王八蛋。"汪弘毅脸色很难看，回复说："我已经直接给王局长打电话了，刑警大队的警察正在赶来。"

天眼系统在裙楼里，乔志远跟汪弘毅需要从主楼到一楼转乘裙楼电梯。两人同时从电梯里出来，发现等电梯的同事们都在用奇怪的眼神看着他们，乔志远一边走一边咬牙切齿地说："这个王八蛋把老子说成是独裁者，在整个盘古搞了秘密监视系统，连自己的前妻都不放过。"汪弘毅忧心忡忡地说："这么一闹，员工、合作伙伴一定会人心惶惶，只有抓住他才能以正视听。"

乔志远走在最前面，站在天眼系统中控室门外进行人脸识别，系统一直提示无法识别。乔志远扭着脖子看正在进行识别的摄像孔，吼了一声："这王八蛋把天眼系统搞成他的自留地，还说是我的锦衣卫，我连门都进不去！"汪弘毅站到摄像孔前，门自动开了。乔志远瞅了瞅他，脸上乌云密布，简直就跟水煮的茄子一样。汪弘毅没说话，快步走到中控室，没发现邵南子的影子，只有青鸣在电脑前噼里啪啦地敲击键盘。汪弘毅急切地问："邵南子没来？"

青鸣一看乔志远跟在身后，腾地一下从座位上站起来，说："昨天下午他出去后就再也没有回来。幽灵眼程序现在完全受到木马控制，我正在修复。"乔志远很急切地问："控制了幽灵眼程序，后果有多严重？"青鸣想了想，说："在修复的过程中我发现，幽灵眼程序木马已经进入了公司的销售、财务、资金管理、内部办公四大核心系统。这意味着盘古再无秘密，如果第三方病毒乘虚而入，整个公司将陷入混乱无序的状态。"

乔志远指着显示屏上的新闻："这张照片是怎么发出去的？"

青鸣脱口而出："照片是从杨子欣的邮箱发出去的，不过是邵南子通过幽灵眼的木马程序进入了她的邮箱。"乔志远一愣："为什么他侵入的是杨子欣的邮箱？"青鸣瞅了瞅汪弘毅，欲言又止。乔志远瞪大眼珠子，吼道："怎么？你也有参与？"青鸣立即辩解："跟我没关系，邵南子之前跟杨子欣谈过恋爱，前一阵子邵南子整理了她的资料。"

汪弘毅站在旁边面无表情，乔志远被青鸣的话吓了一跳，咄咄逼人地问："查到了什么？"青鸣沉默。乔志远冷冷一笑，说："好，天眼系统搞成了独立王国，既然你不说，正好，让刑警大队的一块儿带走。"青鸣一听警察要来，身子一颤，说："邵南子调查的就是个履历，我进来后发现整个天眼系统就是一个超级木马，在修复系统的过程中发现了杨子欣的资料，我就沿着邵南子的资料继续查了查。"乔志远急切地追问："查出什么问题？"

青鸣一看汪弘毅在旁边连个眼神暗示都没有，他不清楚乔瑾瑜是乔志远的儿子，和盘托出："杨子欣在上大学期间谈过两个男朋友，一个是乔瑾瑜，大二上学期中途就消失了，第二个是邵南子。她在大三上学期中间请假3个月。"乔志远一直想知道杨鸣鹤是不是乔瑾瑜的儿子，问："请假3个月？干什么去了？"青鸣硬着头皮说："我查了杨子欣儿子杨鸣鹤的出生记录，正是在她请假的这3个月期间出生。不过，从时间上看，孩子应该不是乔瑾瑜的。"

说话间，南海市刑警大队警察赶到盘古总部，乔志远亲自跟警察进行了沟通。警察要查封邵南子的办公电脑，乔志远反复解释，天眼系统是盘古内部的

第二十七章
抓内鬼

一个安全防卫系统,事关盘古海内外万亿资产、几万盘古员工、数万盘古商业合作机构的交易与工作安全,不能查封任何一台电脑。双方正在会议室交谈,刑警大队突然接到交警大队的电话,说芒萧山发生了一起交通事故,一个叫邵南子的男子在车祸现场昏迷不醒。

第二十八章
大反击

南海市东郊医院急救室，邵南子躺在手术台上，警察站在门口。

抢救室的门打开了，一个护士急匆匆地出来，很失望地说："病人颅内大出血，一直昏迷不醒，现在他需要输血，病人是 AB 型 Rh 阴性血，这种血型太稀少了，被称为熊猫血，现在南海市的血库里暂时没有，此刻要么找到他的亲人，要么通过新闻媒体征集献血。"

乔志远跟汪弘毅刚好赶到，护士问："两位是病人的家属吗？"乔志远问："现在病人怎么样？"护士看了看乔志远，问："病人颅内出血，一直昏迷，需要输血，家属有没有来？"乔志远立即想到杨鸣鹤："杨鸣鹤的血型会不会匹配？"汪弘毅表情很尴尬，说："他还是个孩子，才 10 岁，还不知道血型符合不。"乔志远大手一挥："现在是救命，给杨子欣电话，让她带杨鸣鹤到医院来。"

汪弘毅把乔志远拉到旁边，小声说："乔总，这个时候让杨鸣鹤来医院不合适，我问过青鸣，他说瑾瑜出国的时间跟杨子欣生孩子的时间差一两个月。"乔志远皱着眉头说："如果这小子在手术台上醒不过来，很多事就成了糊涂账。"

第二十八章
大反击

汪弘毅现在担心的是杨鸣鹤如果真是邵南子的儿子，那么自己跟杨子欣结婚，就要给邵南子养儿子，自己一辈子都想要一个儿子，到头来却给对手的马仔养儿子，一想到这，汪弘毅的心就如同被扎了一刀，还撒上了几把盐。

乔志远想了想，说："如果邵南子跟杨子欣同为内鬼呢？"

走廊上瞬间安静下来，乔志远的话清晰得可以穿越整个走廊。汪弘毅还没有说话，两个警察便走了上来，其中一个问："乔总，您刚才说邵南子在盘古内部还有同伙？"乔志远微微一笑："是邵南子在南海还有一个儿子。"乔志远的话一出口，汪弘毅目瞪口呆，在警察面前如此言之凿凿，难道乔志远知道什么了？警察快人快语："他有儿子还不赶紧通知来医院啊！"警察一边说，一边冲着门口的一个下属说："带人，去把邵南子的儿子带到医院来。"

杨子欣在办公室，见警察在盘古总部进进出出，才知道邵南子出事了。同事们交头接耳，说话的时候都会抬头看看上下左右有没有摄像头，还会在手机的听筒上放上笔记本，以免聊天内容被天眼系统追踪。杨子欣打开手机，各种媒体的报道五花八门，都在谴责乔志远在盘古搞秘密监视系统，称盘古标榜的团队只是秘密监视下的表面团结。

嘀嘀嘀！杨子欣的电话响个不停，是父亲的电话。父亲在电话里声音急促："子欣，家里来了几个警察，要把鸣鹤带到东郊医院。"杨子欣心头一紧："爸，现在骗子很多，万一他们是在冒充警察怎么办？不能让他们带走鸣鹤。"杨父说："跟警察一起来的还有你们公司的同事。"杨子欣心里咯噔一下，问："他们为什么要带鸣鹤去医院？"杨父说："听说是一个叫邵南子的人出了车祸，颅内大出血昏迷了，需要熊猫血。"

杨子欣心里一直不能确认的一个秘密，难道是真的？她的脑子里想到了汪弘毅，如果鸣鹤是邵南子的儿子，汪弘毅是断然不会抚养他的。杨子欣对着电话那头说："爸，鸣鹤才10岁，不符合献血的条件，让我同事带着警察离开我们家。"杨父说："我跟他们说了，警察说邵南子涉嫌重大的刑事案件，让我们一定要配合，听说你们领导就在医院的抢救室门口等他们带鸣鹤过去。"杨子欣挂断电话，直奔月半弯小区。

警车驶离了月半弯小区，杨子欣眼睁睁地看着警车扬长而去，立即调转车头，直奔东郊医院。在抢救室的走廊上，杨子欣看到了乔志远跟汪弘毅，却没有看到自己的儿子。杨子欣走到汪弘毅跟前，两眼已经是怒火喷涌，问："汪总，你们什么意思？鸣鹤还是个孩子，他还不到献血的年龄，你们这么做到底想干什么？"汪弘毅一脸无辜，沉默不语，乔志远语重心长地说："子欣，现在邵南子危在旦夕，你总不想看着他年纪轻轻就没了吧？"

杨子欣完全失去了平时的淑女风范，冲着乔志远喊道："乔总，鸣鹤还是个孩子！"乔志远沉默良久，说："子欣，这一次恐怕只有鸣鹤的血能够让邵南子起死回生，让很多萦绕在盘古头上的秘密真相大白。"杨子欣听出了乔志远的弦外之音，看上去他是要让杨鸣鹤献血，实际上是要查杨鸣鹤的身世。

一个护士走到乔志远、汪弘毅跟前说："有个好消息，那个孩子也是 AB 型 Rh 阴性血，麻烦的是孩子太小，他的血难以满足病人对血量的需求。"杨子欣呆呆地站在那里，乔瑾瑜是 O 型，自己是 AB 型，难道杨鸣鹤真是邵南子的儿子？她脑子里一片空白，怎么都想不起当年跟邵南子交往的细节。乔志远皱着眉头："如果孩子不献血，是不是病人就有生命危险？"护士点点头，说："你们先商量一下，尽快给我们一个答复。"

乔志远把汪弘毅拉到一边，说："现在可以确定，杨鸣鹤就是邵南子的儿子，天眼系统要追踪到杨子欣的一举一动。"汪弘毅点点头，到一个僻静处给青鸣打电话："你把杨子欣从进入盘古到现在的所有资料都要再重新追踪一遍，无论涉及谁，都要查个一清二楚。"杨子欣擦了擦眼角的泪水，此刻，虽然汪弘毅近在咫尺，却感觉远在天涯，一股彻骨的寒意包裹着杨子欣，她隐隐有一种不祥的预感。

南海市政府会议室，郭沛霖咬牙切齿道："这个马腾就是一个唯利是图的小人。"

师泌远示意郭沛霖冷静，说："商人嘛，都是不见兔子不撒鹰。"郭沛霖两手一摊，很无奈地说："黄国胜死咬住不松口，就是要将粤海集团挡在盘古门外。"师泌远微笑着说："郭总，黄国胜这一关我们必须过，将盘古留在南海市，粤海集团要成为国有资产的守门人，成为盘古发展的坚实后盾，要让盘

第二十八章

大反击

古管理层沿着他们既定的转型目标推进。未来的盘古只能越来越好，眼前的风风雨雨都会过去。"

郭沛霖望着面前厚厚的一沓资料，说："师书记，我们做了一份详细的报告，盘古的根儿是从南海市发的，能不能以南海市委的名义，向北京写一封信，将盘古股权问题的来龙去脉向监管部门反映。盘古早年创立时是南海市开发集团公司，在改制的过程中，远大集团以央企的名义进入，成了第一大股东，他们当年投了4亿，现在怎么也赚了三四百亿吧，是该让盘古回归南海市了。"

会议室的桌子上摆放着几本日历，师泌远随手抓起来，用笔在日历上画了一个圈，说："今天市政府组织这个专项汇报会，主要是因为明天粤海跟盘古的重组框架协议就到期了，我们要为下一步行动拿出一个可行性方案。"师泌远看着郭沛霖，很肯定地说："报告我肯定会提交的，在定向增发重组方案再无重启可能的情况下，我们要拿出一个新的方案来配合北京的报告，没有解决方案，报告就会成为一纸空文。"

南海市国资委、粤海集团的高管等多人频频点头，郭沛霖却面露难色，说："现在我们有两个方案，一个是继续推行定向增发的重组方案，一个是向盘古的老股东协议收购股权。可我们跟马腾谈判之后，盘古的H股开始不断小幅上扬，进而带动了A股上涨，这个时候如果我们继续推行定向增发方案，增发价格肯定得上调，否则老股东不会答应。"郭沛霖皱着眉头，看了看师泌远，说："如果按照现在的股价跟马腾签署一个意向性的收购协议，拿到他所持股权的投票权，意味着我们将给黄天沙抬轿子。"

师泌远不以为然，说："郭总，国有企业的保值增值不在一时半会儿的股价上，我们不能只顾着眼前的仨瓜俩枣，要算大账，朝前看，得有大格局，才能真正完成眼下的这桩交易。盘古收归南海市国有，对南海市招商引资具有重大意义，带给市政府的潜在增值是不能用金钱去衡量的。粤海集团通过控股盘古，走出珠三角，面向全国，甚至出了国门，这就是盘古带给我们国有资产的附加价值，我们干吗要跟马腾他们计较几毛几块的股价呢？"

郭沛霖茅塞顿开，说："马腾坐地起价，鸿基地产如果要我们南海市的上市公司壳怎么办？"

师泌远大手一挥，说："给他。鸿基地产现在发展迅速，已经冲到国内地产界的第一集团军之中，按照马腾的性格，他的野心是将鸿基地产做成超越盘古的全国第一大房地产企业，他买入盘古是想将两家企业合并，我们就给他一个南海市国有上市公司的壳，条件是必须将鸿基地产注册总部从珠江市搬到南海市，到时候南海市则将是盘古、鸿基地产双雄聚首。"

香港深水湾8号，欧阳剑波被带到一个陌生的房间，炳叔正坐在班椅上抽着雪茄。

炳叔磕了磕雪茄，示意欧阳剑波坐下，说："欧阳，你知道为什么玲珑资本的CEO是你吗？"欧阳剑波到香港进入玲珑资本后，从一个投资部总监，迅速被提拔为CEO，他一直春风得意，庆幸自己能够在香港一展才华。一开始欧阳剑波并不知道玲珑资本是大地会的核心资产，当他有一天被人带到炳叔面前时，欧阳剑波受宠若惊，以为自己以才华征服了大地会的一帮老爷子。炳叔的问题让欧阳剑波一时语塞，嘴角挤出一丝微笑，说："炳叔的提携。"

屋子里除了炳叔，对面还坐着贤叔，贤叔一直盯着欧阳剑波。炳叔的食指左右摆了摆，说："不，你在远东证券乌龙指过程中的表现很出色。"乌龙指一直令欧阳剑波耿耿于怀，满腹的抱负，几秒钟就被一个程序的错误给毁了，当时自己犹如丧家之犬，炳叔今天这么说，令欧阳剑波很是诧异，自言自语地说："我在乌龙指中表现出色？"炳叔跟贤叔同时点了点头。

一直很少说话的贤叔插话说："欧阳，我们几个老家伙都很欣赏你的才华，更欣赏你的执行力，你能来大地会掌管玲珑资本，是因为有大地会最隐秘的会员举荐，他不在十八名会员名单之中，却是我跟炳叔最欣赏的人。等机会成熟你们自然会相见。"贤叔顿了顿，侧身看了看炳叔，说："不过，现在你要以玲珑资本CEO的名义，跟CEB谈一笔交易。"

欧阳剑波心里嘀咕，能够得到炳叔、贤叔甚至大地会的公认，而且是以隐秘身份加入大地会，一定是个绝顶聪明之人，这个人跟远东证券乌龙指难道有关系？难道当初乌龙指的背后另有秘密？欧阳剑波了解大地会的规矩，只要老爷子们不主动说的，就是撬开他们的嘴都得不到一句话，既然这个神秘人是炳

第二十八章

大反击

叔跟贤叔都欣赏的人，证明自己在炳叔他们这里是有价值的。管他是谁，能施展自己的才华，哪里都是天地。欧阳剑波很谦逊地问："什么交易？"

炳叔将雪茄掐灭，一脸严肃地说："CEB一直公开看空鸿基地产，最近更是在二股东道琼斯资本的鼓动之下，大规模做空鸿基地产。第一，你要去查清，CEB做空鸿基地产背后真正的资本家是谁？第二，既然CEB做空，那我们的玲珑资本就反客为主，通过CEB的交易通道买入鸿基地产，提振市场信心。"

H股中以盘古为首的中国房地产股票扶摇直上，唯独鸿基地产股价下跌。欧阳剑波皱着眉头问："我们为马总护盘？"贤叔呵呵一笑，提醒说："做生意，创业的时候看山是山，等企业快速发展甚至成为行业龙头时，看山就不是山了。要想让公司成为行业的领袖级企业，那就需要看山还是山。现在跟CEB谈判，你觉得眼前是山还是不是山？"

欧阳剑波听贤叔这么一说，立即明白了，如果只是护盘鸿基地产，根本没有必要让玲珑资本亲自出马，CEB做空鸿基地产就是有人在玩围魏救赵的策略，想在盘古问题上很好地压制马腾。炳叔跟贤叔两人一起同自己严肃谈论鸿基地产的护盘问题，他们一定是在下一盘大棋。欧阳剑波问："粤海集团跟盘古重组的框架协议今天就终止了，一旦被A股的二级市场视为利空，那逐鹿资本是进还是退？"

炳叔摇摇头，说："把盘古留在南海市是师泌远的政绩，粤海集团重组盘古的事不能简单地从交易价格去判断，框架协议终止对于持有筹码的机构来说是利好，一两天的下跌不足为虑。判断国有企业的价值，要看顶子下的头颅，智慧与粗鄙是投资能否获利的风向标。"炳叔跟贤叔对视了一下，非常果断地说："现在盘古H股流动筹码已经不多，只要一买入股价就会大涨，而A股会跟着涨，逐鹿资本的持股可以快速拉到15%。"

盘古总部天眼系统中控室。青鸣长舒一口气，回头对站在身后的汪弘毅说："邵南子真是一个天才，一个复杂的大数据系统竟然能做成一个超级木马，这绝对是个奇迹。我们整个系统进行改造后，多了防卫的持重，少了攻杀的锐气。"汪弘毅拍了拍青鸣的肩膀："伤敌一千自损八百不是一个基业长青的企业干的事儿,告别过去需要勇气,更需要智慧,这是我们至关重要的一个突破。"

青鸣一边敲键盘,一边谨慎地说:"邵南子给盘古所有高管及秘书的通信工具都植入了隐形木马,就算不接通,手机放在旁边,都能获得对方的谈话内容。"汪弘毅没接话茬,就在这时,一份花体英文协议出现在 LED 显示屏上。汪弘毅的眼珠子都快瞪出眼眶了,自己无数次的怀疑、假设,没想到都是真的。他如获至宝,指令青鸣将这份文件下载保存起来。汪弘毅立即掏出电话拨给乔志远,电话一接通,没等乔志远发音,汪弘毅破天荒地抢先说:"乔总,中华啤酒当初 49% 的股权的真正买家就是香港的春风集团。"

乔志远正在跟皮特见面,上一次曼陀银行道德审查委员会声称要审查他的道德问题,令谈判不欢而散,之后乔志远对罗马城堡里的那一帮欧洲没落贵族便极度鄙视。杯子里的碧潭飘雪都已经续过三次水了,皮特就是不愿意说出背后买家。桂玉梅在一旁看不下去,瞪着眼珠子问:"皮特先生,你知道为啥欧洲现在越来越糟糕吗?"皮特瞅着眼前这个给乔志远制造无数麻烦的女人,问:"为什么?"

桂玉梅一本正经地说:"你们骨子里以为现在的世界还处在罗马时代,其实世间早就没有恺撒了,你们躺在祖宗的遗产上已经昏睡太久,甚至丢掉了你们老祖宗难能可贵的诚信、高效率等优势。上一次摄政王珠的事你们就已经失信于老乔了。"桂玉梅的鄙夷令皮特相当尴尬,乔志远试图阻止她,可桂玉梅的倔脾气一上来,谁都拦不住。她继续毫无顾忌地说:"如果是黄天沙买梅塞尔乌龟化石,我们就卖;如果不是,对不起,我们宁愿捐给博物馆。"

皮特见桂玉梅已经将话完全挑明,也就没有什么顾忌了,说:"你们开个价吧。"乔志远微微一笑,桂玉梅冲着皮特翻了个白眼儿,说:"先把谁买说清楚了。"皮特两手一摊:"你说完后,我都让你们出价了,事情不是很明显了吗?"桂玉梅伸出了一根手指头。在跟皮特见面之前,桂玉梅找到一个鉴定专家,专家给出的市场价为 800 万人民币,在确定是黄天沙后,桂玉梅临时决定增加 200 万。皮特撇着嘴,很是轻蔑地问:"100 万?"

桂玉梅咯咯一笑,说:"银行家先生真会开玩笑,你知道这块化石的来历吗?"皮特鼓着眼睛,说:"不就是德国梅塞尔化石坑出土的吗?"桂玉梅脸上还是讥笑:"既然您都知道是梅塞尔化石坑的化石,你还开100万?"皮特立即摆摆手:"不不不!不是我的开价,我只是确认一下小姐您的开价。"桂玉梅很坚定地说:"梅塞尔化石坑里乌龟化石很多,但是正在交配的,全球独一份儿,1000万,一个子儿都不能少。"

皮特两手一摊,站起来要走,一直坐在旁边不说话的乔志远一把拉住也要站起来的桂玉梅,低声说:"坐下。"桂玉梅一愣,说:"罗马城堡里的人真是老古董,生意是谈成的,问了价格就拍屁股走人,这哪里是做生意的样子?"乔志远冷冷地来了一句:"生意?你想跟黄天沙做生意?来之前我就说了,黄天沙那种人怎么可能拿出这么大一笔钱给他老婆买结婚纪念礼物,老外来中国时间长了,也会瞎忽悠的。"

"瞎忽悠?"皮特最不喜欢中国人说自己是个欧洲来的骗子,他很轻蔑地说,"是你这个乌龟化石太便宜了。"桂玉梅以为自己听错了,问:"啥意思?"皮特站着说:"黄总去年送的摄政王珠是200万英镑少了583元人民币,但他每年结婚纪念日的礼物价格都会递增15%,一分不能多,一分不能少。"乔志远一听乐了:"是嫌价格便宜了。"皮特指着桂玉梅说:"刚才这位小姐都说了正在交配的乌龟化石是全球独一份,为啥要吝啬要价呢?黄总对价格很是苛刻,不能多一分,但是也不能少一分。"

桂玉梅正要说话,乔志远的电话响了,汪弘毅的电话令乔志远很振奋,他示意桂玉梅跟皮特谈交易,自己到一边去跟汪弘毅通电话。乔志远急不可耐地问:"贤叔拖住了黄国胜,让远大集团失去了增持盘古的机会,那么贤叔的资金跟黄天沙往来有没有证据?"汪弘毅很遗憾地说:"我们现在只有一份春风集团跟米勒公司的信托协议。给青鸣一点时间,一定能查到春风集团跟龙腾集团以及潮汕基金的蛛丝马迹。"

乔志远冷静地提醒汪弘毅:"邵南子还躺在医院。"汪弘毅听出乔志远的弦外之音,天眼系统犹如一只猎狗,猎狗能咬敌人,也会撕咬主人。汪弘毅非常有信心地说:"现在天眼系统已经由一个系统性的超级木马变成真正的大数据安全防卫系统,现在整个系统推行了AB角,还有隐身的第三人,任何一个人出现问题,我们都可以像对待壁虎一样,将其尾巴斩断,却不会影响到整个系统。我们会继续追踪贤叔交易中华啤酒股权后的资金流向。"

挂断乔志远的电话，汪弘毅正准备回办公室，突然医院打来电话："汪总，杨鸣鹤的DNA报告已经出来了，杨鸣鹤跟乔瑾瑜没有血缘关系，跟邵南子的DNA重合度高达99.99%。"汪弘毅握着电话的手不由自主地紧了紧。挂断电话，他立即翻出杨子欣的电话，正要拨打，汪弘的脑子突然冷静下来，收起电话，朝着自己的办公室走去。

办公室冷冷清清，汪弘毅的脑子里全是杨子欣的影子，杨子欣到底是真爱自己，还是借自己的手去报复乔志远？如果没有杨子欣的介绍，邵南子岂能进入盘古？难道？汪弘毅默默地打开电脑，鸿基地产H股的走势映入眼帘，心中五味杂陈的汪弘毅咬了咬嘴唇，抓起电话，拨给了道琼斯资本大中华区首席执行官刘一飞。没等刘一飞说话，强压着怒火的汪弘毅就很不客气地问："老刘，CEB到底在搞什么名堂？"

南海市东方广场的项目交易迟迟不能推进，一旦粤海集团重组失败，东方广场的交易就前途未卜了。刘一飞希望能通过CEB做空鸿基地产，给粤海集团重组送一份厚礼。看着盘古H股的走势图，刘一飞苦着脸说："汪总，别提了，我看到鸿基地产的股价噌噌地上来，也很奇怪，给CEB大中华区首席执行官打电话，他说香港有一家机构委托，指定要买入鸿基地产。"

汪弘毅神经紧绷，问："哪家机构？"

刘一飞很无奈地说："欧美投资银行非常注重对客户信息的保密，除非司法介入，否则他们不会向第三方透露客户的任何信息，CEB自己的股东都不能。"

汪弘毅很是疑惑，说："刚才，我们收到逐鹿资本的通告，他们今天也在香港增持我们盘古H股，看样子这两股势力背后有人在操控。"在华尔街工作多年的经历让刘一飞异常敏感，他谨慎地问："他们背后是同一拨人？"

汪弘毅很肯定地说："他们的目的很简单，那就是为马腾护盘。鸿基地产负债率太高，一旦遭遇持续做空，鸿基集团势必会抛售盘古A股进行自救。如果鸿基地产H股稳住了，马腾可以获得更多融资化解债务，他手握的盘古A股就有更多的时间跟空间和粤海集团进行博弈。"汪弘毅顿了顿，咬了咬牙，说："高杠杆就是空手套白狼的赌博，最终买单的还是老百姓。CEB要继续

第二十八章
大反击

做空鸿基地产，才能打破马腾以及他身后一伙人的幻想。"

刘一飞很遗憾地说："如果 CEB 继续做空，将出现亏损。"

汪弘毅听出刘一飞的言外之意，说："刘总，今天马腾背后的势力是一箭三雕，除了为马腾护盘鸿基地产 H 股，还为马腾跟粤海集团博弈增加筹码，更重要的是盘古 A 股也会跟着涨，粤海集团一旦同意马腾的现价交易条件，那就成了黄天沙的安全垫。"刘一飞在电话中没说话，汪弘毅承诺说："我们不能让空手套白狼的游戏继续，无论我汪弘毅在不在盘古，只要盘古的精神不死，它永远会为客户、股东、合作伙伴以及整个社会创造价值。"

炳叔磕了磕雪茄，凝眉思索。黄天沙看着炳叔，说："邵南子被汪弘毅钓鱼了。"

贤叔坐在黄天沙正对面，皱着眉头，炳叔嘴上叼着雪茄，右手挠了挠头皮，说："不是说邵南子是安插在盘古最隐秘的卧底吗？"黄天沙想了想，说："问题可能出在杨子欣身上。"贤叔插话问："乔瑾瑜的前女友？"黄天沙点点头，说："邵南子把天眼系统建成一个超级木马，植入了盘古所有区域级首席执行官的即时通信工具之中，包括他们的秘书。杨子欣跟汪弘毅关系密切，我们想通过离间蒙毅来对付杨子欣，没想到反被这个女人钓鱼了。"

炳叔摇了摇头，黄天沙没有整明白，贤叔在旁边插话说："天沙，两年前杨子欣就是我们的人了。"黄天沙满脸错愕："她不是汪弘毅的秘密女友吗？"贤叔又摇了摇头，说："杨子欣的儿子杨鸣鹤原本很木讷，两年前，在你买入盘古之前却突然变得聪明绝顶，那是因为杨子欣带着杨鸣鹤秘密到香港看过病，医院正是炳叔旗下的怀仁医院，炳叔亲自出面，为杨子欣的儿子邀请到美国最权威的医生进行诊断，病情才得以控制，于是杨子欣便拜炳叔为义父。"

黄天沙内心很震惊，脸上却依然保持着镇静，问："桂玉梅跟乔志远的丑闻都是出自杨子欣之手？"贤叔点点头，说："乔志远是中国商界的领袖人物，只有女人才能将其拉下神坛。杨子欣一直怀疑杨鸣鹤是乔瑾瑜的儿子，她进入盘古就是来报复乔家的。汪弘毅喜欢她，又对乔志远的接班人赛马游戏心有不满，杨子欣通过汪弘毅获得乔志远的内部信息。杨子欣不断释放负面消息，除了为汪弘毅接班铺路，也为我们进入盘古赢得了机会。"

黄天沙愤愤地说："杨子欣还是出卖了我们。"

炳叔在旁边悠闲地抽着雪茄："她掌握了邵南子的秘密？"

黄天沙很尴尬地说："邵南子通过天眼系统的幽灵眼监测到乔志远跟蒙毅进行过秘密谈话，谈话中他说自己会暗示汪弘毅补充盘古副总裁级别的高管，作为左膀右臂的蒙毅一定会得到提名，在轮值CEO制度之下，乔志远再将蒙毅推向接班人竞争者序列。邵南子将这个消息泄露给了杨子欣。当初粤海集团闯关盘古董事会期间，浦江花园腐败窝案的数据全部泄露，蒙毅跟杨子欣嫌疑最大，汪弘毅一直难以确认到底是谁泄露的，邵南子就想让杨子欣去离间汪弘毅他们，没想到蒙毅跟汪弘毅给我们唱了双簧。"

炳叔咬牙切齿，贤叔背着手站起来，突然走到黄天沙跟前说："天沙啊，乔志远给蒙毅承诺那就是在钓鱼啊，他们内部可能早就怀疑邵南子了，你想，蒙毅从一个稽查部总经理升任为盘古副总裁，怎么可能跟汪弘毅竞争接班人？这个离间计岂不是把邵南子推到风口上去了吗？"炳叔点点头说："蒙毅是做稽查出身的，汪弘毅把他推到副总裁位置上，那就是在为他培养接班人，蒙毅自己也会权衡，到底是CEO的位置还是董事长的位置更容易得到。"

两位老爷子轮番的推演让黄天沙诚惶诚恐，他从未见贤叔、炳叔情绪如此激动，解释说："在蒙毅身上我们下足了功夫，他老婆长期偷听朱潇雨的电话，我们故意派人给朱潇雨打电话说要投资新能源项目，他老婆偷听到后，在我们买入珠江电器当天跟着买入大量股票。购买珠江电器是我们的绝密操盘计划，这样做就是让汪弘毅相信，蒙毅跟我关系很密切，否则他老婆不可能精准买入珠江电器。"炳叔挑着眉毛问："你们做到天衣无缝了吗？"黄天沙有些迟疑，说："给乔志远、蒙毅做局的陈浩还在南海市没有脱身，这是个隐患。"

贤叔端起桌子上的茶杯，吹了吹茶杯上的热气，不容置疑地说："那就把隐患消灭。"

黄天沙没有说话，炳叔盯着他问："有问题吗？"黄天沙苦涩地笑了笑："陈浩是杜天刚的同乡，好像还是远房亲戚，人是杜天刚安排的，我没法出面。"

贤叔冷冷一笑，说："天沙，我们做生意是求财，不玩命。邵南子的车祸纯属

第二十八章
大反击

意外，炳叔已经安排人在全球物色最好的脑外科医生，只是现在南海市警方不放邵南子出国治疗，他能不能挺住，只能看他个人的造化。但这个陈浩无论是谁的人，都不能再在内地混了。"

淅淅沥沥的小雨下个不停，乔志远让司机回去，自己步行进入小区。门前的玫瑰花已经竞相怒放，院子里的松柏苍翠挺拔。这条幽静小道是当年乔志远叮嘱园艺师设计的，他希望住在小区的邻居们茶余饭后漫步于此，可以有一种回归丛林山野的悠然。

雨伞上不断啪啦啪啦地掉下水滴，乔志远忧心忡忡，毫无欣赏天街小雨、万物复苏的心境。走到楼道口，乔志远深呼吸了一下，收起雨伞，敲了敲门。大约过了两分钟，张青桐才裹着睡袍来开门。乔志远目瞪口呆，张青桐眼圈发黑，眼袋低垂，额头无光，一脸的憔悴，几日不见仿佛老了10岁。乔志远扶着她到沙发上坐下，自己去厨房找到水壶，给张青桐倒了一杯热水，说："发生这么大的事，怎么不给我打电话？"

张青桐无精打采地靠在沙发上，很不高兴地问："你是来看我笑话的？"

乔志远坐在张青桐对面，扫了一眼客厅的茶几和地板，看样子家里已经有好几天没有打扫卫生了，整个屋子都有一股发霉的味道。离婚之前，张青桐有洁癖，地板上掉一根头发丝都要拿擦布反复擦，可现在地板上脚印都能看得出了。乔志远很痛心地说："元宵节那天，瑾瑜说你出去旅游，看上去很开心的样子，才几个月时间，就成了这个样子。要不我给瑾瑜打个电话，让他回来陪陪你？"

张青桐见乔志远一身休闲装，头发梳理得一丝不苟，长叹一口气，慵懒地眯起眼睛，摇摇头说："不用了，他现在是创业初期，有要忙的事业，我一时半会儿还死不了，能照顾自己。"乔志远走到沙发跟前，坐在张青桐旁边，搂着她的肩膀，说："儿子心里一直惦记着你，如果他看到你现在这个样子，会很心痛的。"张青桐一下子甩开乔志远的手，突然发飙："我现在的样子怎么啦？如果不是你，我会落到今天这个地步吗？"

屋子里的吊灯都在轻轻地摇晃，张青桐声嘶力竭，乔志远咬着嘴唇，再次

底牌（下）

伸手搂住她的肩膀，温柔地说："不要生气，身子要紧，以后无论遇到什么事，给我电话，风风雨雨几十年，我还能不管你吗？"张青桐泪如雨下，双手抱着头蜷缩在膝盖上，开始号啕大哭，乔志远不停地抚摸着她的后背。离婚之前，张青桐从来没有在乔志远面前哭过，看到现在的她像个孩子一样哭泣，乔志远心如刀割。张青桐的哭声越来越小，嗓音沙哑，开始一边抽泣，一边自言自语："一起走过了几十年，青丝变白发，我们两个却越走越远。"

乔志远扶起张青桐，看到她的脸庞贴着几丝白发，乔志远紧紧地搂过她来，哭累了的张青桐柔弱地靠在乔志远的肩膀上。这个曾经靠了几十年的人，现在却成了过客，张青桐的眼泪再次止不住地往下流。乔志远能感受到张青桐冷冷的身体里那种挥之不去的怨气，长叹一声："人生就像打电话，不是你先挂，就是我先挂，只是在爱情的路上，我们的电话提前挂断了。但是，我们是几十年的亲人，是一个不能挂断的电话啊。"

张青桐靠在乔志远的肩膀上，右手紧紧地抓住乔志远腰间的衣服，生怕他再从身边溜走。乔志远轻轻地拍着张青桐的肩膀，像哄孩子一样平复着张青桐的情绪。张青桐抓衣服的手越抓越紧。乔志远漫不经心地说："之前连股票怎么操作都不会，你说你去营业部干啥啊，上一次我就说那小子是个骗子，现在跑的人影都没了，可你还蒙在鼓里。"

窗外的雨越下越大，轰隆隆一声巨响，张青桐一个激灵。乔志远皱着眉头，自言自语道："今年这雷也来得太早了，农户十栏九处空，不是个好兆头啊。"张青桐刚反应过来，腾地一下坐起来，盯着乔志远问："什么蒙在鼓里？"乔志远鼓了鼓腮帮子，说："陈浩就是一枚棋子，如果我没有判断错的话，3天前的下午，陈浩就消失了，他的消失跟一桩刑事案有密切关系。"

张青桐很紧张地问："他杀人了？"乔志远宽慰说："杀人倒不至于，前几天差点儿死人了倒是真的。"张青桐脑袋不停地晃，问："发生什么事了？"乔志远拍了拍她的肩膀，说："没啥大事，就是公司出了一个间谍，我们怀疑到他，然后他跑了，一边开车，一边通风报信，结果翻车了，已经昏迷3天了。"张青桐愣住了，半晌才问："他们是一伙的？"

乔志远看着张青桐一脸茫然的样子，很是痛心，说："他们两人应该不认

第二十八章

大反击

识,但是他们背后都有人,陈浩一个远房亲戚杜天刚是远大集团的副总裁,龙腾集团的黄天沙为了控制盘古,就跟杜天刚谋划,想把我踢出董事会,让杜天刚当董事长,他煞费苦心,安排间谍到公司内部窃取机密,同时让杜天刚怂恿陈浩给你设陷阱,对我来个双管齐下。"

张青桐听乔志远这么一说,想起3天前的中午,陈浩一边接电话一边收拾东西,问他去哪里也不搭理,问多了就开始咆哮。张青桐本想跟乔志远说说当天的情景,但是一想到陈浩那张狰狞的面孔,自己就觉得恶心。乔志远看着张青桐一提起陈浩神情就会紧张,不想再让她心灵受伤,于是便将其扶进卧室。张青桐躺下后,乔志远走到客厅,站在窗前望着院子里的松柏,大约过了5分钟,他从窗帘上方一个隐秘的地方取下了一个小盒子。

香港旺角咖啡屋,大厅人来人往,激情似火的创业者们喜欢在这里约见投资人,张口就是几十亿的大生意,理想也随着咖啡杯里的泡沫膨胀、破裂。穿过一条嘈杂的过道,拐过一个暗光的角落,尽头是一个三人小包房。包房里,远大集团副总裁杜天刚咬牙切齿地看着陈浩,狠狠地说了一句:"愚蠢!"白净帅气的陈浩正要辩解,杜天刚指着他的鼻子质问:"邵南子出事跟你有什么关系?自作主张地从张青桐那里跑出来,你这不是此地无银三百两吗?"

陈浩看着杜天刚脸上愤怒得快要溅出火花来,很是不满地说:"你是我表叔,可你让我做的都叫什么事?张青桐的年纪都跟你差不多了,你还让我去追那样的老女人,害得我出门都不敢抬头,朋友们在背地里都戳我的脊梁骨。"陈浩一脸的委屈,看了看杜天刚黑着的脸,愤愤地说:"你这么使唤我,不就是为了争盘古董事长的位置吗?根本就没把我当你侄子对待。"

杜天刚恨不得上前就是一巴掌,低声训斥道:"如果我不是你表叔,我才懒得管你,我把你从村里带出来,就是想让你有一天出人头地,让你接近张青桐,没有让你爬上人家的床啊。见了人家之后,你信誓旦旦地说能让张青桐喜欢上你,我让你办完事就撤,你倒好,跟人谈情说爱,还领着人家到处招摇,你自己看看,你都干了些什么?"

杜天刚将一段视频递给他,陈浩惊得目瞪口呆,画面上自己正辱骂张青桐是个无味的老女人，张青桐在一旁哭泣，问陈浩为什么突然这样对待自己，陈浩狠狠地说了一句："玩腻了。"杜天刚拿过手机，问："你为什么要在张青桐面前说你就是故意接近她，就是要卖掉她的股票？你知道你这样说的后果是什么吗？"

陈浩很紧张地问："什么后果？"

杜天刚总感觉房间太小，空气流通太差，有一种呼吸不畅的感觉。他松了松脖子上的领带，很严肃地说："你的一时口快会毁掉一批人。南海市政府已经给北京写信，提议让远大集团将股权转给粤海集团，如果乔志远他们将这个视频传给黄国胜，甚至提交给北京，已经失去盘古控制权的远大集团，还能保住盘古的股权吗？我就成了黄国胜的替罪羊。"

陈浩意识到自己的意气用事真的闯祸了，问："那怎么办？"杜天刚伸出手："把手机跟电脑交给我，和张青桐断绝一切联系，换一个香港电话，陌生电话一律不得接听，没有我的允许，绝对不能回南海市。在香港消停一点，就当什么事都没有发生，就算我发生什么事了，你也不要管，也管不了。我已经安排好了，不会让你爸妈为你在香港的生活担心。"

杜天刚安排陈浩的时候，眼睛里充满慈祥，陈浩不断地点头。杜天刚要的苦咖啡已经凉了，陈浩突然想起一件事，说："昨天，我在酒店大堂遇到一个女人，挺漂亮的，当时我叫了出租车，着急离开，撞了她一下，我给她道歉，她突然问我是不是东北的，我说是啊，她说她叫唐丽，是你的同事，跟我打了个招呼就离开了。"

杜天刚心里咯噔一下，两年前，龙腾集团举牌盘古之初，唐丽应聘到集团办公室做行政助理，主要负责文件准备、电话接听、酒店车辆安排，难道……杜天刚想到黄天沙派出邵南子去盘古当卧底，汪弘毅能在盘古搞天眼反潜系统，会不会也给远大派了卧底呢？杜天刚立即盼咐陈浩："马上去酒店办理退房手续，记住了，不要跟任何人提起你的过去。"

南海市终于雨过天晴，盘古总部大楼下的花园里百花齐放。汪弘毅站在窗前，望着旁边的草地，曾经无数次，杨子欣在这片草地上一边悠闲地散步，一

第二十八章
大反击

边跟自己通电话。杨鸣鹤DNA检测结果出来之后,杨子欣就跟人间蒸发了一般,汪弘毅拨打了无数次电话,可电话显示对方在关机状态。望着楼下生机盎然的草木繁花,汪弘毅多么期待杨子欣的裙角再次在花丛中飞扬。

汪弘毅看了看表,决定到天眼系统中控室去一趟。经过人脸识别后,汪弘毅进入房间,青鸣跟同事们正在紧张地工作。青鸣突然一拍键盘,满脸的欣喜若狂,自言自语道:"真是只老狐狸。"汪弘毅站在青鸣身后,一连串的代码让人看得眼花缭乱,他问道:"贤叔的资金流查到了?"

青鸣回头一看,汪弘毅站在身后,吓了一跳,说:"美国博威在跟远大集团谈判中华啤酒股权回收的过程中,春风集团实际上已经将中华啤酒的股权进行了质押,从香港的一家银行融资80亿,这一笔钱并没有从银行流出。"汪弘毅立即警觉起来:"哪家银行?"青鸣噼里啪啦一阵敲击,LED屏幕上立即显示出珠江银行四个字,青鸣说:"龙珠基金中,珠江银行通过华南证券专户认购的份额正好是80亿。"

汪弘毅的脑子里开始快速地测算,中华啤酒的最终交易额是200亿,龙腾集团买入盘古整体投入超过300亿,贤叔只给80亿?汪弘毅指着电脑说:"再查查,他们还有没有通过其他渠道,跟龙腾系利益相关方用这种内外对冲的方式进行资金调度?"青鸣经过几天的追踪,已经掌握到蛛丝马迹,很快南越集团便弹出来。青鸣介绍说:"春风集团跟南越集团在香港进行了一笔30亿的交易,而潮汕基金给龙腾系的专项资金中,南越集团出资了40亿。"

天眼系统的数据经过自动化处理,迅速在LED显示屏上呈现出可视化图表。汪弘毅点点头,很是欣慰地说:"我们经常迈出一只脚,一念进天堂,一念入地狱,现在的天眼系统真正成了盘古安全防卫的眼睛,这是一个至关重要的突破。"青鸣以及旁边的同事们脸上都露出兴奋的笑容,青鸣将一份资料递给汪弘毅,说:"这是您吩咐追踪的旷世科技的资料,上面有这3年内金融交易系统的问题以及解决方案,还有通过层层穿透它的股权结构了解到的终极控制人。"

汪弘毅从天眼系统中控室出来,穿过一条长廊,来到盘古大厦的大厅。落地玻璃窗前,可以清晰地看到雨后的彩虹。汪弘毅心情舒畅,乘坐电梯直奔乔志远办公室，通过人脸识别，敲开了乔志远的门。汪弘毅的腿刚迈进办公室，就隐约听到乔志远在跟南海市市委书记师泌远在通电话。乔志远示意汪弘毅在对面坐下，尔后毫不避讳地继续跟师泌远说："师书记，只要远大集团同意将股权转让给粤海集团，而后者能够按照盘古既定的战略转型，继续一如既往地尊重管理层，维护全体员工、客户、股东和社会公众的利益，我愿意退出董事会。"

师泌远在电话中劝留乔志远，说："乔总，你是盘古的一面旗帜。"

电话里的声音很大，能够听到师泌远爽朗的笑声。从北京到南海市，师泌远声誉卓著，乔志远希望南海市国资看门人能够善待自己一手创办的盘古，很感慨地说："师书记，盘古要做成百年老店，就要有传承跟创新，就要不断地突破。旗帜是一个企业的核心，但它往往会禁锢自由，会让管理层的思维僵化，让视野变得越来越狭窄，一家基业长青的公司一定是拥有良好的新陈代谢功能的公司，只有让贤才能吸纳更多优秀的人才。"

师泌远在电话里向乔志远重复给北京报告中的承诺："乔总放心，粤海集团控股盘古之后，一定会继续保留现有管理层及其制定的改革策略，包括已经有的持股计划。只要在正常的发展轨道上，南海市政府就不会干扰管理层的决策和执行。"师泌远现在颇为担心的是鸿基集团的马腾，鸿基地产在香港的股价不断攀升，从双方接触谈判到现在，股价涨幅已经超过50%，一旦鸿基地产改变主意不回归A股，壳交易就将终结，就算粤海集团拿到远大集团持有的盘古筹码，盘古的话语权还是在黄天沙、马腾他们手中。

挂断师泌远的电话，汪弘毅给了乔志远一份文件，上面是打印的照片和文字说明。

办公室里寂静得只有乔志远翻文件的声音，汪弘毅坐在对面，能听到他因愤怒而变得沉重的呼吸声。乔志远快速翻完了文件，右手重重地敲了敲桌子："这个杜天刚胆子也太大了，怪不得当初远大集团见死不救，背后真是有鬼，为了盘古董事长的位置，他竟然跟黄天沙勾结！黄国胜知道吗？"乔志远合上文件，递给汪弘毅，说："现在黄国胜拒绝跟粤海集团合作，那就先把这份文件给他看看，让他看看他的左膀右臂都是什么货色。"

汪弘毅想了想，说："现在不是激怒黄国胜的时候。"

第二十八章
大反击

乔志远一愣，指着文件说："文件不可靠？"汪弘毅很有信心地说："文件提供者是杜天刚的行政助理唐丽，她接触到的虽然是文件准备、酒店、车辆安排这一类的杂活，但都是极其核心的信息。你看，唐丽常年跟酒店打交道，从酒店那儿得到的数据，陈浩到香港住的酒店，都是由龙腾系在香港的关联企业支付。更诡异的是，这个陈浩已经去旷世科技香港公司上班了。"

"旷世科技？"乔志远一愣，问："是给远东证券提供交易技术的旷世科技吗？"汪弘毅点点头，将旷世科技的资料递给乔志远，说："正是远东乌龙指当天写情况说明的旷世科技，您看看这个旷世科技的股权结构，协议控制的离岸公司在维尔京群岛，从天使到 D 轮融资来看，都是清一色的美元基金，最大的一笔 5 亿美金融资，领投的机构是香江资本 8 号基金。"

复杂的股权结构图令人眼花缭乱，乔志远仔细看了看，说："这个香江资本 8 号基金就是个马甲，它唯一的 LP 是玲珑资本，看来旷世科技的控股股东是炳叔他们的大地会。鸿基集团老板马腾同为大地会成员。"乔志远皱着眉头，右手捏着下巴，很是疑惑地问："为什么是黄天沙的龙腾系第一批出头来举牌我们盘古呢？"

汪弘毅很坚定地说："马腾跟黄天沙是一伙的。"汪弘毅的话令乔志远眉毛都竖起来了，经历过大风大浪的乔志远觉得不可思议："他们是一伙的？"汪弘毅点点头："当初贤叔实际控制了中华啤酒 49% 的股权，远大集团回购后，一部分通过珠江银行进入了龙珠基金，一部分通过南越集团进入潮汕基金，最终流入龙腾集团，而黄天沙还有一个秘密身份，那就是大地会影子成员。马腾当初在跌停板上买入盘古是代表大地会出面给贤叔他们抬轿子的。"

乔志远一拍桌子："怪不得 CEB 一开始做空鸿基地产，就有大量资金进场做多，那个逐鹿资本同时拉升盘古 H 股，形成了几股势力联动。粤海集团就算拿到远大集团持有的盘古股权，如果不高位拿到马腾持有的盘古股权，而是想通过定向增发获得更多的盘古股权，那么马腾跟黄天沙在股东大会上就可以否决粤海集团的任何决策。"乔志远皱着眉头说："难道远东证券的乌龙指就是一个陷阱？"

汪弘毅按下了乔志远办公桌上的可视化系统按钮，眼前立即出现一张照片。乔志远眉头紧锁,汪弘毅很无奈地说:"一开始我们就成了他们的猎物。这个欧阳剑波,还有印象吧?"乔志远想了想,问:"远东证券乌龙指案的交易总监?"汪弘毅点点头,说:"欧阳剑波现在是玲珑资本的CEO。乌龙指当天,就是这个欧阳剑波向当时的远东证券总裁沈浩明提议,让旷世科技当场写情况说明,那么大的案子,旷世科技的一个副总裁竟然当场就写了。"

乔志远感觉不对劲,问:"不对啊,玲珑资本是旷世科技的控股股东,欧阳剑波当初逼着旷世科技承认自己的程序有问题,炳叔后来怎么可能还会让这么个家伙管理他们的家族财富呢?"乔志远摸着下巴,撇着嘴盯着欧阳剑波的照片,自言自语,"捉鬼游戏中有一个绝杀,就是鬼把同伙给捉了,让其他人认为他是好人,最终剩下的鬼把好人都杀光。"

汪弘毅摇摇头,说:"问题的关键就在这里,乌龙指当晚,欧阳剑波指令邵南子他们修改远东证券内部开发的交易程序,让出错的问题跟旷世科技情况说明中提到的程序逻辑出错相吻合,技术问题是个监管空白。"汪弘毅看乔志远一脸严肃,斟酌再三,说:"邵南子把天眼系统做成一个超级木马之前,他已经在远东证券的高频交易内部程序中试验过,内测的时候植入木马,一旦程序进入实操阶段,木马就自动激活。"

乔志远听着汪弘毅的分析,脸上越来越冷静,说:"难怪当天黄天沙在北京紫宸会跟我见面时信心满满,看来黄天沙、炳叔、贤叔、欧阳剑波、邵南子、马腾他们都是一盘棋上的人,乌龙指就是一场戏,他们砸断市场的骨头,只为熬盘古这一碗汤。"乔志远站起来,走到窗前,望着嫩绿的青草地,远处的小花园已经是花团锦簇,他很坚决地说:"既然马腾跟黄天沙背后是一伙人,等马腾上了谈判桌,我们就灭掉他们的同盟。"

汪弘毅坐在对面,脸色很难看,看乔志远态度坚决,很忧虑地说:"那样我们就伤敌一千自损全部了。"乔志远一愣,问:"什么情况?"汪弘毅只能实话实说:"游戏一开始他们就把刀架到我们脖子上了。远东证券乌龙指当晚,黄天沙给远东证券拆借10亿资金,条件就是要以我们盘古管理层在远东证券质押的持股计划为质押,然后用我们的持股计划进行了再抵押融资,如果盘古股价暴跌,黄天沙遭遇爆仓,我们的持股计划就会跟着被平仓出局。"

第二十八章

大反击

乔志远撇着嘴骂道:"王八蛋,他们早就搭好了戏台,只是借着乌龙指的山呼海啸掩饰,把我们给绑架到戏台上,陪着他们演戏,怪不得他们一直有恃无恐,连环套早就套在我们的脖子上了。"乔志远走到汪弘毅的对面,咬牙切齿地说:"现在调查组还在南海市,资金链是黄天沙的命门,盘古的未来绝不能落入香港那一帮老家伙手上,黄国胜手上的筹码是我们反击的重要武器,我们要给黄国胜出一道选择题,并让他只能按照我们的意思选择答案。"

阳光洒在南海市政府大院里,微胖的郭沛霖脸上洋溢着笑容。师泌远正在跟北京方面通电话,张天明已经在隔壁的会客室等候。郭沛霖一屁股坐在张天明对面,抖了抖手上的文件,笑眯眯地说:"张主任,黄国胜那个老家伙想搞我们没那么容易了吧?"

张天明微笑着,摇了摇头说:"如果说黄天沙让他丢失控制权,失去了合并财务报表的机会是给他放血,我们这一次可是直接让他割肉。"郭沛霖撇着嘴说:"生意就是远行的列车,合适的人请上车,不合适的人请下车。远大集团的身份曾经给盘古进行了信用背书,现在盘古的信用已经超越远大集团,只有粤海集团能给盘古提供更适合的转型发展资源。"

师泌远挂断北京的电话,立即进入隔壁的会客室。张天明将备忘录递给他,说:"师书记,马腾答应将投票权委托给粤海集团了。"师泌远看了看粤海集团同鸿基集团签署的合作备忘录,问:"马腾的投票权期限是一年,如果一年之内鸿基地产回归A股,到时候马腾联手龙腾系,他们就可以绝对控制盘古,粤海集团岂不鸡飞蛋打,成了陪太子读书?"

张天明、郭沛霖在谈判的过程中就意识到这个问题。郭沛霖解释说:"马腾的投票权是我们跟远大集团谈判的重要筹码。现在远大集团的谈判代表杜天刚出了问题,他的远房亲戚陈浩诱骗乔志远的前妻张青桐抛售盘古股票,同时还给珠江电器董事长朱潇雨打电话设局,诱使蒙毅的妻子冯紫薇在马腾抄底盘古的第一天买入盘古。邵南子车祸之后,陈浩跑了。"

师泌远听得有点云里雾里,问:"这能证明杜天刚有问题?"

郭沛霖一听,市委书记不太相信,便肯定地说:"陈浩只是一个卒子,杜

底牌（下）

天刚才是背后的主谋，杜天刚让远房亲戚出面抹黑乔志远，不是远大集团觉得乔志远不听话，而是黄天沙对杜天刚有承诺，只要杜天刚能够让远大集团在龙腾集团举牌盘古的过程中保持中立，并在关键时刻动用集团资源，比如通过巡视等方式赶走乔志远，盘古董事长的位置就是杜天刚的。"

师泌远摇了摇头，问："乔志远他们怎么没反击？"郭沛霖两手一摊："杜天刚他们玩得绝，陈浩跟张青桐假戏真做，乔志远的女朋友桂玉梅也不是个省油的灯，蒙毅的老婆也确实买了股票，更重要的是陈浩现在藏在香港，一旦内地这边通过香港警方将陈浩抓回来，乔志远就会陷入公报私仇的舆论围剿之中。陈浩跟杜天刚之间没有直接联系，听说他们搞了一个'壁虎计划'，就算他们的商业间谍落马，也查不到他们头上。"

张天明建议师泌远再给北京方面写一份报告，他说："师书记，我们是国有企业的守门人，是在为老百姓看守国有资产，杜天刚派出自己的远房亲戚，做有损国有资产的下作之事，我们怎么能让这样的人继续留在盘古董事会？远大集团在关键时刻不能守住看门人的底线，差点让一个全国第一的房地产公司落入各路资本家之手，致使国有资产流失，这是渎职。"

师泌远皱着眉头，琢磨了一下，说："他们的壁虎计划为个人设置了安全防卫线，我们没有直接证据之前不能对抗他们。生意是谈出来的，我们不光要做好国有资产的看门人，更要通过市场规则，让生意变成多赢的局面，现在的关键是拿到远大集团手上的股权，杜天刚的情况只是我们的一个谈判筹码。"师泌远看郭沛霖毫无反应，又特别叮嘱道："记住，我们的目标是盘古控制权，不要被眼前的短期利益困扰，要风物长宜放眼量，看大局，看未来。"

香港深水湾8号地下六层密室，炳叔坐在中间，旁边坐着贤叔、彤叔等几位大地会创始成员，马腾跟黄天沙坐在两边。炳叔叼着雪茄，深深地吸了一口，指着马腾说："小马，你先介绍一下跟南海市政府谈判的过程。"

密室是炳叔锄大地的地方，更是成百上千亿交易的决策中心，在大地会的大佬们谈笑风生之间，那些资本市场血雨腥风的交易便完成了。马腾扫视了一眼在座的大佬们，说："现在粤海集团急于拿到我手上的投票权，方便他们跟远大集团谈判,南海市市委书记师泌远不能再有一次失败了,他已经同意鸿基地产借壳华南地产回 A 股。我前一阵子跟黄总已经达成一致,他在香港护卫鸿基地产股价,现在鸿基地产几个月涨幅已经超过 50%。"

黄天沙接过马腾的话说:"逐鹿资本在玲珑资本的支持下拉升盘古 H 股,盘古 A 股在 H 股的刺激下,股价已经站稳到 25 元以上的位置,现在对我们来说已经出现了双赢局面。粤海集团可以拿到投票权,但是要拿到盘古的股权,无论是通过定向增发重组,还是直接购买,持仓成本都已经大幅度提升,我们现在已形成了厚厚的安全垫。"

贤叔皱着眉头一言不发,炳叔突然用点燃的雪茄指着黄天沙跟马腾说:"现在 A 股处于熊市,老百姓都不赚钱,国内的民营保险公司都在不断举牌上市公司,看上去欣欣向荣,事实上不是好苗头。当大家都在争抢最后一个铜板的时候,意味着危险已经来了。小马,做生意要在风口收割,不要逆风张扬,你的鸿基保险把刀收一收,把老百姓当韭菜割不是做大生意的格局。还有天沙你的君安保险,你们拉上保险、银行在证券的锅里搅马勺,小心枪打出头鸟。"

黄天沙点点头,很无奈地说:"现在国内监管越来越严,证券、银行、保险的监管部门派出了联合调查组,专门到龙腾进行调查。现在到证券的锅里搅马勺的人越来越多,越来越乱,有一种山雨欲来的征兆。"黄天沙说话的时候有点担忧,再看了看各位大佬,说:"现在杜天刚想让黄国胜亲自出马担任盘古董事,将乔志远踢出董事会,扶汪弘毅上位,这样一来可以分化乔志远跟汪弘毅,离间盘古跟粤海集团,缓和汪弘毅跟远大集团的关系。"

炳叔大手一挥,说:"这个杜天刚真是愚蠢至极。"

马腾跟黄天沙都很诧异地看着炳叔。炳叔吸了一口雪茄,很是轻蔑地说:"远大集团未来能给盘古什么?就算它重新回到第一大股东的位置,也不能给盘古带去任何的发展空间,相反会因为两家之间曾经的不信任,给盘古的未来带来更多的不确定性,无论是在董事会、管理层的稳定上,还是在转型的延续上,反倒是粤海集团可以让盘古再上一个台阶。"

一直没有说话的贤叔从黄天沙的言谈中意识到,杜天刚已经开始游说黄国胜了,便插话说:"远大这些年从盘古获利超过 400 亿,他们获的利一分钱都进不到黄国胜的腰包，如果这个时候远大集团能够让粤海集团在高位接盘，黄国胜在国资体系内算将功补过，龙腾跟鸿基都可高枕无忧。天沙，要阻止杜天刚犯蠢！"黄天沙频频点头，贤叔看了看他，又侧身看着炳叔说："国家监管越来越严，那我们就把那些从第三方融来的钱处理掉，玲珑资本调集资金进入潮汕基金，补充到龙珠基金里面去，我们要将资金链的命脉掌握到自己手上。"

远大集团北京总部，黄国胜盯着杜天刚，问："杜总，你认识贤叔？"

在香港安顿好陈浩，杜天刚回到北京后一直很忐忑，自己能收到陈浩在张青桐家的视频，乔志远一样可以发给黄国胜。贤叔在香港商界神龙见首不见尾，杜天刚只听过他的故事，并没有见过面。黄国胜的话令杜天刚忐忑不安，说："贤叔跟远大集团素无业务往来，就算有，贤叔也不一定会露面。"

黄国胜把一份资料递给杜天刚，说："你看看这个，我们现在是哑巴吃黄连。"杜天刚翻了翻资料，暗自在心里骂娘，黄天沙从来没有跟自己提起过贤叔给他资金的事，更没有提起过美国博威背后，贤叔的春风集团才是中华啤酒49%股权的实际控制人。杜天刚装出一副义愤填膺的样子："我们要想夺回盘古的控制权，就要夺回董事会的控制权。"

黄国胜很无奈地摇了摇头："这个时候我们不能提议改组盘古董事会。"杜天刚一愣，问："为什么？"黄国胜冷冷地说："马腾已经跟粤海集团签署了盘古投票权委托的框架协议，南海市政府答应将华南地产的壳转给马腾，师泌远也给北京方面写了报告，粤海集团对盘古的控股权是志在必得。我收到中华啤酒股权回购的秘密材料，有人在暗示我们，高价回收中华啤酒给了黄天沙夺走远大控制盘古的巨额资金，国资流失的帽子谁能扛得住？"

杜天刚将材料丢到桌子上，很是不屑地说："这些材料真的假的鬼知道，这种莫须有的敲山震虎，说不定就是汪弘毅他们的鬼把戏，如果他们真有把柄，早就满天飞了。盘古的董事会已经超期服役8个月了，肖天辞职后，整个董事会都无法正常召开，越是私下整材料，越是说明他们担心我们改组。作为国资看门人，我们不能让各路资本把盘古变成唐僧肉，得通过改组董事会，让盘古从董事会决策到管理层执行都重新回到正轨上来。"

第二十八章

大反击

办公室里,杜天刚侃侃而谈,黄国胜咧着嘴说:"杜总啊,你不知道,粤海集团跟马腾他们签署战略协议之后,师泌远就给我打电话了,约我在北京见面。我这个老同学,肯定是听到了什么风声,否则他不会贸然给北京提交报告,要从远大集团手里夺走盘古的股权。"杜天刚皱着眉头说:"马腾他们是用保险资金买入盘古股权,很显然是短期行为,证券市场岂能容忍保险资金进场割韭菜?"

炳叔的叮嘱令黄天沙如芒在背,一旦杜天刚剑走偏锋进行冒险,很容易成为一只反噬的蝎子。杜天刚跟黄国胜见面之前,黄天沙让王曦若给杜天刚打了一个电话,建议杜天刚摸摸黄国胜的底牌,如果黄国胜选择跟师泌远交易,而后者同样选择遵守市场交易规则的话,那就跟着黄国胜的建议走,因为黄国胜不能,也不敢以低于市场的价格,将筹码转给一家地方国有企业。

王曦若挂断电话后,杜天刚冷冷一笑,黄天沙在生意场上永远是利益第一,但是谁要强摁他的脑袋,他立即变成一只好斗的公鸡,当初乔志远如果选择跟他合作的话,哪会惹出现在一堆的麻烦?现在黄天沙突然让杜天刚见机行事,看来他是嗅到了敏感气息。杜天刚跟乔志远提出改组盘古董事会只是一个试探,现在粤海集团只是拿到马腾的投票权,黄国胜担心遭遇国资流失的渎职指控,杜天刚建议他在跟粤海集团谈判的时候坐地起价,这样至少能挽回颜面。

黄国胜皱着眉头,若无其事地问:"陈浩是你侄儿?"

杜天刚一愣,说:"是一个远房亲戚,算是叔侄辈。"

黄国胜从抽屉里拿出几份报纸,指着报纸上的年轻人问:"你侄儿跟张青桐谈恋爱?"杜天刚看到报纸上的陈浩搂着张青桐的腰,浑身起鸡皮疙瘩,说:"不可能吧,他们年龄悬殊太大了。"黄国胜冷冷一笑:"现在的年轻人很疯狂。汪弘毅给我发了一封说明函,怀疑远东证券乌龙指是一个阴谋,旷世科技在乌龙指中扮演了不可或缺的角色,而它的实际控制人是香港商界秘密组织大地会,现在你那个远房的侄儿进入旷世科技工作去了。"

杜天刚听出了黄国胜的言外之意,这是在用汪弘毅的说明函对自己旁敲侧击。杜天刚想起邵南子,黄天沙派出一个令人意想不到的小角色,掌握了盘古最核心的天眼系统。现在邵南子一直躺在医院里,整个人呈现脑死亡状态,只有心脏在缓慢地跳动，成了真正的植物人。可黄天沙因为有"壁虎计划"而一直置身事外，没受到一点波及。一旦黄天沙对自己也玩壁虎计划，那自己的一生就毁了。

杜天刚显出很吃惊的样子，问："远东证券乌龙指案错单买入的都是大盘蓝筹股，跟盘古的股权之争有什么关系？旷世科技只是提供技术支持，怎么会卷入商场的明争暗斗之中？"黄国胜很严肃地说："听说邵南子在远东证券技术部时，给内测程序植入了木马，只要进入实测就会启动出错程序，旷世科技当时的情况说明只是为了掩盖背后的操纵势力。"杜天刚显现一副难以置信的表情："看样子一切的罪孽都要让一个不会说话的人背了。"

黄国胜靠在椅子上的硕大身躯向前挪了挪，很严肃地叮嘱杜天刚："我们已经跟盘古越走越远，现在连马腾持有的股权都超过了我们，粤海集团拿到马腾的投票权，真正的目的是要拿下我们持有的盘古股权，让改组董事会的提议过不了股东大会那一关。"黄国胜指着桌子上的材料，说："我收到这些材料后的两个小时内，汪弘毅、师泌远的电话就接踵而至。你马上组织制订一个股权转让的谈判策略，交易价格不能低于现价。记住了，退出不仅是交易，更是维护尊严。"

院子里已经绿树成荫，旁边树上菜荑花序的球花一朵朵藏于枝条顶端鳞片状叶的腋窝里，宛如张开怀抱呼唤爱。林月娥提着水壶走到树下的石凳旁，看黄天沙望着银杏花开痴痴地笑，用手在他眼前晃了晃，说："没事儿吧？"

黄天沙指着银杏花，很是感慨地说："大自然真是神奇，如果只有一棵银杏树，它千年都不会开花；只要开花，它不远处一定会有异性银杏，他们相濡以沫成百上千年，无论阴晴圆缺，还是生离死别，都是对方的唯一，从春天的苍翠到秋天的金黄，落下的叶子犹如一封封泛黄的情书，记录着他们坚贞的爱情。真是羡慕他们，宠辱不惊，坚忍不拔。"

林月娥上前摸了摸黄天沙的额头，说："没生病吧？"黄天沙没有理会林月娥，而是进了屋子，搬出一个盒子，在林月娥面前打开，说："今年我们的结婚纪念日礼物。"林月娥皱着眉头看了看说："乌龟化石？哪里来的？"黄天沙狡黠地一笑，说："乔志远的，德国梅塞尔化石，世界上独一无二的雌雄乌龟交配化石。"林月娥微微一笑："乔志远？你现在越来越不会讲笑话了。"

黄天沙一拍胸脯说："结婚纪念礼物我能开玩笑？每年我都让礼物金额递增15%，这块化石跟摄政王珠的价格正好多了15%。"林月娥还是不相信："全天下的人都知道你跟乔志远是死对头。"黄天沙坏笑着说："咳，我找了个小混混假装道士，在乔志远家门口转悠3天，说他家有极阴之物破坏了风水，再让曼陀银行的皮特去购买，他们为了让极阴之物破坏我的风水，扬言如果不是黄天沙买，就坚决不卖。你说，人怎么能坏成那样呢？"

林月娥再次看了看乌龟化石，说："真是千万年至死不渝，这一对乌龟是幸福的，他们的爱是永恒的。人世间的爱情，哪有什么三生三世，平凡的爱才是幸福，珍惜彼此才最刻骨。"黄天沙心满意足地望着林月娥说："爱情是上天注定的，是命。"林月娥盯着黄天沙，很认真地说："你真的相信命运？"

毕飞雪的母亲柳敏搀扶着老太太从屋子里走出来，老太太听力越来越差，看黄天沙跟林月娥两人摸着一块石头，问："一块儿石头有啥好摸的啊？今天世林跟雪儿回来吃饭吗？"黄天沙走过来搀扶着老娘说："妈，这可不是普通石头，这是化石，有几千万年的历史了。"林月娥给老太太拿来一个布垫子，说："妈，世林到北京出差了，雪儿他们公司有个会，说要开到很晚。"老太太侧身拉着消瘦的柳敏说："小敏，跟雪儿说说，她跟世林都不小了，该结婚了。"

柳敏笑眯眯地拉着老太太的手，点点头。老太太指着旁边的黄天沙说："天沙跟月娥结婚之前，有个大仙儿就说，一定要先结婚再创业，现在的孩子整天却说要先赚钱再成家，不像话。"黄天沙给老太太倒上一杯茶，冲着旁边的林月娥挤眼睛。林月娥微笑着说："妈，哪有什么大仙，都是骗人的，天沙能走到今天都是他一步步努力而来的。"老太太一生笃信佛教，相信命运，她很吃惊地看着林月娥。黄天沙也一愣，说："别乱说。"

林月娥将黄天沙一把拉到旁边，黄天沙低声问："咋啦？搞得这么神秘？"林月娥看着黄天沙，说："我说了你别生气。"黄天沙微笑着说："老夫老妻了，跟个孩子似的，说吧。"林月娥咬了咬牙，说："订婚之初，我爸担心你发达后抛弃我,就找了个算命先生,其实那个算命先生就是个游方道士,他说的那一套都是我爸让他说的。"黄天沙瞪大眼睛,说:"怎么可能,老丈人连村儿都没有出过。"林月娥一脸认真地说:"那个道士其实就是隔壁村的王麻子。"

黄天沙吓了一跳,问:"王麻子是不是有个儿子叫狗剩?"林月娥看黄天沙,一脸惊讶的表情,点点头问:"难道你找的道士是狗剩?"黄天沙哈哈大笑说:"估计乔志远跟桂玉梅这会儿正在合计这化石怎么坏我风水呢。"林月娥拉了拉黄天沙的衣角:"你小点儿声,你把这个化石给那个什么皮特退回去。"黄天沙撇着嘴:"退回去?为啥?"

林月娥看了化石一眼,说:"几千万年埋在地下,也算是亡魂了,也许真的会影响风水。"黄天沙很是不忿:"啥是风水?风水在人心。乔志远把我当野蛮人,让北京来的调查组专门查我们,我们的杠杆倍数还不到三倍,比老百姓贷款买房的利率还低。我用保险资金去买好股票,是让老百姓分享好公司发展的红利,为老百姓赚钱,无论乔志远他们怎么处心积虑,就算暴风雨来临,我相信风水会永远庇佑为老百姓谋福利的人。"

黄天沙口若悬河,电话响个不停,林月娥提醒说:"电话来了。"黄天沙一看是王曦若。电话那头说:"黄总,刚才监管领导的电视讲话看了吗?他谴责野蛮人,说我们用来路不正的钱从事杠杆收购,从门口的陌生人变成行业的强盗,是人性和商业道德的沦丧。"黄天沙撇着嘴说:"我们的钱来路光明正大。"王曦若现在很担忧,说:"如果保险、银行同时紧缩资金,我们资金链就会很紧张,乔志远、汪弘毅他们借机释放个利空消息,股价可能就砸下来了。"

黄天沙握着电话,皱着眉头走到了院子门口,在银杏小道上慢悠悠地转着,疑惑地问:"调查组已经调查过了,监管领导怎么突然出来讲话呢?"王曦若已经将电视讲话刻录下来,她说:"监管部门组织了一场上市公司董事长座谈会,朱潇雨在会上发言,担心资本会破坏中国的制造产业,随后领导当场发表了讲话。"黄天沙吩咐道:"马上进行资金压力测试,我现在就给潮汕基金打电话,把保险一年期资金头寸从珠江银行中置换出来。"

绕过林荫小道,眼前出现一处徽派建筑,高楼翘角,燕脊飞檐,进入院子中,

第二十八章

大反击

可见层楼叠院、曲径回廊，梁柱、窗扇雕镂精湛，参天古树遮映着角楼，主人可以在角楼上晨沐朝霞、夜观星斗，伸手便可触摸古树枝叶上晶莹剔透的露珠儿。这里集天地灵气、清雅之风为一体，实为人间至景。黄国胜刚进庭院，师泌远已经迎出来。

心情沉重的黄国胜见到如此院落，心情豁然开朗，见师泌伸出双手，打趣说："老兄真是至情至雅，谁能想象如此人间天堂是驻京办呢？"师泌远一听就知道黄国胜在嘲讽南海市政府铺张浪费，他握着黄国胜的手，笑眯眯地说："老兄有所不知，此处院落已经有两百年的历史，是清朝在南海的一位安徽籍商人出资为进京考试的举子建的落脚点，民国时这个院子变成了南海北京商会的驻地，新中国成立后，这个院子就成了南海市的驻京办。"

黄国胜回望了一下院子，只见到处是雕梁画栋、小桥流水。师泌远搂着黄国胜的肩膀，一边往里走，一边说："老同学，约你一趟真是不容易啊。"黄国胜呵呵一声冷笑："我们丢了控制权，变成了丧家犬，你让我说什么？"师泌远赔笑说："无论央企还是地方，都是为国家，为老百姓的财富看门，现在上海、杭州、广州的发展跟坐火箭一样，南海的发展还希望得到老兄你的支持啊。"

走廊的两旁悬挂着大红灯笼，每盏灯笼下都站着一位小家碧玉的服务员。黄国胜侧身瞅了瞅师泌远，说："老兄现在是红人，金融机构都抢着到南海市注册，听说远东证券都要把总部搬到南海市。房地产现在是国家宏观调控的重点，房子是用来住的，不是用来炒的，老兄不会让房地产成为南海市的支柱产业，这个时候你们跟我们争盘古，何苦呢？"

师泌远看着黄国胜不苟言笑的脸，脸上堆满了微笑，说："老兄啊，你们远大当年用了3亿多，不到4亿吧，就从南海市政府手中把盘古拿走了，这10多年，你们的投资已经翻了130多倍。现在房地产是国家调控的重点行业，你们高位套现，让我们地方为你们接盘吧。"师泌远一边说，一边推开了包房的门，示意黄国胜进去说。

包房里的服务员给黄国胜倒上早已沏好的茶，黄国胜端起茶杯，在鼻子前嗅了嗅，又将杯子放下来，说："如果盘古真是一家夕阳上市公司，老兄是不会这么志在必得的，现在盘古已经不是一家单纯的房地产公司，而是正在向城市运营商转型，未来的盘古会是一个完整的社区，医疗、教育、衣食住行都囊括其中，这是一个开创性的转型，未来盘古旗下就不止一家全球五百强了。"

师泌远在官场多年，当初学的就是经济学专业，自然对盘古未来的前景了如指掌，他知道只要给现在盘古团队足够的空间，盘古就一定会是中国最优秀的城市运营商。师泌远接过黄国胜的话，说："老兄，现在南海市要奋起直追上海、杭州，没有你们央企的慷慨支持，我是巧妇难为无米之炊啊。你们把盘古给南海，远大集团在南海的项目，我们肯定会鼎力支持啊。"

在进入南海驻京办前，黄国胜脑子里一直在琢磨，远大集团董事长王锋被抓之后，自己临危受命，没想到突然冒出个黄天沙，把远大集团最具有贡献率的盘古给夺走了，十几年的大股东，自己一来就给丢了，怎么交差呢？就算能交差，身为副部级的中央企业掌门人，丢了一家全球五百强的上市公司控制权，以后在政商界的前途怎么办？

黄国胜很是为难地对师泌远说："老兄你要复兴南海，老同学为你感到骄傲，央企也理应支持，可是盘古的归属，不是我这个远大集团董事长能决定的，上面还有国资委。你也知道，我们的考核在国资委，如果我私下答应将盘古的持股转给粤海集团，先不说央企跟地方国企的身份转化问题，考核这一关我怎么过？"

师泌远等的就是黄国胜这一句话，说："国资委那一关我去协调，保证不让老兄为难。"

黄国胜在跟师泌远见面之前，国资委的领导已经跟黄国胜谈过话，希望央企要有老大哥的气度，不要与地方争利。国资委的领导给黄国胜交了底："现在有的央企持有子公司、孙公司股权比例只有百分之十几，甚至更低，绝大多数股权都在民营资本家手上，那些民营资本家打着央企的名义发大财，却少有为国家做贡献的，政府希望远大集团做个表率。"

国资委清理央企系统股权是为了厘清产权关系，防止国有资产流失，以及整治打着国资名义伤害国资信誉的乱象。师泌远信心满满，在进京之前，他拿到马腾持有的盘古20%的股权，如果加上远大集团15%的股权，那么粤海集

第二十八章
大反击

团将成为盘古的控股股东,国资将真正变成盘古的看门人。如此一来,国资委肯定会支持师泌远。

黄国胜端起茶杯,若有所思地说:"现在盘古股权复杂,股价是个问题。"

"老兄最担心的无非是龙腾、鸿基的杠杆资金断裂,导致盘古股价下跌,其实之前多个部门已经联合调查了,龙腾的杠杆不到三倍,鸿基清理了那些妖股,他们两家虽然都是盘古股权竞争者,但也是南海市的企业,我们不会眼睁睁看着他们因为杠杆出现问题。"师泌远盯着一脸不信任的黄国胜,从容地说,"在来北京之前,粤海已经跟鸿基签署了框架协议,交易价格为市价,远大的交易价格我们同样按照市价进行,一定不会让央企老大哥吃亏。"

黄国胜撇着嘴说:"黄天沙跟马腾恐怕决定不了吧?"

师泌远一听,就知道汪弘毅已经通过渠道将黄天沙、马腾背后的势力告知黄国胜了。师泌远哈哈大笑,很有信心地说:"龙腾跟鸿基的注册地都是南海,他们的资金在程序上没有瑕疵,而背后的炳叔、贤叔、彤叔他们都是爱国爱港的商界领袖,在欧美资金不断回撤的时候,他们的资金还在北上买入盘古,证明他们看好盘古的未来,看好中国的未来。"师泌远端起茶杯,跟黄国胜碰了一下杯,说:"我们正在跟炳叔他们进行非公开谈判,我们相信他们的眼界跟格局。"

北京城的五月风轻云淡。从复兴门地铁站西北口出来,黄天沙站在长安街上,望着川流不息的车辆,距离保监会总部只有10分钟的步行路程,黄天沙决定走过去。这是一条通往金钱王国的路,无数人在这条路上留下了汗水与泪水,留下了欢笑和哭泣。黄天沙曾经在这条路上走过无数次,每一次都意气风发,这一次,他的内心却十分彷徨。

坐上飞往北京的飞机,黄天沙接到炳叔的电话。炳叔之前从来不在电话里跟自己谈生意,永远都是在深水湾8号,因此听到炳叔声音的那一刻,黄天沙心里咯噔一下。炳叔的港式普通话夹着闽南味儿:"天沙,马腾已经跟粤海集团签署了股权转让的框架协议,师泌远在北京跟黄国胜进行了会面,远大集团的股权也将转让给粤海集团,粤海集团高位接盘,龙腾在盘古回归战略投资者的身份，把乔志远他们的持股计划还给他们吧。"

黄天沙现在担心的是穿透监管，一旦保险、银行的资金从龙珠基金、西北专户基金中撤走，留给黄天沙唯一的选择就是不惜一切代价抛售盘古套现。当时飞机上已经在广播准备起飞，黄天沙一愣，也顾不得左右人好奇的目光，说："还给他们？那我们岂不是成了他们砧板上的肉了？"炳叔哈哈大笑："除了捏住他们的持股计划，难道我们就没有还手之力了？"

空姐走到黄天沙身边提醒他关机，黄天沙点头答应，用手捂住电话，很是担忧地说："从我约见乔志远开始，他们就从未给我们股东应有的尊重，他们把我们当成野蛮人，处处对抗，虽然粤海集团拿到的筹码价位看上去很高，可管理层持股计划的成本却很低，一旦乔志远、汪弘毅他们搞小动作，我们就会被推到爆仓的危险地步。"炳叔很坚定地说："天沙，粤海进入盘古，乔志远又辞去了董事长职务，汪弘毅接班，未来的盘古 CEO 会是我们的人。"

南海飞往北京的 3 个半小时中，黄天沙一直在琢磨，盘古里面谁是大地会的人？一直走到金融街，黄天沙都没有想出是谁。大街上行人匆匆，王曦若的电话打进来："黄总，蒙毅调回盘古总部了。"黄天沙恍然大悟，邵南子进入盘古之前，自己从没有安插眼线进盘古，可盘古内部的信息总能第一时间出来。黄天沙很深沉地哦了一声，说："马腾、黄国胜都要把股权转给粤海集团，未来我们在盘古要回归到战略投资者的身份，现在想法把盘古持股计划退出来。"

走进金融街 15 号保险监管大楼，黄天沙看见门上悬挂着发展改革部的牌子。证券监管系统一把手讲话之后，保险监管系统召集各个部门领导开会，声明要对频繁举牌 A 股上市公司的民营保险进行彻底摸查，不能让保监会眼皮子底下出妖精。黄天沙已经成为监管盯着的出头鸟。保险监管系统给他打来电话，让其到北京汇报君安保险的情况。黄天沙进京前摸查了一下情况，负责跟他谈话的保险发展改革部一把手雷鸣素有铁面判官之称。

黄天沙敲开雷鸣的办公室，对方已经准备好了所有的聆讯材料。他将黄天沙带到会议室，示意黄天沙在对面坐下，对着君安保险工商资料上提供的身份证照片对比了一阵子，突然问："你是黄天沙？"黄天沙异常冷静，表情看不出有任何的异样，听雷鸣这么一问，保准是身份证照片跟本人差别太大的缘故。

第二十八章

大反击

黄天沙一边掏身份证,一边说:"我就是黄天沙。"

雷鸣开门见山:"监管明确要求保险公司股东的增资资金为自有资金,龙腾投资在增资君安保险之前,资金来自龙珠基金,你们在增资材料中出具的法律意见却说是龙腾投资的自有资金,很显然与事实不符。"雷鸣旁边的秘书笔走龙蛇,飞一般地进行记录,黄天沙看到还有一个录音设备,一直在闪烁着小红点。自己有权保持沉默,但是今天在屋子里说的每一句话,都可能作为未来的监管证据。

屋子四角有摄像头聚焦着会议室,黄天沙谨慎地辩解说:"保险监管条例明确,股东的增资资金为自有资金,龙珠基金作为龙腾投资的股东,一旦缴纳股本金后,缴纳的股本金就是公司的自有资金,根据《中华人民共和国公司法》的规定,任何股东不得挪用或者抽走资金,否则都是违法犯罪。"黄天沙顿了顿,脑子里飞快地琢磨,是自己主动将穿透问题踢给雷鸣,还是被动接受问询。想了想,他很是委屈地说:"如果要穿透式报备,那就是我们的重大遗漏。"

雷鸣没想到黄天沙主动提出了穿透问题,心想这真是一只狡猾的狐狸,证券、保险、银行核心就是资金池业务,无法穿透。雷鸣一脸严肃,说:"龙珠基金的资金来自龙腾投资、珠江银行以及其他机构,那么龙腾投资的行为是用自己的钱给自己增资,最终坐享股东权益,这是打断自己的骨头熬汤。从你们的设计结构看,龙腾投资用自己的钱跟银行等机构加杠杆,自己买了自己的劣后产品,在增资君安保险的过程中没有进行报备,属于典型的材料作假。"

黄天沙本想回击一句法无禁止即可为,但想想还是算了。

雷鸣盯着一直面带微笑的黄天沙,依然很严肃地说:"保险公司权益类投资有 30% 的限制,君安保险在投资额度满后,继续投资了多只监管规定范畴之外的非蓝筹股。同时,你们同银行进行隔夜存款业务,以及与证券公司进行资金拆借。这些均与保险公司的监管不相符。"

黄天沙眉宇一紧,一旦雷鸣认定君安保险违规使用资金,那君安保险将有失去投资等业务的可能。黄天沙让自己快速地镇静下来,解释说:"君安保险买入的非蓝筹是响应国家号召,买入具有发展前景的智能制造业股票,不仅仅是在改善创业板的市场资金结构,而且对科技创新、智能制造实业有直接的支持。进行银行的隔夜存款业务，可以避免资金闲置，提高资金的优化配置率。而关于证券公司的资金拆借，他们提供了蓝筹股的质押，风险绝对在监管要求的可控范围之内。"

旁边的秘书附过来跟雷鸣小声说，盘古刚刚公告，鸿基保险、远大集团跟粤海集团签约，转让了持有的盘古股权。雷鸣点点头，见黄天沙对答如流，暗自佩服眼前这位把资本市场搅得血雨腥风的大佬，他对资金的运营、法条的掌握，以及对商业规则的把控，简直到了炉火纯青的地步。雷鸣一直好奇，其他公司的老板到保监会，要么带着秘书，要么带着法务，这个黄天沙却拎个包就来了。雷鸣单刀直入，问："龙珠基金的终极资金除了来自银行、龙腾投资、个人，还有谁？"

真是一个让人头疼的问题。黄天沙想了想，毫不避讳地说："君安保险跟珠江银行有业务往来，但是不能说君安保险的资金就是输送到龙珠基金的钱。君安保险严格按照规范建立了防火墙。当然，如果监管部门不允许，我们会按照监管要求调整资金的配置。"黄天沙停下来又想了想，继续谨慎地说，"除此之外，还有潮汕基金的资金，但那都是潮汕商会企业主们的自有资金，他们的资金没有期限，所以龙珠基金不会影响到君安保险股东的稳定性。"

雷鸣摇摇头，脸上掠过一丝严肃的神情，说："君安保险在增资扩股的过程中，编制并提供虚假资料的行为事实清楚，情节严重，不能简单地说是重大遗漏，应当依法予以处罚。对于直接责任人，我们会给予撤销任职资格和行业禁入的处罚，而君安保险的运营管理、公司治理，我们希望能重回稳健的运行轨道。同时，我们会密切跟踪监测公司运营情况，直到符合监管要求。"

走出金融街15号，黄天沙立即拨通了王曦若的电话："王总，马上暂停君安保险一年期产品的销售，立即用潮汕基金的钱，替换龙珠基金里面的珠江银行份额，另外，草拟一个我辞去君安保险董事长的公告，然后由你出任君安保险的董事长。"王曦若意识到监管部门至少要对黄天沙处以市场禁入，很忧虑地说："如果监管部门处罚了我们，我们再将盘古管理层的持股计划撤出，等粤海集团拿到足够多筹码，掌控了股价，我们就很危险了。"

黄天沙胸有成竹地说："蒙毅回到盘古总部，下一步他应该会接汪弘毅的

第二十八章
大反击

位置，我们不用担心。"王曦若愣住了，好一阵子才问："蒙毅真是我们的盟友？"黄天沙不置可否："粤海集团接盘的成本远远高于我们，他们的资金都是从银行贷款的，管理层一旦砸盘，第一个亏的就是粤海，那就会造成国有资产流失。"望着金融街上人来人往，黄天沙语重心长地说，"在我们的资金退出盘古之前，需要一个可靠的内部支持者。"

6个月之后，盘古总部董事长办公室，汪弘毅把文件推到前面，右手捏了捏鼻梁，靠在座椅上，望着天花板。曾经纷扰的诉讼都烟消云散了，众人觊觎的董事会也改组了，盘古的转型改革开始了，一切都在自己规划的轨道上。董事会改组后，乔志远跟桂玉梅到北美洲买下了一个无人小岛，乔志远亲自进行了设计改造。汪弘毅登上小岛时，恍若进入梦幻仙境，到处是绿树掩映，穿过丛林小道，进入百花丛中，乔志远跟桂玉梅的四合院就在百花园里。汪弘毅暗暗称奇，乔志远居然将小岛建成了世外桃源，心中无比羡慕。

秘书打电话进来："汪总，您的客人到了。"

汪弘毅一边归整文件，一边说："带到我办公室吧。"秘书带着客人通过人脸识别，推开门的那一刻，汪弘毅直接从座位上站起来，热情地说："瑾瑜，坐。这是你的合伙人黄世林？"然后他瞅了瞅黄世林，开玩笑地说："世林，你胆子很大啊。"黄世林第一次见汪弘毅，报纸上这位一直跟父亲黄天沙打得你死我活的盘古董事长，看上去有说有笑，可脸上不怒自威，有一种盛气凌人的气势。黄世林微微一笑："汪总是一个有梦想的企业家，我们都是追梦人。"

乔瑾瑜打开电脑，汪弘毅示意他把电脑合上："瑾瑜、世林，战略投资部只告诉我有一个项目很好，让我听一听，我们盘古现在正在转型，我自然是希望未来有更多的发展项目，可他们从来没有告诉我是你们俩。"黄世林心里咯噔一下，难道汪弘毅连听一下的兴趣都没有？汪弘毅给两位倒上茶，说："看到你们，就像看到20多年前的我，那个时候我拎着一份简历南下，就像世林说的，我们都是追梦人。你们的梦想不在PPT上，而在你们的心里。"

乔瑾瑜合上笔记本，开始介绍两人的创业项目："科技是改变历史进程的重要推手，从竹简到纸张，从报纸到网络，时代在不断地进步。网络是不是已经是人类最高阶段的科技了呢？不是。未来人自身就是网络，就是通信工具，我们的全息通信目标就是要颠覆实体手机，让皮肤可以和神经中枢通信，让大脑可以知道传输的信息。"汪弘毅听得很认真，插话问："你们通过什么技术来实现这个目标呢？"乔瑾瑜解释说："我们研发的电子电路可以把传感信号变成电信号，使我们的大脑可以理解传输来的信号。"

黄世林在旁边插话说："未来的手机就是一块儿皮肤，可触摸、有温度，还有化学和生物的传感，除了通信，我们的全息通信技术还可以闻不同的味道，甚至可以把皮肤的信息记录下来。"汪弘毅仿佛进入了一个未知的世界，他很是好奇地问："除了电话，全息通信的应用领域有？"黄世林介绍："远程医疗，病人在家里可以自己触摸后将数据传输给医生。当然，它还可以应用到物联网、交通、汽车、能源等领域，也可以用于金融安全，未来人就是万物的真正主宰。"

汪弘毅望着眼前的年轻人，想起了躺在医院的邵南子，也是如此绝顶聪明，研发出的天眼系统、幽灵眼都是安全防卫的顶级系统，但仅仅因为人心，安全系统成了超级木马，可见人心的安全才是真正的安全。汪弘毅看着办公桌上堆积如山的文件，当自己坐上董事长的位置后，才发现远在北美的乔志远的生活才叫逍遥快活。如果自己无法突破眼界、管理和格局的天花板，盘古未来最大的敌人不是黄天沙，也不是马腾，而是自己。

乔瑾瑜跟黄世林还在侃侃而谈，听上去像是在描述一个玄幻世界，可世界正在因为年轻人的梦想而改变。汪弘毅发现，自己正在变成当年的乔志远，在董事长的位置为盘古的未来忧心忡忡，为盘古吸纳人才殚精竭虑。一辈人有一辈人的世界，让时间尘封过去，把希望留给未来。看着眼前的年轻人，汪弘毅点了点头，脸上露出欣慰的微笑："瑾瑜、世林，梦想就是未来，你们正在做一件伟大的事，你们的项目我会投资两亿。"

走出盘古总部大厦，乔瑾瑜给乔志远拨打电话，此刻的乔志远正在厨房给桂玉梅做她最喜欢吃的红烧肉，桂玉梅在一旁给英国的阿盖尔公爵打电话："尊敬的公爵，上一次在维也纳的误会真的很抱歉，能得到您的谅解是我三生有幸。"阿盖尔公爵乐呵呵地说："桂小姐，没必要为此耿耿于怀，坎贝尔是个庞大的

第二十八章
大反击

家族,经常有几个不肖子孙以我的名义在外面招蜂引蝶,过去的事就让它过去吧,欢迎到苏格兰来做客,坎贝尔家族欢迎你。"

乔志远一手操起电话,一手持着锅铲,不停地在锅里翻动。乔瑾瑜掩藏不住内心的激动,说:"爸,我们融资成功了。"乔志远一愣:"你小子没睡醒吧?"乔瑾瑜很不服气:"我没跟你开玩笑,我们的全息通信项目拿到了两亿的融资。"乔志远撇着嘴说:"谁呀?钱多了脑子烧坏了吧?"桂玉梅在旁边尝了尝菜,嘟着嘴:"酱油又放多啦。"电话那头乔瑾瑜很认真地说:"刚才我跟世林去见了汪叔,我们的项目可以让盘古的物联网社区更智能,更高效。"乔志远侧眼看了看旁边的桂玉梅,看到她像个小女孩儿一样在厨房里找吃的,会心一笑。

走出盘古的绿草地,午后暖阳洒在匆忙的行人脸上,每一个人都在为梦想步履匆匆。黄世林拨打了毕飞雪的电话:"雪儿,今天周五,晚上回家陪奶奶吃饭吧。"毕飞雪正在跟马腾汇报鸿基地产借壳华南地产的方案,马腾隐隐听到电话里欢快的语气,很爽朗地笑了笑说:"飞雪,鸿基地产回归A股你功不可没,忙碌了几个月了,今天早点回家吧。"师泌远君子一言,鸿基集团将持有的盘古股权转让给粤海集团后,鸿基地产跟华南地产立即签署了重组协议。

黄世林飞一般开车到了鸿基集团楼下,毕飞雪穿着一身白色的职业装款款而来。黄世林张开双臂,朝毕飞雪飞奔过去:"雪儿,我们融资成功了。"现在已经晋升为鸿基集团副总裁的毕飞雪一向孤傲,在鸿基集团有冷面女王之誉。正值下班的高峰期,众目睽睽之下,黄世林却一把将毕飞雪抱在怀里旋转起来。毕飞雪顿时满脸红霞,娇嗔地说:"世林哥哥,这么多人呢。"黄世林诡异地笑了笑,冲着人群大喊一声:"毕飞雪,我爱你!"围观的人群开始鼓掌,起哄。

毕飞雪挣脱了黄世林的拥抱,钻进他的车里。黄世林左手握着方向盘,右手紧紧地牵着毕飞雪的手,一路上两人时不时地对望。毕飞雪莞尔一笑,说:"世林哥哥,从小看到大,没看腻吗?"黄世林拉着毕飞雪的手不由自主地攥得更紧:"时间是魔鬼的时候,容易让人与人之间的距离越来越远;时间是精灵的时候,能让人与人的距离越来越近,我很幸运,我遇到了精灵,它让我们的心越来越近。"

底牌（下）

老太太站在院子门口向远处张望，黄天沙坐在银杏树下悠闲地翻看着报纸，王曦若在电话那头汇报道，刚跟南越集团曹九歌、珠江电器朱潇雨、远大集团杜天刚、盘古蒙毅召开完五方电话会议，龙腾集团联合南越、远大、盘古投资朱潇雨的新能源项目，未来五方将在新能源、新产业方面展开深度战略合作。林月娥走到门口冲着黄天沙嘀咕："这俩孩子回来了吗？"柳敏走到院子门口，搀扶着老太太，老太太笑眯眯地说："你们看。"

黄世林停好车，走到副驾驶一边拉开车门，毕飞雪下车，黄世林牵着她的手，两人甜蜜地朝着老太太走来。一进院子，毕飞雪就走到树下，冲着黄天沙开心地说："干爹，世林哥哥成功啦。"黄天沙看到毕飞雪面若桃花，又瞅了瞅黄世林，很是不屑地问："全息手机造出来了？"毕飞雪噘着嘴说："哪有那么快？世林哥哥他们的项目融资成功啦，两亿。"黄天沙很是不信："谁投的？"毕飞雪咯咯一笑："汪弘毅，想不到吧？"

林月娥在旁边一愣，黄天沙没说话，弯腰捡起桌子上的报纸，黄世林看到报纸上有一个大标题——《汪弘毅握手野蛮人》，文章中还配着一张黄天沙跟汪弘毅握手言和的照片，两人笑容满面。老太太在旁边提醒毕飞雪："雪儿，你叫天沙啥？"林月娥微笑着说："还不叫爸爸？"柳敏在旁边，脸上洋溢着幸福的微笑，黄世林拉着毕飞雪的手说："你们着急啦？"黄天沙拍了拍黄世林的肩膀："你们的项目，我跟投两亿。"

礁石浪花，春风斜阳。临海庄园的草地上，汪弘毅正坐在木椅上，看着马达加斯加象龟在夕阳里慵懒地散步，旁边的小桥下流水潺潺，几只喜鹊在树梢上叽叽喳喳。汪弘毅望着枝头的喜鹊，远远地看到一袭白裙的杨子欣走进庄园。

精致的脸上，胭脂也掩藏不住疲惫。汪弘毅上前要牵杨子欣的手，却被她下意识地挣脱了。汪弘毅对着她微笑："子欣，是不是鸣鹤又调皮了？"杨子欣摇摇头，没说话，眼泪开始止不住地流。汪弘毅伸手擦拭了杨子欣脸庞的泪水，说："子欣，一切都过去了，邵南子的家人已经把他接到香港去治疗了，我们可以光明正大地走在大街上，可以心安理得地过属于我们的生活，我会跟你一起，给鸣鹤最好的教育，他是我汪弘毅的儿子。"

第二十八章

大反击

杨子欣泪眼婆娑,自己曾经在无数个夜晚,梦想有一天汪弘毅站在面前,深情地望着自己,向自己求婚,那时自己将是世界上最幸福的女人。当邵南子躺在手术台上,杨鸣鹤被送到 DNA 检测室时,杨子欣望着汪弘毅冷冷的表情,泪如雨下。汪弘毅试图再次拉住她的手,却还是被她挣脱了。汪弘毅望着杨子欣,怅然泪下:"如果上天再给我一次选择的机会,我会抛弃名声,它犹如一顶俗不可耐的沐日金冠,只有在阳光里我才能抬起头。"

海风从大门吹进院子里,杨子欣慢慢地朝着他们曾经柔情蜜意的连理树下走去,古树之下,她曾经期待汪弘毅能给自己一纸婚约,她穿上美丽的婚纱,跟汪弘毅在古树下看潮起潮落,花开花谢。当自己在临海咖啡馆最后一次跟邵南子喝咖啡的时候,无意间看到他耳朵后的一颗红痣,回到家里,哄睡杨鸣鹤后,她一直守在窗前,看着杨鸣鹤耳朵后的红痣,五内俱焚,默默地望着儿子流泪到天亮。

杨子欣站在连理树下,望着古树交缠的枝叶,又看了看汪弘毅,摇了摇头说:"生活中有各种幸与不幸,幸福跟痛苦都是短暂的,真正的不幸却是希望破灭。"汪弘毅一愣,一把搂住杨子欣的肩膀,很焦急地问:"子欣,到底发生了什么?"杨子欣流着泪说:"鸣鹤的聪明是一种病,之前在香港的治疗只是让病情得到了暂时的缓解。"汪弘毅抢着说:"无论花多大代价,我都要治好鸣鹤的病。"杨子欣摇了摇头:"邵南子车祸之后,我才知道这是一种遗传的血液病。"

汪弘毅正要说话,杨子欣挣脱了他的手:"如果说鸣鹤让我的希望破灭了,那么你坚持要把鸣鹤送到 DNA 检测室那一刻,便摧毁了我们之间的爱情。"汪弘毅不停地道歉:"子欣,对不起,我当时一心想抓住内鬼,让你受委屈了。只要有能治鸣鹤病的地方,我都会陪着你一起去。"杨子欣摇了摇头,说:"你想要名声、地位、理想、抱负,我都可以接受,然而那一刻,你撕掉了我最后的一丝尊严,你知道吗?人最绝望的不是生死,而是心死。"

喜鹊在古树上喳喳地叫个不停,汪弘毅望着树上的喜鹊,一声长叹:"鸣叫的那对喜鹊是幸福的,他们一只觅食,一只放哨,无论风雨怎样变换,永远都不离不弃。"杨子欣擦拭了脸上的泪珠儿,看着汪弘毅,一脸的伤怀:"我一直在等待,以为自己在等待一个属于我们的世界,就算没有了时间,也要等到你,没想到最后才发现,自己的等待只是在找一个不离开你的借口。"

汪弘毅再次伸手搂住了杨子欣的肩膀,说:"子欣,鸣鹤的血样被人调包了。无论未来有多少风雨,我都会陪着你用一生的时间去疗伤。我赢了所有人,最后绝不会输掉你。"